ZAUBER UND WUNDER

DIE MÄRCHEN DER WELT

Herausgegeben von
Hans-Joachim Simm

Insel Verlag

Erste Auflage 2002
© Insel Verlag Frankfurt am Main und Leipzig 2002
Alle Rechte vorbehalten, insbesondere das der Übersetzung,
des öffentlichen Vortrags sowie der Übertragung
durch Rundfunk und Fernsehen, auch einzelner Teile.
Kein Teil des Werkes darf in irgendeiner Form
(durch Fotografie, Mikrofilm oder andere Verfahren)
ohne schriftliche Genehmigung des Verlages reproduziert
oder unter Verwendung elektronischer Systeme
verarbeitet, vervielfältigt oder verbreitet werden.
Weitere Hinweise am Schluß des Bandes
Satz: Libro, Kriftel
Druck: Friedrich Pustet, Regensburg
Printed in Germany
ISBN 3-458-17139-8

1 2 3 4 5 6 – 07 06 05 04 03 02

Inhaltsübersicht

*Für den Filius und
kosmologischen Märchenerzähler
Horia Corvin Alexander*

Zu dieser Ausgabe

Eine Reise um die Welt ist auch heutzutage nicht ganz ungefährlich. Auch dann nicht, wenn sie auf einem so zuverlässigen Gefährt wie den Märchen stattfindet, deren Helden zu Lande, zu Wasser und in der Luft die Welt durchwandern. Denn auf ihrem Weg werden sie von mächtigen Zauberern, von blutrünstigen Ungeheuern, von bösen Hexen, von Dämonen, von hinterlistigen Ratgebern oder falschen Freunden verfolgt. Aber immer sind auch gute Feen in Sicht und Retter im rechten Augenblick zur Stelle.

Trotz aller Zuversicht, welche die Märchen vermitteln, ist die Reise mit ihnen auch deswegen nicht ungefährlich, weil sie, die Märchen, oft gerade nicht den leichtesten Weg weisen, sondern im Gegenteil dazu raten, sich auf steinigem Pfad zu bewegen, dunkle, undurchdringliche Wälder nicht zu fürchten, vor schier unübersteigbaren Bergen nicht zu verzagen, sich dem unscheinbaren Helfer anzuvertrauen, der am Ende aber die getroffene Entscheidung bestätigt und den Reisenden, den Suchenden, den Leser ans ersehnte Ziel bringt, und das heißt auch zu sich selbst. Vertrauen wird belohnt; der Weg zum Ich, auch wenn am Rande Grausames geschieht, bringt Erfolg und Glück. Das ist in allen Märchen der Welt gleich oder ähnlich, die das kollektive Unbewußte aussprechen und zugleich Auskunft geben über die psychische Entwicklung des Einzelnen. Märchen stellen fundamentale Fragen und geben klare Aufschlüsse über das Wesen des Menschen. Sie zeigen, daß Wünsche in Erfüllung gehen und daß dem, der sich nicht verleugnet, zu seinem Glück verholfen wird.

Am Anfang der Märchenreise um die Welt steht, wie bei jeder Reise, der Ausgangspunkt. Wo beginnen? Ist es ein sicherer Hafen, in dem wir uns mit allem Nötigen ausstatten können? Dann: Welchen Weg schlagen wir ein? Und ungewiß ist auch das Ziel, denn sind wir sicher, daß wir dort ankommen? Werden wir dort freundlich empfangen, wenn wir nicht schon früher dort Station gemacht haben? Auch die Länder, die wir nur flüchtig streifen, werden einwenden können, daß wir ihnen mehr Zeit hätten widmen sollen.

Die Entstehung und Verbreitung der Märchen umgibt noch immer ein Geheimnis; bis heute haben Literaturwissenschaft und Volkskunde nicht eindeutig klären können, wann die einzelnen Märchen entstanden sind, noch, wie sie sich verbreitet haben. Nahm ein Motiv an einem bestimmten Ort Gestalt an, um anschließend seine ›Wanderung‹ anzutreten? Oder wurden ähnliche Märchenstoffe unabhängig voneinander an verschiedenen Orten ›erfunden‹.

Wir haben uns für eine bestimmte Route entschieden, nicht ohne Grund: Wir beginnen in Indien – hier wird mancher schon sagen, daß Indien nicht das Ursprungsland der Märchen ist. Das wollen wir auch gar nicht behaupten. Aber im geographischen Raum zwischen Indien und dem Vorderen Orient liegen nun einmal die klassischen Märchenländer, jedenfalls für das europäische Verständnis.

Insgesamt reisen wir durch *einhundertundelf* Länder, Regionen und Provinzen, in denen Märchen erzählt und aufgeschrieben, nacherzählt, gedeutet und bearbeitet wurden: Geschichten von gläsernen Bergen und blauen Drachen, von Lebensbäumen und Mondblumen, von Talismanen und Tarnkappen, von Zauberern und Geistern, vom Feuervogel und der Regenbogenschlange, von weissagenden Träumen und dem Weg ins Himmelreich.

Auch wenn längst bekannt ist, daß es Volksmärchen eigentlich gar nicht gibt, daß man eher von Märchen der Welt*literatur* sprechen sollte, und auch wenn bestimmte Motive nationenübergreifend sich zeigen, spiegelt sich in den einzelnen Erzählungen das jeweilige Land, der ›Volkscharakter‹ in Sitten und Gebräuchen, mit seiner Religion und Weltanschauung. Daher ist diese Märchenreise auch eine Wanderung durch die Kulturen der Welt. Denn vor aller Rede über die Globalisierung haben Märchen die Welt umspannt.

Märchen haben eine unübertroffene literarische Erfolgsgeschichte, die noch immer anhält. Als die am weitesten verbreitete literarische Gattung gehören sie zum unverlierbaren kulturellen Gedächtnis.

Die Forschung hat die Märchen in verschiedene Gruppen eingeteilt und dabei die sogenannten Wunder- und Zaubermärchen als die eigentlichen, als die Märchen im engeren Sinn bestimmt. In ihnen werden Raum und Zeit aufgehoben, überwinden Gedanken jedes Hindernis, verbinden sich Diesseits und Jenseits, Himmel und Erde, wird Schweres in Leichtes verwandelt, werden Träume wahr. Doch trotz ihrer Raum- und Zeitlosigkeit vermitteln gerade sie tiefe Einsichten in das Denken der Völker, in Gesellschaften und Kulturen. Die vorliegende Sammlung konzentriert sich auf diese besondere Gattung, bringt aber gelegentlich Beispiele aus den anderen Gruppen.

Die Anthologie kann naturgemäß nur einen kleinen Ausschnitt aus den Märchen der Welt bieten. Jeder Leser wird bei dieser Reise das eine oder andere Märchen vermissen, er wird das eine oder andere für typischer halten als das hier aufgenommene. Rund viertausend Märchen wurden für dieses Buch gesichtet: Tiermärchen, Schwänke, Legenden, mythologische Erzählungen. Dabei wurden insbesondere zwei Buchreihen zugrunde gelegt: die ›Märchen der Welt‹ im Insel Verlag und die 1912 begonnene und bis heute fortgeführte Reihe ›Die Märchen der Weltliteratur‹ aus dem Verlag Eugen Diederichs, jetzt Hugendubel. Dem Verlag sei an dieser Stelle für die freundliche Genehmigung zum Abdruck zahlreicher Texte gedankt. Die Einzelnachweise – dazu Anmerkungen zu den einzelnen Märchen und zu den Übersetzern – finden sich im Quellenverzeichnis am Schluß dieses Buches.

Genug der Vorrede. Die Märchen-Lese-Reise, die auch ein Lesevergnügen sein soll, möge beginnen.

Von Indien nach Afghanistan

Wie der Prinz Wissen erlangte

Es war einmal ein Radscha. Der hatte einen Sohn, dem stand der Sinn
nicht nach Lesen und Schreiben. Den lieben langen Tag trieb er sich
herum. Den Radscha bedrückte die Unwissenheit seines Sohnes sehr,
sie stimmte ihn überaus traurig. Der Sohn des Wesirs erzählte das dem
Prinzen, und der meinte daraufhin: »Freund! Woher soll denn Wissen
kommen, wenn man zu Hause bleibt? Ich will daher außer Landes
gehen.«

Der Sohn des Wesirs berichtete dem Radscha: »Der Prinz will in die
Fremde ziehen, um Wissen zu erlangen.« Der Radscha ließ alle Vorbereitungen treffen, und der Prinz verließ zu einem günstigen Zeitpunkt sein Zuhause.

Der Sohn des Radschas irrte umher und gelangte in einen dichten
Wald. Dort sah er einen Sadhu mit geschlossenen Augen dasitzen.
Auf seinem Körper hatten sich weiße Ameisen eingenistet. Der Prinz
blieb neben ihm stehen. Zuerst säuberte er den Sitzplatz des Sadhus
von Gras und Stroh, dann entfernte er behutsam Erde und Ameisen
vom Körper des Sadhus. Er reinigte den ganzen Aschram. Die Nacht
über schlief er dort. Von nun an aß er Wurzeln und Früchte des
Waldes und diente dem Sadhu. Einige Tage später gingen die zwölf
Asketenjahre des Sadhus zu Ende. Als er die Augen aufschlug, sah er,
daß ringsum alles sauber war. Der Sadhu sprach: »Derjenige, der mir
so viele Dienste erwiesen hat, soll vortreten.« Als der Prinz das hörte,
trat er mit gefalteten Händen vor den Sadhu. Dieser sagte zu ihm:
»Ich bin mit deinen Diensten zufrieden. Wünsch dir etwas!« Der
Prinz bat: »Maharadscha! Wenn Ihr zufrieden seid, dann gebt mir
Wissen!« Der Sadhu erwiderte: »Du hast dir nichts und alles
gewünscht. Ich werde dir Wissen geben. Du mußt drei Dinge beachten! Als erstes: Geh niemals allein des Weges! Als zweites: Setze
dich nie auf einen angebotenen Sitz, ohne ihn vorher genau untersucht zu haben! Als drittes: Wenn dir ein Unbekannter etwas zu essen

gibt, dann iß es erst, wenn du vorher ein Tier davon hast kosten lassen!«

Der Prinz zog mit des Sadhus Segen weiter. Er ging und ging und gelangte an einen Teich. Dort sah er einen Geier mit einer Beute hochfliegen. Der Geier hatte eine Schildkröte gefangen. Als er aber seinen Schnabel in ihren Körper schlug, stieß er nur auf Knochen. Deshalb ließ er die Schildkröte fallen. Sie landete auf dem Boden vor dem Prinzen. Dem Prinzen fiel der Rat des Sadhus ein, niemals allein des Weges zu ziehen. So meinte er, daß ihm Gott einen Gefährten auf diesem einsamen Weg geschickt habe. Er steckte die Schildkröte in seinen Beutel und zog weiter. Er ging und ging und ließ sich gegen Mittag mitten im Wald unter einem Feigenbaum nieder. Dort holte er die Schildkröte aus dem Beutel, setzte sie neben sich und legte sich den Beutel als Stütze unter den Kopf. Da er sehr müde war, fielen ihm sogleich die Augen zu. Zwischen den Wurzeln des Baumes lebte eine Schlange. Sie war mit einer Krähe und einem Schakal befreundet. Wenn sich ein Wanderer unter diesem Baum zum Schlafen hinlegte, fing die Krähe laut zu krächzen an. Daraufhin kam der Schakal herbei und heulte mit aller Kraft, und auf das Lärmen des Schakals hin kroch die Schlange aus ihrem Nest und biß den schlafenden Wanderer. Sobald er tot war, taten sich die Krähe und der Schakal an ihm gütlich.

Die Krähe wartete, bis der Prinz schlief, dann krächzte sie. Daraufhin kam der Schakal herbei. Als der Schlange das Heulen des Schakals in die Ohren drang, kroch sie sogleich auf den Prinzen zu, biß ihn in die große Zehe und kehrte in ihr Nest zurück. Einige Zeit später flog die Krähe herab und hüpfte langsam zu dem Prinzen hin. Nachdem sie sich davon überzeugt hatte, daß er tot war, näherte sie sich seinem Kopf, um ihm die Augen auszuhacken. Da stürzte sich die Schildkröte auf sie und umklammerte ihren Hals mit den Pfoten. Die Krähe war dem Ersticken nahe. Flehentlich bat sie: »Liebe Schildkröte! Bring mich nicht um! Laß mich los!« Die Schildkröte aber erwiderte: »Wie du meinen Freund hast umbringen lassen, so werde ich dich auch umbringen.« Die Krähe bat: »Laß mich laufen! Ich mache deinen Freund wieder lebendig.« Danach rief sie dem Schakal, der sich in der Nähe befand, zu, sein Geheul ertönen zu lassen, woraufhin die Schlange aus ihrem Nest kam und zu dem Prinzen kroch. Sie legte ihr Maul auf seine Wunde, saugte das Gift heraus und fiel bewußtlos um. Der Prinz erhob sich und rief: »Oho! Was ich für einen Traum hatte!« Die Schildkröte aber berichtigte: »Freund! Das war kein Traum. Diese Kobra hier hatte dich gebissen, und du warst gestorben.« Danach erzählte sie alles, was weiter geschehen war. Sie erwürgte die Krähe und sagte zu dem Prinzen: »Was schaust du so? Das ist deine Gelegenheit! Die Schlange liegt da! Töte sie!« Der Prinz zückte seinen Dolch und hieb die Schlange in Stücke. Danach zog er mit der Schildkröte weiter.

Als sie ein Weilchen gegangen waren, kamen sie an einen Teich. Da sagte die Schildkröte: »Wir waren nun einige Zeit zusammen. Jetzt bin ich zu Hause angelangt. Laß mich gehen!« Der Prinz setzte daraufhin die Schildkröte am Ufer des Teiches ab. Die Schildkröte kroch ins Wasser, und der Prinz zog weiter.

Nicht weit weg von dort kam der Prinz in das Dorf Thagpur, wo ein Räuber mit seinen vier Söhnen und zwei Töchtern lebte. Die Mädchen kannten sich in der Sterndeuterei aus. Sobald ein Fremder in das Dorf kam, wußten sie, wieviel Geld er bei sich hatte. Die vier Jünglinge begaben sich dann jeder auf eine der vier Seiten des Dorfes und raubten den Wanderer aus. Wer ihnen entging, wurde von ihrem Vater an der Weggabelung ausgeplündert. Eine Tochter des Räubers hatte gesagt, daß der Prinz auf seiner Hüfte vier Rubine verborgen trage. Als der Räuber den Prinzen kommen sah, hieß er ihn herzlich willkommen und sagte: »Der Abend bricht herein. Weit und breit gibt es kein anderes Dorf. Ruht Euch heute nacht in meinem Haus aus!« Der Prinz ging auf diesen Vorschlag ein und begab sich mit dem Räuber zu dessen Haus. Der Räuber brachte ihn in eine Kammer und sagte: »Legt Euch bequem auf dieses Bett hier!« Danach ging er schnell hinaus. Der Prinz sah, daß auf dem Bett ein sauberes weißes Laken ausgebreitet war. Ehe er sich darauf setzte, fiel ihm der Rat des Sadhus ein. Als er das Laken hochhob, sah er, das Bett war aus einfachen Garnfäden geknüpft. Darunter befand sich eine tiefe Grube, in der scharfe spitze Speere und Lanzen eingegraben waren. Der Prinz begriff im Nu, was das bedeutete. Er breitete das Laken wieder über dem

Bett aus und setzte sich auf den Fußboden. Der Räuber merkte, daß ihm diese List nicht geglückt war. Nun ließ er Essen zubereiten, unter das er Gift mischte. Er richtete es auf einem Metallteller prächtig an und brachte es dem Wanderer. Als der Prinz sich zum Essen setzte, fiel ihm der dritte Ratschlag des Sadhus ein. Unter dem Vorwand, seine Andacht verrichten zu wollen, nahm er etwas Essen von dem Teller und warf es draußen einem Hund vor. Kaum hatte der Hund den Bissen verschluckt, als er auch schon tot hinfiel. Der Prinz ging wieder ins Haus, warf das Essen in eine Grube, spülte den Teller ab und stellte ihn hin. Als auch diese List dem Räuber nichts genützt hatte, brachte er den Wanderer in ein Zimmer und hieß ihn sich auf dem Bett schlafen legen. Der Prinz untersuchte das Bett zuerst und legte sich dann darauf. Der Räuber befahl seinen Töchtern, dem Wanderer unbedingt die Rubine abzunehmen. Die jüngste Tochter des Räubers war von der Schönheit des Prinzen ganz verzaubert. Sie ging zu ihm und sagte: »Ich werde dein Leben retten, wenn du versprichst, mich zu heiraten.« Der Prinz befand sich in den Klauen der Räuber. Um sein Leben zu retten, gab er sein Einverständnis. Das Mädchen sagte: »Heute nacht halten wir zwei Schwestern bei dir Wache, bis Mitternacht meine ältere Schwester. Rette dich irgendwie vor ihr! Danach komme ich und werde dir sagen, wie du von hier fortkommen kannst.«

Der Prinz war schon einige Tage unterwegs und sehr müde. Kaum hatte er sich auf dem Bett ausgestreckt, als ihn der Schlaf übermannte. Die ältere Tochter des Räubers kam, um Wache zu halten. Als sie eintrat, sah sie, daß der Prinz schlief. Sie band ihm Arme und Beine mit einem Strick, zog einen Dolch und setzte sich ihm auf die Brust. Der Prinz öffnete die Augen und begriff, in welcher Lage er sich befand. Die Tochter des Räubers forderte ihn auf: »Gib mir sofort die Rubine, wenn dir dein Leben lieb ist! Sonst stoße ich dir diesen Dolch in den Leib!«

Der Prinz erwiderte: »Hör zu, Tochter des Räubers! Wenn du mich tötest, wirst du das später genauso bereuen wie der Vogelfänger, der den Falken getötet hatte.«

Die Tochter des Räubers fragte verwundert: »Wieso? Weshalb hat es der Vogelfänger bereut, den Falken getötet zu haben?« Der Prinz forderte: »Zuerst löst du die Stricke an meinen Armen und Beinen, steckst den Dolch wieder in die Scheide und setzt dich ordentlich in eine Ecke auf den Fußboden! Dann erzähle ich dir die Geschichte von dem Falken.« Die Neugier der Tochter des Räubers überwog. Sie löste dem Prinzen die Fesseln und setzte sich neben ihn. Der Prinz begann zu erzählen: »Hör zu, Tochter des Räubers! In einem Dorf lebte ein Vogelfänger. Der hatte einen Falken gezähmt. Diesen Falken nahm er stets mit auf die Jagd. Sobald er einen Vogel fliegen sah, ließ er den Falken auf ihn los, der ihm den Vogel herbeibrachte. So verdiente sich der Vogelfänger seinen Lebensunterhalt. Eines Tages streifte er auf der Suche nach einer Beute umher und gelangte in eine Gegend, wo es weit und breit kein Wasser gab. Vom vielen Laufen hatte er Durst. Er suchte nach Wasser, fand aber nirgends welches. Schließlich setzte er sich, vom Durst gequält, in den Schatten eines Feigenbaumes. Da sah er, wie von diesem Baum Wasser heruntertropfte. Er formte aus Blättern eine Schale und stellte sie an die Stelle, wo das Wasser heruntertropfte. Nach einiger Zeit war die Blätterschale voll. Er hob sie hoch und setzte zum Trinken an, da flog jener Falke herbei und schlug ihm mit seinem Flügel die Schale aus der Hand. Wütend über das vergossene Wasser blickte der Vogelfänger auf den Falken. Er stellte die Schale wieder hin. Dreimal sammelte er Wasser, und jedesmal, wenn er davon trinken wollte, schlug ihm der Falke mit seinem Flügel die Schale aus der Hand. Da loderte der Zorn des Vogelfängers hellauf. Er zog seinen Dolch und hieb den Falken in zwei Teile. Der Falke starb. Mit der Geduld des Vogelfängers aber war es nun vorbei. Wie lange sollte er noch darauf warten, bis sich die Schale mit Wasser füllte? Er kletterte schnell auf den Baum, denn jetzt wollte er das Wasser gleich dort trinken, wo es herkam. Als er oben anlangte, sah er eine riesige tote Schlange liegen, deren Körper sich zersetzte. Aus ihm tropfte die Flüssigkeit herunter. Als er das sah, bedauerte er es sehr, den Falken getötet zu haben. Er schlug sich an den Kopf und bereute seine Tat. Sein Leben lang begleitete ihn dieser Schmerz. Und so wirst auch du es dein Leben lang bereuen, wenn du mich tötest.«

Als sich die Erzählung ihrem Ende näherte, war es Mitternacht geworden, und die jüngste Tochter des Räubers kam, um ihre Wache

anzutreten. Kaum gekommen, fragte sie: »Nun, Schwester? Hast du
die Rubine?« Die älteste Tochter des Räubers erwiderte: »Nein,
Schwester! Er hat mich in eine Erzählung verstrickt und so die Zeit
herumgebracht. Jetzt mußt du die Rubine herausholen! Laß dich nicht
auf ein Gespräch mit ihm ein!« Danach ging die ältere Schwester fort.
Die jüngere aber begab sich zu dem Prinzen und sprach: »Siehst du,
Prinz! Ich werde dir das Leben retten. Versprich noch mal, daß du
mich heiraten und zu deiner Rani machen wirst!« Der Prinz nickte
zustimmend mit dem Kopf. Die Tochter des Räubers fuhr fort: »Gut!
Jetzt mach folgendes! Im Pferdestall sind zwei Kamelstuten angebunden, eine dicke, wohlgenährte und eine dünne, schlanke. Die dicke,
wohlgenährte legt an einem Tag sechzig Kos zurück und die dünne,
schlanke hundert. Geh und binde die dünne, schlanke Kamelstute los!
Inzwischen sammle ich hier alles Wertvolle zusammen.« Der Prinz
ging in den Pferdestall. Ihm gefiel die dünne, schlanke Kamelstute
nicht, deshalb band er die dicke, wohlgenährte los. Als die Tochter des
Räubers sah, daß der Prinz die Sechzig-Kos-Kamelstute brachte, war
sie traurig. Dann dachte sie: »Was Gott will, geschieht!« Sie lud das
Bündel mit dem Geld und den Wertsachen auf die Kamelstute, beide
setzten sich darauf, und die Stute ritt los.

Am Morgen begab sich einer der Räuber in das Zimmer, in dem der
Prinz schlief. Als er dort eintraf, blieb er überrascht stehen. Weder der
Prinz noch seine jüngere Schwester waren dort. Er meinte, der Prinz
müsse seine Schwester wohl gewaltsam entführt haben. Als er in den
Pferdestall blickte, stand die Hundert-Kos-Kamelstute noch da. Er
schwang sich hinauf und nahm die Verfolgung auf.

Der Prinz hatte sechzig Kos zurückgelegt und hielt unter einem
Baum Rast. Da erspähte die Tochter des Räubers die Kamelstute, auf
der ihr Bruder herangeritten kam. Sie sagte zu dem Prinzen: »Klettere
schnell auf den Baum! Sieh nur! Meine Bruder kommt auf der Kamelstute angeritten, um uns wieder einzufangen.« Der Prinz kletterte
auf den Baum, und die Tochter des Räubers ging ihrem Bruder entgegen. Sie sagte: »Sieh nur, Bruder! Der unglückselige Prinz hat mich
gefesselt und mitgenommen. Als er dich erblickte, ist er auf den Baum
geklettert.« Der Räuber glaubte seiner Schwester. Er stieg vom Kamel
und kletterte auf den Baum.

Unten aber stach die Tochter des Räubers der Sechzig-Kos-Kamelstute einen Dolch ins Bein und setzte sich auf die Hundert-Kos-Stute. Der Prinz sprang von Ast zu Ast und der Räuber ihm nach. Da rief die Tochter des Räubers von unten: »Brüderchen! Brüderchen! Sieh nur! Der Prinz springt gleich von dem Ast!« Als der Prinz das hörte, sprang er auf die Kamelstute, auf der die Tochter des Räubers saß. Beide ritten los. Als der arme Räuber vom Baum herunterkam, sah er den Prinzen und seine Schwester auf seiner Kamelstute wegreiten. Weil die andere Stute auf einem Bein hinkte, hatte er keine Möglichkeit, sie zu verfolgen, und blieb wütend zurück.

Nachdem die beiden ein Stück geritten waren, dachte der Prinz: ›Was kann ich schon von der Tochter eines Räubers erwarten? Wenn sie schon ihren leiblichen Bruder betrügt, macht sie das sicher auch mit mir! Sobald sich ein hübscher Jüngling findet, bringt sie mich um und geht mit ihm! Schließlich ist sie von niederer Kaste!‹ Da zog der Prinz sein Schwert, hieb der Tochter des Räubers den Kopf ab und warf ihn zur Erde. Auch ihren Körper warf er weg. Danach ritt er nach Hause. Seine Eltern freuten sich sehr. Der Radscha war alt geworden. Er setzte seinen Sohn auf den Thron. Der alte Radscha und sein Minister begaben sich in den Wald, um dort Askese zu üben. Der neue Radscha kümmerte sich nun um das Reich.

(Indien)

Sura und die Hexen

In Indien, und zwar im Lande Awanti, liegt eine herrliche Stadt namens Dhara, bei deren Anblick Alaka augenblicklich all ihren Stolz verliert. Dort lebte ein reicher Radschput Sura, der war gewaltig stark, willenskräftig und klug, reich an trefflichen Eigenschaften, freigebig, lebensfroh und frei von aller Furcht; seine Frau Tschatura dagegen war dürr, hinterhältig und ungezügelt in ihrer Leidenschaft, und da sie außerdem zum Zorne neigte, so machte sie ihrem Mann durch bittere Reden das Leben schwer.

Da dachte Sura: »Was habe ich von dieser Frau? Auf eine Gemahlin

von übler Sinnesart und auf hinderliches Wissen soll man verzichten.«
So dachte er und hielt alle Tage gar eifrig Ausschau nach einer anderen
in manchem Dorf und mancher Stadt. Nun wohnte in Awanti eine
Alte, welche eine jungfräuliche Tochter besaß. Um diese warb er bei
der Mutter, und die Mutter sagte sehr freundlich: »Meine Tochter
Sundari soll in dein Haus übersiedeln, wenn du mir gestattest, bei ihr
zu wohnen.« Was tut ein Mann nicht, den die Liebe quält? Sura war
also damit einverstanden. Denn:

> Am Tage sieht die Eule nicht, die Krähe nicht in der Nacht. Der
> Liebesblinde aber ist ein unerhörtes Wesen; denn er sieht weder in
> der Nacht noch am Tage.

Als die erste eine Ehegenossin erhalten hatte, keifte sie, daß es den
andern übel in die Ohren klang. Sura sah, daß der Zank nicht aufhörte;
deshalb trennte er seine Frauen voneinander und brachte sie in verschiedenen Gebäuden unter. Aber da lief Tschatura in Sundaris Haus
und beschimpfte sie. Beide waren rasend vor Leidenschaft und im
Herzen voller Eifersucht gegeneinander, und von dieser Leidenschaft
besessen fochten sie miteinander, Zahn gegen Zahn, Fuß gegen Fuß,
Faust gegen Faust, Arm gegen Arm, Kopf gegen Kopf und Kralle
gegen Kralle. Liebesglück und Streit bringt ja nur die Eifersucht, die
alle Frauen beständig in ihrem Herzen hegen. Denn:

> Von Ehegenossinnen ist der Zank so unzertrennlich wie vom Mon-
> de die Kühle, von der Sonne die Hitze, vom Wasser das Abwärts-
> gleiten, von der Blume der Duft und vom Sesam das Öl.

> Der Besitz zweier Frauen bringt Unheil; denn sie lassen sich nicht
> halten durch die Furcht vor ihrem Manne, streiten miteinander je
> länger, je schlimmer, und ihre Stimmen schallen durchs halbe Dorf.

> Der Mann, der von zwei Frauen beherrscht wird, muß hungrig das
> Haus verlassen, wenn er ausgeht, erhält nicht einmal das Wasser
> reichlich und muß sich mit ungewaschenen Füßen schlafen legen.

Nun brachte Sura seine Frau Sundari nebst ihrer Mutter nach einer
Stadt, welche Hindalora hieß und 10 Gawjuta von seinem Wohnort
entfernt lag, blieb aber selbst, ohne sich weitere Gedanken zu machen,
in Tschaturas Hause, weil er sich von dem nicht trennen mochte, was
ihm dort das Leben bot.

Eines Tages sagte er vertraulich zu ihr: »Ich will Sundari einmal besuchen.« Tschatura dachte: »Laß ich ihn wohlbehalten ziehen, so bleibt er sicher dort, und ich bin meinen Mann los!« Doch war sie guten Mutes, gab ihm als Wegzehrung Pfannkuchen mit, in die sie ein schlimmes Pulver gemischt hatte, und entließ ihn. Böse Frauen sind ja aller Ränke voll. Denn:

Unwahrhaftigkeit, Voreiligkeit, Betrug, Dummheit, alles Maß übersteigende Habsucht, Unreinlichkeit und Unbarmherzigkeit: das sind die Fehler, welche den Weibern angeboren sind.

Halbwegs zwischen den beiden Städten floß der Fluß Tschintschini. Als Sura an diesen kam, reinigte er sich an ihm seine Hände, seine Füße und sein Gesicht und machte sich daran, seinen Mundvorrat zu verzehren. Das Pulver in den Pfannkuchen aber bewirkte, daß er zu einem Hunde ward und zu Tschatura zurückkehren mußte. Diese band ihn mit festen Stricken und prügelte ihn lange Zeit. Schrecklich war des Hundes Aussehen. Endlich erlöste ihn die Unholdin, und da er von hundert Wunden bedeckt war, verband sie ihn mit Lappen. Ganz allmählich gesundete er.

Als ein Monat vergangen war, sagte er wieder: »Ich will Sundari besuchen; mach mir die Wegzehrung zurecht!« Da gab sie ihm Grütze mit auf den Weg. Er kam wieder an den Fluß; doch als er sich gesetzt hatte, um zu essen, kam ein bezopfter Bharataka. Der hatte zweimal 24 Stunden gefastet und bat ihn um Speise. Sura gab sie ihm. Als der Mönch sie aber verzehrt hatte, verwandelte er sich in einen Esel, und der Bharata-Esel lief nach Tschaturas Hause, wie es vorher Sura getan hatte. Sura aber ging hinter ihm drein; denn er wollte doch mit anse-hen, was seine liebe Frau unweigerlich tun würde. Das Weib fesselte den Esel mit Stricken und folterte ihn mit Peitschenhieben. Der Esel schrie gewaltig im Banne des Entsetzens und krümmte sich, ganz gebrochen von den übermäßigen Schlägen. Bei jedem Hieb aber rief sie scheltend: »Willst du noch Sundari besuchen, he?« Als sie dann merkte, daß der Esel dem Tode nahe war, erlöste sie ihn und erblickte – den Asketenfürsten. Er war ganz gebeugt von der Last, die ihm die Menge seiner Zöpfe verursachte, geschmückt mit einer großen Trom-mel und mit einer Handtrommel, hatte Augen, vor denen man sich entsetzen konnte, so sehr waren sie mit Asche »verziert«, und trug ein Messer. Seine ganze Bekleidung aber bestand in einem schmalen Zeugstreifen, der seine Blöße bedeckte.

Wie vom Blitz getroffen fiel ihm Tschatura zu Füßen; denn sie hatte große Angst. Der Bezopfte sagte zu ihr: »Was du getan hast, gute Frau, ist ganz nach dem Sprichwort abgelaufen: ›Wer Grütze ißt, muß Schmach leiden.‹« Da gab sie ihm in gläubiger Demut Geld, was ihn völlig aussöhnte, und entließ ihn.

In ihrem Herzen aber dachte sie: »Mein Mann ist hinter meine Schliche gekommen. Jetzt will ich alle meine Listen aufbieten, um ihn zu ermorden. Denn wie könnte ich mit ihm glücklich leben, da seine Liebe nun einmal zerstört ist?«

Darauf badete sie sich, ging in den Hof, zog mit Kuhmist einen Zauberkreis, legte ein weißes Gewand an und brachte Weihrauch, Speisespenden und anderes, was sie brauchte. Sie opferte besten Guggala, rote Kanawira-Blüten mit Schmelzbutter, völlig gesammelten Geistes, indem sie grausige Opferrufe ausstieß. Als sie aber die letzte Opfergabe dargebracht hatte, erschien ihr Takschaka und sprach zu ihr: »Weshalb hast du mir gehuldigt, meine Gute? Ich bin dir gnädig: sprich einen Wunsch aus nach deinem Belieben!« Sie antwortete ihm: »Beiße meinen Gemahl, der nur in seine andere Frau verliebt ist.« Da sagte Takschaka: »Heute in einem halben Jahre soll er sterben!«

Darauf entließ Tschatura die Schlange und kehrte ins Haus zurück, indem sie geruhig wartete. Sura hatte indessen in einem Schuppen gesteckt und alles mit angesehen. Er dachte: »Der Frauen Bosheit übersteigt doch alle Begriffe! Sie hat mich geschändet und zum Hunde, den Bharata aber zum Esel gemacht. Denn:

Was der Schöpfer in seiner Schöpfung nicht zu schaffen wagt, was Schiwa in seiner tiefen Meditation nicht erschaut hat, was sich nicht in Wischnus Leibe befindet: das bringen unbarmherzige Weiber zustande.«

Mit solchen Gedanken wanderte er ganz aufgeregt vor Angst nach der Stadt Hindalora, und in die Lust, welcher er sich mit Sundari hingab, mischte sich beständige Furcht. Sundari versuchte mit allen Mitteln, ihn zu erheitern, mit verführerischen Tänzen, mit Scherzen, mit gesellschaftlichen Künsten und dergleichen: vergeblich! Nichts vermochte ihm Freude zu machen. Da nahm die Schwiegermutter ihren Eidam beiseite und fragte ihn nach der Ursache seines Kummers. Er antwortete ihr: »Warum soll ich dir, Mutter, den Kummer erklären, den mir ein Weib verursacht; weshalb soll ein Unfähiger zwecklos einem schwachen Menschen sein Leid klagen? Da gäb's nur beiderseitige Tränen, wie zwischen einem Mutlosen und seiner Mutter.« Sie sagte: »Ich bin nicht schwach! Vertraue mir nur den Grund deines Grames an! Wenn man freilich nicht weiß, worin eine Krankheit besteht, so kann man sie auch nicht heilen.« Da sagte Sura: »Nach Ablauf eines halben Jahres muß ich sterben, und der mich tötet, ist Takschaka. Mein Weib hat ihn sich dienstbar gemacht, und so muß er es tun, er mag wollen oder nicht.« Seine Schwiegermutter aber sprach: »Hab nur keine Angst! Ich will mit meiner Tochter schon tun, was dir frommt. Genieße nach Herzenslust, sei lustig und guter Dinge, und hege keine bösen Zweifel in deiner Seele.«

Doch sie vermochte den Speer nicht zu lockern, der in seiner Seele steckte; und da seine erste Frau ihn so schimpflich gemartert hatte, weilte er trotz des Zuspruchs, den seine Schwiegermutter ihm gespendet hatte, bei Sundari in steter Todesangst.

Da malten eines Tages die Mutter und die Tochter sowohl an die Tür als an die Wand des Hauses zwei schöne Pfauen, so lebenswahr, daß man hätte glauben können, sie würden sich jeden Augenblick bewegen. Dann reinigten sie sich, setzten sich auf die Wedika und verehrten die Pfauen, in tiefer Andacht ihrer gedenkend und ihnen opfernd. Als der festgesetzte Tag gekommen war, welcher der leibhaftigen Gestalt des Todesgottes glich, sagte Sura in seiner Todesangst zu seiner Frau: »Heute mittag ist mir der Tod gewiß.« Sie entgegnete ihm: »Fasse nur Mut, Gebieter meines Lebens! Du sollst sehen, welche erstaunlichen Kräfte wir besitzen, die das Unheil von dir abwenden werden.« Darauf richtete sie das Haus durch Bestreichen des Fußbodens mit Kuhdung besonders schön her, stellte in die Mitte einen Sitz, und auf diesen setzte sich auf ihre Bitte der Geliebte ihrer Seele. Dann legten beide Frauen neugewaschene Gewänder an, nahmen unenthülste Reiskörner in die Hände und gingen nach der Wedika: da erblickten sie auch schon eine schwarze Schlange. Augenblicklich warfen sie die Reiskörner, über die sie vorher Zaubersprüche gesprochen hatten, auf die beiden Pfauen, und im Nu hatten diese die Schlange zerrissen, und jeder hielt eine Hälfte davon in seinem Schnabel. Dann schrien sie auf und flogen schnell in die Luft empor und davon. Sura aber dachte staunend: »Wie wunderbar hat sich der Zauber bewährt!« Er badete, feierte ein großes Fest, gab sich nach Herzenslust mit seiner Geliebten dem Genusse hin, spendete den Dürftigen reiche Gaben und hielt sich für neugeboren.

Tschatura erkundigte sich bei Leuten, welche aus Hindalora kamen, was Sura machte, und erhielt zur Antwort, daß er Gaben spendete. Da verwandelte sie sich in eine weiße Katze, ging, sich wie wahnsinnig gebärdend, nach Sundaris Haus und schrie. Doch als Mutter und Tochter sie sahen, verwandelten sie sich in schwarze Katzen und begannen mit ihr einen erbitterten Kampf.

Wieder und wieder sprangen sie empor und fielen dann abwechselnd ohnmächtig zur Erde. Dabei schrien sie mit greulicher Stimme und ließen Krallen, Zähne und Haare. Da aber Tschatura besonders zauberkundig war, so brachte sie dadurch die beiden anderen in Verwirrung. Die weiße Katze überwältigte die schwarzen und ging in deren Hof.

Sura, der das alles mit angesehen hatte, war ganz entsetzt und fragte hastig: »Weshalb kämpft ihr beiden hier so heftig, und wer ist die weiße Katze? Sie war allein und hat doch euch, die ihr zu zweit wart, im Kampf entsetzlich verwundet. Wie kommt das? Wo ist sie hin, und weshalb ist sie eure Feindin?« Sundari antwortete: »Es ist deine Frau Tschatura. Sie ist eine vollendete Hexe; ich aber und die Mutter sind es noch nicht lange, und zwar sind wir's dadurch geworden, daß wir Menschenfleisch gegessen haben. Sie haßt mich, weil ich ihre Mitgemahlin bin, und ist deshalb zu mir gekommen, um mich und die Mutter kraft ihrer Zaubermacht umzubringen. Denn nichts ist unerträglicher als die Eifersucht gegen den Ehemann.«

Als Sura das hörte, fürchtete er sich und dachte: »Da bin ich unter einen Haufen Hexen geraten, der Trug in sich birgt.«

Nach Ablauf eines Monats kam Tschatura abermals als weiße Katze, und nach einem Kampfe, der sich wie das erstemal abspielte, waren die beiden schwarzen Katzen völlig erschöpft. Die weiße entfernte sich, die schwarzen blieben da. Auf Suras Frage nach der Ursache ihrer Niederlage antwortete Sundari: »Herr, unsere Zaubersprüche verleihen uns nur geringe Kräfte. Doch gäbe es ein kräftiges Mittel, das von dir abhinge – und du bist doch so barmherzig! Wenn du mich und die Mutter lieb hast, so willige in meine Bitte.« Liebevoll antwortete Sura: »Sprich nur deine Bitte aus!« Da sagte sie: »Sei so gut und sprich recht deutlich, wenn sie uns wieder bedrängt: ›Packe, Schwarze, die Weiße! Erbeiße sie, erbeiße sie sogleich!‹ Wenn du so rufst, so werden wir gestärkt und werden sie umbringen, da sie nur eine gegen zwei ist.«

Zum dritten Male kam die weiße Katze. Im Kampfe, welcher sich zwischen ihr und den beiden schwarzen entspann, unterlagen diese wiederum. Da rief Sura: »Packe, packe und erbeiße sogleich, o Schwarze, die Weiße und töte sie!« Kaum hatte er das gesagt, so packten die beiden schwarzen, obwohl sie schon dem Tode nahe waren, die weiße Katze an der Kehle. Als aber Sura merkte, daß die weiße dem sicheren Tod verfallen war, da dachte er in seinem Herzen: »Meine guten Werke tragen ihre Frucht. Die weiße stirbt jetzt infolge meiner Worte. Ich will doch wundershalber sehen, ob nicht vielleicht auch die beiden schwarzen infolge meines Zurufs sterben müssen. Drum will ich jetzt das Gegenteil sagen.« Darauf rief er und sprach die Worte mit aller Sorgfalt aus: »Die Weiße töte die Schwarze!« Und weil er seine Worte absichtlich doppelsinnig gewählt hatte, so machte die weiße Katze im Nu den beiden schwarzen den Garaus.

Als sich so die drei im heftigen gegenseitigen Kampfe umgebracht hatten, da kannte Suras Jubel keine Grenzen: »Ich bin die Krankheit los, für die kein Kraut gewachsen zu sein schien!« Er verzichtete darauf, die drei zu bestatten. Die Furcht trieb ihn fort in seines Bruders Haus.

Sein Bruder war nicht daheim, da er sich nach einem anderen Ort begeben hatte. Er neigte sich vor seiner Schwägerin, und die liebevolle Aufnahme, die sie ihm bereitete, hielt ihn in ihrem Hause fest. Sie bediente ihren Schwager, der seine Frauen verloren hatte, bei Tag und bei Nacht.

Eines Tages salbte sie ihm ganz unbefangen sein Haupt mit Öl. Da trat ein Bauersmann herein, mit einem Leitseil in der Hand, und sagte zu ihr: »Mutter! Mein schöner Ochse Minta ist mir soeben verendet. Die Zeit der Aussaat vergeht; drum suche ich einen anderen.« Da streute sie ihrem Schwager blitzschnell Staub auf den Kopf, und augenblicklich verwandelte sich dieser in einen Büffel.

Der Ackersmann nahm ihn mit sich, und Sura mußte ihm nun den Pflug ziehen, gar lange Zeit! Eines Tages aber riß das Loch aus, welches ihm in die Scheidewand der Nasenlöcher gebohrt worden war, und Sura erhielt seine natürliche Gestalt wieder. In seinem Entsetzen lief er davon, so schnell er konnte, und der Bauer lief hinter ihm drein. Auf seiner Flucht traf er seinen Bruder, der desselben Weges daherkam. Sein Bruder sagte zu ihm: »Wo läufst du hin, Sura? Du bist ja ganz mit Wunden bedeckt? Komm in meine Arme, Bruder; begleite mich in mein Haus! Da kannst du in aller Gemächlichkeit wohnen.« Aber Sura rief: »Deine Frau ist eine Hexe! Mach, daß du fortkommst! Sie hat mich in einen Büffel verwandelt und hat mir damit gewaltige Martern verursacht. Darum mach, daß du fortkommst, Bruder; mich bringst du gewiß nicht wieder in dein Haus! Ich gehe in den Wald; denn die Frauen hier sind alle Teufelinnen.«

Mit diesen Worten eilte er weiter, bis er in einen großen Wald kam und zu Boden sank. Da erblickte er sechs wohlgenährte Männer, welche Graslasten schleppten, in dem sonst menschenleeren Walde. Er fragte sie höflich: »Ihr seid mit Edelsteinen, Perlen und Gold geschmückt und tragt doch Gras?« Sie antworteten ihm: »In diesem Walde wohnt eine Greisin, und das Alter lastet schwer auf ihr. Die läßt sich von uns täglich sechs Lasten und dazu Wasser holen. Dafür gibt sie uns Speise, soviel unser Herz begehrt, dazu Kleider und kostbares Geschmeide, obgleich sie nur in einer alten, gebrechlichen Bettstelle schläft. Sie ist eine wandelnde Wunschliane.« Sura erkundigte sich weiter: »Was tut sie denn mit dem Gras und dem Wasser?« Die Leute erwiderten: »Wie käme es uns zu, danach zu forschen, und wie dir, o Wandersmann?« Da dachte er: »Das ist eine wunderliche Sache! Die will ich mir doch mit meinen eigenen Augen ansehen!«

Also nahm auch er ein Bündel auf seinen Kopf und folgte den

Männern. Sie fragten ihn, wie er heiße, und er gab Ghrischta als seinen Namen an. Da sagten sie: »Er soll unser siebenter Bruder sein!« und nahmen ihn mit ins Haus. Dort legten sie ihre Lasten nieder, holten dann das Wasser, füllten damit ein Becken an und gingen lustig und guter Dinge mit Ghrischta zu der Alten.

Die Alte fragte: »Liebe Söhnlein! Wer ist denn dieser Siebente? Ein schwächliches Kerlchen!« Sie erwiderten: »Wir fanden ihn im Walde und haben ihn zu dir gebracht, Mütterlein!«

Da legte die Alte liebevoll Ghrischta beide Hände auf den Rücken und sprach zu ihm: »Es ist gut, mein lieber Sohn, daß du mir vor die Augen gekommen bist. Das Schicksal hat dich sehr mitgenommen; du bist jetzt ganz von Kräften. Nun bleib nur in meinem Hause, recht lange, solange dir's hier gefällt, und iß dich satt!«

Er antwortete: »Ich will gern bleiben, Mütterchen. Wer wäre auch zeitlebens unglücklich!« Dann aß er sich nach Herzenslust satt. Als er aber damit fertig war und ausruhte, dachte er: »Wohin geht das Gras und das Wasser, und woher kommt all der Reichtum? Ich will doch heut nacht einmal aufpassen; vielleicht erfahre ich, was den Leuten ihren Reichtum schafft.«

In der Nacht bekam er zum Schlafen ein Lager angewiesen, dessen Unterbett mit Daunen gestopft war. Doch blieb er wach, obgleich er sich's nicht merken ließ. Mitternacht war vorüber; da sagte die Alte mit vernehmlicher Stimme: »Schlaft ihr schon alle, oder ist noch jemand von euch munter?« Aber niemand muckste sich. Jetzt erhob sie sich aus ihrem gebrechlichen Bettgestell und schlich sich fort in den Hof. Dort ließ sie sich auf die Erde fallen, sprach einen bösen Zauberspruch und verwandelte sich durch ihn in eine Stute. Sie verzehrte all das Gras bis auf den letzten Halm und trank das Wasser bis zum letzten Tropfen: da ward sie zu einer schönen Frau und war mit allem erdenklichen Geschmeide geziert.

Schnell entfernte sie sich, und Sura huschte hinter ihr drein. Sie ging in eine Höhle, in welcher sich hundert Hexenmeister und Hexen drängten. Die Hexen gingen ihr entgegen und umarmten sie wie eine Mutter. Darauf fielen sie ihr zu Füßen, führten sie auf einen herrlichen Sitz und huldigten ihr mit der allergrößten Ehrerbietung. Dann fragten sie: »Mutter! Weshalb hast du das zusammengebrachte Opfer nicht mitgebracht?« Sie schüttelte mit dem Kopf und sagte zu ihnen: »Seid nur nicht so aufgeregt, meine Töchterchen! Ich wollte die Männer schon schlachten und sie euch bringen. Da kam aber noch ein siebenter, dürrer Mann dazu. Wartet nur noch vierzehn Tage! Bis dahin ist er auch fett.«

Nun ward sie mit Speisen und berauschenden Getränken bewirtet und nicht eher entlassen, als bis sie voll zufrieden war. Ghrischta aber sah alles mit an, furchtlos, da er hinter einer Säule verborgen war.

Die Schikotari nahm wieder die Gestalt eines alten Weibes an. Eine Hexe nämlich erweckt das Vertauen der Menschen, wo sie sie findet, und verzehrt sie dann.

Sorgenvoll dachte Ghrischta: »Da bin ich schon wieder in Hexennot geraten! Ich mag mich wenden, wohin ich will: überall taucht eine Hexe auf!« Während er noch diesem Gedanken nachhing, ging die Sonne auf, und die Männer gingen alle zusammen, um Gras zu holen. Dabei erzählte ihnen Ghrischta von Anfang bis zu Ende das Abenteuer, welches er in der Nacht erlebt hatte. Sie entgegneten ihm: »Wir haben an der Mutter niemals etwas bemerkt, was auf Bosheit schließen ließe.« Er erwiderte: »Ich gehe; bleibt nur, wenn ihr so nach Wohlleben begierig seid!« Da wurden sie doch nachdenklich und sprachen: »Warte noch eine Nacht und zeige auch uns das Treiben der Alten, welches uns alle mit der Vernichtung bedroht.« Dann trugen sie ihre Graslasten ein, verrichteten alle ihre Obliegenheiten, legten sich, nachdem sie untereinander beraten hatten, nieder und taten so, als ob sie schliefen.

Es geschah nun alles wie in der vorigen Nacht. Als sie so mit eigenen Augen das Treiben der Alten gesehen hatten, gingen sie miteinander zu Rate über die Frage: »Was sollen wir jetzt anfangen?« Ghrischta sagte zu ihnen: »Wir müssen sie töten, während sie schläft.« Gesagt, getan! Zwei hielten sie an den Füßen, zwei an den Händen, einer am Kopfe. Die zwei übrigen aber prügelten sie mit Knütteln so lange, bis sie völlig zerfetzt war.

Nachdem sie die Alte umgebracht hatten, wanderten sie alle nach Osten zu. Sie gingen im Walde dahin, kamen ans Ufer des Flusses Schipra und erblickten eine ebenso liebliche wie große Stadt, so herrlich, daß man sie mit dem Stirnzeichen der Dreiwelt hätte vergleichen können. In dieser Stadt konnte man allerlei Bäume sehen: edelste Mango-, Zitronen-, Apfelsinen-, Punnaga- und Kutadscha-Bäume, wundervolle Gärten mit Gruppen von Tamala-Bäumen, Wein- und Hintala-Palmen, Wasserbecken, Brunnen und Teiche, Klöster und Hospize und viele Stellen, die dem Himmel glichen. Die Stadtmauer funkelte in goldenem Glanze und war mit einer bunten Mauerkappe geziert, und ihre leuchtenden Tore waren mit Fahnen und Torbogen geschmückt. Der Markt war voll von ausgelegten Waren, wie es der große Asket Markandeja in Wischnus Leibe geschaut hatte. Eine ganze Reihe von Palästen leuchtete mit ihren weißen Mauern, anzuschauen wie eine Reihe von Götterpalästen, und weithin strahlten über die Stadt die goldenen Krüge auf den Spitzen der Dschina-Tempel.

Aber wohin die Wanderer auch blicken mochten: nirgends war ein lebendes Wesen zu sehen. Da begaben sie sich nach der Königsstraße. Auf dieser erblickten sie allerlei wilde Tiere und suchten darum schnell das Königsschloß auf. Sie fanden zunächst ein herrliches Gebäude mit hundert leuchtenden Türmen, so daß es dem Kailasch-Berge geschwistert erschien. Sie traten durch eine Tür ein, welche mit Schößlingen und Blättern geziert war, setzten dann aber ihre Füße vorsichtig auf den tiefblauen Fußboden auf, da dieser zunächst den Eindruck einer Wasserfläche machte.

Als sie weiterschritten, sahen sie plötzlich ein altes Weib vor sich sitzen. Die Nase war ihm abgeschnitten, von seinem ungeschlachten Körper aber strahlte eine Lichtfülle aus, welche alle Himmelsgegenden erfüllte. Die Alte neigte sich vor ihnen und begrüßte sie mit dem Segenswunsch: »Treffliche Gattinnen seien euch beschieden!« Und schon traten sieben liebliche Mädchen ein, warben um sie und boten ihnen reiche Schätze an.

Da trat Ghrischta vor und fragte die Alte hastig: »Wer sind diese Mädchen, Mutter, welche Göttinnen gleichen und doch in einer Stadt wohnen, die leer von Menschen ist?« Sie erwiderte: »Alle sieben, mein Sohn, sind Widjadhara-Töchter. Ich habe seinerzeit einen Wahrsager gefragt, wer ihnen zum Gatten bestimmt sei. Er gab mir die Auskunft, wenn sie alle sieben hier harren würden, würden sich ihre Gatten einfinden. Darum hab' ich sie hierhergebracht, und ihr seid gekommen, seid also die ihnen bestimmten Gatten. So vermählt euch denn mit ihnen und genießt mit ihnen die Wonnen, die ihr euch mit euren guten Werken gesammelt habt. Die herrlichen Gemächer dieses Palastes, die mit allerlei Räucherwerk durchduftet sind, die mit Daunenkissen belegten herzerfreuenden Ruhebetten, die Bildersäle, die mit luftigen Fenstern geziert sind, und diese sieben Rosse, deren Schnelligkeit mit der des Windes eifert, stehen zu eurer Verfügung. Auf ihnen könnt ihr ausreiten, wohin es euch beliebt; aber hütet euch, nach Osten zu reiten!«

Da die Gefährten den Lockungen der Liebe nicht zu widerstehen vermochten, vermählten sie sich mit den Mädchen und schwelgten mit ihnen in den Wonnen der Liebe in Lustgemächern wie Dauganduka-Götter. Bald ergötzten sie sich am Wasserspiel, bald am reizenden Blumenpflücken; dann wieder banden sie Schaukeln an die Äste der Tschampaka-Bäume und belustigten sich am Schaukelspiel. Dann aber überlegten sie miteinander und sagten: »Es ist uns verboten worden, uns im Osten zu vergnügen. Das muß einen gewichtigen Grund haben. Worin mag dieser Grund bestehen?« Denn das Verbotene lockt nun einmal die Menschen.

Und richtig! Eines frühen Morgens bestiegen sie ihre Rosse und ritten nach Osten. Als sie ein Stück geritten waren, sahen sie, daß vor ihnen der ganze Erdboden eine Meile breit mit Männerköpfen bedeckt war. Sie sagten zueinander: »Was ist das für eine seltsame Sache? So etwas hat noch niemand auf Erden gesehen oder gehört, und niemand getraute man sich's zu erzählen.« Da traf eines Rosses Huf einen der Schädel, und dieser lachte laut auf: »Haha! die Zeiten sind vorüber, da wir die Rosse und die Schönen in Ehren hielten!« Ghrischta faßte sich ein Herz und fragte den Schädel, der ihm offenbar zum Wohltäter werden sollte: »Wer sind diese Rosse und diese Frauen, und wie kommt es, daß die Erde hier mit Köpfen bedeckt ist?« Der Schädel antwortete: »Die Alte ohne Nase ist eine zauberkundige Schikotari, die uns und alle die übrigen Männer durch die Rosse und die Weiber betört und umgebracht hat. Sie nährt sich von Fleisch und hat alle Bewohner der Stadt gefressen. Daher kommt es, daß die Erde hier eine Meile weit mit Köpfen verziert ist. Drum eilt und eilt, was ihr nur könnt, ehe sie es merkt!«

Da spornten sie ihre Rosse an und ritten aus Furcht vor ihr davon. Als sie zu Mittag nicht zurückgekehrt waren, kamen ihre Frauen zusammen und sagten zu der Alten: »Mutter, die Männer kommen nicht zurück!« Die Alte nahm eine Glocke und stieg auf den höchsten Turm ihres Palastes. Sie sah, wie die Rosse mit Windeseile davonjagten, und rief: »Zurück, ihr Rosse!« Und dabei schlug sie fest an die Glocke. Der Schall der Glocke bewirkte, daß die Rosse umkehrten. Die Reiter versuchten abzuspringen; aber das Weib hatte sie auf die Pferde gebannt, und so kamen sie von ihnen nicht los. Entsetzt sagten sie zueinander: »Um Gottes willen! Was wird uns jetzt geschehen!«

Als sie wieder im Palaste waren, schrie sie die Nasenlose wütend an: »Ei, ihr Halunken! So mein Vertrauen zu täuschen! Mich zu verlassen! Wo wolltet ihr hin?« Dann nahm die Unholdin einen Dolch in die Hand, der sich in Jamas entsetzliche Zunge verwandeln sollte, packte Ghrischta bei den Haaren und warf ihn auf die Erde nieder. Sie trat ihm mit beiden Füßen aufs Herz und sagte zu ihm mit entsetzlicher Stimme: »Du hast dein Roß bestiegen und warst der Anstifter der Flucht; drum schlachte ich dich zuerst. Schick ein Stoßgebet zu deiner Schutzgottheit; und dann ist's aus mit dir.«

Doch obwohl sie das zu ihm sagte, wandelte Ghrischta keine Furcht an; er sagte zu ihr mit spöttischem Lachen: »Beantworte mir nur vorher noch eine Frage, du Nasenlose! Denn die Neugier sprengt mir fast das Herz. Wer war denn der Mutige, aller Helden Krone, der dir die Nase abgeschnitten hat?«

Im Nu war der Zorn der Nasenlosen verflogen. Ihre Augen füllten sich mit Freudentränen. Sie gab Ghrischta frei und sprach: »Vernimm, lieber Sohn, der du reinen Herzens bist:

Auf dem Erdenrund liegt eine Stadt namens Manorama, welche dem Himmel gleicht. In ihr herrschte einst ein König Maniratha, und seine Hauptgemahlin hieß Manimala. Sie gebar ihm sieben Söhne, welche die Vorzüge der Tapferkeit und der Klugheit in sich vereinigten. Da empfing sie eine achte Frucht, welche ihr die größten Beschwerden verursachte. Schließlich gebar sie ein Mädchen, nämlich mich. Fünf Ammen behüteten meine erste Kindheit. Dann übergab mich mein Vater einem Lehrer, und ich lernte alle Wissenschaften. Als ich zur Jungfrau herangewachsen war, hegte ich das sehnlichste Verlangen, die Zauberei zu erlernen. Und so lernte ich denn die Zauber, durch die man sich andere untertan macht, sie herbeizieht, sie peinigt, sie bannt, verfeindet und verblendet, die Geheimwissenschaften der Rakschasi und der Hexen, das Annehmen beliebiger Gestalten, das Töten und das Darbringen von Opfern, die Gewalt über Sonne und Mond, das Hinabsteigen in die Unterwelt durch die Höhle, die zu ihr führt, das Zauberwissen, kraft dessen man durch den Luftraum wandelt, die Verwendung von Opfern und Aneignung von Zaubern und die Kunst, die Toten wieder zu beleben.

Nun residiert auf dem Waitadhja-Gebirge Indra als König. Durch die Verwendung der guten Dienste Rambhas und der anderen Himmelsfrauen hat er seine Herrschaft gesichert. Mit Hilfe des Zauberwissens, das mir den Luftpfad gangbar machte, begab ich mich eines Tages nach dem Waitadhja, wo die Apsarasen, Rambha und Tilottama an ihrer Spitze, Tanzspiele aufführten. Das tat ich öfters. Eines Tages fehlte Rambha. Ich nahm ihre Gestalt an, trat an ihrer Stelle auf und erregte Indras Beifall in solchem Maße, daß er mir eine Gnade nach meinem Ermessen freistellte. Da nahm ich wieder meine eigene Gestalt an und bat ihn: ›Werde mein Gemahl!‹ Und das Schicksal zwang den Götterkönig, meine Bitte zu gewähren.

Von nun an begab ich mich tagtäglich auf den Waitadhja und belustigte mich in Indras Gesellschaft. Eines Tages aber bat mich ein Liebhaber, der mir angenehm war: ›Nimm mich doch einmal mit, Geliebte, damit ich deinen Tanz bewundern kann!‹ Ich wehrte zwar ab; aber er drang mit Bitten wieder und wieder in mich, bis ich ihn schließlich in einen Sittich verwandelte, in meinem Diadem verbarg und mitnahm. Dann ging ich auf den Waitadhja und tanzte vor Indra mit aller Hingebung. Mitten im Takte griff ich mit der Hand auf meinen Kopf, weil mich der Papagei drückte. Weil ich nun den Takt gestört hatte, rief mir Indra zu, und das Tanzspiel ward abgebrochen.

Im Zorne darüber fluchte mir der Götterkönig und sprach: ›Geh auf die Erde hinab und verliere deine Nase, und laß dich nicht wieder hier oben blicken! Genieße nur die Frucht deiner Zerfahrenheit!‹

Da stürzte ich ihm zu Füßen und bat ihn demütiglich: ›Erbarmt Euch meiner, o Götterfürst! Wann wird der Fluch sein Ende erreichen? Wann wird mir Eure Gnade wieder leuchten?‹ Der Gott erwiderte: ›Wenn du Männerfleisch verzehrst und ein kühner Mann dich fragt, wer dir die Nase abgeschnitten hat, dann sei der Fluch von dir genommen.‹

An diesem Tage begann ich die Bewohner dieser Stadt zu verzehren und fraß sie alle auf, indem ich sie besonders durch diese schönen Frauen und durch diese Rosse betörte. So habe ich denn den mächtigen Hügel von Schädeln zustande gebracht, der eine Meile weit reicht, und niemand außer dir, mein Sohn, hat die erlösende Frage an mich gerichtet. Infolge deiner Frage ist mir eine neue Nase gewachsen, bester Mann! Jetzt bin ich befreit von Indras Fluch: recht langer Sieg sei dir beschieden! Hier, mein Sohn, habt Ihr die herrliche Stadt, hier die schönen Frauen und die Rosse und den wundervollen Palast: herrschet nun Ihr an meiner Stelle!«

Darauf füllte sie durch ihr Zauberwissen die Stadt wieder mit ihren Bewohnern, setzte Ghrischta an ihrer Statt zum König ein, begab sich auf den Waitadhja und lebte weiter wie vordem.

In der Stadt Manorama herrschte nun Ghrischta als kraftvoller Kaiser, dem alle Lande unterworfen waren. Seine sechs bisherigen Freunde aber erhob er zu seinen Vasallen.

Während er so sein Kaisertum genoß, kam einst der Förster, dem der Stadtpark unterstellt war, und meldete ihm, ein hervorragender Dschainamönch sei in den Wald gekommen, umgeben von einer Menge von Schülern. Da machte sich der Fürst mit seinem ganzen Gefolge auf, dem erhabenen Lehrer zu huldigen. Er nahte ihm, wie es die kirchliche Vorschrift erheischt, grüßte ihn und ließ sich vor ihm nieder.

Mit tiefer, feierlicher Stimme trug der Lehrer die Lehre der Arhat vor: »Nur die Menschen, welche die Gebote der Sittlichkeit völlig erfüllen, sind wahre Menschen; alle anderen sind schlechte Menschen. Der Elende, dem es vergönnt ward, als Mensch geboren zu werden, und trotzdem keinen sittenreinen Wandel führt, der gleicht dem Manne, dem der Aufstieg auf den Rohana-Berg gelang und der den dort gefundenen Edelstein verschmäht, welcher aller Wünsche erfüllt.«

Als er seine Predigt beendet hatte, fragten ihn der Kaiser und seine Freunde: »Was waren wir für Leute in unserem vorigen Dasein, o Herr, daß wir in solche Bedrängnis durch Hexen geraten sind?«

Der Lehrer sagte: »Wenn es euch zu hören verlangt, so vernehmet, liebe Söhne! In der Stadt Pratischthana lebte einst ein Brahmane Harisrama. Dieser setzte den Hexen durch Zaubersprüche und Diagramme hart zu. Wo er seinen Zauberkreis zog, befanden sich sechs Männer als Sänger. Eines Tages wurden sie von einem Mönch, der dem Pfad der wahren Glaubenslehre folgte, belehrt; und nachdem sie lange Zeit freudig diese Lehre befolgt hatten, starben sie schließlich fastend in frommer Betrachtung. Der Brahmane ward nach seinem Tode als Sura wiedergeboren, die sechs andern wurden seine Vasallenfürsten. Ihre Taten in ihrem vorigen Dasein aber bewirkten es, daß sie in die Gewalt der Hexen kamen. Weil sie aber später nach den Geboten der wahren Glaubenslehre lebten und starben, deswegen wurdest du, Sura, zu einem Fürsten dieser Erde. Denn die Wirkung der Taten, die im vorigen Dasein noch nicht aufgezehrt war, mußte noch aufgezehrt werden. Das Schicksal ist allmächtig.«

Nachdem sie so von ihrem früheren untadeligen Dasein gehört hatten, kam ihnen plötzlich die Erinnerung an dasselbe. Sie machten ihre Söhne an ihrer Statt zu Herrschern, beschritten den guten Pfad und gingen in den Himmel ein.

(Indien)

Des Dichters Fluch

Es war einmal ein großer Dichter, der lebte in einem mächtigen Reich. Sowohl der Maharadscha und die gelehrten, welterfahrenen Männer am Hofe als auch die einfachen Leute im Lande schätzten ihn hoch. Junge und Alte kannten seine Gedichte; Edelleute und fahrendes Volk trugen sie vor.

Stets zwang der Dichter die Zuhörer in seinen Bann, mochte seine Dichtung erzählend, spannungsgeladen oder stimmungsvoll sein. Seine Worte blieben nie ohne Wirkung, sie hatten eine große Kraft. War in der Dichtung von alten Zeiten die Rede, so versetzten sich die Zuhörer in diese Zeiten; war von wilden Tieren die Rede, so wurde den Zuhörern angst und bange. Gedichte, die von Liebesglück und Liebesleid erzählten, ergriffen auch gefühlskalte Menschen.

Der Dichter hatte nicht seinesgleichen; seine Kunst erregte die Bewunderung aller.

Eines Abends richtete der Maharadscha an den Dichter die Frage: »Wie stellst du es an, daß deine Dichtung einen besonderen Zauber auf die Zuhörer ausübt? Übt sie diese Wirkung aus, weil du deine Worte sorgfältig auswählst, oder weil du aus ihnen schillernde Bilder wie aus glänzenden Steinchen zusammensetzt? Hängt die Wirkung deiner Worte vielleicht davon ab, ob du sie mit leiser oder lauter, mit ruhiger oder erregter Stimme, bei Tageslicht oder bei Feuerschein vorträgst? Wie machst du es, daß deine Dichtung so zu Herzen geht? Doch wenn ich deine Gedichte aufsage, so klingen sie wie hohle Worte.«

Der Dichter antwortete: »Meine Worte spiegeln meine Gedanken wider. Ich klaube sie nicht zusammen, sie sprudeln von meinen Lippen. Ich kann die Sache nicht anders erklären, Mahipati, aber ich will darüber nachdenken.«

Der Dichter machte vor dem Maharadscha und seinen Gästen eine tiefe Verbeugung, dann begab er sich nach Hause. Vor Müdigkeit fielen ihm die Augen zu, deshalb ging er gleich zu Bett. Nach einiger Zeit fuhr er aus dem Schlaf auf; er vermeinte Geflüster, Geräusche und Schritte zu hören.

Er dachte: ›Träume ich? Sind Einbrecher in meinem Hause?‹ In dem Augenblick hörte er, daß jemand das Haus durchstöberte. Eine große Wut packte ihn; es fehlte nicht viel, so wäre er aufgesprungen und hätte sich mit der Waffe in der Hand auf die Eindringlinge gestürzt. Da kam ihm das Gespräch, das er mit dem Maharadscha geführt hatte, in den Sinn.

Der Dichter entschloß sich, die Kraft seiner Worte auszuprobieren. Er preßte die Lippen zusammen, nahm Palmblatt und Griffel und schrieb bei Mondschein einen Fluch nieder. Dann schob er das beschriebene Blatt unter sein Kissen und legte sich schlafen.

Am frühen Morgen erwachte der Dichter. Er erhob sich von seinem

Lager und schlich sich ins Nebenzimmer; dort fand er die Einbrecher. Sie waren zu Stein geworden: Zwei Männer lagen unter einer mit Kleidungsstücken, Schriften und Münzen angefüllten Truhe, zwei ihrer Kumpane griffen nach der schönsten Statue. Ein Mann war zu Stein geworden, als er Kostbarkeiten in einem Teppich wegbringen wollte, und ein anderer, als er sich an eine große, beschlagene Truhe heranmachte. Der Dieb, der Schmiere gestanden hatte und die Türklinke in der Hand hielt, war ein blutjunger Bursche.

Das Wort hat eine große Kraft! Mein Wort hatte eine solche Kraft, weil ich an seine Wirkung glaubte! dachte der Dichter. Plötzlich geriet er in Bestürzung, er bedeckte das Gesicht mit den Händen und rief aus: »Darf man denn um des Eigentums willen so viele Menschenleben opfern? Einen Teil der Kostbarkeiten hätte ich ersetzen können, den anderen hätte ich entbehren können. Das Leid, das ich den Müttern, den Frauen und den Kindern dieser Einbrecher zugefügt habe, wird auf mir lasten; ich werde meines Lebens nicht froh werden, weil ich ein zu strenger Richter war.«

Da hörte er die demutsvollen Worte: »Verzeih uns, Herr, daß wir uns gegen dich vergangen haben. Erfülle unsere flehentliche Bitte, liefere uns nicht aus! Wir wollen alle Gegenstände auf ihren Platz geben und dann verschwinden. Nie wieder wollen wir ohne dein Wissen den Fuß über diese Schwelle setzen.«

»Das Wort hat eine große Kraft!« rief der Dichter hocherfreut aus. »Es schenkt Lebenskraft und Seelenfrieden; ein Fluch im Zorn hingegen fällt auf den Fluchenden zurück. Kommt, habt keine Furcht, waschet euch und esset in meinem Haus. Laßt ihr künftig die Finger von meinem Eigentum, so dürft ihr dieses Haus betreten, ich will euch dann Speise und Trank reichen.«

Der blutjunge Dieb blieb im Hause des Dichters. Er eignete sich Kenntnisse und Fähigkeiten an, die ein redlicher Mann brauchen kann. Auch die anderen Männer ließen von der Dieberei und ergriffen ein ehrliches Gewerbe.

Sowohl der Maharadscha und die vielen gelehrten, welterfahrenen Männer am Hofe als auch die einfachen Leute im Lande hörten von dieser seltsamen Begebenheit und mußten staunen.

(Sri Lanka)

Das Lügenland

In einem gewissen Lande lebte ein Kaufmann, der sich mit seinem Handel viel Geld erworben hatte. Aber des Kaufmanns Sohn verstand gar nichts von den Geschäften. Und so unterrichtete der Kaufmann vor seinem Tode den Sohn über das Notwendigste, und ganz besonders warnte er ihn, Handel in dem Königreich zu treiben, in dem alles verkehrt geht. Als Grund dafür gab er an, daß dort das Gerichtswesen und alle anderen Einrichtungen auf dem Kopfe stünden.

Nach dem Tode des Vaters überlegte der Sohn: ›Ich verstehe wirklich nicht, warum mein Vater unter allen Königreichen gerade das Land Ulat Puran, in dem alles verkehrt geht, mir als für den Handel ungeeignet verboten hat. Dabei ist dieser Name doch ganz besonders vielversprechend. Dort muß ich hinfahren!‹

Der Sohn des Kaufmanns ließ vier Schiffe mit Gütern beladen und dann Segel setzen, um das Königreich, in dem alles verkehrt geht, aufzusuchen.

Bei günstigem Wind kamen die Schiffe des Kaufmanns schnell voran. An vielen Ländern segelten sie vorbei, fuhren breite und schmale Flüsse entlang und gelangten auch endlich in das Königreich, in dem alles verkehrt ging.

Am Ufer des Flusses beobachteten sie einen Kranich, der sich sein Futter suchte. Der Sohn des Kaufmanns zielte auf das Tier, und mit einem Aufschrei fiel der Kranich zu Boden und war tot.

Ganz in der Nähe befand sich ein Wäscher, der seine Wäsche im Stich ließ und schnell davonlief. Er begab sich unmittelbar zum König und trug diesem die folgende Klage vor: »Euer Majestät! Mein Vater, in der Gestalt eines Kranichs, wollte mir soeben beibringen, wie ich die Wäsche zu waschen habe, als der Sohn eines Kaufmanns aus einem fremden Land mit seinen Schiffen daherkam und ihn niederschoß. Ich erbitte Gerechtigkeit aus den Händen Euer Majestät.«

Auf des Königs Befehl mußte der Kaufmannssohn vor Gericht erscheinen. Da er jedoch keine zufriedenstellende Antwort auf die Anklage des Wäschers geben konnte, wurde eines seiner Schiffe als

Entschädigung für sein Vergehen eingezogen. In diesem Königreich, in dem alles verkehrt ging, stand auch die Rechtspflege auf dem Kopfe.

Mit den drei verbleibenden Schiffen segelte der Kaufmannssohn weiter und gelangte nach ein paar Tagen zum Landungsplatz einer großen Stadt. Viele Leute kamen an Bord der Schiffe, einige, um Waren zu kaufen, andere, um sich die mitgebrachten Güter anzuschauen, und wieder andere aus reiner Neugier. Auch ein Barbier kam an Bord des Schiffes, auf dem sich der Kaufmannssohn befand. Der Barbier ging zu ihm, verbeugte sich tief und sprach: »Ich will Euch Euren Bart scheren, aber gebt acht, daß Ihr mich zufriedenstellt!«

Der Kaufmannssohn dachte sich: »Wenn ich ihm zwei Geldstücke statt des einen gebe, das ihm zusteht, wird er schon zufrieden sein.« So erwiderte er: »Nun gut, so soll es sein. Ich werde dich zufriedenstellen.«

Als der Barbier seine Arbeit getan hatte, bot ihm der Kaufmannssohn zwei Geldstücke an. Der aber wollte sie nicht nehmen. Da erhöhte er sein Angebot auf einen Anna, aber auch der wurde nicht angenommen. So ging er bis zu einer Rupie hinauf. Und immer wieder lehnte der Barbier ab. Zuletzt bot der Kaufmannssohn hundert Rupien, doch der Barbier war nicht zufriedengestellt.

Da begab sich der Barbier zum König und brachte eine Klage gegen den Kaufmannssohn vor. Diesem wurde befohlen, vor Gericht zu erscheinen. Und da er nicht in der Lage war, den Barbier zufriedenzustellen, wurde ihm ein anderes seiner Schiffe beschlagnahmt, eben weil im Lande, in dem alles verkehrt geht, auch die Rechtspflege auf dem Kopfe steht.

Da dachte sich der Sohn des Kaufmanns: »O weh! Jetzt beginne ich auf meine Kosten zu begreifen, weshalb mein Vater mir verbot, in dieses Land zu fahren. Hätte ich doch nur auf seinen klugen Rat gehört, dann wäre mir dieses Unglück nicht widerfahren. Länger darf ich in diesem verwünschten Lande nicht bleiben!«

Mit den zwei ihm verbleibenden Schiffen wollte sich der Kaufmannssohn auf die Heimreise machen. Aber er war noch nicht weit gekommen, als er am Ufer eine Frau sah, die ihm mit ihren zwei Kindern zuwinkte. Neugierig, was dies zu bedeuten habe, ließ der

Sohn des Kaufmanns die Schiffe vor Anker gehen. Und kaum hatten die Schiffe die Anker ausgeworfen, als die Frau mit ihren beiden Söhnen in einem kleinen Boot heranfuhr und sich an Bord begab.

Sie sprach zum Sohn des Kaufmanns: »Dein Vater heiratete mich, als er in dieses Land kam, um Handel zu treiben. Ich bin deine Mutter, und diese beiden Knaben sind deine Brüder. Sie haben ein Anrecht auf die Hälfte des Besitzes deines Vaters. Deshalb gehört ihnen eines dieser Schiffe. Sei so freundlich und händige es ihnen aus!«

Da der Kaufmannssohn wußte, daß die Frau eine Lüge sprach, war er nicht gewillt, sein Schiff herzugeben. So begab sich die Frau zum König und reichte eine Klage ein. Und wieder mußte der Sohn des Kaufmanns vor Gericht erscheinen. Er konnte keinen Beweis erbringen, die Behauptung der Frau, daß sein Vater mit ihr verheiratet war, zu widerlegen. Und so kam die auf dem Kopf stehende Rechtspflege in dem Land, in dem alles verkehrt geht, dazu, ihm ein weiteres seiner Schiffe zu entziehen.

Jetzt verblieb dem Kaufmannssohn nur noch ein einziges Schiff.

Er überlegte: ›Wenn ich noch länger in diesem Lande bleibe, werde ich auch noch mein letztes Schiff verlieren. Wehe der unseligen Stunde, in der ich meine Heimat verließ! Jetzt bin ich zugrunde gerichtet!‹ Und er befahl seiner Mannschaft, die Segel zu hissen und mit größter Geschwindigkeit in die Heimat zurückzufahren.

Gegen Abend gelangte das Schiff an einen großen Landeplatz, wo es anlegen mußte. Die Mannschaft bereitete sich das Essen zu, und der Kaufmannssohn saß übellaunig dabei, unaufhörlich an sein Mißgeschick denkend.

In diesem Augenblick kam ein einäugiger Mann an Bord. Er begab sich zum Sohn des Kaufmanns und sagte: »Ich nahm eine Anleihe von fünfhundert Rupien von deinem Vater und gab ihm als Sicherheit eines meiner Augen. Ich bezahle dir jetzt das Geld. Bitte gib mir mein Auge zurück!«

Diese Worte des Einäugigen überraschten den Kaufmannssohn: »Was sagst du da?« rief er aus. »Wer sollte als Sicherheit für ein Darlehen ein Auge verpfänden? Das ist eine Lüge!«

Zornig verließ der Einäugige das Schiff. Er begab sich zum König und trug seine Klage vor. Und zum vierten Male mußte der Sohn des Kaufmanns vor Gericht erscheinen. Auch diesmal konnte er die Behauptung des Klägers nicht widerlegen. Da er nicht entkräften konnte, daß sein Vater für ein Darlehen von fünfhundert Rupien das Auge als Sicherheit erhalten hatte, wurde auch das letzte Schiff beschlagnahmt.

Als der Kaufmannssohn alle Schiffe eingebüßt hatte, mußte er sich zu Fuß auf den Heimweg machen. Traurig, mit schwerem Herzen schleppte er sich dahin. Nach einiger Zeit setzte er sich, völlig ermüdet, unter einen Banyanbaum. Er weinte laut über sein Mißgeschick. Da kam ein alter Mann des Weges. Er war der Oberste der Schwindler in diesem Königreich, in dem alles verkehrt ging. Der Sohn des alten Mannes war erst vor wenigen Tagen gestorben, und die äußere Erscheinung des Kaufmannssohnes erinnerte ihn an den geliebten Toten. Als der Alte den Kaufmannssohn weinen sah, wurde er von Mitleid zu ihm ergriffen. Er ging hin zu dem jungen Mann und erkundigte sich nach der Ursache seiner Trauer.

Da berichtete der Kaufmannssohn über seine Erlebnisse. Und der alte Mann sagte: »Sei nicht traurig, junger Mann. Ich werde dafür sorgen, daß du alle deine Schiffe zurückerhältst. Komm nur mit mir in mein Haus.« So ging der Kaufmannssohn mit dem alten Mann, und dieser unterrichtete ihn genau, wie er sich vor dem Gerichtshof des Königs verhalten solle und welche Antwort er auf jede der vorgetragenen Klagen zu geben habe. Der Tag verging und es wurde Nacht. Der Kaufmannssohn schlief im Hause des Alten.

Am nächsten Morgen begaben sich beide zum Königshof. Und der Sohn des Kaufmanns wandte sich an den König: »Aus einem fernen Lande bin ich in Euer Majestät Reich gekommen, um hier Handel zu treiben. Aber ich habe all mein Gut verloren durch Fehlentscheide der Rechtsprechung. Ich erbitte Gerechtigkeit von der Hand Euer Majestät.« Der König versprach dem Kaufmannssohn, seinen Fall am nächsten Tage zu behandeln. Inzwischen ließ er alle herbeirufen, die gegen den Kaufmannssohn eine Klage ausgesprochen hatten.

Am nächsten Morgen erschienen der Alte und der Sohn des Kaufmanns vor Gericht. Und der König, der auf einem goldenen Thron auf erhöhter Plattform saß, eröffnete die Verhandlung über den Fall des jungen Mannes. Am Haupttor wurden die Trommeln geschlagen und damit der Beginn der Gerichtsverhandlung angekündigt.

Als erster wurde der Wäscher aufgerufen. Er erschien und stand mit gefalteten Händen vor dem König. Nach seiner Klage befragt, sagte er: »Mein Vater, in der Gestalt eines Kranichs, brachte mir soeben die Kunst bei, Wäsche zu waschen, als dieser junge Mann ihn tötete.«

Da fragte der Kaufmannssohn den König: »Wenn irgend jemand in Euer Majestät Reich meinen Vater töten würde, könnte ich dann dem Mörder das Leben nehmen?«

»Sicher könntest du das«, erwiderte der König. Da sagte der Kaufmannssohn: »Herr! Mein Vater steuerte die Schiffe in der Gestalt einer kleinen Garnele, als jener Kranich ihn auffraß. Deshalb habe ich den Kranich getötet.«

Nachdenklich sagte der König: »Damit hast du völlig richtig gehandelt.« Und so wurde befohlen, daß dem Kaufmannssohn eines seiner Schiffe zurückerstattet werde.

Dann wurde der Barbier herbeigerufen. Der sprach: »Dieser Mann versprach, mich für das Scheren seines Bartes zufriedenzustellen. Er hat sein Versprechen nicht eingehalten.«

Kaum hatte er das gesagt, als der alte Mann und der Kaufmannssohn über den Barbier herfielen und ihn mit Schlägen bearbeiteten. Dabei riefen sie: »Sag, wenn du zufriedengestellt bist!« Der arme Barbier war ganz verstört über diese Behandlung. Schwarz und blau geschlagen von den beiden, stöhnte er endlich um seines lieben Lebens willen: »Ja, ich bin zufriedengestellt!« Da wandte sich der Kaufmannssohn an den König: »Euer Majestät hat wohl gehört, daß dieser Barbier sagte, er sei zufriedengestellt.« Da befahl der König, daß dem Sohn des Kaufmanns ein weiteres Schiff zurückgegeben werde.

Und nun kam die Frau mit den beiden Söhnen. Sie sprach: »Der Vater dieses jungen Mannes hat mich geheiratet. Diese beiden Knaben hier sind seine Stiefbrüder und daher berechtigt, die Hälfte seines Besitzes an Schiffen zu erhalten.«

Der Kaufmannssohn erwiderte: »Aus eben diesem Grunde bin ich aus meiner Heimat in dieses Land gefahren. Ich konnte es nicht ertragen, zu Hause in Reichtum zu schwelgen, während hier meine

Stiefmutter und meine Stiefbrüder in Armut lebten. Mein Vater hat mir viel Besitz und Geld hinterlassen. Was sollte es meinen Stiefbrüdern nützen, wenn sie nur diese beiden armseligen Schiffe mit mir teilten? Besser wäre es, sie kämen mit mir in mein Land, und ich will all meinen Besitz mit ihnen teilen.«

Der König sprach: »Seine Worte sind gerecht. So zieht mit ihm in sein Land.« Aber die Frau wollte sich um keinen Preis überreden lassen, mit in das Land des Kaufmannssohnes zu reisen. Daraufhin befahl der König, daß dem Sohn des Kaufmanns auch das dritte Schiff zurückgegeben werde.

Zuletzt erschien der Einäugige. Er erzählte, daß er sich fünfhundert Rupien vom Vater des jungen Mannes geborgt und diesem dafür eines seiner Augen als Sicherheit gegeben habe. Jetzt wäre er bereit, die Schulden zurückzuzahlen, aber er müßte dafür vom Kaufmannssohn sein Auge zurückerhalten.

Der Sohn des Kaufmanns erwiderte: »Mein Vater hat so vielen Leuten Geld geliehen und dafür als Sicherheit deren Augen entgegengenommen, daß ich immer noch fünfzehn Augen besitze. Ich kann nicht entscheiden, welches Auge diesem Mann gehört. Aber wenn mir der Mann sein anderes Auge gibt, so will ich es vergleichen und das ihm gehörende herausfinden.«

Weise nickte der König mit dem Kopf und sagte: »Das ist sehr richtig!« Der Einäugige jedoch war keineswegs gewillt, sein einziges verbliebenes Auge herzugeben. So befahl der König, daß dem Kaufmannssohn das vierte und letzte Schiff zurückerstattet werde. Und auf diese Weise erhielt der Kaufmannssohn durch die auf dem Kopfe stehende Rechtsprechung in dem Königreich, in dem alles verkehrt geht, seine Schiffe zurück. Da belohnte er den alten Mann sehr freigebig und segelte in seine Heimat zurück. Aber danach begab sich der Kaufmannssohn nie wieder in das Königreich, in dem alles verkehrt geht.

(Bangladesch)

Der Stupa der Gänsehirtin

*V*or einem früheren unmeßbaren Weltzeitalter tat der Bodhisattva-Mahasattva Avalokiteshvara vor dem Buddha Amitabha das Wunschgebilde, alle Lebewesen aus dem Sumpf des Sansara zu erlösen. Als er maßlos viele Lebewesen aus dem Ozean des Sansara befreit hatte, begab er sich in seinen Palast auf dem Gipfel des Berges Potala. Als er in dem Gedanken »Jetzt gibt es kein unerlöstes Lebewesen mehr« Umschau hielt, sah er, daß die Zahl der Wesen sich wieder ergänzt hatte, wie der reichliche Bodensatz eines starken Bieres das Bier wieder ergänzt. Im Gedanken »Ich bin nicht fähig, die Lebewesen aus dem Ozean des Sansara zu befreien« kamen ihm die Tränen. Er wischte die Tränen mit den beiden Ringfingern ab und spritzte sie umher, indem er das Wunschgebet sprach: »In der Zukunft sollen die beiden Tränen zum Heil der Lebewesen wirken.« Die Tränen verkörperten sich im Lande der 33 Götter als zwei Töchter des Götterkönigs Indra, mit Namen die Göttermädchen Gangma und Gangtschungma. Da aber Gangtschungma himmlische Blumen stahl, wurde dadurch das sehr strikte göttliche Gesetz verletzt, und sie stürzte ab zu einer menschlichen Wiederverkörperung. Sie wurde geboren am Orte Maguta in Nepal, als Tochter des Gänsehirten gSal-ba als Vater und der Gänsehirtin Purna als Mutter, und trug selbst den Namen Gänsehirtin Samvara. Auch sie widmete sich der Aufzucht von Gänsen. Als sie dann mit vier Männern niederer Kaste geschlafen hatte, gebar sie vier Söhne: zuerst gebar sie einem Pferdehüter einen Sohn, dann einem Schweinehirten, dann einem Hundehüter und schließlich einem Gänsehirten, so daß im ganzen vier Söhne geboren wurden. Als sie darauf die Bezahlung für das Gänsehüten aufhäufte und auch die vier Söhne im Stande der Haushalter reichlich verdienten und auch weiterhin der Rest des Lohnes aufbewahrt wurde, häufte sich großer Reichtum an. Da faßte die Gänsehirtin folgenden Entschluß: ›Nachdem ich genügend Verdienst vom Gänsehüten aufgehäuft habe und auch meine vier Söhne als Haushalter reichlich verdienten und auch die Reste des Lohnes verwahrt wurden, habe ich viel Besitz erlangt. Damit aber dieser für uns alle wirksam wird, soll mein Gelübde auf einen Behälter des Geistes aller Buddhas, als ein Feld der Aufhäufung von religiösem Verdienst für die zahllosen Lebewesen, gerichtet sein. Wenn ich mich also anschicke, einen Tschörten mit Reliquien des Buddha im Inneren zu errichten, muß ich zuerst dem Maharadscha des Landes die Bitte vortragen, einen Bauplatz zu bekommen.‹ Sie begab sich zum Maharadscha, verneigte sich, umwandelte ihn, beugte die Knie und bat mit zusammengelegten Händen: »O erhabener Maharadscha, ich arme Frau und Gänsehirtin habe als einzelner Mensch den Lohn des Gänsehütens gespart, und auch meine vier Söhne von verschiedenen Vätern haben als Haushalter reichlich verdient. Da wir den Rest des Lohnes gespart haben, habe ich viel Besitz erlangt. Mein Gelübde, ein Feld der Aufhäufung von religiösen Verdiensten für die zahllosen Lebewesen, geht auf einen Behälter des Geistes aller Buddhas. Ich bitte um die Errichtung eines großen Stupas mit Buddha-Reliquien im Inneren und bitte die Erlaubnis zu erteilen.« Auf diese Bitte hin sagte der Maharadscha zunächst nichts, da er die Angelegenheit nicht sogleich verstand. Als er sich nach einer Weile gefaßt hatte und die Sache überschaute, erhob sich in seinem Sinne der Gedanke: »Wie höchst wunderbar ist es doch, daß eine arme Frau, eine Gänsehirtin, als einzelner Mensch den Lohn des Gänsehütens gespart hat und auch die vier Söhne von verschiedenen Vätern als Haushalter gut verdient haben und daß sie auch den Rest des Lohnes gespart haben, um einen Stupa von großem Ausmaß zu errichten!« Da gab er die Genehmigung mit den Worten: »Es darf so verfahren werden.« Die Gänsehirtin wurde sehr froh und befriedigt, verneigte sich wiederum vor dem Maharadscha, umwandelte ihn viele Male und kehrte in ihr Haus zurück. Die Frau, ihre vier Söhne und ein Diener luden luftgetrocknete Ziegel einem Elefanten und einem Esel, die ihnen zur Verfügung standen, auf und beförderten sie so.

Als darauf das Fundament des großen Stupa gelegt war und man beim Aufmauern bis zu den drei Stufen des treppenförmigen Teiles gelangt war, hatten alle Leute von Nepal die gleiche Meinung: »Wenn die arme Gänsehirtin als einzelner Mensch einen Stupa von solchen Ausmaßen errichtet, baut sie damit einen Stupa wie der König, die

Minister, die Wohlhabenden und alle angesehenen Leute. Das wird dazu führen, daß man die Stupas dieser Leute verachtet und ihnen damit Schaden zufügt.« Alle Leute berieten miteinander und kamen überein, beim König vorstellig zu werden, daß nicht gebaut werden dürfe. Und alle Leute von Nepal kamen zusammen und baten den Maharadscha: »O erhabener Maharadscha, Ihr habt einen hochmögenden Irrtum begangen. Wenn die arme Gänsehirtin als einzelner Mensch einen Stupa von solchem Ausmaß erbaut, dann errichtet sie einen Stupa, welcher den ›Wurzeln des Verdienstes‹ von Euch, Majestät, der Minister, Wohlhabenden, kurz aller angesehenen Leute entspricht. Da uns allen Schaden entsteht, wenn man sie bauen läßt, bitten wir einmütig, daß Erde und Steine wieder an ihren Platz geschafft werden und daß man den Bau untersagt.« Der König äußerte sich wie folgt: »Ihr alle sollt gut zuhören! Weil ich es für höchst wunderbar erachtete, daß die arme Gänsehirtin als einzelner Mensch den Lohn des Gänsehütens gespart hat und auch die vier Söhne von verschiedenen Vätern als Haushalter gut verdient haben und daß sie den Rest des Lohnes gespart haben, um einen Stupa von solchen Ausmaßen zu errichten – darum ist meinem Munde das Wort entflohen: ›Es darf so verfahren werden.‹ Ich als König bin einer, der sich zu einer Sache nur einmal äußert.« Da so der Bau vor sich ging ohne Behinderung durch die anderen Menschen, obwohl sie es gern verhindert hätten, erhielt der Stupa den Namen Bya-rung-kha skor.

Als man darauf sommers und winters ohne Unterbrechung weiterbaute, war der Bau in vier Jahren bis unterhalb vom kuppelförmigen Teil vollendet. Die Gänsehirtin Samvara wußte zu jener Zeit, daß sie sterben mußte, und sprach zu ihren vier Söhnen und dem Diener: »Vollendet mein Gelübde, das Feld der Aufhäufung von religiösen Verdiensten für unendlich viele Lebewesen, nämlich diesen großen, vorzüglichen Stupa! In sein Inneres tut bitte Buddha-Reliquien! Vollzieht auch die Weihe mit allem Pomp! Dadurch führt ihr nicht nur meine Absicht aus, sondern vollendet auch den Willen aller Buddhas der drei Zeiten und erwirkt für euch selbst großes Heil in diesem und dem künftigen Leben!« Darauf verschied sie. Und zu jener Zeit kamen Schall und Musik sowie ein göttlicher großer Blumenregen vom Himmel herab, auch eine Menge Regenbogen erschienen, und wegen des Segens der Errichtung dieses großen Stupas erlangte die Mutter Gänsehirtin Samvara als Damtshig Iha-mo mit Namen Pramoha die Buddhaschaft. Darauf berieten sich die Söhne: »Wenn unsere alte Mutter auch als arme Gänsehirtin geboren war, so haben doch auch wir vier Söhne von verschiedenen Vätern als Haushalter reichlich verdient und den Rest des Geldes gespart. Wenn nun dieser in Jambudvipa köstlichste, höchst staunenswerte große Stupa vollendet werden soll, müssen wir die Kuppel auf den Stupa unserer Mutter aufsetzen, um uns ihr dankbar zu erweisen.« Nach erzielter Einigkeit hierüber luden die Söhne wie zuvor dem Elefanten und Esel Ziegel auf und mauerten drei Jahre weiter unter Hilfe des einen Dieners. Sie wurden zusammen im siebenten Jahre fertig und taten unterhalb des hölzernen Pfahles ein Drona nach Art von Magadha Reliquien des Buddha Kashyapa hinein. Dann bereiteten sie unermeßliche Massen von Opfergaben. Als man dann die Blumen für die Weihezeremonie ausstreute, erschienen in den himmlischen Bereichen über ihnen der Buddha Kashyapa mit Gefolge, alle Buddhas und Bodhisattvas der zehn Himmelsrichtungen, eine Schar von Arhats mit unermeßlichem Gefolge, ferner die fünf Buddhas, die drei Schützer-Bodhisattvas, unermeßliche Scharen milder und zorniger Gottheiten wie aufgeblühte Sesamschößlinge in unvorstellbarer Zahl. Sie streuten Blumen, äußerten reichlich Segenswünsche, ließen mannigfache göttliche Musik ertönen und einen großen Regen von Götterblumen herabfallen. Die Gegend war ganz von wohlriechendem Räucherwerk durchduftet, die große Erde bebte dreimal, und von den Körpern der Buddhascharen verbreiteten sich unermeßlich viele Lichtstrahlen der Weisheit. So geschah es fünf Tage lang ohne Rücksicht auf Tag und Nacht.

(Nepal)

Vom Hirten, der die Liebe lernen wollte

*E*s war einmal ein junger Hirt, der weidete tagaus, tagein seine Schafe vor den Mauern der Stadt. Immer saß er auf einem Stein, der am Rande eines Weges stand. Bei dem kam eines Tages ein Heiliger vorbei, und die beiden kamen miteinander ins Gespräch. Und als sie lange geredet hatten, da fragt der Hirt den Heiligen: »Sagt mir, wie wird man ein Heiliger, auch ich möchte werden wie Ihr und so viel von Gott und der Welt wissen wie Ihr!«

Da schwieg der Heilige ein Weilchen und sagte dann ernst: »Wenn du wirklich Heiliger werden willst, so mußt du erst lernen, was Liebe ist. Dann erst wirst du die Welt verstehen und kannst in das Wissen Gottes eingeweiht werden.«

Der Hirt lief in die Stadt und ging zu einer alten Frau und bat sie: »Lehre du mich die Liebe, ich möchte die Liebe lernen.«

Da lacht die Alte und sagt: »Das kann ich nicht. Geh in den Palast des Statthalters, dort wird man dir zeigen, was Liebe ist.« Und der Hirt, nicht ahnend, was ihn erwartet, macht sich auf zum Palast des Statthalters.

Dort lief er geradewegs in den Garten, wo die Töchter des Statthalters mit ihren Freundinnen spielten. Die fragten den Jüngling: »Was willst du bei uns?«

Und der Hirt antwortet: »Ich bin ausgezogen, um die Liebe zu lernen. Kann eine von euch mich die Liebe lehren?«

Da lachten sie alle, und eine Tochter – die Schönste unter ihnen – sagte: »Wohlan, ich lehre dich Liebe. Du legst dich schlafen, dann töte ich dich.«

Und sie rief nach ihrer Lieblingsdienerin, die mußte ihr Schwert bringen, und die schönste Tochter des Statthalters tötete den Hirten.

Als sie ihn getötet hatte, gebot sie, ihn im Garten des Palastes zu begraben; und die Lieblingsdienerin begrub ihn unter einem Baum. Doch begrub sie ihn nicht ganz, sondern schnitt sich ein Stück Fleisch aus seiner Lende. Sie ging damit zu einem Metzger und sagte: »Dies ist Hammelfleisch, ich esse aber kein Hammelfleisch. Gib mir bitte dafür Ziegenfleisch.«

Und der Metzger gab ihr dafür ein Stück Ziegenfleisch. Das Stück Fleisch aus der Lende des Hirten aber verkaufte er an das Haus eines reichen Kaufmanns.

Und als die Frau des Kaufmanns das Stück Fleisch in die Pfanne legte, um es zu braten, da verbrannte sie sich die Hand und jammerte: »Hae, hae, tut mir das weh!«

Da fing das Stück Fleisch in der Pfanne an zu reden und sagt:

>»Den Liebenden, den tötete das Schwert
>Und er hielt still.
>Dich brannte nur ein wenig Feuer
>Und du wehklagst.«

Da erschrak die Frau des Kaufmanns und nahm das Stück Fleisch aus der Pfanne. Sie erzählte die Geschichte ihren Dienerinnen, und bald erfuhr der Statthalter davon. Der fragt die Frau: »Woher hast du das Stück Fleisch?«

Und sie sagte: »Vom Metzger.« Und der Statthalter ließ den Metzger aus seinem Laden holen und ihn gebunden sich vorführen. Er fragte ihn: »Woher nahmst du das Stück Fleisch?« und zeigte ihm das Stück Fleisch aus der Lende des Jünglings.

Da sagte der Metzger: »Dies brachte mir die Dienerin Eurer Tochter.«

Als der Statthalter die Rede des Metzgers gehört hatte, ging er zu den Frauengemächern und fragt seine Töchter und die Dienerinnen: »Woher stammt dieses Stück Fleisch?«

Und sie alle erzählten von dem jungen Hirten, der die Liebe lernen wollte. Da befahl der Statthalter, den Leichnam wieder unter dem Baum auszugraben, und setzte selbst das fehlende Stück Fleisch in seine Lende.

Als er fertig war, sagte er zu seiner Tochter, von der man sagte, daß sie die Schönste sei: »Du, lege deine Hand auf seine Stirn und küsse seinen Mund!«

Und die Tochter tat, wie ihr der Vater geheißen. Sie legte die Hand auf des Hirten Stirn und küßte seinen Mund. Da erwachte der Hirt wieder zu neuem Leben, verließ die Stadt und ging zum Heiligen. Der aber sagte: »Wahrlich, es ist dir gelungen, die Liebe zu lernen. Von jetzt an bist du mein Schüler.« (Pakistan)

Der Lebensbaum

*E*in weiser Priester wußte dem Padischah zu berichten, in Indien stände ein Baum, und wer von seinen Früchten koste, dem könne das Alter nichts anhaben, und der stürbe nicht. Der Padischah horchte auf und gedachte den Baum ausfindig zu machen, doch er fragte nicht, wo der Baum stünde, noch wie er beschaffen wäre. Er schickte vielmehr einen seiner Leute nach Indien, gab ihm reichlich Geld und sprach zu ihm: »Verschwende diese Reichtümer, ich will dir noch weitere schikken. Doch bringe mir, wenn du zurückkehrst, unbedingt eine Frucht dieses Baumes mit.«

Der Sendling begab sich nach Indien und fragte allerorts die Leute nach dem Baum, von dessen Früchten der Mensch ewig lebe und niemals altere. Der eine lachte ihn aus, der andere machte sich über ihn lustig, ein dritter hielt ihn für verrückt, und ein vierter erwiderte, er wüßte es nicht. Doch da er den Baum suche, müsse er auch irgendwo sein. Der eine sagte, im Walde stehe ein sehr hoher Baum. Er sei so hoch, daß man seinen Wipfel nicht sehe und an seine Früchte nicht herankomme. Möglicherweise sei dies der gesuchte Baum.

So hielt ihn ein jeder zum besten, er aber wanderte über Berge und durch Wälder, durch Steppen und Einöden. Kurz und gut, er ging ohne Ende, befragte immer wieder die Leute, doch er erhielt keine Antwort und wollte bereits in seine Heimat zurückkehren. Bedrückt überlegte er, wie er sich nun vor seinem Gebieter rechtfertigen sollte.

Eines Nachts hörte er, daß in einem Dorfe ein guter Mensch lebe, ein gelehrter Priester und Gottesmann. Der Bote dachte: »Gehe ich zu ihm. Mag er für mich beten.« Er kam zu dem Priester und bat ihn: »Herr, bete für mich, daß ich wohlbehalten nach Hause gelange.«

Der Priester betete für ihn und wollte wissen: »Woher kommst du?«

Da erzählte ihm der Sendling alles.

Der Weise lauschte seinen Worten und begann alsdann: »Ihr habt nicht begriffen, wovon dieser Priester sprach. Der Baum ist nichts anderes als die Wissenschaft. Wer ihre Frucht kostet, gewinnt ewiges Leben. Seine Worte vom ewigen Leben sind so zu verstehen: Wer diese Frucht ißt, wird sich zu Allah bekennen, wird wissen, was gut und was böse ist, wird das Gute schaffen und das Böse vermeiden, wird Bücher schreiben und Schüler hinterlassen. Und wenn seine Seele den Leib verläßt, so ist das auch kein Unglück: Seine Seele wird im Jenseits leben, indes sein Name hier auf Erden bleibt. Und ihm wird die gleiche Belohnung zuteil, wie einem hier auf Erden lebenden Menschen, der Gutes tut.«

»Auch wir haben unsere Vorstellungen, auch wir sind nicht unwissend! Hätte er die Wissenschaft gemeint, so hätten wir begriffen, daß er von der Wissenschaft redet; doch er hat vor allem Volk jenen Baum erwähnt, und jedermann weiß, daß die Wissenschaft eines, ein Baum etwas anderes ist.«

»Du hast wieder nichts begriffen. Anscheinend brauchst du ein Beispiel. Jeder Mensch ist jemandes Vater, jemandes Sohn, jemandes Enkel, jemandes Onkel, jemandes Neffe, jemandes Großvater, jemandes Vetter, jemandes Bekannter, jemandes Feind und jemandes Freund. Und dennoch ist es immer ein und derselbe Mensch. Kann man ihn mit einem dieser Namen bezeichnen?«

»Natürlich kann man das.«

»So hat auch die Wissenschaft zweierlei Namen. Du kannst sie Wissenschaft, du kannst sie Lebensbaum nennen. Beide Worte bedeuten ein und dasselbe.«

Als der Bote das vernommen hatte, besänftigte er sich und reiste zurück. In seiner Heimatstadt angelangt, empfing ihn der Padischah bereits erwartungsvoll und fragte ihn, ob er den Baum gefunden habe. Der Bote erzählte ihm von sämtlichen Schwierigkeiten, die ihm begegnet waren; wie er Wälder und Berge durchstreift hatte, wie die Leute ihn verlacht hatten. Der Padischah wurde sehr traurig und sagte, anscheinend seien all seine Strapazen vergeblich gewesen, habe er doch seine Aufgabe nicht erfüllt.

Darauf übermittelte ihm der Bote die Worte des weisen Priesters. Der Padischah freute sich sehr und belohnte den Mann freigebig. Sein ganzes übriges Leben aber widmete er der Sorge für die Wissenschaft und die Gelehrten. Der Padischah verkündete: Möge ein jedermann wissen, daß jung und alt sich der Wissenschaft widmen sollte.

(Afghanistan)

Von Persien nach Arabien

Der Vogel Blumentriller

Es war einmal ein König, der hatte drei Söhne; der eine hieß Malik Muhammad, der andere Malik Dschamschid, der dritte Malik Ibrahim. Malik Ibrahim, den Jüngsten, liebte der König am meisten, und wegen der Liebe des Vaters entstand Feindschaft zwischen den beiden anderen Brüdern. Nun geschah es, daß der König erkrankte, und die Ärzte im ganzen Reiche wußten kein Heilmittel gegen diese Krankheit. Endlich sagte einer der Ärzte: »Wir kennen nur ein einziges Mittel, wenn es nur zu finden wäre.« »Und was ist das?« fragten die Leute. Der Arzt erwiderte: »Es lebt im Meer ein grüner Fisch, der einen goldenen Ring am Schwänzchen trägt. Wenn dieser Fisch gefangen wird und wenn man ihm den Bauch zerschneidet und die Stücke auf das Herz des Sultans legt, dann wird er sicher genesen.«

Die Königssöhne boten den Tauchern viel Gold an und gingen an das Ufer des Meeres. Nachdem sie einige Tage am Meere entlang hin und her gelaufen waren, gelang es den Tauchern, den Fisch zu fangen. Sie brachten ihn zu Malik Ibrahim. Der Königssohn nahm den Fisch und wunderte sich über seine Schönheit. Auf einmal sah er, daß etwas auf seiner Stirne geschrieben stand, und als er näher zusah, las er die Worte: »Es gibt keinen Gott außer Allah, Muhammad ist der Prophet Gottes, und Ali ist sein Statthalter.« Beim Anblick dieser Schrift wurde Malik Ibrahim tief ergriffen und sagte: »Wenngleich mein Vater durch diesen Fisch seine Gesundheit wiedererlangen würde, könnte ich ihn nicht töten.« Und er warf den Fisch zurück ins Meer. Als die Brüder und die Wesire, welche alle erwarteten, den Fisch in ihre Hände zu bekommen, diese Handlung des Malik Ibrahim erblickten, bissen sie sich die Finger vor Erstaunen und wußten zuerst nicht, was sie dem König darüber vorbringen sollten. Da aber eilten Malik Muhammad und Malik Dschamschid, die nur auf eine solche Gelegenheit gewartet hatten, sofort zu ihrem Vater und erzählten ihm, was sich zugetragen hatte. Der König erzürnte und sagte: »Wenn Malik Ibrahim auf meinen Tod lauert, um zur Herrschaft zu gelangen, will ich ihn von dieser Stunde an nicht mehr als Sohn und Erben anerkennen.«

Die Krankheit des Königs nahm aber dermaßen zu, daß er keinen Augenblick Ruhe hatte. Man bat nochmals denselben Arzt um Hilfe. Er sagte: »Es ist nur noch ein einziges Mittel übrig. Es gibt nämlich einen Vogel, der Blumentriller heißt. Jedesmal, wenn er singt, läßt er aus seinem Schnabel eine Blume fallen. Ist einer dann so glücklich, diesen Vogel in die Hände zu bekommen, und legt man eine der Blumen, die aus seinem Schnabel herabfallen, auf das Herz des Königs, dann wird die Krankheit aufhören.« Der König küßte beide Söhne auf die Stirn und sagte: »Das Auge meiner Hoffnung ist auf euch gerichtet. Macht euch sofort auf und geht hin, den Vogel Blumentriller zu finden.«

Die Königssöhne machten sich in derselben Stunde für die Reise bereit und zogen von dannen, um den Vogel Blumentriller überall in der Welt zu suchen. Als Malik Ibrahim erfuhr, daß sich seine zwei Brüder auf den Weg begeben hatten, um den Vogel Blumentriller zu finden, nahm er einige Goldstücke mit und ritt ebenfalls zur Stadt hinaus. Unterwegs traf er mit seinen beiden Brüdern zusammen. »Wo geht die Reise hin?« fragten sie. »Ich suche denselben Vogel wie ihr.« »Gut«, sagten sie, »dann wollen wir zusammen reiten.«

Um kurz zu sein, die Königssöhne ritten viele Tage und Nächte hindurch, bis sie an einen Ort kamen, an dem der Weg in zwei Richtungen auseinanderging. Da war ein Baum und war eine Quelle. Alle drei stiegen von ihren Pferden ab und machten für eine Weile halt, um zu rasten. Als die beiden anderen eingeschlafen waren, erhob sich Malik Ibrahim, um in der Nähe einen Spaziergang zu machen. Plötzlich fiel sein Blick auf eine steinerne Tafel, auf der geschrieben stand: »Diejenigen, die an diesem Kreuzweg vorüberkommen, sollen wissen, daß der Weg nach rechts ohne Gefahr und bequem ist, der Weg nach links aber ist so gefahrvoll, daß den Reisenden keine Hoffnung auf Rückkehr bleibt. Sollte aber dennoch jemand wünschen, auf der linken Straße zu wandern, dann muß er diese Tafel mitnehmen.« Malik Ibrahim merkte sich den Inhalt der Tafel. Er ging zu seinen Brüdern zurück und sah, daß sie noch im Schlafe lagen. Er rief sie wach und sagte: »Leset diese Tafel und wählet einen der zwei Wege.« Nachdem die zwei Königssöhne die Inschrift gelesen hatten, sagten sie: »Wir wollen auf der rechten Straße fortwandern, denn unser Vater erwartet mit Ungeduld, daß wir ihm den Vogel Blumentriller bringen.« Malik Ibrahim aber sagte: »Ich fahre nach links.« Vergebens drangen die Brüder auf ihn ein, um ihn dazu zu bewegen, mit ihnen auf dem Wege nach rechts weiterzureiten. Sie nahmen also voneinander Abschied, die zwei Brüder fuhren nach rechts und Malik Ibrahim nach links. Lassen wir jene ihres Weges ziehen, und hören wir, wie es Malik Ibrahim erging.

Nach einigen Tagen und Nächten gelangte er an das Tor eines sehr schönen und herzerquickenden Gartens. Er ging hinein und sah, daß der Garten dicht voller Obstbäume stand und daß Bäche nach allen Richtungen flossen. Der Königssohn band sein Pferd an einen Baum, streckte seine Hand aus, pflückte einige Äpfel und aß ein paar davon, und die übrigen steckte er in seinen über dem Kreuz des Pferdes festgebundenen Quersack, da er vorsorglich daran dachte, daß er vielleicht an Orte kommen könnte, wo es keine Nahrung für ihn gäbe.

Dann fing er an, ein wenig im Garten herumzuwandeln. Er kam zu einem hohen Gebäude, aber wie sehr er auch umherblickte, so konnte er doch keinen Menschen entdecken. Verwundert stand er da und dachte bei sich: »Wer mag wohl der Besitzer eines solchen mitten in der Wüste gelegenen Gartens sein?« Plötzlich traf das Geplätscher von Wasser sein Ohr. Er blickte sich um und sah ein Mädchen, strahlend wie die Sonne, das am Rande eines Wasserbeckens saß und mit dem Wasser spielte.

Beim Anblick dieses mondgesichtigen Mädchens verlor Malik Ibrahim sein Herz. Im selben Augenblick fiel das Auge des Mädchens auf Malik Ibrahim. Sie erhob sich, ging ihm entgegen und sagte mit freundlicher und weicher Stimme: »O Malik Ibrahim, o meine süße Seele, wie bist du denn hierhergekommen? Jahrelang habe ich deine Ankunft mit Sehnsucht erwartet.« Über die Erwähnung seines Namens mit hundertfacher Verwunderung erfüllt, fragte Malik Ibrahim: »Was ist doch das? Woher kennt dieses Mädchen meinen Namen? Das ist wahrlich ein Rätsel.« Er war aber dermaßen in das Mädchen verliebt, daß er an nichts anderes mehr dachte. Kurzum, sie nahmen sich bei den Händen und gingen in das Schloß hinein, und das Mädchen bemühte sich in jeder Weise, das Herz des Königssohnes zu bestrikken.

Unterdessen fiel dem Königssohn ein Gedanke ein. Er erhob sich, um hinauszugehen. Das Mädchen wollte ihn zurückhalten, er aber beschwichtigte sie mit beredter Zunge und ging aus dem Schlosse hinaus. In einer Ecke des Gartens nahm er die Tafel hervor und las die Worte, die daselbst geschrieben standen: »O du, der du den Weg nach links gewählt hast, du wirst in einem schönen Garten ein verführerisches Mädchen antreffen. Sei klug und laß dich vom holden Gesicht des Mädchens nicht betören, denn sie ist in Wirklichkeit eine listige, alte Zauberin, die dich töten will. Du mußt dich zuerst liebenswürdig gegen sie erweisen, und wenn sie dir den Vorschlag macht, mit ihr zu ringen, dann gehe darauf ein, aber beim Ringen sollst du ihr das Hemd herabziehen. Sie hat an der linken Seite ihres Körpers ein schwarzes Mal. Gerade an dieser Stelle sollst du deinen Dolch aus allen Kräften in sie hineinstoßen. Nimm dich in acht, daß du den Stoß nicht verfehlst, sonst wirst du für alle Ewigkeit in einen schwarzen Stein verwandelt werden.«

Der Königssohn legte die Tafel wieder an ihren Platz und kehrte in das Schloß zurück, wo das Mädchen ihn mit großer Ungeduld erwartete. Als sie ihn sah, fing sie wieder an, ihn zu liebkosen. Nach einigen Liebesworten sagte das Mädchen: »Komm, wir wollen miteinander ringen, um zu sehen, wer von uns die größte Kraft besitzt.« Er ging darauf ein, und sie fingen an zu ringen. Der Königssohn merkte, wie sie sich daran machte, einen Zauber auszuüben, und daß sie ihn verwandeln wollte. Er rief Gott an und zog das Hemd des Mädchens herunter. Sie versuchte seinen Angriff abzuwehren, er aber stieß seinen Dolch bis zum Griff in das schwarze Mal hinein. Sofort brach ein Wirbelsturm los mit Donner und Blitz, und Malik Ibrahim wurde vor lauter Furcht ohnmächtig. Als er wieder zum Bewußtsein kam, sah er den Leichnam eines alten, abgelebten Weibes daliegen. Vom Garten und vom Schlosse war keine Spur mehr zu sehen, nur die dürre, wasserlose Wüste ringsumher. Er dankte Gott, bestieg sein Pferd und setzte seine Reise fort.

Nach einigen Tagen und Nächten kam er an einen Garten, der dem vorigen glich. Er ritt hinein und sah mitten im Garten einen großen See liegen. Draußen auf dem See bewegte sich ein kleines Fahrzeug. Der Königssohn band sein Pferd an einen Baum, löste den Quersack und nahm ihn mit an das Ufer des Sees. Dann schwamm er zu dem Fahrzeug hinüber und schwang sich an Bord. Dort lagen zehn Männer bunt durcheinander, alle mausetot, mit Ausnahme eines einzigen, bei dem noch ein kleines Lebensfünkchen glomm. Malik Ibrahim wollte ihn ausfragen, aber der Mann vermochte nicht zu sprechen.

Da nahm er einige Äpfel aus seinem Quersack hervor und gab sie ihm in kleinen Stückchen zu essen. Der alte Mann, der dem Hungertode nahe war, fühlte alsbald seine Kräfte wachsen und richtete sich auf. Nun fing der Königssohn an zu fragen: »Woher kommst du, und wer sind diese toten Leute?« Er erwiderte: »Wir sind Leute aus Gulabetun. Wir hatten gehört, daß dem Gebirge Qaf gegenüber eine Stadt liege, daß die Berge daselbst aus reinem Golde seien und daß am Fuße dieser Berge ein Fluß aus Rohsilber fließe. Ich und einige andere vornehme Kaufleute machten uns nun für die Reise bereit, um diese Stadt, von deren Lage wir keine Ahnung hatten, ausfindig zu machen. Fast zehn Jahre sind wir von Stadt zu Stadt, von Land zu Land herumgezogen, ohne jemals jener Stadt auf die Spur zu kommen. Zufällig kamen wir vor zehn Tagen an der Pforte dieses Gartens an. Wir gingen hindurch und gewahrten dieses Fahrzeug, und um uns zu belustigen, gingen wir an Bord des Schiffes, das damals am Ufer des Sees lag. Das Schiff setzte sich sofort in Bewegung und brachte uns in die Mitte des Sees. Während dieser zehn Tage ist das Schiff im Kreise herumgefahren, ohne vorwärts oder zurück zu kommen. Es war, als ob es in einen Strudel hineingeraten wäre. Jeden Tag zur Mittagszeit kommt eine Hand aus dem Wasser hervor und zieht einen von uns in die Tiefe hinab, ohne Rücksicht darauf, ob er tot oder lebend ist. Wir waren anfangs zwanzig; die zehn von uns sind schon von der Hand ergriffen worden, und die anderen sind Hungers gestorben. Nun fehlt nur noch eine Stunde, bis die Hand sich wieder zeigt.«

Malik Ibrahim zog seine Tafel hervor und las: »Wenn du die erste Hexe getötet hast und in den anderen Garten mit dem See und dem

Fahrzeug gekommen bist, nimm dich in acht, daß du dich nicht von den süßen und einschmeichelnden Worten, die die Besitzerin der Hand zu dir sagen wird, verlocken läßt, denn sie ist die Schwester der ersten Hexe. Du mußt die Hand mit allen deinen Kräften pressen, damit der Zauber gebrochen werden kann. Solltest du im Kampfe überwunden werden, würdest du für immer deine Freiheit verlieren.« Der Königssohn legte die Tafel auf ihren Platz zurück und wartete. Plötzlich sah er eine Hand aus dem Wasser kommen, die war so schön und fein wie keine andere, und gleichzeitig hörte er, wie eine Stimme sagte: »Sei mir willkommen, Malik Ibrahim, der du so viel Mühe gehabt hast, um hierherzukommen. Komm nun und laß uns in aller Freundschaft die Hände drücken.« – »Mit dem größten Vergnügen«, erwiderte der Königssohn. Und damit griffen seine Hand und die fremde Hand fest umeinander, und jede zog nach ihrer Seite. Der Königssohn merkte, daß seine Gegnerin ihn immer mehr zu den Wellen hinabzog, und er war nahezu besiegt; da befahl er sich in die Hut Gottes und preßte die Finger der Gegnerin so gewaltig, daß die Hand zerquetscht wurde. Genau wie voriges Mal brach ein gewaltiges Sturmwetter los mit Donner und Blitz, und kurze Zeit darauf sahen sie die Leiche einer alten Hexe mitten in einer unermeßlichen Wüste liegen, in der sie sich nun befanden. Malik Ibrahim fragte den alten Mann, wohin er zu ziehen gedenke, und jener erwiderte: »Wohin du auch ziehen magst, so will ich dir als dein Diener folgen.« Aber Malik Ibrahim entgegnete: »Dort, wo ich hinziehe, hast du nicht Kraft genug, mir zu folgen. Reise darum, wohin dich gelüstet, und der Friede des Herrn sei mit dir.« Und damit nahmen sie Abschied voneinander.

Malik Ibrahim legte nun wieder ein Stück Weges zurück, bis er an einen Ort kam, an dem sich ein sehr hoher Baum und eine Quelle befanden. Eine große Schar Affen hatte sich unter dem Baum versammelt, und einer von den Affen trug auf seinem Rücken ein Tuch aus Kaschmirwolle, was wohl bedeuten sollte, daß er vornehmer war als die anderen. Hinter dem Baum befand sich ein Brunnen. Der Königssohn zog sogleich seine Tafel aus den Brustfalten seines Gewandes hervor und las, was dort geschrieben stand: »O du, der du auch die zweite Hexe getötet hast, du wirst an einen Baum und einen Brunnen kommen, in dem sich die dritte aufhält. Du wirst in den Brunnen hinabsteigen und durch einen engen Gang hindurch auf eine weite Ebene gelangen, wo ein hohes Gebäude errichtet ist. Geh in das Gebäude hinein; dort triffst du ein Mädchen, das die erwähnte Hexe ist. Sie wird dich mit List und Tücke verlocken, aber du wirfst ihr diese Tafel an die Stirn und zerspaltest ihr den Kopf, wodurch der Zauber gebrochen sein wird.«

Als Malik Ibrahim diese Worte auf der Tafel gelesen hatte, stieg er in den Brunnen hinab, und indem er den Worten der Tafel folgte, schlug er auch die dritte Hexe tot.

Sobald er wieder aus dem Brunnen herausgestiegen war, sah er, daß alle Affen menschliche Gestalt erhalten hatten und zu lauter Mädchen geworden waren, von denen jede einzelne für sich so schön wie die Mondesscheibe war; aber eine war unter ihnen, deren Antlitz Sonne und Mond zugleich beschämte. Sie trug ein Tuch aus Kaschmirwolle. Der Prinz näherte sich ihr und fragte sie, aus welchem Lande sie und die anderen Mädchen stammten und auf welche Weise sie der Hexe in die Hände gefallen wären. Das Mädchen antwortete: »Ich bin die Tochter des Königs der Peri, und mein Name ist Maimune Khatun. Eines Tages ging ich mit meinen Sklavinnen vor der Stadt spazieren. Da erblickte ich eine Gazelle mit einem hübsch gefleckten Fell. Ich eilte ihr nach, von meinen Sklavinnen gefolgt, und so jagten wir die Gazelle viele Meilen weit und kamen zuletzt an einen Wald. Auf einmal sahen wir, wie sich die Gazelle im Kreise herumdrehte und zu einem alten häßlichen Weibe wurde, und im Nu hatte sie uns in die Gestalt verwandelt, in der du uns gesehen hast. Als mein Vater erfuhr, was geschehen war, sandte er viele Male seine Heere aus, um die alte Hexe zu bekämpfen, aber sie schlug sie alle mit ihrer Zaubermacht. Gott sei gepriesen, daß du uns nun endlich erlöst hast! Bis an den Jüngsten Tag werden wir uns dir zu Dank verpflichtet fühlen, und du kannst mir glauben, daß mein Vater dir danken wird, wenn er von unserer Befreiung erfährt.« – »Maimune Khatun«, sprach Malik Ibrahim, »wenn es Gott gefällt, werde ich dich wohlbehalten zu deinem Vater zurückbringen.«

Nun zogen sie alle weiter und kamen in die Stadt der Peri. Maimune

ging zu ihrem Vater, und als dieser sein Kind, das er wie seine eigene
Seele liebte, erblickte, drückte er sie an seine Brust und fragte sie, wie
sie der Gewalt der Hexe entkommen sei. Maimune Khatun erzählte
ihrem Vater, wie sich alles zugetragen hatte. Da ließ der König der Peri
Malik Ibrahim zu sich rufen, küßte ihn auf die Wangen und sprach:
»Mein liebes Kind, ich habe das Versprechen abgelegt, daß der, der
Maimune befreie, mein Königreich und meine Tochter bekommen
solle, da sie mein einziges Kind ist. Zwar hatte ich einen Sohn, aber als
Maimune in die Klauen der Hexe gefallen war, verließ er plötzlich
diese vergängliche Welt, aber das Schlimmste an diesem Unglück ist,
daß der Leichnam meines Sohnes jeden Morgen, eingehüllt in zerris-
sene Leichentücher, aus seinem Grabe herausgeworfen ist. Jeden Tag
wird er aufs neue begraben, und am nächsten Tag fängt das gleiche
Spiel von vorne wieder an. Ich habe Wächter an das Grab gesetzt, aber
bisher hat noch keiner entdecken können, wie die Sache vor sich geht.«

Malik Ibrahim dachte bei sich: »Hier sind bestimmt dieselben Zauberkünste im Spiel.« Dann wandte er sich an den König der Peri und
sagte: »Das beste ist, wir bringen erst die Sache mit dem Peri-Prinzen
ins reine, ehe wir unsere Hochzeit feiern. Wie alles auch zusammen-
hängen mag, so stecken jedenfalls Hexenkünste dahinter, aber ich
werde nicht ruhen, bis ich dieses Rätsel gelöst habe.«

Da gab der Peri-König Befehl, daß man Malik Ibrahim an das Grab
des Peri-Prinzen führe. Dort angekommen, schickte er die Diener fort;
die konnte er hier nicht gebrauchen. Dann verbarg er sich ganz allein
hinter einem großen Stein und sah auf seiner Tafel nach. Da stand
geschrieben: »O du, der du auch diese dritte Hexe getötet hast, du
wirst in die Stadt der Peri kommen, wo der Sohn des Peri-Königs von
zwei Zauberweibern verhext worden ist. Um den Peri-Prinzen zu befreien, mußt du ihnen mit einem Schlag beide Köpfe auf einmal
abschlagen.« Der Königssohn verbarg die Tafel an seiner Brust, setzte
sich hin und wartete. Als die erste Hälfte der Nacht vergangen war,
erblickte er zwei verhutzelte alte Weibsbilder, die Zauberworte vor sich
hinmurmelten. Das eine hielt in seiner Hand einen Stab, das andere
hatte einen dünnen Zweig unterm Arm. Sie gingen auf das Grab zu
und fingen mit ihren Hexenkünsten an, indem sie mit dem Munde

bliesen und in zwei vierzehnjährige Mädchen verwandelt wurden. Dann streckte die eine ihren Stab über das Grab des Peri-Prinzen aus, und sogleich fiel der Tote aus seinem Grabe heraus. Wieder murmelte sie Zauberworte vor sich hin und blies ihn an, worauf er sich in eine sitzende Stellung erhob. »Sei uns zu Willen«, sagten sie, »oder wir schlagen diese Stöcke auf deinem Leib in Stücke.« Der Peri-Prinz wandte sich fort und weigerte sich, ihren Wünschen gefügig zu sein. Da erhoben die scheußlichen Weiber ihre Stöcke, um sie auf den Leib des Peri-Prinzen herabsausen zu lassen, aber im selben Augenblick schlug ihnen Malik Ibrahim beide Köpfe mit einem Schlage auf einmal ab. Nun brach ein Unwetter los, der Wind heulte, und schreckliche Stimmen erschollen; aber dann wurde die Luft wieder ruhig, und der Peri-Prinz warf sich Malik Ibrahim zu Füßen und rief: »O du, der du mich befreit hast, solange ich lebe, will ich dein gehorsamer Sklave sein.« Dann begaben sich beide Hand in Hand auf das Königsschloß.

Als die Botschaft, daß Malik Ibrahim mit dem Peri-Prinzen auf dem Wege sei, den König erreichte, eilte er barhäuptig und auf bloßen Füßen hinaus, um sie zu empfangen. Zuerst warf er sich vor Malik Ibrahim in den Staub und sprach: »Wir alle sind deine gehorsamen Diener, und das Königreich soll dein sein!« Dann schloß er seinen Sohn in die Arme, und endlich wandte er sich an den Wesir und sprach zu ihm: »Mache alles für Maimunes und Malik Ibrahims Hochzeit bereit und erteile Befehle, daß sich die ganze Stadt zum Feste schmük-ken soll.« Der Wesir legte als Zeichen seines Gehorsams den Finger aufs Auge.

Kurz und gut, zehn Tage und Nächte schwelgte die Stadt in Fest und Freude. Aber als die Hochzeit gefeiert war, begab sich Malik Ibrahim zum König der Peri und bat ihn um Urlaub, daß er weiterziehen könne. »Willst du uns schon so schnell verlassen?« fragte ihn der König. Er erwiderte: »Ich muß reisen, denn mein Vater wartet voller Ungeduld auf den Vogel Blumentriller, und wo er auch immer zu finden sein mag, so will ich ihn holen und zu meinem Vater bringen.« Als der König der Peri das Wort Vogel Blumentriller hörte, dachte er ein wenig nach. Dann befahl er, daß man alle Peri im Schlosse zusammenrufen solle, und als sie alle versammelt waren, fragte er: »Ist einer unter euch,

der weiß, wo sich der Vogel Blumentriller befindet?« Da trat einer aus
der Schar hervor und sprach: »Ich weiß, wo er zu Hause ist. Aber aus
Furcht vor den Diwen wagt es keiner, sein Gebiet zu betreten; denn
dieser Vogel gehört einer Tochter des Königs der Peri auf dem Berge
Qaf, und Tausende von gewaltigen Diwen halten Wacht um ihn. Das
einzige, was ich tun kann, ist, daß ich Malik Ibrahim an den Ort
bringe, wo die Diwe Wache halten.« Der König der Peri wandte sich an
Malik Ibrahim und fragte ihn: »Was kann ich hier tun?« Der Königssohn entgegnete: »Gib du nur Befehl, daß man mich an jenen Ort
bringe, und dann laß das übrige meine Sache sein.«

Na, der König gab also Befehl, daß man Malik Ibrahim in das Land
der Diwe bringen sollte. Ein Peri verwandelte sich in die Gestalt eines
Vogels, nahm Malik Ibrahim auf seinen Rücken und schwang sich mit
ihm in die Lüfte. Nach einem Flug von einigen Stunden setzte er ihn
wieder auf die Erde und sagte zu ihm: »Nun wage ich es nicht, weiter
vorzudringen, aber ich will hier drei Tage auf dich warten, um dich
wieder zu Maimune Khatun zurückzubringen; aber wenn du in dieser
Zeit nicht wieder hier bist, muß ich annehmen, daß du von den Diwen
verzehrt worden bist.«

Malik Ibrahim befahl sich in den Schutz Gottes und ging weiter,
ganz heran bis an den Platz der Diwe. Als die Diwe den Geruch eines
Menschen in der Luft verspürten, sahen sie sich nach allen Seiten um
und erblickten schließlich Malik Ibrahim, und dann stürzten sie alle
auf einmal auf ihn los. Aber Malik Ibrahim dachte nicht im geringsten
daran, sich auf einen Kampf mit ihnen einzulassen, denn er wußte nur
zu gut, daß das dasselbe wäre, wie zwischen Hammer und Amboß zu
geraten. Nein, er brachte viele Entschuldigungen vor und sagte: »Ein
ganz dringender Grund nur hat mich zu euch geführt.« Die Diwe, als
sie sahen, daß er ein ganz netter junger Mann war, der seine Worte
richtig zu setzen verstand, hatten Mitleid mit ihm und fragten ihn, was
für ein dringender Grund das denn sei. Er erwiderte darauf: »Ein
ganzes Jahr bin ich nun durch Wüsten und über Berge gewandert und
habe fünf Hexen getötet; ich bin in das Land der Peri gekommen und
habe Verbindungen mit ihnen geschlossen, aber das Ding, das ich
ausgezogen bin zu suchen, ist mir noch nicht in die Hände gekommen,

und man hat mich an diesen Ort verwiesen, auf daß ich es fände.« »Was
ist es denn, was du suchst?« fragten die Diwe. »Es ist der Vogel Blumentriller«, erwiderte er. Die Diwe sahen sich an und sagten: »Ja, es ist
schon richtig, daß sich der Vogel Blumentriller in der Burg befindet,
die da drüben rechts liegt und Tarfe Banu gehört, der Tochter des
Peri-Königs auf dem Berge Qaf. Wir alle sind hier zu seiner Bewachung aufgestellt, wie sollten wir ihn da für dich stehlen können?
Außerdem dürfen wir die Burg überhaupt nicht betreten. Aber wenn
du dir selbst irgendwie den Vogel beschaffen kannst, wollen wir dich
gerne von hier aus an jeden beliebigen Ort bringen, den du dir nur
wünschst.« Der Königssohn sagte: »Das ist vollauf genug, mehr wünsche ich nicht.«

Da führte ihn einer der Diwe an die Pforte zu Tarfe Banus Garten.
Es war hellichter Tag, und alle Leute in der Burg lagen und schliefen.
Malik Ibrahim schlich sich sachte, sachte hinein, und indem er der
zwitschernden Stimme des Vogels Blumentriller nachging, fand er sich
hin zu dem Saal, in dem sich Tarfe Banu befand. Hier sah er ein
Mädchen, dessen Schönheit keine Zunge zu beschreiben vermag, auf
einem Lager schlafend daliegen, das mit Edelsteinen geschmückt war,
die in allen Farben schimmerten. In einem goldenen Käfig, der ihr zu
Häupten aufgehängt war, saß der Vogel Blumentriller, und jedesmal,
wenn er seine Triller schlug, fielen süßduftende und schönfarbige Blumen aus seinem Schnabel. Da streckte Malik Ibrahim ruhig seine
Hand aus, nahm das Bauer und kehrte auf demselben Wege, auf dem
er gekommen war, zu den Diwen zurück. Sie fragten ihn: »Wohin
sollen wir dich bringen?«, und er antwortete: »Bringt mich in die Nähe
meines eigenen Reiches.« Da nahm ihn einer von den Diwen auf die
Schulter, blies wie ein rauchender Schornstein aus seinen Nasenlöchern und fuhr mit ihm in die Höhe. Als sie an den Kreuzweg kamen,
an dem Malik Ibrahim die Tafel gefunden hatte, befahl er dem Diw,
sich zu senken. Der Diw setzte ihn auf die Erde und gab ihm ein paar
von seinen Haaren, damit er sie im Notfalle verbrennen und ihn damit
herbeirufen könne, und darauf kehrte der Diw in seine Heimat zurück.

Malik Ibrahim hängte das Bauer mit dem Vogel an einen Baum,
setzte sich ein wenig zur Ruhe und fiel darüber in Schlaf. Nun geschah

es nicht anders, als daß seine Brüder, die mit leeren Händen von ihrer Suche auf dem Wege zur Rechten zurückkehrten, gerade zu dieser Zeit daherkamen. Als sie den schlafenden Malik Ibrahim und den Vogel im Bauer erblickten, sprachen sie zueinander: »Wenn Malik Ibrahim den Vogel nach Hause bringt, wird unser Vater ihn zweifellos zu seinem Thronerben machen. Besser ist, wir nehmen den Vogel mit und überreichen ihn in unserm eigenen Namen.« Und ohne jegliches Bedenken nahmen sie das Bauer und zogen damit weiter. Als sie dann zu ihrem Vater zurückkehrten, setzten sie das Bauer auf den Boden und gaben ein paar Lügengeschichten zum besten, die sie sich zusammengebraut hatten, und erzählten von all den Schwierigkeiten und Gefahren, denen sie ausgesetzt gewesen waren, um in den Besitz des Vogels zu gelangen. Da wurde der Sultan froh, küßte seine Söhne auf die Wangen und ließ sie an seiner Seite Platz nehmen. Aber der Vogel öffnete überhaupt nicht seinen Schnabel. Alle, die zugegen waren, wunderten sich darüber, daß er nicht zwitschern wollte, und dann gingen sie zu dem Arzte hin, der geraten hatte, den Vogel herbeizuschaffen, und sagten, nun hätten sie den Vogel, aber er wollte nicht singen. Der Arzt sagte: »Ja, dann ist es klar, daß es nicht diese beiden Prinzen waren, die ihre Mühe gehabt haben, ihn zu finden.« Die Worte des Arztes wurden dem Sultan mitgeteilt, und er fragte seinen Wesir, was er über die Sache dächte. »Ja«, sagte der Wesir, »ich bin derselben Meinung wie der Arzt; es kann nur Malik Ibrahims Werk sein.«

Inzwischen war Malik Ibrahim erwacht, und als er sah, daß das Bauer verschwunden war, wußte er ja gleich, wer hier die Hand im Spiele hatte. Er ritt darum in die Stadt und begab sich in seine eigene Wohnung. Kurz darauf trat der Wesir zu ihm herein und sprach: »Dein Vater läßt dich bitten zu kommen.« Da begab sich Malik Ibrahim in Begleitung des Wesirs zum König, seinem Vater, küßte ehrerbietig den Boden vor seinen Füßen und erhob sich. Aber kaum war der Vogel Blumentriller Malik Ibrahim gewahr geworden, als er auch schon seine Triller schlug und die Blumen ihm aus dem Schnabel fielen. – Und auf diese Weise wurde es allen offenbar, daß es Malik Ibrahim und weder Malik Muhammad noch Malik Dschamschid war, der den Vogel Blumentriller herbeigeschafft hatte. Der Sultan küßte Malik

Ibrahim auf die Wangen, nahm seine Krone ab und setzte sie ihm aufs Haupt.

Einen Monat nach dieser Begebenheit kamen die Kundschafter und überbrachten die Meldung, daß ein Lager mit fürstlichen Zelten einige Meilen vor der Stadt aufgeschlagen sei, und daß niemand wisse, was das für ein Lager sei. Der Sultan gab seinem Wesir Befehl, hinauszureiten und die Sache zu untersuchen. Der Wesir machte sich auf und kam am nächsten Tage mit folgendem Bescheid zurück: »Es ist Tarfe Banu, die Tochter des Peri-Königs auf dem Berge Qaf, die gekommen ist, um ihren Vogel Blumentriller zu holen. Sie sagt, daß sie mit niemand anders als mit dem reden will, der ihr den Vogel geraubt hat.« Bei diesen Worten erbleichten alle Anwesenden, selbst der Sultan. Was würde sie wohl mit dem Königssohn anstellen? Aber Malik Ibrahim war guten Mutes. »Ich will selbst hinausgehen«, sagte er, »und sehen, was sie im Schilde führt.« Er schmückte sich und ritt hinaus an den Ort, wo Tarfe Banu ihre Zelte aufgeschlagen hatte.

Als die Botschaft, daß der Königssohn komme, Tarfe Banu erreichte, sprach sie: »Bringet ihn in mein Zelt!« Er trat ein, und Tarfe Banu erhob sich, nahm ihn bei der Hand und ließ ihn an ihrer Seite Platz nehmen. »Junger Held«, sagte sie, »ich habe mir geschworen, daß ich dich heiraten will; nur ein tapferer und mutiger Mann wie du, der sich den Nachstrebungen aller dieser Hexen und Peri und Diwe entzogen und sich zum Herrn über den Vogel gemacht hat, ist würdig, mein Gatte zu sein.« Froh über das unerwartete Glück, das ihm in den Schoß gefallen war, eilte der Königssohn heim zu seinem Vater und sagte: »Macht alles zur Hochzeit bereit!« Der Sultan gab dem Wesir Befehl, alle Vorbereitungen für die Hochzeit zu treffen, und da wurde gefeiert in der Stadt, einen ganzen Monat lang.

Einige Zeit darauf schickte man auch Boten nach Maimune Khatun, und so lebten sie denn alle in Herrlichkeit und Freude, bis der vom Schicksal bestimmte Tod auch sie ereilte.

(Persien)

Die Geschichte eines Sufis von Bagdad

Unter der Regierung des hochberühmten Kalifen Harun al-Raschid lebte in Bagdad ein Sufi, der den Genuß und das Wohlleben liebte; da aber die Almosen, die er von den Gläubigen erhielt, kaum genügten, sein bloßes Leben zu fristen, nahm er seine Zuflucht oft zu Listen, die ihm glückten.

Unter anderm stellte er sich eines Tages vor dem Palaste des Kalifen ein, und als ihn dort ein Pförtner fragte, was er wünsche, entgegnete er, er möge Harun al-Raschid sagen, daß er nicht vergessen dürfe, ihm an jenem Tage tausend Golddinare zu schicken. Der Pförtner lachte ob dieser Antwort, und da er den Sufi für einen Narren hielt, so sprach er in spöttischem Ton zu ihm: »O mein Bruder, ich werde mich dieses Auftrags pünktlich entledigen; doch ich bitte dich, sage mir noch, wo du wohnst, auf daß man dir die genannte Summe bringen könne.« Der Sufi also nannte ihm seine Wohnung und zog sich in ernster Würde zurück.

Der Pförtner folgte ihm mit den Augen, bis der Sufi seinem Blick entschwand. Dann erzählte er einigen Dienern des Palastes von dem Vorfall, und alle lachten sehr darob und fanden, daß die Geschichte verdiente, auch dem Kalifen berichtet zu werden. Als nun der Beherrscher der Gläubigen diesen Bericht vernommen hatte, lachte er gleichfalls und gab seinen Würdenträgern Befehl, diesen Menschen aufzusuchen und ihn zu ihm zu führen.

Die Würdenträger fanden den Sufi in dem Hause, das er dem Pförtner des Palastes angegeben hatte; und als sie ihm sagten, daß der Kalif ihn zu sehen wünschte, begab er sich mit ihnen in den Palast, wo er kühn vor Harun al-Raschid hintrat. Sprach der Kalif zu ihm: »Wer bist du, und weshalb soll ich dir tausend Golddinare geben?« »O Beherrscher der Gläubigen«, erwiderte der Sufi, »ich bin ein Unglücklicher, dem es an jeglicher Notdurft des Lebens mangelt. In letzter Nacht nun richtete ich, da mein Geist von meinem Elend verbittert und wider mein arges Schicksal empört war, diese Klage an Allah: ›O mein Gott‹, sprach ich, ›woher kommt es, daß du mir alles versagst, während du den glücklichen Harun al-Raschid mit Gütern überhäufst? Was hat er getan, um solche Gunst zu verdienen? Und was habe ich getan, daß du mich so mit deinem Grimme verfolgst? Ich bin ein redlicher Mann, und er ist vielleicht so vielen Reichtums unwert.‹ Und während ich also klagte, vernahm ich eine Stimme vom Himmel, die zu mir sprach: ›Halt inne, Verwegener, halt inne. Wenn du wider dein Schicksal murrst, so nenne nicht Harun al-Raschid in deinen Reden; sehr zu Unrecht bezweifelst du, daß der Fürst der wahren Gläubigen das Glück, das er genießt, verdient. Er ist ein tugendhafter König, und er würde dir helfen, wenn er von deinem Elend unterrichtet wäre. Stelle seine Großmut auf die Probe, und du wirst erkennen, daß er durch seine Tugend noch höher über den Menschen steht als durch seinen Rang.‹ Als ich das vernahm, o mein Herr«, fuhr der Sufi fort, »hielt ich in meinen Klagen inne, und heute morgen stellte ich mich vor dem Tor deines Palastes ein, um deine Großmut zu erproben, indem ich tausend Dinare von dir erbat.«

Der Kalif brach ob dieser Rede in ein Gelächter aus, bewunderte die Schlauheit des Sufis und ließ ihm zweitausend Dinare geben. Mit diesem Gelde zog sich der Sufi alsbald zurück, und da er sofort begann, im Wohlleben zu schwelgen, so verfehlte er nicht, die Summe, obwohl sie ziemlich beträchtlich war, in sehr kurzer Zeit zu vergeuden.

Kaum aber sah er sich wieder zu seiner einfachen Lebensweise gezwungen, so wandte er wiederum seine Listen an. Er erfuhr, daß der Kalif leidenschaftlich den Propheten Elias zu sehen wünschte und daß er dem, der ihn ihm zeigen würde, eine hohe Belohnung bot. Mehr bedurfte es nicht, um den Sufi dahin zu bringen, daß er sein Gewerbe übte.

Er suchte Harun auf und sprach zu ihm: »O Beherrscher der Gläubigen, ich werde dir in drei Jahren den Propheten Elias zeigen, wenn deine Hoheit mir bis dahin ein Jahrgeld auswirft, von dem ich leben kann. Ich verlange eine gutbestellte Tafel und vier der schönsten Sklavinnen aus deinem Harem.«

»Ich gewähre dir beides«, erwiderte der Kalif; »aber bedenke auch, was du mir versprichst. Ich warne dich; wenn ich in drei Jahren nicht den Propheten Elias sehe, so lasse ich dir den Kopf abschlagen.« Der

Sufi fügte sich dieser Bedingung, denn er sprach bei sich selber: »Der Kalif wird mir meinen Trug vergeben, oder es wird sich irgend etwas ereignen, was bewirkt, daß er in Vergessenheit gerät. Inzwischen werde ich drei Jahre in Überfluß und in Freuden verleben.« Harun ließ ihm ein Gemach im Palast anweisen und gab Befehl, daß ihm nichts von allem, was er begehren würde, verweigert werden sollte.

Die drei Jahre nun verstrichen, und da der Kalif den Propheten Elias immer noch nicht gesehen hatte, so sprach er zu dem Sufi: »Wir haben vereinbart, daß ich dir den Kopf abschlagen ließe, wenn ich nach drei Jahren nicht den Propheten Elias sehen würde. Die drei Jahre sind verstrichen, du hast mir Elias nicht gezeigt, und also mußt du sterben.« Da nun der Sufi auf diese Worte nichts zu erwidern hatte, wurde er in den Kerker geworfen, und soeben stand der Henker im Begriff, ihm sein Leben zu nehmen, als es ihm gelang, die Wachsamkeit seiner Wächter zu täuschen und zu entschlüpfen. Er verbarg sich auf dem Totenacker in einer Höhle, deren Eingang ihm bekannt war.

Dort überließ er sich den grausigsten Gedanken, als plötzlich ein weißgekleideter Jüngling von herrlicher Schönheit vor seinem traurigen Blick erschien und ihn fragte, was ihn gezwungen hätte, sich an einem solchen Orte zu verbergen. Der Sufi aber erwiderte auf diese Frage nur durch einen Seufzer. »Fürchte nichts«, fuhr der Jüngling fort; »ich komme nicht hierher, um dir ein Leid anzutun. Ja, ich bin gesonnen, dir zu dienen. Nenne mir den Gegenstand deiner Sorge und des Schreckens, den ich in deinen Augen lese; vielleicht kann ich dir mehr von Nutzen sein, als du denkst.«

Obwohl nun der Sufi allen Grund hatte, jedem zu mißtrauen, so fühlte er doch irgendwie ein Vertrauen in sich keimen, das jegliche Befürchtung vertrieb. Er erzählte dem Jüngling alles, was zwischen ihm und Harun al-Raschid vorgefallen war; und als er geendet hatte, ergriff der Jüngling das Wort und sprach zu ihm: »Ich habe von diesem Abenteuer bereits vernommen, und ich will dir offen sagen, daß ich nicht umhin kann, dich zu tadeln; der Könige darf niemand spotten. Freilich sind sie auch nur Menschen, aber Gott hat sie über die andern gestellt; wir sollen sie auf Erden als die vollkommensten Abbilder seiner göttlichen Allmacht ehren; und wer sie betrügt, der begeht ein

Verbrechen, das die schwerste Sühne verdient. Trotzdem aber will ich dir behilflich sein; folge mir, ich will den Kalifen für dich um Gnade bitten, und ich bin fest überzeugt, daß ich sie dir erwirken werde.«

Durch diese Worte fühlte der Sufi sich vollkommen beruhigt; er folgte dem Jüngling; und als der ihn vor Harun al-Raschid geführt hatte, sprach er zu ihm: »O Beherrscher der Gläubigen, ich bringe dir den Sufi, der dich betrogen hat. Ich habe ihn aus dem Versteck geholt, in dem er sich verborgen hatte, und ich komme, um ihn deiner Gerechtigkeit auszuliefern; bestrafe ihn, denn er hat es verdient.« Der Sufi erstaunte in höchstem Staunen, als er seinen Führer derart reden hörte. »O Himmel«, sagte er außer sich vor Schrecken, »wie trügerisch aller Schein doch ist! Wer hätte den Zügen eines so schönen, edlen Jünglings nicht vertraut? Wer hätte ihn wohl eines so schwarzen Verrats für fähig gehalten?«

Der Kalif nun saß auf einem Lager, und sowie er den Sufi gewahrte, konnte er eine Regung des Grimmes, der ihn beherrschte, nicht unterdrücken. »O du Halunke«, rief er, »du Sünder, der du dich durch deine Flucht zum zweitenmal schuldig machtest, jetzt sollst du unter den furchtbarsten Qualen sterben!« Er hatte diese Worte im Tone der Wut gesprochen und sich dabei unter so heftigen Gesten bewegt, daß sein Lager, dessen einer Fuß kürzer war als die andern, umstürzte und ihn in seinem Sturze mitriß. »Gut«, sagte da der Jüngling, der den Sufi begleitete, »ein jedes Ding hat seine Ursache.« Ein Diener beeilte sich alsbald, den Kalifen wieder aufzuheben, und dabei faßte er ihn so hart am Arme an, daß er einen Schrei ausstieß. »Gut«, sagte der Jüngling, der schon einmal gesprochen hatte, »ein jedes Ding hat seine Ursache.«

Als nun Harun al-Raschid sich wieder erhoben hatte, wandte er sich dreien seiner Wesire zu, die anwesend waren, und sprach zu ihnen: »O Wesire, was sollen wir mit diesem Sufi beginnen?« Versetzte der erste Wesir: »O Beherrscher der Gläubigen, wir müssen diesen Betrüger vierteilen und an eine Zeltstange hängen um die andern Menschen zu lehren, daß niemand Könige belügen darf.« Da ergriff der junge Führer des Sufis das Wort und sprach: »Dieser Wesir hat recht, denn ein jedes Ding hat seine Ursache.« Der zweite Wesir aber war nicht der

Ansicht des ersten. »Ich wollte«, sprach er, »man kochte ihn lebendig in einem Kessel und würfe ihn dann den Hunden als Fraß vor.« Und als der Jüngling das hörte, sprach er: »Dieser Wesir hat recht, denn ein jedes Ding hat seine Ursache.« Der Kalif fragte schließlich auch den dritten Wesir, der wiederum anderer Meinung war. »O unser Herr«, sprach er, »das beste ist, wenn deine Hoheit dem Sufi vergibt und ihn in Freiheit setzen läßt.«

»Vortrefflich«, rief der junge Mann zum drittenmal, »ein jedes Ding hat seine Ursache.«

»O Jüngling«, sagte da Harun, indem er den Führer des Sufis fest ansah, »weshalb hast du diese Worte sooft wiederholt? Meine drei Wesire waren sämtlich unterschiedlicher Meinung, und trotzdem sagtest du, nachdem ein jeder von ihnen gesprochen hatte: ›Dieser Wesir hat recht, denn ein jedes Ding hat seine Ursache.‹ Wenn du also sprachest, so steckte eine geheime Absicht dahinter, und also erkläre mir, was du meintest.« »O König«, erwiderte der Jüngling, »deine Hoheit ist gefallen, weil das Lager, auf dem du saßest, einen Fuß hat, der kürzer ist als die andern drei; und da ein Hinkender dieses Lager gemacht hat, so sagte ich alsbald: »Gut, ein jedes Ding hat seine Ursache.« Der Diener, der dich aufhob und so hart am Arme packte, war der Sohn eines Gliedereinrenkers, und also sagte ich: »Gut, ein jedes Ding hat seine Ursache.« Als dann der erste Wesir seine Meinung dahin abgab, daß der Sufi auf eine Zeltstange gesteckt werden müßte, sagte ich: »Gut, ein jedes Ding hat seine Ursache«, weil dieser Wesir der Sohn eines Fleischers ist. Die gleichen Worte wiederholte ich, als der zweite Wesir eine andre Meinung vernehmen ließ; denn da er der Sprößling eines Koches ist, so konnte er keinen Wahrspruch fällen, der besser mit seiner Herkunft im Einklang gestanden hätte. Der dritte aber, der dir anriet, Verzeihung zu üben, ist von edler Geburt, und deshalb sagte ich wiederum, daß jegliches Ding seine Ursache hat.

O unser Herr«, fuhr der Jüngling fort, »nachdem ich dir diese Aufklärung gegeben habe, muß ich dir noch eine weitere geben. Erfahre, daß ich der Prophet Elias bin. Du sehnst dich seit so langer Zeit darnach, mich zu erblicken, daß ich dir die Befriedigung deines

Wunsches nicht abschlagen wollte. Aber bedenke auch, daß ich damit ein Versprechen erfülle, das der Sufi dir in seiner Verwegenheit gegeben hat.« Und kaum hatte der Jüngling also gesprochen, so war er auch schon verschwunden. Der Kalif freute sich in höchster Freude, dieweil er Elias gesehen hatte; er vergab dem Schuldigen und warf ihm sogar ein Jahrgeld aus, damit ihn die Not nicht länger zwänge, Schelmenstreiche zu begehen, um in Ruhe leben zu können.

(Irak)

Die wunderbare Heilung

Es war einmal zur Zeit des berühmten Wunderheilers Lukman ein Mann, der hatte eine kranke Tochter. Da sprach der Mann: »Kommt, laßt uns gehen und sie zu Lukman bringen, damit er uns das Medikament für ihre Heilung nennt.«

Sie gingen zu ihm und nahmen das kranke Mädchen mit. Sie legten einen Weg von mehr als zwei Monaten zurück, bis sie bei ihm ankamen. Als sie bei ihm ankamen, sagten sie zu ihm: »Die Sache ist so und so, dieses Mädchen ist krank, und wir möchten, daß du sie untersuchst und uns das Medikament gibst, das für sie gut ist.«

Da schaute er nach – früher gab es Flaschen, und jeder, der eine Krankheit hatte, dem kochte er das Medikament in einer Flasche. Er wußte nämlich, welches Medikament für welche Krankheit gut ist. Er begann, die Flaschen anzuschauen, fand aber kein Medikament für sie. Er sagte zu ihnen: »Für dieses Mädchen habe ich kein Medikament. Bringt sie in eure Heimat zurück.«

Da trugen sie das Mädchen weg und nahmen sie mit, um in ihre Heimat zurückzukehren.

Als sie zurückkehrten, rasteten sie unterwegs an einem Ort in der Wüste und sagten zueinander: »Warum lassen wir sie nicht in dieser Wüste, damit sie hier stirbt, das ist besser, als wenn wir sie mitnehmen und uns zu Hause mit ihr abmühen.«

Sie waren alle damit einverstanden. Es gab einen Steinhaufen an ihrem Wege, und sie setzten dieses Mädchen auf diesen Steinhaufen und sprachen zueinander: »Kommt, wir melken für sie etwas Milch von der Kamelstute und stellen sie vor sie hin, damit sie nicht vor Hunger stirbt. Vielleicht versorgt Gott sie weiter mit Essen.«

Sie suchten nach Gefäßen, um hineinzumelken, aber sie fanden kein Gefäß. Als sie herumsuchten, fanden sie einen Schädel und wußten nicht, ob es der Kopf eines Mannes oder einer Frau war, aber der Eigentümer des Schädels war schon lange tot. Es war ein Totenkopf. Sie molken die Milch von der Kamelstute in diesen Totenkopf, stellten ihn vor sie hin und verließen sie.

Als sie ihre Tochter verlassen hatten und gegangen waren, blieb sie alleine zurück. Sie schaute von diesem Steinhaufen herab, da kam eine von diesen großen Schlangen aus dem Steinhaufen heraus und begann, ihr Gift in die Milch zu entleeren, die in diesem Totenschädel war. Das Mädchen war erfreut darüber und sprach: »Es ist gut so! Ich werde von dieser vergifteten Milch trinken und sterben, denn ich will nicht mehr weiterleben.«

Dieses Mädchen war aber gelähmt und konnte überhaupt nicht gehen. Sobald sie jedoch die Milch getrunken hatte, starb sie nicht, sondern stand auf und begann zu laufen, um ihre Angehörigen einzuholen. Sie lief immer weiter, bis sie ihre Angehörigen eingeholt hatte. Sie fragten sie: »Was ist mit dir geschehen? Wie steht es mit dir? Wie ist das passiert?«

Sie erzählte ihnen, was mit ihr geschehen war. Da sprachen sie: »Wir müssen zu Lukman zurückkehren, um ihn zu fragen, wieso er kein Medikament hatte und dieses Mädchen trotzdem gesund wurde.«

Sie nahmen das Mädchen und kehrten zu Lukman zurück.

Als sie bei ihm ankamen, sprachen sie zu ihm: »Wie konntest du uns sagen, für dieses Mädchen gäbe es keine Medizin, und doch wurde das Mädchen gesund? Wir hatten sie mit auf den Weg genommen, und dann hat sich die Sache so und so abgespielt.«

Er sagte zu ihnen: »Ja, ich kenne das Medikament, aber ich habe es nicht. Wie sollte ich für euch eine Schlange finden, die tausend Jahre alt geworden ist, und wo sollte ich für euch eine Kamelstute melken, die noch keine jungen Kamele zur Welt gebracht hat, und woher sollte ich für euch einen Schädel nehmen, der von einer Jungfrau stammt.

Ich war nicht in der Lage, diese Sachen zu beschaffen, ich hatte sie nicht.«

Und das war das Medikament, und die Geschichte ist zu Ende.

(Syrien)

Die zwei Teiche

Es war einmal ein gerechter und gutherziger König. Er hatte eine einzige Tochter, die sehr schön war, und er liebte sie sehr. Er hatte auch einen alten Diener, von schwarzer Hautfarbe, der war dem König sehr treu, und auch den hatte der König sehr gern.

Eines Nachts träumte der König, seine Tochter hätte diesen schwarzen Diener geheiratet. Er wachte auf, doch danach träumte er wieder dasselbe; noch einmal schlief er ein – und zum dritten Mal hatte er den gleichen Traum. Da erschrak der König sehr. Obwohl er den Diener gern mochte, konnte er es sich nicht vorstellen, daß er sein Schwiegersohn sein sollte. Seine Tochter war um viele Jahre jünger als der Schwarze und schön, während der Diener häßlich und auch um vieles älter war. Von diesem Traum wachte der König traurig auf.

Er ging in seinen Palast und setzte sich auf den Thron. Der oberste Wesir sah, daß der König traurig war, und fragte ihn: »Warum ist der König so besorgt?« Der König erzählte ihm von seinem Traum. »Träume sind Schäume. Ich werde den Traum hinfällig machen. Überlaß mir den Diener.« Der König sagte: »Ich habe diesen Diener lieb, und ich fürchte, du wirst ihm was zuleide tun, wenn ich ihn dir ausliefere.«

»Verlaß dich auf mich. Ich werde ihm nichts antun, aber ich werde etwas tun, um diesen Traum hinfällig zu machen. Ich werde ihn für einige Jahre weit wegschicken und inzwischen wird deine Tochter einen anderen heiraten.«

»Gut.«

Der König übergab den alten Diener dem Wesir. Der sagte dem Alten: »Du mußt zu den Bergen der Finsternis gehen und dort fragen, ob es möglich ist, das Schicksal zu ändern oder ihm zu entgehen. Komm nur zurück, wenn du eine Lösung der Frage gefunden hast.«

Der Wesir gab dem Alten ein starkes Pferd, einen Sack voll Gold, feste neue Gewänder, viel Wegzehrung und schickte ihn aus. Der Alte verließ die Stadt und zog in unbekannte Richtung.

Einige Tage durchreiste er die Wüste, dann kam er zu einem Baum voll großer Zweige, und in dessen Schatten setzte er sich müde und erschöpft nieder. Plötzlich hörte er eine Stimme – er hatte sich gerade erst hingesetzt: »He, du Menschensohn, woher kommst du, wohin gehst du?«

Der Alte erschrak sehr. Er stand auf und sah sich um, aber er erblickte keinen Menschen. Er setzte sich nieder – da hörte er schon wieder die Stimme: »Du Menschensohn, woher kommst du und wohin gehst du?« Er schaute sich um; der Baum selbst redete ihn an: »Ja, ich bin es, der zu dir spricht. Wo gehst du hin?«

Der Alte erzählte, daß der Wesir ihn in die Berge der Finsternis geschickt hat, um dort herauszufinden, ob man das Schicksal ändern oder ihm entgehen könne. Da sagte der Baum: »Wenn du hinkommst, frag doch auch nach mir und meinem Schicksal. Ich wurde am Schöpfungstag der Welt erschaffen. Du siehst, was für große, starke Äste ich habe – aber Früchte trage ich nicht, und bis zum heutigen Tage hat niemand von mir Nutzen gehabt.«

Der Alte versprach dem Baum, seine Bitte zu erfüllen, ruhte noch ein wenig aus und zog weiter. Wie er so weitertrottete, kam er an zwei Teiche mit trübem, sehr stinkendem Wasser, das man nicht anrühren konnte – und er war doch so durstig und wollte sich auch waschen. Aber als er die Farbe des Wassers sah und den Gestank wahrnahm, wich er zurück. Da hörte er eine Stimme, die aus den Teichen kam: »Du da, wohin gehst du?« Der Alte antwortete: »Herauszufinden, ob man dem Schicksal entgehen kann.« Die Teiche baten: »Vielleicht fragst du auch nach uns? Seit wir geschaffen wurden, hat sich noch keiner an uns freuen können, denn jeder, der uns sieht oder riecht, weicht zurück.«

»Gut«, sagte der Alte, »wenn es mir gelingt, an mein Ziel zu kommen, werde ich auch danach fragen.«

Der Alte ging weiter und kam zu einem hohen Berg. Von weitem sah er einen alten Mann mit einem weißen Bart, der ihm bis zu den

Lenden reichte. »Schalom«, sagte der Diener zum Alten. »Friede und
Segen sei mit dir«, erwiderte der Alte den Gruß. Der Diener fragte ihn:
»Vielleicht weißt du, ob es möglich ist, dem Schicksal zu entrinnen?
Oder das Schicksal zu ändern?«

»Jedem Menschen ist auf der Stirn geschrieben, was mit ihm geschehen wird«, antwortete der Alte, »und das kann niemand ändern.«

Danach fragte der Diener nach den stinkenden Teichen. Der Alte
sagte: »Diese Teiche haben eine besondere Eigenschaft. Der erste verwandelt die schwarze Hautfarbe dessen, der darin badet, in weiße.
Wenn dagegen ein Weißer in dem Teich badet, so wird er schwarz.
Wenn ein Alter im zweiten Teich badet, so wird er jung, und ein Junger
wird in einen Alten verwandelt.«

Der Diener fragte auch für den Baum mit den vielen Ästen, der
keine Früchte trägt. Der Alte sagte: »Die Blätter dieses Baumes können alle Krankheiten heilen. Unwichtig, an welcher Krankheit jemand
leidet; wenn man einige Blätter kocht und das Gebräu dem Kranken
zu trinken gibt, wird er gesund.«

»Danke schön«, sagte der Diener und machte sich auf den Heimweg. Er kam zu den Teichen und erzählte ihnen, was er von dem Alten
gehört hatte. Der erste Teich sprach: »Willst du uns einen Gefallen
tun? Sei du der Erste, der einen Gewinn von uns hat.« Der Alte stieg in
den ersten Teich und wusch sich und richtig – er war ganz weiß geworden! Danach stieg er in den zweiten Teich, wusch sich, und siehe da
– er war ganz jung geworden! Dann verließ er die Teiche, zog sich an
und ging weiter. Er gelangte zu dem Baum und erzählte ihm, was er
von dem Alten gehört hatte. Da sagte der Baum: »Wenn das so ist,
nimm von meinen Blättern, das wird dir helfen. Etwas anderes kann
ich dir für deine Mühe nicht geben.« Der Diener füllte den Sack mit
Blättern, zog weiter und kam zum Stadttor. Da hörte er den Herold
verkünden: »Der König ist schwer erkrankt. Wenn ihn jemand heilen
kann, so wird der König ihn reich entlohnen!«

Als der Diener das hörte, ging er in die Stadt, mietete ein Zimmer
gegenüber dem Palast und schrieb auf die Tür: »Neuer Arzt heilt alle
Krankheiten.«

Die Tochter des Königs stand am Fenster und sah, daß da an dem

Haus etwas geschrieben steht. Sie stieg herunter, um es zu lesen. Da sah sie, daß ein neuer Arzt in die Stadt gezogen war. »Bitte, komm und heile meinen Vater«, bat ihn die Königstochter. Der Diener ging mit ihr. Er untersuchte den König und sah, daß er schwer, aber doch nicht tödlich erkrankt war.

Er sagte zur Königstochter: »Laß mich mit dem König allein und geh hinaus. Mach auch die Tür nicht auf, bis ich darum bitte.« Dann sagte er: »Koch mir diese Blätter ab.« Die Königstochter nahm die Blätter, kochte sie ab und gab den Aufguß dem Arzt. Als er dem König den Aufguß zu trinken gab, öffnete der König ein wenig die Augen, schloß sie aber wieder. Der Arzt gab ihm noch etwas zu trinken; danach fühlte sich der König schon besser und konnte sich aufsetzen. Der Arzt befahl ihm, sich niederzulegen und etwas zu ruhen. Er gab ihm noch ein Glas voll – da war der König schon ganz gesund.

Der Arzt rief die Königstochter herein: »Komm, dein Vater ist schon gesund!« Diese trat ein und konnte gar nicht glauben, daß ihr Vater gesund war. Man rief den Wesir: »Komm, der König ist schon gesund!« Der kam gelaufen und wunderte sich: wie kann das sein? Alle dankten dem Arzt. Aber man ließ den König noch ein paar Tage lang nicht aufstehen. Er soll liegen, bis er wieder ganz stark wird.

Nach einigen Tagen gingen sie alle, der König, der Arzt, der Wesir und die Königstochter spazieren. Das Volk jubelte ihnen zu. Nun fragte der Wesir den König, wie er den Arzt entlohnen will. Der König sagte: »Ich weiß im Augenblick wirklich nicht, was zu sagen.«

»Es wäre doch sehr schade, wenn dieser Arzt wieder die Stadt verlassen würde. Ich schlage vor«, sagte der Wesir, »du gibst ihm deine Tochter zur Frau, und er wird dein Schwiegersohn.«

»Kein schlechter Vorschlag«, antwortete der König, »ich würde dasselbe denken. Aber fragen wir meine Tochter, ob sie einverstanden ist.«

Sie riefen die Königstochter und fragten sie: »Möchtest du den Arzt heiraten?« Sie sagte: »Für den Mann, der meinen Vater gerettet hat, gebe ich mein Leben her.«

Danach sagten sie dem Arzt: »Dafür, daß du dem König das Leben gerettet hast, wollen wir dir danken und dir die Königstochter zur Frau geben.«

»Gut, ich habe nichts dagegen.« Man bereitete ein großes Fest vor, lud die Großen und Vornehmen der Stadt ein, holte eine Musikkapelle und feierte die Hochzeit. Die ganze Stadt freute sich darüber, daß erstens der König gesund war und zweitens über die Hochzeit seiner Tochter. Sieben Tage und sieben Nächte lang feierte man, und alle Bürger der Stadt feierten mit; man aß und trank und war froh.

Nach einiger Zeit sagte der Arzt einmal zu seiner Frau: »Frag doch den Wesir, was bedeutet: Kann man dem Schicksal entgehen?« Die Königstochter ging zum Wesir und fragte ihn nach dem Sinn dieser Worte. Der hörte sie und erinnerte sich, daß er diese Frage vor langer Zeit dem schwarzen Diener aufgegeben hatte. Er wunderte sich sehr, woher sie das wußte, denn der alte Diener war verschwunden; er war weggezogen und nicht zurückgekehrt.

Der Wesir kam zum Arzt und fragte ihn: »Was bedeutet deine Frage?« Der Arzt antwortete: »Erinnerst du dich, daß du vor langer Zeit den schwarzen Diener ausgeschickt hattest, um dir eine Antwort zu bringen? Ich selbst bin dieser Diener.«

»Wie ist das möglich? Der Diener war schwarz und alt!« Da erzählte der Arzt ihm von allen seinen Erlebnissen und wie er in den Teichen verwandelt wurde. Der Wesir fragte: »Wo sind diese Wasser?« und der Arzt erklärte ihm, wie man dorthin kommt.

Der Wesir beneidete den Arzt sehr, daß er jung und schön geworden war. Er machte sich auf und ging hin, sprang in den ersten Teich und kam heraus, oh weh, schwarz wie ein Neger! Er lief zum zweiten Teich – und oh weh! – er stieg heraus als alter Mann, der kaum seine Füße schleppen kann (denn wer nach demjenigen, der vorher gebadet hatte und jung geworden war, hineinstieg, der wurde alt – wer alt war, der wurde jung).

Als nun der Wesir nach Hause zurückkam, wollten ihn seine Diener nicht einlassen, denn er hatte eine schwarze Hautfarbe, und als er sagte: »Ich bin der Wesir!« – lachten sie ihn aus und trieben ihn weg. Der Arzt suchte den Wesir und fand ihn nicht, auch der König fragte nach ihm; keiner wußte, wohin er verschwunden war.

Sehr beschämt kam dann der Wesir zum Arzt und erzählte ihm, was ihm passiert war: »Oh, rette mich!« bat er. Der Arzt sagte ihm: »Geh nochmals zu den Wassern baden, dann wirst du wieder sein wie zuvor.«

Der Wesir ging und tauchte ein zweites Mal ein, und richtig – er wurde wieder wie früher, weiß und jung. Seither war der Wesir auf keinen Menschen mehr neidisch.

Der Arzt und seine Frau führten ein glückliches Leben. Auch der König freute sich sehr, als er sah, daß sein geliebter Diener nun sein Schwiegersohn war und daß sein Traum eine Lösung gefunden hatte.

Mögen alle unsere Wünsche so in Erfüllung gehen, wie deren Wünsche sich erfüllt haben.

(Israel)

Die Geschichte vom Zauberberg und von dem, was bei ihm an Wunderbarem geschah

*I*m Namen Gottes des Barmherzigen, des Allerbarmers.

In den Geschichten der Völker aus uralten und längst vergangenen Tagen wird erzählt – aber Gott weiß es am besten, er ist der Edelste, Mächtigste und Weiseste, der Gütigste und Gnädigste:

Es war einmal unter den alten Perserkönigen ein Herrscher, gerecht zu seinen Untertanen und begabt mit Verstand und Klugheit. Dazu hatte Gott der Erhabene ihm die Gnade rechtschaffenen Lebenswandels und redlichen Verhaltens gegenüber seinen Untertanen geschenkt. Es war eine Leidenschaft von ihm, Knechte und Mägde zu kaufen und sie einander heiraten zu lassen. Tausend Mädchen und tausend Sklaven hatte er in seinem Schloß. Zu der Schar der von ihm bevorzugten Knechte gehörte einer, der an Häßlichkeit der Gestalt und Widerlichkeit des Aussehens nicht zu überbieten war. Allein er war der beste Reiter und der kühnste Recke seiner Zeit, und der König war ihm aufs innigste zugetan, weil er sah, wie tapfer und kühn er war, so daß er sich nicht von ihm trennen konnte. Der König hatte auch einen Wesir und dieser wieder eine Tochter. Zu ihrer Zeit gab es keine schönere als sie. Liebreiz und Anmut, Glanz und Vollkommenheit, Edelwuchs und Ebenmaß, schneeweiße Zähne und schwarze Augen waren ihr eigen. Gleichsam von ihr hat der Dichter gesagt:

In reichem Lockenzauber treibt die Maid
Oft lang das Wagnis steter Sprödigkeit.
Ihr Haar, erstaunt, daß sie sich stolz verschließt,
Beim Schreiten artig ihr die Füße küßt.

Preis sei ihm, der sie aus einer unbedeutenden Flüssigkeit erschuf!
Denn ihr Schöpfer ist mächtig in seinem Walten. Ja, Preis sei ihm, der
sie aus einer unbedeutenden Flüssigkeit erschuf und sie als Leibesfrucht an eine sichere Stätte legte: eine Glaubensmahnung für die, die
sie schauten! Wenn sie sich näherte, wirkte sie verführerisch, kehrte sie
aber den Rücken, so war ihre Wirkung tödlich. Sämtliche Könige
hatten bei ihrem Vater schon um ihre Hand angehalten, doch er hatte
sie allen verweigert, weil er sie wegen ihrer Schönheit und Anmut und
der Vortrefflichkeit ihres Wesens und Wirkens allzu gern seinem König zur Frau gegeben hätte, wußte er doch, daß sich der König, wenn er
ihr Lob hörte, kaum beherrschen konnte, um ihre Hand anzuhalten.

Als der Wesir eines Tages vor dem König saß, wandte sich dieser an
ihn und sprach: »Mein lieber Wesir.« – »Zu Diensten, begnadeter
König«, erwiderte er, und jener fuhr fort: »Ich habe einen Wunsch an
dich. Ob du ihn mir wohl erfüllen wirst?« Da entblößte der Wesir sein
Haupt und sprach: »Um Gottes willen, o König der Zeit! Selbst wenn
es mein Lebensodem wäre, fürwahr, ich nähme ihn für dich aus meiner
Brust.« Der König sagte: »Ich komme als Brautwerber zu dir, der um
die Hand deiner Tochter bittet.« Da erstrahlte das Angesicht des Wesirs, und er antwortete: »O König, wer eignet sich dazu besser als du?
Ist doch meine Tochter deine Magd und der Pflegling deiner Gnade!«
Der König sprach: »Ich begehre sie aber nicht für mich, Wesir.« Mit
angstbewegter Brust fragte der Wesir: »Für wen denn, o König?« Da
sagte er: »Für meinen Knecht, den Waffenmeister mit dem abstoßen-
den Aussehen.« Nun war dieser Knecht von Natur sehr zornmütig, so
daß man ihn niemals lächeln sah, und war so grob und gemein, daß
keinem im Reich danach verlangte, ihn zu sehen, da Gott ihm Grob-
heit, Roheit und niedriges Wesen ins Herz gelegt hatte. Als der Wesir
dies vom König hörte, befiel ihn Mißmut, seine Gedanken waren
zwiespältig, und er wußte nicht, was er tun sollte. Nur das wußte er,
daß er dem ausdrücklichen Wunsch des Königs nicht widersprechen

konnte, nachdem er zuvor ja gesagt hatte. So willigte er ein und sprach: »Sie ist nichts anderes als die Magd des Königs, so daß er nach seinem Willen über sie verfügen kann«, doch in seinem Gemüt hegte er arglistige Gedanken und böse Absichten wider den König. Darauf ließ der König den Richter und die Zeugen kommen und befahl, daß zwischen der Tochter des Wesirs und seinem Knecht, dem Waffenmeister, der Ehevertrag geschlossen werde. Nachdem er geschlossen war, ließ der König ein großes und berühmtes Hochzeitsmahl herrichten, wie es noch nie veranstaltet worden war. Als es nun stattfand, war der Wesir voll bitteren Schmerzes, doch stellte er sich mit Rücksicht auf den König heiter. Die Kunde von der Verheiratung des Mädchens mit dem Burschen verbreitete sich im Lande. Die Leute empfanden sie als schmerzlich, und sie waren sehr betroffen, weil sie wußten, wie schön und anmutig das Mädchen und daß der Bräutigam im Gegensatz dazu häßlich war.

Danach ging der Wesir nach Hause und befahl, seine Tochter auszustatten. Nachdem ihre Ausstattung schließlich vollendet war, ließ der König sie in vollem Brautschmuck dem Burschen zuführen. Als sie zu ihm geleitet wurde, sahen die Leute zwei Gestalten: eine schönere als die ihre hatte noch keiner gesehen oder beschrieben, aber auch noch keiner eine häßlichere als die des Burschen. Dann wurde sie auf Befehl des Königs vor dem Bräutigam enthüllt, und man führte sie ihm zuerst in einem grünen Gewand vor. Es war, als ob der Dichter von ihr sagte:

> Sie schreitet stolz einher in grünem Kleide,
> Sich wiegend wie im Blätterschmuck der Ast.
> Ihr Blick wirkt wie des Schwertes scharfe Schneide.
> Ihr Antlitz strahlt des vollen Mondes Glast.

Da wurden von ihrem Anblick die Herzen geraubt und neue Qualen über die Menschen gebracht. Danach wurde sie ihm, um ihre Vorzüge noch vollendeter darzubieten, ein zweites Mal vorgeführt, und zwar in einem roten Gewande. Dieses Mal war es, als ob der Dichter von ihr sagte:

> Erst weint ich, da in Schleiern
> Wie Rehblut rot sie wiegt.
> Dann sah ich, daß die Rose

Dem Röslein sich geschmiegt,
Und dankte Gott voll Staunen,
Der Schnee zum Feuer fügt.

Sie hörten nicht auf, sie ihm aufs neue vorzuführen und sie immer
wieder anders zu kleiden, bis sie ihr im ganzen sieben Gewänder angelegt hatten. Dabei warf der Bursche keinen Blick auf sie und wandte
sich ihr nicht eher zu, als bis die Leute sie mit ihm allein ließen und von
dannen gingen. Nun aber stürzte er sich auf sie und raubte ihr in seiner
groben und rohen Weise die Jungfernschaft. Da senkte sich Haß wider
ihn in ihr Herz; denn eine Jungfrau wünscht sich Zartgefühl und
schmeichelndes Werben, zumal wenn sie von solch blühender Gestalt
ist. Als der Morgen anbrach und sein Licht aufleuchtete und neu
erstrahlte, stand der Knecht auf und ritt fort zum Dienste des Königs.
Danach kam der Wesir zu seiner Tochter und fand sie weinend, traurig
und gebrochenen Herzens. Als sie ihn erblickte, sprang sie auf ihn zu
und sagte: »Gott wird zwischen mir und dir richten am Jüngsten Tage,
wenn sich Himmel von Himmel abspaltet und das Recht offenbar
wird, da Gottes Spruch die Entscheidung fällt. Habe ich dich irgendwie in deinem Hause in Bedrängnis versetzt, oder hast du dich vor den
Speisen gefürchtet, die ich dir gereicht habe, so daß du mich mit
diesem schrecklichen Unhold heimgesucht hast, der sich mit keiner
Faser seines Wesens vor Gott dem Mächtigen und Erhabenen fürchtet?« Er erwiderte: »Mein liebes Töchterchen, es ist, bei Gott, weder
auf meinen Befehl noch mit meinem Wohlgefallen geschehen, vielmehr bin ich dazu gezwungen worden, und der König hat dies wider
mich entschieden. Ich werde aber, bei Gott, diesen Knecht mit den
Frauen des Königs nach Willkür verfahren und ihn sie zu seinen Leib-
eigenen machen lassen. Ich werde dem König die Herrschaft entreißen
und das Teuerste, was er besitzt, dem Knecht übergeben, weil auch er
das Teuerste, was ich besaß, ihm übergeben hat, und ich werde ihn zum
Gespött seiner Feinde machen, wie er mich zum Gespött der meinen
gemacht hat.« In der Folge stellte er sich ganz darauf ein und verbarg,
was er im Herzen hegte. Seinen Besitz begann er für den Erwerb von
Knechten, Pferden und ganzer Ausrüstungen zu verwenden und diese
dem Knecht zu übergeben. Außerdem fing er an, ihn edle Gesinnung

und vornehmes Wesen zu lehren. Die Emire, Soldaten und Knechte zeigten sich ihm geneigt, seine Kriegsmacht erstarkte, und er schmiedete seine Pläne langsam weiter, bis die Macht zum größten Teil in die Hände des Knechtes überging.

Dies währte eine Zeitlang. Dann befiel den König eine schwere Krankheit. Er ließ die Würdenträger seines Reiches, seine Höflinge und seine Wesire kommen und nahm ihnen den Treueid auf seinen Sohn ab. Dieser war ein schöner Mann, hatte ein treffliches Wesen und war reinen Herzens, ohne zu wissen, was für und was wider ihn war. Nachdem der König die Schlüssel seiner Macht dem Wesir mit der unheilvollen Miene, eben dem Vater des Mädchens, übergeben hatte, starb er und wurde zu Grabe getragen. Drei Tage dauerten die Trauerfeiern. Dann kam der Sohn des Königs mit großer Begleitung angeritten, stieg ab und setzte sich auf den Thron seines Vaters. Die Herrschaft aber übte nun der Wesir aus, und er spielte mit dem König, als wäre er eine Kugel, die er von Hand zu Hand gehen ließ. Es dauerte nicht lange, bis die gesamte Macht an den Knecht überging, ohne daß der Sohn des früheren Königs es merkte. Nachdem den Verschwörern der Weg für ihre Absichten geebnet war, blieb ihnen nur noch übrig, den Sohn des früheren Königs festzunehmen. So bewaffneten sie sich mit ihren Anhängern, zogen zum Tor des Schlosses und ließen sich in der Vorhalle nieder, indes der König mit seinen Höflingen beim Weine saß, ohne daß sie wußten, welches Schicksal ihnen bevorstand. Jeden einzelnen Höfling und Würdenträger des Königs, der aus dem Schloß heraustrat, nahmen der Wesir, sein Schwiegersohn, der Knecht, sowie ihre Leute fest, so daß nach einiger Zeit keiner von den Höflingen mehr beim König war. Schließlich kam ein kleiner Page durch die Vorhalle, dem sie nicht entgegentraten und keine Aufmerksamkeit schenkten. Dieser ging zum König hinein und sagte: »Hoher Herr, am Tor sitzt der Knecht deines Vaters, der Waffenmeister, zusammen mit dem Wesir mit gezückten Schwertern in den Händen und ergreifen jeden, der von dir herauskommt. Ich weiß nicht, was dies bedeutet.« Da sann der Königssohn still bei sich nach und sprach: »Was habe ich oder mein Vater ihnen Böses getan? Aber der Dichter hat ja gesagt:

In ihrem Zelt wardst du gehegt, gesäugt.

Verriet man dir, daß dich ein Wolf gezeugt?«

Trotzdem wagten der Wesir und seine Leute nicht, ihn anzugreifen, aus Ehrfurcht vor dem König, nicht etwa, weil sie zu schwach dazu gewesen wären; denn sie verfügten über eine starke Mannschaft. Zunächst blieb der König ratlos vor Verwunderung. Dann erhob er sich, öffnete seine Schatzkammern und sah, was sie an Gütern und Schätzen bargen. So kam er auch zu einer Kammer an der Vorderseite des Schlosses. Er öffnete sie und fand sie leer. Sie enthielt nicht einmal den Wert eines Dinars, abgesehen von einem Teppich, der dort ausgebreitet lag. Dies erregte seine Verwunderung. Als er nun den Teppich aufhob und darunter schaute, gewahrte er eine Falltür aus weißem Marmor mit farbigen Adern, an der ein Stahlring befestigt war. Er griff nach dem Ring, hob ihn empor, und nachdem er an ihm gezogen hatte, kam eine Treppe zum Vorschein, die in zwanzig Stufen nach unten führte. Diese stieg er hinunter und kam plötzlich an eine Geheimtür zum Meer. Als er sie öffnete, entdeckte er einen kleinen Vorratsraum, in dem sich drei Männer befanden. Mit diesem Raum hatte es eine seltsame Bewandtnis. Es war nämlich eine Lieblingsbeschäftigung des früheren Königs, des Vaters des Jünglings, gewesen, am Meer Wein zu trinken. Jeden Tag ging in diesem Raum das Sonnenlicht auf, kam und blieb für die Dauer der Zecherei auf der Geheimtür stehen. Erschien der König zum Zechen, so hatte es seine Ordnung, tat er es nicht, so rückte der Sonnenschein ohne ihn über die Tür hinweg. Dies pflegte der König zu tun, ohne daß einer von seinen Würdenträgern etwas davon wußte, mit Ausnahme des Wesirs. Als der Königssohn dies sah, freute er sich.

Nun lagen dort auf dem Meer einige große Kriegsschiffe einander gegenüber, die die Küste gegen feindliche Überfälle schützen sollten. Auf ihrem Bug hatte ein alter Kapitän seinen Stand, der ringsum viele Galeeren befehligte, große See-Erfahrung hatte und den früheren König und seinen Sohn liebte. Der König befahl den Leuten in dem kleinen Vorratsraum, den Kapitän, der sich auf einer Galeere befand, zu sich herbeizurufen. Diese fuhren zu ihm hinaus, und nach einer Weile erschien er, entstieg der Galeere, küßte den Boden vor dem

König und fragte: »Was wünschst du, o König? Erteile mir deinen
Befehl.« Er antwortete: »Laß die große Galeere an die Geheimtür
heranfahren.« Nachdem er dies getan hatte, stieg der König dort ein
und hieß die jungen Knechte, die ihm treu geblieben waren, die in den
Kammern lagernden Schätze herbeitragen. Dies geschah, bis schließlich nicht einmal ein Stück im Wert von *einem* Dinar übrigblieb. Auf
den Galeeren befanden sich hundert Männer. So wurden also die
Schätze in die große Galeere getragen. Danach sagte der König zu
einem seiner Knechte: »Gehe zur Vorhalle des Schlosses und schaue,
was es dort gibt. Wenn sie dort immer noch wegen der Bediensteten
sitzen, dann bleibe ruhig dort. Wenn sie dagegen etwas anderes tun, so
melde es mir. Ich bleibe hier am Rande des Ankerplatzes stehen bis zu
der Zeit, da du wieder hier sein mußt.« Der Königssohn hatte noch
nicht aufgehört zu sprechen, als sie Geschrei im Schlosse hörten. Die
Verschwörer hatten nur gewartet, um jeden, der zum König hineinging, zu ergreifen und den Treueid auf den neuen König ablegen zu
lassen. Wer sich weigerte, dem schlugen sie den Kopf ab, bis schließlich alle auf ihrer Seite waren und sie von keinem mehr etwas Böses zu
befürchten hatten. Jetzt aber gingen sie, die gezückten Schwerter in
den Händen, zum Angriff über und drangen schließlich bis in den
Sitzungssaal des Königs vor. Allein sie stellten fest, daß das Schloß
verlassen und die allgemeine Besuchsstätte ferngerückt war. Da ließen
sie die Mägde und Knechte, die im Schloß zurückgeblieben waren,
über die Klinge springen und stürzten sich gemeinsam auf den Hausrat
und die Vorräte des Schlosses. Als der Königssohn dies, und was sonst
noch im Schlosse seines Vaters vor sich ging, sah und als er erkannte,
daß der Wesir und seine Anhänger das Schloß umzingelt hatten, stieg
er in die Galeere ein und hieß den Kapitän den Seeleuten den Befehl
zur Abfahrt geben. Da wurden die Segel gesetzt, und er fuhr davon wie
ein Sturmwind oder wie Wasser, das aus einem engen Rohr heraus-
schießt.

Als der Wesir über die Flucht des Königssohnes nachdachte, erkannte er, daß er nur über das Meer geflohen sein konnte. Er rannte
auf das Dach des Schlosses hinauf, hielt Ausschau, und siehe, da fuhr
die Galeere schon auf dem offenen Meer. Nun rief er den Kriegsschif-

fen, die in Küstennähe geblieben waren, zu: »Holt sie ein. Wer mir ihn herbringt, der soll unzählig viele Huldbeweise von mir erfahren und soll die Befehlsgewalt über die ganze Flotte erhalten.« Dem Königssohn aber schrie er zu: »Wohin fährst du? Bei Gott, wenn du fliehst, werde ich alle Frauen und Kinder im Schlosse niedermachen. Kehrst du aber zurück, so betrachte ich dich als Lösegeld für alle.« Der Königssohn beachtete seine Worte nicht, sondern fuhr weiter. Da nahmen die Schiffe die Verfolgung auf. Es war jedoch schon die Zeit des verblassenden Sonnenlichts, und in der Nacht konnten sie einander nicht angreifen. Am folgenden Morgen standen sie sich Auge in Auge gegenüber. Da näherte sich der Kapitän den Verfolgern und rief hinüber: »Wißt ihr nicht, daß ich als Bemannung ausgesuchte Leute habe und daß ich das Meer besser kenne als ihr? Im übrigen hat der Wesir dem Königssohn Unrecht getan und ihm die Herrschaft entrissen.« Als sie dies hörten, wurden sie wieder ängstlich. Sie wußten ja auch nichts von dem, was sich mit dem Wesir zugetragen hatte. Erst beabsichtigten sie nun, mit den anderen fortzufahren, dann aber dachten sie an ihre Frauen und Kinder. Am Ende sprachen sie zu einander: »Wißt ihr nicht, daß diese hundert Männer bei dem Kapitän uns an Kampfstärke und Zahl überlegen sind und daß der Kapitän das Meer besser kennt als wir? Laßt uns deshalb umkehren.« So traten sie die Rückfahrt an und erreichten schließlich wieder das Schloß und die Festung. »Hoher Herr«, versicherten sie dem Wesir, »wir haben, bei Gott, nichts von ihnen in Erfahrung bringen können und wissen nicht, ob sie in den Himmel aufgestiegen oder in der Erde versunken sind.« Aus Ärger darüber, daß ihm der Königssohn entkommen war, biß sich der Wesir in die Hand. Die Leute im Lande aber wußten nicht, was geschehen war, bis sich die Kunde verbreitete, daß der König ermordet worden sei und der Waffenmeister namens Karakusch die Herrschaft an seiner Statt übernommen habe, worauf sie sich gleich wieder beruhigten. Der Knecht war nun unabhängiger König. Die Schlüssel seiner Macht übergab er aber dem Wesir, übertrug ihm die Gewalt und ließ ihn auch nach außen als Herrscher auftreten. In dieser Weise festigten sich die Verhältnisse für sie. Soweit die Ereignisse, wie sie sich am Königshof zutrugen.

Der König aber fuhr mit seiner Begleitung immer weiter, Tag und
Nacht und Nacht und Tag, bis sie schließlich an eine Meeresinsel
kamen. Dort gingen sie an Land und ruhten sich zwei oder drei Tage
aus. Nachdem sie Trinkwasser an Bord genommen hatten, stiegen sie
wieder ein und fuhren ohne Unterbrechung weiter, bis es dem Jüngling
unheimlich wurde, daß sie nun bereits drei Monate lang Tag und
Nacht auf dem Meere fuhren. Er ging deshalb zum Kapitän und
sprach zu ihm: »Fahr mit uns zum Berge Kaf hinüber, Väterchen.« Als
er dies ablehnte, fragte er: »Willst du denn mit uns ewig auf dem
Meere bleiben?« Als er auch dies verneinte, fragte er: »Wohin willst du
denn mit uns fahren?« Darauf befahl der Kapitän dem Beobachter, den
Mast zu besteigen und nach rechts und links, nach vorn und hinten
Ausschau zu halten. Als er in der Ferne ein großes, schwarzes Gebilde
entdeckte, kam er herunter und meldete dies dem Kapitän. Nun drehten sie in dieser Richtung ab, und nachdem sie sechs Tage und Nächte
weitergefahren waren, kamen sie schließlich in die Nähe eines Berges,
der hoch in die Luft ragte und schier bis zum Himmel reichte. Er füllte
das Blickfeld in seiner ganzen Weite aus und bildete in seiner Breite
eine Sperre. In der Mitte des Berges war eine gewaltige Höhle zu
sehen, an deren Eingang ein riesiges Götzenbild aus Messing stand.
Dieses hatte Augen aus Rubinen und eine Hand, die in Richtung des
Meeres erhoben war, ohne daß man erkennen konnte, was sie enthielt,
wenn man davon absieht, daß ihr Inhalt ein Licht ausstrahlte. Das
Schiff fuhr weiter, bis es gegenüber dem Berg und der Hand des
Götzenbildes war. Dann blieb es stehen, weil Gottes Allmacht es so
beschloß, ohne vor- oder rückwärts zu fahren. Der Königssohn meinte, das Halten sei absichtlich. Obwohl der Kapitän und seine Leute zu
rudern begannen, bewegte es sich nicht von der Stelle. Als der Kapitän
nun den höchsten Punkt des Schiffes erkletterte und Ausschau hielt,
sah er dem Schiff gegenüber das Götzenbild mit seiner Hand. Darauf
stieg er in die Kajüte hinunter, durchwühlte sein Gepäck und holte ein
Buch hervor, das er mitgenommen hatte und das von den Drangsalen
und Nöten des Meeres handelte. Blatt für Blatt schlug er um. Als er
einundzwanzig Blätter umgeschlagen hatte, schaute er eine Weile in
das Buch und las kurze Zeit. Dann schlug er sich auf den Kopf, bis ihm

das Blut aus beiden Nasenlöchern lief. Auf ihn zutretend, fragte der Königssohn: »Was ist mit dir, Väterchen?« Er antwortete: »Wisse, mein Sohn, daß es hier etwas von höchster Lebensgefahr gibt. An dieser Höhle steht nämlich das Götzenbild, das du dort siehst und das in der erhobenen Hand ein Zaubermittel hält. Jedes Schiff, das hierherkommt, gleich aus welcher Richtung, fährt weiter, bis es ihm gegenüberliegt. Wenn es soweit ist, bleibt es stehen, ohne vor- oder rückwärts zu fahren, so daß alle Schiffsinsassen vor Hunger und Durst umkommen. Hier sind schon viele Menschen zugrunde gegangen, und so eifrig die Seeleute auch gerudert haben, sie sind dennoch umgekommen; denn das Schiff hat sich nicht mehr von der Stelle bewegt. Wir müssen also unser Geschick Gott dem Gepriesenen und Erhabenen anvertrauen und abwarten, was aus uns wird.«

Als der Königssohn diese Worte des Kapitäns hörte, nahm sein Gesicht den Ausdruck des Entsetzens an, und er sprach bei sich: »Wir sind also einer recht geringen Todesgefahr entronnen und hierhergekommen, um eines sicheren Todes zu sterben, ohne uns helfen zu können.« Dann erhob er sich und sprach: »Es gibt keine Rettung vor dem Tod!« Sprach's und rollte sein Gewand bis in den Gürtel hoch, schnallte ihn fest, überprüfte alles und wollte sich eben ins Meer stürzen, um zu dem Götzenbild hinzugehen und es von seinem Ort zu entfernen, als sich der Kapitän an ihn klammerte und sprach: »Deinetwegen haben wir unsere Frauen und Söhne verlassen, und nun willst du dir selbst den Tod geben? Bei Gott, das darf nimmer sein, selbst wenn wir allesamt die Becher des Todes trinken müßten; denn wir geben gern unser Leben hin, um dich zu retten, und wenn wir sterben, soll unser Tod das Lösegeld für dich sein.« Danach stand der Kapitän auf und verkündete: »Wer sich von euch aufmacht, zu diesem Berge geht, dann zu der Höhle hinaufsteigt und das Götzenbild zertrümmert, der soll von mir soviel Geld erhalten, wie er will.« Dann ließ er die Männer ihre Geldwünsche äußern. Nun erhob sich einer von ihnen, stürzte sich ins Meer und schwamm bis nahe an den Fuß des Berges. Da er keinen Weg fand, auf dem er zu der Höhle hätte hinaufsteigen können, schwamm er Stück für Stück um den Fuß des Berges herum, bis er eine zum Aufstieg geeignete Stelle fand. Dann kletterte er bis in die Nähe der Höhle und wollte eben das letzte Stück zu ihr hinaufsteigen, als er kopfüber ins Meer stürzte und ertrank. Darauf stieg einer nach dem anderen hinauf, bis schließlich zehn Männer umgekommen waren und die übrigen von der Besteigung Abstand nahmen.

Nun erhob sich der Königssohn, schnallte seinen Gürtel um, ergriff sein Schwert und hängte es an seine Schulter, ohne sich vorher noch mit dem Kapitän zu beraten. Dann sprang er ins Meer hinunter und schwamm davon. Der Kapitän schrie ihm zu und wollte ihn zurückhalten. Er aber ließ sich nicht zurückhalten, sondern stieg den Berg hinauf, bis er in die Nähe der Höhle gelangte. Dort sah er eine Stelle, die keiner hinaufsteigen konnte und die durch ihre Glätte wie ein Spiegel aus Stahl wirkte, der mit seinem gleißenden Licht die Augen blendet. Er ging deshalb wieder zur Küste hinunter und bat den Kapitän: »Gib mir eine Schlag- oder Spitzhacke, mit der ich graben kann. Vielleicht kann ich mir damit Löcher schlagen, in die ich den Fuß setzen kann; denn jene Stelle ist so glatt, daß sie keiner hinaufsteigen kann.« Der Kapitän gab ihm eine Schlaghacke. Er nahm sie an sich und stieg wieder hinauf, bis er an die glatte Stelle kam. Dann begann er, mit der Hacke zunächst ein Loch zu schlagen, in dem er mit einem Fuß stehen konnte, und schlug dann eines für den anderen Fuß. Dies setzte er fort, bis er zu der Höhle hinaufkam. Dort sah er einen Platz, dessengleichen niemand anderswo schauen kann. Vor ihm lag eine Höhle, deren Deckenstützen einen weiten Bogen bildeten und aus glattem Gestein bestanden. Am Eingang der Höhle stand auf einem Sockel aus chinesischem Stahl ein Götzenbild aus Messing. Seine Augen waren aus Rubinen gefertigt, und seine Hand war in Richtung des Meeres erhoben. Der Königssohn schritt auf das Götzenbild zu, bis er es erreichte, worauf er sich unterhalb seiner Füße setzte und mit der Hacke grub. Da stürzte es auf einmal nach vorne über, weil es im göttlichen Ratschluß vorherbestimmt und im Weltenplan so vorgesehen war. Dabei war das Götzenbild auf die Hand gefallen, die das Zaubermittel enthielt, so daß das Standbild zerbrach, durch die Luft flog und ins Meer fiel. Als es im Meer ankam, schoß das Schiff wie ein rasender Blitz von dannen. Jetzt wandte sich der Kapitän um und schrie: »Wehe euch! Wartet doch auf den Sohn eures Herrn, bis er kommt.« So schickten sie sich denn an, das Schiff zu halten. Sie vermochten aber nicht, es in ihre Gewalt zu bringen, sondern es flog dahin wie die Wolken. Als der Königssohn Ausschau hielt, sah er auf einmal das Schiff davonfahren. Da seufzte er: »Ach, sie haben mich verlassen und sind fortgefahren. Nein, bei Gott, das haben sie nicht aus eigenem Entschluß getan. Das Götzenbild ist es, was auf sie einen Zwang ausgeübt hat. Denn mit seinem Sturz ins Meer hat es das Schiff fortgetrieben.« Dann fiel er auf sein Angesicht nieder und jammerte: »Es gibt keine Macht und keine Kraft außer bei Gott dem Allmächtigen.«

Danach ging er eine Zeitlang auf dem Berg weiter und hielt Ausschau. Auf einmal sah er in der Ferne etwas Schwarzes auftauchen. Er setzte seinen Weg ohne Unterlaß fort, bis er in seine Nähe kam, und siehe, da stand er oberhalb einer Flur, die reich war an Bäumen und Wasserläufen, an Nachtigallen und anderen Vögeln. Die Bäume waren belaubt, und die Wasserläufe flossen munter dahin. Die Pflanzen leuchteten wie Safran, und die Erde duftete wie Ambra. Nachdem er von dem Berg hinuntergestiegen war, ging er den ganzen Tag ohne Unterbrechung weiter, bis die Sonne sank. Dann blieb er an der Stelle, an der er sich gerade befand, bis zum Morgen. Als der Tag wieder aufleuchtete, erhob er sich und ging immerzu, bis er die Grenze des Grünlandes überschritt. Er wanderte in ihm einher und begann, von seinen Früchten zu essen, von seinem Wasser zu trinken und sich allerwärts zu ergehen, indes sein Herz um vieles leichter wurde, bis es schließlich Abend wurde. Dann schlief er daselbst unter einem Baum, bis der Morgen anbrach. Nun erhob er sich wieder und wanderte in der gleichen Weise drei Tage weiter, indem er vom Morgen bis zum Abend in den Dickichten umherstreifte und an der Stelle übernachtete, wo er gerade angekommen war. Am vierten Tage fragte er sich: »Wie lange soll ich denn hier noch meine Zeit verbringen, obwohl mir nichts anderes übrigbleibt, als bis zum Ende dieses Dickichtes vorzudringen?« So wanderte er auch wieder diesen ganzen Tag, bis es Abend wurde. Dann schlief er wieder an Ort und Stelle bis zum Morgen und wanderte noch einmal fast bis zur Mittagszeit. Da kam er plötzlich aus dem Dickicht heraus und stand vor einer Wüste. Bei näherer Betrachtung des Vordergrundes entdeckte er in der Ferne etwas Schwarzes, das von Rauch überlagert war. Er lenkte seine Schritte in dieser Richtung und sprach: »Vielleicht gibt es, wenn ich dorthin komme, etwas, was ich mir zu essen kaufen kann; denn inzwischen bin ich der ständigen Pflanzenkost überdrüssig geworden.« Er beschleunigte deshalb seine Wanderung, so daß er bei Sonnenuntergang dort ankam. Was er gesehen hatte, offenbarte sich als eine Stadt mit hohen Türmen und stolzen Mauern, erbebend von der Unzahl der Einwohner und durch das Gedränge der Bürger hinundherwogend.

So betrat er die Stadt und lenkte seine Schritte zu irgendeinem Laden. Dort sah er einen alten Mann auf einer Bank sitzen. Er trat an ihn heran und sprach: »Lieber Herr, könnt Ihr mir eine Unterkunft verschaffen?« – »Ich höre und gehorche«, gab er zur Antwort. Dann erhob er sich mit ihm, nahm ihn bei der Hand und ging mit ihm zu einem Haus. Nachdem er es ihm aufgeschlossen hatte, trat der Königssohn ein. Da er in dem Hause nichts entdeckte, worauf er hätte Platz nehmen können, fragte er den Alten: »Hast du keine Matte, auf die ich mich setzen kann?« – »Nein, mein Herr«, erwiderte er. Darauf übergab er ihm den Siegelring, den er am Finger trug, und sprach: »Nimm ihn bis morgen in Verwahrung als Pfand für eine Matte.« Nun breitete er eine Matte als Unterlage für ihn aus, ging fort und ließ ihn allein, während jener die Nacht bis zum Morgen dort verbrachte. Als der Morgen anbrach und aufs neue in seinem Licht erstrahlte und leuchtete, erhob sich der Jüngling, rief den Kaufmann herbei und sprach: »Gehe auf den Markt und verkaufe den Siegelring.« Als er mit dem Ring zum Markt kam, erklärte man ihm: »Dies ist ein Ring, der hundert Dinare wert ist. Es ist der Siegelring des Königssohnes.« Da verkaufte er ihn. Obwohl der Königssohn von dem Erlös nur einen geringen Anteil erhielt, beklagte er sich mit keinem Wort darüber, weil er im tiefsten Wesen vornehm und von edler Gesinnung war. In wenigen Tagen hatte er den Erlös für den Siegelring ausgegeben und hatte schließlich nichts mehr davon übrig. Nun begann er, aus dem Gürtel, den er um die Lenden trug, die Stützen herauszulösen, und zwar jeden Tag eine Stütze. Diese übergab er dem Kaufmann, der sie veräußerte und über den Erlös ganz nach Gutdünken verfügte, ohne dem Königssohn von dem erzielten Dinar auch nur zwei Kirat zukommen zu lassen. Der Königssohn wußte dies wohl, aber sein Anstandsgefühl hielt ihn davon ab, etwas zu sagen, bis schließlich der ganze Gürtel verausgabt war. Danach brach er den Schwertring ab und verkaufte ihn, desgleichen auch den Schwertgurt. Schließlich hatte er alles verkauft, was er besaß. Nichts war ihm mehr geblieben außer den Kleidern auf seinem Leib, und er hatte nichts mehr wegzugeben, obwohl der Kaufmann eine Menge Geld mit ihm verdient hatte. So war der Königssohn eines Morgens bettelarm. Als nun der Kaufmann zu ihm kam und fragte: »Was willst du heute weggeben?« erwiderte er: »Bei Gott, ich habe nichts mehr, was ich weggeben könnte.« Er wandte jedoch ein: »Mein lieber Herr, hast du nicht das Wort des Dichters gehört, der da sagt:

Bald mit, bald ohne Kleid,
Das ist des Edlen Los.
Denn nur den Schlechten reut,
Wenn er am Ende bloß.

Du hast ein neues Obergewand aus Atlas-Seide an, das viel wert ist. Veräußere es doch und kaufe dir dafür eines aus Baumwolle. Auch das Turbantuch kannst du verkaufen und dir ein gemustertes zulegen, ebenso den Brustschutz und alles, was du sonst noch trägst.« Der Königssohn gab ihm zur Antwort: »Tue, was du für richtig hältst.« Da begann der Kaufmann seine Kleidungsstücke zu verkaufen und wegzugeben und jedes Mal die Hälfte des Erlöses zu unterschlagen, bis der Königssohn schließlich überhaupt nichts mehr besaß. Auf der Suche nach dem täglichen Brot lief er ständig umher. Sein Gesicht war staubbedeckt. An dem Hemd, das er trug, fehlten Gewebekette, Gewebeeinschlag, Zwickel, Ärmel und Kragen, und es bedeckte nicht einmal ganz die Oberschenkel. Das Turbantuch war ausgefranst, hatte seine bunte Verzierung eingebüßt und war an den Enden schadhaft. Die Hose hing nur noch lose am Hosenband. Als der Kaufmann erkannte, daß er nichts mehr besaß, was er hätte weggeben oder verkaufen können, kam er zu ihm und sprach: »Du weißt, lieber Herr, daß dein Sklave ein Ladeninhaber ist und daß ich dem Sultan für die

Gewerbesteuer hafte. In diesem Monat sind es morgen fünf Tage, und danach beginnt ein neuer Monat! Was willst du mir also geben?« Er erwiderte: »Bei Gott, Kaufmann, ich habe nichts mehr, was ich dir geben könnte.« Jener sprach: »Lieber Herr, ich will dir die Schuld für die fünf Tage, die du hier bereits verbracht hast, schenken, aber verlasse mich nun und gehe deiner Wege.« Der Jüngling dachte bei sich: »Bei Gott, er hat meine Kleider zu willkürlichen Preisen verkauft, ohne daß ich Rechenschaft von ihm gefordert habe! Aber jeder Mensch handelt nun einmal, wie es seiner Wesensart entspricht.« Darauf erhob er sich und verließ tränenerstickt den Laden.

Tiefbetrübt zog er von dannen, ohne zu wissen, wohin er seine Schritte lenken sollte. Er sagte sich: »Wenn ich mich auf der Bank vor einem der Läden schlafen lege und dann vielleicht unglücklicherweise durch die Wand eines Ladens eingebrochen und etwas daraus gestohlen wird, so wird es heißen: ›Das kann nur der Fremde gestohlen haben, der auf der Bank geschlafen hat.‹« Kaum war er ein Stück Weges gegangen, da quälte ihn der Hunger. Er dachte: »Soll ich wohl die Leute um etwas von dem bitten, was sie gerade in der Hand haben? Bei Gott, dies soll nimmer geschehen!« Und er sagte sich die Verse des Kalifen Ali ibn abi Talib auf, dem Gott Ehre erweisen möge:

> Gestein und Felsen von der Stelle rücken
> Und ohne Messer pflücken Hagedorn,
> In Meere tauchen, Berge Sandes messen,
> Zur Ähre wandeln das zerriebne Korn,
> Der Fesseln Enge, hartes Leder kauen,
> Vom Jungen jagen reißendes Getier:
> All dies ist leichter, denn als Armer betteln
> Und sich erniedrigen an fremder Tür.

Weiter sprach er: »Bei Gott, dies werde ich niemals tun, selbst wenn ich vor Hunger und Gram sterben müßte.« So begann er umherzustreifen, bis er schließlich zu einer Moschee kam, die offen stand. Er trat ein in dem Gedanken: »Vielleicht kann ich hier die Nacht bis zum Morgen verbringen, indes Gott irgend etwas bestimmt.« Es dauerte nicht lange, da kam der Gebetsausrufer und fragte: »Wer bist du, Jüngling?« – »Ich bin ein Armer aus der Fremde; der Armen Herr aber ist Muhammad, dem Gott Segen und Heil verleihen wolle«, gab er ihm zur Antwort. Der Gebetsausrufer wies ihn jedoch hinaus und sprach: »Fort mit dir aus dem Hause Gottes des Mächtigen und Erhabenen! Du hältst mir ausgerechnet eine Äußerung über den Propheten vor! Wenn du nicht verschwindest, schlage ich dir mit diesem Holzschuh ein Loch in den Kopf.« Da erhob sich der Jüngling, während seine Augen in Tränen schwammen, und sprach: »Lieber Gott, du hast mich aus meinem Königreich vertrieben und hast dies über mich verhängt. Preis sei dir für das, was du beschlossen und verfügt hast!«

Nachdem er seine Wanderung eine kleine Weile fortgesetzt hatte, kam er auf einmal an die Tür zu dem Heizraum eines Bades. Er trat hinein und sah dort einen schwarzen Heizer sitzen, der damit beschäftigt war, das Feuer zu schüren. Traurig grüßte er ihn und sprach: »Lieber Herr, würdest du mir wohl als Almosen gewähren, daß ich diese Nacht bis zum Morgen bei dir verbringen darf? Denn ich bin ein Fremder.« – »Setze dich«, gab jener zur Antwort. Nachdem er sich niedergelassen hatte, wandte sich der Heizer an ihn mit der Frage: »Was arbeitest du? Erzähle! Bist du ein Grubenleerer oder ein Schinder, oder spielst du ein Klapperinstrument?« Er antwortete: »Ich verstehe mich auf keine von diesen Fertigkeiten.« – »Wovon bezahlst du denn dein Essen?« fragte er weiter und erhielt die Antwort: »Mir ist, als hätte ich seit zwei Tagen nichts gegessen.« Als er noch weiter fragte: »Und was gedenkst du morgen zu essen?« erwiderte er: »Ich weiß es nicht.« Da sagte der Heizer: »Du könntest mir behilflich sein, und ich würde dich dafür versorgen.« Auf die Frage, was seine Beschäftigung sein würde, fuhr er fort: »Du schaffst mir den trockenen Dung heran, beseitigst bei mir die Nässe, ziehst die Asche aus dem Ofen, rüttelst den Dung und erledigst für uns die nötigen Einkäufe auf dem Markt.« – »Ich bin damit einverstanden, mein Herr«, antwortete er. So verbrachte er die Nacht bei ihm in dem Heizraum und begann, ihm zur Hand zu gehen, ihm den Dung herbeizuschaffen und die Asche fortzubringen. Diese Tätigkeit übte er ein volles Jahr aus.

Als das Jahr zu Ende war, sagte der Heizer zu ihm: »Was bist du doch ungelehrig! Du bist nun schon ein volles Jahr bei mir und kannst überhaupt noch nicht heizen.« – »Was wünschst du, mein Herr?«

fragte der Königssohn, worauf der Heizer fortfuhr: »Der Bruder des Obermeisters der Grubenleerer hat ein Gastmahl vorbereitet, und sie haben mich dazu eingeladen. Es ist mir peinlich, ihnen eine Absage zu erteilen und nicht zu ihnen zu gehen; denn sie könnten sagen: ›Der Soundso hat sich eine Ausrede gemacht, er hat es nicht eingerichtet, zu unserem Gastmahl zu kommen, und die Nase über uns gerümpft.‹« Der Jüngling sagte: »Gehe nur hin. Ich werde für dich heizen.« Nun zeigte er ihm, wie er heizen sollte. Dann ließ er ihn allein und ging fort. Der Jüngling aber blieb sitzen, indem er vom Morgen bis zum Sonnenuntergang heizte. Dies betrieb er weiter, bis das erste Drittel der Nacht verstrichen war. Da hörte er plötzlich einen gewaltigen Lärm, und zu seinen Häupten standen vier Männer mit gezückten Schwertern. Einer von ihnen lief herbei, um ihn mit dem Schwerte zu erschlagen, doch da rief ihm ein anderer zu: »Töte ihn nicht.« Der Jüngling war vor Schrecken wie gelähmt. Dann packte ihn einer von ihnen und zerrte ihn aus dem Heizraum heraus, während die drei anderen etwas hielten, was wie ein aus Weidenstöcken hergestellter Koffer aussah. Diesen warfen sie in dem Heizraum ins Feuer und fragten den Jüngling: »Bist du der Heizer?« – »Nein, mein Herr, ich bin der Knecht des Heizers«, gab er zur Antwort, worauf sie sagten: »Heute nacht ist dein Leben geschont worden. – Gib aber Obacht auf das, was hier ist, und verlasse es nicht. Du hast dich nur in deinem Heizraum zu betätigen! Wir kennen dich, während du uns nicht kennst!« Weiter versprachen sie, ihm am nächsten Tag etwas für seinen Lebensunterhalt zu bringen. Dann ließen sie ihn allein und gingen fort, während er vor Schrecken über das, was er erlebt und gesehen hatte, wie von Sinnen war. Danach setzte er sich hin, um zu heizen. Als er nun mitten in die Feuerstelle hineinschaute, sah er den Korb im Feuer liegen, während das Feuer ihn rings umgab, ohne irgendeine Wirkung auf ihn auszuüben. Dies wunderte ihn sehr, weil das Feuer in dem Ofen derart war, daß selbst ein Berg von der Lohe des Feuers auseinandergefallen wäre, wenn man ihn hineingeworfen hätte. Er erhob sich deshalb und schaute außerhalb des Heizraums nach rechts und nach links. Da er keinen sah, ging er zur Aschenschaufel. Er nahm sie in die Hand, führte sie durch den Ofen und zog den Koffer heran.

Als er ihn aus dem Feuer herausholte, sah er aus, als ob er niemals ins Feuer gefallen wäre. Der Jüngling fand ihn verschlossen. Er öffnete ihn, und siehe, er enthielt mit Gold durchwirkte Gewänder, wie man sie noch nie geschaut hatte. Der Heizraum erstrahlte von den Edelsteinen, die an ihnen befestigt waren. Verwundert hob er sie auf und entdeckte darunter ein Mädchen, das alle Schönheit und Anmut in sich vereinte. Sie war fünf Spannen groß und hatte pralle Brüste. Ihr Wuchs glich einer Lanze und die Stirn dem Morgen. Die Wangen waren glatt, die Augen schwarz und die Hüften schwer. Preis sei ihm, der sie aus einer unbedeutenden Flüssigkeit erschaffen hatte! Der Dichter hat gleichsam von ihr gesagt:

> Nach ihrem Wunsch erschaffen,
> Fügt die Gestalt sich ein
> Der Urform aller Schönheit:
> Ist nicht zu groß, zu klein.

Sie war durch einen Trank betäubt und lag ohne Bewußtsein. Der Jüngling sagte sich: »Ich werde die Gewänder, in die sie gehüllt ist, an mich nehmen und verstecken. Wenn sie dann wieder zu sich kommt, werde ich sagen: ›Die Leute, die dich hergebracht haben, haben deine Gewänder mitgenommen.‹« So machte er sich daran und beraubte sie aller ihrer Gewänder, des Geschmeides und der Kleider, die sie anhatte, und ging neben den Heizraum. Dort grub er ein Loch und legte die Gewänder hinein. Dann kehrte er an seinen Platz zurück und begann zu heizen. Nach einer Weile reckte sie sich, erwachte aus ihrer Ohnmacht und sprach: »Ach, laß mich bitte etwas Duft von den Blüten einer wohlriechenden Pflanze einatmen.« Der Königssohn erwiderte: »Wehe dir! Bist du von Dämonen besessen und geistesgestört?« Sie entgegnete: »Welche Torheit! Was behauptest du da?« Mit diesen Worten öffnete sie die Augen und sah, daß sie sich in dem Heizraum befand. Nun fragte sie den Jüngling: »Was ist geschehen? Wie komme ich hierher? Wo sind meine Gewänder?« Er antwortete: »Ich habe keine Gewänder bei dir entdeckt«, und er erzählte ihr alles von Anfang bis zu Ende, wie sie sie ins Feuer geworfen hätten, sie aber nicht verbrannt sei und wie er sie aus dem Feuer gezogen und gehoben habe. Nachdem sie noch gesagt hatte: »Du hast recht«, stand sie auf. Inzwi-

schen war die Zeit bis zum letzten Drittel der Nacht vorgerückt. Die
Frau war aber niemand anders als die Königin jener Stadt. –

Nachdem der Morgen angebrochen war, befahl sie einem ihrer Diener: »Los! Hole dir ein Maultier der Wache und gehe mit ihm zu dem
und dem Heizraum. Nimm dazu einen Ballen von den prächtigsten
Gewändern, die du unter den Kleidungsstücken in der Schatzkammer
hast, und bringe mir den Mann schleunigst her.« Der Diener machte
sich auf den Weg und ging zu dem Heizraum. Inzwischen war der
schwarze Heizer zurückgekehrt, während der Jüngling ausgegangen
war, um etwas für ihn zu besorgen. Der Diener trat bei ihm ein und
sprach zu ihm: »Lieber Herr, für einen Mann wie dich ist dies nicht der
rechte Ort! Laß doch das Feuer und komm mit.« Verblüfft über diese
Worte, sagte der Heizer: »Damit dürfte ich wohl kaum gemeint sein,
mein Herr!« Der Diener wiederholte aber seine Aufforderung mitzukommen. Als er nun mit ihm aus dem Heizraum hinaustrat, sah er das
Maultier dort mit einem Ehrengewand und mit Kleidern stehen. Der
Diener zog ihm das Ehrengewand an, ließ ihn das Maultier besteigen
und führte ihn zum Schlosse der Königin. Nachdem er um Einlaß bei
der Königin gebeten hatte, führte er ihn zu ihr hinein. Als sie ihn sah,
rief sie aus: »Wehe dir! Was bist du überhaupt?« Er erwiderte: »Verehrte Herrin, ich bin ein Menschenkind, aber ich habe gleich gesagt,
daß ich nicht gemeint sein könne.« Der Diener warf ein: »Er ist es
dennoch!« Die Königin fragte den Diener: »Du Unglückssklave, woher hast du diesen geholt?« Er erwiderte: »Von dem und dem Ofen.«
Nun fragte sie den Heizer: »Ist in dem Heizraum nicht noch einer
außer dir?« – »Ja freilich, Herrin, mein Knecht«, bestätigte er. Darauf
befahl sie dem Diener: »Gehe mit ihm und bringe mir den Knecht her.
Was ich diesem hier geschenkt habe, soll sein Eigentum bleiben.« So
ging der Diener in Begleitung des schwarzen Dungsammlers von dannen. Dieser trat als erster zu dem Jüngling hinein. Er fand ihn vom
Markte zurückgekehrt, lief auf ihn zu und ohrfeigte ihn mit den Worten: »Wie oft sage ich ihm: ›Elender, arbeite für mich, dann wird es dir
gut gehen, ich werde reich durch dich und will dann etwas aus dir
machen‹, und bekomme immer nur ein Nein zu hören! Los, los, Erbärmlicher! Hinaus mit dir!« Da erhob sich der Jüngling und bestieg

das Maultier. Der Diener begab sich mit ihm ins Bad. Nachdem er ihm den Schmutz vom Leib gelöst, ihn ordentlich hergerichtet und ihm die Haare geschnitten hatte, verließ er das Bad und legte ihm ein Gewand an, das fünfhundert Dinare wert war. Dann bestieg der Jüngling wieder das Maultier, und der Diener schritt vor ihm her, bis er zum Schloß der Königin kam. Dort stieg er von dem Maultier ab und wollte gerade hineingehen, als er den schwarzen Heizer hinter sich hereinkommen sah. Der Diener fragte ihn: »Wehe dir! Wohin willst du?« – »Ich will mit meinem Knecht hineingehen«, gab er zur Antwort. Der Diener schrie ihn aber an und schlug ihn. So kehrte er um und zog sich zurück, während sein Knecht weiterging.

Nachdem der Diener für ihn um Einlaß bei der Königin gebeten und sie ihn gewährt hatte, trat er in eine geräumige Vorhalle ein. Dort bekam er das Gesinde und die Dienerschaft zu Gesicht und sah an Reichtümern und üppiger Habe soviel, daß es ihn seines Vaters Reich vergessen ließ, und er vergaß auch die Schmach und Niedrigkeit, in der er lebte. Er setzte seinen Gang fort, während der Diener vor ihm herschritt, bis dieser den Vorhang zurückschlug. Was er nun schaute, hatte er beim ersten Mal nicht gesehen. Es war, wie der Dichter sagt:

Ihr Schleier fiel. Da rief ich voller Wonne:
»Ich preise solchen Bildes Schöpferhand.«
Hab stets geglaubt, es gäbe nur eine Sonne,
Bis ich auf Erden ihre Schwester fand.

Sie machte ihn mit ihrem Anblick schier von Sinnen, raubte ihm den Verstand und nahm sein ganzes Herz ein. Sie ließ ihn an ihrer Seite Platz nehmen und hieß Speisen bringen. Als sie vor ihr aufgetischt waren, begann sie, ihm die Bissen in den Mund zu führen, hüpfte herum, setzte sich ihm auf den Schoß und küßte ihn, bis sie genug gegessen hatten. Darauf wurden die Speisen abgeräumt und der Wein aufgetragen. Nun tranken sie bis zum Abend. Dann ging sie in eine Kammer, während er an Ort und Stelle bis zum Morgen schlief. Darauf kehrten sie zu ihrer Beschäftigung des Essens und Trinkens zurück und wiederholten ihren schönen Trautverein. Dies trieben sie drei Tage lang.

Am vierten Tage ließ sie ihn kommen und sprach zu ihm: Sieh, wie üppig du nun lebst, während ich mich danach sehne, meine Kleider zurückzuerlangen.« Er entgegnete: »Deine Kleider sind mir nicht zu Gesicht gekommen. Die Männer haben dich genauso gebracht, wie du dich selbst gesehen hast.« Jetzt fragte sie: »Was ist dir eigentlich lieber, das üppige Leben, das du nun führst, und der Genuß meines Angesichtes oder Kleider, die noch keine fünfhundert Dinare wert sind? Wenn du sie mir wiederbeschaffst, will ich dir ein Vermögen von zehntausend Dinaren zahlen.« Als er dies hörte, sagte er: »Sie sind bei dem Ofen vergraben.« Da sprach sie: »So gehe – du sollst das Vermögen, das ich dir genannt habe, von mir erhalten – hole sie und komme schleunigst zurück.« Er ging zu dem Ofen, grub sie aus und kehrte mit ihnen zurück. Als sie die Kleider erblickte, strahlte ihr Gesicht vor Freude, und sie sprach: »Wisse: Daß sie in deinem Besitz waren, habe ich nur dadurch erfahren, daß du mir erzählt hast, du hättest mich aus dem Feuer gehoben, ohne daß das Feuer mir etwas angetan habe. Da war mir klar, daß ich ohne meine Kleider nun eine schwarze Kohle wäre. Du mußt nämlich wissen, daß sich hier in meinem Busen eine Perle befindet, der hundert Sippen von Geistern dienstbar sind, und nun werde ich dir eine von den Wunderkräften der Perle vorführen.« Damit öffnete sie ihren Busen, entnahm ihm eine kleine Halsschnur und streifte eine Perle davon ab, auf der einige Zeilen geschrieben standen. Die Perle legte sie auf die Erde nieder und sprach: »Diener dieser Namen! Bei dem Namen Gottes des Allmächtigen, der auf dieser Perle geschrieben steht, ich wünsche, daß ihr zu mir heraufsteigt!« Siehe, da standen auch schon drei von ihnen, jeder zehn Ellen lang und grauenerregend an Gestalt. Ihre Augen waren schlitzförmig, und die Füße glichen denen von Vierfüßlern. Krallen hatten sie wie wilde Tiere. Den Königssohn packte Entsetzen, und er empfand tiefstes Bedauern bei dem Gedanken, daß er nichts von der Perle gewußt hatte. Die Geister sprachen zu der Königin: »Erteile deinen Befehl.« Sie antwortete: »Ich wünsche auf der Stelle die vier Männer zu sehen, die mich haben verbrennen wollen, gleichgültig ob sie in den Himmel aufgefahren oder in die Erde hinabgestiegen sind.« Nachdem sie eine kleine Weile verschwunden waren, erschienen die drei Geister plötzlich wieder und schleppten die vier Männer in Halseisen und Ketten aufs roheste herbei. Als die Königin sie erblickte, sprach sie: »Ihr Erbärmlichen! Was habe ich euch Böses getan, daß ihr mir so vergolten habt? – Laßt ihre Köpfe fortfliegen!« (Der Königssohn erzählt:) Als ich hinschaute, siehe, da waren die Köpfe der vier Männer weggeflogen. Ihre Leiber befahl das Mädchen fortzuschaffen und ins Meer zu werfen. Da nahmen sie sie auf und warfen sie ins Meer. Danach hieß sie die drei Geister wieder abtreten.

(Der Königssohn erzählt weiter:) Jetzt wandte sie sich an mich und sprach: »Jüngling, diese Männer hatte ich zu meinen Tischgenossen gemacht, hatte ständig mit ihnen gegessen und getrunken, und sie durften sich meiner Jugend freuen. Allein sie waren auf nichts anderes aus als auf Hurerei und Unzucht, obwohl ich ein unberührtes Mädchen bin. Wären sie nicht zu vieren gewesen, so hätten sie in der Tat ihr Ziel erreicht. Sie waren jedoch aufeinander eifersüchtig und haben sich gegenseitig hintergangen. So kamen sie schließlich überein, mich in den Ofen zu werfen. Doch Gott hat durch die segensreichen Wirkungen dieser Perle und des Namens, der auf ihr geschrieben steht, das mir von ihnen zugedachte Unheil abgewehrt.« Dann schaute sie mich an und sprach: »Meine Kleider sind in Wirklichkeit zwanzigtausend Dinare wert gewesen. Zofe, bring das Geld her!« Nachdem sie zwanzig Beutel mit zwanzigtausend Dinaren gebracht hatte, sagte die Königin: »Nimm dieses Geld und eröffne dir einen Laden. Deinen Bedarf an Speisen und Getränken findest du bei mir, desgleichen was du an Pferden brauchst; denn mein Marstall ist der deine, und mein Schloß sei dir und deiner Befehlsgewalt überantwortet. Nur werde ich nicht wieder mit dir trinken, es sei denn von Zeit zu Zeit.« – »Bei Gott, geliebte Herrin«, gab ihr der Königssohn zur Antwort, »allein die Abfälle deines Fingernagels sind in meinen Augen wertvoller als irgendein Königreich auf Erden, und da soll ich einen Laden eröffnen und dein schönes Angesicht nicht wiedersehen?« Sie entgegnete: »Ich werde dir schwören, dich nicht von mir zu verbannen.« Dann ließ sie den Koran bringen und wollte den Eid leisten. Da bat er sie jedoch: »Schwöre mir, daß du mich noch vierzig Tage wie bisher mit dir leben läßt, ohne daß ich von dir gehen muß.« Nachdem sie sich einverstanden erklärt hatte, leistete sie ihm den Eid auf die festgelegte Vereinbarung. Dann ließ sie ihn schwören, ihr Vertrauen nicht zu mißbrauchen, solange er bei ihr weile. So schwor er ihr und sie ihm. Sie schenkten einander Vertrauen, und da sie ihr Eidwort gegeben hatten, glaubte der eine dem anderen. Dann setzten sie ihr gewohntes Leben fort, das ausgefüllt war mit Spiel und Tand, mit Freude, Heiterkeit und Weintrinken. So lebten sie ohne Unterlaß höchst vergnügt und zufrieden, bis von der vereinbarten Zeit fünfunddreißig Tage verstrichen waren. Allein im Herzen des Jünglings brannte aus doppeltem Grunde ein Feuer, das nicht verlöschen wollte, und eine Lohe, die sich nicht verbergen ließ. Der eine Grund war die heiße Liebe zu dem Mädchen und die Qual, die seinem Herzen auferlegt war, da er bei ihr nicht zum Ziele kommen konnte. Der andere lag in der Perle, die das Mädchen besaß. So begann er, als ihm nur noch fünf Tage von der vereinbarten Zeit blieben, sich eine List auszudenken, mit der er zu Werke gehen wollte.

Er erinnerte sich eines befreundeten Gewürzkrämers, bei dem er manchmal Platz genommen hatte, wenn er das Mädchen allein ließ. Er sagte in diesen Fällen zu ihr: »Ich will mich etwas auf den Markt setzen und dort umhergehen. Danach komme ich wieder nach Hause«, worauf sie ihn mit den Worten verabschiedete: »Gehe mit Gott.« So ließ er sie eines Tages wieder allein und kam zu dem Laden seines Freundes. Nachdem er ihm eine kleine Weile erzählt hatte, sagte er zu ihm: »Mein lieber Herr, ich möchte dir etwas mitteilen, aber es ist mir peinlich.« – »Worum handelt es sich? Sage mir, warum du dich schämst«, erwiderte jener, worauf der Jüngling fortfuhr: »Es besteht für mich kein Zweifel daran, daß ich ein Mädchen mit fürchterlichem Aussehen geheiratet habe; denn jedesmal, wenn ich komme, um ihr Gesicht zu entschleiern, hindert sie mich daran, ohne daß ich mich gegen sie durchsetzen kann.« – »Ich stehe dir gern zu Diensten«, antwortete der Gewürzkrämer. Nun streckte der Königssohn seine Hand aus, rollte seinen Turban auf und überreichte ihm zwei Dinare. Als der Gewürzkrämer das Gold sah, griff er nach einem kleinen Behälter. Diesem entnahm er einige Mittel, packte sie in ein Blatt Papier und sagte zu ihm: »Gib ihr davon ein Kirat zu trinken. Nimm aber nicht mehr als ein Kirat; denn sonst wacht sie erst nach drei Tagen wieder auf.« – »Ich höre und gehorche«, versicherte der Königssohn, streckte seine Hand aus, nahm das Gebotene in Empfang und steckte es in seinen Busen. Dann verließ er ihn und kehrte zum Schlosse zurück.

Bei seinem Eintritt fand er das Mädchen sitzend vor. Sie erhob sich für ihn, ließ ihn neben sich auf ihrem Lager Platz nehmen, und sie begannen zu essen und zu trinken, bis es Abend wurde. Nun sorgte er dafür, daß sie für eine kleine Weile in ihrer Aufmerksamkeit nachließ. Er stellte sich betrunken und füllte einen Becher, den er ihr reichte. Dann füllte er wieder einen, den er selber trank. Nachdem er ihn aufs neue gefüllt hatte, machte er eine Gebärde, als ob er sich hinter dem Ohre kratzen müßte. Dabei holte er von dem Betäubungsmittel, das er bei sich hatte, ein Viertel Dirhem hervor, warf es in den Becher und reichte ihn ihr. Sie hatte den Trank kaum über die Lippen gegossen, als er sie bereits betäubte. Jetzt machte sich der Jüngling an sie heran. Er stand auf, legte sie auf ihr Lager und begann sie zu küssen. Dann griff er mit der Hand nach ihren Kleidern und streifte sie bis über die Brust hinauf. Dabei sah er, daß ihr Hosenband mit nicht weniger als zwanzig Knoten zugeknüpft war. Er begann einen nach dem anderen zu lösen. Nachdem er zehn von ihnen gelöst hatte, sah er, daß die Perle in den elften Knoten geknüpft war. Er wollte sie eben herauslösen, als er von hinten eine Ohrfeige erhielt, die ihn auf sein Gesicht fallen ließ, und ihm zu Häupten stand einem Adler gleich eine alte Frau, die zu ihm sprach: »Wehe dir, du Taugenichts! Wo sind die Eide, die du ihr geschworen hast? Wehe, du hast die Eide, Gelübde und Versprechen gebrochen! Hast du nicht gesehen, wie den vier Männern die Köpfe ohne Schwert abgeschlagen worden sind? Glaubst du etwa, daß es für dich noch eine Rettung gibt, wenn du erst ihr Angesicht entschleiert hast?« Da schaute er sie an und begann sich bei ihr herauszureden, indem er sprach: »Trunkenheit und Liebe haben mich dazu verleitet, liebe Herrin. Du weißt doch, daß die Liebe die Männer unzurechnungsfähig macht.« Sie erwiderte: »Bei Gott, ich verzeihe dir, aber lege dich mit ihr schlafen, umarme und küsse sie, meinem Späherblick entgeht ihr nicht!« Er versicherte ihr: »Ich habe mir schon gedacht, daß Gott dich Unglücksalte nicht unter einer Hülle verstecken würde!« Dann machte er sich zusammen mit ihr an der Kleidung des Mädchens

zu schaffen, selbst einzig und allein darauf bedacht, die Perle herauszulösen. Nachdem es ihm gelungen war, nahm er sie in den Mund. Als
er sie so in seinen Besitz gebracht hatte, erhob er sich und sprach: »Du
Unglücksalte, willst du mich nicht ihr Gesicht entschleiern lassen?«
Sie aber fuhr ihn an: »Was redest du da, Taugenichts? Hat dich die
Trunkenheit vollends überwältigt?« – »Bei Gott, liebe Herrin«, besänftigte er, »ich scherze doch nur mit dir. Im übrigen möchte ich, daß du
der Königin morgen früh nichts verrätst.«

Dies schwor sie ihm. Dann führte sie ihn fort und brachte ihn in ein
Kämmerchen, das sie hinter ihm abschloß. Sie selbst ging wieder zu
dem Mädchen, knüpfte die Knoten, die er gelöst hatte, wieder fest,
entfernte sich dann und legte sich an ihrer Schlafstatt nieder.

Nachdem sich der Jüngling zur Ruhe begeben hatte, gedachte er
seiner Heimatstadt, des Schicksals ihrer Einwohner und seines Sturzes
vom Thron. Er holte die Perle hervor und sagte sich: »Ich will sie
erproben, ob sie etwas taugt.« Dann legte er sie auf die Erde und
sprach: »Diener dieser Namen! Bei dem Namen Gottes des Allmächtigen, der auf dieser Perle geschrieben steht, ich wünsche auf der Stelle
in mein Königsschloß entrückt zu werden!« Er hatte seine Rede noch
nicht beendet, als er sich schon zwischen Himmel und Erde fliegen
sah . . . Nach einer kleinen Weile stieg er plötzlich vom Dach mitten in
das Schloß hinunter. Da sah er den Königsthron und den Knecht
seines Vaters, der auf dem Throne schlief, während die jungen Knechte
und die Diener ringsherum im Schlafe lagen. Der Königssohn tat nur
wenige Schritte. Dann versetzte er dem Knecht seines Vaters einen
Fußtritt, . . . der ihm die Rippen zerbrach. Erschreckt wachte er auf.
Als er den Königssohn erblickte, fürchtete er sich vor ihm. Er sagte
sich: »Wenn die führenden Leute nicht zu ihm übergelaufen wären,
könnte er nicht das Schloß überfallen.« Bei näherem Hinschauen stellte er fest, daß seine Knechte schliefen, und er sah, daß der Sohn seines
Herrn keinen bei sich hatte und obendrein weder über ein Schwert
noch über eine Kampfausrüstung verfügte. Er hoffte daher, ihn über-
wältigen zu können, und nahm an, daß er sich im Schloß versteckt
hätte. So richtete er sich auf und sprach: »Du Nichtsnutz, meinst du
etwa, die Leute, die dir eingeredet haben, mir die Herrschaft zu ent-

reißen, hätten ein anderes Ziel verfolgt als deinen Untergang?« Mit diesen Worten stürzte er los, um ihn zu ergreifen, und schleuderte ihn zu Boden, war doch der Königssohn für ihn wie ein Spatz in den Krallen eines Sperbers. Von seinem Mut und seiner Kühnheit haben wir ja genug erzählt. Da rief der Jüngling: »Diener dieser Namen, haltet ihn zurück!« Eben wollte sich der Knecht seines Vaters auf ihn stürzen, doch nun vermochte er es nicht.

Verblüfft über sich selbst, rief er seine Knechte zu Hilfe. Als sie sich erhoben, erblickten sie den Sohn ihres Herrn und erkannten ihn wieder. Karakusch schrie sie an: »Wehe euch! Ergreifet ihn.« Da aber rief der Königssohn: »Diener dieser Namen, haltet sie zurück!« Nun konnten sie sich nicht mehr von der Stelle rühren. Er schrie sie ein zweites Mal an, doch sie sagten zu ihm: »Uns geht es ebenso wie dir.« Da sprach der Königssohn zu ihm: »Wehe dir, Karakusch! Laß dich jetzt nicht mehr nach der Herrschaft gelüsten; denn ich bin im Besitze eines Namens, mit dessen Hilfe ich diese Berge niederreißen könnte, wenn ich wollte.« – »Ich, hoher Herr«, gab er zur Antwort, »was bin ich denn schon gewesen? Der Wesir ist an allem schuld.« Als Karakusch aufblickte, sah er plötzlich, wie der Wesir vom Dach des Hauses herniederschwebte und ihm zu Füßen gelegt wurde. Der Wesir fragte: »Wie komme ich hierher?« – »Schaue doch vor dich«, gab jener zur Antwort. Da gewahrte er den Königssohn und die Geister um sich. Der Königssohn fragte ihn: »Was hat mein Vater dir Böses getan, daß du mir dieses heimgezahlt hast?« Der Wesir erwiderte: »Dein Vater hat mir das Liebste genommen, was ich besaß, und hat es an diesen ausgeliefert. Deshalb habe ich auch ihm das Liebste genommen, was er besaß, und habe es ebenfalls an diesen ausgeliefert, ohne mich nach Erlangung meiner Rache darum zu kümmern, ob dies gute oder böse Folgen hatte.« Nun befahl der Königssohn, die beiden in den Kerker zu werfen, was die Geister sogleich besorgten. Sodann rief der Herold aus, daß der Sultan heimgekehrt sei, und die Untertanen freuten sich über die Maßen. Der Königssohn ließ die Großen des Reiches kommen. Sie erschienen und baten um Gnade, worauf er ihnen verzieh.

Danach verlangte der Königssohn, daß das Mädchen geholt werde. In einem einzigen Augenblick trugen die Geister es herbei. Er erzählte ihr die ganze Geschichte von Anfang bis zu Ende, und sie wunderte sich darüber. Dann bat er sie um ihre Hand, die sie ihm gern gewährte. Der Ehevertrag wurde niedergeschrieben, und er heiratete sie. Nachdem er zu ihr eingegangen war, fand er in ihr eine Jungfrau, die noch kein Mann zu der Seinen gemacht hatte, und er gewann sie von ganzem Herzen lieb. Als sie ihn danach um die Perle bat, sagte er: »Die Perle? Nein, sie kann nie wieder werden, was sie für uns jüngst gewesen ist, es sei denn, daß einmal eine Zeit kommt, da wir ihrer bedürfen, weil uns ein Feind überfällt, den wir fürchten müssen.« Dann ließ er den Wesir und den Knecht aus dem Kerker holen, ließ sie kreuzigen, und sie mußten zur Strafe Hunger und Durst leiden, bis sie starben. Er aber und das Mädchen lebten hinfort in seinem Reich in lauter Freude und Wonne, bis der Tod sie trennte.

Die ist die Geschichte, wie wir sie vernommen haben. Gott allein sei Preis, und er wolle Segen und Heil schenken Muhammad wie auch seinen Angehörigen und Freunden!

(Arabien)

Das Vermächtnis des Nizar

Als Nizar dem Tode nahe war, versammelte er seine Söhne Mudar, Ijad, Rabi'a und Anmar und sprach: »Liebe Söhne, dieses rote Rundzelt« – es war aus Leder – »ist für Mudar. Dieses schwarze Pferd und das schwarze Zelt sind für Rabi'a. Diese Sklavin« – sie war grauhaarig – »ist für Ijad. Dieser Säckel mit zehntausend Dirhems und der Sitzplatz sind für Anmar, damit er sich darauf niederläßt. Im übrigen gehet zu al-Af'a al-Dschurhumi, der in Nadschran wohnt, falls ihr Schwierigkeiten beim Teilen habt.« Nachher gerieten sie wirklich in Streitigkeiten über seine Hinterlassenschaft, und so machten sie sich auf den Weg zu al-Af'a al-Dschurhumi.

Während sie dahinritten, entdeckte Mudar plötzlich eine Spur von Grünfutter, das abgeweidet worden war, und sprach: »Das Kamel, das dieses abgeweidet hat, ist einäugig.« Rabi'a sagte: »Es neigt sich im Lauf nach einer Seite.« Ijad sagte: »Ihm ist der Schwanz abgeschnitten.« Anmar sagte: »Es ist unstet.« Nachdem sie ein kleines Stück weitergereist waren, stießen sie plötzlich auf einen Mann, der sein Kamel suchte. Als er sich bei ihnen nach dem Tier erkundigte, fragte Mudar: »Ist es einäugig?« Was jener bestätigte. Rabi'a fragte: »Neigt es sich im Lauf nach einer Seite?« und der Mann sagte ja. Ijad fragte: »Ist ihm der Schwanz abgeschnitten?« Auch dies bestätigte er. Anmar fragte: »Ist es unstet?« – »Ja«, antwortete der Mann, »ihr habt, bei Gott, eben mein Kamel beschrieben. So zeigt mir den Weg zu ihm.« – Sie wandten ein: »Wir haben es wahrhaftig nicht gesehen.« Er erklärte jedoch: »Dies ist bestimmt eine Lüge.« Und er hing sich an sie, indem er jammerte: »Wie kann ich euch glauben, wo ihr mir doch mein Kamel genau beschreibt?« So setzten sie ihren Weg fort und kamen schließlich nach Nadschran.

Als sie dort abstiegen, verkündete der Besitzer des Kamels: »Diese hier haben sich mein Kamel angeeignet. Sie haben es mir beschrieben, hinterher aber behauptet, sie hätten es nicht gesehen.« Da trugen sie ihren Streit al-Af'a vor, der damals der Richter der Araber war. Dieser fragte: »Wie kommt es, daß ihr das Kamel beschrieben, es aber dennoch nicht gesehen habt?« Mudar antwortete: »Ich habe festgestellt, daß es eine Seite abgeweidet, die andere aber unberührt gelassen hat. Da habe ich gewußt, daß es einäugig ist.« Rabi'a antwortete: »Ich habe festgestellt, daß einer seiner Vorderfüße eine feste, der andere aber nur eine flüchtige Spur hinterläßt. So habe ich erkannt, daß es sich im Lauf nach einer Seite neigt, weil durch den Überdruck des Trittes die eine Spur nur flüchtig ist.« Ijad antwortete: »Ich habe an der festen Gestalt seines Mists gesehen, daß ihm der Schwanz abgeschnitten ist; denn wenn es einen Schwanz hätte, würde es den Mist mit ihm in Stücke schlagen.« Anmar antwortete: »Ich habe erkannt, daß es unstet ist, weil es an einem Ort mit dichtem Pflanzenwuchs geweidet hat, dann aber zu einem anderen übergegangen ist, wo die Pflanzen magerer und schlechter sind. Da habe ich gewußt, daß es unstet ist.« Jetzt erklärte al-Af'a dem Mann: »Sie besitzen dein Kamel nicht. Gehe es suchen.« Danach fragte er sie: »Wer seid ihr eigentlich?« Nachdem sie es ihm berichtet hatten, hieß er sie willkommen. Nun erzählten sie ihm, was sie zu ihm hergeführt hatte. Da sprach er: »Braucht ihr mich wirklich, wo ich doch sehe, wie gescheit ihr seid?«

Nachdem er sie bei sich hatte einkehren lassen, schlachtete er für sie eine Ziege und brachte ihnen Wein. Al-Af'a selbst setzte sich so, daß er von ihnen nicht gesehen werden, selbst aber ihre Unterhaltung mitanhören konnte. Danach sagte Rabi'a: »Noch nie habe ich köstlicheres Fleisch als heute gegessen. Schade nur, daß seine Ziege mit Hundemilch genährt worden ist.« Mudar sagte: »Noch nie habe ich köstlicheren Wein als heute getrunken. Schade nur, daß der Rebstock auf einem Grab gewachsen ist.« Ijad sagte: »Noch nie habe ich einen edleren Mann gesehen als diesen heute. Schade nur, daß er nicht von dem Vater abstammt, den er als den seinen angibt.« Anmar aber sagte: »Nie habe ich Worte gehört, die für unser Anliegen nützlicher wären, als diese heute.« Als al-Af'a hörte, was sie sprachen, sagte er: »Diese Kerle sind wahrhaftig Teufel!«. Dann ließ er seinen Verwalter kommen und fragte ihn: »Was ist dies für ein Wein, und wie verhält es sich mit ihm?« Jener antwortete: »Er stammt von einem Rebstock, der auf dem Grab deines Vaters gewachsen ist.« Den Hirten fragte er: »Was ist mit dieser Ziege?« Er antwortete: »Es ist ein Zicklein, das ich bei einer Hündin habe trinken lassen, weil das Muttertier gestorben war und in der Herde keine andere Ziege Junge hatte.« Dann suchte al-Af'a seine Mutter auf und bat sie: »Sage mir die Wahrheit. Wer ist mein Vater?« Da erzählte sie ihm, sie sei mit einem reichen Fürsten verheiratet gewesen, dieser habe aber kein Kind bekommen. – »So fürchtete ich«, sprach sie, »er könnte ohne Nachkommen sterben, so daß uns die Herrschaft verlorenginge. Ich gab mich deshalb einem Vetter von ihm hin, der bei ihm zu Gast war, und danach brachte ich dich zur Welt.«

Nachdem al-Af'a zu den Brüdern zurückgekehrt war, erzählten sie ihm ihr Erlebnis und legten ihm den letzten Willen ihres Vaters auseinander. Da entschied er: »Was dem roten Rundzelt an Gold gleicht, gehört Mudar.« Also ging dieser mit den Dinaren und den roten Kamelen ab, was dem Mudar-Stamm den Beinamen »der Rote« eintrug. Wer das schwarze Pferd und das schwarze Zelt bekommen hatte, dem wurden nun alle schwarzen Dinge zugesprochen. So erhielt Rabi'a die schwarzen Pferde, weshalb man von seinem Stamm als von »Rabi'a mit dem Pferd« spricht. Was der grauhaarigen Sklavin glich, erhielt Ijad. So fielen ihm die schwarzweißen Tiere von den kleinen und kurzbeinigen Schafen zu, und seinen Stamm nannte man »den Grauhaarigen«. Dem Anmar schließlich sprach er die Dirhems und den Grundbesitz zu. Mit dieser Verteilung schieden sie von ihm.

(Jemen)

Von Ägypten nach Somalia

Das Brüdermärchen

*E*s waren einmal zwei Brüder, sagt man, von ein und derselben Mutter und von ein und demselben Vater. Anubis war der Name des älteren, Bata der Name des jüngeren. Anubis, er besaß ein Haus und besaß eine Frau, während sein jüngerer Bruder bei ihm so lebte wie ein Sohn. Er, der Jüngere, war es, der für ihn Kleider machte, der hinter seinem Vieh auf die Weide ging, und er war es auch, der pflügte und der für ihn erntete, kurz, er war es, der für ihn alle Feldarbeit verrichtete.

Sein jüngerer Bruder war ein kräftiger Jüngling. Es gab nicht seinesgleichen im ganzen Lande: die Kraft eines Gottes war in ihm.

Und viele Tage danach hütete sein jüngerer Bruder so wie alle Tage sein Vieh; jeden Abend kehrte er nach Hause zurück, beladen mit allerlei Kraut vom Felde, mit Milch, mit Holz und mit lauter schönen Sachen vom Felde. Er legte sie seinem älteren Bruder vor, der mit seiner Frau dasaß. Dann trank er und aß und ging hinaus, um in seinem Stall inmitten seiner Tiere zu schlafen.

Als die Erde wieder hell wurde und der nächste Tag begann, bereitete er gekochte Speisen zu und legte sie seinem älteren Bruder vor. Dieser gab ihm Essen aufs Feld mit, und er, Bata, holte seine Rinder heraus, um sie auf dem Felde fressen zu lassen. Während er so hinter seinen Rindern herging, sagten sie ihm: »An dem und dem Platz ist das Kraut gut.« Er hörte alles, was sie sagten, und führte sie zu der guten Krautstelle, die sie sich wünschten. So gediehen die Rinder, die er hütete, überaus gut und kalbten vielmal so oft.

Zur Zeit des Pflügens sagte ihm einmal sein älterer Bruder: »Laß uns ein Joch Rinder einschirren zum Pflügen. Denn der Acker ist herausgekommen aus dem Überschwemmungswasser, und er ist recht zum Pflügen. Komm dann aufs Feld mit Saatgut, denn wir wollen morgen früh tüchtig pflügen.« So sagte er ihm.

Sein jüngerer Bruder tat all das, von dem ihm sein älterer Bruder gesagt hatte: »Tue es!«

Und als die Erde wieder hell wurde und der nächste Tag begann, gingen sie mit ihrem Saatgut aufs Feld und machten sich tüchtig ans Pflügen. Sie waren überaus froh bei ihrer Arbeit, der ersten Frühjahrsbestellung.

Und viele Tage danach, als sie auf dem Felde waren und Saatgut brauchten, schickte er, der ältere Bruder, seinen jüngeren Bruder und sagte: »Lauf und hol uns Saat aus dem Dorf.«

Sein jüngerer Bruder fand die Frau seines älteren Bruders, wie sie dasaß und frisiert wurde. Er sagte zu ihr: »Steh auf, damit du mir Saat gibst und ich schnell wieder aufs Feld komme, denn mein älterer Bruder wartet auf mich. Säume nicht!« Sie antwortete ihm: »Geh, öffne den Speicher und hol dir, was du willst. Mach nicht, daß mein Haar halb gemacht bleibt.«

Der junge Mann ging darauf in seinen Stall und holte einen großen Krug heraus, da er viel Saat mitnehmen wollte. Er lud sich Gerste und Emmer auf und ging damit hinaus.

Da sagte sie zu ihm: »Wieviel wiegt das, was du auf deiner Schulter trägst?« Er antwortete ihr: »Drei Zentner Emmer und zwei Zentner Gerste, macht zusammen fünf, was auf meiner Schulter ist.« So sagte er zu ihr.

Da begann sie ein Gespräch mit ihm und sagte: »In dir ist viel Kraft. Ja, ich sehe täglich deine Manneskraft«, und sie wünschte ihn als Mann kennenzulernen. Sie stand also auf, griff nach ihm und sagte zu ihm: »Komm, laß uns ein Schäferstündchen halten und beisammen schlafen. Das soll sich dir lohnen. Ich werde dir schöne Kleider dafür machen.«

Der junge Mann wurde wie ein oberägyptischer Panther, wenn er in Wut gerät, wegen des gemeinen Antrags, den sie ihm gemacht hatte, und sie fürchtete sich gar sehr. Dann sprach er zu ihr also: »Sieh, du bist für mich wie eine Mutter. Dein Mann ist für mich wie ein Vater. Er, der älter ist als ich, er hat mich aufgezogen. Was soll diese große Abscheulichkeit, die du zu mir gesagt hast! Sag sie mir nicht noch einmal! Ich will es keinem weitersagen. Ich werde es nicht aus meinem Mund herauslassen zu irgendeinem Menschen.« Er lud seine Last auf und ging aufs Feld. Er langte bei seinem älteren Bruder an, und sie arbeiteten tüchtig an ihrer Arbeit.

Später zur Abendzeit kehrte sein älterer Bruder nach Hause zurück; währenddessen besorgte sein jüngerer Bruder sein Vieh, lud sich allerlei Sachen vom Felde auf und trieb seine Herde vor sich her, um sie in ihrem Stall im Dorf schlafen zu lassen.

Die Frau seines älteren Bruders aber hatte Angst wegen des Antrags, den sie gemacht hatte. Sie holte darum Fett, als Brechmittel, und Verbandszeug und verstellte sich, als ob sie geschlagen worden sei, um ihrem Mann sagen zu können: »Das war dein jüngerer Bruder, der mich geschlagen hat.«

Als ihr Mann am Abend wie alle Tage heimkam, da fand er zu Hause seine Frau, wie sie dalag und sich krank stellte. Sie goß ihm kein Wasser auf die Hände, wie er es gewohnt war. Sie hatte auch kein Licht für ihn angezündet. Sondern sein Haus lag in Finsternis, und sie lag da und erbrach. Ihr Mann sagte zu ihr: »Wer hat dich verführt?« Sie antwortete ihm: »Niemand hat mich verführt außer deinem jüngeren Bruder. Als er kam, um für dich Saat zu holen, und er mich allein sitzend fand, sagte er zu mir: ›Komm, laß uns ein Schäferstündchen halten und beisammen schlafen. Löse deine Haare!‹ So sagte er zu mir.

Ich aber hörte nicht auf ihn. ›Bin ich nicht deine Mutter? Ist dein älterer Bruder zu dir nicht wie ein Vater?‹ sagte ich zu ihm. Da bekam er Angst, er schlug mich, damit ich es dir nicht melde. Wenn du ihn aber am Leben läßt, werde ich von selbst sterben. Sieh, wenn er kommt, höre ihn erst gar nicht an. Denn wenn ich dann diese schlimme Anklage gegen ihn erhöbe, dann würde er es doch nur zu einer Verleumdung gegen mich verdrehen.«

Da wurde sein älterer Bruder wütend wie ein oberägyptischer Panther. Er schärfte seine Lanze und nahm sie in die Hand.

Und sein älterer Bruder stellte sich hinter die Tür seines Stalles, um seinen jüngeren Bruder zu töten, wenn er am Abend heimkommen würde, um sein Vieh in den Stall zu lassen. Als die Sonne unterging, lud sich der jüngere Bruder wie jeden Tag allerlei Kräuter vom Felde auf. Er kam heim, die Leitkuh trat in den Stall und sagte zu ihrem Hirten:

»Paß auf, dein älterer Bruder steht dir gegenüber mit seiner Lanze, um dich zu töten. Lauf weg vor ihm!«

Er hörte, was seine Leitkuh sagte. Dann trat die andere ein, und sie sagte dasselbe. Da guckte er unter die Tür seines Stalles, und er erblickte die Füße seines älteren Bruders, der hinter der Tür stand mit seiner Lanze in der Hand. Er warf seine Last auf den Boden und machte sich auf die Flucht. Sein älterer Bruder aber rannte hinter ihm her mit seiner Lanze.

Da rief sein jüngerer Bruder Re-Harachte, die Sonne, an mit den Worten: »Mein guter Herr. Du bist es doch, der die Sünde vom Recht abtrennt.« Da erhörte Re alle seine Bitten, und Re ließ zwischen ihm und seinem älteren Bruder ein großes Wasser entstehen, voller Krokodile. Der eine von ihnen kam auf die eine Seite zu stehen, der andere auf die andere. Sein älterer Bruder schlug sich zweimal auf die Hand aus Ärger darüber, daß er ihn nicht getötet hatte.

Sein jüngerer Bruder rief ihm von der anderen Seite her zu: »Bleib dort stehen, bis die Erde wieder hell wird. Sobald der Sonnengott aufgeht, werde ich mit dir vor ihm rechten. Er wird den Schuldigen dem Unschuldigen übergeben. Wahrlich, ich werde niemals mehr bei dir leben, niemals. Ich werde nicht mehr am selben Ort sein, wo du bist, sondern ich werde zum Tal der Schirmpinie gehen.«

Und als die Erde wieder hell wurde und der nächste Tag begann, ging Re-Harachte auf, und sie erblickten einander: Der junge Mann wendete sich an seinen älteren Bruder mit den Worten: »Was kommst du hinter mir her, um mich widerrechtlich zu töten, ohne meinen Mund sprechen zu hören? Ich bin doch dein jüngerer Bruder; du bist für mich wie ein Vater, deine Frau ist für mich wie eine Mutter. Ist es nicht so? Als ich geschickt wurde, für uns Saatgut zu holen, sagte deine Frau zu mir: ›Komm, laß uns ein Schäferstündchen halten und beisammen schlafen.‹ Sieh, und nun hat sie dir gegenüber die Sache ins Gegenteil verkehrt.« Und er unterrichtete ihn von allem, was mit ihm und seiner Frau vorgekommen war.

Dann schwur er bei Re-Harachte: »So wahr du kamst mit deiner Lanze, um mich um einer schmutzigen Dirne willen widerrechtlich zu töten, so wahr tue ich, was ich jetzt tun werde.« Er nahm ein Schilfmesser, und er schnitt sich das Glied ab; er warf es ins Wasser, und der Wels verschluckte es. Er wurde schwach und zusehends elend. Sein älterer Bruder hatte sehr, sehr Mitleid und fing an, laut um ihn zu weinen. Aber er konnte nicht hinüber, wo sein jüngerer Bruder war, wegen der Krokodile.

Da rief ihm sein jüngerer Bruder zu: »Wenn du dich an etwas Böses erinnerst, kannst du dich da nicht auch an etwas Gutes erinnern oder an irgend etwas, was ich für dich getan habe? Gehe jetzt nach Hause und sorge selbst für dein Vieh, denn ich bleibe nicht am selben Ort, wo du bist, sondern ich werde zum Tal der Schirmpinie gehen. Was du aber für mich tun sollst, ist: zu kommen und für mich zu sorgen, wenn du erfährst, daß mir etwas zugestoßen ist. Ich werde mir nämlich das Herz herausnehmen und es auf die Blüte der Schirmpinie legen. Wenn die Pinie gefällt wird und mein Herz zu Boden fällt, und du kommst, es zu suchen, und wenn du sieben Jahre lang suchen mußt, so laß es dein Herz nicht verdrießen. Wenn du es aber gefunden hast und es in eine Schale mit frischem Wasser legst, dann werde ich wieder leben, um dem heimzuzahlen, der sich an mir vergriffen hat. Du erfährst, daß mir etwas zugestoßen ist, wenn man dir einen Becher Bier reicht und es überschäumt. Warte dann nicht mehr! Es wird dir gewiß so begegnen.«

Dann ging er fort ins Tal der Schirmpinie, während sein älterer Bruder nach Hause ging mit Staub beschmiert, seine Hände aus Schmerz auf den Kopf gelegt. Er kam nach Hause, tötete seine Frau und warf sie den Hunden vor.

Dann setzte er sich in Trauer über seinen Bruder.

Und viele Tage danach lebte sein jüngerer Bruder im Tal der Schirmpinie. Niemand war bei ihm; tagsüber jagte er Wild der Wüste, dann kam er zurück, um abends unter der Schirmpinie zu schlafen, auf deren Blüte sein Herz lag.

Und viele Tage danach baute er sich im Tal der Schirmpinie mit eigener Hand ein Schloß, das voll war mit lauter schönen Sachen, in der Absicht, sich einen Hausstand zu gründen. Eines Tages ging er aus seinem Schloß hinaus und traf die Götterneunheit, die herumreiste, um für das ganze Land zu sorgen. Da sprachen die Götter der Neunheit untereinander und sagten dann zu ihm: »Ach Bata, Stier der Götterneunheit! Bist du hier ganz allein, nachdem du deine Stadt verlassen hast, wegen der Frau des Anubis, deines älteren Bruders? Sieh her, er hat seine Frau getötet, und so hast du ihm alles heimgezahlt, was dir zugefügt wurde.«

Ihr Herz hatte sehr großes Mitleid mit ihm, und Re-Harachte sprach zum Schöpfergott Chnum: »Ach, forme ein Weib für Bata, damit er nicht allein wohne!« Und Chnum machte ihm eine Lebensgefährtin, deren Erscheinung schöner war als die aller Frauen im ganzen Lande und in die jeder Gott eingegangen war. Die sieben Hathoren kamen, sie anzuschauen, und sie sagten einstimmig: »Sie wird eines gewaltsamen Todes sterben.«

Bata begehrte sie gar sehr. Sie wohnte in seinem Haus, während er tagsüber Wild der Wüste jagte und es brachte und ihr vorlegte. Er sagte zu ihr: »Gehe nicht aus, damit dich das Meer nicht ergreift. Ich kann dich nicht vor ihm retten, denn ich bin eine Frau wie du. Mein Herz liegt auf der Blüte der Schirmpinie, und wenn es einer findet, muß ich mit ihm kämpfen.« Und er eröffnete ihr sein Herzensgeheimnis ganz und gar.

Und viele Tage danach ging Bata nach seiner täglichen Gewohnheit aus, um zu jagen. Da trat die junge Frau heraus, um sich unter der Schirmpinie neben ihrem Hause zu ergehen. Da sah sie plötzlich das Meer hinter sich herrollen, und sie machte sich vor ihm auf die Flucht und rannte in ihr Haus. Aber das Meer rief der Schirmpinie zu: »Halt sie mir fest!« Und die Schirmpinie holte eine Locke von ihrer Perücke. Dann brachte das Meer die Locke nach Ägypten, und es setzte sie ab an den Platz der Wäscher des Pharao.

Der Duft der Haarlocke geriet in die Kleider des Pharao, und man schalt mit den königlichen Wäschern: »Es ist noch Parfümduft in den Kleidern des Pharao.« So schalt man mit ihnen jeden Tag, und sie wußten nicht mehr, was sie tun sollten. Schließlich ging der Oberwäscher des Pharao zum Waschplatz am Ufer hinunter, sehr ärgerlich im Herzen, weil er täglich ausgescholten wurde.

Er blieb stehen und stand auf dem Sande gerade gegenüber der Haarlocke, die im Wasser lag. Da schickte er einen hinunter, und man brachte sie ihm. Er fand ihren Duft gar sehr lieblich, und er brachte sie zu Pharao.

Man holte die Schreiber und Gelehrten des Pharao, und sie sagten zu Pharao: »Diese Haarlocke, sie gehört einer Tochter Re-Harachtes, in der der Segen eines jeden Gottes ist. Sie ist ein Gruß für dich aus einem anderen Land. Schick Boten aus in jedes Ausland, um sie zu suchen. Aber mit dem Boten zum Tal der Schirmpinie, mit dem laß viele Leute ziehen, sie herzuholen.« Da sprach Seine Majestät: »Das ist schön, sehr schön, was ihr da sagt!« Und man schickte sie eilends aus.

Und viele Tage danach kamen die Leute, die ins Ausland gezogen waren, zurück, um Seiner Majestät zu berichten. Die aber, die ins Tal der Schirmpinie gegangen waren, kamen nicht zurück, denn Bata hatte sie getötet; er hatte aber einen von ihnen übriggelassen, damit er Seiner Majestät berichte.

Da schickte Seine Majestät wiederum viele Soldaten und Wagenkämpfer aus, um sie zu holen. Unter ihnen war auch eine Frau, der man allerlei schönen Frauenputz mitgegeben hatte.

Diese Frau kam mit ihr, Batas Frau, nach Ägypten, und man jubelte ihr im ganzen Lande zu. Seine Majestät liebte sie gar sehr, und man ernannte sie zur Großen Haremsdame.

Dann sprach der König mit ihr, um sie dazu zu bringen, daß sie verrate, was es mit ihrem Gemahl auf sich habe, und sie sagte Seiner Majestät: »Laß die Schirmpinie fällen und sie zerhacken!« Man schickte Soldaten mit ihren Geräten aus, um die Schirmpinie zu fällen. Sie kamen zur Schirmpinie, und sie schnitten die Blüte ab, auf der das Herz Batas lag, und der fiel im gleichen Augenblick tot um.

Als die Erde wieder hell wurde und der nächste Tag begann, da die Schirmpinie gefällt war, trat Anubis, der ältere Bruder Batas, in sein Haus und setzte sich nieder, um seine Hände zu waschen. Man reichte ihm einen Becher Bier, und dieser schäumte über. Man gab ihm einen anderen mit Wein, und er wurde schlecht.

Da nahm er seinen Stock und seine Sandalen und auch seine Kleider und seine Waffen, und er machte sich auf, ins Tal der Schirmpinie zu wandern. Er trat in das Schloß seines jüngeren Bruders, und er fand seinen jüngeren Bruder tot auf seinem Bette liegen. Er weinte, als er seinen jüngeren Bruder als einen Toten liegen sah. Dann ging er, um das Herz seines jüngeren Bruders unter der Schirmpinie zu suchen, unter der sein jüngerer Bruder abends geschlafen hatte.

Er verbrachte drei Jahre damit, es zu suchen, aber er fand es nicht. Als er das vierte Jahr anfing, wünschte sein Herz nach Ägypten heimzugehen, und er sagte: »Morgen gehe ich fort.« So sprach er bei sich.

Als die Erde wieder hell wurde und der nächste Tag begann, machte er sich wieder auf, unter die Schirmpinie zu gehen, und verbrachte den ganzen Tag damit, es zu suchen. Am Abend wollte er gerade heimgehen und suchte es nur noch einmal einen Augenblick – da fand er eine Frucht und nahm sie mit heim. Und dies war das Herz seines jüngeren Bruders. Er holte eine Schale frischen Wassers und warf es hinein. Dann setzte er sich hin, wie er es täglich tat.

Als es Nacht geworden war und das Herz das Wasser geschluckt hatte, zitterte Bata an seinem ganzen Leibe und richtete seinen Blick auf seinen älteren Bruder, während sein Herz noch in der Schale lag. Dann nahm Anubis, sein älterer Bruder, die Schale mit frischem Wasser, in der das Herz seines jüngeren Bruders lag, und ließ es ihn trinken. Und als sein Herz an seinem richtigen Platz angelangt war, wurde er wieder, wie er gewesen war.

Einer umarmte den anderen, und sie redeten miteinander. Dann sagte Bata zu seinem älteren Bruder: »Sieh, ich werde ein großer Stier werden mit allen schönen Farben und von unbekannter Art. Du wirst dich auf meinen Rücken setzen, bis die Sonne aufgeht. Dann sind wir dort, wo meine Frau ist, auf daß ich Vergeltung übe. Dann wirst du mich dorthin bringen, wo Man, der König, ist. Man wird dir alles Gute tun, und Man wird dir mich in Silber und Gold aufwiegen, weil du mich zu Pharao gebracht hast. Denn ich werde ein großes Wunder werden, man wird mir im ganzen Lande zujubeln. Danach wirst du heimgehen in dein Dorf.«

Als die Erde wieder hell wurde und ein neuer Tag begann, verwandelte sich Bata in die Gestalt, die er seinem älteren Bruder genannt hatte. Anubis, sein älterer Bruder, setzte sich auf seinen Rücken bis zum Tagesanbruch, und er gelangte dorthin, wo der König war. Man setzte Seine Majestät davon in Kenntnis. Er schaute sich ihn an: Er geriet in sehr große Freude über ihn und veranstaltete ihm ein großes Opfer und sagte: »Ein großes Wunder ist geschehen.« Und man jubelte ihm im ganzen Lande zu.

Man wog ihn seinem älteren Bruder mit Silber und Gold auf, und der ließ sich in seinem Dorfe nieder. Man gab ihm viele Leute und viele Dinge mit, und Pharao liebte ihn gar sehr, mehr als alle Menschen im ganzen Lande.

Und viele Tage danach trat der Stier ins Küchenhaus; er stellte sich dorthin, wo die Dame war, und begann folgendermaßen mit ihr zu sprechen: »Sieh, ich lebe noch!« Sie sagte zu ihm: »Wer bist du denn?« Er antwortete ihr: »Ich bin Bata. Du weißt doch, als du die Schirmpinie hast zerhacken lassen für Pharao, daß das meinetwegen geschehen ist, um mich nicht mehr leben zu lassen. Sieh, ich lebe aber doch, und zwar als Stier.«

Da bekam die Dame sehr große Angst wegen der Mitteilung, die ihr Gatte ihr gemacht hatte. Er aber ging aus dem Küchenhaus hinaus.

Seine Majestät saß und feierte mit ihr einen schönen Tag. Sie schenkte Seiner Majestät ein, und Man, der Pharao, war sehr, sehr gut mit ihr.

Da sagte sie zu Seiner Majestät: »Schwöre mir bei Gott: ›Was sie, die Dame, sagen wird, werde ich ihr zuliebe erhören‹«, und er erhörte alles, was sie sagte. »Laß mich von der Leber dieses Stieres essen, denn er taugt zu nichts.« So sprach sie zu ihm. Der König war über das, was sie gesagt hatte, sehr, sehr betroffen, und das Herz des Pharao war voller Mitleid für ihn.

Als die Erde wieder hell wurde und der nächste Tag begann, rief man ein großes Opferfest aus für das Stieropfer. Man schickte einen der besten königlichen Schlächter Seiner Majestät, um den Stier zu schlachten. Daraufhin wurde er geopfert. Als er schon auf den Schultern der Träger lag, schüttelte er seinen Nacken und ließ aus ihm neben die beiden Türpfosten Seiner Majestät zwei Tropfen Blut fallen; dabei geriet der eine auf die eine Seite des großen Tores Pharaos, der andere auf die andere Seite.

Sie wuchsen zu zwei großen Perseabäumen auf, von denen jeder überragend war. Man ging, Seiner Majestät zu sagen: »Zwei große Perseabäume sind in der Nacht als großes Wunder für Seine Majestät neben dem großen Tor Seiner Majestät gewachsen.« Man jubelte ihnen im ganzen Lande zu, und man brachte ihnen Opfer dar.

Viele Tage danach erschien Seine Majestät im Erker aus Lapislazuli, einen Kranz von vielerlei Blumen an seinem Halse. Er stieg auf einen goldenen Wagen und fuhr aus dem Palast, um die Perseabäume anzusehen. Die Dame fuhr im Wagen hinter Pharao her. Seine Majestät setzte sich unter einen der Perseabäume (und die Dame unter den anderen). Da begann Bata folgendermaßen mit seiner Frau zu sprechen:»O du Verräterin! Ich bin Bata. Ich lebe dir zum Trotz! Du weißt doch, als du die Pinie hast fällen lassen für Pharao, daß das meinetwegen geschehen ist. Ich habe mich dann in einen Stier verwandelt, und du hast mich wieder töten lassen.«

Viele Tage danach schenkte die Dame Seiner Majestät ein, und der Pharao war gut mit ihr. Und sie sagte zu Seiner Majestät:»Schwöre mir bei Gott: ›Was die Dame mir sagen wird, werde ich ihr zuliebe erhören.‹ So sollst du sagen.« Und er erhörte alles, was sie sagte. Sie sagte:»Laß die beiden Perseabäume fällen und zu schönen Möbeln machen.« Man erhörte alles, was sie sagte.

Unverzüglich schickte Seine Majestät erfahrene Handwerker, und man fällte die Perseabäume Pharaos. Die königliche Gemahlin, die Dame, schaute zu.

Da flog ein Splitter davon und schnellte in den Mund der Dame. Sie verschluckte ihn und wurde augenblicklich schwanger. Aus den Bäumen aber machte man, was sie wünschte.

Viele Tage danach gebar sie einen Knaben. Man ging, Seiner Majestät zu melden:»Dir ist ein Sohn geboren.« Man holte ihn und gab ihm eine Amme und Wärterinnen, und man jubelte im ganzen Lande. Der König ließ sich nieder und verbrachte einen schönen Tag und nahm ihn auf den Schoß. Seine Majestät liebte ihn gar sehr von Stund an und ernannte ihn zum Königssohn von Nubien.

Viele Tage danach machte ihn Seine Majestät zum Erbprinzen des ganzen Landes.

Und wieder viele Tage danach, als er viele Jahre als Erbprinz im ganzen Land Ägypten verbracht hatte, flog die Seele Seiner Majestät zum Himmel.

Darauf sprach der neue König Bata:»Man führe mir die hohen Beamten Seiner Majestät her, damit ich sie alles wissen lasse, was mir widerfahren ist.«

Man führte ihm auch seine Frau herein; er ging mit ihr ins Gericht, und man stimmte dessen Urteil zu. Man führte ihm auch seinen älteren Bruder herein, und er machte ihn zum Erbprinzen im ganzen Lande.

Bata war dreißig Jahre König von Ägypten und ging dann ins ewige Leben ein. Dann trat sein älterer Bruder an seine Stelle am Tage seines Heimgangs.

Nachschrift des Abschreibers: Es ist schön zu Ende gekommen – und in Frieden – unter dem Schreiber des Schatzamtes Kagab vom Schatzamt des Pharao wie unter dem Schreiber Hori und dem Schreiber Mer-em-Ipet. Verfertigt vom Schreiber Ennana, dem Besitzer dieses Papyrus. Wer über dies Buch schlecht redet, dem wird Thoth Feind sein.

(Ägypten)

Die Tochter des Engels

Ein Mann heiratete eine Frau, aber Kinder hatten sie nicht. Er war ein fleißiger Bauer und sie eine geschickte Haarmacherin, die für ihre Kunst reichlich beschenkt wurde. So lebten sie beide im Wohlstand.

In ihrer Nachbarschaft lebte jedoch ein König, der viele Gefolgsleute, Diener und Soldaten hatte. Wenn beide Eheleute abwesend waren, schickten diese Soldaten und Diener junge Hirten in das leere Haus, um Nahrungsmittel und auch Geld zu stehlen. So wurde das Ehepaar nach und nach immer ärmer, denn die Früchte ihrer Arbeit wurden ihnen gestohlen.

Eines Tages merkte die Frau, daß sie bestohlen werden, und sprach: »O Gott, schenke mir ein Kind, auch wenn dieses Kind nur eine Eidechse ist!«

Gott erhörte ihren Wunsch und ließ in ihrem Bauch ein Kind einer Eidechse gleich wachsen, und es war ein Kind eines Engels.

Die Frau aber merkte es gar nicht, daß sie schwanger war, bis sie die Eidechse gebar. Dann sprach sie: »Ich danke Gott, daß er mir das gegeben hat, worum ich ihn gebeten habe!«

Da sprach das Kind: »Sei nicht traurig, daß du mich zum Kind hast. Bekleide mich und stelle mich auf den Mauervorsprung, auf dem die Lampe steht.«

Die Mutter nahm ein Kleid, zog ihre Tochter an, stellte sie auf den Mauervorsprung und sagte: »Ich bin glücklich. Ich habe ein Kind, das sprechen kann, aber kann ich dich allein im Hause zurücklassen?« – »Du kannst gehen, wohin du willst!« antwortete die Tochter, »und auch der Vater kann unbesorgt aufs Feld arbeiten gehen.«

Als die Soldaten sahen, daß der Mann und dann die Frau das Haus verließen, riefen sie die Hirten und sprachen: »Holt uns Wasser, Datteln und irgendwas zu essen aus dem Haus dieses Bauern!«

So betraten die Hirten das Haus, aber die Eidechse auf dem Mauervorsprung rief ihnen zu: »Halt! Bleibt stehen! Geht nicht hinein!« – »Wo bist du?« riefen die Hirten. – »Ich stecke in euern Kleidern!« rief das Mädchen in Eidechsengestalt, und die Hirten rannten erschrocken aus dem Haus und liefen zu den Soldaten zurück. Der Offizier aber sprach: »Das geht doch nicht mit rechten Dingen zu, die Leute haben doch kein Kind, und niemand ist im Haus. Ich selbst werde hingehen!« und mit schweren Schritten betrat er das Haus.

Das Mädchen auf dem Mauervorsprung rief wieder: »Bleib stehen, wo du bist. Wenn du näherkommst, werde ich dich schlagen!« – »Wo bist du?« schreit der Offizier und hört die Antwort: »Ich stecke unter deinem Tropenhelm!«

Der Offizier reißt sich den Helm vom Kopf, doch der Helm ist leer, und wieder ruft er: »Wo steckst du?« – Und das Mädchen antwortet: »Ich bin in deiner Hosentasche!«

Da reißt er sich die Hose vom Leib, rennt verschreckt davon und wirft im Laufen die Reste seiner Uniform von sich, und allen anderen Soldaten, die nach ihm das Haus betreten wollen, ergeht es nicht anders.

Die Mutter kommt nach Hause zurück und findet viele Uniformstücke im Hof verstreut liegen. Ihre Tochter aber sagt ihr: »Schneide das Gold von den Uniformen ab und verwahre es in der Truhe. Die Uniformen aber sollst du wegwerfen.«

Die Mutter folgt dem Rat ihrer Tochter, und die Soldaten finden ihre Uniformen, doch über den Vorfall sprechen sie mit niemandem, denn sie haben Angst vor ihrem König. Die Eltern des Mädchens bleiben nun unbehelligt, und das Geld, das die Mutter als Haarmacherin verdient, wird nicht mehr gestohlen, und die Ernte, die der Vater von den Feldern bringt, bleibt in den Speichern.

Nun hatten die Eheleute hinter dem Haus einen Garten, der an den Garten des Königs angrenzte. Der König mit seinem ganzen Gefolge pflegte in den Garten des Bauern zu kommen und dort Früchte zu essen. Wenn der Bauer in den Garten kam, wunderte er sich, daß die Bäume blühen und unreife Früchte an ihnen hängen; eine eßbare Frucht aber konnte er nicht finden.

Wie ein Skorpion, der seinen Stachel zum Angriff erhebt, beginnt nun das Mädchen auch den Garten seiner Eltern zu bewachen, und siehe, da reifen die Früchte und die Datteln. Jeden Nachmittag legt das Mädchen in dem Garten die Eidechsenhaut ab und ist schön wie der Mond, hat langes Haar und reichen Goldschmuck.

Eines Nachmittags kommt der Sohn des Königs an dem Garten vorbei, wundert sich, warum der Garten so gut gedeiht und spricht: »Ich muß in den Garten gehen und selbst nachschauen, warum er so grünt!«

Er betritt den Garten und erblickt ein schönes Mädchen. Sie pflückt Früchte, füllt ganze Körbe mit ihnen an, trägt sie in das Haus des Bauern, kommt wieder zurück, schlüpft in die Eidechsenhaut wieder hinein und stellt sich auf den Mauervorsprung.

Der Königssohn sieht dies alles mit seinen eigenen Augen, eilt zu seinem Vater und spricht: »Ich werde die Tochter der Haarmacherin heiraten!«

Doch der König erwidert: »Der Bauer und seine Frau haben doch gar keine Kinder!« – Doch der Prinz besteht auf seinem Wunsch und sagt: »Ich weiß, daß sie eine Tochter haben, und ich möchte sie heiraten!« – »Hast du sie gesehen?« will der König wissen. – »Ja, ich habe sie mit meinen eigenen Augen gesehen!« antwortete der Prinz. – »Ich werde noch heute nacht zu ihrem Vater gehen!« verspricht ihm der König.

Das Eidechsenmädchen aber, eine Tochter der Engel, wußte von alldem und spricht zu ihrer Mutter: »Heute nacht wird der König kommen, denn sein Sohn will mich heiraten. Reinige das ganze Haus, fülle die Wasserkrüge mit frischem Wasser, wasche das Geschirr!«

Kaum hatte ihre Mutter das alles getan, da legen die Engel Seidenstoffe auf den Boden und vor den Eingang des Hauses. Für den König und sein Gefolge stellen sie einen Stuhl aus purem Gold und sieben andere aus Silber auf.

In der Nacht kommt der König mit seinem Gefolge von vierzehn Männern. Erfrischungsgetränke in goldenen Bechern werden ihnen gereicht, dann wird Tee getrunken und dann wird ein Abendessen mit vielen Speisen von den Töchtern der Engel serviert. Nun spricht der König zum Herrn des Hauses: »Ich bin zu dir gekommen, um für meinen Sohn um die Hand deiner Tochter anzuhalten.« – »Wenn ich nur eine Tochter hätte, würde ich sie dir gern geben. Meine Frau hat Gott um ein Kind gebeten, geboren hat sie aber nur eine Eidechse«, sagt der Bauer und deutet auf den Mauervorsprung: »Das ist die Eidechse, die dort sitzt. Wenn der Prinz eine Eidechse heiraten will, so soll es mir recht sein, und er ist mir willkommen!«

Der Prinz sagt zu seinem Vater: »Ich will diese Eidechse heiraten.« – Und der Bauer sagt noch: »Ich gebe sie dir.«

Als der König in den Palast zurückkehrt, sucht er gleich seine Frau, die Königin, auf und erzählt ihr: »Die Einrichtung dort, das Gedeck und die Speisen, die uns vorgesetzt wurden, sind nicht einmal bei uns im Palast zu finden; das Mädchen, das unser Sohn heiraten will, ist aber nur eine Eidechse. Ich werde die Hochzeit machen und die Kupferpauke vierzig Tage lang schlagen lassen. Ich habe deinen Sohn gebeten, die Tochter deines Bruders zu heiraten, aber er hat sie abgelehnt.« – »Aber wie kann man eine Hochzeit von vierzig Tagen veranstalten, wenn unser Sohn nur eine Eidechse heiratet?« fragt die Königin. – »Wir werden es so halten, wie es der Prinz will, mit dem Bauern werde ich aber als Brautpreis nur einen Hut voll Gold ausmachen, denn für eine Frau, die eine Eidechse ist, können wir nicht mehr geben«, fügte der König noch hinzu, und am nächsten Tag schickte er einen Boten zu dem Bauern.

»Der Brautpreis wird ein Hut voll Gold sein, denn so ist unser

Brauch. Bist du damit einverstanden?« fragt der Bote. – »Das ist mehr als genug, und mehr möchte ich auch gar nicht haben«, antwortet der Bauer.

Der König und die Königin öffnen ihren Schatz und legen Goldstücke in den Hut. Die Töchter der Engel aber sitzen unter dem Hut und nehmen das Gold darunter wieder heraus und stecken es in einen großen Krug im Haus des Bauern.

Die Haarmacherin sieht das und sagt: »Jetzt ist es aber genug, ihr habt schon den ganzen Schatz des Königs in diesen Krug gefüllt, hört doch damit auf?« – Und plötzlich füllt sich der Hut mit Gold. – »Wohin ist denn das ganze Gold verschwunden?« fragt die Königin ihren Mann, schaut noch in die Schatztruhe hinein und sagt: »Wir haben unser ganzes Gold in diesen Hut hineingetan, wohin ist es verschwunden?« – »Laß es gut sein und rege dich nicht auf!« antwortet der König.

Nun wird der Brautpreis dem Bauern überreicht, die Kupferpauke geschlagen, und die Hochzeit dauert vierzig Tage. Die Eidechsentochter bittet ihren Vater, ihr schnell einen siebenstöckigen Palast bauen zu lassen, denn sie haben ja genug Gold, und sie bittet ihre Schwestern, die Töchter der Engel, bei dem Bau zu helfen. In vierzig Tagen ist der Palast fertig, und eine Straße verbindet ihn mit dem Palast des Königs. Im Garten sind für die Gäste Stühle aus Silber und Gold aufgestellt.

Der König schickt dem Bauern einen Boten mit der Frage, ob seine Tochter in den Palast des Königs gebracht wird oder ob er seine Gäste in seinem eigenen Haus begrüßen will. Der Bauer antwortet: »Ich habe meiner Tochter einen eigenen Palast erbaut und ihn zusammen mit dem Garten im Namen meiner Tochter im Grundbuch eintragen lassen. Der König soll mit seinen Leuten zu uns kommen; mir ist es ganz gleich, wie viele es sind.«

Nun naht der Tag der Heimführung der Braut durch den Bräutigam. Die Mutter spricht zu ihrer Eidechsentochter: »Komm aus deiner Haut heraus, werde ein Mädchen und sei keine Eidechse mehr! Es wird mir Scham und Schande bringen, wenn du weiterhin eine Eidechse bleibst!«

Doch ihre Tochter blieb auf dem Mauervorsprung und legte ihre Eidechsenhaut nicht ab.

Die Töchter der Engel hatten sie aber unter der Eidechsenhaut als Braut mit Seidenstoffen bekleidet und mit Gold geschmückt, und schon kommen alle Mädchen des Dorfes, um die Braut zu sehen. Mit seinem ganzen Gefolge zieht auch der König ein und möchte die Braut tanzen sehen.

Die Mutter der Braut ist schon ganz verstört und ruft ihrer Tochter zu: »Und was sollen wir jetzt tun? Alle Menschen werden dich ja sehen!« – »Hör auf zu jammern und binde mir ein Kleid an meinem Schwanz fest!« unterbricht sie die Tochter.

Nun erscheint die Braut auf dem mit Matten ausgelegten Tanzplatz. Die Männer erblicken die Eidechse, die am Schwanz ihr Brautkleid nachzieht, brechen in lautes Gelächter aus und rufen dem Prinzen zu: »Wie kannst du solch ein Tier lieben?«

Da schlüpft das Mädchen aus der Eidechsenhaut heraus, und plötzlich füllt sich die Tanzfläche mit den andern Töchtern der Engel; und als die Männer soviel Schönheit erblicken, fallen sie ohnmächtig zu Boden.

Die Braut sticht sich in einen Finger und läßt auf jeden von ihnen einen Tropfen Blut fallen, und die Männer kommen wieder zu sich.

. . . Und nun lebt sie glücklich zusammen mit dem Sohn des Königs in ihrem Palast.

(Sudan)

Der Faris

Ein wohlhabender Mann hatte einen Sohn, der war ein Faris, der bekannt war wegen seiner großen Stärke. Der Vater sagte zu ihm, als er ihn für alt genug hielt: »Mein Sohn, es ist Zeit, daß du heiratest. Sieh dich nach einer Gattin um.« Der Faris sah sich nun nach allen Mädchen in der Gegend um. Er konnte aber lange Zeit keins finden, das ihm zusagte. Eines Tages nun ritt er in die Wüste. Er kam in eine ferne Gegend und sah da Zelte aufgestellt. Die Leute hatten eine Trommel, trommelten und tanzten. Unter den Tanzenden war ein Mädchen, das schien dem Faris schöner als irgendeins, das er je zuvor gesehen hatte, und er liebte es sogleich sehr.

Der Faris sprach mit dem Mädchen und fragte es, wo es daheim sei. Das Mädchen sagte: »Mein Vater und wir alle ziehen immer umher. Bald sind wir hier, bald da. Wir sind nie lange an einem Ort und ziehen schon in Frage, wenn wir irgendwo angelangt sind, wo wir am andern Tag hinreisen wollen.« Der Faris sprach lange mit dem Mädchen. Ehe er wegritt, sagte das Mädchen zu ihm: »Man kann, wenn eine von uns es will, unsere Spur immer finden.« Der Faris nahm Abschied und ritt nach Hause.

Der Faris blieb einige Tage daheim. Dann sagte er zu sich: »Mein Vater hat mir gesagt, ich solle mir eine Frau suchen. Dieses Mädchen werde ich aufsuchen und heiraten, denn es gefällt mir. Das Mädchen hat mir gesagt, wenn eine von ihnen es wolle, könne man ihre Spur immer finden. Wenn das Mädchen mich nun ebenso liebt wie ich sie, dann werde ich es finden.«

Am andern Morgen sattelte der Faris sein Pferd, band noch einigen Mundvorrat und einen Beutel mit Wasser auf und ritt von dannen, der Stelle zu, an der er das Mädchen zuerst zwischen den Zelten beim Tanzen gesehen hatte.

Als der Faris an die Stelle kam, wo noch vor einigen Tagen die Zelte gestanden und die Leute getrommelt und getanzt hatten, fand er nur noch einen kahlen Baumast, an dem hing aber ein Ledersack mit Wasser und ein geröstetes Brot. Er nahm den Ledersack und das Brot, genoß von der unerwarteten Speisung und sah sich dann nach der Spur um. Es dauerte nicht lange, so hatte er den Weg gefunden, auf dem die Leute weggezogen waren, und als er diesem dann einen Tag lang gefolgt war, sah er an einem vertrockneten Ast, der aus einem alten Lagerplatz aufragte, wiederum einen Ledersack mit Wasser und ein geröstetes Brot hängen. Er fand so wieder seine Speisung, und als er am dritten Tage die Spur der Weitergezogenen verfolgte, fand er am Abend auf einem alten Lagerplatz an einem dürren Ast wieder den Ledersack mit Wasser und ein geröstetes Brot. So ging es zwanzig Tage lang, und am Abend eines jeden Tages war er wieder am Lagerplatz der Fremden angelangt und fand für seine Nahrung gesorgt.

Am Abend des zwanzigsten Tages nun mußte er ganz nahe der Karawane sein, denn das Brot, das er am Baume fand, war noch warm.

So beschloß er denn, in der Nacht noch weiterzureisen. Er brach auf. In der Dunkelheit verlor er aber den Weg. Der Faris ritt nun irrend und suchend in der Wüste umher und kam zuletzt zu einem hohen Gasr. Er ritt hinein, band sein Pferd an und ging in das Haus. In dem Hause fand er im ersten Raume sieben junge Männer, die lagen auf Angarebs und schliefen. Der Faris ging an ihnen vorüber und kam in ein zweites Gemach. Da stand nur ein Angareb, und auf dessen einer Seite lag ein junges, schönes Mädchen. Der Faris sah, daß auf der andern Seite des Angarebs noch Platz war. Er streckte sich also neben dem Mädchen aus. Zwischen das Mädchen und sich aber legte er sein Schwert. Der Faris war so müde, daß er auch sogleich einschlief. Das Mädchen war jedoch erwacht, als der Faris sein Schwert zwischen sie und sich gelegt hatte. Als es merkte, daß der Mann schlief, stand es vorsichtig auf und ging zu den jungen Männern. Es weckte diese und sagte: »Hört, meine Brüder! Wacht auf! Ihr schlaft hier, und nebenan ist ein fremder Mann angekommen, der hat sich zu mir auf das Angareb, zwischen sich und mich aber ein Schwert gelegt. Kommt und seht ihn! Es scheint ein schöner Mann zu sein!« Die sieben Brüder erschraken hierüber und traten in das Gemach ihrer Schwester. Da sahen sie nun den fremden Faris liegen und sie sagten: »Schwester, lege dich nieder und schlafe weiter! Dieser Fremde hat, wie es scheint, nichts Böses im Sinne. Wir werden nebenan abwechselnd Wache halten, und wenn er dir etwas tun will, dann schreie nur und rufe uns damit!« Das Mädchen legte sich darauf auf ihre Bettseite und schlief auch bald ein. Die Brüder wachten aber nebenan abwechselnd.

Als der Faris am andern Morgen erwachte, begrüßten ihn die Brüder. Sie boten ihm Kaffee und wünschten ihm einen angenehmen Tag. Der Faris sagte: »Ich danke euch sehr dafür, daß ihr mich so freundlich begrüßt. Ich reise seit zwanzig Tagen hinter Leuten her, die täglich das Lager wechseln und unter denen sich ein schönes Mädchen befindet, das ich heiraten möchte. Letzte Nacht nun habe ich ihre Spur verloren und bin so in euer Gasr gekommen. Müde, wie ich war, habe ich mich dann auf die leere Seite eines Angarebs gelegt und bin sogleich eingeschlafen.«

Der älteste Bruder sagte: »Es ist uns eine Freude, daß wir dich beherbergen können. Und eine Freude ist uns in diesem Leben wohl zu gönnen, da wir sonst Leid genug haben. Wir bitten dich also, einige Tage lang unser Gast zu sein und sind gern bereit, dir später den Weg zu dem Lager der Wandernden, das nicht weit von hier ist, zu zeigen.« Der Faris sagte: »Wenn ihr mich in dieser freundlichen Weise aufnehmt und mir auch noch weiter helfen wollt, dann darf ich euch wohl bitten, mir zu sagen, was euch bedrängt, und ob ich euch nicht in eurer Bedrängnis helfen kann.« Der älteste Bruder sagte: »Ich will dir gern erzählen, was uns so schwer beunruhigt. In der Gegend hier wohnt ein starker Mann mit seinen Freunden. Der Mann will unsere Schwester zur Frau haben. Da er aber ein sehr schlechter Mann ist, haben wir seine Bitten zurückgewiesen, und nun kommt er alle zwei Tage und kämpft mit uns. Er ist gestern wieder hier gewesen, was uns so ermüdet hat, daß wir dein Kommen nicht bemerkt haben. Er wird nun zwei Tage wegbleiben. Diese zwei Tage des Friedens bitten wir dich bei uns zu bleiben. Nachher wollen wir dann noch einmal kämpfen. Da wir aber schon sehr ermüdet sind, erwarten wir, daß wir das nächste Mal im Kampfe unterliegen und somit sterben werden. Die letzten Tage des Lebens möchten wir nun noch in Freuden mit dir genießen!«

Der Faris sagte: »Meine lieben Freunde! Ich habe diese Nacht so herrlich geschlafen, daß ich heute morgen meiner Gewohnheit nach einen Ritt unternehmen möchte. Erlaubt mir also, daß ich ein wenig mein Pferd bewege, und habt die Güte, mir zu zeigen, in welcher Richtung die feindlichen Männer wohnen, damit ich diese vermeide.« Die sieben Brüder zeigten nun dem Faris, in welcher Richtung die feindlichen Männer wohnten. Der Faris ritt in der entgegengesetzten Seite von dannen, machte aber, als er aus der Sehweite des Gasr war, einen Bogen und ritt gegen die fremden feindlichen Leute.

Die Leute sahen kaum aus der Ferne den Faris kommen, da riefen sie: »Laßt uns schnell auf die Pferde steigen und herausreiten. Es kommt ein Fremder des Weges, dem wollen wir Pferd und Waffen abnehmen.« Die Leute nahmen also ihre Waffen zur Hand und ritten dem Faris entgegen. Sie umzingelten ihn und dachten nicht anders als, da sie so sehr in der Überzahl waren, würden sie den Fremden schnell und leicht überwinden. Der Faris wartete aber, bis sie nahe herangekommen waren und sich ein wenig gehäuft hatten. Dann zog er sein Schwert und sprengte auf sie zu. Nun erkannten die feindlichen Männer ihren Irrtum, denn rechts und links fiel sogleich einer der Tapfersten tot zu Boden, und der Faris räumte so schnell unter ihnen auf, daß sie unter Verlust mehrerer ihrer Besten und gezeichnet mit klaffenden Wunden, schneller noch als sie gekommen waren, zurückjagten. Der Faris verfolgte sie noch ein Stück weit und brachte dem einen und andern noch ein weniger ehrenhaftes Zeichen auf dem Rücken bei. Dann wandte er sein Pferd und ritt im Bogen, wie er gekommen war, wieder auf das Gasr der Brüder zu.

Die sieben Brüder begrüßten ihn aufs herzlichste und fragten ihn, ob er irgendein Erlebnis gehabt habe, da seine Kleider hier und da mit Blut bespritzt waren. Er sagte aber, er habe allerdings einen Büffel verfolgt und angeschossen, aber leider sei es ihm nicht gelungen, ihn zu töten. Den Rest des Tages verbrachte er mit den Brüdern im angenehmen Zwiegespräch, und als es Nacht wurde, fand er sein Lager auf der einen Seite des Angarebs der schönen Schwester bereitet. Als er sich nun niederlegte, nahm das schöne Mädchen ihm das Schwert aus der Hand und stellte es so an die Wand, daß er es sogleich ergreifen konnte, daß es aber den Faris nicht von ihr trennte. Also verbrachten sie die Nacht gemeinsam.

Am andern Morgen rüstete der Faris sein Pferd und prüfte eingehend, ob auch der Sattel festsitze. Dann bestieg er es, nahm von den Brüdern für einige Stunden Abschied und ritt, genau wie am Tage vorher, im weiten Bogen von dem Gasr weg zu dem Gasr der feindlichen Leute.

Als am vorhergehenden Tage die Wegfriedensstörer von dem Faris mit schlimmen Verlusten zurückgeschlagen waren und ihr Gasr erreicht hatten, hatte der Herr des Gasr sie mit schimpflichen Reden empfangen und hatte ihnen grobe Worte darüber gesagt, daß sie sich von einem einzelnen Reiter hätten in die Flucht schlagen lassen. Die geschlagenen Leute hatten dem Herrn des Gasr gesagt, daß der fremde Faris ein gewaltiger Mann von besonderer Art oder ein Aldjann sein müsse und daß kein Mensch gegen ihn kämpfen könne; ihr Herr hatte sie aber ausgelacht. Dieser Herr war nun derselbe, der mit den sieben

Brüdern immer wieder ihrer Schwester wegen kämpfte und der als außergewöhnlich starker Mann hoffte, das schöne Mädchen bald in seinen Besitz zu bekommen.

Er rüstete gerade einen andern Angriff auf die sieben Brüder für den andern Tag, als ein Mann zu ihm gelaufen kam und ihm mitteilte, daß der fremde Faris wieder auf dem gleichen Wege wie gestern einhergeritten komme. Als der Herr des Gasr das hörte, rief er nach seinem eigenen Pferde; denn heute wollte er an der Spitze seiner Leute selbst zeigen, wie man auch stärkere Männer niederwürfe. Als der Faris also näher zu dem Gasr kam, sah er sich einer größern Anzahl von Reitern und vor allem dem Herrn des Gasr gegenüber. Der Faris setzte sich fest in den Sattel und zog sein Schwert beizeiten. Nun war der Herr des Gasr daran, den gleichen Irrtum zu begehen, dem seine Leute am Tage vorher zum Opfer gefallen waren. Mit dem ersten Schlage versetzte der Faris ihm eine tiefe Wunde, und obgleich die andern auch auf den einzelnen Mann einstürmten, lagen doch der Herr des Gasr und mehrere seiner bewunderungswürdigsten Kämpfer tot am Boden. Der Faris begnügte sich aber heute nicht damit, den Rest der Angreifer vor sich herzutreiben, sondern er drang hinter ihnen in das Gasr und zwang sie, sich ihm als Sklaven auszuliefern und ihm alle Türen des an Schätzen reichen Gasr zu öffnen.

Der Herr des Gasr war einer der größten Harami der Gegend gewesen, dem keine Karawane hatte widerstehen können und dem auch alle näherliegenden Schlösser nach und nach zum Opfer gefallen waren. Es waren somit in dem Hause, das der Faris jetzt untersuchte, vielerlei Schätze aufgespeichert, und der Faris mußte viele Esel, einen nach dem andern beladen, bis er all das Gut ausgeräumt und zur Fortschaffung bereitgestellt hatte. Dann ließ er die Tiere von den neugewonnenen Sklaven antreiben und zog also auf das Gasr der sieben Brüder zu.

Als die sieben Brüder aus der Richtung des feindlichen Schloßherrn Tiere und Menschen in einer Staubwolke auftauchen sahen, meinten sie zunächst nichts anderes, als jener komme abermals, um sie mit aller Macht, wahrscheinlich zum letzten Male, anzugreifen. So warfen sie sich denn auf ihre Pferde, ergriffen die Lanzen und nahmen von ihrer

Schwester Abschied. Sie ritten den fremden Reitern entgegen. Wie erstaunten sie aber, als sie bei größerer Nähe den Zug beladener Esel und treibender Sklaven, ganz am Ende aber den Faris herankommen sahen. Nun hatte der eine oder andere der Brüder schon manchesmal mit einem oder andern Manne des feindlichen Schloßherrn gekämpft. Sie erkannten daher gar bald in den Eseltreibern ihre alten Gegner und wußten somit, daß der Faris den feindlichen Schloßherrn getötet haben mußte.

Die Beute ward nun in den Hof des Gasr getrieben, und der Faris übergab sie da den sieben Brüdern. Die Brüder waren durch die Vernichtung des gefürchteten Gegners schon sehr beglückt. Als der Faris ihnen nun auch noch diese wertvolle Beute als Dank für die genossene Gastfreundschaft schenkte, und sie somit unerwartet statt eines nahen Endes einen großen Besitz vor sich sahen, baten sie den Faris, er möchte doch noch lange bei ihnen bleiben. Der Faris dankte den Brüdern für ihre freundliche Gesinnung, und heute zog er sich früher als am Tage vorher auf das Angareb der schönen Schwester zurück. Zwar schlossen die Brüder die Türe zu seinem Gemache und zogen sich, nunmehr der Pflicht aufmerksamer Wachsamkeit enthoben, in den Hof zurück, um noch einige Stunden über die glückliche Wendung ihres Schicksals zu plaudern, aber der Faris kam in dieser Nacht wenig zum Schlafen.

Als der Faris in das Gemach trat und die sieben Brüder die Tür hinter ihm geschlossen hatten, trat die schöne Schwester auf ihn zu. Sie nahm ihm das Schwert ab und sagte: »Die Waffe, mein Herr, brauchst du nun nicht mehr, denn dieses ist ein Raum des Friedens, und gegen alle Störungen werden meine Brüder draußen Wache halten.« Das Mädchen nahm das Schwert und legte es auf einen Kursi, der am Fußende des Angarebs stand. Danach schob sie dem Faris eine Schale mit Wasser hin, begann ihm die Kleider abzunehmen und ihm den Staub vom Körper zu waschen. Endlich nahm sie duftendes Öl und rieb ihn ein, bat ihn dann, sich auf dem Angareb, auf dem helle Stoffe ausgebreitet waren, auszustrecken, und kniete auf der Erde vor ihm nieder. Sie ergriff die Hand des Faris, küßte sie und sprach: »Ich danke dir, daß du mich und meine Brüder vor diesem schrecklichen

Manne errettet und mir statt des Lebens einer Sklavin die Freiheit und einen Freund gegeben hast.« Der Faris sagte: »Mein Mädchen, knie nicht vor mir, sondern komm zu mir herauf und teile mein Lager, wie ich es in der ersten Nacht neben dir eingenommen habe.« Das Mädchen sagte: »Ich komme. Aber das Schwert liegt nicht mehr zwischen uns!«

Darauf legte sich das Mädchen neben den Faris. Sie schmiegte sich an ihn, und wenn sie nun auch nicht mehr vor ihm kniete, so dankte sie ihm doch in sicher nicht minder inniger Weise, und der glückliche Faris gab sich in dieser Nacht der Freude über diese Dankbarkeit gern noch häufig hin. So verbrachten die beiden in dankbarer Glückseligkeit die Nacht, ohne zu schlafen.

Am andern Morgen sattelte der Faris sein Pferd, nicht um einen Spazierritt zu unternehmen, sondern um den Weg wieder zu suchen, den die Leute genommen hatten, unter denen das von ihm zur Gattin erkorene Mädchen sich befand. Er nahm also von den Brüdern Abschied. Die sieben Brüder waren sehr betrübt über diese Entschlossenheit, denn sie hatten gehofft, daß der Faris doch noch einige Zeit bei ihnen bleiben würde. Der Faris sagte aber: »Meine Freunde, nur der erscheint mir mit Recht als ein Mann bezeichnet zu werden, der einen einmal gefaßten Entschluß zu Ende führt. Das Mädchen nun, von dem ich euch erzählt habe, hat mir überall, wo ihre Leute lagerten, deutlich wahrnehmbare Zeichen zurückgelassen, woraus ich ersehe, daß ich durch unser Gespräch Hoffnungen in ihr erweckt habe, die ich nun erfüllen muß. Es darf mich darin fürs erste keine neuerwachte Liebe und Freundschaft davon abhalten, diese Hoffnungen zu erfüllen, wenn ich die Achtung vor meinen eigenen Handlungen vor mir selbst aufrechterhalten will. Darum will ich erst dieses Mädchen zu gewinnen suchen. Gelingt mir das, dann wird mich die Freundschaft, die ich zu euch und eurer Schwester gefaßt habe, dazu treiben, wenn es euch sonst recht ist, euch auf dem Rückwege in meine Heimat aufzusuchen.« Der älteste Bruder sagte: »Wir sehen, daß dein Entschluß fest gefaßt ist und müssen es achten, daß du deinen Vorsatz unentwegt verfolgst. Wir werden dir deshalb auch gern sagen, wo du die Leute finden wirst, unter denen das Mädchen weilt. Wenn du es aber ge-

wonnen hast, bitten wir dich, wieder hier vorbeizukommen und eine
Gabe mit in die Heimat zu nehmen, die dir hoffentlich ebenso wert ist
wie uns, und von der wir uns nur, um dir eine Freude bereiten zu
können, trennen werden!« Der Faris sagte: »Ich sehe zu meiner Freude,
daß unsere Empfindungen und Hoffnungen die gleichen sind, und
daher bitte ich euch, mir meinen Weg zu zeigen, damit ich um so
schneller in den mir lieb gewordenen Raum zurückkehren kann.« Darauf zeigten die sieben Brüder dem Faris die Gegend und den Weg. Er
nahm Abschied und ritt schnell von dannen, ohne eine Ermüdung zu
spüren, trotzdem er die Nacht schlaflos verbracht hatte.

Nach wenigen Stunden kam er denn auch in eine wohlgepflegte
Gegend, und ehe es noch Nacht war, sah er durch die Büsche Zelte
und hörte Menschen. Der Faris stieg also von seinem Pferd, band es an
und blickte durch eine Lücke in den Zweigen. Da sah er denn die
gleichen Leute, denen er solange gefolgt war, und in ihrer Mitte das
Mädchen mit ihrem Vater stehen. Der Vater sagte aber zu den um ihn
versammelten Männern: »Ihr alle, meine jungen Freunde, begehrt von
mir diese meine Tochter zum Weibe. Nun kann ich sie aber nur einem
zur Frau geben, und so mögt ihr denn durch eure Stärke und Ge-
wandtheit zeigen, wer von euch der Würdigste ist, sie heimzuführen.
Besteigt alle die Pferde und reitet einer nach dem andern schnell an
meiner Tochter vorüber. Im Vorüberreiten versuche aber ein jeder, sie
mit einer Hand zu ergreifen, hochzuheben und auf dem Pferd mitzunehmen. Nur dem, dem dies gelingt, will meine Tochter als Gattin
folgen! Auf, meine jungen Freunde! Versucht, wem das gelingt!«

Der Faris sah nun, wie die jungen Männer auf die Pferde stiegen
und wie einer nach dem andern an dem Mädchen vorüberritt und sie
aufzuheben versuchte. Es gelang aber keinem. Und als der letzte erfolglos an der Tochter des Schechs vorübergeritten war, sprang der
Faris auf sein Pferd und trieb es mit starkem Schlag an, so daß es in
gewaltigen Sätzen in den Kreis der erschreckten Menschen hinein-
sprengte. Der Faris aber lenkte es auf das Mädchen zu, und als er neben
ihm war, hob er es mit dem linken Arm hoch empor und setzte es im
Weiterreiten sanft vor sich auf den Sattel nieder. Dann kehrte er zu
dem Schech zurück, welcher sich inzwischen gefaßt hatte, und sagte:

»Du bist zwar ein mir fremder Mann, aber du bist ein Faris. Du hast das, was meine Tochter selbst zur Bedingung gesetzt hat, ausgeführt und kannst demnach die Frau heimführen.«

Das Mädchen selbst hatte sogleich den Mann erkannt, für den sie überall am Wege Wasser und Brot zurückgelassen hatte. Sie war also trotz der Mißstimmung und des Neides ihrer Stammesgenossen mit dieser Wendung des Schicksals sehr einverstanden und erklärte sich bereit, sobald es ihrem Gatten anstehe, in dessen Gefolge seine Heimat aufzusuchen.

Der Faris verbrachte also nur vierzehn Tage bei den Leuten unter den Zelten und brach dann mit seiner jungen Frau auf, um zunächst zu dem Gasr der sieben Brüder zu reiten.

Nach einem Marsche von wenigen Tagen sah der Faris das Gasr der Freunde aufsteigen. Die sieben Brüder ihrerseits hatten sorgfältig Ausschau gehalten und waren außerordentlich glücklich, als der, der gerade auf dem Turme die Wache hatte, herabrief, daß der Faris mit seiner Frau durch die Ebene daherkomme. In aller Eile rüsteten sie nun einen Raum für ihren Retter, um ihn und seine junge Frau würdig aufzunehmen, und die schöne Schwester war emsig beflissen, die besten Stoffe über dem Angareb auszubreiten, das dem Faris und seiner jungen Frau als Nachtlager dienen sollte und welches das gleiche war, auf dem sie der Ritter die erste Nacht gefunden und auf dem sie ihrem Retter so herzlich gedankt hatte.

Die sieben Brüder ritten aber dem Faris entgegen und begrüßten ihn als ihren besten Freund.

Als sie den Faris nun in das Gasr geleitet hatten, sagte der älteste von ihnen: »Mein Freund, der du unser aller Erretter bist, du hast unsere Schwester damals vor dem Drängen des schlechten und starken Freiers errettet. Wir hätten nun unsere Schwester sonst nicht gern aus unserer Mitte gelassen. Du aber hast dich um sie und uns so verdient gemacht und ihre und unsere Freundschaft in so hohem Grade zu gewinnen gewußt, daß wir dir unsere Schwester gern zur Frau geben, wenn du etwa ebenso wie sie selbst dieses wünschst.« Der Faris hörte diese Worte mit großer Freude und sagte: »Ich selbst bin eurer Schwester für den Dank, den sie mir gespendet hat, ebenso verpflichtet wie meiner andern Frau für das Wasser und das geröstete Brot, mit dem sie in der Wüste für mich gesorgt hat. Daß ihr euch ungern von der schönen Schwester trennt, sehe ich; wenn ich dennoch euer Anerbieten annehme, so geschieht es, weil ich eure Schwester ebenso liebe wie ihr selbst, und weil ich daheim meines Lebens nicht recht froh werden würde, wenn ich nicht diese schöne Frau auch in meinem Hause hätte. Wenn ich also meinem Vater früher dadurch ärgerlich wurde, daß ich kein Mädchen schön und würdig genug fand, es zu meiner Gemahlin zu erheben, so fürchte ich fast seine Eifersucht, wenn er nun zwei so schöne Wesen mit mir heimkommen sieht.«

Noch glücklicher aber als ihre sieben Brüder war die Schwester über die Rückkehr des Faris und die neuerliche Entscheidung ihres Schicksals, denn sie konnte sich in ihrer Erinnerung an die letzte Nacht, die der Faris in ihrer Kammer und auf ihrem Angareb verbracht hatte, nichts Schöneres wünschen als Gelegenheit zu finden, bis an ihr Lebensende immer wieder sich in Dankesbezeugungen gegen den Faris ergehen zu dürfen. Es wurde also auch diese Hochzeit in allgemeiner Fröhlichkeit begangen, und die sieben Brüder setzten ihren Stolz darein, in den nächsten Tagen in geschickter Abwechslung ihrem Gast die ausgewähltesten Gerichte auf den Platten und von den Sklaven darbieten zu lassen, die er selbst dem feindlichen Gasrherrn abgenommen und ihnen dann zum Geschenk gemacht hatte.

Nachdem der Faris einen Monat lang im Kreise der sieben befreundeten Brüder verbracht hatte, bereitete er sich auf die Heimkehr vor und trat diese in Begleitung seiner beiden Gemahlinnen an. Nachdem er von den sieben Brüdern herzlich Abschied genommen hatte, wandte er sich der Heimat zu und ritt auf einem möglichst kurzen Wege von dannen. Dieser Weg nun führte an einem Gasr vorbei, das ein starker Mann mit Namen Saidi Abd aus den Köpfen der Menschen, die er an der Straße überfallen und getötet hatte, aufgerichtet hatte, indem er sie an Stelle von Backsteinen verwendete. Als der Faris dieses Gebäude aus Schädeln sah, wurde er zornig über die Gewalttätigkeit des Saidi, und da er gern mit jenem kämpfen wollte, stieß er mit seiner Lanze gegen einen der Schädel, aus denen die Mauer des Gasr aufgeführt war. Der Schädel nun rollte in das Innere des Gasr, und da Saidi gerade in jenem Raum saß, diesem gerade vor die Füße. Saidi geriet nun auch in Zorn. Er schrie: »Warte! Du fremder Mann! Ich hoffe bald deinen Kopf an die Stelle des herausgeschlagenen setzen zu können. Warte nur ein wenig, du Fremder! Ich will mich schnell rüsten!«

Saidi kam heraus und sprang auf sein Pferd. Saidi schwang sein Schwert. Saidi schrie: »Seit Jahren warte ich auf einen Mann, der stärker ist als ich, aber jeder, den ich anfiel, hat sich als Schwächling gezeigt. Keiner hat es gewagt, mein Gasr zu berühren. Wie kommst du nun dazu?« Der Faris sagte: »Vielleicht bin ich der Mann, der stärker ist als du! Wehre dich also!« Der Faris und Saidi trafen aufeinander. Der Faris zerschlug das Schwert des Saidi. Dann ergriff er ihn und hob ihn hoch aus dem Sattel. Er warf ihn zu Boden und sagte: »Siehst du nun, daß ich der bin, der stärker ist als du?« Saidi sagte: »Mein Faris, ich war ein schlechter Mann, weil ich als Sklave geboren war, aber keinen fand, der stärker war, als ich es bin. Nun du mich überwunden hast, bitte ich dich um mein Leben und bitte dich, mich in deinem Dienste zu verwenden. Du kannst mir glauben, daß du keinen Mann finden kannst, der treuer an dir hängt als ich.« Der Faris sagte: »Komm mit mir. Ich werde sehen, was deine Worte und was deine Handlungen gelten.«

Der Faris ritt nun weiter der Heimat zu und brachte so statt einer Frau zwei Gattinnen und einen Sklaven mit. Der Vater begrüßte den Sohn und beglückwünschte ihn zu der Vermehrung seines Hausstandes. Anfangs war der Vater erfreut, seinen Sohn in solcher Gesellschaft heimkehren zu sehen; nachher aber begab es sich, daß der Vater die beiden jungen Frauen seines Sohnes sah. Da war er sehr erstaunt über deren Schönheit und sagte: »Was ist es, daß mein Sohn erst mit keiner Frau dieses Landes zufrieden ist und nachher nicht eine, sondern zwei aus andern Ländern bringt, deren jede unzählige Male schöner ist als ein Mädchen dieses Landes! Was soll es, daß ein Sohn so viel mehr und Besseres hat als sein Vater! Ich hatte nichts Besseres als mein Vater; mein Vater nichts Besseres als mein Großvater. Also soll mein Sohn auch nicht mehr haben als ich! Ich werde ihn also als Lohn für seine Vermessenheit totschlagen lassen. Dann fallen mir seine Frauen ohne weiteres zu!«

Der Vater sagte zu seinem Sohne: »Mein Sohn! Deine Häuser sind nicht groß und schön genug für deine zwei ausgezeichneten Frauen und den Freund Saidi, den du mitgebracht hast. Ich will dir also morgen einige Leute geben; mit denen kannst du in den Busch reiten und kannst dort die Hölzer schlagen lassen, die zum Bau nötig sind.« Der Vater ging. Als der Vater gegangen war, rief der Faris Saidi und sagte zu ihm: »Saidi, nun werde ich sehen, ob du mein Freund und treuer Diener bist. Mein Vater schickt mich morgen mit Leuten in den Busch. Ich habe beobachtet, wie mein Vater meine Frauen angesehen hat; ich glaube also, daß er vorhat, mir etwas antun zu lassen, um sich meiner Frauen zu bemächtigen. Ich weiß nicht, was mir geschieht und wann ich in der Lage sein werde zurückzukehren. Jedenfalls mache ich es dir zur Aufgabe, keinem Menschen, wer es auch sei, den Eintritt in mein Gasr zu gestatten und meine Frauen vor jedem Menschen zu schützen.« Saidi sagte: »Ich bin betrübt, dich in so schlechter Hoffnung zu sehen. Ich freue mich aber darüber, meine Treue in deinen Diensten beweisen zu können.«

Der Vater rief indessen einige seiner Leute zu sich und sagte ihnen: »Meine Diener, ihr werdet morgen mit meinem Sohn in den Busch gehen. Mein Sohn wird keine Waffen bei sich haben. Wenn ihr allein mit ihm im Busche seid, werft ihn nieder, stecht ihm die Augen aus und durchbohrt ihm das Herz. Als Beweis dafür, daß ihr meinen Auftrag ausgeführt habt, verlange ich von euch, daß ihr mir die ausgestochenen Augen und eine Flasche seines Blutes mitbringt!« Die Leute versprachen, den Befehl des Vaters zu befolgen. Am andern Morgen gingen sie zu dem Faris, sagten ihm, daß der Vater sie gesandt habe, für seinen Hausbau Holz zu schlagen, und daß er sie führen möge, dem Werke vorzustehen. Der Faris nahm also von seinen Frauen und Saidi Abschied und ging den Männern voran in den Busch.

Als der Faris mit den Männern weit in den Busch vorgedrungen war, kam der Führer der Leute an ihn heran und sagte: »Höre, es tut uns leid, daß wir diese Befehle ausführen müssen.« Damit sprang er mit seinen Genossen auf den Faris und warf ihn im Verein mit den andern rücklings zu Boden. Der Führer der Männer sagte zu dem Niedergeworfenen: »Unser Herr hat uns befohlen, dich zu töten und

ihm dein Blut und deine Augen als Beweis der Ausführung mitzu-
bringen. Das Blut kann ich nun anderwärts nehmen. Die Augen mußt
du mir aber geben.« Damit drückte der Führer dem Faris die Augen
aus und ging mit den andern von dannen. Er ließ den Faris lebend
liegen und begnügte sich damit, ihm seine Augen zu nehmen. Auf
dem Rückwege töteten die Leute dann eine Gazelle und füllten von
dem Blute in ein Gefäß. Dieses Gefäß voll Blut und die Augen brachten die Leute in die Ortschaft und sagten: »Herr, wir haben deinen
Sohn getötet. Sieh! Hier sind seine Augen und hier ist von seinem
Blute!«

Als der Vater hörte, daß sein Sohn getötet sei, begab er sich sogleich
zum Hause seines Sohnes, um dessen Frauen zu nehmen. Vor dem
Hause aber stand Saidi, und als der Vater hineingehen wollte, sagte
Saidi: »Herr, in dies Haus darf niemand hineingehen, bis dein Sohn
zurückkommt oder ich gestorben bin.« Der Vater sagte: »Wenn mein
Sohn nun aber getötet ist, so werde ich, sein Vater, doch wohl hineingehen dürfen!« Saidi sagte: »Nein, Herr! Du kannst nicht hineingehen, es sei denn, daß du mich an dieser Stelle totschlagen läßt und
über mich trittst!« Der Vater sagte: »Gut, ich werde Leute senden, die
dich töten sollen.« Saidi sagte: »Es ist gut, ich werde mich rüsten und
kämpfen.« Der Vater ging.

Am andern Morgen legte Saidi sein Sarad an, ergriff Harba und
Ssaif und bestieg sein Djauwad. Saidi ritt vor das Tor des Gasr und ritt
vor dem Tore auf und nieder. Er sagte bei sich: »Ich freue mich auf den
Kampf und bin nur traurig, daß ich nicht an der Seite meines Herrn
kämpfen kann.« Saidi war noch nicht lange hin und her geritten, da
kamen auch schon die Leute des Vaters des Faris in Waffen und auf
Pferden und drangen auf Saidi ein. Saidi rief: »Ich bin bereit zum
Kampfe. Geht nur ins Tor hinein!« Er schlug mit dem Schwert um
sich, daß Panzerhemden, Schilde und Arme durchschnitten wurden.
Er tötete einige der Leute und jagte die andern von dannen. Der Vater
kümmerte sich aber wenig darum, daß er einige seiner Leute verloren
hatte. Er sandte am andern Tage mehr und besser gerüstete Männer.
Saidi jagte sie wie am Tage vorher von dannen. Der Vater ließ sich
nicht abschrecken. Er sandte jeden Tag neue Leute zum Kampfe, und

jeden Tag wurden sie von Saidi wieder geschlagen. Der Vater sagte: »Ich muß so ja längere Zeit auf den Besitz dieser schönen Frauen verzichten; aber einmal wird auch dieser Mann der Überzahl gegenüber lahm und müde werden.« Zunächst hatte der Vater sich aber noch in Geduld zu fassen, denn Saidi tötete jeden Morgen zehn oder zwanzig oder dreißig seiner besten Männer.

Inzwischen tastete der blinde Faris sich im Busche weiter. Als er einmal, traurig über sein Schicksal, unter einem Busche saß, schlängelte sich eine Schlange zu einem Vogelnest und hätte den darin befindlichen Vogel sicher verschlungen, wenn er nicht bis zu den Füßen des Faris geflattert wäre, der die Schlange verscheuchte und den kleinen Vogel auf einen Ast setzte. Nach einiger Zeit kam ein größerer Vogel, das war die Mutter des Kleinen. Und das Kleine schrie: »Meine Mutter! Meine Mutter! Wenn der blinde Mann mich nicht aufgenommen und hierhergesetzt und die große Schlange, die mich verfolgte, weggescheucht hätte, dann wäre ich sicherlich von ihr verschlungen worden.« Der größere Vogel sagte: »So verdanke ich also die Erhaltung deines Lebens diesem Manne?« Der kleine Vogel sagte: »Ja, meine Mutter, der Mann hat mich gerettet. Der Mann ist aber blind.« Die Mutter sagte: »Ich weiß es, dieser Mann ist blind. Sein Vater hat ihm die Augen ausdrücken und sie zu sich in sein Haus bringen lassen; da liegen sie in einem Winkel.« Der kleine Vogel sagte: »Meine Mutter, du bist so stark, könntest du nicht hinfliegen und die Augen des Mannes wiederbringen?« Die Mutter sagte: »Ja, mein Kind, der Mann hat dir das Leben gerettet; nun will ich ihm die Augen wiederbringen.«

Der größere Vogel flog zu dem Gasr des Vaters. Der Vogel suchte im Hofe und fand die Augen des Faris im Staube eines Hofwinkels liegen. Darauf nahm der Vogel die Augen auf, flog zu einem Brunnen und wusch die beiden Augen sorgfältig. Dann trug er sie in den Busch, wo der Faris gerade im Schlafe lag und setzte sie dem Faris wieder ein. Nun machte der Vogel aber eine Verwechslung, indem er das rechte Auge in die linke Höhle, das linke in die rechte fügte. Das hatte nun zur Folge, daß der Paris nun wohl noch schöner aussah als früher, daß man ihn aber deshalb so leicht nicht wiedererkennen konnte. Als der Faris aber erwachte, dachte er, all sein Unglück geträumt zu haben, denn als er die Augen aufschlug, konnte er sehen. Der Faris hörte zwar die Vögel über seinem Kopfe in den Büschen singen und zwitschern, er verstand sie aber nicht.

Der Faris, der nun wieder sehen konnte, begab sich sogleich auf den Heimweg. Er kam an seinem Gasr am Nachmittag an. Saidi lag am Ausgang auf einer Matte. Der Faris setzte sich zu ihm. Er merkte, daß der Saidi ihn nicht erkannte, weil er nun schöner und jünger aussah. Er sagte zu Saidi: »Ich bin ein fremder Mann. Sage mir doch, was es hier für Dinge gibt.« Saidi sagte: »Es gibt hier nicht Besonderes. Ich verteidige nur jeden Tag das Gasr meines Herrn gegen Leute, die der Vater meines Herrn ausschickt. Mein Herr ist nämlich ein wenig auf Reisen. Morgen nun wird der Vater meines Herrn einen Mann gegen diesen Gasr senden, der stark ist und früher der Freund meines Herrn war. Da werde ich wieder kämpfen. Anderes Neues weiß ich nicht.« Der Fremde sagte: »Dann kann ich, der Fremde, dir mehr Neues von hier sagen! Dein Herr, mein Saidi, ist nämlich wiedergekommen!« Saidi sprang auf! Saidi erkannte seinen Herrn!

Der Faris sagte: »Ich werde morgen selbst gegen meinen Feind reiten und ihn gefangennehmen. Du aber reite zum Gasr meines Vaters. Ich danke dir für deine Freundschaft. Wir wollen immer Freunde bleiben.« Der Faris ging hinein zu den Frauen.

Wie der Faris es angeordnet hatte, so geschah es.

(Kordofan)

Das Wunderkind

*V*or siebenhundert Jahren lebte ein Mann mit Namen Sege Ze'ab. Er war reich, aber auch heilig. Er sang die süßesten Hymnen, sprach die demütigsten Gebete und gab die freigebigsten Opfer ganz Äthiopiens.

Agzia Haraya, seine Frau, war eine ausgezeichnete Hausfrau. Sie buk die feinsten Flinsen, webte die weichsten Stoffe und bereitete das schmackhafteste Gewürzschmorgericht ganz Äthiopiens. Ihr Gemahl liebte sie überaus, denn sie war schön und bescheiden zugleich. Doch etwas machte dieses vollkommene Paar traurig. Ihr schönes, großes Haus war ruhig und leer. Sie hatten kein Kind.

Jedes Jahr verteilte Agzia Haraya am Fest des Erzengels Michael Lebensmittel unter die Armen und betete um ein Kind. Doch nichts geschah. Schließlich gab Sege Ze'ab die Hälfte seiner Güter der Kirche, ließ alle seine Sklaven frei und betete um ein Kind. Doch nichts geschah.

In einem Nachbarland lebte jedoch ein böser König namens Matalome. Stark und kühn, grausam und unbarmherzig streifte er umher und verbreitete Entsetzen im Land.

Eines Tages kamen König Matalome und seine Reiter nach Zorare – der Stadt, in der Sege Ze'ab lebte.

»Der König kommt, um Dich zu töten und all Deine Habe zu stehlen«, sagten die Freunde Sege Ze'abs zu ihm: »Du mußt fliehen.«

Sege Ze'ab rannte, so schnell er konnte, davon. Doch er war nicht schnell genug. Laute Rufe folgten ihm. Hufe donnerten hinter ihm her. Speere flogen an seinem Haupte vorbei. Die Reiter kamen näher und näher. Sege Ze'ab gelangte zu dem Ufer eines Sees und sprang geradewegs hinein. Das Wasser war kalt und tief. Sege Ze'ab sank hinab zum Grund. Seine Lungen platzten, und er glaubte zu ertrinken.

Als er nicht mehr schwimmen konnte, gelangte er zu einer wunderbaren Lufthöhle unter dem Wasser. Und vor ihm stand der Erzengel Michael: »Tritt ein, Sege Ze'ab«, sagte der Erzengel.

Sege Ze'ab ging hinein und verweilte drei Tage bei dem Erzengel und erzählte ihm alle seine Nöte.

»Sei nicht traurig«, sagte der Erzengel, »denn Du wirst einen Sohn haben. Er wird groß und heilig sein und ein Licht für alle Welt.«

Dann schwammen der Erzengel und der Mann durch die Wasser des Sees nach oben, und der Erzengel zeigte Sege Ze'ab den Weg nach Hause.

Als Sege Ze'ab sich jedoch Zorare näherte, setzte sein Herz aus; denn er sah nur schwarze Ruinen, wo Häuser und Kirchen gewesen waren, und leere Straßen, wo sich einst Menschen und Tiere drängten. »Mein Weib!« dachte Sege Ze'ab, »wo ist mein Weib?« Er durchstreifte die Ruinen und rief nach ihr.

»Weib, liebes Weib, wo bist Du?«

Aber lediglich Krähen und Geier krächzten als Antwort.

Inzwischen war nämlich Agzia Haraya von den Offizieren der Reiter des bösen Königs Matalome entführt worden. Die Offiziere sahen, wie lieblich sie war, und ihre Herzen entflammten.

»Ihr Haar ist wie die Ranken von Schlingpflanzen«, sagte einer, »erlaubt mir, mich um sie zu kümmern.«

»Ihre Augen funkeln wie ein helles, strahlendes Licht«, sagte ein anderer, »erlaubt mir, sie auf meinem Maultier reiten zu lassen.«

»Ihr Nacken ist wie eine Goldkette«, sagte ein dritter, »erlaubt mir, sie mit meinem Mantel zu bedecken.«

Der König hörte, wie hübsch und bescheiden Agzia Haraya war. »Ich werde sie selber heiraten«, dachte er. Es kümmerte ihn nicht, daß sie den ganzen Tag saß und um ihren eigenen, lieben Gemahl weinte. Er sandte ihr köstliche Speisen, damit sie aß. Sie aber weigerte sich, dieselben zu essen. Er sandte ihr hübsche Kleider, damit sie sie trug. Doch sie weigerte sich, dieselben anzuziehen.

»Damit ist es genug«, rief der König aus. »Sie muß das tun, was ihr gesagt worden ist.«

Seine Diener kleideten die weinende Dame in farbige Seide von wunderbarer Art und bedeckten ihren Kopf mit einem goldgestickten Schleier.

»Auf zum Tempel«, rief der König, »macht voran mit der Hochzeit.«

Am Tempel war eine große Menge versammelt. Jeder rief: »Der König, der König«, und die Frauen schnalzten mit ihren Zungen Willkommensrufe. Tausend Krieger lehnten an ihren Speeren; bereit, den Befehlen des Königs zu gehorchen. Dreihundert Magier murmelten ihre Zaubersprüche und hielten ihre Zauberrollen in die Höhe. Über all dem Lärm hörte man eine wehklagende Frauenstimme, als Agzia Haraya protestierend zu dem Tempeltor geführt wurde.

»Da kommt sie, da geht sie«, sagte das Volk des verruchten Königs zueinander. »Es ist jammerschade, daß der Schleier ihr Antlitz verdeckt. Wir hätten sie gern weinen gesehen.«

Plötzlich wurde die Luft von einem erschreckenden Krachen zerrissen. Donner ertönte, und Blitze zuckten. Die Erde bebte, und der Tempel erzitterte. Voller Schrecken fiel das Volk zu Boden – alle außer Agzia Haraya, denn über ihr flog der Erzengel Michael. Er kam herab, riß sie an sich, und sie flog auf seinen Flügeln davon.

»Was geschah? Was war das für ein Lärm?« sagte jedermann voller Furcht und Staunen.

Die tausend Soldaten sagten hingegen nichts. Sie waren vom Blitz zu Tode getroffen. Den König Matalome hatte die Aufregung jedoch verrückt gemacht. Er kehrte zu seinem Palast zurück und gab seltsame Befehle: »Tötet alle diese Personen«, sagte er, »und baut Häuser in die Luft.«

»Jawohl, Majestät«, antworteten höflich seine Diener. Dann gingen sie von dannen und taten überhaupt nichts. Aber der König Matalome merkte das nicht.

Der Erzengel Michael setzte Agzia Haraya an dem Tor der Kirche ab, in der ihr Gemahl betete. Sie stand für sich und wartete auf ihn, während ihr Schleier über ihr Gesicht gezogen war. Als Sege Ze'ab herauskam, war er erstaunt, dort eine Dame stehen zu sehen, die in schön gemusterte Seide gekleidet war und einen goldgestickten Schleier über ihr Gesicht gezogen hatte.

»Wer sind Sie?« sagte er. Dabei kam er etwas näher. »Und warum steht so eine liebliche Dame hier allein, ohne daß eine Dienerin ihr zur Hand geht?«

Agzia Haraya schien nicht sehr erfreut. »Vielleicht hat er mich schon vergessen«, dachte sie, »und schaut nach einer anderen Frau aus.« Daher ließ sie ihren Schleier über ihrem Gesicht und stellte ihm geschickte Fragen. Sege Ze'ab beantwortete sie alle mit traurigem Seufzen und Schütteln des Kopfes.

»Mein liebes Weib ist verschwunden«, erklärte er, »und ich bete Tag und Nacht darum, daß Gott sie wieder zu mir zurückbringe.«

Über diese Mitteilung war Agzia Haraya außer sich vor Freude. Sie schlug ihren Schleier zurück und warf sich in seine Arme. So waren sie das glücklichste Paar in ganz Äthiopien.

Als sie in der kommenden Nacht zu Bett gingen, entschlummerte Agzia Haraya und träumte von einer Lichtsäule, die sich von ihrem eigenen lieben Hause gen Himmel erstreckte. Vögel in glänzenden Farben flatterten um sie herum. Und während Sege Ze'ab schlief, träumte er, daß die Sonne – umgeben von leuchtenden Sternen – von ihrem Bett aus aufging und die ganze Welt erleuchtete. Darauf erschien der Erzengel Michael dem Paare.

»Ihr werdet einen Sohn haben«, sagte er, »geliebt von Gott und geehrt von den Engeln.«

Neun Monate und fünf Tage danach gebar Agzia Haraya einen wunderschönen Sohn. Sege Ze'ab war sehr glücklich. Den Armen und Bedürftigen gab er ein großes Fest. Auch Agzia Haraya war glücklich. Sie hätschelte ihr Kind und sang ihm vor. Sie gab ihm ihre Milch zu trinken und wickelte es dann in ihr Umschlagtuch und befestigte es auf ihrem Rücken, wo es den ganzen Tag über verblieb, murmelnd und lächelnd, während sie ihrer Arbeit nachging.

Im nächsten Jahr gab es wieder Verdruß. Eine Hungersnot brach im Land aus. Die Kornkrüge waren leer. Das Öl ging aus. Arm und reich standen ohne Nahrung da. Agzia Haraya war sehr traurig. Der Tag des Erzengels kam herbei, während sie kein Essen für das Fest hatte. Sie saß unter einem Baum und beaufsichtigte ihren Sohn beim Spiel. Er kroch in das Haus und deutete auf einen leeren Korb.

»Bist du hungrig, kleine Blume?« fragte seine Mutter traurig. Der kleine Junge streckte sein Händchen aus, um den Korb zu berühren. Seine Mutter ergriff den Korb und war sehr erstaunt. Was war das? Plötzlich war der Korb voll. Er war so schwer, daß sie ihn nicht länger zu halten vermochte. Sie stellte ihn ab und betrachtete staunend das Kind. Es war zu den anderen Körben gekrochen, und jeder, den es berührte, floß vor Mehl über.

»Das ist ein Wunder!« sagte Agzia Haraya staunend. Sie lief davon, um ihren Öltopf zu holen. Nur noch wenige Tropfen befanden sich auf dem Grund. Das Kind steckte ein Händchen hinein, und seine Mutter half ihm, mit der anderen das Kreuz zu schlagen. Schwer atmend, stand sie erneut voller Staunen. Öl sprudelte auf, füllte den Krug und schäumte über. Aufgeregt schlug Agzia Haraya die Hände zusammen. Ihr Herz sprang voller Freude. Sie füllte etwas Öl in jeden der leeren Töpfe. Sofort wurden sie voll. So hatte sie schnell alles, was sie zu dem Heiligen Fest des Erzengels Michael benötigte. Die Hungersnot war lang und schrecklich. Doch während sie andauerte, fehlte dem Volk von Zorare nichts. Durch die wunderbaren Kräfte des Kindes hatte es Nahrung, Kleidung und alles, was es brauchte.

Als der Junge nun sieben Jahre alt geworden war, begann er seine

Bibel zu lernen: »Was hat er für ein gutes Gedächtnis«, sagte sein Vater. Mit fünfzehn wurde er Diakon in der Kirche.

»Ich sehe den Heiligen Michael neben ihm, ein Feuerschwert haltend«, erklärte der Bischof. Als er zweiundzwanzig geworden war, besuchte ihn der Erzengel Michael, wobei Jesus erschien, auf den Flügeln des Erzengels sitzend.

»Von nun an wird Dein Name Täklä Haymanot lauten«, sagte der Erzengel. »Du wirst nicht mit Bogen und Speer jagen wie andere Jünglinge, denn Du wirst ein Priester werden. Nun gehe, wirke Wunder und fordere das Volk Äthiopiens auf, seine bösen Wege zu verlassen.«

Täklä Haymanot tat, wie ihm geheißen war. Überall wohin er ging, fanden Wunder statt, die Kranken wurden geheilt, und die Toten standen wieder auf. Und das Volk wußte, daß er ein Heiliger war.

Doch der böse König Matalome war noch so verrückt und böse wie immer. Als er hörte, daß der Heilige herumlief und das Volk aufforderte, von seinen bösen Wegen zu lassen, entschloß er sich, ihn zu töten. Er schickte nach dem heiligen Täklä Haymanot und seinem guten Freund Gäbrä Wahid. Dann tat er sie in Flechtkörbe, verschloß sie oben fest und stürzte sie von einem hohen Abhang hinunter. Dreimal versuchte er es. Doch jedesmal stieß der heilige Erzengel Michael herab und brachte die Körbe in Sicherheit. Nun versuchte der König Matalome den Heiligen mit seinem Speer zu töten. Doch der Speer brach in seiner Hand. Darum ließ er ihn im Gefängnis fesseln. Doch die Ketten fielen von seinen Armen und Beinen herab. Schließlich rief der König nach seinen Soldaten.

»Was sollen wir machen?« fragte er sie. »Wie sollen wir diesen Zauberer töten?«

»Hängen wir ihn an einem Baum auf«, sagten die Soldaten, »dann wird er uns nicht entkommen.«

»Sehr gut«, erklärte der König. »Aber diesmal müßt ihr es schaffen.« So brachten der König Matalome und seine Henker den vollkommen gefesselten Heiligen zu einem großen Baum und hängten ihn dort. Doch der Ast des Baumes bog sich herab, und im Rauschen der Blätter erhob sich eine Stimme: »Steige von mir herab, o Mann Gottes.«

Der Baum stellte den heiligen Täklä Haymanot sachte auf seine
Füße, und der Strick glitt von seinem Nacken. Die Henker jedoch
stürzten von dem höchsten Ast herab und starben. Tausende sahen das
Wunder und fielen auf ihre Knie. Den König Matalome brachte das
jedoch gewaltig in Rage. Er ließ allen die Köpfe abschlagen, denn er
war verrückter und verschlagener denn je zuvor.

Eines Tages ging Gäbrä Wahid, der Freund des heiligen Täklä Haymanot, zu dem König Matalome, dessen gewaltsamem Zorn trotzend.

»Warum, o König«, sagte er, »läßt Du nicht ab, gegen diesen heiligen Mann zu kämpfen? Warum bittest Du ihn nicht vielmehr, Dich
von Deiner Verrücktheit zu heilen?«

»Ich möchte gerne geheilt werden«, antwortete der König ruhig,
»aber ich habe Angst vor Täklä Haymanot. Vielleicht will er versuchen, mir mein Königreich wegzunehmen.«

Doch schließlich überredete Gäbrä Wahid den König Matalome,
den Heiligen zu rufen. Und der heilige Täklä Haymanot erschien,
betete zu Gott, und sofort genas der König von seiner Verrücktheit.

Darauf taufte der Heilige den König mit hundertzweitausend und
neunundneunzig seiner Leute – und der Heilige lehrte den König die
Bibel und zeigte ihm, wie er seine verruchten Wege ändern könnte.

Nun war König Matalome sehr betrübt über alle seine vielen Missetaten und über die von ihm getöteten Unschuldigen. Er beschloß,
hinfort nur gut zu sein. Der König und der Heilige wurden Freunde
und sprachen lange Stunden über viele Dinge.

»Sag mir«, fragte der König eines Tages, »ist es wahr, daß Menschen
von den Toten auferstehen können?«

»Ja«, erklärte der heilige Täklä Haymanot.

»Dann zeige es mir«, sagte der König.

»Einstmals, vor fünfundzwanzig Jahren, wurden tausend meiner
Soldaten vom Blitz erschlagen. Mache sie wieder lebendig, und ich
will glauben.«

»Sage mir erst, warum sie getötet wurden«, erklärte Täklä Haymanot.

»Ich kann nicht«, sagte der König und senkte voller Scham seinen
Blick.

»Dann werde ich es Dir erzählen«, sagte der Heilige. »Du stahlst eine schöne Frau ihrem Gemahl und beschlossest, sie selbst zu heiraten. Aber der heilige Michael riß sie von Dir hinweg und tötete Deine Soldaten.«

»Woher weißt Du das?« sagte der König, vom Donner gerührt.

»Sie war meine Mutter«, erklärte der heilige Täklä Haymanot.

Der König war äußerst erschreckt, als er das hörte. Er warf sich vor den bloßen Füßen des Heiligen nieder, und seine Wangen wurden von Tränen der Reue durchfurcht.

»Vergib mir«, sagte er, »bitte, bitte, vergib mir.«

»Ich vergebe Dir«, sagte der Heilige und begab sich zu dem Ort, an dem die Soldaten begraben waren. Ihre Gebeine wurden wieder zusammengefügt, und sie standen alle von den Toten auf.

Der heilige Täklä Haymanot zog von dannen auf einem Lichtteppich, den Jesus selbst ihm gegeben hatte. Überall, wohin er kam, geschahen seltsame Wunder. Die Kranken wurden geheilt, und die Toten standen wieder auf.

Ein Mann brachte seinen Maulesel zu einem Fluß, um ihn trinken zu lassen.

»Bitte warte, bis ich meinen Wasserkrug gefüllt habe«, bat dort eine Frau. »Du wirst das Wasser schmutzig machen.«

»Nein«, antwortete der Mann grob.

»Im Namen des heiligen Täklä Haymanot soll Dein Maulesel nicht trinken«, rief die Frau. Und obwohl der Mann ihn zu zwingen versuchte, weigerte sich der Maulesel zu trinken, bis der Krug der Frau gefüllt war.

Ein grimmiger Leopard raubte ein Kind.

»Im Namen unseres Vaters Täklä Haymanot, Du sollst mich nicht fressen«, rief der kleine Junge aus. Der Leopard trug ihn sanft zu seiner Höhle, und drei Tage später kehrte der Junge sicher und gesund nach Hause zurück, auf dem Rücken des Leoparden reitend.

Ein Mann trieb sein Vieh zur Tränke in den Fluß, als ein Krokodil ein Bein eines Ochsen festhielt. »Heiliger Täklä Haymanot, rette ihn«, rief der Mann aus. Daraufhin brachen die Zähne im Maul des Krokodils, und der Ochse entkam unbeschädigt.

Der heilige Täklä Haymanot kletterte die steile Wand unterhalb des großen Klosters von Däbrä Damo herab, als plötzlich das Seil riß. Sofort wuchsen ihm sechs Flügel aus seinen Schultern, und der Heilige flog sicher davon.

Ein Landmann zog zum Pflügen, anstatt das Fest des heiligen Täklä Haymanot zu feiern. Sofort erhob sich ein schrecklicher Hagelsturm. Die großen Hagelkörner betäubten seine Ochsen und wuschen die Erde von seinen Feldern hinweg.

Ein Geier ergriff eine Henne, die eine Frau für den Festtag des Heiligen vorbereitete.

»Im Namen des heiligen Täklä Haymanot«, rief sie aus, »bringe mir meine Henne zurück«, und der Geier brachte sie zurück. Jene Henne hatte nun viele Küken. Eines Tages stahlen einige Soldaten zwei derselben und versuchten sie in einem Topf zu kochen.

»Im Namen des heiligen Täklä Haymanot, Ihr sollt sie nicht essen«, rief die Frau. Der Topf öffnete sich daraufhin, und die Vöglein flatterten lebendig davon.

Überall wohin er kam, trieb der heilige Täklä Haymanot die Teufel aus, die vor ihm flüchteten. Viele Male gab er den Toten wieder Leben.

Wilde Tiere fraßen die Ernte weg.

»Laßt sie fressen«, sagte der Heilige, »auch sie sind Gottes Geschöpfe.« Ein großer Affe griff jedoch eine arme Frau an und schnappte ihre Nahrung weg. Daher befahl der Heilige allen wilden Tieren, sich von den Feldern fernzuhalten. Sie gehorchten ihm.

Ein andermal erschien ein Mann mit einer schrecklichen Krankheit vor der Zelle des heiligen Täklä Haymanot, wusch sich in dem benachbarten Fluß, und alle seine Wunden verschwanden.

Einst suchte eine gewaltige, zwiegehörnte Schlange den heiligen Täklä Haymanot zu verschlingen. Der Heilige spaltete das Untier jedoch in zwei Teile vom Kopf bis zum Schwanz. Der von fern zuschauende Teufel floh voller Entsetzen.

Ein kleiner Junge kletterte in das Feuer. »Heiliger Täklä Haymanot, rette mein Kind«, schrie die erschreckte Mutter. Der kleine Junge wurde überhaupt nicht verletzt, sondern spielte in den Flammen, ohne daß ein Haar versengt wurde. Ohne dieses ungewöhnliche Wunder wäre das Kind elend verbrannt.

Ein armer Mann litt an einer kranken Hand. Einst war er erstaunt, sein Maultier und seinen Esel zu ihm sprechen zu hören: »Gehe zu unserem Vater Täklä Haymanot«, sagten sie, »und Du wirst geheilt werden.«

Der Mann tat, wie ihm geheißen, und seine Hand wurde geheilt.

So gingen die Jahre dahin, und der Ruhm des Heiligen verbreitete sich weit. Viele Schüler kamen zu ihm, die er die Wege lehrte. Als der Heilige aber alt wurde, wurde er auch müde.

»Der Welt gab ich Licht«, sagte er müde, »aber ich erhielt dafür Finsternis. Ich habe andere geheilt, aber bin selbst krank geworden.«

Er verließ daher seine Anhänger und begab sich an einen einsamen Ort, wo er sich ganz dem Gebet hingeben konnte. Er fertigte für sich eine kleine Zelle an; so klein, daß er in ihr weder sitzen noch liegen konnte. Überdies steckte er Messer in die Seiten, um sich selbst zum Stehen zu zwingen. Jahr für Jahr, Tag und Nacht stand nun der heilige Täklä Haymanot in seiner Zelle, fast nichts essend und trinkend, unablässig zu Gott betend. Nach vielen Jahren verdorrte eines seiner Beine und fiel ab. Doch der Heilige stand nun auf dem anderen. Sieben weitere Jahre stand er so, schlafend und wachend, fast nichts essend und trinkend und zu Gott ohne Unterbrechung betend.

Schließlich sandte Gott eines Tages seine Engel, um die Seele des Heiligen in einer Ruhmeswolke zum Himmel zu führen. Und Jesus sagte zu ihm: »Du hast den Glauben gehalten, o guter und treuer Haushalter. Ich werde Dir fünfzehn Städte des Paradieses geben und fünf der Königreiche des Himmels.«

Und nachdem die Seele des Heiligen in das Paradies entrückt war, begruben seine trauernden Jünger seinen Leib auf einem weiten Platz. Dort wurde ein großes Kloster gebaut. Es existiert noch heute, hoch in den Bergen Äthiopiens, tief im Herzen Afrikas.

(Äthiopien)

Zwei Freunde

Es waren zwei befreundete Männer. Von diesen zwei Freunden verarmte der eine, suchte dann bei Leuten Geld auszuborgen, bekam aber
keines.

»Was soll ich nun machen?« dachte er, »ich will jetzt zu meinem
Freunde sagen: ›Gib mir sechshundert Taler!‹«

Er ging also zu seinem Freund und sprach zu ihm: »Du, lieber
Freund!« Und sprach weiter: »Gib mir sechshundert Taler!«

Sein Freund erwiderte: »Verwende also den Gewinn der sechshundert für dich, das Kapital aber stelle mir dann zurück!«

Da dachte der andere: »Mit den sechshundert Talern, die mir mein
Freund gegeben hat, entrinne ich und gehe denn auf ein Schiff, das
abfährt.«

Als er zum Hafen gekommen war und ins Boot einstieg, fiel ihm das
Geld zur Erde und blieb dort liegen. Es kam ein Sklave des Freundes
eben dahin, hob das Geld auf und brachte es seinem Herrn. Dieser
erkannte das Geld und sprach: »Diesen Beutel und dieses Geld gab ich
ja meinem Freund«, und legte dann das Geld in seine Kiste. Der Mann
aber kam zurück und sprach zu ihm: »Mein Freund, gib mir Geld!«

»Wieviel wünschest du, mein Freund?« erwiderte dieser.

»Gib mir dreihundert Taler!«

Sein Freund gab sie ihm, und jener dachte: »Nun entrinne ich mit
diesen dreihundert Talern!«

Er entfernte sich also mit dem Gelde, kam zum Hafen und bestieg
ein Boot, dieses fuhr hinaus zum Schiff.

Als das Boot beim Schiff angelegt hatte, stiegen die Leute in dieses
ein. Wie nun jener Mann einstieg und eben seinen Fuß auf das Schiff
gesetzt hatte, fielen ihm die dreihundert Taler ins Meer; ein großer
Fisch hielt den Sack für einen Fisch und verschluckte ihn. Ein Sklave
jenes Mannes, der das Geld gegeben hatte, ging mit dem Netz ans
Meer, warf es aus und fing den Fisch, der die dreihundert Taler verschluckt hatte; sie fanden sich noch im Fische vor.

Darauf brachte er den Fisch heim und sprach zu seinem Herrn:

»Mein Gebieter, ich habe einen Fisch gefangen, welcher dreihundert Taler im Magen hatte.«

»Nun, so bring dieses Geld!« erwiderte ihm sein Herr, und der Sklave brachte es ihm. Der Herr aber dachte bei sich: »Das ist ja das Geld, das ich meinem Freund gegeben habe.«

Jener Mann aber, der nunmehr nicht abreisen konnte, kehrte zu seinem Freund zurück und sprach zu ihm: »Mein Freund, gib mir vierhundert Taler!«

»Gut, mein Freund«, sagte dieser, »von Anbeginn hast du von mir sechshundert, dann kamen dazu dreihundert, also zusammen neunhundert, und hier hast du die vierhundert Taler, danach in Summa tausend und dreihundert Taler.«

Da dachte jener: »Das Geld meines Freundes läßt sich nicht entwenden; gebe also Gott, daß ich soviel gewinne, um es ihm zurückzuzahlen!«

Danach hatte er das Geld bei sich zu See und zu Land, er trieb Handel, und das Geld mehrte sich; er kehrte dann zu seinem Freund zurück. Zu diesem sprach er: »Ich nahm das Geld zu See und zu Land, trieb Handel, und das Geld mehrte sich; nun zahle ich dir, mein Freund, zurück!« und gab ihm tausend und dreihundert Taler.

»So hast du dir also Geld gemacht?« bemerkte dieser.

»Jawohl!« erwiderte jener. Da sprach dieser Freund: »Um eins möchte ich dich fragen. Als du dieses Geld von mir empfingst, was dachtest du in deinem Herzen?«

Jener erwiderte: »Ich dachte an weiter nichts.«

»Sage es mir nur, ich werde dir darob nicht böse!«

»Nun, so sage ich es dir«, sagte jener. »Ich verarmte, verlor mein Geld, und als ich bei Leuten borgen wollte, gab man mir nichts. Da dachte ich, ich gehe zu meinem Freund. Ich kam also zu dir, und als du mir die sechshundert gabst, dachte ich: ›Damit entrinne ich.‹ Ich ging hinab zum Hafen, da fiel mir wohl das Geld ins Meer und war hin. Ich kam dann wieder zu dir und sprach: ›Gib mir dreihundert!‹ Du weißt ja, wie du es mir gabst. Als du mir die dreihundert gegeben hattest, ging ich von dir und dachte: ›Nun entrinne ich mit diesen dreihundert Talern.‹ Ich ging dann, kam zum Hafen, bestieg ein Boot, und dieses fuhr zum Schiff hinaus. Als es da angelegt hatte, stiegen die Leute ein. Als ich nun den Fuß auf das Schiff setzte, fielen mir die dreihundert Taler, die ich von dir hatte, ins Meer. Ich kehrte dann zu dir zurück und sprach bei mir nun: ›Mein Gott, gewähre mir, daß das Geld, welches mir mein Freund etwa gibt, Segen bringe, so daß ich und er davon leben, ohne daß ich ihn übervorteile!‹ Ich kam also wieder zu dir, begehrte von dir vierhundert Taler, du gabst sie mir, und ich ging hin, trieb mit Glück Handel, und das Geld mehrte sich. Das Geld, das ich mir so gemacht habe, gebe ich dir nun zurück.«

Da sprach der Freund: »Da ich nun, mein Lieber, sehe, wie du dachtest, so gebe ich dir dein Geld; vierhundert Taler gib mir, die neunhundert nimm wieder zurück.«

»Ja, wieso?« fragte jener.

Da erwiderte ihm dieser: »Mein Geld habe ich schon, nun nimm du das Deinige!«

Das passierte also jenen zwei Freunden.

(Dschibuti)

Der kluge Arzt oder Die Todesfurcht als Heilmittel

Es war einmal in alten Zeiten in Bagdad eine Frau, die war so dick, daß sie nicht gehen konnte.

Und an einem Tage von den Tagen faßte sie einen Entschluß in ihrem Herzen und entschloß sich, zu einem Arzt zu gehen, um Medizin für ihre Fettleibigkeit zu suchen. Und sie ging bis zu dem Hause des Arztes. Und als sie dort angekommen war, lud der Arzt sie ein, näher zu treten, und sagte zu ihr: »Tritt näher!«

Und sie setzte sich hin. Und er fragte sie, wie es ginge. Die Frau antwortete ihm: »Es geht alles gut; ich bin zu dir gekommen, daß du meinen Zustand ansehest.«

Und er fragte sie: »Was hast du denn?«

Die Frau antwortete ihm und sagte: »Ich wünsche, daß du mir eine Medizin für diese meine Fettleibigkeit machest.«

Der Arzt sagte ihr: »Wenn Gott will. Aber ich muß zuerst das

Orakel befragen, damit ich sehe, welche Medizin für dich paßt; und du gehe jetzt nach Hause zurück; morgen komme wieder und hole deine Antwort!«

Und die Frau sagte: »Wenn Gott will!« und ging nach Hause. Am folgenden Tag kam sie wieder, um die Antwort zu holen.

Der Arzt sagte ihr: »Geehrte Frau, ich habe in dem Buche nachgesehen und habe gefunden, nach sieben Tagen wirst du sterben; gut, so bitte ich dich, du hast keine Medizin nötig, da du so bald in sieben Tagen sterben wirst.«

Als die Frau die Worte des Arztes hörte, fürchtete sie sich in ihrem Herzen und dachte, sie würde sterben, und kehrte nach Hause zurück, aß nicht, trank nicht und war sehr betrübt und wurde sehr mager. So erreichte sie nun die sieben Tage, aber sie starb nicht. Sie erreichte den achten Tag, aber sie starb nicht. Da ging sie zum Arzt und sagte zu ihm: »Heute ist der achte Tag, und ich bin nicht gestorben.«

Und der Arzt sagte zu ihr: »Bist du nun dick oder dünn?«

Sie sagte: »Ich bin dünn, ich bin vor Todesfurcht ganz abgemagert.«

Der Arzt sagte zu ihr: »Das eben war die Medizin, die Furcht.«

Und die Frau ging von ihm weg.

Und Gruß!

(Somalia)

Von Kenia nach Botswana

Die Geschichte von dem menschenfressenden Ungeheuer und dem Kinde

Es war einmal ein Ungeheuer, das von den Bewohnern des Landes, in dem es lebte, außerordentlich gefürchtet wurde, weil es hauptsächlich von Menschenfleisch lebte. Einmal hatte es viele Leute und viel Vieh aufgefressen, so viel, daß es dachte, es hätte sie alle vertilgt. Nur eine Frau hatte sich mit ihrem Kind in einer Höhle verborgen, und als das Ungeheuer abgezogen war, kam sie zurück in ihre Wohnung und sammelte alle die Speise, die dort zurückgeblieben war. Und sie zog ihr Kind dort in der Höhle auf, bis es groß war. Und da sagte seine Mutter zu ihm: »Du liebes Kind, gehe ja nicht nach draußen, denn da ist das Ungeheuer, das alles Volk aufgefressen hat. Wir beide sind allein übriggeblieben.«

Und der Junge machte sich einen Bogen und Pfeile und sagte zu seiner Mutter: »Ich gehe hinaus, um mich etwas zu ergehen.«

Und trotz ihres Widerspruchs ging er hinaus nach draußen und schoß einen kleinen Vogel, brachte ihn zu seiner Mutter und sagte zu ihr: »Mutter, hat der die Leute aufgefressen?«

Und die Mutter sagte zu ihm: »Nein.«

An einem andern Tage ging er wieder aus und schoß einen kleinen Vogel und sagte: »Ist er dies?«

Und seine Mutter sagte: »Nein.«

An einem andern Tage ging er wieder aus und schoß eine Gazelle und dachte: »Dies ist wohl, der die Leute aufgefressen hat?«

Und er trug sie zu seiner Mutter und sagte zu ihr: »Mutter, ist es dieser, der die Leute verzehrt hat?«

Und seine Mutter sagte: »Ach nein, mein Kind, das ist Speise, bringe es her, dann wollen wir es essen.«

Und er bekam allerlei Tiere aus dem Wald und fragte immer: »Ist es dies?«

Und immer hieß es: »Nein.«

Und die Mutter sagte zu ihrem Sohn: »Frage nicht immer nach diesem Ungeheuer, denn es hat alle Leute aufgezehrt, und ich bin allein übriggeblieben, ich mit dir zusammen, wir sind die einzigen in diesem Lande.«

Und der Sohn ging hin und suchte sich Pfeile und Speere und brachte sie oben in einen Baum und blieb da mit seiner Mutter. Und dann sagte er zu seiner Mutter: »Mutter, ich rufe das Ungeheuer hierher und werde es töten.«

Und seine Mutter sagte zu ihm: »Mein liebes Kind, laß es doch, denn du bist ihm nicht gewachsen.«

Aber er sagte: »Ich rufe es.«

Und dann zündete er ein großes Feuer an der Spitze des Baumes an, und das Ungeheuer sah den Rauch und sagte: »Ich dachte, ich hätte früher alle Leute aufgefressen, und nun sind sie doch noch da.«

Und das Kind sagte: »Ja, sie sind noch da, und du kommst, um sie zu vernichten.«

Da ging das Ungeheuer hin und holte Äxte, um den Baum umzuhauen, auf dem der Knabe mit seiner Mutter saß. Als es dann ankam, sagte es: »Nun steigt herunter, oder ich haue den Baum ab.«

Da sagte der Junge: »Haue ihn nur ab!«

Und das Ungeheuer führte einen Hieb, und der Knabe schoß nach ihm, und es hieb wieder zu, und der Knabe schoß wieder. Und da sagte das Ungeheuer: »Ach, was stechen doch die Bremsen!«

Und er traf ihn manchesmal, so daß er den Baum nicht abhauen konnte. Und das Ungeheuer wußte, daß es sterben müßte, und es rief den Knaben und sagte zu ihm: »Wenn ich tot bin, dann schneide diesen meinen kleinen Finger ab, dann wird all das Vieh aus eurem Lande wieder herauskommen. Und wenn du den Daumen abschneidest, dann werden alle Leute wieder herauskommen. Wenn du aber das Gesicht abschneidest, dann wird nur ein Mann herauskommen.«

Als dann das Ungeheuer gestorben war und der Knabe ihm die Finger abschnitt, da kamen all die Leute und all das Vieh heraus, und dann schnitt er das Gesicht auf, und es kam ein Mann heraus. Alle die Leute nun, die da herauskamen, gingen wieder in ihre Dörfer und blieben da. Und die Leute hielten Rat untereinander und sagten: »Was wollen wir mit dem Mann machen, der uns aus dem Leibe des Ungeheuers wieder hierher gebracht hat? Wir wollen ihn zum König machen.«

Und alle stimmten zu: »Wir wollen ihn zum König machen.«

So wurde er ihr König. Aber der Mann, der aus dem Gesicht des Ungeheuers herausgekommen war, fing an und sagte zu den andern: »Warum hat er mich aus dem Gesicht des Ungeheuers herausgenommen? Er muß mich wieder an die Stelle bringen, wo er mich hergeholt hat.«

Und die andern redeten ihm zu und sagten zu ihm: »Wie kannst du so etwas sagen, denkst du wirklich, daß dir ein Schade geschehen ist, weil er uns aus dem Ungeheuer hierher gebracht hat?«

Und der König sagte: »Laßt ihn nur, wenn dieser Mann zu Ende ist, bringe ich ihn wieder zurück, von wo er kam.«

Und der König pflanzte Tabak, denn er wußte, daß der Mann den Tabak liebte. Als dann der Tabak reif war, da ging der König hin, ihn zu bewachen. Als es Mittag war, da kam der eine, der aus dem Gesicht des Ungeheuers hervorgegangen war, und pflückte ein Blatt vom Tabak ab und kaute es. Und der König sah ihn und sagte zu ihm: »Mein Freund, bring das Blatt wieder an die Stelle, wo du es hergenommen hast.«

Und der sagte zu ihm: »Das kann ich nicht.«

Da nahm der König ihn mit ins Dorf und rief die Männer zur Beratung zusammen und sagte: »Freunde, Männer! Ich verlange, daß dieser Mann das Tabakblatt wieder an den Platz bringt, von dem er es genommen hat. Und dann will ich hingehen und will ihn wieder in das Gesicht des Ungeheuers setzen, von wo ich ihn hergenommen habe.«

Der Mann sagte: »Ich bin nicht imstande, es zurückzubringen.«

Und die andern sagten zu ihm: »Wie kannst du denn sagen zu einem andern: ›Setze mich an die Stelle, wo du mich hergenommen hast‹, und du bist nicht imstande, das Blatt an die Stelle zu setzen, von der du es genommen hast?«

Nun, so sprachen sie miteinander, und sie liebten einander, und der König verstand es, sich Achtung zu schaffen während seines ganzen Lebens.

(Kenia)

Der Tausendkünstler der Ebene

*E*in Mann und eine Frau bekamen zuerst einen Jungen, darauf ein Mädchen. Als das Mädchen zur Heirat gekauft worden war, sagten die Eltern zum Sohne: »Nun haben wir eine Herde zu deiner Verfügung. Jetzt ist für dich der Augenblick gekommen, dir eine Frau zu nehmen. Wir werden dir eine hübsche Ehefrau aussuchen, deren Eltern ehrenwerte Leute sind.«

Doch er weigerte sich entschieden.

»Nein«, sagte er, »gebt euch nur keine Mühe. Die Mädchen, die es hier gibt, mag ich alle zusammen nicht leiden. Wenn ich durchaus heiraten soll, werde ich mir selbst aussuchen, was ich haben will.«

»Mach es, wie du willst«, sagten seine Eltern, »aber wenn du später Unglück hast, ist es nicht unsere Schuld.«

Er machte sich auf, verließ das Land und ging sehr, sehr weit in eine unbekannte Gegend. Als er in ein Dorf kam, sah er dort junge Mädchen, einige zerstampften Mais, andere kochten. Er traf im stillen eine Wahl und sprach bei sich: »Die da gefällt mir.«

Dann ging er zu den Männern des Dorfes.

»Guten Tag, Väter«, sagte er.

»Guten Tag, junger Mann, was wünschest du?«

»Ich möchte eure Töchter ansehen, denn ich will mir eine Frau nehmen.«

»Schön, schön, wir werden sie dir zeigen, und du kannst dann wählen!«

Man führte sie alle an ihm vorüber, und er bezeichnete die, welche er haben wollte. Sie gab auch sofort ihre Zustimmung.

»Deine Eltern werden uns wohl noch besuchen und uns selbst den Brautschatz bringen?« sagten die Eltern des jungen Mädchens.

»Ganz und gar nicht«, antwortete er, »ich habe meinen Brautschatz bei mir. Nehmt ihn, hier ist er!«

»Dann«, fügten sie hinzu, »werden sie aber doch später kommen, um dir deine Gattin zuzuführen?«

»Nein, nein, ich fürchte, sie würden euch nur kränken mit ihren

harten Ermahnungen für das Mädchen. Laßt sie mich nur gleich mitnehmen.«

Die Eltern der Jungverheirateten willigten denn auch darin ein und
nahmen sie nur noch einmal in einer Hütte beiseite, um ihr Verhal-
tungsmaßregeln zu geben: »Sei gut gegen deine Schwiegereltern und
pflege deinen Mann ordentlich!«

Dann boten sie den jungen Eheleuten noch eine jüngere Tochter an,
die ihnen bei der Hausarbeit helfen sollte. Aber die Frau wies sie
zurück. Darauf bot man ihr zwei an, zehn, zwanzig, die sie selbst
wählen sollte.

»Nein«, beharrte sie, »ihr könnt mir den Büffel des Landes, unsern
Büffel, geben, den Tausendkünstler der Ebene, der kann mir dienen.«

»Wieso denn«, sagten sie, »du weißt, daß unser aller Leben von ihm
abhängt, hier wurde er gut genährt und gepflegt, aber was willst du im
fremden Land mit ihm anfangen? Er wird hungern, sterben, und wir
alle werden dann mit ihm sterben.«

»Aber nein«, sagte sie, »ich werde ihn schon gut pflegen.«

Ehe sie ihre Eltern verließ, nahm sie noch einen Topf mit einem
Päckchen medizinischer Wurzeln mit, ein Horn zum Schröpfen, ein
kleines Messer zum Einschneiden und einen Flaschenkürbis voll
Fett.

Dann brach sie auf mit ihrem Mann. Der Büffel folgte ihnen, er war
aber nur ihr sichtbar. Der Mann sah ihn nicht, er hatte keine Ahnung,
daß der Tausendkünstler der Ebene der Diener war, der seine Frau
begleitete.

Als sie in das Dorf des Gatten zurückgekehrt waren, wurden sie mit
Freudengeschrei empfangen: »Hojo, hojo, hojo!«

»Nun sieh mal«, sagten die Alten, »nun hast du also doch eine Frau
gefunden! Du hast keine von denen gewollt, die wir dir vorgeschlagen
haben, aber das macht ja nichts, es ist schon gut so. Du hast deinen
Kopf durchgesetzt. Wenn du einmal Feinde hast, darfst du dich nicht
beklagen.«

Der Mann begleitete seine Frau auf die Felder und zeigte ihr, welches die seinen wären und welches die seiner Mutter. Sie merkte sich
alles und kehrte mit ihm zum Dorfe zurück. Unterwegs aber sagte sie:

»Ich habe meine Perlen auf dem Felde verloren, ich muß umkehren, um sie zu suchen.«

In Wirklichkeit wollte sie nach dem Büffel sehen. Zu ihm sagte sie: »Hier ist die Grenze der Felder. Bleibe hier! Und dann ist hier noch ein Wald, in dem du dich verstecken kannst.«

»Es ist recht«, antwortete er.

Wenn sie Wasser haben wollte, ging sie nur über die bestellten Felder und setzte den Krug vor dem Büffel nieder. Dieser lief damit an den See, schöpfte ihn voll und brachte seiner Herrin das volle Gefäß wieder. Wenn sie Holz haben wollte, ging er ins Dickicht, brach mit seinen Hörnern Bäume ab und brachte ihr, soviel wie sie brauchte. Die Leute im Dorf verwunderten sich.

»Was hat sie für Kraft«, sagten sie, »sofort ist sie immer wieder vom Brunnen zurück, und in einem Augenblick hat sie immer ihr Bündel trockenes Holz gesammelt.«

Aber niemand ahnte, daß ein Büffel ihr zur Seite stand wie ein kleiner Bedienter.

Nur zu essen brachte sie ihm nichts, denn sie hatte nur einen Teller für sich und ihren Mann. Ja, zu Hause, da hatte man für den Tausendkünstler besonders einen Teller gehabt und ernährte ihn sorgfältig. Hier hatte der Büffel Hunger. Sie brachte ihm ihren Krug und schickte ihn ans Wasser, er ging auch hin, aber den quälenden Schmerz des Hungers fühlte er doch.

Sie zeigte ihm eine Ecke im Gestrüpp, die er urbar machen sollte. In der Nacht nahm der Büffel eine Hacke und machte ein weites Feld daraus.

»Wie geschickt ist sie«, sagte jeder, »und wie schnell hat sie gearbeitet!«

Abends aber sagte er zu seiner Herrin: »Ich habe Hunger, und du gibst mir nichts zu essen, ich kann bald nicht mehr arbeiten!«

»Ach weh«, sagte sie, »was mache ich nur? Wir haben nur einen Teller im Hause. Die Leute hatten recht bei uns, wenn sie sagten, du müßtest anfangen zu stehlen; ja, stiehl doch! Gehe hier in mein Feld und nimm dir hier und da eine Bohne! Dann gehe wieder weiter! Raube nicht alle vom selben Fleck, dann werden die Besitzer es vielleicht gar nicht allzusehr gewahr und werden nicht gleich vor Schreck umfallen.«

Während der Nacht kam der Büffel. Er verschlang hier eine Bohne und da eine, sprang von einer Ecke in die andere und floh schließlich wieder in sein Versteck. Als die Frauen am nächsten Morgen auf die Felder kamen, trauten sie ihren Augen nicht: »Heh, heeeh, was ist hier los? So etwas haben wir noch nicht erlebt! Ein wildes Tier hat unsere Anpflanzungen vernichtet! Man kann seine Spuren verfolgen. Hoh, das arme Land!«

Sie liefen zurück und erzählten im Dorf die Geschichte.

Abends sagte die junge Frau zum Büffel: »Sie waren ja sehr bestürzt, aber doch nicht allzusehr. Auf den Rücken gefallen sind sie nicht. Dann stiehl diese Nacht nur weiter!«

Und so geschah es. Die Besitzerinnen der verwüsteten Felder schrien laut, sie wandten sich an die Männer und baten sie, ihnen die Wächter mit Flinten zu holen.

Nun war der Mann der jungen Frau ein sehr guter Schütze. Er stellte sich in seinem Feld auf die Lauer und wartete. Der Büffel dachte, daß man ihm da, wo er den Abend vorher gestohlen hatte, vielleicht auflauern würde, und ging zu den Bohnen seiner Herrin, da, wo er zuerst gegrast hatte.

»Halt«, sagte der Mann, »das ist ein Büffel. Den hat man hier noch nie gesehen, das ist ein fremdes Geschöpf.«

Er schoß. Die Kugel drang dicht beim Ohr in die Schläfe ein und kam auf der anderen Seite an der entsprechenden Stelle wieder heraus. Der ›Tausendkünstler der Ebene‹ überschlug sich und fiel tot nieder.

»Das war ein guter Schuß!« rief der Jäger und verkündete es im Dorf.

Nun fing die Frau an zu jammern und sich zu winden: »Oh, ich habe Leibschmerzen, oh, oh!«

»Beruhige dich«, sagte man ihr. Sie schien krank zu sein, aber in Wirklichkeit wollte sie nur erklären, warum sie so weinte und so bestürzt war, als sie von dem Tode des Büffels hörte. Man gab ihr Medizin, aber sie goß sie weg, ohne daß die anderen es sahen.

Alles machte sich auf, Frauen mit Körben, Männer mit Waffen, um den Büffel zu zerstückeln. Sie blieb allein im Dorf zurück. Aber bald ging sie ihnen nach, hielt sich den Leib, wimmerte und schrie.

»Was fällt dir ein, hierher zu kommen«, sagte ihr Mann, »wenn du krank bist, bleibe doch zu Hause!«

»Nein, allein wollte ich nicht im Dorf bleiben.«

Ihre Schwiegermutter schalt und sagte, sie wisse gar nicht, was sie täte, den Tod könnte sie sich hiervon holen. Als sie die Körbe mit Fleisch gefüllt hatten, sagte sie: »Laßt mich den Kopf tragen!«

»Nein, du bist krank, der ist viel zu schwer für dich.«

»Nein«, sagte sie, »laßt mich nur!«

Sie lud ihn auf und trug ihn. Im Dorfe angelangt, ging sie, anstatt ins Haus zu treten, in den Verschlag, wo die Kochtöpfe standen und legte hier den Kopf des Büffels ab. Hartnäckig blieb sie auch da. Ihr Mann suchte sie, um sie in die Hütte zu holen, er sagte, dort wäre sie besser aufgehoben. Aber sie entgegnete ihm nur hart: »Störe mich nicht!«

Dann kam ihre Schwiegermutter und sprach ihr sanft zu.

»Warum quält ihr mich?« sagte sie unfreundlich, »wollt ihr mich denn gar nicht ein wenig schlafen lassen?«

Man brachte ihr Nahrung, aber sie stieß sie von sich. Die Nacht kam. Ihr Mann ging zur Ruhe, aber er schlief nicht, sondern horchte hinaus.

Sie holte sich Feuer, kochte in ihrem kleinen Topf Wasser und schüttete da hinein das Paket Medizin, das sie mitgebracht hatte. Dann nahm sie den Kopf des Büffels und machte mit ihrem Rasiermesser Einschnitte vor dem Ohr, an der Schläfe, da, wo die Kugel das Tier getroffen hatte. Dort setzte sie das Schröpfhorn an und sog, sog aus Leibeskräften, und es gelang ihr, erst einige Stücke geronnenes Blut herauszuziehen und dann flüssiges Blut. Hierauf setzte sie die fragliche Stelle dem Wasserdampf aus, der aus dem Kochtopf kam, nachdem sie sie ganz und gar mit dem Fett, das sie im Flaschenkürbis aufbewahrte, eingerieben hatte. Das linderte. Dann sang sie so:

»Ach, mein Vater, Tausendkünstler der Ebene,
    Wohl haben sie es mir gesagt,
    wohl haben sie es mir gesagt,

Tausendkünstler der Ebene,
Sie haben mir gesagt:
Du wirst durch tiefe Finsternis gehen,
nach allen Seiten wirst du durch die Nacht irren,
Tausendkünstler der Ebene;
Du bist die junge Wunderbaumpflanze,
erwachsen aus Trümmern,
die vor der Zeit stirbt,
aufgezehrt von einem nagenden Wurm . . .
Du ließest Blumen und Früchte
auf deinen Weg fallen,
Tausendkünstler der Ebene!«

Als sie ihre Beschwörungsformel beendet hatte, rührte sich der Kopf,
die Glieder wuchsen wieder, der Büffel fühlte sich wieder lebendig
werden, schüttelte Ohren und Hörner, richtete sich auf und streckte
seine Glieder.

Da aber trat ihr Mann heraus, der in der Hütte nicht schlafen konnte, und sagte: »Was hat nur meine Frau so lange zu weinen? Ich muß
nachsehen, warum sie diese Seufzer ausstößt!« Er trat in den Verschlag
und rief sie. Aber im höchsten Zorn antwortete sie: »Laß mich!«

Doch da fiel der Kopf des Büffels wieder zur Erde, tot, durchbohrt,
wie vorher.

Der Mann kehrte in die Hütte zurück, er hatte nichts von alledem
verstanden und nichts gesehen. Darauf nahm sie von neuem den Kochtopf, kochte die Medizin, machte Einschnitte, setzte den Schröpfkopf
an, setzte die Wunde dem Dampf aus und sang wie vorher:

»Ach, mein Vater, Tausendkünstler der Ebene,
Wohl haben sie es mir gesagt,
wohl haben sie es mir gesagt,
Tausendkünstler der Ebene,
Sie haben mir gesagt:
Du wirst durch tiefe Finsternis gehen,
nach allen Seiten wirst du durch die Nacht irren,
Tausendkünstler der Ebene;
Du bist die junge Wunderbaumpflanze,

erwachsen aus Trümmern,
die vor der Zeit stirbt,
aufgezehrt von einem nagenden Wurm . . .
Du ließest Blumen und Früchte
auf deinen Weg fallen,
Tausendkünstler der Ebene!«

Noch einmal richtete sich der Büffel auf, seine Glieder wuchsen, er fühlte sich wieder lebendig werden, schüttelte seine Ohren und Hörner, reckte sich – da kam wieder der Mann, beunruhigt, um nachzusehen, was seine Frau machte. Da wurde sie zornig gegen ihn. Er aber ließ sich in dem Verschlag nieder, um zu beobachten, was da vorging. Da nahm sie ihr Feuer, ihren Kochtopf, alle übrigen Gegenstände und ging hinaus. Dann riß sie Gras aus, um die Glut anzufachen, und begann ein drittes Mal, den Büffel vom Tode zu erwecken.

Der Morgen brach schon an, da kam ihre Schwiegermutter – und wieder fiel der Kopf zur Erde. Der Tag erschien, und die Wunde verschlimmerte sich.

Sie sagte zu ihnen: »Ich möchte ganz allein im See baden gehen.«

Man antwortete ihr: »Aber wie wirst du denn hinkommen, du bist krank.«

Sie machte sich auf den Weg, kam wieder zurück und sprach: »Unterwegs habe ich einen von zu Hause getroffen, er sagte mir, daß meine Mutter sehr krank sei. Ich sagte ihm, er solle bis zum Dorf kommen, er weigerte sich aber und sagte: ›Man wird mir Nahrung anbieten, und das würde mich nur aufhalten.‹ Er ist sofort weitergegangen und sagte mir noch, ich solle mich beeilen, aus Furcht, daß meine Mutter vor meiner Ankunft sterben könnte. Lebt also wohl, ich gehe fort!«

Das waren natürlich alles Lügen. Sie hatte den Gedanken, an den See zu gehen, gehabt, um diese Geschichte einzufädeln und einen Grund zu haben, um den Ihren die Nachricht vom Tode des Büffels zu bringen. Sie ging fort, den Korb auf dem Kopf und auf dem ganzen Weg den Schlußvers des Tausendkünstlers der Ebene singend. Überall rotteten sich hinter ihr die Leute zusammen und begleiteten sie ins Dorf. Da tat sie ihnen kund, daß der Büffel nicht mehr lebte.

Da sandte man nach allen Richtungen Boten aus, um die Bewohner des Landes zu versammeln. Sie machten der jungen Frau schwere Vorwürfe und sagten: »Siehst du wohl? Wir hatten es dir gesagt. Du wiesest aber alle jungen Mädchen zurück und wolltest durchaus den Büffel haben. Jetzt hast du uns alle getötet!«

So weit waren sie, als der Mann, der seiner Frau in das Dorf gefolgt war, erschien. Er lehnte seine Flinte gegen einen Baumstamm und setzte sich. Sie begrüßten ihn, indem sie riefen: »Sei gegrüßt, Verbrecher, sei gegrüßt! Du hast uns alle getötet.«

Er verstand das nicht und fragte sich, wie man ihn Mörder und Verbrecher nennen könnte.

»Einen Büffel habe ich wohl getötet«, sagte er, »aber das ist auch alles.«

»Ja, aber dieser Büffel war der Beistand deiner Frau. Er schöpfte Wasser für sie, schnitt Holz, arbeitete im Felde.«

Ganz erstaunt sagte der Mann: »Warum habt ihr mich das nicht wissen lassen, dann hätte ich ihn nicht getötet.«

»So ist es nun einmal«, fügten sie hinzu, »unser aller Leben hing von ihm ab.«

Darauf begannen sie alle, sich den Hals abzuschneiden, als erste die junge Frau, indem sie rief: »Ach, mein Vater, Tausendkünstler der Ebene!«

Dann kamen ihre Eltern, Brüder, Schwestern, einer nach dem andern. Der eine sagte: »Du wirst durch Finsternis gehen!«

Der andere: »Du wirst nach allen Seiten durch die Nacht irren!«

Ein anderer: »Du bist die junge Wunderbaumpflanze, die vor der Zeit stirbt!«

Noch ein anderer: »Du ließest auf deinen Weg Blumen und Früchte fallen!«

Alle schnitten sich den Hals ab und richteten selbst die kleinen Kinder hin, die man noch in Fellen auf dem Rücken trug.

»Denn«, sagten sie, »warum sollen wir sie leben lassen, da sie doch nur den Verstand verlieren würden!«

Der Mann kehrte nach Hause zurück und erzählte den Seinen, wie er dadurch, daß er den Büffel erschossen, sie alle getötet hätte. Seine

Eltern sagten ihm: »Siehst du wohl, sagten wir dir nicht, daß Unglück über dich kommen würde? Als wir dir anboten, dir eine passende und kluge Frau auszusuchen, wolltest du nach deinem Kopf gehen. Jetzt hast du dein Vermögen verloren. Wer wird es dir wiedergeben, da doch alle tot sind, die ganzen Verwandten der Frau, denen du dein Geld gegeben hast!«

Das ist das Ende.

(Mosambik)

Der Thronfolger Imilasotry

Lang, lang ist es her, das erzählt man in der Umgebung von Fiana-rantsoa, der Hauptstadt der Betsileo, da lebte dort ein Prinz namens Imilasotry, was soviel wie »Derjenige, der das Leiden sucht« bedeutet. Noch viele Jahre nach seinem Tod sprach man von ihm auch als dem »mutigen Prinz«.

Imilasotry war das einzige Kind des Königs Andriamitoemanana. Dieser war einer der größten und reichsten Männer des Landes. Die Eltern verwöhnten das Kind, alle seine Wünsche wurden erfüllt, seine Ansprüche befriedigt und seine Launen geduldet. Er brauchte nicht zu arbeiten. Wozu auch? Er hatte alles. Wenn er sich langweilte, ging er auf den Balkon des Palastes und schaute zu, was die Leute und auch die Tiere dort machten. Dies tat er gern, besonders, wenn er vom Nichts-tun wieder ermüdet war.

Doch eines Tages beschloß er, etwas zu unternehmen. Er zog sein bestes königliches Kleid an und ging aufs Geratewohl über die Wiese und in den Wald. Zum erstenmal hörte er den Gesang der Vögel und das Rauschen der Blätter. Plötzlich vernahm er zwei erregte Stimmen, die die Stille der Natur störten. Er ging ihnen nach und fand zwei Diener seines Vaters heftig diskutierend. »Was regt ihr euch denn so auf?«

Die Diener waren erschrocken, denn sie waren nicht gewöhnt, den verwöhnten Prinzen außerhalb des Palastes zu sehen. Zögernd ant-wortete einer der Diener: »Wir sprachen gerade über die Not in unserem Land. Wir leiden darunter, daß es nichts zu kaufen, aber auch nichts zu verkaufen gibt. Das Leiden der armen Menschen nimmt kein Ende. Und für das Elend wissen wir keine Lösung.«

Prinz Imilasotry lachte laut, als er das hörte: »Leiden? Was ist das?«

Die Diener blieben stumm, wie sollen sie das dem verwöhnten Prinz erklären? Er aber wurde neugierig und wünschte das Leiden kennenzulernen. »Ich möchte gern wissen, was Leiden ist«, sagte er zu den Dienern, »es könnte mir gefallen!« Die Diener waren über diese Worte so verdutzt, daß sie sich wortlos ansahen und dann einer doch fragte: »Was wünscht Ihr, Hoheit?«

»Ja, ich möchte das Leiden kennenlernen. Wie kann ich das anstellen? Könnt ihr mir einen Rat geben?«

Das war nicht nur eine Bitte, für die Diener war es ein Befehl.

Der Prinz war entschlossen, Leid und Elend kennenzulernen, und er befahl den Dienern seines Vaters, ihm dabei zu helfen. Seit diesem Tage bekam der Prinz den Namen Imilasotry, also »Derjenige, der das Leiden sucht«. Der Name ist ihm bis heute geblieben.

»Das ist ganz leicht«, sagten die Diener. »Wie denn?«

»Ihr braucht nur das schöne Kleid, das Ihr tragt, gegen Lumpen aus Sisalfasern zu tauschen. Dann verlaßt den Palast und geht in die Fremde. Nehmt nichts mit Euch, denn Ihr sollt so arm sein, wie die meisten in unserem Land es sind.« »Wenn es nur das ist«, sagte der Prinz zuversichtlich, »das ist leicht, das mache ich sofort.«

Er ging zu seinen Eltern und sagte: »Gebt mir Euern Segen, denn ich werde fortgehen.«

»Bist du von allen guten Geistern verlassen, mein Sohn?« fragte König Andriamitoemanana.

»Wahrhaftig!« sagte seine Mutter, »was bringt dich zu solch sonderbarem Entschluß?«

»Es ist doch nichts Außergewöhnliches für einen Mann, die Eltern zu verlassen! Deswegen bitte ich Euch um die Erlaubnis.«

Die Eltern versuchten mit vielen Worten, ihn umzustimmen, aber er blieb bei seiner Entscheidung. Der König meinte schließlich, daß einige Soldaten und Diener als seine Begleiter mitgehen sollten.

»Nein«, sagte Imilasotry entschieden, »ich brauche kein Geleit, ich werde allein gehen.«

So verließ Imilasotry am nächsten Tag, mit Sisallumpen bekleidet, den Palast seiner Eltern. Er wußte selbst nicht, wohin er sich wenden sollte; nach dem Ratschlag der beiden Diener sollte er einfach in die Fremde gehen. Er wanderte den ganzen Tag, bestieg Hügel, durchquerte Wälder, lief durch die Täler und schwamm durch die Flüsse. Oft bekam er nichts zu essen und noch weniger zu trinken. Nachts fand er kein bequemes Bett, er schlief auf Bäumen wie die Vögel, aus Angst vor wilden Tieren.

Die ziellose Reise dauerte viele Tage und Nächte. Er war nicht mehr der schöne und gepflegte Stammhalter des Königreiches Andriamitoemanana: die Haare waren lang, sein Vollbart bedeckte fast sein Gesicht, die Fingernägel ähnelten den Krallen mancher Tiere. Die schuhlosen Füße waren zerkratzt von den spitzen Steinen und den Dornen der Gebüsche auf seinem Weg. Die Verletzungen an seinen Beinen wollten nicht heilen, der Staub hatte sie noch verschlimmert. Sein Sisalkleid war zerrissen und schmutzig, und er war so mager, daß jeder ihn für ein wanderndes Skelett halten konnte.

Fast verhungert und verdurstet kam er eines Tages in eine fremde Stadt. Die Bewohner erschraken bei seinem Erscheinen; sie dachten, er wäre ein Ungeheuer. Einige Männer bewaffneten sich mit Keulen und Speeren.

Imilasotry bekam Angst und rief laut: »Tötet mich nicht! Tötet mich nicht! Gebt mir nur ein bißchen Nahrung, denn ich bin hungrig und durstig.«

Die Bewohner waren überrascht, daß das Ungeheuer eine menschliche Stimme besaß. Einige hatten Mitleid mit ihm, ließen ihn aber nicht in die Häuser. Er bekam Wasser und eine alte Frau gab ihm Reisreste, nicht auf einem Teller, sondern in einem Trog. Imilasotry bückt sich tief herab, um den Reis überhaupt essen zu können. Das war die erste Nahrung, die er seit Tagen zu sich nahm. Langsam kam er zu Kräften, und er erzählte den Bewohnern von seinem mühsamen Weg durch die Wälder, doch von seiner Herkunft sprach er nicht. Die Leute waren neugierig und hörten ihm zu. Man erzählte ihm dann, daß er sich im Reich König Ratsarafanahy des Gütigen befand.

»Ich möchte gern zu diesem König«, sagte Imilasotry.

»Bist du denn verrückt«, erwiderten die Bewohner entsetzt, »glaubst du etwa, daß unser König dich empfangen wird?

Meinst du, er ist erbaut über dich? Wir lassen dich nicht mal in unsere Wohnungen und du willst, daß der König dich begrüßt?«

Imilasotry antwortete nicht. Er selber suchte sich den Weg zu König Ratsarafanahy.

Unterwegs wurde er von Soldaten aufgehalten, aber er blieb stur. Die Soldaten wurden mit dem Eindringling nicht fertig. Ein Offizier berichtete dem König darüber.

»Bringt ihn mir«, befahl der König.

Imilasotry wurde gebracht. Er kroch zu Füßen des Königs, der über das schmutzige Aussehen des Fremden seine Nase rümpfte. »Was suchst du bei uns?« fragte er.

»O mein König, Gott und die Ahnen mögen Euch in Eurem Leben stets begleiten, möge Euer Volk Euch immer lieben! Habt Mitleid mit mir, gebt mir eine Arbeit, die mich ernähren kann.«

Der König fragte seine Berater, was man dem Fremden für Arbeit geben könnte, der bis auf die Knochen abgemagert war. Sie rieten dem König, man möge den Fremden in der Viehhaltung außerhalb der Stadt beschäftigen.

Und so brachte man Imilasotry dahin. Er bekam nur Schweinefraß, weil niemand daran dachte, ihm menschenwürdiges Essen zu geben. In dieser trostlosen Umgebung lebte Prinz Imilasotry mehrere Jahre.

König Ratsarafanahy hatte drei Töchter, die im heiratsfähigen Alter waren. Es war damals Sitte, daß der König selbst seine Schwiegersöhne auswählte. So rief er eines Tages sein Volk zusammen, um darüber zu entscheiden. Soldaten, Offiziere, Adlige, reiche und weniger reiche Männer – alle waren gekommen und hofften, auserwählt zu werden. Imilasotry mußte auch an diesem Tag die Schweine hüten.

Der König stellte dem Volk seine drei Töchter vor. Sie hatten ihre schönsten Kleider angezogen. Diesmal aber wählte der König die Freier nicht selbst aus, sondern überließ es dem Zufall: »Diese drei Orangen, mein Volk, vertreten meine Töchter. Die erste für die Älteste, die zweite für die Zweitgeborene und die dritte für Fara, die Jüngste. Ich werde die erste Orange hochwerfen und derjenige, den die erste Orange trifft, wird meine erste Tochter heiraten.«

Er warf die Orange hoch, sie fiel auf einen Offizier. Das Volk klatschte, denn es war ein passender Mann gefunden.

»Jetzt zu meiner zweiten Tochter!« sagte der König und warf die zweite Orange in die Luft. Sie fiel wiederum auf einen Offizier und das Volk jubelte. Der König war bis jetzt mit dem Schicksal der Töchter zufrieden.

Aber wie wird Faras Ehemann aussehen? Denn Fara war die schönste unter seinen Töchtern. Der König nahm die dritte Orange und warf sie so hoch wie vorher.

Alle Männer warteten hoffnungsvoll darauf, daß die Orange auf einen von ihnen herunterfiele. Man wartete, wartete – wo war die Orange geblieben? Alle schauten zum Himmel, ob die Orange nicht zwischen den Wolken steckengeblieben sei. Nicht lange danach kam Imilasotry gerannt – eine Orange in der Hand. Er übergab sie dem König. »Ich bitte um Vergebung, Hoheit, aber jemand hat diese Orange auf meinen Kopf geworfen, als ich die Schweine fütterte.«

Der König nahm die Orange in die Hand und stellte fest, daß es die Orange war, die er geworfen hatte. Darauf sagte er: »Weil die Orange auf Imilasotry gefallen ist, wird er der Mann von Fara sein!«

Das Volk verstummte, doch dann wurde der Unmut immer lauter. Die Untertanen waren mit der Entscheidung nicht einverstanden. Als Imilasotry merkte, daß einige Dorfbewohner ihn wütend ansahen, flüchtete er schnell zu seinen Tieren.

»Wenn ihr nicht einverstanden seid«, sagte der König, »dann werde ich die Orange nochmals werfen.«

Er nahm die Orange und warf sie wieder hoch. Wieder wartete man – vergebens. Die Orange war unauffindbar.

Und wieder kam Imilasotry mit einer Orange in der Hand angerannt. »Ich bitte um Vergebung, Hoheit, aber ich fürchte um mein Leben. Als ich die Schweine fütterte, hat wieder jemand diese Orange auf meinen Kopf geworfen. Er will mich bestimmt umbringen.«

Der König antwortete nicht darauf. Er nahm die Orange aus der Hand des Schweinehirten und wandte sich an das Volk: »Ihr seht, liebe Leute«, sagte er, »das Schicksal von Fara ist hiermit besiegelt, das ist ihr Mann!«

»Nein!« schrie das Volk, »wir sind damit nicht einverstanden. Ihr solltet zum drittenmal werfen.«

Als der König den Unmut seines Volkes sah, stimmte er dem Vorschlag zu. »Aber das ist das letzte Mal«, sagte er, »mag diese Orange fallen, auf wen sie mag, er wird der Ehemann von Fara sein!«

Er warf die Orange zum drittenmal gen Himmel, und wiederum fiel sie auf den Kopf von Imilasotry. Und wiederum kam unser Held zum König gerannt und erzählte ihm, was geschehen war. Der König wandte sich wieder an das Volk und sagte mit ernsthafter Stimme: »Ab heute ist Imilasotry der Ehemann von Fara!«

Die Untertanen wußten nicht mehr, was sie noch unternehmen könnten. Viele Leute verließen sprachlos den Kianja, den Versammlungsort, andere blieben stehen und diskutierten darüber, wie man den König zu einer Rücknahme der Entscheidung bewegen könnte. Doch dies war die Entscheidung eines Königs, und jeglicher Widerstand konnte zu einer Bestrafung führen.

Fara konnte ihre Enttäuschung nicht mehr unterdrücken, und die beiden Schwestern lachten hinter ihren Lamba und freuten sich, Offiziere als Ehemänner zu haben, auch wenn sie keine Adlige waren.

Der König befahl Fara, ob sie wollte oder nicht, Imilasotry als Ehemann zu nehmen. Er aber merkte, wie er vom Volk verabscheut wurde und zog sich zurück zu seinen Tieren, obwohl er als Ehemann der Prinzessin im Palast hätte bleiben können.

Eines Tages bat Imilasotry seinen Schwiegervater um die Erlaubnis, seine Eltern besuchen zu dürfen. Er würde, so sagte er, seine Frau nicht mitnehmen, aber er käme bald zurück.

König Andriamitoemanana und seine Frau waren vor Freude außer sich, als sie den heimgekehrten Sohn sahen. Sie dachten, er wäre schon gestorben, da er jahrelang nichts hatte von sich hören lassen.

Die Eltern hatten zu seinem Gedenken schon einen Vatolahy, den Hinkelstein, aufgestellt. Nun wurde ein großes Fest vor dem Palast veranstaltet. Imilasotry erzählte seine Abenteuer und vergaß nicht zu betonen, daß er nun das Leiden am eigenen Leib erfahren hätte.

Die Zuhörer bemitleideten ihn und jubelten dann, als sie erfuhren, daß ihr Prinz die jüngste Tochter des Königs Ratsarafanahy zur Frau bekommen hatte. »Sie ist«, erzählte er weiter, »eine Gottesgabe.«

»Wenn es so ist«, sprach König Andriamitoemana, »dann kehre zu deinen Schwiegereltern zurück und überbringe ihnen ein Geschenk von uns.«

König Andriamitoemanana wählte als Geschenk einen drei Pfund schweren Goldschmuck, eingepackt in ein schönes und teures Seidentuch. Imilasotry steckte es in einen Jutesack, lehnte aber ab, seine armselige Bekleidung auszutauschen, er blieb in seinen Lumpen.

So erschien er wieder vor dem König Ratsarafanahy und übergab das Geschenk. Als Fara das schöne und teure Geschenk sah, verbot sie ihrem Vater, es entgegenzunehmen. »Woher soll er so ein teures Geschenk haben? Er hat es bestimmt gestohlen.«

König Ratsarafanahy nahm das Geschenk trotzdem an.

Inzwischen erfuhr Imilasotry, daß ein feindlich gesinnter König die Absicht hatte, das Volk seines Schwiegervaters anzugreifen. Er machte sich wieder auf zu seinen Eltern und erzählte ihnen von der drohenden Gefahr für das Reich des Königs Ratsarafanahy.

»Nimm Soldaten mit dir«, sagte König Andriamitoemanana zu seinem Sohn, »unsere Armee ist die beste weit und breit.« Imilasotry versammelte die Soldaten und zog seine königliche Kriegsuniform an. Er stieg auf sein weißes Pferd und führte 1000 Soldaten zum Kampf zur Rettung seines Schwiegervaters. Vor dessen Residenz hatte der Kampf bereits begonnen. Die Armee von Imilasotry überraschte die Feinde hinterrücks. Sie gerieten in Panik und flüchteten. Imilasotrys Soldaten verfolgten und vernichteten sie.

Nach dem Sieg ritt Imilasotry nicht in die Stadt von König Ratsarafanahy, sondern in seine Heimat zurück und zwar auf Umwegen, damit die Untertanen seines Schwiegervaters seine Herkunft nicht entdeckten.

Fara, die den Kampf beobachtet hatte, wollte unbedingt den unbekannten Sieger sehen, der sein Gesicht hinter seiner Lamba versteckt hatte, in der stillen Hoffnung, daß ihr Vater seine Heiratsentscheidung doch noch einmal überdachte und sie dem Retter des Landes zur Ehefrau gab.

Auch die hocherfreuten Bewohner der Königsstadt fragten sich, wer wohl dieser rettende Heerführer sein mochte. Der König ließ überall nachfragen, aber keiner kannte ihn.

Fara aber verfolgte heimlich die Spur von Imilasotrys Heer, um auszukundschaften, woher er kam. Einige Soldaten bemerkten, daß jemand ihnen folgte, und sie stellten eine Falle, in der Fara sich fing. Man brachte sie vor den Prinzen.

»Imilasotry! Du bist es!« rief die überraschte Prinzessin und lief in seine Arme, »kannst du meine Dummheit verzeihen? Ich wußte wirklich nicht, daß du ein Prinz bist! ›Verjage das kleinste Schaf nicht, denn du weißt nicht, wer dir Wolle gibt‹, sagt ein Sprichwort, und das habe ich nun am eigenen Leib erfahren. Ich bitte dich um Verzeihung und lecke deine Fußsohle . . .«

Imilasotry verzieh ihr und erzählte ihr alles über sich. Sie wählten einen anderen Weg und kamen an das Ufer des Grenzflusses zu seinem Land, dessen Brücke zerstört war.

»Was machen wir nun?« fragte Fara.

»Dort, auf der anderen Seite ist unsere Stadt«, antwortete Imilasotry.

»Ja, aber wie sollen wir hinüberkommen?«

Der Prinz nahm eine kleine Holzpfeife aus seiner Tasche und pfiff. Und nicht lange, da standen 1000 Leute auf der anderen Uferseite. Der Vater, König Andriamitoemanana, wußte sofort, daß es sein Sohn war, denn nur der Prinz besaß eine solche Pfeife. Einige hundert Ruderboote kamen, um die Armee von Imilasotry überzusetzen. Fara wußte nun, daß Imilasotry, der schmutzige Viehhirt, ein reicher Prinz war. Die Untertanen jubelten, als sie Fara sahen, denn sie war wirklich eine schöne Prinzessin. Und ungeduldig warteten auf der anderen Seite auch König Andriamitoemanana und seine Frau auf die Schwiegertochter.

Das Volk wurde zu Ehren von Imilasotry und Fara zu einem großen Fest eingeladen, und es war gleichzeitig ihre Hochzeitsfeier mit königlichem Gepränge.

Einige Zeit später teilte Imilasotry seinen Eltern mit, er wolle gern mit seiner Frau die Schwiegereltern besuchen, weil diese sich bestimmt nach ihrer verschwundenen Tochter sehnten. Er versprach auch, diesmal seine Lumpen zu Hause zu lassen. Die Eltern stimmten zu und gaben ihnen ein Gefolge mit, das eines Prinzen und einer

Prinzessin würdig war. Imilasotry und seine Frau fuhren in einer schönen, mit Gold verzierten und von vier Schimmeln gezogenen Karosse. Das Geleit bestand aus vielen Leuten, die unterwegs tanzten und sangen.

Die Untertanen von König Ratsarafanahy sahen von weitem eine große Staubwolke und bekamen Angst vor einem neuen feindlichen Angriff. Aber sie hörten Gesänge und sahen dann auch tanzende Leute.

»Vielleicht ein König, der in ein anderes Land reist?« hieß es.

»Laßt sie kommen«, sagte der König, »dann werden wir es sehen.« Gleichzeitig befahl er aber seinen Soldaten, sich zu bewaffnen und bereit zu halten.

Die Späher beobachteten den Vormarsch der fremden Kolonne und berichteten laufend dem König. Alle Bewohner standen nun vor der Stadt, um die Fremden zu empfangen oder schlimmstenfalls, sie anzugreifen.

Die Königin erkannte Fara zuerst, freute sich und winkte der Karosse zu. »Das ist Fara!« rief sie, »unsere Tochter!« und lief ihr entgegen.

Fara stieg aus der Karosse und umarmte ihre ganze Familie. Nach einiger Zeit fragte die Mutter: »Mit wem bist du denn gekommen, mein Kind?«

Sie zeigte mit einem Lächeln auf Imilasotry. Ihre Eltern waren sprachlos, als sie in der königlichen Kleidung ihren Schwiegersohn erkannten.

»Seid nicht überrascht«, sagte Imilasotry, »ich bin es wirklich. Ich gebe Euch keine Schuld, wenn Ihr mich vorher nicht erkannt und nicht anerkannt habt, denn Ihr habt mich nur mit schmutziger und zerrissener Kleidung gesehen. Das war alles Absicht, denn ich wurde darauf aufmerksam gemacht, daß das Volk meines Vaters hungerte, und so wollte ich dessen Leid kennenlernen. Wie kann ich das Volk ermutigen, gegen Elend und Armut anzukämpfen, wenn ich selbst davon nichts kenne? Deswegen hatte ich mich entschlossen, auf alle materiellen Vorteile als Prinz zu verzichten, und Elend und Armut auf mich zu nehmen.«

König Ratsarafanahy und sein Volk hörten mit Erstaunen und Anerkennung die Rede Imilasotrys. Dann rief er das Volk zusammen und verkündete folgendes: »Hört! Hört, mein Volk! Ich habe keinen Sohn, dem ich den Thron übergeben könnte. Deswegen entscheide ich vor euch, meinem Volk, daß ich auf meinen Thron verzichte und ihn Imilasotry, meinem Schwiegersohn und unserem Lebensretter, übergebe.«

Das Volk stimmte dieser Entscheidung mit großem Jubel zu.

Imilasotry übernahm bald mit dem Segen seines Vaters, König Andriamitoemanana, das neue Königreich.

Später, erzählt man in der Umgebung von Fianarantsoa, wurden beide Reiche vereinigt, und Imilasotry regierte über das größte Reich weit und breit im Lande. Und so ging sein Name in die Geschichte ein.

(Madagaskar)

Wie der Tod in die Welt kam

*D*ie Erde, der Mond, die Sterne und die Sonne sind immer gewesen; aber der Tod war nicht immer in der Welt.

Vor langen, langen Jahren kamen zu den Menschen zwei Boten, die ihnen der große Geist geschickt hatte, dem Himmel und Erde gehören.

Es waren das Chamäleon und der Salamander.

Der große Geist hatte zu dem Chamäleon gesagt: »Gehe hin und sage den Bewohnern der Erde, sie sollen glücklich sein und ewig leben.«

Dem Salamander aber hatte er befohlen: »Eile zu den Menschen und sage ihnen, daß sie sterben müssen.«

Da machten sich diese Boten des Glückes und des Unglückes auf den Weg, um dem Befehle des großen Geistes zu gehorchen.

Ohne nach rechts oder links zu blicken, eilte der Salamander dahin, und als er zu den Menschen kam, sprach er: »Was seid Ihr so sorglos? Wißt Ihr nicht, daß Ihr sterben müßt?«

Da erschraken die Menschen sehr; denn nun lernten sie die Sorge und den Tod kennen.

Das Chamäleon aber war von seinem Wege abgekommen, hatte hier eine Fliege und dort ein Insekt gefangen, und als es sich seines

Auftrages erinnerte, war es spät geworden. Als es zu den Hütten der Menschen kam, fand es dort schon den Salamander vor und mit ihm die Sorge und den Tod.

(Südafrika)

Kholomodumo und das Ungeheuer

Vor uralten Zeiten war auf Erden ein riesiges Ungeheuer. Das hatte eine Zunge, die war eine Meile lang, und einen Schwanz, der reichte bis an das Ende der Erde. Sein Leib war geschuppt, wie der eines Krokodils, und sein Rachen war so schrecklich groß, daß es einen bespannten Ochsenwagen auf einmal verschlingen konnte. Das Scheusal hieß: ›Kholomodumo‹. Es kroch hierhin und dahin und fing mit der Riesenzunge Menschen und Tiere und führte sie so damit dem geöffneten Rachen zu. So lange fuhr es damit fort, bis alle Menschen samt ihrem Vieh und allen Haustieren verschlungen waren. Alle Städte und Dörfer waren zu Ruinen geworden, Schakale heulten darauf, und Schlangen hausten darin.

Nur eine Frau war übriggeblieben. Die hatte sich im Walde tief im Dickicht versteckt. Der Kholomodumo konnte sie auch nicht verfolgen, er hatte zu viel gefressen. Die Frau war schwanger. Nach einiger Zeit gebar sie einen Sohn, und als sie den Knaben besah, fand es sich, daß es ein Wunderkind war. Er hatte gleich den Mund voll Zähne und konnte vom ersten Tag an sprechen. Als der Knabe größer wurde, zeigte er sich voll Verstand und Heldenmut. Aus Eisen schmiedete er sich allerlei Werkzeuge, darunter auch starke Speere und ein großes, zweischneidiges, haarscharfes Messer. Täglich kämpfte er gegen die wilden Tiere und beschützte seine Mutter, auch die Löwen besiegte er, da er einen riesenstarken Arm hatte.

Er fürchtete sich vor nichts. Auf seinen Jagdzügen gelangte er auch zu den Ruinen der Menschenwohnungen. Heimgekommen, fragte er seine Mutter, wer da gewohnt habe. Da erzählte sie ihm von dem furchtbaren Unglück, das über die Erde gekommen war. Sie warnte ihn eindringlich, ja nicht dem Kholomodumo nahe zu kommen. Doch der Knabe brannte vor Begierde, mit dem Ungeheuer zu kämpfen. Endlich konnte ihn die Mutter nicht mehr halten, er zog aus, bewaffnet mit seinen Lanzen und seinem großen Messer und suchte den Kholomodumo.

Eines Tages fand er ein dickes schwarzes Etwas im Wege liegen, eine Meile lang. Es war die gefürchtete Zunge des Ungeheuers. Blitzschnell schwang er sein Messer und hieb sie mitten entzwei. Nun konnte ihn das Untier nicht mit der Zunge packen. Er ging weiter, da lag der Kholomodumo wie ein großer, langgestreckter Berg. Mit aufgesperrtem Rachen schnappte er nach ihm. Der Knabe aber sprang zur Seite und warf dem Untier eine Lanze ins Auge. Der Bauch des Untiers war von dem vielen Fressen dick aufgetrieben, daher konnte es sich nicht gleich schnell herumwenden. Er warf die zweite Lanze in das andere Auge. Da war das Ungeheuer blind. Nun stach er darauf los, immer in den Kopf hinein, bis der Tod den Rachen des Tieres schloß. Er betastete jetzt den Bauch, um zu sehen, wo er ihn aufschneiden könnte. Schließlich setzte er das Messer an, da hörte er drinnen ein Rind vor Schmerzen brüllen. Er stach an einer anderen Stelle hinein, da heulte ein Hund. Er probierte an einer dritten Stelle, da schrie ein Mensch: »Laß sein, du verwundest mich!«

Da wußte er nicht mehr, was er anfangen sollte. Schließlich dachte er: »Ach, wenn ich euch auch ein wenig verwunde, ich muß euch heraushelfen, ich kann euch doch nicht hier im Tode lassen.«

Gesagt, getan; er schnitt den Bauch der Länge nach auf, da kamen sie alle heraus, Menschen und Tiere. Nun strömten sie zurück in ihre verwüsteten Heimstätten und bauten sie wieder auf. Auch der Heldenknabe zog mit seiner Mutter zu ihnen. Eines Tages hielten die Menschen eine große Ratsversammlung. Die einen sagten: »Laßt uns den Knaben zum Könige machen.«

Die anderen aber sagten: »Er hat uns mit seinem großen Messer so arg verwundet, wir sind ihm noch gram. Auch ist er kein Mensch wie wir, er ist ein Hexenmeister, auf, laßt uns ihn töten!«

Die Mordbuben gewannen die Oberhand, sie überfielen den Knaben und schlugen ihn tot. Doch als er starb, verließ er die Erde und ging zu den Göttern, wo er König wurde.

(Botswana)

Von Namibia zum Tschad

Das Mädchen, das nichts behalten konnte

Es war einmal ein Dama-Mädchen, das hieß Herehere, Klippdachs. Eines Tages ging sie mit ihrer Freundin ins Veld, um etwas zu essen zu suchen. Aber sie fand nichts. Die Freundin jedoch grub einige Zwiebeln aus, und sie schenkte sie Herehere. Da lief Herehere damit in die Werft zurück und legte die Zwiebeln auf das Hüttendach ihrer Eltern. Dann lief sie wieder fort. Nach einer Weile bekam sie Hunger, kehrte zurück und wollte die Zwiebeln essen. Aber die Zwiebeln waren verschwunden. Da trat die Mutter aus der Hütte und fragte: »Suchst du die Zwiebeln, meine Tochter? Ja, die habe ich schon aufgegessen.« – »Oh, Mutter, ich bekam sie von meiner Freundin, und sie waren nur für mich!«

Da ging die Mutter in die Hütte zurück, und als sie wieder herauskam, hatte sie eine Ahle in der Hand, mit der sie gerade an den Schuhen arbeitete. »Da nimm diese Ahle, Herehere, für deine Zwiebeln!« Das Mädchen nahm die Ahle und lief damit in den Busch. Dort fand sie ihren Vater, wie er gerade dabei war, an einem Kameldornbaum nach Honig zu suchen. Er stocherte mit einem langen Dorn in einem Astloch und versuchte, auf diese mühsame Art in die Waben hineinzustoßen. »Sieh mal, Vater«, sagte das Mädchen, »hier habe ich eine Ahle. Sag, ob ich sie dir geben soll.« – »Ach, Herehere, tue das, mit ihr bekomme ich leichter die Waben los!« – Da gab sie ihm die Ahle, und er arbeitete erst sehr gut mit ihr. Aber dann brach die Ahle beim Stechen in das harte Holz. Das Mädchen hatte ein wenig zugesehen, doch dann wurde es ihr langweilig, und sie sagte: »Vater, gib mir die Ahle wieder, ich will jetzt fort.« – »Aber Herehere, die Ahle ist ja zerbrochen!« – »So, und was hab ich jetzt? Von der Mutter bekam ich die Ahle doch für die Zwiebeln.«

»Da, nimm hier den Honig«, sprach der Vater und gab ihr ein paar Wabenstücke. Mit denen lief sie davon. Da kam sie auf eine schöne Weide. Dort standen fette Kühe, und die Wächter saßen im Gras und sahen ihnen zu und tranken Milch aus einer Kalebasse. – »Oh, ihr Jungen«, rief Herehere, »wenn ihr Honig haben wollt, so fragt mich danach; ich habe welchen!« Da lachten die Männer und sagten: »So gib ihn uns!« Das Mädchen gab ihnen den Honig und sah zu, wie sie ihn aßen. Dann aber bekam sie es mit der Angst und schrie: »Nun ist der Honig weg! Und ich bekam ihn doch von meinem Vater für die Ahle, die ich von meiner Mutter für die Zwiebeln bekam!«

Da gaben die Wächter ihr als Entgelt eine Kalebasse voller Milch, und das Mädchen lief damit weiter. Bald traf sie im Veld auf eine alte Frau, die kratzte in der Erde nach Zwiebeln. Das Mädchen trat zu ihr: »Sag, Großmutter, willst du nicht lieber Milch aus meiner Kalebasse?« – »Aber ja«, sagte die alte Frau. Sie nahm die Kalebasse und trank die Milch. Und als sie alle ausgetrunken hatte, rief das Mädchen: »Oh, meine Milch! Ich bekam sie doch von den Wächtern für den Honig, den ich von meinem Vater für die Ahle bekam, die ich von meiner Mutter für die Zwiebeln bekam!«

»So nimm denn diese Körner für deine Milch«, sprach die alte Frau und gab ihr einen Beutel voll Körner. Da lief Herehere damit weiter, und als es Abend geworden war, kam sie in einen Kameldornwald. Da sah sie Perlhühner, die am Boden nach Körnern pickten. »Die Körner, die ihr da findet, sind sicher nicht so gut wie die meinen hier im Beutel!« rief das Mädchen. Die Perlhühner meinten das auch, und sie machten sich über die Kost her, die das Mädchen ihnen streute. Doch als das letzte Korn aufgepickt war, wollte Herehere die Körner zurückhaben: »Oh, meine schönen Körner, die ich von der alten Frau bekam für die Milch, die ich von den Wächtern bekam für den Honig, den ich von meinem Vater bekam für die Ahle, die ich von meiner Mutter für die Zwiebeln bekam!«

Die Perlhühner hörten sich das schweigend an. Dann flogen sie alle zusammen auf, aber dabei fielen Federn von ihnen herunter, viele, viele Federn, und das Mädchen sammelte sie auf. Am andern Morgen kam es auf eine Schafweide, und es sah, wie sich die Hirten damit die Zeit vertrieben, Pfeile in die Luft zu schießen. Sie hatten die Pfeile am Schaft mit Schafwolle umwickelt. »Meint ihr nicht«, rief Herehere, »daß eure Pfeile viel besser fliegen würden, wenn ihr meine schönen

Federchen daran befestigt?« Die Jungen stimmten freudig zu, und das Mädchen setzte sich ins Gras und beobachtete, wie die Jungen mit den befiederten Pfeilen schossen. Dann aber wollte sie die Federn wiederhaben und weitergehen. »Was«, riefen die Hirten, »die sollen wir dir wiedergeben? Nein, das geht nicht!« – »Aber das sind doch die Federn, die ich von den Perlhühnern bekam für die Körner, die ich von der alten Frau bekam für die Milch, die ich von den Wächtern bekam für den Honig, den ich von meinem Vater bekam für die Ahle, die ich von meiner Mutter für die Zwiebeln bekam!«

Da gaben sie dem Mädchen einen Topf voll mit Schafmilch dafür. Sie ging damit weiter ins Veld hinein. Da kam sie zu einer verlassenen Werft mit eingefallenen Hütten und trockenen Gärten. Nur ein Hund war da. Herehere rief ihn heran und befahl ihm, Steine zu holen, damit sie darauf den Milchtopf setzen und darunter Feuer machen könne. Aber der Hund gehorchte nicht. Da ging das Mädchen selbst ein paar Steine suchen, und als sie damit zurückkehrte, hatte der Hund inzwischen all ihre Milch ausgetrunken. »Du hast die Milch getrunken«, rief sie zornig, »die ich von den Schafhirten für die Federn bekam, die ich von den Perlhühnern bekam für die Körner, die ich von der alten Frau bekam für die Milch, die ich von den Wächtern bekam für den Honig, den ich von meinem Vater bekam für die Ahle, die ich von meiner Mutter für die Zwiebeln bekam!«

Da wurde der Hund böse und rannte davon, und das Mädchen rannte hinter ihm her. So kamen sie an einen Fluß, der voll Wasser war. Der Hund sprang hinein, und das Mädchen sprang ihm nach. Aber während er am andern Ufer wieder in die Höhe kletterte und dann hinter einem Berg verschwand, sank das Mädchen immer tiefer in das Wasser und ertrank.

(Namibia)

Der Sohn des Kimanaueze
und die Tochter von Sonne und Mond

*I*ch erzählte schon öfter von Kimanaueze. Der zeugte einen Sohn. Das Kind wuchs heran und kam in das heiratsfähige Alter. Da sagte sein Vater: »Heirate!«

»Ich will keine Frau von dieser Erde heiraten.«

»Von woher willst du sie denn heiraten?«

»Nun, es müßte schon die Tochter von Frau Sonne und Herrn Mond sein.«

Die Leute sagten: »Wer kann aber an den Himmel kommen, wo die Tochter von Sonne und Mond ist?«

»Ich will sie nun aber einmal, auf der Erde heirate ich nicht.«

Er schrieb einen Heiratsbrief und gab ihn der Antilope. Die Antilope sagte: »Ich kann nicht an den Himmel gehen.«

Er gab ihn dem Habicht. Der Habicht sagte: »Ich kann nicht an den Himmel gehen.«

Er gab ihn dem Geier. Der Geier sagte: »Halbwegs erreiche ich ihn; ganz kann ich nicht an den Himmel kommen.«

Da sagte der junge Mann: »Was soll ich tun?«

Er legte ihn beiseite in ein Kästchen und verhielt sich ruhig.

Die Leute von Frau Sonne und dem Mond pflegten zum Wasserholen auf die Erde zu kommen. Da kam der Frosch. Er traf den Sohn des Kimanaueze und sagte: »Junger Herr, gib mir den Brief, ich besorge ihn.«

Da sagte der junge Mann: »Scher dich! Denn, wo Leute mit Flügeln es aufgeben, da sagst du: Ich will dahin gehen? Wie kannst du dahin gelangen?«

»Junger Herr, ich bin dazu imstande.«

Da gab er ihm den Brief, indem er sagte: »Wenn du nun aber nicht dahin gelangst und wieder damit zurückkommst, dann werde ich dir eine Tracht Prügel geben.«

Der Frosch ging ab. Er ging an die Quelle, zu der die Mägde von Sonne und Mond gewohnt waren, zum Wasserschöpfen zu kommen.

Er nahm den Brief in den Mund, stieg hinein in die Quelle und verhielt sich ruhig. Nach einer Weile kamen die Mägde von Frau Sonne und Herrn Mond, um Wasser zu holen. Sie ließen einen Krug in die Quelle hinab; der Frosch stieg hinein in den Krug.

Als sie Wasser geschöpft hatten, hoben sie den Krug hoch. Sie wußten nicht, daß der Frosch hineingestiegen war. Dann kommen sie im Himmel an, setzen die Krüge an ihre Plätze und gehen weg. Der Frosch kommt heraus aus dem Krug. In dem Raum, in dem die Krüge mit Wasser aufbewahrt werden, befindet sich auch ein Tisch. Der Frosch spuckt den Brief aus und legt ihn an das obere Ende des Tisches. Dann geht er weg und verbirgt sich in einer Ecke des Zimmers.

Nach einer Weile kommt Frau Sonne selbst in den Wasserraum, schaut auf den Tisch, erblickt den Brief, nimmt ihn und fragt: »Woher kommt der Brief?«

»Wir wissen es nicht.«

Frau Sonne öffnet ihn und liest ihn. Der Schreiber sagte: »Ich, der Sohn des Kimanaueze von Tumba Ndala auf der Erde, möchte die Tochter von Frau Sonne und dem Mond heiraten.«

Frau Sonne denkt und sagt bei sich: »Kimanaueze lebt auf der Erde, ich aber lebe im Himmel, wo ist denn der, der mir den Brief gebracht hat?«

Sie tut den Brief in ein Kästchen und verhält sich ruhig.

Als nun Frau Sonne den Brief gelesen hat, steigt der Frosch wieder in den Krug. Nach einer Weile sind die Krüge leer, die Wassermädchen nehmen die Krüge auf und gehen damit zur Erde nieder. Sie kommen zur Quelle, tauchen die Krüge ins Wasser, der Frosch steigt heraus, geht unter Wasser und verbirgt sich. Als die Mädchen mit Schöpfen fertig sind, gehen sie fort.

Der Frosch steigt aus dem Wasser, geht ins Dorf und verhält sich ruhig. Als einige Tage vergangen sind, fragt der Sohn des Kimanaueze den Frosch: »Na, Bursche, wohin bist du nun mit dem Brief gewesen, was?«

»Herr, den Brief lieferte ich ab, ich habe nur noch keine Antwort.«

»Mensch, du lügst, du bist nicht dort gewesen.«

»Herr, du wirst sehen, wo ich gewesen bin.«

Sechs Tage vergingen; dann schrieb der Sohn des Kimanaueze noch einen Brief, in dem er sich nach dem erstgeschriebenen erkundigte, er sagte: »Ich schrieb Euch, Frau Sonne und Herr Mond, mein Brief ging ab, aber eine Antwort von Euch bekam ich nicht, in der Ihr sagt, entweder ›wir nehmen dich an‹ oder ›wir lehnen dich ab‹.«

Er beendet den Brief und schließt ihn. Dann ruft er den Frosch und gibt ihn ihm. Der Frosch geht ab und kommt an die Quelle. Er nimmt den Brief ins Maul, steigt ins Wasser und duckt sich auf den Grund der Quelle.

Nach einer Weile kommen die Wassermädchen hernieder und gelangen an die Quelle. Sie tauchen die Krüge ins Wasser, der Frosch steigt in einen Krug. Sie sind fertig mit Füllen und heben sie heraus. Sie steigen an dem Faden, den die Spinne wob, empor. Sie kommen im Himmel an; sie treten ins Haus. Sie setzen die Krüge nieder und gehen. Der Frosch steigt aus dem Krug und spuckt den Brief aus. Er legt ihn auf den Tisch und versteckt sich in einer Ecke. Nach einer Weile geht Frau Sonne durch das Zimmer, wo das Wasser steht. Sie blickt auf den Tisch, da ist ein Brief. Sie öffnet ihn, liest ihn, im Briefe steht: »Ich, der Sohn des Kimanaueze von Tumba Ndala, möchte mich bei Dir, Frau Sonne, nach meinem vorigen Brief erkundigen. Du ließest mir überhaupt keine Antwort zuteil werden.«

Frau Sonne sagt: »Ihr Mädchen, bringt ihr immer Briefe mit, wenn ihr zum Wasserholen geht?«

»Wir? Nein.«

Frau Sonne hegt Zweifel. Sie legt den Brief in eine Schachtel und schreibt dann folgendes an den Sohn des Kimanaueze: »Du, der Du mir immer Heiratsbriefe schreibst, ich bewillige Dir meine Tochter, unter der Bedingung, daß Du, der Mann, in eigener Person hierherkommst mit Deinem Erstgeschenk, damit ich Dich auch kennenlerne.«

Sie schrieb den Brief fertig, faltete ihn, legte ihn auf den Tisch und ging weg. Der Frosch kommt aus seiner Ecke heraus, nimmt den Brief, steckt ihn in den Mund, steigt in einen Krug und verhält sich ruhig.

Nach einer Weile sind die Krüge leer. Die Mädchen kommen und heben die Krüge auf. Am Faden der Spinne lassen sie sich auf die Erde nieder. Sie kommen an die Quelle, tauchen die Krüge ins Wasser, der Frosch steigt heraus aus dem Krug und geht auf den Grund der Quelle. Als die Mädchen fertig sind mit Schöpfen, steigen sie empor.

Der Frosch geht ans Ufer, kommt im Dorf an und verhält sich ruhig.

Als der Abend kommt, sagt er: »Jetzt werde ich den Brief hinbringen.«

Er spuckt ihn aus, kommt an beim Hause des Sohnes von Kimanaueze und klopft an die Tür; der Sohn des Kimanaueze fragt: »Wer ist da?«

Der Frosch sagt: »Ich bin's, Mainu, der Frosch.«

Der Sohn des Kimanaueze springt auf vom Bett, auf dem er geruht hat, und sagt: »Tritt ein!«

Der Frosch kommt, überreicht ihm den Brief und geht hinaus. Der Sohn des Kimanaueze öffnet ihn und liest ihn. Was Frau Sonne ihm verkündigt, gefällt ihm; er sagt: »Frosch, es war also doch wahr, als du sagtest: ›Du wirst sehen, wo ich gewesen bin.‹«

Er sann nach, dann schlief er.

Am andern Morgen nahm er vierzig Taler und schrieb einen Brief, in dem er sagte: »Jetzt bleibt mir nur noch das Werbungsgeschenk übrig. Ich bitte Euch, mir die Höhe des Werbungsgeschenkes mitzuteilen.«

Er beendet den Brief, ruft Mainu, den Frosch. Der kommt, dann gibt er ihm den Brief und das Geld und sagt: »Trag es hin!«

Der Frosch geht weg, kommt an die Quelle, läßt sich hinab ins Wasser und verhält sich ruhig. Nach einer Weile kommen die Mädchen und tauchen die Krüge in das Wasser; der Frosch steigt in den Krug. Als die Mädchen die Krüge gefüllt haben, nehmen sie sie heraus, steigen an dem Spinnenfaden in die Höhe, kommen in dem Wasserraum an, setzen die Krüge nieder und gehen.

Der Frosch steigt aus dem Krug heraus, legt den Brief auf den Tisch und das Geld, geht weg und versteckt sich in einer Ecke. Nach einer Weile kommt Frau Sonne in den Wasserraum, findet den Brief auf dem Tisch, nimmt ihn und das Geld und liest ihn. Sie erzählt ihrem Mann die Nachricht, die von ihrem Schwiegersohn gekommen ist; ihr Mann stimmt ihr bei. Frau Sonne sagt: »Ich kenne den nicht, der den Brief gebracht hat, wie soll die Speise für ihn gekocht werden?«

»Wir werden es irgendwie kochen und auf den Tisch stellen, wo sonst die Briefe lagen.«

»Recht so!«

Sie töten ein Huhn und kochen es. Als es Abend wird, kochen sie Maisbrei. Sie setzen die Speisen auf den Tisch und machen die Tür zu. Der Frosch kommt an den Tisch, er ißt die Speisen, geht in eine Ecke und verhält sich ruhig.

Frau Sonne schreibt einen Brief, in dem sie sagt: »Mein lieber Schwiegersohn, das Erstgeschenk, das Du mir geschickt hast, habe ich erhalten. Die Höhe des Werbungsgeschenkes beläuft sich auf einen Sack voll Geld.«

Sie beendet den Brief, legt ihn auf den Tisch und geht weg. Der Frosch kommt aus der Ecke hervor, nimmt den Brief, steigt in den Krug und schläft.

Am nächsten Morgen nehmen die Mädchen die Krüge; sie steigen auf die Erde nieder, kommen an die Quelle und tauchen die Krüge ins Wasser. Der Frosch steigt heraus aus dem Krug. Als die Mädchen mit Schöpfen fertig sind, gehen sie wieder aufwärts.

Der Frosch kommt heraus aus dem Wasser und geht ins Dorf. Er tritt in das Haus und wartet. Die Sonne ist untergegangen, der Abend hereingebrochen, und er sagt: »Jetzt will ich den Brief hinbringen.«

Er geht fort, gelangt an das Haus des Sohnes von Kimanaueze. Er klopft an die Tür, der Sohn des Kimanaueze ruft: »Wer da?«

»Ich bin's, Mainu, der Frosch.«

»Tritt ein!«

Der Frosch geht hinein, gibt ihm den Brief und geht wieder hinaus. Der Sohn des Kimanaueze öffnet den Brief und liest ihn, dann legt er ihn beiseite.

Sechs Tage brauchte er, dann war der Sack voll Geld fertig.

Er ruft den Frosch, der Frosch kommt. Der Sohn des Kimanaueze schreibt folgenden Brief: »Meine lieben Schwiegereltern, hier ist das Werbungsgeschenk, und bald werde ich selbst kommen, um mein Weib heimzuholen.«

Den Brief gab er dem Frosch mit dem Geld.

Der Frosch geht. Er kommt an die Quelle, taucht unter Wasser und versteckt sich. Nach einer Weile steigen die Wassermädchen hernieder, kommen an die Quelle, tauchen ihre Krüge ins Wasser, und der Frosch steigt in einen Krug. Als sie fertig geschöpft haben, heben sie sie heraus. Sie steigen am Spinnenfaden empor und kommen im Himmel an. Im Wasserraum setzen sie die Krüge nieder und gehen hinaus. Der Frosch steigt aus dem Krug, legt den Brief und das Geld auf den Tisch, geht in eine Ecke und versteckt sich. Frau Sonne kommt in den Wasserraum, findet den Brief und das Geld. Sie nimmt beides, zeigt das Geld dem Mond, und der Mond sagt: »Sehr schön.«

Sie nehmen ein junges Schwein und töten es. Als sie das Essen gekocht haben, setzen sie es auf den Tisch und machen die Tür zu. Der Frosch kommt zum Essen und ißt es auf. Als er fertig ist, steigt er in den Krug und schläft.

Am andern Morgen nehmen die Wassermädchen die Krüge auf und gehen zur Erde nieder. Als sie bei der Quelle ankommen, tauchen sie die Krüge ins Wasser. Der Frosch steigt aus dem Krug und versteckt sich. Als sie fertig mit Schöpfen sind, gehen sie himmelan. Der Frosch geht an Land, kommt ins Dorf, geht ins Haus, verhält sich ruhig und schläft.

Am nächsten Morgen spricht er zum Sohn des Kimanaueze also: »Junger Herr, ich gab denen das Werbungsgeschenk, bei denen ich war, sie haben es erhalten. Sie haben mir ein junges Schwein gekocht, ich aß es. Nun mußt du selbst den Tag bestimmen, an dem du sie heimholen willst.«

Der Sohn des Kimanaueze sagt: »Es ist gut.«

So lebten sie zehn Tage und noch zwei.

Der Sohn des Kimanaueze sagt: »Ich brauche jemand, der mir die Braut heimführt, aber ich finde niemand. Sie sagen: ›Wir können nicht an den Himmel gehen.‹ Was soll ich nun machen, Frosch?«

»Junger Herr, sei unbesorgt, ich bin dazu imstande, sie heimzuholen.«

»Das kannst du nicht; die Briefe hast du allerdings besorgen können, aber sie mir zuführen kannst du nicht.«

»Junger Herr, beruhige dich, quäle dich nicht unnütz. Ich bin wirklich dazu imstande, sie heimzuführen; verachte mich nicht.«

»Versuchen wir's mit dir.«

Er nimmt Lebensmittel und gibt sie dem Frosch.

Der Frosch geht. Er kommt an die Quelle. Er taucht ins Wasser und versteckt sich. Nach einer Weile kommen die Wassermädchen hernieder, sie kommen an die Quelle, tauchen ihre Krüge ins Wasser, und der Frosch steigt hinein. Als sie geschöpft haben, gehen sie himmelan. Sie kommen in den Wasserraum, setzen die Krüge nieder und gehen fort. Der Frosch kommt aus dem Krug heraus, versteckt sich in einer Ecke. Die Sonne geht unter. Abends spät geht der Frosch aus dem Wasserraum heraus und sucht das Zimmer, in dem die Tochter der Frau Sonne schläft. Er findet sie schlafend. Er nimmt ihr ein Auge heraus, dann nimmt er auch das andere heraus. Er bindet die Augen in ein Tuch, kommt wieder in den Wasserraum in seine Ecke, verbirgt sich und schläft.

Am nächsten Morgen stehen alle auf. Nur die Tochter der Frau Sonne kann nicht aufstehen. Sie fragen sie: »Stehst du nicht auf?«

»Meine Augen sind geschlossen, ich kann nicht sehen.«

Ihre Eltern sagen: »Was mag die Ursache sein, gestern klagte sie doch noch nicht.«

Da schickte Frau Sonne zwei Boten ab und sagte ihnen: »Geht zum Wahrsager, damit er wahrsagt über meines Kindes kranke Augen.«

Sie gehen fort und kommen zu den Wahrsagern. Sie unterbreiten ihnen die Sache, die Wahrsager nehmen die Zauberwürfel heraus. Die Leute, die den Wahrsager befragten, sagten ihm nichts von der Krankheit, sie sagten nur: »Wir sind gekommen, daß du uns wahrsagst.«

Der Wahrsager blickt in die Zauberwürfel und sagt: »Krankheit hat euch zu mir geführt. Die, die krank ist, ist eine Frau, ihre Krankheit sind ihre Augen. Ihr seid geschickt worden und nicht aus eigenem Antrieb gekommen. Ich habe gesprochen.«

Die zu dem Wahrsager gekommen waren, sagten: »Das ist wahr! Siehe nun nach der Ursache des Leidens.«

Der Wahrsager sieht hinein und sagt: »Sie, die kranke Frau, ist noch nicht verheiratet, sie ist nur erst erwählt. Ihr Gebieter, der um sie angehalten hat, sendet den Zauberspruch, indem er sagt: ›Laßt meine Frau kommen, wenn sie nicht kommt, wird sie sterben.‹ Ihr, die ihr zum Wahrsagen kamt, bringt sie zu ihrem Gatten, damit sie entkomme. Ich habe gesprochen.«

Die Männer stimmen zu, gehen aufwärts. Sie finden Frau Sonne und überbringen ihr die Worte des Wahrsagers. Frau Sonne sagt: »Gut so, wir wollen schlafen, und morgen kann sie auf die Erde herniedergebracht werden.«

Der Frosch, der in seiner Ecke sitzt, hört alles, was sie sagen. Sie schlafen.

Am andern Morgen steigt der Frosch in den Krug, die Wasserträgerinnen kommen und nehmen die Krüge auf. Sie steigen zur Erde nieder und erreichen die Quelle. Sie tauchten ihre Krüge ins Wasser. Der Frosch kommt heraus und versteckt sich am Grunde. Die Wasserträgerinnen steigen hinauf. Frau Sonne sagt zur Spinne: »Spinne ein großes Gewebe bis zur Erde nieder, denn heute soll meine Tochter mit auf die Erde genommen werden.«

Die Spinne spinnt und wird fertig. Darüber vergeht Zeit.

Der Frosch steigt aus der Quelle heraus, geht ins Dorf. Er findet den Sohn des Kimanaueze und sagt: »Oh, junger Herr, heute kommt deine Braut.«

»Scher dich, Lügner!«

»Herr, glaub es mir, heute abend spät bring ich sie zu dir.«

Sie schwiegen:

Der Frosch geht zurück zur Quelle und steigt ins Wasser. Er bleibt ganz still. Die Sonne geht unter. Sie bringen die Tochter der Frau Sonne zur Erde nieder, setzen sie bei der Quelle ab und gehen wieder empor. Der Frosch kommt zum Vorschein und sagt zu der jungen Frau: »Ich bin dein Führer und will dich hinbringen zu deinem Gebieter.«

Der Frosch gibt ihr ihre Augen wieder, sie machen sich auf den Weg. Sie betreten das Haus des Sohnes von Kimanaueze. Der Frosch sagt: »Oh, junger Herr, hier ist deine Braut.«

»Sei willkommen, Mainu, mein Frosch!«

So heiratete der Sohn des Kimanaueze die Tochter von Frau Sonne und vom Mond; sie lebten mitsammen. Alle hatten es aufgegeben, an den Himmel zu gehen, nur Mainu, der Frosch, hat es fertiggebracht.

Ich habe meine kleine Geschichte erzählt. Ende!

(Angola)

Jintalmas Verwandlung

Es war einmal ein Mädchen, Jintalma mit Namen, das hatte viele
Bewerber. Die übrigen Mädchen aber hatten keine jungen Verehrer.
So ging es lange Zeit, bis eines Tages ihre Nachbarinnen beschlossen,
mit ihr und den jungen Männern baden zu gehen. Jintalma aber sagte:
»Ich kann nicht, denn meine Mutter ist auf das Feld gegangen.« Als sie
sie überreden wollten, sagte sie: »Ich muß zuerst für meine Mutter das
Mehl mahlen!« Sie nahm die Hirse und zerrieb sie zu Mehl. – »Ich
muß doch zuerst für meine Mutter das Essen zubereiten!« Sie kochte
darauf für ihre Mutter und machte auch eine Hirsepaste dazu. Nun
drängten die anderen aber und sagten: »Jetzt laß uns doch endlich
gehen!« – »Nein, ich muß meiner Mutter zuerst noch die Erdnüsse
rösten!« Und sie röstete die Erdnüsse. Wieder drängten die anderen
Mädchen. Doch sie bestand darauf, für ihre Mutter zuerst auch noch
die Erderbsen und den Sesam zu rösten. Alles, was sie für ihre Mutter
tun konnte, machte sie erst einmal fertig. Darauf nahm sie die Soriyo-
Körner und schüttete sie aus; die anderen sammelten sie wieder auf.
Sie schüttete auch den Sesam aus, und auch den sammelten die anderen auf; ebenso geschah es mit der Hirse und mit allem anderen, das
im Hause war. Dann sprach sie: »Jetzt muß ich meiner Mutter auch
noch die Pfeife anzünden!« Als sie aber das auch noch getan hatte,
brachen sie endlich auf. Sie blieben lange Zeit am Wasser und badeten
nach Herzenslust. Während alle anderen jemanden bei sich hatten,
war Jintalma ganz allein gekommen.

Bevor sie wieder nach Hause zurückkehrten – sie waren schon auf
dem Heimweg –, sollte jede nochmals in einen tiefen Wassertümpel,
der am Weg lag, springen. Es hatte ja jede jemanden zur Seite, der ihr
wieder heraushelfen konnte. Nur Jintalma war ganz ohne Hilfe. Als sie
hineinsprang, kam sie nicht wieder heraus; niemand reichte ihr die
Hand. Sofort stürzten sich die Ungeheuer auf sie und verschlangen sie.
Sie starb und verwandelte sich in einen Fisch. Darüber waren die Leute
sehr bestürzt, sie zogen den Margai zu Rate und fingen an, mit dem
Netz die Fische zu fangen. Sie fingen sie auch tatsächlich, doch sprang

sie immer wieder zurück ins Wasser. Erst als ihre Eltern zum Wasser kamen, ging das verzauberte Fischlein freiwillig in das Netz seines Vaters. Als man es anfassen wollte, fing es an zu singen:

>»Papa, faß mich mit zarter Hand nur an,
> denn dieser Fisch bin ich, Jintalma, deine Tochter,
> Du und ich sind ans Ufer des Wassers gekommen,
> wer denn ist sonst noch da?
> Ach, bin ich müde, so müde!«

Da riefen die Leute: »Was soll das? Ein Fisch, der sprechen kann? Schmeißt ihn weg!« Sie packten ihn hart an und warfen ihn auf den Boden. Als sie sich an das Zerlegen machen wollten, fing das Fischlein wieder an zu singen:

>»Papa, schneide mit zarter Hand,
> denn dieser Fisch bin ich, Jintalma, deine Tochter,
> Du und ich sind ans Ufer des Wassers gekommen,
> wer denn ist sonst noch da?
> Ach, bin ich müde, so müde!«

Da sprach er: »Was soll das? Ein Fisch, der sprechen kann? Schneidet nur ordentlich drauf los!« Die einzelnen Stücke wurden auf die Fischer verteilt; dann ging man nach Hause. Da fing es wieder zu singen an:

>»Mama, faß mich mit zarter Hand nur an,
> denn dieser Fisch bin ich, Jintalma, deine Tochter,
> Du und ich sind ans Ufer des Wassers gekommen,
> wer denn ist sonst noch da?
> Ach, bin ich müde, so müde!«

Doch die Mutter sprach: »Was soll ich mit sprechenden Fischen? Ich will es fein säubern und dann in den Kochtopf stecken!« Sie tat es in den Topf.

Da fing es wieder an zu singen:

>»Meine Mutter, koch mich nur ganz leicht, ganz leicht,
> denn dieser Fisch bin ich, Jintalma, deine Tochter,
> Du und ich sind ans Ufer des Wassers gekommen,
> wer denn ist sonst noch da?
> Ach, bin ich müde, so müde!«

Ihr Vater aber sprach: »Was soll das, sprechende Fische? So etwas habe ich noch nie gehört. Geht nur richtig ran und zerteilt den Fisch wie gewohnt!« So wurde er unter den Familienmitgliedern aufgeteilt. Ein Junge sagte dann: »Mama, laß uns davon zuerst Großmutter geben, ich kann sonst nicht essen!« So brachte man also der Großmutter ein Stück davon, und als diese zu essen anfangen wollte, sang es wieder mit vernehmlicher Stimme:

> »Meine Großmutter, iß mich nur ganz behutsam,
> denn dieser Fisch bin ich, Jintalma,
> deine Enkeltochter,
> wozu bist du gegangen?
> Ich bin ans Ufer des Wassers gekommen,
> wer ist denn da?
> Ach, bin ich müde, so müde!«

Dann spricht das Fischlein: »Setz mich doch in das größere Gefäß!« Das tat die Großmutter denn auch: das Gefäß wurde bis zum Rande voll. Als sie das sah, steckte sie den Fisch in ein noch größeres Gefäß; doch auch dieses füllte sich schnell bis oben hin. Schließlich schüttete sie das Ganze noch einmal um in einen großen Wassertopf. Als sie diesen dann am anderen Morgen öffnet, findet sie ein junges Mädchen darin. »Wo kommst du denn her?« fragt sie es überrascht. Nun erklärt ihr das Mädchen alles, was geschehen sei: daß eine Schar Mädchen aus der Nachbarschaft zu ihr gekommen ist, daß sie alle zusammen aufbrechen wollten, sie aber erst alle Pflichten im Hause getan hätte; daß sie sie dann aber beim Baden untergetaucht hätten – sie sei ja ganz ohne Hilfe gewesen –, daß sie sie dann verlassen hätten; daß schließlich ihr Vater sie herausgefischt habe. Und sie fuhr fort mit dem Erzählen: »Ich redete ihn an, doch er sagte darauf: ›Schneidet nur ordentlich drauf los! Sprechende Fische kenn ich nicht!‹ Zu meiner Mutter sagte ich, als man mich ihr brachte: ›Leg mich behutsam hin!‹; doch sie befahl, daß man ein mächtiges Feuer entzünden sollte, und sprach auch, daß sie noch nie von Fischen, die sprechen könnten, gehört hätte. Einzig und allein mein Bruder bestand darauf, daß man mich dir geben sollte; und nur dadurch bin ich wieder ich selbst geworden.« – »So kam das also?« – »Ja, liebe Großmutter, so war es.«

Von diesem Tage an ging das Mädchen wieder seinen täglichen

Pflichten nach. Auf dem Weg zum Brunnen kam sie am Gehöft ihrer Eltern vorbei; ihr Vater war gerade am Zaunflechten. Sie grüßte ihn und sprach: »Du bist also bei der Zaunflechtarbeit?« – »Ja, so ist es.« – »Wo bist du denn zu Hause? Und wie geht es dir?« – »Danke, gut.« Als er sie drei Tage lang beobachtet hatte, ging er in das Haus seiner Schwiegermutter und spricht: »Guten Tag! Darf ich eintreten?« – »Willkommen!« – »Geht es euch gut?« Als er lange gewartet hat, steht er wieder auf und kehrt nach Hause zurück. Nach dem dritten Mal spricht er seinen Wunsch aus: »Ich komme, weil ich mich mit dem Mädchen in eurem Gehöft unterhalten möchte.« Darauf fragt die Schwiegermutter: »Wen meinst du denn?« – »Nun, das junge hübsche Mädchen, das ihr in eurem Haus habt.« – »Ach! Du meinst die?« – »Ja, doch!« Darauf ruft sie das Mädchen und sagt: »Komm heraus! Ein Bewerber ist gekommen und möchte mit dir plaudern.« Da ergreift das Mädchen einen Stock, kommt heraus und sagt zu ihrem Vater: »Papa, weißt du noch, daß ich dich gebeten hatte, du möchtest mich behutsam anfassen, mich, deine Jintalma? Doch du hast mitleidlos zuschlagen und schneiden lassen, oder etwa nicht?« Darauf versetzt sie ihm einen kräftigen Schlag mit dem Stock. Da springt er auf und läuft eilends nach Hause. Zu seiner Frau sagt er: »Du, ich habe Jintalma wiedergefunden!« – »Ach! Wo denn?« – »Bei deiner Mutter!«

Sogleich am anderen Morgen, noch vor Sonnenaufgang, brachen sie auf und gingen hin zum Gehöft der Schwiegermutter. Da fragten sie die Tochter: »Woher bist du nur wieder zu uns gekommen?« Nun erzählte sie ihnen, was sich zugetragen hatte; sie sagte: »Ihr habt mich ja nicht angenommen! Nur dadurch, daß ihr von der Speise an meine Großmutter abgegeben habt, bin ich gerettet worden.« Da weinten die Eltern bitterlich vor Schmerz und Freude darüber, daß sie ihre Tochter wieder hatten.

(Tschad)

Von Nigeria nach Tunesien

Oni und der große Vogel

Es lebte einmal ein seltsamer Junge, Oni wurde er genannt. Schon als er auf die Welt kam, trug er Schuhe an den Füßen, und solange er wuchs, wuchsen die Schuhe mit. Als Oni achtzehn Jahre alt geworden war, brach zwischen seinem Volk und dem Volk aus einem anderen Dorf ein Krieg aus. Während des Kampfes entdeckte Oni noch etwas, das ihn von seinen Mitmenschen unterschied. Obwohl viele feindliche Pfeile ihn durchbohrten, blieb er am Leben. Er war nicht verwundbar! Den anderen jungen Männern fiel das auch auf. Hatten sie Oni schon wegen seiner wunderbaren Schuhe merkwürdig angesehen, fürchteten sie sich jetzt sogar, in seiner Nähe zu sein. Nachdem im Dorf wieder Ruhe eingekehrt war, versuchte man mit verschiedenen Mitteln, ihn zu töten. Und als keines der Mittel die erhoffte Wirkung hatte, suchte man einen Vorwand, um ihn zu verbannen. Oni wurde beschuldigt, ein Haus im Dorf angezündet zu haben, und obwohl er mit dem Feuer nichts zu tun hatte, befand man ihn für schuldig und verbannte ihn.

Oni wanderte lange allein umher. Eines Nachmittags fand er am Ufer eines breiten Flusses einen leeren Kahn. Müde vom Laufen, legte er sich hinein und ließ sich stromabwärts treiben. Gegen Abend, als es langsam dunkel wurde, hatte er eine Stadt erreicht und beschloß, ans Ufer zu rudern, um dort die Nacht zu verbringen. Da hörte er Glokkengeläut und sah viele Menschen, die es sehr eilig zu haben schienen. Oni machte den Kahn am Ufer fest und ging an Land. Er traf einen alten Mann und fragte ihn: »Guten Abend, Freund, mein Name ist Oni. Ich bin fremd in eurer Stadt und weiß nicht, wo ich die Nacht zubringen soll. Kann ich mit in dein Haus kommen?« – »Ja, natürlich, das darfst du. Aber wir müssen uns beeilen, die Glocken läuten, und es dunkelt bereits!« – »Wie heißt die Stadt, und warum läuten bei euch am Abend die Glocken?« wollte Oni wissen. »Die Leute nennen den Ort Ajo, aber lauf schneller, wir müssen ins Haus gelangen. Das Läuten erkläre ich dir, wenn wir drin sind«, antwortete der alte Mann.

Als sie zum Haus des Alten kamen, erwarteten seine Leute ihn schon ängstlich an der Tür. Kaum hörte das Läuten auf, rannten alle hinein, und das Haus wurde fest verschlossen. »Nun«, wandte sich der alte Mann an Oni, »setz dich und iß mit uns, ich will dir alles erzählen. Seit vielen Jahren schon überfällt uns, das Volk von Ajo, ein riesiger Adler. Wir nennen ihn Anodo. Er erscheint immer bei Anbruch der Dunkelheit und bleibt, bis es zu dämmern beginnt. Jeder, der unglücklich genug ist, in dieser Zeit kein Dach über dem Kopf zu haben, wird unweigerlich ein Opfer Anodos. Du kannst dich glücklich preisen, junger Mann, daß du noch vor dem Dunkelwerden in Ajo eingetroffen bist. Unser König hat befohlen, die Glocken zu läuten, damit die Menschen gewarnt sind und in ihre Häuser zurückkehren. Niemand von uns weiß, woher der Adler kommt oder wohin er fliegt, wenn er uns in der Dämmerung verläßt. Es ist ein schreckliches Unglück, und in der Vergangenheit hat er viele von uns getötet.«

Der alte Mann hatte seine Rede kaum beendet, da hörte Oni das Geräusch großer Schwingen über dem Haus. Es klang wie ein heftiger Sturm, die Fenster und Türen erzitterten. »Der Vogel muß riesig sein«, bemerkte Oni. Nachdem sie gegessen hatten, gab ihm der alte Mann eine Matte und eine Decke, und Oni legte sich in einer Ecke des Raumes zum Schlafen nieder. Doch der Schlaf wollte nicht kommen. Während der ganzen Nacht hörte Oni den lauten Flügelschlag jenes Adlers, der beständig über Ajo seine Kreise zog. Als der Morgen angebrochen und der Adler endlich weggeflogen war, erhob sich Oni und bedankte sich bei dem alten Mann für seine Freundlichkeit.

Er begab sich nun zum König von Ajo und ersuchte um eine Unterredung, die ihm auch gewährt wurde. »Mein Name ist Oni«, begann er, »ich bin in eure Stadt gekommen, um meine Dienste anzubieten. Vor allem möchte ich helfen, euch von dem Adler Anodo zu befreien.« – »Und warum glaubst du, daß du Erfolg haben wirst, wo es schon so viele vor dir vergeblich versuchten?« fragte ihn der König. »Ich habe bestimmte Kräfte und ein Juju«, erhielt er zur Antwort. »Das hatten die anderen auch«, wandte der König ein. »Von meinen Jägern hat einer nach dem anderen den Kampf aufgenommen und wurde von Anodo getötet oder verschleppt. Auch Freunde haben von Zeit zu Zeit ihre

Dienste angeboten, aber auch von ihnen ist keiner am Leben geblieben. Eine ganze Weile schon hat es niemand mehr gewagt, Anodo entgegenzutreten. Den Jägern, die mir noch verblieben sind, habe ich befohlen, sich nicht auf einen Kampf mit dem Adler einzulassen, zu viele gute Männer sind schon umgekommen.« – »Hast du für den Sieg über Anodo jemals eine Belohnung ausgesetzt?« fragte Oni. »Natürlich, es ist schon lange her«, erwiderte der König, »da habe ich verkünden lassen, daß derjenige, dem es gelingt, den Adler zu bezwingen, die Hälfte meines Reiches zum Geschenk erhält.« – »Heute nacht werde ich es probieren!« Mit diesen Worten empfahl sich Oni und verließ den König.

Er kehrte zu dem alten Mann zurück, berichtete ihm von der Unterredung mit dem König und von seiner Absicht, in dieser Nacht Anodo herauszufordern. Erschrocken flehte der alte Mann Oni an, von seinem Vorhaben zu lassen, weil er nicht nur sich, sondern alle Hausbewohner in äußerste Gefahr, ja sogar ums Leben brächte. Aber Oni hatte keine Angst. Sorgfältig überprüfte er seinen Bogen, seine Pfeile und die Messer.

Sehnsüchtig erwartete er das Glockenläuten, in seinem ganzen Leben war ihm noch kein Tag so lang vorgekommen wie dieser. Der alte Mann war unruhig, und seine Leute verhielten sich ihrem Gast gegenüber beinahe feindselig. Als das Läuten schließlich einsetzte, schloß man unverzüglich Türen und Fenster und wies Oni an, sich ruhig auf seine Matte zu legen. Dann war das sturmähnliche Rauschen zu hören, mit dem sich Anodo ankündigte. Das Rauschen kam näher und näher. Oni wartete noch, bis der Vogel direkt über dem Haus kreiste, dann begann er zu singen: »Heute abend wird Oni im Kampf mit Anodo sein, dem Adler, dessen Krallen schärfer als Messer sind. Die Messer der Natur und die des Menschen werden aufeinandertreffen. Oni ist unüberwindlich, seine Messer sind scharf!«

Anodo hörte die Herausforderung, und langsam kreisend sang auch er: »Ach, welch ein Glück, endlich habe ich wieder ein Opfer gefunden, lange mußte ich darben. Will der Sänger es wagen, so fühlt er bald, wie scharf meine Krallen und mein Schnabel sind! Nicht lange werde ich brauchen, ihn in Stücke zu reißen! Komm heraus!«

In panischem Entsetzen ergriffen die Hausbewohner Oni und warfen ihn aus dem Haus. Sie fürchteten, sonst alle Anodos Rache zum Opfer zu fallen. Als Oni auf den Weg vor dem Haus geworfen wurde, stieß Anodo hinab, schlug seine Krallen in Onis Körper und trug ihn hoch hinauf. Mit seinem Messer schlitzte Oni dem Riesenvogel die Brust auf, und der Adler ließ ihn, vor Schmerz kreischend, fallen. Betäubt fiel Oni zu Boden und richtete sich mühsam auf. Er hatte kaum Zeit, seinen Bogen zu spannen und einen Pfeil auf Anodo abzuschießen, da schlug ihn der verwundete Vogel mit seinen großen Schwingen zu Boden und hieb wütend mit dem Schnabel auf ihn ein. Wieder riß Oni mit dem Messer Anodos Leib auf und versetzte ihm dann noch zwei kräftige Stiche. Langsamer schlugen nun die Schwingen des Adlers, zögernd erhob er sich in die Luft. Dann bereitete er sich zu einem letzten fürchterlichen Sturzflug auf seinen Gegner vor. Den Vogel genau beobachtend, legte Oni einen Pfeil auf seinen Bogen und zielte. Noch schwebte Anodo über ihm, doch plötzlich setzte er mit einem schrecklichen Geräusch zu seinem Sturzflug an und kam in rasender Geschwindigkeit näher und näher. Es war Oni gelungen, in rascher Folge mehrere Pfeile abzuschießen, ehe er von dem Adler erneut zu Fall gebracht und herumgeschleudert wurde. Tausend Lichter tanzten vor den Augen des Jungen, dann war Dunkel und große Leere, und er fühlte sich immer tiefer hinabsinken in eine bodenlose Grube. Da er ohne Bewußtsein war, merkte er gar nicht, daß der Adler längst tot war, und daß der letzte Schlag seiner riesigen Schwingen ihn auf die Seite geschleudert hatte. Der Junge landete in einem großen Baumwollbaum, der wie eine Rute umknickte und krachend niederbrach, Anodo und Oni unter einer Unmenge von Blättern begrabend.

Als Oni wieder zu sich kam, fühlte er sich sehr schwach. Mit äußerster Anstrengung befreite er sich von den Blättern und kroch unter den riesigen Schwingen des toten Adlers hervor. Ihm fiel gar nicht auf, daß er während des Kampfes einen seiner wunderbaren Schuhe verloren hatte, der nun neben dem Vogel im Boden steckte. Mühsam taumelte Oni zum Flußufer, dann verlor er wieder das Bewußtsein.

Am nächsten Morgen entdeckten die Leute den toten Anodo, halb begraben unter den Blättern des Baumwollbaumes. Die Freude war groß, und die Trommeln wurden geschlagen. Bald erschien auch der König mit seinen Häuptlingen, um den wunderbaren Anblick zu genießen. »Wo ist der große Mann, dem es geglückt ist, Anodo zu besiegen?« fragte er. Einer seiner Jäger stürzte vor, warf sich auf den Boden und beanspruchte den Sieg für sich. »Du wirst reich belohnt werden«, antwortete der König. »Mein Versprechen, dem Überwinder des Adlers das halbe Königreich zu schenken, will ich einlösen. Das halbe Reich soll von nun an dir gehören!«

Überall wurde getanzt und gelacht. Den Jäger geleitete man zum Palast des Königs und feierte ihn. Da erschien eine sehr schmutzige Gestalt in zerrissenen Kleidern, nur an einem Fuß trug sie einen Schuh. »Ach«, sprach der König, »das ist doch der Fremde, der sich Oni nennt. Gestern kam er zu mir und kündigte an, daß er mit dem Adler kämpfen wolle. Ich fürchte, du kommst zu spät, mein Freund. Hier steht der Sieger!« – »Ich habe Anodo getötet! Dieser Mann ist ein Lügner und Betrüger«, widersprach Oni. Der König flüsterte mit seinen Häuptlingen und fragte dann: »Nun wohl, du erhebst den Anspruch, Anodo getötet zu haben. Wie willst du das beweisen?« – »Du siehst, in welchem Zustand ich bin«, entgegnete Oni, »aber wenn du einen besseren Beweis brauchst, schicke deine Leute zu dem toten Adler. Irgendwo, an der Seite oder unter ihm, wirst du meinen zweiten Schuh finden.« Der König befahl seinen Männern, sofort nach dem Schuh zu suchen, und nach kurzer Zeit kehrten diese zurück und übergaben dem König Onis wunderbaren Schuh. »Wir fanden ihn unter der Schwinge des toten Adlers«, meldeten sie. »Nun, wenn du dich noch immer nicht entschließen kannst, meinen Worten Glauben zu schenken, dann fordere auf, wen du willst, den Schuh anzuprobieren«, sagte Oni.

Der König forderte nacheinander alle Anwesenden auf, den Schuh anzuziehen. Doch es war seltsam, obwohl er wie ein ganz gewöhnlicher Schuh aussah, schaffte es niemand, ihn überzuziehen, und man gab ihn dem König zurück. Jetzt trat Oni vor und sagte: »Schuh vom Himmel, Schuh vom Himmel, geh an deines Herren Fuß!« Plötzlich bewegte sich der Schuh auf Oni zu und paßte sich seinem Fuß an – freiwillig! Nun waren König und Volk überzeugt, daß Onis Anspruch berechtigt war. Staunend und freudig dankten sie ihm für seinen Mut und seine Tapferkeit. Der unehrliche Jäger wurde hingerichtet, und Oni bekam die versprochene Belohnung.

Zum ersten Mal seit vielen Jahren läuteten die Glocken von Ajo an diesem Tag nicht den Abend ein, und die Straßen waren voll von glücklich tanzenden Menschen.

(Nigeria)

Sidi Moh'ammed el Adjeli und der Ungläubige

Sidi Moh'ammed el Adjeli erlebte einst eine seltsame Geschichte mit einem Ungläubigen namens Haroun, der als böser Zauberer bekannt war. Haroun ging einmal nach Fez, wo der große Sultan Mouley Soliman eben großen Rat hielt. Haroun ließ sich in die Luft schweben, genau über dem Kopf des Sultans und beschimpfte aus hoher Warte die wackern Muselmanen.

»Wie bringen wir den bösen Kerl aus der Luft auf die Erde und in unsere Gewalt?« fragte der Sultan, doch keiner seiner Leute wußte Rat. »Herr, gib uns Zeit, damit wir unsere Weisen und Gelehrten fragen können«, baten sie. »Gut«, sagte der Sultan, »drei Tage gebe ich euch Zeit. Doch wenn ihr bis dann den Ungläubigen nicht heruntergeholt habt, lasse ich euch allen die Köpfe abschneiden.«

Die drei Tage vergingen, und der Zauberer schwebte nach wie vor über dem Haupte des erbosten Sultans und beschimpfte die Muselmanen. Da wandte sich der Sultan neuerdings an seine Räte und fragte drohend: »Habt ihr getan, wie ich euch geheißen?« Und sie antworteten: »Herr, gewähre uns nochmals drei Tage, bis der Bote zurückkommt, den wir zu einem großen Weisen geschickt haben. Wenn er nicht wiederkommt, kannst du unsere Köpfe haben.«

Unterdessen war der Bote außer Atem bei Sidi Moh'ammed el Adjeli angekommen. Es war an jenem Tage, den der Sultan den Räten als letzte Frist gesetzt hatte. »Sidi Moh'ammed«, sprach er, »höre, was dich die Räte bitten! Der Sultan hat erklärt, daß, wenn du nicht in drei Tagen kämest, allen Räten die Köpfe abgeschnitten würden. Heute ist

der Tag, den man als Frist gesetzt hat!« So jammerte der Bote. Der
Weise hörte sich die Geschichte gelassen an und sprach dann: »Beruhige dich. Tritt ein. Setz dich und ruh dich aus.« – »Sidi Moh'ammed«,
rief der Bote verzweifelt, »wie könnte ich mich hier ausruhen, solange
ich weiß, daß meine Brüder in Todesgefahr schweben! Bedenke, morgen wird man ihnen die Köpfe abschneiden!« Der Weise drängte dem
Boten die Gastfreundschaft sanft und gütig auf, doch dieser wies das
Essen zurück und konnte die ganze Nacht kein Auge schließen. Als
der Morgen graute, erhob sich Sidi Moh'ammed, sprach sein Gebet
und sagte dann zum Boten: »Komm, laß uns zu deinen Leuten gehen.«
Da jammerte der Bote: »Herr, es ist schon zu spät, das grausame Werk
ist vollzogen.« – »Nimm deinen Mut zusammen«, sprach ihm der
Weise zu, »schließe die Augen und öffne sie erst wieder, wenn ich es
dir erlaube.« Der Bote tat, wie ihn Sidi Moh'ammed geheißen, und als
er die Augen wieder öffnen durfte, befanden sie sich vor der Stadt Fez.
Das Tor war noch geschlossen. Die beiden setzten sich nieder und
warteten eine Stunde. Als das Tor geöffnet wurde, fand der Bote seinen
Mut wieder und war sehr glücklich. Er führte Sidi Moh'ammed auf
den Platz, wo die Räte sonst versammelt waren. Aber niemand war zu
sehen. Der Sultan hatte alle bereits gefangennehmen lassen und eingesperrt. Als man des Weisen ansichtig wurde, öffnete man das
Gefängnis, die Gesichter hellten sich auf, und die glücklichen Räte
sprachen zu Sidi Moh'ammed: »Wir sind froh, daß du gekommen bist,
sonst hätte uns der Sultan die Köpfe abgehauen.« Der Weise indessen
sprach: »Tut mir eure Wünsche kund; Gott wird sie euch erfüllen.« Da
freuten sich alle auf die Stunde, da der Sultan sie zu sich rufen würde.
Als es soweit war, hub der Sultan an: »Nun, was gedenkt ihr zu tun?
Seid ihr nun imstande, den Ungläubigen über meinem Haupte, der
mich und euch beschimpft, herunterzuholen?« Sidi Moh'ammed
nahm zwei Papierblätter, malte geheimnisvolle Zeichen darauf und
rief dem bösen Zauberer in der Luft zu: »Haroun, komm herunter!«
Jedoch der Ungläubige lachte höhnisch und gab zurück: »Sidi
Moh'ammed, wenn du nicht gekommen wärest, hätten die Räte keine
Köpfe mehr!« Der Weise ließ sich nicht beirren und wiederholte seine
Worte dreimal. Haroun jedoch weigerte sich herunterzukommen. Da

rief ihm Sidi Moh'ammed zu: »Mögen alle deine Sünden dir den Kopf
zu Boden drücken! Komm herunter!«

Und er wandte sich an die versammelten Räte: »Was soll mit dem
Ungläubigen geschehen?« – »Wir wünschen nur, daß Haroun von den
zwei Papierblättern, die du beschriftet hast, zermalmt werde!« Sidi
Moh'ammed ließ die Blätter aufsteigen; das eine flog auf das Haupt
Harouns, das andere unter seine Füße. Und es geschah, wie die Räte
gewünscht hatten. Als Haroun vollständig zermalmt war, schien es, als
trüge der Wind einen Sack Mehl davon...

Also ergeht es dem Ungläubigen. Der Glaube siegt immer.

(Marokko)

Prinzessin Sumischa

Es lebte einst ein König – in Wahrheit aber ist Gott allein König –,
und dieser König hatte ein einziges Kind, das er Mehend nannte.
Gleich nach seiner Geburt richtete ihm sein Vater im siebenten Stock
des Palastes ein verborgenes Zimmer ein, das keine Fenster zur Straße
hatte, sondern nur eins zum Himmel hin. Der König beauftragte seine
treuesten Diener, mit aller Sorgfalt über Mehend zu wachen und dafür
zu sorgen, daß er das Fleisch stets ohne Knochen bekäme.

Mehend wuchs zum Jüngling heran, einsam und ohne Berührung
mit dem Bösen. Die Welt war ihm verschlossen.

Eines Tages brachte ihm ein Diener eine Lammkeule, aber er hatte
vergessen, den Knochen herauszuschneiden. Als der Prinz das Fleisch
gegessen hatte, wollte er auch das Knochenmark verspeisen und schlug
den Knochen so heftig gegen die Wand, daß die Mauer erbebte und
sich ein Loch auftat, durch das Licht und Sonne hereinstrahlten. Ge-
blendet trat der Jüngling näher und erblickte die Menschenmenge auf
dem Marktplatz. Niemals zuvor hatte er so etwas gesehen. Er stürzte
aus dem Zimmer, schwang sich auf ein ungesatteltes Fohlen, hielt sich
an der Mähne fest und stob davon. Die erstaunte Menge erkannte den
Königssohn und machte ihm den Weg frei. Doch Settute, die alte
Hexe, versperrte ihm den Weg. Als Mehend sie mit dem Fuß streifte,

rief sie: »Sage mir, Mehend, Sohn des Königs, hast du etwa Sumischa, Hitins Tochter, zur Frau, daß du so stolz bist und mich trittst?«

Nachdenklich kehrte der Jüngling in den Palast zurück, trat in das Zimmer seiner Mutter und sank wie vom Fieber geschüttelt auf ein Bett. Die Königin nahm seine Hand und sagte sorgenvoll: »Mein Sohn, man hat einen Zauber über dich verhängt. Böse Blicke haben dich getroffen, du bist eine Beute der Dämonen.« Sie schickte nach dem Scheich der Moschee, aber der Zauberspruch war stärker als alle Weisheit. Da murmelte der Prinz: »Wenn die Hexe Settute käme und vor meinen Augen Griessuppe kochte, dann würde ich gesund.«

Sofort brach eine Dienerin auf, um Settute zu holen. Die Hexe trat, sich schwer auf ihren Stock stützend, in das Zimmer des Kranken. Mitten im Raum brannte ein Feuer, über dem ein Kessel mit siedendem Wasser hing. Settute ließ den Gries hineinrieseln und rührte vorsichtig um, damit es keine Klümpchen gäbe. Da sprang Mehend auf, ergriff die Hand der Hexe und tauchte sie in die siedende Suppe. Settute heulte.

»Ich lasse deine Hand erst frei«, sagte der Prinz, »wenn du mir erzählt hast, wo ich Sumischa, Hitins Tochter, finden kann.« Mit ihrer freien Hand wies sie nach Osten.

Der Prinz eilte in sein Zimmer und befahl, ihm Vorräte einzupacken und ein Pferd zu satteln. Dann nahm er Abschied von seinen Eltern. Der König und die Königin flehten ihn an, daheim zu bleiben und nicht fortzugehen. Er aber antwortete mit fester Stimme: »Ich kehre mit Sumischa zurück, oder ich sterbe.«

Kummervollen Herzens ließen sie ihn ziehen und sahen ihm noch lange nach.

Pfeilschnell raste Mehend nach Osten. Tag um Tag durchstreifte er Ebenen, überquerte Flüsse und erklomm Berge. Er tötete Schlangen in den Feldern, Vögel in der Luft und wilde Tiere in den Wäldern. Unermüdlich fragte er die Leute: »Kennt ihr das Land der Sumischa, Hitins Tochter?« Und alle zeigten nach Osten und sagten: »Geh nur immer der aufgehenden Sonne entgegen.«

Nach langen Tagen erreichte er die Meeresküste und sah am Strand einen Fischer, der gerade einen Fisch aus dem Wasser zog. Der Fisch war so groß wie ein Mensch. Er versuchte, das Netz zu zerreißen, wand sich wild und schlug mit den Flossen. Der Fischer erhob schon sein Messer gegen ihn, als Mehend sagte: »Nimm mein Pferd, und gib mir diesen Fisch.« Der Fischer lachte: »Wer würde wohl sein Pferd gegen einen Fisch tauschen!« Aber der Prinz wiederholte: »Nimm mein Pferd, und gib mir diesen Fisch.« Da befreite der Fischer seine Beute und führte das Pferd am Zügel fort.

Mehend legte sich neben den Fisch auf den warmen Sand und dachte nach. Er war weit entfernt von seiner Heimat und von seinen Eltern; er hatte die Vorräte verbraucht und sein Pferd getauscht gegen einen Fisch. Er schlief ein. Im Schlaf fühlte er sanft eine Hand auf seiner Schulter und hörte eine Stimme, die sprach: »Steh auf, Mehend, laß uns aufbrechen!«

Die Sonne ging gerade hinter den Bergen unter und tauchte Himmel, Sand und Wasser in ein rosa Licht, als der Prinz erwachte. Er suchte den Fisch, aber er fand ihn nicht. Da entdeckte er einen jungen Mann, schön wie Mondlicht, der sah Mehend an und sagte: »Ich bin dein Bruder. Du brauchst mir nur zu folgen, und alle deine Wünsche werden sich erfüllen.«

Sie brachen auf. Seite an Seite durchquerten sie Wüsten und Felder, Gebüsch und Wälder. Das Gesicht nach Osten gewandt, wanderten sie von Quelle zu Quelle. Sie schritten an Flüssen entlang, wanderten durch blühende und durch wüste Gegenden und kamen durch Dörfer und Städte. Im Winter sammelten sie die Oliven fremder Leute ein, im Sommer halfen sie bei der Ernte von Gemüse und Früchten und pflückten Trauben und Feigen. Manchmal mußten sie gar betteln.

Monate und Jahre vergingen. Mehend war ein schöner junger Mann mit hellen Augen und Haaren blond wie Mais. Sein Gefährte war dunkel und von ungewöhnlicher Größe. Seine Stirn schien sich in den Wolken zu verlieren, und seine Augen waren von so tiefschwarzem Glanz, daß es unmöglich war, ihrem Blick standzuhalten. Seine Hände und sein Gesicht verbreiteten ein übernatürliches, sanftes Licht. Er war ohne Alter. Mehend liebte ihn wie einen Bruder.

Sieben Jahre waren vergangen, seitdem der Prinz sein Heimatland verlassen hatte. Sieben Jahre schon irrten die Freunde umher auf der Suche nach der Prinzessin Sumischa.

Eines Tages standen sie vor den Mauern einer gewaltigen Stadt. Von der Höhe des Minaretts rief der Scheich die Gläubigen zum Mittagsgebet. Die beiden Reisenden waren staubig und erschöpft und hatten Hunger und Durst. An der ersten Tür baten sie im Namen Gottes um einen Krug Wasser und ein Stück Brot. Eine alte Dienerin brachte ihnen Wasser, Weizenfladen, Feigen, Datteln und ein Gefäß mit Buttermilch. Sie tranken und aßen, aßen und tranken und streckten sich auf den Matten aus. Als sie sich ausgeruht hatten, badeten sie ihre schmerzenden Füße und machten sich wieder auf den Weg.

In der Stadt sahen sie riesige Schwärme von Raben um das größte Gebäude kreisen.

»Was tun die Unglücksraben hier?« fragten sie einen Vorübergehenden.

»Ihr seid sicher Fremde, daß ihr so fragt«, wunderte sich dieser. »Dort, vor euren Augen, liegt der Palast unseres Herrn. An den Fenstern, Mauern und Türen hängen die Köpfe der Gehenkten. Sie dienen den Raben zum Fraß.«

Nach langem Schweigen fuhr er fort: »Früher lebten wir ruhig und zufrieden in dieser Stadt. Unser Sultan war ein glücklicher Mensch. Er hatte eine Tochter schön wie Mondlicht, sanft wie Gras, ihr Atem wie Rosenduft. Sie war seine Freude. Er lebte nur durch sie. Voller Geduld suchte er einen Gemahl, der ihrer würdig wäre und würdig, eines Tages über uns zu herrschen. Doch plötzlich erkrankte die Prinzessin schwer, und seitdem spricht sie nicht und lächelt nicht, seitdem geht es mit ihr unaufhaltsam abwärts. Sie ißt, und sie trinkt, das ist wahr, aber alles, was sie verzehrt, ernährt nicht sie, sondern die bösen Geister, die Besitz von ihr ergriffen haben. Weise und Scheichs, Hexen und Zauberer konnten den bösen Geistern nichts anhaben. Verzweifelt versprach unser Sultan, sein Kind dem zur Frau zu geben, der es zu heilen vermöge, und sei er ein hergelaufener Bettler. Aber sogleich schwor er, alle enthaupten zu lassen, die die Prinzessin gesehen und nicht geheilt hätten. Aus allen Ländern der Erde eilten Männer herbei, junge und alte, um der Liebe willen oder durch Habsucht getrieben. Aber keinem gelang es, die Prinzessin zu heilen, allen wurde der Kopf abgeschlagen und den Raben zum Fraß vorgeworfen. Das sind die Köpfe, die ihr erblickt.«

Der Mann schwieg eine Weile und sagte dann: »Das Unglück herrscht in dieser Stadt.«

»Ich werde die Prinzessin heilen«, sprach zuversichtlich der hochgewachsene, falkenäugige Jüngling.

»O mein Bruder«, rief da Mehend, »verlasse mich nicht! Dir bin ich begegnet, als ich einsam war und der Heimat fern. Nur mit dir werde ich diejenige finden, die ich suche.«

»Fürchte nichts«, antwortete der Falkenäugige, »ich stehe unter Gottes Schutz.«

Wenig später trat er an das Bett der Prinzessin, die zu schlafen schien. Er sprach zu ihr: »O Sumischa, schöner als der Mond, ach würdest du vor uns stehen wie ein blühender Apfelbaum! Höre diese Geschichte:

Drei junge Brüder verließen eines Tages das väterliche Haus, um in die Welt hinauszuziehen. Zärtlich waren sie einander zugetan. Bevor ihr Vater sie fortgehen ließ, gebot er ihnen, sich stets zu lieben und sich niemals zu trennen.

Sie wanderten lange, bis sie eines Morgens an einen großen Wald gelangten. Er war so riesig, daß sie ihn nicht an einem Tag durchqueren konnten. Die Nacht überraschte sie, und sie mußten in einer Höhle Zuflucht suchen. Der jüngste Bruder zündete ein großes Feuer an, das die wilden Tiere fernhalten sollte. Er mußte das Feuer bewachen, während seine Brüder schliefen.

Herrlich leuchtete der Vollmond über dem Wald. Am Eingang der Höhle entdeckte der Jüngste ein Bäumchen, das so lebendig und schmiegsam war wie ein menschlicher Körper. Wie eine liebende Frau bog es sich und erschauerte im Mondlicht. Mit einem Axthieb fällte es der Jüngling um. Er schnitzte an dem Baumstämmchen und gab ihm ein Gesicht.

Später erwachte der älteste Bruder, setzte sich ans Feuer, und da er ein Schneider war, nähte er dem Bäumchen ein Gewand. Dann schliefen beide Brüder ein; der jüngste hatte den Kopf an die Schulter des ältesten gelehnt.

Sie hatten schon eine Weile geschlafen, als der mittlere Bruder erwachte. Neben sich fand er eine vom Mondlicht überflutete Frau. Da flehte er in der Nacht: ›Bei Gott und seinem Propheten, schau mich an, oh Frau, sprich und sage mir, wer du bist.‹

Sie antwortete und murmelte: ›Ich bin die, die dich liebt.‹

Die anderen Brüder, der jüngste und der älteste, hörten diese Worte. Sie erhoben sich und stürzten sich mit Messern auf ihren Bruder. Und die drei Brüder, die sich so einig gewesen waren wie die Finger einer Hand und die sich so zärtlich geliebt hatten, töteten einander wegen der Baumfrau, die in Wirklichkeit eine böse Fee war.

Die Baumfrau beweinte den jungen Mann, den sie liebte, und auch ihr verlorenes Glück. Als sie den Leib ihres Geliebten fallen sah, schwor sie, sich an dem schönsten Mädchen des Königreiches und der ganzen Welt zu rächen, und ihm Glück und Gesundheit zu nehmen.«

Hier hielt der falkenäugige Jüngling inne, sah das Mädchen an, sammelte all seine Kräfte und sprach mit starker Stimme: »Gottes Gnade ist groß! Im Namen Gottes, im Namen der Freunde Gottes und in meinem Namen befehle ich dir, böse Fee, verlasse dieses Mädchen!«

Sumischa senkte langsam die Lider und öffnete weit ihren Mund. Eine lange, schwarze Schlange kroch heraus und löste sich in Rauch auf. Es war die böse Fee, die Sumischa verschluckt hatte, als sie an der nächtlichen Quelle trank.

In aller Eile wurden die Köpfe der Gehenkten abgenommen; und die Raben flogen mit schwerem Flügelschlag in gedrängtem Schwarm davon.

Die Vögel der Insel, die seit langem den Gärten ferngeblieben waren, hielten nun Einzug und flogen zu allen Fenstern. Der Himmel jauchzte: »Sumischa, unsere Prinzessin, ist ins Leben zurückgekehrt, die bösen Geister haben sie verlassen.« Das Wasser sagte es den Wurzeln und die Wurzeln den Bäumen, und die Bäume sangen es mit allen ihren Blättern. Die Spatzen und Schwalben, die Tauben und Finken, die Drosseln und der Zaunkönig flogen und flatterten zum Fenster der Sumischa.

So erfuhren die Menschen, daß die Zeiten der Vertrauens wiedergekehrt waren. Sie begannen von neuem zu leben und zu arbeiten. Die Quellen, die das Unglück hatte versiegen lassen, sprudelten wieder, Gras und Blumen wuchsen kräftig und wunderbar.

Das ganze Königreich bereitete sich auf die Hochzeit der Prinzessin vor. Die Holzfäller schlugen dicke Stämme, die Bauern boten ihr bestes Korn, und die Frauen bereiteten singend den Kuskus für das Festmahl. Kälber und Lämmer wurden geopfert bei Tanz und Fröhlichkeit.

Die Hochzeit dauerte sieben Tage und sieben Nächte. Trommeln und Tamburine, Flöten und Klarinetten erfüllten die Luft mit rhythmischem Klingen. Sieben Tage und sieben Nächte waren die Hände des Sultans gleich überquellenden Brunnen. Er verteilte Gries, Fleisch und Gewürze sowie Kleider und rote Schuhe an die Armen und stiftete Gaben für die Moscheen. Die Armen hatten teil am Fest und fühlten sich eins mit den Bevorzugten und Reichen dieser Welt. Jedem einzelnen schien der Sultan zu sagen: »Du hast meinen Kummer geteilt, nun teile auch meine Freude.«

Eingehüllt in einen Schleier voll goldener Sterne, die weißen Hände mit kostbaren Ringen geschmückt, saß Sumischa auf einem weichen Teppich und erwartete geduldig ihren Gemahl. Wie erschrak sie, als Mehend, gefolgt von dem falkenäugigen Jüngling, zu ihr trat!

»Schönes Mädchen«, sprach da der Falkenäugige, »schöner als der Mond, ich kann dein Gemahl nicht sein, denn ich bin der Geist des Meeres, das Wasser ist mein Reich. Aber höre, was mir widerfahren ist.

Eines Tages nahm ich zu meiner Zerstreuung die Gestalt eines riesigen Fisches an. Ich lachte über meine Verwandlung, aber plötzlich fühlte ich mich im Netz eines Fischers gefangen, aus dem Wasser gezogen und heftig auf den Sand geworfen. Ich wehrte mich vergeblich. Schon richtete sich ein Messer auf mich, als der Jüngling erschien, den du hier vor dir siehst. Er bot dem Fischer sein Pferd und bekam dafür den Fisch. Dann fiel er am Strand in einen tiefen Schlaf. Ich nutzte die Zeit, um menschliche Gestalt anzunehmen und über ihn zu wachen. Er hatte Eltern und Heimat verlassen, um Sumischa zu suchen, die ferne Prinzessin, von der er durch Settute, die alte Hexe, erfahren hatte. Sieben Jahre waren wir unzertrennlich wie Brüder. Sieben Jahre wanderten wir immer der aufgehenden Sonne entgegen, bis wir zu dir gelangten, o Sumischa. Ich kehre nun zu den Wassern zurück. Dein Gemahl ist dieser Königssohn.«

Und der Falkenäugige verschwand und überließ Mehend und Sumischa ihrer Freude. Sie liebten sich wie Täuberich und Taube. Als der Himmel ihnen einen Erben schenkte, war ihre Freude grenzenlos.

Mehend erwählte den Tag der Geburt seines Sohnes, um vor den Sultan zu treten.

»Großer König«, sprach er, »erlaube, daß ich dir meine Geschichte erzähle.« Und Mehend berichtete von seiner einsamen Jugend im verborgenen Zimmer und von dem tyrannischen Vater, der ihm die Welt verschloß, damit er ihn nie verließe. Er erzählte, wie sich ihm Gottes Schöpfung plötzlich offenbarte und wie er Settute, die alte Hexe, überlistete. Dann sprach er lange von dem falkenäugigen Jüngling, der in Wahrheit der Geist des Meeres war.

»Er hat mich zu deinem Palast geführt, oh Sultan. Er hat vollbracht, was ich nie hätte vollbringen können. Denn er war es, der die Prinzessin ins Leben zurückrief. Mächtiger und verehrter König! Ich möchte nun zu meinem Vater zurückkehren, dessen Sünde es war, mich zu sehr zu lieben, und zu meiner Mutter, die seit vielen Jahren um mich weint. Behalte unseren Sohn bei dir, er sei dein Erbe. Deine Tochter und mich aber laß zu meinem Vater und meiner Mutter ziehen.«

»Mein Sohn«, antwortete der Sultan, »es sei, wie du sagst. Ihr werdet euch auf den Weg machen, sobald Sumischa bei Kräften ist. Meine Tränen sollen euch nicht hindern. Den kleinen Prinzen aber behalte ich bei mir, er wird meine Freude sein.«

Im Frühling konnte Sumischa aufbrechen. Der Sultan gab ihr ein großes Gefolge und eine lange Karawane von Maultieren, die mit einer herrlichen Aussteuer und unzähligen Geschenken beladen waren. Und Mehend, gewiegt vom Schritt seines schwarzen Pferdes, war voller Vorfreude über das Glück, das er seinen Eltern und seinem Volke bringen würde. Manchmal aber sagte er sich: »Sicher glauben sie, ich sei tot. Die Freude könnte meiner Mutter das Herz brechen, das ganz geschwächt ist durch Warten und Kummer.«

Wie hätte er aber erraten können, daß die Mutter von seiner Rückkehr wußte! Acht Jahre, ein Zeitraum wie Jahrhunderte, war sie ihm auf allen seinen Wegen gefolgt.

Als Mehend damals aufgebrochen war, hatte die arme Königin bittere Tränen vergossen, sie lebte im Finstern und blieb ohne Nahrung. Da erbarmte Gott sich ihrer und schickte ihr einen Traum. In einer dunklen Sturmnacht versank sie in tiefen Schlaf. Dort, wo der Sohn die Mauer mit dem Knochen aufgeschlagen hatte, sah sie ein hohes Fenster aus weißem Marmor. Ein schlanker Granatapfelbaum stand dort in einem großen Kübel und breitete seine Äste in der Sonne aus. Eine Stimme flüsterte ihr zu: »Solange dieser Baum gedeiht, ist dein Sohn gesund. Trägt das Bäumchen Blüten, lebt dein Sohn im Glück, trägt es zwei Früchte, heiratet er, werden es drei Früchte, hat er ein Kind; und jede neue Frucht zeigt die Geburt eines neuen Kindes an.«

Als die Königin erwachte, ließ sie das Loch in der Mauer durch ein großes, helles Fenster verschließen. Ihre treuesten Diener pflanzten einen jungen Granatapfelbaum in einen Kübel, und die Königin stellte ihn ans Fenster in die Sonne. Dann ließ sie ihr Bett, ihre Kleider und ihre liebsten Dinge bringen und wohnte von nun an in der Nähe des Bäumchens. Es wuchs und wurde stark. Wunderbarerweise behielt es seine Blätter im Sommer und im Winter. Sieben Jahre lang trug es nur Blüten.

»Mein Sohn blüht und gedeiht«, sagte sich die Königin und lebte glücklich und in Frieden.

Am Ende des achten Jahres formten sich zwei Granatäpfel. Die Mutter lief zum Sultan.

»Unser Sohn hat die Frau gefunden, die er liebt«, rief sie, »und er hat sie geheiratet!« Der Sultan lächelte traurig, aber er wagte nicht zu widersprechen.

Im folgenden Jahr wuchs ein dritter Granatapfel.

»Unser Sohn hat ein Kind«, sprach die Mutter. »Er wird zurückkommen und ist vielleicht schon unterwegs.«

Täglich beobachtete sie Himmel und Wege und sagte sich: »Morgen sind sie hier.« Ihre Gewißheit war so groß, daß sogar der Sultan von den Festlichkeiten träumte, die er zu Mehends Empfang veranstalten würde.

Mehend und Sumischa hatten den Osten weit hinter sich gelassen und befanden sich jetzt in den Ländern des Westens. Sumischa ließ sich von ihrer blitzschnellen, blauen Stute dahintragen, während Mehend, brennend vor Ungeduld, sein schwarzes Pferd antrieb. Der schier endlosen Karawane, die ihn begleitete, rief er zu: »Beeilt euch, denn die Grenzen des Königreiches kommen in Sicht!« Die Erde erbebte unter den Hufen der Pferde.

Die Königin hatte an diesem Morgen ein purpurfarbenes Gewand angelegt und kämmte vor dem Zauberbaum ihr langes, seidiges Haar. Die Hoffnung hatte sie jung und schön gemacht. Mehend erblickte sie schon aus weiter Ferne, und voller Freude ritt er vor die Tore des Palastes.

(Algerien)

Die Verwandlung

Es war einmal ein frommer und rechtgläubiger Muslim, der gern nach Mekka pilgern wollte. Schon lange hatte er diesen Wunsch gehabt, doch nun sollte endlich dem Wunsch die Tat folgen. Da er aber sehr reich war und zwei riesige Krüge voll Goldstücke sein eigen nannte, überlegte er, wem er diese Krüge während der Zeit seiner Abwesenheit am besten zur Aufbewahrung übergeben könnte. Da fiel ihm ein, daß er unter seinen Bekannten und Freunden auch einen Juden hatte, einen Schneider. Der erschien ihm ziemlich zuverlässig, doch da er ein sehr mißtrauischer Mensch war, wollte er zwar Vertrauen haben, aber nicht zuviel, und so füllte er oben auf die Goldstücke warmes Schmalz, ließ es abkühlen und hatte nun den Hals der Krüge fest verschlossen und sicher. Denn daß er Schmalz oben hineinfüllte, kam davon, daß er wußte, daß Juden kein Schmalz essen dürfen. So konnte er sicher sein, daß die Krüge den Schneider nicht sonderlich interessieren würden. So hergerichtet, brachte er sie nun zum Juden und bat ihn, darauf achtzugeben, solange er auf Pilgerfahrt sei. Dann reiste er ab.

Eines Tages begann die Frau des Juden das Haus von oben bis unten zu scheuern und stieß dabei unabsichtlich mit dem Besen ziemlich hart an den Tonkrug, der zerbrach, und die Goldstücke rollten auf dem

Boden umher. Sie rief sofort ihren Mann, der ebenso wie sie erstaunt war, einen solchen Schatz zu sehen. Sie untersuchten den anderen Krug und fanden auch dort Goldstücke. Der Jude war kein Dummkopf, ärgerte sich zudem über das Mißtrauen des Muslim, ersetzte die beiden zerbrochenen Krüge durch neue, nahm die Goldstücke heraus und legte sie in einen Kasten. Die Krüge aber füllte er von unten bis oben mit Schmalz.

Als der Mekkapilger heimgekehrt war, sich in seinem Haus ein, zwei Tage ausgeruht hatte, ging er zum Juden, um seine beiden Krüge abzuholen. Bereitwillig erhielt er sie und bedankte sich, da er das Schmalz obenauf unversehrt sah. Doch wie groß war sein Erstaunen und sein Schrecken, als er mit der Hand durch das Schmalz fahren wollte, nach den Goldstücken tastete und nichts weiter als Schmalz fühlte. Sofort lief er zurück und sagte: »Du mußt mir die falschen Krüge gegeben haben, denn in diesen Krügen ist etwas anderes als das, was ich hineintat!« Der Jude musterte ihn und sprach: »Was erzählst du da! Das sind deine Krüge, oder hast du mir nicht zwei Krüge, in denen Schmalz war, zur Aufbewahrung gegeben?« Der Pilger rief: »Das ist richtig und falsch, denn nur obenauf war Schmalz, ansonsten waren sie mit Goldstücken gefüllt, in diesen hier ist aber nur Schmalz!« Der Jude erwiderte: »Was heißt hier Goldstücke, wir beide haben gesehen, daß in den Krügen Schmalz war. Du weißt ganz genau, daß wir kein Schmalz essen, was sollte ich also an deinen Krügen zu schaffen gehabt haben? Vielleicht hat sich während deiner Pilgerfahrt der Inhalt verwandelt!« Jetzt wurde der Pilger wütend und beschimpfte den Juden, ein Dieb zu sein, der verwahrte sich, der Streit wurde immer hitziger, schließlich begaben sich beide zur Gerichtsverhandlung des Sultans Harun al-Raschid.

Der Mekkapilger führte die Klage und berichtete, nachdem er den Sultan aufgefordert hatte, das Gesetz des Propheten aus sich sprechen zu lassen, den ganzen Hergang. Als der Jude befragt wurde, blieb er dabei, von alldem nichts zu wissen, von dem Pilger nur Krüge, die, wie er selbst gesehen habe, mit Schmalz gefüllt waren, erhalten zu haben, und was sonst noch darin gewesen sei, wisse er nicht. Und er blieb bei seiner Behauptung, daß, seien wirklich Goldstücke darin gewesen, was er nicht wisse, diese sich vielleicht verwandelt hätten. Der Sultan konnte der letzten Bemerkung nur hinzufügen: »Allah, der gepriesen sei, hat Macht zu allem!« Und zu dem Pilger gewandt, sprach er: »Geh wieder nach Hause, mein Sohn. Ich kann hier kein Recht sprechen, kann dir kein Recht verschaffen, weil ich nicht entscheiden kann, so wie die Dinge liegen, wer von euch die Wahrheit sagt!« Da ging der Pilger bekümmert nach Hause, er war zwar nicht gerade arm geworden, aber sein Geld war ein Stück seiner Leber! Als er so kummervoll durch die Straßen trottete, begegnete ihm Abu Nowas, und der sprach, da er bekümmerte Leute nicht mochte und ihnen lieber helfen wollte, ihren Kummer zu vergessen, zu dem Pilger: »Was ist mit dir, Freund?« Der Pilger sagte: »Mein Geld hat ein Jude verschlungen!« Abu Nowas sprach: »Wie konnte das geschehen? Wenn wir handelseinig werden, dann will ich dir dein Geld schon wiederverschaffen!« Das hörte der Pilger mit Wohlgefallen, und er bot ihm zweihundert Goldstücke, wenn es ihm gelänge, das Geld zurückzuholen, und Abu Nowas war einverstanden. Dann ließ er sich die Geschichte in allen Einzelheiten erzählen und überlegte.

Abu Nowas hatte einen Bekannten, der Christ war und ein Maler dazu. Er malte ein lebensgroßes Bild von dem jüdischen Schneider. Es war so gut gemalt, daß man meinte, der Jude darauf lebte wirklich, es gab nichts, was daran auszusetzen wäre, es war nichts zu viel und nichts zu wenig. Dann unterrichtete er Abu Nowas, daß das Bild fertig sei und er es abholen könne. Nachdem dies geschehen war, ließ Abu Nowas den Mekkapilger rufen, zeigte ihm das Bild und fragte: »Gefällt es dir?« Der Gefragte erwiderte: »Schon, schon, doch was soll ich damit? Wie soll ich damit mein Geld wiederbekommen?« Doch Abu Nowas ermahnte ihn, ihm zu vertrauen, und trug ihm auf, einen gelehrigen Affen zu kaufen.

Der Pilger kaufte also einen Affen und brachte ihn zu Abu Nowas. Der nahm den Affen, setzte ihn dem Bild gegenüber hin, nahm dann einen Stock und prügelte wie wild auf den Affen los. Zwar hielt er den Affen mit der anderen Hand fest, doch bald schmerzten die Hiebe so sehr, daß der Affe sich losriß, jenen Mann auf dem Bild erblickte und sich schnell dahinter verbarg. Immer, wenn der Affe hinter das Abbild des Juden geflohen war, prügelte ihn Abu Nowas nicht weiter, so daß er dort Schutz suchte und fand. Nach langer Zeit war der Affe genau dressiert, daß er immer, wenn ihn Abu Nowas schlagen wollte, hinter den jüdischen Schneider, den das Bild darstellte, floh. Nun wandte sich Abu Nowas wieder an den Pilger und sprach zu ihm: »Paß auf. Du mußt jetzt wieder Freundschaft mit dem Juden schließen. Besuche ihn regelmäßig und sei freundlich zu ihm, damit er dir vertraut. Bring nie die Rede auf das Geld, denn sonst schöpft er Verdacht. Wenn sich nun aber die Gelegenheit ergeben sollte, daß du mit seinem kleinen Sohn allein bist, so stiehl diesen auf der Stelle, bring ihn hierher zu mir, und dann wird dein Geld schon wieder zu dir gelaufen kommen!«

Der Pilger hielt sich an alle Ratschläge Abu Nowas', frischte die Freundschaft wieder auf, redete nie mehr von dem Geld, und das alte Vertrauen stellte sich wieder ein. Eines Tages nun, als er mit dem Juden zusammen Kaffee trank, wurde dieser zu einer wichtigen Besorgung in die Stadt gerufen. Er bat den Pilger, auf den kleinen Jungen achtzugeben, und versprach, bald wiederzukommen. Dann eilte er in die Stadt.

Kaum war er jedoch verschwunden, als der Pilger sich schnell den Knaben griff, ihn unter den Arm nahm und zu Abu Nowas eilte. Dieser gab ihm statt des Jungen den Affen mit und sagte: »Geh schnell wieder in den Laden des Schneiders zurück und setze den Affen genau dorthin, wo vorher der Junge gesessen hat. Unterwegs kaufe noch ein halbes Brot sowie eine Unze Schmalz, und iß mindestens zwei Scheiben Brot mit Schmalz, aber bevor der Jude nicht zurück ist, darfst du es nicht ganz aufessen! Wenn er dich dann fragt, wo sein Sohn sei, dann zeige ruhig auf den Affen und sage, daß dort sein Sohn sitze. Der Jude wird dich für verrückt halten, doch achte nicht darauf. Wenn er nun wissen will, wie aus dem Jungen ein Affe geworden ist, dann kannst du ihm erzählen, daß du Schmalz gegessen hast, der Junge dich so lange bedrängt hat, bis du ihm auch eine Scheibe Schmalzbrot gabst, und er, nachdem er das Brot gegessen hat, verwandelt wurde! Füge noch hinzu, daß du vermutest, daß es deshalb passierte, weil Juden Schmalzessen verboten sei und der Knabe dieses Gebot übertreten habe, als er Schmalz statt frischer Butter aß!«

Schnellstens begab sich der Pilger mit dem Affen, dem Brot und der Unze Schmalz wieder in den Laden des Juden zurück, setzte den Affen auf den Platz des Knaben und wartete auf den Schneider. Der trat ein, dankte dem Pilger und blickte sich suchend nach seinem Sohn um. Nirgends konnte er ihn entdecken, und so fragte er nach ihm. Der Pilger zeigte auf den Affen und sagte: »Da ist dein Sohn!« Der Jude rief: »Beim lebendigen Gott, was ist mit ihm? Wieso ist mein Sohn ein Affe geworden? Was soll das heißen?« Und nun antwortete ihm der Pilger genauso, wie Abu Nowas es ihm geraten hatte.

Da begann der Jude zu schreien und lief sofort in den Palast, um beim Sultan Klage zu führen. Harun al-Raschid begab sich in den Gerichtssaal und ließ den Juden als Kläger sprechen. Der erzählte den Hergang, und was ihm der Pilger gesagt hatte, als er statt seines Sohnes jenen Affen erblickte. Daraufhin wurde der Pilger befragt, und er sagte, was ihm Abu Nowas geraten und er auch schon dem Juden gesagt hatte. Dieser Jude fuhr ihn jedoch an und nannte ihn einen Lügner: »Seit unser Herr Jesus auf Erden gewesen, ist keine Verwandlung mehr vorgekommen!« Ernst blickte der Sultan auf den Juden und sagte: »Das ist allerdings sehr richtig, mein Sohn!« Hier wandte sich plötzlich Abu Nowas an den Sultan und sprach zu ihm: »Herr, wäre es nicht besser, wenn wir erst einmal den Affen herholen ließen? Wir könnten ja feststellen, ob der Affe den Juden erkennt und ihn umarmt, dann wird er wohl trotzdem sein Sohn sein; wenn dies jedoch nicht passiert, dann ist er auf keinen Fall sein Sohn!« Der Sultan fand diesen Vorschlag vortrefflich, und sofort ging man den Affen holen. Als man den Affen in den Gerichtssaal brachte, bat Abu Nowas, daß sich alle Anwesenden ohne Ausnahme in einer Reihe hinstellten, damit der Affe wirklich eine Entscheidung zu treffen habe. Während nun die anderen sich an der einen Seite des Saales aufstellten, der Jude und der Pilger waren mitten unter ihnen, sah Abu Nowas den Affen so grimmig an, als wenn er ihn gleich durchprügeln wollte. Da bekam der Affe große Angst, riß sich von den Dienern los und flüchtete schreiend an den Männern entlang, bis er zum Juden kam und diesem um den Hals fiel. Dort klammerte er sich fest und ließ sich, sosehr sich der Jude auch bemühte, nicht abschütteln. Da sprach der Sultan: »Wohlan, nimm deinen Sohn und bringe ihn nach Hause. Dies Zeugnis haben wir alle gesehen!« Der Jude wurde aber störrisch und sagte: »Du selbst hast es mir bestätigt, o Sultan! Es gibt keine Verwandlungen mehr.« Da wandte sich plötzlich Abu Nowas an den Juden und sagte: »Nanu, wie kommst du denn darauf. Hier ist deine schriftlich verbürgte Aussage über eine Verwandlung! Denn hast du nicht selbst vor einiger Zeit ausgesagt, daß die Goldstücke jenes Pilgers, die er dir zur Verwahrung gegeben hatte, sich verwandelt hätten? Wenn Allah nun simple Goldstücke in Schmalz verwandeln kann, warum sollte er dann nicht auch einen Menschen verwandeln können? Also fort mit dir! Nimm deinen ›Sohn‹ und geh mit ihm nach Hause!«

Da mußte der Jude wohl oder übel den Affen mit sich nehmen und ihn als seinen Sohn nach Hause tragen. Auf der Straße holte ihn der Pilger ein und sagte: »Paß gut auf auf deinen Affen! Gib hübsch acht! Aber ich will dir etwas sagen, was deinen Sohn betrifft: Dieser befindet sich bei mir in sicherem Gewahrsam, und ich werde ihn von nun an in den Kerker sperren. Außerdem werde ich ihm ab heute täglich fünfhundert Hiebe aufzählen lassen, und ich lasse mir auch noch einige andere Peinigungen einfallen. Es sei denn, du gibst mir meine beiden Krüge mit den Goldstücken zurück, doch sei gewiß, ich zähle nach, und kein einziges Goldstückchen darf fehlen. Wenn du auf mein Angebot nicht eingehen willst, dann kann ich deinem Sohn auch Fleischstückchen aus dem Körper schneiden lassen und sie ihm braten, damit er sie selbst aufißt! Wie wäre es, wenn wir uns einigen könnten?«

Da beeilte sich der Jude, obwohl auch seine Leber unter dem Verlust der Goldstücke sehr litt, dem Pilger all sein Gold zurückzugeben, und er erhielt dafür seinen Sohn zurück.

(Tunesien)

Von Malta nach Spanien

Der Prinz, das Mädchen, das Basilikum und die Sterne

Also, es war einmal in den alten, alten Zeiten ein König, der einen Sohn besaß. Dieser Sohn stieg täglich auf das flache Dach des Palastes, um sich die Gegend anzuschauen. Eines Tages bemerkte er auf einem Nachbardache ein sehr hübsches Mädchen, das ihre Blumen begoß. Da kam ihm der Einfall, dieses schöne Mädchen zum Zeitvertreib anzurufen. Obwohl er dachte, das Mädchen müsse sehr dumm und einfältig sein, fand er nicht sogleich den Mut, ein Gespräch anzuknüpfen, sondern ging leise wieder vom Dach hinunter.

Als er sich am nächsten Tag wieder auf das Dach begab, stand die Schöne schon auf dem ihren und begoß die Blumen. Da nahm der Prinz seinen Mut zusammen und rief: »Immer bespritzt und begießt du deine Blumen und weißt doch nicht, wie viele Blättlein das Basilikum hat!« Und er freute sich sehr, einen so schweren Rätselspruch gefunden zu haben. Unsere Schöne aber antwortete schlagfertig: »Immer liest du und schreibst du und weißt doch nicht, wieviel Sterne das hohe Himmelszelt hat.« Da konnte er nicht antworten, und sie lachte ihn aus, gab ihm aber eine Nacht Bedenkzeit. Sein Herz ergrimmte über das böse, kluge Mädchen, dann ging er vom Dache hinab, konnte aber die ganze Nacht nicht schlafen.

Als er am andern Tag wieder auf das Dach kam, lachte das Mädchen schon von vornherein. Der Prinz aber sprach: »Jetzt will ich ein neues Rätsel!« Da lachte die Schöne noch mehr und gab ihm das erste Rätsel nochmals auf, indem sie sprach: »Was willst du ein neues Rätsel, ohne das erste gelöst zu haben?« Wieder erzürnte er sich sehr über ihre Überlegenheit, und das Blut stieg ihm in den Kopf. Aber es half alles nichts, er vermochte das Rätsel nicht zu lösen.

Als das Mädchen ihm am dritten Tag wieder dasselbe Rätsel aufgab und sich dabei vor Ausgelassenheit gar nicht fassen konnte, beschloß er, es zu heiraten – doch nicht, weil er eine Frau haben wollte, nein – er wollte das Mädchen töten. Und er rief dem Mädchen laut zu: »Du mußt meine Frau werden, denn du gefällst mir!« Das Mädchen lachte und antwortete: »Ach geh! Du bist ein Prinz und ich bloß ein armes Wesen. Frag nur meine Mutter!« Da ging der Prinz hin und bat ihre Mutter um die Hand der schönen Tochter.

Aber die Mutter schien die Ursache seiner Bitte zu ahnen, denn sie versetzte trocken: »Nein! Du würdest meine Tochter doch nur töten! Du bist ihr gram, weil sie dir in Weisheit und Schlagfertigkeit über ist. Das ist schlimm, denn der Mann soll die Frau an Verstand übertreffen. Du würdest sie töten.« – »Nein, töten würde ich sie nicht.« – »Aber du würdest ihr das Leben sauer machen – du hast ein Rad zuwenig im Kopfe. Quälen würdest du sie, die Arme!« – »Nein, ich würde sie nicht quälen!« – »Ja, aber deine Eltern müßten auch noch befragt werden. Ich will nicht, daß meine Tochter schief angesehen werde!« – »Du kannst dich ja bei meinen Eltern erkundigen, der Palast ist ja nicht weit von hier.« – »Gut.« – »Willst du sie mir dann also als Braut geben?« – »Nein! Denn sie würde an deiner Seite kein Glück haben.« Da ergrimmte der ungestüme Prinz sehr und rief: »Dein Kopf wird mir für deine unvernünftige Widerspenstigkeit büßen! Abschlagen lasse ich ihn dir! Dann ist deine Tochter in meinen Händen!« Die arme Mutter erschrak da gar sehr und entgegnete schließlich: »Gut, wenn deine Eltern einverstanden sind, so sollst du meine Tochter haben.«

Dann ging die Mutter des Mädchens in den Palast, um mit den Eltern des Prinzen zu sprechen. Als sie eintrat, erblickte sie den König und die Königin, die sich gerade mit einem ihrer Diener über eine ernsthafte Sache besprachen, und sofort fühlte sie Angst im Herzen. Aber da blickte der Diener sie freundlich an und führte sie vor den Thron, und nun konnte sie sprechen, soviel sie wollte. Der König und die Königin hörten ihr aufmerksam zu und antworteten dann: »Unser Sohn kann deine Tochter heiraten; er darf sie auch ruhig hierher in den Palast bringen.« Die Mutter fühlte etwas wie Furcht, als sie die unerwartete Antwort vernahm. Sie hatte immer noch Angst um das Leben ihrer Tochter, aber sie wagte nichts zu sagen. So ging sie denn nach Hause und überbrachte die Botschaft des Königs ihrer Tochter.

Der Prinz bestimmte den Tag der Hochzeit, und bald darauf wurde mit großem Gepränge die Vermählung gefeiert. Nachdem das junge

Paar das Hochzeitsmahl eingenommen hatte, sprach der Prinz zu seiner jungen Braut: »Geh du nur schon allein voraus ins Schlafzimmer! Warte nicht auf mich, sondern schlafe ruhig, weil ich wohl erst spät in der Nacht kommen werde.« Die junge Frau ging also allein ins Schlafzimmer, legte sich aber nicht ins Bett, sondern unter das Bett. In das Bett aber legte sie eine sehr schöne Puppe, die gerade wie ein Mensch aussah und Brautwäsche trug.

Nach einigen Stunden kam der Bräutigam, und als er die schöne Braut schlafen sah, lachte er und sprach: »So! jetzt kommt die Rache für das schwierige Rätsel!« Und mit diesen Worten zog er das Schwert und schlug der vermeintlichen Braut den Kopf ab. Aber gleich darauf überkam ihn die Verzweiflung, denn er hatte das schöne Mädchen eigentlich doch recht liebgehabt. Voller Verzweiflung wollte er nun auch sich selbst ins Schwert stürzen. Im gleichen Augenblick aber griff die Braut unter dem Bett hervor und hielt das Schwert fest. Dabei rief sie: »Töte dich nicht! Ich bin ja noch lebendig! Sieh her und beruhige dich!« Und sie kroch ganz unter dem Bett hervor. Da umarmte sie der Prinz und sagte: »Nun hast du mit deiner Klugheit uns beiden das Leben gerettet! Jetzt muß ich dir aber zuerst sagen, daß ich dich von Herzen liebe!« Da war auch das Mädchen recht vergnügt. Beide warfen gemeinsam die Puppe auf die Straße hinunter und legten sich ins Bett.

Damit ist die Geschichte aus, und wer zuerst spricht, wird kahlköpfig!

(Malta)

Die kluge Catarina

*A*lso, meine Herrschaften, man erzählt immer wieder, daß da einmal in Palermo ein großer Kaufmann lebte, der war verheiratet. Jetzt, dieser große Kaufmann hatte eine Tochter, die war kaum entwöhnt, da war sie schon so klug, daß sie bei allem, was im Hause passierte, ihren Ratschlag dazugeben mußte. Der Vater sah die Begabung dieser Tochter und nannte sie die »kluge Catarina«. Und die studierte alle Arten

von Sprachen, und die las alle Arten von Büchern, also: Fleiß, Begabung wie sonst niemand. Als sie sechzehn Jahre alt wurde, starb die
Mutter. Aus Kummer schloß sich die junge Frau in ihr Zimmer ein
und wollte nicht mehr rauskommen. Essen – wollte sie da drinnen
essen; schlafen – wollte sie drinnen schlafen; keine Spaziergänge, kein
Theater, keine Vergnügen. Der Vater, der nur diese einzige Tochter
hatte, und die hatte zu nichts mehr Lust, dem schien es richtig, eine
Ratsversammlung abzuhalten. Er ruft die ganzen Herrschaften (denn
wenn er auch nur Kaufmann war, war er doch mit den Besten der Stadt
befreundet): »Meine Herren, wißt, daß ich eine Tochter habe, die ist
mein Augenstern; seit nun ihre Mutter gestorben ist, schließt die sich
ein wie die Katzen und will nicht einmal mehr die Nase rausstrecken.«
Der Rat sagt: »Eure Tochter hat einen guten Ruf in der ganzen Welt
ihrer großen Weisheit wegen: Macht ein großes Kolleg auf, denn wenn
sie Unterricht gibt, kann man ihr vielleicht diesen Sparren aus dem
Hirn nehmen.« – »Das gefällt mir«, sagt der Vater. Er ruft die Tochter
und sagt zu ihr: »Hör zu, meine Tochter, weil du doch nun gar keine
Ablenkung möchtest, habe ich mir folgendes gedacht: Ich mache ein
Kolleg auf, und du bist da die Leiterin. Gefällt dir das?« Der gefiel das,
und sie fing gleich an, selbst die Maurer anzuleiten, die das Kolleg
bauen sollten, denn sie hatte Verstand für sich und für einen anderen
dazu. Wie dieses Kolleg errichtet ist, machen sie bekannt: »Wer bei der
klugen Catarina studieren will, kriegt Schulbesuch gratis.«
Als die jungen Leute erschienen, Jungen und Mädchen, ließ sie die
in den Bänken ohne Unterschied nebeneinandersitzen. Konnte einer
sagen: »Aber der da ist bloß ein Köhler!« Machte nichts: Der Köhler
durfte neben der Fürstentochter sitzen. Wer zuerst kommt, mahlt zuerst. Die Schule fängt an. Die kluge Catarina unterrichtete alle gleich;
wenn einer die Hausarbeiten nicht brachte, hatte sie eine Rute mit
einer Bleispitze, und dann haute sie ganz schön drauf.
Ihr Ruf wurde sogar im Palast bekannt, und der Königssohn wollte
hingehen. Er zieht sich prächtig an, geht hinein, findet einen Platz,
und sie sagt ihm, er soll sich da hinsetzen. Als er dran war, stellte sie
ihm eine kniffflige Frage. Der junge König wußte die Antwort nicht,
paff!, haut sie ihm eine Ohrfeige runter; ich glaube, die Backe brennt

ihm heute noch. Der Königssohn wird deswegen wütend, steigt zum Palast hinauf und sagt zu seinem Vater: »Mit Verlaub, Majestät, ich will heiraten, und ich will die kluge Catarina!« Der König läßt den Vater der klugen Catarina zu sich bestellen, und der Vater geht hin. »Majestät, zu Euren Diensten!« – »Erhebe dich. Mein Sohn ist in deine Tochter verschossen, verheiraten wir die beiden.« – »Wie Majestät wünschen, aber ich bin nur Kaufmann, und Euer Sohn ist von königlichem Blut.« – »Macht nichts, mein Sohn will nur sie.«

Als der Vater nach Hause kommt: »Catarina, der Königssohn will dich zur Frau. Was sagst du dazu?« – »Ich nehm ihn.« Nach acht Tagen waren alle Sachen bereit. (Hätten bei denen vielleicht die Wolle oder die Truhen gefehlt?) Der Königssohn läßt zwölf Brautjungfern ausstaffieren, die königliche Kapelle wurde aufgemacht, und sie haben geheiratet.

Am Ende der Hochzeit sagte die Königin zu den Brautjungfern, sie sollten jetzt an ihre Aufgabe gehen, die junge Königin ausziehen und zu Bett bringen. Der junge König antwortete: »Ich will kein Ausziehen, kein Anziehen, auch keine Wachen hinter der Tür.«

Als sie alleine waren, sagte der junge König: »Catarina, denkst du noch an die Ohrfeige, die du mir in der Schule gegeben hast? Bereust du sie?« – »Was soll ich bereuen? Im Gegenteil: Wenn Ihr wollt, gebe ich Euch noch mal eine.« – »Was, du hast sie nicht bereut?« – »Nicht im Traum!« – »Du willst das also nicht bereuen?« – »Keine Rede davon!« – »Aha, so ist das also! Jetzt werd ich dir zeigen, wer ich bin!« Und er richtet einen Strick her, um sie in das Kellerloch hinunterzulassen. Bevor er sie hinunterläßt, sagt er: »Catarina, entweder du bereust, oder ich laß dich in das Kellerloch!« – »Da hab ich's kühler«, sagt Catarina frech. Der junge König hat sie also mirnichtsdirnichts in das Kellerloch hinuntergelassen und ihr keine andere Gesellschaft als ein Tischchen, einen Stuhl, einen Krug Wasser und eine Scheibe Brot vorgesetzt. Tags darauf gingen Vater und Mutter zum Morgengruß. »Niemand darf herein«, sagte der junge König, »Catarina ist kränklich.« Er macht das Loch auf: »Wie hast du die Nacht verbracht?« fragt der junge König. »Schön frisch«, sagt Catarina zu ihm. – »Denkst du an die Ohrfeige, die du mir gegeben hast?« – »Denkt lieber an die, die Ihr noch kriegt!«

Jetzt gehen ein paar Tage vorbei, und der Hunger sitzt ihr im Nakken. Sie weiß nicht, was sie tun soll, und da nimmt sie eine Stange aus dem Korsett und fängt an, ein Loch in die Mauer zu machen. Sie bohrt und bohrt – nach vierundzwanzig Stunden sieht sie Licht, so daß sie wieder auflebt. Sie vergrößert das Loch, und wie sie hindurchschaut, sieht sie den Buchhalter ihres Vaters vorbeigehen. »Herr Tumasi, Herr Tumasi!« – Wer weiß, wie dem Herrn Tumasi diese Stimme aus der Mauer vorkam. – »Ich bin's, die kluge Catarina! Sagt meinem Vater, daß ich jetzt gleich sofort schnell mit ihm reden muß.«

Der Vater kommt, begleitet von Herrn Tumasi, denn allein hätte er sie nicht gefunden, und sie sagt zu ihm: »Mein Vater, das Schicksal hat es so gewollt, daß ich in dieses Kellerloch geworfen wurde. Laßt vom Hofe unseres Palastes einen Gang bauen, laßt Stützbogen mauern, alle zwanzig Schritt eine Laterne, und überlaßt das übrige mir.« Die Sache ging gut. Ihr Vater ließ ihr jeden Tag zu essen bringen: Hühnchen, Hähnchen, kräftige Mahlzeiten. Der junge König kam dreimal täglich zum Nachschauen: »Catarina, bereust du die Ohrfeige, die du mir gegeben hast?« – »Was soll ich da bereuen? Denk an die Ohrfeige, die du noch kriegst!«

Die Maurer mühten sich ab mit dem unterirdischen Gang: alle zwanzig Schritte ein Stützbogen und eine Leuchte. Als er fertig war, machte sie es so, daß sie wartete, bis der junge König das Loch verschloß, dann ging sie zu ihrem Vater hinüber, und so führte sie ihn an der Nase herum. Ein paar Tage vergehen, und dem schwillt langsam der Kamm. Er macht das Loch auf: »Catarina, ich fahre nach Neapel, hast du mir nichts zu sagen?« – »Na, dann viel Vergnügen, macht Euch eine gute Zeit, und wenn Ihr dort seid, schreibt mir mal. Aber wißt Ihr, was man sagt? ›Sieh Neapel, und dann stirb!‹ Nicht, daß Ihr mir dort sterbt!« – »Also, dann geh ich?« – »Ja was, seid Ihr denn noch immer da?« Und der junge König fuhr los.

Als das Loch sich schließt, läuft Catarina zu ihrem Vater: »Papa, jetzt brauche ich wirklich Eure Hilfe. Haltet ganz schnell eine Brigantine bereit, Diener, eine Amme, Abendkleider, und schickt das alles nach Neapel. Da sollen sie einen Palast gegenüber dem königlichen Schloß mieten und auf mich warten.«

Der Vater bereitet die Brigantine vor und läßt sie absegeln. Der junge König läßt inzwischen eine schöne Fregatte herrichten, schifft sich ein und reist ab. Als sie von der Terrasse ihres Vaters den jungen König abreisen sieht, steigt sie auf eine andere Brigantine, und schneller als der war sie in Neapel: Die kleinen Schiffe sind schneller als die großen, wie man weiß. Wie sie ankommt, zieht sie sich die besten Kleider an und schaut zum Palast hinaus. Jeden Tag neue Kleider, und darin stolziert sie auf und ab. Der junge König erblickte sie und verliebte sich in sie; er schickt Botschafter: »Gnädige Frau, der Königssohn möchte Euch besuchen, wenn es Euch genehm wäre.« – »Zu Diensten«, antwortet die. Der Königssohn kommt in großer Prunkkleidung; Zeremonien hier, Zeremonien da, sie beginnen eine Konversation. Sagt der junge König: »Und Ihr seid alleinstehend, gnädige Frau?« – »Alleinstehend, und Ihr?« – »Ich bin auch alleinstehend. Aber soll ich Euch etwas sagen? Ihr, gnädige Frau, ähnelt sehr einer jungen Frau, in die ich in Palermo verliebt war. Ich möchte Euch als Frau.« – »Mit Vergnügen, mein König.« Und innerhalb von acht Tagen haben der Königssohn und die kluge Catarina geheiratet.

Die Frau wurde schwanger. Die Geschichte kennt keine Zeit, genau neun Monate später kommt sie nieder. Sie kommt nieder und bringt einen kleinen Jungen zur Welt, der eine Pracht war. Der junge König tritt an das Bett: »Liebe Königin, wie sollen wir ihn nennen?« – »Napuli«, sagt Catarina. Und sie haben ihn Napuli genannt.

Zwei Jahre gehen vorüber, und der junge König will verreisen. Die junge Königin wurde sauer, aber er bestand darauf und wollte verreisen. Bevor er abreist, schreibt er ein Papier, und darin steht, daß der Kleine sein Erstgeborener ist und daß er später König sein wird. Und er reist nach Genua. Als er fort ist, schreibt sie ihrem Vater, er soll eine Brigantine nach Genua schicken, beladen mit Möbeln, Kammerherren, einer Amme und allem, und man soll einen Palast mieten gegenüber dem königlichen Schloß von Genua und auf sie warten. Der Vater belädt eine Brigantine und schickt sie nach Genua. Sobald der junge König abgereist ist, nimmt sie sich auch eine Brigantine, und bevor er ankommt, bezieht sie ihren Palast in Genua.

Als der Königssohn diese schöne junge Frau sieht, die königlich gekleidet war mit Juwelen und Reichtümern: »Maria!« sagt er, »die sieht ja ganz wie die kluge Catarina aus!« Er nimmt einen Botschafter und schickt ihn zu ihr, um ihr auszurichten, der König wolle ihr einen Besuch machen. Sie sagt ihm, sie stehe zu Diensten, und der junge König steigt zu ihr hinauf. Und wie sie so miteinander reden, kommt das Gespräch auf ihre Person: »Seid Ihr alleinstehend?« sagt der Königssohn. – »Witwe«, antwortete Catarina, »und Ihr?« – »Auch ich bin Witwer, und ich habe einen Sohn. Aber Ihr«, sagt er zu der jungen Königin, »seht haargenau wie eine Dame aus, die ich in Palermo gekannt habe.« – »So ein Wunder! In der ganzen Welt gibt es immer nur sieben, die sich gleichsehen.« Um es kurz zu machen: Innerhalb von acht Tagen haben sich der junge König und die kluge Catarina verheiratet. Die Frau wird schwanger, die Monate gehen vorbei, und die Geschichte kennt keine Zeit. Nach neun Monaten kommt die Stunde der Niederkunft; sie kommt nieder und bringt wieder einen Jungen zur Welt, der war noch schöner als der erste. Der junge König – stellt euch dessen Freude vor: »Liebe Königin«, sagt er, »wie nennen wir den?« – »Genua!« »Genua.« Und sie haben ihn Genua getauft.

Zwei Jahre gehen vorüber, und der junge König bekommt wieder Lust zu verreisen. – »Was, Ihr wollt verreisen, und ich bleibe mit dem Kind sitzen?« – »Nein«, antwortet der junge König, »ich schreibe dir ein Papier, daß der da mein Sohn ist und der Kronprinz.« Und das schrieb er. Während er nun seine Reise nach Venedig vorbereitet, schreibt die Tochter dem Vater nach Palermo um eine weitere Brigantine mit Kammerherren, Amme, Möbeln, verschiedenen Kleidern und allem. Die Brigantine kommt in Genua an. Der Königssohn reist ab, die junge Königin schifft sich ebenfalls ein, man weiß, daß die größeren Schiffe mehr Zeit brauchen; sie kommt also zuerst an und richtet sich im Palast ein.

Die Schiffe des jungen Königs treffen ein, und wie der König sich umsieht, auf wen richten sich seine Augen? Auf das Fenster der jungen Königin: »Maria, aber die sieht haargenau wie die kluge Catarina aus, in Neapel – dieselbe, in Genua – dieselbe! Aber die kann es doch nicht sein, weil die doch in einem Kellerloch eingeschlossen ist, und die eine ist in Neapel; die andere in Genua. Aber die hier sieht ganz genauso aus.« Er läßt eine Botschaft überbringen, er macht ihr einen Besuch und sagt zu ihr: »Mir scheint etwas seltsam. Gnädige Frau, Ihr ähnelt ganz einer Dame, die ich in Palermo, in Neapel, in Genua gesehen habe.« – »So ein Wunder! In der ganzen Welt gibt es immer nur sieben, die sich gleichsehen.« Sie halten das übliche Gespräch: »Seid Ihr alleinstehend?« – »Nein, ich bin Witwe. Und Ihr?« – »Auch ich bin Witwer, und ich habe zwei Kinder.« Nach acht Tagen haben sie geheiratet. Die Frau wird schwanger, die Monate gehen vorbei, die Geschichte kennt keine Zeit, nach neun Monaten kommen die Geburtswehen. Sie bringt ein Mädchen zur Welt, schön wie die Sonne und der Mond. »Wie nennen wir sie, liebe Königin?« fragt der junge König die Catarina. – »Vinezia«. So wird sie Vinezia getauft.

Zwei Jahre später: »Weißt du, was ich denke, liebe Königin? Meine Reise habe ich gemacht, jetzt gehe ich nach Palermo zurück, aber bevor ich abreise, mache ich dir ein Papier, so und so: Diese ist meine Tochter, und sie ist eine Königliche Prinzessin.«

Er verreist, und Catarina hinterher. Als Catarina in Palermo ankommt, geht sie zum Haus ihres Vaters und kriecht in das Kellerloch zurück. Kommt der junge König, und sein allererster Gedanke ist, das Kellerloch aufzumachen: »Catarina, wie geht's?« – »Gut« – »Hast du die Ohrfeige bereut, die du mir gegeben hast?« – »Keine Rede davon? Denkt an die Ohrfeige, die Ihr noch kriegt.« – »Überleg dir's, Catarina! Ich heirate wieder.« – »Ja, heiratet nur. Wem liegt schon an Euch.« – »Aber wenn du es bereust, dann bist du meine Frau!« – »Nein!«

Der junge König wußte nicht mehr ein noch aus. So geht er denn und sagt, seine Frau sei gestorben und er müsse wieder heiraten. Er schreibt um die Bilder der unverheirateten Königstöchter. Die Bilder kommen an. Die ihm am besten gefällt, ist die Tochter des Königs von England; er schickt zu ihr und läßt Mutter und Tochter kommen, denn die Heirat ist beschlossene Sache.

Die Prinzessin und der Kronprinz von England kommen in Sizilien an, und sie gehen zum Palast. Inzwischen, was macht Catarina? Sie läßt für ihre drei Kinder Napuli, Genua und Vinezia drei schöne königliche Kleider machen. Am Tage nach der Ankunft der Prinzessin von England sollte die Hochzeit stattfinden. Catarina kleidet sich als die Königin, die sie ist, nimmt sich Napuli, als Kronprinz gekleidet, und Genua und Vinezia als Prinz und Prinzessin, setzt sich in eine Prachtkutsche und fährt zum Palast. Zu den Kleinen sagt sie: »Wenn ich euch sage, ihr sollt eurem Vater die Hände küssen, dann geht ihr zu ihm und küßt sie ihm.« Sie steigen den Palast hinauf. Der junge König saß unter dem Thronhimmel. Sie kommen herein, die Sache ging gut: »Napuli, Genua und Vinezia«, sagt Catarina, »geht und küßt eurem Vater die Hand.« Und sie gehen.

Der junge König wurde kreidebleich, wie es sich gehört. »Ah, das ist wirklich eine Ohrfeige«, sagt er zu Catarina. Er steigt vom Thron herunter und umarmt seine Kinder. Die Prinzessin von England steht da wie die Braut mit rasierten Augenbrauen. Am nächsten Tag hat sie sich den Cassaro gekauft und ist abgereist. Catarina hat ihrem Mann das ganze Geheimnis erzählt, und er konnte nichts anders, als sie um Verzeihung bitten für das, was er sie hatte erdulden lassen. Und von dem Tag an haben sie sich immer lieb gehabt, und:

Die blieben glücklich und gesund,
Wir aber wischen uns den Mund.

(Italien)

Der blaue Drache

*A*lso ich will da eine Sache erzählen, die ist schon sehr lange passiert. In Sardinien ist es gewesen, damals, was ich euch jetzt erzählen will. Da lebte einmal ein Graf. Wie er geheißen hat, das weiß ich nicht mehr. Tut auch nichts zur Sache. Und der Graf hatte ein Schloß – im Nuorese, bei Burgos könnte es gewesen sein, wenn's euch recht ist –, da hatte er also ein Schloß, das steht schon lange nicht mehr, und bei dem Schloß war ein großer Garten. In dem Garten aber, da waren sieben Pinien, die hatte der Graf angepflanzt, sooft ihm ein Mädchen geboren wurde. Hätte er Jungen bekommen, dann hätte er Eichen gepflanzt, aber er hatte keine. Nun, einmal kommt ein Bote zum Grafen und sagt: »Mich schickt«, sagt er, »der Herzog von Sizilien. Es ist ein Krieg ausgebrochen« – mit den Mauren oder den Deutschen oder wer weiß wem – »ein Krieg, und der Herzog wartet auf Euch und Eure Soldaten.« Nun muß man aber wissen, daß der Graf schon so alt war, er konnte nur noch mit einem Stock gehen – gehen ist zuviel gesagt! So kroch und hinkte er durchs Haus. (Der Erzähler hinkt im Kreise herum.) Nun, der Graf schaut sich den Boten an und meint: »Du Trottel, siehst du nicht, daß ich dein Großvater sein könnte?« – »Also«, sagte da der Bote, »dann sendet Eure Söhne.« Da sagt der Graf nichts darauf, geht vielmehr hinaus, zu seiner Frau geht er und sagt: »Alte, mit diesem Stock hätte ich Lust, dich zu prügeln. Blamierst mich im ganzen Lande! Sieben Töchter und keinen Sohn. Und nun soll ich auf meine alten Tage noch ins Feld ziehen.«

Die Frau weint, weiß sich nicht zu helfen. Aber die Jüngste, Nina, heißt sie, sagt zum Vater: »Papa, laß zu, daß ich mich wie ein Mann anziehe! Dann nehme ich dein Pferd und will gegen die Heiden ins Feld ziehen.« – »Aber Töchterchen«, sagt der Alte, »daß ich nicht lache! Wie willst du wissen, was ein Mann im Feld zu tun hat?« Sagt sie: »Laß mich nur machen. Du wirst sehen, daß du dich meiner nicht schämen mußt. Gib mir doch den Schlüssel zu der Waffenkammer.«

Nun, ein Wort gibt das andere, aber Nina läßt nicht locker, und der Alte ist zu mürbe, sich mit den Weibern herumzustreiten. Er gibt ihr also den Schlüssel und denkt sich: »Mein Kettenhemd ist dir viel zu groß. Du wirst hinhageln, wenn du drauftrittst.« Aber Nina ist – husch-husch – schon wieder in der Waffenkammer, putzt die Rüstung, wie sie nur Frauen putzen können, zieht sie an, und siehe da: Sie paßt wie angemessen!

Als sie die Treppe herunterkommt, klirrt und scheppert es. Das hat man im Schloß lange nicht mehr gehört, und der alte Graf sperrt Mund und Augen auf. »Bei Gott und Sankt Michael!« sagt er. »Wenn ich dich so vor mir sehe, möchte ich meinen, ich hätte zu Unrecht eine Pinie gepflanzt. Du bist ein stattlicher Bursche!«

Nina aber nimmt Abschied, geht in den Stall und will sich ein schönes Pferd auswählen. Aber da steht hinten im Eck ein alter Klepper, mager wie der Teufel und klapprig wie ein alter Karren. Und auf einmal fängt das alte Pferd zu reden an: »Nina«, sagt es, »nimm mich mit! Denn zu den Sachen, die du anstellen willst, brauchst du weniger ein Pferd mit Beinen als eines mit Kopf.« Nina überlegt nicht lange. »Pferdchen«, sagt sie, »du hast recht. Schnelligkeit ist gut, Klugheit ist besser.« Aufgesessen – und fort ist sie!

Als sie beim Herzog von Sizilien ankommt, schauen die Leute: so ein hübscher Bursche, aber so ein häßliches Pferd! Ein seltsames Gespann. Aber zum Schauen ist da nicht lange Zeit, denn der Herzog hat nur noch auf Nina – oder Nino, wie wir jetzt sagen wollen – gewartet und will aufbrechen.

Das Heer marschiert übers Gebirge und kommt an den Rand einer großen Wüste. Da traut man sich nicht weiter. Der Herzog fragt: »Weiß jemand, wie man durch die Wüste kommt?« Aber niemand meldet sich. Da nimmt das Pferd den Nino auf die Seite und sagt zu ihm: »Geh zum Herzog und sag, du weißt den Weg. Dann aber laß mich nur machen!« Nino geht also hin: »Herr Herzog, ich weiß den Weg durch die Wüste.« – »Gut, Bursche, wenn du uns richtig führst, sollst du hundert Goldstücke erhalten. Machst du deine Sache aber schlecht und sehen wir, daß du ein Großmaul bist, dann laß ich dir den Kopf abschlagen.«

Nino setzt sich aufs Pferdchen und reitet an die Spitze des Heeres. Und so ziehen sie durch die Wüste, und schau: Da sind sie schon drüben. Der Herzog läßt richtig dem Nino hundert Goldstücke geben, und er liebt ihn wie seinen eigenen Sohn. Das macht viele Herren aus seinem Gefolge, Grafen, Ritter und Barone, neidisch und eifersüchtig. Und eines Tages gehen sie zum Herzog und sagen: »Nino hat behauptet, er könne allein den blauen Drachen besiegen.« Der Herzog mag nicht, daß jemand große Sprüche macht. Maulhelden kann er nicht leiden. Er läßt also Nino rufen und sagt: »Du willst allein hinziehen und den großen blauen Drachen besiegen? So verschwinde augenblicklich, Kerl, und sieh zu, daß du auch bald tust, was du behauptet hast!«

Nino ist sehr traurig. Nie hat er so etwas gesagt. Und wenn er – oder sie – an den blauen Drachen denkt, wird's ihr ganz mulmig. Aber das Pferdchen sagt: »Herrin«, sagt es, »sei nicht traurig! Du mußt dich nur immer ganz genau an das halten, was ich dir rate, dann wird es schon schiefgehen.« Und damit reiten sie davon.

Wie lange sie geritten sind, weiß ich nicht. Sehr lang jedenfalls. Da, an einem Abend, kommen sie durch eine Stadt, und plötzlich hört Nina ein Mädchen weinen. Steigt also vom Pferd und schaut durch ein Fenster in ein Haus hinein. Drinnen steht ein altes Weib und schlägt ein junges Mädchen. Mit einem ledernen Riemen schlägt sie es. »Ja, holla«, ruft Nino, »was ist denn hier los?« – »Dieses faule kleine Luder«, sagt die Alte, »hat mir einen Topf zerbrochen. Sie ist meine Magd, aber ich muß sie täglich verprügeln, so dumm stellt sie sich im Haushalt an.« – »Hör auf, Großmutter«, sagt sie (Nina), »denn ich will dir den Topf bezahlen.« Nun, da wird die Alte freundlicher, lädt den Burschen gar zum Abendessen ein.

Am nächsten Morgen sagt die Alte: »Ich sehe, dir gefällt das Mädchen. Wenn du mir hundert Goldstücke gibst, so viel hat sie mich nämlich gekostet, kannst du sie meinetwegen mitnehmen.« Nino überlegt nicht lang. Er hat zwar nur die hundert Goldstücke, aber er wirft sie der Alten hin, setzt das Mädchen hinter sich aufs Pferd und reitet davon.

»Wo willst du denn hin, Nino?« fragt ihn das Mädchen. »Ich suche den blauen Drachen, um ihn zu besiegen«, antwortet Nino. »Ach«, sagt das Mädchen, »das ist schrecklich!« – »Warum?« – »Weil der blaue Drache mein Bruder ist.« – »Ja«, sagt er, »wie gibt es denn so was!« – »Warte, ich will dir die ganze Geschichte erzählen«, antwortet darauf das Mädchen. »Du mußt wissen, daß ich eine Prinzessin bin. Mein Vater, der hohe Kaiser, hat zwei Kinder, meinen Bruder und mich. Wir lebten alle zusammen glücklich, aber mein Vater hatte eine böse Schwiegermutter, die hatte den bösen Blick. Solange Mama noch lebte, da ging es, denn Mama wußte, was man gegen den bösen Blick tun muß. Aber als Mama plötzlich starb, verzauberte die alte Hexe meinen Bruder in einen Drachen und legte ihn an eine Kette vor ihrem Palast. Mich aber verkaufte sie an jene alte Frau, von der du mich befreit hast. Wenn du meinen Bruder tötest, dann werde auch ich sterben, und wenn dich der Drache tötet, dann werde ich erst recht sterben. So ist es wohl mit meinem Leben aus.«

Gerade in dem Augenblick machte das Pferdchen sein Maul auf und sagte: »Ihr beiden Ratschbasen, haltet euern Mund und steigt einmal von mir herunter, denn mir tut schon mein Rücken weh.« Die beiden stiegen schnell ab, und da sagte das Pferdchen: »Nina, erzähle erst einmal dem Mädchen deine Geschichte. Ich will indessen Gras fressen, denn ich habe großen Hunger. Und hernach sehen wir weiter.«

Nun erzählte Nina der Prinzessin, daß sie ein Mädchen sei und so weiter, ich habe euch ja alles schon haarklein erzählt. Und als beide sich gegenseitig ihr Herz ausgeschüttet hatten und als sie endlich fertig waren – lieber Gott, hat das lange gedauert –, kam das Pferdchen wieder zurück und sagte: »Jetzt haltet einmal an mit eurer Litanei, denn ich muß euch Wichtiges sagen. Und ihr Lieben, paßt mir recht gut auf, denn sonst geht alles schief, und wir landen alle drei im Eimer. Wenn ihr euch aber an meinen Rat haltet, so werden wir gewinnen. – Zunächst einmal: Wir werden jetzt zu jener Hexe reiten. Wenn wir in die Nähe ihres Palastes kommen, dann muß die Prinzessin sich verstecken, ganz nah. Du aber, Nina, reite bis auf siebzig Schritte an den Palast heran. Der Drache wird sehr fauchen, aber die Kette ist sechzig Schritte lang, und so kann er dir nichts tun. Wenn die Hexe hört, wie der Drache Lärm macht, dann wird sie aus dem Fenster hinausschauen. Dann ruf ihr zu, daß du mit ihr raten und wetten willst! Das ist nämlich eine Leidenschaft bei ihr. Sie wird dich fragen, was du willst, wenn du gewinnst – dann verlange den blauen Drachen. Wenn du aber verlierst, so wird sie deinen Kopf wollen. Aber tu es nur richtig, und du brauchst keine Angst zu haben. Dann werden auch ihr Alter und ihr Sohn kommen, man wird den Drachen kurzschließen und dich hineinführen. Bist du erst im Schloß, dann – paß auf! – wird man dich fragen, das und das und das: und du sage so und so und so. – Ich werde es euch dann gleich erzählen, aber ich mag es nicht zweimal sagen. – Und dann, wenn du gewonnen hast, nimm den Drachen an der Kette und reite in den Wald hinüber. Dort zieh schnell deine Rüstung aus und lege sie auf die Wiese, dann wollen wir uns alle verstecken.«

Sie ritten also in das Reich der Hexe, und als sie in einen Wald in der Nähe des Schlosses gekommen waren, versteckten sie die Prinzessin. Das war ganz leicht, denn der Wald ist dort sehr dicht.

Nino aber ritt allein weiter auf das Schloß zu. Bis auf siebzig Schritte traute er sich nicht hin, er war ja ein Mädchen, aber so neunzig oder hundert mögen es gewesen sein. Und siehe da! Der Drache kommt schon hergesaust, und die Kette klirrt, und Nina denkt: »Wenn jetzt die Kette reißt, bringt er uns um.« Aber die Kette reißt nicht. Und die Hexe macht ein Fenster auf, will nachsehen, wer da draußen kommt, weil ihr blauer Drache so wild ist. Da sieht sie den jungen Burschen, und weil sie auch eine Hure und eine Menschenfresserin ist, sagt sie sich: »Erst ins Bett, dann auf den Tisch.« Aber laut schreit sie: »Bursche, was willst du hier?« – »Herrin«, sagt Nino, »ich möchte mit euch raten und wetten.« – »Und was willst du haben, wenn du gewinnst?« – »Den blauen Drachen!« sagt er. »Der ist aber teuer, und du mußt dreimal raten und drei Aufgaben lösen.« »Das soll mir recht sein«, sagt Nino.

Da zieht die Hexe den Drachen an der Kette zurück, bindet ihn ganz kurz an, und Nino geht ins Haus hinein. Da sitzen auch schon der Alte und sein Sohn, die sind ganz neugierig, wie die Geschichte gehen wird: gewinnt die Alte, ist es gut, denn es gibt frisches Christenfleisch, gewinnt der Bursche, dann krepiert die Alte – noch besser!

»Also«, sagt die Hexe, »fangen wir an! Die erste Frage heißt: Wie heißt das Schloß, das 365 Fenster hat? Wenn du die Antwort weißt, so sage sie!« – »Das Schloß, das 365 Fenster hat, heißt ›das Jahr‹.« – »Bursche«, sagt die Hexe, »du weißt allerhand; laß sehen, wie schlau du bist, denn jetzt kommt die zweite Frage: Wer war es, der ein Viertel aller Menschen erschlug, die auf der Erde lebten?« – »Das war Kain, als er seinen Bruder Abel tötete, denn da es damals außer Adam und Eva und den beiden Brüdern niemand auf der Erde gab, tötete Kain ein Viertel aller Menschen.« – »Nun«, sagte die Hexe, »ich sehe, du bist nicht auf den Kopf gefallen. Aber laß sehen, ob du noch mehr weißt!« sagt sie. »Und jetzt kommt die dritte Frage. Antworte, wenn du kannst: Was ist die Drei, die Sieben und die Zwölf?« – »Drei Personen ist Gott, sieben Töchter hat mein Vater, und zwölf sind die zwölf Apostel.«

Die Hexe war ungeduldig, weil sich der Bursche schlau verhielt, aber sie dachte: »Warte nur, du wirst schon noch mein.« Und laut sagte sie: »Die drei Fragen hast du gelöst. Nun laß uns sehen, ob du bei den Aufgaben auch so geschickt bist. Wenn nicht, nun, so wollen wir uns keine Sorgen um das Mittagessen machen.« Aber Nino ließ sich nicht erschrecken: »Alte«, sagte er, »rede schneller, denn ich bin nicht hergekommen, um hier zu übernachten.« Die Hexe wurde ganz wütend, denn so einen frechen Kerl hatte sie noch nie gesehen. »Gut«, schrie sie, »wollen wir für alle Fälle gleich einmal reinen Tisch machen. Hier hast du fünf Eier, die sollst du unter mich, meinen Gatten und meinen Sohn aufteilen, daß jeder gleich viel erhält. Kannst du das nicht, so will ich das Feuer sofort anzünden.« Nino besann sich auf das, was ihm das Pferdchen geraten hatte, nahm die Eier und gab der Alten drei, dem Alten und seinem Sohn dagegen nur je eines. »Was soll das?« sagte die Hexe. »Habe ich dir nicht gesagt, jeder soll gleich viele Eier haben?« – »Das habt Ihr auch«, antwortete Nino keck, »hier sind Eure drei Eier, Frau, und Euer Mann und Euer Sohn haben jeweils zwei Eier noch in der Hose.« Da ärgerte sich die Alte gewaltig, aber sie konnte Nino nichts tun, weil er schlauer gewesen war als sie.

»Nun zur zweiten Aufgabe!« sagte die Hexe. »Geh in den Keller hinunter, der ist bis unter die Decke voll von Brot. Wenn du das nicht bis morgen zum Sonnenaufgang aufgegessen hast, werde ich dich auffressen.« Und damit geht sie voran, hebt die Falltür auf, läßt den Burschen hinuntersteigen und riegelt hinter ihm wieder zu. Da saß er nun im Finstern, und obwohl er das gute Brot roch, ist ihm gar nicht wohl dabei. Aber er erinnert sich: »Wie war das? Was muß ich jetzt machen?« Und er tastet sich im Finstern die Wand entlang, und in der Ecke, ganz oben, da wackelt ein Stein, den kann man herausnehmen. Es gibt nur ein kleines Loch, etwa so groß. (Der Erzähler zeigt es mit den Händen.) Dann pfiff Nino, und schon steht das Pferdchen draußen vor dem Loch. »Gut gemacht, Junge. Und her mit dem Brot!«

Nino nimmt einen Laib Brot nach dem andern, und kaum hat er ihn durchs Loch geschoben, schwupp, da hat das Pferd ihn schon gefressen. Freilich: Es war ein ganz schönes Stück Arbeit, und bis Nino den Keller ausgeräumt hat, ist er sehr, sehr müde; die Augen fallen ihm beinahe zu. Da nimmt er den Stein und schließt damit wieder das Loch, denn draußen wird es bereits hell.

Es dauert auch nicht mehr lang, da kommt die Hexe mit dem Alten und dem Sohn. Hungrig sind sie alle drei. Aber da sitzt Nino allein im leeren Keller. »Bursche, hast du vielleicht wirklich das ganze Brot aufgegessen?« – »Aber natürlich. Endlich bin ich wieder einmal satt geworden!« Die Alte ist zornig wie ein alter Bootsmann, und die beiden Männer sind so hungrig, daß sie wie zwei Vögel die Brotbröckchen wegpicken, die vorn an seinem Hemd und an der Hose hängengeblieben sind. »Nun«, sagt die Alte, »so schlafe dich aus. Wir haben jetzt keine Zeit für dich und müssen uns erst ein anderes Frühstück suchen.«

Es wird Abend, da kommt die Hexe und weckt Nino auf; den ganzen Tag hat er verschlafen. »Du, he«, sagt sie, »los, weiter! Jetzt kommt die dritte Aufgabe. Und wenn nicht . . . na, du weißt schon.« Und sie führt ihn in den Hof des Schlosses. Da steht ein Ziehbrunnen. »Jetzt wollen wir doch sehen«, sagt die Alte, »ob du den Brunnen, bis die Sonne aufgeht, leer trinken kannst! Wenn ich auch nur noch einen Eimer Wasser morgen heraufhole, dann soll es das Wasser für die Suppe sein, die ich aus dir koche.«

Nino macht sich gleich an die Arbeit, windet brav den ersten Eimer Wasser herauf und schüttet ihn in einen Zuber, der da steht. Bis es dunkel ist, hat er den Zuber gefüllt, und da kommt auch schon sein Pferdchen gerannt. Daß es dicker geworden wäre – dicker von dem vielen Brot –, davon sieht man nichts. Es säuft gleich den Zuber aus, und dann Eimer um Eimer, den Nino heraufwindet. Gegen den Morgen zu, da kann das arme Mädchen nicht mehr. Ist es ja auch nicht gewöhnt, nachts zu arbeiten wie eine Hure. Aber das Pferdchen sagt: »Gib mir nur das Seil zwischen die Zähne! Ich hole die Eimer schon selber herauf.«

Kaum wird es hell, kommt die Hexe mit den beiden Hexerichen. »Laß sehen, wie es steht!« sagt sie und läßt den Eimer hinunter. Der scheppert unten auf dem leeren Boden und kommt trocken herauf. »Verdammter Halunke«, sagt die Alte, »dir muß der Teufel selber geholfen haben. Deshalb stinkt es hier auch schon so nach Schwefel!« (Es stinkt aber, weil das Pferd so hat furzen müssen.)

Sie bindet den Drachen los und sagt: »Nimm dieses Vieh hier und pack dich! Möge es Schwefel auf dich herabregnen, daß dich weder Vater noch Mutter erkennt! Mögen dir die roten Ostern den Garaus machen und deine Eier die Adler fressen. Mögst du samt deinem Pferd und dem Drachen verhungern, verdursten, verrecken und krepieren!«

Was kümmert Nino, daß die Alte flucht? Gar nichts. Er hat einen Zauber gegen den bösen Blick, einen ganz hervorragenden Zauber hat er: sieben Amulette! Und wollt ihr wissen, was das alles ist? Es ist wichtig, das zu wissen, denn jeder von uns kann es brauchen. Und wer nicht daran glaubt, nun, noch keinem hat es geschadet. Also: Erstens die Spitze eines Horns von einem schwarzen Stier, zweitens die Zähne von einem Wiesel, drittens Krallen einer Wildkatze, viertens eine Blume – »su flori romani« heißt sie bei uns daheim, wächst drinnen im Gebirge, ich weiß nicht, ob ihr sie kennt. (Man sagt, wenn sie eine Jungfrau pflückt, hat sie besondere Kraft.) Also weiter: Habe ich jetzt viertens oder fünftens gesagt? (Antwort aus dem Publikum: Vier waren es. Der Erzähler zählt nun weiter an den Fingern ab.) Also fünftens einen kleinen Zauberspiegel, den bekommt man an Wallfahrtsorten zu kaufen, etwa bei Santa Maria di Buon'Aria oder auch Montenero. Sechstens ein kleines Kreuzchen, wie ich hier eines habe. – Hilft prima! – Und siebtens einen Zettel mit einem lateinischen Spruch darauf. Ich weiß ihn nicht auswendig. Wen's interessiert, dem kann ich ihn nachher zeigen. Hab ihn in meinem Seesack. – Nun, ihr seht: Nino oder Nina hat alles dabei, und wenn's ein Kardinal wäre, niemand kann ihr was anwünschen.

So macht sich das Mädchen auf, nimmt in eine Hand den Zügel, in die andere die Kette und geht auf den Wald zu. Eine halbe Stunde ist sie gegangen, da kommen sie dorthin, wo sich die Prinzessin versteckt hat. Und gleich zieht sie ihr Kettenhemd aus, legt Helm und Schwert daneben, und dann verstecken sich alle vier: die beiden Mädchen, das Pferd und der Drache.

Derweil hat die Alte daheim einen großen Zorn, und zu ihrem Sohn sagt sie: »He, Faulpelz«, sagt sie, »soll ich immer daran denken, euch aufzukochen, und ihr wollt nichts tun? Lauf schnell jenem Grafen nach und brich ihm das Genick! Dann bring ihn mir, damit ich ihn kochen oder braten kann.« Der Bursche läuft wie ein Hase, aber als er mitten auf der Wiese die Rüstung liegen sieht, vergißt er alles, denn er hätte längst gern auch so eine Kleidung gehabt, ist er doch der Schwager eines Kaisers! Er wartet nicht lang, sondern zieht das Kettenhemd an, paßt ihm wie angeschneidert, setzt den Helm auf und gürtet sich das Schwert um. So läuft er stolz heim.

Als ihn der Vater sieht, der alte Menschenfresser, bekommt er eine große Wut, denn er denkt: »Der Ritter hat mir meinen Sohn erschlagen. Er muß ein noch größerer Zauberer sein.« Und als der Sohn, den er nicht erkennt, nahe genug herangekommen ist, schleudert er einen Felsbrocken, der den Burschen ganz zerquetscht. Die beiden Alten freuen sich auf den Braten, laufen hinunter und zerreißen ihn, um ihn roh zu fressen. Da sehen sie, daß es ihr Sohn ist. »Verfluchte Alte«, schreit der Hexerich, »möchtest du doch krepieren wie eine vergiftete Katze!« – »Und du, Alter«, schreit sie noch lauter, »du sollst zu Stein werden, an den die Hunde hinpinkeln!«

Was soll ich noch sagen? Die Flüche gingen in Erfüllung, denn zaubern konnten sie alle beide. Lassen wir sie also krepieren und schauen wir uns die beiden Mädchen an. Die sitzen im Wald, und die Prinzessin weiß nicht, soll sie sich freuen oder soll sie beklagen, daß ihr schöner Galan nur ein Mädchen ist. Da sagt das Pferd: »He, ihr da«, sagt es, »ihr müßt nun ein Beil nehmen und uns beiden den Kopf abschlagen.« Die beiden Mädchen trauen sich nicht, aber das Pferd und der Drache werden ganz wild, und endlich, da schlägt die Prinzessin dem Pferd und Nina dem Drachen den Kopf ab. Und wer steht auf einmal da? – Ja, da schaut ihr und wackelt mit den Ohren! – Da stehen also zwei Prinzen, und der eine ist der Sohn des Kaisers, das war der Drache, und der andere ist der Sohn des Königs, der war das Pferd gewesen; und beide waren sie von der alten Hexe mit dem bösen Blick verzaubert worden. Natürlich haben sie alle geheiratet, also Nina den Drachen, denn er konnte seine Schwester nicht gut heiraten ... also der blaue Drache hat Nina geheiratet, das Pferd die Prinzessin. Jetzt aber erzählt mir einmal, wer von euch mit einem Drachen verheiratet ist!

(Sardinien)

Die drei Feen

*E*s waren einmal ein Mann und eine Frau, die hatten keine Kinder und waren daher sehr unzufrieden mit ihrem Dasein. Eines Tages schüttete die Frau dem Heiligen Antonius ihr Herz aus und erzählte ihm ihren Kummer. Der Heilige gab ihr drei Äpfel, die sollte sie auf nüchternen Magen essen. Die Frau ging nach Hause, legte die Äpfel auf die Kommode und machte sich daran, das Essen zu bereiten. Als der Mann nach Hause kam, sah er die drei Äpfel und aß sie auf.

Da ging die Frau wieder zum Heiligen Antonius, und er sagte zu ihr: »Dann muß nun dein Mann die Schmerzen erdulden, die du erdulden solltest.«

Als nun die Zeit kam, begann der Mann zu schreien; man holte einen Sachverständigen, der schnitt ihm den Bauch auf, um ihn zu erleichtern. Und der verzweifelte Mann befahl, das Kind im Gebirge auszusetzen. Ein Adler stieß vom Himmel herab und packte das Kind mit dem Schnabel und zog es mit der Milch auf, die er den Kühen, die auf der Weide waren, abzapfte, und kleidete es mit der Wäsche, die er auf den Trockenböden wegnahm. Er baute ihm ein kleines Häuschen aus Stroh, und da wuchs nun das arme Geschöpf heran und wurde ein wunderhübsches Mädchen.

Eines Tages kam ein Prinz vorbei, der in dem Gebirge jagte. Er sah das hübsche Mädchen und fragte, ob sie mit ihm gehen wolle. Sie sagte ja, das wolle sie. Als er sie auf seinen Wagen hob, kam plötzlich der Adler herbei, um sie ihm wegzureißen; da er es aber nicht konnte, hackte er ihr im letzten Augenblick ein Auge aus. Der Prinz aber liebte das Mädchen trotz ihres großen Fehlers wie vorher. Er nahm sie mit sich und verbarg sie im Schloß in seinem Zimmer. Als die Königin nun ihren Sohn immer in seinem Zimmer eingeschlossen fand, wurde sie argwöhnisch und wollte wissen, was wohl darin war. Und sie veranstaltete eine große Jagd, die mehrere Tage dauerte. Als alle fort waren, konnte die Königin durch eine Tür, die nur sie allein kannte, in das Gemach des Prinzen kommen. Als sie eintrat, erblickte sie das Mädchen.

»Ach, bist du es, schielendes Einaug, die meinen Sohn bestrickt ? Komm heraus, um das Schloß und den Garten zu sehen!«

Das Mädchen ging mit der Königin, und als sie in den Garten kamen, führte die Königin sie an einen tiefen Brunnen und stieß sie hinein. Als der Sohn von der Jagd zurückkam, sagte sie zu ihm: »Das schielende Einaug, das du in deinem Zimmer eingeschlossen hattest, ist in Windeseile davongelaufen, als die Tür geöffnet wurde, und niemand hat es zurückbringen können.«

In der Nacht kamen drei Feen am Brunnen vorbei und hörten darin seufzen.

»Was ist das ? Was mag das sein?«

»Das ist eine Mädchenstimme.«

Sie beugten sich über den Brunnenrand, um besser zu hören. Dann sagte die eine: »Ich schenke dir, daß du bald aus dem Brunnen herauskommst und von vollkommener Schönheit bist.«

»Und ich schenke dir eine silberne Schere, mit der sollst du demjenigen die Zunge abschneiden, der dich zweimal nach derselben Sache fragt.«

»Und ich schenke dir ein Schloß genau gegenüber dem Schloß der Königin, das soll von außen alt aussehen, aber von drinnen aus lauterem Gold und Silber sein.«

Am nächsten Tage entsetzten sich alle sehr, als sie dem königlichen Schloß gegenüber ein großes altes Schloß sahen, ohne daß sie sich erinnerten, wie und wann es erbaut worden war. Am meisten entsetzte sich die Königin, und sie befahl ihrem alten Kammerherrn, in Erfahrung zu bringen, was das sei, und wer darin wohne.

Der Kammerherr ging in das alte Schloß, blieb aber voll Verwunderung stehen, als er das Innere erblickte. Da erschien ihm ein prächtig gekleidetes Mädchen, das er nun nach den Dingen fragte, die die Königin wissen wollte. Es antwortete:

> »Sage deiner Königin,
> meine Mutter ersehnte mich,
> mein Vater bekam mich,
> in den Wald brachte man mich;
> ein Adler hat mich groß gemacht,

mich fand der Prinz dann auf der Jagd;
die Königin stieß mich in den Bronnen;
drei Feen aber waren mir hold gesonnen;
sie brachten mich an diesen Ort,
und niemals geh ich von hier fort.«

Der Kammerherr konnte diese Auskunft nicht gleich im Kopf behalten und bat daher das Mädchen, sie zu wiederholen; da sagte es: »Schneide los, Schere!«

Und im selben Augenblick fiel ihm die Zunge aus dem Mund. Der Kammerherr ging ins Schloß zurück und konnte nur noch sagen: »Lo-lo-ro, lo-lo-ro.«

Da schickte die Königin einen anderen hin, aber dem geschah dasselbe. Schließlich ging der Prinz hin, und als er die Verse gehört hatte, die das Mädchen gesprochen, sagte er sie der Königin her. Sie aber wollte sich mit eigenen Augen von all dem überzeugen, und dann gab sie ihrem Sohn die Erlaubnis, das Mädchen zu heiraten.

(Portugal)

Der weiße Papagei

Nun also: Es war einmal ein reicher Graf, der liebte ein junges Mädchen, das war arm, aber wunderschön, und er liebte sie so sehr, daß er sie heiratete. Es geschah aber, daß bald darauf ein Krieg ausbrach und der Graf fortmußte. Da gab er die Gräfin, die schwanger war, in die Obhut eines Haushofmeisters, dem er sehr vertraute, und beauftragte ihn damit, ihn zu benachrichtigen, sobald die Gräfin ein Kind geboren habe.

Der Graf brach auf, und der Haushofmeister, der in seine Herrin verliebt war, erklärte ihr bald darauf, wie sehr er sie liebe. Doch die Gräfin wies ihn empört ab und drohte, es ihrem Gatten zu erzählen, wenn er sie weiter belästige.

Als der Haushofmeister sich so von ihr zurückgestoßen sah, verbarg er seinen Zorn und beschloß, sich zu rächen. Die Zeit verstrich, und die Gräfin brachte einen Knaben und ein Mädchen zur Welt. Beide hatten einen Stern auf der Stirn.

Da schrieb der Haushofmeister dem Grafen und sagte ihm, daß er schon seit längerer Zeit den Argwohn habe, daß die Gräfin in engeren Beziehungen zu einem Negersklaven stehe, doch daß er dies seinem Herrn nicht eher habe schreiben wollen aus Furcht, vielleicht zu irren. Unglückseligerweise habe sich sein Argwohn aber jetzt als wahr erwiesen, da die Gräfin einen Negerjungen und ein Negermädchen zur Welt gebracht habe, wie der Graf selber sehen könnte, wenn er aus dem Krieg zurückkäme.

Als der Graf den Brief gelesen hatte, wollte er sogleich auf seine Burg eilen; doch da er das Heer nicht verlassen konnte und sehr zornig war und dem Haushofmeister so sehr vertraute, daß er alles glaubte, was dieser ihm schrieb, befahl er, den Neger und die Kinder zu töten und die Gräfin einzukerkern.

Doch der Haushofmeister wagte nicht, die Kinder zu töten, und er ließ einen gläsernen Kasten machen; da legte er sie hinein und warf sie in den Fluß. Dann ließ er die Gräfin einkerkern und entschuldigte sich damit, daß sein Herr dies befohlen habe.

Nun geschah es, daß ein alter Mann, der dort gerade fischte, sah, wie etwas Glänzendes, einem Kasten Ähnliches flußabwärts trieb. Er wollte wissen, was es sei, und als er das Netz auswarf, zog er den Kasten heraus und staunte nicht wenig, als er die wunderschönen Kinder darin erblickte. Er brachte sie nach Haus, und mit seiner Frau zusammen zog er nun die Kinder auf, so gut er konnte, und band ihnen ein Tuch um die Stirn, damit die Sterne, die sie hatten, nicht die Aufmerksamkeit hervorriefen. Als die Kinder größer wurden, befahl er ihnen, auf die Frage, weswegen sie die Binde trügen, zu antworten, sie hätten eine Wunde.

Da die armen Leute schon sehr alt waren, starben sie nach einigen Jahren und hinterließen den Kindern das wenige, was sie besaßen. Sie hatten ihnen anvertraut, wie sie sie gefunden hatten, und ihnen geraten, die Binde nicht eher abzunehmen, bis sie wüßten, wer ihre Eltern seien. Denn die wären sicherlich reich, nach den Tüchern zu urteilen, in die sie gewickelt waren und die sie in dem gläsernen Kasten, in dem die Kinder gelegen hätten, aufbewahrten.

Nun gut; obwohl der Graf, der schon lange Zeit aus dem Krieg zurückgekehrt war, nichts argwöhnte, so war doch dem Haushofmeister nicht ganz wohl zumute, und er stellte dauernd Nachforschungen nach den Kindern an. Und da er ahnte, daß es die mit der Binde waren, obwohl sie für die Kinder des Fischers galten, befahl er einer Alten, sie aus der Welt zu schaffen.

Die Alte, die eine Hexe und zu allem fähig war, wenn man sie gut bezahlte, paßte die Gelegenheit ab, als die Schwester allein war, und kam ans Haus.

»Guten Tag, liebes Mädchen. Was macht denn dein Brüderchen?«

»Er ist nicht zu Haus, er ist nach draußen gegangen.«

»Ei, was für ein wunderschönes Haus hast du.«

»Wollt Ihr es sehen? Kommt nur herein.«

Die Alte, der das nur recht war, ließ sich nicht weiter bitten und trat ein. Das Mädchen zeigte ihr alles, und als die Alte den Hof sah, sagte sie: »Dieser Hof ist sehr schön, aber es fehlt eine Quelle mit Silberwasser darin. Wenn dein Brüderchen will, so braucht er nur da und da hinzugehen und aus einer Quelle, die sich dort befindet, einen kleinen Krug voll Wasser zu holen und es hier auf den Hof zu gießen, dann wird sogleich eine Quelle entstehen.«

Die Alte ging fort, und kaum war der Bruder gekommen, erzählte das Mädchen ihm, was die Alte ihr gesagt hatte, und bat ihn, das Wasser zu holen, denn sie wollte so gern eine Quelle haben.

»Geh mir mit diesem Unsinn!« sagte der Knabe. »Was brauchen wir so etwas? Ich gehe nicht dahin.«

Doch das Mädchen brach in Weinen aus, und da er sie sehr liebte, versprach er schließlich, ihr einen Krug voll Wasser zu holen.

Der Knabe brach auf und ging nach dem Ort, den die Alte genannt hatte, und mitten auf dem Weg traf er ein altes Väterchen, das sprach zu ihm: »Hör, Knabe, wer will dir so bös, daß er dich hierherschickt?«

»Ihr müßt wissen«, antwortete der Knabe, »daß ich dahinten hingehen will, denn eine Alte hat meiner kleinen Schwester gesagt, daß dort eine Quelle mit Silberwasser ist und, wenn man davon einen Krug voll holt und das Wasser gießt, dort auch eine Quelle entsteht.«

»Nun hör, das alles ist wahr, aber um das Wasser zu holen, muß man viele Gefahren bestehen, denn die Quelle wird von einem Löwen bewacht. Bevor du eintrittst, betrachte ihn dir genau: wenn er die Augen geschlossen hat, nähere dich nicht, hat er sie aber offen, so schläft er. Dann hol das Wasser und springe fort, bevor er erwacht, denn er hat einen sehr leichten Schlaf.«

Nun also, der Knabe erreichte den Ort, den man ihm genannt hatte, und als er sah, daß der Löwe seine Augen geöffnet hatte, tat er so, wie der Alte ihn geheißen hatte, und holte seinen Krug voll Wasser. Als er dann zu Hause ankam, goß er das Wasser auf den Hof, und sogleich entstand eine große Quelle mit Silberwasser, die war wunderschön, und es war eine Lust, sie anzusehen. Da war die Schwester außer sich vor Freude.

Am nächsten Tag kam die Alte wieder und fragte: »Und was macht dein Brüderchen?«

»Er ist nicht hier, doch kommt herein und seht die schöne Quelle, die wir haben.«

Die Alte trat ein, und als sie die Quelle erblickte, biß sie sich vor Wut auf die Lippen, und als sie hörte, wie der Knabe der Falle entkommen war, sagte sie: »Höre, es gibt da auch noch eine Eiche, deren Eicheln aus Silber und deren Eichelkelche aus Gold sind. Wenn dein Bruder einen kleinen Zweig davon herbringt und ihn auf den Hof legt, so wird daraus eine prächtige Eiche entstehen.«

Die Alte ging fort, und kaum war der Bruder zurückgekehrt, erzählte die Schwester ihm, was sie ihr gesagt hatte, und bat ihn, er sollte doch hingehen und einen kleinen Zweig abschneiden.

»Nein«, sagte der Bruder, »ich gehe nicht, denn wir wissen nicht, was mir dabei zustoßen kann.« Aber die Schwester brach in Weinen aus, und da versprach er, wieder hinzugehen.

Er brach auf, und unterwegs traf er den Alten, der fragte ihn, wohin er gehe. Da erzählte er ihm alles, und der Alte antwortete: »Nimm dieses Pferd, steig auf und reite zur Eiche. Bevor du absteigst, betrachte dir die Schlange, die sie bewacht. Hält sie den Kopf versteckt, so schläft sie; dann schneide den Zweig ab und eile hinweg.«

Er stieg auf das Pferd und tat alles, wie der Alte ihm gesagt hatte: die Schlange hatte den Kopf versteckt, da schnitt er den Zweig ab und stürzte davon. Er kam zu Hause an, und sobald er ihn auf den Hof legte, entstand eine prächtige Eiche, um die ihn alle beneideten.

Als die Alte wiederkam und die Eiche sah, begann sie, innerlich vor Wut zu kochen, und sprach bei sich: »Wir wollen doch sehen, ob du noch einmal entkommst.«

»Höre«, sagte sie zu dem Mädchen, »jetzt, wo du die Quelle und die Eiche hast, fehlt dir noch ein Papagei. Ich weiß einen, der ist weiß und sehr wertvoll, und wer ihn fängt, wird sein Leben lang reich sein. Wenn dein Bruder dir auch den noch bringt, werdet ihr immer glücklich sein.«

»Gut, ich werde es ihm sagen«, antwortete die Schwester.

Die Alte ging fort, und als der Bruder kam, erzählte sie ihm alles und bat ihn, er sollte doch den Papagei holen; aber der Bruder wollte es nicht und sagte, daß diese Launen ihn am Ende teuer zu stehen kommen würden. Doch das Mädchen weinte und bat so sehr, daß der Bruder schließlich sagte: »Gut, ich will dir den Gefallen tun und ihn holen, doch unter der Bedingung, daß es das letztemal ist, daß du mich um solche Dinge bittest.«

Das Mädchen versprach es ihm, und er machte sich auf die Suche nach dem Papagei. Mitten auf dem Weg begegnete ihm wieder das alte Väterchen, das ihn fragte, wohin er gehe. Da erzählte er es ihm, und der Alte antwortete: »Höre, du mußt tun, was ich dir sage: Du kommst an einen herrlichen Garten, dort wirst du auf den Bäumen viele Vögel sehen. Komm keinem zu nahe, sondern warte ein Weilchen, denn dann wird ein sehr schöner weißer Papagei hervorkommen, der sich auf einem runden Stein niederläßt und sich etliche Male im Kreise herumdreht und sagt: ›Ist keiner da, der mich greift? Ist keiner da, der mich packt? Nun, wenn keiner mich leiden mag, so soll man mich lassen, so soll man mich lassen.‹ Dann wird er den Kopf unter den Flügel stecken, und du kannst ihn greifen. Aber greif ihn nicht vorher, denn dann entkommt er, und du wirst in einen Stein verwandelt und mußt da bleiben wie alle die, die vor dir hingegangen sind.«

Nun also, der Knabe ging hin, und als er da war, fand er einen Garten, der war voller Bäume, um die viele schöne Vögel flatterten, und unten auf der Erde sah man Statuen aus Stein. Nachdem er dies alles eine Weile betrachtet hatte, sah er einen weißen Papagei hervorkommen, der war so schön, wie es keinen zweiten gab. Er flog auf einen runden Stein, der in der Mitte stand, und ließ sich dort nieder, schüttelte sich und sagte: »Ist keiner da, der mich greift? Ist keiner da, der mich packt? Nun, wenn mich keiner leiden mag, so soll man mich lassen, so soll man mich lassen.«

Und er begann, sich etliche Male im Kreise herumzudrehen, und dann steckte er den Kopf unter den Flügel. Da der Knabe fürchtete, daß er ihm entkommen könnte, faßte er ihn an, bevor er den Kopf ganz versteckt hatte, und so geschah es, daß der Papagei ihn sah und fortflog und der Knabe in einen Stein verwandelt wurde.

Als das Mädchen merkte, daß ihr Brüderchen nicht zurückkam, fürchtete sie, daß ihm ein Unglück zugestoßen war, und sie begann zu weinen und sprach sich selber die Schuld zu an dem, was ihrem Bruder widerfahren war. Und als die Alte kam und sie besuchte, fand sie das Mädchen in Tränen aufgelöst. Sie erzählte ihr, daß ihr Bruder nicht zurückgekehrt und ihm sicherlich ein Unglück zugestoßen sei. Die Alte verbarg ihre Freude und tröstete sie und sagte, sie solle sich keinen Kummer machen, es sei ihm sicherlich nichts geschehen.

»Es ist gut möglich«, sagte sie, »daß er ganz entzückt von dem Schönen dort ist und noch nicht wieder fortgehen mag. Das Beste, was du tun kannst, ist, selbst hinzugehen und nachzusehen, was geschehen ist, und deinen Bruder zu holen; vielleicht hat er auch nur den Weg vergessen.«

Nun, die Alte überredete also das Mädchen endlich, das sehnlich etwas über ihren Bruder wissen wollte, und so brach sie auf, um ihn zu suchen. Sie ging weiter und immer weiter, bis sie auf dem Weg denselben Alten sah, den ihr Bruder getroffen hatte.

»Wer will dir so bös, Mädchen, daß er dich hierherschickt?«

»Ach, Herr, ich bin auf der Suche nach meinem Brüderchen, das hier vorbeigegangen ist, um einen Papagei zu holen, und der noch nicht wieder zurückgekommen ist.«

»Nun, höre denn, dein Bruder ist in einen Stein verwandelt, weil er nicht getan hat, was ich ihm sagte. Doch sei nicht traurig darüber, denn du kannst ihn retten, aber du mußt tun, was ich dir sage.«

»Gut, ich werde es tun.«

»Sieh, du mußt hier entlanggehen; dann kommst du an einen Gar-

ten, wo dein Bruder ist, und wenn du einen schönen weißen Papagei
hervorkommen siehst, der sagt: ›Ist denn keiner da, der mich greift? Ist
keiner da, der mich packt?‹, dann wartest du, bis er zu sprechen aufhört
und sich nicht mehr im Kreise herumdreht; dann wird er den Kopf
unter dem Flügel verstecken. Dies ist der Vogel, den du suchst. Warte,
bis er ganz stillesteht, und wenn du siehst, daß er den Kopf unter dem
Flügel hat, dann leg Hand an ihn und pack fest zu. Paß aber auf, daß du
ihn nicht vorher greifst, denn dann wird dir dasselbe widerfahren wie
deinem Bruder.«

Das Mädchen ging also los, nachdem sie sich bei dem Alten bedankt
hatte, und ging dahin, wo der Garten war, und obwohl sie dort so viele
schöne Dinge sah, kümmerte sie sich nicht darum. Da sah sie den
weißen Papagei hervorkommen, der setzte sich auf den runden Stein,
der von Statuen umgeben war, und schüttelte sich und sagte: »Ist
keiner da, der mich greift? Ist keiner da, der mich packt? Nun, wenn
mich keiner leiden mag, so soll man mich lassen, so soll man mich
lassen.«

Und er begann, sich etliche Male im Kreise herumzudrehen, bis er
müde wurde. Dann steckte er den Kopf unter den Flügel und blieb
ruhig. Da faßte ihn das Mädchen, das ihn genau beobachtet hatte, an
und griff ihn.

In diesem Augenblick begannen alle die steinernen Statuen, die auf
dem Hof standen, sich zu bewegen und Leben zu bekommen, denn es
waren lauter Herren, die versucht hatten, den Papagei zu fangen, und
ihn nicht bekommen hatten. Unter ihnen war der Bruder und auch der
Vater der Kinder, den sie nicht erkannten. Alle bedankten sich bei dem
Mädchen, das sie aus der Verzauberung erlöst hatte, und die Geschwister luden die Herren ein, bei ihnen zu essen.

Sie nahmen die Einladung an und kamen zu den beiden ins Haus.
Während man das Essen bereitete, erzählte der Bruder den Gästen
seine Geschichte und erklärte, daß er und seine Schwester nicht wüßten, wer ihre Eltern seien, doch daß sie die Hoffnung hätten, sie eines
Tages zu finden, denn sie besäßen noch den kleinen gläsernen Kasten,
in den man sie gelegt hatte, und die Tücher, in die sie gewickelt waren.
Auf Bitten der Gäste holte er die Tücher hervor, und nicht wenig

staunte der Graf, als er sein Wappenschild darin gestickt sah. Der wußte natürlich nicht, was er von all dem denken sollte, und er hätte wohl gewünscht, daß dies seine Kinder wären. Aber da der Haushofmeister ihm versichert hatte, daß die Gräfin zwei Negerkinder zur Welt gebracht hatte, wußte er nicht, was er sagen und was er denken sollte. Da kam das Mädchen und bat die Gäste zum Essen. Der Graf, der ganz und gar in seine Gedanken vertieft war, aß nichts, und der Papagei, der sich immer bei dem Mädchen aufhielt, wandte sich an den Grafen und sagte: »Sehr nachdenklich bist du, Graf. Wenn du wissen willst, was wahr an dem ist, was du denkst, so hol deine Frau aus dem Kerker hervor. Sie wird sagen können, wer ihre Kinder sind.«

Der Graf ging nach Hause und befahl, die Gräfin herauszuholen, die ihm alles erzählte, was geschehen war, und sagte, daß man ihre Kinder an den Sternen erkennen könne, die sie auf der Stirn hätten.

Und der Graf, der an die Tücher der Kinder dachte und an die Binde, die sie um die Stirn trugen, und an das, was der Papagei ihm gesagt hatte, ließ sie auf die Burg kommen.

Sobald die Gräfin die Kinder erblickte, erkannte sie sie, nahm ihnen die Binden ab und zeigte die Kinder dem Grafen, der sie außer sich vor Freude umarmte. Nun war er überzeugt von der Gemeinheit, die der Haushofmeister begangen hatte, und befahl, ihn zu töten. Die Alte, die erfahren hatte, was geschehen war, fürchtete, daß ihrer dasselbe harre, und suchte das Weite.

Der Graf und die Gräfin lebten glücklich ihr Leben lang mit ihren Kindern, die sich niemals von ihrem weißen Papagei trennten.

(Spanien)

Das Licht der Welt

Es war einmal eine arme Witwe, die sieben Söhne hatte, aber weder Haus noch Hof besaß. So mußte sie mit ihren Kindern durch das Land gehen, um die Barmherzigkeit der Leute anzuflehen. Eines Tages kam sie in ein Dorf und hörte, daß dort ein Palast stünde, der von keiner Menschenseele bewohnt sei. Es war das schönste und reichste Gebäude in weitem Umkreis, aber man hatte es verlassen, weil dort die Furcht umging. Die Witwe ging mit ihren sieben Söhnen zum Bürgermeister und fragte, ob er ihr wohl erlaube, den Palast zu betreten und darin die Nacht zuzubringen. Der Bürgermeister aber sträubte sich heftig und riet der Witwe ab, weil man in dem Hause nachts ein Rasseln von Ketten und ein Klappern von Gebeinen höre. Die arme Frau aber, die weder Bett noch Tisch besaß und nicht wußte, wohin sie ihr müdes Haupt legen sollte, entgegnete, es mache ihr nichts aus, so arm wie sie wären, hätten sie nichts zu verlieren.

Sie ging also mit ihren Söhnen in den Palast, um dort die Nacht zuzubringen. Nach einer Weile, nachdem sie Feuer gemacht hatten, begann ein Rasseln von Ketten und ein Klappern und Knirschen von Beinen, das sich immer mehr steigerte. Es entstand schließlich ein Erdbeben, so daß das ganze Haus erzitterte. Dann erhob sich eine Stimme, die rief: »Macht mir Licht, macht mir Licht!« Die gute Alte ging und holte einen brennenden Ast aus dem Feuer, den gab sie ihrem Ältesten und sagte zu ihm: »Gehe ohne Furcht dorthin, wo man das Licht verlangt hat!« Die andern sechs Söhne wollten ihren Bruder nicht allein lassen, und sie gingen alle hinter ihm her in der Richtung, aus der sie den Ruf vernommen hatten. Sie gelangten in einen großen Saal, von dem her das Lärmen ertönte, und fanden dort einen alten Mann mit einem Bart so dicht und lang, daß er bis auf die Erde reichte. Der Greis saß auf einem großen Sessel und hielt ein dickes Buch mit der Schrift nach unten in der Hand. An die Wand des Saales waren viele fremde Tiere gemalt, Katzen, Schlangen und Dämonen, die scheußliche Fratzen schnitten.

Die sieben Brüder ließen sich jedoch nicht einschüchtern, sondern sie schritten mutig durch den Saal, und der Älteste stellte sich zu dem Greis, um ihm zu leuchten. Der Alte begann begierig und schnell zu lesen, und es dauerte nur eine kleine Weile, da hatte er das Buch ausgelesen. Mit einem Seufzer schloß er es und sagte: »Ich bin die Seele eines Menschen, der mehr als reich war, ich war der Besitzer dieses Palastes. Weil ich jedoch im Leben die Pflicht, dieses heilige Buch zu lesen, versäumt hatte, mußte ich es nach meinem Tode tun. Aber immer fehlte mir dazu das Licht der Welt, denn nur in den

Stunden der Nacht durfte ich aus der Unterwelt heraufsteigen. Jetzt, da ich meine Pflicht erfüllt habe, kann ich ruhig sein, denn ich darf aufsteigen zu jener Welt und muß nicht mehr zurückkehren, um das Licht dieser Welt zu verlangen. Sieben Jahre lang habe ich Tag für Tag hier um Licht gefleht, ohne daß je eine mitleidige Seele mir die Gnade und Hilfe geschenkt hat. Ihr aber habt euch meiner erbarmt, und ich will euch eure Barmherzigkeit und Hilfe lohnen. Unter den Fliesen des Herdes findet ihr sieben Krüge mit Gold vergraben, die sind für euch. Und jetzt kann ich getrost das Haus verlassen.«

Die sieben kehrten zu ihrer Mutter am Herd zurück und erzählten ihr alles. Die Witwe ließ sie sogleich nach den Krügen graben, und nun waren sie, die vorher so arm gewesen waren wie niemand in der Gegend, die reichsten Leute. Sie brauchten nun nicht mehr zu betteln, und nie mehr auch ging die Furcht um in jenem Hause.

> Catacricht und Catacracht,
> Das Märchen ist vollbracht.
> Catacracht und Catacricht,
> Das Märchen vom Licht.

(Balearen)

Von Frankreich nach Irland

Der Mann in allen Farben

Es war einmal ein alter Holzhacker, der verwitwet war und mit seinen sieben Söhnen mitten in einem großen Walde wohnte. Eines Tages rief der Holzhacker seine sieben Söhne zu sich und sprach: »Ihr Burschen! Bis heute habe ich geschwitzt, um euch euer Brot zu verdienen. Jetzt, da ihr groß seid, geht selbst hin und arbeitet für euren Lebensunterhalt. Ich habe noch genug Kraft, um nicht auf Almosen angewiesen zu sein. Wenn ich nicht mehr kann, so werde ich einen Sack nehmen und von Tür zu Tür um Brot betteln gehen, wie es einst unser Herr Jesus Christus getan hat.«

»Vater, wir sind reisefertig! Wenn wir Geld haben, werden wir Euch welches bringen, und Ihr sollt nicht betteln gehen.«

»So geht! Der liebe Gott bewahre euch! Aber zuvor will ich noch jedem von euch ein Geschenk machen.«

Der alte Holzhacker öffnete nun seinen Kasten, darin befand sich ein Kleid, das war aus allen Farben zusammengestückelt, weiterhin eine Börse, die enthielt sechs Dukaten. Er gab jedem einen Dukaten, wobei er bei dem ältesten der Söhne anfing, so daß für den jüngsten nichts mehr übrigblieb. Die, welche ihre Dukaten empfangen hatten, verabschiedeten sich von ihrem Vater und gingen fort.

Dann sagte der alte Holzhacker zu dem Jüngsten, der noch wartete: »Bursch, nimm dieses zusammengestückelte Kleid und sei nicht neidisch auf deine Brüder! Du wirst der Mann in allen Farben sein.« Gesagt, getan. Der Mann in allen Farben nahm Abschied von seinem Vater und ging fort.

Bei Sonnenuntergang gelangte er an den Saum eines großen Waldes und streckte sich unter einer Eiche nieder, um hier die Nacht zu verbringen. Der Mann in allen Farben war gerade am Einschlummern, als er Schreie und Geräusche in den Ästen vernahm. Eine Drossel war es, die bei ihrem Nest klagte, weil eine Schlange sich emporgeringelt hatte, um ihre Kleinen zu fressen. Sogleich nahm der Mann in allen Farben seinen Stock und schlug die Schlange tot.

Die Schlange war aber von der Art derer, die das unter der Erde verborgene Gold bewachen. Sie hatte in ihrem Bauche zwölf Doppellouisdor und ebenso viele spanische Quadrupel. »Gut«, sagte der Mann in allen Farben, »die Doppellouisdor sind für mich und die spanischen Quadrupel für meinen Vater.« Er streckte sich wieder unter der Eiche aus, schlief die ganze Nacht und ging bei Sonnenaufgang weiter.

Nach drei Stunden Marsch machte er in einer Herberge an der Seite der Straße halt. Als er Suppe gegessen und eine Flasche getrunken hatte, bezahlte er die Pächterin und fragte sie nach dem Weg. »Mann in allen Farben, wenn du immer geradeaus gehst, so wirst du in drei Tagen in Paris sein. Wenn du aber rechts gehst, so kommst du um Mittag in das Land des Hungers und Durstes, und ich weiß nicht, wohin du dann gelangst.«

Der Mann in allen Farben hielt sich rechts. Gerade um Mittag gelangte er in das Land des Hungers und Durstes. Dort gab es keinen Fluß, keinen Bach, keinen Brunnen, keine Quelle. Die Erde war dort so trocken wie der Boden eines Backofens. Menschen und Tiere, groß und klein, Gras und Bäume, alles kam dort um, gekocht und gebraten von der Sonne. Drei Tage und drei Nächte lang wanderte der Mann in allen Farben ohne zu essen und zu trinken. Da fand er einen Toten auf dem Boden ausgestreckt, der noch in seiner rechten Hand eine schmiedeeiserne Stange hielt, welche neun Zentner wog. Der Mann in allen Farben beerdigte den Toten, betete für ihn zu Gott, nahm die neun Zentner schwere schmiedeeiserne Stange und wanderte weiter, bis der nächste Morgen dämmerte.

Bei Sonnenaufgang hatte er das Land des Hungers und Durstes hinter sich. Aber vor ihm lag ein Gebirge, steil wie eine Mauer, welches mehr als hundert Klafter hoch aufstieg. Am Fuße des Gebirges gewahrte er ein Haus, dessen Türen und Fenster sperrangelweit offenstanden. Es war das Haus des Ohneseele, welcher gerade unterwegs war, um seinen Rundgang zu machen. Der Mann in allen Farben trat ein. Er nahm einen Brocken Brot vom Brett, stieg in den Keller, um sich Wein zu holen, und begann zu essen und zu trinken. Hierauf legte er sich ins Bett mit der neun Zentner schweren schmiedeeisernen

Stange in Reichweite und schlief bis Mitternacht. Da wurde er durch lautes Gepolter geweckt. Es war Ohneseele, der von seinem Rundgang zurückkam. »Ho! Ho! Ho! Wer hat sich da bei mir eingenistet? Warte, du Dieb, warte! Ich will dir den Geschmack am Brot verleiden!«

Aber der Mann in allen Farben war schon aus dem Bett gesprungen und hatte die neun Zentner schwere schmiedeeiserne Stange mit der Hand umklammert. Nun gab es einen großen Kampf, welcher drei geschlagene Stunden währte. Schließlich wurde der Ohneseele durch einen gewaltigen Schlag auf den Kopf zu Boden gestreckt.

»Mann in allen Farben, laß mich nicht länger leiden! Nie wirst du mich töten können. Es ist geweissagt, daß ich nicht sterben kann bis zum Ende der Welt, um nie wieder aufzuerstehen. Laß mich nicht länger leiden, und ich werde alles tun, was du mir gebietest.«

»Gut, Ohneseele, zeige mir, wo man den Berg erklimmt. Aber zeige recht, sonst hüte dich vor meiner neun Zentner schweren schmiedeeisernen Stange!«

Nun zeigte der Ohneseele dem Mann in allen Farben die gute Straße, und dieser kletterte wie eine Geiß durch die hohen und steilen Felsen.

Plötzlich bemerkte er einen Wolf, der war so groß wie ein Stier und lief im Galopp mit offenem Rachen auf ihn los. Was tat nun der Mann in allen Farben? Er schwang seine neun Zentner schwere schmiedeeiserne Stange und schlug damit solchermaßen auf den Kopf des Tieres, daß es auf den Tod verwundet niederstürzte.

»Mann in allen Farben«, sagte der Wolf, »du bist nicht der erste, der ohne zu sterben das Land des Hungers und Durstes durchquert und dem Ohneseele seinen Willen aufgezwungen hat. Von denen, die bis hierher gekommen sind, habe ich viele gefressen. Aber manche sind weitergegangen und sind nun an einem Ort, welchen du alsbald erreichen wirst. Da ich durch deine Hand falle, so iß mein Fleisch und trink mein Blut, denn du brauchst Mut und bist noch nicht am Ende deiner Leiden.«

Der Mann in allen Farben wartete, bis der Wolf tot war. Dann aß er sein Fleisch und trank sein Blut und fühlte sich alsbald von einer gewaltigen Kraft durchdrungen.

Eine Stunde später stand er auf dem Kamm des Gebirges, welches hier an hundert Klafter tief unmittelbar in einen Fluß abstürzte, der eine halbe Meile breit war. Das Wasser dieses Flusses machte ein furchtbares Getöse und strömte schneller als der Wind. Auf der anderen Seite des Flusses erblickte er ein Land so schön, so wunderschön, daß man glauben konnte, es sei das Paradies des lieben Gottes. Auf dem Kamm des Gebirges traf der Mann in allen Farben eine Menge Leute, die ihren ganzen Mut dazu aufgewendet hatten, um bis hierher zu gelangen. Einige weinten, andere knieten nieder, falteten die Hände und riefen: »Mein Gott, mein Gott, gib, daß wir hinüberkommen!«

Da dachte der Mann in allen Farben: »Der liebe Gott steht denen nicht bei, die alles ihm überlassen. Diese Leute werden nie hinüberkommen. Manche beratschlagen sich immer und entschließen sich nie; sie sagen: »Gut wegkommen ist alles, nur keine Eile! Wir haben Zeit!« Da dachte der Mann in allen Farben: »Diese reden und handeln nie bis zum Tage des Gerichts. Es gibt Zeiten, da es zu reden, und Zeiten, da es zu handeln gilt. Wer nichts wagt, gewinnt nichts. Diese Leute werden nie hinüberkommen.«

Andere redeten miteinander: »Stürzen wir uns alle auf einmal hinab. Helfen wir einander, schwimmen wir zusammen, alle zusammen!« Es waren auch zwei oder drei da, die, kühn wie sie waren, hinabsprangen. Aber anstatt sich geradeaus zu halten, kehrten sie sich nach denen um, welche vom Kamm des Gebirges aus zuschauten und schrien: »Rechts! Links! Nicht so! Sonst seid ihr verloren!« Diese Leute kamen nie hinüber und die Fluten bedeckten sie für immer.

Da dachte der Mann in allen Farben: »Jetzt weiß ich, was ich zu tun habe.« Er versteckte sich hinter einem Felsen, rollte seine Kleider zusammen und band sie auf den Rücken, dann machte er das Zeichen des Kreuzes und sprach: »Mut, Freund!« Er sang ein lustiges Lied und sprang ohne Furcht und Grauen hinab. Als er im Wasser war, schwamm er immer geradeaus, er schwamm sicher und ausdauernd wie ein Fisch, ohne sich umzukehren und auf die Rufe der Leute auf dem Gebirge zu hören.

Eine Stunde später zog er auf dem anderen Ufer des Stromes seine

Kleider wieder an. Der Mann in allen Farben grüßte höflich die Leute, welche auf dem jenseitigen Ufer des Flusses zurückgeblieben waren, aber diese wurden zornig, als sie sahen, daß er herübergekommen war. Sie zeigten ihm die Faust und überhäuften ihn mit Schmähungen. Aber er lachte nur darüber. Er setzte seinen Weg fort.

Als er eine Stunde gegangen war, begegnete er einem bärtigen Zwerg, welcher keine zwei Spannen groß war. »Mann in allen Farben, du mußt mir folgen!«

»Gern, Zwerg!«

Beide gingen Seite an Seite, bis sie an eine große, schwarze Höhle kamen, welche sich weit unter die Erde erstreckte. Lange, lange stiegen sie in dieser Höhle abwärts. Der Zwerg jedoch, welcher hinterherging, richtete es so ein, daß später kein Mensch mehr hindurchgehen konnte, sei es, um hinab- oder hinaufzusteigen. Der Mann in allen Farben und der Zwerg kamen schließlich unten an und gewahrten ein kleines Licht. Sogleich hielten sie sich in dieser Richtung. Während sie wanderten, wurde das Licht immer größer. Endlich befanden sie sich auf der Schwelle eines großen Tores, das sich zu einem schönen Land öffnete; in diesem stand ein großes Schloß mit hundert Meierhöfen ringsherum. »Mann in allen Farben! Ich schenke dir dieses große Schloß und die hundert Meierhöfe ringsherum: Von nun ab versuche glücklich hier unter der Erde zu leben, denn nie wirst du Mann noch Weib wiedersehen.«

Der Zwerg verschwand, und der Mann in allen Farben klopfte an die Türe des großen Schlosses. Sogleich öffnete eine Hand das Tor. Eine andere Hand führte ihn in einen großen Saal, wo eine Tafel gedeckt war und ein Mahl von einem Dutzend Händen dargereicht wurde. Aber es war dort weder Mann noch Weib. Nach dem Essen durchsuchte der Mann in allen Farben das ganze Schloß vom Speicher bis zum Keller. Überall sah er Hände, welche in der Küche arbeiteten, welche die Zimmer besorgten und ähnliche Dinge verrichteten. Im Hofe stand ein großer eiserner Käfig, in welchem ein Adler saß, dessen Fuß mit einer Kette gefesselt war. Hände brachten ihm zweimal am Tage rohes Fleisch. Drei Stuten waren im Stall, eine weiß wie Schnee, die andere schwarz wie ein Rabe und die dritte rot wie Blut. Diese drei

Tiere wurden ebenfalls von Händen bedient, die sie striegelten, ihnen Streu gaben und es ihnen nicht an Heu, Stroh und Hafer fehlen ließen. Aber es war dort weder Mann noch Weib.

Der Mann in allen Farben lebte also wohlversorgt lange Zeit im großen Schloß, aber er war immer allein und wurde eines solchen Lebens überdrüssig. Um seine Zeit zu vertreiben, ging er morgens und abends in den Stall, und wenn er die drei Stuten versorgt hatte, trug er dem Adler, der im Eisenkäfig gefesselt war, rohes Fleisch zu. Diese vier Tiere schlossen so innige Freundschaft mit ihrem Herrn, daß sie nicht mehr von den Händen bedient werden wollten.

Eines Tages begann der Adler zu reden: »Mann in allen Farben, du langweilst dich, weil du ständig allein in diesem großen Schlosse bist. Glaubst du, daß ich mich besser unterhalte, ich, der ich immer am Fuße gefesselt und in einen Eisenkäfig eingesperrt bin? Befreie mich! Ich werde durch die Höhle, in der du herabgekommen bist, auf die Erde fliegen. Jeden Tag werde ich kommen und dir Nachricht von oben bringen.«

Der Mann in allen Farben befreite den gefangenen Adler und sprach zu ihm: »Adler, geh in mein Heimatland und bringe mir Nachricht von meinem Vater. Sage ihm, daß ich unter der Erde gefangengehalten werde und daß er mich niemals, niemals wiedersehen wird.«

Der Adler flog davon und kehrte noch am gleichen Abend zurück. »Mann in allen Farben, ich habe deinen Vater gesehen. Er ist uralt, er kann nicht mehr arbeiten. Drei deiner Brüder helfen ihm, so gut sie können. Aber sie verdienen nicht genug, um ihn zu ernähren. So kommt es, daß der arme alte Mann oft seinen Sack nimmt und von Tür zu Tür um sein Brot bettelt, wie es einst unser Herr Jesus Christus getan hat. Ich weiß, wie ich ihn versorgen kann, und dein Vater soll alltäglich sein Auskommen haben.«

»Danke, Adler!«

Von diesem Tage an waren der Mann in allen Farben und der Adler innige Freunde. Jeden Morgen flog der Adler hinauf, und jeden Abend brachte er Nachrichten von oben mit.

Eines Abends sagte er zu seinem Freund: »Mann in allen Farben, dort oben geht etwas vor, was des Redens wert ist. Es ist da ein König,

der hat vier Töchter, schön wie der Tag. Ein Zwerg hat ihm die drei
ältesten geraubt und hält sie irgendwo versteckt, nur die jüngste ist bei
ihrem Vater geblieben. Jetzt höre, was der König heute morgen in allen
Gemeinden des Landes durch einen Trommler hat verkünden lassen:
›Ran plan, plan! Ran plan, plan! Alle tapferen Leute und kühnen Ritter
werden vom König aus benachrichtigt, daß im nächsten Monat in der
Stadt Babylon drei große Pferderennen abgehalten werden, jeden
Sonntag eines. Wer dreimal den Sieg erringt, soll am Sonntag darauf
die Tochter des Königs heimführen.‹«

Nun wurde der Mann in allen Farben traurig. Tag und Nacht dachte
er über das nach, was der Adler zu ihm gesagt hatte.

Eines Morgens gewahrte die Stute, die so rot war wie Blut, daß ihr
Herr weinte. »Mann in allen Farben, ich weiß, warum du weinst. Aber
ich kann dir aus deiner Not helfen. Mit mir wirst du das erste Rennen
gewinnen, denn ich weiß einen geheimen Weg, der auf die Erde führt.
Ich darf ihn aber nur einmal hin und zurück durchmessen, und du
mußt mir schwören, daß du wieder mit mir heimkehrst.«

»Blutrote Stute, ich schwöre es dir bei meiner Seele!«

»Gut, gehen wir!«

Die blutrote Stute rannte schneller als der Wind davon und kam
eine Stunde später in die Stadt Babylon. Es war an einem Sonntagabend. Die Vesper war zu Ende, das Rennen begann, und es fehlte
nicht an Rittern, die einander den Sieg streitig machten. Aber die
blutrote Stute flog schneller als der Wind, und sie war am Ziel, als die
andern Rosse noch keine hundert Schritte gemacht hatten.

Da rief das Volk: »Es lebe der Mann in allen Farben!« Die blutrote
Stute aber rannte schneller als je davon. Eine Stunde später war der
Mann in allen Farben wieder unter der Erde in seinem großen Schloß.

Der Mann in allen Farben wurde wieder sehr traurig. Tag und Nacht
dachte er über das nach, was der Adler zu ihm gesagt hatte. Am
nächsten Sonntag gewahrte die Stute, die so schwarz war wie ein Rabe,
daß ihr Herr weinte: »Mann in allen Farben, ich weiß, warum du
weinst. Aber ich kann dir aus deiner Not helfen. Mit mir wirst du das
zweite Rennen gewinnen, denn ich weiß einen geheimen Weg, der auf
die Erde führt. Ich darf ihn aber nur einmal hin und zurück durch-

messen, und du mußt mir schwören, daß du wieder mit mir heimkehrst.«

»Rabenschwarze Stute, ich schwöre es dir bei meiner Seele!«

»Gut, gehen wir!«

Die rabenschwarze Stute rannte schneller als der Wind davon und
dennoch kam sie erst zwei Stunden später in die Stadt Babylon. Es war
an einem Sonntagabend. Die Vesper war gesungen, seit einer Stunde
hatte das Rennen begonnen, und es fehlte nicht an Rittern, die einander den Sieg streitig machten. Aber die rabenschwarze Stute flog
noch schneller als die blutrote, und sie war am Ziel, als die andern noch
auf der Hälfte des Weges waren. Da rief das Volk: »Es lebe der Mann in
allen Farben!« Die rabenschwarze Stute aber rannte schneller als je
davon. Eine Stunde später war der Mann in allen Farben wieder unter
der Erde in seinem großen Schloß.

Der Mann in allen Farben wurde wiederum sehr traurig. Tag und
Nacht dachte er über das nach, was der Adler zu ihm gesagt hatte. Am
folgenden Sonntag gewahrte die Stute, die so weiß war wie der Schnee,
daß ihr Herr weinte. »Mann in allen Farben, ich weiß, warum du
weinst, und ich könnte dir aus deiner Not helfen. Mit mir würdest du
das dritte Rennen gewinnen, denn ich weiß einen geheimen Weg, der
auf die Erde führt, und ich darf ihn einmal hin und zurück durchmessen.«

»Gut, so hilf mir aus der Not!«

»Ich will nicht!«

»Ich bitte dich darum!«

Der Mann in allen Farben bat solange, bis die schneeweiße Stute
schließlich erwiderte: »Gut, schwöre mir, daß du wieder mit mir heimkehrst!«

»Schneeweiße Stute, ich schwöre es dir bei meiner Seele!«

Die schneeweiße Stute rannte schneller als der Wind davon. Dennoch kam sie erst drei Stunden später hinkend in die Stadt Babylon. Es
war an einem Sonntagabend. Die Vesper war gesungen, das Rennen
war beinahe zu Ende, und es fehlte nicht an Rittern, die einander den
Sieg streitig machten. Die schneeweiße Stute ging in kurzem Trab und
hinkte. Da rief das Volk: »Schade, der Mann in allen Farben wird nicht

zum Ziel kommen.« Und der Mann in allen Farben schrie in Verzweiflung: »So lauf doch, schneeweiße Stute!«

»Ich kann nicht, ich hinke ja!«

Und der Mann in allen Farben verzweifelte, denn drei Reiter hatten nur noch hundert Schritte bis zum Ziel und waren nahe am Sieg. Da wieherte die schneeweiße Stute und flog so schnell, so schnell, daß man sie kaum mit den Augen verfolgen konnte. In der Zeit, die man braucht, um Amen zu sagen, hatte sie alle anderen Rosse überholt und war am Ziel. Da rief das Volk: »Es lebe der Mann in allen Farben!« Aber die schneeweiße Stute rannte schneller als je davon. Eine Stunde später war der Mann in allen Farben wieder unter der Erde in seinem großen Schloß.

Der Mann in allen Farben wurde wiederum sehr traurig. Tag und Nacht dachte er über das nach, was der Adler zu ihm gesagt hatte. Am Sonntag darauf gewahrte der Adler, daß sein Herr weinte. »Mann in allen Farben, ich weiß, warum du weinst, und ich möchte dir aus deiner Not helfen. Unglücklicherweise sind die Wege, welche die drei Stuten durchlaufen haben, jetzt für ewig verschlossen. Es bleibt nur noch die Höhle, durch welche du mit dem Zwerg herabgeschritten bist. Steige rittlings auf meinen Rücken, ich werde dich im Fluge davontragen. Aber das ist keine kleine Mühe. Um bis zum Ende zu kommen, muß ich während der Reise gut ernährt werden. Nimm eine Menge rohes Fleisch mit, um mich auf der Reise zu versorgen.«

Der Mann in allen Farben holte eine Menge rohes Fleisch und stieg auf den Rücken des Adlers, der seinen Flug begann. »Mutig, mein Adler!« Und der Adler flog gewaltig geradeaus. Jeden Augenblick schrie er: »Rohes Fleisch! Rohes Fleisch!« Und der Mann in allen Farben versorgte ihn und rief ihm fortwährend zu: »Mutig, mein Adler!« Hundert Klafter unter dem Erdboden begann die Speise auszugehen. »Rohes Fleisch! Rohes Fleisch!«

Da zog der Mann in allen Farben sein Messer, schnitt ein Stück von seinem Schenkel ab, versorgte den Adler und gab ihm sein warmes Blut zu trinken. Fünf Minuten später gelangten beide in die Stadt Babylon. Es war acht Uhr morgens. Jedermann trug sein Feiertagsgewand. In allen Kirchen läuteten die Glocken wegen der Hochzeit der

Königstochter. »Mann in allen Farben«, sagte der König von Babylon, »du kannst meine Tochter erst haben, wenn du mir ihre drei Schwestern wiederbringst!«

Da sagte der Adler: »Warte hier auf mich!« Der Adler flog davon; eine Stunde später kam er wieder und zerrte den bärtigen Zwerg, der keine zwei Spannen groß war, an den Haaren mit. Der Zwerg klopfte mit dem Absatz auf den Boden. Sogleich erschienen die drei Stuten; die eine war weiß wie Schnee, die andere schwarz wie ein Rabe und die dritte rot wie Blut. Die drei Stuten waren die drei ältesten Töchter des Königs von Babylon, welche der Zwerg in Stuten verwandelt hatte, um sie besser verstecken zu können. Alsbald nahmen sie ihre alte Gestalt wieder an.

»Mann in allen Farben«, sagte der König von Babylon, »ich kann dir nun nichts mehr abschlagen.«

Nun wurde die Hochzeit gefeiert. Niemals wird man etwas Ähnliches sehen. Der Mann in allen Farben ließ seinen Vater holen. Ebenso ließ er seine drei Brüder kommen, welche dem alten Mann geholfen hatten, und jeder von ihnen heiratete eine Prinzessin. Am Ende der Hochzeit, welche einen ganzen Monat dauerte, sagte der Adler: »Mann in allen Farben, schon lange diene ich dir. Und doch hast du mich noch nicht ausgelohnt.«

»Adler, verlange, was du willst.«

»Mann in allen Farben, gib mir den höchsten Turm in Babylon, damit ich darauf mein Nest baue! Gib mir auch den bärtigen Zwerg, welcher keine zwei Spannen groß ist!«

»Adler, es ist gut, nimm, was du brauchst!«

Da zerrte der Adler den bärtigen Zwerg, der keine zwei Spannen groß war, auf den höchsten Turm von Babylon. Dort riß er ihm die Augen aus und fraß ihn bis auf die Knochen.

(Frankreich)

Wie ein Hütejunge König von Indien wurde

*D*a war einmal eine Mutter, und die hatte einen Jungen. Sie hatten eine Kuh, die der Junge den ganzen Tag hüten mußte. Eines Tages träumte er, er würde König von Indien. Gegen Morgen stand er auf. »Mutter«, sagte er, »ich träumte, daß ich König von Indien wäre.«

»Komm, Junge«, sagte sie, »jetzt wird schnell gegessen und getrunken und dann mit der Kuh nach draußen.«

»Mutter, wenn ich es wieder träume, dann gehe ich sofort.« Am nächsten Morgen dasselbe Spiel. »Mutter, ich gehe fort.« Aber seine Mutter sagte: »Nimm die Kuh und hüte sie.« In der dritten Nacht hatte er es wieder geträumt. »Mutter, auch wenn du mir die Augen ausstichst, ich gehe fort.«

Er packte seine Siebensachen zusammen und ging fort. Geld hatte seine Mutter nicht. So hatte er denn auch nichts mitbekommen.

Er lief immer nur weiter, und nach einiger Zeit kam er in einen großen Wald. Darin stand ein schönes Schloß. Er kam in ein Zimmer, in dem ein Tisch, drei Stühle und eine Bank standen. Er kroch unter die Bank. »Na«, dachte er, »hier sieht man mich nicht.« Als es genau zwölf schlug, kamen drei Herren herein. Jeder setzte sich auf einen Stuhl um den Tisch herum. Einer von ihnen holte eine Flasche Wein, und dann wurde getrunken. Schließlich sagte einer: »Ich habe hier einen kleinen Ring. Wenn ich den an den Zeigefinger der rechten Hand stecke und ich sage, dort möchte ich sein, dann bin ich dort.« – »Wenn ich den hätte«, dachte der Junge, »dann wäre ich schnell in Indien.«

Der andere Herr steckte die Hand in die Tasche, holte einen Beutel mit Gold heraus und legte diesen auf den Tisch. »Wenn ich etwas kaufe und zahle mit dem Geld aus diesem Beutel und sage: ›Wieder herein, was heraus ist‹ dann habe ich wieder das ganze Geld im Beutel.« – »Hätte ich den Beutel nur«, dachte der Junge, »dann könnte ich tun und lassen, was ich wollte.«

Der dritte Herr ging zur Wand, nahm den Säbel, der dort hing, und sagte: »Hier habe ich einen Zaubersäbel. Wenn ich vor dem Feind stehe, auch wenn es Tausende sind, und ich sage: ›Kopf runter‹, dann sind alle Köpfe runter.« Der Junge unter der Bank dachte: »Wenn ich den hätte, dann würde ich gewinnen.« Die drei Sachen wurden auf den Tisch gelegt, und die drei Herren fingen wieder an zu trinken. Bald darauf fielen sie in Schlaf. Jan schnappte sich die Sachen und mir nichts, dir nichts hinaus.

»Ich möchte«, sagte er, »ich stünde vor der Hauptstadt von Indien.« Und er stand dort! Er dachte: »Ich brauche ein Dach über dem Kopf.« Er ging gleich in das erstbeste Wirtshaus hinein, an dem er vorbeikam. Er fragte den Wirt, ob er da übernachten könne. »Nein«, sagte der, »solche Burschen wie du können hier nicht schlafen.« Jan war nämlich viel zu ärmlich gekleidet.

»Ist schon gut«, sagte er, und er ging. Auf dem Flur begegnete er der Dienstmagd. »Pst, komm her, Mädchen«, sagte er, »halte deine Schürze mal auf.« Und Jan leerte den ganzen Geldbeutel in ihre Schürze. Als er auf die Straße kam, sagte er: »Wieder herein, was heraus ist.« Und der Beutel war wieder voll Geld. Das sah der Wirt. »Was hast du da?« – »Ja«, sagte er, »soundso«, und erzählte ihm alles. Da bat der Wirt ihn hereinzukommen. Aber Jan zog weiter. Soweit gut.

Jan lief überall herum. Nach einiger Zeit kam er an einem Kleidergeschäft vorbei. Er sofort hinein und kauft sich schöne Kleider. Als er sich gut eingekleidet hatte, schlief er im feinsten Hotel.

Der König hatte eine Tochter, die ein Marschall gern geheiratet hätte. Aber der König hielt nichts davon. Deshalb erklärte der Marschall dem König den Krieg. Der König bekam Angst. Er versprach, daß derjenige, der für ihn den Krieg gewinnen würde, sein halbes Reich und seine Tochter bekommen könne. Jan nichts wie hin. Der König fragte ihn: »Kannst du das?« – »Ja,«, sagte Jan, »das schaff ich schon. Aber wenn ich gewinne, dann will ich Eure Tochter haben.« – »Nun, so soll es sein«, sagte der König.

Jan verabredete, daß er vorausgehen und daß ein kleines Heer ihm folgen würde. An der Stelle, wo er die Schlacht liefern sollte, war der Feind schon angekommen. Jan stellte sich sofort mit seinem Säbel vor die Soldaten und sagte: »Von allen Feinden die Köpfe runter.« Und die Köpfe fielen herunter. Jan ritt zurück zum König, und es wurde ein

Fest gefeiert. Er durfte die Königstochter heiraten. Als sie einige Zeit
verheiratet waren, wollte die Königstochter wissen, wo Jan eigentlich
herkam. Er hatte es ihr nie erzählt. Aber sie redete so lange auf ihn ein,
bis Jan eine Kutsche mit zwei schönen Postpferden anspannen ließ. Sie
stiegen beide ein. Jan drehte am Ring. »Ich will«, sagte er, »daß ich
wieder bei meiner Mutter hinter dem Haus stehe.« Und er stand dort.
Es war nur ein kleines Häuschen. Sie hatten keine Betten. Deshalb
mußte der liebe Jan mit seiner Königstochter – sie hieß Amelia –
nachts in einem großen Haufen Streu schlafen. Jan machte das nichts
aus, aber Amelia konnte da kein Auge zutun. Als Jan eingeschlafen
war, holte sie ihm heimlich den Ring und den Beutel aus der Tasche,
griff den Säbel und lief schnell zur Kutsche. »Ich wollte, ich wäre vor
der Hauptstadt von Indien.« Und sie stand dort.

Am nächsten Morgen wurde Jan wach, rieb sich die Augen aus und
tastete mal um sich herum: »Amelia, Amelia, Amelia.« Aber sie war
weg. Jan ging wieder zu seiner Mutter. Die fragte: »Was ist denn?« –
»Ja, soundso. Mutter«, sagte er, »ich muß wieder hinaus. Ich will sie
wiederhaben.« Soweit gut.

Und er hin zu dem Schloß. Abends kam er wieder zu dem Schloß
und kroch wieder unter die Bank. So um zwölf kamen die drei Herren
wieder. Sie setzten sich an den Tisch. Als sie etwas getrunken hatten,
sagte einer: »Ich habe hier ein paar Stiefel, wenn ich darin laufe, kann
ich Hunderte von Meilen auf einmal laufen.« Jan dachte: »Wenn ich
die hätte, wäre ich sofort wieder da.«

Der zweite Herr sagte: »Ich habe hier einen Rucksack. Wenn ich
sage: ›Raus, was drin ist‹, dann steht ein ganzes Heer mit der Musik
und allem Drum und Dran bereit.«

An der Wand hing ein Dreispitz. Der dritte Herr holte den und
sagte: »Wenn ich den aufsetze, dann ist jede Spitze einen Kanonen-
schuß wert.« – »Junge«, dachte Jan, »wenn ich den hätte, wie würde ich
dann über die Straße feuern.« Soweit gut.

Sie fingen wieder an zu trinken und trinken, bis sie in Schlaf fielen.
Da ging Jan zum Tisch, nahm die Stiefel, den Rucksack und den
Dreispitz. Soweit gut.

Er ging nach draußen und zog die Stiefel an. Nach ein paar Tagen stand er schon vor der Hauptstadt von Indien. Er kam vor das geschlossene Tor. »Raus, was drin ist.« Und das ganze Heer war da, mit Trommeln und Musik. »Rabum, rabum, rabum« feuerten die Kanonen. Der Torwächter schloß das Tor auf. Dann schickte Jan jemand zu Amelia. Amelia kam. Sie fiel vor ihm auf die Knie und bat um Gnade. Er verzieh ihr und lebte noch lange Jahre glücklich mit ihr. Und so wurde der Hütejunge später König.

(Niederlande)

Jack und die Bohnenranke

Da war einmal eine arme Witwe, die hatte einen einzigen Sohn, der hieß Jack, und eine Kuh, die hieß Milchweiß. Und alles, was sie zum Leben hatten, war die Milch, die die Kuh jeden Morgen gab; sie brachten sie zum Markt und verkauften sie. Aber eines Morgens gab Milchweiß keine Milch, und sie wußten nicht, was sie tun sollten.

»Was sollen wir machen, was sollen wir machen?« sagte die Witwe und rang die Hände.

»Mach dir keine Sorgen, Mutter, ich will gehen und mir irgendwo Arbeit suchen«, sagte Jack.

»Das haben wir schon früher versucht, und niemand wollte dich nehmen«, sagte seine Mutter. »Wir müssen Milchweiß verkaufen und mit dem Geld einen Handel anfangen, oder so etwas.« – »Also gut, Mutter«, sagt Jack, »heute ist Markttag, ich werde Milchweiß bald verkaufen, und dann wollen wir sehen, was wir anfangen können.«

Also nahm er die Kuh an ihrem Strick und machte sich auf den Weg. Er war noch nicht weit gegangen, da traf er einen alten Mann; der sah sonderbar aus und sagte zu ihm: »Guten Morgen, Jack.«

»Auch Euch guten Morgen«, sagte Jack und wunderte sich, daß er seinen Namen kannte.

»Nun, Jack, und wohin geht's?« sagte der Mann.

»Ich gehe auf den Markt und will unsere Kuh verkaufen.«

»Oh, du siehst gerade aus wie ein Bursche von der Art, der Kühe verkauft«, sagte der Mann; »ich frage mich, ob du weißt, wieviel eigentlich fünf Bohnen sind.«

»Zwei in jeder Hand und eine in Eurem Mund«, sagt Jack haarscharf.

»Recht hast du«, sagt der Mann, »und hier sind sie, diese Bohnen«, fuhr er fort und holte aus seiner Tasche ein paar seltsam aussehende Bohnen. »Und weil du so scharfsinnig bist, habe ich nichts dagegen, mit dir einen Tausch zu machen – deine Kuh für diese Bohnen.«

»Geht weiter«, sagt Jack, »das würde Euch so passen!«

»Ach, du weißt nicht, was das für Bohnen sind«, sagt der Mann. »Wenn du sie über Nacht einpflanzt, sind sie am Morgen geradewegs bis zum Himmel gewachsen.«

»Wirklich?« sagt Jack, »was Ihr nicht sagt!«

»Ja, es ist so, und wenn es sich zeigt, daß es nicht wahr ist, kannst du deine Kuh zurückhaben.«

»Einverstanden«, sagt Jack und übergibt ihm Milchweißens Strick und steckt die Bohnen in die Tasche.

Jack geht nach Hause zurück, und weil er nicht sehr weit gegangen war, ist es noch nicht dunkel, als er zur Tür kommt.

»Schon zurück, Jack?« sagt seine Mutter. »Ich sehe, daß du Milchweiß nicht bei dir hast, also hast du sie verkauft. Wieviel hast du für sie bekommen?«

»Das wirst du nie erraten, Mutter«, sagt Jack.

»Nein, was du nicht sagst! Braver Junge! Fünf Pfund, zehn, fünfzehn – nein, es können doch nicht zwanzig sein!«

»Ich habe dir gesagt, du kannst es nicht erraten. Was sagst du zu diesen Bohnen: sie haben Wunderkraft, wenn man sie über Nacht pflanzt und . . .«

»Was!« sagt Jacks Mutter, »bist du so ein Narr gewesen, so ein Tölpel, so ein Trottel, daß du meine Milchweiß weggegeben hast, die beste Milchkuh im Kirchspiel und die feinste Fleischkuh obendrein, für eine Handvoll erbärmlicher Bohnen? Da, nimm das dafür! Und das! Und das! Und deine kostbaren Bohnen da – raus hier mit ihnen aus dem Fenster! Und fort mit dir ins Bett! Keinen Schluck bekommst du heute abend zu trinken und keinen Bissen zu essen.«

So ging Jack die Treppe hinauf in seine kleine Kammer im Speicher, und ganz gewiß war er wegen seiner Mutter ebenso traurig und bekümmert wie wegen seines verlorenen Abendessens. Endlich fiel er in Schlaf.

Als er erwachte, sah die Kammer so sonderbar aus. In einen Teil schien die Sonne herein, aber alles übrige war ganz dunkel und schattig. Da sprang Jack auf und zog sich an und ging zum Fenster. Und was glaubt ihr, was er sah? Nun, die Bohnen, die seine Mutter aus dem Fenster in den Garten hinausgeworfen hatte, waren zu einer großen Bohnenranke aufgegangen, die wand sich hoch und hoch und hoch, bis sie an den Himmel reichte. So hatte der Mann also doch die Wahrheit gesprochen.

Die Bohnenranke wuchs ganz nahe an Jacks Fenster vorbei, alles, was er zu tun hatte, war also, es zu öffnen und einen Sprung auf die Bohnenranke zu machen, die gerade wie eine große Leiter hinaufführte. Jack kletterte also und kletterte und kletterte und kletterte und kletterte und kletterte und kletterte, bis er zuletzt den Himmel erreichte. Und als er dort war, kam er auf einen langen, breiten Weg, der verlief so gerade wie eine Schnur. So ging er also da weiter, und er ging weiter und ging weiter, bis er zu einem mächtigen großen hohen Haus kam, und auf der Türschwelle war da eine mächtige große hohe Frau.

»Guten Morgen, Mutter«, sagt Jack so recht mit aller Höflichkeit. »Könntet Ihr wohl so freundlich sein und mir etwas zum Frühstück geben?« Denn – ihr wißt ja – er hatte am Abend vorher nichts zu essen gehabt und war hungrig wie ein Jäger.

»So, Frühstück, willst du haben, ja?« sagt die mächtige große hohe Frau, »du wirst selber ein Frühstück sein, wenn du nicht schaust, daß du hier wegkommst. Mein Mann ist ein Menschenfresser, und es gibt nichts, was er lieber mag als gebratene Jungen auf Toast. Du tätest besser daran zu verschwinden, denn er wird bald kommen.«

»O bitte, Mütterchen, gebt mir etwas zu essen, Mütterchen. Seit gestern morgen habe ich nichts zu essen gehabt, wirklich und wahrhaftig, Mütterchen«, sagt Jack, »ich kann ebenso gut gebraten werden wie an Hunger sterben.«

Nun, des Menschenfressers Frau war am Ende nicht halb so schlimm. So nahm sie Jack mit in die Küche und gab ihm einen Kanten Brot und Käse und einen Krug Milch. Aber Jack war damit kaum zur

Hälfte fertig, als bumm! bumm! bumm! jemand beim Näherkommen solchen Lärm machte, daß das ganze Haus zu zittern begann.

»Ach du meine Güte! Das ist mein Alter«, sagte die Frau des Menschenfressers, »um alles in der Welt, was soll ich tun? Komm schnell mit und spring hier hinein!« Und sie steckte Jack in den Backofen, gerade als der Menschenfresser hereinkam.

Das war aber ein großer Kerl, ganz gewiß. An seinem Gürtel hatte er drei Kälber an den Fersen aufgehängt, die hakte er los und warf sie auf den Tisch und sagte: »Hier, Weib, brate mir zwei davon zum Frühstück. Ah, was rieche ich da?

> Fie-fei-fo-fam,
> ich riech das Blut von 'nem Englischmann,
> sei er lebendig oder sei er tot,
> ich will seine Knochen zermahlen für Brot.«

»Unsinn, mein Lieber«, sagte sein Weib, »du träumst. Oder du riechst vielleicht die Reste von dem kleinen Jungen, der dir gestern zum Mittagessen so gut geschmeckt hat. Da, jetzt gehst du und wäschst dich und machst dich sauber, und wenn du zurückkommst, wird dein Frühstück für dich fertig sein.«

So ging also der Menschenfresser weg, und Jack wollte eben aus dem Backofen herausspringen und fortlaufen, als ihm die Frau sagte, er solle es nicht tun. »Warte, bis er eingeschlafen ist«, sagt sie, »er macht nach dem Frühstück immer ein Nickerchen.«

Nun, der Menschenfresser bekam sein Frühstück, und danach geht er zu einer großen Truhe und nimmt zwei Säcke mit Gold heraus, und er setzt sich nieder und zählt, bis ihm zuletzt der Kopf niedersank und er zu schnarchen anfing, daß es wiederum das ganze Haus erschütterte.

Da kroch Jack auf Zehenspitzen aus seinem Backofen, und als er an dem Menschenfresser vorüberschlich, nahm er einen seiner Goldsäcke unter den Arm und preschte davon, bis er zu der Bohnenranke kam, und dann warf er den Sack mit Gold hinunter, der natürlich in den Garten seiner Mutter fiel, und er kletterte abwärts und kletterte abwärts, bis er zuletzt nach Hause kam und seiner Mutter von allem erzählte. Er zeigte ihr das Gold und sagte: »Nun, Mutter, habe ich mit den Bohnen nicht recht gehabt? Siehst du, sie haben wirklich Wunderkraft.«

So lebten sie nun einige Zeit von dem Sack voll Gold, aber schließlich ging es damit zu Ende, und Jack beschloß, noch einmal sein Glück auf der Spitze der Bohnenranke zu versuchen. So stand er eines schönen Morgens zeitig auf und ging zu der Bohnenranke, und er kletterte und kletterte und kletterte und kletterte und kletterte und kletterte, bis er endlich wieder auf den Weg kam und zu dem mächtigen großen hohen Haus, in dem er früher gewesen war. Und wirklich, da stand auch die mächtige große hohe Frau auf der Türschwelle.

»Guten Morgen, Mütterchen«, sagt Jack furchtlos und frech, »könntet Ihr wohl so freundlich sein und mir was zu essen geben?«

»Geh fort, mein Junge«, sagte die hohe, große Frau, »sonst frißt dich mein Mann zum Frühstück auf. Aber bist du nicht der junge Kerl, der schon einmal hierhergekommen ist? Stell dir vor, an dem gleichen Tag fehlte meinem Mann einer von seinen Goldsäcken.«

»Das ist merkwürdig, Mütterchen«, sagt Jack. »Ich glaube wohl, daß ich Euch etwas darüber erzählen könnte, aber ich bin so hungrig, daß ich nicht sprechen kann, bevor ich nicht was zu essen bekommen habe.«

Nun, die große hohe Frau war so neugierig, daß sie ihn hereinholte und ihm etwas zu essen gab. Aber kaum hatte er angefangen zu kauen, so langsam wie möglich, da hörte er bumm! bumm! bumm! die Tritte des Riesen, und das Weib versteckte ihn im Backofen.

Alles ging so wie früher. Der Menschenfresser kam herein, sagte »Fie-fei-fo-fam« und hatte als Frühstück drei gebratene Ochsen. Dann sagte er: »Weib, bring mir die Henne, die die goldenen Eier legt.« Sie brachte sie also, und der Menschenfresser sagte: »Lege!«, und die Henne legte ein Ei ganz aus Gold. Dann begann dem Menschenfresser der Kopf vornüberzusinken, und er fing an zu schnarchen, bis das Haus bebte.

Dann kroch Jack auf den Zehenspitzen aus dem Backofen und packte mit einem Griff die goldene Henne und war davon, bevor man »Jack Robinson« sagen kann. Aber diesmal gackerte die Henne ein bißchen, davon wachte der Menschenfresser auf, und gerade als Jack aus dem Haus war, hörte er ihn rufen: »Weib, Weib, was hast du mit meiner goldenen Henne gemacht?«

Und das Weib sagte: »Warum denn, mein Lieber?«

Aber das war alles, was Jack hörte, denn er sauste davon zu der Bohnenranke und kletterte hinunter und war so schnell wie das Feuer am Haus. Und als er nach Hause kam, zeigte er seiner Mutter die wunderbare Henne und sagte dabei: »Lege!«, und jedesmal, wenn er »Lege!« sagte, legte die Henne ein goldenes Ei.

Nun, Jack war aber nicht zufrieden, und es dauerte nicht lange, da beschloß er, noch einmal dort an der Spitze der Bohnenranke sein Glück zu versuchen. So stand er eines schönen Morgens zeitig auf und ging zu der Bohnenranke, und er kletterte und kletterte und kletterte und kletterte, bis er zur Spitze kam. Aber diesmal wußte er etwas Besseres, als geradewegs zum Haus des Menschenfressers zu gehen. Als er in die Nähe gekommen war, wartete er hinter einem Busch, bis er sah, wie das Weib des Menschenfressers mit einem Eimer herauskam, um Wasser zu holen, und dann schlüpfte er in das Haus und verbarg sich im kupfernen Wasserkessel. Er war noch nicht lange dort, da hörte er das Bumm! bumm! bumm! wie zuvor, und der Menschenfresser und sein Weib kommen herein.

»Fie-fei-fo-fam, ich riech das Blut von 'nem Englischmann!« rief der Menschenfresser. »Ich rieche ihn, Weib, ich rieche ihn.« – »Wirklich, mein Liebling?« sagte des Menschenfressers Weib. »Wenn es dieser kleine Schurke ist, der dir das Gold gestohlen hat und die Henne, die die goldenen Eier legt, dann ist er sicher in den Backofen gekrochen.« Und beide rannten zum Backofen. Aber da war Jack nicht, zum Glück, und des Menschenfressers Weib sagte: »Du wieder mit deinem Fie-fei-fo-fam! Was denn, natürlich ist's der Junge, den du gestern abend gefangen hast, ich habe ihn dir gerade zum Frühstück gebraten. Wie vergeßlich ich aber auch bin, und wie unachtsam ist es von dir, daß du nach all diesen Jahren nicht den Unterschied zwischen Lebendigem und Totem erkennst.«

So setzte sich der Menschenfresser zum Frühstück und aß, aber immer wieder brummte er: »Also nein, ich hätte schwören können...«, und wieder stand er auf und durchsuchte die Speisekammer und die Schränke und alles, nur dachte er zum Glück nicht an den kupfernen Wasserkessel.

Als das Frühstück vorüber war, rief der Menschenfresser: »Weib, Weib, bring mir meine goldene Harfe!« Sie brachte sie also und stellte sie vor ihn auf den Tisch. Dann sagte er: »Singe!«, und die goldene Harfe sang ganz wunderschön. Und sie fuhr fort zu singen, bis der Menschenfresser in Schlaf fiel und zu schnarchen anhub, daß es wie Donner grollte.

Da hob Jack ganz leise den Deckel des Kessels und ließ sich mäuschenstill herunter und kroch auf allen vieren bis zum Tisch. Dort richtete er sich vorsichtig auf, packte die goldene Harfe mit einem Griff und stürzte damit zur Tür. Aber die Harfe rief ganz laut: »Herr! Herr!«, und der Menschenfresser wachte auf und konnte Jack mit seiner Harfe gerade noch davonlaufen sehen.

Jack rannte, so schnell er konnte, und der Menschenfresser raste hinter ihm her und hätte ihn bald erwischt, aber Jack hatte einen Vorsprung und schlug ein paar Haken – er wußte, wohin er wollte. Als er zu der Bohnenranke kam, war der Menschenfresser nicht mehr als zwanzig Schritt entfernt, und plötzlich sah er, daß Jack einfach verschwand, und als er an das Ende des Weges kam, sah er unter sich Jack um das liebe Leben abwärtsklettern. Nun, dem Menschenfresser gefiel es nicht sehr, daß er sich einer solchen Leiter anvertrauen sollte, und er blieb stehen und wartete, und so bekam Jack noch einmal einen Vorsprung. Aber gerade da rief die Harfe: »Herr! Herr!«, und der Menschenfresser schwang sich auf die Bohnenranke, die schwankte unter seinem Gewicht. Jack kletterte abwärts, und hinter ihm her kletterte der Menschenfresser. Jack kletterte hinab und kletterte hinab und kletterte hinab, bis er schon fast zu Hause war. Da rief er laut: »Mutter! Mutter! Bring mir eine Axt, bring mir eine Axt!« Und seine Mutter kam mit der Axt in der Hand herausgestürzt, aber als sie zu der Bohnenranke kam, stand sie vor Schreck stockstill, denn da sah sie den Menschenfresser mit den Beinen gerade durch die Wolken kommen.

Aber Jack sprang herunter und packte die Axt und gab der Bohnenranke einen Hieb, daß sie davon halb durchgeschlagen wurde. Der Menschenfresser spürte, wie die Bohnenranke zitterte und bebte, so hielt er an und wollte sehen, was da los ist. Da haute Jack mit der Axt noch einmal zu, davon wurde die Bohnenranke ganz durchgeschlagen und fing an umzukippen. Da fiel der Menschenfresser herunter und brach sich den Schädel, und hinter ihm drein fiel die Bohnenranke.

Dann zeigte Jack seiner Mutter die goldene Harfe, und sie ließen sie andere Leute sehen und verkauften die goldenen Eier, und davon wurden Jack und seine Mutter sehr reich, und er heiratete eine vornehme Prinzessin, und sie lebten glücklich allezeit.

(England)

Die drei Töchter des Königs von Lochlin

$\mathcal{E}$s war einmal ein König von Lochlin, der hatte drei Töchter; eines Tages gingen sie zu einem Spaziergang aus, da kamen drei Riesen und nahmen die Königstöchter mit, und keiner wußte, wohin sie gegangen waren. Da schickte der König nach dem Wahrsager und fragte ihn, ob er wisse, wohin seine Töchter gegangen wären. Der Wahrsager sagte dem König, drei Riesen hätten sie mitgenommen, und sie wären tief in der Erde bei ihnen, und es gebe keinen Weg, sie zu erlangen, als indem man ein Schiff baue, das zu Meer wie zu Lande segele; und so kam es, daß der König bekanntmachen ließ, wer immer ein Schiff baue, das auf dem Land wie auf dem Wasser segele, werde des Königs älteste Tochter zur Frau erhalten.

Es lebte dort eine Witwe, die hatte drei Söhne, und der älteste sagte eines schönen Tages zur Mutter: »Back mir einen Haferkuchen und brat mir einen Hahn; ich gehe fort und fälle Holz und baue ein Schiff, das auf die Suche nach den Königstöchtern fährt.« Die Mutter sagte zu ihm: »Was ist dir lieber, ein großer Haferkuchen mit meinem Fluch oder ein kleiner mit meinem Segen?«

»Gib mir einen großen, er wird wenig genug sein, bis ich das Schiff fertig habe.« Er bekam den Haferkuchen und ging los. Er kam an einen großen Wald, und bei dem Wald floß ein Fluß, und er setzte sich ans Ufer, um den Haferkuchen zu verzehren. Eine große Uruisg kam aus dem Fluß und bat um ein Stück vom Haferkuchen. Er sagte, er werde ihr kein Bröckchen geben, er habe selber lange nicht genug. Dann fing er an, Holz zu fällen, und jeder Baum, den er umlegte, stand sofort wieder aufrecht da, und so war es, bis die Nacht kam.

Als es dunkel war, ging er traurig heim, tränenüberströmt und blind vor Kummer. Die Mutter fragte: »Wie ist es dir heute ergangen, mein Sohn?« Er sagte: »Alles ist elend schlecht gelaufen: jeder Baum, den ich gefällt habe, stand sofort wieder aufrecht da.«

Ein oder zwei Tage später sagte der mittlere Bruder, daß nun er gehen wolle, und bat die Mutter, ihm einen Kuchen zu backen und einen Hahn zu braten; und genauso, wie es dem ältesten ergangen war, ging es auch ihm.

Die Mutter sagte dasselbe zum Jüngsten, und *er* wählte den kleinen Haferkuchen. Die Uruisg kam und bat um einen Teil vom Kuchen und vom Hahn. Er sagte zu ihr: »Das sollst du haben.« Als die Uruisg ihren Teil vom Kuchen und vom Hahn gegessen hatte, sagte sie zu ihm: »Ich weiß so gut wie du selber, was dich hergebracht hat. Geh du aber heim und komm bestimmt wieder hierher zu mir, wenn ein Jahr und ein Tag vergangen sind. Dann wird das Schiff fertig sein.«

Und so kam es: Als ein Jahr und ein Tag vorüber waren, ging der jüngste Sohn der Witwe hin und fand, daß die Uruisg das Schiff zu Wasser gelassen hatte; voll ausgerüstet, schwamm es auf dem Fluß. Da segelte er denn davon, und drei Herren, die vornehmsten im König-reich, die des Königs Töchter heiraten sollten, fuhren mit. Sie segelten noch nicht lange, da erblickten sie einen Mann, wie er einen Fluß austrank. Der Sohn der Witwe fragte ihn: »Was machst du da?«

»Ich trinke den Fluß aus.«

»Komm lieber mit, und ich gebe dir Essen und Lohn und bessere Arbeit als das.«

»Abgemacht«, sagte er.

Sie waren noch nicht weit vorangekommen, als sie einen Mann trafen, der in einem Pferch einen jungen Stier aufaß. »Was machst du da?« fragte er.

»Ich bin dabei, hier alle Jungstiere im Pferch aufzuessen.«

»Komm lieber mit, und du kriegst Arbeit und Lohn, besser als rohes Fleisch.«

»Abgemacht«, sagte er.

Sie fuhren eine kurze Strecke, da sahen sie einen andern Mann mit dem Ohr an der Erde liegen.

»Was machst du da?« fragte er.

»Ich höre zu, wie das Gras durch die Erde stößt.«

»Komm mit, und du kriegst Essen und bessern Lohn, als hier zu liegen, mit dem Ohr am Boden.«

So segelten sie auf und ab, als der Mann, der lauschte, sagte: »Hier ist der Ort, wo die Königstöchter und die Riesen im Erdinnern sind.«

Der Sohn der Witwe und die drei, die sich zu ihnen gesellt hatten, wurden in einem Fischkorb in ein großes Loch hinuntergelassen, das dort war. Sie erreichten das Haus des ältesten Riesen.

»Haha!« sagte der Riese, »ich weiß wohl, was du hier suchst. Du suchst die Königstochter, aber die kriegst du nicht, außer, du hast einen Mann, der soviel Wasser trinken kann wie ich.«

Er ließ den Mann, der den Fluß austrank, gegen den Riesen zum Wett-Trinken antreten; und bevor er auch nur halb genug hatte, platzte der Riese. Da gingen sie weiter zum zweiten.

»Hoho! Haha!« sagte der, »ich weiß wohl, was dich herbringt. Du suchst die Königstochter. Aber die kriegst du nicht, außer, du hast einen Mann, der ebensoviel Fleisch essen kann wie ich.«

Er ließ den Mann, der den Jungstier aufaß, zum Wettessen gegen den Riesen antreten; doch bevor er auch nur halb satt war, platzte der Riese. Da gingen sie weiter zum dritten.

»Heio!« sagte der Riese, »ich weiß, was dich herbringt; aber die Königstochter kriegst du auf gar keinen Fall, außer, du bleibst ein Jahr und einen Tag als mein Diener bei mir.«

»Abgemacht«, sagte er, und er schickte im Korb erst die drei Männer hinauf und dann die Königstöchter. Die drei großen Herren warteten am Höhleneingang, bis sie hinaufkämen, und gingen mit ihnen zum König und erzählten dem, daß sie selber alle die kühnen Taten vollbracht hätten.

Als das Jahr und der Tag vorüber waren, sagte er zu dem Riesen: »Jetzt gehe ich!«

Der Riese sagte, er besitze einen Adler, der ihn in der Höhle nach oben und hinaus tragen werde. Der Riese schickte den Adler mit ihm fort und gab ihm fünfzehn Jungstiere zum Fraß für den Vogel mit; doch der war noch nicht bis zur Hälfte nach oben geflogen, da waren die Jungstiere gefressen, und der Adler kehrte zurück.

Da sagte der Riese zu ihm: »Du mußt noch ein Jahr und einen Tag bei mir bleiben, und dann schick ich dich fort.« Als das Ende des Jahres gekommen war, sandte er den Adler mit ihm und mit dreißig Jungstieren fort. Diesmal gelangten sie weiter hinauf als beim vorigen Mal; doch der Adler fraß die Jungstiere auf und kehrte um. »Du mußt noch ein Jahr bei mir bleiben«, sagte der Riese, »und dann will ich dich fortschicken.« Das Ende dieses Jahres kam, und der Riese schickte sie fort mit sechzig Jungstieren als Fraß für den Adler; doch als sie an der Höhlenmündung anlangten, waren die Jungstiere gefressen, und der Vogel wandte sich zur Rückkehr; da schnitt sich der Sohn der Witwe ein Stück Fleisch aus dem eigenen Schenkel und gab das dem Adler, und mit einem Flügelschlag war der auf der Erdoberfläche.

Zum Abschied schenkte ihm der Adler eine Pfeife und sagte dabei zu ihm: »Kommt je ein Mißgeschick über dich, so pfeife, und ich bin bei dir.«

Er gönnte seinem Fuß keine Rast und schüttete keine Erdkrume aus seinem Schuh, bevor er des Königs Hauptstadt erreicht hatte. Dort ging er zu einem Schmied und fragte ihn, ob er einen Knecht brauche, der den Blasebalg bedient. »Doch«, sagte der Schmied, »den brauche ich schon.« Er war noch nicht lange dort, da sandte des Königs älteste Tochter nach seinem Herrn. »Ich höre«, sagte sie, »du bist der beste Schmied in der Stadt; aber wenn du mir nicht eine goldene Krone machst, so wie ich sie hatte, als ich noch beim Riesen war, laß ich dir den Kopf abschlagen.« Der Schmied kehrte voll Kummer nach Hause zurück, und seine Frau erkundigte sich, was es im Königshaus Neues gäbe. »Erbärmliche Neuigkeiten!« sagte der Schmied, »die Königstochter verlangt von mir eine goldene Krone genau wie die, welche sie unter der Erde beim Riesen getragen hat; doch wie soll ich wissen, wie die Krone beim Riesen aussah?« Der Blasebalgknecht sagte: »Mach dir deswegen keine Gedanken. Verschaff mir reichlich Gold, und ich werde die Krone bald fertig haben.«

Auf des Königs Befehl erhielt der Schmied soviel Gold, wie er verlangte. Der Knecht begab sich in die Schmiede und verschloß die Tür hinter sich; und dann fing er an, das Gold in Stückchen zu zerbrechen und aus dem Fenster zu werfen. Jeder, der vorüberkam, las sich von dem Gold auf, das der Blasebalgbursche hinausschleuderte. Und nun blies er in die Pfeife, und im Handumdrehen war der Adler da. »Flieg hin«, sagte er zu ihm, »und hol mir die goldene Krone, die beim ältesten Riesen über der Tür liegt.« Der Adler flog fort, und nicht lange, so kehrte er mit der Krone zurück. Der Bursche gab sie dem Schmied. Der Schmied lief fröhlich und heiter mit der Krone zur Königstochter. »Na schön«, sagte sie, »wenn ich nicht wüßte, daß es unmöglich ist, so würde ich glauben, das müßte die Krone sein, die ich beim Riesen trug.« Des Königs mittlere Tochter sagte zum Schmied: »Wenn du mir nicht eine silberne Krone machst wie die, welche ich beim Riesen hatte, kostet dich das den Kopf.« Der Schmied schlich sich trübselig heim; aber seine Frau wartete schon vor der Tür auf ihn, begierig, Neuigkeiten zu erfahren und Schmeicheleien zu vernehmen. Aber es war so, daß der Knecht sagte, er wolle die Silberkrone schon machen, wenn er reichlich Silber erhalte. Der König ordnete an, dem Schmied vollauf Silber zu geben. Der Knecht schloß sich in der Schmiede ein, zerbrach das Silber in kleine Stücke und warf sie zum Fenster hinaus. Dann pfiff er, und der Adler erschien. »Flieg hin«, sagte er, »und bring mir die Silberkrone, die des Königs mittlere Tochter beim Riesen trug.«

Der Adler flog davon und war nicht lange unterwegs, bis er die Silberkrone brachte. Der Schmied lief fröhlich und heiter mit der Silberkrone zur Königstochter. »Na schön«, sagte sie, »die gleicht wunderbar der Krone, die ich beim Riesen hatte.« Des Königs Jüngste sagte dem Schmied, er solle für sie eine Krone aus Kupfer machen wie die, welche sie beim Riesen getragen habe. Diesmal verlor der Schmied nicht den Mut, und der Heimweg ward ihm nicht so sauer. Der Knecht fing an, das Kupfer zu zerstückeln und zur Tür und zum Fenster hinaus zu werfen; und aus allen Enden der Stadt liefen die Leute herbei und sammelten das Kupfer auf, wie sie Gold und Silber aufgelesen hatten. Er blies in die Pfeife, und der Adler stand neben ihm. »Flieg zurück«, sagte er, »und hol mir die Kupferkrone, die des Königs Jüngste beim Riesen trug.« Der Adler flog davon und brauchte nicht lange, bis er wieder da war. Der Bursche gab die Krone dem Schmied. Der Schmied lief fröhlich, heiter zur jüngsten Königstochter und gab sie ihr. »Schön!« sagte sie, »wenn es irgendeinen Weg gäbe, sie zu kriegen, so wär' ich sicher, das ist genau die Krone, die ich drunten beim Riesen trug.« Da sagte der König zum Schmied, er müsse ihm erzählen, wo er das Kronenschmieden gelernt habe, »denn«, sagte er, »ich wüßte nicht, daß es in meinem ganzen Reich noch einen wie dich gäbe«.

»Also gut«, sagte der Schmied, »mit Eurer Erlaubnis, o König, nicht ich hab die Kronen gemacht, sondern der Knecht, der mir den Blasebalg drückt.«

»Den muß ich sehen«, sagte der König, »der muß mir auch eine Krone machen.«

Der König befahl, eine Kutsche mit vier Pferden zu bespannen: Seine Diener sollten den Schmiedsknecht holen. Als die Kutsche bei der Schmiede vorfuhr, war der Schmiedsknecht drinnen, rußig und verdreckt, und trat und zog den Blasebalg. Die Pferdeknechte kamen und fragten nach dem Mann, der den König besuchen solle. Der Schmied sagte: »Dort drüben, am Blasebalg, das ist er.«

»Uff!« sagten sie, packten ihn und warfen ihn kopfüber in die Kutsche, als hätten sie es mit einem Hund zu tun.

Sie waren noch nicht weit gekommen, da blies er in die Pfeife, und sofort war der Adler neben ihm, und er sagte zu ihm: »Wenn du mir je was Gutes getan hast: Hol mich hier raus und füll hier Steine rein!« sagte er. Das tat der Adler. Der König stand draußen und wartete auf die Kutsche; und als er den Schlag öffnete, wäre er um ein Haar umgekommen, denn die Steine stürzten auf ihn herunter. Sofort ließ er die Pferdeknechte greifen und aufhängen, weil sie dem König eine solche Schmach angetan hatten.

Nun schickte der König andere Pferdeknechte mit der Kutsche los; und als sie in der Schmiede anlangten, sagten sie: »Uff, uff! den schwarzen Kerl dort sollen wir zum König holen?« Sie packten ihn und warfen ihn in die Kutsche, als hätten sie mit einem Torfballen zu tun. Aber sie kamen nicht weit mit ihm, da blies er in die Pfeife, und sofort war der Adler neben ihm, und er sagte zu ihm: »Hol mich hier raus und füll allen Schmutz, den du kriegen kannst, hier rein.« Als die Kutsche am Königspalast anlangte, ging der König hin, um den Schlag zu öffnen. Da flog ihm sämtlicher Schmutz und Kehricht um den Kopf. Nun geriet der König in große Wut und befahl, die Pferdeknechte sofort aufzuhängen. Jetzt schickte er seinen Leibdiener aus; und als der in die Schmiede kam, faßte er den schwarzen, balgtretenden Knecht bei der Hand. »Der König schickt mich, dich zu holen. Wasch dir lieber den Kohlestaub ein bißchen vom Gesicht.« Das tat der Bursche; er wusch sich blank und sauber, und des Königs Leibdiener nahm ihn bei der Hand und setzte ihn in die Kutsche. Sie waren noch nicht lange unterwegs, da blies er in die Pfeife. Der Adler kam, und er bat ihn, unverzüglich das goldene und silberne Gewand zu bringen, das beim ersten Riesen lag; und nicht lange, so war der Adler damit zurück. Er putzte sich mit dem Anzug des Riesen heraus. Und als sie am Königspalast anlangten, trat der König an die Kutsche und öffnete den Schlag, und da war der feinste Mann, der ihm je vor Augen gekommen war. Der König nahm ihn mit hinein, und er berichtete dem König von Anfang bis Ende, was ihm widerfahren war. Die drei vornehmen Herren, die drauf und dran gewesen waren, die Prinzessinnen zu heiraten, wurden gehängt, und er bekam des Königs älteste Tochter zur Frau; und sie feierten Hochzeit zwanzig Nächte und zwanzig Tage lang; und als ich von ihnen fortging, tanzten sie noch, und soviel ich weiß, machen sie ihre Kapriolen auf dem Tanzboden bis zum heutigen Tag.

(Schottland)

Der Königssohn in Erin und der König der Grünen Insel

Es war einmal vor langer Zeit ein König in Erin, der hatte nur einen einzigen Sohn, und der König hatte diesen Sohn so lieb, daß er ihn Tag und Nacht nicht aus den Augen lassen wollte und ihm nicht erlaubte, sich vom Schloß zu entfernen.

Schließlich, als der Sohn herangewachsen war und das einundzwanzigste Lebensjahr erreicht hatte, sagte er zu seinem Vater: »Es ist nun an der Zeit, daß du mich anderswohin gehen läßt.« – »Wenn du danach Verlangen hast, deine Kräfte zu üben«, sagte der König, »so will ich dir einen Ball und einen Hurley-Schläger geben.«

Am nächsten Tag gab der König dem jungen Mann einen Ball und einen Hurley-Schläger, und dieser ging damit hinaus auf die Wiese, um zu üben. Er übte einen Tag und ein Jahr lang, und als diese Zeit um war, begegnete ihm ein kleiner grauer Mann, der stand mit einem Mal auf der anderen Seite des Grabens und redete ihn an. Sagte er zu dem Königssohn: »Ich glaube, du könntest jetzt recht geschickt im Balltreiben sein, nachdem du die ganze Zeit geübt hast. Wenn du willst, mache ich ein Spiel mit dir.« – »Um was sollen wir spielen?« fragte der Königssohn. »Wer von uns beiden gewinnt, soll sich wünschen, was er will. Der andere muß es ihm geben.«

Die beiden fingen an zu spielen und spielten den ganzen Tag, bis die Sonne sank, da machte der Königssohn ein Tor. »Was willst du dir jetzt wünschen?« fragte der kleine graue Mann. »Ich wünsche mir, daß meines Vaters Wiese morgen früh voller Pferde für mich ist.«

Die Wiese war voller Pferde am nächsten Morgen. Alle Pferde wurden in den Stall gebracht und versorgt. Der Königssohn aber fing wieder an zu üben und übte einen Tag und ein Jahr lang. Da kam der kleine graue Mann wieder, und sie spielten den ganzen Tag. Als die Sonne am Abend sank, machte der Königssohn ein Tor. »Und was willst du dir diesmal wünschen?« fragte der kleine graue Mann. »Ich wünsche mir, daß morgen ein prächtiges Schloß auf meines Vaters Wiese steht, mit Dienerschaft und allem, was zu einem Schloß gehört.«

Das Schloß war da am nächsten Morgen, mit Dienerschaft und allem, was dazugehört.

Wieder übte der Königssohn einen Tag und ein Jahr lang. Danach kam der kleine graue Mann ein drittes Mal zu ihm. »Königssohn«, sagte er, »nun hast du drei Tage und drei Jahre geübt, ich will ein drittes Mal mit dir spielen.«

Sie spielten, und als die Sonne am Abend sank, machte der kleine graue Mann ein Tor. »Was wünschst du dir«? fragte der Königssohn. »Ich wünsche mir, daß du auf der Grünen Insel sein sollst, in einem Tag und einem Jahr von heute an.« – »Wo ist die Grüne Insel?« – »Mach dich nur auf und suche nach ihr, es mag sein, daß du sie findest.«

Als der Königssohn an diesem Abend ins Schloß zurückkam, war er sehr niedergeschlagen und traurig. »Was bekümmert dich so, und was für eine Sorge drückt dich heute, mein Sohn?« fragte der Vater. »Ich bin beim Spiel geschlagen worden und muß mich nun auf die Suche nach der Grünen Insel begeben.« – »Wenn dir das auferlegt ist, so hilft es nichts, du mußt dich auf den Weg machen«, sagte der König. »Ich will dir Geld für die Reise geben.«

Der Königssohn zog seine Straße, bis er zum Hause eines Riesen kam, der ihn freundlich begrüßte. »Wohin des Wegs?« fragte er. »Ich bin auf der Suche nach der Grünen Insel«, sagte der Königssohn. Der Riese nahm ihn mit in sein Schloß, gab ihm ein Abendbrot und ein Lager zum Schlafen. »Ich will in der Nacht in meinen Büchern nachsehen, wo die Grüne Insel liegt«, sagte er, »wenn ich es herausfinde, werde ich dir morgen Bescheid sagen.«

»Hast du gefunden, wo sie ist?« fragte der Königssohn am nächsten Morgen. »Nein«, sagte der Riese, »aber ich habe einen Bruder, der wohnt ein gutes Stück von hier entfernt. Vielleicht kann er sagen, wo die Grüne Insel liegt.« Dann gab ihm der Riese noch zwei Laibe Brot mit auf den Weg.

Der Königssohn schied mit Dank und Segenswünschen von ihm und zog seine Straße weiter, bis er zum Schloß des zweiten Riesen kam. Dieser kam voller Zorn herausgerannt und wollte ihn töten. Der Königssohn gab ihm einen der beiden Brotlaibe. Wie der Riese ihn in die Hand nahm, sagte er: »Das ist ein Brot, das meine Mutter gebakken hat.«

Der Königssohn bekam zu essen und ein Lager für die Nacht. Dann fragte der Riese: »Wohin geht deine Straße?« – »Ich bin auf der Suche nach der Grünen Insel«, sagte der Königssohn. »Ich will versuchen, in meinen Büchern etwas über die Grüne Insel zu finden, und wenn ich es gefunden habe, werde ich es dir morgen früh sagen«, versprach der Riese, als der Königssohn zu Bett ging.

»Hast du etwas über die Grüne Insel in Erfahrung gebracht?« fragte der Königssohn am nächsten Morgen. »Nein, ich habe nichts gefunden«, erwiderte der Riese, »aber geh nur fort auf dieser Straße, bis du zu meinem anderen Bruder kommst, der eine große Strecke von hier entfernt wohnt. Hab keine Angst, gib ihm das Brot, und er wird es erkennen.«

Der junge Mann ging und ging, bis er zum Schloß des dritten Riesen kam. Der Riese wurde wütend, als er den Fremden sah, und lief hinaus, ihn zu töten. Aber als der Königssohn ihm das Brot gab, sagte er: »Das hat meine Mutter gebacken.« Der Riese nahm darauf den Königssohn zum Schloß mit, gab ihm ein Abendbrot und ein Lager zur Nacht und sagte: »Morgen früh werde ich dir sagen, wo die Grüne Insel liegt.« Als der Morgen kam, fragte der Königssohn den Riesen: »Kannst du mir jetzt sagen, wo die Grüne Insel liegt?« Der Riese, welcher Herr der Lüfte war, sagte: »Geh mit mir hinaus. Ich werde alle Vögel der Luft zusammenrufen und sie fragen, ob sie wissen, wo die Grüne Insel liegt.«

Der Riese führte den Königssohn hinaus. Als sie vor dem Schloß standen, sagte er: »Oh, ich habe mein Horn drinnen auf dem Tisch vergessen.« – »Ich will es holen«, sagte der Königssohn. Er lief hinein, das Horn zu holen, aber er konnte es nicht vom Fleck bewegen. Also mußte der Riese selbst danach gehen. Er stieß hinein, und alle Vögel der Luft versammelten sich um ihn.

»Ein Vogel fehlt noch«, sagte der Riese, »der goldene Adler.« Er blies noch einmal das Horn, um zu sehen, ob der Adler käme. Er wartete eine Viertelstunde und blies wieder. Gleich darauf sah er den Adler aus großer Entfernung herankommen. Wie sich dieser auf der Wiese niederließ, konnte er kaum sprechen, so müde war er. »Wo bist du gewesen, als ich das Horn zum ersten Mal blies?« fragte der Riese. »Ich war auf der Grünen Insel«, sagte der Adler. »Wo warst du, als ich zum zweiten Mal blies?« – »Ich flog über die Brennenden Berge weg.« – »Wo warst du, als ich zum dritten Mal blies?« – »Da konnte ich das Schloß schon sehen.«

Der Riese fütterte den Adler gut und fragte dann: »Bist du nun stark genug, die gleiche Strecke wieder zurückzufliegen nach der Grünen Insel?« – »Nein, ich bin noch zu schwach«, sagte der Adler. »Pfleg mich zwei Wochen lang, dann kann ich den Flug machen.« Der Königssohn übte nun jeden Tag, sich auf dem Rücken des Vogels in die Luft zu erheben.

»Bist du jetzt imstande, den Flug zu machen?« fragte der Riese, als die zwei Wochen um waren. »Ja, jetzt kann ich wohl fliegen«, sagte der Adler.

Der Riese hing einen Sack mit Fleischstücken um den Hals des Adlers und sagte dem Königssohn, er solle dem Vogel jedesmal, wenn er es verlange, ein Stück geben. Der Königssohn setzte sich auf den Rücken des Adlers, und der erhob sich in die Lüfte. Er stieg und stieg sehr hoch, und der Königssohn sagte: »Du steigst zu hoch, ich habe Angst.« – »Ich muß so hoch steigen, um über die Brennenden Berge wegzukommen«, sagte der Adler. »Dann steig nur noch höher, so hoch, wie du kannst.« – »Gib mir ein Stück Fleisch«, sagte der Adler.

Er gab ihm eines. Als sie nun über den Brennenden Berg hinwegflogen, schoß eine Flamme von dem Berg in die Höhe und versengte die Flügel des Adlers. Der Königssohn war voller Entsetzen. Der Adler wurde immer schwächer, er konnte kaum noch weiterfliegen. Aber er hielt nicht an, bis er auf der Grünen Insel, in der Nähe eines Sees, niederging.

»Gib gut acht, Königssohn von Irland«, sagte der Adler. »Die drei Töchter des Königs der Grünen Insel kommen immer hierher, um in diesem See zu baden, und sie werden auch heute hierherkommen. Die Jüngste trägt ein Armband, und während sie im Wasser ist, sollst du es ihr wegnehmen. Und jetzt muß ich fort«, sagte der Adler und ließ den Königssohn bei dem See zurück.

Der Königssohn paßte scharf auf, bis er die drei Töchter des Königs der Grünen Insel zum Baden kommen sah. Dann versteckte er sich hinter den Sträuchern und stahl das Armband der Jüngsten, während sie im Wasser war.

Wie die drei Schwestern sich nach dem Bad wieder angezogen hatten, vermißte die Jüngste ihr Armband. Die beiden Älteren lachten sie aus und sagten: »Es gibt hier niemanden, der es stehlen könnte, außer unsern Vater, und der ist zur Zeit gar nicht auf der Insel.« Dann gingen die beiden davon und ließen die Jüngste, die überall nach ihrem Armband suchte, allein zurück. Sobald sie außer Sicht waren, trat der Königssohn hervor, und die Königstochter faßte sogleich eine große Liebe zu ihm. »Wer bist du, und aus welchem Land kommst du?«

fragte sie. »Ich bin ein Königssohn aus Irland und bin eben hier auf der Grünen Insel gelandet.« – »So komm nur aufs Schloß; du brauchst keine Furcht zu haben, aber warte noch eine Stunde hier, bis ich gegangen bin.«

Als der Königssohn zum Schloß kam und ans Tor pochte, kam der König selbst heraus und fragte: »So bist du also endlich gekommen, Königssohn aus Irland?« – »Ja, ich bin gekommen«, sagte der junge Mann. »Tritt ein«, sagte der König der Grünen Insel. »Ich will dir ein Abendbrot und ein Lager zur Nacht geben. Das ist mehr, als du für mich tun wolltest, wie ich in Erin war, denn du botest mir kein Dach über dem Kopf an noch einen Bissen zu essen.«

Er nahm darauf den Königssohn mit, brachte ihn in eine Zelle und befahl ihm, dort zu bleiben, bis er ihm etwas zu essen bringen ließe. Dann schickte er seine jüngste Tochter zu ihm mit Wasser und ganz wenig Essen. Als sie hereinkam, weinte er vor ihren Augen. »Sei nicht so mutlos und niedergeschlagen«, sagte sie. »Iß nur das, was ich dir von meinem Essen bringe.« So warf er, was der König geschickt hatte, fort, und sie brachte ihm von ihrem eigenen. Er aß und wartete, bis der König kam.

»Wie hat dir das Frühstück, das ich dir sandte, geschmeckt?« fragte der König. »Es hat mir sehr gut geschmeckt«, sagte der Königssohn aus Irland. Darauf ging der König wieder, und als es Mittag war, brachte die jüngste Tochter dem Königssohn ein karges Mahl. Er warf alles weg. Später brachte sie ihm die Hälfte ihres eigenen Mittagessens, und er aß es. Am Abend kam der König in die Zelle und sagte: »Morgen früh habe ich eine Arbeit für dich, halte dich bereit.«

Die jüngste Königstochter holte den Königssohn in dieser Nacht in ihr Gemach, und sie redeten dort lange zusammen. Schließlich sagte sie: »Du mußt wieder unten sein, bevor mein Vater am Morgen kommt.«

Er war zurück in der Zelle, bevor der alte König kam, und dieser sagte: »Es gibt draußen einen Kuhstall, der seit hundertzwanzig Jahren nicht ausgeräumt worden ist, und darin ist eine Brustnadel, die meiner Urgroßmutter gehört hat. Du sollst den Stall saubermachen und mir die Nadel bringen.«

Der Königssohn von Erin nahm eine Schaufel und ging zu dem Kuhstall. Das Haus war sehr groß und hatte vierzig Fenster. Der junge Mann machte sich an die Arbeit, aber sooft er eine Schaufel voll Mist hinauswarf, kamen drei Schaufeln zu jedem der vierzig Fenster wieder herein, so daß er zuletzt aus dem Stall rennen mußte, um nicht drinnen erstickt zu werden.

Die Königstochter kam mit einem Frühstück, und er weinte vor ihr. »Was bekümmert dich denn jetzt wieder?« fragte sie. »Ich habe mit aller Kraft gearbeitet«, sagte der Königssohn, »aber trotzdem ist jetzt viel mehr Mist in dem Kuhstall, als wie ich anfing.« – »Weine nicht mehr«, sagte sie. »Ich will den Kuhstall für dich ausräumen.« Damit fing sie an zu arbeiten, und für jede Schaufelvoll, die sie aufnahm, flogen einundzwanzig Schaufeln durch jedes der vierzig Fenster hinaus. Sie fand die Nadel, gab sie ihm und sagte: »Geh nicht eher zum Schloß, als eine Stunde nachdem ich von hier weggegangen bin. Wenn mein Vater dich nach der Nadel fragt, sollst du sie ihm nicht geben. Sage, daß das Geringste, was du gewinnst, dir einmal von Nutzen sein mag.«

Als er zum Schloß kam, fragte der König: »Hast du die Nadel gefunden?« – »Ja, ich habe sie gefunden«, sagte der Königssohn. Der König wollte sie haben. Er sagte, er dächte nicht daran, sie herauszugeben; das Geringste, was er gewinne, möchte ihm einmal von Nutzen sein. So behielt er die Brustnadel. Der König tat ihn wieder in die Zelle und ließ ihm die Nadel. Die jüngste Königstochter brachte ihm Brot und Wasser. Er warf es weg. Später brachte sie ihm die Hälfte ihres eigenen Essens. Er aß es, und sie sagte ihm, daß sie ihn zur Nacht wieder in ihr Zimmer holen werde und daß er zurück in der Zelle sein müsse, ehe der Vater am Morgen käme. Sie holte ihn auch wirklich in ihr Zimmer im Schloß, und er war am Morgen vor dem alten König zurück.

»Heute habe ich eine andere Aufgabe für dich«, sagte der König. »Es gibt keine Aufgabe, du magst mir geben, welche du willst, die ich nicht lösen könnte«, sagte der Königssohn. »Ich habe hier unten einen See, und meine Urgroßmutter hat darin einen goldenen Ring verloren. Du sollst den See ausschöpfen und mir den goldenen Ring bringen.«

Der junge Mann nahm einen Eimer und fing an, den See auszuschöpfen, aber je mehr er schöpfte, um so tiefer wurde der See. So setzte er sich auf einen Felsen und fing an zu weinen. Um Mittag brachte ihm die Königstochter die Hälfte ihres Essens und sagte: »Du sollst nicht niedergeschlagen und traurig sein, setz dich nur her und iß.«

Während er nun aß, zog sie ihr Taschentuch heraus und warf es in den See. Im selben Augenblick fing der See an auszutrocknen, und bald war nicht ein Tropfen Wasser mehr darin. Die Königstochter fand den Ring und gab ihn dem Königssohn. Er ging zum Schloß, eine Stunde nachdem die Prinzessin ihn verlassen hatte.

»Hast du den Ring, den ich dich heute früh suchen ließ?« fragte der König. »Ja, ich habe ihn.« – »So gib ihn mir.« – »Nein, ich will ihn nicht hergeben, das Geringste, was ich gewinne, kann mir einmal aus der Not helfen«, sagte der Königssohn. Und er behielt den Ring.

Der König brachte ihn wieder in seine Zelle und schickte die jüngste Königstochter mit Brot und Wasser zu ihm. Er warf alles fort. Sie gab ihm die Hälfte ihres eigenen Abendbrotes und nahm ihn mit in ihr Zimmer im Schloß. Schließlich sagte sie: »Du mußt jetzt hinunter in deine Zelle gehen, ehe mein Vater kommt.«

Er eilte zurück in seine Zelle und war kaum darin, als der König schon kam. »Wie hast du die Nacht verbracht?« fragte der König. »Oh, sehr angenehm«, sagte der Königssohn. »Heute habe ich eine weitere Aufgabe für dich.« – »Was für eine Aufgabe ist das?« – »Im Wipfel eines Baumes, der draußen steht, steckt ein Schwert, und du sollst mir dieses Schwert holen.«

Der Königssohn nahm seine Hacke und zog eine Linie rings um den Stamm des Baumes, um festzustellen, ob er mehr werde wie der See und der Mist im Kuhstall. Er fing an, den Baum zu fällen; aber der wurde dicker und dicker bei jedem Schlag.

Er setzte sich hin und fing an zu weinen. Die Königstochter kam und sagte: »Du brauchst nicht niedergeschlagen oder traurig zu sein. Ich will den Baum für dich fällen.«

Sie schlug die Axt ein einziges Mal in den Baum, und er fiel um. Sie holte das Schwert aus der Spitze, gab es dem Königssohn und sagte:

»Komm zum Schloß eine Stunde nach mir. Wenn mein Vater dich nach dem Schwert fragt, so gib es ihm nicht. Sage, das Geringste, was du gewinnst, möchte dir einmal helfen.«

Sie ging davon, und eine Stunde später ging der Königssohn hinterher. »Hast du den Baum gefällt?« fragte der König. »Ja, das habe ich.« – »So gib mir das Schwert.« – »Das will ich nicht tun. Das Geringste, was ich gewinne, könnte mir einmal helfen.«

Der König brachte ihn wieder in seine Zelle und sagte: »Ich habe gehört, daß jeder Mann aus Erin Geschichten erzählen kann. Ich werde dich heute abend in mein Zimmer holen. Du mußt mir ein paar Geschichten erzählen.«

Der König holte ihn in sein Zimmer. Die jüngste Tochter hatte an jeder Seite des Zimmers ein Bett gemacht; eines für ihren Vater und eines für den Königssohn. Sie ließ das Licht sehr niedrig brennen, so daß das Zimmer fast dunkel war. Dann nahm sie drei Brotlaibe, die sie gebacken hatte, legte einen auf das Lager des Königssohns, einen in die Mitte des Zimmers und einen an die Tür. Dann machten sich die Königstochter und der Königssohn zusammen auf und flohen in größter Eile. Der König sagte: »Nun, Königssohn, fang deine Geschichte an.« Das Brot auf dem Lager fing an, eine Geschichte zu erzählen, und die war so lang, daß der König einen guten Teil der Nacht damit verbrachte, ihr zu lauschen. Als die erste Geschichte zu Ende war, sagte der König: »Das ist eine gute Geschichte, sie gefällt mir; nun erzähl noch eine.«

Das Brot in der Mitte des Zimmers fing an, eine Geschichte zu erzählen, und erzählte so lang, daß es schon gegen Morgen ging, als es damit zu Ende war. »Auch diese Geschichte ist sehr gut«, sagte der König. »Erzähl eine dritte.«

Das Brot an der Tür fing an und sagte: »Nun will ich dir eine Geschichte erzählen, die wird dich noch ganz anders aufhorchen lassen. König der Grünen Insel, deine Tochter ist gestern abend mit dem Königssohn von Erin geflohen. Sie sind in dieser Stunde schon weit weg, und es wäre nun an dir, die Verfolgung aufzunehmen.«

Der König sprang auf, ging zu dem Lager, wo er dachte, den Königssohn zu finden, und fand nur das Brot. Da wußte er, daß es seine jüngste Tochter war, die ihm diesen Streich gespielt hatte. Er rief seine beiden älteren Töchter, und die drei machten sich sogleich an die Verfolgung des Königssohns.

Die jüngste Tochter wußte sehr gut, daß ihr Vater und ihre Schwestern sie verfolgen würden, so sagte sie dem Königssohn, er solle sich umschauen, ob jemand hinter ihnen herkäme.

Er schaute sich um und sagte: »Ich sehe drei Vögel hinter uns herkommen, eine große Strecke zurück.« – »Schau zum zweiten Mal.« Er sah sich um: »Sie sind wie drei Heuschober«, sagte der Königssohn. »Schau ein drittes Mal.« Er schaute sich um: »Sie sind wie drei Berge.« – »Wirf die Nadel hinter dich«, sagte sie.

Er warf die Nadel hinter sich, und im selben Augenblick war das ganze Land mit riesengroßen Stahlspitzen bedeckt, die standen aufrecht da, wie ein dichter Wald ohne Zweige gerade vor dem König der Grünen Insel und seinen beiden ältesten Töchtern.

»Lauft eilends heim«, sagte der König zu seinen Töchtern, »und holt den Hammer, den ich unter dem Bett liegenließ.« Sie waren bald zurück mit dem großen, gewichtigen Hammer. Er zerschmetterte damit die Stahlspitzen und brach sich einen Weg hindurch, und die drei eilten weiter.

Bald darauf sagte die Königstochter zu dem Königssohn: »Schau dich um, ob du sie sehen kannst.« – »Ich sehe drei Wesen, so groß wie drei Vögel, hinter uns herkommen.« – »Schau dich noch einmal um«, sagte sie nach einer Weile. »Sie sind wie drei Heuhaufen.« – »Schau dich ein drittes Mal um.« – »Sie sehen aus wie drei Berge.« – »Wirf den Ring hinter dich.«

Im Augenblick, wo er den Ring warf, wurde das ganze Land hinter ihnen zu einem See. Der König konnte nicht hinüber, so sagte er zu seinen beiden Töchtern: »Geht heim und holt den Eimer, der in meinem Zimmer steht.« Sie eilten zurück und holten den großen Eimer. »Gebt ihn her«, sagte der König. Er schöpfte den See aus, und die drei eilten weiter.

Die jüngste Königstochter sagte zu dem Königssohn: »Schau dich um und sieh, ob sie kommen.« – »Sie sind wieder wie drei Vögel.« – »Schau zum zweiten Mal.« – »Sie sind wie drei Heuschober.« – »Schau ein drittes Mal.« – »Sie sind wie drei Berge.« – »Wirf das Schwert hinter dich.«

Er warf das Schwert. Das ganze Land hinter den beiden war bedeckt von einem großen Wald, so dicht, daß niemand hindurchdringen konnte. Der König sagte zu seinen Töchtern: »Geht heim und holt die Axt, die ich zurückließ.«

Sie brachten die Axt. Er schlug einen Weg durch den Wald, und sie eilten weiter. Das fliehende Paar kam an einen Fluß, der war eine Meile breit. Ein Boot lag am Ufer vor ihnen; sie sprangen hinein und ruderten mit aller Macht hinüber. Der König der Grünen Insel konnte nicht mehr als eine dreiviertel Meile weit springen. Das Boot war eben eine dreiviertel Meile vom Ufer entfernt, als der König auf dem hohen Steilufer des Flusses anlangte. Er sprang sogleich, mit aller Kraft, und kam gerade hinter dem Boot herunter. Im selben Augenblick schlug ihn der Königssohn mit dem Ruder aufs Haupt, und er starb. Die beiden kamen sicher an Land und zogen weiter ohne Eile.

»Nun brauchen wir niemanden mehr zu fürchten«, sagten sie. Der Königssohn ging und ging mit der Tochter des Königs der Grünen Insel, bis er in die Nähe des Schlosses seines eigenen Vaters kam. »Warte hier ein Weilchen«, sagte er, »ich werde dich bald holen.« – »Du darfst niemanden küssen«, sagte die Königstochter, »und dich von niemandem küssen lassen, solange du im Schloß bist. Wenn du das tust, wirst du mich im gleichen Augenblick vergessen haben.«

Er ging ins Schloß. Er küßte niemanden und ließ sich von keinem küssen; aber sein alter treuer Hund, der in einer Ecke lag, sprang auf und küßte ihn. Im gleichen Augenblick hatte er die Königstochter vergessen. Sie wartete lange, und als er nicht zurückkam, ging sie allein weiter in den Wald.

In diesem Wald lag das Haus eines Schmieds und seine Werkstatt. Als es Nacht wurde, stieg sie in einen der Bäume, die um den Brunnen herum standen. Der Mond schien in dieser Nacht, und die Magd des Schmieds kam zum Brunnen, um Wasser zu schöpfen; sie sah das Spiegelbild einer jungen Frau im Wasser und dachte, es sei ihr eigenes Antlitz, das sie sähe.

»Oh, ist es nicht eine Schmach und Schande, daß solch eine Schön-

heit wie ich in der Hütte eines Schmiedes dienen muß!« Sie warf den
Eimer weg, lief davon und ließ sich nie wieder sehen im Haus des
Schmieds. Die Frau des Schmieds wartete eine ganze Weile. Schließlich machte sie sich selbst zum Brunnen auf, um nachzusehen, denn sie
fürchtete, das Mädchen sei hineingefallen. Auch sie sah das Spiegelbild im Wasser, dachte, es sei ihr eigenes Antlitz, und sagte: »Es ist eine
Schande für mich, die Frau und Dienstmagd eines Grobschmieds zu
sein, da ich doch so schön von Angesicht bin!« Also lief sie weg und
kam nie wieder zurück zu ihrem Mann.

Zuletzt ging auch der Schmied hinaus, um nach der Magd und
seiner Frau zu suchen, er kam zum Brunnen, schaute hinein, sah das
Spiegelbild und merkte wohl, daß es das einer Frau war; so schaute er
hinauf in den Baum über sich und sah dort eine junge Frau.

»Komm herunter«, sagte er, »deinetwegen sind die Magd und meine
Frau davongelaufen. Du mußt nun mit mir kommen und mir mein
Haus besorgen!«

Sie ging mit dem Schmied in sein Haus und kochte für ihn, bis sie
eines Tages hörte, daß der Königssohn sich vermählen sollte, da sagte
der Schmied: »Wenn du zu dem Hochzeitsfest gingest, fändest du dort
vielleicht Arbeit und könntest dir etwas verdienen.«

Sie ging hin, und am Abend vor der Hochzeit sollte ein großer
Kuchen gemacht werden. »Darf ich den Kuchen machen?« fragte sie
den Oberkoch. Der wurde gleich ärgerlich und sagte: »Du kannst doch
den Kuchen nicht machen.« Da gab ihm die junge Frau fünf Goldstücke, und der Oberkoch ließ sie den Kuchen machen. Sie machte
also den Kuchen und bildete darauf ihres Vaters Schloß, den Kuhstall,
den Baum und den See ab, so daß der Königssohn das alles sehen
konnte.

Als der Kuchen nun aufgetragen wurde, sagte ein jeder: »Es muß ein
Fremder im Schloß sein.« Der Koch wurde gerufen, und er sagte, eine
junge Frau sei gekommen, die hätte ihn gemacht. »Schick sie her«,
sagte der König. Sie kam und wurde aufgefordert, bei der Gesellschaft
zu bleiben. Während des Abends erzählten alle eine Geschichte, und
schließlich sagte der König von Erin auch zu der jungen Frau: »Jetzt
mußt du uns eine Geschichte erzählen.« – »Ich weiß keine Geschich-

te«, sagte sie, »aber ich will Euch ein Kunststück zeigen, wenn Ihr erlaubt«. – »Ja, das tu nur«, sagte der König.

Sie warf zwei Haferkörner hin, und daraus wurden ein Hahn und eine Henne. Sie warf ein einzelnes Haferkorn zwischen die beiden. Die Henne nahm das Korn, und der Hahn pickte nach ihr. »Das hättest du mir nicht angetan an dem Tag, als du den Kuhstall ausräumtest und ich dir helfen mußte«, sagte die Henne. Sie warf noch ein Haferkorn, die Henne nahm es, und der Hahn pickte nach ihr. »Das hättest du mir nicht angetan an dem Tag, als du den See ausschöpftest und nach einem Ring suchtest«, sagte die Henne.

Sie warf ein drittes Korn, die Henne nahm es, und der Hahn pickte nach ihr. »Das hättest du mir nicht angetan an dem Tag, als du den großen Baum fälltest, um meines Vaters Schwert zu bekommen, und nicht, als ich die drei Brotlaibe buk und wir beide zusammen flohen.«

Mit einem Mal erinnerte sich der Königssohn wieder an die junge Frau und erkannte sie im gleichen Augenblick. Da wandte er sich an seinen Vater und sagte: »Ich will keine andere zur Frau haben als diese.« Darauf heiratete der Königssohn in Erin die Tochter des Königs der Grünen Insel, und die beiden lebten für alle Zeiten glücklich miteinander.

(Irland)

Von Island nach Dänemark

Hildur, die Königin der Elben

Es war einmal ein Bauer, der auf seinem Hof oben zwischen den Bergen lebte. Eine Frau hatte er nicht, aber eine Haushälterin, die Hildur hieß. Von ihrer Familie aber wußte man nichts. Sie war eine fleißige Frau, kümmerte sich um den Hausstand, wie es nicht besser sein konnte, und sie war auch immer zu allen freundlich. Und deshalb hatten die Leute auf dem Hof sie sehr gern. Und auch der Bauer mochte sie.

Die Wirtschaft des Bauern war sehr gut, und er konnte damit zufrieden sein, wenn die Sache nicht mit den Hirten gewesen wäre. Er hatte es nämlich schwer, für einen Schafhirten, wenn der gestorben war, immer einen Nachfolger zu bekommen. Da er aber ein wohlhabender Schafbauer war und seine Herde überaus groß, konnte er auf einen Hirten nicht verzichten.

Doch die Schwierigkeiten, die der Bauer mit seinen Hirten hatte, waren sehr merkwürdig; denn hatte er wieder einmal einen neuen in seinen Dienst einstellen können, lag der am Morgen nach der Weihnachtsnacht tot in seinem Bett.

In jenen Zeiten war es im ganzen Land Sitte, am Heiligabend Gottesdienst abzuhalten. Und es wurde für ebenso feierlich gehalten, sich dann zur Kirche zu begeben wie am ersten Feiertag selbst. Aber auf den Gebirgshöfen, die weit von der Kirche entfernt lagen, war es für die, welche noch mit ihrer Arbeit beschäftigt waren und deshalb den Hof noch nicht verlassen konnten, bis der Stern zwischen Morgen und Mittag stand, recht beschwerlich, zum Gottesdienst zu kommen. Und es war üblich, daß die Hirten bei diesen Bauern nicht früher nach Hause kamen. Wohl brauchten sie nicht den Hof zu hüten, wie es üblich war, daß es der eine oder andere in der Weihnachts- und Silvesternacht tat, während die übrigen Leute in der Kirche waren. Denn seit Hildur zu dem Bauern gekommen war, hatte sie sich stets von selbst dazu erboten, und in der Zeit besorgte sie alles das im Hause, was zum Fest gemacht werden mußte: Essen kochen und anderes, was nötig war, und sie war bis spät in der Nacht noch wach, so daß die, die in der Kirche gewesen waren, oft schon lange schliefen, ehe sie sich selbst zu Bett legte. Als es eine Reihe von Jahren so gegangen war, daß die Hirten des Bauern immer plötzlich in der Heiligen Nacht starben, fing man an, in den Ortschaften darüber zu sprechen. Und es fiel deshalb dem Bauern sehr schwer, jemand für diese Arbeit zu bekommen. Und je mehr starben, desto schwerer wurde es. Und der Bauer nahm sich das auch sehr zu Herzen und wußte gar nicht, was er machen sollte. Eine Schuld konnte ihn nicht treffen, auch nicht seine Leute; denn eine Wunde oder irgendeine besondere Verletzung war an den Leichen nicht zu entdecken.

Schließlich sagte der Bauer, daß er es nicht mehr mit seinem Gewissen vereinbaren könne, Hirten zu dingen, die den sicheren Tod zu erwarten hätten, und daß nun das Schicksal darüber zu bestimmen hätte, was aus seinem Vieh und seinem Hab und Gut würde.

Als der Bauer diesen Entschluß gefaßt hatte und keinen mehr in seinen Dienst nehmen wollte, kam einmal ein munterer und kräftiger Mann zu ihm und bot ihm seinen Dienst an. Der Bauer sagte: »So nötig habe ich deinen Dienst nicht, daß ich dich nehmen müßte.« Der Fremde fragte: »Hast du einen Hirten für den nächsten Winter gedungen?« – »Nein«, war des Bauern Antwort. Und er erklärte ihm, daß er sich für die kommende Zeit entschieden habe, niemand zu dingen. »Und du hast wohl gehört«, fuhr er fort, »wie schrecklich es bisher meinen Hirten ergangen ist.« – »Gehört habe ich davon«, sagte der Fremde, »aber ihr Schicksal soll mir keine Furcht einjagen.«

Da gab der Bauer nach, weil er dem eindringlichen Wunsch des Fremden nicht widerstehen konnte. Und er nahm ihn als Schafhirten in seinen Dienst.

So verging nun die Zeit. Und der Bauer und der Hirt waren sehr zufrieden miteinander, und den Hirten hatte jeder gern; denn er war ein freundlicher, munterer und tüchtiger Mann.

Bis zum Heiligabend geschah nichts Besonderes. Am Heiligabend zog der Bauer mit seinen Leuten zur Kirche, seine Haushälterin blieb auf dem Hof zurück und der Hirte bei seinen Schafen.

Es ging auf den Abend zu, ehe der Hirt wie gewöhnlich nach Hause kam. Er aß seine Grütze und legte sich dann hin. Da dachte er so bei sich, es wäre wohl besser, wach zu bleiben als zu schlafen, falls tatsächlich etwas passieren sollte. Furcht hatte er nicht, blieb aber doch sicherheitshalber wach. Spät in der Nacht kamen die Kirchengänger wieder zurück. Sie bekamen noch etwas zu essen und gingen dann zu Bett. Bis jetzt war noch nichts geschehen, als aber der Hirt glaubte, daß alle schon eingeschlafen waren, fühlte er sich auch sehr müde, was ihn nach den Anstrengungen des Tages nicht weiter wunderte, und er wollte auch einschlafen. Doch im letzten Augenblick wurde ihm klar, daß das gefährlich werden könnte, und er zwang sich darum, weiter wach zu bleiben. Es dauerte auch gar nicht lange, da hörte er, wie jemand an sein Bett trat. Und er meinte, daß das die Haushälterin Hildur war, die hier ihr Wesen trieb. Er stellte sich schlafend und spürte, daß sie ihm etwas in den Mund steckte. Er fühlte, daß das ein Zaum für den Hexenritt war und ließ sich ruhig aufzäumen. Als sie ihm das Zaumzeug angelegt hatte, befestigte sie die Zügel, wie es ihr am bequemsten war, setzte sich auf seinen Rücken und ritt in fliegender Fahrt fort, bis sie, wie es ihm schien, an einen Graben oder eine Spalte im Erdboden kam. Da sprang sie auf einen Stein, ließ die Zügel hängen und verschwand vor seinen Augen in dem Erdspalt.

Dem Hirten kam es schlimm und rätselhaft vor, daß Hildur einfach so verschwand, ohne daß er wußte, wohin sie wollte und wo sie geblieben war. Er merkte aber auch, daß er in seinem Zustand nichts unternehmen konnte, weil ihm das Zaumzeug ja angelegt war, durch das sie ihn verzaubert hatte. Deshalb begann er sich an dem Stein, auf den sie gesprungen war, solange den Kopf zu reiben, bis er sich das Zaumzeug abgescheuert hatte. Er ließ es nun einfach dort liegen und sprang in die Spalte, in der Hildur gerade verschwunden war.

Ihm war so, als wäre er in der Spalte noch gar nicht so tief hineingekommen, als er auch schon wieder Hildur erblickte, die ihren Weg über schöne Wiesen nahm. Nach alledem, was er bis jetzt erlebt hatte, war ihm nun klar, daß es bei Hildur nicht mit rechten Dingen zugehen konnte. Und daß sie sicher allerlei geheimnisvolle Sachen verbarg, wenn sie sich oben so ehrbar unter den Menschen aufhielt. Da ihm bewußt war, daß sie ihn sehen könnte, wenn er jetzt hinter ihr herging, nahm er einen Stein aus seiner Tasche, der ihn unsichtbar machte, und verbarg ihn in der linken Hand. Dann lief er, so schnell er nur konnte, hinter ihr her.

Als er weiter auf die Wiese gekommen war, sah er eine große prächtige Halle. Und Hildur folgte dem Weg, der direkt dorthin führte. Nun sah er, wie ihr eine große Schar von Menschen aus der Halle entgegenkam. An ihrer Spitze ging ein Mann, der am prächtigsten von allen gekleidet war. Und es schien ihm, als begrüße er sie als seine Frau und heiße sie willkommen. Die anderen aber, die in seinem Gefolge waren, begrüßten sie fröhlich als ihre Königin. Mit dem König kamen Hildur zwei halberwachsene Kinder entgegen, die voller Freuden ihre Mutter begrüßten.

Als sie alle der Königin ihre Huldigung dargebracht hatten, führten sie sie und den König in die Halle, wo ihr ein ehrenvoller Empfang bereitet wurde. Man kleidete sie in königliche Gewänder und streifte ihr herrlich goldene Reifen auf die Arme.

Der Hirte kam nun auch bald in die Halle, blieb jedoch dort, wo am wenigsten Leute waren, konnte aber trotzdem von seinem Platz aus alles genau beobachten. Soviel Glanz und Pracht, wie er hier in der Halle zu sehen bekam, hatte er noch nie in seinem Leben gesehen. Tische wurden herbeigeschafft und gedeckt, und er konnte nur über all die Herrlichkeit staunen.

Eine Weile später sah er Hildur aufs prächtigste gekleidet in die Halle schreiten. Nun wurde jedem sein Platz angewiesen. Königin Hildur erhielt den Ehrensitz neben dem König. Und zu beiden Seiten ließ sich dann das Gefolge nieder. Und jetzt begannen alle mit dem Essen.

Danach wurden die Tische wieder abgedeckt, und die Männer und Frauen tanzten oder gingen anderen Vergnügungen nach. Der König und die Königin aber saßen da und sprachen miteinander. Und ihr Gespräch, so schien es dem Hirten, war sowohl mit Freude wie mit Kummer vermischt.

Während sie so miteinander redeten, kamen noch drei jüngere Kinder zu ihnen und umarmten freudig und voller Glück ihre Mutter.

Königin Hildur küßte sie voller Liebe, nahm dann das jüngste Kind auf den Schoß und streichelte es. Aber das Kind war quengelig und wurde unruhig. Da setzte die Königin es ab, streifte sich einen Ring von ihrem Finger und gab ihn dem Kind zu spielen. Da wurde das Kind auch ruhig, spielte eine Weile mit dem goldenen Ring, verlor ihn aber schließlich auf dem Fußboden. Der Hirt, der nicht weit von dem spielenden Kind stand, hatte das gesehen, konnte den Ring erwischen und ihn gut bei sich verstecken, ohne daß jemand das merkte. Aber es schien allen sehr merkwürdig, daß der Ring nirgends zu finden war.

Als der größte Teil der Nacht vergangen war, machte sich Königin Hildur zum Fortgehen fertig. Aber alle, die in der Halle waren und sahen, daß sie nun fortwollte, baten sie, doch noch zu bleiben und waren sehr traurig, als sie merkten, daß das nicht half.

Der Hirt aber hatte beobachtet, daß in einer Ecke der Halle ein altes Weib saß, das furchtbar häßlich war. Sie war die einzige von allen, die sich weder über die Ankunft von Königin Hildur gefreut, noch sie gebeten hatte zu bleiben. Als der König sah, daß seine Frau sich jetzt zum Abschiednehmen entschlossen hatte, und noch so viele Bitten, zu bleiben, sie nicht umstimmen konnten, ging er zu der alten Frau und sagte: »Nimm nun deine Flüche zurück, Mutter, und erhöre meine Bitten, damit mir meine Königin nicht mehr fern zu sein braucht und meine Freude über unsere Zusammenkünfte von so kurzer Dauer ist.« Da antwortete ihm die Alte voller Zorn: »Alle meine Flüche werden weiter bestehen, und nichts soll mich erweichen, sie zu widerrufen!«

Als das der König hörte, verließ er schweigend seine Mutter und ging tieftraurig zu seiner Frau, legte seinen Arm um sie, küßte sie und flehte sie noch einmal an, bei ihm zu bleiben. Aber die Königin sagte, die Flüche seiner Mutter trieben sie fort, und man könnte wohl kaum hoffen, daß sie sich öfter sehen könnten; denn das Schicksal sei nun einmal über sie verhängt, und die Tötungen, die ihretwegen stattfänden und die nun schon so zahlreich seien, könnten nicht länger ein Geheimnis bleiben, und sie werde wohl dafür ihre Strafe hinnehmen müssen, obwohl es ihre Schuld gewiß nicht sei.

Als sie so klagte, verließ der Hirt rasch die Halle. Er hatte nun gehört, wie die Dinge standen und ging geradewegs über die Wiese nach der Spalte. Und aus ihr kam er dann auch wieder schnell nach oben, versteckte seinen Zauberstein, zäumte sich wieder auf und wartete, bis Hildur kam. Kurze Zeit später erschien sie allein und mit trauriger Miene, setzte sich auf seinen Rücken und ritt nach Hause.

Als sie dort angekommen waren, legte sie ihn wieder in sein Bett, zäumte ihn ab und ging dann selbst schlafen. Obwohl der Hirte die ganze Zeit über hellwach gewesen war, stellte er sich doch schlafend, damit Hildur nichts merken sollte. Als sie aber zu Bett gegangen war, gab er seine Vorsicht auf und fiel in einen tiefen Schlaf, der bis zum nächsten Morgen währte.

Früh am anderen Tag war der Bauer bereits wach geworden; denn es ließ ihm keine Ruhe zu erfahren, ob der Schafhirt noch am Leben war; denn er befürchtete, daß es ihm wie den anderen in dieser Nacht ergangen sei. Während sich nun der Bauer anzog, wachten auch die anderen auf und zogen sich ebenfalls an. Als nun der Bauer an das Bett seines Schafhirten trat und ihn berührte, merkte er, daß er am Leben war und dankte Gott dafür. Da wachte auch der Hirt frisch und fröhlich auf und zog sich an. Währenddessen fragte ihn der Bauer, ob in der Nacht etwas geschehen sei. Der Schafhirt sagte: »Nein, aber ich habe einen sehr merkwürdigen Traum gehabt.«

»Was war denn das für ein Traum?« wollte der Bauer wissen. Da begann der Hirt zu erzählen. Er berichtete seinem Bauern alles ganz genau, von dem Augenblick an, wo Hildur an sein Bett getreten war und sie ihm dann den Zaum angelegt hatte. Und dann teilte er dem Bauern alles Weitere mit, woran er sich erinnern konnte.

Als er mit seiner Erzählung fertig war, saßen alle schweigend da, nur Hildur sagte zu ihm: »Alles, was du gesagt hast, ist gelogen, wenn du nicht durch ein deutliches Zeichen beweisen kannst, daß es so zugegangen ist, wie du es erzählt hast.«

Der Hirt ließ sich dadurch nicht in Verlegenheit bringen, sondern holte den Ring hervor, den er in der Nacht vom Boden aufgehoben hatte und sagte: »Wenn man mich auch nicht dazu bringen kann, einen Traum durch deutliche Zeichen zu beweisen, so trifft es sich doch so glücklich, daß ich einen klaren Beleg dafür habe, daß ich in dieser Nacht bei den Huldren gewesen bin. Oder ist dies nicht dein Fingerring, Königin Hildur?«

Darauf antwortete Hildur: »So ist es. Und Gott segne dich dafür, daß du mich von dem Fluch befreit hast, den mir meine Schwiegermutter auferlegt hatte. Nur widerwillig beging ich all die Missetaten, die sie mir auferlegt hatte.« Und dann begann Königin Hildur ihre Geschichte: »Ich war ein Elbenmädchen von geringer Herkunft. Aber der, welcher jetzt König von Elbenheim ist, wurde von Liebe zu mir erfaßt und nahm mich wider den Willen seiner Mutter zur Frau. Da wurde die Mutter so böse, daß sie ihrem Sohn nur kurze Freude an mir versprach und wir uns nur ganz selten sehen sollten. Ich aber sollte Dienstmagd bei den Menschen werden und jedesmal zur Weihnachtszeit den Tod eines Menschen verursachen. Und das sollte so geschehen, daß ich ihn aufzäumen mußte, während er schlief, und auf ihm den Weg reiten mußte, den ich auch in dieser Nacht auf dem Hirten ritt, um meinen Gatten zu besuchen. Und das sollte solange dauern, bis ich wegen dieser Bosheit überführt und deswegen getötet würde, falls ich nicht einen so kecken und mutigen Mann fände, der mir ins Elbenheim zu folgen wagt und dann beweisen kann, daß er dorthin gekommen sei und gesehen habe, womit sich dort die Leute beschäftigen.

Ihr seht also alle, daß sämtliche Hirten um meinetwillen getötet wurden, seitdem ich hier war. Aber ich hoffe, daß man mir das nicht anrechnen wird, was gegen meinen freien Willen geschehen ist. Denn niemand hat den unterirdischen Weg gefunden und ist aus Neugier in die Behausung der Huldren eingedrungen vor diesem mutigen Mann, der mich nun aus meinem Magddienst und von dem schlimmen Fluch erlöst hat. Und ich werde ihn dafür belohnen, auch wenn das nicht gleich geschieht. Jetzt kann ich nicht länger hierbleiben. Habt Dank für die Güte, die ihr mir erwiesen. Aber die Sehnsucht zieht mich nach meinem Heim.«

Nachdem sie so gesprochen hatte, verschwand Königin Hildur. Und man sah sie später nie wieder unter den Menschen.

Der Schafhirt aber heiratete im Frühjahr und gründete einen Hausstand. Und das konnte er auch; denn der Bauer zeigte sich ihm gegenüber, als er aus seinem Dienst ging, sehr freigebig. Und dann war er auch selbst nicht ohne Mittel. Alle Leute in seinem Bezirk fragten ihn um Rat und baten ihn um Beistand. So beliebt aber war er und glücklich, daß die Leute nicht recht begreifen konnten, wie es zuging, und glaubten, bei ihm hätte jedes Tier zwei Köpfe. Er aber wußte nur zu gut, daß es Königin Hildur war, der er seinen Wohlstand zu verdanken hatte.

(Island)

Östlich der Sonne und westlich des Mondes

Es war einmal ein armer Kätner, der hatte viele Kinder und konnte sie nur recht und schlecht ernähren und ärmlich kleiden; aber alle waren schön, und am allerschönsten war die jüngste Tochter. Nun war an einem Donnerstag im Spätherbst ein furchtbares Wetter draußen. Stockfinster war's, es regnete und stürmte, daß die Hütte in allen Fugen krachte. Die ganze Familie saß am Herd, jeder mit einer Arbeit beschäftigt. Da klopfte es plötzlich dreimal laut am Fenster, und der Mann ging hinaus und sah nach. Als er hinauskam, stand da ein großer, weißer Bär.

»Guten Abend«, sagte der weiße Bär.

»Ja, guten Abend«, erwiderte der Mann.

»Gib mir deine jüngste Tochter zur Frau, dann mache ich dich ebenso reich, wie du jetzt arm bist!« sagte der Bär.

Nicht übel gefiel dies dem Mann, reich zu werden; aber er meinte doch, erst müsse er die Tochter fragen. So ging er hinein und erzählte ihr alles.

Aber das Mädchen sagte nein und wollte gar nichts davon wissen. Da ging der Mann wieder hinaus, redete gütlich mit dem Bären und meinte, er solle am nächsten Donnerstag wiederkommen, dann werde man ja sehen, was in der Sache zu tun sei. Die Eltern redeten nun lange auf die Tochter ein und schwatzten ihr von all dem Reichtum vor, den sie erlangen könnten und wie gut es ihr selber gehen würde. Da gab sie schließlich nach, flickte ihre ärmlichen Kleider, putzte sich heraus, so gut sie konnte, und machte sich reisefertig. Was sie mitbekam, war nicht der Rede wert.

Am folgenden Donnerstag erschien der weiße Bär, um seine Braut zu holen. Sie setzte sich mit ihrem Bündel auf seinen Rücken, und schon trabte er davon. Als sie eine Strecke zurückgelegt hatten, fragte der Bär sie: »Fürchtest du dich?«

»Nein, bange ist mir gar nicht«, erwiderte sie.

»So halte dich gut an meinen Zotteln fest, dann hat's keine Not!« brummte der Bär.

Weit, weit fort ritt sie auf dem Bärenrücken, bis sie schließlich an einen riesigen Felsen kam. Der Bär klopfte an, und gleich ging ein Tor auf, durch das sie in ein Schloß mit vielen hell erleuchteten Zimmern gelangten, wo alles von Gold und Silber nur so glänzte. Sie kamen in einen Saal, und da stand ein Tisch, der mit den herrlichsten Gerichten über und über bedeckt war. Der weiße Bär gab seiner Braut ein silbernes Glöcklein und sagte, wenn sie etwas brauche, solle sie läuten, dann werde sie es gleich bekommen. Als sie gegessen hatte und es Abend wurde, überfiel sie Müdigkeit, und sie wollte schlafen. Sie läutete, und kaum war der erste Ton erklungen, war sie schon in einem Zimmer, worin ein aufgeschlagenes Bett stand, so herrlich, wie man sich's nur wünschen konnte: mit Seidenkissen und Vorhängen mit Goldfransen; und alles, was sich im Raum befand, war aus eitel Gold und Silber.

Als sie sich niedergelegt und das Licht gelöscht hatte, kam jemand herein und legte sich zu ihr. Es war aber niemand anders als der Bär, der ein Mensch war und in der Nacht seinen Pelz abwerfen durfte. Aber sie bekam ihn nie zu sehen, denn er kam erst, wenn das Licht gelöscht war; und wenn es morgens hell wurde, war er schon verschwunden.

So ging das eine Zeitlang, und alles schien gut. Aber allmählich wurde das Mädchen still und traurig, denn es war allein im großen Schloß und hatte Sehnsucht nach Eltern und Geschwistern. Da fragte der Bär es eines Tages, was ihm fehle, und es sagte, es wolle so schrecklich gern die Eltern und Geschwister wiedersehen.

»Ach, das kann geschehen!« sprach der Bär. »Aber du mußt mir versprechen, nie mit deiner Mutter allein zu reden, sondern nur, wenn andere zugegen sind! Sie wird dich wohl bei der Hand nehmen und in ihre Kammer führen wollen, damit sie allein mit dir reden kann. Laß dich nicht darauf ein, sonst werden wir beide unglücklich!«

Am Sonntag erschien der Bär und sagte, nun könne es die Reise zu den Eltern antreten. Es setzte sich auf seinen Rücken, und schon trabte er los. Nach einer langen, langen Wegstrecke gelangten sie an ein herrliches weißes Schloß, vor dem die Geschwister spielten und sich tummelten. Alles sah dort so prächtig aus, daß es eine wahre Lust war!

»Hier wohnen deine Eltern jetzt«, sagte der weiße Bär. »Nun vergiß nicht, was ich dir gesagt habe, denn sonst machst du mich und dich unglücklich!« Gott bewahre, nie würde sie das vergessen, sagte sie, als sie abstieg, und der Bär trabte zurück. Als die Eltern ihre Tochter wiedersahen, freuten sie sich über die Maßen und konnten ihr gar nicht genug für all das danken, was sie getan hatte. Ja, so gut hätten sie es jetzt!

Aber dann wollten sie wissen, wie es ihr denn ginge. Oh, auch ihr ginge es recht gut, und sie habe alles, was sie sich nur wünschen könne. Was sie ihnen noch sagte, weiß ich nicht so genau, aber ich vermute, nicht alles hat sie ihnen haarklein erzählt. Am Nachmittag, als man gegessen hatte, geschah das, was der Bär vorausgesagt hatte: Ihre Mutter wollte mit der Tochter allein in ihrer Kammer sprechen. Aber sie dachte an die Worte des Bären, wollte nicht mitgehen, sondern sprach: »Ach, was wir miteinander zu reden haben, können wir ebensogut auch hier sagen.« Aber schließlich – sie wußte selbst nicht, wie es geschah – überredete die Mutter sie doch, und da mußte sie ihr denn alles erzählen, auch davon, daß abends nach dem Löschen des Lichts stets jemand kam und sich zu ihr ins Bett legte. Sie habe ihn aber noch nie gesehen, denn er sei fort, sobald es hell werde, und darüber sei sie sehr betrübt, denn sie wolle ihn ja so schrecklich gern sehen. Die Tage vergingen so langsam, weil sie so allein sei.

»Oh, das ist am Ende ein Troll!« schrie die Mutter. »Aber ich gebe dir einen Rat, wie du ihn sehen kannst. Nimm dieses Kerzenstück und verstecke es unter deinem Brusttuch! Wenn der Troll schläft, zünde das Licht an und beschaue ihn! Doch gib acht, daß kein Talgtropfen auf ihn fällt!« Die Tochter verbarg das Kerzenstück, und gegen Abend holte der Bär sie wieder ab.

Als sie eine Strecke zurückgelegt hatten, fragte er sie, ob es denn soweit gekommen sei, wie er gesagt hätte. Ja, das konnte sie nicht ableugnen.

»Wenn du tust, was deine Mutter dir riet, dann machst du uns unglücklich, und aus ist's mit uns beiden!« sagte der Bär. O nein, das würde sie niemals tun, versicherte sie.

Als sie daheim angelangt waren und sie sich ins Bett begeben hatte, ging es wie sonst: Ein Mann kam herein und legte sich neben sie. In der Nacht jedoch, als sie hörte, daß er schlief, steckte sie die Kerze an, beleuchtete ihn und erblickte den schönsten Prinzen, den man sich nur wünschen kann.

Er gefiel ihr über alle Maßen, und sie meinte, gar nicht länger leben zu können, wenn sie ihn nicht augenblicklich küssen würde. Sie tat es, und dabei fielen drei heiße Talgtropfen auf sein Hemd, so daß er erwachte.

»Ach, was hast du getan!« rief er. »Nun sind wir beide verloren. Hättest du nur ein Jahr ausgehalten, so wäre ich erlöst gewesen! Denn ich habe eine Stiefmutter, die mich verzauberte. Bei Tage bin ich ein Bär, doch nachts ein Mensch. Nun ist alles vorbei; ich muß heim zu meiner Stiefmutter. Sie aber wohnt auf einem Schloß, das liegt östlich der Sonne und westlich des Monds; da lebt eine Prinzessin, die hat eine drei Ellen lange Nase, und die muß ich jetzt heiraten.«

Das Mädchen weinte und jammerte, doch es half nichts; der Prinz sagte, nun müsse er abreisen. Da fragte es, ob es ihn begleiten dürfe. »Nein«, sprach er, »das geht nicht.«

»Aber kannst du mir nicht wenigstens den Weg beschreiben, damit ich dich finden kann; das wird doch wohl erlaubt sein?« fragte es.

»Ja, suchen kannst du mich schon, aber es führt kein Weg dorthin, denn das Schloß liegt östlich der Sonne und westlich des Mondes, und nie und nimmer findest du mich!«

Als sie am Morgen erwachte, waren Prinz und Schloß verschwunden; sie lag auf einem grünen Hang mitten im dicken, finsteren Wald, neben sich das Bündel mit der armseligen Habe, das sie von daheim mitgebracht hatte. Als sie sich den Schlaf aus den Augen gerieben und ausgeweint hatte, machte sie sich auf den Weg. Viele, viele Tage wanderte sie, bis sie an einen hohen Fels kam. Davor saß eine Alte und spielte mit einem Goldapfel. Und das Mädchen fragte, ob sie den Weg wisse zu dem Prinzen, der bei seiner Stiefmutter auf dem Schloß wohne, welches östlich der Sonne und westlich des Mondes liege, und der eine Prinzessin mit einer drei Ellen langen Nase heiraten müsse.

»Woher kennst du ihn?« fragte die Alte. »Bist du vielleicht das Mädchen, das er heiraten wollte?« Ja, das sei es, erwiderte es.

»So, du bist das also!« sprach die Frau. »Ja, Kind«, fuhr sie fort, »gern will ich dir helfen, doch weiß ich auch nur, daß er auf einem Schloß wohnt, das östlich der Sonne und westlich des Mondes liegt; dahin kommst du sicherlich nie. Aber ich leihe dir gern mein Pferd. Darauf kannst du zu meiner Nachbarin reiten, vielleicht kann sie dir den Weg weisen. Bist du angekommen, gib dem Roß einen Schlag hinters linke Ohr und schick es zurück! Und hier: Nimm den Goldapfel, vielleicht ist er dir von Nutzen!«

Das Mädchen setzte sich nun aufs Pferd und ritt sehr lange, bis es an einen Berg kam, vor dem eine Alte mit einer goldenen Haspel saß. Wieder fragte das Mädchen nach dem Prinzen und dem Schloß östlich der Sonne und westlich des Mondes. Die Alte erwiderte ebenso wie ihre Nachbarin, sie wisse auch weiter nichts von dem Schloß.

»Dorthin kommst du sicherlich nie!« sprach sie. »Aber ich leihe dir gern mein Pferd zur Nachbarin. Vielleicht weiß sie mehr. Bist du angekommen, gib dem Roß einen Klaps hinters linke Ohr und schick es nach Hause! Hier nimm meine goldene Haspel! Vielleicht ist sie dir nützlich.«

Lange Zeit ritt das Mädchen, bis es endlich wieder an einen hohen Berg gelangte. Da saß eine Alte und spann an einem goldenen Rocken. Nochmals fragte das Mädchen nach dem Prinzen und dem Schloß östlich der Sonne und westlich des Mondes. Aber es ging wie bei den vorigen Malen: »Bist du die Braut, die der Prinz heiraten wollte?«

»Ja«, sagte das Mädchen, aber die Alte wußte den Weg ebensowenig. »Wohl nie kommst du dahin«, sprach sie, »aber ich leihe dir gern mein Pferd, und mit dem kannst du zum Ostwind reiten, vielleicht kann er dahin wehen. Doch bist du angekommen, gib dem Pferd einen Schlag hinters Ohr, damit es von selbst zurückkommt! Nimm auch diesen Goldrocken, vielleicht ist er dir von Nutzen!«

Tage und Wochen ritt nun die Braut, und lange dauerte es, bis sie beim Ostwind anlangte. Sie fragte, ob er ihr den Weg zum Prinzen zeigen könne, der östlich der Sonne und westlich des Mondes wohne. »Ja, von dem Prinzen hörte ich reden«, sagte der Ostwind, »und von dem Schloß auch. Doch den Weg dahin kenne ich nicht, noch nie konnte ich soweit wehen. Wenn du willst, so bringe ich dich zu meinem Bruder, dem Westwind. Vielleicht weiß er mehr, denn er ist stärker als ich. Steig auf meinen Rücken, so trag ich dich hin!«

Das tat das Mädchen, und rasch ging's davon. Als sie beim Westwind ankamen, erzählte der Ostwind, er habe hier ein Mädchen, das den Prinzen vom Schloß östlich der Sonne und westlich des Mondes heiraten wolle. Es sei unterwegs zu ihm und wolle hören, ob der Westwind nicht den Weg wisse.

»Nein, so weit habe ich noch nie geweht«, sprach der Westwind, »aber wenn du willst, so bringe ich dich zum Südwind, der ist stärker als wir beide zusammen und viel herumgekommen. Schwing dich auf meinen Rücken, so trage ich dich hin!«

Nun ging es flugs zum Südwind, wo der Westwind anfragte, ob jener nicht den Weg zum Schloß östlich der Sonne und westlich des Mondes kenne, dies sei die Braut, die der Prinz heiraten wolle.

»Ach so, das also ist das Mädchen!« säuselte der Südwind. »Wohl bin ich viel unterwegs gewesen, aber so weit habe ich noch nie geweht. Willst du, so trage ich dich zu meinem Bruder, dem Nordwind. Er ist der älteste und stärkste von uns allen. Und wenn der's nicht weiß, ist auf der ganzen Welt keiner, der dir helfen kann!«

Sie schwang sich auf den Rücken des Südwinds, und der jagte davon, daß es nur so brauste. Im Handumdrehn waren sie beim Nordwind angekommen. Aber der war so kalt und ungestüm, daß er ihnen schon von weitem Schnee und Eis entgegenblies.

»He, was wollt ihr?« schrie er, daß es ihnen kalt den Rücken herunterlief.

»Na, sei nicht so aufbrausend«, rief der Südwind, »ich bin's doch nur, dein Bruder Südwind! Ich komme mit dem Mädchen, das der Prinz aus dem Schloß östlich der Sonne und westlich des Mondes zur Frau nehmen wollte. Bist du einmal dagewesen und kennst du den Weg?«

»Doch«, sprach der Nordwind, »ich weiß, wo dieses Schloß liegt. Einst wehte ich ein Espenblatt hin, aber danach war ich so müde, daß ich tagelang nicht mehr wehen konnte. Willst du aber wirklich dorthin, so nehme ich dich auf den Rücken und versuche, dich hinüberzuwehen!«

»Ja«, rief das Mädchen, »unbedingt muß ich auf das Schloß, wenn es nur irgendwie möglich ist, und Angst habe ich auch nicht!«

»Na gut, dann übernachte hier!« sprach der Nordwind. »Denn wenn wir hinwollen, müssen wir den ganzen Tag vor uns haben!«

Frühmorgens weckte der Nordwind sie, blähte sich auf und machte sich so groß und stark, daß es ganz entsetzlich war. Dann sauste er los durch die Luft, als ging's ans Ende der Welt. Da entstand ein solcher Sturm, daß ganze Wälder und Dörfer umgerissen wurden, und als sie übers Meer fuhren, versanken die Schiffe zu Hunderten. Immer weiter ging's, so weit, wie es sich keiner vorstellen kann. Immer noch flogen sie übers Meer, aber allmählich wurde der Nordwind müde und schließlich so schwach, daß er gar nicht mehr wehen konnte. Tiefer und tiefer sank er, zuletzt so niedrig, daß die Wellen ihm an die Fersen schlugen.

»Fürchtest du dich?« fragte der Nordwind.

»Nein, gar nicht«, sprach das Mädchen. Jetzt waren sie nicht mehr weit vom Lande entfernt, und gerade soviel Kraft hatte der Nordwind noch, daß er es unter den Fenstern des Schlosses absetzen konnte, das östlich der Sonne und westlich des Mondes lag. So matt und hinfällig war er, daß er sich tagelang ausruhen mußte, ehe er heimwärts flog.

Am andern Morgen spielte das Mädchen unter den Schloßfenstern mit dem Goldapfel, und gleich sah es die Prinzessin mit der ellenlangen Nase; es war die, welche der Prinz heiraten sollte.

Die Nasenprinzessin machte das Fenster auf und fragte: »Was willst du haben für den Apfel?«

»Weder für Gold noch Geld ist er mir feil«, sprach das Mädchen.

»Was willst du dann, wenn du ihn weder für Gold noch Geld verkaufst?« fragte die Prinzessin. »Verlange, was du magst!«

»Ja, wenn ich bei dem Prinzen, der hier wohnt, eine Nacht schlafen darf, so will ich dir den Apfel geben«, sagte das Mädchen.

Das ließe sich einrichten, meinte die Prinzessin, und so bekam sie den Goldapfel. Als aber das Mädchen abends zur Kammer des Prinzen hereinkam, schlief der ganz fest. Sosehr sie ihn auch rüttelte, sosehr sie auch weinte und jammerte, sie konnte ihn doch nicht wecken; und kaum graute der Tag, da kam die Nasenprinzessin und jagte sie hinaus.

Auch an diesem Tag setzte sich das Mädchen wieder unter die Fenster, und diesmal drehte sie ihre Goldhaspel, und es ging alles wie am Vortag. Wieder wollte die Prinzessin die Haspel haben, und das Mädchen gab sie ihr unter der Bedingung, nachts beim Prinzen sein zu dürfen. Als sie jedoch zum Prinzen kam, war der wieder eingeschlafen, und sosehr sie ihn auch schüttelte und so laut sie auch schrie, er war nicht aufzuwecken. Sobald es hell wurde, erschien die Prinzessin mit der langen Nase und scheuchte sie fort.

An diesem Tag spann das Mädchen vor den Schloßfenstern am Goldrocken, und die Nasenprinzessin wollte natürlich auch den haben. Sie schlug ein Fenster auf und fragte, was er koste. Das Mädchen erwiderte dasselbe, was sie zuvor gesagt hatte. Der Rocken sei unverkäuflich, aber sie würde ihn hergeben, wenn sie nochmals eine Nacht beim Prinzen weilen dürfe.

Ja, das dürfe sie gerne, meinte die Prinzessin, und so bekam sie den Goldrocken. Nun hatten aber einige fromme Leute, die im Schloß gefangen waren und neben den Prinzengemächern schliefen, in den letzten zwei Nächten die Klagen und Rufe eines Mädchens gehört, und das erzählten sie am Morgen dem Prinzen. Als nun die langnasige Prinzessin abends mit dem Nachttrunk erschien, den der Prinz stets verlangte, tat er nur so, als tränke er ihn, goß ihn aber hinter sich aus, denn er ahnte wohl, daß sie ein Schlafmittel hineingetan hatte.

Und als nun seine Braut hereinkam, war er wach und freute sich über die Maßen, als er sie wiedererkannte. Da mußte sie nun erzählen, wie's ihr ergangen war und wie sie das Schloß gefunden hatte.

»Zur rechten Zeit kommst du«, sprach er, »denn morgen soll meine Hochzeit sein, aber ich mag die Langnasige nicht. Du bist die einzige, die ich haben will und die mich retten kann! Ich werde sagen, ich will sehen, ob meine Braut auch tüchtig ist, und verlangen, daß sie die drei Talgflecke aus meinem Hemd wäscht. Darauf läßt sie sich ein, denn sie weiß nicht, daß du sie verursacht hast. Aber nur Christenhände können sie auswaschen, nicht aber Hände von solchem Trollpack, zu dem sie gehört! Dann sage ich: Nur die Braut will ich heiraten, die die Flecken auswäscht! Und du kannst es, das weiß ich!« Da herrschte nun eitel Freude und Glück bei den beiden in dieser Nacht.

Am Morgen des Hochzeitstags sagte der Prinz, er wolle doch erst sehen, was seine Braut könne. Ja, das sei nur recht und billig, meinte die Schwiegermutter. »Ich habe ein sehr schönes Hemd«, sprach der Prinz, »und ich will's auf der Hochzeit tragen; aber nun sind drei Talgflecke hineingekommen, und die wollte ich herausgewaschen haben. Ich habe mir vorgenommen, nur die zu heiraten, die es kann.«

Ei, das sei wahrlich keine schwere Aufgabe, meinten die Frauen und gingen auf den Vorschlag ein, und die langnäsige Prinzessin fing gleich an zu waschen. Aus Leibeskräften wusch sie, aber je länger sie's tat, desto größer wurden die Flecken.

»Ach, du verstehst es nicht!« sprach ihre Mutter, das alte Trollweib. »Gib her!«

Aber kaum hatte sie das Hemd zur Hand genommen und mit dem Waschen angefangen, da wurden die Flecken noch schwärzer. Nun sollten die andern Trollfrauen herbeikommen und waschen, aber je länger sie rieben, desto häßlicher wurde das Hemd, und schließlich sah es aus, als hätte es im Schornstein gesteckt.

»Ach, ihr taugt alle nicht dazu!« rief der Prinz. »Draußen vor dem Fenster sitzt ein Bettlermädchen, das es sicherlich besser kann als ihr. He, Mädchen, komm herein! Du wirst mir doch bestimmt ein Hemd reinwaschen?«

»Weiß nicht«, erwiderte das Mädchen, »ich will's versuchen.« Damit tauchte sie das Hemd ins Wasser, und es wurde unter ihren Händen weiß wie frisch gefallener Schnee, ja noch weißer.

»Nur die will ich haben!« sagte der Prinz. Da wurde die alte Trollin so zornig, daß sie zerbarst, und die Prinzessin mit der ellenlangen Nase und das übrige Trollpack, glaube ich, sind auch zerplatzt, denn nie mehr hörte ich etwas von ihnen.

Der Prinz und seine Braut aber ließen nun alle frommen Leute frei, die im Schloß gefangensaßen, packten Silber und Gold ein, soviel sie nur fortschaffen konnten und verließen das Schloß, das östlich der Sonne und westlich des Mondes lag. Wie sie aber zurückgereist und wo sie hingekommen sind, weiß ich nicht.

(Norwegen)

Die drei Schwerter

Es war einmal ein Schmied, wie es viele gibt. So fangen alle Märchen an. Er hatte seine Früharbeit getan und wollte in den Wald hinaus, um Holz für seinen Kohlenmeiler zu hauen. Nach dem Frühmahl sagte er zu seiner Frau: »Du bringst mir wohl das Mittagessen in den Tannenwald?« Die Frau versprach es zu tun. Der Schmied ging nun in den Wald und fällte Bäume. Gegen Mittag schien es ihm, als käme seine Frau mit der Mahlzeit zu ihm. Als er gegessen hatte, hielt er seine Mittagsruhe, wie es in der Sommerzeit üblich ist, und schlief eine Stunde in den Armen der Frau. Es war aber eine Trollfrau. Nach dem Schlummer stand sie auf und machte sich auf den Weg, nahm aber die Axt des Schmiedes mit. »Was willst du mit meiner Axt?« fragte der Schmied. »Es hängen ja vier Äxte daheim auf dem Axtgehänge.« Die Frau antwortete nicht, sondern setzte ihren Weg fort. Das kam dem Mann seltsam vor. Er dachte aber: »Sie stellt wohl die Axt an einen Busch, wo ich sie wiederfinden kann.« Dann begann er wieder Holz für einen Kohlenmeiler aufzuhäufen.

Nach einer Weile kam die wirkliche Frau des Schmiedes und brachte ihm das Mahl. Sie fragte: »Willst du nicht dein Mittagsmahl essen? Der Tag ist schon weit vorgerückt.« Verwundert antwortete der Schmied: »Jetzt essen? Ist denn jetzt Essenszeit?«

»Je nun«, entschuldigte sich die Frau, »ich habe mich verspätet. Aber ich war nicht faul, ich habe gebacken, damit du Brot bekommst, und gebuttert, damit du Butter findest.« Das kam dem Schmied noch seltsamer vor, und er dachte, es müsse wohl übel mit ihr stehen. Er aß, was er vermochte, sagte aber nichts, sondern hielt es für das beste, es dabei bewenden zu lassen.

Sieben Jahre danach stand der Schmied eines Abends an seinem

Meiler und fällte Holz. Da kam ein Bursche daher mit einer Axt auf der Schulter. Der Schmied fragte: »Was fehlt deiner Axt? Soll sie ausgebessert oder geschärft werden?« Der Junge antwortete nicht. Da besah der Schmied die Axt genau. »Der Axt fehlt nichts, aber mich soll der Teufel holen, wenn das nicht meine Axt ist.« Darauf entgegnete der Junge: »Wenn es Eure Axt ist, so seid Ihr auch mein Vater!« Da mußte der Schmied ihn als seinen Sohn anerkennen, wie er die Axt als die seine erkannt hatte. Bekümmert ging er zu seiner Frau und erzählte, ein Bürschlein sei zu ihm gekommen, der ihm in der Schmiede helfen wolle. Die Frau wollte nichts von einer Vermehrung im Haushalt hören, der, wie sie meinte, schon groß genug sei. Erst nach manchem Bitten konnte der Mann sie überreden. Der Bursche wurde in die Stube geführt, erhielt Speise und Kleidung und half von nun an seinem Vater in der Schmiede.

So verstrich manches Jahr. Der Knabe war fleißig und willig und sehr stark, denn er war halb Mensch, halb Troll. Aber er war schwer satt zu bekommen. Seine Eßlust war so groß, daß sein Vater ihn zuletzt nicht mehr länger durchfüttern konnte. Daher ging der Schmied eines Tages an den Königshof und fragte, ob der Küchenmeister nicht einen Jungen als Küchenhilfe brauche. »Ja«, erwiderte der Koch, »aber nur, wenn er sehr tüchtig ist. Laß den Jungen herkommen! Je früher, desto besser.« Da war der Schmied froh und dachte: »Kommt mein Sohn an den Königshof, kann er sich wohl einmal satt essen.« Zu Hause erzählte er, wie die Sache abgelaufen war.

Als der Bursche die Neuigkeiten hörte, sagte er: »Vater, nun wünsche ich mir, daß Ihr mir drei Schwerter schmiedet, eines, das drei Pfund wiegt, eines, das sechs Pfund wiegt, und eines, das zwölf Pfund schwer ist. Außerdem müßt Ihr mir drei Linnenröcke für jedes Schwert beschaffen. Wenn Ihr meine Bitte erfüllt, will ich Euch so viel erwerben, daß Ihr nie mehr für den Lebensunterhalt zu schmieden braucht.« Der arme Schmied fragte sich bekümmert, wo er so viel Eisen und Stahl für die drei Schwerter hernehmen sollte. Er wagte aber nicht, seinem Sohn die Bitte abzuschlagen. Als nun alles nach des Burschen Wunsch fertig war, wog das dritte Schwert nicht mehr als elf Pfund. Ein Pfund war im Feuer weggebrannt. Da wurde der Bursche zornig: »Wäret Ihr nicht mein Vater, so solltet Ihr selbst Euer Werk erproben! Jetzt wird's mir sauer werden, damit einen Sieg zu erringen.«

Der Schmied sah die Wut des Jungen, fürchtete sich und schwieg. Bei sich aber dachte er: »Das Schwert wird dir schwer genug werden. Ich weiß noch, welche Mühe es mir machte, es vom Herd auf den Amboß zu legen.«

Die drei Schwerter und Linnenröcke verbarg der Bursche unter einem schweren Stein. Dann ging er mit seinem Vater an den Königshof und kam in des Kochs Dienste, wie es ausgemacht war.

Da geschah es, daß der König, der über das Land herrschte, auf dem Meer in einen heftigen Sturm geriet, daß alle glaubten, das Schiff würde mit Mann und Maus untergehen. Aber das furchtbare Unwetter verursachten drei Meertrolle, die den König nur an Land lassen wollten, wenn er ihnen seine drei schönen Töchter versprach. Als nun der König wieder daheim war, ließ er bekanntmachen: Wer sein Leben wage und die drei Prinzessinnen befreie, solle eine zur Frau erhalten und dazu noch König über das halbe Reich werden. Aber keiner war so mutig, einen Kampf gegen die furchtbaren Meertrolle zu wagen. Nur ein Schneider, der sich tapfer stellte, versprach, sein Bestes zu tun.

Als die Zeit kam, da die Königstöchter den Meertrollen übergeben werden sollten, herrschte große Trauer im ganzen Königreich. Am meisten aber trauerten der König und seine Gemahlin, die Königin. Zuerst wurde die älteste Prinzessin mit viel Pomp zum Meer geführt, und viel Volk begleitete sie auf dem Weg. Am Meeresufer angekommen, setzte sich das Mädchen auf den hellen Sand, stützte die Wangen auf die Hände und weinte bitterlich. Der beherzte Schneider aber prahlte nicht mehr, sondern kletterte auf einen hohen Baum.

Unterdessen ging der Bursche zu seinem Koch und bat, sich ein Weilchen in der Stadt belustigen zu dürfen. Der Koch war's zufrieden, befahl aber, nicht lange auszubleiben. Da rannte der Junge nach Hause, nahm das Schwert, das drei Pfund wog, zog einen Linnenrock über, rief seinen Hund und eilte zum Meeresstrand. Dort trat er vor die Königstochter und begrüßte sie höflich: »Warum sitzt Ihr hier so einsam, schöne Prinzessin, und so traurig?« Die Prinzessin erwiderte: »Soll ich etwa nicht traurig sein? Mein Vater war in Seenot und ver-

sprach mich einem wilden Meertroll. Ich fürchte, er wird bald kommen und mich armes Mädchen holen.« Der Bursche fragte: »Findet
sich denn im ganzen Reich Eures Vaters keiner, der Euch befreit?«

»Ja«, antwortete die Prinzessin, »es sitzt ein Schneider hier auf diesem Baum. Der hat versprochen, sein Bestes zu tun.« Da drehte sich
der Bursche um, bemerkte den Schneider oben im Wipfel und lachte:
»Mädchen, verlaßt Euch nicht auf solchen Helden! Wenn Ihr mich
aber ein Weilchen lausen wollt, werde ich Euch befreien.« Das schien
der Königstochter ein freches Verlangen zu sein. In ihrer großen Angst
aber konnte sie es ihm nicht verweigern. Da sagte der Bursche zu
seinem Hund: »Kleiner Trogen, halte treu Wache!«

Darauf legte er seinen Kopf auf das Knie der Prinzessin, und sie
lauste ihn. Der Schneider aber saß still im Baumwipfel und sah zu. Die
Königstochter aber zog einen roten Seidenfaden aus ihrem Kleid und
flocht ihn unbemerkt in die langen Locken des Jungen.

Plötzlich vernahm man ein starkes Getöse vom Meer her. Die Wogen türmten sich gegen das Land auf, und aus der Tiefe kam ein
entsetzliches Meerungetüm mit drei Köpfen. Der Hund des Meertrolls war so groß wie ein einjähriges Kalb. »Wo ist die Königstochter,
die mir versprochen worden ist?« schrie das Ungeheuer. Der Junge
antwortete: »Sie sitzt hier, komm näher, damit wir miteinander sprechen können!« Der Troll brüllte: »Willst du kleiner Wechselbalg etwa
deinen Scherz mit mir treiben?«

»Nein«, entgegnete der Junge, »ich bin gekommen, um für die junge
Prinzessin zu streiten.«

»Mir recht«, rief der Troll. »Erst wollen wir unsere Hunde miteinander kämpfen lassen!«

»Nur zu!« erwiderte der Junge.

Bursche und Meertroll hetzten nun ihre Hunde zum Streit. Das
Spiel endete damit, daß Trogen den Trollhund totbiß. Da rief der
Junge: »Da siehst du, welches Ende dein Hund gefunden hat. Dir
wird's genauso ergehen!« Darauf sprang er auf den Troll los, zog sein
Schwert, das drei Pfund wog, und schlug dem Ungeheuer alle drei
Köpfe ab. Das war das Ende des Meertrolls.

Da rief das Mädchen voller Freude: »Jetzt bin ich gerettet«, und bat den fremden Streiter, ihr zum Königshof zu folgen, um dort Ruhm und Belohnung für seine Tat zu empfangen. Der Bursche aber schüttelte den Kopf: »Meine Hilfe war nur gering und ist vieler Worte nicht wert.« Darauf ergriff er Perlen und Schmuck des Meertrolls, nahm von der Königstochter höflichen Abschied und ging eilig seines Weges.

Der beherzte Schneider im Baumwipfel hatte den Ausgang des Kampfes mit großer Angst verfolgt. Als nun die Gefahr vorüber war, kletterte er schnell herab, zog seinen Degen und zwang die Königstochter zu schwören, er und kein anderer sei es gewesen, der sie befreit habe. Sodann gingen sie beide zum Königshof, und jeder kann sich vorstellen, welche Freude es gab, als die Prinzessin unbeschadet zurückkam. Der König ließ sogleich einen großen Festschmaus bereiten. Der Schneider aber saß an seiner Seite und wurde für den ersten Helden am ganzen Hof angesehen.

Am anderen Tag sollte die zweite Prinzessin zu den Meertrollen geführt werden, und wieder herrschte große Trauer. Da der tapfere Schneider die älteste Prinzessin befreit hatte, hofften viele, er könne auch ihre Schwester retten. Sie setzten viel Vertrauen auf den Schneiderjungen, und er sparte nicht mit prahlerischen und stolzen Worten.

Nun brachte man die junge Prinzessin zum Meeresstrand, und viel Volk begleitete sie. Dort setzte sie sich nieder und weinte so heftig, daß ihre Tränen auf den hellen Sand flossen. Dem Schneider schien es nicht ratsam, lange zu verweilen. Er kletterte auf den Baum und versteckte sich in den Zweigen.

Während sich dies zutrug, sagte der Bursche zu seinem Herrn: »Meister Koch, laßt mich in die Stadt gehen, um mich zu belustigen. Gestern konnte ich mich nur wenig umschauen.« Der Koch antwortete: »Wenn der Schneider den Troll besiegt, wird es heute wieder ein großes Festmahl geben. Ich bin allein, um das Essen zu bereiten. Dort steht ein Bottich, der achtzehn Zuber Wasser faßt. Keinen hab' ich, der mir hilft, auch nur einen Eimer einzugießen.« Der Bursche fragte, ob er gehen dürfe, wenn er den Bottich gefüllt habe. Der Koch willigte ein. Er dachte bei sich, es wird wohl Abend, bis er den Bottich voll hat. Der Bursche aber packte den Bottich, lief zum Brunnen und schöpfte ihn voll, daß das Wasser überschwappte. Sodann nahm er ein paar schöne Perlen und steckte sie seinem Meister in die Hand, was der sich wohl gefallen ließ. Als er die ungeheure Stärke des Burschen sah, getraute er sich nicht, ihm noch weiter die Bitte zu verweigern. »Geh nur hin«, sagte er, »bleibe aber nicht zu lange!« Der Bursche rannte nach Hause, nahm das Schwert, das sechs Pfund wog, zog den Linnenrock über, rief seinen Hund und schlug den Weg zum Meer ein.

Als er zu der Stelle kam, wo die Königstochter am Meeresstrand saß und weinte, wurde der Schneider auf dem Baum überaus froh. Der Junge aber ließ sich nichts anmerken, sondern grüßte höflich die Prinzessin und fragte: »Schöne Jungfrau, warum sitzt Ihr hier so traurig und allein?« Sie antwortete: »Ich muß wohl traurig sein. Mein Vater war in Seenot und versprach mich einem scheußlichen Meertroll. Ich fürchte, er kommt bald und nimmt mich armes Mädchen mit.«

Der Junge sagte: »Gibt es im ganzen Reich Eures Vaters keinen Jüngling, der Euch retten kann?«

»Ja«, antwortete die Prinzessin, »da hockt ein tapferer Schneider auf dem Baum. Der hat versprochen, mich zu befreien, wie er meine Schwester befreit hat.« Bei diesen Worten wandte sich der Junge um und sah das Schneiderlein oben im Baum.

Lachend rief er: »Mädchen, verlaßt Euch nicht auf solchen Helden! Wenn Ihr mich aber ein Weilchen lausen wollt, will ich Euch retten.« Das schien der Königstochter ein freches Begehren zu sein. In ihrer großen Not aber willigte sie ein. Da sprach der Knabe zu seinem Hund: »Kleiner Trogen, halte treu Wache!« Dann legte er seinen Kopf auf das Knie des Mädchens, und sie lauste ihn. Das Schneiderlein saß still in den Zweigen und sah zu. Die Königstochter aber zog einen schwarzen Seidenfaden aus ihrem Mantel und flocht ihn unbemerkt in die langen Haare des Jungen.

Im selben Augenblick begann Trogen zu bellen, und die See donnerte und toste, daß die Wogen sich hoch auf den Strand wälzten. Aus der Tiefe tauchte ein riesiger Meertroll auf. Er war von scheußlichem Aussehen und hatte sechs Köpfe. Der Hund des Meertrolls war groß wie ein zweijähriger Ochse. Das Meerungeheuer schrie: »Wo ist die Prinzessin, die mir versprochen wurde?« Der Jüngling antwortete: »Du findest sie hier, aber komm näher, daß wir miteinander sprechen können!«

Der Troll sagte: »Willst du kleiner Wechselbalg etwa mit mir kämpfen?«

»Ja, darum bin ich hergekommen!«

»Gestern hast du meinen Bruder totgeschlagen, heute werde ich dich umbringen«, brüllte der Meertroll. »Doch zuerst wollen wir unsere Hunde kämpfen lassen.«

»Damit bin ich zufrieden«, sagte der Bursche.

Da hetzten sie ihre Hunde aufeinander, und es entstand ein arger Kampf. Dieser endete damit, daß der kleine Trogen den Hund des Trolls totbiß. Da rief der Bursche: »Du siehst, welches Ende dein Hund gefunden hat. Dir soll es ebenso ergehen!« Er trat hierauf dem Troll entgegen, schwang sein Schwert, das sechs Pfund wog, und hieb so tüchtig zu, daß alle sechs Köpfe des Trolls ins Wasser fielen.

Als die Königstochter das sah, wurde sie über alle Maßen froh und rief in ihrer Herzensfreude: »Nun bin ich gerettet.« Dann bat sie den Fremden, ihr zum Hof ihres Vaters zu folgen, um dort Ruhm und Belohnung für seine Tat zu empfangen. Der Junge weigerte sich. Seine Hilfe sei eine geringe Sache und nicht der Rede wert gewesen. Er faßte Perlen und Schmuck, die der Meertroll getragen hatte, nahm höflich Abschied von der Königstochter und eilte davon.

Beim Kampf hatte der Schneider im Baum halbtot vor Angst gesessen. Da nun alle Gefahr vorüber war, kletterte er schnell herunter, zog seinen Degen und zwang die Prinzessin, ihm zu schwören, er und kein anderer sei es gewesen, der sie gerettet habe. Die Prinzessin wollte erst nicht einwilligen. Aber da sie um ihr Leben bangte, tat sie es doch. Nun wurde ein noch glänzenderes Fest gefeiert als am Vortag. Der Schneider saß neben der Königin und wurde von allen in Ehren gehalten. Er sprach manch stolze Worte und rühmte seine Heldentaten.

Als am dritten Tag die jüngste Prinzessin zum Meertroll geführt wurde, herrschte noch größere Trauer als zuvor am Königshof und im ganzen Reich, denn alle hatten sie lieb wegen ihrer Sanftmut. Viele setzten ihr Vertrauen auf den prahlerischen Schneider, der die Königstochter wie ihre Schwestern befreien wollte. Die Prinzessin aber wollte sich nicht trösten lassen, sondern weinte viele Tränen.

Zum Meer gebracht, setzte sie sich an den Strand; der Schneider aber vergaß seine großen Versprechungen und kletterte wieder auf den Baum.

Unterdessen ging der Küchenjunge zu seinem Koch: »Meister, laßt mich noch einmal in die Stadt, mich zu belustigen. Ich werde Euch so bald nicht wieder um Urlaub bitten.« Da dieser die ungeheuren Kräfte des Burschen kannte, konnte er ihm eine so kleine Bitte nicht abschlagen: »Geh nur hin, aber bleibe nicht zu lange. Wenn der Schneider den Sieg erringt, gibt es heute ein noch größeres Fest als je zuvor.« Der Küchenjunge nahm einige goldene Schmuckstücke und steckte sie dem Meister zu, was dieser sich wohl gefallen ließ, wenn dieses Märchen nicht lügt. Dann rannte er hin und holte das dritte Schwert, das zwölf Pfund wiegen sollte, aber nur elf wog. Als er es in der Hand schwang und merkte, wie leicht es war, wurde er wieder zornig und rief dem Schmied zu: »Euer Glück, daß Ihr mein Vater seid, sonst solltet Ihr es erproben. Nun werdet Ihr sehen, ob ich wiederkomme oder unterliege.«

Er band das Schwert um, zog den Linnenrock an, rief seinen Hund und eilte zum Meer hinab.

Bald kam er zu der Stelle, wo die Königstochter saß und weinte. Das Schneiderlein im Baumwipfel aber freute sich. Der Bursche trat vor, ließ sich nichts anmerken und grüßte höflich: »Schöne Prinzessin, warum sitzt Ihr hier so betrübt und netzt Eure Wangen mit Tränen?« Die Prinzessin antwortete: »Meine Tränen müssen wohl fließen. Mein Vater war in Seenot und versprach mich einem Meertroll. Sicher kommt er gleich und nimmt mich armes Mädchen mit.«

Über ihrem Schmerz rührte sich sein Herz in der Brust. Nie zuvor hatte er ein so holdseliges Mädchen gesehen.

»Findet sich im ganzen Reich Eures Vaters keiner, der Euch erlösen kann?«

»Ja«, sagte das Mädchen, »da sitzt ein mutiger Schneider auf dem Baum. Der versprach mich zu befreien wie meine Schwestern.« Der Bursche drehte sich um und sah, daß der Schneider diesmal sehr hoch im Wipfel des Baumes hockte. Da lachte er und rief: »Schöne Prinzessin, setzt Euer Vertrauen doch nicht auf solchen Helden. Wenn Ihr mich aber ein Stündlein lausen wollt, will ich mein Leben für Euch wagen.«

»Das will ich gern«, entgegnete die Königstochter, denn sie hatte den Burschen lieb wegen seiner Bereitwilligkeit. Da sagte der Jüngling zu seinem Hund: »Kleiner Trogen, halte Wache!« Er legte seinen Kopf auf ihr Knie und schlief ein. Sie aber lauste ihn. Als sie die Fäden sah, die ihre Schwestern in seine Locken geschlungen hatten, wunderte sie sich. Dann zog sie einen Seidenfaden aus ihrer roten Jacke und flocht ihn ebenfalls ein.

Da begann Trogen zu bellen, und ein lautes Getöse ertönte vom Meer her.

»Nun ist es Zeit aufzustehen, schöne Prinzessin«, rief der Bursche, »gebt mir eure Schürze, sie wird mir nützen!« Die Prinzessin tat es, und der Jüngling zerschnitt sie mit seinem Schwert in zwölf Stücke.

Ein entsetzliches Donnern entstand im Wasser, daß die Wogen hoch ans trockene Land getrieben wurden. Ein furchtbarer Meertroll tauchte auf, der zwölf Köpfe hatte, einer scheußlicher als der andere. Sein Hund aber war groß wie der stärkste Stier.

»Wo ist die Prinzessin, die man mir versprochen hat?« brüllte das Ungeheuer.

»Du findest sie hier«, sagte der Bursche. »Komm näher, damit wir miteinander sprechen können!«

Der Troll schrie: »Vielleicht willst du kleiner Wechselbalg mich umbringen, wie du meine Brüder getötet hast?«

»So ist es. Deshalb bin ich hergekommen«, erwiderte der.

Der Troll aber rief: »Diesmal werde ich dich überwinden! Aber erst wollen wir unsere Hunde kämpfen lassen.«

»Gut, damit bin ich zufrieden«, sagte der kühne Jüngling.

Nun hetzten sie ihre Hunde zum Streit, und es war ein schlimmer Kampf. Endlich faßte der Trollhund Trogen mit den Zähnen und verschlang ihn mit einem einzigen Biß. Das war ein böses Vorzeichen. Der Junge aber ließ sich nicht erschrecken, sondern hieb mit dem Schwert so mächtig zu, daß alle zwölf Trollköpfe ins Meer fielen. Das Meerungeheuer aber hatte eine merkwürdige Eigenschaft. Fiel ein Kopf ins Wasser, so sprang er sogleich wieder hinauf und wuchs fest wie zuvor. Da rief der Junge der Prinzessin zu: »Schöne Königstochter, nun ist guter Rat teuer. Legt ein Stück Eurer Schürze auf das Hals-

ende, sobald ich die Köpfe abschlage, damit sie nicht zurückspringen.«
Als nun nach einem Hieb des Jünglings ein Kopf fiel, tat die Prinzessin, wie ihr geheißen. Als auf diese Art sieben Köpfe abgehauen waren,
bat das Ungeheuer um sein Leben: »Laß dein Schwert ruhen! Ich will
dir die Königstochter geben! Laß mich laufen!« Der Bursche aber
schrie zornig: »Du wirst nicht lebend davonkommen!« Er schwang
sein Schwert, daß ein Kopf nach dem anderen zu Boden fiel. Die
Prinzessin aber legte stets einen Stoffetzen auf die Halsenden. Alle
zwölf Köpfe des Meertrolls sanken dahin, und das war sein Ende.

Unterdessen saß der Schneider auf dem Baum und konnte sich vor
Zittern und Zagen nicht rühren.

Nach dem Ende des Kampfes rief die Prinzessin voller Freude:
»Nun bin ich gerettet!« Sie dankte dem Fremden für den tapferen
Beistand und lud ihn zum Hof ihres Vaters ein, um dort die Belohnung
in Empfang zu nehmen. Doch der Jüngling schlug es ab und meinte,
das geringe Verdienst sei nicht der Rede wert. Er nahm den Schmuck
des Ungeheuers und herzlichen Abschied von der schönen Prinzessin
und zog seines Weges.

Kaum war er fort, sprang der Schneider vom Baum, zog seinen
Degen und drohte der Prinzessin mit dem Tod, falls sie nicht schwören
wolle, daß er und kein anderer ihr Retter gewesen sei. Das schien der
Königstochter ein schlechter Antrag zu sein, denn ihre Liebe besaß der
junge Mann, der beherzt sein Leben für sie gewagt hatte. In ihrer Not
aber wagte sie nicht zu widersprechen. Dann gingen sie zum Königshof. Die Prinzessin war traurig und sprach wenig; der Schneider aber
schritt stolz und prahlerisch an ihrer Seite, als sei er der tapferste Held.
Lange hatte der König auf ihre Rückkehr gewartet. Nun war er sehr
froh, denn er glaubte schon nicht mehr, seine Tochter lebend wiederzusehen. Er zog ihr mit seinem ganzen Hofstaat unter höchsten Ehren
entgegen. Groß war die Freude am Königshof, weil die drei Prinzessinnen gerettet worden waren. Der Ruhm des kühnen Schneiders
verbreitete sich im ganzen Reich.

Als die Stunde gekommen war, da das Fest beginnen sollte, wurden
keine Speisen auf den Tisch gesetzt. Da wurde der König unwillig und
schickte seine jüngste Tochter, um nachzusehen, warum das Mahl

noch nicht fertig sei. Der Koch entschuldigte sich, sein Küchenjunge sei fort gewesen, so daß er allein die Speisen zubereiten mußte. Die Prinzessin ging mit diesem Bescheid zurück. Als sie an dem Küchenjungen vorbeikam, wunderte sie sich, weil er sich abwandte. Sie betrachtete ihn näher und erkannte in ihm ihren tapferen Retter. Voller Freude lief sie zu ihren Schwestern und erzählte, was sie gesehen hatte.

Auch der König hörte, worüber die Prinzessinnen sprachen. Da wunderte er sich und befahl streng, sie sollten ohne Umschweife bekennen, wie sich alles zugetragen hätte. Die jüngste Tochter erzählte nun alles von Anfang bis Ende, und die älteren bestätigten es. Den König ergrimmte die Falschheit des Schneiders. Doch er freute sich auch, daß er den richtigen Retter belohnen konnte. Sogleich sandte er einen Boten zum Küchenjungen und befahl ihm, zu ihm zu kommen. Als sich die Neuigkeit verbreitete, wunderten sich die Diener und Pagen des Königs über die Maßen. Der Küchenjunge aber wollte nicht gehen: »Wie soll ich vor den König treten? Ich bin ein geringer Diener und in schlechte Gewänder gekleidet.« Der Bote antwortete, daß er am besten täte, den Willen des Königs zu befolgen. Da ging der Jüngling kühn in den Saal hinauf, wo der König mit seinen Gästen zu Tisch saß und das Schneiderlein neben ihm. Als der Schneider den tapferen Streiter sah, der die Prinzessinnen befreit hatte, erbleichte er. Der König aber fragte den Küchenjungen mit lauter Stimme: »Bist du es, der meine drei Töchter befreit hat?« Der Bursche antwortete geschickt: »Alle wissen doch zu erzählen, nicht ich bin's gewesen, sondern der Schneider hat's getan.«

»Nein«, riefen die Königstöchter zugleich, »du warst es, der uns befreite! Und hier sind die drei Seidenfäden, die wir in dein Haar flochten.«

Die Prinzessinnen sprangen auf, umarmten den Küchenjungen, und jede suchte ihren Faden in seinen langen Locken. Da erkannten alle, daß die Königstöchter die Wahrheit sprachen.

»Wenn du es warst, der die Prinzessinnen rettete, so sollst du auch den Lohn dafür empfangen!« rief der König. »Ich gebe dir meine jüngste Tochter und die Hälfte meines Landes und Reiches!«

Da herrschten Lust und Freude am ganzen Königshof, und die Hochzeit wurde mit Pomp gefeiert. Der prahlerische Schneider aber schlich sich beschämt davon, und das Märchen erzählt nichts von seinen weiteren Heldentaten.

(Schweden)

Der Schrein ohne Schlüssel

In einem Haus am Wald lebte einst eine Familie, ein Mann mit seiner Frau und seinen Eltern. Als der Mann eines Tages im Wald auf der Jagd war, stellte sein Hund einen Auerhahn, der auf einem Baum saß, und verbellte ihn. Der Jäger eilte hinzu und wollte den Vogel mit dem Bogen erlegen. Aber da sprach der Auerhahn plötzlich mit menschlicher Stimme: »Schieß nicht, laß mich noch leben!« Der Jäger erschrak, als er den Auerhahn sprechen hörte. Aber dann faßte er sich wieder, legte den Bogen an und zielte. Da bat der Vogel abermals: »Töte mich nicht, ich will es dir auch lohnen!« Der Jäger war verwundert, doch dann dachte er an die Beute und richtete den Bogen zum drittenmal auf den Vogel. Nun flehte ihn der Auerhahn mit kläglicher Stimme an: »Ach, guter Jägersmann, schieß nicht auf mich, sondern nimm mich lieber lebend nach Haus. Füttere mich ein Jahr lang, dann sollst du den Lohn dafür empfangen!«

Des Vogels Bitte kam dem Mann gelegen, und er nahm ihn also und brachte ihn heim. Zu Haus erzählte er seinem Vater, was sich zugetragen hatte, und schloß seinen Bericht mit den Worten: »Dann hat mich dieser Auerhahn angefleht, ich möchte ihn ein Jahr lang halten und füttern, dann würde er mich belohnen. Soll ich mich darauf einlassen, Vater?«

»Nun, das kannst du ruhig tun, mein Sohn, was frißt so ein Vogel denn schon?« stimmte der Vater zu.

So versorgte der Sohn also seinen Vogel und fütterte ihn die ganze Zeit über. Da wuchs dem Auerhahn eine kupferne Feder am Schwanz. Als dann das Jahr um war, fiel die Feder ab, und der Vogel flog davon.

»Das hast du nun von deiner Gutmütigkeit«, sagte die Frau des

Jägers und lachte ihren Mann aus. Aber am Abend kam der Auerhahn zurück und bat den Mann: »Füttere mich noch ein zweites Jahr!« Der Mann erklärte sich auch damit einverstanden, und dem Auerhahn wuchs diesmal eine silberne Schwanzfeder. Nach Jahresfrist fiel sie ebenfalls ab, und der Vogel flog wieder fort. Am Abend kam er jedoch zurück und sprach zu dem Jäger: »Füttere mich nun noch ein drittes Jahr.« Der gutmütige Mann gewährte ihm auch diese Bitte, und als die Zeit abgelaufen war, wuchs dem Vogel eine überaus schöne goldene Schwanzfeder. Sie fiel auch diesmal ab, worauf der Vogel davonflog.

Der Auerhahn blieb nicht lange fort. Er erschien wieder, strich schmeichelnd um seinen Wohltäter herum und sprach: »Wohlan, nun sollst du deinen Lohn haben, weil du mich drei Jahre lang so gut gehalten und gefüttert hast. Setz dich jetzt auf meinen Rücken!«

Der Mann tat, wie ihm geheißen, und hielt sich an den Federn des Vogels fest. Der Auerhahn erhob sich in die Luft und schlug die Richtung zum Meer ein. Er stieg immer höher und höher und fragte schließlich den Mann: »Wie groß erscheint dir nun das Meer?« – »Nicht größer als ein Mehlsieb«, erwiderte der Mann. Da ließ der Auerhahn ihn plötzlich fallen. Aber ehe er auf der Wasserfläche aufschlug, war der Vogel blitzschnell unter ihm und fing ihn mit seinen Schwingen auf, so daß der Mann nun wieder unbeschadet auf seinem Rücken saß. »Solche Angst hatte ich auch, als du das erste Mal auf mich schießen wolltest«, sagte der Vogel. Dann stieg er wieder hoch zum Himmel empor und fragte: »Wie groß sieht jetzt das Meer in deinen Augen aus?« – »Nur noch so groß wie ein Ring«, gab der Mann zur Antwort, und im gleichen Augenblick ließ ihn der Auerhahn abermals fallen. Doch auch diesmal gab er darauf acht, daß der Mann nicht ins Wasser stürzte, sondern er war rechtzeitig unter dem fast Bewußtlosen, um ihn behutsam aufzufangen. Dann trug er ihn abermals empor und flog noch viel höher. »Wie groß sieht nun das Meer aus?« erkundigte er sich. – »Jetzt scheint es nicht mehr größer als ein Nadelöhr zu sein«, entgegnete der Mann. Kaum hatte er das gesagt, da stürzte er auch schon abwärts und fiel immer schneller. Aber der Vogel rettete ihn wiederum kurz vor dem Aufschlagen aufs Wasser, ließ ihn weich auf seinen Schwingen landen und sprach: »Als du mich zum zweiten und zum dritten Mal schießen wolltest, da wurde meine Furcht von Mal zu Mal größer, so wie dein Sturz beim zweiten und dritten Mal für dich immer schrecklicher geworden ist.«

»Ach, lieber Auerhahn, laß mich nicht mehr fallen!« bat der Mann. »Ich werde es gewiß nicht mehr tun«, beruhigte ihn der Vogel, »du hast dich schließlich ja auch meiner erbarmt.«

Der Flug ging weiter, und nach einiger Zeit fragte der Auerhahn den Mann: »Siehst du etwas?«

»In der Ferne schimmert es. Der Schein kommt von einer kupfernen Säule«, erwiderte der Mann.

»Dorthin fliegen wir jetzt«, sagte der Vogel, »dort wohnt meine jüngste Schwester. Wenn wir angelangt sind, wird sie dich belohnen, weil du mich gefüttert hast. Bitte sie um den Schrein ohne Schlüssel!« Es dauerte nicht lange, und sie kamen zu einem Schloß, das ganz aus Kupfer bestand. Hier verwandelte sich der Auerhahn in einen Jüngling, und sie traten beide ein. Die Schwester begrüßte ihren Bruder herzlich und fragte dann: »Brüderchen, wo bist du denn in den letzten drei Jahren gewesen?«

»Dieser Jäger hier hat für mich gesorgt«, sagte der Bruder.

»Was möchtest du zum Lohn dafür haben?« fragte die Schloßherrin den Mann.

»Den Schrein ohne Schlüssel«, sagte der Jäger, wie ihm der Auerhahn geraten hatte. Aber seine Bitte wurde nicht erfüllt! Die Schwester bot ihm etwas anderes dafür an: »Nimm doch Gold und Silber, nimm, was du nur haben willst! Den Schrein ohne Schlüssel aber kann ich dir nicht geben.« Da meinte der Mann, an einem anderen Lohn sei ihm nicht gelegen, und so verließen sie das kupferne Schloß. Der Bruder der Schloßherrin verwandelte sich wieder in einen Auerhahn, nahm den Mann auf den Rücken und erhob sich hoch in die Luft. Sie flogen und flogen, daß es kein Ende zu nehmen schien, unter ihnen das Meer, über ihnen der Himmel. Da fragte der Vogel: »Siehst du etwas?«

»Weit in der Ferne glänzt es wie eine silberne Säule«, erwiderte der Mann.

»Das ist das Schloß meiner mittleren Schwester«, erklärte der Auerhahn. »Wenn wir dort sind, dann verlange den Schrein ohne Schlüssel zum Lohn.«

Bald erreichten sie das silberne Schloß, doch so weit der Vogel auch geflogen war, den Schrein ohne Schlüssel gab man dem Mann hier ebensowenig wie zuvor. So mußten sie ohne den erhofften Lohn weiterziehen. Nachdem sie abermals eine lange Strecke geflogen waren, fragte der Auerhahn: »Kannst du schon die goldene Säule sehen? Das ist das Schloß meiner ältesten Schwester, zu der wir fliegen. Vielleicht bekommst du dort deinen Lohn.«

Endlich waren sie am Ziel, und hier erfüllte sich auch der Wunsch des Auerhahns. Die Herrin des goldenen Schlosses begrüßte ihren Bruder voller Freude, der nun wieder ein Jüngling war, bewirtete sie beide mit Essen und Trinken und überreichte dem Mann auf seine Bitte hin den Schrein ohne Schlüssel zum Lohn dafür, daß er ihren Bruder so lange gefüttert hatte. Nachdem sie sich einige Zeit von der Reise erholt hatten, sagten sie der Schloßherrin Lebewohl. Der Auerhahn nahm den Mann und den Schrein ohne Schlüssel auf den Rücken und erhob sich mit seiner Last in die Höhe.

Unermeßliche Stecken flogen sie, und lange Zeit verging, bis der Vogel schließlich müde wurde. Da kam ein hoher bewaldeter Berg in Sicht. Hier setzte der Auerhahn seine Bürde ab und flog auf und davon.

Der Mann war nun in großer Verlegenheit. Zu seinem Leidwesen wußte er nicht, wohin er sich wenden sollte. Irgendwohin mußte er jedenfalls gehen, denn er konnte in dieser öden Gegend nicht bleiben. Aber der Schrein war ungemein schwer. »Ich kann ihn nicht mehr länger schleppen«, stöhnte er endlich verzweifelt und warf ihn zu Boden. Da brach der Schrein beim Fallen auseinander, und auf der Stelle entstand ein Schloß mit allem, was dazugehört. Es gab zu essen und zu trinken, und es gab Bediente.

»Nun, das lasse ich mir gefallen!« rief der Jäger, setzte sich an den gedeckten Tisch und aß sich erst einmal ordentlich satt. Doch trotz des üppigen Lebens, das ihm hier geboten wurde, plagte ihn in einem fort das Heimweh. Er fühlte sich deshalb in dem neuen Schloß nicht wohl, und die Zeit wurde ihm lang.

Schon wollte er sich auf den Weg machen, da kam ein Fremder zu ihm und sprach: »Gibst du mir das, was du inzwischen zu Haus bekommen hast, dann will ich dich heimbringen?«

›Was kann das schon sein!‹ dachte der Mann. ›Die Stute könnte gefohlt, die Kuh gekalbt haben, und die Schafe haben vielleicht gelammt. Meine Frau hat früher kein Kind geboren und wird auch jetzt keinen Nachkommen zur Welt gebracht haben.‹ Also ließ der Mann sich auf den Vorschlag ein und versprach dem Fremden alles, was er daheim bekommen habe, wenn er nur schnell nach Haus käme.

»Nimm deinen Schrein mit!« forderte ihn der Unbekannte auf. »Wir wollen uns gleich auf die Beine machen.«

Der Mann war sofort bereit. Es ging wie ein Husch, da stand er mit dem Unbekannten auch schon vor seinem Haus. Aber hier gab es gleich Grund zu großer Trauer, denn des Mannes Frau hatte inzwischen ein Kind geboren. Nun begrüßte sie ahnungslos den Heimgekehrten. Der arme Vater wußte in seiner betrüblichen Lage keinen anderen Rat, als heimlich mit seinem Begleiter, der ihn hergeführt hatte, zu verhandeln. Er bat ihn inständig, das Kind noch für einige Jahre bei der Mutter zu lassen. Der Fremde ging auf diesen Wunsch ein und sprach: »Schön, dein Sohn soll meinetwegen noch hierbleiben, aber wenn ich ihn in Schiefrads Namen holen komme, dann mußt du ihn herausgeben, sonst geschieht ein Unglück.«

Nach diesem Ereignis vergingen viele Jahre. Der Knabe wuchs heran und wurde so groß und stark, daß er einem kräftigen Mann alle Knochen brach, wenn er ihn nur anfaßte, und ihn sogar auf der Stelle töten konnte, wenn er es wollte. Man schalt den Jungen darum und schimpfte: »Du Schiefradfressen, warum vergreifst du dich an den Leuten?«

Der Junge verstand den Sinn solcher Worte nicht und wandte sich an seine Mutter: »Warum nennt man mich Schiefradfressen?«

Auch die Mutter wußte den Grund nicht anzugeben und erkundigte sich bei ihrem Mann. Sie lag ihm solange in den Ohren, bis er sie schließlich einweihte: »Als ich damals nicht nach Hause fand, mußte ich jenem Schiefrad alles abtreten, was ich inzwischen daheim bekommen hatte. Mit der Geburt eines Sohnes habe ich nicht gerechnet.«

Der Sohn hatte alles mit angehört. Da stand es bei ihm fest, er wollte jenen Schiefrad sofort aufsuchen. Die Eltern vermochten ihn von seinem Vorhaben nicht abzubringen. Er schwang sich auf den Rücken eines Pferdes und ritt davon. Er ritt ohne Aufenthalt, bis das Pferd von dem scharfen Galopp völlig erschöpft war. Aber der Junge wollte nicht warten und das Tier füttern, sondern ließ es im Wald zurück und eilte zu Fuß weiter.

Schließlich kam der Knabe an die Küste des Meeres. Hier lag ein Teich, der nur durch einen schmalen Landstreifen von der See getrennt war. Am Ufer des Teiches stand eine hohe Eiche.

Der junge Bursche kletterte auf die Eiche, konnte aber von oben nichts weiter erkennen. Während er noch im Baumwipfel saß, näherte sich von See her ein Schiff und ankerte. Eine Schar junger Mädchen ging an Land und schritt zum Teich, um im Süßwasser zu baden. Sie trugen dieselben Kleider, legten sie am Fuß der Eiche ab und gingen ins Wasser. Da stieg der Junge behutsam vom Baum, nahm die Kleider des schönsten Mädchens und kletterte schnell wieder auf die Eiche.

Die Mädchen kamen vom Baden ans Ufer und holten sich ihre Kleider, die an dem Baum lagen; nur die schönste von allen konnte sich nicht anziehen. Man suchte hier und da und überall ringsum und entdeckte schließlich den Jungen im Baumwipfel. »Dort sind ja auch meine Kleider«, rief das Mädchen, das nackt geblieben war, und begann den Jungen herzlich zu bitten: »Du hast mir meine Kleider fortgenommen, gib sie mir wieder! Willst du mich als Mutter, Schwester oder als Frau, dann soll es dir dafür gewährt sein!«

Als der Junge diese Worte hörte, stieg er sogleich von der Eiche herab, gab dem Mädchen seine Kleider zurück und fragte: »Wessen Tochter bist du?«

»Ich bin das einzige Kind von Schiefrad«, antwortete das Mädchen.

»Wo ist dein Vater zu finden, denn ich suche ihn?« fragte der Junge.

Das Mädchen beschrieb ihm nun den Weg zu ihrem Vater, denn er sollte sie nicht auf dem Schiff begleiten. Schließlich gab sie dem jungen Mann noch folgenden Rat: »Auf einem Hügel bei der Burg steht ein eiserner Pfahl, an dessen oberem Ende sich ein Ring befindet. Wer diesen Pfahl nicht aus dem Boden reißen kann, der vermag auch nicht in die Burg einzudringen. An ihm erprobe deine Kräfte! Nimm dieses Tuch von mir, es macht dich unsichtbar und verschafft dir außerdem zu essen, wenn du Hunger hast. Falls du glücklich in die Burg gelangst, dann suche mich zuerst auf, denn dann bin ich deine Braut.«

So schieden sie voneinander, und das Mädchen begab sich mit ihren Freundinnen auf das Schiff. Der Jüngling steckte sich das Tuch ein und machte sich unverzüglich auf den Weg zu Schiefrad.

Er wanderte Tag um Tag und fristete sein Leben mit Hilfe jenes Tuches, das er von seiner Braut erhalten hatte. Endlich fand er den beschriebenen Hügel, auf dem der eiserne Pfahl mit dem Ring stand.

Der Platz rings um den Pfahl war festgetreten, denn viele Männer hatten ihre Kräfte schon an ihm gemessen, um ihn loszureißen und in Schiefrads Burg zu gelangen. Aber der Pfahl stand noch immer wie angewurzelt, denn es war bisher niemandem gelungen, ihn auch nur von der Stelle zu bewegen. Doch dem Jüngling war nicht bange, er trat entschlossen an den Pfahl, faßte den Ring, zog ihn nur ein wenig, und schon löste sich der Pfahl und schlug so schwer gegen Schiefrads Burgmauer, daß die ganze Gegend von dem Dröhnen widerhallte.

Schiefrad saß gerade beim Essen im Speisesaal seiner Burg. Als er das Getöse vernahm, sprang er von seinem Sessel auf und rief: »Jetzt kommen große Gäste, weil das ganze Schloß erzittert.« Und er lief spornstreichs hinaus, um zu sehen, wer sich seiner Burg näherte. Aber weit und breit war niemand zu sehen, nur der Pfahl lag ausgerissen an der Burgmauer. »Da muß mich mein Gehör getrogen haben«, dachte Schiefrad.

Der junge Mann war indessen schon in der Burg und sprach mit dem Mädchen. Er hatte sich nämlich jenes Tuch um den Hals gebunden und war auf diese Weise unsichtbar in das Zimmer seiner Braut gelangt. Sie riet ihm nun, mit ihrem Vater zu reden, und der Jüngling begab sich unverdrossen zu Schiefrad, trat vor ihn hin und sprach: »Ich bin dir einst versprochen worden, jetzt stehe ich hier vor dir und will um deine Tochter freien. Welchen Dienst verlangst du dafür von mir?«

»Mit der Hochzeit hat es keine Eile, mein Junge«, sagte Schiefrad. »Schaffe erst ein Schloß, das sich weder auf der Erde noch im Himmel befindet. Dann aber mußt du in einer einzigen Nacht einen Acker bestellen, pflügen, Korn säen, wachsen lassen, ernten, dreschen, Mehl mahlen und Brot backen, so daß ich es essen kann. Zuletzt hast du mir noch drei Auerhähne mit eisernen Schnäbeln aus dem Land hinter den neun Meeren zum Frühstück zu bringen.«

Der Jüngling berichtete seiner Braut von diesen Aufgaben. Da sprach das Mädchen zu ihm: »Im Stall stehen neun Pferde. Sieben von ihnen mußt du die Fesseln durchschneiden, zwei jedoch laß unversehrt, denn mit ihnen wollen wir fliehen.«

Der Jüngling tat wie ihm geheißen, und mit den beiden Pferden ergriffen sie die Flucht. Doch bald darauf verfolgte Schiefrad die Flüchtigen. Aber da schlug das Mädchen mit seinem Schleier auf die Erde, und hinter ihnen erhob sich ein so hoher Berg, daß der Verfolger umkehren mußte, um eine Hacke zu holen, mit der er das Hindernis beseitigen konnte. Bald war er wieder hinter den Ausreißern her. Aber das Mädchen verwandelte nun die Pferde, ließ aus dem einen eine Kirche, aus dem anderen einen Glockenstuhl werden. Sie selbst machte sich zum Pastor und den jungen Mann zum Küster.

Schiefrad erkannte sie nicht, als er die Kirche betrat, und fragte: »Habt ihr hier jemand vorbeiziehen sehen?«

»Jawohl!« antwortete der Pastor, und der Küster sagte: »Sie sind schon lange über den Fluß gegangen.«

Nach diesem Bescheid kehrte Schiefrad heim. Hier schlug er seine Wunderbücher auf, in denen zu lesen war, daß sich die beiden in jener Kirche aufgehalten hatten. Da machte er sich wieder an die Verfolgung. Doch das Mädchen schwenkte nur sein Tuch, und sofort bildete sich ein so breiter und reißender Strom, daß Schiefrad ihn nicht überschreiten konnte. Jetzt waren sie beide in Sicherheit, und der Jüngling führte seine Braut unangefochten heim.

(Finnland)

Das Herz des Trolls

*E*s war einmal ein König, der ein wunderschönes Königreich hatte. Und in seinem Königreich, eine Meile vom Schloß, wohnte damals ein Bergtroll. Und jedesmal, wenn der König ausritt, mußte er um den Berg herum. Eines Tages ritt er wieder um den Berg, und da kam er dem Troll in den Weg, den er vielleicht nicht gesehen hatte. Und der verwandelte ihn in einen Bär. Und er führte ihn in den Berg hinein und legte ihn dort in schwere Eisenketten. Und das war sehr schlimm.

Niemand ahnte, wo der König geblieben war. Man forschte und suchte nach ihm in verschiedenen Königreichen, aber er war nirgends aufzufinden. Also mußte man einen anderen König haben. Und der lebte viele Jahre gut, bis er zwölf Söhne bekam. Als sie nun erwachsen wurden, schickte er Boten in alle Königreiche, um zu erkunden, ob irgendwo ein König war, der zwölf Töchter hatte.

Und sie fanden wirklich in einem weitentlegenen Land einen König mit zwölf Töchtern. Nun reisten elf Söhne – der jüngste blieb zu Hause –, jeder in seiner Kutsche, dorthin, um ihre Bräute zu holen. Und sie kamen auch glücklich und wohlbehalten an und hielten recht viele Tage Hochzeit. Dann wollten sie eine Braut für den Jüngsten mit nach Hause nehmen. Und als die Hochzeit schließlich beendet war, konnten sie auch glücklich über Land und Meer zurückkreisen, bis sie zu dem erwähnten Berg kamen.

Dort wurden sie zu Steinen, mit Ausnahme der einen Prinzessin, deren Bräutigam zu Hause geblieben war. Sie nahm der Troll zu sich in den Berg hinein. Der Sohn, der zu Hause geblieben war, hielt ständig Ausschau nach ihnen, und er sah sie schließlich auch. Aber sie standen alle still und kamen nicht näher; denn sie hatten zwar ihre Gestalt behalten, aber waren ja zu Steinen verwandelt worden. Da wollte der jüngste Prinz hin, um nach ihnen zu sehen. Und als er bei ihnen war, sah er, daß sie alle zu Stein geworden waren. Und die letzte Kutsche, in der seine Braut gesessen hatte, war leer, nur der Kutscher und der Diener waren noch da. Aber auch sie waren zu Stein geworden.

Da bekam er einen solchen Schreck und wurde sehr traurig und wußte nicht, wie sich das alles zugetragen hatte. Da geht er zum Berg und legt sich dort neben ihn hin. Und da lag er nun und klagte und jammerte. Und wie er da nun so liegt, hört er, wie jemand weint und schluchzt. Da entdeckt er im Berg ein kleines Loch, schaut hinein und sieht, wie unten eine vornehme junge Frau herumgeht und jammert. Da ruft er ihr zu: »Wer bist du?«

»Ich bin eine Prinzessin von dem und dem Königreich, die hier einen Prinzen heiraten soll. Der Troll aber hat mich hier in diesen Berg geschleppt«, rief sie von unten zurück.

Also wußte er nun, daß sie das war, die da unten im Berg sich als Gefangene des Trolls befand. Die Prinzessin, die für ihn bestimmt war. Aber er hatte sie natürlich nicht sofort erkennen können; denn er hatte sie ja noch nie zuvor gesehen.

Da sagte er zu ihr, daß er es wäre, den sie bekommen sollte: »Aber, Herrgott, wie kann ich dich denn hier herausholen?«

»Ja, das wirst du nie schaffen«, jammerte sie. »Und wo ist der Berg-troll jetzt?«

»Der treibt jeden Tag seine Ziegen in den Wald. Und ich muß dann immer so allein hier herumgehen und kann weiter nichts sehen als einen Bären, der hier an der Kette liegt. Das ist die einzige lebende Kreatur, die ich sehe, mit Ausnahme des Bergtrolls, der jede Nacht nach Hause kommt.«

»Du mußt mit ihm reden und ihn fragen, ob er nicht Angst hat, immer im Wald unter den wilden Tieren herumzugehen, und mußt hören, was er dazu sagt. Ja, und dann werde ich jeden Tag zu dir kommen und mit dir sprechen.«

Ja, so geschah es dann auch. Als der Troll am Abend heimkommt, sagt sie zu ihm: »Oh, habt Ihr denn keine Angst, immer so zwischen den wilden Tieren im Wald herumzugehen? Ich habe solche Angst, daß sie Euch in Stücke reißen könnten.« So sagte sie zu ihm und tat so, als sei sie seine Geliebte.

»Nun, ich habe keine Angst«, erwidert er, »denn mein Herz ist nicht in mir.«

»Wo ist es denn?«

»Es liegt in der Mauer unter unserem Fenster.«

Als am nächsten Tag der Prinz wieder zu ihr kommt, erzählt sie ihm, was ihr der Troll gesagt hat.

»Dann mußt du die Mauer kalken und streichen. Und wenn er dich fragt, warum du das gemacht hast, mußt du antworten: So lieb hab ich dein Herz!«

Sie machte es auch so, wie ihr der Prinz gesagt hatte und wartet nun ab.

Als nun der Bergtroll am Abend wieder nach Hause kommt, und die frisch gestrichene Mauer sieht, fragt er: »Warum hast du die Mauer so hübsch gemacht?«

»So lieb habe ich dein Herz«, war ihre Antwort.

»Ja, aber es ist nicht dort.«

»Wo ist es denn?«

»Es liegt in der Wand über unserem Bett.

Nun kommt der Prinz am zweiten Tag wieder zu ihr, und sie erzählt ihm, was der Troll gesagt hat, und da erwidert er: »Dann mußt du die Wand so hübsch machen, wie es dir überhaupt möglich ist. Und dann mußt du ihm, wenn er dich fragt, wie zuvor antworten: So lieb hab ich dein Herz!«

Ja, sie tut am nächsten Tag das, worum sie der Prinz gebeten hatte, und der Bergtroll fragt sie, warum sie die Wand so schön gemacht habe, und ihre Antwort war wie zuvor: »So lieb hab ich dein Herz!«

»Ja, es ist nicht dort«, war die Antwort des Trolls.

»Aber, wo ist es denn?«

»Ich könnt es dir schon sagen, aber da kannst du nicht hinkommen und es schön machen.«

»Ist es so weit weg?«

»Ja, da liegt eine Kirche im Roten Meer, und in der Kirche läuft ein Windhund, und in dem Windhund ist ein Hund, in dem Hund ist eine Ente, in der Ente ist ein Ei, in dem Ei ist ein Dotter, und in dem Dotter ist mein Herz.«

»Oh, ist es so gut verwahrt?«

»Ja!«

Am nächsten Tag kommt wieder der Prinz zu ihr, und sie erzählt ihm alles.

»Ja, dann darfst du dich mehrere Tage nicht nach mir sehnen. Aber ich werde schon zu dir kommen, sobald ich wieder zu Hause bin.«

Er geht nun auf eine Reise und nimmt Geld und Verpflegung mit und will sehen, ob er die Kirche findet. Er wandert nun ein ganzes Stück und kommt an den Strand. Und da er Hunger hat, setzt er sich auf einen Stein, um zu essen. Während er so dasitzt, kommt ein Windhund angelaufen, der schrecklichen Hunger hatte, und da er sieht, daß er ißt, legt er sich ihm zu Füßen. »O du Armer! Du hast wohl Hunger und willst etwas von mir haben?« sagt er zu ihm und gibt ihm etwas von seiner Verpflegung ab. Dann wandert er weiter und bekommt wieder Hunger und setzt sich wieder auf einen Stein, um zu essen. Da kommt ein großer Hund zu ihm hin und legt sich vor seine Füße. »O du Armer, du hast sicher Hunger, du willst wohl etwas von mir haben?« Und er gibt ihm etwas von seiner Verpflegung und wandert dann wieder weiter, bis er wieder Hunger bekommt, sich auf einen Stein setzt und ißt. Und jetzt kommt eine Ente angewackelt und setzt sich ganz zahm vor ihn hin. »Oh, du armes Entlein, du hast wohl Hunger?« Und er gibt auch ihr etwas zu essen.

Und dann wandert er weiter, bis er schließlich am Roten Meer anlangt und vor sich die Kirche sieht. »Wie soll ich dort bloß hinkommen«, dachte er so bei sich, »wenn ich doch jetzt bloß die kleine Ente bei mir hätte, der ich zu essen gab, dann hätte sie mir doch sicher hinübergeholfen.« Kaum aber hatte er das gedacht, als sie auch schon da war und sich breit, dicht am Meer, vor ihn hinsetzte. Und da setzte er sich auf ihre Schwinge, und sie flog mit ihm dort hinaus.

Als er da war, stand die Kirchentür offen, und er geht hinein. Und da läuft ein Windhund ganz schnell herum. Und da sagt er zu sich selbst: »Oh, hätte ich jetzt nur den großen Windhund bei mir, dem ich am Strand etwas zu essen gab, dann hätte er bestimmt diesen hier zerrissen.« Sofort war der da, sprang auf ihn zu und riß ihn in Stücke. Nun lief dort drinnen ein Hund. Und er dachte: »Oh, hätte ich jetzt bloß den Hund vom Strand hier, dem ich von meiner Verpflegung etwas abgab.« Kaum waren ihm diese Gedanken durch den Kopf gegangen, als der auch schon da war, auf den anderen Hund zusprang und ihn zerriß. Jetzt flog da drinnen eine Ente umher, hinauf und herunter und war ganz wild. »Oh, wäre jetzt nur die kleine Ente wieder hier, der ich von meinem Essen am Strand etwas abgab!« Und da war sie auch schon; denn sie war ja gar nicht so weit weg gewesen. Und sie flog zu der anderen Ente und zerriß sie. Und da lag ein Ei in ihr. Da nahm er das Ei und schlug es gegen die große Kirchentür. Dann nahm er das Eidotter heraus, kratzte dann das Herz hervor und rieb es zwischen seinen Händen.

Der Bergtroll, der mit seinen Ziegen im Walde ging, konnte das sofort spüren. Er wurde krank und kam eiligst nach Hause und klagte dem Mädchen: »Oh, da ist etwas mit meinem Herz! Da ist etwas mit meinem Herz!«

»Nein, wirklich? Ist es dort, wo du gesagt hast? Dann kann ja niemand herankommen!«

»Ja, da ist es eben!« stöhnte er.

Die Ente brachte den Prinzen wieder zurück an den Strand, und von dort wanderte er nun wieder nach Hause. Und beim Gehen rieb er immer noch das Herz, und der Bergtroll war nahe am Verrücktwerden. Der Prinz kam nun so in seine Nähe, daß er ihn sehen konnte. Der Troll ging ihm entgegen und wimmerte: »Gib mir mein Herz wieder! Gib mir mein Herz wieder!«

»Nein! Nicht bevor du das alles, was jetzt zu Stein geworden ist, in seinen ursprünglichen Zustand bringst, alles so, wie es war, und der Prinzessin, die du im Berg gefangenhältst, die Freiheit gibst!« Ja, sofort wurde alles wieder so, wie es gewesen war. Die Pferde wurden so wie vorher und auch die Leute. Die Pferde vor den Kutschen wurden so wild, weil sie rasch von der Stelle kommen wollten, und die Prinzessin kam aus dem Berg und konnte eine Kutsche besteigen. »Gib mir nun mein Herz! Gib mir nun mein Herz!« wimmerte der Troll wieder.

»Nein, das bekommst du nicht eher, bis daß du die Kutsche, in der die Prinzessin sitzt, ganz und gar mit Silber und Gold füllst, soviel, wie da nur hineingehen kann!« Und auch das tat der Troll. Der Prinz schleppte auch Silber und Gold aus dem Berg heraus und half mit, soviel in die Kutsche zu schaffen, wie überhaupt hineingehen konnte. Als die Kutsche gefüllt war, sagte der Bergtroll: »Jetzt muß ich aber mein Herz wiederbekommen!« Ja, und da rieb der Prinz es so lange zwischen seinen Händen, daß es durch seine Finger hinausglitt.

Da wurde der Bergtroll so wütend, daß er zu lauter Feuersteinen zerstob, und der Berg wurde zum schönsten Königsschloß, das man je gesehen hat. Und der alte Bär, der im Berg angekettet war, wurde wieder zu einem König, so wie er es vorher gewesen war. Und die Eisenketten wurden zu Goldketten und der Windhund und der andere Hund, die ihm geholfen hatten, zu zwei Prinzen, und die Ente zu einer Prinzessin.

Dann fuhr er mit seiner Braut nach Hause. Und sie fuhren alle nach Hause. Und er hielt Hochzeit mit seiner Braut, und der alte König, der im Berg gewesen war, fuhr auch mit ihnen nach Hause. Aber als ihn der junge König sah, bekam er keinen schlechten Schreck, denn er dachte, daß er nun wieder die Regierung antreten wolle. Aber der lehnte ab. Wenn er an der Tafel des Königs jeden Tag speisen dürfe, verlangte er weiter nichts. Er glaubte nicht, daß ihm noch viel Zeit zum Leben bleiben würde. Das einzige, was er noch verlangte, war, daß der Prinz, der ihn gerettet hatte, ihn und auch die anderen, das Schloß, das verzaubert gewesen war, mit allem Inventar bekommen müsse. Ja, da war keiner, der darauf mehr Anspruch gehabt hätte als er.

Und er und seine Braut zogen in das Schloß, das prächtiger und weit schöner war als das seines Vaters. Und all das Silber und Gold, das sie dort fanden, war unermeßlich. Und er suchte die beiden Prinzen auf, die in einen Windhund und einen Hund verwandelt waren und die Prinzessin, die eine Ente gewesen war. Und sie alle blieben ihr Leben lang bei ihm. So lebte er nun, zusammen mit seiner Königin, sein ganzes Leben in hohem Ansehen und in Ehren.

(Dänemark)

Von Deutschland nach Österreich

Die drei Hexen

Mitten in Ostfriesland liegt ein großes Moor. Hier hauste vor Zeiten eine Hexe, die hatte Augen wie fressenden Brand, den die Leute im Frühjahr vor der Buchweizensaat in die schwarze Erde werfen, und einen langen, wallenden Mantel wie aufsteigender Moorrauch. Als sich nun die Kanäle ins Moor hineinfraßen und wie Tausendfüßler rechts und links die Wieken ausstreckten, wurde die Hexe zornig und sagte: »Man will mich wohl aus meinem Land vertreiben?«

Eines guten Tages verwandelte sie sich nun in eine alte Frau und humpelte bettelnd die Fehne auf und ab. Wo sie aber blonde Jungen sah, hockte sie sich schnell hinter die Hecke und erhaschte sie beim Fuß. In demselben Augenblick blies sie sie an, und dann wurden sie im Nu zu Krähen und flogen krächzend ins Moor.

Die Fehntjer kamen in große Not und wußten nicht, wo ihre Kinder blieben. Sie verschlossen ihre Türen und verboten schließlich den Knaben und Mädchen, draußen zu spielen.

Da ging die alte Hexe wieder ins Moor zurück. Ihre drei Töchter erwarteten sie schon und schalten: »Was sollen wir mit den vielen Krähen? Wir müssen uns vor dem eklen Gekrächze schon die Ohren zuhalten. Du hättest uns lieber drei unverwandelte Jungen mitbringen sollen, daß wir mit ihnen spielen könnten.«

Die Alte sagte nichts, hockte sich auf einen Torfhaufen und pfiff. Da kamen alle Krähen herbeigeflogen und setzten sich im Halbkreis um sie herum. Dann mußten sie sich alle siebenmal vor ihr verbeugen. So rächte sie sich an den Menschen, weil sie in ihr Reich eingedrungen waren.

Aber nachts, wenn der volle Mond das weite Land ableuchtete, hörte man das Weinen der Mütter wie klagenden Wind übers Moor schweifen.

Als man nun die alte Frau nirgends mehr sah, wagten sich die Kinder auch wieder aus den Häusern.

Nun wohnte auf Großefehn ein Schiffer, der hieß Hinnerk Cassens. Er hatte drei Jungen, die waren alle auf einmal geboren. Das waren Knaben wie junge Tannen. Tauchen und schwimmen konnten sie wie Enten. Und einmal wetteten sie untereinander, sie wollten die letzte Wieke bis ins Hochmoor hinaufschwimmen.

Als sie nun ganz weit fort waren, kam mit einemmal ein hagerer Arm und langte von oben mit Krallenfingern ins Wasser hinunter und packte den ersten Jungen, hob ihn wie einen Fisch heraus und warf ihn aufs Land. Und so geschah es auch mit den beiden andern.

Das war die Moorhexe, und ihre Töchter waren bei ihr und hielten jedesmal den Knaben fest.

Nun hatten die Mädchen – sie hießen Bele, Ele und Wele – Gespielen und freuten sich sehr. Frau Cassens lief aber das ganze Fehn auf und ab und suchte jammernd nach ihren Kindern. Als sie aber keines von ihnen fand, verlor sie den Verstand, sprang eines Abends in den Kanal und ertränkte sich. Und im Herbst erzählten heimkehrende Schiffer, daß Hinnerk Cassens mit seinem Schiff bei Langeoog untergegangen sei. Nun stand das Haus leer, und nicht lange dauerte es, da erzählten sich die Leute, es spuke drin. Spökenhuus nannte man es, und die Kinder gingen mit Herzklopfen vorüber.

Viele Jahre lebten die drei Jungen bei der Hexe im Moor. Da starb die Alte, und nun beratschlagten sie miteinander, wie sie entfliehen könnten. In der ersten Mainacht, als Bele, Ele und Wele zum Blocksberg geflogen waren, durchsuchten sie die Höhle, bis sie den Topf mit Gold gefunden hatten. Dann liefen sie davon.

Als sie zum Fehn kamen und nach Hinnerk Cassens' Haus fragten, sahen die Leute sich sonderbar an. Den dreien fiel es auf, und nach längerem Bitten erzählte ihnen ein alter Mann alles. Da wurden sie traurig und gingen zum Spökenhuus. Die Hecke war so hochgewachsen, daß man nicht hinübersehen konnte, und im Garten standen die Brennesseln wie Büsche. Auch drinnen war alles verwahrlost, und zwischen den Steinen in der Küche wucherte gelbgrünes Unkraut.

Die drei gingen nun gleich heran und machten Haus und Garten wieder sauber. Am andern Tage sahen sie drei Schwalben auf dem Dachfirst sitzen. »Das sind die Hexen«, flüsterten sie sich zu. Schnell machten sie mit Kreide auf allen Türschwellen drei Kreuze, daß sie nicht ins Haus kämen. Aber eines Tages, als der funkelnde Sonnenschein den ganzen Garten füllte und es drinnen so stickige Luft war, öffnete der jüngste von ihnen die Luftscheibe. Als sie nun gerade beim Tee saßen, schwirrten zwitschernd die drei Schwalben hinein, und mit einemmal saßen die jungen Hexen lachend neben ihnen auf den Stühlen. »Wir sind eure Frauen und gehen nicht wieder weg.«

Da beratschlagten die Brüder leise miteinander, gingen am andern Tage nach Emden und kauften sich für einen Teil des Goldes ein schönes Schiff. Damit fuhren sie zur See und freuten sich, daß sie ihren Hexenfrauen endlich entronnen waren.

Bele, Ele und Wele wurde es bald langweilig in ihrem Hause. »Was unsere Männer wohl machen?« sagte die jüngste. »Wir wollen doch einmal nachsehen«, sprach die älteste, und schon verwandelten sie sich in Schwalben und flogen pfeilschnell zum Meer.

Als sie drei Tage suchend umhergeflogen waren, sagte ihnen in den Borkumer Dünen eine Möwe, daß die Ausreißer im Hafen von Amsterdam seien. Drei Meisjes seien bei ihnen an Bord gewesen.

Da wurden die drei so wütend, daß sie statt weißer Flecke rote am Halse hatten, wie Rotkehlchen.

Die Brüder Cassens lagen mit ihrem Schiff im Hafen von Amsterdam. Sie hatten sich einen holländischen Schiffsjungen genommen. Er war ein frommer Junge, und darum nannten ihn die Leute den hilligen Hinnerk. Als er eines Nachmittags an Deck saß und im Psalmbook las, hörte er auf der Gaffel drei Schwalben zwitschern. Zuerst fiel ihm das nicht weiter auf; als sie aber gar nicht vom Schiff weggingen, sagte er es eines Abends dem Kapitän, als der an Bord kam. Da verfärbte sich dieser und rannte zu seinen Brüdern, die, wie er, in Holland richtige Frauen genommen hatten. Er nahm sie schnell beiseite und sagte: »Sie haben uns gefunden. Wir wollen nur unsere Meisjes an Bord nehmen und morgen in See fahren.«

Dem hilligen Jungen war es aufgefallen, daß sein Herr die Farbe gewechselt hatte und weggerannt war. Er versuchte nun, die Vögel zu verscheuchen; aber sie blieben sitzen und zwitscherten noch heller. Auch das fiel ihm auf.

Eine alte Frau kam am Ufer daher und sprach die Schiffer um Brot an. »Komm nur an Bord, Moderke, ich habe noch Essen stehen und will es dir in der Kombüse warm machen!«

Vorsichtig tastete die Alte sich mit ihrem Stock über die Planke und kam aufs Schiff. »Hier auf diesem alten Segel sitzt du weich«, sagte der Junge und ging dann weg.

Es dauerte nicht lange, da murmelte die Alte: »Was schwatzen die Schwalben?« Da sie die Sprache der Vögel verstand, horchte sie hin und legte die Hand hinters Ohr.

»Wonach horchst du? Komm und iß!« Der hillige Hinnerk stand mit dem Essen vor ihr. »Du bist gut. Sind dein Kapitän und seine Leute auch gut mit dir?«

»Ich kann mir keine besseren wünschen.«

»Dann will ich dir etwas sagen. Auf der Gaffel sitzen drei Schwalben. Von einem Unglück reden sie, das euch auf See treffen soll. Die Unholden bedrohen euch. Dir können sie nichts anhaben; aber deine Herren wollen sie vernichten.«

»Kannst du mir nicht sagen, wie ich ihnen helfen kann, denn sie sind so gut zu mir?«

Er kniete vor der alten Frau nieder, und sie legte ihm die Hände auf seinen blonden Kopf und murmelte: »Der Reine nimmt den Reinen und ersticht die Unreinen.« Hinnerk verstand die Worte nicht und fragte: »Was sagst du da?«

»Laß mich nur erst essen! Aber komm heute abend nach der Kalverstraat. Vor dem Hause Nummer 3 mit der großen Treppe vorm Beischlag wirst du mich finden.« Da sagte Hinnerk nichts, half ihr nach dem Essen wieder an Land und ging an seine Arbeit.

Die drei Schwalben waren aber unterdessen fortgeflogen. Als die Brüder mit ihren jungen Frauen an Bord kamen, sagte Hinnerk: »Käpten, darf ich noch wohl einmal an Land?«

»Ja, komm aber bloß um neun Uhr wieder zurück. Zwischen zwölf und eins wollen wir mit der Tide den Hafen verlassen.«

Hinnerk fragte sich durch nach der Kalverstraat, und vor dem Hause Nummer 3 saß die Alte auf der großen Treppe. Unter der Schürze zog sie einen funkelnden Dolch hervor. »Hier hast du den Reinen!« Als der

Junge sich etwas verwirrt die blanke Waffe besah, war die Alte plötzlich verschwunden. »Wo mag sie nur geblieben sein?« murmelte er und sah sich suchend um. Als er sie aber nirgends erblicken konnte, machte er sich eilig auf den Weg zum Hafen; denn schon schlug die Kirchenuhr mit dumpfem Schlage neun. Unterwegs wurde es ihm auf einmal ganz klar, was die Alte mit dem seltsamen Wort gemeint hatte, und er gelobte bei sich, seine Herren tapfer zu schützen.

Unter vollen Segeln pflügte die Kuff »Drei Brüder« durch die leicht bewegte Nordsee. Die Schiffer saßen mit ihren jungen Frauen in der warmen Sonne beim Ruder, lachten und scherzten. Hinnerk hockte bei den Klüvern am Bugspriet.

Mit einemmal sah er mitten aus dem Meer eine See, hoch wie ein Deich, auf das Schiff zurollen. Sogleich ahnte er, was sie bedeutete; er nahm seinen Dolch, faßte mit der linken Hand nach einem Masttau und hielt in der andern die blitzende Waffe.

Langsam rollte die Woge heran, wuchs vor dem Schiff noch höher und wollte alles unter sich begraben. Da stieß er schnell dreimal mit seinem Messer zu, und plötzlich war sie klein wie eine der spielenden Wellen, die wie junge Hunde vorne am Bug hochsprangen.

Aber kaum war die Welle verschwunden, da stieg nicht weit vom Schiff eine neue hoch, die war so groß wie eine Plaatse. Wiederum stieß er zu, und auch sie sank in sich zusammen, nur ein Teil flutete noch über das Deck, so daß die Frauen hinten kreischend wie Möwen aufsprangen. Eine lange Blutspur lief wie ein Farbenstrich über die Planken.

Da sahen die Brüder mit einemmal, welche Gefahr ihnen drohte. Hastig stießen sie ihre Frauen in die Kajüte und schlugen die Tür zu. Die Sonne verlor plötzlich ihren Glanz. Eine ungeheure Woge, wie ein Berg so hoch, wälzte sich heran.

Noch immer stand der hillige Knecht vorn am Bug. Er murmelte einen Psalm, schloß die Augen und stieß blindlings in die Woge hinein, die sich bis zur Mastspitze aufreckte. Die Kuff knackte in allen Fugen und sank drei Fußbreit tiefer. Dann steckte sie die stumpfe Nase wieder aus dem Wellenberg heraus, und in roten Strahlen spien die Speigatten das Wasser wieder hinaus.

Die Sonne schien auch bald wieder, und silbern blänkerte wie zuvor die weite Nordsee.

»Du hast uns allen das Leben gerettet und sollst fortan unser Bruder sein«, sagten die drei und gaben ihm die Hand.

An demselben Tage kamen alle Leute auf dem Fehn zusammen. Seit Tagen saßen fast alle Bäume voller Krähen. Und durch nichts waren sie zu verjagen. Nachmittags um drei Uhr flogen alle Vögel mit einemmal zum Spökenhuus und umkreisten lärmend das Haus.

»Da ist etwas Besonderes geschehen«, sagten alle. »Laßt uns den Doomdi holen! Ihm tun die Quaden nichts; er soll ins Haus hineingehen und nachsehen.«

Viele, viele Menschen standen draußen vor der Hecke und machten lange Gesichter. Mit einem Beil schlug der geistliche Herr die verriegelte Haustür ein und ging in die große Stube. Die Türen des einen Wandbettes standen weit offen; er schob vorsichtig die Gardinen zur Seite und schaute ins Bett hinein.

Da lagen drinnen drei tote Frauen, und jede hatte einen Stich im Herzen.

Plötzlich war draußen ein großes Geschrei, und der Doomdi stürzte hinaus.

»Was ist los? Was ist los?« rief er. »Und was sind das da für junge Leute?«

Da erzählten sie ihm: Während er in das Haus gedrungen sei, hätten sich auf einmal alle Krähen auf dem Weg niedergelassen und in Menschen verwandelt. Das seien all die Kinder, die die Moorhexe früher geraubt hätte; viele Eltern seien unter dem Haufen draußen, voller Freude, ihre totgeglaubten Kinder wiederzuhaben.

Zuletzt kam auch der Pastor zu Worte und berichtete, was er drinnen gefunden hatte. Einige besonders Neugierige wagten sich nun auch ins Haus hinein; aber sie fanden nur Kissen in den Betten.

Die Brüder Cassens segelten mit ihren Frauen und ihrem neuen Bruder nach Nordfriesland, kauften sich dort ein Haus und lebten glücklich bis an ihr seliges Ende.

(Deutschland)

Fitchers Vogel

Es war einmal ein Hexenmeister, der nahm die Gestalt eines armen Mannes an, ging vor die Häuser und bettelte, und fing die schönen Mädchen. Kein Mensch wußte, wo er sie hinbrachte, denn sie kamen nie wieder zum Vorschein. Eines Tages erschien er vor der Türe eines Mannes, der drei schöne Töchter hatte, sah aus wie ein armer schwacher Bettler und trug eine Kötze auf dem Rücken, als wollte er milde Gaben darin sammeln. Er bat um ein bißchen Essen, und als die älteste herauskam und ihm ein Stück Brot reichen wollte, rührte er sie nur an, und sie mußte in seine Kötze springen. Darauf eilte er mit starken Schritten fort und trug sie in einen finstern Wald zu seinem Haus, das mitten darin stand. In dem Haus war alles prächtig: er gab ihr, was sie nur wünschte, und sprach: »Mein Schatz, es wird dir wohl gefallen bei mir, du hast alles, was dein Herz begehrt.« Das dauerte ein paar Tage, da sagte er: »Ich muß fortreisen und dich eine kurze Zeit allein lassen, da sind die Hausschlüssel, du kannst überall hingehen und alles betrachten, nur nicht in eine Stube, die dieser kleine Schlüssel da aufschließt, das verbiet ich dir bei Lebensstrafe.« Auch gab er ihr ein Ei und sprach: »Das Ei verwahre mir sorgfältig und trag es lieber beständig bei dir, denn ginge es verloren, so würde ein großes Unglück daraus entstehen.« Sie nahm die Schlüssel und das Ei, und versprach, alles wohl auszurichten. Als er fort war, ging sie in dem Haus herum von unten bis oben und besah alles, die Stuben glänzten von Silber und Gold, und sie meinte, sie hätte nie so große Pracht gesehen. Endlich kam sie auch zu der verbotenen Tür, sie wollte vorübergehen, aber die Neugierde ließ ihr keine Ruhe. Sie besah den Schlüssel, er sah aus wie ein anderer, sie steckte ihn ein und drehte ein wenig, da sprang die Türe auf. Aber was erblickte sie, als sie hineintrat? Ein großes blutiges Becken stand in der Mitte, und darin lagen tote zerhauene Menschen, daneben stand ein Holzblock, und ein blinkendes Beil lag darauf. Sie erschrak so sehr, daß das Ei, das sie in der Hand hielt, hineinplumpste. Sie holte es wieder heraus und wischte das Blut ab, aber vergeblich, es kam den Augenblick wieder zum Vorschein; sie wischte und schabte, aber sie konnte es nicht herunterkriegen.

Nicht lange, so kam der Mann von der Reise zurück, und das erste, was er forderte, war der Schlüssel und das Ei. Sie reichte es ihm hin, aber sie zitterte dabei, und er sah gleich an den roten Flecken, daß sie in der Blutkammer gewesen war. »Bist du gegen meinen Willen in die Kammer gegangen«, sprach er, »so sollst du gegen deinen Willen wieder hinein. Dein Leben ist zu Ende.« Er warf sie nieder, schleifte sie an den Haaren hin, schlug ihr das Haupt auf dem Blocke ab und zerhackte sie, daß ihr Blut auf dem Boden dahinfloß. Dann warf er sie zu den übrigen ins Becken.

»Jetzt will ich mir die zweite holen«, sprach der Hexenmeister, ging wieder in Gestalt eines armen Mannes vor das Haus und bettelte. Da brachte ihm die zweite ein Stück Brot, er fing sie wie die erste durch bloßes Anrühren und trug sie fort. Es erging ihr nicht besser als ihrer Schwester, sie ließ sich von ihrer Neugierde verleiten, öffnete die Blutkammer und schaute hinein, und mußte es bei seiner Rückkehr mit dem Leben büßen. Er ging nun und holte die dritte, die aber war klug und listig. Als er ihr die Schlüssel und das Ei gegeben hatte und fortgereist war, verwahrte sie das Ei erst sorgfältig, dann besah sie das Haus und ging zuletzt in die verbotene Kammer. Ach, was erblickte sie! Ihre beiden lieben Schwestern lagen da in dem Becken jämmerlich ermordet und zerhackt. Aber sie hub an und suchte die Glieder zusammen und legte sie zurecht, Kopf, Leib, Arme und Beine. Und als nichts mehr fehlte, da fingen die Glieder an, sich zu regen, und schlossen sich aneinander, und beide Mädchen öffneten die Augen und waren wieder lebendig. Da freuten sie sich, küßten und herzten einander. Der Mann forderte bei seiner Ankunft gleich Schlüssel und Ei, und als er keine Spur von Blut daran entdecken konnte, sprach er: »Du hast die Probe bestanden, du sollst meine Braut sein.« Er hatte jetzt keine Macht mehr über sie und mußte tun, was sie verlangte. »Wohlan«, antwortete sie, »du sollst vorher einen Korb voll Gold meinem Vater und meiner Mutter bringen und es selbst auf deinem Rücken hintragen; derweil will ich die Hochzeit bestellen.« Dann lief sie zu ihren Schwestern, die sie in einem Kämmerlein versteckt hatte, und sagte: »Der Augenblick ist da, wo ich euch retten kann: der Bösewicht soll euch selbst wieder heimtragen; aber sobald ihr zu Hause seid,

sendet mir Hilfe.« Sie setzte beide in einen Korb und deckte sie mit
Gold ganz zu, daß nichts von ihnen zu sehen war, dann rief sie den
Hexenmeister herein und sprach: »Nun trag den Korb fort, aber daß du
mir unterwegs nicht stehen bleibst und ruhest, ich schaue durch mein
Fensterlein und habe acht.«

Der Hexenmeister hob den Korb auf seinen Rücken und ging damit
fort, er drückte ihn aber so schwer, daß ihm der Schweiß über das
Angesicht lief. Da setzte er sich nieder und wollte ein wenig ruhen,
aber gleich rief eine im Korbe: »Ich schaue durch mein Fensterlein und
sehe, daß du ruhst, willst du gleich weiter.« Er meinte, die Braut rief
ihm das zu, und machte sich wieder auf. Nochmals wollte er sich
setzen, aber es rief gleich: »Ich schaue durch mein Fensterlein und
sehe, daß du ruhst, willst du gleich weiter.« Und sooft er stillstand, rief
es, und da mußte er fort, bis er endlich stöhnend und außer Atem den
Korb mit dem Gold und den beiden Mädchen in ihrer Eltern Haus
brachte.

Daheim aber ordnete die Braut das Hochzeitsfest an und ließ die
Freunde des Hexenmeisters dazu einladen. Dann nahm sie einen Totenkopf mit grinsenden Zähnen, setzte ihm einen Schmuck auf und
einen Blumenkranz, trug ihn oben vors Bodenloch und ließ ihn da
hinausschauen. Als alles bereit war, steckte sie sich in ein Faß mit
Honig, schnitt das Bett auf und wälzte sich darin, daß sie aussah wie
ein wunderlicher Vogel und kein Mensch sie erkennen konnte. Da
ging sie zum Haus hinaus, und unterwegs begegnete ihr ein Teil der
Hochzeitsgäste, die fragten:

»Du Fitchers Vogel, wo kommst du her?«
»Ich komme von Fitze Fitchers Hause her.«
»Was macht denn da die junge Braut?«
»Hat gekehrt von unten bis oben das Haus,
und guckt zum Bodenloch heraus.«

Endlich begegnete ihr der Bräutigam, der langsam zurückwanderte.
Er fragte wie die andern:

»Du Fitchers Vogel, wo kommst du her?«
»Ich komme von Fitze Fitchers Hause her.«
»Was macht denn da die junge Braut?«

»Hat gekehrt von unten bis oben das Haus,
und guckt zum Bodenloch heraus.«

Der Bräutigam schaute hinauf und sah den geputzten Totenkopf, da meinte er, es wäre seine Braut, und nickte ihr zu und grüßte sie freundlich. Wie er aber samt seinen Gästen ins Haus gegangen war, da langten die Brüder und Verwandte der Braut an, die zu ihrer Rettung gesendet waren. Sie schlossen alle Türen des Hauses zu, daß niemand entfliehen konnte, und steckten es an, also daß der Hexenmeister mitsamt seinem Gesindel verbrennen mußte.

(Deutschland)

Der gläserne Sarg

Sage niemand, daß ein armer Schneider es nicht weit bringen und nicht zu hohen Ehren gelangen könne, es ist weiter gar nichts nötig, als daß er an die rechte Schmiede kommt und, was die Hauptsache ist, daß es ihm glückt. Ein solches artiges und behendes Schneiderbürschchen ging einmal seiner Wanderschaft nach und kam in einen großen Wald, und weil es den Weg nicht wußte, verirrte es sich. Die Nacht brach ein, und es blieb ihm nichts übrig, als in dieser schauerlichen Einsamkeit ein Lager zu suchen. Auf dem weichen Moose hätte er freilich ein gutes Bett gefunden, allein die Furcht vor den wilden Tieren ließ ihm da keine Ruhe, und er mußte sich endlich entschließen, auf einem Baume zu übernachten. Er suchte eine hohe Eiche, stieg bis in den Gipfel hinauf und dankte Gott, daß er sein Bügeleisen bei sich trug, weil ihn sonst der Wind, der über die Gipfel der Bäume wehete, weggeführt hätte.

Nachdem er einige Stunden in der Finsternis, nicht ohne Zittern und Zagen, zugebracht hatte, erblickte er in geringer Entfernung den Schein eines Lichtes; und weil er dachte, daß da eine menschliche Wohnung sein möchte, wo er sich besser befinden würde als auf den Ästen eines Baums, so stieg er vorsichtig herab und ging dem Lichte nach. Es leitete ihn zu einem kleinen Häuschen, das aus Rohr und Binsen geflochten war. Er klopfte mutig an, die Türe öffnete sich, und bei dem Scheine des herausfallenden Lichtes sah er ein altes eisgraues Männchen, das ein von buntfarbigen Lappen zusammengesetztes Kleid anhatte. »Wer seid Ihr, und was wollt Ihr?« fragte es mit einer schnarrenden Stimme. »Ich bin ein armer Schneider«, antwortete er, »den die Nacht hier in der Wildnis überfallen hat, und bitte Euch inständig, mich bis morgen in Eurer Hütte aufzunehmen.« »Geh deiner Wege«, erwiderte der Alte mit mürrischem Tone, »mit Landstreichern will ich nichts zu schaffen haben; suche dir anderwärts ein Unterkommen.« Nach diesen Worten wollte er wieder in sein Haus schlüpfen, aber der Schneider hielt ihn am Rockzipfel fest und bat so beweglich, daß der Alte, der so böse nicht war, als er sich anstellte, endlich erweicht ward und ihn mit in seine Hütte nahm, wo er ihm zu essen gab und dann in einem Winkel ein ganz gutes Nachtlager anwies.

Der müde Schneider brauchte keines Einwiegens, sondern schlief sanft bis an den Morgen, würde auch noch nicht an das Aufstehen gedacht haben, wenn er nicht von einem lauten Lärm wäre aufgeschreckt worden. Ein heftiges Schreien und Brüllen drang durch die dünnen Wände des Hauses. Der Schneider, den ein unerwarteter Mut überkam, sprang auf, zog in der Hast seine Kleider an und eilte hinaus. Da erblickte er nahe bei dem Häuschen einen großen schwarzen Stier und einen schönen Hirsch, die in dem heftigsten Kampfe begriffen waren. Sie gingen mit so großer Wut aufeinander los, daß von ihrem Getrampel der Boden erzitterte, und die Luft von ihrem Geschrei erdröhnte. Es war lange ungewiß, welcher von beiden den Sieg davontragen würde: endlich stieß der Hirsch seinem Gegner das Geweih in den Leib, worauf der Stier mit entsetzlichem Brüllen zur Erde sank, und durch einige Schläge des Hirsches völlig getötet ward.

Der Schneider, welcher dem Kampfe mit Erstaunen zugesehen hatte, stand noch unbeweglich da, als der Hirsch in vollen Sprüngen auf ihn zueilte und ihn, ehe er entfliehen konnte, mit seinem großen Geweihe geradezu aufgabelte. Er konnte sich nicht lange besinnen, denn es ging schnellen Laufes fort über Stock und Stein, Berg und Tal, Wiese und Wald. Er hielt sich mit beiden Händen an den Enden des Geweihes fest und überließ sich seinem Schicksal. Es kam ihm aber

nicht anders vor, als flöge er davon. Endlich hielt der Hirsch vor einer
Felsenwand still und ließ den Schneider sanft herabfallen. Der Schneider, mehr tot als lebendig, bedurfte längerer Zeit, um wieder zur
Besinnung zu kommen. Als er sich einigermaßen erholt hatte, stieß
der Hirsch, der neben ihm stehengeblieben war, sein Geweih mit
solcher Gewalt gegen eine in dem Felsen befindliche Türe, daß sie
aufsprang. Feuerflammen schlugen heraus, auf welche ein großer
Dampf folgte, der den Hirsch seinen Augen entzog. Der Schneider
wußte nicht, was er tun und wohin er sich wenden sollte, um aus dieser
Einöde wieder unter Menschen zu gelangen. Indem er also unschlüs-
sig stand, tönte eine Stimme aus dem Felsen, die ihm zurief: »Tritt
ohne Furcht herein, dir soll kein Leid widerfahren.« Er zauderte zwar,
doch, von einer heimlichen Gewalt angetrieben, gehorchte er der
Stimme und gelangte durch die eiserne Tür in einen großen geräumi-
gen Saal, dessen Decke, Wände und Boden aus glänzend geschliffenen
Quadratsteinen bestanden, auf deren jedem ihm unbekannte Zeichen
eingehauen waren. Er betrachtete alles voll Bewunderung und war
eben im Begriff, wieder hinauszugehen, als er abermals die Stimme
vernahm, welche ihm sagte: »Tritt auf den Stein, der in der Mitte des
Saales liegt, und dein wartet großes Glück.«

Sein Mut war schon so weit gewachsen, daß er dem Befehle Folge
leistete. Der Stein begann unter seinen Füßen nachzugeben und sank
langsam in die Tiefe hinab. Als er wieder feststand und der Schneider
sich umsah, befand er sich in einem Saale, der an Umfang dem vorigen
gleich war. Hier aber gab es mehr zu betrachten und zu bewundern. In
die Wände waren Vertiefungen eingehauen, in welchen Gefäße von
durchsichtigem Glase standen, die mit farbigem Spiritus oder mit
einem bläulichen Rauche angefüllt waren. Auf dem Boden des Saales
standen, einander gegenüber, zwei große gläserne Kasten, die sogleich
seine Neugierde reizten. Indem er zu dem einen trat, erblickte er darin
ein schönes Gebäude, einem Schlosse ähnlich, von Wirtschaftsgebäu-
den, Ställen und Scheuern und einer Menge anderer artigen Sachen
umgeben. Alles war klein, aber überaus sorgfältig und zierlich gearbeitet, und schien von einer kunstreichen Hand mit der höchsten
Genauigkeit ausgeschnitzt zu sein.

Er würde seine Augen von der Betrachtung dieser Seltenheiten noch nicht abgewendet haben, wenn sich nicht die Stimme abermals hätte hören lassen. Sie forderte ihn auf, sich umzukehren und den gegenüberstehenden Glaskasten zu beschauen. Wie stieg seine Verwunderung, als er darin ein Mädchen von größter Schönheit erblickte. Es lag wie im Schlafe, und war in lange blonde Haare wie in einen kostbaren Mantel eingehüllt. Die Augen waren fest geschlossen, doch die lebhafte Gesichtsfarbe und ein Band, das der Atem hin und her bewegte, ließen keinen Zweifel an ihrem Leben. Der Schneider betrachtete die Schöne mit klopfendem Herzen, als sie plötzlich die Augen aufschlug und bei seinem Anblick in freudigem Schrecken zusammenfuhr. »Gerechter Himmel«, rief sie, »meine Befreiung naht! geschwind, geschwind, hilf mir aus meinem Gefängnis: wenn du den Riegel an diesem gläsernen Sarg wegschiebst, so bin ich erlöst.« Der Schneider gehorchte ohne Zaudern, alsbald hob sie den Glasdeckel in die Höhe, stieg heraus und eilte in die Ecke des Saals, wo sie sich in einen weiten Mantel verhüllte. Dann setzte sie sich auf einen Stein nieder, hieß den jungen Mann herangehen, und nachdem sie einen freundlichen Kuß auf seinen Mund gedrückt hatte, sprach sie: »Mein lang ersehnter Befreier, der gütige Himmel hat mich zu dir geführt und meinen Leiden ein Ziel gesetzt. An demselben Tage, wo sie endigen, soll dein Glück beginnen. Du bist der vom Himmel bestimmte Gemahl, und sollst, von mir geliebt und mit allen irdischen Gütern überhäuft, in ungestörter Freude dein Leben zubringen. Sitz nieder und höre die Erzählung meines Schicksals.

Ich bin die Tochter eines reichen Grafen. Meine Eltern starben, als ich noch in zarter Jugend war, und empfahlen mich in ihrem letzten Willen meinem älteren Bruder, bei dem ich auferzogen wurde. Wir liebten uns so zärtlich und waren so übereinstimmend in unserer Denkungsart und unsern Neigungen, daß wir beide den Entschluß faßten, uns niemals zu verheiraten, sondern bis an das Ende unseres Lebens beisammenzubleiben. In unserm Hause war an Gesellschaft nie Mangel: Nachbarn und Freunde besuchten uns häufig, und wir übten gegen alle die Gastfreundschaft in vollem Maße. So geschah es auch eines Abends, daß ein Fremder in unser Schloß geritten kam und unter dem

Vorgeben, den nächsten Ort nicht mehr erreichen zu können, um ein Nachtlager bat. Wir gewährten seine Bitte mit zuvorkommender Höflichkeit, und er unterhielt uns während des Abendessens mit seinem Gespräche und eingemischten Erzählungen auf das anmutigste. Mein Bruder hatte ein so großes Wohlgefallen an ihm, daß er ihn bat, ein paar Tage bei uns zu verweilen, wozu er nach einigem Weigern einwilligte. Wir standen erst spät in der Nacht vom Tische auf, dem Fremden wurde ein Zimmer angewiesen, und ich eilte, ermüdet, wie ich war, meine Glieder in die weichen Federn zu senken. Kaum war ich ein wenig eingeschlummert, so weckten mich die Töne einer zarten und lieblichen Musik. Da ich nicht begreifen konnte, woher sie kamen, so wollte ich mein im Nebenzimmer schlafendes Kammermädchen rufen, allein zu meinem Erstaunen fand ich, daß mir, als lastete ein Alp auf meiner Brust, von einer unbekannten Gewalt die Sprache benommen und ich unvermögend war, den geringsten Laut von mir zu geben. Indem sah ich bei dem Schein der Nachtlampe den Fremden in mein durch zwei Türen fest verschlossenes Zimmer eintreten. Er näherte sich mir und sagte, daß er durch Zauberkräfte, die ihm zu Gebote ständen, die liebliche Musik habe ertönen lassen, um mich aufzuwekken, und dringe jetzt selbst durch alle Schlösser in der Absicht, mir Herz und Hand anzubieten. Mein Widerwille aber gegen seine Zauberkünste war so groß, daß ich ihn keiner Antwort würdigte. Er blieb eine Zeitlang unbeweglich stehen, wahrscheinlich in der Absicht, einen günstigen Entschluß zu erwarten, als ich aber fortfuhr zu schweigen, erklärte er zornig, daß er sich rächen und Mittel finden werde, meinen Hochmut zu bestrafen, worauf er das Zimmer wieder verließ. Ich brachte die Nacht in höchster Unruhe zu und schlummerte erst gegen Morgen ein. Als ich erwacht war, eilte ich zu meinem Bruder, um ihn von dem, was vorgefallen war, zu benachrichtigen, allein ich fand ihn nicht auf seinem Zimmer, und der Bediente sagte mir, daß er bei anbrechendem Tage mit dem Fremden auf die Jagd geritten sei.

Mir ahnete gleich nichts Gutes. Ich kleidete mich schnell an, ließ meinen Leibzelter satteln und ritt, nur von einem Diener begleitet, in vollem Jagen nach dem Walde. Der Diener stürzte mit dem Pferde und konnte mir, da das Pferd den Fuß gebrochen hatte, nicht folgen. Ich setzte, ohne mich aufzuhalten, meinen Weg fort, und in wenigen Minuten sah ich den Fremden mit einem schönen Hirsch, den er an der Leine führte, auf mich zukommen. Ich fragte ihn, wo er meinen Bruder gelassen habe und wie er zu diesem Hirsche gelangt sei, aus dessen großen Augen ich Tränen fließen sah. Anstatt mir zu antworten, fing er an laut aufzulachen. Ich geriet darüber in höchsten Zorn, zog eine Pistole und drückte sie gegen das Ungeheuer ab, aber die Kugel prallte von seiner Brust zurück und fuhr in den Kopf meines Pferdes. Ich stürzte zur Erde, und der Fremde murmelte einige Worte, die mir das Bewußtsein raubten.

Als ich wieder zur Besinnung kam, fand ich mich in dieser unterirdischen Gruft in einem gläsernen Sarge. Der Schwarzkünstler erschien nochmals, sagte, daß er meinen Bruder in einen Hirsch verwandelt, mein Schloß mit allem Zubehör verkleinert in den andern Glaskasten eingeschlossen und meine in Rauch verwandelten Leute in Glasflaschen gebannt hätte. Wolle ich mich jetzt seinem Wunsche fügen, so sei ihm ein leichtes, alles wieder in den vorigen Stand zu setzen: er brauche nur die Gefäße zu öffnen, so werde alles wieder in die natürliche Gestalt zurückkehren. Ich antwortete ihm so wenig als das erstemal. Er verschwand und ließ mich in meinem Gefängnisse liegen, in welchem mich ein tiefer Schlaf befiel. Unter den Bildern, welche an meiner Seele vorübergingen, war auch das tröstliche, daß ein junger Mann kam und mich befreite, und als ich heute die Augen öffne, so erblicke ich dich und sehe meinen Traum erfüllt. Hilf mir vollbringen, was in jenem Gesichte noch weiter geschah. Das erste ist, daß wir den Glaskasten, in welchem mein Schloß sich befindet, auf jenen breiten Stein heben.«

Der Stein, sobald er beschwert war, hob sich mit dem Fräulein und dem Jüngling in die Höhe und stieg durch die Öffnung der Decke in den obern Saal, wo sie dann leicht ins Freie gelangen konnten. Hier öffnete das Fräulein den Deckel, und es war wunderbar anzusehen, wie Schloß, Häuser und Gehöfte sich ausdehnten und in größter Schnelligkeit zu natürlicher Größe heranwuchsen. Sie kehrten darauf in die unterirdische Höhle zurück und ließen die mit Rauch gefüllten Gläser von dem Steine herauftragen. Kaum hatte das Fräulein die Flaschen geöffnet, so drang der blaue Rauch heraus und verwandelte sich in lebendige Menschen, in welchen das Fräulein ihre Diener und Leute erkannte. Ihre Freude ward noch vermehrt, als ihr Bruder, der den Zauberer in dem Stier getötet hatte, in menschlicher Gestalt aus dem Walde herankam, und noch denselben Tag reichte das Fräulein, ihrem Versprechen gemäß, dem glücklichen Schneider die Hand am Altare.

(Deutschland)

Der Vogel Strauß

Im Baltschiedertal lebte eine Jägersfamilie, die sich vom Wild ernährte. Der Jäger sagte eines Tages, er wolle an einen andern Ort jagen gehen, um zu sehen, ob er dort mehr erjage. Er kam in einen großen Wald, aber die Hunde wollten nicht treiben. Er schickte sie wieder hin, und zum zweiten Mal kehrten sie kläffend zurück. Er konnte sich nicht erklären, warum sie nicht treiben wollten. Da führte er sie selbst und gelangte zu einem hohlen Stock, den die Hunde anbellten. Als er näher trat, fand er darin ein nacktes neugeborenes Kind. Er dachte, was er damit anfangen wolle, er habe selbst Kinder zu Hause. Es ging ihm aber zu Herzen, das Würmchen dem Schicksal zu überlassen, und so wickelte er es in Lumpen und nahm es mit. Nun sandte er die Hunde wieder aus, und sie erjagten zwei Hasen. Er brachte die Jagdbeute mit dem Kinde nach Hause und erzählte dem Weibe, heute sei es ihm merkwürdig ergangen, sie werde nicht erraten können, was er ihr bringe. Da zeigte er ihr das Kind und sagte, wie das gekommen sei. Jetzt müßten sie es halt in Gottes Namen aufziehen wie die eigenen Kinder.

Das Kind wuchs auf und wurde der schönste Knabe weit und breit. Der Jäger nahm ihn einige Male mit auf die Jagd und sandte ihn dann mit dem Wildfleisch in die Stadt. Dort war eine reiche Jungfrau, der er sehr wohl gefiel. Das währte einige Jahre. Die Eltern wollten nichts wissen von einer Heirat ihrer Tochter mit dem armen Jägerskinde. Da unternahmen sie eine weite Reise. Unterdessen hielten die beiden

Hochzeit; der Bursche gründete in der Stadt ein Geschäft, und es ging ihm gut. Als die Eltern zurückkehrten, waren sie schrecklich aufgebracht über ihre Tochter und deren Gemahl. Der Vater wollte ihn im ersten Zorn vergiften und suchte ihn auch später aus dem Wege zu schaffen. Da kam ihm ein böser Gedanke. Eines Tages legte er sich scheinbar krank ins Bett und sagte zum Schwiegersohn: »Nur ein Mittel kann mich noch retten, das ist eine Feder vom Vogel Strauß.« So hieß ein gefürchteter Räuberhauptmann, der weit weg wohnte und jeden, der sich ihm nahte, tötete. Der Vater dachte, wenn der Schwiegersohn die gefährliche Reise unternehme, kehre er sicher nicht mehr zurück. Der Schwiegersohn war sofort bereit, die Straußenfeder zu holen, schnürte sein Bündelchen und zog fort. Kaum war er fort, so stand der Alte wieder auf und sagte: »So, den wären wir los, der kehrt nicht mehr zurück!«

Als der Sohn den ganzen Tag gewandert war, kam er in eine Stadt. Da fragte ihn einer, wohin er wolle. Er sagte, zum Vogel Strauß. »So, zum Vogel Strauß, das ist weit; so legt auch grad ein Wort ein für mich, ich bitte darum! Meine Tochter ist zu einer Kröte geworden, und ich kann es nicht fassen; fragt ihn, warum er das getan habe!« Der Bursche sagte, er werde für ihn das tun, was er könne, und zog am nächsten Morgen von dannen.

Am Abend kehrte er wieder in einer Stadt ein, und da wurde er neuerdings von einem Manne gefragt, wohin er gehe. Er sagte: »Zum Vogel Strauß!« – »So legt auch ein Wort für mich ein. Ich habe einen schönen Brunnen im Garten, der ist auf einmal versiegt, ich weiß nicht warum!« Der Bursche versprach es und zog weiter.

Am dritten Abend gelangte er wieder in eine Stadt, und als es hieß, er gehe zum Vogel Strauß, kam einer zu ihm und bat, für ihn auch ein Wort einzulegen beim großen Mörder und zu fragen, warum der schöne starke Birnbaum in seinem Garten keine Früchte mehr trage. Der Bursche gelobte zu tun, was in seinem Vermögen stehe, und zog weiter. Als er weit, weit gewandert war, kam er zum Haus des Vogel Strauß. Dieser war nicht zu Hause, aber seine Frau. Als diese den Burschen sah, jammerte sie und sagte: »Du armer Straffel, dein Leben ist aus!« Er erzählte, daß er gekommen sei, um eine Feder vom Haupte des Mörders zu holen, und daß ihn unterwegs drei Städter um einen Dienst gebeten hätten. Die Frau sagte: »Du dauerst mich, und deshalb will ich dir helfen und dich vor meinem Manne schützen!« Sie stellte ihm zu essen und zu trinken auf und steckte ihn dann in einen Sack voller Federn und verbarg ihn unter dem Bett.

Spät in der Nacht kam der Mörder und legte sich gleich zu Bette. Als er schlief, rupfte ihm die Frau eine Feder aus und warf sie unter das Bett. Der Mörder erwachte und sagte: »Was hast du mich zu zupfen?« Die Frau erwiderte: »Oh, mir hat nur geträumt, in einer Stadt sei eine Jungfrau in eine Kröte verwandelt worden, und da konnte ich nicht begreifen warum!« Der unter dem Bette horchte. »Ei, weil ihre Eltern so großen Hochmut mit ihr getrieben haben; der Vater soll die Kröte nur einen Tag lang im Mist begraben, dann wird sie schon wieder ein Mädchen werden!« Er legte sich auf die Seite und schlief ein. Bald darauf rupfte ihm die Alte wieder eine Feder aus und warf sie unter das Bett. Der Mörder fuhr aus dem Schlafe auf und sagte: »Was ist los, warum zupfst du mich schon wieder?« – »Oh, mir hat nur geträumt, in einer Stadt sei ein schöner Birnbaum, der nicht mehr Früchte trägt, und das kann ich mir nicht erklären!« – »Weil die Tochter heimlich ein Kind geboren und es unter dem Baum vergraben hat, darum trägt der Baum keine Birnen mehr, aber jetzt halt das Maul!«

Nach einiger Zeit rupfte ihm die Frau die dritte Feder vom Haupte und warf sie zu den andern unter das Bett. Der Mörder fuhr wieder aus dem Schlafe auf und sagte: »Warum zupfst du mich schon wieder!« – »Ei, mir hat geträumt, in einer Stadt sei ein Brunnen, der kein Wasser mehr gebe, da muß etwas los sein!« – »Der Besitzer hat sein Geld darunter vergraben, aber jetzt hör auf, Alte!«

Am Morgen stand der Räuber auf und ging auf Raub aus. Die Alte stieg auf das Dach, um nachzusehen, in welcher Richtung er fortgezogen sei, dann stellte sie dem Burschen, der alles gehört und die drei Federn zu sich gesteckt hatte, Speise und Trank auf und wies ihm den Weg.

In der ersten Stadt wartete der Mann, dessen Birnbaum keine Früchte mehr trug, schon auf ihn. Der Bursche sagte: »Deine Tochter hat ein Uneheliches zur Welt gebracht und es unter dem Baum begraben, grabe es aus und bestatte es in geweihter Erde, dann wird er sicher Früchte tragen!« Der Mann dankte ihm sehr und fragte, wieviel er ihm schulde. »Gebt mir, soviel Ihr wollt!« Da erhielt er ein schönes Sümmchen Geld und zog weiter. Er kam ins zweite Städtchen, wo der Brunnen plötzlich sein Wasser eingestellt hatte. Er suchte den Mann auf und sagte zu ihm: »Dein Brunnen ist versiegt, weil du viel Geld darin vermauert hast, schenke ein Drittel den Armen, ein Drittel gib zu frommen Zwecken und den Rest behalte für dich, dann wird der Brunnen wieder fließen.« Was er für den Rat verlange. »Gebt mir, was Euer guter Wille ist!« Er steckte die erhaltene Summe zu der andern und zog weiter. Im dritten Städtchen suchte er den Mann auf, dessen Tochter zur Kröte geworden war. »Ihr habt halt großen Hochmut mit ihr getrieben«, sagte er, »dafür seid Ihr gestraft worden; steckt sie vierundzwanzig Stunden lang in einen Düngerhaufen, dann wird sie wieder die alte Gestalt annehmen!« Der Mann war hocherfreut über die gute Auskunft und gab ihm eine große Summe Geldes. Nun war er ein reicher Mann.

Als er zu Hause anlangte, überreichte er dem erstaunten Schwiegervater die Straußenfedern und zeigte das verdiente Geld. Die Schwiegereltern schämten sich nun und hatten gegen ihren Schwiegersohn nichts mehr einzuwenden.

(Schweiz)

Das nackentige Dirndl

*E*s war ein Kaufmann, der hatte drei Söhne. Und wenn er fuhr, Waren einzukaufen, dann nahm er die zwei älteren mit, daß sie Bescheid wüßten, wenn sie einmal selber einkaufen gingen. Und wie einmal wieder die Waren ausgegangen waren, da sagte der Kaufmann zu seinen zwei älteren Söhnen, sie sollten allein zum Einkaufen nach Sizilien fahren: »Euch ist es eine Freude, mir ist es schon lästig.«

Als das der jüngste Sohn hörte – Johann hieß er –, da bat er den Vater, ob er mitfahren dürfte. Die zwei älteren Brüder wollten davon nichts wissen, aber Johann ließ nicht nach mit Bitten, und der Vater sagte: »Warum sollt er nicht mitfahren, es schadet ihm ja nicht, wenn er was sieht von der Welt«, und er gab ihm dreihundert Gulden mit, daß er kaufen könnte, was ihm gefiel, und die zwei älteren Brüder nichts damit zu schaffen hätten.

Als sie in Sizilien ankamen und in einem Wirtshaus einkehrten, da sagte der älteste Bruder zum Hausknecht, er möchte sie morgen früh zeitig wecken, aber der jüngste, der dürfe nichts wissen davon. Und zum Wirt sagte er, er möchte Obacht geben auf den jüngsten Bruder, daß er nicht ausginge, er möchte sich da in der großen fremden Stadt verirren, möchte sich nimmer zurechtfinden. In der Früh, wie der jüngste Bruder wach wurde, waren die zwei schon fort. Als er nun auch aus dem Wirtshaus gehen wollte, wollte ihn der Wirt zurückhalten, aber Johann sagte: »Ach was, so viel kann ich wohl lesen, daß ich weiß, wo ich hingehe und wie ich zurückkomme.«

Er ging nun in der Stadt umeinander, kam zuletzt ganz hinaus und zum Freithof. Da stand vor der Tür ein breiter Stuhl, da lag ein Haselstecken drauf. Und wie der Johann noch neugierig dastand und schaute, was das sein sollte, kam ein Leichenzug, und die Leute nahmen den Toten aus der Truhen, legten ihn auf den Stuhl und wollten ihn prügeln. Da fragte der Johann, warum sie das täten. Sie antworteten: »Er ist hundert Gulden schuldig geblieben, dafür kriegt er hundert Stockstreiche.« Da sagte Johann: »Das kann ich nicht mit ansehen, die hundert Gulden werd ich zahlen.« Sie waren zufrieden damit, der Tote wurde begraben, und Johann ging mit und sprach beim Grab sein Gebet.

Dann ging er weiter und kam – mit Respekt zu sagen – in die Schindergass'n.

Da fuhren die Hunde auf ihn los und bellten ihn an, und da war ein weißes Pudele dabei. Der Wasenmeister kam schauen, was die Hunde hätten, und wie er den Johann dastehen sah und das Pudele anschauen, fragte er, ob er's kaufen möchte. Der Johann fragte, was es kostete. »Fuchz'g Guld'n«, sagte der Wasenmeister.

Da kaufte Johann das Pudele und ging damit weiter. Nach einer Weile kommt er in die Sklav'ngass'n. Da sieht er ein Dirndle beim Fenster herabschauen. Ist etwa zwölf Jahr alt gewesen. Das Dirndle hat dem Johann gar so gut gefallen. Im anderen Fenster aber steht der Sklavenhalter, der sieht, daß der Johann gar so g'spitzt auf das Dirndl anhi schaut. Und jetzt fragt der Johann auch schon, was das Dirndl kosten möcht. Der Sklavenhalter verlangt hundert Gulden. Der Johann ist einverstanden, und der Handler bringt das Mädchen in der bloßen Pfoat zum Johann herab. Jetzt hat der Johann ein nackentiges Dirndl, jetzt muß er ihr noch ein Gewand kaufen, das kostet auch fünfzig Gulden, und da sind die dreihundert Gulden gar.

Als er zum Gasthaus kam, waren seine Brüder schon dort und die Waren schon aufgeladen. Als sie Johann mit dem Mädchen und dem Hund daherkommen sahen, waren die Brüder zornig und wollten ihn hint'n lassen und nimmer mitnehmen. Da kriegte aber der Wirt mit ihnen und sagte: »Was werd's denn ös enka'n Bruder da lass'n, und wie soll er denn allaan und ohne Geld haamkemma? Wann a schlecht tan hat, so wird ihm schon der Vater a Straf geb'n.«

Da gaben die Brüder nach und nahmen den Johann mit seinem Dirndle und mit seinem Pudele mit. Und als sie heimkamen, da hatte der Vater schon zwei andere Kaufhäuser gekauft, damit die zwei älteren Brüder ein jeder selber handeln und wirtschaften könnten. Sein eigenes Haus aber hatte er für den Johann bestimmt. Der Vater hat aber nichts Unrechts gesagt, daß der Johann hat das Dirndl und den Pudel gekauft. »Es kann vielleicht einmal zu seinem Glück sein«, hat er gemeint.

Er schickte nun den Johann in eine fremde Stadt auf eine Handelsschule, und das Dirndl blieb daheim. Der Kaufmann und seine Frau haben es aber bald recht gern gehabt, weil's so gescheit und so brav und sauber ist gewesen. Mit der Zeit ist aus ihm die schönste Jungfrau in der ganzen Stadt geworden. Als nun dem Johann seine Zeit auf der Handelsschule um war und die Eltern ihn abholen wollten, da bat das Dirndle, sie möchten es mitnehmen. Und wie sie hinkamen in die Stadt, da bat es, ob's nicht zuerst dürfte den Johann empfangen. Dem Kaufmann und der Frau hat das gefallen, daß das Dirndle den Johann so gern hat. Wie es den Johann sieht, da fällt's ihm um den Hals und halst ihn halt recht ab und gibt ihm Busseln auf Lippen und Wangen. Und als sie nun heimgekommen waren, da sahen die Eltern, daß die zwei, der Johann und 's Dirndl, gar so leicht taten miteinander. Da sagte der Kaufmann zu seiner Frau: »Es wär a Sünd, wenn ma sie nit heiraten liaßat.«

In kurzer Zeit ist die Hochzeit gewesen, und danach hat der Johann von seinem Vater das Geschäft übernommen.

Nach einigen Jahren, als die Ware rar geworden, mußte Johann auf Reisen gehn. Da sagte seine Frau zu ihm, er solle nicht nach Sizilien fahren, er solle nach Konstantinopel reisen. Sie gab ihm eine Fahne, die sollt er auf dem Schiff aufstecken, wenn er einstieg, und sollt lassen drei Kanonen abschießen, und wenn er ausstiege, auch wieder drei. Wie er nun in Konstantinopel ankam, da ließ er beim Aussteigen drei Kanonen abfeuern, und die Fahne war auch aufgesteckt. Das hatte aber ein Oberst gehört und gesehen und ging schnell zum Kaiser und meldete ihm, ein fremder Kaufmann hätte sich herausgenommen, was nur Seiner Majestät gebühre. Da befahl der Kaiser, den Kaufmann gefangenzunehmen und zu hängen.

Und in drei Tagen wurde Johann zum Galgen geführt. Seine Fahne wurde aber dabei mitgetragen. Viele Leute liefen nach, und dabei war auch eine vornehme Frau, die ging gleich hinter der Fahne und betrachtete sie. Sie sah, daß es eine schöne, künstliche Fahne war und aus Menschenhaut gemacht. Und mitten darin war was Weißes, und es kam ihr vor, wie wenn in dem weißen Fleck was geschrieben wär in türkischer Sprache. Wie nun der Zug schon ganz beim Galgen war, nahm die Frau ihr weißes Tüchl aus dem Sack und gab ein Zeichen damit. Jetzt, wie die Leute die Fahne betrachteten, sahen sie, daß in dem weißen Fleck richtig eine türkische Schrift eingeschlungen war, und die lautete: Der türkische Kaiser soll dem fremden Kaufmann ein ganzes Schiff voll von feinsten Samt und Seiden, und was sonst noch teure Waren sind, schenken, weil der Kaufmann dem türkischen Kaiser seine Tochter aus der Sklaverei losgekauft hat, und die Tochter ist jetzt dem fremden Kaufmann seine glückliche Frau.

Wie das der Oberst las, meldete er es dem Kaiser, da kam der selber und ließ den Kaufmann gleich freigeben, und statt dem Galgen hat er ein Schiff voll Waren zu schenken kriegt. Nun sagte aber der Oberst zum Kaiser, er würde doch seinen Schwiegersohn nicht lassen allein übers Meer fahren, wo's so viele Seeräuber gebe. Der Kaiser möcht ihm eine Kompanie Soldaten mit auf das Schiff geben, und wenn's ihm recht wär, so würde er, der Oberst, die kommandieren. Dem Kaiser war das recht, und der Oberst schiffte sich mit dem Kaufmann ein. Es ging ihm aber alleweil im Kopf herum, wie er hinter die Kaisertochter kommen und dem Sultan sein Schwiegersohn werden könnte. Und in einer Nacht, wie sie schon mitten auf dem Meere waren, rief er den Kaufmann und sagte, da wäre ein großes Meereswunder. Und als der Kaufmann über die Planken hinabschaute, da nahm ihn der Oberst bei den Füßen und stürzte ihn obenüber ins Meer hinab. Der Kaufmann ging im Wasser unter, wie ihn aber das Meer wieder hinaufwarf, da kam der Vogel Greif und trug den Kaufmann in sein Nest. Da war der Oberst froh, er dachte, der Vogel Greif trägt ihn seinen Jungen hin, die werden ihn schon auffressen.

Als der Oberst zu der Kaufmannsfrau kam und die ihn um ihren Herrn fragte, erzählte er ihr, es sei ein Unglück mit ihm geschehen, der Vogel Greif habe ihn fortgetragen. »Ich werde aber trachten, daß ich den Schaden gutmachen kann, und will Ihr Beschützer sein, und wenn Sie mich mögen, so können wir nach einer Weile auch heiraten.« Aber die Kaufmannsfrau sagte: »Das wird bei mir nicht so schnell gehen. Wir sind sieben Jahre verheiratet gewesen, ich will jetzt auch sieben Jahre um meinen Mann trauern.« Der Oberst mußte sich damit zufriedengeben.

Die sieben Jahre aber waren noch nicht ganz herum, da machte er schon Anstalten zum Heiraten. Als aber der Hochzeitstag kam und schon alles bereit war, da brachte der Vogel Greif den Kaufmann wieder zu seinem Hause und stellte ihn vor der Tür nieder. Der Mann ging in die Kuchl und setzte sich dort auf ein Bankl nieder. Die Haare waren ihm in den sieben Jahren lang gewachsen, und der Bart hing ihm bis mitten auf die Brust herab, der ganze Mensch hatte ein wildes Aussehen, so daß ihn niemand kannte.

Jetzt kommt die Braut in die Kuchl und schaut nach, ob wohl alles in der Richtigkeit ist. Und das weiße Pudele war hinter ihr, das ist die ganzen sieben Jahr nicht ein einziges Mal von ihr gewichen. Jetzt läuft's aber von ihr weg und zuhi zu dem Bettler, springt ihm auf den

Schoß, leckt ihm 's Gesicht und wack'lt mit dem Schweif. Da sagt die Braut: »Das ist doch merkwürdig, noch nie ist der Pudel von mir gewichen, und jetzt geht er von mir weg und zuhi zu dem Bettler!« – »Ja«, sagt der Bettler, »weil er mi kennt, weil i ihn gekauft han.«

Das schießt der Braut schnell ins Hirn, sie geht aus der Kuchl und läßt ein Bad richten. Der Bettler muß in das Bad, es werden ihm die Haare abgeschnitten und der Bart wegrasiert. Wie das alles geschehen ist, jetzt hat sie ihn erkannt, hat aber eine Freude gehabt und ihn gehalst und geküßt! Sie holt sein Bräutigamsgewand, das er vor sieben Jahren angehabt, und sagt: »Jetzt werden wir aber wieder unseren rechten Ehrentag feiern wie vor sieben Jahr.«

Der Oberst aber wurde gefangengenommen und auf dem Scheiterhaufen verbrannt, und der Vogel Greif, der dem Kaufmann sieben Jahre lang die Nahrung zugetragen hat, das war derselbe Tote, den Johann losgekauft hat.

(Österreich)

Von Tschechien nach Estland

Der starke Jura

$\mathcal{E}$s war einmal ein sehr reicher Bauer, und der hatte einen einzigen Sohn, an dem er große Freude hatte. Er sagte zu seiner Frau: »Pfleg mir das Kind gut, damit er stark wird und uns einmal eine Hilfe ist!«

Schon nach sieben Lebensjahren hätte das Söhnlein am liebsten immerzu gegessen und alles verfressen. Kaum warteten sie sein vierzehntes Lebensjahr ab, schon schickten sie ihn in die Welt, damit er sich eine Dienststelle suche. Er kam zu einem Bauern. Es war nur die Bäuerin zu Hause. Er fragte nach einem Dienst. Die Bäuerin antwortete: »Warte bis der Hauswirt kommt, der wird dich sicher aufnehmen!«

Sie gab ihm einen Laib Brot – den aß er gleich auf. Als der Hauswirt kam, gefiel ihm der Bursche sofort, er schien ihm tüchtig zu sein. Er fragte ihn, was er für ein Jahr Dienst haben wolle. Der Bursche antwortete: »Ich will nichts, nichts – nur was ich esse und was ich an Kleidern durchwetze.«

Als das die anderen Hauswirte erfuhren, kamen sie sofort bei dem Bauern zusammen, um zu sehen, was das für ein Knecht sei, der nicht um Geld dienen wollte. Der Knecht sagte wieder: »Ich werde für das dienen, was ich esse und durchwetze, und wenn ich von Euch weggehe, werde ich Euch drei Kopfstücke geben.«

Auf das wollte der Bauer nicht eingehen; er wolle ihm Geld geben, damit er nicht die Kopfstücke bekomme. Aber die Nachbarn sagten: »Tu so, wie er will, die drei Kopfstücke wirst du doch aushalten!«

Darauf stimmte er zu, und der Knecht blieb bei ihm im Dienst.

Vom Grafen kam die Anordnung, daß sie Herrenrobot leisten sollen und große Hölzer aus dem Wald in das Schloß zu fahren haben. In dieser Gemeinde konnte keiner solche Stämme fortfahren, und es war ein großes Strafgeld festgesetzt, wenn sie die nicht hinfahren würden. Der Knecht stand früh auf, fütterte die Pferde, und die Hauswirtin richtete ihm das Frühstück: sie kochte zwei Metzen Kartoffeln und buk ihm eine Metze Brot und schickte ihn so auf den Weg.

Als er in den Wald kam, hatte keiner von den Bauern die Holz-
stämme aufladen können. Der Knecht sprach: »Ihr Hauswirte, macht
mir Platz, so daß ich mit dem größten Holzstamm herausfahren
kann.«

Als er zu dem größten Stamm kam, schlug er die Axt hinein und
legte ihn allein auf den Wagen. Dann knallte er mit der Peitsche nach
den Pferden, aber die konnten den Wagen nicht einmal bewegen. Er
schob mit einer Hand an – und sie fuhren ihn weg wie nichts.

Die Frauen schauten aus, wer als erster gefahren kommt, und sahen,
daß der, der zuletzt ausgefahren war, jetzt als erster kam. Als er den
Stamm zur Gräfin gefahren hatte, bekam er hundert Dukaten. Die
Gräfin sagte zu ihm: »Mein Sohn, da hast du ein Trinkgeld, den Lohn
soll sich der Hauswirt holen.«

Als er heimkam, gab er das Geld dem Hauswirt, damit er dafür
Getreide und Brot kaufe. Der Bauer wäre ihn gern losgeworden, aber
er fürchtete sich vor den drei Kopfstücken. Er schickte ihn in den Wald
um Holz und ordnete an, daß ihm kein Essen vorbereitet werde, wenn
er heimkommt. Der Knecht kam nach Hause gefahren, die Hauswirtin weinte: ihr seien die Schlüssel in den Brunnen gefallen. Der
Brunnen war tief, aber der Knecht kletterte trotzdem gleich hinunter.
Der Hauswirt hatte mit den andern Bauern zusammen Steine bereit-
gelegt. Als der Knecht da hinunterkletterte, wollten sie ihn mit den
Steinen erschlagen. Er schrie von unten herauf: »Hauswirt, scheucht
die Hühner fort, damit sie nicht den Sand auf mich herunterwer-
fen!«

Der Bauer erschrak und schickte alle Nachbarn weg. Als der Knecht
keine Schlüssel fand, kletterte er aus dem Brunnen heraus, er lehnte
sich nur an die Speisekammertür, und gleich war die Kammer offen.
Das Essen wurde sofort bereitet, und alles war in Ordnung.

Nach dem Essen luden sie Korn auf den Wagen, und der Hauswirt
befahl ihm, es in eine Mühle zu fahren, in der niemand mahlen ließ
und wo nur lauter böse Geister hausten. Der Knecht fuhr hin, und als
er in die Mühle kam, begrüßten ihn gleich die bösen Geister: »Wo
kommst denn du her? Wie stark bist du denn?«

Der Knecht wollte das Getreide hineintragen, aber sie sagten: »Das tragen dir doch die Gesellen, du hast es nicht nötig, es zu tragen. Komm, da hast du eine Fünf-Viertel-Truhe mit Geld; wenn du sie heben kannst, gehört sie dir.«

Der Knecht sagte: »Zuerst mußt du sie heben, damit ich es bei dir sehe!«

Der böse Geist hob sie eine viertel Elle hoch und der Knecht eine halbe Elle. Der böse Geist sagt: »Das ist noch nicht genug, du sollst noch den Mühlstein hochwerfen.«

Der Knecht antwortete: »Zuerst mußt du ihn hochwerfen, damit ich sehe, wie stark du bist.«

Der böse Geist warf den Stein in die Höhe – und der blieb fünf Minuten oben. Der Knecht warf ihn – und sie mußten eine halbe Stunde warten, bis er zur Erde fiel. Als er das getan hatte, war das Mehl gemahlen und alles auf den Wagen geladen, auch die Truhe mit dem Geld. Als er zum Haus herangefahren kam, schrie die kleine Tochter des Bauern: »Der Knecht fährt von der Mühle heim, nicht einmal die bösen Geister dort wollen ihn!«

Der Knecht fuhr nach Hause und sprach: »Hauswirt, da habt Ihr Geld für Brot und wozu Ihr es sonst noch braucht.«

Mehl und Geld luden sie ab, und der Hauswirt sagte zu seiner Frau: »Weib, gib ihm nur was er will, denn wir haben genug Geld.«

Noch einmal schickte er ihn in diese Mühle, aber der Knecht spielte dort den bösen Geistern wieder einen Streich. Er warf den Mühlstein einige Male in die Höhe, und einmal warf er ihn so kräftig, daß sie zwei Stunden warteten, und der Stein fiel noch immer nicht herunter. Dann luden sie ihm das Mehl auf, und der Knecht fuhr heim. Als er heimkam, lag der Mühlstein vor dem Pferdestall, so weit hatte er ihn geworfen. Der Knecht stieß ihn mit dem Fuß an und sagte zu sich: »Du liegst hier gut, wir haben da viel Dreck.«

Der Bauer wäre ihn gern los gewesen, aber er fürchtete sich vor seinen drei Kopfstücken. Die Tochter bat: »Jurek, erlaß meinem Väterchen die Kopfstücke!«

Er sagt: »Das kann ich nicht machen; eines erlasse ich ihm, aber die andern kann ich ihm nicht schenken!«

Die Tochter bat ihn: »Wenn du ihm schon eines geschenkt hast, so erlasse ihm auch die zwei anderen.«

Der Jurek sprach: »Nun, weil du seine Tochter bist, tu ich es um deinetwillen und erlasse ihm auch die zwei anderen!«

Der Bauer freute sich sehr und wollte ihm von dem Geld geben, so viel er sich nehmen wolle, aber der Jurek sprach: »Laßt mir von dem Geld eine Flinte machen, vier Zentner schwer, und einen Beutel von acht Zentnern. Wenn das fertig sein wird, gehe ich von Euch fort.«

Der Bauer säumte nicht und ließ das sofort für ihn machen. Als es fertig war, nahm sich der Jurek Geld mit auf den Weg und eilte in die Welt. Er ging auf der Straße, traf einen Wanderer und fragte ihn: »Wohin gehst du?«

Der Wanderer sagt: »In die Welt.«

Der Jurek fragte: »Was für ein Handwerker bist du?«

Der Wanderer antwortete: »Kürschner.«

Der Jurek fragt: »Wie stark bist du?«

Der Kürschner sagt: »Ich kann einen Hundert-Zentner-Hammer heben und mit ihm auf die Häute schlagen.«

Der Jurek sprach: »Wenn du so stark bist, dann komm mit mir – wir werden zu zweit sein.«

Sie gingen zusammen ein Stück weiter, da trafen sie einen zweiten Wanderer und fragten ihn: »Was für ein Handwerker bist du?«

Er antwortete: »Schuster!«

Der Jurek fragte: »Wie stark bist du?«

Der Schuster sprach: »Ich bin stark genug: meine Zange ist vier Pfund schwer und meine Ahle ein halbes Pfund, auch dreiviertel – wie es sich gibt. Das habe ich bei mir. Mein Schustermesser wiegt dreißig Pfund, das muß groß sein, weil die Häute dick sind.«

Der Jurek sagt zu ihm: »Wenn wir also drei Starke sind, dann wollen wir miteinander gehen.«

Sie gingen und kamen in einen Wald. In dem Wald war ein Schloß, und in dem Schloß war nichts, nur genug zu essen und zu trinken. Sie aßen sich satt und tranken sich voll und schliefen sich aus. Und am anderen Tag ging der Jura mit dem Kürschner auf Hasenjagd. Der Schuster kochte zu Hause. Als er anfing, Holz zu spalten, kam ein Kerl zu ihm und bat ihn um Suppe. Der Schuster sprach: »Komm erst her und spalte Holz, und dann gebe ich dir Suppe!«

Der Kerl wurde wild und zerkratzte den Schuster von oben bis unten. Der Jurek kam von der Jagd, sah den Zerschundenen und fragte: »Was hast du da gemacht? Du bist ganz zerschunden!«

Der Schuster antwortete: »Beim Holzspalten habe ich mich bekratzt.«

Am andern Tag blieb der Jurek beim Kochen, und die andern zwei gingen einen Hasen jagen. Seine schwere Flinte mußten sie wälzen, und den Beutel trugen die zwei gemeinsam. Sie stellten sie unter eine Buche, und dort schliefen sie. Als sie meinten, daß das Essen fertig ist, gingen sie nach Hause und brachten nichts Erlegtes mit. Der Jura fragte: »Warum ist die Flinte so verdreckt?«

Der Schuster antwortete: »Wir haben sie zu einer Buche gestellt, sie ist uns umgefallen und schmutzig geworden.«

Der Jura sagt zu dem Schuster: »Gestern hast du erzählt, das Holz hätte dich bekratzt – und mir ist nichts geschehen. Die Wahrheit ist – es kam ein Kerl her und bat um Suppe. Die Suppe habe ich ihm gegeben – das Fleisch werden wir ihm hintragen. Mit einem ordentlichen Stock werden wir ihm den Tisch decken.«

Sie machten sich gleich auf und gingen dem Kerl nach. Er war in dem Schloß, und der Jura fragte ihn: »Was machst du da?«

Der Kerl antwortete: »Ich bin hier als Wache, drei verwunschene Prinzessinnen habe ich in meiner Gewalt.«

Der Jura fragte: »Wo halten sie sich auf?«

Der Kerl antwortet: »Dort in der dunklen Stube.«

Der Jura befahl: »Komm, zeig uns, wo das ist, denn hier ist alles dunkel.«

Der Kerl führte sie dorthin, der Jura zündete ein Licht an und sah alle drei Prinzessinnen. Neben jeder stand ein böser Geist. Jura fragte den ersten: »Gibst du mir diese Prinzessin, oder gibst du sie mir nicht?«

Der böse Geist antwortete: »Ich gebe sie dir nicht!«

Der schwarze Kerl redete ihm zu: »Gib sie ihm, sonst geht es dir schlecht, so wie es mir schlecht ergangen ist!«

Aber der böse Geist gab sie ihm doch nicht. Als er sie ihm nicht gab, packte ihn der liebe Jura und schlug ihn nieder, daß er den Fußboden durchbrach. Eine Prinzessin hatte er nun befreit, und er bekam von ihr einen kleinen Mond. Er ging zur zweiten und fragte den bösen Geist: »Gibst du mir diese Prinzessin, oder gibst du sie mir nicht?«

Als der zweite böse Geist sah, was dem ersten geschehen war, gab er sie im guten her. Sie gab dem Jura eine kleine Sonne. Der Jura ging zum dritten: »Gibst du mir diese Prinzessin, oder gibst du sie mir nicht?«

Der wollte sie ihm nicht geben: er könne angeblich nicht. Der Jura wurde zornig und gab ihm sofort ein solches Kopfstück, daß ihm der böse Geist gern die Prinzessin herausgab. Sie gab ihm ein Sternlein.

Als alle drei Prinzessinnen befreit waren, machten sie sich auf und gingen von hier weg mit dem Kürschner und dem Schuster. Der Jura hielt sich noch mit dem bösen Geist auf: der ließ es immer wieder dunkel werden, aber der Jura schleppte ihn an den Haaren herum, so daß er es gleich wieder hell werden ließ! Als er in die Stube kam, sah er weder seine Gefährten noch die Prinzessinnen. Er nahm seine Flinte auf und den Beutel und ging traurig weg. Der böse Geist bat ihn: »Ich möchte mit dir gehen!«

Jura antwortete: »Ich mag dich nicht, weil du schlecht bist. Wer würde mit dir gehen?«

Der böse Geist sagte: »Ich kann nicht allein dableiben. Du mußt mich mit dir nehmen!«

Jura sprach: »Na, also komm. Aber weil du so scheußlich bist, werde ich doch nicht mit dir zusammen gehen; kriech in meine Flinte.«

Als der böse Geist in die Flinte gekrochen war, gingen sie von hier fort und kamen in die Königsstadt. Sie gingen eine Gasse entlang, da war ein Goldschmied, der hätte gern einen guten Gesellen gefunden, der einen kleinen Mond, eine kleine Sonne und ein Sternlein machen könnte. Der Jura bot sich ihm als Geselle an, obwohl er seiner Lebtag kein Goldschmied gewesen war. Als er in die Stube trat, verlangte er gleich etwas zu essen. Der Goldschmied brachte ihm Brot, gab ihm ein Viertel voll Bohnen und fragte ihn, wieviel Gold er für einen kleinen Mond brauche. Jura antwortete: »Zweieinviertel Pfund wird genügen, und in drei Tagen wird der kleine Mond fertig sein!«

Der Goldschmied beschaffte ihm das Gold, aber der Jura arbeitete nichts. Als drei Tage verstrichen waren, putzte der Jura den kleinen

Mond, den er von der ersten Prinzessin bekommen hatte. Als er damit fertig war, eilte er zum Meister, damit der ihn zum König trage für die Prinzessinnen. Als der König den kleinen Mond erblickte, lobte er den Goldschmied: er verstehe es, so eine saubere Arbeit zu machen. Der Goldschmied bekannte ehrlich, sein Geselle habe das gemacht. Also ließ der König dem Gesellen sagen, er solle sich sein Trinkgeld holen kommen. Der Goldschmied richtete das dem Gesellen mit Freude aus, aber der Jura antwortete: »Warum sollte ich zu ihm gehen, er hat zu mir den gleichen Weg wie ich zu ihm!«

Der König ließ für die zweite Prinzessin eine kleine Sonne machen, und der Goldschmied fragte den Gesellen, wieviel Gold er dafür brauche. Der Jura antwortete: »Fünf Pfund Gold wird genügen, und in fünf Tagen wird die kleine Sonne fertig.«

Der Jura machte wieder nichts, aber als die fünf Tage verstrichen waren, putzte er die kleine Sonne, die er von der zweiten Prinzessin hatte und schickte sie mit dem Goldschmied zum König. Der König hatte darüber eine ungeheure Freude und ließ dem Gesellen wieder sagen, er solle sich das Trinkgeld holen. Aber der Jura ging wieder nicht. Für die dritte Prinzessin ließ der König ein Sternlein machen, und der Goldschmied fragte den Gesellen, wieviel Gold er für das Sternlein brauche. Der Jura sagte: »Drei Pfund Gold wird genügen, und in drei Tagen ist das Sternlein fertig.«

Der Goldschmied brachte das Gold, und der Jura machte wieder nichts. Aber als die drei Tage verstrichen waren, putzte er das Sternlein, das er von der dritten Prinzessin bekommen hatte, und sandte es dem König. Der König war sehr zufrieden: für den Gesellen gäbe es ein Trinkgeld, das groß genug sei. Aber er wollte es nicht holen, damit der König selbst zu ihm komme. Weil der Jura nicht zum König gehen wollte, fuhr der König mit seinen Prinzessinnen in der Kutsche zum Goldschmied. Als sie kamen, schlief der Geselle noch, und als ihn der Goldschmied weckte, sprach er: »Bis hierher soll er zu mir kommen, ich werde nicht zu ihm hinkriechen!«

Der König wurde zornig. »Was ist das für einer, daß ich ihm überallhin nachlaufen soll?« Aber er ging doch, um ihn kennenzulernen.

Als der König mit den Prinzessinnen zu ihm in die Stube trat, knöpfte sich der Jura erst seine Hosen zu. Als die Prinzessinnen ihn erblickten, erkannten sie ihn sofort: er war der, der sie befreit hatte, und gleich hatten sie es eilig, mit dem lieben Jura zur Burg zu kommen. Als der Jura sich in die Kutsche setzte, brachen die Räder, und sie mußten in eine stärkere Kutsche steigen, und so brachten sie den Jura auf die Burg.

Als sie auf die Burg gefahren waren, wollte der König gern einen Schuß aus der Flinte hören. Der Jura schüttete drei Pfund Pulver auf, und als er schoß, zersprangen in der ganzen Stadt die Fenster, der Kirchturm fiel um, und die eine Prinzessin sah den bösen Geist aus der Flinte fliegen und zeigte ihn auch gleich ihrem Vater. Als sie in die Stube gingen, ging der Jura voraus, trat auf die Stufe, und gleich zerbrach sie. Der Jura sagte: »Geht Ihr voraus, ich würde alles zerbrechen.«

Sie gingen voraus, und er ging ihnen nur sachte nach. Sie kamen in die Stube, er hängte seine Flinte und den Beutel an ein Gestell, aber das brach zusammen. Der Jura rief aus: »Ist denn bei Euch das alles so schwach?«

Der König befahl sofort, alles aus starkem Holz zu machen, und dann wurde ein großes Gastmahl vorbereitet. Auch der Schuster und der Kürschner saßen hinter dem Tisch, und der Jura schaute überaus traurig auf sie, denn sie hatten ihn betrügen wollen. Als das Essen vorüber war, packte der Jura die beiden, und er beutelte sie so, daß von ihnen nur Asche und Staub übrigblieb.

Dann nahm er eine Prinzessin zur Gemahlin, und nach dem Tod des alten Königs wurde er selbst König.

(Tschechien)

Der Schafhirte und der Drache

Es war ein Schafhirt, und als Schafhirt weidete er Schafe. Wenn er die Schafe weidete, blies er sich gewöhnlich eins auf seiner Hirtenpfeife oder lag auf dem Boden und sah in den Himmel, zu den Bergen, auf die Schafe und auf den grünen Rasen.

Eines Tages – es war im Herbst, zu der Zeit, wo die Schlangen in die Erde schlafen gehen – lag der liebe Schafhirte auf dem Boden, den Kopf auf den Ellbogen gestützt, und schaute vor sich hin den Berg hinab. Da sah er sein Wunder. Eine große Menge Schlangen kroch von allen Seiten an den Felsen heran, der gerade vor ihm stand. Als sie bei dem Felsen angekommen, nahm jede Schlange ein Kraut, das dort wuchs, auf die Zunge und berührte mit dem Kraut den Felsen. Dieser öffnete sich, und eine Schlange nach der andern verschwand im Felsen.

Der Schafhirt erhob sich vom Boden, befahl seinem Hund Dunaj, die Schafe zu weiden, und ging zu dem Felsen. »Muß doch sehen«, dachte er bei sich, »was das für ein Kraut ist, und wohin die Schlangen kriechen!« Es war ein Kraut, er kannt es nicht. Als er's aber abriß und den Felsen damit berührte, öffnete sich der Felsen auch ihm.

Er ging hinein und befand sich in einer Höhle, deren Wände von Gold und Silber strahlten. In der Mitte der Höhle stand ein goldener Tisch. Auf dem Tisch lag, kreisförmig in sich gewunden, eine ungeheure alte Schlange. Um den Tisch herum lagen lauter Schlangen, alle schliefen so fest, daß sie sich nicht rührten, als der Schafhirt eintrat.

Dem Schafhirten gefiel die Höhle, solang er in ihr herumging. Dann bekam er Langeweile, erinnerte sich an die Schafe und wollte zurück. Er dachte bei sich: »Hab gesehn, was ich wollte, will jetzt gehen.« Es war leicht zu sagen: »Will jetzt gehn« – aber wie hinaus? Der Felsen hatte sich hinter dem Schafhirten geschlossen, als er in die Höhle trat; der Schafhirt wußte nicht, was zu tun, was zu sprechen war, damit sich ihm der Felsen öffne, und so mußte er in der Höhle bleiben.

»Nun, wenn ich nicht hinauskann, will ich schlafen«, sagte er, hüllte sich in seine wollene Kotze, legte sich auf den Boden und schlief ein.

Es schien ihm, daß er nicht lange geschlafen, als ihn ein Rauschen und Flüstern weckte. Er blickte um sich und meinte, daß er in seiner Hütte schlafe. Da sieht er über sich, um sich die strahlenden Wände, den goldenen Tisch, auf dem Tisch die alte Schlange und um den Tisch Schlangen um Schlangen, die den goldenen Tisch lecken und zwischendurch fragen: »Ist's schon Zeit?« Die alte Schlange läßt sie reden, bis sie langsam den Kopf erhebt und sagt: »'s ist Zeit!«

Als sie dies gesprochen, streckte sie sich vom Kopf bis zum Schwanz wie eine Rute, kroch vom Tisch auf den Boden und schlängelte sich zum Eingang der Höhle. Alle Schlangen krochen ihr nach.

Der Schafhirt streckte sich gleichfalls, wie sich's gehört, gähnte, stand auf und ging den Schlangen nach. Er dachte bei sich: »Wo sie gehen, will ich auch gehen.« Es war leicht zu sagen: »Will ich auch gehen« – aber wie?

Die alte Schlange berührte den Felsen, der öffnete sich, und die Schlangen, eine nach der andern, schlüpften hinaus. Als die letzte Schlange draußen war, wollte auch der Schafhirt hinaus, jedoch der Felsen schloß sich ihm vor der Nase, und die alte Schlange zischte ihm mit pfeifendem Ton zu: »Du, Menschlein, mußt dableiben!«

»Je, was sollt ich da bei Euch machen? Gesellschaft habt Ihr keine, und schlafen werd ich nicht in einem fort. Laßt mich hinaus, ich hab die Schafe auf der Weide und daheim ein schlimmes Weib, das mich auszanken wird, käm ich nicht zur Zeit nach Hause«, sagte der Schafhirt. »Du darfst nicht von hier, bevor du nicht einen dreifachen Eid ablegst, daß du niemandem sagst, wo du gewesen, und wie du zu uns gekommen«, pfiff die Schlange. Was sollte der Schafhirt tun? Gern schwor er einen dreifachen Eid, nur um hinauszukommen. »Hältst du aber den Eid nicht, wird's dir schlimm ergehen!« drohte die alte Schlange, als sie den Schafhirten hinausließ.

Doch welche Verwandlung draußen. Dem Schafhirten begannen vor Schreck die Knie zu zittern, als er sah, wie sich die Jahreszeit verändert hatte, daß anstatt Herbst Frühling war. »O ich Ärmster, was hab ich getan, daß ich den Winter im Felsen verschlief! Je, je, wo find ich meine Schafe, und was wird mein Weib sagen!« So wehklagte er, indes er traurig zu seiner Hütte hinaufschritt.

Er sah von weitem sein Weib, das mit irgend etwas beschäftigt war. Noch nicht vorbereitet auf ihre Vorwürfe, versteckte er sich in einer Hürde. Als er in der Hürde saß, sah er, daß ein hübscher Herr zu seinem Weib trat, und er hörte, daß er sie fragte, wo sie ihren Mann habe.

Das Weib begann zu weinen und erzählte, wie eines Tages im Herbst der Hirt die Schafe auf die Weide getrieben und nicht wiedergekommen sei. Der Hund Dunaj habe die Schafe gebracht, der Schafhirt aber, der sei dahin. »Vielleicht haben ihn die Wölfe gefressen«, schloß sie, »vielleicht auch die Kobolde in Stücke zerrissen.« – »Weine nicht!« rief ihr der Schafhirt aus der Hürde zu. »Ich bin am Leben, mich haben nicht die Wölfe gefressen noch die Kobolde in Stücke zerrissen, ich hab den Winter in der Hürde verschlafen.« Allein das bekam dem Schafhirten übel.

Sobald sein Weib die Worte vernommen, hörte sie auf zu weinen und fing an zu zanken: »Daß dich das Wetter, du fauler Schlingel! Bist du ein ordentlicher Mensch? Bist du ein Schafhirt? Empfiehlt die Schafe dem lieben Herrgott, legt sich in die Hürde und schläft wie die Schlangen im Winter!«

Der Schafhirt gab seinem Weib im stillen recht; weil er aber nicht verraten durfte, was mit ihm vorgegangen, schwieg er und muckste nicht. Der schöne Herr aber sagte zu dem Weib, ihr Mann habe nicht in der Hürde geschlafen, er sei woanders gewesen, und wenn ihm der Schafhirte seine Frage beantworte, wolle er ihm viel Geld geben. Das Weib giftete sich furchtbar über ihren Mann, daß er sie belogen, und wollte mit aller Gewalt wissen, wo er gewesen war. Der schöne Herr aber schickte sie fort und versprach ihr Geld, wenn sie schweige. Er selbst gedachte den Schafhirten zu packen.

Als das Weib sich entfernt hatte, nahm der schöne Herr seine natürliche Gestalt an, und da sah der Schafhirt einen Zauberer aus den Bergen vor sich stehen. Er erkannte ihn, weil der Zauberer drei Augen im Kopf hatte. Der Zauberer war ein gewaltiger Mann, er konnte sein Äußeres nach Belieben wechseln, und wer sich ihm widersetzt hätte, den hätte er zum Beispiel in einen Widder verwandelt.

Der Schafhirt erschrak entsetzlich vor dem Zauberer. Er hatte noch größere Furcht vor ihm als vor seinem Weib. Der Zauberer fragte ihn, wo er gewesen, was er gesehen. Der Schafhirt erbebte bei der Frage. Was sagen? Er fürchtete sich vor der alten Schlange und vor dem Eidbruch, und vor dem dreiäugigen Zauberer fürchtete er sich auch.

Als ihn aber der Zauberer zum drittenmal fragte, und zwar mit furchtbarer Stimme, wo er gewesen und was er gesehen, und als seine Gestalt, wie es ihm schien, immer größer und größer wurde – da vergaß der Schäfer den Eidschwur. Er bekannte, wo er gewesen und wie er in den Felsen gekommen war. »Gute«, sprach der Zauberer, »jetzt komm mit mir, und zeig mir den Felsen und das Kraut!« Der Schafhirt mußte mitgehen.

Als sie zu dem Felsen kamen, riß der Schafhirt das Kraut ab, legte es auf den Felsen, und der Felsen öffnete sich. Der Zauberer wollte aber nicht, daß der Schafhirt hineinging, noch ging er selbst weiter, sondern er zog ein Buch hervor und begann daraus zu lesen. Der Schafhirt wurde blaß vor Angst.

Da erzitterte auf einmal die Erde, aus dem Felsen ließ sich ein Zischen und Pfeifen hören, und heraus kroch ein riesiger Drache, in welchen sich die alte Schlange verwandelt hatte. Aus dem Rachen loderte Feuer, der Kopf war riesengroß, mit dem Schwanz schlug er links und rechts, und berührte er dabei einen Baum, so schmetterte er ihn nieder.

»Wirf ihm das Halfter um den Hals!« befahl der Zauberer, indem er dem Schafhirten eine Art Zaum reichte, ohne die Augen vom Buch abzuwenden. Der Schafhirt nahm den Zaum, fürchtete sich aber, sich dem Drachen zu nähern. Erst als ihm der Zauberer zum zweiten und dritten Male gebot, war er bereit zu gehorchen.

Doch ach, der arme Schafhirt! Der Drache drehte sich hin und her, und ehe sich's der Schafhirte versah, saß er auf des Drachen Rücken, und der Drache flog mit ihm in die Luft empor. In dem Augenblick wurde es pechfinster; nur das Feuer, das der Drache aus Rachen und Augen spie, leuchtete auf dem Weg. Die Erde zitterte, die Steine kollerten von den Bergen in die Täler. Zornig schlug der Drache mit seinem Schwanze links und rechts, und rechts und links, und die Buchen, die Tannen, die er traf, zerbrachen wie Gerten – und er sprudelte so viel Wasser nieder, daß es von den Bergen strömte, dem Wagfluß gleich. Das war etwas Schreckliches, schier Entsetzliches – der Schafhirt war halb tot.

Allmählich aber schien sich die Wut des Drachen zu verringern; er schlug nicht mehr mit dem Schwanze, er sprudelte kein Wasser, er spie kein Feuer mehr. Der Schafhirt kam zur Besinnung und meinte, der Drache werde ihn hinunterlassen. Doch dieser hatte nicht genug, er wollte den Schafhirten noch ärger strafen. Höher und immer höher stieg der Drache in die Luft, beständig höher und höher, bis dem Schafhirten die riesigen Berge und Wälder wie Ameisenhaufen erschienen, und immer noch höher stieg er, und als der Schafhirt nichts als Sonne, Sterne und Wolken erblickte, blieb der Drache mit ihm in der Luft hangen.

»Je, je, du lieber Gott, was fang ich an! Da hang ich in der Luft. Springe ich hinunter, schlag ich mich tot, und in den Himmel hinauf kann ich nicht fliegen«, wehklagte der Schafhirt und begann bitter zu weinen. Der Drache muckste nicht. »O Drache, großmächtiger Herr Drache, habt Erbarmen mit mir!« bat er. »Fliegt mit mir wieder hinunter! Mein Lebtag will ich Euch nie mehr in Zorn bringen!« Ein Stein hätte sich über den armen Schafhirten erbarmt; der Drache aber schnaubte und geiferte, sprach nicht eine Silbe und rührte sich auch nicht.

Da schlägt auf einmal ans Ohr des Schafhirten Lerchengesang. Der Schafhirt freute sich. Näher und näher flog die Lerche zu ihm, und als sie über ihm schwebte, bat sie der Schafhirt: »O Lerche, du gottgefälliges Vöglein, ich bitte dich, flieg zum himmlischen Vater, und klag ihm meine Not! Sag ihm, daß ich ihn schön grüßen lasse und um seine Hilfe fleh!«

Die Lerche flog zum himmlischen Vater und richtete die Bitte des Schafhirten aus. Und der himmlische Vater erbarmte sich über den Schafhirten, schrieb etwas mit goldner Schrift auf ein Birkenblatt, steckte das Blatt der Lerche in den Schnabel und befahl ihr, es auf das Haupt des Drachen niederzulassen.

Die Lerche flog, ließ das Blatt, das mit goldner Schrift beschrieben, auf des Drachen Haupt fallen, und in dem Augenblick stieg der Drache mit dem Schafhirten zur Erde hinab.

Als der Schafhirt zur Besinnung kam, sah er, daß er bei seiner Hütte stand, sah den Hund Dunaj, wie er die Schafe weidete, nahm's Betglöcklein wahr – und die Geschichte ist alle.

(Slowakei)

Der Tod und die Alte

Es war einmal, der Himmel weiß wo, irgendwo hoch über dem ope-
renzianischen Meer, weit über den gläsernen Bergen, dort wo der
hinfällige und baufällige Kamin stand, daran weder Mauer noch
Schlot mehr war, der noch aufrecht stand, wo er nicht schon zusammengefallen war, und zusammengefallen war, wo er nicht noch stand,
ganz dicht neben dem kahlen Such-nicht-und-weiß-Teufelsberg, da
war einmal ein Fluß, am Ufer des Flusses eine alte, hohle Weide, an
jedem Ast der Weide ein zerlumpter und zerfetzter Weiberrock und in
jedem Winkelchen und Fältelchen jedes Weiberrockes je eine Herde
von Flöhen – und wer mir nicht aufmerksam zuhört, soll der Hirt von
dieser Herde Flöhe sein. Wenn er aber auch nur einen entspringen
läßt, soll er dem schrecklichen Blutdurst der Flohherde preisgegeben
und von ihr zu Tode gezwickt werden.

Es war also einmal, der Himmel weiß wo, irgendwo auf der Welt
war einmal eine ururalte Frau, die war älter als die Landstraße und
länger auf der Welt als der Gärtner von unserem alten Herrgott. Diese
Alte war schon so alt, daß sie kaum mehr vernünftig reden konnte, und
doch war es ihr noch gar nie in den Sinn gekommen, daß ja endlich
einmal auch an das Sterben die Reihe kommen müsse; aber statt dessen arbeitete und hetzte sie sich den ganzen Tag ab und war immerfort
in der Wirtschaft rührig und auf den Beinen, sprang und stolperte,
kehrte und kramte immer herum und hätte am liebsten die ganze Welt
in sich gepfropft und hatte doch niemanden auf der ganzen Welt, nicht
so jemanden wie meine Faust. Es sah aber dann auch danach aus, denn
zuletzt hatte sie sich so herausgemausert und herausstaffiert, daß es
eine Pracht war; da war aber auch rein alles im Hause, da war eine
kleine Axt, eine große Axt, alles, alles.

Einmal aber machte der Tod mit seiner Kreide auch durch ihren
Namen einen Strich und ging auch richtig zu ihr hin, um sie mitzunehmen. Aber der Alten tat es leid, die schöne Wirtschaft so stehen-
zulassen, und so bat sie also den Tod und lamentierte gar sehr, er möge
sie doch noch ein Weilchen leben lassen und ihr nur noch zehn Jahre

zugeben und nicht mehr, oder wenigstens fünfe, oder zum allerwenigsten ein Jahr. Der Tod aber wollte durchaus nicht nachgeben und sagte: »Mach dich schnell zusammen und dann komm. Kommst du nicht im guten, so schlepp ich dich mit Gewalt fort.«

Aber die Alte ließ sich nicht herumkriegen, sie bat und flennte, er möge ihr nur noch ein wenig Zeit schenken, und wenn es auch gleich nicht viel wäre. Der Tod aber wollte nichts davon hören. Doch zuletzt hatte ihm die Alte so viel vorlamentiert und vorgeflennt, daß er schließlich sagte: »Nun, meinetwegen, ich gebe dir also drei Stunden.« – »Das ist viel zuwenig«, sagt die Alte, »aber nimm mich nicht heute mit, sondern verschieb es lieber auf morgen.« – »Das geht nicht.« – »Vielleicht geht es doch!« – »Nein, das geht einmal nicht.« – »Geh, sei doch nicht so!« – »Na, wenn du schon deinen Narren an diesem Tag gefressen hast, also meinetwegen.« – »Dann möchte ich dich noch bitten, daß du . . . nun dingsda . . . daß du mir das also hier auf die Tür schreibst, daß du erst morgen kommst . . . ich bin wenigstens beruhigt, wenn ich die Schrift auf der Tür sehe.«

Der Tod wollte nicht noch mehr Zeit vertrödeln und stritt sich daher nicht weiter herum, sondern nahm die Kreide aus dem Sack und schrieb auf die Tür oben hinauf »morgen«, und damit ging er seinen Geschäften nach.

Am anderen Tag nach Sonnenaufgang kam der Tod zur alten Frau, fand sie aber noch in den Federn. »Also folge mir jetzt!« sagt der Tod.

»Sachte, sachte! Schau nur erst nach, was auf der Tür steht.« Der Tod schaut hin und sieht dort nur das eine Wort: morgen. »Nun gut! Morgen komme ich aber auch ganz gewiß!« Damit machte er sich auf die Beine. Richtig hielt er auch Wort und kam am folgenden Tag wieder zur alten Frau, die noch schön warm im Bette lag. Doch auch dieses Mal konnte er nichts ausrichten, denn die Alte zeigte wieder nur auf die Tür, wo nur das eine Wort stand: morgen.

So ging das eine Woche lang fort, aber endlich wurde dem Tode der Spaß denn doch zu dick, und so sagte er also am siebenten Tag zur Alten: »Jetzt wirst du mich aber nicht mehr drankriegen! Ich brauche meine Kreide und nehme sie jetzt mit!« Und mit diesen Worten löschte er die Schrift auf der Tür schön aus. »Morgen aber, paß gut auf, also morgen komme ich wieder und führe dich mit mir!«

Hierauf ging der Tod fort. Der Alten aber blieb der Mund nur so offen; denn jetzt sah sie, daß es morgen Ernst sein werde und daß sie dann sterben müsse, ob sie nun wolle oder nicht. Da wurde ihr angst und bange, daß sie zitterte wie ein Stück Sülze.

Als es nun gar erst Morgen wurde, da kannte sie sich vor lauter Furcht kaum mehr aus und hätte sich vor dem Tod mit Vergnügen auch in eine leere Flasche verkrochen, wenn das nur gegangen wäre. So aber zerbrach sie sich den Kopf darüber, wohin sie sich nur verstecken könnte, um sicher zu sein. In der Kammer hatte sie ein Faß mit Tropfhonig stehen, in das setzte sie sich also zuletzt hinein, so daß nur Mund, Nase und Augen herausschauten. »Wie aber, wenn er mich auch hier findet? Es wird am besten sein, ich krieche ins Bett zwischen die Flaumen.«

So kam sie denn wieder aus dem Honig heraus und kroch in das Bett zwischen die Flaumen; doch auch hier hielt sie's nicht lange aus, und so kroch sie auch hier wieder hervor, um sich ein besseres Versteck zu suchen. Gerade wie sie sich aus den Federn herausarbeitet, kommt der Tod, der sich nicht vorstellen konnte, was Gottes Wunder das Unding da sei, und einen so gewaltigen Schreck in die Glieder bekam, daß ihm beinahe das kalte Fieber in den Leib gefahren wäre. Er lief also in seiner Furcht auf und davon, so daß er sich vielleicht bis auf den heutigen Tag der Alten nicht wieder in die Nähe getraut hat.

(Ungarn)

Der goldene Ballon

*E*s war einmal ein Königssohn, der hatte eine wunderschöne Schwester. Die hatte er so lieb gewonnen, daß er sich mit ihr vermählen wollte. Sie aber erkannte das sündige Vorhaben ihres Bruders und bat ihn, er möge zuerst auf ein Jahr eine Reise antreten und fremde Länder besuchen.

Als der Bruder fort war, befolgte die Königstochter einen Rat ihrer Hofmeisterin. Sie ließ alles Silber und Gold, das sich im Palast befand, einschmelzen und einen großen Ballon daraus anfertigen. Mittendrin

befand sich ein kleines Zimmer für sie selbst. Ein gewandter Goldschmied hatte den Ballon gegossen, und man brachte ihn ins Schloß.
Die Königstochter nahm für ein Jahr Vorräte mit sich, schloß sich im
Ballon ein und ließ sich aufs offene Meer stoßen. Zum Atmen hatte sie
ein kleines Fensterchen. Sie blieb in dem Ballon einige Monate hindurch.

Es begab sich aber, daß ein junger König auf einem Schiff übers
Meer fuhr. Als er etwas im Sonnenlicht auf dem Wasser funkeln sah,
wurde er neugierig und schickte seine Leute in einem Boot hinter dem
Ballon her. Unter großen Mühen gelang es ihnen auch, des Ballons
habhaft zu werden. Sie schafften ihn auf ihr Boot, fuhren zu ihrem
Schiff zurück und übergaben ihn ihrem König. Da der Ballon schwer
war, glaubte der König, er sei aus purem Gold. Von dem Versteck und
dem darin verborgenen Wesen ahnte er nichts.

Nachdem er auf sein Schloß zurückgekehrt war, ließ er den erbeu-
teten Ballon in seinem Schlafgemach aufstellen. Dort stand er einige
Tage. Indessen waren dem Mädchen im Ballon die Vorräte ausgegangen. Es hatte aber bemerkt, daß dem Königssohn das Frühstück ins
Schlafgemach gebracht wurde. Sobald er sich in irgend etwas vertieft
hatte oder andere Gemächer aufsuchte, stieg sie schnell aus dem Ballon und aß auf, was auf dem Tisch stand. Bald aber merkte der König,
daß ihm jemand im geheimen das Frühstück wegaß.

Eines Tages, als das Mädchen gerade den Ballon verlassen hatte, trat
der König, der aufgepaßt hatte, unverhofft herein, und es gelang ihm,
die Fliehende am Rocksaum festzuhalten. Sie konnte ihm nicht mehr
entwischen. Aber schließlich erbat sie sich von ihm, er möge niemandem etwas davon erzählen und ihr gestatten, noch vier Wochen
dazubleiben. Es muß noch gesagt werden, daß dieser junge König sich
gerade mit einer ebenso schönen Prinzessin verlobt hatte. Seine Mutter hatte sie ihm aufgedrängt. Als er aber die Königstochter aus dem
Ballon gesehen hatte, wollte er von seiner Braut nichts mehr wissen. Er
erklärte seiner Mutter, der eine Wahrsagerin bereits das Geheimnis
des Ballons entdeckt hatte, und dem ganzen Hof, daß er sich mit der
ihm von Gott Geschenkten vermählen werde.

Er fuhr also so schnell wie möglich in die Stadt, um der neuen Braut reichgeschmückte Kleider zu kaufen, denn die ihren waren im Ballon zerrissen. Als der junge König ausgefahren war, beriet sich seine Mutter, die von dieser Gesinnungswandlung ihres Sohnes nichts wissen wollte, mit einer Wahrsagerin, die viele Künste kannte. Diese befahl, den Ballon, dessen Eingang sie nicht finden und aus dem sie die Königstochter nicht herauslocken konnte, auf einen brennenden Scheiterhaufen zu stellen, damit die Königstochter in der Hitze ersticke. Weil sich aber die Königstochter vor großer Hitze darin hin und her drehte, kippte der Ballon, fiel vom Scheiterhaufen, rollte einige Ellen von oben herab und zerschellte unten an den Steinen. Das unglückliche Opfer verkroch sich im Garten. Die Mutter des Königs aber ließ die Königstochter verfolgen, gefangennehmen und in ein finsteres Verlies unter dem Schloß setzen, mitten unter Kröten und Eidechsen.

Bald darauf kehrte der junge König von der Reise zurück. Er fragte nach seiner Liebsten. Man sagte ihm, daß sie gestorben sei, und daß man den goldenen Ballon gestohlen habe. Während man ihm das Grab zeigte, riet man ihm, seinen früheren Gefühlen treu zu bleiben und die erste Braut zu heiraten.

All dem schenkte er Glauben und traurig sandte er sein Heer mit zahlreicher Dienerschaft nach der Braut, nun doch entschlossen, sich mit ihr zu vermählen. Die Braut kam mit Gefolge im Schlosse an und das Brautpaar schritt zum Altar.

Nicht weit aber von der Schloßkapelle befand sich das Verlies, in dem die Gefangene saß. Dem König schien es, als ob er ein Stöhnen unter der Erde hörte, ja der traurige Gesang der Unglücklichen deuchte ihm wie der Gesang von zehn Engeln. Da befahl er, das unterirdische Verlies zu öffnen. Als er seine Geliebte noch am Leben fand, änderte er sogleich seinen Entschluß. Und nachdem er seine erste Braut um Verzeihung gebeten hatte, schickte er sie zu ihren Eltern zurück. Statt dessen verband er sich fürs ganze Leben mit der unglücklichen Königstochter aus dem Ballon.

Nach dieser feierlichen Zeremonie trat der König mitten unter seine Gäste und fragte sie, was man mit einer Mutter tun solle, die ihren eigenen Sohn betrogen hatte. Einstimmig fällten die Gäste das Urteil: Man solle seine Mutter in dasselbe Verlies sperren, in dem ihr Opfer leiden mußte, den zerbrochenen Ballon aber solle man wiederherstellen, die Wahrsagerin und Beraterin hineinsetzen und sie auf einem brennenden Scheiterhaufen lebendig verbrennen. Und so geschah es auch.

(Polen)

Die Schwalbe und der Goldtaler

Es war einmal ein Buchhändler, und das war ein sehr armer Mann, denn er besaß nichts außer den vielen Büchern, die niemand kaufen wollte. Denn das war damals schon so wie heute: Jene, die viel Geld haben, lesen keine Bücher, und jene, die gern ein Buch lesen würden, haben kein Geld, um sich ein solches zu kaufen.

So ging es auch unserem Buchhändler recht schlecht, er hauste zwischen den vielen alten schönen Büchern, stellte sie mal her, mal hin, und zwischendurch wischte er mit einem großen Lappen den Staub weg.

Wenn er mittags für eine Stunde den Laden schloß, hockte er sich auf einen Stapel Bücher und löffelte seine dünne Kümmelsuppe, denn mehr gab es bei ihm nicht; und wenn es Abend wurde, legte er sich auf die Bücher schlafen, denn er hatte nicht einmal ein richtiges Bett.

Dabei war der Samuel Klein – so hieß der Buchhändler – ein sehr belesener und auch sonst kluger Mann; doch was half ihm seine Klugheit, wenn er sie nicht an den Mann bringen oder, sagen wir mal so, verkaufen konnte?

Nun, so ganz allein lebte der Klein auch nicht, denn eines schönen Tages kam eine Schwalbe und baute sich ihr Nest genau über seinem Fenster.

Ja, nun pflegte der Klein manchmal von der Lektüre seiner vielen Bücher aufzusehen: »Was macht die dort oben? Warum verläßt die nicht mehr ihr Nest?« fragte er sich, als die Schwalbe ihre Eier ausbrütete.

Eines Morgens glänzte auf dem armseligen Tisch, auf dem er die beschädigten Bücher klebte, ein richtiger Goldtaler.

Erst dachte der Klein, das müßte wohl eine Täuschung sein, denn wer bringt schon einem armen jüdischen Buchhändler soviel Geld ins Haus. Doch dann merkte er, daß da tatsächlich ein Goldtaler lag, und so versteckte er ihn zwischen die Bücher.

Am nächsten Morgen war wieder ein Goldtaler da, und so fort: jeden Tag ein Goldtaler. Das war die Belohnung der Schwalbe, weil der Klein immer zu Mittag hinunter zur Bega lief und dort, aus dem weichen Flußschlamm, die schönsten Regenwürmer hervorholte und sie der Schwalbe brachte. Wie man sieht, wird manchmal auch eine kleine Tat groß belohnt, denn oft werden große Taten gar nicht belohnt.

Als die jungen Schwalben fliegen konnten, näherte sich auch schon der Herbst, und da sagte eines Tages die Schwalbe zum Klein: »Morgen fliegen wir fort übers Meer, aber im nächsten Jahr kehren wir wieder zurück. In dieser Zeit darfst du das Nest nicht berühren.«

Nun, dumm war der Klein nicht, und so befolgte er den Rat der Schwalbe und fand weiterhin an jedem Morgen einen Goldtaler auf seinem Tisch.

Als dann die Schwalben im Jahr darauf wieder da waren, hatte sich das Häuschen des Buchhändlers sehr verändert: Es war frisch geweißelt worden, und über der Tür prangte ein neues Schild mit großen Goldbuchstaben.

Ja, auch die Kundschaft war eine andere als zu früheren Zeiten, als hier höchstens ein armer Student ein Buch kaufte und dann auch noch lang um den Preis feilschte. Jetzt kamen die feinen Stadtdamen herangefahren und kauften schöne und teure Bücher, denn sie mußten prächtig und kostbar sein, um im Bücherschrank zu glänzen. Denn diese Kundschaft pflegte keine Bücher zu lesen.

Doch auch das störte den Samuel Klein nicht, er verkaufte seine Bücher zu hohen Preisen und machte dabei gute Geschäfte. Er vergaß aber eines nicht: daß die Schwalbe ihm zum Reichtum verholfen hatte, und so ging er auch jetzt, in schwarzem Anzug und mit Hut auf dem Kopf, jeden Mittag zum Fluß und holte fette Würmer für die Schwalbe, die wiederum ihre Eier ausbrütete.

Man sagt: »Schwalben bringen Glück«; dem Samuel Klein, dem

Buchhändler, haben sie Glück und Reichtum gebracht. Aber er hat gewußt, daß alles vergänglich ist und so, wie es kommt, eines Tages auch wieder verschwinden kann. Und darum freute er sich jeden Tag von neuem an dem Wunder, das geschehen war; und so lebte er noch viele Jahre zufrieden mit seinen schönen Büchern.

(Polen)

Das Glücksei

Es lebte einmal in einem großen Wald ein armer Mann mit seinem Weib; Gott hatte ihnen acht Kinder gegeben, von denen die ältesten schon ihr Brot bei fremden Leuten verdienten, und so machte es den Eltern gerade nicht viel Freude, als ihnen im späten Alter noch ein neuntes Söhnlein geboren wurde. Aber Gott hatte es ihnen einmal geschenkt, und so mußten sie es nehmen und ihm nach Christenbrauch die Taufe geben lassen. Nun wollte aber niemand zu dem Kind Gevatter stehen, weil jeder besorgt dachte: »Wenn die Eltern sterben, so fällt mir das Kind zur Last.« Da dachte der Vater: »Ich nehme das Kind und trage es am Sonntag in die Kirche und sage, daß ich nirgends Gevattern habe finden können. Mag dann der Prediger tun, was er will; mag er das Kind taufen oder nicht, auf meine Seele kann keine Sünde fallen.« Als er sich am Sonntag aufmachte, fand er nicht weit von seinem Hause einen Bettler am Wege sitzen, der ihn um ein Almosen bat. Der Mann sagte: »Ich habe dir nichts zu geben, Brüderchen; die wenigen Kopeken, die ich in der Tasche habe, muß ich für die Kindtaufe ausgeben. Willst du mir aber einen Gefallen tun, so komm und steh bei meinem Kinde Gevatter, nachher gehen wir nach Hause und nehmen vorlieb mit dem, was uns die Hausfrau zum Taufschmaus beschert hat.« Der Bettler, den bis dahin noch niemand zu Gevatter gebeten hatte, erfüllte mit Freuden die Bitte des Mannes und ging mit ihm zur Kirche. Als sie gerade dort angekommen waren, fuhr eine prächtige Kutsche mit vier Pferden vor, und eine vornehme junge Dame stieg aus. Der arme Mann dachte: »Hier will ich zum letzten Male mein Glück versuchen«, trat mit demütigem Gruß vor die Frau oder das Fräulein – was sie nun auch sein mochte – und sagte: »Geehrtes Fräulein, oder was Ihr sonst sein mögt, würdet Ihr Euch nicht der Mühe unterziehen, bei meinem Kinde Gevatter zu stehen?« Das Fräulein sagte zu.

Als nun nach der Predigt das Kind zur Taufe gebracht wurde, verwunderten sich Prediger und Gemeinde sehr darüber, daß ein armseliger Bettelmann und eine stolze vornehme Dame zusammen bei dem Kind Gevatter standen. Das Kind erhielt in der Taufe den Namen Pärtel. Die reiche Pate bezahlte das Taufgeld und machte noch ein Patengeschenk von drei Rubeln, worüber der Vater des Kindes höchlichst erfreut war. Der Bettler ging dann mit zum Taufschmaus. Ehe er am Abend fortging, nahm er ein in einen kleinen Lappen gewickeltes Schächtelchen aus der Tasche, gab es der Mutter des Kindes und sagte: »Mein Patengeschenk ist zwar unbedeutend, aber verschmäht es dennoch nicht, vielleicht erwächst Eurem Söhnlein einmal Glück daraus. Ich hatte eine sehr kluge Tante, die sich auf vielerlei Zauberkünste verstand, die gab mir vor ihrem Tode das Vogelei in diesem Schächtelchen, indem sie sagte: ›Wenn dir einmal etwas ganz Unerwartetes begegnet, was du niemals ahnen konntest, dann verschenke dieses Ei; wenn es demjenigen zuteil wird, für den es bestimmt ist, so kann es ihm großes Glück bringen. Aber hüte das Ei wie deinen Augapfel, damit es nicht zerbricht, denn die Glücksschale ist zart.‹ Nun ist mir bis auf den heutigen Tag, obwohl ich nahezu sechzig Jahre alt bin, noch nichts so Unerwartetes begegnet, als daß ich heute morgen zu Gevatter gebeten wurde, und es war gleich mein erster Gedanke: ›Du mußt dem Kinde das Ei zum Patengeschenk geben.‹«

Der kleine Pärtel gedieh vortrefflich und wuchs seinen Eltern zur Freude auf, bis er im Alter von zehn Jahren in ein anderes Dorf zu einem wohlhabenden Bauern als Hüteknabe kam. Alle im Hause waren mit dem Hüteknaben sehr zufrieden, da er ein frommer stiller Bursche war, der seiner Brotherrschaft niemals Verdruß machte. Die Mutter hatte ihm beim Abschied das Patengeschenk in die Tasche gesteckt und ihm empfohlen, es sorgsamlich zu hüten, wie seinen Augapfel, was Pärtel auch befolgte. Auf dem Weideplatz stand ein alter Lindenbaum, und unter diesem lag ein großer Kieselstein; diesen

Ort hatte der Knabe sehr lieb, so daß den Sommer über kein Tag verging, an dem er nicht unter der Linde auf dem Stein gesessen hätte. Auf diesem Stein verzehrte er auch gewöhnlich das Brot, welches ihm jeden Morgen mitgegeben wurde, und seinen Durst stillte eine Quelle in der Nähe des Steines. Mit den anderen Hirtenknaben, die viel Mutwillen trieben, hielt Pärtel keine Freundschaft. Wunderbar war es, daß ringsum nirgends so schönes Gras anzutreffen war wie zwischen dem Stein und der Quelle; obwohl die Herde jeden Tag hier weidete, so hatte doch am andern Morgen der Rasen mehr das Ansehen einer geschonten Wiese als das einer Weide.

Wenn Pärtel zuweilen an einem heißen Tag auf dem Steine ein wenig einschlummerte, so erfreuten ihn jedesmal wunderbare Träume, und noch beim Erwachen klangen ihm Spiel und Gesang in den Ohren, so daß er mit offenen Augen weiterträumte. Der Stein war ihm wie ein teurer Freund, von dem er täglich mit schwerem Herzen schied und zu dem er am andern Morgen voll Sehnsucht zurückeilte. So war Pärtel fünfzehn Jahre alt geworden und sollte nun nicht länger mehr Hüteknabe bleiben. Der Bauer nahm ihn zum Knecht, ohne ihm jedoch schwerere Arbeit aufzulegen, als er zu leisten vermochte. Am Sonntag oder an Sommerabenden, wenn die anderen Burschen mit den Dirnen schäkerten, gesellte sich Pärtel nicht zu ihnen, sondern ging still sinnend auf den Weideplatz an seinen lieben Lindenbaum, unter welchem er nicht selten die halbe Nacht zubrachte. So saß er einmal wieder an einem Sonntagabend auf dem Stein und schlug die Maultrommel, da kroch eine milchweiße Schlange unter dem Stein hervor, hob den Kopf, als wollte sie zuhören, und blickte den Pärtel mit ihren klaren Augen an, die wie feurige Funken glänzten. Dies wiederholte sich in der Folge, weshalb Pärtel, sobald er nur freie Zeit hatte, immer nach seinem Stein eilte, um die schöne weiße Schlange zu sehen, die sich zuletzt so an ihn gewöhnt hatte, daß sie sich oftmals um seine Beine wand.

Pärtel war nun in das Jünglingsalter getreten, seine Eltern waren gestorben, und seine Brüder und Schwestern lebten alle weit entfernt, so daß sie nicht viel voneinander hörten, geschweige denn einander sahen. Aber lieber als Brüder und Schwestern war ihm die weiße

Schlange geworden; bei Tage waren seine Gedanken auf sie gerichtet, und fast jede Nacht träumte er von ihr. Deshalb wurde ihm die Winterzeit sehr lange, wo tiefer Schnee lag und der Boden gefroren war. Als im Frühling die Sonnenstrahlen den Schnee geschmolzen und den Boden aufgetaut hatten, war Pärtels erster Gang wieder zum Stein unter der Linde, obwohl noch kein Blättchen am Baum zu sehen war. O die Freude! Sobald er seine Sehnsucht in den Tönen der Maultrommel ausgedrückt hatte, kroch die weiße Schlange unter dem Stein hervor und spielte zu seinen Füßen, aber dem Pärtel schien es heute, als wenn die Schlange Tränen vergossen hätte, und das tat seinem Herzen weh. Er ließ nun keinen Abend mehr hingehen, ohne zum Stein zu kommen, und die Schlange wurde immer zutraulicher, so daß sie sich schon streicheln ließ, aber wenn Pärtel sie festhalten wollte, schlüpfte sie ihm durch die Finger und kroch wieder unter den Stein.

Am Abend des Johannistages, da alle Dorfbewohner, alt und jung, miteinander zum Johannisfeuer gingen, durfte doch auch Pärtel nicht zurückbleiben, obwohl sein Herz ihn auf einen andern Weg lockte. Aber mitten in der Lustbarkeit, als die andern sangen, tanzten und andere Kurzweil trieben, schlich er sich von ihnen fort zum Lindenbaum, denn das war der einzige Ort, wo sein Herz Ruhe fand. Als er näher kam, glänzte ihm vom Steine her ein helles kleines Feuer entgegen, was ihn sehr in Verwunderung setzte, da, soviel er wußte, Menschen sich um diese Zeit dort nicht aufhielten. Als er ankam, war das Feuer erloschen und hatte weder Asche noch Funken zurückgelassen. Er setzte sich auf den Stein und fing an, wie gewöhnlich, die Maultrommel zu rühren. Mit einem Male tauchte das Feuer wieder auf, und es war nichts anderes als das funkelnde Augenpaar der weißen Schlange. Diese spielte wieder zu seinen Füßen, ließ sich streicheln und sah ihn so durchdringend an, als wollte sie sprechen. Mitternacht konnte nicht weit sein, als die Schlange unter den Stein in ihr Nest schlüpfte und auch auf Pärtels Spiel nicht wieder zum Vorschein kam. Als er sein Instrument vom Munde nahm, in die Tasche steckte und sich anschickte, nach Hause zu gehen, da säuselte das Laub der Linde im Hauch des Windes so wunderbar, daß es wie eine Menschenstimme an sein Ohr schlug, und er mehrmals die Worte zu hören glaubte:

»Zarte Schale hat das Glücksei,
Zähen Kernes ist die Trübsal;
Zaudre nicht das Glück zu haschen.«

Da fühlte er ein so schmerzliches Verlangen, daß ihm das Herz zu brechen drohte, und doch wußte er selber nicht, wonach er sich sehnte. Bittere Tränen rannen ihm von den Wangen, und er klagte: »Was hilft mir Unglücklichem das Glücksei, da mir auf dieser Welt doch kein Glück beschieden ist! Von klein auf fühle ich, daß ich für die Menschen nicht passe, sie verstehen mich nicht, und ich sie nicht. Was ihnen Freude macht, das schafft mir Qual, was mich aber glücklich machen könnte, das weiß ich selbst nicht, wie sollten es andere wissen. Der Reichtum und die Armut haben beide bei mir zu Gevatter gestanden, darum habe ich auch zu nichts Rechtem kommen können.« Da wurde es plötzlich so hell um ihn her, als ob Linde und Stein von der vollen Sonne beschienen würden, so daß er eine Weile die Augen nicht öffnen konnte, sondern sich erst an die Helligkeit gewöhnen mußte. Da sah er neben sich auf dem Stein eine schöne Frau stehen, in schneeweißen Kleidern, wie wenn ein Engel vom Himmel heruntergestiegen wäre. Aus dem Munde der Jungfrau aber tönte eine Stimme, die ihm süßer klang als der Gesang der Nachtigall, und die Stimme sprach: »Lieber Jüngling, fürchte dich nicht, sondern erhöre die Bitte eines unglücklichen Mädchens! Ich Arme lebe in einem trübseligen Kerker, und wenn du dich meiner nicht erbarmst, so habe ich nimmer Hoffnung auf Erlösung. Oh, lieber Jüngling, habe Mitleid mit mir und weise mich nicht ab! Ich bin eines mächtigen Königs Tochter aus dem Ostland, unendlich reich an Gold und Schätzen, aber das kann mir nichts helfen, weil ein Zauber mich zwang, in Gestalt einer Schlange hier unter dem Felsen zu leben, wo ich schon viele hundert Jahre weile, ohne je älter zu werden. Obwohl ich noch nie einem Menschen Böses zugefügt habe, so fliehen doch alle vor meiner Gestalt, sowie sie mich erblicken. Du bist das einzige lebende Wesen, das meine Annäherung nicht scheut; ja, ich durfte zu deinen Füßen spielen, und deine Hand hat mich oftmals freundlich gestreichelt. Darum erwachte in meinem Herzen die Hoffnung, daß du mein Retter werden könntest. Dein Herz ist rein wie das eines Kindes, in welchem Lug und Trug noch nicht wohnen. Auch trifft bei dir alles zu, was zu meiner Rettung erforderlich ist: Eine vornehme Dame und ein Bettler standen zusammen Gevatter bei dir, und das Glücksei wurde dein Patengeschenk. Nur einmal nach je fünfundzwanzig Jahren in der Johannisnacht ist es mir vergönnt, in Menschengestalt eine Stunde lang auf der Erde zu wandeln, und wenn dann ein Jüngling reinen Herzens, der diese besonderen Gaben besitzt, kommen und meine Bitte erhören würde, so könnte ich aus meiner langen Gefangenschaft erlöst werden. Rette, o rette mich aus der endlosen Kerkerhaft, ich bitte dich in aller Engel Namen!« So sprechend, fiel sie dem Pärtel zu Füßen, umfaßte seine Knie und weinte bitterlich.

Dem Pärtel schmolz das Herz bei diesem Anblick und bei dieser Rede; er bat die Jungfrau aufzustehen und ihm zu sagen, wie die Rettung möglich sei. »Ich würde ja ohne Zögern durch Feuer und Wasser gehen«, sagte er, »wenn dadurch deine Rettung möglich wäre, und hätte ich zehn Leben zu verlieren, ich würde sie alle für deine Rettung hingeben! Eine nie gekannte Sehnsucht läßt mir keine Ruhe mehr, aber wonach ich mich sehne, weiß ich selbst nicht.«

Die Jungfrau sagte: »Komm morgen abend gegen Sonnenuntergang wieder hierher, und wenn ich dir dann als Schlange entgegenkomme und mich wie ein Gürtel um deinen Leib winde und dich dreimal küsse, so erschrick nicht und bebe nicht zurück, sonst muß ich wieder weiter seufzen unter dem Fluche der Verzauberung, und wer weiß auf wieviel hundert Jahre.« Mit diesen Worten war die Jungfrau den Blicken des Jünglings entschwunden, und wieder säuselte es aus dem Laube der Linde:

> »Zarte Schale hat das Glücksei,
> Zähen Kernes ist die Trübsal;
> Zaudre nicht das Glück zu haschen!«

Pärtel war nach Hause gekommen und hatte sich vor Tagesanbruch schlafen gelegt, aber wunderbar bunte Träume, teils freundliche, teils häßliche, scheuchten die Ruhe von seinem Lager. Mit einem Schrei sprang er auf, weil ein Traum ihm vorgespiegelt hatte, daß die weiße Schlange sich um seine Brust schlang und ihn erstickte. Zwar achtete er nicht weiter auf dieses Schreckbild, vielmehr war er fest entschlossen, die Königstochter aus den Banden der Verzauberung zu erlösen, und wenn er selber darüber zugrunde gehen sollte. Aber dennoch wurde ihm das Herz immer schwerer, je näher die Sonne zum Horizont kam. Zur festgesetzten Zeit stand er am Stein unter der Linde und blickte seufzend zum Himmel empor, den er um Mut und Kraft anflehte, damit er nicht vor Schwäche zittere, wenn sich die Schlange um seinen Leib winden und ihn küssen werde. Da fiel ihm plötzlich das Glücksei ein; er zog das Schächtelchen aus der Tasche, wickelte es los und nahm das kleine Ei, das nicht größer war als das Ei einer Grasmücke, zwischen die Finger.

In demselben Augenblick war die schneeweiße Schlange unter dem Stein hervorgeschlüpft, hatte sich um seinen Leib gewunden und richtete eben ihren Kopf empor, um ihn zu küssen, da – der Mann wußte selbst nicht wie es geschah – hatte er der Schlange das Glücksei in den Rachen gesteckt. Er stand, wenn auch mit frierendem Herzen, ohne zu beben, bis die Schlange ihn dreimal geküßt hatte. Dann erfolgte ein Krachen und Leuchten, als hätte der Blitz in den Stein eingeschlagen, und schwerer Donner ließ die Erde erzittern, so daß Pärtel wie tot zu Boden fiel und nicht mehr wußte, was mit ihm oder um ihn her geschah.

Aber in diesem furchtbaren Augenblick waren die Bande des Zaubers gebrochen, und die königliche Jungfrau war aus ihrer langen Haft erlöst. Als Pärtel aus seiner schweren Ohnmacht erwachte, fand er sich auf weichen Seidenkissen, in einem prächtigen Glasgemach von himmelblauer Farbe. Das schöne Mädchen kniete vor seinem Bett, streichelte seine Wangen und rief, als er die Augen aufschlug: »Dank dem himmlischen Vater, der mein Gebet erhört hat! Und tausend, tausend Dank auch dir, teurer Jüngling, der du mich aus der langen Verzauberung erlöst hast! Nimm jetzt zum Lohn mein Reich, dieses prachtvolle Königsschloß mit allen seinen Schätzen, und wenn du willst, auch mich als Gemahlin mit in den Kauf. Du sollst fortan hier glücklich leben, wie es dem Herrn des Glückseis gebührt. Bis heute war dein Los wie das deines Taufvaters, jetzt wartet auf dich ein besseres Los, ein solches, wie es deiner Taufmutter zugefallen war.«

Pärtels Glück und Freude vermöchte wohl niemand zu schildern;

alle unbegriffene Sehnsucht seines Herzens, die ihn ruhelos immer wieder unter die Linde trieb, war jetzt gestillt. Von der Welt geschieden, lebte er mit seiner teuren Gemahlin im Schoße des Glückes bis an sein Ende. – In dem Dorfe aber und auf dem Bauernhof, wo er gedient hatte und wo man ihn um seines frommen Wesens willen liebhatte, erregte sein Verschwinden große Betrübnis. Darum machten sich alle auf, ihn zu suchen, und ihr erster Gang war zur Linde, welche Pärtel so häufig zu besuchen pflegte und wohin man ihn auch abends zuvor noch hatte gehen sehen. Groß war das Erstaunen der Leute, als sie dort weder den Pärtel noch die Linde noch den Stein mehr vorfanden; auch die kleine Quelle in der Nähe war vertrocknet, und keines Menschen Auge hat selbige Dinge jemals wieder erblickt.

(Estland)

Von Rußland nach Rumänien

Der Feuervogel und Wassilissa die Zarentochter

In einem Zarenreiche, hinter dreimal neun Reichen, im dreißigsten Kaiserreiche lebte ein starker, mächtiger Zar. Dieser Zar hatte einen jungen Jäger, und der junge Jäger hatte einen schönen, starken Hengst. Einmal ritt der Jäger auf seinem schönen, starken Hengst in den Wald zur Jagd. Er reitet auf dem Wege, auf dem breiten Wege, da sieht er, auf dem Boden liegt des Feuervogels goldene Feder. Wie Feuer leuchtet die Feder! Da sagt zu ihm der schöne, starke Hengst: »Nimm die goldene Feder nicht. Nimmst du sie, so findest du Kummer und Leid!« – ›Soll ich sie nun aufheben oder nicht?‹ dachte der gute Bursche. ›Hebe ich sie auf und schenke sie dem Zaren, so belohnt er mich reich.‹ Wem ist königliche Gnade nicht lieb? Und so gehorchte der Jäger dem Hengst nicht, hob die Feder des Feuervogels auf, trug sie fort und überreichte sie dem Zaren als Geschenk. »Danke!« sagt der Zar, »nun, wenn du schon des Feuervogels Feder gefunden hast, so verschaff mir auch den Vogel selbst; wenn nicht, bezahlst du es mit deinem Kopf!« Der Jäger begann bitterlich zu weinen und ging zu seinem schönen, starken Hengst. »Worüber weinst du, Herr?« – »Der Zar hat mir befohlen, ihm den Feuervogel zu bringen.« – »Ich habe dir doch gesagt: Nimmst du die Feder, so findest du Leid! Nun, fürchte dich nur nicht und sei nicht so traurig, das ist noch kein Unglück, das Unglück kommt erst! Geh zum Zaren und verlange: Morgen sollen hundert Sack türkischer Weizen im offenen Feld ausgestreut werden.« So befahl der Zar, im offenen Feld hundert Sack türkischen Weizen auszustreuen.

Am andern Tage, als die Sonne aufging, ritt der junge Jäger ins offene Feld, ließ seinen Hengst frei weiden, er selbst aber versteckte sich hinter einem Baum. Plötzlich rauschte der Wald, die Meereswogen schäumten auf – da kommt der Feuervogel geflogen. Er kommt, läßt sich zur Erde nieder und pickt den Weizen. Der schöne, starke Hengst näherte sich dem Vogel, trat mit seinem Huf auf einen Flügel und drückte ihn fest an die Erde. Der Jäger sprang hinter dem Baume hervor, lief herzu, band den Feuervogel mit Stricken, stieg zu Pferde und jagte zum Schloß. So bringt er dem Zaren den Feuervogel. Der Zar sah ihn, freute sich, dankte für den Dienst, verlieh dem Jäger einen höheren Rang und gab ihm sofort eine neue Aufgabe: »Hast du es verstanden, den Feuervogel zu fangen, so schaff mir auch eine Braut herbei. Hinter dreimal neun Ländern, am äußersten Rande der Welt, wo die liebe rote Sonne aufgeht, da wohnt Wassilissa die Zarentochter – die muß ich haben. Schaffst du sie her, wirst du mit Gold und Silber belohnt, wenn nicht, bezahlst du es mit deinem Kopf.« Bittere Tränen vergoß der Jäger und ging zu seinem schönen, starken Hengst. »Worüber weinst du, Herr?« fragt der Hengst. – »Der Zar befiehlt mir, Wassilissa die Zarentochter zu holen.« – »Weine nicht, gräme dich nicht. Das ist noch kein Unglück, das Unglück kommt erst! Geh zum Zaren und bitte ihn um ein Zelt mit goldverziertem Dach und allerlei Speise und Trank für den Weg.« Der Zar gab ihm Speise und Trank und das Zelt mit goldverziertem Dach. Da stieg der junge Jäger auf seinen schönen, starken Hengst und ritt durch dreimal neun Länder. Über kurz, über lang – kommt der junge Jäger an den Rand der Welt, wo die liebe rote Sonne aus dem blauen Meer aufsteigt. Er blickt in die Ferne – da, auf dem blauen Meer, fährt Wassilissa die Zarentochter in einem kleinen, silbernen Kahn und rudert mit goldenem Ruder. Der junge Jäger ließ seinen Hengst auf grünen Wiesen weiden, frisches Gras rupfen, selbst aber schlug er das Zelt mit dem goldverzierten Dach auf, tischte allerlei Speise und Trank auf, setzte sich ins Zelt, greift zu und wartet auf Wassilissa die Zarentochter. Wassilissa die Zarentochter aber bemerkte das goldverzierte Dach, ruderte ans Ufer, stieg aus dem kleinen, silbernen Boot und bewunderte das Zelt. »Guten Tag, wie geht es, Wassilissa du Zarentochter«, sagt der junge Jäger, »komm, wir wollen Salz und Brot essen, überseeische Weine trinken.« Wassilissa die Zarentochter trat ins Zelt. Da fingen sie an zu essen, zu trinken und fröhlich zu sein. Die Zarentochter trank ein Glas vom überseeischen Wein, wurde ganz benommen und versank in tiefen Schlaf. Der Bursche rief seinen schönen, starken Hengst. Er kam gelaufen. Gleich darauf bricht der Jäger schnell sein Zelt mit dem goldverzierten Dach ab, setzt sich auf den schönen, starken Hengst, hebt die schlafende Wassilissa hinauf und reitet davon, so schnell, wie ein Pfeil fliegt.

So kommt er zum Zaren. Der erblickte Wassilissa die Zarentochter, freute sich, dankte dem Jäger für seinen treuen Dienst, belohnte ihn mit großen Schätzen und verlieh ihm einen hohen Rang. Als Wassilissa die Zarentochter erwachte und erkannte, daß sie fern-fern vom blauen Meer war, fing sie an zu weinen, zu trauern und sah ganz unglücklich aus. Wieviel der Zar ihr auch zuredete – alles umsonst. Da wollte sie der Zar heiraten, sie aber spricht: »Mag der, welcher mich hierher brachte, zum blauen Meer reiten. Inmitten jenes Meeres liegt ein großer Stein, unter jenem Stein ist mein Hochzeitskleid versteckt – ohne das Kleid heirate ich nicht!« Der Zar schickt sofort nach dem jungen Jäger: »Reite schnell an den Rand der Welt, wo die rote Sonne aufgeht. Dort liegt ein großer Stein im blauen Meer, unter diesem Stein ist das Hochzeitskleid von Wassilissa der Zarentochter versteckt. Reit und bring es her. Die Zeit ist gekommen, Hochzeit zu halten! Holst du es – mehr denn je belohn ich dich, wenn nicht – bezahlst du es mit deinem Kopf.« Bittere Tränen vergoß der junge Jäger und ging zu seinem schönen, starken Hengst. »Nun, dieses Mal«, denkt der Jäger, »ist der Tod mir sicher!« – »Worüber weinst du, Herr?« fragt ihn der Hengst. »Der Zar will, daß ich vom Grunde des Meeres das Hochzeitskleid Wassilissas hole.« – »Siehst du, sagte ich's dir nicht: Nimm die goldene Feder nicht, findest damit nur Leid! Nun, fürchte dich nur nicht, das ist noch kein Unglück, das Unglück kommt erst! Steige auf, wir reiten zum blauen Meer.«

Über kurz, über lang kommt der junge Jäger an den Rand der Welt geritten und hält am blauen Meer. Der Hengst sieht, wie ein riesengroßer Meerkrebs über den Sand kriecht und drückt ihn mit seinem schweren Huf zu Boden. Da flehte der Meerkrebs: »Gib mir nicht den Tod, laß mir das Leben! Ich tue alles, was du willst.« Da antwortete ihm der Hengst: »Inmitten des blauen Meeres liegt ein großer Stein, unter jenem Stein ist das Hochzeitskleid Wassilissas versteckt. Hol mir das Kleid!« Der Krebs rief mit lauter Stimme über das ganze blaue Meer. Sofort geriet das blaue Meer in große Wallung. Es krochen von allen Seiten ans Ufer Krebse, große und kleine – der Sand wurde ganz schwarz. Da erließ der gefangene Meerkrebs seine Befehle. Alle die Krebse stürzten ins Wasser, und nach einer Stunde brachten sie vom Grunde des Meeres, unter dem Stein hervor, das Hochzeitskleid von Wassilissa der Zarentochter.

So kommt der junge Jäger zum Zaren geritten und bringt das Hochzeitskleid mit. Doch Wassilissa die Zarentochter hat sich schon wieder etwas Neues ausgedacht: »Ich werde dich«, sagt sie zum Zaren, »nicht heiraten, solange du dem jungen Jäger nicht befiehlst, in kochendem Wasser zu baden.« Der Zar befahl, einen gußeisernen Kessel mit Wasser zu füllen, es zu erhitzen und den Jäger in das kochende Wasser zu werfen. – Alles ist bereit, das Wasser kocht, es brodelt nur so. Man führt den armen Jäger herbei. »Nun kommt das richtige Unglück!« denkt er. »Ach, warum nahm ich die goldene Feder des Feuervogels? Warum gehorchte ich dem Hengste nicht?« Wie er so an seinen schönen, starken Hengst dachte, sagt er zum Zaren: »O Zar-Herrscher, erlaube mir, vor dem Tode Abschied vom Hengst zu nehmen.« – »Gut, geh, verabschiede dich.« So kam der Jäger zu seinem schönen, starken Hengst und weinte viele Tränen. »Worüber weinst du, Herr?« – »Der Zar will, daß ich in kochendem Wasser baden soll.« – »Fürchte dich nicht, weine nicht, du wirst am Leben bleiben!« sagte ihm der Hengst und besprach den Jäger schnell mit Zaubersprüchen, damit das kochende Wasser seinem weißen Leib nichts anhaben sollte. Da kehrte der Jäger aus dem Stall zurück. Sofort ergriffen ihn die Leute, und hinein mit ihm in den Kessel! Er aber tauchte absichtlich ein- zweimal unter, sprang aus dem Kessel heraus – und wurde so schön, kein Märchen erzählt es, keine Feder beschreibt es. Als der Zar sah, daß der junge Jäger so schön geworden war, wollte er auch baden. Er stieg in seiner Dummheit ins Wasser und war im gleichen Augenblick verbrüht. Den Zaren beerdigte man, und an seiner Stelle wählte man den jungen Jäger zum Zaren. Er heiratete Wassilissa die Zarentochter und lebte mit ihr viele Jahre in Liebe und Eintracht.

(Rußland)

Der weissagende Traum

Es lebte einmal ein Kaufmann, der hatte zwei Söhne: Dmitrij und Iwan. Einmal, als er sie zur Nacht segnete, sagte der Vater: »Nun, Kinder, was ihr träumen werdet, das erzählt mir am Morgen, wer aber seinen Traum verheimlicht, den werde ich schwer bestrafen.« Da kommt am Morgen der ältere Sohn und sagt zum Vater: »Mir träumte, Vater, daß Bruder Iwan hoch am Himmel auf zwölf Adlern flog; und dann noch, ich hätte mein bestes Schaf verloren.« – »Und was hat dir geträumt, Wanja?« – »Das sag ich nicht!« antwortete Iwan. Wie der Vater ihm auch zusetzte, er blieb verstockt, und trotz allen Zuredens blieb er immer bei seinem: »Ich sag's nicht!« und »Ich sag's nicht!« Der Kaufmann wurde zornig, rief seine Gehilfen und befahl ihnen, den ungehorsamen Sohn zu greifen, nackt auszuziehen und an einen Pfahl am Straßenrand zu binden. Die Gehilfen ergriffen Iwan und banden ihn, wie befohlen, ganz fest, nackt an den Pfahl. Schlimm erging es dem guten Jungen: die Sonne brennt ihn, die Mücken stechen, Hunger und Durst quälen ihn.

Da geschah es, daß der junge Zarensohn des Weges kam. Er sah den Kaufmannssohn, erbarmte sich seiner und befahl, ihn zu befreien; hieß ihm von seinen Kleidern geben, brachte ihn in seinen Palast und fing an, ihn auszufragen: »Wer hat dich an den Pfahl gebunden?« – »Der eigene Vater war böse auf mich.« – »Was hast du denn verbrochen?« – »Ich wollte ihm nicht erzählen, was ich im Traume sah.« – »Gott, muß dein Vater dumm sein! Wegen solch einer Kleinigkeit, und dann gleich so schwer bestrafen . . . Aber was räumte dir denn?« – »Das sag ich nicht, Zarensohn!« – »Was fällt dir ein? Ich habe dich vom Tode errettet, und du kommst mir so grob? Sag's sofort, oder es geht dir schlimm!« – »Dem Vater habe ich's nicht gesagt, und dir sag ich's auch nicht!« Der Zarensohn befahl, ihn in den Kerker zu werfen. Sofort kamen die Soldaten und führten den Knecht Gottes in den »steinernen Sack«.

Es verging ein Jahr, da wollte der Zarensohn heiraten, machte sich auf und fuhr in ein fremdes, fernes Reich. Dort wollte er um Jelena die Wunderschöne werben. Der Zarensohn hatte aber eine Schwester, die

kam bald nach der Abreise des Bruders auf ihrem Spaziergang am
Kerker vorüber. Aus dem Fensterchen erblickte sie der Kaufmannssohn und rief mit lauter Stimme: »Erbarme dich, Zarentochter, laß
mich hinaus in die Freiheit! Vielleicht werdet ihr mich brauchen, denn
ich weiß, daß der Zarensohn zu Jelena der Wunderschönen gefahren
ist, um sie zu werben, aber ohne mich bekommt er sie nicht, verliert
nur seinen Kopf. Du hast doch selbst gehört, wie listenreich Jelena die
Wunderschöne ist, und wie viele Freier sie schon in jene Welt geschickt
hat.« – »Bist du denn bereit, dem Zarensohn zu helfen?« – »Ich wollte
ihm schon helfen, doch sind dem Falken die Flügel gebunden.« Die
Zarentochter erließ sofort den Befehl, ihn aus dem Kerker zu lassen.

Iwan der Kaufmannssohn suchte sich Genossen aus, bis es ihrer mit
Iwan zwölf waren; und alle zwölf sahen sich vollkommen gleich, wie
zwölf leibliche Brüder – gleich an Wuchs, gleich an Stimme, gleich an
Haar. Sie zogen alle gleiche Röcke an, nach gleichem Schnitt genäht,
schwangen sich auf ihre guten Rosse und ritten des Wegs. Sie ritten
einen Tag, und zwei, und drei; am vierten kommen sie zu einem düsteren Walde und hören furchtbares Geschrei. »Halt, Brüder«, sagt
Iwan, »wartet ein wenig, ich gehe dem Lärm nach.« Er sprang vom
Pferde und lief in den Wald, und da sieht er: Auf einer Lichtung
zanken sich drei Greise. »Guten Tag, ihr Alten, worum streitet ihr?« –
»Ach, junger Mensch, von unserem Vater erbten wir drei Wunderdinge: eine Tarnkappe, einen fliegenden Teppich und Siebenmeilenstiefel;
ja, und nun streiten wir uns schon siebzig Jahre und können uns nicht
einigen.« – »Wollt ihr, daß ich teile?« – »Sei so gut!« Iwan der Kaufmannssohn spannte seinen straffen Bogen, legte drei Pfeile auf und
schoß sie in verschiedene Richtungen; den einen Alten hieß er nach
rechts laufen, den andern nach links, den dritten aber schickt er geradeaus: »Wer mir als erster seinen Pfeil bringt, der bekommt die
Tarnkappe; der zweite erhält den fliegenden Teppich; der letzte aber
mag die Siebenmeilenstiefel nehmen.« Die Greise rannten nach den
Pfeilen; Iwan der Kaufmannssohn aber nahm alle drei Wunderdinge
und kehrte zu seinen Kameraden zurück: »Brüder«, sagt er, »laßt eure
guten Rosse frei und setzt euch zu mir auf den fliegenden Teppich!«
Schnell setzten sich alle auf den fliegenden Teppich und flogen in das

Reich von Jelena der Wunderschönen. Sie kamen zur Hauptstadt, ließen sich am Tore nieder und gingen den Zarensohn suchen. Sie fanden ihn. »Was wollt ihr?« fragt der Zarensohn. »Nimm uns tapfere Burschen in deinen Dienst. Wir werden für dich sorgen und dir Gutes tun aus reinem Herzen.« Der Zarensohn nahm sie in seinen Dienst und ernannte sie – den einen zum Koch, den andern zum Stallknecht, den einen hierhin, den andern dorthin.

Am selben Tage kleidete sich der Zarensohn festlich und fuhr zu Jelena der Wunderschönen. Sie empfing ihn freundlich, bewirtete ihn mit allerlei Speisen und teuren Getränken – und begann dann zu fragen: »Nun, sag mal aufrichtig, Zarewitsch, was führt dich zu uns?« – »Ich will um dich freien, Jelena du Wunderschöne. Willst du mich zum Mann?« – »Vielleicht, ja, ich bin einverstanden, nur mußt du vorher drei Aufgaben ausführen. Führst du sie aus – dann werde ich deine Frau, wenn nicht – dann bereite deinen Kopf für das scharfe Beil.« – »Nun, sag die Aufgabe!« – »Morgen werde ich etwas haben, aber was – das sage ich nicht; versuch's mal, Zarewitsch, und bring mir zu meinem Unbekannten das Deine, so daß es ein Paar ergibt.« Da kehrte der Zarensohn sehr betrübt in seine Wohnung zurück, in großem Kummer. Fragt ihn Iwan der Kaufmannssohn: »Was bist du denn nicht fröhlich, Zarensohn? Hat dich etwa Jelena die Wunderschöne geärgert? Teil dein Leid mit mir, dir wird dann leichter werden.« – »So und so«, antwortet der Zarensohn, »da hat mir Jelena die Wunderschöne eine solche Aufgabe gestellt, wie sie kein Weiser in der ganzen Welt lösen kann.« – »Nun, das ist noch kein großes Unglück! Bete zu Gott und lege dich schlafen; der Morgen ist weiser als der Abend, morgen überlegen wir die Sache.« Der Zarensohn legte sich schlafen, Iwan der Kaufmannssohn aber setzte sich die Tarnkappe auf, zog die Siebenmeilenstiefel an und marsch! in den Palast zu Jelena der Wunderschönen.

Er geht geradewegs ins Schlafgemach und hört, Jelena die Wunderschöne gibt ihrer Dienerin folgenden Befehl: »Nimm diesen kostbaren Stoff und trag ihn zum Schuster; er soll ein Schühchen für meinen Fuß machen, aber ganz schnell!« Die Dienerin lief dorthin, wie es ihr befohlen war, und Iwan folgte ihr. Der Meister machte sich sofort an die

Arbeit, nähte schnell ein Schühchen und stellte es ans Fenster. Iwan der Kaufmannssohn nahm den Schuh und steckte ihn heimlich in die Tasche. Der arme Meister läuft und sucht – direkt vor der Nase ist ihm die ganze Arbeit verschwunden! Er suchte und suchte, drehte alle Nadeln um – alles umsonst! »Das geht nicht mit rechten Dingen zu!« denkt er. »Ob wohl der Teufel mit mir seine Possen treibt?« Nichts zu machen, er greift von neuem zur Nadel, näht ein zweites Schühchen und trägt es zu Jelena der Wunderschönen. »Bist du aber langsam!« sagt Jelena die Wunderschöne. »Wieviel Zeit du über dem Schuh vertrödelst!« Sie setzte sich an ihr Nähtischchen und fing an, den Schuh mit Gold zu besticken, mit großen Perlen zu benähen und mit Edelsteinen zu verzieren. Iwan setzte sich neben sie, zog seinen Schuh aus der Tasche und macht ihr alles nach: nimmt sie ein Steinchen, sucht er sich ein gleiches aus; wo sie eine Perle annähte, da nähte er auch eine hin. Endlich hat Jelena die Wunderschöne ihre Arbeit beendet, sie lächelt und sagt: »Wer weiß, womit der Zarensohn morgen erscheinen wird!« – »Wart du nur!« denkt Iwan. »Noch weiß man nicht, wer wen überlistet!« Kehrte nach Hause zurück und legte sich schlafen.

In der Morgendämmerung stand er auf, kleidete sich an, weckte den Zarensohn und gibt ihm das Schühchen: »Reit«, sagt er, »zu Jelena der Wunderschönen und zeig ihr den Schuh – das ist ihre erste Aufgabe!« Der Zarensohn wusch sich, kleidete sich festlich und ritt zur Braut; bei ihr aber sind die Zimmer schon voller Gäste – alles Bojaren und Würdenträger, gewichtige Leute. Kaum erschien der Zarensohn, da spielte die Musik, die Gäste sprangen von ihren Plätzen auf, die Soldaten präsentierten das Gewehr. Jelena die Wunderschöne trägt ihr Schühchen in der Hand, geschmückt ist es mit großen Perlen und mit Edelsteinen besetzt. Sie selbst aber sieht den Zarensohn an und lacht. Da sagt zu ihr der Zarensohn: »Der Schuh ist schön, aber ohne den andern ist er nichts nütze! Werde dir wohl den andern dazu schenken müssen!« Mit diesen Worten zog er das andere Schühchen aus der Tasche und legte es auf den Tisch. Da klatschten alle Gäste in die Hände und riefen wie aus einem Munde: »Oho, du Zarensohn, du bist's schon wert, der Mann unserer Herrscherin zu werden!« – »Das wollen wir noch sehen!« antwortete Jelena die Wunderschöne, »eine zweite Aufgabe muß er noch lösen.«

Spät am Abend kehrte der Zarensohn heim, noch düsterer als zuvor. »Ist schon gut, Zarensohn, laß das Trauern!« sagt zu ihm Iwan der Kaufmannssohn, »bete zu Gott und lege dich schlafen! Der Morgen ist weiser als der Abend.« Er brachte ihn zu Bett, selbst aber zog er die Siebenmeilenstiefel an, setzte die Tarnkappe auf und lief in den Palast zu Jelena der Wunderschönen. Gerade befahl sie ihrer Lieblingsdienerin: »Lauf mal schnell auf den Hühnerhof und hol mir ein Entchen!« Die Dienerin lief auf den Hühnerhof, Iwan hinter ihr her. Die Dienerin ergriff eine Ente, Iwan aber einen Enterich, und beide kamen zurück. Jelena die Wunderschöne setzte sich an ihr Nähtischchen, nahm die Ente, schmückte ihr die Flügel mit Bändern, den Schopf mit Brillanten. Iwan der Kaufmannssohn sieht zu und tut dasselbe mit seinem Enterich. Am andern Tage sind wieder Gäste bei Jelena der Wunderschönen, und wieder spielt die Musik. Jelena läßt ihr Entchen los und fragt den Zarensohn: »Hast du die Aufgabe gelöst?« – »Natürlich, Jelena du Wunderschöne! Da hast du, was zu deinem Entchen noch fehlte, jetzt ist es ein Paar« – und läßt schnell den Enterich los . . . Da riefen alle Bojaren wie aus einem Munde: »Das hast du gut gemacht, Zarensohn! Du bist's wert, unsere Jelena die Wunderschöne zur Frau zu bekommen.« – »Wartet ab, erst soll er die dritte Aufgabe lösen!«

Abends kehrt der Zarensohn heim, so düster, daß er gar nicht sprechen mag. »Sei nicht traurig, Zarewitsch, leg dich lieber schlafen! Der Morgen ist weiser als der Abend«, sagte Iwan der Kaufmannssohn, setzte sich schnell die Tarnkappe auf, zog die Siebenmeilenstiefel an und lief zu Jelena der Wunderschönen. Sie aber ist gerade im Begriff, ans blaue Meer zu fahren. Sie setzt sich in den Wagen und jagt davon. Doch Iwan der Kaufmannssohn bleibt auch nicht einen Schritt zurück! Jelena die Wunderschöne kommt ans Meer und ruft nach ihrem Großvater. Die Wellen rauschen und donnern, und es hebt sich aus dem Wasser der Alte – der Bart ist golden, auf dem Kopf silberne Haare. Er steigt heraus ans Ufer. »Guten Tag, Enkelin! Schon lange hab ich dich nicht gesehen. Lause mir mal das Köpfchen!« Er legte den Kopf auf ihre Knie und versank in einen süßen Traum. Jelena die Wunderschöne laust den Alten, Iwan der Kaufmannssohn aber steht hinter ihrem

Rücken. Sie sieht, der Alte ist eingeschlafen, da reißt sie ihm drei silberne Haare aus. Iwan der Kaufmannssohn aber reißt gleich ein ganzes Büschel aus. Der Alte erwacht und schreit: »Bist wohl verrückt geworden? Das tut doch weh!« – »Entschuldige, Großvater! Ich habe dich schon lange nicht mehr gekämmt, die Haare sind so verfilzt.« Der Alte beruhigte sich, und bald schnarchte er schon wieder. Jelena die Wunderschöne riß ihm drei goldene Haare aus; Iwan der Kaufmannssohn aber packt ihn am Bart und reißt den fast ganz aus. Furchtbar brüllte der Alte, sprang auf und stürzte sich ins Meer. »Jetzt hab ich den Zarensohn!« denkt Jelena die Wunderschöne, »solche Haare findet er nirgends!«

Am folgenden Tage versammeln sich die Gäste; auch der Zarensohn kommt. Jelena die Wunderschöne zeigt ihm die drei silbernen und die drei goldenen Haare und fragt: »Hast du je so etwas Seltsames gesehen?« – »Womit du auch prahlst! Wenn du willst, schenk ich dir ein ganzes Büschel!« Und er holte das Büschel goldener und das Büschel silberner Haare hervor und reicht sie ihr. Zornig wird da Jelena die Wunderschöne, läuft in ihr Schlafgemach und sieht im Zauberbuch nach, ob der Zarensohn selbst alles errät oder ob ihm jemand hilft. Da sieht sie im Buch, daß nicht er so listenreich ist, sondern sein Diener, Iwan der Kaufmannssohn.

Sie kehrt zu den Gästen zurück und sagt zum Zarensohn: »Schick mir mal deinen Lieblingsdiener!« – »Ich habe ihrer zwölf.« – »Schick mir den, der Iwan heißt!« – »Ja, die heißen alle Iwan.« – »Gut«, sagt sie, »dann sollen sie alle kommen!« Bei sich aber denkt sie: »Ich werde auch ohne dich den Schuldigen finden!« Da erließ der Zarensohn den Befehl, und bald erschienen im Palast alle zwölf tapferen Burschen, alle zwölf treuen Diener. Alle gleich im Gesicht, alle von gleichem Wuchs, die Stimmen gleich, die Haare gleich. »Wer unter euch ist der Anführer?« fragte Jelena die Wunderschöne. Da riefen sie alle zugleich: »Ich bin der Anführer! Ich bin der Anführer!« – »Nun«, denkt sie, »hier erfährt man auf einfache Weise nichts!« und befiehlt, elf einfache Becher zu bringen, den zwölften aber aus Gold, aus dem sie selbst immer trank. Sie goß in die Becher den schönsten Wein und begann, die tapferen Burschen zu bewirten. Aber keiner von ihnen nimmt einen einfachen Kelch, alle strecken die Hände nach dem goldenen, und einer reißt ihn dem anderen weg; es gab nur Lärm, und der Wein floß zu Boden! Jelena die Wunderschöne sieht, daß ihre List nicht gelungen ist, und befiehlt, die Burschen gut zu bewirten und im Palaste schlafen zu lassen. In der Nacht, als alle in tiefem Schlafe lagen, kam sie zu ihnen mit ihrem Zauberbuch, blickte hinein und erkannte sofort den Schuldigen. Sie nahm eine Schere und schnitt ihm an der Schläfe die Haare weg. »Daran werde ich ihn morgen erkennen, und dann lasse ich ihn töten.« Am Morgen erwacht Iwan der Kaufmannssohn, faßt sich an den Kopf – an der Schläfe fehlen die Haare. Er sprang vom Bett und weckt die Genossen: »Wacht auf, wacht auf, das Unglück kommt! Nehmt mal schnell eine Schere und schert euch die Schläfen!« Nach einer Stunde ließ Jelena die Wunderschöne sie rufen und sucht den Schuldigen. Aber welch ein Wunder: Wen sie auch anblickt – alle haben geschorene Schläfen. Im Zorn ergriff sie ihr Zauberbuch und schleuderte es in den Ofen.

Jetzt hatte sie keine Entschuldigung mehr, sie mußte den Zarensohn heiraten. Sie feierten eine fröhliche Hochzeit. Drei Tage lang trank das Volk Tag und Nacht, drei Tage standen Schenken und Garküchen offen – wer will, geht hinein, ißt und trinkt auf Staatskosten! Kaum war das Fest vorbei, da macht sich der Zarensohn mit seiner jungen Frau auf den Weg in sein Zarenreich. Die zwölf tapferen Burschen aber ließ er schon vorher gehen. Sie verließen die Stadt, breiteten den fliegenden Teppich aus, setzten sich darauf und erhoben sich über die Wolken. Sie flogen und flogen und ließen sich gerade bei jenem düsteren Walde nieder, wo sie ihre guten Rosse gelassen hatten. Kaum waren sie vom Teppich heruntergestiegen, sieh – da kommt auch schon der eine Greis mit seinem Pfeil gelaufen! Iwan der Kaufmannssohn übergab ihm die Tarnkappe. Gleich kommt der zweite gelaufen und bekommt den fliegenden Teppich, nach ihm auch der dritte – und der nahm die Siebenmeilenstiefel. Sagt Iwan zu seinen Genossen: »Sattelt, Brüder, eure Rosse, es ist Zeit zu reiten.« Sie fingen ihre Pferde ein, sattelten sie und ritten in ihr Vaterland zurück. Sie kamen an und gingen sofort zu der Schwester des Zaren; die freute sich sehr, sie wiederzusehen, fragte sie nach dem Bruder, wie die

Hochzeit war und ob er bald heimkäme. »Womit soll ich euch denn für euren Dienst belohnen?« fragt sie. Antwortet Iwan der Kaufmannssohn: »Setz mich in den Kerker, an den alten Platz!« Wie die Zarentocher ihm auch zuredete, er blieb dabei. Da ergriffen sie ihn und führten ihn ab.

Nach einem Monat kam der Zarensohn mit seiner jungen Gemahlin heim. Der Empfang war feierlich: die Musik spielte, die Kanonen schossen, die Glocken läuteten. Viel Volk hatte sich angesammelt, so viel, daß man glatt auf ihren Köpfen hätte gehen können! Die Bojaren und höchsten Beamten kamen, um dem Zarensohn ihre Aufwartung zu machen. Er sieht im Kreise herum und fragt: »Wo ist denn Iwan, mein treuer Diener?« – »Der«, sagt man, »sitzt im Kerker.« – »Wieso im Kerker? Wer wagte es, ihn einzusperren?« Da berichtet die Zarentochter: »Du hast ihn doch selbst, lieber Bruder, in festen Gewahrsam gebracht. Erinnerst du dich, wie du ihn nach irgendeinem Traum fragtest; er aber wollte ihn dir nicht erzählen.« – »Ist er das wirklich?« – »Genau derselbe! Ich habe ihm Urlaub für kurze Zeit gegeben.« Der Zarensohn befahl, Iwan den Kaufmannssohn aus dem Gefängnis zu holen. Er umarmte ihn und bat ihn, altes Unrecht zu vergessen. »Weißt du was, Zarewitsch?« sagt ihm Iwan, »alles, was mit dir geschehen ist, wußte ich im voraus; alles habe ich im Traum gesehen, darum sagte ich dir auch nichts davon.« Der Zarensohn gab ihm zur Belohnung den Generalsrang, schenkte ihm reiche Güter und behielt ihn in seinem Palast. Iwan der Kaufmannssohn ließ Vater und Bruder zu sich kommen, und so lebten sie zusammen, glücklich und froh, und ihr Reichtum nahm immer mehr zu.

(Weißrußland)

Der Goldvogel und die Meerjungfrau

Es war einmal ein Zar, der hatte drei Söhne und einen goldenen Apfelbaum.

Wenn er frühmorgens aufstand, zählte er gleich die Äpfel, und eines Tages fehlte einer. Da sagte der älteste Sohn: »Väterchen, ich werde aufpassen, wer dort unsere Äpfel pflückt.«

Er kletterte auf den Apfelbaum, und da saß er nun. Er saß und saß, träumte vor sich hin und schlief schließlich ein. Frühmorgens kam der Zar und zählte, und wieder fehlte einer. In der nächsten Nacht sagte der mittlere Sohn: »Väterchen, ich werde aufpassen.«

Und er stieg auf den Apfelbaum, und auch er saß dort, träumte vor sich hin und schlief ein. Am anderen Morgen zählte der Zar, und wieder fehlte ein Apfel. In der dritten Nacht sagte der Jüngste: »Väterchen, ich werde Wache halten.«

Der Zar aber sagte: »Ach geh doch! Wenn die Älteren, die Vernünftigeren, nicht aufpassen konnten, wie wirst du es erst können!« Schließlich aber sagte der Zar: »Na gut, wenn du Lust hast, dann geh!«

So ging der Jüngste und stieg ganz bis in den Wipfel. Er saß und saß, und gegen Mitternacht sah er, wie ein Goldvogel angeflogen kam und in einen Apfel picken wollte. Als er ihn fangen wollte, riß sich der Vogel los, und nur eine Feder blieb in seinen Händen. Am anderen Morgen zählte der Zar die Äpfel und sagte: »Alle sind noch da.« Der jüngste Sohn aber sagte: »Da seht nur, Vater, wer unsere Äpfel pflückt. Das ist der Goldvogel.« Der Zar rief seine Söhne zusammen und sagte: »Zieht in die Welt! Wer von euch dreien den Vogel bringt, dem gebe ich meine Krone und die Hälfte meines Zarenreiches.«

So machten sich alle drei Brüder auf den Weg, nahmen Geld, setzten sich auf ihre Pferde und ritten davon. Sie kamen zu einem großen Wald, der war schrecklich anzusehen. Sie fanden drei Wege, und der Älteste sagte: »Jetzt werden wir uns trennen. Ich gehe den äußeren, du gehst den mittleren, und du, der Jüngste, gehst den äußeren auf der anderen Seite.«

So trennten sie sich und ritten davon. Der Jüngste aber ritt und ritt, und da kam die Nacht. Er band sein Pferd fest und ließ es grasen, selbst aber machte er Feuer zurecht, kniete nieder und betete. Da kam ein Wolf und sagte: »Junger Bursche, ich werde dein Pferd fressen.« Der Junge aber sagte: »Hier hast du mein Brot und mein Fleisch und alles, was ich habe, nur laß mir mein Pferd.« Der Wolf aber fraß das Brot und sagte: »Weil ich noch hungrig bin, muß ich dein Pferd fressen.« Der junge Bursche aber sagte: »Was soll ich denn unterwegs ohne Pferd machen?« Der Wolf sagte: »Wohin gehst du denn?« Der junge Bursche

erzählte ihm alles. Der Wolf sagte: »Keine Bange, in einer Stunde sind
wir dort.« Als der Wolf das Pferd gefressen hatte, sagte er: »Nun setz
dich auf mich!«

Herrgott, der Junge hatte sich gerade auf den Wolf gesetzt, da machte der einen Sprung und hatte schon eine Meile hinter sich, sprang
noch einmal, wieder eine Meile, und in einer Stunde kam er dort an,
wo der Goldvogel war. Der Wolf sagte: »Bleib hier auf dem Hof
stehen, und ich gehe hinein und töte alle.«

Der Wolf ging in den Stall und tötete die Wachen. Dann ging er in
das Gemach, wo der Goldvogel war, und dort tötete er alle, und er trat
auf den Hof und sagte: »Geh in das Gemach, aber stecke nicht den
Vogel in den goldenen Käfig, sondern nimm ihn mit dem Käfig, in
dem der Vogel sitzt.«

Der junge Zarensohn kam in das Zimmer, und da sah er einen Vogel
in einem einfachen Käfig. Den nahm er und steckte den Vogel in den
goldenen Käfig. Als der Vogel anfing zu schreien, standen alle wieder
auf, fingen ihn und sagten zu ihm: »Wie konntest du den Vogel nehmen?« Da erschrak der junge Herr und sagte: »Mein Vater hat einen
goldenen Apfelbaum, und dieser Vogel pflückt jede Nacht einen Apfel. Und mein Vater hat mich geschickt, damit ich ihm den Vogel
bringe.«

Der Zar dort, vor den er gebracht wurde, sagte zu ihm: »Geh, und
wenn du mir das goldene Pferd bringst, gebe ich dir den Vogel.« So
ging der junge Zarensohn. Der Wolf aber sagte: »Siehst du, ich habe
dir doch gesagt, du sollst ihn nicht in den goldenen Käfig stecken. Jetzt
ist alles verloren«, sagte der Wolf. »Nun, setz dich auf mich!«

Er setzte sich auf ihn, und als der Wolf einen Sprung gemacht hatte,
war er schon eine Meile weiter. Sie kamen zu einem anderen Zarenreich geflogen, dorthin, wo das goldene Pferd war. Der Wolf aber
sagte: »Bleib hier auf dem Hof stehen, und ich gehe in den Stall.«

Der Wolf ging in den Stall und tötete alle Fuhrleute. Er trat wieder
auf den Hof heraus und sagte: »Geh jetzt in den Stall und nimm das
Pferd, aber nimm nicht den goldenen Kopfschmuck, sondern nur den
Kopfschmuck, der auf dem Pferd ist.«

Der junge Zarensohn ging, und da sah er so einen goldenen Kopfschmuck, daß es ihn in den Augen blendete, und er wollte den Kopfschmuck in die Hand nehmen, und als das Pferd loswieherte, standen alle wieder auf, und sie fingen den jungen Zarensohn und brachten ihn zum Zaren. Der Zar aber fragte ihn: »Aus welchem Grund wolltest du das Pferd nehmen?« Der junge Zarensohn erzählte ihm alles, wie es war. Darauf sagte der Zar: »Geh! Wenn du mir das Mädchen bringst, das auf dem Meer auf einem Schiff geboren und groß geworden ist und dessen Fuß noch nie auf festem Land war, dann gebe ich dir das goldene Pferd.«

Der Zarensohn trat heraus auf den Hof und weinte. Der Wolf aber sagte: »Siehst du, ich habe dir doch gesagt, du sollst nicht den goldenen Kopfschmuck nehmen, sondern das Pferd. Jetzt bin ich dir nichts mehr schuldig.«

Dann fragte der Wolf: »Was hat denn der Zar zu dir gesagt?« »Er hat gesagt, ich soll ihm das Mädchen bringen, das auf dem Meer geboren ist und das mit seinem Fuß noch nie auf festem Land gewesen ist.« Der Wolf aber sagte: »Nun, die werden wir gleich haben. Geh in die Stadt und kaufe rote und grüne und geblümte Tücher!«

So ging der junge Zarensohn in die Stadt und kaufte allerlei Stoff, und sie kamen an das Meer, und dort machten sie einen Laden auf, und er hängte alles auf Stangen auf, und der Wind trug die Kunde weit fort, und man sah den Laden. Der Wolf aber sagte zu dem jungen Herrn: »Stell dich hier hinter den Ladentisch und bleib dort stehen, und wenn sie kommt und sich die Sachen ansieht, dann lauf hin und fange sie gleich im Laden!«

Und der Wolf ging weg, und der junge Zarensohn sah, wie ein Schiff kam und am Ufer festmachte. Als das Mädchen alle die Stoffe sah, kam sie auf das Ufer herausgesprungen, ging in den Laden und sah sich die Sachen an. Er aber lief und fing sie. Der Wolf kam herbeigelaufen und sagte: »Weißt du, was wir machen? Wir geben dem Zaren das Mädchen, und das Pferd behalten wir für uns, und das Mädchen wird auch wieder uns gehören.«

Der Wolf tötete das Mädchen, damit sie sich nicht fürchtete, wenn er flog. Der junge Zarensohn setzte das Mädchen auf den Wolf und setzte sich auch mit darauf. Herrgott! Als der Wolf lossprang, waren

sie in einer Stunde beim Zaren. Der Wolf machte das Mädchen wieder
lebendig und sagte: »Geh mit dem jungen Zarensohn in das Zaren-
gemach, ich werde still unter einem Strauch im Garten sitzen. Wenn
du mit dem Zaren spazierengehst, dann geh ein bißchen zur Seite und
fürchte dich nicht. Ich werde dich nämlich fangen und mit dir davonlaufen.« Der junge Zarensohn nahm das Mädchen und ging mit ihr in
den Palast. Als der Zar das Mädchen sah, freute er sich sehr, so sehr,
daß er gar nicht wußte wie. Er ließ gleich das Pferd mit dem goldenen
Kopfschmuck kommen und gab es dem jungen Zarensohn. Der Zarensohn nahm das Pferd, setzte sich darauf und ritt langsam seines
Weges. Dort saß aber der Wolf unter dem Strauch, und er sah, wie der
Zar mit dem Mädchen herauskam und im Garten spazierenging. Es
war aber schon recht dunkel, und das Mädchen ging nur einmal ein
bißchen zur Seite. Herrgott! Als der Wolf das Mädchen nahm und
davonlief, holte er den Zarensohn hinter der Brücke ein und sagte:
»Nun, jetzt haben wir das Mädchen und das Pferd.«

Sie zogen los, und so kamen sie zu dem Zaren, der den goldenen
Vogel hatte. Der Wolf aber sagte: »Weißt du was? Wir nehmen jetzt
den Vogel, und das Pferd geben wir ihm nicht.« Und der Wolf verwandelte sich in ein Pferd und sagte zu dem Zarensohn: »Soll das
Mädchen das Pferd halten, du aber nimm mich und führe mich hin!«

Als der Bursche das Pferd zum Zaren brachte, freute sich der Zar so,
daß er gar nicht wußte wie, und er gab ihm gleich den Vogel mit dem
goldenen Käfig. Der junge Zarensohn nahm den Vogel und trat aus
dem Tor, setzte das Mädchen auf das Pferd und machte sich auf den
Weg nach Hause. Der Wolf aber, der im Stall war, wartete nicht. Er
machte sich davon, lief fort, holte den Zarensohn ein und sagte:
»Siehst du, wie gut ich alles für dich gemacht habe? Nun hast du das
Mädchen und das Pferd und den Vogel. Jetzt kauf dir noch ein paar
Pferde, Geschirr und eine Kutsche. Dann nimm dir einen Fuhrmann
und fahr nach Hause. Denk aber daran, daß du mich unterwegs nie
vergessen darfst!«

Der Wolf ging wieder in den Wald, der junge Zarensohn aber fuhr
in die Stadt und kaufte sich ein paar Pferde und eine Kutsche und
mietete sich einen Fuhrmann, und sie fuhren nach Hause. Sie fuhren

und fuhren, waren schon einige Meilen gefahren, und da kamen sie zu einer kleinen Stadt, und er hielt an, um die Pferde grasen zu lassen. Da sah er seine Brüder, wie sie abgerissen und barfuß durch die Stadt gingen, ihre Kleider waren zerrissen, und sie waren so armselig und heruntergekommen, daß er sie kaum wiedererkannte. Sie begrüßten sich gleich alle, und die Brüder sagten: »Ja, Bruder, wir sind durch die Welt gezogen, und wir haben unsere Pferde und unsere Kleidung verkauft, und wir hatten schon nichts mehr zu essen, und jetzt beraten wir, wie wir nach Hause kommen.«

Der jüngste Bruder aber sagte: »Kommt mit, Brüder!«

Sie gingen in einen Laden, er kaufte ihnen Hemden und Stiefel und Kleidung, und er zog sie neu an, so wie sie waren, und er kaufte ihnen zu essen, und sie tranken etwas, und nachdem sie getrunken hatten, schirrte der Fuhrmann die Pferde an, und sie machten sich auf den Weg.

Unterwegs aber berieten die beiden älteren Brüder miteinander und sagten: »Wir müssen uns schämen vor unserem Vater, daß wir, die Älteren, nichts erreicht haben, der Jüngste aber etwas erreicht hat und daß er nun vom Vater die Krone bekommt.«

Und sie töteten den jüngsten Bruder und den Fuhrmann, setzten sich in die Kutsche und fuhren davon. Unterwegs sagten sie zu dem Mädchen: »Paß auf! Wenn du dem Väterchen etwas sagst, geschieht dir das gleiche.« Sie aber schwor, daß sie niemandem etwas sagen würde. Der Älteste sagte: »Wenn wir nach Hause kommen, werde ich dich heiraten.«

Sie fuhren und kamen nach Hause, und als der Zar den Vogel sah und das goldene Pferd, wußte er nicht, was er anstellen sollte vor Freude, und gleich am nächsten Tag veranstaltete er einen großen Ball und erzählte seinen Gästen, daß seine Söhne den goldenen Vogel gefunden hätten und das Pferd und das Mädchen aus dem Meer. Seinen jüngsten Sohn aber erwähnte er nicht einmal.

Aber der Wolf zog durch den Wald und dachte bei sich: »Nun, ich werde den Weg ziehen, den der junge Zarensohn gefahren ist.« So ging der Wolf los, und es war schon Nacht. Da sah der Wolf etwas Schwarzes liegen. Er kam näher. Da war es der junge Zarensohn. Da sagte der

Wolf: »Ach, der Ärmste! Die Brüder haben ihn verraten.« Er lief davon und brachte Lebenswasser, spuckte es ihm zwischen die Zähne, und da wurde er wieder lebendig.

Der Wolf aber sagte: »Nun bist du allein wie ein Waisenkind. Kannst du dich nicht erinnern, was du noch bei dir hattest?« – »Ja, was nur?« Er hatte nichts als den Ring gehabt, den das Mädchen ihm gegeben hatte. Der Wolf begann die Erde aufzuwühlen, fand den goldenen Ring, gab ihn dem jungen Zarensohn und sagte zu ihm: »Setz dich auf mich!«

Herrgott! Er hatte sich gerade erst auf ihn gesetzt, da sprang der Wolf los, und nach einer Stunde waren sie zu Hause. Da sagte der Wolf: »Geh jetzt in die Stadt und kauf dir eine Geige und spiele. Zeig dich aber nicht zu Hause!«

Der Wolf kehrte wieder in den Wald zurück, der junge Zarensohn aber ging in die Stadt und kaufte sich eine Geige. Und wie er spielte! Da hätte sich eine ganze Musikkapelle verstecken können! Der junge Zarensohn ging in das Haus eines Juden und ließ sich etwas zu trinken bringen, und als er auf seiner Geige zu spielen begann, da freuten sich die Juden und mußten tanzen, denn so ein Spiel hatten sie noch nie gehört. Ein Jude aber sagte: »Ich gehe zum Zaren und sage ihm, er soll diesen Musikanten nehmen, damit er auf der Hochzeit spielt.« Der Jude ging zum Zaren und sagte zu dem Zaren: »Da ist ein Musikant. Auf der ganzen Welt gibt es keinen besseren. Da kann sich eine ganze Musikkapelle verstecken, wenn er anfängt zu spielen.«

Der Zar ließ ihn gleich rufen. Er kam zum Zaren. Herrgott, als er im Palast zu spielen begann, da klirrten die Fenster! Das Mädchen aber, das schon zur Trauung gehen sollte, sah den Musikanten nur an und erkannte gleich den, der sie aus dem Meer geholt hatte, und sie sagte: »Hört zu, Herr, ich möchte Euch ein Märchen erzählen.«

Und sie begann zu erzählen, und sie sagte: »Es war einmal ein Zar, der hatte drei Söhne, und er hatte einen goldenen Apfelbaum, und jeden Morgen zählte er die Äpfel, und immer fehlte einer.« Und sie erzählte alles, wie es gewesen war und was der Wolf mit ihr gemacht hatte und so weiter. Schließlich sagte sie: »Als er bereits nach Hause fuhr und seine Brüder in einer Stadt traf, sah er, daß sie barfuß und

heruntergekommen waren, daß es nicht zum Ansehen war. Und der
junge Zarensohn kaufte ihnen Kleidung und alles, und sie machten
sich auf den Weg. Aber sie schämten sich, weil der Jüngste den Vogel
gefunden hatte, und so erschlugen sie ihn, ihren eigenen Bruder, unterwegs, zerrten ihn in den Wald, nahmen den Vogel und das goldene
Pferd und verboten dem Mädchen, etwas zu sagen, sonst würde auch
sie umkommen. Und sie mußte ihnen schwören, daß sie niemandem
etwas sagen würde. Und sie fuhren davon. Als der Zar den goldenen
Vogel sah und das Pferd und das Mädchen, ließ er gleich einen Ball
veranstalten, und er erzählte seinen Gästen, seine Söhne hätten das
von der Reise mitgebracht. Den Jüngsten aber erwähnte er nicht einmal. Da sollte nun bei dem Zaren eine Hochzeit stattfinden. Der
älteste Sohn sollte heiraten, aber es waren keine guten Musikanten da.
Und da fand sich einer, als der zu spielen begann, hätte sich eine ganze
Musikkapelle verstecken können.«

Und gleich umarmte sie den Musikanten und küßte ihn und sagte:
»Jetzt bist du mein, und ich bin dein.« Die Gäste waren erstaunt, und
sie sagte zu dem Zaren: »Väterchen, das ist Euer jüngster Sohn. Er hat
alles gefunden, den goldenen Vogel, das goldene Pferd und mich aus
dem Meer. Denn mein Fuß war noch nie auf festem Land gewesen,
seitdem ich geboren bin, und er hat mich hergebracht.«

Und gleich setzte der Zar seinem jüngsten Sohn die Krone auf und
führte ihn zur Trauung. Zu den Ältesten aber sagte er: »Geht von mir
fort, damit euch meine Augen nicht mehr sehen und meine Ohren
nichts mehr von euch hören!«

Er jagte sie hinaus in die Welt, dem Jüngsten aber gab er die Hälfte
seines Zarenreiches, und so lebten sie in Freuden bis zu ihrem Tode.

(Ukraine)

Der weiße Mohr

Es war einmal, so erzählt man, in einem Land ein König, der hatte drei
Söhne. Der König hatte auch einen älteren Bruder, der war Kaiser in
einem anderen, noch ferner gelegenen Lande. Und dieser Kaiser, des

Königs Bruder, wurde der Grüne Kaiser genannt; der Grüne Kaiser hatte keine Söhne, sondern nur Töchter. Viele Jahre waren vergangen, ohne daß die beiden Brüder Gelegenheit gehabt hätten, einander zu begegnen. Die Geschwisterkinder aber, des Königs Söhne und des Kaisers Töchter, hatten einander überhaupt noch nie gesehen, seit sie auf der Welt waren. Und so geschah es, daß weder der Grüne Kaiser seine Neffen noch der König seine Nichten kannte, denn das Land, in dem der ältere Bruder herrschte, lag an dem einen und das Königreich des jüngeren gerade am entgegengesetzten Ende der Welt. Überdies waren damals fast alle Länder von fürchterlichen Kriegen heimgesucht, die Wege zu Wasser und zu Lande waren wenig bekannt und sehr verworren, deshalb konnte man nicht so leicht und ungefährdet reisen wie heutzutage. Und selten kam es vor, daß einer, der nach einem fernen Teil der Welt eine Reise unternahm, wieder zurückkehrte.

Doch wollen wir nicht abschweifen und uns lieber daranmachen, den Faden unserer Erzählung abzuwickeln.

Es begab sich, daß der Kaiser, der sich im Greisenalter auf das Krankenlager legte, seinem Bruder, dem König, einen Brief schrieb, er solle ihm eilig den tüchtigsten seiner Söhne schicken, damit er an seiner Statt Kaiser werde. Als der König den Brief erhielt, rief er sogleich alle drei Söhne zu sich und sprach zu ihnen: »Vernehmt, was mir mein Bruder, euer Oheim, schreibt. Wer von euch sich fähig fühlt, über ein so großes und reiches Land zu herrschen, hat meine Einwilligung, dorthin zu gehen, um den letzten Willen eures Oheims zu erfüllen.«

Da faßte sich der älteste Sohn ein Herz und sprach: »Vater, ich glaube, diese Ehre gebührt mir, denn ich bin der älteste unter meinen Brüdern. Deshalb bitte ich dich, gib mir Reisegeld, Kleidung, Waffen und ein Reitpferd, damit ich unverzüglich aufbrechen kann.«

»Gut, mein lieber Sohn, traust du es dir zu, dich bis dorthin durchzuschlagen, und glaubst du, daß du imstande bist zu herrschen, dann wähle dir aus dem Gestüt das Pferd, das du haben willst, nimm dir soviel Geld, als du brauchst, die Gewänder, die dir gefallen, und die Waffen, die du nötig hast, und mach dich getrost auf den Weg, mein Sohn!«

Der Königssohn nahm sich alles, was er brauchte, küßte seinem Vater die Hand, erhielt von ihm einen Brief für den Kaiser und nahm Abschied von seinen Brüdern, dann stieg er aufs Pferd und machte sich frohen Mutes auf den Weg zum Kaiserreich.

Der König aber wollte ihn auf die Probe stellen, er verlor kein Wort, gegen Abend aber kleidete er sich heimlich in ein Bärenfell, setzte sich aufs Pferd, überholte seinen Sohn auf einem Seitenweg und verbarg sich unter einer Brücke. Als nun sein Sohn darüberreiten wollte, trat ihm am Ende der Brücke plötzlich mit grimmigem Brummen ein Bär entgegen. Das Pferd des Königssohnes bäumte sich schnaubend und hätte seinen Herrn fast abgeworfen. Und weil der Königssohn des Pferdes nicht mehr Herr werden konnte und nicht wagte, weiterzureiten, kehrte er beschämt zu seinem Vater zurück. Als er dort ankam, war der König schon zu Hause angelangt, hatte das Pferd abgezäumt, das Bärenfell versteckt und auf die Rückkehr seines Sohnes gewartet. Da sah er ihn auch schon eilends herbeikommen, aber nicht so, wie er aufgebrochen war.

»Was hast du vergessen, lieber Sohn, daß du wieder umgekehrt bist?« fragte der König verwundert. »Wenn ich nicht irre, ist das kein gutes Zeichen.«

»Vergessen habe ich nichts, Vater, aber bei einer Brücke kam mir ein fürchterlicher Bär entgegen und jagte mir großen Schrecken ein. Als ich seinen Pranken mit knapper Not entronnen war, hielt ich es für richtig, lieber zu dir zurückzukehren, als die Beute wilder Tiere zu werden. Meinetwegen mag fortan gehen wer will, mich gelüstet weder nach dem Kaiserreich noch nach andern Schätzen; ich werde doch nicht in alle Ewigkeit leben, um die Welt zu erben.«

»Was das betrifft, hast du richtig überlegt, mein Sohn. Man sieht, daß weder du zum Kaiser taugst, noch das Kaisertum für dich; anstatt leichtsinnig Unfug anzurichten, ist es schon besser, wenn du dich, wie du selbst sagst, zurückziehst, denn, Gott sei Dank gibt's Frösche genug, wenn nur ein Teich da ist. Ich möchte nur wissen, wie es nun mit deinem Oheim bleibt. Wir haben uns da in eine unangenehme Sache eingelassen.«

»Vater«, sagte da der mittlere Sohn, »wenn du einverstanden bist, werde ich gehen.«

»Du hast mein volles Einverständnis, mein Sohn, aber es würde mich wundern, wenn nicht auch dir alle Wege versperrt werden sollten. Weiß der Kuckuck, vielleicht läuft dir ein Hase oder sonst etwas über den Weg, und unversehens bist du wieder zu Hause wie dein Bruder, und das wäre keine geringe Schande. Aber wohlan, versuch auch du, ob dir das Glück günstig ist. Das Sprichwort sagt: Jeder ist seines Glückes Schmied. Gelingt es dir − desto besser; gelingt es dir nicht − nun, so ist es auch noch anderen Helden wie dir ergangen.«

Da bereitete der mittlere Sohn alles Notwendige vor, und nachdem er einen Brief an den Kaiser von der Hand seines Vaters zu sich gesteckt hatte, sagte er seinen Brüdern Lebewohl und machte sich am nächsten Tag auf den Weg. Er ritt und ritt bis spät in die Nacht.

Als er bei der Brücke anlangte, siehe, da kam auch ihm mit brumm-brumm-brumm! der Bär entgegen. Das Pferd des Königssohnes begann zu schnauben, es bäumte sich auf und wich zurück.

Und als der Königssohn einsah, daß nicht zu spaßen ist, verzichtete er auch auf das Kaiserreich und kehrte zu seiner Schande nach Hause zu seinem Vater zurück. Als der König ihn sah, sagte er: »Nun, lieber Sohn, nicht wahr, das Sprichwort hat sich bestätigt: Schütz mich vor den Hühnern, vor den Hunden fürchte ich mich nicht.«

»Was redest du da, Vater?« sagte der Sohn beschämt. »Heißen bei dir die Bären Hühner? Sieh, jetzt glaube ich es meinem Bruder, daß ein solcher Bär ein ganzes Heer verscheuchen kann. Ich wundere mich, wie ich mit dem Leben davongekommen bin; ich bin überdrüssig des Kaiserreichs und allem andern, schließlich habe ich ja, Gott sei Dank, in deinem Hause genug zu essen.«

»Daß du genug zu essen hast, weiß ich wohl, davon ist jetzt nicht die Rede, mein Sohn«, sagte der König bekümmert. »Aber sagt mir nur, wie entrinnen wir dieser Schande? Von den drei Söhnen, die euer Vater hat, sollte kein einziger etwas taugen? Also ehrlich gesagt, vergeudet man umsonst das Essen mit euch, meine Lieben. Ein ganzes Leben lang unnütz herumzustreifen und sich zu rühmen, Königssohn zu sein, ist eines anständigen Menschen unwürdig. Wie ich sehe, kann sich mein Bruder, wenn's auf euch ankommt, zum ewigen Schlaf hinlegen; am Sankt Wartetag wird sein Wunsch in Erfüllung gehen. Feine Neffen! Wie das Sprichwort besagt:

Beim fetten Schmaus
Frisch voraus,
Doch, im Krieg
Feig zurück!«

Da wurde der jüngste Sohn des Königs rot wie ein Puter, er ging hinaus in den Garten und weinte in sich hinein, tief in der Seele getroffen von den demütigenden Worten des Vaters. Als er so grübelte und sich nicht klarwerden konnte, wie er die Schande abwenden solle, da erschien vor ihm auf einmal ein vom Alter gebeugtes Weib, das um milde Gaben flehte.

»Warum stehst du so in Gedanken da, erlauchter Königssohn?« fragte die Alte. »Vertreib den Kummer aus deinem Herzen, das Glück lacht dir doch von allen Seiten zu, du hast keinen Grund, traurig zu sein. Gib lieber mir altem Weib eine milde Gabe!«

»Laß mich in Ruhe, Mütterchen, und belästige mich nicht«, sagte der Königssohn. »Jetzt hab ich andere Sorgen!«

»Königssohn, ich wollte du wärst Kaiser! Vertrau der Alten an, was dich bedrückt; kann man wissen, vielleicht kann sie dir auch ein wenig behilflich sein?«

»Mütterchen, weißt du was? Eins ist genug, und zwei sind zuviel! Laß mich in Frieden, ich seh die Welt vor lauter Kummer nicht.«

»Erlauchter Königssohn, sei nicht so argwöhnisch. Du solltest dich nicht so ereifern, denn du weißt ja nicht, woher dir Hilfe kommen kann.«

»Was redest du für Unsinn, Mütterchen? Ausgerechnet von deinesgleichen glaubst du, sollte ich Hilfe erwarten?«

»Das wundert dich wohl sehr?« sagte die Alte. »Ei, erlauchter Königssohn, der dort oben gießt seine Gaben auch über die Schwachen aus, offenbar gefällt das Seiner Heiligkeit. Sieh darüber hinweg, daß ich gebeugt und in Lumpen daherkomme: denn kraft der Gabe, die mir verliehen wurde, weiß ich im voraus, was die Mächtigen der Erde im Schilde führen, und oft lache ich aus vollem Halse über ihren Unverstand und ihre Schwäche. Nicht wahr, das erscheint dir wenig glaubhaft? Gott bewahre dich vor der Versuchung! In den bitterlangen Jahrhunderten, die ich auf diesen Schultern trage, haben meine Augen viel gesehen. O Königssohn, glaub mir, hättest du meine Macht, du würdest Länder und Meere durcheinanderwerfen, die Erde vor dir herrollen lassen, diese Welt – schau so! – auf deinen Fingern tragen, und alles liefe nach deinem Wunsch. – Aber sieh, was die bucklige, kraftlose Alte schwätzt! Verzeih mir, Herr, denn ich weiß nicht, was meinem Mund entfährt! Erlauchter Königssohn, schenk der Alten eine milde Gabe!«

Der Königssohn, gebannt von den Worten der Alten, zog eine Münze aus der Tasche und sprach: »Nimm, Mütterchen, wenig von mir und viel vom lieben Gott!«

»Was du gibst, möge der barmherzige Gott dir reichlich zurückgeben«, sagte die Alte. »Möge er dir viele Lebenstage bescheren, erlauchter Königssohn, denn dich erwartet ein großes Glück. Über kurzem wirst du Kaiser sein, wie es so geliebt, gepriesen und mächtig keinen zweiten mehr auf Erden gab. Jetzt aber, erlauchter Königssohn, damit du siehst, wieviel Nutzen dir deine Barmherzigkeit bringen kann, steh still, blick mir fest in die Augen und achte darauf, was ich dir sage: Geh zu deinem Vater und verlange, daß er dir das Pferd, die Waffen und die Gewänder gebe, die er als Bräutigam gehabt hat, dann wirst du gehen können, wohin deine Brüder nicht zu gehen vermochten; denn es ist von oben bestimmt, daß dir diese Ehre widerfahre. Dein Vater wird sich sträuben und wird dich nicht ziehen lassen wollen, du aber bestehe darauf, bitte ihn inständig darum, dann wirst du ihn zum Nachgeben bewegen. Die Kleider, die ich meine, sind alt und abgetragen, die Waffen verrostet; das Pferd aber mußt du aussuchen, indem du mitten in das Gestüt eine Pfanne voll glühender Kohlen stellst; das Pferd, das sich nähern wird, um von der Glut zu fressen, wird dich ins Kaiserreich tragen und aus vielen Gefahren erretten. Behalte im Sinn, was ich dir gesagt habe, vielleicht begegnen wir einander noch einmal an irgendeinem Ende der Welt; denn Berg und Berg kommen zusammen, um so mehr Mensch und Mensch.«

Kaum hatte die Alte diese Worte gesprochen, sah er, wie sie sich, in einen weißen Schleier gehüllt, in die Lüfte hob, immer höher stieg und schließlich verschwand. Da packte den Königssohn ein Schauder, erschrocken und staunend stand er stille, dann aber faßte er sich, und voll

Vertrauen, daß ihm sein Vorhaben gelingen werde, trat er vor seinen Vater und sprach: »Erlaube, daß auch ich dem Beispiel meiner Brüder folge, wenn auch nur, um mein Glück zu versuchen. Ob ich es zwinge oder nicht – jedenfalls verspreche ich dir im voraus, daß ich, wenn ich einmal dein Haus verlassen habe, nicht mehr zurückkehren werde, selbst wenn ich dem Tod begegnen sollte.«

»Ich hätte nicht erwartet, lieber Sohn, solche Worte gerade aus deinem Mund zu vernehmen«, sagte der König. »Deine Brüder haben bewiesen, daß sie das Herz nicht am rechten Fleck haben, und ihrerseits habe ich jede Hoffnung aufgegeben. Du bist vielleicht tapferer, allein ich kann es nicht glauben. Willst du aber unbedingt gehen, so halte ich dich nicht zurück. Nur sollst du mir nicht auch auf dem Weg mit dem Ungeheuer zusammentreffen und gleichfalls Ehre gegen Schande eintauschen, denn dann, das sei dir gesagt, hast du in meinem Hause nichts mehr zu suchen!«

»Nun, Vater, frisch gewagt ist halb gewonnen. Ich will mein Glück versuchen, wie immer es Gott fügen mag. Nur, bitte, gib mir das Pferd, die Waffen und die Kleider, derer du dich als Bräutigam bedient hast, damit ich von dannen ziehen kann.«

Als der König das hörte, schien ihm das wenig zuzusagen, er runzelte die Augenbrauen und sprach: »Ei, ei, lieber Sohn, mit diesen Worten hast du mich an das Lied erinnert:

Alter Gaul und junger Reiter
Kommen auf dem Weg nicht weiter.

Mein Pferd, das ich damals ritt? Wer weiß, wo seither seine Knochen verfaulen! Es lebt doch nicht ein Menschenalter lang!

Das muß mir auch der Rechte sein, der dir solche Hirngespinste in den Kopf gesetzt hat! Oder suchst du, wie der Mann im Sprichwort, nach toten Pferden, um ihnen die Hufeisen abzunehmen?«

»Vater, nur soviel verlange ich von dir. Ob das Pferd noch lebt oder nicht, das ist meine Sache; ich möchte nur wissen, ob du es mir gibst oder nicht.«

»Von mir aus kannst du es haben, lieber Sohn. Ich bin nur neugierig, woher du es nehmen willst, wenn es überhaupt nicht mehr auf der Welt ist.«

»Das laß nur meine Sorge sein, Vater, es genügt, daß du es mir geschenkt hast. Ob es nun irgendwo aufzutreiben ist oder nicht, wenn ich es finde, gehört es jedenfalls mir.«

Dann stieg er auf den Dachboden und holte von dort einen Halfter, einen Zaum, eine Reitpeitsche und einen Sattel herab, alles verstaubt, steinhart und alt wie die Erde. Darauf nahm er aus einer gewölbten Waffenkammer uralte Kleidungsstücke, einen Bogen, Pfeile, einen Pallasch und einen Streitkolben, alle ganz verrostet, putzte sie blitz-blank und legte sie sich bereit.

Schließlich füllte er eine Pfanne mit glühenden Kohlen, ging damit ins Gestüt und stellte sie zwischen den Pferden nieder. Und siehe da, mitten aus dem Gestüt trat ein Gaul mit hohem Rist und zottigem Fell und so mager, daß man ihm alle Rippen zählen konnte, kam schnur-stracks auf die Pfanne zu und verschlang ein Maul voll glühender Kohlen. Der Königssohn schlug ihm mit dem Zügel eins über den Kopf und sprach: »Häßliche Schindmähre, von allen Pferden kommst ausgerechnet du, glühende Kohlen zu fressen? Wenn dich der Teufel reitet, noch einmal herzukommen, dann wehe dir!«

Darauf trieb er die Pferde hin und her, die Schindmähre aber jagte wieder heran und nahm ein Maul voll Kohlenglut. Wieder knallte ihr der Königssohn mit aller Wucht den Zügel über den Kopf und begann aufs neue die Pferde durcheinanderzutreiben und zu sehen, ob nicht ein anderes Pferd kommen würde, glühende Kohlen zu fressen. Aber siehe da, auch zum drittenmal kam jene Schindmähre und fraß von der Glut, bis nichts mehr übrig blieb. Da schlug ihn der Königssohn in seinem Zorn noch einmal mit dem Zügel, dann aber warf er ihm den Halfter über, legte ihm das Zaumzeug um den Kopf und fragte sich in Gedanken: »Soll ich ihn nehmen, oder soll ich ihn laufen lassen? Ich fürchte, ich mache mich zum Gespött der Leute. Besser zu Fuß als auf einem solchen Gaul!«

Und während er so überlegte, ob er es nehmen solle oder nicht, schüttelte sich das Pferd dreimal und stand plötzlich glatthaarig und jung wie ein dreijähriges Füllen vor ihm, so daß es im ganzen Gestüt kein schöneres Jungpferd gab. Dann sprach es, dem Königssohn scharf in die Augen blickend: »Schwing dich auf meinen Rücken, Herr, und halte dich fest!«

Der Königssohn legte ihm die Kandare ins Maul, saß auf, und augenblicklich flog das Pferd mit ihm bis zu den Wolken und ließ sich wie ein Pfeil wieder zur Erde nieder. Dann flog es noch einmal bis zum Mond hinauf und sauste schneller als der Blitz wieder hinab. Gleich darauf flog es noch ein drittes Mal bis zur Sonne, und als es sich niederließ, fragte es: »Nun, Herr, wie gefällt es dir? Hast du dir je geträumt,

> Zu deinen Füßen
> Die Sonne zu spüren,
> Mit deiner Hand
> Den Mond zu berühren,
> Um aus den Wolken
> den Kranz heimzuführen?«

»Wie hätte es mir gefallen sollen, mein lieber Gefährte? Einen Todesschrecken hast du mir eingejagt; vor lauter Schwindel wußte ich gar nicht mehr, wo ich mich befand, und du warst nahe daran mich zu verderben.«

»Siehst du, so hat es auch mir geschwindelt, Herr, als du mir den Zügel über den Kopf schlugst, um mich loszuwerden; damit wollte ich mich für jene drei Schläge rächen; du kennst ja das Sprichwort: Eins ums andere, nichts umsonst. Ich denke, jetzt hast du mich kennengelernt: häßlich und schön, alt und jung, schwach und kraftvoll; deshalb nehme ich wieder die Gestalt an, in der du mich im Gestüt gesehen hast, und nun, Herr, bin ich bereit, dich zu begleiten, wohin du befiehlst. Sag mir nur vorher, wie schnell ich dich tragen soll: wie der Wind oder wie der Gedanke?«

»Trägst du mich mit Gedankenschnelle, dann wirst du mir sehr nützlich sein, mein Pferdchen«, sagte der Königssohn.

»Gut, Herr, jetzt besteige mich ohne Furcht, und ich will dich tragen, wohin du willst.«

Der Königssohn stieg aufs Pferd, streichelte ihm die Mähne und rief: »Vorwärts, mein Pferdchen!«

Da flog das Pferd sanft wie der Wind davon, und als der Wind verweht, er schon im Hof und vor dem König steht.

»Willkommen, junger Held!« sagte der König spöttisch. »Dies Pferd also hast du dir ausgesucht?«

»Nun ja, Vater, wie es einem eben der Handel und das Glück anbieten; ich werde durch viele Orte ziehen müssen, und da möchte ich die Aufmerksamkeit der Leute nicht auf mich lenken. Ich werde bald zu Pferd und bald zu Fuß reisen, wie es eben besser geht.«

Mit diesen Worten sattelte er das Pferd, hängte die Waffen an den Sattelknopf, versah sich hinreichend mit Wegzehrung und Reisegeld, einem Zwerchsack voll reiner Wäsche und einer Holzflasche voll Wasser, dann küßte er dem Vater die Hand, nachdem er von ihm einen Brief für den Kaiser in Empfang genommen hatte, sagte seinen Brüdern Lebewohl und brach am dritten Tag gegen Abend auf, sein Pferd im Schritt vorwärtslenkend. So zog er dahin, bis es tiefe Nacht geworden war. Und siehe, gerade vor der Brücke kam auch ihm mit fürchterlichem Brummen der Bär entgegen. Das Pferd stürmte auf den Bären los, und der Königssohn schwang schon den Streitkolben um zuzuschlagen, da hörte er plötzlich eine menschliche Stimme, die sprach: »Lieber Sohn, schlage nicht zu, ich bin es ja!«

Der Königssohn sprang vom Pferd und sein Vater schloß ihn in die Arme, küßte ihn und sprach: »Mein Sohn, du hast dir einen guten Gefährten gewählt. Hat dich jemand beraten, so hat er es gut gemeint; hast du aber nach deinem eigenen Kopf gehandelt, so hast du einen guten Kopf. Geh deines Weges, denn du bist würdig, Kaiser zu werden! Behalte nur den Rat im Sinn, den ich dir gebe: Auf deiner Reise wirst du sowohl böse als auch gute Menschen nötig haben, doch hüte dich vor rothaarigen Menschen, ganz besonders aber vor bartlosen, so gut du kannst; mach dir mit ihnen nichts zu schaffen, denn sie sind sehr gefährlich. Bei allen Gelegenheiten wird dir auch das Pferd, dein Gefährte, raten, wie du handeln mußt, denn auch mich hat es in meiner Jugend aus manchen Gefahren gerettet. Da, nimm auch dieses Bärenfell mit, es wird dir noch einmal von Nutzen sein.«

Darauf streichelte er das Pferd und küßte alle beide noch einigemal mit den Worten: »Zieht in Frieden, meine Lieben! Hinfort weiß Gott allein, wann wir uns wiedersehen.«

Der Königssohn stieg aufs Pferd, das Pferd schüttelte sich und zeigte sich, dem König zu Gefallen, noch einmal in seiner Jugendkraft, dann machte es einen Sprung rückwärts und einen vorwärts und

Nahm den Weg zum Kaiserreiche.
Gottes Schutz nicht von uns weiche,
Daß den Fortgang der Geschichte
Bis zum End' ich euch berichte.

So zogen sie denn dahin, einen Tag und zwei Tage und neunundvierzig Tage, bis sie ihr Weg schließlich in einen Wald führte, und da kam ihnen ein bartloser Mann entgegen und redete den Königssohn dreist an: »Willkommen, junger Held! Brauchst du auf deinem Weg keinen Diener? Es ist recht schwierig, allein durch diese Gegenden zu reisen, es könnte dir ein wildes Tier entgegentreten und deinem Weg ein Ende setzen. Ich kenne mich hier gut aus, und vielleicht kannst du weiterhin einen Mann wie mich gebrauchen.«

»Vielleicht, vielleicht auch nicht«, sagte der Königssohn und blickte dabei dem Bartlosen scharf in die Augen, »doch vorläufig überlasse ich es dem Zufall.«

Damit gab er dem Pferd die Sporen und ritt davon.

So kam er immer tiefer in den Wald, und auf einem Hohlweg stand plötzlich wieder der Bartlose vor ihm, diesmal in ein anderes Gewand gekleidet, und sprach mit hoher, verstellter Stimme: »Gute Fahrt, Wanderer!«

»Möge dein Herz so gut sein wie dein Blick!« sagte der Königssohn.

»Was mein Herz betrifft, so wolle Gott nur keinem ein schlechteres geben!« sagte der Bartlose seufzend. »Doch was nützt es? Der gute Mensch hat kein Glück, das ist eine alte Geschichte. Bitte, nimm es mir nicht übel, Wanderer, aber weil nun einmal das Gespräch darauf gekommen ist, sag ich's dir wie einem Bruder, daß ich seit meiner frühesten Kindheit fremden Leuten diene: das fiele mir auch nicht weiter lästig, da ich gerne zugreife und an Arbeit gewöhnt bin. So aber schufte ich und schufte, und es fällt nichts ab für mich, weil ich immer nur an bettelarme Dienstherren geraten bin. Und wie das Sprichwort sagt: Wie der Herr, so der Knecht. Fände ich einmal einen Herrn, wie ich ihn mir wünsche – ich wüßte nicht, was ich für ihn tun würde, um ihn zufriedenzustellen. Brauchst du keinen Diener, junger Held? Wenn ich dich so ansehe, gleichst du einem, der Geld im Beutel hat. Warum knauserst du um nichts und wieder nichts und nimmst dir nicht einen tüchtigen Diener, daß er dir auf dem Wege behilflich sei? Diese Gegenden sind gefährlich; du kannst nicht wissen, was dir zustoßen kann, und Gott bewahre, daß du allein überrascht wirst!«

»Vorläufig brauche ich dich immer noch nicht«, sagte der Königssohn mit der Hand am Streitkolben. »Ich werde mich selbst bedienen, so gut ich kann.« Damit gab er dem Pferd wieder die Sporen und ritt rascher davon.

Als er immer weiter durch die finsteren Wälder zog, war der Weg mit einemmal versperrt, die Pfade begannen sich zu verwirren, so daß der Königssohn nicht mehr wußte, welche Richtung er einschlagen solle.

›Teufel, in was für ein Wirrsal bin ich da geraten! Da ist eine Einladung zum gedeckten Tisch schon angenehmer! Weit und breit kein Dorf, kein Marktflecken, nichts. Nach allen Richtungen stößt man auf Wüsteneien, als sei jedes menschliche Wesen von der Erdoberfläche verschwunden. Es tut mir leid, daß ich nicht wenigstens den zweiten Bartlosen mitgenommen habe. Ist es seine Schuld, wenn er nach seiner Mutter geraten ist? Zwar hat mein Vater es so gewünscht, was aber soll ich nun in dieser argen Bedrängnis anfangen? Das Sprichwort hat doch recht, wenn es sagt: Schlimm genug ist's mit dem Bösen, doch noch schlimmer ohne das Böse.‹

Während er so bald auf einem schmalen Steig, bald auf einem verlassenen Weg umherirrte, trat ihm plötzlich wieder der Bartlose entgegen, abermals anders gekleidet und auf einem schönen Roß reitend; mit verstellter Stimme begann er den Königssohn zu beklagen: »Armer Mann, du bist auf einen schlechten Weg geraten. Man sieht, daß du hier fremd bist und die Gegend nicht kennst. Du hast großes Glück gehabt, daß du mir begegnet und nicht diesen Abhang hinuntergestiegen bist, sonst wärest du verloren gewesen. Sieh, dort in jenem Abgrund hat ein schrecklicher Stier vielen Wagemutigen die Lebenstage verkürzt. Selbst ich, so kampftüchtig du mich hier stehen siehst, bin ihm erst kürzlich nur mit knapper Not entronnen. Kehr um, oder wenn du deine Reise fortsetzen mußt, nimm dir wenigstens jemand zu deinem Beistand mit! Selbst ich würde in deine Dienste treten, wenn es dir recht wäre.«

»Das sollte ich wohl tun, guter Mann«, sagte der Königssohn. »Aber ich will es dir offen sagen: als ich von zu Hause aufbrach, hat mir mein Vater auf die Seele gebunden, ich solle mich vor rothaarigen, besonders aber vor bartlosen Menschen hüten, so gut ich könne; ich solle mir nichts mit ihnen zu schaffen machen. Wärest du nicht bartlos, ich würde dich mit Freude in meinen Dienst nehmen.«

»O je, Wanderer, wenn das deine Meinung ist, kannst du herumziehen, bis dir die Sattelriemen reißen, und wirst keinen Diener finden, wie du ihn suchst, denn hierzulande gibt es nur bartlose Männer. Übrigens möchte ich dich fragen, was für eine Unannehmlichkeit dir eigentlich daraus erwachsen könnte? Offenbar hast du noch nie das Sprichwort gehört: Auf das Haar und die bloßen Ellenbogen kommt's nicht an. Wenn die Augen nicht schwarz sind, küßt man eben die blauen. Danach solltest auch du dich richten. Danke Gott, daß du mich gefunden hast, und nimm mich in deinen Dienst. Und fängst du erst einmal an, dich an mich zu gewöhnen, werde ich so leicht nicht mehr von dir loskommen, dessen bin ich gewiß. Ich bin nun einmal so geartet, daß ich nur eines, das aber um so besser verstehe: meinem Herrn in Treue zu dienen. Nun, überlege nicht mehr lange, denn ich fürchte, daß uns die Nacht hier überrascht. Hättest du wenigstens ein gutes Pferd, dann ginge es noch an, aber wenn ich diese Schindmähre sehe, wird es mir um dich bange.«

»Je nun, Bartloser, ich weiß nicht recht, was ich tun soll«, sagte der Königssohn. »Seit meiner Kindheit bin ich gewohnt, meinem Vater zu gehorchen, und wenn ich dich jetzt als Diener anwerbe, ist mir dabei nicht ganz wohl zumute. Da ich aber bisher schon zwei Bartlosen begegnet bin und du nun der dritte bist, muß ich annehmen, daß dies wirklich das Land der Bartlosen ist, und so bleibt mir nichts anders übrig. Ob es mir paßt oder nicht, ich muß dich wohl mitnehmen, da du versicherst, diese Gegend gründlich zu kennen.«

Mit wenig Worten nahm ihn der Königssohn in seinen Dienst, und danach brachen sie zusammen auf, um auf den Weg zu gelangen, den der Bartlose wies. Als sie ein gut Stück Weges geritten waren, schützte der Bartlose Durst vor und verlangte seinem Herrn die Holzflasche mit dem Wasser. Der Königssohn gab sie ihm, doch kaum hatte sie der

Bartlose an den Mund geführt, setzte er sie sofort mit verzogenem Gesicht wieder ab und goß das ganze Wasser aus. Da rief der Königssohn zornig: »Aber, Bartloser, was stellst du da an? Siehst du nicht, was für eine Wasserarmut hier herrscht? Bei dieser Hitze wird uns der Durst ganz ausdörren.«

»Verzeih, Herr! Das Wasser war faul, wir hätten davon krank werden können. Doch um gutes Wasser brauchst du dir keine Sorgen zu machen; gleich werden wir zu einem Brunnen mit wohlschmeckendem, eiskalten Wasser kommen. Dort wollen wir ein wenig rasten, ich werde die Holzflasche gut ausspülen und mit frischem Wasser füllen, daß wir unterwegs welches haben. Weiterhin gibt es kaum noch Brunnen, und dann wird uns das Wasser sehr fehlen.«

Einen Fußpfad einschlagend, ritten sie noch ein Stück, bis sie auf eine Waldwiese kamen, da stießen sie plötzlich auf einen Brunnen mit einer Einfassung aus Eichenbalken, deren Deckel aufgeschlagen war. Der Brunnen war tief und hatte weder Rad noch Schwengel, sondern nur eine Leiter, auf der man bis zum Wasser hinabsteigen konnte.

»Nun, Bartloser, jetzt will ich sehen, was du taugst«, sagte der Königssohn.

Der Bartlose lächelte vor sich hin, er stieg in den Brunnen hinab, füllte die Holzflasche und hängte sie um die Hüfte. Dann, während er noch dort unten nahe dem Wasserspiegel auf der Leiter verweilte, rief er: »Ah, wie kühl es hier unten ist!

Des Bösen Siegel

Am Wasserspiegel!

Am liebsten möchte ich gar nicht mehr hinaufkommen. Gott vergebe dem, der diesen Brunnen gegraben hat, seine Sünden, denn er hat ein gutes Werk getan! Bei dieser Hitze ist eine solche Abkühlung unbezahlbar!«

Er blieb noch eine Weile unten, dann kam er herauf und sprach: »Mein Gott, du kannst dir das nicht vorstellen, Herr, wie leicht ich mich fühle, es ist mir wahrhaftig, als ob ich fliegen könnte. Steig auch du einen Augenblick hinein und sieh selbst, wie es einen abkühlt. Du wirst nachher so erfrischt sein, daß du dich leicht wie eine Feder fühlst.«

Der Königssohn, in Listen solcherart noch völlig unerfahren, folgte dem Rat des Bartlosen und stieg in den Brunnen, ohne auch nur zu ahnen, was ihm drohte. Und wie er unten verweilte, um sich abzukühlen, schlug der Bartlose den Deckel krachend auf den Brunnenrand, schwang sich darauf und sagte mit boshafter Stimme: »Hehe, Sohn des Schlaukopfs, wohin bist du geraten? Wovor du dich hüten wolltest, dem bist du nicht entgangen. Dich habe ich fein überlistet! Jetzt mußt du mir sagen, wer du bist, woher du kommst und wohin du gehst; tust du das nicht, dann werden deine Knochen dort unten verfaulen.«

Was blieb dem Königssohn übrig? Er erzählte ihm alles auf das ausführlichste, denn welcher Mensch klammert sich nicht ans Leben?

»Gut, das wollte ich aus deinem Munde erfahren, du junge Natter«, sagte darauf der Bartlose. »Sei nur bedacht, mir die Wahrheit zu sagen, denn wenn ich dich dabei ertappe, daß du mich betrügst, wirst du es schwer büßen müssen! Auf der Stelle könnte ich dich ungehindert ums Leben bringen, wenn ich nicht Erbarmen mit deiner Jugend hätte. Doch willst du wieder das Sonnenlicht sehen und über grünen Rasen schreiten, dann mußt du mir auf die Spitze deines Pallaschs schwören, daß du mir gehorchen und dich unterwerfen willst, selbst wenn ich von dir verlangen sollte, daß du ins Feuer springst. Von heute an bin ich an deiner Statt der Neffe des Kaisers, von dem du mir erzählt hast, und du bist mein Diener; du wirst mir so lange dienen, bis du stirbst und wiederauferstehst. Wohin immer du mich begleiten solltest, hüte dich, etwas von dem, was sich zwischen uns zugetragen hat, verlauten zu lassen, sonst wirst du vom Erdboden verschwinden. Gefällt es dir, unter diesen Bedingungen weiterzuleben, so ist alles schön und gut; gefällt es dir nicht, so sag es mir offen ins Gesicht, damit ich weiß, welche Arznei ich dir verabreichen muß.«

Da der Königssohn sich wie in einer Zange gefangen und völlig wehrlos sah, schwor er Treue und Unterwerfung in allen Dingen und stellte sein Schicksal Gottes Weisheit anheim, wie er es fürderhin lenken wolle. Darauf bemächtigte sich der Bartlose des Briefes, des Geldes und der Waffen des Königssohnes und nahm sie an sich, dann erst ließ er ihn aus dem Brunnen heraus, ließ ihn zur Besiegelung des

Eides den Pallasch küssen und sprach zu ihm: »Von nun an, merk dir das, heißt du der Weiße Mohr; dieser und kein anderer ist hinfort dein Name.«

Dann stiegen beide zu Roß und brachen auf, der Bartlose als Herr voran, der Weiße Mohr als Diener hintennach und

Vorwärts gings zum Kaiserreiche.
Gottes Schutz nicht von uns weiche,
Daß den Fortgang der Geschichte
Bis zum End' ich euch berichte.

Und sie ritten und sie ritten ihren Weg und überschritten mächtig große Ströme, neun, überquerten auch neun Meere und neun Länder, bis sie endlich bei dem Kaiser eintrafen.

Nach ihrer Ankunft begab sich der Bartlose mit dem Brief des Königs zum Kaiser. Als der Grüne Kaiser den Brief gelesen hatte, war er außer sich vor Freude darüber, daß sein Neffe gekommen war; sofort stellte er ihn seinem Hofstaat und seinen Töchtern vor, die ihn mit allen Ehren empfingen, die einem Königssohn und dem Thronerben eines Kaisers zustehen.

Als der Bartlose sah, daß seinen Lügen Glauben geschenkt wurde, rief er den Weißen Mohr zu sich und sagte ihm barsch: »Du bleibst im Stall, und rührst dich nicht weg von dort, und sorgst auf mein Pferd wie auf deinen Augapfel; denn wenn ich einmal hinkomme und nicht alle Arbeit zu meiner Zufriedenheit verrichtet finde, dann wehe deiner Haut! Einstweilen steck diese Ohrfeige ein, damit du im Sinn behältst, was ich gesagt habe. Hast du dir meine Worte gut gemerkt?«

»Ja, Herr«, sagte der Weiße Mohr mit niedergeschlagenem Blick und ging hinaus in den Stall.

So offenbarte der Bartlose sein wahres Wesen, um dem Weißen Mohren noch größere Furcht einzujagen.

Die Töchter des Kaisers, die zufällig dabeistanden, als der Bartlose den Weißen Mohren schlug, hatten Mitleid mit diesem und redeten begütigend auf den Bartlosen ein: »Vetter, das ist nicht recht, was du tust. Wenn Gott es auch so eingerichtet hat, daß wir über die andern gesetzt sind, müssen wir doch Mitleid mit ihnen haben, denn die Bedauernswerten sind ja auch Menschen.«

»Ach, meine lieben Basen«, sagte der Bartlose mit gewohnter Schlauheit, »ihr wißt noch nicht, wie es auf der Welt zugeht. Wenn die wilden Tiere nicht gebändigt worden wären, hätten sie den Menschen schon längst zerfleischt. Ihr müßt wissen, daß die meisten Menschen auch nur Tiere sind, die im Zaum gehalten werden müssen, wenn man mit ihnen etwas leisten will.«

Und da behaupte noch einer, daß der Jüngste Tag nicht bevorstehe! Gott bewahre uns davor, daß sich Schufte als Herren aufspielen! Heißt es doch auch:

> Gib mir, Herr, was mir gefehlt,
> Daß ich staun, was ich geworden.

Die Mädchen gingen zu einem andern Gespräch über, in ihrem Herzen aber verziehen sie dem Bartlosen trotz seiner Erklärungen, und obwohl sie ihn für ihren Verwandten hielten, sein ungebührliches Verhalten nicht, denn Güte hat nichts gemein mit Schlechtigkeit, wie es auch im Sprichwort heißt:

> Weinstock edle Triebe treibt,
> Attich immer Unkraut bleibt.

Von jener Stunde an waren sie sich einig, daß der Bartlose so gar nicht in ihre Art schlage, weder im Aussehen noch an Herzensgüte, da sei sein Diener, der Weiße Mohr, von viel angenehmerem Äußern und scheine auch ein viel besserer Mensch zu sein. Offenbar sagte ihnen ihr Herz, daß der Bartlose ihr Vetter nicht sei, und deswegen mochten sie ihn nicht leiden. Sie haßten ihn bald so sehr, daß sie, wenn es nach ihnen gegangen wäre, sich von ihm ferngehalten hätten wie vom leibhaftigen Gottseibeiuns. Aber das konnten sie nun wieder nicht, wenn sie nicht den Zorn des Kaisers erregen wollten.

Eines Tages, als der Bartlose mit seinem Oheim, seinen Basen und anderen Hofleuten beim Mahle saß, wurde gegen Ende der Mahlzeit auch ein wunderbar wohlschmeckender Salat aufgetragen. Da sprach der Kaiser zum Bartlosen: »Neffe, hast du jemals so einen Salat gegessen?«

»Nein, Oheim«, sagte der Bartlose. »Gerade wollte ich dich fragen, woher du ihn hast, er schmeckt gar zu gut. Ich könnte einen Wagen voll davon essen und hätte wohl auch damit nicht genug.«

»Das glaube ich dir gerne, Neffe, aber wenn du wüßtest, wie schwer er zu bekommen ist! Denn nur im Bärengarten, von dem du vielleicht gehört hast, ist dieser Salat zu finden, und nur selten gelingt es einem Menschen, ihn zu pflücken und lebendig zu entkommen. Unter allen Bewohnern meines Reiches wagt sich nur ein Waldheger an diese Aufgabe heran. Der weiß, wie er es anstellen muß, um mir von Zeit zu Zeit eine Kostprobe davon zu bringen.«

Der Bartlose, der entschlossen war, den Weißen Mohren um jeden Preis loszuwerden, sprach zum Kaiser: »Bei Gott, Oheim, es sollte mich sehr wundern, wenn mein Diener es nicht fertigbrächte, mir solchen Salat zu bringen, und sei es selbst aus der Steinwüste.«

»Was redest du da, Neffe?« sagte der Kaiser. »Wie stellst du dir das vor, daß einer wie er, der noch dazu diese Gegend gar nicht kennt, eine solche Tat zustande brächte? Du scheinst seiner überdrüssig zu sein?«

»Überlaß das mir, Oheim, und sorge dich nicht um ihn! Ich wette, daß er mir genau solchen Salat und dazu noch in reicher Menge bringt, denn ich weiß, was er vermag.«

Sogleich rief der Bartlose den Weißen Mohren zu sich und fuhr ihn an: »Jetzt gehst du auf der Stelle und bringst mir wie du kannst solchen Salat aus dem Bärengarten. Los, flugs hinaus mit dir und setz dich in Trab, es ist keine Zeit zu verlieren! Doch laß es dir nicht einfallen, dich aus dem Staub zu machen, denn selbst in einem Mauseloch entrinnst du mir nicht.«

Bekümmert ging der Weiße Mohr hinaus, begab sich in den Stall, strich seinem Pferd über die Mähne und sprach: »Ach, mein Pferdchen, wenn du wüßtest, in was für ein Ungemach ich geraten bin! Gesegnet seien die Worte meines Vaters, er hat mir gute Lehren gegeben! Weil ich seine Worte nicht befolgt habe, bin ich zum Stallknecht herabgesunken, und muß nun, ob ich will oder nicht, gehorchen, denn mein Kopf steht auf dem Spiel.«

»Herr«, sagte das Pferd, »jetzt ist es ganz gleich, ob du mit dem Kopf an den Stein stößt oder dich der Stein am Kopf trifft. Ermanne dich und verlier nicht den Mut! Steig in den Sattel und vorwärts! Ich weiß, wohin ich dich führen soll, und Gott der Allmächtige wird uns aus dieser Gefahr erretten.«

Der Weiße Mohr faßte wieder Mut, bestieg das Pferd und überließ es seinem Willen, ihn zu führen, wohin es wolle.

Zunächst ging das Pferd im Schritt, bis es so weit gekommen war, daß sie niemand mehr sehen konnte. Dann zeigte es seine Künste und rief: »Herr, jetzt halte dich fest an mir, denn

Ich will fliegen wie der Wind,
Jagen durch die Welt geschwind.

Gott ist groß, aber auch der Teufel ist ein Meister. Verlaß dich drauf, wir werden auch dem Bartlosen beikommen können, dem wird schon noch seine Stunde schlagen!«

Und plötzlich flog das Pferd mit dem Weißen Mohren bis zu den Wolken hinauf, dann nahm es seinen Weg quer über die Erde hin

Über vieler Wälder Wipfel,
Über vieler Berge Gipfel
Und weit über Meeresflut.

Schließlich ließ es sich langsam auf eine schöne Insel inmitten eines Meeres hinab, neben ein einsames Häuschen, auf dem zottiges Moos wuchs, so hoch wie ein halber Heuschober, so weich wie Seide und so grün wie ein Laubfrosch.

Da sprang der Weiße Mohr ab, und zu seinem großen Staunen trat ihm auf der Türschwelle die Bettlerin entgegen, der er ein Geldstück als Almosen gegeben hatte, bevor er von zu Hause aufgebrochen war.

»Nun, Weißer Mohr, nicht wahr, meine Worte, daß Berg mit Berg, erst recht aber Mensch mit Mensch zusammentreffen, sind an dir in Erfüllung gegangen? Vernimm denn, daß ich die heilige Sonntagsfee bin und genau weiß, welche Not dich zu mir gebracht hat. Der Bartlose will dich auf jede Weise um deinen Kopf bringen, und deshalb hat er dich ausgesandt, ihm aus dem Bärengarten Salat zu bringen. Der aber soll ihm nicht gut bekommen! Bleib heute nacht hier, damit ich überlege, was zu tun ist.«

Der Weiße Mohr blieb gerne, voll Dankbarkeit für die freundliche Aufnahme und Fürsorge, die ihm die heilige Sonntagsfee erwies.

»Glaub mir, nicht ich, sondern die Kraft deiner milden Gabe und dein gutes Herz werden dir beistehen, Weißer Mohr«, sagte die heilige Sonntagsfee und ließ ihn allein, damit er sich ungestört ausruhen könne.

Nachdem die Fee das Haus verlassen hatte, ging sie bloßen Fußes durch den Tau, um eine Schürze voll Schlafkraut zu sammeln, das kochte sie mit einem Eimer süßer Milch und einem Eimer Honig, dann nahm sie diesen Trank und eilte, ihn in den Brunnen im Bärengarten zu gießen, der bis an den Rand voll Wasser war. Und während sie noch vor dem Brunnen verweilte, sah sie auch schon mit weitaufgerissenem Rachen fürchterlich brummend den Bären herantraben. Als er beim Brunnen ankam, begann er gierig vom Wasser zu trinken und leckte sich die Lefzen, weil es so süß und wohlschmeckend war. Er hielt mit dem Trinken inne und brummte befriedigt, darauf trank er wieder eine gute Weile und brummte von neuem, bis schließlich seine Kräfte zu erlahmen begannen, er betäubt zu Boden fiel und wie ein Toter schlief, so daß man auf ihm hätte Holz hacken können.

Als die heilige Sonntagsfee ihn so liegen sah, eilte sie augenblicklich davon und weckte, obwohl es Mitternacht war, den Weißen Mohren mit den Worten: »Kleide dich rasch in das Bärenfell, das du von deinem Vater hast, geh hier immer geradeaus, und sobald du die Wegkreuzung erreicht hast, stößt du auch schon auf den Bärengarten. Spring flugs hinein, such dir den schönsten Salat aus und nimm dir, soviel du haben willst, denn den Bären habe ich unschädlich gemacht. Falls du aber merken solltest, daß er aufwacht und sich auf dich stürzt, wirf ihm das Bärenfell hin und lauf, so schnell du kannst, her zu mir!«

Der Weiße Mohr tat, wie ihn die heilige Sonntagsfee geheißen hatte. Sobald er im Garten angekommen war, pflückte er den auserlesensten Salat und machte daraus ein so großes Bündel, daß er es kaum auf den Rücken heben konnte. Als er aber mit ihm den Garten verlassen wollte, wachte der Bär plötzlich auf und setzte ihm stracks nach. Doch als der Weiße Mohr die drohende Gefahr gewahrte, warf er sein Bärenfell hin und lief, so schnell er es mit seiner Last auf dem Rücken vermochte, geradewegs zur heiligen Sonntagsfee und kam auf diese Weise mit heiler Haut davon.

Nun dankte der Weiße Mohr der Fee für alles Gute, das sie ihm erwiesen, küßte ihr die Hand, nahm den Salat, sprang aufs Roß und
Ritt zurück zum Kaiserreiche.
Gottes Schutz nicht von uns weiche,

Daß den Fortgang der Geschichte
Bis zum End' ich euch berichte.

Auf dem gleichen Weg, den er gekommen war, langte er schließlich im Kaiserreich an und übergab dem Bartlosen den Salat. Als der Kaiser und seine Töchter das sahen, staunten sie sehr. Der Bartlose aber sagte aufgeblasen: »Nun, Oheim, was sagst du dazu?«

»Was soll ich sagen, Neffe! Hätte ich einen Diener wie diesen, würde ich mich nicht so aufspielen vor ihm.«

»Weshalb hat ihn mir mein Vater mitgegeben? Doch nur wegen seiner Tüchtigkeit«, sagte der Bartlose, »ansonsten hätte ich ihn wahrlich nicht mitgenommen, um mir von ihm das Leben vergällen zu lassen.«

Einige Tage später zeigte der Kaiser dem Bartlosen ein paar Edelsteine und fragte: »Neffe, hast du, seit du auf der Welt bist, jemals so große und schöne Edelsteine wie diese gesehen?«

»Ich habe schon allerlei Edelsteine gesehen, Oheim, aber solche wie diese, das muß ich aufrichtig sagen, habe ich noch nicht zu Gesicht bekommen. Wo findet man solche Steine?«

»Wo man sie findet, Neffe? Nun, in dem Hirschwald. Dort lebt ein Hirsch, der ist ganz mit Edelsteinen bedeckt, die noch größer und schöner sind als diese hier. Vor allem soll er einen auf der Stirne tragen, der leuchtet wie die Sonne. Aber niemand kann sich an den Hirsch heranpirschen, denn er ist gefeit, und keinerlei Waffe kann ihn verletzen; wen er dagegen erblickt, der kommt nicht mehr mit dem Leben davon. Deshalb flieht alle Welt entsetzt vor ihm. Doch nicht nur das, er braucht ein Lebewesen, sei es Mensch oder Tier, nur anzusehen, so fällt es auf der Stelle tot zu Boden. Man erzählt, daß aus diesem Grund unzählige Menschen und wilde Tiere tot in seinem Walde liegen. Er muß entweder verzaubert oder vorzeitig der Mutterbrust entwöhnt worden sein; weiß der Teufel, woran es sonst liegen könnte, daß er so gefährlich ist. Nun mußt du aber wissen, Neffe, daß es Menschen gibt, die hartnäckiger als der Teufel sind: sie gönnen sich weder Rast noch Ruh, und sollte es sie den Kopf kosten; obwohl sie schon in große Gefahren geraten sind, suchen sie doch immer wieder in seinem Wald eine Gelegenheit, den Hirsch zu erlegen. Und wer von ihnen zu seiner

Tollkühnheit auch noch etwas Glück hat, der findet beim Umherstreifen manchmal einen von diesen Steinen, die vom Hirsch abfallen, wenn er sich alle sieben Jahre einmal schüttelt. Dann ist der Mann auf keinen andern Erwerb mehr angewiesen. Er bringt den Stein zu mir, und ich bezahle ihm dafür mehr, als er wert ist, denn ich bin froh, daß ich ihn überhaupt bekomme. Du mußt wissen, Neffe, daß diese Steine die Zierde meines Reiches sind; in keinem andern Reich gibt es größere und schönere, deshalb hat sich ihr Ruhm in der ganzen Welt verbreitet. Viele Kaiser und Könige kommen eigens hierher, um sie zu betrachten, und wundern sich, woher ich sie habe.«

»Mein Gott, Oheim«, sagte darauf der Bartlose, »sei mir nicht böse, aber ich weiß nicht, was für furchtsame Leute ihr hier habt. Ich bin zu jeder Wette bereit, daß mir mein Diener das Fell jenes Hirsches mitsamt dem Kopf und all seinem Zierat herbeibringt.«

Sofort rief er den Weißen Mohren herbei und befahl ihm: »Geh in den Hirschwald, wie du kannst und weißt, und setze alle Hebel in Bewegung. – Unbedingt mußt du mir aber das Fell des Hirsches bringen mitsamt dem Kopf und allen Edelsteinen, wie es vorfindest. Sollte dich aber der Teufel reiten, auch nur einen Stein von seinem Platz zu entfernen und etwa gar den großen von der Stirne des Hirsches, dann ist es um dich geschehen. Geh, beeil dich, es ist keine Zeit zu verlieren!«

Der Weiße Mohr merkte wohl, worauf die Sache hinauslaufen sollte, denn er war kein Holzklotz; aber da er keinen Ausweg wußte, entfernte er sich betrübt, ging wieder zu seinem Pferd in den Stall, und während er ihm über die Mähne strich, sagte er: »Mein liebes Pferdchen, der Bartlose hat mich abermals in große Not gebracht. Wenn ich auch diesmal mit dem Leben davonkomme, dann werden mir noch bessere Tage beschieden sein. Aber ich weiß wirklich nicht, wie das Schicksal diesmal entscheiden wird.«

»Das soll dich nicht bekümmern, Herr«, sagte das Pferd. »Wenn nur der Kopf klar bleibt, denn Widerwärtigkeiten gibt's übergenug. Hast du vielleicht den Befehl erhalten, dem Mühlstein das Fell abzuziehen und es an den Kaiserhof zu bringen?«

»Das nicht, liebes Pferdchen, aber einen anderen, noch schrecklicheren Befehl«, sagte der Weiße Mohr.

»Warum nicht gar! Herr, wir halten doch zusammen«, sprach das
Pferd. »Fürchte dich nicht, ich kenne die Machenschaften des Bartlosen; hätte ich gewollt, so hätte ich ihm schon alles heimgezahlt, aber
laß ihn nur weiter sein Unwesen treiben! Meinst du nicht auch, daß
solche Kerle manchmal auf der Welt notwendig sind, denn sie bringen
die Menschen zur Vernunft? Bilde dir ein, du hättest auch eine Sünde
deiner Vorfahren abzubüßen. Das Sprichwort sagt doch: Die Eltern
essen saure Trauben, und den Kindern werden die Zähne stumpf. Auf,
laß das Grübeln! Steig auf und setz deine Hoffnung auf Gott, seine
Macht ist groß, er wird uns nicht mehr lange leiden lassen. Was willst
du denn? Was dem Menschen bestimmt ist, das steht ihm an der Stirn
geschrieben. Aber der dort oben ist mächtig, einmal wird auch all
dieses ein Ende nehmen!«

Da stieg der Weiße Mohr aufs Pferd, und dies ging so lange im
Schritt, bis niemand sie mehr sehen konnte. Dann straffte es sich,
schüttelte sich einmal tüchtig und zeigte wieder seine Wunderkräfte,
während es rief: »Halte dich fest, Herr, denn wir werden jetzt im Fluge

> Auf bis zu den Himmelshöhen,
>
> So hoch Erdenlüfte wehen,
>
> Über hoher Berge Gipfel,
>
> Über dichter Wälder Wipfel,
>
> Wo um Hügel Nebel brauen,
>
> Wo des Meeres Tiefen blauen,
>
> Bis zur Feenkönigin,
>
> Wunder aller Wunder, hin
>
> Auf die Blumeninsel ziehn.«

Kaum hatte er das gesprochen, als es auch schon mit dem Weißen
Mohren davonflog

> Auf bis zu den Himmelhöhn,
>
> So hoch Erdenlüfte wehn,

und dann nahm er seine Bahn

> Wolkenhoch in Sonnenfernen
>
> Zwischen Mond und Morgensternen,
>
> Vielen leuchtend hellen Sternen,

und sank schließlich sanft wie der Wind

Auf der Blumeninsel Grün
Zu der Feenkönigin,
Wunder aller Wunder, hin.

Als der Wind verweht war, da waren sie auch schon wieder bei der heiligen Sonntagsfee angekommen. Sie war zu Hause, und als sie den Weißen Mohren erblickte, wie er vor ihrer Tür haltmachte, ging sie ihm sofort entgegen und sprach zu ihm voll Sanftmut: »Ei, Weißer Mohr, mir scheint, du hast wieder meine Hilfe nötig?«

»So ist es, Mütterchen«, antwortete der Weiße Mohr in seine Sorgen versunken und so fahl im Gesicht, als ob man eben das Leichentuch von seinem Antlitz zurückgeschlagen hätte.

»Um jeden Preis will mich der Bartlose um meinen Kopf bringen. Wenn ich doch gleich stürbe, damit ich endlich dieser Pein ledig wäre! Lieber tausendmal den Tod als ein solches Leben!«

»O weh, Weißer Mohr!« sagte die heilige Sonntagsfee, »ich hätte dich nicht für so schwachherzig gehalten, aber jetzt erkenne ich, daß du ängstlicher bist als ein Weib. Steh doch nicht so da, wie eine beregnete Henne! Bleib heute nacht bei mir, ich werde dir schon behilflich sein. Gott ist mächtig, er wird dem Bartlosen nicht zu Willen sein. Du aber mußt Geduld üben, mein Sohn, denn du hast schon so viel erduldet, daß dir nur noch wenig zu dulden übrigbleibt. Bisher ist es schwer genug für dich gewesen, aber das wird auch weiterhin so bleiben, bis du von deiner Knechtschaft beim Bartlosen, von dem du noch manches Ungemach erleiden wirst, befreit bist; aber du wirst alles mit heiler Haut überstehen, denn das Glück ist dir hold.«

»Es mag wohl so sein, Mütterchen«, sagte der Weiße Mohr, »aber allzuviel hat sich über meinem Haupt zusammengeballt.«

»Wie es eben Gott gefügt hat, Weißer Mohr«, sagte die heilige Sonntagsfee. »So hat es kommen müssen, und dafür darfst du niemanden beschuldigen. Denn es kommt nicht so, wie der Mensch denkt, sondern wie Gott es lenkt. Wenn du einmal groß und mächtig bist, wirst du bemüht sein, alle Dinge gerecht abzuwägen, du wirst den Bedrückten und Unglücklichen Glauben schenken, denn nun weißt auch du, was Unglück bedeutet. Bis dahin übe dich in Geduld, Weißer Mohr, denn mit Geduld wirst du ihm das Fell versengen.«

Der Weiße Mohr hatte hierauf nichts zu erwidern, er dankte Gott für das Gute und für das Böse, der heiligen Sonntagsfee aber für die freundliche Bewirtung und die versprochene Hilfe.

»Siehst du, jetzt hast du den rechten Weg, gefunden, mein Sohn. Man mag sagen, was man will, wem es bestimmt ist, auf die Sünde zu stoßen, der wird sich bemühen, sie einzuholen, wenn sie vor ihm hergeht, und kommt sie hinter ihm her, wird er auf sie warten. Wozu noch ein langes Hin und Her? So ist nun einmal diese Welt, du kannst tun, was du willst, sie bleibt, wie sie ist. Du kannst sie nicht mit der Schulter umwälzen. Auch wenn du deinen Kopf dafür gibst. Halte dich ans Sprichwort: Laß die Welt Welt sein und kümmere dich um dein Seelenheil! Doch lassen wir das, sehen wir lieber zu, was wir mit dem Hirsch anfangen, denn der Bartlose wird dich schon mit Ungeduld erwarten. Und ist er nicht dein Herr? Du mußt ihm gehorchen, wie das Sprichwort sagt:

Binde das Pferd dort an, wo der Herr es befiehlt!«

Darauf holte die heilige Sonntagsfee die Gesichtsmaske und das Schwert Spannenhoch Elfenbarts von dort hervor, wo sie sie aufbewahrt hatte, und übergab beides dem Weißen Mohren mit den Worten: »Nimm dieses an dich, dort, wo wir jetzt hingehen, wirst du es sehr gut brauchen können. Und nun wollen wir mit Gottes Hilfe aufbrechen, um auch diese Sache zu einem guten Ende zu führen.«

Beim ersten Hahnenschrei brachen die heilige Sonntagsfee und der Weiße Mohr auf und begaben sich in den Hirschwald. Sobald sie dort angekommen waren, gruben sie bei einer Quelle, zu der der Hirsch täglich um die Mittagszeit kam, Wasser zu trinken, eine Grube, so tief, daß ein Mann darin stehen konnte. Nachher pflegte der Hirsch sich auf der Stelle niederzulegen, um wie ein Pascha zu schlafen, bis die Sonne unterging. Dann stand er auf, jagte davon und kehrte erst um die Mittagszeit des folgenden Tages zur Quelle zurück.

»So, jetzt ist die Grube fertig«, sagte die heilige Sonntagsfee. »Weißer Mohr, du mußt den ganzen Tag darin bleiben. Hör zu, was du zu tun hast: Setz die Maske auf, daß sie fest aufsitzt, das Schwert aber gib nicht aus der Hand; und wenn um die Mittagszeit der Hirsch zur Quelle kommt, um Wasser zu trinken, und sich nachher niederlegt

und nach seiner Gewohnheit mit geöffneten Augen einschläft, mußt
du, sobald du ihn schnarchen hörst, leise herauskommen und ihm mit
einem einzigen Schwerthieb den Kopf abhauen, dann spring schnell
wieder in die Grube und bleibe darin bis nach Sonnenuntergang. Bis
dahin wird der Kopf des Hirsches dich immer wieder beim Namen
rufen, um dich zu Gesicht zu bekommen, laß dich aber von seinen
Bitten nicht verlocken, sichtbar zu werden, denn er hat ein giftiges
Auge, und wenn sein Blick dich treffen würde, wäre es um dein Leben
geschehen. Doch wenn die Sonne untergegangen ist, kannst du sicher
sein, daß der Hirsch gestorben ist. Dann steige furchtlos heraus und
zieh ihm das Fell ab, den Kopf aber nimm mit, so wie du ihn findest,
und komm zu mir.«

Damit machte sich die heilige Sonntagsfee auf den Heimweg, der
Weiße Mohr aber blieb in der Grube auf der Lauer.

Gegen Mittag hörte er ein dumpfes Brüllen: der Hirsch trabte röh-
rend heran. Als er die Quelle erreichte, begann er gierig vom frischen
Wasser zu trinken; dann brüllte er von neuem und trank, bis sein Durst
gestillt war. Nun begann er mit dem Geweih wie ein Stier die Erde
hinter sich zu schleudern, scharrte dann dreimal mit dem Fuß den
Boden auf und ließ sich auf der Stelle ins Gras nieder, darauf kaute er
noch eine Weile, streckte sich schließlich zum Schlafen aus und ließ
bald ein Grunzen hören wie Schweine, wenn sie in die Bucheckern
getrieben werden.

Als der Weiße Mohr ihn schnarchen hörte, kroch er leise heraus und
versetzte ihm mit dem Schwert einen Hieb mitten durch den Hals, so
daß der Kopf vom Leibe des Hirsches losgetrennt zur Seite flog, dann
warf er sich blitzschnell in die Grube, so wie ihm die heilige Sonntagsfee geraten hatte. Da floß auch schon gurgelnd das Blut des
Hirsches heraus und strömte nach allen Seiten, floß in die Grube und
ergoß sich über den Weißen Mohren, daß dieser darin fast ertrunken
wäre. Der Kopf des Hirsches aber wand sich in Qualen und rief mit
schmerzerstickter Stimme: »Weißer Mohr, Weißer Mohr, deinen Namen habe ich wohl vernommen, aber gesehen habe ich dich noch nie.
Komm nur einen Augenblick hervor, damit ich wenigstens sehen
kann, ob du des Schatzes würdig bist, den ich dir hinterlasse, dann,
lieber Freund, will ich getrost sterben.«

Der Weiße Mohr aber verhielt sich mäuschenstill, obwohl seine Beine im geronnenen Blut, das allmählich die Grube anfüllte, immer mehr festsaßen.

So schrie der Kopf des Hirsches noch eine Weile, doch der Weiße Mohr antwortete nicht, noch zeigte er sich, und schließlich wurde es still. Nach Sonnenuntergang kroch er aus der Grube hervor, zog dem Hirsch sorgfältig das Fell ab, damit er keinen Stein von seinem Platz rühre, dann nahm er den ganzen Kopf, wie er dalag, und ging zur heiligen Sonntagsfee zurück.

»Nun, Weißer Mohr«, sagte diese, »so hätten wir auch dies zu einem guten Ende gebracht!«

»Mütterchen, mit Gottes und deiner Heiligkeit Hilfe ist es mir auch diesmal gelungen, die Launen des Bartlosen zu befriedigen«, antwortete der Weiße Mohr. »Ach, wäre ich ihn doch los und bekäme ihn nicht eher zu Gesicht als meinen eigenen Nacken, denn wenn ich ihn sehe, wird mir ganz schwarz vor den Augen.«

»Überlaß ihn dem Gericht Gottes, Weißer Mohr, auch der Bartlose wird einmal seinen Meister finden, denn keine Tat bleibt unvergolten«, sagte die heilige Sonntagsfee. »Nun geh und bring ihm diese Beutestücke, denn auch die werden ihm einmal angerechnet werden.«

Da dankte der Weiße Mohr der heiligen Frau und küßte ihr die Hand, dann bestieg er sein Pferd, schlug denselben Weg ein, den er gekommen war,

Und vorwärts ging's zum Kaiserreiche.
Gottes Schutz nicht von uns weiche,
Daß den Fortgang der Geschichte,
Bis zum End' ich euch berichte.

Und wo er vorüberkam, strömten die Leute aus allen Himmelsrichtungen zusammen, denn der große Stein auf dem Kopf des Hirsches strahlte, als ob der Weiße Mohr die Sonne selbst mit sich brächte.

Viele Könige und Kaiser gingen ihm entgegen, der Reihe nach baten ihn alle um seine Schätze; der eine bot ihm Geld, soviel er haben wolle, der andere seine Tochter und die Hälfte seines Reiches, der dritte gar die Tochter und sein ganzes Reich für diese Kleinodien; aber der Weiße Mohr hütete sich vor solchen Versuchungen wie vor dem Feuer, setzte seinen Weg fort und brachte die Schätze seinem Herrn.

Eines Abends, als der Bartlose mit dem Oheim und den Basen in einem Turm des Schlosses beisammensaß, erblickten sie in der Ferne ein Bündel funkelnder Strahlen, das auf sie zukam; je mehr es sich näherte, desto heller leuchtete es und blendete ihre Augen. Alles, was Atem hatte, setzte sich in Bewegung, ganz verstört liefen Menschen über Menschen herbei, um zu sehen, was das für ein Wunder sei. Und wer war es? Der Weiße Mohr, der im Schritt einhergeritten kam und Fell und Kopf des Hirsches brachte, um sie schließlich dem Bartlosen zu überreichen.

Beim Anblick solcher Wunderdinge erstarrten alle und blickten einander an, ohne zu wissen, was sie dazu sagen sollten. Denn dieses war wahrhaftig ein Wunder!

Der Bartlose allein mit seiner gewohnten Hinterhältigkeit ließ sich nicht aus dem Gleichgewicht bringen und wandte sich an den Kaiser mit den Worten: »Nun, Oheim, was sagst du dazu? Haben sich meine Worte bewahrheitet?«

»Was soll ich sagen, Neffe!« antwortete der Kaiser staunend. »Hätte ich einen so tüchtigen und treuen Diener wie den Weißen Mohren, ich würde ihn neben mich an meine Tafel setzen, denn so ein Mensch ist nicht mit Gold zu bezahlen.«

»Diesen Wunsch mag er nur an den Nagel hängen!« antwortete der Bartlose boshaft. »Das würde ich nicht tun, selbst wenn er noch tüchtiger wäre; er ist doch nicht meiner Mutter Bruder, daß ich ihn auf den Ehrenplatz setze. Eins weiß ich, Oheim: Diener bleibt Diener, und Herr bleibt Herr, und dabei soll's bleiben. Der Vater hat ihn mir doch wegen seiner Tüchtigkeit mitgegeben, sonst hätte ich ihn gar nicht mitgenommen. Ei, ihr wißt ja nicht, was für ein Teufelsfrüchtchen dieser Weiße Mohr ist. Bis ich ihn auf die rechte Bahn gebracht habe, mußte ich mir die Seele aus dem Leib schreien. Ich allein kann mit ihm fertig werden, denn ich richte mich nach dem Sprichwort: Furcht ist der beste Lehrmeister. Ein anderer Brotherr würde mit dem Weißen Mohren sein Lebtag nichts erreichen. Was kümmerst du dich um ihn, Oheim? Wie ich sehe, fügst du dich zu sehr dem Willen deiner Untertanen. Deshalb geben dir die Hirsche keine Edelsteine und die Bären keinen Salat. Mir, das weiß ich, spuckt keiner in die Suppe.

Wenn ich merke, daß die Katze Faxen macht, klemme ich ihr den Schwanz ein, bis sie auch Holzäpfel frißt, weil ihr nichts anders übrigbleibt. Wenn du mich mit Gottes Hilfe bald auf deinen Thron setzt, dann wirst du sehen, lieber Oheim, wie sich dein Reich verändern wird. Es soll nicht mehr alles so tot daliegen wie heute. Du kennst doch das Sprichwort: Der Mensch heiligt den Ort. Auch du bist einmal jung gewesen, darüber will ich nichts gesagt haben, aber jetzt, das glaube ich dir gerne, bist du alt. Wie soll da nicht alles versumpfen!«

So ging dem Bartlosen der Mund wie eine Klappermühle, daß der Kaiser ganz betäubt war und darüber den Weißen Mohren, den Hirsch und alles übrige vergaß.

Die Kaisertöchter aber sahen auf den Vetter wie der Hund auf die Katze, er war ihnen so lieb wie das Salzkorn im Auge, denn ihr Herz sagte ihnen, was für ein gottloser Mensch dieser Bartlose war. Wie aber sollten sie das ihrem Vater beibringen? Der Bartlose brauchte niemand zu fürchten. Er hatte, wie man so sagt, ein Dorf ohne Hunde gefunden und konnte darin ohne Stock spazierengehen – was braucht man noch mehr zu sagen?

Einige Tage darauf gab der Kaiser zu Ehren seines Neffen ein großartiges Gastmahl, zu dem die erlauchtesten Gäste geladen waren, Kaiser, Könige, Woiwoden, Heerführer, die Oberhäupter der Städte und andere Würdenträger.

Am Tage des Gastmahles drangen die Töchter des Kaisers in den Bartlosen mit der Bitte, er möchte dem Weißen Mohren erlauben, bei der Tafel zu bedienen. Da der Bartlose ihnen diese Bitte nicht abschlagen konnte, rief er in ihrer Anwesenheit den Weißen Mohren zu sich und erteilte ihm diese Erlaubnis, jedoch mit der Verpflichtung, während der Dauer des ganzen Gastmahles unverwandt hinter seinem Herrn zu stehen und nicht einmal die Augen zu den übrigen Tischgästen zu erheben. Denn sollte dieser sehen, daß er sich dessen erkühnt, würde er ihm auf der Stelle den Kopf abschlagen! – »Hast du gehört, was ich gesagt habe, nichtsnutziger Diener du?« sagte der Bartlose und wies dem Weißen Mohren die Schneide des Pallaschs, auf die dieser beim Verlassen des Brunnens Treue und Unterwerfung geschworen hatte.

»Ja, Herr«, antwortete der Weiße Mohr demütig, »ich erwarte die Befehle Euer Gnaden.«

Die Kaisertöchter aber waren dem Bartlosen auch dafür schon dankbar.

Da, gerade als das Mahl auf seinem Höhepunkt angelangt war und die Gäste, die ohne Unterlaß dem guten Wein zusprachen, sich schon eine gute Laune angetrunken hatten, erschien plötzlich ein Zaubervogel, der schlug ans Fenster und rief mit Frauenstimme:

»Ihr alle vergnügt euch bei Trinken und Essen,
Doch des Roten Kaisers Tochter habt ihr vergessen!«

Da war den Tischgenossen mit einem Schlag die gute Laune verdorben, es begann ein Getuschel, jeder erzählte, was er wußte und was er meinte: die einen sagten, der Rote Kaiser habe ein hartes Herz und könne sich nicht genug darin tun, Menschenblut zu vergießen, andere behaupteten, seine Tochter sei eine grausame Hexe, und ihretwegen würden so viele Opfer gebracht, wieder andere bekräftigten diese Aussagen und waren überzeugt, sie selbst habe Vogelgestalt angenommen und nun ans Fenster geklopft, um auch hier Unfrieden zu stiften.

Andere meinten, wie dem auch immer sei, um diesen Vogel gehe es nicht mit rechten Dingen zu, er müsse irgendwoher geschickt worden sein, um die Wohnungen der Menschen auszukundschaften. Andere, besonders Ängstliche spuckten sich auf die Brust, um zu bewirken, daß das Unheil auf denjenigen zurückfalle, der es gesandt.

Kurz und gut, die einen sagten dies, die anderen das, und über des Roten Kaisers Tochter wurde viel gesprochen, aber es war nicht festzustellen, was an allen diesen Behauptungen wahr sei.

Nachdem der Bartlose alles aufmerksam angehört hatte, schüttelte er den Kopf und sagte: »Es ist doch schlimm, wenn man es immer mit Leuten zu tun hat, die sich sogar vor ihrem eigenen Schatten fürchten. Ehrenwerte Gäste, ihr müßt doch einfältig sein wie Gänsehirten, wenn ihr nicht begreift, wessen Werk das ist.«

Plötzlich richtete der Bartlose seine Blicke auf den Weißen Mohren und ertappte ihn unversehens bei einem Lächeln.

»Aha, du schlauer Knecht, du weißt also von dieser Sache und hast mir nichts gesagt? Jetzt hol mir schleunigst die Tochter des Roten

Kaisers herbei, woher und wie, das mußt du selber wissen! Marsch, mach dich auf die Beine! Und laß es dir nicht einfallen, etwas anders zu tun, als ich dir befohlen, sonst hast du am längsten gelebt!«

Da entfernte sich der Weiße Mohr voll Kummer, ging in den Stall zu seinem Pferd, strich ihm über die Mähne, küßte es und sagte: »Mein lieber Gefährte, der Bartlose hat mich wieder in schwere Not gebracht. Er hat wieder etwas Neues ausgeheckt: ich soll ihm die Tochter des Roten Kaisers herbeischaffen, woher, das müsse ich selber wissen. Das ist genauso, als wenn jemand sagte,

> Bitte zu Tisch, leer das Geldsäckel aus,
> Auch wenn du dein Essen gebracht von zu Haus!

Du siehst, das Messer sitzt mir an der Kehle. Wer weiß, was mir noch bevorsteht! Mit dem Bartlosen bin ich immer noch wohl oder übel fertig geworden, aber ein rothaariger Mensch bringt mich um meinen Kopf. Und wo jener Rote Kaiser und seine Tochter, die eine schreckliche Hexe sein soll, zu finden sind, mag der Teufel wissen! Das muß der Satan selbst so eingerichtet haben, daß ich, kaum einer Not entronnen, auch schon in die nächste gerate. Meine Mutter hat mich offenbar in einer Unglücksstunde geboren, oder wie soll ich mich ausdrücken, ohne mich vor Gott zu versündigen? Ich weiß sehr gut, was ich tun müßte, um all dem ein Ende zu machen. Aber ich habe mich nun schon daran gewöhnt, mein Leben so elend hinzuschleppen. Wie wahr ist doch das Wort: Gott gebe dem Menschen nicht so viel, als er zu ertragen vermag.«

Das Pferd wieherte feurig und sprach: »Herr, jammere doch nicht mehr so viel! Nach schlechtem Wetter kommt Sonnenschein. Wollte sich jeder, so wie du dir das denkst, aus solchen Gründen ein Leid antun, dann müßten auf allen Wegen tote Menschen herumliegen. Sei doch nicht so ungeduldig! Woher weißt du, ob sich nicht auch für dich alles zum Guten wendet? Es ist des Menschen Pflicht, so lange er kann, gegen die Wogen des Lebens anzukämpfen; du weißt doch, wie das Sprichwort lautet: Oft bringt die Stunde, was das Jahr nicht gebracht hat.

> Meint das Glück es einmal gut,
> Gehst du heil durch Flamm' und Flut.

Und auch im Lied heißt es doch:

> Wer als Glückskind ward geboren,
> Geht durch Flammen ungeschoren.

Laß nur mich handeln, Herr; ich weiß, wie ich dich zum Roten Kaiser bringe, denn einmal schon hat mich das Unheil mit deinem Vater in dessen Jugendzeit dorthin geführt. Steig auf und halt dich fest, jetzt will ich meine Kräfte, dem Bartlosen zum Trotz, gleich hier auf der Stelle zeigen, um ihm Gift in die Seele zu träufeln.«

Da saß der Weiße Mohr auf, das Pferd wieherte einmal hell auf und flog dann mit ihm

> Auf bis zu den Himmelshöhen,
> So hoch Erdenlüfte wehen,

dann zogen sie ihre Bahn

> Wolkenhoch jenseits der Berge
> Zwischen Mond und Morgensterne,
> Weit hinauf in Sonnenferne.

Schließlich ließ er sich sanft wie der Wind auf die Erd' hinab geschwind, und so

> Zogen sie zum Kaiserreiche.
> Gottes Schutz nicht von uns weiche,
> Daß den Fortgang der Geschichte,
> Bis zum End' ich euch berichte.

Doch laßt uns sehen, was sich nach dem Aufbruch des Weißen Mohren an der kaiserlichen Tafel zugetragen hat.

»Ah, sieh da!« sprach der Bartlose, vor Wut bebend, vor sich hin, »das habe ich ja gar nicht gewußt, daß du so einer bist, sonst hätte ich dir schon längst das Handwerk gelegt! Aber noch lebe ich, noch bin ich nicht tot, ich will dir helfen, Bursche! Dieser Pallasch wird dir gewachsen sein. – Seht ihr, lieber Oheim und ehrenwerte Gäste, wie man den Teufel großzieht, ohne zu wissen, mit wem man es zu schaffen hat! Ich bin doch auch nicht gerade ein heuriger Hase, und doch hat mich der Weiße Mohr an der Nase herumgeführt. Wer gesagt hat, der Teufel schlage die heftigsten Schlachten dort, wo die Festung am stärksten ist, hat wohl recht.«

Der Kaiser, seine Töchter und alle Gäste saßen da wie versteinert.

Der Bartlose brummte vor sich hin und wußte nicht, wie er seinen Haß verbergen sollte, indessen zog der Weiße Mohr in sorgenvoller Erwartung dessen, was ihm noch zustoßen werde, immer weiter durch öde, unwirtliche Gegenden.

Als er über eine Brücke reiten wollte, die über ein großes Gewässer führte, zog gerade eine Ameisenhochzeit darüber hin. Was sollte der Weiße Mohr tun? Er hielt eine Weile an und ging mit seinen Gedanken zu Rate: Reite ich über sie, so töte ich eine ganze Menge von ihnen, nehme ich den Weg durchs Wasser, so muß ich fürchten, mit meinem Pferd zu ertrinken. Aber immer noch besser, ich reite durchs Wasser und überlasse mich Gottes Fügung, als daß ich dem Leben so vieler unschuldiger Tierchen ein Ende bereite.

Er sprach ein: »Herr, hilf!«, sprang mit dem Pferd ins Wasser, überquerte es schwimmend, erreichte heil das andere Ufer und setzte seinen Weg geradeaus fort. Wie er so weiterritt, erschien plötzlich eine fliegende Ameise vor ihm und sprach: »Weißer Mohr, weil du, als wir über die Brücke zogen, unser Leben so mitleidig geschont und unser Fest nicht gestört hast, will auch ich dir eine Wohltat erweisen. Nimm diesen Flügel mit, und wenn du mich einmal nötig hast, steck ihn in Brand, dann will ich dir mit meinem ganzen Volk zu Hilfe kommen.«

Der Weiße Mohr steckte den Flügel sorgfältig zu sich, dankte der Ameise für die versprochene Hilfe und zog weiter.

So ritt und ritt er immerzu, da hörte er plötzlich ein dumpfes Summen. Er blickte nach rechts, er blickte nach links – nichts war zu sehen: als er aber nach oben schaute – was gewahrte er? Ein Bienenschwarm wirbelte im Flug über seinen Kopf, die Bienen flogen wie von Sinnen hin und her, ohne einen Ort zu finden, wo sie sich niederlassen konnten. Als der Weiße Mohr ihre Not erkannte, erbarmte er sich ihrer, nahm den Hut vom Kopf, legte ihn auf den Erdboden ins Gras mit der Öffnung nach oben und trat beiseite. Welche Freude für die Bienen! Sie ließen sich alle hinab und sammelten sich im Hut zu einem dichten Haufen. Der Weiße Mohr hatte sein Vergnügen daran, lief hin und her und gab sich keine Ruhe, bis er einen morschen Klotz gefunden hatte, den höhlte er aus, womit er eben konnte, und bohrte auch noch ein Flugloch hinein. Danach brachte er in der Höhlung einige spitze

Hölzchen an und rieb ihn von innen mit Katzenminze, Steinklee, Melisse, Marienkraut und anderen wohlriechenden Kräutern ein, die den Bienen gedeihlich sind, nahm ihn auf die Schulter, ging zum Schwarm zurück, leerte die Bienen schön vorsichtig aus dem Hut in den hohlen Klotz, drehte ihn behutsam mit der Höhlung nach unten und legte einige große Huflattichblätter drauf, damit weder die Sonne noch der Regen hineindringen könne. So ließ er den Klotz auf der Wiese zwischen den Blumen stehen und setzte seinen Weg fort.

Wie er so weiterritt, mit sich selbst zufrieden über sein gutes Werk, erschien plötzlich die Bienenkönigin vor ihm und sprach: »Weißer Mohr, weil du dich so freundlich bemüht hast, uns eine Wohnstatt zu bereiten, möchte auch ich dir einmal in meinem Leben eine Wohltat erweisen. Nimm diesen Flügel, und wenn du mich einmal nötig hast, zünde ihn an, dann werde ich dir sofort zu Hilfe kommen.«

Der Weiße Mohr nahm den Flügel mit Freuden an und verwahrte ihn behutsam, dann dankte er der Königin für die versprochene Hilfe und setzte, immer geradeausreitend, seinen Weg fort.

So war er ein gutes Stück vorwärtsgekommen, als er mit einemmal am Rande eines Waldes ein menschliches Ungeheuer erblickte, das sich an einem Feuer aus vierundzwanzig Klaftern Holz erwärmte, gleichzeitig aber aus vollem Halse schrie, es müsse vor Kälte umkommen. Abgesehen davon, hatte der Mensch etwas Erschreckendes an sich: er hatte zwei große Schlappohren und dicke, schlaff herabhängende Lippen. Wenn er blies, stülpte sich die obere über seinen Schädel, die Unterlippe aber hing so tief hinab, daß sie ihm den Bauch verdeckte. Und was immer sein Atem berührte, wurde von einer Reifschicht bedeckt, deren Dicke eine Handbreite übertraf. Es war unmöglich, sich ihm zu nähern, denn er zitterte so heftig, als ob ihn der Teufel beutelte. Hätte er allein gezittert, so wäre das noch zu ertragen gewesen, aber alle Lebewesen und Geschöpfe im Umkreis schlossen sich ihm an: der Wind stöhnte wie toll, die Waldbäume jammerten, die Steine schrien, das Reisig pfiff, selbst die Holzscheite auf dem Feuer krachten vor Kälte. Die Eichhörnchen, die in den Baumhöhlen zusammengedrängt hockten, bliesen sich auf die Krallen, weinten in ihre Fäuste und verfluchten die Stunde, in der sie auf die Welt gekommen.

Ich bitte euch, es war ein brennender Frost; was brauche ich mehr zu sagen?

Der Weiße Mohr war einen Augenblick still gestanden, um das alles zu betrachten, und schon hatten sich vor seinem Mund Eiszapfen gebildet, so daß er, ohne ein Lachen unterdrücken zu können, staunend ausrief: »Man bekommt in seinem Leben doch manches zu sehen! He, du Unhold, sag mir aufrichtig und ohne Ausflüchte: bist du der Schüttelfrost? Was, du schweigst? Du mußt es sein, denn selbst das Feuer gefriert neben dir, so sehr bist du in Glut!«

»Lach nur, lach, Weißer Mohr«, erwiderte der Schüttelfrost zitternd. »Aber dort, wo du hingehst, wirst du ohne mich nichts ausrichten können.«

»Komm mit mir, wenn du willst«, sprach der Weiße Mohr, »wenigstens erwärmst du dich im Gehen etwas, denn es ist nicht gut, wenn deinesgleichen stillesitzt.«

Schüttelfrost schloß sich dem Weißen Mohren an, und sie brachen gemeinsam auf. Als sie eine Weile weitergezogen waren, erblickte der Weiße Mohr ein neues, noch größeres Teufelswerk: ein Ungeheuer von Mensch fraß Erdschollen, die von vierundzwanzig Pflügen aufgeworfen worden waren, und schrie dazu aus vollem Halse, er komme vor Hunger um.

»Und da soll man das Lachen verbeißen können!« sagte der Weiße Mohr. »Ach, was die Augen doch alles zu sehen bekommen. Dies muß Nimmersatt sein, die leibhaftige Hungersnot, der Sack ohne Boden; weiß der Teufel, wie der soweit gekommen ist, daß ihn nicht einmal die nackte Erde mehr sättigt.«

»Lach nur, lach, Weißer Mohr«, sagte da Nimmersatt, »aber dort, wo ihr jetzt hingeht, werdet ihr ohne mich nichts erreichen können.«

»Wenn das so ist, komm auch du mit uns!« sagte der Weiße Mohr. »Ich brauch dich doch nicht auf dem Rücken zu tragen.«

Da schloß sich Nimmersatt ihnen an, und zu dritt zogen sie weiter. Doch kaum waren sie eine Mahd weitergegangen, erblickte der Weiße Mohr ein neues, noch größeres Wunder: eine Gestalt von menschlichem Aussehen soff das Wasser aus vierundzwanzig Mühlteichen und einem Bach, der fünfhundert Mühlen trieb, und schrie zwischendurch immer aus vollem Halse, er verschmachte vor Durst.

»Was zum Teufel ist dies wieder für ein menschliches Ungetüm!« sagte der Weiße Mohr. »Was muß der für einen ungeheuren Wanst und für eine unersättliche Kehle haben, daß die Quellen der Erde seinen Durst nicht stillen können, was für ein See muß doch in seinen Eingeweiden sein! Das muß der Vernichter der Gewässer, der berühmte Immerdurst, der Sohn der Dürre sein, der unter dem Sternbild der Enten geboren und mit der Gabe des Saufens ausgestattet ist.«

»Lach nur, lach, Weißer Mohr«, sagte darauf Immerdurst, dem das Wasser aus Nasenlöchern und Ohren rann wie aus dem Mühlgerinne, »aber dort, wo euer Weg euch jetzt hinführt, geht ihr vergeblich ohne mich.«

»Komm auch du mit uns, wenn du Lust hast«, sagte der Weiße Mohr, »wenigstens watest du nicht mehr soviel im Wasser herum, entgehst dem Fluch der Frösche und läßt die Mühlen wieder ruhig laufen. Hier hast du lange genug deine Streiche getrieben. Du wirst, Gott verzeih mir die Sünde! von so viel Wasser noch Frösche im Bauch bekommen.«

Immerdurst schloß sich nun auch dem Weißen Mohren an, und zu viert setzten sie den Weg fort. Als sie wieder eine Weile gegangen waren, bot sich dem Weißen Mohren ein noch seltsamerer Anblick: eine Mißgestalt von Mensch, der auf der Stirne ein einziges Auge hatte, groß wie ein Sieb; wenn er es aufschlug, vermochte er nicht zu sehen und stolperte stockblind über alles, was ihm in den Weg kam; hielt er es aber geschlossen, so behauptete er, er könne damit bei Tag oder bei Nacht selbst die Eingeweide der Erde wahrnehmen.

»Glaubt mir«, schrie er wie ein Verrückter, »alle Dinge sehe ich durchlöchert wie ein Sieb und durchsichtig wie klares Wasser, über meinem Kopf sehe ich eine Unzahl sichtbarer und unsichtbarer Wesen, ich sehe, wie das Gras aus der Erde wächst, ich sehe, wie der Sonnenball hinter den Bergen hinabrollt, und wie Mond und Sterne im Meer versinken, die Bäume sehe ich mit dem Wipfel nach unten stehen, das Vieh mit den Füßen nach oben und die Menschen mit dem Kopf zwischen den Schultern gehen; und schließlich sehe ich, was ich niemandem zu sehen wünsche, damit er des Sehens nicht müde werde: ich sehe ein paar Leute, die mich mit offenem Maul anglotzen, und kann nicht begreifen, warum ihr so staunt. Wundert euch doch über eure eigene Schönheit!«

Da schlug sich der Weiße Mohr auf den Mund und sprach: »Der Herr schütze uns vor dem Narren, der Arme ist doch arg zu bedauern! Einerseits möchte man über ihn lachen, andererseits weinen. Aber so hat ihn Gott nun einmal geschaffen. Das ist wohl der berühmte Scharfauge, Blindauges Bruder, Scheelauges rechter Vetter und Lauerauges Schwestersohn aus dem Dorf Nimmaufskorn gegenüber von Triffsicher, oder gar aus dem Marktflecken Suchihnhier, und dort der Nachbar des Suchtnur-Keinespur. Es gibt doch nur einen Scharfauge auf der Welt, der alles und alle durchschaut, ganz anders als die übrigen Leute; nur kann er leider nicht sehen, wie hübsch er selbst ist. Er sieht aus wie ein zusammengeknüllter, knolliger Klumpen mit einem Auge auf der Stirn, hoffentlich hat das nicht den bösen Blick!«

»Lach nur, lach mich nur aus, Weißer Mohr«, sprach Scharfauge und blickte ihn mit zusammengekniffenen Lidern von der Seite an, »aber dort, wo du hinziehst, wird es dir ohne mich übel ergehen. Des Roten Kaisers Tochter erringt man nicht so leicht, wie du dir das vorstellst. Am Niemalstag wird sie dir der Kaiser geben, wenn ich nicht auch dabei bin.«

»Komm doch auch mit uns, wenn du magst«, sagte der Weiße Mohr, »wir werden dich doch nicht an der Hand führen müssen wie einen Blinden.«

So schloß sich auch Scharfauge dem Weißen Mohren an, und sie zogen nun zu fünft weiter. Nach einer Weile erblickte der Weiße Mohr eine andere Spukgestalt: ein greulicher Kerl ging mit dem Bogen auf Vogeljagd. Und meint ihr etwa, seine ganze Meisterschaft habe sich auf den Bogen beschränkt? Bewahre! Er besaß eine teuflischere Fertigkeit, eine höhere Kunst, als sie selbst der Teufel ersinnen kann; wenn er wollte, konnte er sich so in die Breite dehnen, daß er mit seinen Armen die Erde umspannte, und dann wieder streckte er sich so schrecklich lang in die Höhe, daß er mit der Hand Sonne, Mond und Sterne erreichen konnte, so hoch es ihm eben beliebte. Gelang es ihm nicht, die Vögel mit dem Pfeil zu treffen, so konnten sie ihm dennoch nicht entwischen, denn er fing sie im Flug mit der bloßen Hand, drehte ihnen zornig den Hals um und verschlang sie roh mit Haut und Haar. Gerade hatte er einen Haufen von Vögeln vor sich und verspeiste sie gierig wie ein ausgehungerter Geier. Der Weiße Mohr rief staunend: »Wie zum Teufel mag nun dieser heißen?«

»Nenn ihn beim Namen, dann will ich dir es sagen«, antwortete Scharfauge und lächelte unter seinem Schnauzbarte.

»Braucht man sich lange den Kopf zu zerbrechen, um diesen zu taufen? Nennt man ihn Vogelfänger, so trifft man das richtige, nennt man ihn Streckdichbreit ebenfalls und ebenso, wenn man ihn Streckdichlang nennen würde. Ich glaube, es würde mit seinen Eigenheiten und Beschäftigungen am besten übereinstimmen, wollte man ihn Vogelfänger Streckdichbreiterundlänger nennen«, sagte der Weiße Mohr, der nur die armen Vögel bedauerte. »Offenbar ist dies der berühmte Vogelfänger Streckdichbreiterundlänger, der Sohn des Pfeilschützen und Enkel des Bogenschützen, der Gürtel der Erde und die Leiter zum Himmel, das Verderben allen Federviehs und der Schrecken der Menschen. Anders wüßte ich ihn wirklich nicht zu nennen.«

»Lach nur, Weißer Mohr, lach mich nur aus!« sagte da Vogelfänger Streckdichbreiterundlänger, »du hättest mehr Anlaß, dich selbst auszulachen, denn du weißt nicht, welche Gefahr dir droht. Glaubst du, die Tochter des Roten Kaisers kriegt man im Handumdrehen? Du weißt wohl noch nicht, was für eine Hexe das Mädchen ist; sobald sie will, verwandelt sie sich in einen Zaubervogel und zeigt dir den Schwanz, dann flieg ihr nach, wenn du es fertigbringst. Ist nicht einer wie ich mit dabei, dann tretet ihr euch auf dem langen Marsch ganz umsonst die Füße ab.«

»Komm auch du mit uns, wenn du dazu bereit bist«, sprach darauf der Weiße Mohr, »wenigstens kannst du den Schüttelfrost beim Schopf nehmen und ihn mit der Nase an die Sonne halten, damit er sich ein wenig erwärmt und nicht mehr wie ein alter Storch mit den Zähnen klappert; es läuft mir jedesmal kalt über den Rücken, wenn ich ihn nur ansehe.«

Vogelfänger Streckdichbreiterundlänger schloß sich nun auch dem Weißen Mohren an, sie setzten zu sechst ihren Weg fort, und wo sie

vorüberkamen, richteten sie Verheerung an: Schüttelfrost brannte die
Wälder nieder, Nimmersatt fraß Ton und Erde vermengt mit Lehm
und schrie immerzu, er müsse Hungers sterben; Immerdurst schlürfte
das Wasser aus Seen und Teichen, daß die Fische verzweifelt auf dem
Trockenen zappelten und die Schlangen wegen der von ihm verursachten Dürre nach Art der Frösche quakten; Scharfauge eräugte mit
seinem Teufelsblick alles und jedes, so daß es einen schauerte, wenn er
berichtete:

> Grau ist das Fell,
>
> Nein, es ist hell,
>
> Das Tier hat ein Horn,
>
> hat das Horn verloren.

oder allerlei Narrheiten von sich gab, darüber

> Was dort steht in Mond und Sternen,
>
> Daß man könnt das Laufen lernen
>
> Oder sich zu Tode lachen,
>
> Glaubt mir solche tolle Sachen!

Und schließlich der Vogelfänger Streckdichbreiterundlänger lockte die
Vögel und verschlang sie gerupft oder ungerupft ohne Unterschied,
so daß seinetwegen bald niemand mehr neben dem Hause Geflügel
hatte.

Nur der Weiße Mohr fügte niemand etwas Böses zu. Als ihr Gefährte aber hatte er Anteil an allem, am Schaden wie am Gewinn, und
war zu jedem einzelnen von ihnen freundlich, denn auf seiner Reise
zum Roten Kaiser hatte er sie nötig, da dieser im Ruf stand, ein gehässiger, höchst bösartiger Mann zu sein, der mit den Menschen nicht
einmal soviel Erbarmen hatte wie mit einem Hund. Nun sagt ja das
Sprichwort: Dem Herzlosen muß man mit dem Gottlosen beikommen. Und ich glaube, von den fünf ungewaschenen Kerlen, die den
Weißen Mohren begleiteten, wird schon einer mit dem Roten Kaiser
fertig werden, und dieser wird es endlich einmal mit Männern zu tun
bekommen, nicht immer nur mit stumpfen Klötzen wie bisher. Dann
aber frage ich mich: Kann man wissen, was die Zeit noch bringen wird?

> Arg verdreht ist diese Welt,
>
> Alles auf den Kopf gestellt,

> Mancher steigt, es fallen viele,
> Einer nur mahlt in der Mühle.

Und dieser eine hat sowohl das Brot als auch das Messer in der Hand und schneidet, woher er will und soviel ihm gefällt, man muß zusehen und kann sich den Mund wischen, wie denn auch das Sprichwort sagt: Wer es kann, zerbeißt auch Knochen, wer's nicht kann, kaum weiches Fleisch. So sollte es auch dem Weißen Mohren und seinen Begleitern vielleicht gelingen, des Roten Kaisers Tochter zu erringen, vielleicht auch nicht. Vorläufig aber wandern sie immer weiter, und später wird es ihnen eben ergehen, wie das Glück es will.

Was geht das mich an?

Meine Sache ist es, euch diese Geschichte zu erzählen, und ich bitt' euch, hört mir zu:

Der Weiße Mohr und die Seinen wanderten also immer noch weiter, bis sie endlich

> Angelangt im Kaiserreiche.
> Gottes Schutz nicht von uns weiche,
> Daß den Fortgang der Geschichte,
> Bis zum End' ich euch berichte.

Als sie dort eintrafen, zogen sie zu sechst in hellem Haufen in den Hof ein, voran der Weiße Mohr und hinter ihm die andern, einer immer schmucker und schöner gekleidet als der andere, die Fetzen hingen ihnen nur so vom Leib, und die Fußlappen schleiften hinter ihnen her, als ob sie zur Horde des Papuc Hodscha Hodscheger gehörten. Dann trat der Weiße Mohr vor den Roten Kaiser und teilte ihm mit, wer sie seien, woher, auf welche Weise und zu welchem Zweck sie hergekommen seien.

Der Kaiser wunderte sich sehr, daß ein paar Haderlumpen die Frechheit besaßen, so unverschämt an ihn heranzutreten und ihn, in wessen Auftrag immer, um seine Tochter anzuhalten. Da er sie aber nicht gleich entmutigen wollte, sagte er ihnen weder zu noch ab, sondern gab ihnen zur Antwort, sie möchten über Nacht hierbleiben, er wolle bis zum nächsten Morgen überlegen. Gleichzeitig jedoch rief der Kaiser einen seiner Vertrauten zu sich und gab ihm in aller Heimlichkeit den Befehl, er solle sie in die Kammer mit den glühenden

Kupferwänden schlafen legen, wo sie für alle Ewigkeit einschlummern würden, wie es auch anderen viel vornehmeren Freiern schon ergangen war.

Da beeilte sich der Vertraute des Kaisers, aus vierundzwanzig Klaftern Holz unter der Kupferkammer ein Feuer zu machen, daß sie rot anlief wie Kohlenglut. Dann, als es Abend wurde, lud er die Gäste zum Schlafengehen ein. Schüttelfrost aber, der Zauberkundige, rief seine Gefährten beiseite und sagte ihnen leise: »Gebt acht, laßt euch nicht vom Teufel verleiten, das Haus, in das uns der Mann des Roten Bockes jetzt führen wird, vor mir zu betreten, sonst seht ihr den morgigen Tag nicht mehr! Der Rote Kaiser ist doch in dieser ganzen Gegend berühmt seiner beispiellosen Güte und unerhörten Barmherzigkeit wegen. Ich weiß, wie wohlwollend und freigebig er ist, auf anderer Kosten. Möchten ihm nur wenige im Tod vorangehen! Er lebe von vorgestern an noch drei Tage! Und erst seine Tochter! der Teufel war im Spiel, als sie zur Welt kam: des Vaters Ebenbild, aber selbst ihm noch überlegen, so, wie's das Sprichwort meint: Springt die Geiß über den Tisch, so springt das Geißlein übers Haus. Aber laßt nur, die haben schon ihren Meister gefunden! Wenn ich heute nacht nicht mit ihm abrechne, so bringt's nicht einmal des Teufels Großmutter zustande!«

»Das glaube ich auch«, sagte Nimmersatt. »Der Rote Kaiser hat seine Ochsen mit dem Teufel auf die Weide geschickt, aber er wird sie ohne Hörner zurückbringen.«

»Mir scheint, er wird auch noch Karren, Pflug und Pflugreitel hingeben, nur um uns loszuwerden«, sagte Scharfauge.

»Hört doch her«, sagte Schüttelfrost. »Reden ist Silber, Schweigen ist Gold. Gehn wir jetzt lieber schlafen, der Mann des Kaisers erwartet uns bei gedecktem Tisch und brennenden Fackeln mit offenen Armen. Auf, schärft euch die Zähne und kommt mir nach!«

Damit setzten sie sich schlurfend in Bewegung, doch sobald sie vor der Tür der Schlafkammer angelangt waren, hielten sie an. Schüttelfrost blies dreimal mit seinen wunderkräftigen Lippen, bis die Kammer weder heiß noch kalt, sondern gerade zum Schlafen so recht geeignet war. Nun traten sie alle ein, legten sich nieder, jeder wohin es ihm gefiel, und gleich wurde es mäuschenstill. Der Vertraute des Kaisers aber verschloß schleunigst die Tür von draußen und rief ihnen boshaft nach: »Für euren Pelz habe ich die rechte Nadel gefunden! Schlaft nur, schlaft bis in alle Ewigkeit, ich habe euch gut gebettet! Bis morgen früh seid ihr alle ein Häufchen Asche!«

Damit überließ er sie ihrem Geschick und ging seiner Wege. Der Weiße Mohr aber und die Seinen achteten gar nicht darauf; sobald sie ins heimelig Warme gekommen waren, räkelten sie ihre steifen Knochen, sie streckten und neckten sich, der Tochter des Roten Kaisers zum Trotz. Schüttelfrost freilich kauerte sich vor lauter Wärme so sehr zusammen, daß er die Knie bis zum Mund hinaufzog, und beschimpfte die anderen fortwährend: »Nur euretwegen habe ich dies Haus kalt geblasen, denn für mich war es gerade richtig, so wie's war. Aber so ergeht es einem, wenn man sich mit solchen Jammerlappen einläßt. Wartet nur, dieser Segen wird euch schon noch heimgezahlt! Das ist doch wirklich reizend! Ihr räkelt euch und macht es euch in der Wärme behaglich, und ich soll vor Kälte draufgehen. Feine Sache! Ich soll meine Ruhe für wer weiß wen opfern! Ich schleif euch alle der Reihe nach durchs Zimmer! Ist aus meinem Schlaf nichts geworden, sollt auch ihr keinen finden.«

»Halt's Maul, Schüttelfrost!« riefen die andern. »Bald wird es Tag, und du hörst mit deinem Gemaule nicht mehr auf. Bist doch eine Teufelsbrut! Jetzt ist's genug, uns brummt der Schädel von deinem Geschwätz. Wer dir Gesellschaft leisten will, mag sich mit dir einlassen, uns jedenfalls hast du schon ganz betäubt. Deiner Bosheit wegen kann niemand Ruhe finden. Hört ihn an, das geht wie eine Klappermühle, überall hört man nur seine Stimme! Ununterbrochen raunzt er wegen nichts und wieder nichts, als ob er verrückt wäre. Dich sollte man unter Wölfen und Bären im Wald leben lassen, nicht unter anständigen Leuten an einem Kaiserhof.«

»Hört sie an! Seit wann habt ihr mir zu befehlen?« sagte Schüttelfrost. »Treibt keinen Spott mit mir, sonst kriegt ihr's mit mir zu tun. Ich bin gutmütig, solange es geht, reißt mir aber einmal die Geduld, dann kann es kein Wanderzigeuner mit mir aufnehmen!«

»Wirklich? Scherzt du nicht, Hängelippe? Du bist mir ein rechter Giftnickel! Wenn du in Zorn gerätst, spuckst du Gift und Galle«, sagte

Nimmersatt. »Du bist mir ans Herz gewachsen, und ich würde dich gern in meinen Busen stecken, aber deine Ohren sind zu groß. Beruhige dich endlich und halt deine Lippen im Zaum, damit es dir zum Schluß nicht leid tun muß; du bist doch nicht allein im Zimmer.«

»Sieh mal an, das Sprichwort hat doch recht: Undank ist der Welt Lohn!« sagte Schüttelfrost. »Ich hätte euch vor mir eintreten lassen sollen, jetzt geschieht es mir nur recht, und ich hätte eigentlich noch Böseres verdient! Wer es ein andermal so macht wie ich, dem soll es ergehen wie mir.«

»Recht hast du, Schüttelfrost, nur mach deswegen kein großes Gerede«, sagte Scharfauge. »Denn über deinen Späßen vergeht die Nacht, und um unsere Ruhe ist's geschehen! Was würdest du an unserer Stelle sagen, wenn dir jemand den Schlaf verscheucht? Du bist noch an gottergebene Leute geraten, wären es andere gewesen, was hättest du bis jetzt schon für eine Tracht Prügel bekommen.«

»Wollt ihr nicht endlich schweigen? Sonst stoß ich mit meinen Füßen durch die Wand und geh mit dem Dach auf dem Kopf davon!« sagte Streckdichbreiterundlänger. »Seid ihr nicht bei Trost, daß der Teufel euch nicht einmal zu dieser Stunde zur Ruhe kommen läßt? He, Hängelippe, mir scheint, du allein bist der Anlaß des ganzen Streites zwischen uns.«

»Wer sollte es sonst sein?« sagte Scharfauge. »Er hat noch Glück, daß es so abgelaufen ist, denn ich wußte, was ihm eigentlich gebührt hätte.«

»Man müßte ihn einmal windelweich dreschen«, sagte Immerdurst, »anders kann man diesen Stänkerer nicht zum Schweigen bringen?«

Als Schüttelfrost merkte, daß alle gegen ihn Partei nahmen, wurde er zornig und hauchte einen dreifäustedicken Reif an die Wände, daß den übrigen vor Kälte die Zähne klapperten und die Hemden um die Glieder schlotterten. »Da, jetzt habt ihr, was ihr verdient! Nun könnt ihr reden, was ihr wollt, darüber ärgere ich mich nicht mehr«, sagte Schüttelfrost und lachte aus vollem Halse. »Das ist doch zum Krummlachen! Vom Weißen Mohren will ich nichts gesagt haben, aber ihr zimperlichen nichtsnutzigen Schwätzer, wenn ich nur soviel Geld im Beutel hätte, wievielmal ihr auf Spreu und Stroh geschlafen habt, mehr

würde ich nicht brauchen. Oder wollt ihr euch als Prinzen aufspielen,
ihr Bankerte, daß ihr gar so empfindlich seid?«

»Suchst du wieder Händel, Hängelippe?« sagten die anderen. »Hol
dich der Teufel mit deiner ganzen Sippe bis in alle Ewigkeit, Amen.«

»Dem schließe auch ich mich an und trinke auf eure ehrenwerte
Gesellschaft, ein Faß voll Wein und eins voll Wermut!« sprach Schüttelfrost.

>»Und jetzt woll'n wir schlafen gehn,
> Um bald wieder aufzustehn
> Und vereint daranzugehn,
> Dem Weißen Mohren beizustehn,
> Und in Treu zusammenstehn,
> Denn mit Haß- und Wutgetümmel
> Kommen wir nicht in den Himmel.«

Schließlich, nachdem sie noch lange allerlei herumgebrummt hatten,
war mit einemmal der Tag angebrochen. Schon kam der Vertraute des
Kaisers im Glauben, daß er seine Gäste losgeworden sei, um schön
ordentlich ihre Asche hinauszukehren. Was aber mußte er sehen, als er
näher kam? Die Kupferkammer, die er gestern so tüchtig eingeheizt
hatte, war ein einziger Eisklumpen, draußen waren weder Fenster
noch Türe, weder Türstock noch Fenstergitter oder Fensterladen,
noch sonst etwas zu erkennen; drinnen aber hörte man ein schreckliches Lärmen: alle schlugen mit voller Kraft in die Tür und schrien aus
vollem Halse: »Was ist dies für ein Kaiser, der uns ohne einen Funken
Feuer im Ofen erfrieren läßt? Eine solche Holzarmut findet man nicht
einmal in der erbärmlichsten Hütte. Weh und Ach über uns, uns ist vor
Kälte die Zunge im Mund und das Mark in den Knochen erstarrt.«

Als der Vertraute des Kaisers dies hörte, packte ihn ein jäher Schrek-
ken, gleichzeitig aber wurde er fuchsteufelswild. Er versuchte, die Tür
aufzusperren, er konnte es nicht, er bemühte sich, sie aufzubrechen,
das war auch nicht möglich. Was sollte er schließlich anfangen? Er lief
zum Kaiser und meldete, was vorgefallen war. Da kam der Kaiser
selbst herbei mit einer großen Anzahl von Dienern, die scharfe Spitzhauen und Kessel voll heißen Wassers herbeibrachten; die einen
schlugen das Eis mit den Spitzhauen auf, die andern gossen das heiße

Wasser auf die Türangeln und das Schlüsselloch, und nach langen, schweren Bemühungen gelang es ihnen endlich, die Türe zu öffnen und die Gäste herauszulassen. Wie aber sahen die aus, als es soweit war! Haar, Bart und Schnurrbart war allen ganz mit Eis bedeckt, daß man nicht mehr erkennen konnte, ob es Menschen, Teufel oder andere Lebewesen sind. Und zitterten so stark, daß ihnen die Zähne im Mund klapperten. Ganz besonders Schüttelfrost schien von allen Teufeln gebeutelt. Mit seinen Lippen schnitt er so greuliche Fratzen, daß es selbst den Roten Kaiser grauste, als er ihn so lieblich dastehen sah.

Da trat aus ihrer Mitte der Weiße Mohr hervor, blieb ehrerbietig vor dem Kaiser stehen und sagte: »Erhabener Kaiser! Seine Durchlaucht, der Neffe des großmächtigen Grünen Kaisers, erwartet mich mit Ungeduld. Jetzt, hoffe ich, werdet Ihr mir Eure Tochter geben, damit wir Euch hinfort nicht mehr die Ruhe stören und unseres Weges gehen.«

»Nun, junger Held«, sagte der Kaiser, der sie mit etwas säuerlicher Miene betrachtete, »auch dafür wird die Zeit kommen. Einstweilen aber laßt euch bewirten, damit ihr nicht sagen könnt, ihr seid von meinem Hof wie aus einer verlassenen Hütte heimgekehrt.«

»Mir ist, als würde ein Heiliger aus Euch sprechen, erlauchter Kaiser«, rief Nimmersatt, »denn uns knurren schon die Eingeweide vor Hunger.«

»Vielleicht gibt uns Euere Hoheit auch ein wenig Feuchtigkeit dazu«, sagte Immerdurst, »denn unsere Kehle knarrt schon vor Durst.«

»Seid beruhigt«, sagte Scharfauge, mit den Wimpern zwinkernd, »Seine Erhabenheit weiß, was uns not tut.«

»So denke ich auch«, sagte der Vogelfänger, »wir sind doch in ein wahrhaft kaiserliches Haus gekommen; fürchtet euch nicht, Seine Hoheit trägt schon Sorge dafür, daß wir nicht von Kälte, Hunger und Durst gepeinigt werden.«

»Ist daran noch zu zweifeln?« sagte Schüttelfrost und zitterte jämmerlich. »Wir wissen doch, daß Seine Erhabenheit der Vater der Hungernden und Dürstenden ist. Gerade darauf freu ich mich, daß ich mich an einem guten Schluck Gottesblut erwärmen kann.«

»Haltet doch endlich den Mund!« sagte Nimmersatt. »Eine Keule genügt doch für einen Wagen voll Töpfen! Geigt Seiner Hoheit doch nicht die Ohren voll, er ist doch ein freigebiger Mann. So armen Schluckern wie uns würde es wohl schwerfallen, ein solches Gelage zu veranstalten, aber für einen Kaiser bedeutet das nicht mehr, als wenn unsereinen ein Floh beißt, er spürt es ja gar nicht.«

»Meiner Meinung nach ist das Essen nur Zeitverlust, das Getränk ist die Hauptsache«, sagte Immerdurst, »und ich würde Seine Durchlaucht bitten, wenn sie die Absicht hat, ihren Beschluß durchzuführen und uns zu bewirten, dann möchte sie uns reichlicher mit Flüssigkeit versehen, denn von ihr hängt alle Kraft und Kühnheit ab. Lehrt uns doch auch das Sprichwort: Trink ihm gut zu, dann vergeht ihm die Schüchternheit. Doch mir scheint, wir haben uns zu sehr ereifert im Reden, so daß Seine Durchlaucht nicht mehr recht weiß, wie sie unsere Wünsche erfüllen soll.«

»Wenn er uns nur bald geben wollte, was er uns zu geben hat«, sagte Nimmersatt, »denn der Hunger nagt mir schon am Herzen.«

»Habt noch eine Weile Geduld«, sagte Scharfauge, »es werden euch doch nicht die Mäuse im Bauch genächtigt haben. Gleich wird man Speisen und Wein auftragen, daß ihr im Magen kaum Platz genug finden werdet, um alles unterzubringen.«

»Sogleich wird man euch Speise und Trank bringen«, sprach der Kaiser. »Hoffentlich könnt ihr alles verzehren, was ich euch geben lasse; denn wenn ihr euch nicht als gute Esser und Trinker bewährt, werde ich es euch schwer büßen lassen ... Glaubt nur nicht, daß ich scherze!«

»Möge uns Gott immer nur soviel Kummer geben, Euere Erhabenheit!« sagte darauf Nimmersatt und hielt sich den Bauch mit den Händen.

»Und Eurer Hoheit ein mildtätiges Herz und eine freigebige Hand, auf daß Ihr uns möglichst reichlich zu essen und zu trinken gebt!« fügte Immerdurst hinzu, dem schon das Wasser im Mund zusammenlief. »Ich möchte doch wissen, ob uns im Essen und Trinken jemand überbieten kann; nur zur Arbeit drängen wir uns nicht sehr, wie alle Narren.«

Zu all dem schwieg der Kaiser, hörte ihnen widerwillig zu und schluckte seinen Ärger hinunter. Dabei aber dachte er: Gut, gut, prüft nur das Meer mit dem Finger, wir wollen sehen, ob ihr ihm auf den Grund kommt. Das wird euch noch alles zum Hals heraushängen! Damit ließ er sie stehen und ging ins Haus.

Bald darauf brachte man ihnen zwölf Wagen mit Broten, zwölf gebratene Mastkühe und zwölf Fässer mit schwerem Wein; man braucht davon nur einen Tropfen zu trinken, und gleich werden einem die Füße schwach, die Augen verglasen im Kopf, die Zunge klebt am Gaumen, und man beginnt türkisch zu plappern, ohne auch nur ein Sterbenswörtchen davon zu verstehen. Nimmersatt und Immerdurst sagten den andern: »Eßt und trinkt zuerst ihr, soviel ihr könnt! Schlingt aber nicht alle Speisen und Getränke hinunter, sonst kommt der Teufel über euch!«

Der Weiße Mohr, Schüttelfrost, Scharfauge und Vogelfänger Streckdichbreiterundlänger gingen daran zu essen und zu trinken, so lange sie mochten. Doch wieviel machte das aus? Man merkte kaum, wo sie zugelangt hatten, denn – ohne Spaß! – dort gab es Speise und Trank in solchem Überfluß wie eben an einer kaiserlichen Tafel.

»Marsch, macht uns Platz, ihr armseligen Kerle! Ihr habt ja im Essen nur herumgestochert«, riefen Nimmersatt und Immerdurst, die ungeduldig gewartet hatten, weil ihnen Hunger und Durst schon den Magen zerrissen.

Schon schob Nimmersatt einen Wagen voll Brot und eine ganze Mastkuh auf einmal in den Mund, zerkaute sie im Nu und schlang sie hinunter, als seien sie niemals vorhanden gewesen. Immerdurst schlug einem Faß den Boden aus und schlürfte es mit einem einzigen Zug aus. Im Handumdrehen hatte er alle der Reihe nach ausgesoffen, daß an den Dauben kein Tröpfchen mehr hängenblieb.

Danach begann Nimmersatt aus vollem Halse zu schreien, er müsse vor Hunger sterben, und warf mit den Knochen nach des Kaisers Leuten, die dort herumstanden. Auch Immerdurst schrie, so laut er konnte, er müsse vor Durst verschmachten, und warf wie ein Verrückter mit Dauben und Faßböden um sich.

In seinem Gemach hörte der Kaiser den Lärm, kam heraus, und als er dies sah, griff er sich voll Verdruß an den Kopf.

„Ach, ach, ach, mit diesen hat mir Gott die leibhaftige Armut auf den Hals geschickt!« sagte sich der Kaiser ganz verzweifelt. »Mir scheint, jetzt bin ich an die Rechten geraten.«

Da trat der Weiße Mohr zwischen den andern hervor, und wieder stellte er sich vor den Kaiser hin und sprach: »Lang sollt Ihr leben, Erlauchter Kaiser! Jetzt glaube ich, werdet Ihr mir Eure Tochter wohl geben, damit wir Euch in Ruhe lassen und unserer Wege ziehen, denn der Neffe des Grünen Kaisers wird schon ungeduldig auf uns warten.«

»Auch dafür wird die Zeit kommen, junger Held!« sagte der Kaiser etwas kleinlaut. »Doch habt noch ein wenig Geduld, meine Tochter ist keine Hergelaufene, die man einfach mitnimmt, wie sich's gerade ergibt. Wir wollen überlegen, wie sich diese Angelegenheit ordnen läßt. Das steht fest, gegessen und getrunken habt ihr, jeder einzelne wie siebzehn andere Menschen! Jetzt müßt ihr aber auch noch eine Arbeit verrichten: Seht, ich gebe euch eine Metze Mohnsamen mit einer Metze feinen Sandes vermischt. Bis morgen früh lest mir den Mohn Körnchen für Körnchen auf die eine und den Sand auf die andere Seite aus. Daß ich kein Mohnkörnchen im Sand und kein Sandkörnchen im Mohn entdecke, sonst ist es mit dem Frieden zwischen uns zu Ende! Könnt ihr diese Arbeit gut ausführen, dann will ich's mir überlegen. Wenn nicht, dann werdet ihr die Frechheit, mit der ihr mir entgegengetreten seid, mit dem Kopf bezahlen, damit auch andere Vernunft annehmen, wenn sie erfahren, was ihr erleiden mußtet.«

Dann ging der Kaiser seinen Geschäften nach und ließ sie sich den Kopf zerbrechen, wie diese Aufgabe zu lösen sei.

Der Weiße Mohr und die Seinen zuckten die Achseln, weil sie nicht wußten, was sie nun beginnen sollten.

»Ei, meint ihr, das sei ein Spaß? Sollen wir uns mit solchen Kleinigkeiten abgeben? Da sieht man, was für ein gehässiger Mensch dieser Rote Kaiser ist«, sagte Scharfauge. »Ich kann, selbst wenn es noch so finster ist, die Mohnkörner sehr wohl von den Sandkörnern unterscheiden; aber man müßte die Flinkheit und die Mundwerkzeuge einer Ameise haben, wollte man in so kurzer Zeit so winzige Körnchen ergreifen, auslesen und zu Haufen sammeln. Wer vor rothaarigen Menschen warnte, hat doch recht gehabt, denn dieser hier ist, wie ich sehe, der leibhaftige Teufel.«

Da erinnerte sich der Weiße Mohr des Ameisenflügels, holte ihn hervor, schlug Feuer und steckte ihn mit einem Stückchen brennenden Zunders in Brand. Und da, welches Wunder! begannen auch schon die Ameisen in Scharen herbeizuströmen, zahlreich wie Staub und Asche, wie Laub und Gras, die einen unter der Erde hervor, die andern auf dem Erdboden kriechend und wieder andere im Flug, so daß ihr Anmarsch kein Ende nahm. Im Nu hatten sie auch den Sand auf die eine und den Mohn auf die andere Seite ausgelesen. Selbst wenn man Tausende von Lei dafür geboten hätte, würde im Sand kein Mohnkörnchen und im Mohn kein Sandkorn gefunden worden sein.

Im Morgengrauen aber, wenn der Schlaf am süßesten ist und selbst die Erde unter dem Menschen schlummert, drang eine Menge kleiner Ameisen in den Palast und zwickte den Kaiser aus dem Schlaf, daß es ihn heftig brannte. Als er das Jucken spürte, sprang er gleich aus dem Bett, denn an Schlaf, so wie er sonst, von niemandem gestört, bis in den Mittag hinein zu schlafen pflegte, war nicht mehr zu denken. Sobald er sich erhoben hatte, begann er seine Lagerstatt gründlich zu durchsuchen, um zu sehen, was da gewesen sei. Doch er fand nichts, denn die Ameisen waren verschwunden wie von der Erde verschluckt, man kann sich gar nicht vorstellen, wie sie das angestellt hatten.

»Da ist der Teufel im Spiel! Sieh an, was für einen Ausschlag ich auf dem ganzen Körper habe. Daß das von ungefähr geschehen sein sollte, glaube ich kaum. Doch wer weiß? Entweder täuscht mich mein Auge, oder es ändert sich das Wetter«, sagte der Kaiser, »eins von beiden muß es unbedingt sein. Unterdessen will ich gehen und nachsehen, ob diese ungewaschenen Kerle, die mir in den Ohren liegen, ich solle ihnen meine Tochter geben, den Sand aus dem Mohnsamen ausgelesen haben.«

Als der Kaiser hinkam und sah, wie genau sie seinen Befehl ausgeführt hatten, war er nicht gerade erfreut, und weil ihm keine neuen Ausflüchte einfielen, versank er in Gedanken.

Wieder trat der Weiße Mohr aus der Mitte seiner Begleiter hervor, pflanzte sich vor dem Kaiser auf und sprach: »Erhabener Kaiser, jetzt glaube ich, werdet Ihr mir Eure Tochter doch geben, damit wir Euch hinfort in Frieden lassen und zurückkehren können, woher wir gekommen sind.«

»Auch dafür wird die Zeit kommen, junger Held«, sagte der Kaiser, die Worte zwischen den Zähnen hervorpressend. »Bis dahin gibt's aber noch Arbeit genug. Hört, was ihr zu tun habt: Meine Tochter wird sich dort, wo sie allnächtlich zu schlafen pflegt, zur Ruhe begeben. Ihr aber sollt sie mir die ganze Nacht über bewachen. Befindet sie sich morgen früh immer noch dort, dann gebe ich sie dir vielleicht. Ist sie nicht mehr dort, sollst du mit mir nicht teilen, was dich ereilt ... Verstanden?«

»Lang sollt Ihr leben, erlauchter Kaiser«, antwortete der Weiße Mohr. »Wenn sich die Sache nur nicht noch mehr in die Länge zieht, denn mein Herr wartet auf mich, und sein Zorn würde sich furchtbar über meinem Haupt entladen.«

»Dein Herr ist dein Herr, und was er mit dir tut, steht auf einem andern Blatt«, sagte der Kaiser. »Was geht es mich an, wenn er euch die Haut vom Kopf zieht! Aber jetzt bemüht euch, meinen Zorn nicht zu erregen, paßt auf meine Tochter auf wie auf eure Augen, das allein kann euch noch retten. Jetzt ist's aus mit eurer Schlauheit!«

Damit überließ sie der Kaiser ihrer Ratlosigkeit und ging seinen Geschäften nach.

»Hier muß wieder einmal ein Teufel im Spiele sein!« sagte Schüttelfrost und wiegte den Kopf.

»Und noch dazu einer von den ganz alten Teufeln, der Pfeil der Nacht oder der Mittagsteufel«, antwortete Scharfauge. »Aber ich glaube, lange wird er an uns seine Launen nicht mehr auslassen.«

Über dem langen Hin- und Herberaten kam schließlich der Abend heran, das Mädchen legte sich schlafen, der Weiße Mohr stellte sich dicht vor ihre Tür auf die Wacht, und die übrigen reihten sich auf seinen Befehl nebeneinander bis zum Tor.

Als Mitternacht nahte, verwandelte sich die Kaiserstochter in ein Vöglein und flog, ohne gesehen zu werden, an fünf Wächtern vorbei. Als sie aber am Wächter Scharfauge vorbeiflog, bemerkte sie der Listige und machte sofort den Vogelfänger darauf aufmerksam, indem er rief: »Du, die Kaiserstochter hat uns drangekriegt. Ist das ein Teufelsmädchen! Sie hat sich in ein Vöglein verwandelt, ist wie ein Pfeil an den anderen vorbeigeflogen, und die haben keine Ahnung davon. Na, auf die kannst du dich verlassen, wenn du um deinen Kopf kommen willst! Jetzt können nur wir noch ihre Spur finden und sie zurückbringen. Schweig schön still und laß uns sie verfolgen. Ich werde dir zeigen, wo sie sich verbirgt, du fängst sie, so wie du es zu tun verstehst, und drückst ihr ein wenig den Hals krumm, damit sie es sich ein andermal überlegt, mit uns so umzuspringen.«

Unverzüglich machten sie sich an die Verfolgung und waren noch nicht weit gekommen, als Scharfauge sagte: »Vogelfänger, sieh sie dort hinter dem Erdhaufen, unter einen Spargel geduckt, pack sie und laß sie nicht entkommen!«

Der Vogelfänger streckte sich in die Breite, so weit er konnte, suchte zwischen allen Unkräutern herum, als er sie aber gerade packen wollte, flog sie husch! auf den Gipfel eines Berges und versteckte sich hinter einem Felsen.

»Sieh sie dort auf der Bergspitze hinter dem Felsen!« sagte Scharfauge.

Da streckte sich der Vogelfänger in die Höhe und stöberte hinter den Felsen herum, schon wollte er sie ergreifen, da flog sie husch! auch von dort auf und davon, um sich gar hinter dem Mond zu verbergen.

»He, Vogelfänger, sieh sie dort hinter dem Mond!« sagte Scharfauge. »Ich kann sie leider nicht erreichen, sonst würde ich sie tüchtig zerzausen.«

Da reckte sich der Vogelfänger, bis er die Höhe des Mondes erreicht hatte, legte die Arme um den Mond, erwischte das Vöglein, packte es am Schwanz und machte Anstalten, ihm den Hals umzudrehen. Plötzlich verwandelte es sich in ein Mädchen und rief entsetzt: »Schenk mir das Leben, Vogelfänger, ich will dich dafür freigebig mit kaiserlichen Gaben belohnen, daß du davon leben kannst!«

»Nun, du warst ja auf dem besten Wege, uns freigebig mit kaiserlichen Gaben zu belohnen, du Hexe, wenn ich dich nicht ertappt hätte, als du uns entschlüpftest!« sagte Scharfauge. »Ich habe mich ordentlich plagen müssen, dich zu suchen! Vorwärts, komm jetzt lieber in dein Schlafgemach, denn es wird bald Tag. Dann werden wir sehen, was weiter geschieht!«

Damit ergriffen sie die beiden, der eine an der rechten, der andere an der linken Hand, und mit knapper Not trafen sie, als schon der Morgen graute, beim Palast ein und zwangen sie, sobald sie an den Wächtern vorbeigekommen waren, in ihr Gemach auf die gleiche Weise zurückzukehren, auf die sie daraus entwischt war.

»Nun, Weißer Mohr«, sagte danach Scharfauge, »was hättet ihr jetzt angefangen, wenn ich und der Vogelfänger nicht gewesen wären? Siehst du, so hat jeder Mensch seine gute und seine böse Seite, und wo die gute überwiegt, da legt man der bösen kein Gewicht mehr bei.

Schlimm wär' es um euch gestanden,
Wären nicht wir zwei vorhanden;
Hat doch eure faule Wacht
Uns fast um den Hals gebracht!«

Darauf wußten der Weiße Mohr und die übrigen nichts zu erwidern, ließen beschämt den Kopf hängen und dankten dem Vogelfänger und dem berühmten Scharfauge, daß sie ihnen so brüderlich beigesprungen waren.

Und siehe, da kam auch schon der Kaiser wie ein wilder Löwe, um nach seiner Tochter zu sehen, und als er sie wider alle Erwartung unter Bewachung fand, sprühten seine Augen im Kopf vor Ärger, aber da war nun nichts mehr zu ändern.

Wieder trat der Weiße Mohr vor den Kaiser hin und sprach: »Erlauchter Kaiser, nunmehr glaube ich, werdet Ihr mir Eure Tochter geben, damit wir Euch in Ruhe lassen und unseres Weges ziehen.«

»Schon gut, junger Held«, antwortete der Kaiser griesgrämig, »auch dafür wird die Zeit kommen. Ich habe aber noch ein Mädchen, das ich an Kindesstatt aufgenommen, das meiner Tochter im Alter gleicht und sich von ihr weder durch Schönheit und Gestalt noch durch ihr Betragen unterscheidet. Wenn du erkennen kannst, welches meine wahre Tochter ist, dann nehmt sie euch und verschwindet mit ihr aus meinen Augen, denn euretwegen sind mir schon graue Haare gewachsen. Ich will jetzt gehen, um sie vorzubereiten«, sagte der Kaiser. »Du kommst mir nach; und wenn du die rechte errätst, soll es dein Glück sein. Erkennst du sie aber nicht, dann schnürt euer Bündel und schert euch aus meinem Haus, denn ich kann euch nicht mehr ausstehen!«

Als der Kaiser gegangen war, gab er den Befehl, die beiden Mädchen vollkommen gleich zu kämmen und zu kleiden. Drauf ordnete er an, der Weiße Mohr solle kommen und erraten, welches die Kaiserstochter sei.

Als sich dieser solcherart in die Enge getrieben sah, wußte er nicht recht, was er tun und an wen er sich wenden sollte, um nicht gerade jetzt, im entscheidenden Augenblick, einen Fehler zu begehen. Doch als er wie eben ein ratloser Mensch angestrengt nachdachte, fiel ihm jener Bienenflügel ein, er holte ihn hervor, schlug Feuer und zündete ihn mit einem Stückchen brennenden Zunders an. Und siehe, schon erschien die Bienenkönigin vor ihm.

»Wozu hast du mich nötig, Weißer Mohr?« fragte sie und flog auf seine Schulter. »Sag es mir, ich bin bereit, dir die versprochenen Dienste zu leisten.«

Da erzählte er ihr alles haargenau und bat sie bei allen Heugöttern, ihm Hilfe zu gewähren.

»Sei unbesorgt, Weißer Mohr«, sagte die Bienenkönigin. »Ich will es so einrichten, daß du sie unter Tausenden herausfinden kannst. Komm, tritt nur getrosten Mutes ins Gemach, ich werde auch dort sein. Sobald du eingetreten bist, bleibe ein Weilchen stehen und betrachte die Mädchen, und welche von beiden sich mit ihrem Schleier zur Wehr setzt, die und keine andere ist die Tochter des Kaisers, davon kannst du überzeugt sein.«

Nun trat der Weiße Mohr mit der Biene auf der Schulter ins Gemach, wo schon der Kaiser mit den Mädchen wartete, stellte sich in einiger Entfernung auf und sah bald die eine, bald die andere an. Wie er so kerzengerade dastand und sie aufmerksam betrachtete, flog die Bienenkönigin der Kaiserstochter aufs Gesicht. Diese fuhr auf, begann plötzlich zu schreien und sich mit ihrem Schleier wie gegen einen Feind zu wehren. Das genügte dem Weißen Mohren: sofort ging er einige Schritte auf sie zu, faßte sie artig bei der Hand und sprach zum Kaiser: »Erlauchter Kaiser, jetzt glaube ich, werdet Ihr mir kein Hindernis mehr in den Weg legen, denn ich habe alles ausgeführt, was Ihr befohlen habt.«

»Von mir aus kannst du sie nehmen, Weißer Mohr«, sagte der Kaiser, der vor Ärger und Beschämung im Gesicht ganz grün und gelb geworden war. »Wenn sie nicht imstande war, euch unterzukriegen, sei wenigstens du imstande, sie zu beherrschen, denn jetzt gebe ich sie dir von ganzem Herzen.«

Der Weiße Mohr dankte dem Kaiser und sprach zum Mädchen: »Jetzt wollen wir auch aufbrechen, denn mein Herr, Seine Durchlaucht der Neffe des Grünen Kaisers, wird vom Warten schon ganz alt geworden sein.«

»Bezähme dich noch ein wenig, du Ungeduldiger«, sagte die Kaiserstochter und nahm eine Turteltaube in den Arm, der sie mit einem zärtlichen Kuß etwas ins Ohr flüsterte. »Eile mit Weile, Weißer Mohr, warte, auch mit mir hast du noch ein Wörtchen zu sprechen. Bevor wir aufbrechen, müssen dein Pferd und meine Turteltaube sich aufmachen, um mir von dort, wo die Berggipfel aneinanderstoßen, drei Zweige vom Süßapfelbaum sowie Lebenswasser und Todeswasser zu holen. Kehrt meine Turteltaube mit den Zweigen und dem Wasser früher zurück, dann kannst du alle Hoffnung, daß ich mit dir gehe, fahren lassen, Gott bewahre mich davor! Hast du aber Glück, kehrt dein Pferd zuerst zurück und bringt mir das Verlangte, dann sei überzeugt, daß ich mit dir gehe, wohin du mich führen wirst; damit ist unsere Rechnung beglichen.«

Sofort brachen die Turteltaube und das Pferd auf, sie flogen um die Wette, bald oben, bald unten, wie es die Umstände gerade erforderten.

Doch da die Turteltaube leichter war, kam sie früher ans Ziel, sie wartete, bis die Sonne genau im Mittag stand und die Berge für einen Augenblick ruhten, dann stürzte sie sich wie durchs Feuer, nahm sowohl drei Zweige vom Süßapfelbaum als auch Lebens- und Todeswasser und kehrte mit Blitzesschnelle wieder um. Als sie beim Tor der Berge anlangte, kam ihr das Pferd entgegen, hielt sie an und redete ihr schmeichelnd zu: »Turteltäubchen, liebes Vögelchen, gib mir die drei Zweige vom Süßapfelbaum, das Lebenswasser und das Todeswasser! Flieg zurück und nimm dir andere, du wirst mich auf dem Weg bald einholen, denn du bist flinker als ich. Auf, überleg nicht lang und gib sie mir, denn das wird sowohl für meinen Herrn als auch für deine Herrin, für mich wie für dich am besten sein. Gibst du sie mir aber nicht, dann ist mein Herr, der Weiße Mohr, in Lebensgefahr, und das wird auch für uns nicht günstig sein.«

Die Turteltaube schien nicht recht zu wollen, aber das Pferd fragte nicht lange nach ihren Bedenken, stürzte sich auf sie, entriß ihr das Wasser und die Zweige mit Gewalt und lief dann mit ihnen davon, um sie in Gegenwart des Weißen Mohren der Kaiserstochter zu übergeben. Da lachte dem Weißen Mohren das Herz vor Freude.

Nach einiger Zeit kam auch die Turteltaube an, aber was half es ihr noch?

»Ei, du falsches Geschöpf!« sagte die Kaiserstochter. »Du hast mich verkauft und verraten. Da das aber nun einmal nicht zu ändern ist, eile flugs zum Grünen Kaiser voraus und melde ihm, daß wir nachkommen.«

Die Turteltaube brach auf, die Kaisertochter aber ließ sich vor ihrem Vater auf die Knie nieder und sprach: »Segne mich, Vater, und lebe wohl! Offenbar war es mir so bestimmt, und da läßt sich nichts dawider tun, ich muß mit dem Weißen Mohren gehen und mich damit abfinden.«

Darauf nahm sie sich, was sie auf der Reise brauchte, bestieg gleichfalls ein Zauberroß und wartete, zum Aufbruch bereit. Inzwischen sammelte der Weiße Mohr seine Gesellen, stieg auf sein Pferd und

Vorwärts ging's zum Kaiserreiche.
Gottes Schutz nicht von uns weiche,
Daß den Fortgang der Geschichte
Bis zum End' ich euch berichte.

So ritten sie denn Tag und Nacht, man weiß gar nicht, wie lange das währte. Eines Tages aber blieben Schüttelfrost, Nimmersatt, Immerdurst, Vogelfänger, Streckdichbreiterundlänger und das zauberkundige Scharfauge

Traurig stehn am Trennungsort,
Sprachen drauf das Abschiedswort:
»Fahr wohl, Weißer Mohr, und war'n wir
Böse, mußt du uns verzeihn,
Denn das Böse kann zuweilen
Auch zu etwas nützlich sein!«
Weißer Mohr dankt, und in Ruh
Zieht er seiner Wege munter.

Hold lächelt die Maid ihm zu.
Geht der Mond am Himmel unter,
Steigt's in ihren Herzen auf.
Was steigt auf? Ersehntes Glück:
Eine stolze, helle Sonne,
Leuchtend heiß ins Herz zurück,
Aus dem Funken jäh entsprungen,
Aus der Augen Zauberblick.

So gingen und gingen sie, und je weiter sie kamen, desto mehr ver-
wirrten sich dem Weißen Mohren die Sinne, wenn er das Mädchen
anblickte und sah, wie jung, schön und begehrenswert sie war.

Den Salat aus dem Bärengarten, das Fell und das Haupt des Hirsches hatte er seinem Herrn leichten Herzens gebracht, aber die
Tochter des Roten Kaisers ihm zu übergeben, das war ihm gar nicht
recht, denn vor Liebe zu ihr war er ganz toll. Sie war wie eine Rosenknospe im Mai, die, gebadet im Morgentau, liebkost von den ersten
Strahlen der Sonne und vom Windhauch gewiegt, noch kein Schmet-
terlingsauge entdeckt hatte. Oder, wie man in unserer Bauernsprache
sagt: Sie war schön, daß einem die Augen brannten; die Sonne konnte
man ohne Schaden zu nehmen ansehen, sie aber nicht. Und deshalb
verschlang sie der Weiße Mohr mit den Augen, so lieb war sie ihm. Ja,
auch ihre Blicke stahlen sich von Zeit zu Zeit zum Weißen Mohren
hinüber, und in ihrem Herzen regte sich etwas, vielleicht ein verborgenes Sehnen, das sie nicht auszusprechen wußte – ganz wie es im
Liede heißt:

Flieh von hier, komm näher, du!
Bleib schön artig, gib mir keine Ruh!

– besser weiß ich es auch nicht zu sagen. Nur soviel weiß ich, daß sie
weiterritten, ohne zu spüren, daß sie ritten, denn der Weg erschien
ihnen kurz und die Zeit noch kürzer, der Tag wie eine Stunde und die
Stunde wie ein Augenblick – nun, wie es einem eben ergeht, wenn man
mit der Liebsten zur Seite auf Wanderschaft geht.

Der arme Weiße Mohr wußte nicht, was ihn zu Hause erwartete,
sonst hätte er wohl gar nicht an solches gedacht, sondern sich an die
Worte des Liedes gehalten:

Wüßt ich, was mir wird geschehn,
Hätte ich mich vorgesehn.

Aber seht, was ich da wieder schwatze. Da ist es doch wichtiger: euch
zu erzählen, daß die Turteltaube beim Grünen Kaiser angelangt war
und ihm das Eintreffen des Weißen Mohren mit der Tochter des
Roten Kaisers angekündigt hatte.

Da begann der Grüne Kaiser Vorbereitungen zu treffen, wie es sich
für den Empfang einer Kaiserstochter schickt, und befahl, daß man
ihnen entgegengehe. Der Bartlose aber ächzte im stillen vor Wut und
sann nur auf Rache.

Schließlich gelangte der Weiße Mohr mit der Kaiserstochter, nachdem sie noch ein gut Stück Weges zurückgelegt hatten, ins Kaiserreich. Und siehe, da kamen ihnen der Grüne Kaiser, seine Töchter, der
Bartlose und der ganze kaiserliche Hofstaat entgegen, um sie zu empfangen. Als der Bartlose sah, wie schön die Tochter des Roten Kaisers
war, lief er gleich auf sie zu, um sie auf seinen Armen vom Pferde zu
heben, aber das Mädchen setzte ihm die Hand auf die Brust, stieß ihn
zurück und sprach: »Hinweg von mir, Bartloser, ich bin nicht deinetwegen hierhergekommen, sondern wegen des Weißen Mohren, denn
er ist der wahre Neffe des Grünen Kaisers.«

Der Grüne Kaiser und seine Töchter erstarrten, als sie dies hörten,
der Bartlose aber, da er seinen Betrug entlarvt sah, stürzte sich wie ein
toller Hund auf den Weißen Mohren, schlug ihm mit einem einzigen
Schwertstreich den Kopf ab und rief: »Da hast du es! So ergeht es
jedem, der seinen Eid bricht!«

Da sprang das Pferd des Weißen Mohren auf den Bartlosen los und
sprach: »Bis hierher, Bartloser!«, und im selben Augenblick packte es
ihn mit den Zähnen beim Kopf, flog mit ihm bis in Himmelshöhen
hinauf, und von dort ließ es ihn herabfallen, daß der Bartlose unten zu
Staub und Pulver zerstob.

Während dieses Getümmels aber hatte die Tochter des Roten Kaisers in aller Eile dem Weißen Mohren den Kopf wieder an seine Stelle
gesetzt, dann umwickelte sie ihn dreimal mit den drei Zweigen des
Süßapfelbaumes, goß Todeswasser darauf, damit das Blut stillstehe
und die Haut darüberwachse, goß sodann Lebenswasser darüber, und

sofort erwachte der Weiße Mohr wieder zum Leben. Er strich sich mit der Hand über die Augen und sprach seufzend: »Ach, wie schwer ich geschlafen habe!«

»Du hättest lange und tief geschlafen, Weißer Mohr, wenn ich nicht gewesen wäre«, sprach die Tochter des Roten Kaisers unter zärtlichen Küssen und gab ihm wieder sein Schwert in Verwahrung.

Dann knieten beide vor dem Grünen Kaiser nieder, schworen einander Treue und empfingen den Segen des Kaisers und gleichzeitig auch die Herrschaft über das Kaiserreich. Darauf begann die Hochzeit, und Gott gab seinen Segen dazu.

> Um ihr Glück zu sehen, kam nun alle Welt,
> Mond und Sonne lachten von dem Himmelszelt.

Zum Hochzeitsfest aber wurden geladen

> Die Ameisenkönigin
> Und die Bienenkönigin,
> Auch die Feenkönigin,
> Wunder aller Wunder
> Von der Blumeninsel.

Und weiterhin erschienen als Hochzeitsgäste

> Kaiser, Königin und König,
> Hoher Herren auch nicht wenig
> Und auch der, der dies erzählt,
> Armer Teufel ohne Geld.
> Unter ihnen allen herrschte große Freud',
> Aßen doch und tranken selbst die armen Leut'.

Und dieser Jubel dauerte ganze Jahre lang und hält auch heute noch an. Wer dorthin geht, trinkt und ißt nach Herzenslust. Bei uns aber trinkt und ißt nur der, der Geld hat, wer keins hat, sieht zu und wischt sich den Mund.

(Rumänien)

Von Bulgarien zur Türkei

Der wundersame Vogel

*E*s war einmal ein Jäger. Eines frühen Morgens, noch vor Sonnenaufgang, zog er durch den Wald und sah Licht. Er ging darauf zu und
sah, daß ein großer Baum in Flammen stand. Aus dem Knistern und
Knacken des brennenden Holzes drang das Rufen einer Schlange:
»Hilf mir, guter Mann, rette mich aus den Flammen, dann will ich dir
auch etwas verraten!«

Der Jägersmann nahm einen langen Stock und hielt ihn der Schlange hin, die sich gleich um diesen herumschlängelte und so dem Feuer
entkam. Kaum war sie wieder auf dem Erdboden, sprach sie: »Hab
Dank, guter Mann! Nun will ich dir etwas zeigen. Siehst du diesen
Baum dort? Darin hat ein wundersamer Vogel sein Nest. Steig hinauf
und hole dir dessen Eier.«

Der Jäger tat, wie ihm geheißen, nahm sich die Eier und ging, ohne
weiter darüber nachzudenken, in die Stadt, um sie dort zu verkaufen.
Ein alter Händler, der die Eier sah, gab sehr viel Geld dafür und fragte,
ob er nicht noch mehr beschaffen könne. Der Jäger versprach es und
ging wieder zu jenem Baum. Er nahm die restlichen Eier und verkaufte sie allesamt an den alten Händler. Eines Tages sagte der
Händler, daß er sehr viel Geld für den Vogel, der diese Eier legt, geben
würde. Der Jäger ging in den Wald, tötete den Vogel, und brachte ihn
in die Stadt. Der Händler zahlte ihm hundert Goldstücke dafür.

Zu Hause gab er den Vogel seiner Köchin und wies sie an, eine
Suppe daraus zu kochen, doch dürfe sie den Kindern nichts geben,
solange er nicht selber davon gegessen habe. Der Händler hatte drei
Söhne. Sie baten und bettelten so sehr um ein kleines Häppchen, daß
die Köchin ihnen schließlich doch etwas von den Innereien gab. Der
eine bekam den Magen, der zweite die Leber und der dritte das Herz.
Und ebendieser, der das Herz gegessen hatte, sprach nun zu seinen
Brüdern: »Wir müssen auf der Stelle fortlaufen, denn sobald der Vater
zurückkommt, wird er uns totschlagen!«

Jener Vogel war ein Wundervogel, und in seinen Eiern stand geschrieben: derjenige, der den Magen ißt, wird sehr viel Geld finden, wer aber die Leber ißt, wird Zar werden, und derjenige, der das Herz ißt, kann voraussagen, was geschehen wird. Deswegen wollte der alte Händler Magen, Herz und Leber allein essen, denn er hatte durch die Vogeleier von jener Zauberkraft erfahren.

Die drei Jungen sprangen auf und rannten eilig davon. Die Nacht verbrachten sie an einem versteckten Ort. Als sie am nächsten Morgen erwachten, fand jener, der den Magen gegessen hatte, einen Beutel voller Goldstücke unter seinem Kopf. Ihre Freude war groß, brauchten sie doch nun den Hunger nicht zu fürchten. Sie setzten ihren Weg fort. Nachdem sie sehr lange zusammen gelaufen waren, kamen sie überein, sich zu trennen. Der Junge, der den Magen aufgegessen hatte, schlug eine andere Richtung ein. Sein Weg führte ihn in eine große Stadt, in der er blieb. Und da er an jedem Morgen Gold unter seinem Kopf fand, konnte er sich bald ein schönes Haus kaufen. In dieser Stadt lebte eine wunderschöne Prinzessin, die von jedem, der sie anschauen wollte, ein Goldstück verlangte. Dem Jungen war dies zu Ohren gekommen, und so sagte er sich: »Ich habe so viel Geld, warum soll ich es nicht für die Zarentochter hergeben.« Es verging nun kaum ein Tag, an dem er nicht zu ihr ging, so daß sie schließlich Freunde wurden. Oft fragte ihn die Zarentochter neugierig, woher er das ganze Geld habe. Sie wollte unbedingt sein Geheimnis erfahren und schenkte ihm einmal so viel Wein ein, daß er betrunken wurde. Er erzählte ihr seine Geschichte. Sie überlegte nun, wie sie in den Besitz des Magens kommen könne. Eines Tages mischte sie heimlich etwas Seife in das Getränk des Jungen, so daß dieser sich übergeben mußte. Dabei kam auch jener wundersame Vogelmagen zum Vorschein. Es ekelte sie an, den Magen herunterzuschlucken, und so steckte sie ihn mit einer Nadel an den Zimmerbalken. Den Jungen aber ließ sie aus dem Palast jagen. Als er seinen Rausch ausgeschlafen hatte, wurde es ihm klar, was geschehen war, und er nahm sich vor, sich an der Zarentochter zu rächen.

Wenige Tage später ging der Junge im Wald spazieren und stieß auf zwei Weingärten. In dem einen wuchsen weiße Trauben und in dem anderen schwarze. Freudig sprach der Junge zu sich: »Ach, welch ein

Glück, nun kann ich mich an Weintrauben satt essen!« Er ging zuerst in den Garten, wo die Reben mit dem weißen Wein standen und aß so viel, bis er nicht mehr konnte. Schon wollte er wieder heimkehren, als ihm durch den Kopf ging: »Warum habe ich nicht auch von den schwarzen Trauben gegessen? Ich will sie wenigstens kosten und sehen, welche süßer sind.« Er steckte sich eine in den Mund und verwandelte sich im selben Moment – in einen Esel. Verzweifelt rannte er zu den weißen Trauben, die ihm nicht geschadet hatten, zurück und sofort nahm er wieder seine Menschengestalt an. »Das kann ich brauchen!« dachte er sich. »Jetzt will ich die Zarentochter lehren, was Recht und was Unrecht ist!« Schnell pflückte er von beiden Traubensorten je einen Korb voll, lief dann geradewegs zum Zarenpalast und pries dort lautstark seine Ware: »Süße Trauben!«

Die Zarentochter schaute aus ihrem Fenster und fragte: »Sag, was verkaufst du da?«

»Weintrauben, Weintrauben!«

»Was willst du dafür haben?«

»Komm erst einmal herunter und koste sie, schöne Zarentochter. Wir werden uns schon einig!« antwortete er.

Von zwölf Dienerinnen begleitet, kam nun die Zarentochter, und der Junge gab allen von den weißen Trauben zu kosten.

»Sie sind wirklich zuckersüß, gib uns fünf Kilo davon!«

»Gut, das will ich gern tun, aber kostet doch zuvor noch von meinen schwarzen Trauben. Sie sind nämlich noch süßer!«

Lächelnd gab er jeder von ihnen eine schwarze Traube zum Kosten, und alle verwandelten sich in Eselinnen. Der Junge holte Halfter vom Markt und legte diese allen an. So auch der Zarentochter, die ziemlich groß war und ihren Kopf sehr hoch hielt, daß es ihm Mühe bereitete, ihr den Halfter anzulegen. Kaum war das geschehen, schlich er in den Palast und holte sich den wundersamen Vogelmagen zurück. Sodann führte der Junge alle Esel zu seinem Haus und warf jedem ein Bündel Stroh vor. Am nächsten Tag kaufte er dreizehn Wagen, belud sie allesamt mit Sand, Steinen und Schotter, spannte dann vor jeden einen Esel und trieb diese unermüdlich zur Arbeit an. Tagein, tagaus mußten sie sich nun plagen. Abends aber, sobald die Esel wieder heimgekehrt waren, gab ihnen der Junge weiße Trauben, und so verwandelten sich die Esel flugs in Mädchen zurück. Lustige Feste feierte er mit ihnen, am Morgen jedoch ließ er wieder Esel aus ihnen werden. Auf dieses allnächtliche Treiben wurden schließlich die Stadtwächter aufmerksam. Sie wollten sehen, was es damit auf sich hatte. Als sie heftig an das Tor pochten, steckte der Junge schnell der Zarentochter und den anderen zwölf Mädchen schwarze Trauben in den Mund. Sie verwandelten sich in Eselinnen, die, über die Krippe gebeugt, Heu fraßen.

Es verging viel Zeit. Irgendwann sprach es sich herum, daß im Nachbarland ein riesiges Bauwerk errichtet werden solle. Auch dem Jüngling kam es zu Ohren, und er beschloß, mit seinen Eseln in jenes Reich zu ziehen. Als er dort ankam, traf er auf seine Brüder. Diese hatten ihn bereits erwartet, denn jener, der einst das Herz des wundersamen Vogels gegessen hatte, vermochte es ja vorauszusehen. Die Freude über ihr Wiedersehen war groß, und so gaben sie sich ihr Wort, nunmehr für immer zusammenzubleiben.

Nicht lange darauf wurde überall bekanntgegeben, daß ein Zar vom Volk gewählt werden solle. Dazu mußten sich alle Jungen und Männer zwischen zehn und vierzig Jahren auf einer Wiese einfinden. Dort sollte ein goldener Apfel in die Luft geworfen werden. Derjenige nun, dem der Apfel auf den Kopf fiele, der sollte der Zar werden. Es wurde dreimal geworfen, und jedesmal fiel der Apfel auf den Kopf des Bruders, der einst die Leber des Zaubervogels gegessen hatte. So wurde er nun Zar des ganzen Reiches. So erfüllte sich genau das, was ihm bestimmt war. Sein wahrsagender Bruder blieb bei ihm als erster Ratgeber, um über alle Geschehnisse auf der Welt vorher zu berichten. Der dritte Bruder verwandelte seine Esel mit Hilfe der weißen Trauben in Mädchen zurück. Jeder der drei Brüder suchte sich ein Mädchen aus und heiratete es. Alle lebten glücklich bis ans Ende ihrer Tage.

(Bulgarien)

Vom Kaiser, der seine eigene Tochter heiraten wollte

*E*s waren einmal ein Kaiser und eine Kaiserin. Diese Kaiserin hatte auf der Stirne einen Stern und gebar eine Tochter, die trug dasselbe Malzeichen. Als die Tochter das heiratsfähige Alter erreichte, starb die Kaiserin, doch auf dem Sterbebett nahm sie dem Kaiser den Schwur ab, falls er nochmals heiraten sollte, daß er nur eine Frau mit einem Stern auf der Stirne heiraten werde. Nachdem er aber auf seine Anfragen aus allen Weltgegenden einstimmig den Bescheid erhalten, man finde nirgends weder ein Mädchen noch eine Witwe mit dem gewünschten Mal, da geriet er auf den Gedanken, seine eigene Tochter zu heiraten, und berief einen Ministerrat, damit er die Zulässigkeit eines solchen Schrittes erwäge.

Die Minister erklärten in Übereinstimmung, es läge kein Hindernis vor, und so rief er denn seine Tochter zu sich und sagte zu ihr: »Meine liebe Tochter! Es bleibt nichts anderes übrig, als daß du meine Gemahlin wirst. Die Mutter hat mir ja den Schwur abgenommen, daß ich nur eine mit einem Stern auf der Stirne heirate. In der ganzen Welt findet sich keine zweite, bis auf dich.« Das Mädchen brach in Tränen aus, flehte und flüsterte: »O weh mir, Tote! Wie darf ich meinen Vater heiraten!« Da führte sie der Kaiser vor den Ministerrat, und dieser erklärte nochmals, dem Vater stehe es frei, seine Tochter zu ehelichen.

Nun suchte sie eine alte Frau auf und klagte dieser ihr Leid. Da gab ihr die Alte den Rat, sie möge vom Vater ein seidenes Gewand verlangen, das er selbst eigenhändig verfertigt habe, und zwar müsse es so zart sein, daß es in einer Nußschale bequem untergebracht werden könne; erfülle er diese Bedingung, dann wolle sie die Seine werden.

Sie brachte ihren Wunsch dem Vater vor. Was ist aber für einen Kaiser unmöglich? Die gewünschten Kleider wurden fertig. Sie eilte nun wiederum zu der alten Frau: »Was fang ich jetzt an, Alte? Er hat es fertiggebracht!« Da antwortete die Alte: »Jetzt verlang dir ein silbernes Kleid, so fein und zart, daß es in einer Nußschale Platz hat. Das wird er wohl schwerlich zustande bringen.«

Nun ging das Mädchen zu seinem Vater zurück und forderte ein

Kleid aus Silber, das man in einer Nußschale unterbringen könne. Auch diesen Wunsch erfüllte ihr der Kaiser. Also suchte sie wiederum die alte Frau auf, und diese riet ihr, sie solle einen Anzug aus lauter Gold verlangen, der in einer Nußschale Platz finde. Als ihr der Vater auch ein solches Gewand verschaffte, kam sie in Tränen zur Alten: »O weh, Alte! Was fang ich an? Er hat auch ein goldenes Gewand anfertigen lassen.« Die Alte erwiderte: »Jetzt weiß ich dir nichts anderes zu raten, als daß du ein Gewand aus lauter Mäusefellen verlangst. Das wird er doch gewiß nicht herbeischaffen können.«

Sobald die Tochter diesen neuen Wunsch ihrem Vater eröffnet hatte, erließ er einen Befehl, jedermann müsse soundso viel Mäusefelle bringen, und so kam's, daß die Kaisertochter innerhalb weniger Tage ein Gewand aus Mäusefellen erhielt. Ohne Verzug ließ der Kaiser nun Hochzeitsgäste einladen, um am nächsten Tag mit seiner Tochter sich trauen zu lassen. Aber die Tochter war von der Alten schon unterrichtet worden, was sie tun solle, und am Vorabend des Hochzeitstages verlangte sie, daß man ihr ins Zimmer eine Wanne Wasser und zwei weiße Enten stelle – »damit ich«, sagte sie, »ein Bad nehme, wie es sich gehört«. Auf Befehl des Kaisers wurde ihr also in die Stube eine Wanne Wasser gestellt und zwei weiße Enten mit hineingegeben. Sie aber sperrte die Tür ab, setzte die Enten in die Wanne, zog das Gewand aus Mäusefellen an, steckte die Gewänder aus Seide, Silber und Gold in den Nußschalen in ihren Busen und flüchtete dann durchs Fenster.

Der Kaiser wartete länger und länger auf sie, wurde schließlich ungeduldig und schickte einen Diener, damit er an der Tür horche, ob sie noch immer im Bad sei. Der Diener schlich sich an die Tür, lauschte, und da er die Enten im Wasser herumplätschern hörte, meinte er, es sei die Prinzessin, und meldete daher dem Kaiser, sie bade noch. Als der Morgen anbrach, waren schon alle bereit, um das Paar zur Trauung zu geleiten, doch die Braut zeigte sich noch immer nicht. Da befahl der Kaiser, man solle die Tür einbrechen. Nun merkte er, daß er der Betrogene war, und schickte ihr Leute nach, die sie aufspüren und zurückbringen sollten; indes blieb alles Suchen und Nachforschen vergebens und erfolglos. Die ausgesandten Leute kehrten unverrichteter Dinge nach Haus, und man neigte schließlich zu der Annahme, es müßten sie irgendwo wilde Tiere zerrissen haben. Inzwischen eilte sie unermüdlich vorwärts und ging so lange, bis sie in einem anderen Reich in einen dicken Wald gelangte. Da sie nicht ein und nicht aus wußte, kroch sie in einen hohlen Baum hinein. Zur gleichen Zeit jagte des Kaisers Sohn in diesem Wald, und seine Hunde spürten von ungefähr diesen Baum auf, umzingelten ihn und bellten, so daß die Jäger in der Meinung, dort im Baum irgendein Wild zu finden, herbeigeeilt kamen. Und als sie das Mädchen in Mäusefelle gekleidet vor sich sahen, legten sie an, um sie zu erschießen, doch der Kaisersohn gebot ihnen Einhalt. »Schießt nicht«, sagte er, »laßt sie uns mit an den Hof nehmen und uns eines Wesens so seltener Art erfreuen, wie niemand ein zweites hat.« Nachdem man sie aus dem hohlen Stamm herausgebracht, fragte man sie: »Wer bist du?« Sie antwortete: »Weiß nicht.« Man fragt sie wiederum: »Bist du ein Tier oder ein menschliches Wesen oder ein Gespenst?« Wiederum entgegnet sie: »Weiß nicht.« – »Ob du's weißt oder nicht weißt«, sprach der Prinz, »ist gleichgültig, du hast mit uns zu gehen.« An den kaiserlichen Hof gebracht, fand sie als Gänsemädchen Verwendung. Von der Dienerschaft wurde sie das Aschenbrödel genannt.

So verstrich einige Zeit, als der kaiserliche Prinz ein großes Fest veranstaltete und viele Herren, Frauen und Mädchen von höchstem Adel aus dem eigenen Reich und aus dem Ausland zu Gast lud. Da streifte die Gänsehirtin in ihrem Stübchen das Gewand aus Mäusefellen ab, kleidete sich in das seidene und ging in die Gesellschaft hinauf. Alle erstaunten über ihre Schönheit, besonders der Stern auf ihrer Stirne erregte allgemeine Aufmerksamkeit. Der Kaisersohn erbat sich einen Tanz, tanzte mit ihr und fragte sie, woher sie sei, und sie sagte: »Aus der Stiefelstadt.«

Bald darauf stahl sie sich fort in ihr Stübchen, zog das seidene Gewand aus und legte das aus Mäusefellen wieder an. Indessen nahmen die Herrschaften wahr, daß sie verschwunden war, und sie fragten einander: »Wo ist denn unsere neue Schönheit hin?« Vor allem der Kaisersohn wollte es wissen. Als die Herrschaften fort waren, schrieb der Prinz in aller Herren Lande und bat um Auskunft, wo die Stiefelstadt gelegen sei, aber von überall antwortete man ihm, eine Stadt dieses Namens gäbe es nicht.

Darauf veranstaltete er ein neues Fest, in der Hoffnung, sie werde wieder erscheinen. Als das Fest seinen Anfang nahm, legte sie das silberne Gewand an und mengte sich unter die Gesellschaft. Kaum trat sie ein, kam ihr alles entgegen. Der Kaisersohn ergriff ihre Hand und bestürmte sie mit Fragen: »Um Gottes willen, wo bleiben Sie? Mich hat fast die Sehnsucht nach Ihnen verzehrt, eine Stiefelstadt aber gibt es nirgends.« – »Mein Herr«, gab sie zur Antwort, »ich muß Ihnen die Wahrheit gestehen, ich bin aus Legengrad.«

Nachdem der kaiserliche Prinz einigemal mit ihr getanzt hatte, stahl sie sich wieder unbemerkt fort, und als sie in ihrem Stübchen angelangt war, vertauschte sie schnell ihr silbernes Gewand mit dem aus Mäusefellen. Der Prinz ließ nach ihrem Verschwinden in der ganzen Welt Erkundigungen einziehen über Legengrad, aber von allen Seiten wurde ihm der Bescheid zuteil, eine Stadt dieses Namens bestünde nicht. Als er nun zum drittenmal ein Fest veranstaltete, erschien sie im goldenen Gewand. Der Prinz war über die Maßen erfreut und drang in sie mit Bitten, sie möge ihm ehrlich und offen gestehen, woher sie sei; »denn Legengrad«, meinte er, »habe ich nicht ausfindig machen können.« – »Nun, jetzt will ich also die Wahrheit sagen«, antwortete sie, »ich bin aus der Schwertstadt.«

Nachdem der Prinz einige Tänze mit ihr getanzt, zog er den Ring vom Finger und reichte ihn ihr. Bald darauf gelang es ihr wieder, sich unbemerkt fortzustehlen.

Jetzt ließ der Prinz in der ganzen Welt nachfragen, wo die Schwertstadt liege, und da er von allen Seiten dieselbe Antwort erhielt, es gäbe keine Stadt dieses Namens, verfiel er vor Herzweh in eine Krankheit. Er litt lange, lange Zeit. Eines Tages gelüstete ihn nach Milch, um Brot darein zu brocken. Sogleich erhielt der Koch den Befehl, Milch abzukochen, und da bat ihn das Mädchen in den Mäusefellen, er möge sie einbrocken lassen. »Geh zum Teufel«, herrschte er sie an, »du willst wohl, daß ein Härchen von dir hineinfällt und ich den Spaß mit meinem Kopfe büße?« – »Nicht doch, lieber Koch«, entgegnete sie, »mir hat heute nacht geträumt, der Prinz werde rasch genesen, wenn er etwas von mir Zubereitetes zu sich nimmt.« Auf diese Worte hin gestattete ihr's der Koch, und während sie in die Milch einbrockte, ließ sie den Ring hineingleiten.

Als man dem Kaisersohn die Milch vorsetzte und er sie mit dem Löffel durchrührte, fand er den Ring und sprang sogleich vom Lager auf mit dem Ausruf: »Der Koch komme augenblicklich her!« Der arme Koch erschrak furchtbar, weil er glaubte, dem Aschenbrödel sei ein Haar in die Suppe gefallen, und so trat er vor Angst und Bängnis mehr tot als lebendig vor den Kaisersohn hin. »Wer hat in diese Milch eingebrockt?« fragte der Prinz voll Erregung. Dem Koch schlotterten die Knie, und mit zitternder Stimme preßte er heraus: »Ich, o Hoheit! . . .« – »Das hast du nicht! Gesteh, wer's war, sonst mußt du dein Leben lassen.«

Unter Tränen gestand nun der Koch, wie ihn das Aschenbrödel mit ihrem Traum hinters Licht geführt, als sie sagte, der Prinz werde genesen, falls er etwas zu sich nehme, was sie zubereitet. Kaum hörte der Prinz vom Aschenbrödel, so lief er geschwind zu ihr, riß ihr das Mäusefellgewand vom Leib und zwang sie, das goldene anzuziehen, führte sie sodann vor seinen Vater und seine Mutter und ließ sich mit ihr trauen. Nach der Trauung erzählte sie ihm, wie und warum sie vor ihrem Vater geflohen war.

Als ein Jahr um war, bekam sie Zwillinge, einen Knaben und ein Mädchen. Das Mädchen brachte, so wie die Mutter, einen Stern auf der Stirne als Malzeichen mit auf die Welt.

Als die Kinder ein wenig kräftiger geworden, setzte sie sich mit ihrem Gatten und den Kindern in eine Kutsche und fuhr zu ihrem Vater. Als sie ankam, spendete eben ihr Vater für ihr Seelenheil, und wie er sie nun erblickte – du lieber Gott! Wer schildert seine Herzenslust und die Freude, die er empfand! Was für ein Riesenfest er da veranstalten ließ! Die alte Frau aber, welche die Prinzessin unterwiesen hatte, erhielt von ihr und ihrem Gemahl reiche Geschenke, der Kaiser selbst verdreifachte die Geschenke, die Minister aber, die da sagten, der Vater dürfe seine Tochter ehelichen, ließ er samt und sonders hinrichten.

(Serbien)

Wie Dschandschika auszog, um einen Mann zu freien

Es war einmal ein Mädchen namens Dschandschika, die hatte nicht das Glück, jung zu heiraten. Einmal warf ihr ein Bursche vor, sie sei eine Sitzengebliebene. Darüber war sie tief betrübt und sprach im stillen zu sich selber: »Bei Allah! Wenn der, der um mich freit, nicht zu mir ins Haus kommt, so ziehe ich denn in die Welt hinaus, um ihn aufzusuchen.«

Wie gesagt, so getan. Sie verließ ihr Elternhaus und wanderte in die Welt hinaus. Wie sie so des Weges schritt, begegnete ihr der Wolf und sprach sie an: »Hei, du Springindenwinkel! Du Springerle, Seelerle, hei! Guterle, Borgerle, puuuh!« Antwortete sie ihm: »Ich bin keine solche und stamme auch von solcher Mutter nicht ab. Ich bin eine Bujruduklìban Kaduna und eine Poschumaschljìban Kaduna, und wahrhaftig eine Silberban Kaduna.«

Darauf sagte er zu ihr: »Bist du eine solche und stammst du von einer solchen Mutter ab, bist du gewillt, meine Werbung anzunehmen?« – »Ja schon, doch womit ernährst du mich?« Der Wolf, wie es eben seine Art ist, antwortete ihr: »Mit Fleisch, mit Schafffleisch, mit Lammfleisch, mit Rindfleisch und Roßfleisch.« Befragte sie ihn: »Und womit wirst du mich hauen?« Sagte er: »Kannst auf mein Gebiß vertrauen.« Sprach sie: »Sperr den Rachen auf, will auf dein Gebiß schauen.« Er riß den Rachen auf, und sie rief: »Bei Allah, für mich bist du kein Freierlein, bin doch Dschandschika rein und klein, bin wie ein Strohhalm so fein. Dein Zahn ist allemal so dick wie ein Pfahl, du bissest mich durch mit einem Mal.«

Da setzte der Wolf seinen Weg dorthin und sie ihren dahin weiter fort. Begegnete ihr der Fuchs und befragte sie: »Wohin des Weges, du Springindenwinkel? Bist du's, du Springerle, Seelerle, hei! Guterle, Borgerle, puuuh!« Antwortete sie ihm: »Ich bin keine solche und stamme auch von keiner solchen Mutter ab, vielmehr bin ich eine Bujrudukliban Kaduna und eine Poschumaschljìban Kaduna und eine Silberban Kaduna.« Darauf zu ihr der Fuchs: »Bist du nun eine solche und von solchem Geschlecht, willst du mein Eheweib werden?« Sagte

sie: »Ja, warum denn nicht? Und womit ernährst du mich?« Der Fuchs
antwortete: »Mit Fleisch, mit Hühnerfleisch, Küchleinfleisch, mit
Vögleinfleisch und mit was es dir beliebt.« Antwortete sie: »Und womit haust du mich?« Sprach der Fuchs: »Nun, mit meinem Zagel!« Sie
wies ihn ab − »denn dein Zagel ist wie ein dicker Bakel, ich aber,
Dschandschika, bin rein und klein, wie ein Strohhalm so fein, dein
Zagel schlüg mir die Rippen ein.«

Also gingen sie auseinander, und jeder zog seines Weges weiter.
Begegnete ihr der Mäuserich, und auch er befragte sie wie die beiden
früheren Freier. Sie willigte ein: »Bin einverstanden, doch womit wirst
du mich ernähren?« Er darauf: »Mit Nüssen, mit Erdknöllchen, mit
Weizen, mit Hirse und lauter guten Sächelchen.« Sprach sie zu ihm:
»Ich bin Dschandschika, rein und klein, und dein Zagel ist so fein, wir
zwei können wohl beisammen sein.« Und sie befragte ihn weiter: »Was
für einen Namen hast du denn?« Er antwortete: »Mein Köpfchen heißt
Pulibeg, mein Schwänzchen jedoch Sulibeg.«

Angekommen bei Mäuserichs Haus und Hof, fand sie da hundert
Körbchen vor und alles im Überfluß. Sie aß drauflos und zehrte bis zur
Wintermitte alles ratzeputz auf. Dann sprach sie zum Mäuserich:
»Nun sorg dich und müh dich und schaff mir etwas zu knabbern her,
sonst sterbe ich Hungers.« Sagte er: »Bei Allah! Ich weiß von einem
Väterchen, der hat Nüsse im Vorrat. Den Alten suche ich auf, vielleicht
bringe ich welche heim.« So zog er denn los und begann ein Brett zu
benagen, um durch das Loch bis zu den Nüssen vorzudringen, doch
hörte die Katze das Geräusch, setzte sich auf die Lauer und wartete, bis
er das Brett durchgebissen. Kaum hatte er ein Loch durchgenagt und
sein Köpfchen hindurchgesteckt, schwupp, schnappte die Katze danach und zog ihm vom Kopf die Haut ab.

Mit abgeschundenem Köpfchen wandte sich Mäuserich zur Flucht
und lief heimwärts. Als ihn seine Ehefrau von weitem erblickte, eilte
sie ihm entgegen und fing zu singen an: »Dort kommt mein Pulibeg,
dort kommt mein Sulibeg! Ich freu mich meines Pulibeg, wie stolz bin
ich auf Sulibeg!« Wie sie wahrnahm, daß er nichts heimbrachte außer
seinem kahlen Kopf, da fuhr sie ihn an: »Schande über deinen Vater!
Ich habe mich gänzlich in dir geirrt.« Sie ergriff ihn beim Schwänzlein

und schmiß ihn in den Graben. Dann zog sie weiter in die Welt hinaus, um einen tüchtigeren Freier zu suchen. Wer es mir nicht glaubt, soll nur hingehen und sich mit eigenen Augen überzeugen.

(Bosnien)

Er bezahlte die Schulden des Toten

Einem Vater wurde ein Knabe geboren. Als dieser herangewachsen war, bat er seinen Vater, ihn handeln gehen zu lassen, aber der Vater erlaubt es ihm nicht. Er aber bittet ihn heute, bittet ihn morgen, bis es den Vater verdroß, er hundert Dukaten nahm und sie ihm gab.

»Geh«, sagt er, »und handle damit!«

Der Bursche geht los, kann es kaum erwarten. Er ging und ging, bis er zwei Männer traf, die einen Toten aus dem Grab geholt hatten, ihn mit einer Knute schlugen und in einem fort schrien und verlangten: »Gib uns unsere hundert Dukaten!«

Und er blieb stehen und sah zu. Nachdem er genug gehört und gesehen hatte, fragte er: »Warum habt ihr ihn aus der Erde geholt, wenn er doch tot ist?«

»Wir wollen unsere hundert Dukaten wiederhaben, die er uns schuldig ist«, sagen sie, »deshalb schlagen wir ihn.«

»Und wenn sie euch ein anderer für ihn geben würde«, sagt er, »würdet ihr ihn dann wieder begraben?«

»Ja«, sagen sie.

Da gab er ihnen seine hundert Dukaten, und sie begruben ihn wieder. Er aber kehrt ohne etwas nach Hause zurück. Der Vater fragt ihn, was gewesen ist. Und er sagt: »Ich habe die Schulden eines Toten bezahlt.«

Und der Vater schimpft mit ihm, aber es nützt nichts. Immerfort bittet er ihn, handeln gehen zu dürfen. Und als es den Vater verdroß, nahm er einen Apfel und gab ihn dem Sohn.

»Nun geh, Sohn, such dir einen Teilhaber, der mit dir gemeinsam handeln wird. Wenn er versprochen hat, mit dir handeln zu gehen, dann gib ihm diesen Apfel; er soll ihn kreuzweise zerschneiden, damit ihr ihn essen könnt; und dann komm zu mir und sage mir, wie er den Apfel geteilt hat.«

Der Sohn geht einen Teilhaber suchen, begegnet einem Mann und fragt ihn, wohin er gehe, und sagt, daß er nach einem Teilhaber suche, der mit ihm gemeinsam handele.

»Nimm mich«, sagt er, »ich gehe mit.«

»Hier«, sagt er, »zerschneide jetzt diesen Apfel, damit wir ihn essen können.«

Er zerschneidet den Apfel in vier Teile, behält drei Teile für sich und gibt ihm den vierten. Sie trennen sich, und er sagt: »Ich gehe jetzt und sage es meinem Vater.«

Er kommt zum Vater.

»Hast du einen gefunden?«

»Ja«.

»Habt ihr den Apfel gegessen?«

»Ja«.

»Wie hat er ihn geteilt?«

»Er hat ihn in vier Teile geschnitten«, sagt er, »drei hat er gegessen, einen hat er mir gegeben.«

»Der ist nichts für dich, mein Sohn.« Er gibt ihm wieder einen Apfel und sagt: »Geh jetzt, und such dir einen anderen!«

Und wieder ging er los und begegnete einem Mann und fragte ihn, wohin er ginge.

»Ich«, sagt er, »gehe einen Teilhaber suchen, der mit mir gemeinsam handelt.«

»Nimm mich«, sagt er.

»Hier«, sagt er, »zerschneide jetzt diesen Apfel, damit wir ihn essen können.«

Er nimmt den Apfel, zerschneidet ihn und gibt ihm die eine Hälfte, die andere Hälfte aber behält er für sich.

»Ich gehe jetzt und sage es meinem Vater«, sagt er.

Und er geht nach Hause. Er sagt seinem Vater, daß er einen Teilhaber gefunden habe. Und der Vater fragt: »Habt ihr den Apfel gegessen?«

Er sagt: »Ja«.

»Wieviel hat er dir gegeben?«

»Er hat mir die Hälfte gegeben.«

»Nein, Kind, auch der ist nichts für dich!«

Am dritten Morgen gibt er ihm wieder einen Apfel. Wieder geht er einen Teilhaber suchen und begegnet wieder einem Mann. Er fragt ihn, wohin er gehe, und sagt: »Ich gehe einen Teilhaber für den Handel suchen.«

»Nimm mich«, sagt er.

Er gibt ihm den Apfel, damit er ihn teilt. Er zerschneidet ihn in vier Teile, gibt ihm drei Teile und behält einen für sich.

»Ich gehe jetzt und sage es meinem Vater.«

Er kommt zum Vater: »Ich habe einen Teilhaber gefunden.«

»Habt ihr den Apfel gegessen?« »Ja.«

»Wie hat er ihn geteilt?«

»Er hat ihn in vier Teile zerschnitten und mir drei Teile gegeben, für sich aber hat er nur ein kleines Stück behalten.«

»Ja, Kind, das ist der Richtige für dich, mit dem kannst du handeln gehen.«

Und er gibt ihm hundert Dukaten und schickt ihn zum Handeln.

Der Mann aber hatte da auf ihn gewartet, und so ging er von dort mit ihm los. Sie kamen in ein anderes Zarenreich, handelten dort und kamen auch an den Zarenhof; am Fenster sahen sie ein Mädchen. Oh, schön ist dieses Zarenmädchen! Und er fragt ihn: »Möchtest du sie heiraten?«

»Wer möchte das Zarenmädchen nicht heiraten!«

Nun, es wurde Abend, und sie gingen in eine Herberge, um zu übernachten.

»Nun geh, Wahlbruder, und freie um das Zarenmädchen!« »Wie soll ich denn um das Zarenmädchen freien?« fragt er. »Geh nur und freie um sie, man wird es dir erlauben, aber komm zurück und sage mir, was man dir gesagt hat.«

Der Bursche geht zum Zarenhof und freit um das Mädchen. Man versprach ihm das Mädchen sofort, aber er müsse zuerst eine Nacht mit ihr verbringen. Da sagt er, daß er zu seinem Wahlbruder gehen und ihn fragen wolle, was er dazu sage. Und er geht in die Herberge zurück, findet ihn und sagt ihm, daß er um sie gefreit habe, »und man hat mich aufgefordert, eine Nacht mit ihr zu verbringen, und ich habe gesagt, daß ich kommen werde«.

»Geh nur hin, mein Kind.«

Der Zar gab ein Abendessen und schickte sie bald schlafen. Sein Teilhaber aber war sofort nach ihm zum Zarenhof gegangen. Er geht in das Gemach, wo das Mädchen schläft, und paßt auf sie beide auf. Zu einer gewissen Zeit in der Nacht schüttelt sich das Mädchen, und aus ihr kommt ein Drachen heraus und will den Burschen verschlingen; sein Teilhaber aber wartet schon auf ihn und schlägt ihm den Kopf ab. Der Rumpf des Drachens kehrt in das Mädchen zurück. Er aber nimmt ein Tuch, wickelt den Kopf des Drachen in das Tuch und geht in die Herberge zurück.

Als der Morgen dämmert, wachen der Bursche und das Mädchen auf. Die Kanonen auf der Burg begannen zu donnern vor lauter Freude, daß der Bursche mit dem Mädchen den Morgen erlebt hat, denn wie viele auch immer mit ihr schlafen gegangen waren – keiner hatte mit ihr den Morgen erlebt –, und das war der Grund für die große Freude beim Zaren. Der Zar verspricht seinem Schwiegersohn, daß er ihm einen Palast neben dem seinen bauen wird. Er aber geht zu seinem Teilhaber und sagt es ihm. Der aber sagt zu ihm: »Bleib auf keinen Fall dort. Man soll dir nur das Mädchen, dreißig Maulesel und dreißig Schaufeln geben und weiter nichts. Verlange keine Mitgift für das Mädchen.«

Er geht dorthin und sagt dem Zaren, daß er auf keinen Fall bleiben wolle.

»Gib mir nur dreißig Maulesel und dreißig Schaufeln.«

Der Zar bat ihn zu bleiben, konnte ihn aber nicht dazu überreden und gab ihm schließlich alles.

Er geht von dort mit dem Mädchen zurück, und sie brechen auf, und auch sein Teilhaber geht mit. Sie zogen weiter durch das Land und weit durch die Welt. Als sie in ein kleines rundes Tal kamen und hier ausruhten, sagte sein Teilhaber zu ihm: »Jetzt grabe hier, such dein Glück, in der Erde ist dein Glück.«

Und er begann zu graben und grub und grub – bis sich eine Schatzkammer voller Schätze öffnete. Er holte Säcke herbei, füllte sie voll mit Schätzen, und sie beluden die Maulesel und gingen von hier fort. Als er in seine Heimat kam, sagte sein Teilhaber zu ihm: »Wahlbruder, jetzt wollen wir teilen, denn ich werde hierhin und du dorthin gehen.«

»Wie sollen wir teilen?«

»Teile zur Hälfte!«

Und der Teilhaber sagt weiter: »Wir müssen auch das Mädchen teilen.«

Der Bursche aber sagt: »Teile das Mädchen nicht! Wie sollen wir das Mädchen teilen? Dann hätte niemand sie, weder du noch ich.«

»Aber wir müssen sie teilen«, sagt er. »Haben wir nicht vereinbart, daß wir unseren Gewinn zur Hälfte teilen? Halte du sie bei dieser Hand«, sagt er, »und ich werde sie bei dieser halten; dann werden wir sie durchteilen.«

Und er holte mit einem Handschar aus und wollte sie durchteilen; das Mädchen aber erschrickt, und aus ihr springt der Rumpf des Drachen heraus, er springt aus ihr heraus. Da holt er das Tuch hervor, holt den Kopf des Drachen heraus und sagt zu dem Burschen: »Als du am Zarenhof mit dem Mädchen die Nacht verbracht hast, habe ich auf dich aufgepaßt, denn dieser Drachen wollte dich verschlingen. Ich habe auf ihn gewartet und ihm den Kopf abgeschlagen. Der Körper kehrte in sie zurück, der Kopf aber blieb draußen; hier ist er, im Tuch.«

Da ist der Bursche froh und freut sich, daß er das Mädchen nicht mehr durchteilen will.

»Jetzt wirst du hierhin und ich dorthin gehen. Ich aber will weder den Schatz noch das Mädchen haben. Und jetzt will ich dir noch sagen, wer ich bin: Ich bin jener tote Mann aus der Erde, für den du hundert Dukaten gegeben hast.«

Und jetzt geht er wieder in die Erde zurück, wo er gewesen war; er aber ging mit dem Mädchen zu seinem Vater nach Hause und lebte dort mit ihr zusammen.

(Kroatien)

Unglücklich der, der sein Glück nicht erkennt

Es war einmal ein unglücklicher Mensch, der sich um so mehr ab-mühte, je weniger seine Arbeit Gewinn brachte.

»Oh, ich Armer, ich Armer!« sagte er. »Wieso bin ich ohne Glück geboren!«

Eines Tages hörte er, daß ein berühmter Weiser in einem Ort lebte, irgendwo weit entfernt. »Die Gelegenheit will ich nicht verpassen«, sagte er zu sich, »ich will hingehen und ihn fragen, ob ich irgendwann Glück haben werde oder nicht!«

Er macht sich fertig für den Weg und reist. Er geht, er geht und geht und trifft einen Wolf.

»Möge das Treffen uns Glück bringen, o Räuber der Berge!« sagt er zu dem Wolf.

»Willkommen, du Sohn von Adam!« antwortet ihm der Wolf, denn in jener Zeit sprachen auch die Tiere.

»Wie geht es dir, und hast du was gejagt?«

»Frag du nicht, wie es mir geht«, antwortete ihm der Wolf. »Seit langem hat mir der heilige Markus den Mund verschlossen: ich über-falle die Herden der Rinder und Ziegen, und ich kann ihnen nichts antun. Schau mal her, in welchem Zustand ich mich befinde. – Nun, und wohin gehst du?«

»Ich, lieber Wolf, habe kein Glück und ich finde keinen Ausweg, deshalb bin ich dabei, zu einem berühmten Weisen zu gehen, damit er mir mit einem guten Wort rät.«

»Ich bitte dich«, sagt der Wolf zu ihm, »wenn du dabei bist, zu dem Weisen zu gehen, kannst du ihn auch für mich fragen, was für diesen Mund getan werden könnte?«

»Warum nicht! Mach dir keine Sorgen, ich frage ihn, und ich sage es dir, wenn ich zurückkehre.«

Der Reisende setzt wieder den Weg fort und kommt in ein Dorf, zu einem schönen, schattigen Platz. Dort findet er den Dorfalten.

»Glück mit dir!«

»Willkommen!«

»Wie geht es dir?«

»Gut, wie geht es dir? Und wohin gehst du?«

»Zu dem Weisen«, sagt der Reisende zu ihm. »Ich will ihn fragen, ob für mich in diesem Leben irgendwo Glück übriggeblieben ist, denn die Zeit vergeht mir in Not.«

»Ich bitte dich«, sagt nun der Alte zu ihm, »wenn du zu dem Weisen gehst, kannst du ihn für mich auch über eine Sache von mir befragen. Was bedeutet das, daß ich jedes Jahr die Wiese abmähe und das Heu schobere und daß es jedes Jahr wieder verbrennt?«

»Mach dir keine Sorgen«, antwortet ihm der Reisende, »denn ich werde ihn fragen, und wenn ich zurückkehre, werde ich es dir sagen.«

Er verabschiedet sich von ihm und setzt wieder den Weg fort. Er geht, und geht, und geht, und schau an, da trifft er in einem Ort eine Königin, die ein Heer anführte, aber keiner wußte, daß sie eine Frau ist. Die Königin hält den Reisenden an und fragt ihn, woher er kommt und wohin er gehen wolle.

»Ich bin aus meiner Heimat fortgegangen«, antwortete ihr der Reisende, »aus Not, und ich bin dabei, zu einem Weisen zu gehen, um ihn zu fragen, ob irgendwo in diesem Leben Glück für mich übriggeblieben ist oder nicht.«

»Ich bitte dich, junger Mann«, sagt die Königin zu ihm, »da du ohnehin zu dem Weisen gehst, kannst du den Weisen wegen eines Kummers von mir befragen? Bei Gott, sag mir: was bedeutet es, daß ich in den Krieg ziehe und nie siege? Bis zu einer bestimmten Grenze schaffe ich es sehr gut, und dann habe ich auf einmal Pech und die ganze Armee wird vernichtet.«

»Nun, ich werde ihn fragen«, sagt zu ihr der Mann, »und mach dir gar keine Sorge. Wenn ich zurückkehre, bringe ich dir die Antwort.«

Er setzt wieder seinen Weg fort. Er kommt zum Ufer eines Flusses, und dort findet er einen Fisch, der sich auf den Sand schnellte.

»Was machst du hier?« fragt ihn der Reisende.

»Seit langem«, antwortet ihm der Fisch, »plagen mich Kopfschmerzen so sehr, daß ich keine Hilfe für mich weiß, als aus dem Wasser zu springen und auf dem Sand zu zerplatzen.«

»Wieso willst du auf dem Sand zerplatzen?« sagte der Reisende,

»spring wieder ins Wasser und harre irgendwie aus, bis ich zurückkomme. Ich bin dabei, zu einem berühmten Weisen zu gehen in meiner Angelegenheit, ich werde ihn auch für dich fragen, denn vielleicht weiß er irgendein Heilmittel.«

Der Fisch ließ sich überzeugen, und sie verabschieden sich. Der Fisch springt ins Wasser, und der Reisende setzt den Weg fort und es dauert nicht lange, und er kommt endlich zu dem Weisen. »Glück mit dir!« »Willkommen!« Sie begrüßen sich und setzen sich hin. »Ich bin aus einem Dorf, fern von hier«, sagt der Reisende zu ihm, »und ich bin zu dir gekommen, der du ein weiser Mann bist, wegen meiner Not; aber, ich bitte dich, verbirg mir nichts!« »Sprich«, antwortete der Weise ihm, »und sorg dich nicht!« Er fängt an und erzählt ihm ganz genau sein Leben, und dann fragt er ihn auch für den Wolf, den Dorfalten, die Königin und den Fisch.

»Also, drei Glücke, die du hast, die hat niemand gehabt, hat sie nicht und wird sie nie haben. Aber was nützt das, denn du kennst ihren Wert nicht, und du wirst sie unterschätzen. –

Dem Wolf sag, er soll den ersten Menschen, den er trifft, fressen, denn von diesem Augenblick an wird ihm sein Mund immer aufbleiben. –

Dem Alten sollst du sagen: Grab dort in der Erde, wo du die Heuhaufen aufgerichtet hast, denn dort wirst du den Grund finden; nimm ihn weg und mach damit, was du willst. –

Der Königin sage: Zieh die Männerkleider aus und zieh dich wie eine Frau an. Du bist eine Frau, und als Frau taugst du nicht für den Krieg, sondern für die Arbeit im Haus. Heirate und nimm zum Mann den ersten Mann, den du triffst. Er wird dein Heer führen und wird die Kriege siegreich zu Ende führen. –

Dem Fisch tritt mit dem Fuß auf den Kopf und sogleich werden seine Kopfschmerzen aufhören.«

Der Reisende bedankt sich bei dem Weisen, und überglücklich macht er sich auf den Weg, in seine Heimat zurückzukehren. Er kommt zum Fluß und findet dort den Fisch und gibt ihm den Rat des Weisen. Als er ihn mit dem Fuß auf den Kopf tritt, kommt dem Fisch ein Edelstein zum Mund heraus und auf der Stelle hört der Kopfschmerz auf.

»Nimm diesen Edelstein«, sagt der Fisch zu ihm, »denn du wirst damit reich.«

»Ich danke dir!« antwortet ihm der Reisende, »aber ich brauche ihn nicht. Der Weise hat mir gesagt, niemand hat drei Glücke, die ich habe.« Und er setzt den Weg fort und kommt zu der Königin. Auch ihr sagt er alle Worte des Weisen.

»Schau an«, sagt sie zu sich, »wie konnte er erraten, daß ich eine Frau und kein Mann bin? Bis jetzt hat es kein Mensch entdeckt, er kennt mich nicht, und nie hat er mit mir gesprochen. Es scheint, er weiß wirklich was.«

Und ohne weiter zu überlegen, wendet sie sich zu dem Reisenden und sagt zu ihm: »Die Worte des Weisen scheinen mir zu passen, und ich will auf sie hören, und da du der erste Mann bist, den ich jetzt sehe nach den Worten des Weisen, reiche ich dir meine Hand und du bist für immer mein Mann und bist auch gleichzeitig der Führer meines Heeres.«

»Ich danke dir!« antwortet ihr der Reisende sogleich, »ich brauche nichts, denn der Weise hat mir gesagt, drei Glücke, die ich habe, hat niemand gehabt, hat sie nicht und wird sie nie haben.«

Er setzt den Weg fort und findet den Dorfalten. »Bist du schon zurück?«

»Ja, ich bin zurück!«

»Hat der Weise was für mich gesagt?«

»Jawohl, er hat sogar viel gesagt.«

Und er fängt an und erzählt genau, was der Weise gesagt hat. Sogleich holt der Alte die Arbeiter und geht und gräbt in der Erde unter den Heuhaufen. Kaum hatten sie zwei Spannen gegraben, da, schau an! stoßen sie auf einen verschlossenen Kessel. Sie holen ihn heraus, und was sah man? Der Kessel war voll mit Goldmünzen.

»Sie gehören dir!« sagt der Alte zu dem Reisenden. »Nimm sie alle, sie mögen dir Glück bringen, denn mit Gottes und deiner Hilfe wird mir nie mehr das Heu verbrennen!«

»Ich bedanke mich!« antwortet ihm der Reisende, »ich brauche kein Geld und nichts, denn der Weise hat mir gesagt: ›Drei Glücke, die du hast, hat niemand in der Welt gehabt, hat sie nicht und wird sie nie haben!‹«

»Nimm das Geld, du unglückseliger Mensch«, sagt der Alte zu ihm, »was für ein besseres Glück willst du?«

»O nein, ich brauche es nicht, ich brauche es nicht!« antwortet der Reisende.

Und er setzt seinen Weg fort.

»Dein Schicksal soll deine Sache sein!« sagt der Alte zu ihm und schaut ihm nicht nach.

Zuletzt trifft der Reisende wieder den Wolf. Der war schon Haut und Knochen und der Hunger quälte ihn.

»Habe ich irgendeine Hoffnung?« sagt der Wolf zu ihm. »Was hat der Weise für mich gesagt?«

»Was Gutes!« antwortet ihm der Reisende. »Friß den ersten Menschen, den du triffst, das hat der Weise gesagt, und der Mund wird dir immer aufbleiben.«

Der Wolf sammelte die letzten Kräfte, die ihm übriggeblieben waren, er näherte sich dem Reisenden und tat, als wolle er sich bei ihm bedanken, und als er richtig geschätzt hatte, sprang er ihm an den Hals und zerriß ihn bei lebendigem Leib. So stillte er den Hunger, der ihn seit langem gequält hatte.

(Albanien)

Die goldene Zlata

Es war einmal ein Zar, der hatte einen Sohn, der gerade das Heiratsalter erreicht hatte. Damit sich der Sohn des Zaren in ein Mädchen verliebe, ließ der Zar ein großes Becken bauen und füllte es mit süßem Scherbett. Allen Frauen und Mädchen der Stadt ließ er sagen, daß sie zu dem Becken kommen und sich Scherbett holen sollten.

Das hatte sich bald bei den Frauen herumgesprochen. Eine jede nahm ihre Wasserkrüge und ging zu dem Becken, um sie mit Scherbett zu füllen. Zur selben Zeit saß der Sohn des Zaren in der Nähe des Beckens und beobachtete alle Mädchen, denn dasjenige, das ihm gefalle, wollte er sich zur Braut nehmen. Aber kein Mädchen gefiel ihm, obwohl er schon einige Tage dort saß und aufpaßte.

Eines Tages kam auch eine Alte, um sich Scherbett zu holen, und als sie alle Krüge gefüllt hatte, holte sie von zu Hause alle Blumentöpfe und Butterfässer, die sie besaß, und füllte auch diese. Aber auch damit gab sie sich noch nicht zufrieden. Sie ging wieder nach Hause und holte einige Eierschalen, füllte auch diese mit Scherbett und stellte sie der Reihe nach auf der Erde auf.

Als der Sohn des Zaren das sah, lachte er laut über die Habsucht der Alten und warf mit dem goldenen Apfel nach einer der Eierschalen und zerbrach sie. Als die Alte sah, daß der Sohn des Zaren ihr eine Eierschale zerbrochen hatte, verfluchte sie ihn und rief: »Oh, mein Söhnchen, warum hast du mir mit dem goldenen Apfel eine Eierschale zerbrochen? Mit diesem Apfel sollst du eine Braut bekommen, die nicht von einer Mutter geboren wurde!«

Der Zar beobachtete aus dem Serail, auf welches Mädchen sein Sohn den goldenen Apfel werfen würde, um sie zur Braut zu nehmen. Aber der Bursche warf den Apfel nicht auf ein Mädchen, sondern auf die Eierschale der Alten. Da wußte der Zar, daß seinem Sohn kein Mädchen gefiel, und er befahl, daß das Becken zerstört werde und daß sein Sohn sofort nach Hause komme, denn er hatte den Apfel weggeworfen und durfte nach dem Gesetz nicht mehr dort bleiben, um aufzupassen, ob ihm ein Mädchen gefallen würde.

»Hör her, mein Sohn«, sagte der Zar, »wie ich gesehen habe, gefiel dir in unserer Stadt kein einziges Mädchen; nimm dir also aus dem Schatz so viel Geld, wie du willst, und gehe in die weite Welt. Und wenn dir ein Mädchen gefällt, so nimm es dir und heirate es.«

Als der Sohn des Zaren das hörte, nahm er sich Geld, soviel er brauchte, und ging durch das Zarenreich, um ein Mädchen zu suchen, das ihm gefalle.

Er wanderte durch alle Städte seines Zarenreiches, aber nirgends gefiel ihm ein Mädchen.

Er kam in ein anderes Zarenreich, aber auch dort gefiel ihm kein Mädchen; er kam in ein drittes und viertes und fünftes – aber nirgends gefiel ihm ein Mädchen.

Schließlich sagte ihm ein Mann, daß er zur Sonne gehen solle, dort würde er ein Mädchen finden, wie er es sich wünsche.

Als der Sohn des Zaren hörte, daß es auf der Sonne ein Mädchen gebe, das ihm gefalle, zog er sich eiserne Bundschuhe an und machte sich auf zur Sonne.

Er ging und ging und ging, und eines Abends erreichte er die Sonne. Er klopfte an das Tor, und die Sonnenmutter kam herbeigelaufen, um nachzusehen, wer da an das Tor klopfe. Als sie den Burschen sah, wunderte sie sich, wie er wohl bis zur Sonne gekommen war. Nachdem sie ihn begrüßt hatte, sprach sie zu ihm: »Ach, Bursche, daß dich der Herr-Gott in unser Haus führen mußte, gerade jetzt beim Untergang der Sonne, denn wenn mein Sohn jetzt hungrig und durstig nach Hause kommt, wird er dich – so wie du bist – austrinken.«

»Ach, Mütterchen, ich bitte dich, verstecke mich und rette mich, denn ich bin ein Zarensohn und der einzige Sohn meiner Eltern«, sagte er zur Sonnenmutter.

Als die Sonnenmutter die Worte des Zarensohnes hörte, erbarmte sie sich seiner und verwandelte ihn sogleich in eine Nadel und steckte ihn hinter die Tür, damit der Sonnensohn ihn nicht sehe und ihn austrinke.

Es verging kein Augenblick, da dunkelte es, und der Sonnensohn kam nach Hause zu seiner Mutter. Ganz schnell bereitete ihm die Mutter das Abendessen: einen Bottich mit Brotbrei aus Brötchen und Milch und einen Bottich mit Trinkwasser. Der Sonnensohn aß sich an dem Brotbrei schön satt; er trank das ganze Wasser aus und ruhte sich dann aus. Doch da roch der Sonnensohn einen fremden Menschen, und er fragte seine Mutter: »Mutter, riecht es im Haus nicht etwas nach einem fremden Menschen?«

»Ich will es dir sagen, Söhnchen«, antwortete sie, »aber versprich mir erst, daß du dem Menschen nichts antun wirst. Dann hole ich ihn hervor, damit du siehst, was für ein Mensch es ist«, sagte seine Mutter zu ihm.

Nachdem der Sonnensohn versprochen hatte, daß er ihm nichts antun werde, holte sie die Nadel hinter der Tür hervor, behauchte sie, und der Bursche wurde wieder zu einem Menschen, genau wie er es vorher gewesen war.

Nachdem er sich mit dem Sonnensohn begrüßt hatte, fragte ihn dieser, warum er einen so weiten Weg auf sich genommen habe, um zu ihm zu kommen.

Da erzählte der Sohn des Zaren dem Sonnensohn alles der Reihe nach: Wie sein Vater ein Becken gebaut und es mit Scherbett gefüllt hatte, wie er alle Mädchen aufgefordert hatte, sich Scherbett zu holen, ohne daß sie es zu bezahlen brauchten, damit er, der Sohn, sich in ein schönes Mädchen verliebe, wie er dann den Apfel auf die Eierschale geworfen hatte und wie ihn schließlich die Alte verflucht hatte, er solle ein Mädchen heiraten, das nicht von einer Mutter geboren wurde.

Als der Sonnensohn die Worte des Burschen angehört hatte, wunderte er sich sehr, und er beschloß, ihn zu seinem Schwiegersohn zu machen.

»Komm in jenen Garten, Bursche«, sagte darauf der Sonnensohn, »und pflücke dir von dem goldenen Apfelbaum einen goldenen Apfel. Dann geh nach Hause, zerschneide dort den Apfel, und es wird ein Mädchen aus ihm hervorkommen, das nicht von einer Mutter geboren wurde. Das Mädchen wird Brot und Salz von dir verlangen. Und wenn du es ihr gegeben hast, wird sie für immer dir eine Braut, mir aber vor aller Welt eine Schwester sein.«

Da ging der Bursche in den Garten und pflückte drei goldene Äpfel, steckte sie in die Tasche und begab sich auf die Erde, um nach Hause zu gehen.

Er ging und ging, und als er schon ein ganzes Stück gegangen war, kam er auf den Gedanken, einen Apfel hervorzuholen. Das tat er denn auch; er holte einen Apfel hervor und zerschnitt ihn, um nachzusehen, ob es auch wahr war, was ihm der Sonnensohn gesagt hatte. Kaum hatte er den Apfel zerschnitten, da kam ein wunderschönes Mädchen hervor, das hatte Kleider an, wie sie Menschenhand nicht machen kann. Es kam auf ihn zu und wünschte Brot und Salz von ihm.

Als der Sohn des Zaren dieses schöne Mädchen sah, verlangte sein Herz nach ihm, aber da er kein Brot und Salz hatte, ging das Mädchen dorthin, woher es gekommen war, und ließ den Burschen verwundert zurück.

Als er noch ein Stück des Weges gegangen war, holte er den zweiten Apfel hervor; und es trieb ihn, auch diesen zu zerschneiden.

»Zerschneide ich ihn, oder zerschneide ich ihn nicht?« dachte er bei sich selbst. Schließlich holte er das Messer hervor und zerschnitt auch diesen Apfel, um nachzusehen, ob tatsächlich ein Mädchen hervorkäme wie beim ersten Mal.

Kaum hatte er den Apfel zerschnitten, da kam ein Mädchen hervor, das noch viel schöner war als das andere, und wünschte Brot und Salz von ihm. Doch da er das nicht hatte, machte es sich wieder unsichtbar und verschwand aus seinen Augen.

Als der Zarensohn sah, daß auch dieses Mädchen entschwunden war, holte er den dritten Apfel nicht eher hervor, bis er ganz in der Nähe seiner Heimatstadt war. Um sich etwas auszuruhen, setzte er sich nahe am Weg unter einen Baum in den Schatten und holte den dritten Apfel hervor. Er zerschnitt ihn, und sieh, da kam ein Mädchen hervor, das war noch viel schöner als die anderen beiden. Es kam zu ihm und wünschte Brot und Salz, um für immer seine Braut zu sein. Sofort gab ihr der Zarensohn Brot und Salz, und als es einige Bissen davon genommen hatte, nahm es ihn bei der Hand und versprach ihm, ihm für alle Zeit eine treue Frau zu sein.

Weil der Zarensohn mit seiner Braut nicht zu Fuß in die Stadt gehen wollte, hob er sie hoch in den Baum, wo sie warten sollte, bis er von zu Hause eine Kutsche und eine Begleitschar geholt hatte, um sie mit großem Gepränge abzuholen.

Doch bevor der Zarensohn zurückgekehrt war, um sie abzuholen, war eine verfluchte Zigeunerin dort vorbeigekommen. Die ging unter den Baum und dann zu dem Brunnen, der sich hinter dem Baum befand, um Wasser zu trinken. Kaum hatte sie sich über den Brunnen gebeugt, da sah sie im Wasser die Sonnenschwester. Sie hob den Kopf in die Höhe, und sieh, da saß sie auf einem Ast. Als sie sah, wie schön sie war, wurde sie neidisch auf sie. Sie kletterte in den Baum und holte sie herunter. Nachdem sie sie ausgefragt hatte, wer und was sie sei, zog sie ihr die Kleider aus, warf sie in den Brunnen und ertränkte sie. Die Kleider aber zog sich die verfluchte junge Zigeunerin selbst an, kletterte in den Baum und wartete auf den Zarensohn, damit er sie zur Braut nehme.

Inzwischen hatte der Zarensohn alle Hochzeitsgäste versammelt.

Er kam herbei und holte die Zigeunerin ab. Auf den ersten Blick
erkannte er, daß das nicht sein Mädchen war, und er fragte sie: »Ach,
Mädchen, wie bist du in so kurzer Zeit so schwarz im Gesicht geworden?«

»Von der Sonne, Herr, die hat mich verbrannt«, antwortete sie ihm,
»denn in dem Apfel hat mich die Sonne bis jetzt nicht erreichen können, obwohl ich die Schwester der Sonne bin.«

Als der Sohn des Zaren die Worte der Zigeunerin hörte, glaubte er
ihr, daß sie seine Braut war. Er nahm sie in die Kutsche und brachte sie
nach Hause. Jung und alt kam herbeigelaufen, um die Braut zu sehen,
und alle staunten über die Kleider, die sie trug; ihr Gesicht aber gefiel
niemandem.

Der Sohn des Zaren aber heiratete sie und nahm sie zur Frau, ohne
zu wissen, daß sie eine Zigeunerin, eine Siebmacherin war.

Die Sonnenschwester aber, die in den Brunnen gefallen war, wurde
zu einem Fisch mit goldenen Flossen. Mit der Zeit bemerkten sie die
Leute, die an den Brunnen kamen, und die Nachricht verbreitete sich
von Mund zu Mund. Schließlich kam es auch dem Zarensohn zu
Ohren, daß in dem Brunnen ein Fisch mit goldenen Flossen war. Er
ging selbst zu dem Brunnen, um ihn zu sehen, und als er ihn sah,
wunderte er sich sehr. Er fing ihn und brachte ihn nach Hause, wo er
alles seiner Frau erzählte.

Kaum hatte diese den goldenen Fisch gesehen, da ahnte sie, daß das
Mädchen, das sie in den Brunnen geworfen hatte, ein goldener Fisch
geworden war.

Der Zarensohn ließ den goldenen Fisch zubereiten, um ihn zu Mittag zu essen. Während man den Tisch deckte und den Fisch auftrug,
paßte die Zigeunerin auf, daß nicht eine einzige Gräte verlorenging;
alle Gräten und Schuppen sammelte sie und warf sie ins Feuer, um sie
zu verbrennen, denn sie erinnerte sich, daß sich etwas verwandeln und
wieder lebendig werden kann, ganz wie es vorher gewesen ist.

Aber wenn der Herr-Gott einen Menschen nicht verlieren will,
dann kann kein Mensch ihm etwas antun!

Dem Zarensohn schmeckte der Fisch sehr. Und nachdem er ihn
gegessen hatte, nahm er eine spitze Gräte, um sich die Zähne damit zu

reinigen. Nachdem er sie gereinigt hatte, warf er die Gräte zum Fenster hinaus, und dort, wo sie herabfiel, grub sie sich in die Erde ein, und in ganz kurzer Zeit keimte dort ein goldener Apfelbaum auf – genauso einer wie im Garten der Sonne.

Über diesen Apfelbaum freute sich der Zarensohn sehr, denn wenn der Wind wehte, kamen die Zweige in sein Fenster hinein. Die verfluchte Zigeunerin aber hatte bemerkt, daß die Sonnenschwester in dem goldenen Apfelbaum aufgekeimt war.

»Ach, du Hündin, von einer Hündin geboren«, sprach sie bei sich selbst, »kommst du hier bis an das Fenster, um dich in das Zimmer einzuschleichen und mir die Äste ins Gesicht zu schlagen, wenn ich schlafe, und um meinen Mann zu betören, damit er immer nur dich anschaut! Warte, du Hündin, du wirst schon sehen, was dich morgen erwartet!«

Am nächsten Morgen ganz in der Frühe fällte sie den Apfelbaum bis zur Wurzel. Dann dingte sie einen Mann, der ihn in kleine Stücke zersägte. Sie sammelte die Stücke bis zum letzten Splitterchen und verbrannte sie alle in einem großen Backofen. Den Backofen aber vermauerte sie mit Kalk und Mörtel.

Aber wenn der Herr-Gott einen Menschen in seine Obhut nimmt, dann kann ihm niemand etwas antun. Gerade nämlich, als sie den Apfelbaum fällte, stand dort das Kind einer Alten. Das nahm sich einen Zweig von dem Apfelbaum und ritt auf ihm wie auf einem Pferdchen. Es gab ihm die Sporen und ritt auf ihm nach Hause.

Als das Kind der Alten nicht mehr mit dem Zweig spielen wollte, warf es ihn unter den Backtrog. Dort wollte es ihn so lange aufbewahren, bis es noch einmal mit ihm spielen wollte. Nach Gottes Willen aber verwandelte sich in der Nacht der Zweig wieder in das Mädchen zurück. Das Mädchen aber versteckte sich im Wandschrank.

Früh am Morgen ging die Alte zur Arbeit, und sie verschloß das Haus. Ihr Sohn aber war in die Schule gegangen. Da kam das Mädchen aus dem Wandschrank heraus, räumte das Haus auf, fegte es, machte sich selbst schön zurecht und versteckte sich wieder in dem Wandschrank.

Als die Alte am Abend von der Arbeit zurückkam, fiel ihr anfangs gar nicht auf, daß das Haus aufgeräumt war. Am nächsten Tag ging sie wieder zur Arbeit, und als sie am Abend zurückkam, schien ihr, als sei das Haus aufgeräumt worden. Erst am dritten Tag bemerkte sie es richtig. Da wunderte sich die Alte, wer ihr wohl das Haus so schön aufgeräumt hatte.

Eines Tages nahm sie sich vor, doch einmal aufzupassen, wer ihr das Haus immer aufräumte, wenn sie arbeiten ging.

Sie verschloß die Tür, ging aber nicht zur Arbeit, sondern versteckte sich ganz in der Nähe.

Nach einigen Stunden kam die Sonnenschwester aus ihrem Versteck hervor und begann das Haus aufzuräumen. Da lief die Alte sogleich ins Haus, umarmte sie und küßte sie, und nachdem sie sie ausgefragt hatte, woher sie gekommen sei und warum, nahm sie sie wie eine Tochter zu sich.

Mit der Zeit erfuhren auch die Nachbarn, daß die Alte ein fremdes Mädchen als Tochter angenommen hatte, und weil es so schön war, nannten sie es die goldene Zlata.

Mit der Zeit kam es auch dem Zarensohn zu Ohren, daß die Alte eine Tochter hatte, wie es sie auf der Welt nicht noch einmal gab. Der Zarensohn begann sich dafür zu interessieren, und nachdem er sie gesehen hatte, ahnte er irgendwie, daß das das Mädchen war, das er aus dem Apfel hervorgeholt hatte.

Er dachte nach und grübelte, wie er wohl erfahren konnte, ob sie es war oder nicht. Schließlich wandte er eine List an.

Nahe bei dem Haus der Alten ließ der Zarensohn von einer listigen Frau ein Gastmahl bereiten und alle Mädchen dazu einladen.

Auch Zlata kam, denn es war ein Zarenbefehl. Nach dem Abendbrot forderte die listige Frau ein jedes Mädchen auf, ihr zu erzählen, wie und wo es aufgewachsen sei, was es Gutes und was es Böses erlebt hätte. Alle Mädchen erzählten ihr Leben, bis schließlich die Reihe auch an Zlata kam.

»Ach, Mütterchen«, sagte Zlata zu der Frau, »ich weiß, daß Ihr mir doch nicht glaubt, was ich Euch erzählen werde.«

»Erzähle nur, Töchterchen, erzähle«, antwortete die Frau, »wenn wir dir glauben, dann glauben wir dir, und wenn wir dir nicht glauben, dann hast du nichts zu verlieren.«

Währenddessen hatte sich der Zarensohn in einem Zimmer versteckt und beobachtete sie durch ein Loch. Als Zlata zu erzählen begann, legte er das Ohr an das Loch, um alles richtig zu verstehen.

»Gut, Mütterchen, ich werde erzählen, wie und wo ich aufgewachsen bin, aber zuerst bitte ich Euch: Sagt es nicht dem Zarensohn weiter. Ich bin die Schwester der Sonne und nicht von Vater und Mutter geboren. Meine Mutter ist der goldene Apfel. Weil dem Zarensohn auf der ganzen Erde kein Mädchen gefiel, kam er zu meinem Bruder, der Sonne, und er nahm mich mit und brachte mich bis in die Nähe der Stadt, wo er mich auf einem Baum zurückließ. Dort sollte ich warten, bis er zurückkam. Während er aber nach Hause ging, kam dort eine verfluchte Zigeunerin vorbei und sah mich auf dem Baume sitzen. Sie holte mich herunter und warf mich in den Brunnen.

Aber der Herr-Gott wollte mich nicht umkommen lassen und rettete mich aus aller Not, die mir widerfuhr, und jetzt lebe ich bei der Alten, die mich als Tochter angenommen hat. Sieh, Mütterchen, dies alles habe ich bisher erlebt.«

Als der Zarensohn all diese Worte der Zlata hörte, wußte er, daß sie die Sonnenschwester war, die er aus dem goldenen Apfel hervorgeholt hatte, und er eilte zu ihr und umarmte sie, und beide weinten vor Glück. Dann nahm er sie bei der Hand und führte sie mit sich nach Hause.

Alle übrigen Mädchen aber gingen mit ihnen und begleiteten sie. Der Zarensohn ließ ein Hochzeitsfest herrichten, das genau drei Jahre dauerte.

Die Zigeunerin aber ließ er in eine Schilfmatte wickeln, die mit Pech und Teer getränkt war, ließ sie anzünden und bei lebendigem Leibe verbrennen, damit man bis zum heutigen Tage erzähle von der treulosen Zigeunerin und der treuen Sonnenschwester.

(Makedonien)

Der Erbsenmillionär

Es war einmal eine arme Frau, die hatte einen Sohn. Der fand eines Tages eine Kichererbse und sagte zu seiner Mutter: »Was soll ich mit dieser Erbse anfangen? Wir wollen sie einpflanzen, daß sie viele Erbsen erzeuge, und dann wollen wir diese Erbsen pflanzen, damit jede wieder viele Erbsen hervorbringe.« Dann überlegte er: ›Wo soll ich denn alle diese Erbsen unterbringen, die ich bekommen werde?‹ Und er ging zum König und bat ihn, ihm Lagerräume für seine Erbsen zu geben. Er hatte aber immer nur die eine Erbse.

Als der König gehört hatte, daß er reich wäre und viele Lagerräume wünsche, um seine Erbsen unterzubringen, sagte er zu der Königin: »Der ist gut dafür, daß wir ihm unsere Tochter zur Frau geben.« Er sagt also zu dem Jüngling, er wollte ihn zu seinem Schwiegersohn machen. Vorher wollte er aber feststellen, ob er wirklich reich und gut gewöhnt sei. Er behielt ihn also bei sich, um ihn im Schlosse schlafen zu lassen. Man gab ihm ein Bett, das war gefüllt mit Hobelspänen. Als er sich schlafen legte, verlor er die Erbse und suchte sie die ganze Nacht: am Morgen fand er sie endlich. Den anderen Abend blieb er wieder im Palast. Man gab ihm jetzt ein schönes Bett mit Polstern: er verlor wieder seine Erbse, fand sie aber gleich wieder und schlief dann ein. Nun sagten sie dem König, daß er die erste Nacht, als er auf den Hobelspänen lag, gar nicht geschlafen habe, aber am zweiten Abend, als er in dem schönen Bett lag, sei er eingeschlafen. Da sagte der König zur Königin: »Wir wollen ihm unsere Tochter geben, er ist wirklich vornehm.« Sie boten sie ihm zur Frau an, und er erklärte sich bereit, sie zu nehmen.

Die Hochzeit wurde gefeiert, und die junge Frau sagte nun zu ihrem Mann: »Führe mich jetzt in dein Haus; du sagtest ja, daß du schöne Häuser besitzest.« Jener aber besaß weiter nichts als die Erbse. Er weinte und jammerte nun, was er tun solle, da er nichts habe, wohin er die Prinzessin führen könne. Schließlich nahm er seine Flinte, ging aufs Feld, setzte sich dort hin und rief seufzend: »O weh, meine Mira!« Da erschien auf einmal ein Mohr und sagte: »Was willst du? Was du willst, werde ich dir schaffen.« Da begann der zu erzählen: er sei mit einer Prinzessin verheiratet, der er gesagt habe, daß er reich sei, und er habe doch nur eine Erbse. »Jetzt sagt sie zu mir, ich solle sie in mein Haus führen, und ich habe doch keines.« Der Mohr versetzte: »Nimm diese vierzig Schlüssel, und von dort an, wo du deinen Weg antrittst, werden alle Arbeiter in den Weinbergen dir gehören. In einem Jahr wirst du Herr dieses Schlosses sein. In diesem Zeitpunkt passe gut auf: ich werde wiederkommen und dir zwölf Rätsel aufgeben, und wenn du sie lösest, wird das Schloß dir gehören; wo nicht, fresse ich dich auf.«

Der Mann nahm also die Schlüssel und führte seine Frau in das Schloß; dies war schöner als das des Königs und alle Zimmer voll Geld. Er aber gab das Geld den Armen, und bis das Jahr um war, hatte er keine Pendara mehr, weil er alles verteilt hatte. Es kam der Abend, wo er den Mohren erwartete. Diesen Abend erschien ein alter Mann bei ihm und bettelte um Geld, weil er arm sei. Jener antwortete: »Ich habe nichts mehr, Alter, ich habe alles verteilt.« Der Greis erwiderte: »So laß mich wenigstens hier schlafen!« Der wollte es erst nicht, weil er fürchtete, daß der Schwarze auch den Alten fressen würde. Aber der Greis versetzte: »Laß mich nur hier schlafen, mein Sohn, und gehe auch du schlafen mit deiner Frau und fürchte dich nicht!« Um Mitternacht kam also der Mohr und rief ihn heraus. Der Greis antwortete statt seiner: »Holla, du da draußen!« Der Mohr fragte: »Bist du bereit, die zwölf Rätsel zu hören?« Der Greis antwortete: »Sage sie!«

Der Mohr begann: »Was bedeutet die Eins?« Der Greis antwortete: »Einer ist Gott.«

»Was bedeutet die Zwei?« – »Zwei Hörner hat der Teufel, und einer ist Gott.«

»Was bedeutet die Drei?« – »Dreigestaltig ist die Gottheit; zwei Hörner hat der Teufel, und einer ist Gott.«

»Was bedeutet die Vier?« – »Viereckig ist das Kreuz; dreigestaltig ist die Gottheit; zwei Hörner hat der Teufel, und einer ist Gott.«

»Was bedeutet die Fünf?« – »Fünf Finger hat die Hand; viereckig ist das Kreuz; dreigestaltig ist die Gottheit; zwei Hörner hat der Teufel, und einer ist Gott.«

»Was bedeutet die Sechs?« – »Sechs Sterne haben die Plejaden; fünf

Finger hat die Hand; viereckig ist das Kreuz; dreigestaltig ist die Gottheit; zwei Hörner hat der Teufel, und einer ist Gott.«

»Was bedeutet die Sieben?« – »Aus sieben Jungfrauen besteht der Reigen; sechs Sterne haben die Plejaden; fünf Finger hat die Hand; viereckig ist das Kreuz; dreigestaltig ist die Gottheit; zwei Hörner hat der Teufel, und einer ist Gott.«

»Was bedeutet die Acht?« – »Acht Füße hat der Polyp; aus sieben Jungfrauen besteht der Reigen; sechs Sterne haben die Plejaden; fünf Finger hat die Hand; viereckig ist das Kreuz; dreigestaltig ist die Gottheit; zwei Hörner hat der Teufel, und einer ist Gott.«

»Was bedeutet die Neun?« – »In neun Monaten wird das Kind geboren; acht Füße hat der Polyp; aus sieben Jungfrauen besteht der Reigen; sechs Sterne haben die Plejaden; fünf Finger hat die Hand; viereckig ist das Kreuz; dreigestaltig ist die Gottheit; zwei Hörner hat der Teufel, und einer ist Gott.«

»Was bedeutet die Zehn?« – »Zehn Zehen hat das Schwein; in neun Monaten wird das Kind geboren; acht Füße hat der Polyp; aus sieben Jungfrauen besteht der Reigen; sechs Sterne haben die Plejaden; fünf Finger hat die Hand; viereckig ist das Kreuz; dreigestaltig ist die Gottheit; zwei Hörner hat der Teufel, und einer ist Gott.«

»Was bedeutet die Elf?« – »Um elf Uhr hören die Leute mit Säen auf; zehn Zehen hat das Schwein; in neun Monaten wird das Kind geboren; acht Füße hat der Polyp; aus sieben Jungfrauen besteht der Reigen; sechs Sterne haben die Plejaden; fünf Finger hat die Hand; viereckig ist das Kreuz; dreigestaltig ist die Gottheit; zwei Hörner hat der Teufel, und einer ist Gott.«

»Was bedeutet die Zwölf?« – »Zwölf Monate hat das Jahr; um elf Uhr hören die Leute mit Säen auf; zehn Zehen hat das Schwein; in neun Monaten wird das Kind geboren; acht Füße hat der Polyp; aus sieben Jungfrauen besteht der Reigen; sechs Sterne haben die Plejaden; fünf Finger hat die Hand; viereckig ist das Kreuz; dreigestaltig ist die Gottheit; zwei Hörner hat der Teufel, und einer ist Gott.«

Als der Alte diese Rätsel gelöst hatte, sagte der Mohr zu ihm: »Du hast gesiegt. Was willst du jetzt?« – »Ich möchte, daß du dreizehn Meilen weit gehst und zerplatzest.« Da verschwand jener, der Greis aber weckte den Jüngling und seine Frau und sagte zu ihnen: »Jetzt fürchtet euch nicht mehr. Alles, was jenem Mohren gehört hat, gehört jetzt euch.« Damit ging der Greis von dannen, und jene lebten glücklich und wir noch glücklicher.

(Griechenland)

Der Dreiäugige

Es war einmal ein Holzhauer, der hatte drei Töchter. Er hatte auch drei Esel, und mit denen brachte er Holz zu Markte, und so nährte er sich und die Kinder. Allein, dies reichte nicht aus, und er war sehr betrübt, daß er nie so viel erübrigen konnte, ihnen eine Kleinigkeit mit nach Hause zu bringen. Eines Tages jedoch gelang es ihm, Geld genug für ein Kopftuch zu erübrigen, und die Töchter freuten sich sehr, als sie es sahen, und die Älteste wollte es umbinden. Sie tat dies also und setzte sich an das Zimmerfenster, welches auf die Gasse hinausging. Dort erblickte sie ein vorübergehender Landmann, und sie gefiel ihm sehr. Er erkundigte sich bei den Nachbarinnen, ob sie noch unverheiratet wäre, und als er hörte, daß dem so sei, bat er sie, für ihn um das Mädchen zu werben; und wenn sie auch nichts hätte, er kehre sich nicht daran; er nehme sie, wie sie stehe und gehe. Die Eltern waren natürlich mit diesem Antrag sehr zufrieden und gaben sie ihm.

Als nun das Mädchen in das Haus ihres Mannes kam, wie war da dieser glücklich! Er übergab ihr hundertundeinen Schlüssel und sagte ihr, sie könne hundert Zimmer öffnen, das hundertunderste aber solle sie nicht aufmachen, denn es wäre ganz leer. »Kurzum«, sprach er, »da der Schlüssel dir doch nichts nütze ist, so gib ihn mir lieber zurück«, und sie gab ihn ihm. Die andern Zimmer aber öffnete sie und sah darin große Schätze und erstaunte darüber sehr. Als sie jedoch diese genug angestaunt, so fragte sie sich, warum ihr wohl so gewaltige Reichtümer anvertraut wurden, das eine Zimmer dagegen nicht; sie wollte daher auch in dies hineingehen.

Sie gab deshalb eines Tages acht, wohin ihr Mann den Schlüssel legte, nahm ihn dann fort und öffnete das Zimmer. Sie sah sich darin um und sah nichts als vier leere Wände und einen großen Kasten, überdies aber auch ein Fenster, das auf die Straße ging. »Da seh einer einmal meinen Mann«, sprach sie, »wozu hat er wohl das Fenster da auf die Straße hinaus? Damit ich nicht hinaussehe, hält er das Zimmer verschlossen.« Sie setzte sich also an das Fenster, hatte aber nicht lange gesessen, so sah sie eine Leiche vorüberkommen; dieser folgten jedoch weder weinende Anverwandte noch sonst wer, weshalb die junge Frau selbst zu weinen anfing, bei dem Gedanken, daß es ihr auch so erginge, da ihr Mann niemand von ihrer Familie zu ihr lassen wollte. Als nun die Leiche beerdigt und die Leute fort waren, sah sie, wie ihr Mann auf den Begräbnisplatz kam und dort sein Kopf so groß wurde wie ein Scheffel, und in dem Kopf hatte er drei Augen, seine Hände wurden so lang, daß sie die ganze Welt zu umfassen schienen, mit ellenlangen Nägeln an den Fingern, und dann fing er an, den Leichnam auszugraben und zu verzehren. Bei diesem Anblick tat sie sich Gewalt an, bis sie die volle Gewißheit hatte, daß er ihn wirklich verzehrte; dann aber wurde sie von einem heftigen Fieberschauer ergriffen und mußte sich zu Bett legen.

Nach langer Zeit kehrte der Mann nach Hause, ging seiner Gewohnheit nach in das verschlossene Zimmer, schaute sich um und bemerkte die Spuren von Schritten. »Oho!« rief er aus. »Was ist das? Meine Frau muß wohl hier gewesen sein und wahrgenommen haben, was ich ihr verborgen hielt!« Er legte dann in den Kasten das, was er mitgebracht hatte, die Haut, die Gebeine und die Haare, und sah sich darauf noch genauer um, so daß er auch das offene Fenster erblickte. Er machte es zu und sprach: »Ich will doch einmal sehen, was sie zu mir sagen und ob sie es mir gestehen wird.« Er ging also zu ihr und fand sie mit drei Decken zugedeckt, weil das Fieber sie noch schüttelte, und als sie ihn kommen sah, wurde dies infolge ihrer großen Furcht noch stärker. Da sprach er zu ihr: »Was fehlt dir denn, liebe Frau, bist du krank?« – »Ach«, antwortete sie, »ich werde sterben!« Und indem sie dies sagte und ihn ansah, verkroch sie sich vor lauter Angst unter die Decken. Da sprach er wieder: »Sag mir doch, soll ich vielleicht deine Mutter holen?« – »Ach ja, lieber Mann, wenn du so gut sein willst«, sagte die Frau. Er ging hinaus, verwandelte sich in ihre Mutter und trat in dieser Gestalt wieder zu der Kranken hinein. Als solche sagte er zu ihr: »Was hast du denn, du Ärmste? Dein unbarmherziger, liebloser Mann quält dich wohl den ganzen Tag über? Sprich, Tochter, was hat er dir getan, daß du so krank bist?« – »Er hat mir nichts getan«, antwortete die junge Frau, »ich bin von selbst krank geworden.« – »Liebe Tochter«, fuhr die angebliche Mutter fort, »du hast so viele Reichtümer, gib mir doch auch etwas davon, damit ich und die Meinen ein Auskommen haben.« – »Nein, liebe Mutter, ich kann nicht«, entgegnete die junge Frau, »aber wenn mein Mann kommt, so bitte ihn um etwas, denn ich selbst darf nichts fortgeben.«

Als der Mann nach längerer Zeit sah, daß seine Frau immer das nämliche wiederholte, stand er auf, grüßte und ging fort. Nachdem er indes seine eigentliche Gestalt wieder angenommen hatte, kam er zurück und sprach: »Wie geht es dir, liebe Frau, ist deine Mutter hiergewesen?« – »Weißt du das nicht, lieber Mann?« antwortete sie. »Sie hat ein paar Drachmen von mir verlangt, denn sie ist in großer Not. Da du aber nicht da warst, habe ich ihr nichts gegeben.« – »Warum hast du das getan?« sprach er. »Bist du denn nicht Herrin im Hause?« – »Nein«, antwortete die Frau, »du hättest ihr etwas geben müssen und nicht ich.« Schließlich sprach er zu ihr: »Soll ich dir deine andern Verwandten holen?« – »Ach ja, lieber Mann«, sprach sie, »tu das.« Auf diese Weise nun ging es mit allen andern Verwandten, bloß die Großmutter war noch übrig; deshalb sagte er: »Willst du auch deine Großmutter?« – »Ach ja«, erwiderte sie, »hole mir doch meine gute Großmutter.« Da ging er hinaus und kam nicht lange darauf als ihre Großmutter mit all ihren Schlauheiten wieder. Sobald nun die junge Frau sie erblickte, rief sie: »Grüß dich Gott, liebe Großmutter, grüß dich Gott! Komm, liebes Großmütterchen, und laß dir meine Leiden erzählen.« – »Sprich, Töchterchen«, antwortete die Alte, »sprich und erzähle mir, was der unbarmherzige Mensch dir antut.«

Da fing denn die junge Frau ihre Geschichte an, was für eine Gestalt sie ihren Mann hatte annehmen und was sie ihn hatte tun sehen. Als sie damit fertig war, stieß der Mann ein lautes Gebrüll aus, und zugleich wurde er wieder der Dreiäugige, ganz so wie sie ihn unter den Gräbern gesehen. »O du Bestie«, rief er aus, »ich habe die Gestalt aller deiner Verwandten angenommen, und du hast dich nicht täuschen lassen. Deiner Großmutter allein wolltest du das Geheimnis anvertrauen, daß ich der Dreiäugige bin! Hättest du es bewahrt, so hätte ich dich nicht aufgefressen. So aber bist du dran und kommst mir nicht lebendig davon.«

Als sie nun sah, wie die Sache stand und daß sie kein Erbarmen zu erwarten hatte, da verließ sie das Bett und machte sich zur Flucht bereit. Inzwischen ging der Dreiäugige hin und zündete ein großes Feuer an, dessen Flamme bis zum Himmel emporzüngelte. Dann nahm er einen Bratspieß und machte ihn glühend, ging darauf zu seiner Frau und sprach zu ihr: »Sei so gut und komm, denn der Bratspieß erwartet dich. Was soll ich tun, da ich nun einmal geschworen habe, dich auf diese Weise zu töten und zu verzehren? Sonst hätte ich dich verschlungen.« – »Vergib, Herr«, antwortete sie, »ich gehöre dir ja doch zu jeder Zeit. Darum flehe ich dich an, laß mich noch zwei Stunden am Leben, bis ich gebetet und Buße getan habe, und dann verzehre mich.«

Hierauf ging sie hin, nahm die Schlüssel zu eben dem Zimmer, und nachdem sie es geöffnet, sprang sie durch das Fenster auf die Heerstraße. Dort lief sie immerfort, um jemanden zu finden, der sie rette, und so traf sie einen Kärrner, den sie um Gottes und ihrer selbst willen beschwor, sich doch ihrer zu erbarmen und sie aus den Händen eines Dreiäugigen, der sie verfolgen und fressen wolle, zu erretten oder doch wenigstens ihr zu sagen, wie sie sonst Rettung finden könne; übrigens trage sie viel Geld bei sich, und das wolle sie ihm alles geben. »Wohin soll ich dich tun, um dich zu retten, liebes Frauchen?« antwortete der Kärrner. »Der Dreiäugige würde mich und mein Pferd sicherlich auffressen. Aber lauf weiter, so wirst du einen Kameltreiber des Königs treffen: Der kann dich retten.« Da lief sie denn aus Leibeskräften weiter, bis sie den Kameltreiber einholte, welchen sie dann ebenso um Rettung vor dem Dreiäugigen anflehte.

Der erbarmte sich ihrer, nahm einen Ballen Baumwolle von dem Kamel herab und versteckte sie darin.

Inzwischen hatte der Dreiäugige den Bratspieß gehörig glühend gemacht und rief dann: »Heda, wo bist du? Komm her, es ist Zeit!« Da aber die junge Frau nicht kam, so suchte er sie überall, fand sie jedoch nirgends. Endlich sah er das offene Fenster, sprang hinaus, wie er stand und ging, und nachdem er sich rechts und links umgesehen, lief er die Heerstraße entlang. Als er den Kärrner erblickte, rief er ihm zu: »Heda, Kärrner! Warte ein bißchen, ich will dich und dein Pferd auffressen.« Alle, die ihn auf der Landstraße sahen, starben fast vor Schreck oder fielen in Ohnmacht. Der arme Kärrner aber hielt an, als er den Zuruf des Dreiäugigen hörte. Der sagte zu ihm: »Hast du nicht eine junge Frau vorbeilaufen sehen? Sprich!« – »So wahr Gott lebt, ich habe nichts gesehen, Herr«, antwortete er, »aber lauf weiter, dann wirst du einen Kameltreiber antreffen, der hat sie vielleicht gesehen.«

Der Dreiäugige lief weiter und rief den Kameltreiber an, sobald er ihn sah, worauf dieser stehenblieb und der Dreiäugige ihn dann das gleiche fragte. »Ich weiß nichts, ich habe nichts gesehen«, antwortete der Treiber. Da kehrte der Dreiäugige wieder um und sagte: »Ich will doch noch einmal zu Hause ordentlich suchen, vielleicht finde ich sie.« Als er dort angelangt war und sie wieder nicht fand, überlegte er bei sich und sprach: »Ich will den glühenden Bratspieß mitnehmen und bei dem Kameltreiber noch einmal gründlich Nachschau halten.« Er nahm daher den Bratspieß auf die Schulter, sprang wieder zum Fenster hinaus und rief dem Kameltreiber zu, nachdem er ihn von neuem einholte: »Heda, Kameltreiber! Warte ein bißchen, ich will noch einmal genauer nachsehen.«

Der Kameltreiber und die junge Frau waren vor Angst dem Tode nahe; auch jeder andere, der den Dreiäugigen mit dem Bratspieß sah, machte vor Furcht die Augen zu. »Rasch«, sagte er zu dem Treiber, »lade sofort alle Ballen von dem Kamel ab«, und der arme Treiber mußte gehorchen, denn konnte er anders? Da stieß der Dreiäugige den glühenden Bratspieß in einen Ballen nach dem andern, wobei er natürlich auch zu dem kam, in welchem seine Frau versteckt war. »Jetzt ist's gut«, sprach er endlich, als er durch war, »du kannst nun weiterziehen.«

Sobald er sich entfernt hatte, fragte der Kameltreiber die junge Frau, wie es ihr ergangen und ob der Dreiäugige sie mit seinem Bratspieß getroffen hätte. »Das schon«, antwortete sie, »er hat mich am Fuß ordentlich getroffen, doch habe ich den Bratspieß rasch mit Baum-

wolle abgewischt, so daß keine Blutspuren daran sichtbar waren.« –
»Laß es gut sein!« sagte der Treiber. »Der König ist ein freundlicher
Mann, und wenn ich dich zu ihm bringe, so wird er dich heilen lassen.«

Der Kameltreiber langte in dem königlichen Schloß an und packte
seine Ballen im Hof ab, den aber, worin die junge Frau verborgen war,
brachte er in die Stube, wo er schlief. Als die Mägde dies sahen, so
meinten sie, er wolle ihn stehlen, und setzten den König in Kenntnis.
Der ließ den Treiber alsbald vor sich kommen und fragte ihn, warum er
jenen Ballen Baumwolle versteckt hätte. »Gott erhalte dich lange Jahre!« antwortete der Treiber. »Ich wollte den Ballen nicht stehlen,
sondern die Sache hat ihre eigene Bewandtnis. An dem Tag nämlich,
als ich die Baumwolle hierherholte, verfolgte ein Dreiäugiger eine
junge Frau, die er auffressen wollte, und aus Mitleid versteckte ich sie
in dem Ballen. Es ist der, der sich jetzt in deinem Schlosse befindet.«
Und sogleich schaffte er den Ballen heran, trennte ihn auf und ließ die
junge Frau hervorkommen. Als diese den König erblickte, verneigte sie
sich vor ihm und flehte ihn an, doch nichts darüber verlauten zu lassen,
daß sie in seinem Schloß eine Zufluchtsstätte gefunden. »Was fürchtest du, meine Liebe?« sprach der König. »Was kann der Dreiäugige dir
in meinem Palast Böses zufügen?«

Hierauf ließ er seinen Arzt holen, der ihr den Fuß verband. Sobald
sie wieder hergestellt war, bat sie, man möchte ihr eine Arbeit zuwei-
sen, damit sie nicht müßiggehe, und sagte auf die Frage, was sie
verstünde, sie könne sticken. Zugleich verlangte sie nach einem Stück
weißen Samt, nach Seide, Perlen und Goldfäden, und begann alsbald,
den König auf seinem Thron und mit der Krone auf dem Haupt zu
sticken. Als sie mit der Arbeit fertig war und sie dem König überreichte, geriet er außer sich vor Erstaunen und sagte tags darauf zu der
Königin: »Eine bessere Schwiegertochter als diese junge Frau können
wir gar nicht finden. Was macht es aus, daß sie nicht von königlichem
Geblüt ist? Hat sie auch sonst Geschick, so sagt sie mir zu. Was denkst
du davon?« – »Tu, wie du willst, Herr«, erwiderte die Königin, »ich bin
damit einverstanden.« Alsbald ließen sie die junge Frau holen und
sagten ihr, was sie vorhätten. Da fing sie an zu weinen und sprach:
»Wie könnt ihr daran denken, dies zu tun? Mein Glück wäre zwar

groß, doch wenn der Dreiäugige das hört, dann frißt er mich und euren Sohn dazu. Wollt ihr eure Absicht aber dennoch ausführen, so laßt einen sieben Treppen hohen Oberstock bauen, am Fuße der untersten Treppe eine Grube ausheben und sie mit einer Matte zudecken, auch alle Treppen mit Talg einschmieren. Die Hochzeit müßte auch ganz heimlich des Nachts gehalten werden, daß niemand außerhalb etwas davon vernähme.«

Jedoch es kam anders. Das Gerücht von der Hochzeit verbreitete sich von Mund zu Mund, und auch dem Dreiäugigen kam zu Ohren, daß der Sohn des Königs sich mit seiner Frau verheirate. Sobald er dies hörte, ließ er eine Anzahl Mohren in Säcke kriechen und zog mit ihnen, als Kaufmann verkleidet, zum Schloß des Königs, wo er des Nachts gerade zu der Stunde ankam, als man sich zum Hochzeitsmahl niedersetzte. Als die Braut ihn unter den Tischgästen erblickte, erkannte sie ihn sogleich und gab der Schwiegermutter einen Wink, daß man ihn befragen solle, was für Waren er mitgebracht habe. Er antwortete, er führe Pistazien und Alepponuß, getrocknete Aprikosen und Kastanien. Kaum hörte dies die Braut, so bestand sie darauf, einige von diesen Früchten zu kosten, sie trüge ein unstillbares Verlangen danach. Er jedoch sprach zu den Leuten: »Ich bitte um Nachsicht für jetzt. Habt Geduld bis morgen früh, und dann sehr gerne.« Als der Lustigmacher des Königs, der auch bei Tisch saß, dies hörte, stieg er unverzüglich hinab und wollte einige von diesen Früchten aus den Säcken holen, um die Braut zufriedenzustellen. Als er sich nun dem ersten Sack näherte, sprach der darin verborgene Schwarze: »Ist es Zeit, Herr?« Ebenso ging es bei allen übrigen Säcken, weshalb er schnurstracks in den Hochzeitssaal zurückkehrte und dort berichtete, in allen Säcken wären Menschen verborgen. Kaum hatte die Braut dies vernommen, so befahl sie, daß man den Kaufmann zwingen solle, trotz der Nacht hinunterzugehen und die Säcke zu öffnen. Dieser aber, der sah, daß seine List entdeckt war, machte sich davon und war nirgends mehr zu finden. Man ging also hinunter, und zwar in Begleitung des Henkers, und als man zu dem ersten Sack kam, sagte eine Stimme von innen: »Ist es Zeit?« – »Jawohl!« ward ihm Bescheid, und sobald der Schwarze herauskam, wurde ihm der Kopf abgeschlagen, und ebenso geschah es mit allen übrigen. Hierauf sagte der König zu der Braut: »Hab nun keine Furcht mehr, liebe Schwiegertochter, es ist geschehen, wie du wünschtest, und alle Gefahr ist vorüber.«

Inzwischen war die Schlafenszeit herangekommen, und die Hochzeitsgäste gingen zu Bett wie auch alle anderen Bewohner des königlichen Palastes. Kaum aber war jedermann zur Ruhe, so nahm der Dreiäugige seine wahre Gestalt an und ging hinauf in das Zimmer der Braut, um sie herabzuholen und zu verzehren, wobei er etwas Erde von einem Grab auf den Bräutigam streute, damit er nicht aufwache. Als die junge Frau ihn an ihrem Bette sah, stieß und kniff sie ihren Lagergenossen, damit er aufwache, aber umsonst. Schließlich packte sie der Dreiäugige und sprach zu ihr: »Nun sei so gut und steh auf, liebe Frau, der Bratspieß erwartet dich. Was soll ich machen, da ich nun einmal geschworen habe, dich gebraten zu verzehren? Sonst würde ich dich hier gleich auf der Stelle verschlingen.« Darauf nahm er sie bei der Hand und begann mit ihr die Treppe hinabzugehen. Als sie die ersten drei hinter sich hatten, sprach sie zu ihm: »Ich bitte dich, geh voran, denn ich habe Furcht.« Damit sie kein Geräusch mache und die anderen nicht aufwecke, gab er ihr nach, sonst hätte er sie gepackt. Als sie sich aber auf der untersten Treppe befanden, hielt sich die junge Frau mit der einen Hand so sehr sie konnte an dem Geländer fest und gab zugleich mit der anderen dem Dreiäugigen einen solchen Stoß, daß er auf dem Talg ausglitt und in die Grube fiel, wo sich ein Löwe und ein Tiger befanden, die ihn zerrissen. Die Frau aber, noch benommen von dem Stoß, sprach zu sich selbst: »Wenn er nicht in die Grube gefallen ist, so wird er gleich wieder heraufkommen und mich auffressen!« Dann fiel sie der Länge nach ohnmächtig auf die Treppe nieder.

Als es nun Tag wurde und der König und die Königin aufgestanden waren, so warteten sie, bis das junge Ehepaar gleichfalls aufstünde, allein dies geschah nicht. Da sprach die Königin: »Ich will doch einmal sehen, was sie machen«, und fand ihren Sohn dem Anschein nach tot, die junge Frau aber ohnmächtig auf der Treppe. Der auf der Stelle herbeigerufene Arzt brachte jedoch beide rasch wieder zur Besinnung, worauf die Königin sie fragte, wie sie denn in einen solchen Zustand geraten wären, und die junge Frau ihr alles berichtete, was sich während der Nacht zugetragen. Alsdann gingen sie zur Grube, um zu sehen, was aus dem Dreiäugigen geworden war, und sie kamen gerade hin, als die wilden Tiere ihn eben ganz aufgefressen hatten.

Nun erst wurde eine fröhliche Hochzeit gehalten, welche unter großem Jubel vierzig Tage und ebenso viele Nächte dauerte und wo wir die Gäste gelassen haben, als wir hierherkamen.

(Zypern)

Die drei Zitronenmädchen

Einstmals hatte ein reicher Padischah eine schöne Sitte, an einem Tag im Jahr ließ er aus dem einen Wasserrohr des Brunnens vor seinem Palast Öl, aus dem anderen Honig fließen. Wiederum floß eines Tages aus dem Brunnen Öl und Honig. Eine alte Frau, die zum Brunnen kam, füllte Öl und Honig in ihre Krüge.

Der Sohn des Padischahs sah diese alte Frau vom Fenster aus. Aus Scherz schoß er einen Pfeil ab und zerbrach ihren Krug. Da rief die Frau: »Mein Junge, was habe ich dir getan, daß du meinen Krug zerbrichst? Du bist der Sohn des Padischahs. Du sollst in die drei Zitronenmädchen verliebt sein!«

Nach diesen Worten ging sie fort. Darauf begann der Prinz von Tag zu Tag immer bleicher und blasser zu werden. Als der Padischah den Zustand seines Sohnes bemerkte, fragte er: »Mein Sohn! Was ist denn dein Schmerz?« Da erzählte der Prinz nun, daß er in die drei Zitronenmädchen verliebt sei und sie in jedem Fall suchen werde.

Eines Tages nahm er von Vater und Mutter Abschied und machte sich auf den Weg. Tagelang wanderte er. Unterwegs traf er einen alten Derwisch. Der Derwisch sprach: »Der Friede sei auf dir, mein Sohn! Wohin gehst du?«

Darauf entgegnete der Prinz: »Auf dir sei der Friede, ehrwürdiger Derwisch! Ich bin in die drei Zitronenmädchen verliebt und bin ausgezogen, um sie zu suchen.«

Da erwiderte der Derwisch: »Da das nun so ist, will ich dir ihren Wohnort mitteilen. Du wirst hinter jenen gegenüberliegenden Berg gehen. Vor dir kommt ein dorniger Rosengarten. Du mußt sagen: ›Wie schön ist der Rosengarten!‹ und wirst eine Rose abbrechen und daran riechen. Ein bißchen weiter befindet sich ein trüber Bach. Du mußt sagen: ›Wie klar ist das Wasser!‹ und wirst dich niederbeugen und etwas Wasser trinken. Noch etwas weiter wirst du vor einem Hund Heu und vor einem Pferd Fleisch finden, du wirst beides vertauschen. Darauf siehst du auf einmal, daß vor dir zwei Türen erscheinen, von denen die eine geschlossen und die andere offen ist. Die offene Tür mußt du schließen und die geschlossene Tür mußt du öffnen und eintreten. Dort ist ein großer Garten; es ist das Haus eines Dews. Im Garten stehen Zitronenbäume. An einem dieser Bäume hängen drei Zitronen. Diese mußt du abbrechen und dann entfliehen. Diese Zitronen darfst du nur an einem Ort, wo Wasser ist, aufschneiden, dann wird aus jeder ein Mädchen hervorkommen und rufen: ›Wasser, Wasser!‹ Wenn du es nicht geben kannst, dann wird es sterben.«

Der Prinz küßte die Hand des Derwischs und machte sich auf den Weg. Zuerst kam er zum Rosengarten. Mit den Worten: »Wie schön ist der Rosengarten!« pflückte er aus den Dornen eine Rose und roch daran. Darauf gelangte er zum Bach. Mit den Worten: »Wie klar ist das Wasser!« trank er etwas Wasser. Als er zum Hund gekommen war, legte er das vor ihm liegende Heu vor das Pferd und das vor dem Pferd liegende Fleisch vor den Hund. Danach setzte er seinen Weg fort und sah die beiden Türen. Die offene Tür schloß er, die geschlossene aber öffnete er. Da tat sich vor ihm ein großer Garten auf. Wie ihm der Derwisch gesagt hatte, pflückte er sogleich die drei Zitronen und begann zu fliehen. Als ihn der Dew sah, rief er: »Haltet ihn, ihr Türen, haltet ihn!«

Die eine Tür antwortete: »Seit einigen Jahren habe ich offengestanden, aber niemand hat mich geschlossen. Jener Jüngling hat mich geschlossen, daher halte ich ihn nicht.«

So hielt sie ihn nicht. Die andere Tür sagte: »Und ich stand seit einigen Jahren geschlossen. Hast du nicht gesagt, daß ich einmal offen sein soll? Auch ich halte ihn nicht, denn er hat mich geöffnet.«

Da rief der Dew zu Pferd und Hund: »Haltet ihn!«

Das Pferd gab zur Antwort: »Vor mich hat er das Heu gelegt und

mich vor dem Hungertod gerettet. Ich halte ihn nicht.« Der Hund
erwiderte: »Vor mich hat er das Fleisch gelegt. Ich halte ihn auch
nicht.«

Da rief der Dew zum Bach: »Ertränke ihn!«

Der Bach aber sagte: »Als er von meinem Wasser trank, sprach er:
›Wie klar ist das Wasser!‹ Ihr habt keinen Gefallen an dem trüben
Wasser. Ich ertränke ihn nicht.«

Als letztes Mittel sagte der Dew zum dornigen Rosengarten, daß er
ihn halten solle. Der Dornengarten aber sprach: »Ohne meine Dornen
zu beachten, rief er: ›Wie schön ist der Rosengarten!‹ und pflückte eine
Rose und roch an ihr. Ihr wollt aber mit meinen Dornen nichts zu tun
haben und riecht nicht an mir. Ich halte ihn nicht.«

Da begann der arme Dew, weil er allein geblieben war, hinter dem
Jüngling herzulaufen. Aber der Bach ließ ihn nicht durch und ertränk-
te ihn. So wurde der Prinz gerettet. Unterwegs schnitt er eine der
Zitronen auf. Da trat ein Mädchen hervor und rief: »Wasser, Wasser!«

Aber der Prinz fand kein Wasser. Da starb das Mädchen. Nachdem
er etwas weiter gewandert war, konnte er nicht widerstehen und
schnitt die andere Zitrone auf in dem Gedanken, daß vielleicht auch
darin ein Mädchen sei. Auch daraus kam ein Mädchen zum Vorschein.
Weil wieder kein Wasser vorhanden war, starb auch dieses Mädchen.

Der Prinz fühlte sich sehr bedrückt und war über sich böse. Als er
dann zu einem Wasserbecken gekommen war, schnitt er die dritte
Zitrone auf und warf das Mädchen, das heraustrat, sogleich in das
Wasserbecken. Das Mädchen wusch sich viel, und nachdem es sich am
Wasser satt getrunken hatte, schüttelte es sich, und zum Vorschein
kam ein Mädchen, so schön wie der Mond am Vierzehnten. Der Prinz
war wie toll vor Freude und sagte: »Ach, meine Sultanin, ich gehe jetzt
zu meinem Palast, um meine Soldaten und Spielleute zu holen. So will
ich dich zum Palast führen.«

Daraufhin entgegnete das Mädchen und ermahnte ihn: »Hüte dich
aber, von deiner Mutter und deinem Vater auf die Stirn geküßt zu
werden, sonst wirst du mich vergessen.«

Der Königssohn war damit einverstanden und begab sich zum Palast. Als seine Eltern ihn sahen, freuten sie sich sehr und küßten ihn
sofort auf die Stirn. Und natürlich vergaß der Prinz das Mädchen.

Das Mädchen sah bei dem Wasserbecken eine Pappel.

»Beuge dich, Pappelbaum!« sagte es, und darauf beugte sich der Pappelbaum. Da stieg das Mädchen hinauf und ließ sich dort nieder. Seine Sehnsucht war auf das unten liegende Becken gerichtet.

Gegenüber der Pappel stand ein Haus. In diesem Haus befand sich eine schwarze Dienerin, sie kam zum Brunnen, um Wasser zu holen. Da sah sie im Wasserbecken ein schönes Spiegelbild und begann es voller Staunen zu betrachten. Mit den Worten: »Ich bin so schön, und weshalb schickt mich meine Herrin zum Wasser!« zerbrach sie die Krüge und kehrte nach Hause zurück: »Ich bin sehr schön. Ich habe mein Spiegelbild im Wasser gesehen. Ich gehe nicht mehr Wasser holen!«

Da verspottete die Frau die Dienerin: »Du bist nicht schön! Heb nur mal dort dein Haupt und schau nach oben!«

Wiederum ging die schwarze Dienerin zum Brunnen und erhob ihr Haupt und schaute hinauf: »Oho, kleines Fräulein, wie bist du denn auf den hohen Baum gestiegen? Nimm mich doch auch hinauf!« Weil das schöne Mädchen bekümmert war, dachte es: »Ich will ein bißchen plaudern«, und sprach, um die Dienerin heraufzuholen: »Beuge dich, Pappelbaum!«

Da beugte sich der Pappelbaum und ließ die schwarze Dienerin auf den Baum steigen. Sie begannen über dies und jenes zu plaudern. Das entzückende Mädchen erzählte der schwarzen Dienerin, was sie erlebt hatte. Nach einer Weile fragte die Dienerin: »Da du nun ein Peri-Mädchen bist, was ist denn dein Talisman?« Darauf erwiderte das schöne Mädchen: »Mein Talisman ist die Stecknadel auf meinem Kopf. Wenn man mir diese Nadel vom Kopf nimmt, werde ich ein Vogel und fliege davon.«

Als die schwarze Dienerin das gehört hatte, dachte sie an eine List und bat das schöne Mädchen: »Wie wäre es, liebes Fräulein, wenn ich die schönen Kleider von dir einmal anziehen und mir deine Diamanten mal anstecken würde. Ob ich dann schön sein werde?«

Da das Mädchen an keine Schlechtigkeit dachte, zog es seine Kleider aus und steckte seine Diamanten der schwarzen Dienerin an den Hals. Wieder begannen sie zu plaudern. Das schwarze Mädchen sprach: »Bücke dich, ich möchte deinen Kopf kratzen!« Das Mädchen beugte sein Haupt und die Schwarze begann sie zu kratzen. Da zog sie dem Mädchen die Stecknadel von dem Kopf ab. Das entzückende Mädchen wurde ein Vogel und flog davon.

Das schwarze Mädchen setzte sich großspurig auf den Baum. Nachdem einige Tage vergangen waren, kam dem Prinzen das Mädchen in den Sinn. Sogleich sammelte er seine Soldaten und Spielleute und machte sich auf den Weg. Die schwarze Dienerin hörte auf dem Baum den Schall der Trompeten, freute sich und dachte, daß man gekommen sei, um sie zu holen.

Als der Prinz zu dem Baum gekommen war, war er verblüfft. Mit offenem Mund stand er vor Erstaunen und fragte das Mädchen: »Was ist denn mit dir geschehen?« Das schwarze Mädchen sagte: »Was soll denn mit mir los sein? Die Sonne hat gebrannt und mich schwarz gemacht, der Wind hat geweht und mich gebräunt. Du hast mich vergessen und bist fortgegangen und hast mich nicht mehr gesucht. Durch das viele Weinen sind meine Augen verdorben.«

Der Königssohn schenkte den Worten Glauben. So brachte er das Mädchen gegen seinen Willen zum Palast. Als seine Eltern das häßliche Mädchen gesehen hatten, riefen sie erzürnt: »Aber lieber Sohn, ist das das Mädchen, in das du verliebt bist...?«

Wie dem auch sei, ihre Hochzeit fand statt, und das schwarze Mädchen wurde die Gattin des Prinzen.

Nach der Hochzeit kam jeden Tag eine Taube in den Garten des Palastes und rief dem Gärtner zu: »Gärtner, Gärtner! Wenn der Sohn des Padischahs schläft, soll er schlafen, er soll bei Öl und Honig bleiben. Wenn das schwarze Mädchen schläft, soll es schlafen und aufwachen, es soll in Blut und Eiter bleiben. Die Zweige, auf denen ich gesessen habe, sollen verdorren.«

Mit diesen Worten pflegte sie davonzufliegen. So vertrockneten jeden Tag die Zweige der Bäume. Eines Tages begab sich der Königssohn in den Garten. Als er die verdorrten Zweige sah, schimpfte er mit dem Gärtner und fragte: »Warum pflegst du diese Bäume nicht gut?«

Aus Furcht erzählte der Gärtner dem Prinzen das, was vorgefallen war. Da befahl der Prinz: »Schmiere auf jeden Fall auf die Zweige Pech und fang die Taube!« Der Gärtner schmierte Pech auf die Zweige. Am folgenden Tag kam die Taube und sagte: »Die Zweige, auf denen ich gesessen habe, sollen verdorren!« Als sie aber wegfliegen wollte, blieb sie am Pech kleben. Der Gärtner fing nun die Taube und brachte sie zum Königssohn.

Der Königssohn hatte die Taube sehr gern; er setzte sie in einen Käfig und hängte ihn in seinem Zimmer auf. Jedesmal, wenn der Prinz in das Zimmer kam, zwitscherte die Taube.

Das schwarze Mädchen wurde schwanger und wollte immer besondere Speisen haben. Da jammerte sie: »Ich möchte das Fleisch dieses Vogels essen.« Wie sehr auch der Königssohn bat: »Meine Liebe, tu das doch nicht, ich will dir einen anderen Vogel kaufen«, sie bestand darauf, nur das Fleisch dieses Vogels haben zu wollen.

Schließlich schlachtete der Königssohn die Taube. Das Blut des Vogels tröpfelte auf die Erde, und dort wuchs ein riesiger Weidenbaum. Das schwarze Mädchen aß von dem Fleisch der Taube. Diesmal jammerte es: »Laß aus diesem Weidenbaum eine Wiege für mein Kind machen!«

Man machte nun die Wiege. Stücke des Weidenbaumes blieben auf der Erde liegen. Eine arme Frau, die daherkam, bat den Prinzen: »Gib mir diese Stücke, daß ich sie verbrenne.«

Der Prinz gab der Frau die Holzstücke, und die Frau brachte sie nach Hause. Dort ließ sie sie liegen und ging hinaus auf die Straße. Aus diesen Holzstücken erschien ein Mädchen, das das Zimmer fegte; es säuberte alles gut und machte das Haus zu einem Juwel. Obendrein kochte es das Essen.

Als die Frau nach Hause zurückkehrte, war sie erstaunt, sie kannte ihr Haus nicht mehr wieder und ging hinaus und kam wieder herein. Nachdem sie »Im Namen Gottes« gesprochen hatte, suchte sie alles ab und rief ins Zimmer: »Bist du ein Mensch oder ein Dschinn?«

Da kam das Mädchen zum Vorschein, küßte der Frau die Hand und erzählte ihr der Reihe nach alles, was sie erlebt hatte, und bat sie: »Ich möchte deine Tochter werden.« Die Frau war damit einverstanden. Sie aßen freudig und fröhlich die Speisen, die das Mädchen gekocht hatte.

Eines Tages wurde der Königssohn krank und verlangte von seinen

Untertanen Suppe. Jeder kochte Suppe und brachte sie zum Palast. Der Königssohn aß davon nur einen Löffel und ließ sie stehen.

Als das Mädchen das gehört hatte, sagte sie zu der alten Frau: »Liebes Mütterchen, auch wir wollen Suppe kochen, die du zum Palast bringst.« Die alte Frau erwiderte: »Ja, mein liebes Kind, koche Suppe und ich bringe sie zum Palast. Der Prinz soll auch mal von unserer Suppe kosten.« Das Mädchen kochte also Suppe und warf in die Suppenschüssel den Ring, den ihr der Prinz gegeben hatte. Ihre Mutter schickte sie damit zum Palast.

Die Torwächter des Palastes wollten sie als arme Frau nicht hereinlassen. Als der Königssohn das erfahren hatte, befahl er: »Laßt sie herein!«

So stieg die Frau hinauf und übergab die Suppe dem Prinzen. Der Prinz aß einen Löffel von der Suppe, beim zweiten Löffel kam der Ring zum Vorschein. Als er den Ring gesehen hatte, verstand er sofort, was geschehen war, und fragte die Frau: »Mutter, hast du eine Tochter?« Daraufhin fragte die Frau: »Ja, mein Prinz, was befehlen Sie?« Der Königssohn sprach: »Bring sie morgen abend unter das Fenster. Ich werde einen Korb mit Gold herunterhängen lassen. Du nimmst das Gold und das Mädchen tust du in den Korb. Ich werde ihn heraufziehen und auf diese Weise hast du deine Tochter an mich verkauft.«

Die Frau stimmte dem zu und ging fort. Am folgenden Tag brachte sie ihre Tochter vor den Palast. Sie nahm die Goldstücke aus dem Korb und setzte das Mädchen hinein. Der Prinz zog den Korb herauf und nahm das Mädchen in Empfang. Sie umarmten sich in heftiger Liebe. Er schloß die Ehe mit dem Mädchen und verheiratete sich. Am Morgen ließ er das schwarze Mädchen und ihr Kind an den Schwanz von vierzig Pferden binden, die er in die Berge trieb, und ließ sie dort in Stücke reißen. Mit dem entzückenden Mädchen lebte er glücklich bis an das Ende seines Lebens.

(Türkei)

Von Kurdistan nach Aserbaidschan

Mein Traum

*H*eute nacht träumte ich, ich wäre in eine tiefe Schlucht gefallen. Ich schaute mich nach allen Seiten um und sah eine Höhle. Ich ging hinein, aber dort war es dunkler als dunkel.

Ich drehte mich um, und wollte die Höhle schnell wieder verlassen. Aber die Felswand hatte sich schon wieder geschlossen.

Ich erschrak und befürchtete, nie wieder das Tageslicht zu erblicken. Verzweifelt rannte ich in der Dunkelheit hin und her, von einer Seite auf die andere. Und überall stieß ich gegen Felsen.

Und plötzlich, als ich es noch einmal versuchte, einen Ausgang zu finden, da fiel ich in eine Spalte und mußte mich in ihr weiterbewegen. Ich ging und ging, dann öffnete sich der schmale Gang, und ich befand mich in einem großen Raum, der von vielen Kerzen beleuchtet war. Dort saß ein Alter in einem weißen Kleid mit einem Stab in der Hand. Er stand vor mir auf, und ich begrüßte ihn: »Salam Aleikum, Väterchen!«

»Aleikum Salam«, antwortete er.

»Vater, um Himmels willen, wo bin ich hier?«

»Söhnchen, kannst du dir das nicht selbst denken, wo du hier bist?«

»Nein, mein Lieber, ich weiß es nicht.«

»Siehst du hier die vielen Lampen? Die einen brennen noch, die anderen sind schon verlöscht. Die Menschen, denen die gelöschten Kerzen gehörten, sind schon gestorben, aber die, deren Kerzen brennen, leben noch.«

Ich fragte ihn: »Väterchen, darf ich dir eine Frage stellen?«

»Welche Frage, mein Sohn?«

»Warum brennen bei den einen Kerzen die Flammen so hell, in den anderen glimmen sie nur noch, und wieder andere flackern?«

»Ich darf nicht darüber reden, aber Allah möge mir verzeihen, dir werde ich es sagen: Hell brennen die Lampen derer, die noch lange leben werden. Die Leuchter mit den schwachen Flammen zeigen an, daß ihre Menschen nur noch kurz leben werden, und die, deren Kerzen flackern, das sind die kranken Menschen. Ihr Alter ist verschieden. Sie können jung oder alt sein. Wenn ihre Lampen verlöschen, dann sterben sie.«

»Väterchen, ich bitte dich, zeig mir meine Lampe. Ich möchte sehen, ob ich ein kurzes oder ein langes Leben habe.«

»Ich habe nicht das Recht, Söhnchen, dir das zu zeigen. Aber da du schon einmal bittest, werde ich es dir zeigen.«

Er ging voraus und ich hinter ihm her. Bald sah ich einen Tisch aus Stein und auf ihm ein großes Buch. Der Alte wandte sich zu mir: »Wie heißt du?«

Ich nannte ihm meinen Namen.

»Und der Vater, wie heißt er?«

Ich sagte es.

»Und der Name deiner Mutter?«

Auch den Namen meiner Mutter nannte ich ihm.

Er blätterte in den Seiten des Buches, fand eine bestimmte Seite, las und sagte: »Komm, gehen wir, ich zeige dir deine Lampe.«

Als er mir meine Lampe zeigte und ich sah, daß das Licht klar leuchtete, da freute ich mich, wie es nur Allah allein weiß.

Ich wandte mich an den Alten: »Väterchen, kann ich dir noch eine Frage stellen?«

»Stelle noch eine.«

»Ich bin nun schon seit sieben Jahren verheiratet und liebe meine Frau. Kannst du mir nicht auch ihre Lampe zeigen?«

»Nun, wenn du schon mal willst, dann gehen wir.«

Wieder gingen wir zu dem Buch, der Alte erfragte den Namen meiner Frau, fragte nach dem ihres Vaters und der Mutter. Dann blätterte er wieder in dem Buch und sagte schließlich: »Komm, gehen wir, ich zeige dir ihre Lampe.«

Als er mir die Lampe meiner Frau zeigte, sah ich, daß sie flackerte.

Ich wandte mich an den Alten: »Väterchen, können wir nicht aus einer dieser Lampen, die so hell brennen, zwei, drei Tropfen Öl in die Lampe meiner Frau gießen, damit wir gemeinsam unser Leben verbringen und gemeinsam sterben können?

»Das darf ich nicht tun«, antwortete der Alte und verschwand.

Aber ich beschloß, daß ich nichts Böses tue, wenn ich etwas Öl aus einer fremden Lampe in die meiner Frau gieße, damit sie lange leben möge. Aber als ich eine dieser Lampen nahm und aus ihr das Öl gießen wollte, da schoß unter ihr eine Schlange hervor und zischte: »Höre, ich war noch im Leib meiner Mutter, als mein Schicksal schon bestimmt war, wie lange ich leben werde. Wer bist du, daß du mein Leben verkürzen kannst.«

Ich erschrak und wachte auf.

(Kurdistan)

Der Zauberleuchter

Ein junger Mann, der allein mit seiner Mutter in einer alten Hütte lebte, fand eines Tages beim Reisigsammeln einen Kerzenhalter und nahm ihn mit nach Hause.

»Ach, mein Sohn, heute hast du gar kein Reisig verkauft«, klagte die Mutter. »Dieser Leuchter wird uns kein Brot auf dem Markt einbringen.«

»Mutter, so wollte es unser Schicksal heute«, sagte der junge Holzfäller. »Aber vielleicht können wir den Leuchter doch gebrauchen.« Er setzte eine Kerze darauf, und sowie er die Kerze anzündete, stürzten mächtige schwarze Araber herein und sagten: »O junger Gebieter, sollen wir die Welt zertrümmern oder sie aufbauen?«

Als er die Kerze wieder herausnahm, verschwanden die Männer augenblicklich. Er steckte die Kerze auf die andere Seite, und alle Huri-Peris der Welt schwebten unter Tanzen, Flöten und Trommeln herein. Er nahm die Kerze heraus, da verschwanden auch die Huris. Er steckte sie wieder auf dieselbe Seite, und die Huri-Peris kehrten zurück, und vor ihm wurde ein Tisch gedeckt, der mit Speisen und Getränken überladen war. Er zog die Kerze heraus, und die Huri-Peris verschwanden mitsamt dem Tisch.

Der Holzfäller lernte den Leuchter zu gebrauchen, und in der folgenden Nacht ließ er die schwarzen Araber zurückkommen.

»O junger Gebieter, sollen wir die Welt zertrümmern oder sie aufbauen?«

»Ich möchte, daß ihr mir einen Palast baut«, sagte er, »und zwar von hier bis zum Tor des Königs, und so hoch, daß sein Schatten auf den Palast des Königs fällt.«

Die Männer arbeiteten nur nachts. Nach vierzig Nächten war der Palast des Holzfällers gebaut.

»Mein Gott«, sagte der König, als er ihn eines Morgens vollendet sah und höher als seinen eignen Palast, »woher hat der Holzfäller nur all das Geld, um so zu bauen?«

Der junge Holzfäller setzte die Kerze auf die Seite des Leuchters, welche die schwarzen Araber herbeibrachte, und alle kamen sie zurück.

»O junger Gebieter, sollen wir die Welt zertrümmern oder aufbauen?«

»Ich möchte, daß ihr meinen Palast einrichtet«, sagte er.

Und sie richteten ihn noch in derselben Nacht herrlich ein.

In der nächsten Nacht steckte er die Kerze auf die andere Seite, und die Huri-Peris kamen wieder. Die Ausstattung gefiel ihnen. Sie fanden alles so, wie es sein sollte. Er setzte die Kerze noch mal auf die andere Seite, und die schwarzen Araber kamen wieder.

»O junger Gebieter, sollen wir die Welt zertrümmern oder aufbauen?«

»Bringt mir die Tochter des Königs mit ihrem Bett, ihren Kleidern und allem.«

Die Männer konnten wirklich alles. Sie holten die Tochter des Königs, und niemand im Königspalast merkte etwas davon. Der Holzfäller steckte die Kerze auf die Seite des Leuchters, die den Tisch vor ihm gedeckt hatte, und die Huri-Peris kamen auch wieder, waren lustig, feierten, tranken und spielten ihre Flöten und Trommeln. Auf dem Höhepunkt des fröhlichen Festes erwachte die Königstochter, rieb sich die Augen und stammelte: »O Gott, wo bin ich? Ist das wirklich oder träum' ich?«

Die Huri-Peris hoben sie aus dem Bett, kleideten sie und hießen sie zu sich an den Tisch setzen. »Wie soll das nur weitergehen«, fragte sie sich, ganz verwirrt von den Dingen, die da vor sich gingen.

Die Huri-Peris aßen, tranken, spielten Musik, tanzten mit dem Holzfäller und der Königstochter, und um Mitternacht verschwanden sie. Der Holzfäller blieb alleine mit der Königstochter zurück. Sie ging wieder zu Bett, immer noch sehr erstaunt, und das nächste, was sie wahrnahm, war, daß er bei ihr im Bett lag.

Kurz vor Tagesanbruch sagte sie: »Um Himmels willen, bringe mich auf demselben Weg zurück, auf dem du mich hierhergebracht hast, aber der König darf nichts davon erfahren. Er wird dir den Kopf abschlagen, wenn er etwas erfährt.«

Er erhob sich, steckte die Kerze in den Halter und rief die riesigen schwarzen Männer herbei.

»O junger Gebieter, sollen wir die Welt zertrümmern oder aufbauen?«

»Bringt sie auf demselben Weg zurück, auf dem ihr sie hierher gebracht habt.«

Sie trugen sie augenblicklich in ihr Schlafgemach zurück. Aber in der folgenden und nächstfolgenden Nacht brachten sie die Königstochter wieder. Das ging so eine Zeitlang, und der König sah, daß die Farbe aus den Wangen seiner Tochter gewichen war. Sie war nicht mehr dasselbe Mädchen, sie hatte sich verändert, und er hegte einen schrecklichen Verdacht. Er rief die Königin: »O meine Frau, was mag das nur bedeuten?«

»Ich kann es selber nicht verstehen.«

»Am besten sprichst du mit ihr und siehst, was sie dazu zu sagen hat.«

Die Königin erhob sich und ging in das Gemach ihrer Tochter. »Ach, mein Kind, was ist nur mit dir geschehen? Denkst du denn gar nicht an deinen Vater? Bedeutet dir die Ehre des Königs nichts?«

»O meine Mutter«, sagte sie, »ich kann einfach nicht darüber sprechen. Du würdest mir doch nicht glauben, ehe du es nicht mit eigenen Augen gesehen hast. Schlaf heute nacht in meinem Bett, dann wirst du es wissen.«

In der Nacht schlief die Königin im Bett ihrer Tochter, und die Prinzessin schlief im Bett der Königin. Die Diener des Holzfällers trugen die Königin eilig fort, ohne zu sehen, daß es die Mutter der jungen Prinzessin war, die sie sonst hin- und hergetragen hatten, und als sie gegangen waren, rief der Holzfäller die Huri-Peris. Sie traten ein und spielten ihre fröhlichen Weisen. Der Tisch war gedeckt, und das Fest begann. Als die Königin erwachte, wollte sie ihren Augen nicht trauen. Sie verfolgte das Fest von ihrem Bett aus, und nachdem die Huri-Peris weg waren, blieb sie allein mit dem Holzfäller zurück: »Junger Mann, bist du derjenige, der meine Tochter jede Nacht hierherbringt?«

»Ja, meine liebe Mutter, ich habe mich gegen dich und Gott versündigt.«

»Konntest du denn nicht kommen und wie ein anständiger Mann um die Hand meiner Tochter anhalten?«

»Meine liebe Mutter, hätte ich um die Hand deiner Tochter angehalten, dann hätte der König niemals eingewilligt. Jetzt aber wird er natürlich froh sein, wenn ich sie heirate.«

»Du hast meine Zustimmung und meinen Segen. Alles was du jetzt noch brauchst, ist das Jawort des Königs. Darum schicke mich bitte auf demselben Weg zurück, auf dem du mich hierhergebracht hast.«

Da kamen schon die schwarzen Araber herein und brachten sie nach Hause.

Am Morgen rief der König die Königin in seine Gemächer und fragte sie: »Nun, Frau, was hat dir unsere Tochter erzählt?«

»O mein Gemahl, ich will dich nicht mit Einzelheiten langweilen. Es ist etwas, was ich selbst meinem schlimmsten Feind nicht wünschen möchte. Du mußt es mit eigenen Augen sehen, um es zu glauben.«

»Was mit eigenen Augen sehen? Was willst du mir da sagen?«

»Schlaf heute nacht im Bett unserer Tochter, dann wirst du es wissen.«

In der Nacht schlief der König im Bett seiner Tochter, und die Diener des Holzfällers trugen ihn eilig fort, ohne zu sehen, daß es der König war. Die Huri-Peris zogen ein mit all ihrer Musik und viel Tamtam und Freudensprüngen. Der Tisch war gedeckt, und das fröhliche Fest begann. Während der Feier erwachte der König und sah ihnen zu, sprachlos vor lauter Erstaunen. Nachdem die Huri-Peris gegangen waren, blieb er allein mit dem Holzfäller zurück.

»Hab ich dich also«, sagte der König, zog sein Schwert und wollte ihn auf der Stelle töten. Der Holzfäller zündete rasch seine Kerze an, da stürmten seine schwarzen Araber herein und rieben schon ihre bloßen Schwerter an den Handflächen blank.

»Nun, Gebieter, was sollen wir tun? Sprich nur ein Wort, und es wird geschehen.«

»Ich wünsche, daß ihr mich vor diesem König schützt.«

Die gewaltigen Männer wandten sich dem König zu: »Bist du bereit, ihm deine Tochter zu geben, oder sollen wir dir den Kopf abschlagen?«

»Junger Mann, ich werde dir meine Tochter geben, aber bitte, laß mich erst nach Hause gehen.«

Da brachten sie den König zurück in den Palast.

Die Königin lief mitten in der Nacht zu ihm und fragte: »Sag, was ist geschehen?«

»Was soll ich dir erzählen? Ich habe alles gesehen und habe ihm unsere Tochter versprochen. Was sonst hätte ich tun können?«

»Das hast du recht gemacht. Sie sind beide jung: laß sie heiraten.«

Sie luden den Holzfäller in ihren Palast ein. Dann luden sie alle ihre Freunde ein zur Feier des Brautpaars, und alsbald fand die Hochzeit statt, die sieben Tage und sieben Nächte dauerte. Nach der Hochzeit wurde die Braut feierlich zum Schloß des Bräutigams geführt.

Einige Tage später rief der König seine Tochter in den Palast zurück und fragte: »Ach, mein Kind, weißt du eigentlich, wieso dein Gemahl so plötzlich reich geworden ist? Früher war er ganz elend und arm.«

»Er wurde reich durch einen Leuchter«, sagte sie.

»Was, Leuchter? Kannst du mir den bringen?«

Sie ging nach Hause und brachte ihm den Leuchter. Der König hieß seine Tochter neben sich Platz nehmen und sprach: »Geh nicht zu deinem Mann zurück. Jetzt werde ich mich um ihn kümmern.«

Er zündete eine Kerze an, und die Huri-Peris marschierten herein – diesmal aber kamen sie mit scharfen Schwertern und Messern in den Händen.

»Wir sind gekommen, deine Seele zu fordern«, sagten sie.

Da steckte der König die Kerze auf die andere Seite, und die schwarzen Araber stürmten herein, mit noch schrecklicheren Schwertern als die Huri-Peris.

»Ha, jetzt schlagen wir dich in Stücke!«

»Wartet, da ist ein Mann, den ich noch sehen muß, bevor ihr mich tötet.«

Er schickte nach dem Holzfäller. Sobald sie ihn sahen, wandten sich alle an ihn und fragten: »O junger Gebieter, was sollen wir tun, zerstören oder aufbauen?«

Der Holzfäller aber nahm die Kerze heraus, da verschwanden sie alle und waren nicht mehr zu sehen.

Der König bat den Burschen, die Kerze mit seiner Hand anzünden zu dürfen, um zu sehen, ob sie zurückkämen. Er tat es, und die Huri-Peris kamen zurück, ohne Schwerter. Er steckte die Kerze auf die andere Seite, und die schwarzen Araber kamen zurück, auch ohne Schwerter.

Da sagte der König: »Sohn, meine Tochter ist dein. Von nun an bist du mein rechtmäßiger Erbe, möge Gott dir auch mein Königreich zum Geschenk machen, wie er dir meine Tochter und diesen Leuchter schenkte.«

Der König stieg von seinem Thron herab und ließ den Holzfäller König sein.

Ihr Wunsch ging in Erfüllung, möge auch euer Wunsch in Erfüllung gehen.

Drei Äpfel fielen vom Himmel: einer für den Erzähler dieser Geschichte, einer für den Zuhörer und einer für den, der die Worte des Erzählers beachtet.

(Armenien)

Irmisa und die Ungeheuer

Es war einmal ein alter Mann. Der war kinderlos geblieben. Er und seine Frau baten Gott immer wieder, ihnen doch ein Kind zu schenken. Die Zeit verging, und sie bekamen ein Kind, aber der Alte starb.

Der Frau ging vor Kummer die Milch aus, und sie konnte das Kind nicht mehr ernähren. Sie vertraute es daher einer lahmen Hirschkuh an und bat sie: »Zieh du es für mich auf!«

Das Kind gewöhnte sich an den Hirsch, folgte ihm in den Wald und trank, wenn es wollte, aus seinem Euter. In der Gegend, wo dieser Hirsch lebte, ging oft des Königs Sohn jagen.

Einmal sah er ein Kind, das einem Hirsch folgte. Der Königssohn ließ von der Jagd ab und ritt nach Hause. Als er heimgekommen war, fragte der Vater: »Kind, warum hast du nicht gejagt?«

Der Sohn gab keine Antwort. Er bat nur darum, ihm schwere Ketten und hundertzwanzig Kettenwerfer zu besorgen.

Der Vater erfüllte ihm seinen Wunsch, verschaffte ihm Ketten und Männer. Nun gingen sie abermals auf die Jagd. Als der Königssohn in den Wald kam, suchte er nach dem Kind, und als er es fand, befahl er seinen Männern, es zu fangen. Sie warfen die Ketten nach ihm und verstrickten es darin, doch als das Kind aufsprang, zersprangen die Ketten, und es gelang ihm zu entkommen.

Die zersprungenen Ketten trafen die Männer, so daß außer dem Königsohn alle ums Leben kamen. Als der Königsohn nach Hause kam, erklärte er dem Vater: »Wenn du mir meinen Wunsch nicht erfüllst, bringe ich mich um!«

Der Vater entgegnete: »Kind, weshalb willst du dich um dein Leben bringen?«

»Ich habe ein kleines Kind im Wald gesehen, das einem lahmen Hirsch folgte, und ich konnte es nicht fangen«, antwortete der Sohn.

Der Vater gab ihm abermals schwere Ketten und Männer, aber auch jetzt gelang es ihnen nicht, das Kind zu fangen.

Die Ketten zersprangen, die Leute kamen um, und das Kind entkam. So geschah es fünfmal. Schließlich gelang es ihnen doch, das Kind zu fangen, und sie nahmen es mit. Die Hirschkuh folgte ihnen. Das Kind war nackt, es konnte nicht sprechen.

Der Königssohn gab dem Kind ein Zimmer. Wenn es Hunger hatte, lief es hinunter zum Hirsch und saugte an seinem Euter. Der Königssohn nahm sich vor, es zu lehren, wie man ißt und sich kleidet.

Mittags und abends ging er zu ihm, deckte den Tisch, brachte Speisen, wusch sich Gesicht und Hände und setzte sich, um zu essen. Auch kam er stets neu gekleidet.

Das Kind begann sich ebenso zu verhalten wie der Königssohn. Es stand auf, kleidete sich, wusch sich zitternd das Gesicht und setzte sich an den Tisch, um zu essen. Lange ging das so. Eines Tages bemerkte dies der Königssohn. Freudig lief er zu seinem Vater und erzählte ihm davon. Der Vater befahl: »Bringt das Kind ins Schloß, damit es bei uns wohnt!«

Anfangs konnte es noch nicht sprechen, aber das gemeinsame Leben lehrte es das Sprechen, und es gewöhnte sich an die anderen. Weil das Kind von einem Hirsch aufgezogen worden war, erhielt es den Namen Irmisa.

Zur Jagd zogen der Königssohn und Irmisa immer gemeinsam aus, aber Irmisa war kräftiger. Wenn er einen Pfeil hinaufschoß und dieser sich beim Herabfallen in die Erde bohrte, vermochte der Königssohn ihn nicht herauszuziehen. Irmisa dagegen zog ihn mühelos heraus.

Einmal reiste der Herrscher fort. Den Schlüssel gab er Irmisa und befahl ihm: »Wenn mein Sohn aufwacht und dir sagt, zeige mir die Gemächer, dann zeige ihm elf Zimmer. In das zwölfte darfst du ihn nicht einlassen, das wäre sein Verderben!«

Der König ritt fort. Der Königssohn stand auf und sagte: »Zeige mir die Gemächer!«

Irmisa war einverstanden, nur das zwölfte Zimmer enthielt er ihm vor: »Das ist nichts für dich.« Der Königssohn zog seine Lanze und drohte: »Wenn du es nicht öffnest, bringe ich uns beide um!«

Da öffnete Irmisa auch diese Tür. Kaum war dies geschehen, da erblickte er das Bild einer zauberhaften Frau. Der Königssohn fiel wie tot zu Boden. Irmisa richtete ihn auf, legte ihn in sein Zimmer und sagte zu ihm: »Wenn du nur gesund bleibst. Ich finde sie schon für dich!«

Als der König kam, bemerkte er, was geschehen war, und machte Irmisa Vorwürfe: »Warum hast du mir das angetan, wozu hast du meinem Sohn jenes Bild gezeigt?«

Irmisa erwiderte: »Ich bringe die Frau her, gebt mir nur Euer Einverständnis, in die Ferne zu ziehen.«

Der König war einverstanden, und beide, Irmisa und der Sohn des Königs, zogen los.

Lange waren sie unterwegs, ein ganzes Jahr reisten sie bereits. Endlich gelangten sie an die Küste eines Meeres. Dort stand ein Apfelbaum. Irmisa sagte zu dem Königssohn: »Wirf Äpfel herab!«

Der Königssohn vermochte es jedoch nicht. Da schlug Irmisa die Äpfel mit seiner Faust herunter. Beide ließen sich nun nieder, um zu essen. Plötzlich entstieg dem Meer ein Ungeheuer und brüllte: »Wer wagt es, von dem Apfelbaum zu essen, den mein Großvater gepflanzt hat. Ich bringe ihn auf der Stelle um!«

Irmisa erwiderte: »Komm her, ich will dir gebührende Antwort geben.«

Kaum war das Ungeheuer herangekommen, schlug Irmisa mit seiner Faust zu und tötete es. Ein zweites Ungeheuer kam ans Land. Es wiederholte die Worte des ersten Ungeheuers, und Irmisa tötete auch dieses. Das dritte Ungeheuer war bei diesem Geschehen nicht in der Nähe gewesen. Als es herzukam, begann es ebenfalls zu brüllen. Irmisa rief ihm zu: »Komm her, deine Gefährten sind hier, sieh sie dir an!«

Als es herangekommen war, fiel Irmisa über es her, und sie rangen miteinander. Lange kämpften sie, aber schließlich gewann Irmisa die Oberhand und tötete auch dieses Ungeheuer. Er stand auf, sammelte die Äpfel zusammen, steckte sie in sein Gewand, nur einige behielt er in der Hand, und zwei gab er dem Königssohn. Dann setzten beide ihren Weg fort.

Lange waren sie unterwegs, bis sie zum Haus eines der Ungeheuer kamen. Hier erblickten sie zwei seiner Frauen. Beide rieten ihnen: »Ihr Burschen, geht rasch weiter, sonst kommen die Ungeheuer und fressen euch auf!«

Irmisa schenkte ihnen kein Gehör und setzte sich in den Schatten. Sie holten jene Äpfel hervor und fingen an zu essen. Die Frauen der Ungeheuer wurden zugänglicher, und statt zu drohen, waren sie sehr entgegenkommend.

Als sie gerade beim Apfelessen waren, kamen drei Brüder Ungeheuer herzu.

»Was für Wesen seid ihr, daß ihr in mein Haus kommt und euch in den Schatten setzt?« fragte das erste Ungeheuer.

Irmisa antwortete: »Komm her und ich werde es dir sagen!«

Sowie das Ungeheuer herangekommen war, fiel Irmisa über es her, warf es zu Boden und stellte sein Bein darauf.

Nun kam das zweite Ungeheuer und wiederholte die Worte des ersten. Irmisa warf auch dieses zu Boden und legte die beiden übereinander. Schließlich kam das dritte Ungeheuer und brüllte: »Wer wagt es, meine Brüder übereinanderzulegen, um sie zu töten. Ich bringe denjenigen auf der Stelle um!«

Irmisa entgegnete: »Komm her, und ich werde dir sagen, wer ich bin!«

Kaum war es herangekommen, schüttelte es seine Fäuste. Irmisa packte es am Arm und brachte es zu Fall. Nun legte er alle drei Brüder übereinander und fragte: »Soll ich euch töten oder nicht?«

Die Ungeheuer flehten ihn an: »Von heute an werden wir deine Brüder sein, und ihr sollt unsere Brüder sein!«

Da ließ Irmisa sie aufstehen, und sie gingen ins Haus.

Die Ungeheuer bewirteten den Königssohn und Irmisa. Dann erklärten sie, welchen Weg sie nehmen müßten, um zu jener Frau zu gelangen. »Wenn ihr so geht«, und sie wiesen einen Weg, »braucht ihr dreißig Tage, aber der Weg ist gefahrlos. Nehmt ihr den anderen Weg, würdet ihr in zehn Tagen ans Ziel gelangen, doch die Ungeheuer sind mächtig und werden euch auffressen. Wenn ihr diesen Ungeheuern entkommt, dann gelangt ihr zu jener Frau. Wenn es Nacht wird, wird sie euch das Bett aufschlagen, das Essen bereiten und euch zur Ruhe betten. Wenn sie sich zu dir schleichen will, werfen wir von hier aus eine Fackel. Falls die Frau bis zu dir gelangt und dir einen Ring an den Finger steckt, damit du nicht erwachst, wird sie dich sicher töten. Deshalb solltet ihr euch nach dem Abendbrot nicht in ihrem Haus schlafen legen. Wir werden die Fackel werfen, und dann könnt ihr die Frau fangen.«

Beide machten sich auf den Weg. Lange waren sie unterwegs, bis sie zum Haus eines Ungeheuers gelangten.

Das Ungeheuer lag da, und eine Gefangene verscheuchte ihm die Fliegen. Kaum hatte sie die jungen Männer erblickt, warnte sie beide: »Geht rasch fort, sonst frißt das Ungeheuer, wenn es erwacht, mich und euch dazu!«

Irmisa entgegnete: »Komm her, ich weiß schon, was das Ungeheuer mir anhaben kann!«

Die Frau erwiderte: »Die Fliegen werden sich auf das Ungeheuer setzen, es wird davon aufwachen und uns umbringen!«

Irmisa gebot ihr: »Komm her!«

Da ging sie hin. Das Ungeheuer erwachte und brüllte: »Wer hat mir meinen Fraß weggenommen?«

Irmisa antwortete: »Das war ich!«

Wütend kam das Ungeheuer aus dem Haus und verwickelte Irmisa in einen Streit. Irmisa tötete es nach langem Kampf. Er nahm die Frau mit und übergab sie der Obhut der drei Ungeheuer, die über sie wachen sollten wie über ihre eigene Schwester.

Wieder machten sie sich auf den Weg und gelangten nach langer Zeit zu einem Schloß, wo Ungeheuer gerade eine Hochzeit feierten. Die beiden betraten den Hof. Als der Anführer der Ungeheuer sie erblickte, schickte er einen seiner Untergebenen hinunter, um zu erfahren, wer sie seien. Sie erfuhren, daß es Leute anderer Art waren.

Da schickte er den Untergebenen ein zweites Mal mit dem Auftrag hinab, sie zu töten, wenn sie nicht zu ihnen heraufkämen. Aber Irmisa tötete kurzerhand das Ungeheuer. Als man die Tat bemerkte, wurde ein zweites Ungeheuer zu Irmisa und dem Königssohn geschickt. Auch dieses tötetet Irmisa sowie auch alle anderen. Schließlich kam die Reihe an den Anführer.

Kaum war der herabgekommen, ging er auf Irmisa los. Sie begannen miteinander zu ringen. Lange kämpften sie. Das Ungeheuer stieß Irmisa bis zu den Knien in die Erde. Dann schleuderte Irmisa es bis zum Gürtel ins Erdreich. Schließlich gewann Irmisa die Oberhand. Er stieß das Ungeheuer bis zu den Köpfen in die Erde und ging daran, diese abzuschlagen. Es besaß hundert Köpfe. Irmisa schlug ihm neunundneunzig ab und fragte: »Was willst du lieber, den Tod oder das Leben?«

Das Ungeheuer antwortete: »Das Leben ist mir lieber. Laß mich aufstehen, mein Schloß gehört dir.« Es verbürgte sich bei Gott für diese Worte.

Als es dem Erdreich entstiegen war, entfachte es abermals einen

Streit. Auch diesmal bezwang Irmisa das Ungeheuer. Da sprach das Ungetüm: »Himmel und Gott in der Höhe und Erde und Wasser in der Tiefe sollen meine Bürgen sein, nur laß mich aufstehen, meine ganze Kraft will ich dem Königssohn geben!«

Irmisa half ihm auf. Den Königssohn ließ er mit dem Ungeheuer zurück, er selbst zog weiter.

Beim Abschied sagte er: »Lehre ihn all deine Listen und deine Stärke, sonst töte ich dich, wenn ich zurückkomme.«

Irmisa machte sich auf den Weg. Er begab sich zu jener Frau, die sie suchten. Es war Abendzeit. Die Frau bereitete ihm Abendbrot, richtete das Bett und legte ihn zur Ruhe. Als eine Stunde vergangen war, ging sie zu ihm, nahm einen Ring, um diesen an seinen Finger zu stecken. In diesem Augenblick schleuderten die drei Ungeheuer die Fackel, sie traf ihn in den Rücken, und Irmisa ergriff blitzartig die Hand der Frau, als sie ihm gerade den Ring anstecken wollte.

Sie sagte: »Ich bin dein Glück«, und steckte sich jenen Ring an den Finger.

Irmisa erwiderte: »Nicht für mich, sondern für meinen Bruder will ich dich zur Frau.«

Als der Morgen graute, befahl die Frau der Stadt der Ungeheuer, jeder solle kostbare Bettwäsche als Geschenk bringen, sie heirate einen Fremdling. Alle brachten diese Gabe, bis auf einen Hof, der sich weigerte. Irmisa packte dieses Ungeheuer, warf es zu Boden und erklärte der Frau und den Kindern des Ungetüms: »Wenn ihr mir nicht kostbare Bettwäsche bringt, töte ich diesen und euch obendrein.« Abermals verweigerten sie jenes Geschenk. Da setzte Irmisa dem Leben des Ungeheuers, seiner Frau und seiner Kinder ein Ende.

Als der nächste Tag anbrach, versammelten sich die Ungeheuer bei Irmisa und geleiteten die Frau samt ihrer Mitgift zum Königssohn. Dieser hielt sich noch im Haus des Ungeheuers auf, um dessen List und Stärke zu erwerben. Aber als sie beim Königssohn anlangten, sahen sie, daß er in der Asche saß und nicht mehr Kraft besaß, sondern weniger als früher.

Irmisa ging zu dem Ungeheuer und fragte: »Warum hast du dein Versprechen nicht gehalten?«

Sofort gab das Ungeheuer auf Geheiß von Irmisa dem Königssohn seine Kraft. Irmisa tötete das Ungeheuer. Seine Habe nahm er mit, und alle zogen zusammen weiter.

Als sie zu den drei Brüdern Ungeheuer kamen, feierten sie Hochzeit. Drei Tage lang blieben sie dort, dann zogen sie weiter. Lange waren sie unterwegs, bis sie zu jenem Apfelbaum gelangten. In der Nacht blieben sie dort: die Ungeheuer, der Königssohn, Irmisa und fünf Frauen. Drei von den Frauen waren die Schwestern der drei Brüder Ungeheuer, die eine Frau hatte Irmisa aus der Gewalt des Ungeheuers befreit, und die fünfte war die Frau des Königssohns. Alle legten sich nieder, um zu schlafen. Auch Irmisa schlief ein.

Da kam ein Lebewesen herangeflogen und entführte die Frau des Königssohnes in die Lüfte. Irmisa sprang auf, weckte die Gefährten und sprach: »Seht ihr nicht, daß ein Ungeheuer die Frau des Königssohns geraubt hat!«

Der Königssohn war sehr betrübt, doch was konnte er tun? Irmisa befahl den Ungeheuern: »Ihr bleibt hier, bis ich wiederkomme, sonst bringe ich euch alle um.«

Die Ungeheuer waren einverstanden und blieben dort, während sich Irmisa und der Königssohn auf den Weg machten.

Nach langer Zeit kamen sie zum Haus jenes Ungeheuers. Das Ungetüm selbst war auf die Jagd gegangen. Die entführte Frau ging im Hof spazieren. Als sie Irmisa und den Königssohn erblickte, freute sie sich sehr. Aber sie beschwor die Ankömmlinge: »Flieht rasch, sonst kommt mein Mann, das Ungeheuer, und frißt euch beide!«

Doch Irmisa erwiderte: »Wir bitten dich, bringe in Erfahrung, wo das Ungeheuer seine Seele hat.«

»Gut«, entgegnete die Frau und verabredete mit ihnen einen Ort, an dem sie sich einen Monat später treffen wollten.

Irmisa und der Königssohn entfernten sich und schlugen ihr Lager in einer Höhle auf.

Als das Ungeheuer heimkam, fragte es seine Frau: »Ist niemand dagewesen?«

Sie antwortete: »Niemand.«

Eine Woche später fragte sie das Ungeheuer: »Wo ist deine Seele? Ich möchte ihr etwas Gutes tun.«

Das Ungeheuer erwiderte: »Wozu willst du das wissen?«

»Ich will ihr etwas opfern, damit es dir wohl ergeht, und diese Tat ist sicher auch für mich günstig«, antwortete die Frau.

Das Ungeheuer sagte: »Meine Seele ist in der Säule da!«

Die Frau bemalte jene Säule so schön, daß nichts über ihren Anblick ging. Als das Ungeheuer dies sah, sagte es: »Wenn du meine Seele so liebst, so muß ich dir sagen, daß sie in jener Katze dort ist!«

Die Frau richtete die Katze so schön her, wie es ihr möglich war. Sie nähte ihr hübsche Dinge und zog ihr kostbare Kleider an. Als das Ungeheuer dies sah, gefiel ihm das noch besser, und es sagte: »Meine Seele befindet sich hinter neun Bergen. Dort hängt an einem Baum ein neunköpfiges Ungeheuer. In dessen Innerem befindet sich ein Hirsch, in dem Hirsch ein Reh, in dem Reh ein Hase, in dem Hasen ein Häschen, in dem Häschen ein Kästchen, in dem Kästchen drei Schwalben, zwei Schwalben sind meine Augen, und eine ist meine Seele.«

Die Frau freute sich, daß sie alles erfahren hatte, denn am nächsten Tag sollten der Königssohn und Irmisa kommen.

Die beiden kamen, und die Frau berichtete ihnen, was sie von jenem Ungeheuer erfahren hatte. Als sie gehen wollten, hielt die Frau sie zurück: »Nehmt euch in acht, denn jenes neunköpfige Ungeheuer kann euch auf große Entfernung zu sich heranziehen, wenn es euch wittert, und wird euch auffressen!«

Irmisa beruhigte sie: »Hab keine Furcht, ich werde es schon bezwingen!« Beide machten sich auf den Weg.

Lange waren Irmisa und der Königssohn unterwegs, bis sie den ersten Berg erreichten. Schließlich überquerten sie alle neun Berge. Als sie am Fuße des Berges angekommen waren, zitterte der Königssohn, so stark blendete das Licht des Ungeheuers. Aber Irmisa flößte ihm Mut ein. Als sie sich näherten, warf der Lichtschein beide zu Boden. Aber dennoch gelang es Irmisa, das Seil durchzuschneiden. Das Ungeheuer stürzte herab, Irmisa hieb ihm seine neun Köpfe ab, schlitzte es in der Mitte auf und holte den Hirsch hervor. Auch diesen schnitt er auf, und heraus sprang das Reh. Als er dieses aufschnitt, sprang der Hase heraus. Er ergriff ihn, schnitt auch ihn auf und fand in ihm ein Häschen. Schließlich holte er aus dem Häschen das Kästchen.

In diesem Augenblick erkrankte das Ungeheuer. Irmisa öffnete das Kästchen, entnahm ihm eine Schwalbe und tötete sie. Da erblindete das Ungeheuer auf einem Auge.

Irmisa ging zu dem Ungeheuer und sagte: »Weil du diese Frau geraubt hast, deshalb ist es dir so ergangen!«

Da sprach das Ungeheuer: »Wenn der Mann der Frau Glauben schenkt, richtet er die Welt zugrunde!«

Irmisa holte nun die zweite Schwalbe heraus und tötete auch sie. Nun erblindete das Ungeheuer auch auf dem anderen Auge.

Sie nahmen die Frau mit sich und kamen zu jenem Apfelbaum, wo sie alle drei Brüder Ungeheuer trafen. Nachts blieben sie dort, aber Irmisa schlief nicht, weil er befürchtete, jemand könne die Frau entführen.

Als es Mitternacht wurde, näherten sich drei böse Geister, ließen sich im Wipfel des Baumes nieder und begannen zu reden. Der eine sagte: »Welches Schicksal wollen wir dem Ehepaar auferlegen?«

Der zweite sagte: »Wenn der Bräutigam in den Hof reitet und sein Pferd tänzeln läßt, soll er herunterfallen und sterben!«

Der dritte sagte: »Wenn er überlebt, soll die Frau des Königs der Schwiegertochter einen goldenen Gürtel und goldene Schuhe schenken, und wenn sie dieses Geschenk annimmt, soll sich der Gürtel in eine Schlange verwandeln und die Braut verschlingen. Sollte sie das überstehen, dann sollen ihr die Schuhe die Füße brechen.«

Der erste Geist sagte wieder: »Übersteht sie auch dies, wird nachts ein Drachen kommen und beide verschlingen. Hört jemand davon und sagt es weiter, soll er zu Stein werden!«

Irmisa hatte alles mit angehört, sagte aber niemandem ein Wort davon.

Am nächsten Tag kehrten sie nach Hause zurück. Als sie in den Hof einritten, schlug der Königssohn das Pferd mit der Peitsche, um es tänzeln zu lassen, aber Irmisa gebot ihm Einhalt. Er griff dem Pferd in die Zügel, und sie saßen ab.

Nun wollte die Schwiegermutter der Braut einen goldenen Gürtel und goldene Schuhe überreichen, aber Irmisa kam ihr zuvor, zerbrach sie und warf sie weg.

Alles war überstanden, nur in der Nacht lauerte noch Gefahr.

Irmisa legte sich in dieser Nacht nicht schlafen. Er bewachte das Gemach, in dem der Königssohn mit seiner Frau schlief. Um Mitternacht kam der Drache. Irmisa tötete ihn, schleppte ihn hinaus, brachte ihn in ein anderes Haus und warf ihn dort ab. Er selbst legte sich hin und schlief. Als er aufstand, zerstörte er das Haus.

Die Hochzeit wurde gerichtet und dauerte drei Tage.

Nach den Feierlichkeiten kehrten die Ungeheuer in ihre Behausungen zurück.

An einem Feiertag gingen der König und sein Sohn aus, um zu beten. Da fingen die Königin und die Schwiegertochter an, Irmisa auszufragen: »Warum hast du nicht zugelassen, daß der Königssohn sein Pferd tänzeln ließ? Und weshalb hast du den goldenen Gürtel und die goldenen Schuhe zerbrochen und weggeworfen?«

Irmisa antwortete nicht. Er bat nur, sie mögen ihn in Ruhe lassen.

Lange bedrängten sie ihn, bis er schließlich sagte: »Ihr wollt meinen Tod, so will ich es euch sagen!«

Irmisa erzählte ihnen, was die bösen Geister miteinander gesprochen hatten, und als er endete, wurde er zu Stein. Da begannen die Königin und die Schwiegertochter zu weinen. Die Schwiegertochter machte sich auf und ging zu einer Zauberin und bat: »Sag mir ein Mittel, wie man einen Stein zum Leben erweckt!«

Die Zauberin entgegnete: »Koche dein Kind in siedendem Wasser und gieße es über den Stein. Das Kind und Irmisa werden beide zu dir kommen!« Da ging die Frau, kochte ihr eigenes Kind, goß das Wasser über Irmisa aus und ging in ihr Gemach. Bald darauf kamen beide singend zu ihr gelaufen. Seitdem lebten alle glücklich miteinander.

(Georgien)

Die Tochter des Schahs Anuschirwan

*A*uf den Feigenbäumen reifen süße Früchte,
an den Rebstöcken weiße und rote Trauben.
Mädchen ähneln Rosen,

Knaben schlanken Bäumen,
und wo sie einander zuneigen,
wächst ein schöner Garten.

Und jetzt beginnt ein Märchen, wie ihr noch keines gehört habt. Erzählt wird von der Prinzessin Schams, die schön wie eine Rosenknospe im Palast ihres Vaters, des Schahs Anuschirwan, lebte. Söhne mächtiger Väter, Khane und Emire kamen, die Prinzessin zu freien. Aber ihr Vater, der Schah, schickte sie alle fort, sagte zu jedem, der kam: »Meine Tochter wird sich ihren Gemahl selbst wählen, nehmt Eure Geschenke und geht Eurer Wege.«

Vergeblich übten sich die Freier in vielerlei Künsten, vergeblich maßen sie ihre Kräfte und ihre Geschicklichkeit. Kaum daß sie die Blicke der Prinzessin auf sich gelenkt hatten, mußten sie die Stadt wieder verlassen.

Unter den Freiern war aber einer, der alles, was er in seinem Herzen und in seinem Gedächtnis behielt, malen mußte, ob er es nun wollte oder nicht. Und so malte er denn, als er sich wieder im Hause seines Vaters, eines reichen Kaufmanns, befand, auch Schams, die schöne Tochter des Schahs Anuschirwan.

Doch kaum hatte der Jüngling den letzten Pinselstrich an dem Bild getan, da bemächtigte sich seiner eine Krankheit, gegen die keiner der Ärzte, die von weither gekommen waren, das rechte Mittel wußte. Dennoch bezahlte der Kaufmann alle reich. Er gab jedem einen Beutel Gold.

Einer der Ärzte aber, der aus der Stadt des jungen Schahs Dschahangir an das Lager des kranken Jünglings geeilt war, erbat sich statt des Goldes das Bild der Prinzessin Schams, das sich im Gemach des Jünglings befand.

Der Kaufmann, dem nichts an dem Bild lag, gab es her, und am anderen Tag war sein Sohn wie durch ein Wunder von der unbekannten Krankheit geheilt.

Und weiter geschah, wie es geschehen sollte. Nicht lange danach kam das Bild dem jungen Schah Dschahangir unter die Augen, und der ruhte nicht, bis er es besaß. Aber kaum, daß er es in sein Gemach hatte bringen lassen, wurde auch er von jener Krankheit heimgesucht, gegen die keiner ein Mittel kannte.

Gambar, dem Freund und Jagdgefährten des Schahs, fiel es jedoch eines Morgens, als er den Blick des Kranken auf das Bild gerichtet sah, wie Finsternis von den Augen. Lag der Schah denn nicht bleich und keines Wortes mächtig, darnieder, seit er sich im Besitz dieses Bildes befand?

Und Gambar zögerte nicht, er ließ die Pferde satteln, half dem Schah, sich anzukleiden und erklärte: »Du wirst den Hirsch erst wieder jagen können, wenn jene, deren Bild dich verwirrt, dir angehört.«

Da bedeckte Dschahangir das Bild mit einem Tuch und folgte dem Freund, und schon am anderen Tag war es ihm, als habe er seine Krankheit nur geträumt.

Zwei Monate war der Schah mit Gambar, dem Freund und Jagd-gefährten, unterwegs, da gelangten sie in das Reich des Schahs Anuschirwan.

Und es dauerte noch einen Monat, bis sie von denen, die ihnen begegneten und die sie nach dem Woher des Weges fragten, die Ant-wort erhielten, man käme geradewegs aus der Stadt, in der die schöne Prinzessin Schams, die Tochter des Schahs Anuschirwan, lebe. Daß die Prinzessin schön, sogar ungewöhnlich schön sei, davon könne sich jeder überzeugen, zeige sie sich doch jeden Tag, kaum daß die Sonne aufgegangen sei, an einem der Fenster des Palastes.

»Geht nur hin, und Ihr werdet es selbst sehen«, fuhr einer der Reisenden fort, den der junge Schah Dschahangir höflich gefragt hat-te, durch welches der Stadttore man am ehesten zum Palast gelange. »Ihr werdet sehen, daß alle Straßen, die von den Toren zum Palast führen, gleichlang sind. Und nun frage ich euch, was das zu bedeuten hat?«

»Es bedeutet«, sagte Gambar, »daß der Palast in der Mitte der Stadt erbaut worden ist, und daß wir, ganz gleich, durch welches der Tore wir reiten werden, ohne Zeitunterschied die Palastmauer erreichen. Bedenke aber, o Reisender«, fuhr Gambar fort, »daß unsere Augen noch heute die Schönheit der Tochter des Schahs Anuschirwan er-blicken wollen. Darum sage uns, an welches der Fenster die Prinzessin, kaum daß die Sonne aufgegangen ist, allmorgendlich tritt.«

»Ich hatte nicht Muße, alle Fenster des Palastes zu zählen«, antwortete der Reisende. »Ich kann Euch also nicht sagen, ob es hundert, zweihundert oder gar dreihundert sind. Und was würde es auch überdies nützen, wenn ich Euch sagte, die Prinzessin steht allmorgendlich am soundsovielten Fenster, erinnerte ich mich nicht zugleich, bei welchem ich angefangen hätte zu zählen. ›Hätte‹, denn ich habe, da es mir, wie gesagt, an Muße fehlte, nichts dergleichen getan.«

Nach dieser Rede wußten der Prinz und Gambar nicht, ob sie einen Narren oder einen Weisen vor sich hatten. Und Gambar dachte, daß man vielleicht noch eine letzte Frage an den Reisenden richten solle, die eine zufriedenstellende Antwort erhoffen ließe. Denn ein Weiser und ein Narr haben oftmals die gleichen Antworten.

Und so richtete Gambar noch einmal das Wort an den Reisenden und fragte ihn: »Hast du, obwohl du von dem, was du in der Stadt tatest, so in Anspruch genommen warst, daß du dich um nichts anderes kümmern konntest, vielleicht doch bemerkt, in welche Himmelsrichtung die Prinzessin schaute, wenn sie am Morgen an ihrem Fenster stand?«

»Wie sollte ich es nicht bemerkt haben!« rief der Reisende aus, »schaute ich doch selbst in diese, wartete ich doch, wie die Prinzessin, auf das Aufgehen der Sonne, damit meine Geschäfte in Gang kämen.«

Nun lachte Dschahangir, und Gambar, sein Freund und Jagdgefährte, sagte: »Sei bedankt, Reisender, denn du hast uns ohne Umschweife gesagt, durch welches der Tore wir reiten müssen, um ohne Zeit zu verlieren, das Antlitz der schönen Prinzessin zu schauen.«

Danach gaben sie ihren Pferden die Sporen und ritten zum Osttor der Stadt, das, als sie dort anlangten, gerade geöffnet wurde.

Hier aber hielt man sie erst noch auf, hier wurden sie nach dem Woher und Wohin gefragt. Und weil sie nichts zu verbergen hatten, gaben sie auf alles Antwort. Und während einer dabeistand, der alle Fragen und Antworten aufschrieb, überlegten sie, warum der Schah Anuschirwan wohl solchen Aufwand treibe, warum er wohl so genau wissen wolle, wer Einlaß in seine Stadt begehre und was er dort zu tun gedenke.

Sie sollten es bald erfahren, denn als Gambar dem Wächter, dem Frager und dem Schreiber beantwortet hatte, was zu beantworten war, und diese begriffen, daß der junge Schah gekommen sei, die Prinzessin Schams zu freien, sahen sie einander bedeutungsvoll an, und der Wächter machte eine abwehrende Handbewegung und sagte: »Da kehrt nur gleich wieder um, denn solange der Schah ein Schah ist, wird er nicht müde werden, für alle, die kommen, seine Tochter zu freien, eine Ausrede zu finden und sie, kaum daß sie ihr Anliegen vorgetragen haben, wieder heimzuschicken.«

Der Wächter hätte den Ankömmlingen gewiß noch einiges mehr gesagt, hätten ihm nicht die beiden anderen, der Frager und der Schreiber, ein Zeichen gemacht, das ihm bedeutete, er solle schweigen.

Nun, so hielt er, was den Schah und die Prinzessin anging, den Mund und nickte nur noch. Und das hieß, daß dem Prinzen und seinem Freund und Ratgeber Einlaß gewährt sei.

Gambar und der Schah sahen alsbald, daß dies eine reiche Stadt und daß der Palast des Schahs Anuschirwan viel größer und prächtiger war, als sie es von denen, die ihnen begegnet waren, vernommen hatten. Sie sahen aber auch, daß die Tochter des Schahs, die Prinzessin Schams, die wirklich aus einem der Fenster des Palastes, das nach Osten lag, schaute, weitaus lieblicher und schöner war, als das Bild es ihnen gezeigt hatte, als sie dem Schah in seinen Träumen erschienen war.

Wie aber sollte es ihnen gelingen, die Prinzessin Schams auf den Schah Dschahangir aufmerksam zu machen, ohne daß ihr Vater, der Schah Anuschirwan davon erfuhr. Denn daß er gleich alles, was an allen Toren aufgeschrieben war, zu Gesicht bekommen würde, dessen waren sie gewiß.

Aber was nützte es dem Schah, wenn er alles über sie wußte, sie jedoch in ihrer einfachen Kleidung im Getümmel der Stadt nicht fände.

Dies alles überlegten Gambar und Dschahangir, jeder für sich, und als sie es ausgesprochen hatten, fanden sie auch eine Antwort auf die Frage, die sie sich selbst gestellt hatten.

Sie würden vor der Palastmauer ihre Zelte aufschlagen und warten, bis einer der Diener oder Dienerinnen auf den Markt ginge, der Prinzessin dieses oder jenes zu besorgen.

Zwei Tage warteten sie, und der Prinz tat vor Ungeduld kein Auge
zu, legte sich nieder und erhob sich, trat aus dem Zelt und ging wieder
hinein und schickte Gambar hinaus und rief ihn gleich darauf, zu
fragen, ob denn noch immer keiner der Diener zu sehen sei.

Am Morgen des dritten Tages bemerkte Dschahangir endlich, wie
das Tor in der Palastmauer geöffnet wurde und sah, wie eine Dienerin
herauskam, die eiligen Schrittes dem Platz, auf dem alltäglich Markt
gehalten wurde, zustrebte. Der Prinz folgte ihr und zog, als er sie
eingeholt hatte, einen Ring vom Finger, dessen Steine gleich tausend
Sonnen erstrahlten.

»Nimm diesen Ring«, sagte er, »und bringe ihn deiner Herrin.«

Die Dienerin tat nicht einmal erstaunt. Wer weiß, vielleicht war ihr
dergleichen schon öfter aufgetragen, vielleicht hatte sie aber auch nur
gelernt, gegenüber allem, was geschah und wie es geschah, Gleichmut
zu üben.

So verwahrte sie also den Ring in der Tasche ihres Rockes, handelte
um dieses und jenes und ließ es, wenn ihr der Preis günstig erschien,
einpacken und in den Korb legen. Und als in den Korb nichts mehr
hineinging, sagte die Dienerin zu denen, die ihr ihre Ware entgegen-
hielten und sie mit vielerlei Worten und hohen Stimmen anpriesen:
»Es ist genug!«

Da ließen die Händler, die leer ausgegangen waren, ihre Waren auf
die Tische fallen und sagten: »Sie wird wiederkommen und dann wird
es an uns sein, einen guten Handel zu machen.«

Die Dienerin aber kehrte in den Palast zurück und stellte den Korb
vor die Prinzessin und zog den Ring aus der Tasche und reichte ihn ihr.

Die Prinzessin steckte den kostbaren Ring an den Finger und zog
ihn wieder ab und sprach: »Wie kann es einer wagen, dessen Namen
ich nicht einmal weiß, mir einen solchen Ring zu schicken. Mag er sich
damit vor einer anderen rühmen.«

Und die Dienerin ging wieder hinaus vor das Tor und reichte Dschahangir den Ring hin und sagte ihm die Worte, die sie von der
Prinzessin Schams gehört hatte. Doch dieser nahm den Ring nicht an.
Und Gambar, der hinzugetreten war, sprach: »Gehe zurück und sage
deiner Herrin, der Schah Dschahangir sei von weither gekommen, die

Prinzessin Schams zu freien. Und er werde nicht eher ruhen, bis sie eingewilligt habe, seine Frau zu werden.«

So behielt die Dienerin den Ring und trug ihn wieder ins Schloß und richtete dort aus, was ihr aufgetragen war. Und sie nahm es mit Gleichmut hin, daß die Prinzessin den Ring auf den Boden warf und ihr befahl, sich in Zukunft nicht mehr aufhalten zu lassen, da die Zeit, die man an jeden Dahergelaufenen wende, wahrlich besser genutzt werden könne.

Als Gambar und Dschahangir einsahen, daß sie vergeblich auf die Rückkehr der Dienerin warteten und sich die Prinzessin am anderen Morgen auch nicht an ihrem Fenster zeigte, ging der Schah in sein Zelt und schrieb dort alles, was ihn bewegte, auf. Und als er seinen Namen daruntergesetzt hatte, umwickelte er die Schriftrolle und wartete auf den Abend.

Da ging er an die Mauer des Palastes und suchte und fand einen Armen, der ihn gegen ein Entgelt an den Teil führte, wo er, ohne daß die Wachen es bemerkten, hinüberklettern konnte.

Nun war es gewiß kein Leichtes, ungesehen in den Palast und in das Gemach der Prinzessin zu gelangen, doch Dschahangir überwand alle Hindernisse. Aber weil ihn die Suche nach dem Gemach viel Zeit gekostet hatte und der Morgen schon nahe war, verlor er sich nicht beim Anblick der schlafenden Prinzessin. Er legte die Rolle hin und eilte zurück, so leise und so unauffällig, wie er gekommen war.

An der Mauer wartete noch der Arme, welcher ihm geholfen hatte, den schlecht bewachten Teil zu finden. Und Dschahangir gab ihm jetzt frohen Herzens das Doppelte von dem, was er vorher gegeben hatte, und so war dies denn auch für den Armen ein guter Tag.

Doch verlassen wir nun Dschahangir und wenden wir uns wieder der Prinzessin zu, die, kaum daß sie aus ihrem Schlaf erwachte, die Rolle erblickte und deren Gesicht, als sie alles gelesen hatte, tiefe Röte überzog.

So hatte sie jenem, der ihr seinen Ring geschickt und den sie für einen dahergelaufenen Emporkömmling gehalten hatte, unrecht getan. Und obwohl ihr Dschahangir unter den vielen, die vor der Palastmauer ihre Zelte aufgeschlagen hatten, nicht aufgefallen war, entschied sie, daß sie nur ihn und keinen anderen zum Manne nehmen wollte.

Zweimal noch las die Prinzessin die Worte des jungen Schahs. Dann legte sie die Rolle aus der Hand und lief zu ihrem Vater, dem Schah Anuschirwan, und bat ihn, er möge, da sie Langeweile habe, für den nächsten Tag ein Fest ausrichten lassen, zu dem alle Jungfrauen und Jünglinge, die sich in der Stadt befänden, geladen werden sollten.

Der Schah wunderte sich, daß die Prinzessin, die sich sonst immer zu beschäftigen wußte, über Langeweile klagte, doch er schlug ihre Bitte nicht ab. Er ließ noch am Abend verkünden, daß das Fest, das er für seine Tochter ausrichte und zu dem alle Jungfrauen und Jünglinge, die sich in der Stadt befänden, geladen seien, bereits in zwei Tagen stattfinden solle.

Und die Diener liefen, es den Boten zu sagen, und die Boten liefen und trugen die Nachricht durch die Straßen, und so gelangte sie auch in das Zelt des jungen Schahs Dschahangir.

Dieser konnte es kaum mehr erwarten, der Prinzessin zu begegnen. Wie aber sollte es ihm gelingen, sich als der erkennen zu geben, der ihr den Ring geschickt und die Rolle gebracht hatte?

Hätte Dschahangir gewußt, daß die Prinzessin sich längst ein Bild von ihm gemacht hatte, wäre er nicht von solcher Unruhe geplagt gewesen. So aber dachte er, daß die Prinzessin die mit Wein gefüllte Schale gewiß einem anderen reichen würde.

Mit dieser Schale hatte es nämlich eine eigene Bewandtnis. Wem die Prinzessin sie reiche, hatten die Boten verkündet, mit demjenigen und keinem anderen wünsche sie während des ganzen Festes zu plaudern.

Und wem reichte die Prinzessin die Schale, als alle zum Fest versammelt waren? Keinem anderen als Dschahangir!

Als der mächtige Khan Watan, der auch und nur allzu gern der Einladung gefolgt war, dies sah, geriet er in ohnmächtige Wut. Wie konnte die Prinzessin einem den Vorzug geben, dessen Name in dieser Stadt keine Rolle spielte, der nichts als sich selbst vorzuweisen hatte?

Und der Khan ging hinaus vor den Palast und rief den unter seinen Dienern, der ihm als bösartig und hinterlistig bekannt war. Diesen beauftragte er, Dschahangir, sobald sich dazu Gelegenheit biete, aus dem Wege zu räumen.

Dem Diener war es recht. Er ging hin und besorgte sich bei denen, die damit Handel trieben, ein starkes Gift und ging zurück in das Zelt, das Dschahangir gehörte und tat alles in die mit Wasser gefüllte Kanne, die auf dem Boden stand.

Danach gesellte er sich wieder zu den übrigen Dienern des Khans und lachte dort ein um das andere Mal aus vollem Halse.

Schließlich wurde das einem anderen zu dumm.

»Was lachst du, ohne daß du uns den Grund dafür nennst?« fragte er.

»Nun«, antwortete der Angeredete, »bald wird einer seine Wasserkanne an den Mund führen, aber statt daß das Wasser ihm den Durst löscht, wird es ihm den Tod bringen.«

»Sage uns, wen du meinst!« riefen die anderen .

Als er es ihnen aber nicht sagte, jagten sie ihn davon.

Weil so außer dem Khan und dem ebenso bösartigen wie hinterlistigen Diener niemand von dem Anschlag wußte, gab es auch niemanden, der Dschahangir und seinen Freund und Jagdgefährten hätte warnen können, als diese vom Fest zurückkehrten und beschlossen, noch ein Weilchen in Dschahangirs Zelt miteinander zu reden, denn zum Schlafen war weder der eine noch der andere aufgelegt.

»Jetzt gilt es zu überlegen, wie ich es anstelle, vor den Schah zu treten und ihn um die Hand der Prinzessin zu bitten, denn die Prinzessin ist mir, wie du es selbst gesehen hast, wohlgesonnen, hat sie doch während des ganzen Festes nur mit mir und keinem anderen geplaudert«, sagte Dschahangir.

Und weil er Durst hatte, nahm er die Kanne und setzte sie an den Mund und tat einen großen Schluck. Danach reichte er sie Gambar und sagte: »Auch du wirst durstig sein, denn ich sah dich in angeregtester Unterhaltung von vielen Schönen umringt.«

Da nahm Gambar die Kanne und tat ebenfalls einen großen Schluck. Bald darauf wurde es ihnen schwarz vor den Augen, und ihre Sinne verließen sie.

Der Prinzessin aber, die nach dem Fest in ihr Gemach gegangen und in einen tiefen Schlaf versunken war, träumte alles. Erschrocken wachte sie darüber auf, und weil ihr der Traum gar zu wirklich erschienen war, rief sie nach ihren Dienerinnen und befahl ihnen, ihr sogleich Männerkleidung zu besorgen.

Da liefen die Dienerinnen und holten die Männerkleidung, und die Prinzessin zog sie an und nahm das Heilmittel, das ihr einmal eine Alte, für ein gutes Wort beim Schah, gegeben hatte, und eilte damit aus dem Palast.

Als sie aber die vielen Zelte vor der Mauer erblickte, wußte sie nicht, in welches sie gehen sollte, und so überfiel sie große Angst, daß sie es vielleicht nicht fände, oder fände sie es, gar zu spät käme.

Da sah sie auf einmal, wie sich eine Gestalt an eines der Zelte heranschlich, und daran, wie sie es tat, war leicht zu erkennen, daß sie nichts Gutes im Sinne hatte.

Die Prinzessin lief hin, zog einen Dolch hervor, und der Diener des Khans, denn er und kein anderer war es, schlug seinen Umhang vor das Gesicht und machte, daß er davonkam.

Die Prinzessin aber ging in das Zelt und sah, daß alles so war, wie sie es geträumt hatte. Da öffnete sie schnell das Fläschchen mit dem Heilmittel der Alten, und kaum hatte sie es zuerst Dschahangir und danach Gambar an die Lippen gesetzt, da regten beide sich wieder.

Aber die Prinzessin wartete nicht, bis sie die Augen aufschlugen, sie sah sich vorsichtig um und lief, als sie weit und breit niemand entdecken konnte, den Weg zum Palast zurück.

Gerade als sie das Palasttor erreicht hatte und dem Wächter das verabredete Zeichen geben wollte, stürzte sich vom Himmel ein riesiges siebenköpfiges Ungeheuer herab, das ergriff die Prinzessin und erhob sich mit ihr lautlos in die Lüfte.

Aber der aufmerksame Wächter hatte gesehen, wie der Vogel herabgestürzt und gleich wieder mit der Prinzessin in den Fängen aufgeflogen war. Und so weckte er mit seinem Ruf alle, die schliefen, und schliefen sie noch so fest.

Der Schah befahl gleich den, der da ungebührlich seinen Schlaf gestört habe, mit dreißig Stockhieben zu bestrafen. Als er aber hörte, daß seiner Tochter, der Prinzessin Schams, ein Unglück zugestoßen sei, ließ er den Wächter kommen.

Und als der Schah erfahren hatte, wie alles geschehen war, schickte er einen Boten zu dem Einsiedler, dessen Rat er schon oft eingeholt hatte. Und der Einsiedler kam und sagte: »Vor den Toren deines Palastes hat einer sein Zelt aufgeschlagen, dessen Name Dschahangir ist. Nur ihm und seinem Freund und Jagdgefährten kann es gelingen, die Prinzessin zu befreien.«

Da hielt es den Schah keinen Augenblick mehr im Palast. Er lief vor das Palasttor, in das Zelt, in dem Dschahangir und Gambar noch immer verwundert zu ergründen suchten, was wohl, kaum daß sie die Wasserkanne an ihre Lippen gesetzt hatten, mit ihnen geschehen war. Doch als sie sich dem Schah gegenübersahen und gehört hatten, daß die Prinzessin von einem siebenköpfigen Ungeheuer entführt worden sei, dachten sie nur noch daran, wie sie das Versteck des Ungeheuers finden und die Prinzessin befreien könnten.

Während sie aber darüber berieten, lauerte einer der Diener des Khans hinter dem Zelt, und als sie schwiegen, um noch einmal alles recht zu bedenken, lief dieser und erstattete dem Khan Bericht.

Da sattelte der Khan Watan sein Pferd, ließ einem zweiten alles, was einer für einen langen Ritt braucht, aufpacken und begab sich auf den Weg, den Dschahangir und Gambar, wie er es von dem Diener erfahren hatte, nehmen wollten.

Der Khan hatte noch nicht lange gewartet, da sah er Dschahangir und Gambar herankommen, und als sie ganz nahe waren, hielt er sie mit wohlgewählten Worten an und erbot sich, sie zu begleiten.

Dschahangir sah nicht, daß Gambar noch überlegte, ob sie das Angebot des Khans annehmen sollten oder nicht, er bedachte sich keinen Augenblick und rief: »Wohlan denn, Khan Watan, drei sind immer mehr als zwei, und was zwei nicht vermögen, vermag gewiß der dritte.«

So ritten sie zu dritt weiter, bis der Abend kam. Da zündeten sie ein Feuer an, aßen von dem, was sie bei sich hatten und legten sich, jeder in seine Decke, zum Schlafen nieder.

Der Khan und Gambar befanden sich bald in ihren Träumen. Dschahangir aber wälzte sich unruhig auf seinem Lager, denn der Gedanke, daß er die Prinzessin vielleicht niemals wiedersähe, quälte ihn.

Auf einmal aber hob er den Kopf. War es nicht Flügelschlagen, das er vernommen hatte?

Doch gleich ließ er den Kopf wieder sinken, denn nicht das Ungeheuer, das er zu sehen erwartet hatte, sondern zwei weiße Tauben näherten sich, ließen sich neben ihm nieder und legten drei Blätter zu seinen Füßen.

»Gib gut auf sie acht, Schah Dschahangir«, sagte die erste Taube. Und die zweite fuhr fort: »Du wirst sie noch einmal brauchen.«

Und ehe der junge Schah sie fragen konnte, woher sie von ihm wußten, waren sie wieder davongeflogen.

Dschahangir überlegte noch, ob er den Gefährten von den Tauben erzählen sollte, da brach der Morgen an und der Khan Watan und Gambar erwachten, und Dschahangir beschloß, da er von dem Khan nicht mehr wußte, als dieser ihm selbst erzählt hatte, alles für sich zu behalten.

So ritten sie weiter und gelangten am Abend desselben Tages in einen Wald, dessen Bäume bis zu den Wolken reichten. In diesem Wald hausten drei Riesen, die ergriffen sie, kaum daß sie ihrer ansichtig geworden waren, wie Spielzeug, und setzten sie an einer Stelle, an der kein Strauch Wurzeln geschlagen hatte, ab.

»Wir warten schon lange auf solche, wie ihr es seid«, sagte der erste Riese.

»Denn unsere Hütte ist uns zu klein geworden«, sagte der zweite.

»Und ihr sollt uns eine neue bauen«, sagte der dritte.

Als Dschahangir und seine Gefährten erkannten, daß mit den Riesen nicht zu reden war, schickten sie sich an, zu tun, was diese von ihnen verlangten. Dschahangir, den sie besonders im Auge hatten, glaubte, nun sei alles verloren. Doch bald erkannte er, daß die Aufmerksamkeit der Riesen nachließ, daß sie müde wurden und Mühe hatten, sich wach zu halten. Auch Gambar und dem Khan Watan war dies nicht entgangen. Weil die Riesen ihnen aber verboten hatten, das Wort aneinander zu richten, machten sie sich ein Zeichen, und alsbald nahm Gambar einen Stein und warf ihn gegen einen Felsen. Während nun die Riesen ihre Köpfe dem Fels zuwandten, sprang Dschahangir in das nahe Dickicht und versteckte sich dort solange, bis die Riesen es aufgegeben hatten, nach ihm zu suchen.

Da setzte er vorsichtig einen Fuß vor den anderen und kam so zu einer Stelle, an der ein großer Vogel lag, dessen Flügel gebrochen waren.

»Ach, hilf mir«, bat dieser. »Ich bin der Vogel Simur. Das siebenköpfige Ungeheuer, das ich verfolgte, schlug mich, gerade als ich ihm die Prinzessin Schams entreißen wollte.«

Da fragte der Schah nicht lange. Er nahm eines der Blätter, die ihm die Tauben gebracht hatten, zerrieb es zwischen den Fingern und bestrich mit dem Saft die Flügel des Vogels.

Und der Vogel konnte seine Flügel wieder bewegen und sagte: »Ich will es dir danken und dich aus diesem Wald, in dem drei Riesen ihr Unwesen treiben, forttragen.«

Doch Dschahangir wehrte ab und sagte: »Höre mich an, Vogel Simur. Als ich dich fand, war ich noch nicht lange den Riesen entkommen, die mich und meine Gefährten, kaum daß die Hufe unserer Pferde den Boden des Waldes berührt hatten, wie Spielzeug aufnahmen und an einer Stelle absetzten, an der wir ihnen eine Hütte bauen sollten. Meine Gefährten befinden sich aber noch immer in der Gewalt der Riesen.«

Da sagte der Vogel: »So will ich sie befreien und dich danach in die Nähe der Höhle des siebenköpfigen Ungeheuers tragen, denn mir ist wohlbekannt, wer du bist und was du zu tun vorhast.«

Hierauf erhob sich der Vogel Simur und kehrte bald mit Gambar und dem Khan Watan wieder. Und als er vernahm, daß der junge Schah die Gefährten nicht zurücklassen wollte, ließ er ihn zu den beiden auf seinen Rücken steigen und flog weiter, auf einen hohen Berg.

Dort ließ sich der Vogel nieder und sagte zu Dschahangir: »Auf der anderen Seite dieses Berges liegt die Höhle, in der das siebenköpfige Ungeheuer die Prinzessin gefangenhält. Reiße mir nun eine Feder aus und gehe alleine, ohne deine Gefährten. Gerätst du aber in Not, so wirf die Feder ins Feuer, und ich werde eilen, dir zu helfen, so gut ich es kann.«

Da riß Dschahangir dem Vogel Simur eine Feder aus, hieß Gambar und den Khan auf ihn warten und eilte voller Ungeduld auf die andere Seite des Berges.

Dort kam ihm, kaum daß er einen Fuß vor den Eingang der Höhle gesetzt hatte, das siebenköpfige Ungeheuer entgegen, und jeder Kopf spie soviel Feuer, daß sich der Himmel davon rötete.

Aber Dschahangir erschrak nicht und ließ sich nicht einschüchtern, er zog seinen Säbel, sprang auf das Ungeheuer zu und schlug ihm mit einem Streich die sieben Köpfe ab.

Den Arm aber, an dem ihm das Ungeheuer eine tiefe Brandwunde zugefügt hatte, heilte er mit dem Saft des zweiten Blattes.

Danach ging er in die Höhle, und tief in ihrem Innern fand er die Prinzessin.

Dschahangir legte seinen Arm um sie und sagte: »Fürchte dich nicht, denn nun kann dir nichts mehr geschehen. Laß uns mit meinen Gefährten, die auf der anderen Seite des Berges zurückgeblieben sind und uns erwarten, in die Stadt deines Vaters, des Schahs Anuschirwan, zurückkehren. Und der Schah wird nicht zögern, uns alsbald die Hochzeit ausrichten zu lassen.«

Da verließ die Prinzessin an Dschahangirs Seite die Höhle, und als sie im Freien stand, war es ihr, als ob tausend Sonnen sie blendeten.

Doch als sie schon ein gutes Stück um den Berg herumgegangen waren, verdunkelte sich über ihnen der Himmel, als sei es tiefe Nacht, und ehe sie es sich versahen, stürzte lautlos ein neunköpfiges Ungeheuer auf sie zu. Das ergriff die Prinzessin und verschwand mit ihr ebenso plötzlich, wie es gekommen war.

Dschahangir entsann sich gleich der Feder, die er dem Vogel Simur ausgerissen hatte. Schnell entfachte er ein Feuer und warf sie hinein.

Die Feder war noch nicht verbrannt, da ließ sich der Vogel Simur neben Dschahangir nieder und sagte: »Ich weiß, was geschehen ist. Der neunköpfige Bruder des Getöteten ist gekommen, und die Prinzessin wurde zum zweiten Mal entführt.«

Da stieg in Dschahangir der Zorn auf: »Du sagst es, als hätte man mir ein Ding genommen. Nicht die geringste Anteilnahme läßt deine Stimme erkennen.«

Jetzt wurde aber auch der Vogel zornig.

»Wäre ich denn hier?« rief er aus, »wenn ich nicht Anteil an deinem und der Prinzessin Schicksal nähme. Hätte ich mir sonst von dir die

Feder ausreißen lassen? Oder meinst du, dies sei für einen Vogel nichts? Ich aber sage dir, auch das kleinste Federchen, das man ihm ausreißt, bereitet ihm Schmerz.«

Da besann sich Dschahangir und sagte: »Verzeih mir, der Gedanke, daß ich die Prinzessin vielleicht niemals wiedersehen könnte, raubte mir den Verstand. In der Tat, warum solltest du hergekommen sein, wenn du mir nicht helfen wolltest.«

»So laß es gut sein«, sagte der Vogel, »und höre, was ich in Erfahrung gebracht habe. Eine Tagereise von hier entfernt steht eine Mühle. Unweit dieser Mühle gibt es einen Brunnen, der seit langem ausgetrocknet ist. In diesen Brunnen hat der Neunköpfige die Prinzessin geworfen. Die Prinzessin befindet sich dort aber nicht allein, denn es ist noch nicht lange her, da entführte das Ungeheuer auch die Tochter des Schahs Mahmed, dessen Land an das des Schahs Anuschirwan grenzt. Nun herrscht in beiden Ländern große Trauer, und sie wird fortdauern, wenn es dir nicht gelingt, sie in Freude umzuwandeln.«

»Sage mir, was ich tun muß!« rief Dschahangir aus. »Ich werde vor keiner Aufgabe zurückschrecken, und sei sie noch so schwer.«

»Diese Aufgabe läßt sich nicht allein bewältigen«, sagte der Vogel Simur darauf. »Steige nun auf meinen Rücken, und deine Gefährten sollen es, wenn wir bei ihnen angekommen sind, auch tun. Ich werde euch an einen Ort tragen, von wo aus eure Augen die Mühle erkennen können. Dort will ich euch mehr sagen.«

Und so geschah es. Der Vogel trug Dschahangir und seine Gefährten zu dem Ort, von dem aus sie die Mühle deutlich erkannten.

Gambar und der Khan Watan aber begriffen nicht, warum der Vogel sie hierher gebracht hatte, wußten sie doch auch nicht, welches neue Unglück der Prinzessin, kaum daß Dschahangir sie befreit hatte, zugestoßen war. Denn der Vogel hatte sie angewiesen, auf seinen Rücken zu steigen und keine Fragen zu stellen, da sie ihn stören würden beim Anhören der Winde, die ihm alles, ob es nun ganz nahe oder in weiter Ferne geschah, zuflüsterten.

Darum erfuhren Gambar und der Khan Watan erst, als der Vogel sie abgesetzt hatte, daß Dschahangir zwar den Siebenköpfigen besiegt, daß ihm aber der Neunköpfige die Prinzessin, ohne daß er etwas dagegen tun konnte, entführt hatte.

Als ihnen dies berichtet war, sagte der Vogel: »Geht nun allein weiter. Hundert Schritte vor der Mühle aber haltet an und laßt denjenigen von euch zurück, dessen Pfeil am ehesten trifft. Er soll, sobald die beiden anderen den Brunnen erreicht haben, mit seinem Pfeil in die Mitte der Windmühlenflügel zielen. Gelingt ihm dies, halten die Windmühlenflügel an, und der Stein, der den Brunnen verschließt, läßt sich leicht zur Seite schieben. Gelingt es ihm aber nicht, wird der Stein bleiben, wo er ist, und die beiden Jungfrauen werden niemals mehr das Licht der Sonne erblicken.«

Danach verabschiedete sich der Vogel Simur. Aber bevor er davonflog, bedeutete er Gambar und Dschahangir, den Khan Watan nicht aus den Augen zu lassen.

Diese blickten mit Erstaunen einander an. Was hatte der Vogel gemeint?

Warum sollten sie den Khan nicht aus den Augen lassen? War er am meisten gefährdet, oder drohte ihnen gar von seiner Seite Gefahr?

Aber der Khan ließ ihnen keine Zeit, ihre Gedanken zu drehen und zu wenden, ihnen nachzugehen und die richtige Antwort zu finden.

Er sagte: »Derjenige von uns, dessen Pfeil am ehesten trifft, ist ohne Zweifel Dschahangir, denn wer mit dem Schwert umzugehen weiß wie er, der hat auch im Umgang mit Pfeil und Bogen eine sichere Hand.«

Nach dieser Rede ließen Gambar und Dschahangir gleich wieder allen Verdacht gegen den Khan beiseite, und während der mit Gambar auf den Brunnen zueilte, hielt Dschahangir mit seinem Pfeil die Flügel der Mühle an.

Im gleichen Augenblick verdunkelte sich die Sonne, und vom Himmel herab stürzte sich der Neunköpfige und hieb mit allen neun Schnäbeln zugleich auf den jungen Schah ein.

Als Gambar sah, was seinem Freund geschah, wollte er ihm zu Hilfe eilen. Doch der Khan ergriff ihn am Arm, warf ihn zu Boden und hielt ihm seinen Dolch vor die Augen.

»Was nützt es, wenn du dein Augenlicht verlierst und du den Freund nicht mehr besitzt«, sagte er mit lächelnder Miene.

Gambar, der nicht erkannte, daß ihm der Khan sein wahres Gesicht zeigte, blieb ruhig und entgegnete: »Stecke den Dolch ein, und ich will dir nichts nachtragen, denn schon manchem hat der Anblick eines Ungeheuers die Sinne verwirrt.«

Da lachte der Khan, daß es weithin schallte und sprach: »Glaubst du wirklich, ich hätte alle Beschwerden auf mich genommen, damit ein anderer die Prinzessin für sich gewinnt?«

Mehr bekam Gambar von dem Khan nicht zu hören, denn als der Neunköpfige, dem alles Lachen verhaßt war, die hohe Stimme vernahm, ließ er von Dschahangir ab, stürzte sich auf den Khan und trug ihn in seinen Fängen davon.

Da sprang Gambar auf und eilte zu Dschahangir, der aus vielen Wunden blutete. Und hätte dieser sich nicht an das dritte Blatt erinnert, das ihm die Tauben gebracht hatten, während Gambar und der Khan schliefen, wäre es gewiß bald um ihn geschehen gewesen. So aber bedeutete er Gambar, das Blatt zu nehmen, es zwischen den Fingern zu zerreiben und ihm mit dem Saft die Wunden zu bestreichen.

Gambar begriff und tat alles so, wie es sein sollte, und die Wunden heilten alsbald. Nun hielt sie nichts mehr auf. Sie liefen zu dem Brunnen und schoben den schweren Stein, mit dem die Öffnung verdeckt war, zur Seite. Als sie aber in den Brunnen hineinblickten, sahen sie nichts als tiefe Nacht, und auf ihr Rufen kam keine Antwort.

Dschahangir erschrak, doch Gambar beruhigte ihn und sagte: »Noch ist nicht alles verloren. Wie, wenn sich unter dem Brunnen ein Gang befindet, in den die Jungfrauen geflüchtet sind, um so vor den Fängen des Ungeheuers, das zu groß ist, um sich in den Schacht zu zwängen, sicher zu sein?«

Danach band er sich ein Seil um und ließ sich in den Brunnen hinab. Und es war, wie er es gesagt hatte. Unter dem Brunnen war ein Gang, in den hatten sich die Jungfrauen vor dem Neunköpfigen geflüchtet. Weil sie aber lange nichts zu essen und zu trinken bekommen hatten, waren sie ermattet eingeschlafen. Darum hatten sie das Rufen auch nicht gehört und erwachten erst, als Gambar in dem Gang gegen einen Stein stieß. Ängstlich schlugen sie die Augen auf, doch weil es finster um sie war, erkannten sie nicht, wer da kam. Und so sprangen sie auf und liefen den Gang weiter, bis sie zu einer Tür kamen, und die war nicht verschlossen.

Doch als sie im Freien standen, blendete sie das Sonnenlicht, so daß sie die Augen schlossen und nicht weiterliefen. Da holte Gambar sie ein und sprach sie an. Und als sie erkannten, daß nicht das Ungeheuer in den Schacht und durch den Gang gelangt war, sondern ein Mensch, waren sie über alle Maßen froh.

Während die Prinzessin Schams aber genau hinsah, erkannte sie in Gambar den Freund und Jagdgefährten Dschahangirs. Und als die Tochter des Schahs Mahmed Gambar anblickte, dachte sie: »Diesen und keinen anderen will ich zum Gemahl.«

So liefen sie denn zu Dschahangir. Der hatte schon alles verloren geglaubt und nahm die Prinzessin nun freudig in die Arme und sagte ihr viele Worte.

Wir wissen nicht, wieviele Worte es waren, aber wir wissen, daß der Schah Anuschirwan zwei Tage darauf alle Freier, die sich noch in der Stadt befanden, in den Palast kommen ließ. Und als sie alle versammelt waren und er einen nach dem anderen angesehen hatte, sagte er: »Meine Tochter hat sich ihren Gemahl schon gewählt. Behaltet nur eure Geschenke und tragt sie wieder heim.«

Der Schah Mahmed tat es dem Schah Anuschirwan nach.

Und fragte nun jemand, wen sich die Tochter des Schahs Anuschirwan zum Gemahl erwählt habe, so antwortete man ihm: »Den jungen Schah Dschahangir, wen denn sonst?«

Und fragte jemand, wen sich die Tochter des Schahs Mahmed zum Gemahl erwählt habe, so erhielt er die Antwort: »Gambar, den Freund und Jagdgefährten des jungen Schahs.«

Als aber die Hochzeiten gefeiert wurden, gab es was zu sehen!

Da liefen die Gäste aus dem Palast des Schahs Anuschirwan in den des Schahs Mahmed. Und die Gäste des Schahs Mahmed liefen in anderer Richtung, in den Palast des Schahs Anuschirwan.

Was die einen und die anderen damit bezwecken wollten?

Sie wollten sehen, welche Hochzeit prächtiger war, die Dschahangirs mit der Prinzessin Schams oder die Gambars mit der Tochter des Schahs Mahmed.

Alle fanden jedoch schnell heraus, daß sie sich den langen Weg hätten sparen können, denn eine Hochzeit war so prächtig wie die andere.

(Aserbaidschan)

Von Kasachstan nach Tibet

Der Freigebige und der Geizige

Durch eine verlassene Gegend reisten einst zwei Freunde, von denen einer freigebig, der andere geizig war.

Der Geizige öffnete seinen ledernen Wassersack nicht ein einziges Mal, nie fiel ihm ein, seinen Vorratsbeutel aufzumachen, die ganze Zeit über lebte er von den Vorräten des Freigebigen.

Doch eines Tages war die Wasserflasche des Freigebigen leer, und sein letztes Stückchen Brot war aufgegessen.

Als sie schließlich an einem wilden Ort haltmachten, um auszuruhen, füllte der Geizige einen Becher aus dem eigenen Wasserbeutel und trank mit durstigen Zügen. Dann zog er ein Stück Käse aus dem Vorratsbeutel und wollte hineinbeißen.

Der Freigebige, der auch hungrig und durstig war, bat ihn bescheiden: »Mein Freund, gib mir auch etwas ab.«

Da kam er bei dem Geizigen schön an.

»Das könnte dir so passen«, rief er aufgebracht. »Damit ich dann genau so auf dem trockenen sitze wie du.«

Sprach's, bestieg sein Kamel und überließ den anderen seinem Schicksal.

Der Freigebige war viel zu schwach und müde, um ans Weitergehen zu denken. Er riß ein paar Grashalme ab und kaute sie, um sich ein wenig zu erfrischen. Aber das Gras hatte die wunderbare Gabe, daß, wer es aß, verstehen konnte, was die Pflanzen und Tiere sprachen.

Als es Abend wurde, legte der Arme sich im Sande nieder, konnte aber vor Hunger und Durst nicht einschlafen. Als die Dunkelheit über die Gegend niedersank, kamen zwei Schildkröten gekrochen und unterhielten sich in seiner Nähe.

»Ist das nicht eigenartig? Der dumme Kerl ist am Verdursten, und dabei ist es keine halbe Stunde bis zum Brunnen«, sagte die ältere Schildkröte.

»Ich wundere mich auch«, sagte die jüngere. »Der arme Mensch ist am Verhungern, obwohl in einem Zelt neben dem Brunnen ein Hirte wohnt, der so viel Milch und Fleisch hat, wie das Herz begehrt.«

Der Freigebige wollte seinen Ohren nicht trauen, setzte sich aber aufs Kamel und ritt zum Brunnen. Er stillte seinen Durst, und der gastfreundliche Hirte gab ihm zu essen.

Es dauerte nicht lange, da trat auch der Geizige ins Zelt, verlangte Essen und Nachtlager und ließ sich neben dem Freigebigen nieder.

Am nächsten Morgen kaufte der Freigebige, ehe er weiterritt, bei seinem Gastgeber etwas Mehl und Fleisch, damit er auf dem Weg nicht Hunger leiden mußte. Als er die Vorräte bezahlte, sah der Geizige, daß sein Geldbeutel prall gefüllt war, und er beschloß, ihn dem Gefährten zu rauben.

Er ritt ihm also nach und beobachtete ihn sorgfältig, bis sie zu einem Platz kamen, wo der Freigebige die Nacht zubringen wollte.

Kaum war der Freigebige eingeschlafen, so nahm ihm der Geizige seinen Geldbeutel weg, stahl ihm auch das Kamel und machte sich geschwind aus dem Staube.

Es war ein trauriges Erwachen für den Freigebigen. Beraubt all dessen, was er sein nannte, mußte er sich einen Knüppel abschneiden und durch den Staub weiterwandern.

Da sah er, daß zwei Elstern über seinem Haupte flogen, und hörte, wie sie miteinander zwitscherten.

»Wo habt Ihr diese blinkenden Dukaten her?« fragte die eine.

»Ach, meine Teuerste, dort unter jener Pappel wohnt ein Maulwurf, der den Schatz der sieben Padischahs gefunden hat. Und weil der Maulwurf blind ist, war es keine Kunst, sie ihm unter der Nase wegzutragen«, erwiderte die zweite.

Der Freigebige ging zu der alten Pappel, grub in der Erde zwischen ihren Wurzeln und fand wirklich den Schatz.

Dann ging er in die Stadt, quartierte sich in einem Gasthof ein und gab, wie es nun einmal seine Art war, das Geld mit vollen Händen aus. Kein Armer ging von ihm ohne ein Almosen.

Als der Geizige erfuhr, daß der Freigebige reich geworden war, daß er ein gutes Leben führte und den Bedürftigen half, ließen ihn Neid und Mißgunst nicht mehr schlafen. Er ging zum Scheich und verklagte den Freigebigen: »O Höchster«, sagte er, »in einem Gasthof in der Stadt hat sich ein ruchloser Räuber eingemietet. Er hat mir Unglücklichem in der Wüste meinen ganzen Besitz geraubt, und nun spielt er den Wohltäter. Lasset den Mann festnehmen.«

Der Scheich glaubte dem Geizigen und schickte seine Wache in den Gasthof. Sie banden den Freigebigen, nahmen ihm sein Geld weg und führten ihn zum Scheich.

»Du Räuber«, donnerte der Scheich. »Morgen wirst du hingerichtet!«

Der Freigebige verteidigte sich. Er sagte, wer er sei und was ihm zugestoßen war. Aber der Scheich hörte nicht zu. Er ließ das Geld in die Schatzkammer bringen, den Geizigen hinausjagen und den Freigebigen in einen tiefen Kerker werfen.

Wie er dort saß, in Schmutz und Dunkelheit, dachte er traurig: »Warum geschah mir so ein Unheil?«

Da sah er plötzlich, daß zwei Mäuse im Gefängnis hin- und herliefen, und hörte, wie sie miteinander redeten: »Die Tochter des Scheichs ist erblindet«, sagte die eine. »Wie schade um das schöne Mädchen.«

»Wenn einer der Prinzessin heilen könnte, so würde ihn der Scheich mit Gold überschütten«, piepste die andere.

»Ja, wenn die Menschen nicht so dumm wären«, sagte die erste wieder. »Ich wüßte schon, wie man sie heilen könnte.«

»Verrate mir's«, bat die andere.

»Der kahle Abdulla, der seine Herde in der Steppe weidet, hat einen Ziegenbock. Wenn man dem zwei Barthaare ausreißt und sie verbrennt und die Asche der Prinzessin auf die Augen legt, so wird sie wieder sehend.«

Als der Freigebige das hörte, fing er zu schreien an, daß die Fenstergitter wackelten, und rief: »Ich bin ein berühmter Wundarzt.«

Lange schrie er vergeblich; die Wächter kümmerten sich nicht um ihn.

Schließlich ging aber doch einer von ihnen zum Scheich, fiel vor ihm auf die Knie und sagte: »O Mächtigster der Mächtigen, im Kerker sitzt einer, der schreit fortwährend: ›Ich bin ein Arzt, ich bin ein Arzt.‹ Man kann ihn nicht zum Schweigen bringen.«

»Führt ihn rasch her«, sagte der Scheich, und neue Hoffnung erfüllte sein Herz.

»Ach, Räuber, das bist du«, sprach er enttäuscht, als er den Freigebigen sah. »Warum schreist du? Dein Ende ist nahe.«

»Ich bin kein Räuber«, erwiderte der Freigebige. »Ich bin ein berühmter Arzt. Ich könnte deine Tochter heilen und sie wieder sehend machen. Ich kenne ein Heilmittel, aber man findet es nur draußen in der Steppe.«

Obwohl der Scheich dem Freigebigen nicht glaubte, befahl er seinen Wächtern, ihn in die Steppe zu begleiten. Dort war wirklich der kahle Abdulla mit seiner Herde, und der Freigebige riß dem alten Ziegenbock zwei schöne, lange Haare aus dem Bart, verbrannte sie, legte die Asche der Prinzessin auf die blinden Augen, und bald sah sie wieder.

Die Freude des Scheichs kannte keine Grenzen. Er überschüttete den Freigebigen mit Dukaten und ehrte ihn, indem er sein Gewand auszog und es dem Freigebigen schenkte.

Aber kaum verließ der Freigebige den Palast mit einem großen Beutel voller Goldstücke und in dem neuen seidenen Gewande, da trat der Geizige zu ihm und verbeugte sich unterwürfig.

»Was willst du?« fragte der Freigebige.

»Sage mir, wie es kommt, daß das Schicksal so gütig zu dir ist, während es mich mit Unglück überhäuft. Ich sah dich in der Wüste schon vor Durst und Hunger sterben, als ich dich verließ, aber nach einem halben Tag fandest du einen Brunnen und den gastfreundlichen Hirten. Ich habe dich bestohlen, aber einen Tag später warst du reich. Als ich dich anzeigte, nahm man dir alles, was du hattest, und warf dich in den Kerker. Und wieder dauerte es keinen ganzen Tag, und du bist reicher als zuvor. Und ich? Siehe, mich ließ der Scheich mit Stockschlägen aus dem Palast jagen.«

Obwohl der Freigebige allen Grund hatte, dem Geizigen, der ihm viel Böses angetan hatte, zu zürnen, erzählte er ihm dennoch von dem wunderbaren Gras. Er geizte nicht einmal mit guten Worten.

»Wenn du ein wenig von dem Gras ißt, wirst du verstehen, was die Tiere reden, und kennst alle Geheimnisse der Welt«, sagte er zu dem

Geizigen. Der dankte ihm nicht einmal, sondern drehte sich um, bestieg sein Kamel und ritt in die Wüste.

Er fand das Gras, riß ein paar Halme ab und kaute sie. Wirklich, nun konnte er verstehen, was die Tiere sprachen.

›Wen kümmert das Geschwätz der kleinen Tiere?‹ dachte er sich. ›Schildkröten, Elstern und dergleichen, die kennen sicher nur kleine Geheimnisse. Aber die großen Raubtiere, die wissen bestimmt größere.‹ Er streifte durch die Gegend und hoffte, bald ein großes Tier zu treffen. Und er hatte Glück: Noch am selben Abend sah er einen Löwen, einen Tiger, einen Wolf und einen Fuchs aus ihrer Höhle kommen.

›Oh‹, sagte er sich, ›das ist gerade, was ich brauche.‹ Er war ein Hasenfuß und fürchtete sich vor dem eigenen Schatten, aber die Habgier half ihm, seine Angst zu überwinden. Er ging zur Höhle der Raubtiere und versteckte sich, um ihre Rückkehr abzuwarten. Gegen Morgen kamen die Tiere zurück. »Es riecht nach Menschenfleisch«, brüllte der Löwe. »Jawohl, hier ist ein Mensch«, knurrte der Tiger. »Ein Fremder ist hier eingedrungen«, heulte der Wolf. »Ich wittere ein gutes Mittagessen«, kicherte der Fuchs. Dann warfen sie sich auf den Geizigen und verschlangen ihn.

(Kasachstan)

Kamak und Michtar

*V*or langen, langen Zeiten lebten der gute Zauberer Michtar und der böse Hexenmeister Kamak.

Sie wohnten voneinander weit entfernt, und jeder übte sein Gewerbe in einem anderen Land aus. Zwar kannte einer den anderen nur vom Hörensagen, aber Kamak, wie das bei Zauberern oft vorkommt, beneidete Michtar schrecklich.

Sein Neid ließ ihn nicht schlafen. Nicht einmal essen konnte er vor Neid. Auch mit seinem Zauberhandwerk ging es bergab. Er dachte an nichts anderes, als wie er Michtar vernichten könnte.

Und so erfuhr Michtar einmal, als er wie jeden Abend in seinen Zauberbüchern las, daß Kamak etwas gegen ihn im Schilde führte.

Da setzte er sich auf seinen Esel und machte sich in das Land auf, wo Kamak zauberte.

Unter der Mütze Michtar, unter Michtar der Esel, unter dem Esel die Erde, so ritten sie nach Süden, bis der Tag zur Neige ging. Und weil sie müde waren, machten sie an einem Bächlein halt, und Michtar setzte sich in den Schatten einer Erle und aß etwas. Bevor der Zauberer sich zum Schlafen niederlegte, zog er aus seinem Sack sein Zauberbuch hervor, das er immer bei sich trug, und blätterte darin, bis er die Stelle, die er suchte, fand. Dort stand geschrieben: Gegen gestörten Schlaf. Als er das Zaubersprüchlein durchgelesen hatte, verwandelte sich sein Kopf in einen hübschen, bauchigen Kürbis, und aus dem Hals wurde ein Stiel.

Einen Zauberer hätte möglicherweise ein altes Weib angesprochen und mit ihrem Gejammer ermüdet, oder, was schlimmer gewesen wäre, Kamak selbst wäre vielleicht herbeigeflogen gekommen. Aber um einen Kürbis kümmert sich nicht einmal ein Mäuschen.

Solchen angenehmen Gedanken sich hingebend, schlief Michtar schließlich ein und hatte schöne Träume.

Aber Kamak las auch jeden Tag fleißig in den Zauberbüchern – denn so gehört es sich für einen Hexenmeister. Und auch er erkannte, daß Michtar etwas gegen ihn im Schilde führte.

Er nahm den Zauberstock in die Hand, raffte die Schöße seines Zaubermantels zusammen und ging Michtar entgegen, so schnell ihn seine Füße tragen wollten. Abgerackert wie eine alte Mähre kam er beim Bach an und sah dort ein schnarchendes Ungeheuer, das statt des Kopfes einen Kürbis und statt des Halses einen Stiel hatte.

»Aber, aber, Freund Michtar«, sagte sich Kamak, »mir wirst du keinen Bären aufbinden.«

Schnell sagte er ein Zaubersprüchlein her, und sogleich schlief Michtar so tief und fest, daß ihn die Donnerschläge aller Gewitter nicht erweckt hätten, die in diesem Sommer über dem Lande grollten.

Kamak fesselte Michtar mit dem Stoffstreifen, den er sonst als Turban um den Kopf geschlungen hatte, warf sich den Gegner über die Schulter und ging in die Stadt zurück.

Warum er ihn nicht auf den Esel auflud? Das hätte er wahrhaftig tun können, denn Michtars braver Grauer stand in der Nähe, rupfte Gras und schien darauf zu warten, das man ihm eine Last zu tragen gab. Aber Kamak, wie Zauberer einmal sind, war sehr zerstreut und dachte gar nicht an den Esel.

Keuchend und schwitzend trug er Michtar in sein Haus, band ihn im Hof an einen Pfahl, an den sonst Pferde festgebunden wurden, und eilte zum Scheich, um eine Belohnung zu verlangen.

Inzwischen wachte Michtar auf. Als er merkte, daß er in der Behausung seines Todfeindes gefangen war, sagte er sich: »Das ist mein Ende – wenn es mir nicht gelingen sollte, Kamak zu überlisten.«

Da schaute Kamaks Frau zum Fenster hinaus. Oh, wie erschrak sie, als sie das merkwürdige Ungeheuer sah, das einen Kopf hatte wie ein Kürbis und einen Hals wie ein Stiel. Gleich lief sie in den Hof, um sich das Scheusal näher anzusehen.

»Gute Frau«, sagte Michtar schmeichelnd, »dein Mann ist aber wirklich ein nichtswürdiger Patron.«

»Wie kannst du widerwärtiges Etwas mit deinem Kürbiskopf es wagen, so nichtachtend von meinem Mann zu reden, dem mächtigen Hexenmeister Kamak?«

»Oh, ich wollte ja nur sagen, daß dein Mann sich um meine Tochter bewirbt. Als ich den Schamlosen ablehnte, wurde er fuchsteufelswild und verwandelte meinen Kopf in einen Kürbis und meinen Hals in einen Stiel.«

Als das die Frau hörte, wurde sie vor Eifersucht so bleich wie ein Schafskäse und nahm sich vor, sich an ihrem Mann zu rächen.

»Weil du abgelehnt hast, deine Tochter meinem Mann zur Frau zu geben, will ich dich befreien und dir obendrein noch dreihundert Dukaten geben.«

Sie schnitt des Zauberers Fesseln durch, zahlte ihm dreihundert Dukaten aus, der Zauberer verbeugte sich und ging würdevoll zum Tor hinaus. Dann aber lief er schnell um das Haus herum und verbarg sich auf dem Dach.

Kamak hatte inzwischen den Herrscher überredet, ihm eine Belohnung dafür zu geben, daß er Michtar gefangengenommen hatte, und nun ging er nach Hause, um seinen Widersacher schmählich an einem Strick zum Scheich zu führen.

Aber als er durch das Tor trat, sah er, daß Michtar weg war. Da fing er an zu schreien: »Wo ist der Hexenmeister? Wo ist Michtar hingekommen?«

Aber Kamaks Frau kam an der Spitze ihrer vierzig Dienstmägde in den Hof gelaufen und fiel über den Gemahl her: »Ach du schändlicher Lump, eine neue Frau hast du ins Haus bringen wollen? Schlagt ihn, meine lieben Mägde, schlagt ihn, daß ihm Hören und Sehen vergeht!«

Gemeinsam erteilten sie Kamak einen gehörigen Denkzettel. Ganz zerschunden lief er zum Scheich, um seine Frau zu verklagen.

Michtar, der alles mitangesehen hatte, kam vom Dach herab, schöpfte mit seinem Zauberbecher Wasser aus dem Graben, goß es sich auf den Kopf, und sogleich war er Kamak ähnlich wie ein Ei dem anderen. Er trat ins Haus und sprach zur Frau des Hexenmeisters: »Mach, daß du wegkommst, Unwürdige, du hast mich geschlagen und deine Dienerinnen auf mich gehetzt. Pack dich und verlasse mein Haus.«

Er wiederholte diese Worte dreimal, so daß die Frau meinte, es sei ihr eigener Mann, der zu ihr spreche. Da rief sie ihre vierzig Mägde, packte zusammen, was sich zusammenpacken ließ, und ging fort.

Michtar bereitete ein Festmahl zu und lud die Nachbarn, Kaufleute, den Richter und die Würdenträger der Stadt dazu ein. Alle glaubten, daß Kamak ihr Gastgeber sei, so ähnlich war ihm Michtar.

Als alle in bester Laune beim Essen saßen, sagte er: »Ich gehe nun auf eine lange Reise, und deshalb will ich mein Haus für viertausend Dukaten verkaufen.«

Einer der Kaufleute bot ihm sofort den Betrag an, Michtar zählte das Gold nach, steckte den Beutel ein und verschwand.

Aber gleich darauf erschien im Hof der wahre Kamak und rief: »Frau, wo bist du? Der Scheich wird dich bestrafen lassen.«

Da trat der Kaufmann, der das Haus gekauft hatte, aus der Stube und sprach: »Du hast doch deine Frau aus dem Hause gejagt.«

»Ei«, wunderte sich Kamak, »und was machst du in meinem Haus?«

»Oho«, sagte der Kaufmann, »du hast aber ein kurzes Gedächtnis, Freund. Vor einem Weilchen hast du mir dein Haus für viertausend Dukaten verkauft. Was hast du hier noch zu suchen?«

Da begriff Kamak, was der Zauberer Michtar angestellt hatte. Er stritt sich nicht weiter, drehte sich, ohne ein Wort zu sagen, um und ging in die Steppe hinaus.

Lange sann er in der Einsamkeit auf Rache. Am Ende rief er seine vierzig Lehrlinge, rüstete sie mit Säbeln und Speeren aus, gab jedem ein Pferd und verfolgte nun mit ihnen gemeinsam Michtar.

Sie galoppierten, und das Glück war ihnen hold: In einem Wirtshaus an der Landstraße sahen sie Michtar bei einem guten Mittagessen sitzen.

Kamak stieß einen Freudenschrei aus und befahl den Zauberlehrlingen, Michtar zu fangen.

Und nun ging es wild zu. Kaum stürzte Kamak ins Zimmer, so sprang Michtar über seinen Kopf und über die Köpfe seiner Schüler durch das Fenster auf das Dach des Nebenhauses. Kamak wollte ihm nach, aber Michtar wartete nicht und sprang wie ein Riesenfloh auf die Spitze eines hohen Minaretts.

»O großer Zauberer«, rief er Kamak zu, der unten stand, »sieh mal, ich binde mir nun selbst die Arme und Beine zusammen, und du brauchst mir nur nachzukommen – ich lasse mich dann wie eine reife Pflaume auf deinen Buckel fallen, und du kannst mich wieder schleppen und tragen.«

Als Kamak Michtar so hoch oben sah, stieß er einen Wutschrei aus. Als er seine frechen Hänseleien anhören mußte, raufte er sich den Bart. Als er sich erinnerte, wie er sich schon einmal, als Michtar auf seinem Rücken gesessen, abgerackert und geschwitzt hatte, versuchte er zu ihm hinaufzuspringen.

Weil er aber schwer und dick war, kam er nicht hinauf. Nein, er rutschte an der Wand des Turmes ab und fiel kopfüber in eine Mistgrube. Kaum hatten seine Lehrlinge ihn herausgezogen und gewaschen, so sagte er: »Kann man denn so einen verfluchten Zauberer überhaupt fangen? Wir werden zum Scheich zurückkehren müssen. Wir werden ihm eben sagen, daß Michtar es mit der Angst zu tun bekam und geflüchtet ist.«

Sie bestiegen ihre Pferde und traten den Rückweg an. Michtar aber hatte heimlich angehört, was sie gesprochen hatten, und nun eilte er auf Seitenwegen in die Stadt.

Unterwegs traf er den Wesir des Scheichs, schläferte ihn mit einem Zauberspruch ein, zog sich sein herrliches Gewand an, gab sich auch das Aussehen des Wesirs und eilte zum Palast des Scheichs.

Der Zauberer Kamak sprach gerade zum Scheich: »O Höchster, wir sind ausgezogen, um gegen den Hexenmeister Michtar zu kämpfen. Aber der Feigling ist uns ausgewichen und ist in sein Land geflohen.«

»Das glaube ich nicht«, sagte der Scheich. »Wenn Michtar jetzt hier wäre, würde ich euch befehlen, vor meinen Augen mit den Säbeln zu kämpfen. Ich würde gerne sehen, wer von euch der Gewandtere ist.«

In diesem Augenblick kam Michtar, als Wesir verkleidet, in den Saal und sprach: »O Höchster, laßt mir tausend Dukaten auszahlen, und ich will Euch den Zaubermeister Michtar bringen, ehe Ihr es Euch verseht.«

Verwundert gab der Scheich Befahl, man solle tausend Dukaten aus der Schatzkammer herbeischaffen. Als Michtar die Dukaten nachgezählt und sie in seinen Gürtel gesteckt hatte, rief er: »Seht, Michtar selbst steht vor Euch. Nun, tritt näher, Kamak, wir wollen kämpfen.«

Und vor aller Augen verwandelte sich der Wesir in den Zauberer Michtar. Er spielte mit dem blinkenden Säbel und maß Kamak mit höhnischen Blicken.

Sie gingen in den Hof, und der Zweikampf begann. Michtar warf sich wie ein Löwe auf Kamak. Kamak, von seiner Heftigkeit entsetzt, rief seine vierzig Lehrlinge zu Hilfe. Sie umringten Michtar wie ein Wespenschwarm und drängten ihn zurück, bis zu einem ausgetrockneten Brunnen.

Michtar, der das nicht bemerkt hatte, focht und verteidigte sich wie toll, aber plötzlich stolperte er, fiel über den Brunnenrand und stürzte in die schwarze Tiefe.

Kamak befahl den Lehrlingen, den Brunnen mit Sand zuzuschütten. Die vierzig Lehrlinge machten sich gleich an die Arbeit, und bald war der Brunnen bis an den Rand gefüllt.

Freudestrahlend trat Kamak vor den Scheich. Sein Gesicht strahlte wie eine blankgeputzte Pfanne. Er sagte: »Die Lebensuhr des veruchten Hexenmeisters ist abgelaufen, Höchster.«

Doch während er erzählte und mit seiner Tapferkeit prahlte, gelang es Michtar, mit seinem Säbel einen Gang zu den Gemächern des Scheichs zu graben. Er steckte den Kopf durch den Fußboden und bemerkte, daß er sich gerade unter dem Throne befand. Da zog er seinen Säbel und schlug dem Scheich leicht auf den Fuß.

»Eine Schlange!« kreischte der Scheich. »Eine Schlange hat mich gebissen. Hilfe! Rettet mich!«

Von allen Seiten kamen Höflinge gelaufen und suchten die Schlange, fanden sie aber nicht.

Der Scheich schlief am Ende vor Grauen und Verwirrung ein, und der Zaubermeister kam aus seinem Unterschlupf, versteckte sich hinter einem Vorhang, versetzte dem Scheich einen Schlag mit der flachen Klinge und schrie mit furchtbarer Stimme: »Ich bin der Todesbote und komme dich holen. Nimm vom Leben Abschied, und bereite dich auf den Weg vor!«

Der Scheich war so verschlafen, daß er nicht wußte, wie ihm geschah. Mit schwacher Stimme begann er zu bitten: »Ach, lasse mich noch ein paar Tage am Leben. Ich gebe dir dafür, was du willst.«

Da knirschte Michtar grauenerregend mit den Zähnen und erwiderte: »Gib mir sieben Beutel voll Gold, und ich will dich noch sieben Tage leben lassen.«

»O Schrecklichster, ich gebe dir elf Beutel, wenn du mir erlaubst, noch elf Tage zu leben.«

»Gut, ich bin einverstanden«, sagte Michtar. »Her mit dem Gold.«

Als der Zaubermeister das Gold erhalten hatte, verschwand er wie ein böser Traum. Der Scheich rief seine Höflinge und sagte weinend: »Wehe, wehe, trauert mit mir. Der Todesbote hat mich aufgesucht und wollte mich gleich mitnehmen. Ich gab ihm elf Beutel Dukaten, und dafür schenkte er mir elf Tage Leben.«

Der Zaubermeister Kamak war mit den Höflingen gekommen. Nun hob er die Hände zum Himmel und stöhnte: »O großer Scheich, das war nicht der Todesbote, sondern der verruchte Zauberer Michtar – möge ihm jedes Zauberkunststück und jede Wundertat mißlingen!«

»Was faselst du da? Hast du nicht selbst gesagt, er sei im ausgetrockneten Brunnen umgekommen?«

»Wehe! Er hat uns alle überlistet und sich gerettet!«

»Ich schwöre es beim Throne meiner Vorfahren«, sagte der Scheich, zutiefst erzürnt, »wenn du ihn nicht noch heute an einem Strick herbeiführst, so lasse ich dir die Haut abziehen. Verlasse dich darauf: Was ich gesagt habe, dabei bleibe ich, und wärest du der mächtigste Zauberer der Welt.«

Kamak rief seine vierzig Lehrlinge, sie schwangen sich auf die Pferde und jagten Michtar nach. Sie waren schon lange geritten, als sie ihn endlich im Schatten eines Maulbeerbaumes am Ufer eines Baches schlummern sahen.

»Hört zu«, sprach Kamak zu seinen Lehrlingen, »ihr werdet eine Grube graben und euch darin verstecken. Dann werde ich Michtar wecken, und obgleich ich ihn an Ort und Stelle wie eine Fliege zerquetschen könnte, werde ich vor ihm fliehen. Er wird hinter mir herlaufen, und wenn er über die Grube springt, so werft ihm die Schlinge um den Hals.«

Gesagt, getan. Kamak schlich sich an den schlafenden Michtar heran und versetzte ihm einen Schlag mit dem Säbel. Der Zaubermeister erwachte, wollte Kamak einholen und ging in die Falle.

Sie banden ihn mit vierzig Stricken und führten ihn zum Scheich.

»Laßt die Henker antreten!« rief der Scheich, als er Michtar sah, verschanzte sich aber sogleich hinter der Lehne seines Thrones.

Vierzig Henker kamen in den Saal, und alle hatten schwarze Bärte und rote Gewänder, und ihre Ärmel waren bis über die Ellbogen aufgekrempelt.

»Ehe der erste Sonnenstrahl die Grenze der Nacht überschreitet, wirst du um einen Kopf kürzer sein«, sagten die Henker.

Der Scheich befahl: »Henkt ihn lieber. Aber haltet ihn fest und laßt ihn nicht los, denn er ist listig.«

Die vierzig Henker schleppten Michtar zum Galgen.

»Ihr Henker, ich schwöre bei allem, was mir heilig ist, daß ich nicht weglaufen will«, rief Michtar. »Gebt mir doch bitte noch einen Trunk Wasser, bevor ich sterbe.«

Die Henker erfüllten seinen Wunsch, denn sie glaubten seinem Schwur. Der Zauberer goß das Wasser in seinen Zauberbecher und sagte: »Weglaufen? Nein, weglaufen werde ich wahrhaftig nicht. Das

habe ich ja geschworen. Ich habe aber nicht geschworen – und selbst
der ehrenwerte Kamak, dem nichts unter der Sonne entgeht, könnte
das Gegenteil behaupten –, ich habe nicht geschworen, daß ich nicht
wegfliegen werde.«

Er besprengte sich mit dem Wasser aus dem Becher. Im gleichen
Augenblick wuchsen ihm Flügel, und er verwandelte sich in eine Taube. Er winkte ihnen mit den Schwingen auf Nimmerwiedersehen zu.
Sie sahen kaum, in welcher Richtung er davonflog.

Der Scheich, der mit Kamak auf den Balkon getreten war, um der
Hinrichtung zuzusehen, sah die vierzig Henker mit offenen Mündern
unter dem Galgen stehen und hörte sie rufen: »Dort ist er, dort!«

Der Herrscher und Kamak mochten sich die Augen aus dem Kopf
gucken – sie sahen nichts. Der Himmel glänzte wie der Meeresspiegel,
und sie erblickten nicht einmal Michtars Schatten.

(Usbekistan)

Ysyf und Suleika

*I*m Lande Kinhon lebte ein Padischah. Er hatte vier Söhne. Zwei
Söhne waren von einer Frau und zwei von einer anderen. Am Morgen
pflegte der Padischah in die Moschee zu gehen, und er verrichtete dort
mit seinen Söhnen das Frühgebet. Nach dem Gebet ging er nach
Hause, und da entbot er seiner Familie den Friedensgruß. Einmal bei
dieser Gelegenheit sprach sein Sohn, Ysyf mit Namen, und sagte zu
seinem Vater also: »Oh, großer Vater, ich träumte heute einen Traum!«
Der Vater sagte: »Nun, mein Kind, möge er Gutes verheißen. Erzähle
mir deinen Traum, und ich werde ihn deuten.« Jener sagte: »Mir
träumte, es hätte mich nach Ägypten verschlagen, und da war die
Sonne bei mir auf einer Schulter und der Mond auf der anderen.« Sein
Vater sagte: »Ich beglückwünsche dich. Im Lande Ägypten wirst du
König und auch Prophet.«

Unterdessen hielten es die Brüder nicht mehr miteinander aus. Es
begannen Streitereien, und sie wurden böse und neidisch. Da sagten
sie: »Wollen wir doch alle zusammen mit Ysyf auf die Jagd gehen.« Sie

verabredeten eine Jagd für die Dauer von acht Tagen und begaben sich auf die Jagd in ein Tal. Sie nahmen Falken, einen Hund, eine Flinte mit, sie nahmen auch Wasser und beluden ein Lasttier damit, hatten auch Wegzehrung dabei und zogen für acht Tage in ein Tal. Sie gingen eine Nacht und einen Tag, dann rasteten sie zur Nacht an einem Ort im Tal. Da nahmen sie sich vor: »Unser Vater hält ihn für gut und uns für schlecht. Töten wir ihn jetzt, keiner wird es erfahren.« Der älteste der Brüder stand auf, stieß ihn mit seinem Fuß und rief dabei: »Möge er von meinem Fußtritt krepieren.« Ysyf sagte: »O Gott, möge der Fuß eines Menschen Ysyf nicht berühren. Möge er kein Leid erfahren.« Daraufhin konnten sie ihm gar nicht mehr beikommen, weder mit einem Stock, noch mit einem Stein. Mitten durch das Tal führte ein Weg. Einmal im Jahr zog über diesen Weg Molik Azdar. Er war Kaufmann. Jahrein, jahraus zog er über diesen Weg. An diesem Weg war ein Brunnen. Die Brüder sahen den Brunnen und sagten: »Wenn wir ihm eben nicht beikommen konnten, weder mit Stock noch mit Stein, so werfen wir ihn in den Brunnen! Dann schleppen wir Steine heran, scharfe Dornen, dürre Zweige und decken damit den Brunnen zu. Wir machen ihm den Garaus, verschütten ihn, und keiner merkt es.« Sie führten Ysyf herbei, stießen ihn in den Brunnen hinab, dann gingen sie fort, sammelten dürre Zweige, Dornen und sagten sich im Herzen: »Wir schleppen dies alles herbei und werfen es hinein und decken ihn zu.«

Kaum waren sie fort, da kam Molik Azdar herangeritten. Er stieg ab, kam zum Brunnen, man schlug ihm ein Zelt auf und bereitete ihm dort ein Lager. Er legte sich im Zelt nieder. Sein Diener ging Wasser schöpfen aus jenem Brunnen und meinte: »Ich will Tee kochen für meinen reichen Kaufherrn.« Er ging zum Brunnen, und darin erblickte er einen Jüngling, der den Koran las. Er trat heran, füllte seine Teekanne mit Wasser und sagte dann seinem Herrn: »Wißt Ihr, was ich sah?« Und der Kaufherr fragte: »Was hast du denn gesehen?« Der Diener erzählte: »Ich ging Wasser holen. Aber im Brunnen saß ein Jüngling, der den Koran las.« Der Kaufherr sagte: »Geh hin, hole den Jüngling heraus und führe ihn zu mir her!«

Der Diener ging und sagte zu dem Jüngling: »Klettere heraus,

komm, mein reicher Kaufherr ruft dich!« Der Jüngling aber weigerte
sich: »Ich habe Feinde. Sie warfen mich hinein, um mich zu töten.
Ziehst du mich heraus, so töten sie mich und dich auch. Es sind ihrer
drei!« Der Diener aber sagte: »Zusammen mit dem Kaufherrn Molik
Azdar sind wir eine Hundertschaft!« Daraufhin kletterte Ysyf heraus
und trat in das Zelt zu jenem Kaufherrn. Der sah ihn an, war sehr
erfreut, ließ ihn neben sich auf dem Teppich niedersitzen. Dann fragte
er ihn: »Was bist du für ein Bursche? Was machst du hier an diesem
verlassenen Ort?« Jener erwiderte: »Ich war ein Sohn des Padischah.«
Dann fragten sie verwundert: »Kennst du denn deinen Vater?« Ysyf
antwortete: »Ja, ich kenne meinen Vater.« Dann sprach der Kaufherr:
»Ich kenne ihn auch. Einmal im Jahr nehme ich diesen Weg, bin vielen
Menschen begegnet. Heute sehe ich dich. Was hast du im Brunnen
gemacht?« Ysyf antwortete: »Wir sind vier Brüder. Sie stießen mich in
den Brunnen, um mich zu töten. Und sie wollten es geheimhalten. Sie
werden wohl gleich kommen, und sie werden auch mit dir schnell
fertig werden. Sie werden mich von dir fortholen.«

Kaum hatte Ysyf so gesprochen, da kamen die Brüder. Sie grüßten
den Kaufherrn, verneigten sich vor ihm und sagten: »O Kaufherr,
dieser Bursche, den Ihr neben Euch sitzen ließet, wird Euch töten: das
ist ein Räuber, er ist ein Kartenspieler und Mörder. Er ist lasterhaft
und abscheulich!« Der Kaufherr erwiderte darauf: »Wenn er so
schlecht ist, so verkauft ihn doch mir!« Die Brüder sagten: »Ihr seid
wohl ein reicher Mann. Er wird Euch umbringen und Eure Habe
vergeuden!« Der Kaufherr sagte: »Ich will es riskieren. Verkauft ihn
mir. Wieviel Geld wollt ihr für ihn haben?« Sie sagten: »Gebt uns vier
Kupfermünzen.« Der Kaufherr aber sagte: »Ich gebe euch mehr Geld.«
Sie wandten ein: »Wenn Ihr uns mehr Geld gebt, so werden wir es
sowieso ausgeben. Unser Bruder ist aber sehr lasterhaft. Er wird Euch
töten oder jemanden von Euren Leuten, wird stehlen und Euren ganzen Reichtum entwenden. Er wird fliehen, und dann werden wir nicht
imstande sein, Euer Geld zurückzuerstatten. Eben darum sind wir mit
vier Münzen zufrieden. Nur geben wir Euch den Rat: schmiedet ihn
an Händen und Füßen in Ketten, damit er nicht wegläuft.« Danach
verabschiedeten sie sich und gingen fort. Der reiche Kaufherr legte
Ysyf in Ketten, nahm ihn mit und setzte seine Reise fort.

Sie reisten drei Tage. Am Wege tauchte das Grabmal von Ysyfs Mutter auf. Da rief er: »Macht mir die Hände frei, da ist das Grab meiner Mutter. Ich will hier einen Vers aus dem Koran rezitieren!« Die Leute wurden böse auf ihn und befreiten ihn nicht: »Unser Weg wird nur länger. Haben wir denn so viel Zeit, um dich freizubinden?« Da stürzte sich Ysyf von dem Lasttier herab, so wie er in Ketten war, fiel geradeswegs auf das Grab seiner Mutter und stimmte dort Verse aus dem Koran an.

Sie aber waren schon weit fortgezogen und merkten jetzt erst, daß Ysyf fehlte. Der Kaufherr hatte einen bewaffneten Leibwächter bei sich. Dieser ritt zurück und sah, wie Ysyf auf dem Grab sitzt und aus dem Koran Verse rezitiert. Er wurde böse, lud die Büchse mit einer Kugel aus Baumwolle und schoß sie Ysyf ins Gesicht. Der fiel ohnmächtig zu Boden, und die Tränen umflorten seine Augen. Da wurde der helle Tag finster. Ein Wirbelwind erhob sich, und der Sturm tobte. Es wurde kalt. Wegen der Dunkelheit konnte kein Mensch den Weg sehen, und sie froren, wurden ganz steif vor Kälte, und viele starben.

Der reiche Kaufherr sprach also: »Ihr, Ysyf, seid wahrlich Sohn eines Propheten. Fünf oder sechs Tage sind wir am Rande des Unheils, wir sehen keinen Weg, wir finden kein Brennholz, können kein Feuer machen, und Wasser haben wir auch nicht, um Tee zu kochen. Unsere Kamele, unsere Pferde, unser Hab und Gut, alles was vorn war, ist verschwunden, wir können es nicht mehr sehen. Wenn Ihr irgendeine Möglichkeit habt, so macht es, daß wir bei Tageslicht alles sehen können.« Ysyf aber gab zur Antwort: »An den Füßen bin ich in Ketten gelegt. Meine Hände sind gefesselt. Mein Gesicht verbrannte und schmerzt. Das Feuer der Büchse hat mir das Gesicht verbrannt.« Der Kaufherr ließ gleich Ysyfs Füße freimachen, daraufhin nahm er die Waschung vor und verneigte sich zweimal zum Gebet. Danach flehte er Gott an, und das Unwetter legte sich. Es wurde hell, die Sonne erschien, und es wurde auch warm. Dann fanden sie Wasser. Danach kochten sie sich ein Gericht, aßen sich satt, und dann machten sie sich auf den Weg, die Lasttiere zu suchen, die Kamele und die Pferde. Sie fanden sie, holten sie zurück und luden darauf ihre Sachen. Die Kamele schickten sie voraus, sie selber aber stiegen auf die Pferde und ritten los.

Nach kurzer Zeit erreichten sie Ägypten. Der Padischah des Landes Ägypten und dieser Kaufherr Molik Azdar waren Freunde. Der Kaufherr kam in sein Land und entbot ihm den Friedensgruß. Der Padischah fragte ihn nach seinem Befinden und nach dem Weg. Als er Ysyf erblickte, war er sichtlich erfreut, denn er hatte keine Kinder. Er sagte: »Du, mein Freund, hast eine gute Tat vollbracht, indem du diesen Jüngling fandest. Gib ihn mir, ich werde ihn an Sohnes Statt aufnehmen!« Der Kaufherr aber erwiderte: »Ich habe auch keinen Sohn. Ich habe ihn doch gekauft.« – »Wie dem auch sei, wieviel Geld du auch haben willst, ich gebe es dir, wenn du mir den Jüngling überläßt!« Der Seele des Kaufherrn bemächtigte sich die Gier nach Geld, und er dachte: »Geld werde ich wohl reichlich kriegen. Also soll es so sein. Ich verkaufe ihn!« So meinte er und beschloß, ihn zu verkaufen. Der Padischah sagte: »Ich stelle für den Jüngling Gold und Silber als Last von hundert Kamelen bereit. Gebt mir nur den Jüngling her. Ich werde mit dir zufrieden sein.« Der Kaufherr fragte nun Ysyf: »Mein Freund, der Padischah brachte mich in eine schwierige Lage. Ich wollte dich auch schon an Sohnes Statt annehmen, aber mein Freund ließ es nicht zu. Er trieb mich in die Enge. Und jetzt paß auf: welchen Preis ich auch nenne, sei damit einverstanden.« Ysyf aber sagte: »Stellt mich auf die Waage. Soviel ich wiegen werde, das soll in Gold und Silber mein Preis sein.« Der Kaufherr bereute seine Worte und meinte: »Hätte ich Ysyf darum nicht gefragt, ich bekäme für ihn die Last von hundert Kamelen an Gold. Jetzt aber sagte er: ›Wieviel ich wiege, das soll mein Preis sein. Ich bin bereit verkauft zu werden für soviel Gold, wie es meinem Gewicht entspricht!‹«

Sie holten Ysyf und stellten ihn auf die Waage. Der Padischah öffnete eine Schatzkammer, holte Gold und legte es auf die Waagschale. Seine ganze Schatzkammer leerte er aus, die Waagschale aber senkte sich nicht. Er öffnete dann die zweite Schatzkammer, auch die war voll Gold. Er legte alles auf die Waagschale, konnte aber die Waagschale nicht senken. Da sammelte er Silbermünzen bei reichen Leuten. Er legte sie alle dazu, aber die Waagschale senkte sich nicht. Da überlegte der Padischah und sagte: »Meine Schatzkammern sind leer, und von den reichen Leuten habe ich auch Geld genommen, und trotzdem

sank die Waagschale nicht. Du gefällst mir aber sehr. Was soll ich tun?«
Ysyf antwortete und sprach: »Setzt eine Bittschrift auf zur Aufnahme
in den Glauben des Islam!« Der Padischah setzte das Schreiben auf,
dann sagte Ysyf zu ihm: »Bringt Euer Geld zurück in Eure Schatzkammern, und das geliehene Geld erstattet zurück, und diesem
meinem Kaufherrn zahlt etwa hundert Rupien aus!« Er legte dieses
Geld zusammen mit der Bittschrift auf die Waagschale, und die Waage
glich sich aus. Dann sprach Ysyf: »Für dieses Geld, das ich aufgewogen
habe, bin ich einverstanden, Euch zu gehören, und Ihr, mein Kaufmann, seid auch einverstanden. Und bitte verübelt es mir nicht!« Nun
war der Padischah froh. Er begleitete seinen Freund, den Kaufherrn,
auf den Weg, er aber war mit Ysyf zufrieden und nahm ihn an Sohnes
Statt an.

Dieser Padischah von Ägypten hatte eine Gemahlin. Sie hieß Suleika. Sie sah Ysyf, und er war wirklich sehr schön von Angesicht, er
gefiel ihr sehr. Die Frau sagte ihrem Mann, dem Padischah: »Schade,
daß du versprochen hast, diesen Jüngling an Sohnes Statt anzunehmen. Du hast ihn doch für Geld gekauft. Wie kannst du ihn dann
Sohn nennen?« So verging einige Zeit. Einmal sagte Suleika zu ihrem
Mann, dem Padischah, ihm ein Versprechen abnötigend: »Für vierzig
Tage gelobe ich Enthaltsamkeit, in diesen vierzig Tagen nähere dich
mir nicht. Stelle mir vierzig Kammern zur Verfügung, ich werde mich
dort in Einsamkeit aufhalten, vierzig Tage lang. Und an der Tür sollen
vierzig Diener Wache stehen.« Das erbat sie und richtete sich in den
vierzig Kammern ein. Für diese Frist nahm sie sich einen Vorrat an
Speisen und nahm auch gutes Bettzeug mit.

Einmal rief Suleika die Zofe zu sich: »Geh, nimm Ysyf bei der Hand
und bringe ihn her. Wenn er sich weigert, so sage, daß der Padischah in
seine Schatzkammer ging und ihn riefe. Meinen Namen erwähne
nicht.« So sagte sie und entließ die Zofe. Die ging hin, nahm Ysyf bei
der Hand und schleppte ihn mit: »Der Padischah ist in seiner Schatzkammer und ruft dich.« Die Zofe brachte ihn, und Ysyf trat in das
Gemach ein. Dort saß Suleika auf dem Lager mit entblößten Beinen.
Sein Blick blieb an den entblößten Beinen Suleikas haften. Ysyf wendete ihr den Rücken zu und wollte fort. Aber Suleika sagte zu ihm:

»Ich habe dich rufen lassen, und jetzt wirst du dich meinen Händen nicht entwinden.« Indem sie so sprach, nahte sie sich Ysyf von hinten, stellte sich ihm in den Weg und sagte: »Du kommst nicht hinaus!« Ysyf wollte nicht einwilligen: »Ich sehe Euch als meine Mutter an.« Da zerriß Suleika ihre Gewänder und die Wäsche und fing ein Gerangel an, und plötzlich sprang sie hinaus und schleppte ihn vor den Padischah: »Wo habt ihr diesen verrückten Derwisch, diesen Haschischraucher bloß gefunden? Ihr habt mir eine Frist von vierzig Tagen Enthaltsamkeit gewährt. Ich habe mich hinter vierzig Türen zurückgezogen. Und dieser sogenannte Ysyf meinte es schlecht mit mir. Er schlich sich zu mir hinein. Ich habe ihn hier und übergebe ihn Euch, und wenn Ihr ihn tötet, wird es recht sein.« Der Padischah aber meinte: »Ich habe für ihn viel Geld gegeben. Es geht nicht an, ihn zu töten«, und er befahl: »Nehmt ihn und werft ihn in das finstere Gefängnis.«

In diesem Gefängnis saßen hundert Mann gefangen. Man warf auch Ysyf hinein. Diese hundert Männer waren so verwildert wie Tiere. Als man Ysyf dahin warf, ergrünte dort ein Baum, und schon reiften Früchte an dem Baum vom Morgen bis zum Abend, und schon sind die süßen Früchte auch reif. Die reifen Früchte aßen die Leute, und es nimmt kein Ende. Für alle Gefangenen ist jetzt eine gute Zeit angebrochen. Sie aßen sich an den Früchten satt, für so viele Gefangene gab es jetzt zu essen.

Der Padischah von Ägypten träumte einmal einen Traum, doch vergaß er ihn. Da ließ er seine Wesire kommen, seine gelehrten Männer, und sprach zu ihnen also: »Deutet mir diesen Traum. Vielleicht steht er im katholischen Kirchenbuch oder im Alten Testament, oder im Neuen Testament oder im Koran.« Er versammelte alle Kundigen, die am Hofe waren und in den anderen Hauptstädten. »Ich träumte einen Traum, und ich habe den Traum vergessen. Ihr aber sollt ihn mir deuten.« Sie sagten: »Erzählt uns Euren Traum, dann werden wir ihn auslegen!« Er sagte: »Unter euch sind Weise, Mullahs, Richter und Gelehrte. Wenn ihr meinen Traum nicht deuten könnt, so werde ich euch nicht schonen. Ich bin euer König. Ihr habt ein gutes Leben in meinem Reich. Nun aber, wenn ihr meinen Traum nicht deutet, so nehme ich euch das Leben!« Aber sie konnten seinen Traum nicht deuten. Er gab ihnen noch einmal eine Frist von einem Monat.

Nach einem Monat ließ man sie wieder rufen. Der Padischah stellte ihnen die Frage: »Habt ihr meinen Traum gedeutet?« Aber sie deuteten ihn nicht. Der Padischah gewährte ihnen dann noch eine Frist von fünfzehn Tagen. Während dieser Zeit hatten drei Männer von jenen Gefangenen, die dort im Kerker saßen, Träume. Einer von ihnen sagte: »Ich hatte einen Traum.« Ysyf fragte: »Was für ein Traum war es?« Jener erzählte: »Ich träumte, ich sei auf einen Baum geklettert. Ich fiel vom Baum herunter, und mein Kopf trennte sich vom Körper.« Ysyf erklärte ihm: »Sicherlich wird man dich aus dem Kerker holen und töten.« Noch ein Mann hatte einen Traum: »Als wäre ich in einer finsteren Schlucht im Gebirge.« Ysyf prophezeite ihm: »Du wirst aus dem Gefängnis befreit werden, wirst aber viel Leid ausstehen. Du wirst zwar nicht sterben, aber reich wirst du auch nicht werden.«

Unter ihnen war ein armer Mann, der sagte: »Ich hatte einen Traum, ich wäre irgendwo auf dem Sand. Der Sand brannte, und ich lag ganz in Schweiß.« Diesem Mann sagte Ysyf voraus: »Du kommst aus dem Gefängnis und wirst sehr reich!« Der Mann sagte: »Er versteht nicht zu deuten, denn der, dem er sagte, daß der Padischah ihn töten würde, ist doch völlig unschuldig. Warum sollte er ihn töten? Der, dem er voraussagte, daß er aus dem Gefängnis herauskommt, aber niemals reich sein wird und arm bleibt, dieser Mann ist doch sehr reich. Und sein Reichtum ist größer als selbst der des Padischah. Wie kann er denn arm werden!« Am gleichen Tag, kaum daß sich die Sonne gezeigt hatte, entsandte der Padischah einen Mann. Er kam, nannte die Namen derjenigen, die geträumt hatten. Er rief sie auf und holte sie aus dem Gefängnis. Am gleichen Tag ließ man den Mann töten, dem Ysyf es vorausgesagt hatte. Dem Mann, dem Ysyf voraussagte, er werde reich, diesem armen Mann gab der Padischah ein ganzes Vermögen. Dem Mann, welchem Ysyf vorausgesagt hatte, er würde arm werden, wurde der Reichtum weggenommen und unter die Armen verteilt.

Nach kurzer Zeit holte der Padischah einen Meister und befahl ihm, eine Mühle zu errichten: »Was immer es kosten mag, baue mir eine gute und feste Mühle!« Dann schaute der Padischah in sein Gesetzbuch: »Ich bestimmte ihnen eine Frist von vierzehn Tagen. Wenn ich sie alle jetzt köpfen lasse, ist es nicht nach dem Gesetz, und das ist auch nicht gut. Ich lasse jetzt diese Mühle mit Weizen füllen, so, daß es genau für einen Fladen reicht. Dann sollen die Scharfrichter die Männer einen nach dem anderen töten, damit ihr Blut die Mühle in Bewegung setzt. Sowie das Mehl für einen Fladen reicht, lasse ich die Scharfrichter aufhören. Aus dem Mehl lasse ich einen Fladen backen, und wenn ich das Brot gegessen habe, wird mir mein Traum erklärt sein.«

Die Frist von fünfzehn Tagen ist um. Man ließ die Leute holen. Alles war für die Scharfrichter bereit. Hundert Scharfrichter waren da. Und der Padischah befahl: »Schlagt ihnen die Köpfe ab!« Einer, der aus dem Gefängnis kam, sagte: »Wenn es gestattet ist, darf ich nur ein Wort sagen?« Der Padischah sagte zu den Scharfrichtern: »Haltet ein, tötet nicht, wollen wir hören, was er sagt.« Sie fragten ihn: »Na, was wolltest du sagen, sprich!« Er sagte: »Oh, Padischah, wir waren hundert Männer im Gefängnis wegen Eures Zorns. Wer Euren Traum deuten kann, ist ja Ysyf, der in den Kerker geworfen wurde. Warum gerade er? Weil unter uns drei Männer Träume gehabt haben, und gerade er hat sie richtig gedeutet. Ein Mann wurde geholt und getötet. Mir hat er vorausgesagt, ich werde reich; das ist auch geschehen. Ihr habt mich befreit und auch jenen reichen Mann geholt. Aber seinen Reichtum habt Ihr mir und anderen armen Leuten geschenkt, und wir sind jetzt alle reich. Als man Ysyf in den Kerker warf, waren wir alle Hundert mit Haaren bewachsen wie Tiere. Wir waren bereit, einander aus Hunger zu fressen, aber Ysyf hat uns alle mit Früchten von einem Baum satt gemacht und stiftete unter uns Frieden und Eintracht. Er ist kein einfacher Mensch. Sicherlich wird er Euren Traum richtig auslegen, nur er kann es.«

Der Padischah schickte sofort Leute, und man holte Ysyf. Er wandte sich zu Ysyf und sprach: »O Ysyf, ich träumte einen Traum und habe ihn vergessen, wirst du mir den Traum in Erinnerung bringen?« Ysyf antwortete: »Ich werde Euch Euren Traum in Erinnerung bringen.« Dann sagte der Padischah: »Bleiben wir stehen. Deute mir den Traum sofort.« Ysyf sagte: »Ihr träumtet, es kämen sieben magere Kühe vom Himmel herunter, und sie begannen, sieben fette Kühe auf der Erde zu fressen.« Kaum hatte er das gesagt, da rief der Padischah aus: »Richtig, genau das war mein Traum, du hast es richtig erraten, jetzt habe ich mich daran erinnert!« Alle Anwesenden lächelten zufrieden und waren froh. Alle standen auf und riefen freudig: »Bravo, Ysyf, Dank sei dem Schoß deiner Mutter, die dich hervorgebracht hat. Ach, wie gut, daß du heute so viele Menschen gerettet hast!«

Dann sagte der Padischah: »Was beunruhigt dich jetzt? Erzähle es uns«, und damit lud er Ysyf ein, sich neben ihn zu setzen. Ysyf erklärte ihm: »Ihr, o Padischah, habt geträumt, sieben magere Kühe seien vom Himmel heruntergekommen und fraßen sieben dicke Kühe auf der Erde. Nun, was die mageren Kühe angeht, so bedeutet es, sieben Jahre wird in Eurem Lande Hunger herrschen, und die sieben dicken Kühe, das sind Eure Reichtümer, Euer Vermögen.« Alle Leute riefen Ysyf zum Wesir des Padischah aus. Der Padischah sagte: »Nun, Wesir, wie kann man dem Unglück vorbeugen? Was sollen wir tun?« Da wandte sich Ysyf den Anwesenden zu und sagte: »Es gibt einen Ausweg: von nun an füllt Eure Vorratskammern und mehret das Getreide in Eurem Lande!« Dann sagte der Padischah zu den Leuten: »Wenn ihr Getreidevorräte anlegt, so wird unser Land reich und wohlhabend sein, und wenn einmal der Hunger kommt, so werden wir von den Vorräten zehren.«

Zur rechten Frist waren sämtliche Vorratskammern voll Getreide, und es kam die Zeit, welche Ysyf vorausgesagt hatte. Hunger kam ins Land. Während man einem Pferd Heu vorlegte, krepierte das andere Pferd. Während man einer Kuh Heu streut, geht die andere Kuh ein. Und schon ist die Reihe an den Menschen; einige Menschen essen Osch, und die anderen sterben Hungers. Solch eine Hungersnot und Seuche kam ins Land. Der Padischah hatte seine Vorräte vorsorglich angelegt. Nun überfraß er sich und hauchte seine Seele aus. Da blieb das Volk ohne König. Der Padischah hatte einen Falken. Da hielt man Rat: »Wen werden wir zum König wählen?« Sie beschlossen: »Wir lassen den Falken los. Auf wessen Haupt er sich setzt, den rufen wir zum König aus!« Das Volk versammelte sich, und man ließ den Falken los. Der Vogel setzte sich auf Ysyf. Sie machten Ysyf zum König. Ysyf fing an zu regieren. Seine Regierung war sehr gut. Der Hunger verschwand aus dem Lande, der Tod hörte auf, und es herrschte Ruhe,

Wohlstand, und es gab alles im Überfluß. Der Hunger wanderte in ein anderes Land, in das Land Kinhon.

Der König des Landes Kinhon hörte, daß in Ägypten Ysyf König geworden war. Er schickte seine drei Söhne nach Ägypten und sagte ihnen: »Dort in Ägypten ist Ysyf König, in jenem Lande herrscht Wohlstand. Möge er uns Getreide schicken!«

Einmal befand sich Ysyf im Palast und sah, es nähern sich drei Männer mit zehn Kamelen. Sie grüßten Ysyf nicht, sondern zogen vorbei. Ein Kamel fiel um auf dem Weg, und soviel sie es auch schlugen, das Kamel steht nicht auf. Ysyf rief ihnen zu: »Was seid ihr für Menschen, da ihr so grausam dieses Kamel schlagt?« Und als er das gesagt hatte, fingen alle drei an, in den Boden zu sinken. Sie konnten ihre Füße aus dem Boden nicht herausheben, sie waren ganz kraftlos. Dann erst verneigten sie sich vor Ysyf. Ysyf erwiderte den Gruß und sagte: »Ihr habt euch sehr schlecht betragen, ihr habt grausam das Kamel geschlagen. Darum hat die Erde euch zum Abgrund gezogen. Woher kommt ihr eigentlich?« – »Wir sind aus dem Lande Kinhon.« König Ysyf fragte: »Im Lande Kinhon war König Jakub, lebt er noch?« Sie antworteten: »Er lebt.« Dann entsandte Ysyf einen Mann zu ihnen. Dieser brachte sie zur Karawanserei und brachte sie dort unter. Danach schickte er ihnen Brennholz und Heu, und sie blieben den Tag über dort. Am nächsten Tag ging Ysyf selbst zu ihnen und fragte sie: »Wie heißt ihr beim Namen?« Sie sagten ihre Namen. Dann befahl er einem Mann, einem Kameltreiber, für ihre Kamele und Lasttiere zu sorgen: »Paß gut auf, gib ihnen Heu und Wasser und Futter. Nimm ihnen ihre Last ab bei Sonnenschein, und in der Nacht decke sie zu, damit sie nicht erfrieren. Diese Leute sind die Söhne des Königs Jakub. Versorgt ihre Lasttiere gut, damit uns der König Jakub nichts verübelt!«

Zehn Tage hält er sie bei sich zu Hause, sitzt mit ihnen und unterhält sich freundlich. Danach belud man ihre Kamele mit Mehl, und Ysyf sagte: »Führt das zum König Jakub, überbringt ihm meinen Gruß. Nahe ist der Tag und die Stunde, wo ich den König Jakub sehe und begrüße.« So sprach er und entließ sie auf den Weg. Er schrieb auch einen Brief an seinen Vater. In diesem Brief bestimmte er ungefähr die

Zeit: »Wir werden uns in dieser und dieser Zeit treffen!« Dies ließ er wissen, und sogleich fuhr er auch los.

Als dieser Brief angekommen war, wurde der Vater auch ungeduldig und fuhr schleunigst dem Sohn entgegen, und auch Ysyf hielt es nicht lange aus und fuhr zum Vater. So fuhren sie, und auf halbem Wege, am Ufer eines Flusses, begegneten sie sich. Sie grüßten einander im Fluß stehend. Ysyf rief: »Oh, großer Vater!« Und stieg vom Pferd ab ins Wasser, aber ertrank nicht. Und Jakub stieg ebenfalls vom Pferd und ging zu seinem Sohn. Suleika hielt es auch nicht lange aus. Sie lief zu ihnen, sprang ins Wasser. Da schäumte das Wasser auf, und Flammen sprangen aus dem Wasser, die Ysyfs Kleider ansengten. Da sagte Jakub zu Ysyf: »Du hast Suleika abgelehnt. Jetzt wirst du in diesem Feuer verbrennen! Erfülle den Wunsch Suleikas. Ich bin damit einverstanden deinetwegen. Und nenne mich ›Großer Vater‹.«

Ysyf hob Suleika aus dem Wasser, so wie der Vater es befahl. Er setzte sie auf den Sattel hinter sich und brachte sie in sein Land. Auch seinen Vater brachte er mit. Er hatte seinen Höflingen von seiner Reise nichts erzählt. Darum kam er einfach zurück, setzte sich auf seinen Thron und regierte weiter. Von seiner Abwesenheit hat kein Mensch erfahren. Daraufhin, auf des Vaters Rat, und das ganze Volk bestand auch darauf, vermählte sich Ysyf mit Suleika. Und Suleikas Wunsch erfüllte sich.

(Tadschikistan)

Eine Wundergeschichte

Es ging einmal ein Mann auf die Jagd. Unterwegs stieß er bald auf einen wilden Renhirsch. Er besann sich nicht lange und schoß auf ihn. Der Renhirsch brach zusammen. Da lief der Mann hin, nahm sein Messer hervor und schnitt dem Renhirsch die Kehle durch. Er zog ihm das Fell ab, schnitt sein Fleisch klein und tat es in einen großen Kessel. Als das Fleisch schon zu kochen begann, entstand plötzlich ein großer Wirbelwind, der Kessel stürzte um, und heraus sprang der wilde Renhirsch. Er sprang heraus und lief davon. Der Mann stand und staunte,

schlug die Hände zusammen und rief aus: »Ein Wunder! Ein wilder
Renhirsch. Ich schoß auf ihn, das Ren brach zusammen. Darauf
schnitt ich ihm die Kehle durch und zog ihm das Fell ab. Sein Fleisch
schnitt ich klein, tat es in einen Kessel und brachte alles zum Kochen.
Als der Kessel schon tüchtig kochte, kam plötzlich ein Wirbelwind
und stieß ihn um. Da sprang der wilde Renhirsch heraus und lief
davon!«

»Ist das für dich ein Wunder?« fragt der Hausherr den Jäger. »Geh
nur, am Ausgang des Dorfes pflügt ein Mann. Er hat zwei Pferde, du
wirst ihn erkennen. Das eine, der Hengst, ist an der Tschuvalhütte
angebunden, das andere, die Stute, zieht für ihn den Pflug.«

Der Rentierjäger machte sich dorthin auf den Weg. Er sieht: am
Dorfausgang pflügt wirklich ein Mann. Eins seiner Pferde steht angebunden an der Tschuvalhütte und das andere zieht den Pflug. Er
geht zu dem Mann hin, grüßt höflich und spricht also: »Ich . . . habe
ein Wunder gesehen!«

»Höre«, antwortet ihm der Pflüger, »auch wenn du ein Wunder
gesehen hast, kann ich beim Pflügen nicht stehenbleiben. Wenn du
Lust hast zu erzählen, so folge mir hier in der Furche und sage, was du
sagen willst!«

So tat der Jäger. Er trat in die Furche und begann: »Ich ging auf die
Jagd. Da traf ich auf einen wilden Renhirsch. Ich schoß auf ihn, der
Renhirsch fiel um. Ich schnitt ihm die Kehle durch. Dann häutete ich
ihn. Sein Fleisch legte ich in einen Kessel und brachte alles zum Kochen. Da kam plötzlich ein Wirbelwind und stürzte den Kessel um.
Der Kessel stürzte um, der Renhirsch aber sprang heraus und lief
davon.«

»Das ist für dich ein Wunder?! Wenn du ein Wunder hören willst, so
will ich dir ein Wunder erzählen«, spricht darauf der Pflüger und
beginnt auch schon: »Ich hatte eine Frau. Einmal komme ich von der
Arbeit heim, da sehe ich: meine Frau und ein fremder Mann liegen
umschlungen auf dem Bett. Wie ich eintrete, springt die Frau auf,
nimmt einen Knüppel, schlägt mich an den Kopf und spricht also:
›Bisher warst du mein Mann, sei nun ein elender schwarzer Hund!‹
Und ich wurde wahrhaftig in einen Hund verwandelt. Dann jagten sie

mich noch aus dem Haus. Ich aber lief nur und rannte in die Kreuz und Quer'.«

»Da sehe ich auf einmal«, fährt der Pflüger fort, »auf den Äckern pflügen die Männer. Ich lief zu ihnen hin. Sie hatten eine Feldwächterhütte, die begann ich zu bewachen. Ich verjagte die Krähen und Elstern. Hernach kamen auch die Männer und erblickten mich. ›Sieh doch!‹ sagt der eine. ›Gott Torem hat uns einen schwarzen Hund geschickt, um unsere Vorräte zu bewachen.‹ Nun wurde ich gefüttert und durfte mir den Bauch vollschlagen. Eine Woche blieben sie draußen auf dem Feld, und ich bewachte immerfort ihre Hütte. Als die Woche vergangen war, gingen die Männer nach Haus zu ihrem Herrn. Ich lief mit ihnen. Einer von ihnen sagt zu dem Herrn: ›Gott Torem hat uns einen schwarzen Hund gegeben, um unsere Vorräte zu bewachen.‹ – ›Der Hund ist nicht bissig und fleißig dazu‹, spricht der andere. ›Und das Wichtigste: er maust nichts.‹ Darauf sagt der Herr: ›Er soll bleiben! Gebt ihm ordentlich zu fressen!‹

Derweil verging der Sonntag, die Männer gingen wieder aufs Feld. Mich hätten sie auch mitgenommen, doch der Herr ließ mich nicht mit. Er sagte, ich soll das Haus bewachen. Und so geschah es. Ich bewachte das Haus. Zuerst wurde ich nur draußen gehalten, dann aber hielten sie mich in der Wohnung. Denn dazumal hatte die Frau dem Herrn einen Sohn geboren, aber das Kind wurde gestohlen. Das war schon das zweitemal. Alsbald brachte die Frau einen dritten Sohn zur Welt. Einmal«, erzählt der Pflüger, »war die stillende Frau neben dem Kind eingeschlafen, und ein fremder Alter kam ins Zimmer. Er ging zu der Wiege und nahm das Kind heraus. Er wollte es mitnehmen. Als sich der Mann davonmachen wollte, packte ich ihn am Mantel. Darauf sagt der Alte: ›He, du elender schwarzer Hund, laß mich los! Läßt du mich nicht los, und krieg ich dich dann einmal zu schnappen, so kommst du meiner Treu nicht lebend davon!‹ So sprach er und trug unterdessen schon das Kind hinaus. Da lief ich hinter ihm her, und auf der Schwelle biß ich ihn in die Wade. Darauf wirft der Alte das Kind hin, mir aber droht er mit dem Finger: ›He, du schwarzer Köter, dich krieg' ich noch zu fassen!‹ Spricht's und geht fort. Als der Alte fortging, erwachte die Stillfrau. Sie schaut: kein Kind ist in der Wiege. Sie zündet ein Licht an, weckt den Herrn. Sie suchen das Kind: ›Schon wieder ist das Kind gestohlen! Schon wieder ist das Kind weg!‹ Sie geraten in Angst und Schrecken. Derweil lag das Kind neben mir, so daß sie es schließlich auch dort neben mir fanden. ›Sieh einmal an, der schwarze Hund hat das Kind zurückgebracht‹, sagt darauf der Herr. Von nun an wurde ich noch besser behandelt. Ich wurde mit Weißbrot und sogar mit Zucker gefüttert. Nachts legten sie mich zum Schlafen neben sich in ihr Bett. Um meinen Hals banden sie ein goldenes Band. Kurzum: ich war hochgeachtet.

Einmal ging der Herr auf Hasenjagd. Ich begleitete ihn. Ich fing ihm einen Hasen, dann lief ich wieder vorweg, als ob ich noch einen jagte. Aber ich lief nicht dem anderen Hasen nach, sondern lief nach Hause.

Was sehe ich zu Hause: meine Frau schläft mit einem fremden Mann. Ich trete ein, da springt die Frau auf. Sie schlägt mich wieder mit dem Knüppel an den Kopf und spricht also: ›Bisher warst du ein schwarzer Hund, sei nun ein Sperling!‹ Und wahrhaftig, ich wurde ein Sperling. Aber sie duldeten mich auch so nicht und jagten mich fort. Ich flog in die Kreuz und Quer' und bekam alsbald schrecklichen Hunger. Ich machte mich auf den Weg. Schließlich entdeckte ich auf der Wiese eine Hütte. Ich flog auf das Dach. Da sehe ich«, spricht der Pflüger, »vor dem Haus sind Pferde und fressen Hafer. Ich setzte mich auf den Trograd und fing auch an, Hafer zu fressen. Wie ich dort saß und schmauste, kamen zwei Kinder herbei. Sie fingen mich und trugen mich zu ihrem Vater: ›Vater, wir haben einen Sperling gefangen!‹ – ›Gebt einmal her!‹ sagt darauf der Alte, ›daß ich ihn mir anschaue!‹ Der Alte nimmt mich in die Hand, und plötzlich spricht er also: ›Aha, mein Täubchen! Ich hab's ja gesagt, daß ich dich noch zu fassen kriege!‹ Er versetzte mir einen tüchtigen Hieb mit der Peitsche: ›Bisher warst du ein Sperling, sei nun ein Mensch!‹ Da wurde ich mit einemmal wieder ein Mensch. Sie gaben mir zu essen und ließen mich gehen. Zum Abschied drückte mir der Alte eine Peitsche in die Hand, dann sprach er also: ›Geh nach Hause. Versetze der Frau einen Schlag mit dieser Peitsche und sprich dazu also: – Bisher warst du eine Frau, sei nun eine Stute! – Versetze dem Mann einen Schlag und sprich: – Bisher warst du ein Mann, sei nun ein Hengst! —‹ Ich ging wirklich nach Hause«, fuhr der Pflüger fort. »Die Tür fand ich offen, ich trete ein. Da sehe ich: sie liegen schon wieder auf dem Bett. Ich schlage die Frau mit der Peitsche und sage: ›Bisher warst du eine Frau, sei nun eine Stute!‹ Und wahrhaftig, die Frau wurde eine Stute. Ich schlage den Mann mit der Peitsche und sage: ›Bisher warst du ein Mann, sei nun ein Hengst!‹ Da wurde er ein Hengst. Nun holte ich das Pferdegeschirr hervor und legte es ihnen an. Den Hengst band ich an, die Stute aber spannte ich vor den Pflug. So pflüge ich seither. Wenn die Stute müde ist, spanne ich sie aus, binde ihren Kopf an und pflüge mit dem Hengst weiter.« Damit beendete der Pflüger seine Geschichte. Der Rentierjäger aber hob an und sprach: »Na, das war wahrhaftig eine Wundergeschichte!«

(Sibirien)

Die Geschichte der hölzernen Frau und eine weitere Frage

𝒟a erzählte der König folgende Geschichte:

»Früh vor Zeiten pflegten vier Knaben aus vier Dörfern ihre Herden zu hüten, wobei sie einen bestimmten Platz verabredet hatten. Einstmals hatte der eine von ihnen, der zuerst gekommen war, nachdem er seine Gefährten lange vergebens erwartet hatte, weil sie aber nicht erschienen waren, bei seinem Weggehen aus einem Stück Holz die Figur einer Frau gebildet, sie aufgestellt und sich dann entfernt. Als der zweite von ihnen kam, dachte er: ›Wenn sie mich sehen, will ich sie lachen machen!‹ und trug gelbe Farbe auf; dann ging er ebenfalls weg. Als der dritte kam, blieb er lächelnd stehen, gab ihr noch die charakteristischen Zeichen, und entfernte sich gleichfalls. Endlich erschien der vierte, und nachdem er ihr Leben eingehaucht, ward sie eine schöne reizende Frau zum Heiraten. Indem nun alle vier sich um die Frau stritten, sagt der eine: ›Ich habe sie zuallererst aus Holz geformt.‹ Der andere sagt: ›Ich habe die Farbe aufgetragen.‹ Der dritte spricht: ›Ich habe die charakteristischen Zeichen hinzugefügt.‹ Der vierte sagt: ›Ich habe sie beseelt.‹ Da sie nun alle vier so miteinander stritten«, fuhr der

König fort, »welchem von ihnen wird man sie geben müssen?« Da versetzten Altar und Rosenkranz: »Naran-Chatun, die Puppe aus Holz antwortet in der Regel nicht. Von unpersönlichen Gegenständen, wie wir zwei, Altar und Rosenkranz, sind, pflegt sonst auch keine Rede zu erfolgen: allein da der großmächtige König erschienen ist und bei Erzählung einer Geschichte um die Meinung fragt, wie könnte man da die Antwort schuldig bleiben? Weil mir jedoch davon, daß Naran-Chatun Tag und Nacht Gebete hersagt, der Kopf ganz schwindelig geworden ist, so bin ich, da mein Inneres beständig unaufgeklärt bleibt, nicht imstande, das Richtige zu unterscheiden; indes sollte doch wohl, scheint mir, derjenige, welcher zuallererst die Figur gemacht hat, sie zu erhalten berechtigt sein.« Bei diesen Worten warf Naran-Chatun einen Blick auf ihren Altar und Rosenkranz und sprach also: »Ein persönliches Wesen wie ich fühlte nicht den Mut zu antworten, geschweige denn zwei unpersönliche Gegenstände, wie ihr seid; wenn ihr daher mit eurer so eben gegebenen Antwort das Richtige nicht treffet, ist das ein Wunder? Derjenige«, fuhr sie fort, »der die Figur zuerst gemacht hat, ist der Vater; der die Farbe aufgetragen, ist die Mutter; der die charakteristischen Zeichen hinzugefügt hat, ist der Lama; der ihr das Leben einhauchte, wie sollte der nicht ihr Mann sein?« Also hatte sie zur Antwort gegeben.

Darauf sprach der König: »Von einem persönlichen Wesen, der Naran-Chatun, ist eine Antwort erfolgt; von zwei unpersönlichen Gegenständen, dem Altar und Rosenkranz, ist eine Antwort erfolgt. Erzählet nun auch ihr eine Geschichte.« Während Naran-Chatun, ohne irgendeinen Laut von sich zu geben, ruhig dasaß, sprach der Opferkrug: »Weil mein Inneres bestimmt ist, mit Weihwasser angefüllt zu werden, und ich stets in Rauch gehüllt bin, so bin ich nicht imstande zu erzählen; erzähle daher du, o König, eine Geschichte.« Naran-Chatun warf bei diesen Worten ihrem Opferkrug einen Blick zu und blieb ruhig sitzen. Da erzählte der König folgende Geschichte:

»Einstmals zogen zwei Verheiratete, Mann und Frau, miteinander am Fuße einer Felswand vorüber. Von der Felswand herab ließ sich eine wohlklingende, liebliche Stimme vernehmen; selbst die berittenen Rosse blieben stehen und hörten zu, geschweige denn die Menschen. Die Frau sich danach hinwendend dachte bei sich: ›Einem Manne, der mit einer so lieblichen Stimme begabt ist, möchte ich angehören!‹ Während sie mit diesem Gedanken weiterging, kamen sie zu einem reichlich mit Wasser versehenen Brunnen. Da sprach die Frau zu ihrem Manne: ›Hole mir doch von diesem Wasser, ich habe Durst.‹ Der Mann machte halt; indem er aber zum Wasser nicht hinabreichte und das Gleichgewicht zu behalten suchend sich über den Brunnen lehnte, faßte die Frau, die ebenfalls abgestiegen war, ihn an den beiden Füßen, stieß ihn in das Wasser und tötete so ihren Mann. Als sie nun jene liebliche Stimme aufsuchte und sich danach umschaute, stellte es sich heraus, daß es die stöhnende Stimme eines am Rücken und Hals mit Wunden und Beulen bedeckten Mannes war, die, an der Felswand widerhallend, sich so lieblich vernehmen ließ. Die Frau war über diese Entdeckung sehr betroffen. ›Weil ich‹, sprach sie, ›als ich die Stimme eines solchen Leidenden vernahm, meinen edlen Mann getötet habe, so ist nun meine Begegnung mit diesem unglücklichen Manne die Wiedervergeltung dafür.‹ Mit diesen Worten nahm sie den kranken Mann auf ihre Schultern, und indem sie sich mühsam mit ihm dahinschleppte, schrumpfte sie allmählich zusammen und magerte ab, bis sie zuletzt starb. Ist das ein gutes oder ein schlechtes Weib?« fragte der König. Doch Naran-Chatun gab keinen Laut von sich. Die Lampe aber sprach: »Naran-Chatun hier läßt die Lampe Tag und Nacht ohne Unterlaß brennen; weil ich dadurch ganz erschöpft und zusammengeschrumpft bin, so bleibe ich stets ohne die nötige Sammlung, um in richtiger Unterscheidung zu sprechen. Indes, wenn ich berücksichtige, daß die Frau, nachdem sie ihren biedern Mann getötet und dafür einen kranken Mann gefunden hat, diesen doch nicht unter dem Vorwande, er sei schlecht, im Stiche ließ, so verdient sie als gutes Weib zu gelten.« Nachdem Naran-Chatun bei diesen Worten ihrem Opferkrug und der Lampe einen Blick zugeworfen, ließ sie sich also vernehmen: »Ich für meine Person gebe doch, nicht wahr? gewöhnlich keine Antwort, geschweige denn ihr vier unpersönlichen Gegenstände. Wenn ihr daher bei einer einmaligen Antwort das Richtige nicht treffet, ist das ein Wunder? Was konntet ihr Gutes finden an einer Frau, welche, als sie die an einer Felswand widerhallende kunst-

voll melodische Stimme vernahm, den ihr zu eigen gehörenden Mann
tötete, und, indem sie einen kranken dahinschleppte, nach Erschöp-
fung ihrer Kräfte zusammenbrach? Ein solches schlechtgesinntes
Weib dürfte eine Schimnus sein!«

Nachdem sie also sich hatte vernehmen lassen, sprach der König:
»Naran-Chatun, als derjenige, welcher dich zweimal zum Sprechen
gebracht hat, darf ich dich jetzt heimführen!« Mit diesen Worten
nahm er Naran-Chatun in Empfang, und von Schalu und seinen drei
weisen Ministern begleitet machte er sich auf den Weg in sein Reich.
Dort angelangt, berief er sein Volk Tai-tsing zu einer Versammlung,
begann sofort Glaube und Religion in hohen Ehren zu halten, machte
Hohe und Niedere so glücklich, als man es sich nur vorstellen kann,
und saß als der vom Schicksal bestimmte hochheilige König Vikra-
maditja mit seiner Milde und Gnade übenden Gemahlin Dakini fest
auf diesem Thron.

(Mongolei)

Der Goldspeier und der Türkisenspeier

*I*n einem großen Lande war einmal das Wasser rar geworden. Im
hintersten Teil des Landes befand sich ein großer See, und in dem See
wohnten ein Goldfrosch und ein Türkisfrosch. Wenn diese Gold- und
Türkisfrösche nicht jährlich einen Menschen jenes Landes zu fressen
bekamen, gaben sie dem Land kein Wasser. So opferten die Bauern der
Reihe nach jährlich je einen Menschen. Nachdem das Los die Reihe
aller Bauern herumgegangen war, traf es den König, zu den Fröschen
zu gehen. Der Vaterkönig sprach: »Ich will gehen!« Der Königssohn
aber sagte: »Nein, ich will gehen! Wenn der Vaterkönig selbst ginge,
würden die Untertanen, ja alle Provinzen, zu mir sagen: Er versteht
nicht uns zu schützen!« So setzte er seinen Kopf durch und ging.

Der Königssohn und der Ministerssohn waren große Freunde. Deshalb sagte der Ministerssohn: »Ich will mit dir gehen!« und setzte
seinen Kopf durch. Die Leute des Landes brachten den Königssohn
und den Ministerssohn auf den Weg und gingen bis zur Hälfte des

Tales mit ihnen. Dann kehrten alle zurück. Als der Königssohn und
der Ministerssohn bei dem See ankamen, sahen sie sich um. An dem
See stand eine Goldweide. Da sie beide ermüdet waren, setzten sie sich
unter der Goldweide in den Schatten. Der Königssohn schlief vor
Müdigkeit ein, und der Ministerssohn blieb wach.

Da kamen der Goldfrosch und der Türkisfrosch aus dem Wasser
heraus und dieser sagte: »He, Goldfrosch, statt eines sind heute zwei
Menschen gekommen!« Der Goldfrosch erwiderte: »Wenn diese zwei
Leute eine Rute von der Goldweide abschneiden und uns beide damit
schlagen würden, müßten wir sterben. Wer dann, wenn wir gestorben
sind, den toten Goldfrosch aufißt, wird stets Gold spucken. Wer den
toten Türkisfrosch ißt, wird stets Türkise spucken!« Nachdem sie so
geredet hatten, gingen sie wieder in den See.

Da der Ministerssohn alles gehört hatte, was sie geredet hatten,
sprach er zum Königssohn: »He, Königssohn, steh auf!« Dann schnitten sie jeder einen frischen Zweig der Goldweide ab und hielten ihn in
der Hand. Als nun der Goldfrosch und der Türkisfrosch aus dem See
stiegen, um sie zu fressen, gaben sie ihnen jeder eins mit der Rute ab,
und der Goldfrosch sowie der Türkisfrosch starben alsbald. Darauf
blieben sie noch drei Tage dort und aßen die Kadaver auf. Als alles
aufgegessen war, fragte der Ministerssohn: »Wohin sollen wir jetzt
gehen?«, und der Königssohn erwiderte: »Jetzt wollen wir in unser
eigenes Land gehen!« Der Ministerssohn aber sagte: »In unser eigenes
Land wollen wir nicht gehen! Weil Vater, Mutter und die Landsleute
uns nicht brauchen konnten, haben sie uns hierher geschickt, dem
Goldfrosch und dem Türkisfrosch zum Fraße. Wir wollen nach einem
anderen Land auf die Wanderschaft gehen!« Und so gingen sie auf die
Wanderschaft.

Als sie dann auf einer großen Ebene ankamen, fanden sie dort einige
Götterkinder, Mädchen, die sich zankten. Das taten sie wegen eines
Hutes, weil sie sich nicht einigen konnten, wie er verteilt werden sollte.
Als die beiden dort angekommen waren, fragten sie: »He, ihr Mäd-
chen, warum zankt ihr euch?« Ein Mädchen sagte: »Was wollt ihr hier?
Wollt ihr nach oben, so geht hinauf, wollt ihr nach unten, so geht
hinab!« Dann schimpfte sie. Der Ministerssohn aber sprach: »Worüber

ihr euch auch zankt, ich will den Streit schlichten: Man wird noch sagen: ›Der Wanderbursch hat recht geschlichtet!‹« Da sagte ein Mädchen: »Wir haben alle zusammen einen Hut, darüber ist Streit.« Der Ministerssohn fragte: »Was ist denn mit dem Hut?« Und die antwortete: »Wenn man den Hut aufsetzt und sich bückt, kann einen niemand sehen. Der Hut ist eine Nebelkappe!« Da machte der Ministerssohn einen kleinen Pfeil und sagte: »Ich werde diesen Pfeil weit fortschießen! Wer von euch Mädchen diesen Pfeil findet, wird den Hut erhalten!« Dann schoß er den Pfeil ab, und alle Mädchen liefen, den Pfeil zu holen. Unterdessen setzten der Königssohn und der Ministerssohn zusammen den Hut auf. Als ein Mädchen, welches den Pfeil gefunden hatte, zurückkam, waren der Königssohn und der Ministerssohn nicht mehr zu sehen. Da gingen die Mädchen zankend davon. Auch der Königssohn und der Ministerssohn gingen fort. Indem sie sagten: »Da haben wir einen guten Hut bekommen!« sahen sie wieder auf einer großen Ebene sieben Götterkinder, Knaben, sich zanken. Der Ministerssohn fragte: »He, ihr Kinder, warum zankt ihr euch denn?« Und ein Kind antwortete: »Was geht das dich an? Das ist unsere Angelegenheit.« So schimpfte es. Der Ministerssohn sprach: »Man wird noch sagen: ›Der Wanderbursch hat recht geschlichtet‹. Ich will den Streit schlichten!« Da sagte ein Kind: »Wir haben einen Schuh des rechten Fußes. Wenn du fragst, was das für ein Schuh ist, so höre: Ohne daß man laufen müßte, kommt man mit ihm an dem Ort an, den man sich gedacht hat. Darüber streiten wir uns.« Da sprach der Ministerssohn: »Ich werde einen weißen Stein mit der Schleuder werfen. Wer diesen Stein findet und mit ihm vor mich kommt, soll den Schuh erhalten.« Dann warf er den Stein und die Kinder liefen, den Stein zu suchen. Unterdessen setzten der Königssohn und der Ministerssohn den von den Mädchen erhaltenen Hut auf. Als nun ein Kind, welches den Stein gefunden hatte, herankam, war niemand da. Da gingen die Kinder wieder zankend davon. Der Königssohn und der Ministerssohn aber stellten jeder einen Fuß in den Schuh, beteten und sagten: »Mögen wir in ein Land kommen, welches keinen Königssohn hat!« Da kamen sie in einem Augenblick an den Eingang zu einem Land, welches weder Königssohn noch Minister hatte.

Am Eingang jenes Landes befanden sich eine Mutter und eine Tochter, welche Bier verkauften. Sie sprachen zur Tochter: »He, Schwester, gibt es kein Bier vom vierten Aufguß?« Das Mädchen antwortete: »Vierten Aufguß gibt's nicht. Wenn ihr den Preis bezahlt, gibt es richtiges Bier!« Sie sagten, daß sie bezahlen wollten, gingen ins Zimmer und tranken einen Krug Bier. Als das Mädchen: »Gebt nun den Preis!« sagte, spuckte der Königssohn Gold und der Ministerssohn Türkise aus. Da dachte das Mädchen: ›Wenn ich diesen beiden Leuten viel Bier gebe, werden sie viel Gold und Silber spucken!‹ So holte sie wohlschmeckendes Bier, gab es ihnen, und als sie ganz betrunken waren, spuckten sie viel Gold und viele Türkise aus. Wie sie nun besinnungslos waren, sammelte das Mädchen sämtliches Gold und sämtliche Türkise ein. Dann trug sie die beiden fort und legte sie an den Rand des Abtritts, mit dem Gesicht nach unten. Der Ministerssohn wachte zuerst auf, roch den Gestank des Abtritts und weckte den Königssohn. Beide gingen ins Zimmer und schliefen weiter. Als sie am Morgen aufwachten, sagte das Mädchen: »Gestern wart ihr sehr betrunken und ich habe euch zum Schlafen dorthin gebracht.« Der Ministerssohn erwiderte: »Das hast du schön gemacht; du hast uns das Bett schön gemacht. Wir werden später die Freundlichkeit erwidern.«

Nachdem zwei Tage vergangen waren – jener König hatte keinen Sohn, sondern nur eine Tochter, und einen tüchtigen Schwiegersohn hatte er noch nicht gefunden –, ließ er allen Leuten im Land verkündigen: »Derjenige, der etwas Reines ausspeien kann, soll der Bräutigam der Königstochter werden!« Diese Rede wurde überall verkündigt. Um etwas Sauberes ausspeien zu können, aßen alle Leute wohlschmeckendes Essen. Am nächsten Morgen versammelten sich alle und wurden veranlaßt, auf einen Teller von Glockenmetall zu speien. Aber keiner spie etwas anderes aus als das Essen. Später ging man mit dem Teller vor die beiden, veranlaßte sie zum Speien, und der Königssohn spie reines Gold aus, während der Ministerssohn reine Türkise spie. Als man sie so Gold und Türkise speien sah, erstaunten alle Leute und riefen: »Die beiden sind von königlichem Stamm; sie müssen Bräutigame der Königstochter werden.« So wurden beide auf das Schloß geführt und blieben dort, nachdem man sie zu Königen jenes Landes gemacht hatte.

Dann wohnten beide mit jener Prinzessin zusammen; doch liebte die Prinzessin sie nicht von Herzen. Oben befand sich ein schönes Zimmer. Dorthin ging die Prinzessin jeden Tag mit etwas Wolle zum Spinnen und blieb den ganzen Tag darin. Am Abend kam sie wieder zurück. Eines Tages dachte der Ministerssohn: »Diese Prinzessin geht jeden Tag nach oben und schließt mit dem Schlüssel fest zu. Ich will gehen und nachsehen, was das ist.« Am nächsten Morgen setzte er sich den Nebelkappenhut auf, ging mit der Prinzessin zusammen in das schöne obere Gemach und blieb dort zum Umschauen. Die Prinzessin schloß mit dem Schlüssel fest zu, zündete ein Feuer an und saß da, indem sie in dem Feuer Weihrauch von süßem Geruch und Wacholderzweige verbrannte. Da ging die Sonne auf, und um die neunte Stunde kam ein Götterkind vom Himmel herab, welches sich niederließ und mit der Prinzessin zu sprechen begann. Der Ministerssohn sah sich alles genau an und der Göttersohn sprach zur Prinzessin: »Liebe Prinzessin, von heute an werde ich nicht mehr kommen. Der Königssohn und der Ministerssohn sind beide gute Männer für dich.« Die Prinzessin erwiderte: »Wenn du nicht mehr kommst, werde ich sogleich sterben!« Da sprach das Götterkind: »Morgen werde ich kommen, um nachzusehen, was für Leute deine Bräutigame, der Königssohn und der Ministerssohn, sind. Ich werde mich in einen schönen Vogel verwandeln und auf die Spitze des Baumes, der vor der Tür steht, herabkommen.« Nachdem es das gesagt hatte, flog das Götterkind gen Himmel, die Prinzessin öffnete die Tür wieder, ging hinaus, bereitete das Essen für den Königssohn und den Ministerssohn und gab es ihnen.

Am nächsten Morgen ging die Prinzessin zum großen Baum vor der Türe, zündete ein Feuer an und räucherte Weihrauch und Wohlgerüche. Da sagte der Ministerssohn zum Königssohn: »Heute wird auf den Baum vor der Tür ein schöner Vogel herabkommen. Dieser Vogel ist uns feindlich gesinnt. Du mußt, das Schwert führend, zum Baum kommen und dort sitzen bleiben. Ich werde die Tarnkappe aufsetzen, auf die Spitze des Baumes steigen, den Vogel ergreifen und in das Feuer hineinwerfen! Dann mußt du das Schwert schwingen und den Vogel töten!« Solchen Rat hatten sie gepflogen. Als nun die Prinzessin tüchtig Feuer gemacht hatte und dasaß, indem sie den wohlriechenden Weihrauch anzündete, kam ein schöner Vogel vom Himmel auf die Spitze des Baumes herab. Da rief die Prinzessin:»He, Königssohn und Ministerssohn, ihr beide! Heute ist ein unvergleichlicher Vogel herabgekommen. Ob das wohl ein Göttervogel oder ein Nagavogel sein mag?« Der Königssohn brachte sein Schwert und ging zum Baum, indem er sagte:»Dies ist ein sehr schöner Vogel, liebe Prinzessin!« Der Ministerssohn setzte die Tarnkappe auf, kletterte auf den Baum, ergriff den Vogel und warf ihn ins Feuer. Der Königssohn zog das Schwert heraus und schwang es. Die Prinzessin aber ergriff den Vogel und ließ ihn nicht vom Schwert treffen. Dann holte sie den Vogel aus dem Feuer heraus, und dieser flog schnell gen Himmel. Am folgenden Morgen ging die Prinzessin wieder nach oben und der Ministerssohn hinter ihr her. An jenem Tag kam das Götterkind etwa um Mittag und redete mit der Prinzessin. Er sah sich dasselbe an: Die Hände und Füße des Kindes waren ins Feuer gekommen, und der Knochen trat heraus. Dann sprach das Götterkind zur Prinzessin:»Von jetzt an werde ich nimmer wiederkommen, liebe Prinzessin! Als ich gestern kam, hat man mich ins Feuer geworfen. So wird man mich noch töten!« Als die Prinzessin heftig weinte, wurde ausgemacht, daß das Götterkind in jedem Monat einmal kommen sollte. Dann flog das Götterkind wieder in den Himmel.

Darauf kam die Prinzessin wieder herunter und erzeigte dem Königssohn und dem Ministerssohn große Liebe. Während nun der Königssohn mit dem Schwert an der Seite spazierenging, ging der Ministerssohn aus, um zu sehen, was sich in einem Tempel befände, der im oberen Teil des Landes lag. Er ging mit der Tarnkappe auf dem Kopf und traf dort einen Priester im Tempel. Während er hineinblickte, holte der Priester ein Heiligenbild, breitete es in der Mitte des Zimmers aus, trat darauf und wälzte sich darauf herum. Dadurch wurde er in einen Esel verwandelt und rannte im Hause herum, wie ein Esel brüllend. Als er genug im Hause herumgerannt war, trat er wieder auf das Heiligenbild, wälzte sich darauf herum und war wieder in einen Priester verwandelt. Dann rollte er das Heiligenbild zusammen und stellte es weg. Darauf holte der Ministerssohn das Heiligenbild und lief zum Hause hinaus. Er ging nun an den Eingang jenes Landes zur Mutter und Tochter, welche Bier verkauften, und sagte: »He, Mutter und Tochter, habt ihr kein Bier? Gebt mir ein Bier!« Die Tochter erwiderte: »Wir haben Bier, komm herein!« So führte sie ihn herein und gab dem Ministerssohn wohlschmeckendes Bier. Dann sprach die Tochter: »Lieber Minister, Ihr spuckt reines Gold und reine Türkise. Könnt Ihr mich das nicht lehren?« Der Ministerssohn antwortete: »Bring mir noch ein gutes Bier, dann will ich's dich lehren. Wenn ich's auch sonst niemand zeige, will ich es doch euch beide, Mutter und Tochter, lehren; denn neulich, als ihr dem Königssohn und mir Bier gabt, und wir betrunken waren, habt ihr uns ein schönes Bett gemacht und uns zu Bett gebracht.« Das gefiel der Tochter, und sie brachte noch ein gutes Glas Bier. Als dieses Bier ausgetrunken war, sagte der Ministerssohn: »Jetzt will ich's euch lehren!« Er breitete jenes Heiligenbild aus und sprach: »Geht jetzt beide auf jenes Heiligenbild und wälzt euch darauf herum.« So belehrte er sie. Gemäß dieser Rede des Ministerssohnes gingen beide darauf, rollten sich darauf herum, und im Augenblick waren beide in Esel verwandelt und rannten hinaus, indem sie wie die Esel schrien. Der Ministerssohn versah den einen Esel mit einem Zaumzeug und ritt auf ihm; den andern führte er. So brachte er sie zum Schloß. Beim Schloß waren viele Arbeiter, welche Holz holten. Beide Esel übergab er jenen Leuten zum Holzholen, und diese ließen sie Tag für Tag Holz schleppen. Davon hatte der Ministerssohn dem Königssohn nichts gesagt. Wenn nun jene beiden Esel nach dem Holzschlag gingen, ritten die Leute auf ihnen und schlugen sie. Wenn sie nach dem Schloß kamen, war ihnen viel Holz aufgeladen, und sie wurden auch geschlagen. An allen Wirbeln des Rückgrates hatten sie eiternde Wunden.

Wenn man fragt, warum der Ministerssohn machte, daß sie so viel erlitten, so ist zu antworten: Als damals der Königssohn und der Ministerssohn betrunken waren, hatten die Frauen sie zum Abtritt getragen. Als Antwort auf jene Tat war es geschehen. Als nun der Königssohn heraustrat, kamen beide Esel herbei und weinten vor dem König. Der König war verwundert und fragte den Ministerssohn: »Lieber Minister, wie kommt es, daß diese beiden Esel vor mich kommen und weinen?« Der Ministerssohn antwortete: »Diese beiden Esel haben uns damals Bier gegeben, und als wir betrunken waren, haben sie uns auf den Abtritt gelegt. Als Antwort darauf habe ich sie zu Eseln gemacht.«

(Tibet)

Von China nach Korea

Der Rinderhirt bekommt eine Frau

Es lebten einmal zwei Brüder, von denen der ältere verheiratet war, der jüngere aber hatte keine Frau. Der jüngere Bruder arbeitete den ganzen Tag. Wenn er morgens aufstand, aß er saure Hirsesuppe, mittags gab es gesäuerten Hirsebrei. War er aber nicht zu Hause, dann aßen sein Bruder und die Schwägerin nur gute Sachen.

Eines Tages hatte der jüngere Bruder den ganzen Vormittag gepflügt, da sagte das alte Rind zu ihm: »Rinderhirt, willst du nicht nach Hause gehen und etwas Gutes essen?«

»Ach, wenn ich so früh gehe, werden sie schimpfen.«

»Aber wenn du gehen möchtest, dann geh doch!«

»Wie denn?«

»Das ist doch nichts weiter«, sagte das alte Rind. »Wir pflügen bis zu dem großen Stein am Südende vom Feld und schlagen mit der Pflugschar daran. Dann gehen wir zusammen nach Hause.« Bei diesen Worten waren sie bis an den Stein gekommen. Das Rind lief los, der Rinderhirt lief mit, dann riß er den Pflug zurück, und bums, war die Pflugschar entzwei. Da gingen sie nach Hause.

Die Schwägerin kochte gerade Teigtäschchen, da wandte sie den Kopf und sah den Schwager kommen. Rasch sagte sie: »Komm schnell essen! Gerade wollte ich jemanden nach dir schicken.«

»Warum kommst du so früh?« fragte der ältere Bruder.

»Ich habe die Pflugschar zerschlagen.«

Der ältere Bruder sagte nichts weiter, da setzte der jüngere Bruder sich hin und aß sich tüchtig satt.

Am nächsten Tag ging er wieder pflügen. Als es bald Mittag sein mußte, sagte das alte Rind: »Rinderhirt, heute mittag essen sie gefüllte Klöße.«

»Heute gehe ich nicht nach Hause.«

»Hab keine Angst, geh nur!«

»Und wie?«

»Das ist doch nichts weiter«, sagte das alte Rind. »Wir pflügen bis zu dem großen Stein am Nordende vom Feld und zerbrechen den Pflug daran. Dann gehen wir zusammen nach Hause.«

Bei diesen Worten waren sie bis an den Stein gekommen. Das Rind lief los, der Rinderhirt lief mit, dann riß er den Pflug zurück, und krach, war er zerbrochen. Da gingen sie wieder nach Hause.

Als die Schwägerin ihn kommen sah, schimpfte sie: »Ach, du Tölpel, kommst du wieder zum Essen?«

Und der ältere Bruder fragte: »Warum kommst du wieder so früh?«

»Ich habe den Pflug zerbrochen.«

Der Bruder schnaubte vor Wut, dann sagte er: »Gestern die Pflugschar, heute den Pflug. Da brauchst du nicht mehr zu pflügen, morgen werden wir unser Erbe teilen.«

Im gleichen Augenblick waren die gefüllten Klöße fertig, da sagte der jüngere Bruder nichts mehr, setzte sich hin und aß sich tüchtig satt.

Am nächsten Tag ging er wieder pflügen. Als es bald Mittag sein mußte, sagte das alte Rind: »Rinderhirt, heute mittag essen sie Schmalzkuchen. Willst du nicht nach Hause gehen?«

»Heute gehe ich nicht früher«, sagte der Rinderhirt. »Gestern hat er gesagt, wir würden sonst das Erbe teilen.«

»Hab keine Angst«, sagte das alte Rind. »Geh nur nach Hause! Gehst du nach Hause, wird er das Erbe teilen, und gehst du nicht, wird er es genauso teilen.«

»Was soll ich machen?«

»Los! Wir pflügen bis zu dem großen Stein am Südende und brechen den Pflugbaum entzwei!«

Bei diesen Worten waren sie schon bis an den Stein gekommen, das Rind lief los, der Rinderhirt lief mit, dann warf er den Pflug herum, und knacks, war der Pflugbaum zerbrochen.

Das Rind redete dem Hirten zu: »Schneid von dem bitteren Gras ab und wirf es mir zu Hause vor! Ich werde es nicht fressen, und du kommst nach dem Essen heraus, siehst mich an und sagst:

›Das alte Rind will kein bitteres Gras,
ich will auch keinen gesäuerten Hirsebrei.

> Das Rind frißt gerne süßes Gras,
> ich mag auch Schmalzkuchen gern.‹

Und wenn dein Bruder und die Schwägerin das Erbe teilen wollen, dann verlange nichts anderes als mich, den zerbrochenen Wagen und das geknotete Seil!«

Als die Schwägerin ihn kommen sah, schimpfte sie: »Ach, du Tölpel, bist du wieder da? Wer hat dir denn das verraten?«

Sein älterer Bruder sah nur, daß er den zerbrochenen Pflugbaum trug, da war er so wütend, daß er gar nicht erst den Mund aufmachte.

Als die Schmalzkuchen fertig waren, sagte der Rinderhirt nichts und kümmerte sich nur ums Essen. Vor Wut sagte auch die Schwägerin kein Wort mehr.

Nach dem Essen ging der Rinderhirt in den Hof, trat vor das alte Rind und sagte:

> »Das alte Rind will kein bitteres Gras,
> ich will auch keinen gesäuerten Hirsebrei.
> Das Rind frißt gerne süßes Gras,
> ich mag auch Schmalzkuchen gern.«

Gleich schimpfte seine Schwägerin wieder los: »Feine Sachen sagst du da, du Tölpel! Bei allen Schlechtigkeiten bist du dabei.«

Der ältere Bruder aber sprang vom Ofenbett und lief hinaus, um jemanden als Zeugen für die Teilung des Erbes zu suchen.

»Was möchtest du denn bei der Teilung haben?« fragte die Schwägerin.

»Ich will nichts anderes als das alte Rind, den zerbrochenen Wagen und das geknotete Seil.«

»Ach, und willst du keinen Reis zum Essen?«

»Nein.«

Der Rinderhirt wartete nicht, bis sein Bruder zurückkam. Er rief dem alten Rind zu: »Gehen wir!« Dann spannte er es vor den Wagen und ging los. Als sie das Dorf hinter sich hatten, fragte der Rinderhirt: »Wohin gehen wir?«

»Genau nach Süden«, antwortete das Rind. So zogen sie die Straße entlang, immer nach Süden.

Lange waren sie gegangen, und es wurde dunkel, da kamen sie an

den Eingang einer Schlucht, vor der ein sauberer, klarer Fluß entlang-
führte. »Hier gibt es Wasser und Gras«, sagte das Rind zum Hirten.
»Laß mich laufen! Du aber setz dich dort auf den großen Stein und ruh
dich aus!«

Schmatzend begann das Rind zu fressen und trottete nach der
Schlucht. Der Rinderhirt aber saß auf seinem Stein und wurde immer
hungriger. Da sagte er: »Rind! Du hast Wasser und Gras, bist nicht
mehr hungrig und durstig. Ich aber sollte keinen Reis mitnehmen, und
jetzt habe ich Hunger.«

Eben hatte er ausgesprochen, da kam das Rind aus der Schlucht
zurückgetrottet und sagte: »Hunger hast du? Hinter dem Berg ist eine
Gastwirtschaft. Geh essen und laß auf meinen Namen anschreiben!«

Er ging hin, um nachzuschauen, und es gab dort alles, was er haben
wollte. Also ließ er sich ein feines Essen geben, und als er nachher
gefragt wurde, auf wessen Namen die Rechnung gehen sollte, sagte er:
»Auf den Namen des alten Rindes.«

Als er zurückkam, fragte ihn das Rind: »Hast du gut gegessen?«
»Ach, sehr gut«, sagte er.

Da sagte das Rind: »Morgen ist der siebente Tag des siebenten
Monats, und das Südtor des Himmels wird aufgemacht. Die Enke-
linnen der Himmelskönigin kommen hierher, um ihre Kleider zu
waschen. Zähle sie von West nach Ost ab und merke dir die siebente
und allerletzte. Das ist die Weberin. Nimm die Kleider weg, die sie
zum Trocknen hinlegt, und gib sie ihr nicht zurück. Wenn du sie ihr
irgendwann einmal wiedergibst, dann rufe dreimal nach mir, und ich
komme.«

Der Rinderhirt schlief die ganze Nacht nicht und wartete ange-
spannt. Als er aufmerksam hinsah, ging krachend das südliche Himmelstor auf, und ein Schwarm ganz weißer Tauben kam herausgeflo-
gen. Sie ließen sich an dem Fluß vor der Schlucht nieder, und jede
verwandelte sich in ein schönes Mädchen. Dann setzten sie sich auf die
Steine am Fluß und wuschen ihre Kleider. Der Rinderhirt merkte sich
genau die siebente und allerletzte. Dann paßte er einen Augenblick ab
und stahl die Kleider, die sie zum Trocknen hingelegt hatte.

Die Weberin suchte danach und bat: »Gib mir meine Kleider, gib
mir meine Kleider! Warum hast du sie weggenommen?«

Aber der Rinderhirt gab sie nicht zurück.

Als die Kleider der anderen Mädchen trocken waren, erinnerten sie daran, daß es Zeit für die Heimkehr war, und riefen zusammen: »Siebente Schwester, kommst du mit? Siebente Schwester, mach schnell!«

Aber die Weberin sagte: »Meine Kleider sind weg, wie soll ich da zurückkehren?«

Die sechs Mädchen verwandelten sich in weiße Tauben und flogen davon. Als sie fast am südlichen Himmelstor waren, drehten sie sich noch einmal um und riefen

»Siebente Schwester, mach schnell! Das Himmelstor wird zugemacht, komm schnell zurück!«

Und aus dem Himmelstor trat ein großer rotgesichtiger Mann heraus und rief: »Das südliche Himmelstor wird zugemacht. Wer herein will, muß sich sputen!«

Die Weberin sagte: »Ich komme nicht zurück, mach zu!«

Da schloß der Mann krachend das Tor.

Der Rinderhirt saß auf der Steinplatte. Die Weberin trat zu ihm und sagte: »Werden wir Mann und Frau! Aber gib mir meine Kleider zurück!« Der Rinderhirt aber gab sie ihr nicht.

Die Weberin sagte: »Unter dem Sternenhimmel sitzt es sich so kalt. Bauen wir uns ein Haus!«

»Hier ist ja kein Stück Holz zu sehen«, sagte der Rinderhirt. »Wie wollen wir da bauen? Bleiben wir doch so sitzen!«

»Mach dir keine Gedanken! Rück an den Rand und mach die Augen zu!«

Die Weberin holte ein buntes Tuch aus der Tasche, breitete es sauber aus, blies darüber hinweg, und schon stand ein ordentliches Haus vor ihnen. Sie sagte: »Mach die Augen auf und schau!« Als der Rinderhirt das Haus sah, klatschte er vor Freude in die Hände. Dann zogen sie in das Haus und wohnten darin.

Ohne daß man es sich versah, verging die Zeit. Schon hatten sie eine Tochter von sechs Jahren und einen dreijährigen Sohn.

Eines Tages sagte die Weberin: »Die Kinder sind schon groß. Jetzt kannst du mir doch meine Kleider zurückgeben, ehe sie unter der Steinplatte verfaulen!«

›Richtig‹, dachte der Rinderhirt, ›die Kinder sind groß, ich kann ihr die Kleider wiedergeben.‹ Und er nahm sie heraus und gab sie ihr.

Am selben Tag um Mitternacht stand die Weberin auf und ging weg. Die Kinder ließ sie bei ihrem Mann. Der Rinderhirt wurde vor Kälte wach, öffnete die Augen und erblickte den Sternenhimmel. Er streckte die Hand aus und fühlte feuchten, kalten Stein. Seine Frau war nicht mehr da. Die Kinder heulten und verlangten nach der Mutterbrust. Da erst fiel ihm ein: ›Das Rind hatte mir gesagt, wenn ich die Kleider zurückgebe, solle ich dreimal nach ihm rufen. Ach, warum habe ich das vergessen!‹

Als er aber genau hinsah, kam das alte Rind und sprach zu ihm: »Siehst du, sie ist gegangen. Aber meine Worte hast du dir nicht gemerkt.«

»Ja, ich hatte sie ganz vergessen.«

»Schlachte mich jetzt!« sagte das Rind.

»Wie denn? Du bist mein Wohltäter. Wie könnte ich es fertigbringen, dich zu schlachten?«

»Unsinn! Schlachte mich! Und wenn du mich geschlachtet hast, trage etwas Brennholz zusammen und verbrenne meine Knochen! Dann häng dir meine Haut um, flicht zwei Körbe, setze in einen die Tochter, in den anderen den Sohn, mach die Augen zu und geh zum südlichen Himmelstor deine Frau suchen! Am südlichen Himmelstor wird ein goldener Löwe das Tor bewachen. Wenn er sich auf dich stürzt, um dich zu fressen, mußt du sagen: ›He, wage das nicht! Ich bin der Mann der siebenten Tochter. Siehst du nicht die Kinder mit den roten Leibtüchern?‹ Dann wird sich der goldene Löwe hinlegen. Wenn sich am zweiten Tor ein silberner Löwe auf dich stürzt, um dich zu fressen, mußt du sagen: ›He, wage das nicht! Ich bin der Mann der siebenten Tochter. Siehst du nicht die Kinder mit den roten Leibtüchern?‹ Dann wird sich auch der silberne Löwe hinlegen. Wenn du durch das dritte Tor kommst, wird ein Teufel die Zähne fletschen und eine mit Wolfszähnen gespickte Keule schwingen. Dann mußt du sagen: ›He, wage das nicht! Ich bin der Mann der siebenten Tochter! Siehst du nicht die Kinder mit den roten Leibtüchern?‹ Dann wird er nicht zuschlagen. Deine Schwiegermutter wird dir entgegenkommen und dich begrüßen. Wenn du ins Haus kommst, werden sieben Mädchen auf dem Ofenbett sitzen, und du wirst deine Frau nicht erkennen. Dann mußt du die Kinder laufenlassen. Zu welcher der Kleine geht und bei welcher er die Brust nimmt, das ist deine Frau.«

Der Rinderhirt tat, wie ihm geheißen war. Er hüllte sich in die Rinderhaut, kam durchs Himmelstor und erkannte seine Frau. Die Schwiegermutter gab ihnen ein kleines Haus, in dem sie wohnen konnten.

Nach einer Weile konnte der Schwiegervater seinen Schwiegersohn nicht mehr ausstehen und wollte einen Wettkampf mit ihm beginnen. Da sagte die Weberin zum Rinderhirten: »Morgen wird mein Vater einen Wettkampf mit dir machen. Er wird sich verstecken, und du mußt ihn suchen. Paß auf dabei! Such zuerst den ganzen Hof ab, und zum Schluß geh zur Südmauer! Dort wirst du eine Wanze finden. Das ist er.«

Am nächsten Morgen rief der Alte im Hof: »Schwiegersohn, spielen wir ein bißchen?«

Der Rinderhirt sagte: »Du bist alt, und ich bin jung. Was wollen wir da noch spielen?«

»Keine Bange«, sagte der Alte. »Ich verstecke mich, und du mußt mich suchen. Findest du mich, dann geschieht dir nichts. Findest du mich nicht, fresse ich dich. Geh jetzt zuerst ins Haus!«

Dann verwandelte sich der Alte in eine Wanze und verkroch sich an der südlichen Mauerecke. Der Rinderhirt begann zu suchen. Er suchte den ganzen Hof ab und fand nichts. Zum Schluß erblickte er an der südlichen Mauerecke die Wanze. Er griff sie mit den Fingern und sagte: »Schwiegervater, bist du das? Wenn du es nicht bist, zerdrücke ich dich. Ach, wie das stinkt!«

Hastig rief der Alte: »Ich bin's, ich bin's! Zerdrück mich nicht! Ach, du reißt mir ja meinen Schnurrbart aus!«

»Und frißt du mich auch nicht?« fragte der Rinderhirt.

»Nein, geh nach Hause!«

Der Rinderhirt ging nach Hause, und die Weberin sagte zu ihm: »Morgen wird mein Vater wieder mit dir Verstecken spielen. Er wird sich in einen großen Wildapfel verwandeln und sich bei meiner Mutter im Kleiderschrank verstecken. Such ordentlich nach ihm!«

Am nächsten Morgen kam der Alte und rief wieder: »Komm spielen, Schwiegersohn! Ich verstecke mich, und du mußt mich suchen.«

»Ja!« sagte der Rinderhirt und begann zu suchen. Er suchte vor dem Haus und hinter dem Haus, in der Scheune und überall. Nirgends konnte er ihn finden. Zum Schluß ging er ins Zimmer der Schwiegermutter, und als er dort den Kleiderschrank aufmachte, lag auf einem roten Bündel ein großer Wildapfel. Er packte ihn und sagte: »Schwiegervater, bist du das? Wenn du es nicht bist, esse ich dich. Ach, wie gut das riecht!«

Hastig rief der Alte: »Ich bin's, ich bin's! Laß mich schnell los, du reißt mir ja meinen Bart ab!«

»Und frißt du mich auch nicht?« fragte der Rinderhirt.

»Nein, geh nach Hause!«

Der Rinderhirt ging nach Hause, und die Weberin sagte zu ihm: »Morgen sollst du dich verstecken.«

»Ach, wo soll ich großer Kerl mich denn verstecken?«

»Hab keine Angst! Ich bringe dir bei, wie man sich verwandelt.«

Am nächsten Morgen kam der Alte und rief wieder: »Komm spielen, Schwiegersohn! Du versteckst dich, und ich muß dich suchen.«

»Gut«, sagte der Rinderhirt.

Er hockte sich nieder und schlug einen Purzelbaum, da war er in eine Sticknadel verwandelt. Seine Frau sprang vom Ofenbett, hob die Nadel auf und ging damit sticken. Dann rief sie: »Such, Vater! Jetzt hat er sich versteckt.«

Der Alte suchte überall, im Haus und vor dem Haus, und konnte ihn nirgends finden. Da ging er zu seiner Frau nach Hause und sagte: »Er läßt sich nicht unterkriegen. Er findet mich, aber ich finde ihn nicht.«

Die Weberin warf die Sticknadel auf die Erde, und bauz, stand der Rinderhirt wieder da. »Morgen wird mein Vater mit dir einen Wettlauf machen«, sagte sie.

»Kann er mich denn einholen?«

»Bilde dir nichts ein! Er läuft schneller als du. Geh rasch in die Vorratskammer und nimm dir ein Schёng von den roten Körnern, nicht weniger. Dann nimm eine Handvoll roter Eßstäbchen und nimm noch die goldene Haarnadel von meinem Kopf. Und wenn ihr morgen lauft und ich rufe dir zu: ›Zieh einen Strich vor dir!‹, dann ziehst du mit der Haarnadel einen Strich vor dir. Merk es dir, zieh den Strich nicht hinter dir!«

Am nächsten Morgen kam der Alte und rief: »Schwiegersohn! Heute wollen wir einen Wettlauf machen! Du läufst weg, und ich laufe hinterher. Wenn ich dich einhole, fresse ich dich. Hole ich dich nicht ein, geschieht dir nichts.«

»Gut«, sagte der Rinderhirt und begann zu laufen. Er lief, und der Alte lief hinterher. Auch seine Frau und seine Schwiegermutter kamen mit den Kindern hinterhergelaufen.

Der Rinderhirt lief und lief, dann warf er ein Paar Eßstäbchen und zwei rote Körner auf die Erde. Er lief weiter und weiter, und wieder warf er ein Paar Eßstäbchen und zwei rote Körner auf die Erde. Sein Schwiegervater bückte sich danach, hob sie auf, lief weiter und bückte sich wieder. Im Laufen rief er noch: »Seht euch diesen Schwiegersohn an! Es geht ihm an den Kragen, und er hat noch meine Sachen gestohlen!«

Der Rinderhirt hatte schon alle roten Körner weggeworfen, und auch Eßstäbchen hatte er keine mehr. Als die Weberin sah, daß ihr Vater ihn bald einholen mußte, rief sie: »Zieh den Strich! Schnell, zieh den Strich!«

Auch die Schwiegermutter rief: »Mach schnell! Zieh den Strich!«

Der Rinderhirt blickte sich kurz um und sah, daß sein Schwiegervater dicht hinter ihm war. Da zog er hastig die goldene Haarnadel hervor und zog schnell einen Strich hinter sich. Der Strich wurde sofort zur Milchstraße, die Mann und Frau voneinander trennte. Der Rinderhirt stand auf der einen Seite, und seine Frau stand auf der anderen Seite. Da stand sie mit den Kindern und weinte, die Schwiegermutter weinte, und er stand allein auf seiner Seite und weinte auch.

Seine Schwiegermutter führte die Frau und die Kinder nach Hause. Auch der Schwiegervater ging zurück. Der Rinderhirt aber blieb jenseits der Milchstraße wohnen. Seitdem können sich die beiden immer erst am siebenten Tag des siebenten Monats treffen.

Am Morgen dieses Tages fliegen alle Vögel auf, und die Schwiegermutter des Rinderhirten zupft jedem von ihnen ein Büschelchen Federn aus und baut daraus eine Brücke über die Milchstraße.

Wenn wir am Abend des siebenten Tages des siebenten Monats aufmerksam hinsehen, können wir eine lange Bahn sehen, die über die Milchstraße führt. Das ist die Brücke, über die der Rinderhirt und die Weberin zusammenkommen. Wer sich spät in der Nacht, wenn alles ruhig ist, unter dem Weinspalier versteckt, kann die beiden sogar reden hören. Die Weberin wirft ihrem Mann immer vor: »Ich hatte gesagt, zieh den Strich vor dir, du aber hast ihn hinter dir gezogen, und nun sind wir durch die Milchstraße getrennt.«

»Ach«, antwortet dann der Rinderhirt, »als ich sah, daß dein Vater mich gleich packen würde, habe ich in der Aufregung vergessen, was du gesagt hattest.«

Die Weberin wäscht dem Rinderhirten noch die dreihundertsechzig Töpfe und Eßschalen ab, die er das Jahr über braucht, wäscht und flickt seine Kleider, und am sechzehnten Tag des siebenten Monats muß sie traurig zu ihrer Mutter nach Hause gehen.

(China)

Drachenaugen

Am Fuße eines Berges lebte ein Junggeselle namens Tsuee Heedsi. Er besaß kein Fleckchen Ackerland und lebte davon, daß er umherzog und den Leuten Töpfe und Schüsseln flickte. Eines Tages fand er auf dem Wege einen kleinen Drachen. Er setzte ihn in eine Kiste und fütterte ihn tagtäglich. Als der Drache größer wurde und nicht mehr in die Kiste paßte, hielt er ihn im Zimmer. Aber nach ein paar Jahren war auch das Zimmer zu klein, und da sagte Tsuee Heedsi eines Tages zu dem Drachen: »Du weißt auch, daß ich nur vom Töpfeflicken lebe. Jetzt bist du so groß geworden, daß ich dich nicht mehr ernähren kann. Ich werde dich zu der Höhle in den Bergen bringen!« Der Drache nickte zustimmend.

Als vielleicht ein Jahr vergangen war, wuchs vor dem Eingang der Höhle eine Ginsengpflanze. Alle wußten, was das für eine Kostbarkeit war, aber weil der Drache sie bewachte, wagte niemand, sie auszugraben. Später erfuhr der Kaiser davon und wollte sie unbedingt haben. Der Bezirksbeamte fand heraus, daß Tsuee Heedsi den Drachen großgezogen hatte, und drängte ihn, die Ginsengpflanze ausgraben zu gehen. Andernfalls, drohte er, sollte ihm der Kopf abgeschlagen werden. Tsuee Heedsi blieb keine andere Wahl, er nahm seinen Mut zusammen und ging hin. Schon von weitem sah er den Drachen am Höhleneingang liegen. »Drache!« sagte er, »ich habe dich großgezogen, rette jetzt du mein Leben und laß mich die Ginsengpflanze ausgraben!« Der Drache nickte zustimmend.

Tsuee Heedsi grub die Ginsengpflanze aus und brachte sie dem Kaiser.

Ein paar Tage später bekam die Frau des Kaisers kranke Augen. Man holte von überallher die besten Ärzte zusammen, aber je mehr sie herumdokterten, desto schlimmer wurde es, und schließlich war die Kaiserin blind.

Jemand sagte dem Kaiser: »Augenkrankheiten kann man mit einem Drachenauge heilen. Man braucht nur einmal damit über die kranken Augen zu streichen, und schon sind sie wieder gesund.« Nun ist der Drache ein so großes und fürchterliches Tier, daß tausend Mann nicht mit ihm fertig werden, aber da fiel dem Kaiser Tsuee Heedsi ein, und er schickte ihm den Befehl, er solle ein Drachenauge holen, dann würde er zum Minister ernannt werden, sonst aber würde er hingerichtet werden.

Tsuee Heedsi hatte Angst zu sterben, und er wollte auch ganz gern Minister werden. Aber diesmal war es etwas anderes als beim vorigen Mal. Da hatte er nur die Ginsengpflanze gewollt, diesmal jedoch wollte er ein Auge aus dem Körper des Drachen. Schließlich faßte er sich ein Herz und ging hin.

»Der Kaiser zwingt mich, ihm ein Drachenauge zu bringen«, sagte er zu dem Drachen. »Ich habe dich aufgezogen, rette jetzt du mein Leben und laß dir ein Auge herausschneiden!« Als der Drache das gehört hatte, nickte er zustimmend, und ohne sich zu rühren, ließ er sich von Tsuee Heedsi das linke Auge herausschneiden. Das tat ihm so weh, daß aus dem rechten Auge eine Träne tropfte.

Als der Kaiser das Drachenauge bekam, strich er der Kaiserin damit über ihr linkes Auge, und sofort konnte sie mit dem linken Auge wieder sehen, dann strich er über ihr rechtes Auge, und sofort konnte sie auch mit dem rechten Auge wieder sehen. Beide Augen waren genauso gut wie früher. Da freute sich der Kaiser und machte Tsuee Heedsi wirklich zum Minister.

Nun führte Tsuee Heedsi ein sorgenfreies Leben und genoß den Reichtum und den Ruhm der Welt. Dabei wandelte sich allmählich seine Sinnesart, und er wurde hartherzig und grausam. Er war nur noch auf sein eigenes Glück bedacht, und Leben und Tod der anderen kümmerten ihn nicht. Besaß jemand irgend etwas Schönes, ruhte er nicht eher, bis er es an sich gebracht hatte.

Weil er erfahren hatte, daß ein Drachenauge wirklich ein Schatz ist, dachte er: »Ich muß mir auch das andere Drachenauge verschaffen!« Also stieg er in eine Sänfte und ließ sich auf den Berg tragen. Dort sagte er zu dem Drachen: »Drache! Ich habe dich aufgezogen, gib mir auch dein rechtes Auge!«

Der Drache nickte mit dem Kopf, und schon wollte Tsuee Heedsi das Auge ausstechen, da riß der Drache sein Maul auf, und happs, hatte er ihn verschlungen.

(China)

Die Zauberkapuze

$\mathcal{E}$s waren ein armer alter Mann und seine Frau, die lebten auf einem Berg. An einem Silvestertag ging der Alte in die Stadt hinunter, um Reisig zu verkaufen und dafür etwas fürs Neujahrsfest zu besorgen. Er konnte aber an diesem Tag fast nichts verkaufen, so daß es nur zu einem Säckchen Reis langte. Als der Alte auf dem Heimweg an eine Brücke kam, beschloß er, sein Reisig dem Drachenkönig zu schenken, und so warf er es ins Wasser.

Am Morgen des Neujahrstages stand ein riesengroßer Mann vor der Tür des Alten. Er stellte sich als Bote des Drachenkönigs vor und sagte: »Der Drachenkönig läßt dir für das Reisig danken, und er möchte dir zum Zeichen seiner Dankbarkeit etwas schenken.«

Damit überreichte er dem Alten eine Kapuze und erklärte: »Das ist eine Zauberkapuze. Wenn du sie trägst, kannst du die Stimmen der Vögel verstehen.«

Der Alte bedankte sich erfreut. Als er am nächsten Tag früh aufstand, hörte er eine Krähe auf dem Dach. Eine zweite kam von Osten her geflogen und setzte sich zu ihr. »Ich will es mal probieren«, sagte der Alte und setzte die Kapuze auf. Kaum daß er das getan hatte, hörte er vom Dach folgendes Gespräch: »Wir haben uns schon lange nicht gesehen. Nun, was gibt es Neues, Bruder?«

»Wußtest du schon, daß die Tochter der Choja-Familie Onomichi schwer krank ist? Die Ärzte und Wahrsager gehen bei ihm ein und aus, aber keiner weiß Rat. Und weißt du, woran es liegt? Als der Choja vor einiger Zeit eine Scheune baute, wurde ein Frosch unterm Dach festgenagelt. Bis heute liegt er dort halbtot. Die Krankheit der Tochter beruht auf dem Fluch dieses Frosches. Ihn muß man retten, wenn die Tochter gesund werden soll. Aber keiner weiß das. Die Menschen sind ja zu dumm dafür.«

Der Alte war sehr erstaunt über diese Nachricht und machte sich sogleich auf zum Haus des Choja. In der Tat waren dort viele Ärzte und Wahrsager mit betrübten Gesichtern versammelt. Der Alte gab vor, ein Wahrsager zu sein und murmelte etwas am Lager der kranken Tochter. Dann erzählte er dem Reichen von dem halbtoten Frosch in der Scheune, der die Ursache für die Krankheit der Tochter sei.

Der Choja rief sogleich nach einem Zimmermann und ließ das Dach der Scheune öffnen. Der Frosch wurde hervorgeholt und sorgsam gepflegt. Von nun an ging es der Tochter täglich besser, und als man den Frosch wieder in Freiheit setzte, war auch die Tochter wieder völlig gesund. Der Choja war darüber sehr froh und beschenkte den Alten.

So wurde der Alte durch die Kapuze allmählich reich und brauchte kein Reisig mehr zu sammeln. Er lebte mit seiner Frau noch lange und glücklich. Koppori!

(Japan)

Die Kranichfrau

*E*s waren einmal ein junger Mann und seine herzensgute Mutter. Eines Tages arbeiteten die beiden auf dem Reisfeld. Da flatterte plötzlich etwas Weißes vor ihnen. Es war ein Kranich, der verletzt war und taumelnd zu fliegen versuchte, bis er erschöpft vor dem jungen Mann niederfiel.

Der junge Mann hob den Kranich auf und sah, daß ein Pfeil in seinem Rücken steckte. Er zog ihn heraus und ging mit dem Kranich zum Bach, wo er ihm die Wunde mit kühlem Wasser wusch. Dann nahm er ihn mit nach Hause und pflegte ihn ein paar Tage, bis er wieder völlig gesund war. Mutter und Sohn freuten sich darüber und ließen den Kranich wieder frei. Er flog hoch in den Himmel, zog dort noch einen Kreis über ihnen und verschwand.

Nach ein paar Tagen klopfte es abends an die Tür des Hauses. Als die Mutter öffnete, stand ein hübsches Mädchen vor ihr. »Ich möchte mich bei deinem Sohn bedanken und würde gern seine Frau werden«, sagte sie.

Die Alte antwortete: Das muß mein Sohn entscheiden. Ich will ihn wecken, warte bitte.«

Als der Sohn das Mädchen sah, sagte er: »Sie gefällt mir sehr, ich möchte sie gern zur Frau nehmen.«

Nun folgten viele glückliche Tage. Einmal sagte die junge Frau zu ihrem Mann: »Frauen sollen weben. Bau mir bitte eine Webhütte.«

Er erfüllte ihren Wunsch, baute eine kleine Hütte und stellte einen Webstuhl hinein. Die Frau freute sich darüber und sagte: »Ich will gleich zu weben beginnen, aber während ich arbeite, soll niemand in die Hütte hineinsehen.«

Tagelang hörte man nun das Klappern des Webstuhls aus der Hütte. Schließlich öffnete sich die Tür. Die Frau trat heraus und hielt auf den Armen einen wunderschönen Brokatstoff. Sie gab ihn ihrem Mann und sagte dazu: »Verkauf den Stoff in der Stadt, aber denk daran, daß er sehr wertvoll ist.«

Der Mann ging damit in die Stadt und bot den Stoff zum Kauf an.

Bald war er von vielen Leuten umringt, die den Stoff bewunderten. Schließlich verkaufte er den Stoff zu einem hohen Preis und ging mit dem Geld nach Hause.

Bald darauf webte die Frau einen zweiten Stoff und schickte ihren Mann damit in die Stadt. Und wieder verkaufte er ihn für einen guten Preis. Das wiederholte sich noch einige Male. Die Familie war dadurch reich geworden. Gern hätten die Mutter und ihr Sohn der Frau beim Weben zugeschaut, aber da sie es verboten hatte, wagten sie es nicht.

Eines Tages, als die junge Frau wie immer am Webstuhl saß, konnten die beiden ihre Neugier nicht mehr unterdrücken und guckten durch ein Loch in der Wand in die Hütte. Darin sahen sie einen mageren Kranich am Webstuhl sitzen, der sich mit seinem langen Schnabel eine Feder nach der anderen auszog und sie verwebte. Die beiden waren sprachlos.

Am nächsten Tag kam die Frau zu ihnen und sagte: »Das ist mein letzter Tag bei euch. Warum habt ihr mich bei der Arbeit beobachtet? Ich hatte euch so sehr gebeten, es nicht zu tun. Jetzt wißt ihr, wer ich in Wirklichkeit bin. Deshalb muß ich euch verlassen.«

Alle Versuche, sie zurückzuhalten, waren vergebens. Sie verwandelte sich in einen mageren nackten Kranich, flog mühsam auf und verschwand mit klagendem Schrei im Himmel.

Ich habe es zwar nicht gesehen, aber man sagt, daß der Brokat aus Kranichfedern noch heute im Todaijitempel in Kioto verwahrt wird.

(Japan)

Wie die Schildkröte eine Schuld abtrug

*I*n alten, ganz alten Tagen lebte einmal ein Mann, der mit Pfeil und Bogen umgehen, aber genausogut seinem Vergnügen nachgehen und Geld ausgeben konnte. Eines Tages schlenderte er am Meeresstrand herum, als er in der Ferne Burschen aus dem Dorf zusammenstehen sah, die schrien sich laut an. Er wollte gern wissen, was da los war, trat darum herzu. Sieben Burschen stritten miteinander um eine große

Schildkröte, die drei Schwänze hatte. Jeder wollte die Schildkröte für sich haben, aber weil sie alle gemeinsam das Tier gefangen hatten, sah es nicht so aus, als ob sie irgendwie übereinkommen könnten. Da meinte einer von ihnen: »Zu siebt haben wir sie gefangen, es wird uns nichts anderes übrigbleiben, als sie unter uns sieben aufzuteilen« – und er zog sein Messer heraus und schickte sich an, die Schildkröte in sieben Teile zu zerschneiden.

Den sicheren Tod vor Augen blickte die Schildkröte sie alle an, so als ob sie um etwas bitten wollte. Das sah der, der da am Meeresstrand spazierengegangen war, ihm erschien die Schildkröte ganz bedauernswert, er gab den Burschen Geld, kaufte die Schildkröte und ließ sie im Meerwasser wieder frei. Sie war ihm sehr dankbar. »Ich bin der Drachenkönig vom Meeresgrund. Gerade als ich heute endlich einmal aus dem Meer herausgekommen bin, um mir das feste Land anzusehen, bin ich gefangen worden. Durch deine Freundlichkeit bin ich noch einmal davongekommen. Wenn du hinfort in Gefahr gerätst, dann komm hierher und suche nach mir. Dann werde ich dir helfen und die Schuld, in der ich bei dir stehe, abtragen« – sprach's und schwamm ins Meer hinein.

Später einmal unternahm der Mann eine weite Reise. An einem Abend war er noch unterwegs, aber weil es dunkelte, trat er in eine Herberge ein, um dort zu übernachten. Die Großmutter in der Herberge begrüßte ihn ganz erfreut. Nach dem Abendessen erzählten sie sich diese Geschichte und jene Geschichte, und dann erzählte der Mann auch, daß er nur so zu seinem Vergnügen herumwandere und am nächsten Morgen auch mal auf den Berg hinter der Herberge steigen wolle. Als die Großmutter das hörte, suchte sie ihm davon abzuraten, sie sagte: »Ich bin eigentlich der Geist dieses Berges dort hinten. Von einem bösen Weib, das jetzt den Berg beherrscht, bin ich verjagt worden. Deshalb siehst du mich jetzt hier in der Herberge. Wenn du auf den Berg hinaufsteigst, wird dir Schlimmes widerfahren. Es ist noch niemand lebend zurückgekehrt von denen, die es gewagt haben, auf den Berg zu steigen.« Er aber gab an: »Ich bin doch ein großer und kräftiger Mann, wie kann ich denn vor so was Angst haben? Ist man dann noch ein richtiger Mann?«

Am nächsten Morgen kletterte er wirklich auf den Berg hinauf, wo nun das böse Weib anstelle des wahren Berggeistes regierte. Als er oben ankam, wurde es schon dunkel. Tief im Wald sah er ein Feuer brennen. Er marschierte in diese Richtung. Da trat ein junges und hübsches Mädchen zu ihm und hieß ihn höflich willkommen. Er bat um ein Nachtlager, und gern stimmte sie zu. Sie brachte ihm zu essen, der Tisch war reich gedeckt mit köstlichen Speisen.

Spät am Abend wollte er endlich schlafen gehen, doch da bat sie, mit ihm das Bett teilen zu dürfen. »Ich bin der Berggeist hier, willst du mit mir zusammenleben?«

Der Mann hatte schon so etwas geahnt, bei sich dachte er: »Jetzt scheint sie was Schlimmes mit mir vorzuhaben«, und er antwortete ihr: »Du scheinst wohl Sitte und Anstand nicht zu kennen! Mit mir kannst du das nicht machen!«, ganz fest lehnte er alles ab.

Sofort wurde sie zornig, weißer Schaum stand ihr vor dem Mund. »Wenn du sagst, du willst mich nicht . . .? Wart, du wirst was erleben!« Und sie fing an, ihre Zauberkräfte einzusetzen: Eine Zauberformel schrieb sie auf ein Stück Papier, verbrannte es, blies den Rauch in die Höhe, murmelte noch einen Zauberspruch vor sich hin, und mit einem Mal war die ganze Welt, Himmel und Erde, so schwarz, als hätte man alles mit Tusche angemalt. Blitze zuckten, Donner krachte. Die Blitze sahen aus, als ob jemand mit dem Messer herumfuchtelte. Der Mann geriet ganz durcheinander, ihm wurde klar, daß er gar keine Aussicht hatte, diesem bösen Weib zu entgehen.

Plötzlich aber fiel ihm die Schildkröte ein, der er das Leben gerettet hatte. Er bat die Frau, ihm einen Aufschub zu gewähren, er wollte die Sache erst noch einmal überdenken. Das böse Weib glaubte ihn schon ein wenig gewonnen zu haben, sie lachte ihn aus und gab ihm sieben Tage. Aber sie drohte ihm: »Wenn du mich irgendwie hereinlegen willst, dann werde ich dich töten!«

Der Mann ging ans Meer, dorthin, wo er der Schildkröte das Leben gerettet hatte, und rief nach dem Drachenkönig. Aus dem Wasser kam ein hübscher Knabe, der brauchte nur einen Zauberspruch zu sagen, und schon teilten sich die Fluten. Auf diesem Weg zwischen den Wassern folgte der Mann ihm hinunter zum Drachenkönig. Der hörte sich an, in welcher schlimmen Lage der Mann war, dann beorderte er drei seiner Generäle herbei und befahl ihnen, gemeinsam das böse Weib anzugreifen.

Mit den drei Generälen trat der Mann wieder aufs feste Land, und sie marschierten los, um das böse Weib zu bekämpfen. Wer weiß durch welche Zauberkraft – Himmel und Erde verdunkelten sich, Sturm und Regen kamen auf, nichts konnte dem widerstehen. Aber als das böse Weib das sah, lachte sie nur. »So, du hast dir Hilfe vom Drachenkönig geholt. Aber der vermag nichts gegen meine Zauberkraft!«, wieder schrieb sie eine Zauberformel auf ein Papier, verbrannte es, blies den Rauch in die Luft und – wie konnte das nur geschehen? – die Generäle starben einen grausamen Tod.

Der Mann stand völlig regungslos, es blieb ihm nun wohl nichts anderes übrig, als dem bösen Weib seinen Wunsch zu erfüllen. Aber er bat sie noch einmal um Bedenkzeit. Das böse Weib erwiderte: »Was du auch für einen Plan hast, es wird nichts herauskommen dabei«, aber sie gewährte ihm noch einmal, diesmal sogar einen Monat, Aufschub.

Wieder sprach er beim Drachenkönig vor. Der sorgte sich ernstlich, er meinte, da müsse man wohl den Höchsten Jadekaiser im Himmel selbst um Hilfe angehen, und stieg dorthin auf. Der Höchste Jadekaiser sandte drei Generäle zur Erde hinunter, die benutzten ihre Zauberkraft, machten Sturm und Regen, ließen Blitze zucken. Das böse Weib lachte nur. »Hast du sogar den Beistand des Himmels gewonnen! Jetzt sollst du mal sehen, wie mächtig ich bin!«, wieder schrieb sie ihre Zauberformel auf ein Stück Papier, verbrannte es, blies es in die Luft. Aber nichts, gar nichts änderte sich: Sturm und Regen, Blitze tobten wie zuvor. Und dann, zuletzt, kam ein gewaltiger Donnerkeil vom Himmel herunter, der traf das böse Weib und erschlug sie.

Und als sie den Leichnam des bösen Weibes betrachten wollten, da war der in einen riesigen alten Fuchs verwandelt. Dieser Fuchs hatte als Berggeist den Menschen so viel Schlimmes gebracht. – Der Mann bedankte sich bei den drei Himmelsgenerälen, auch der Großmutter in der Schenke entbot er seinen Gruß, dann suchte er noch einmal den Drachenkönig im Drachenpalast auf. Danach kehrte er wohlbehalten nach Hause zurück.

(Korea)

Die Geschichte vom Zauberspruch »Vedabbha«

Als vor langen Zeiten König Brahmadatta in Benares regierte, lebte in einem Dorf ein Brahmane, der den Zauberspruch »Vedabbha« kannte. Es war ein sehr wertvoller und kostbarer Spruch. Denn wenn eine bestimmte Mondkonstellation eingetreten war und der Brahmane den Zauberspruch hersagte und zum Himmel emporschaute, dann regnete es die sieben Kleinodien herab. Damals erlernte der Bodhisattva bei diesem Brahmanen die Künste.

Eines Tages nun verließ der Brahmane mit dem Bodhisattva in irgendeiner Absicht das Dorf und begab sich ins Reich Cetiya. In einer Waldgegend, die an ihrem Wege lag, trieben fünfhundert sogenannte »Geiselnehmerdiebe« Straßenräubereien. Sie fingen den Bodhisattva und den Vedabbha-Brahmanen.

Warum aber heißen diese Räuber nun »Geiselnehmerdiebe«? Mit den Wegelagerern verhält es sich so: Wenn sie zwei Leute gefangen haben, behalten sie den einen als Geisel und schicken den anderen fort, um Lösegeld herbeiholen zu lassen, und deshalb nennt man sie eben »Geiselnehmerdiebe«. Wenn sie Vater und Sohn gefangen haben, sagen sie zum Vater: »Bringe uns Geld! Dann kannst du deinen Sohn wiederhaben und gehen.« Wenn sie Mutter und Tochter fangen, lassen sie die Mutter frei. Wenn sie den ältesten und den jüngsten Bruder fangen, lassen sie den ältesten frei. Wenn sie Lehrer und Schüler fangen, lassen sie den Schüler frei.

Als sie nun den Vedabbha-Brahmanen mit seinem Schüler gefangen hatten, ließen sie den Bodhisattva frei. Der Bodhisattva grüßte seinen Lehrer ehrerbietig und sprach zu ihm: »Nach ein oder zwei Tagen werde ich zurückkommen. Fürchte dich nicht! Befolge aber meine Worte! Heute wird die Konstellation eintreten, die den Goldregen herbeiführt. Sage aber nicht den Zauberspruch her, um das Geld regnen zu lassen, wenn auch dein Elend unerträglich werden sollte! Läßt du doch das Geld regnen, wirst du ins Verderben stürzen und diese fünfhundert Räuber dazu.« So ermahnte er seinen Lehrer und ging dann, um Geld zu holen.

Als aber die Sonne untergegangen war, fesselten die Räuber den Brahmanen und hießen ihn sich niederlegen. Da ging im Osten der Vollmond auf. Der Brahmane betrachtete die Konstellation und dachte: »Die Konstellation, die das Geld herbeibringt, ist eingetreten. Was soll ich im Elend bleiben? Ich werde meinen Zauberspruch hersagen und einen Goldregen herniedergehen lassen. Dann werde ich den Räubern das Geld geben und meiner Wege gehen.« Und er sprach zu den Räubern: »He, ihr Räuber, warum habt ihr mich gefangen?« Sie antworteten: »Um zu Geld zu kommen, Herr.« Darauf sagte er: »Wenn ihr Geld wollt, dann befreit mich rasch von den Fesseln! Laßt mich mein Haupt waschen und neue Kleider anziehen, mich mit Wohlgerüchen besprengen und mit Blumen bestreuen und laßt mich allein!« Die Räuber hörten seine Rede an und befolgten sie. Als der Brahmane sich der Konstellation nochmals vergewissert hatte, sagte er seinen Zauberspruch her und blickte zum Himmel empor. Da fiel das Gold vom Himmel herab. Die Räuber sammelten den Schatz in ihre Obergewänder, schnürten sie zu Bündeln und gingen fort. Der Brahmane aber ging ihnen nach.

Da kamen fünfhundert andere Räuber und nahmen diese gefangen. Als die Gefangenen fragten: »Warum nahmt ihr uns gefangen?«, antworteten sie: »Um zu Geld zu kommen.« Darauf sprachen die ersten Räuber: »Wenn ihr Geld wollt, dann ergreift diesen Brahmanen! Der hat zum Himmel emporgeblickt, hat Gold regnen lassen und hat es uns gegeben.« Darauf ließen die Räuber die anderen Diebe laufen, ergriffen den Brahmanen und riefen: »Gib auch uns Geld!« Der Brahmane aber antwortete: »Ich werde euch Geld geben. Doch die Konstellation, die zu Geldregen führt, wird erst in einem Jahr wieder eintreten. Wenn ihr Geld wollt, müßt ihr schon so lange warten. Dann werde ich einen neuen Goldregen herniedergehen lassen.« Da wurden die Räuber zornig und sprachen: »He, du jämmerlicher Brahmane! Den anderen hast du jetzt Geld regnen lassen, und wir sollen ein Jahr warten?« Mit scharfem Schwert schlugen sie den Brahmanen in zwei Teile und warfen ihn auf die Straße. Dann eilten sie den anderen Räubern nach, kämpften mit ihnen, töteten sie alle und raubten ihnen das Geld. Danach stritten sie sich untereinander und zerfielen in zwei

Gruppen, die miteinander kämpften. Dabei töteten sie zweihundert-
fünfzig Mann. So töteten sie sich gegenseitig. Zuletzt blieben noch
zwei Leute übrig. Auf diese Weise stürzten diese tausend Menschen
bis auf die zwei ins Verderben.

Die zwei Männer aber, die das Geld mit List an sich gebracht
hatten, versteckten den Schatz in einem Gebüsch in der Nähe eines
Dorfes. Der eine setzte sich mit seinem Schwert als Wächter dazu. Der
andere ging ins Dorf, um Reis zu kaufen und Reisbrei kochen zu
lassen.

Doch es heißt: »Habgier ist die Wurzel des Verderbens.« Der Be-
wacher des Schatzes überlegte inzwischen: »Wenn mein Kumpan
zurückkehrt, werde ich das Geld mit ihm teilen müssen. Ob ich ihn
nicht lieber mit dem Schwert töte, wenn er kommt?« Und er gürtete
sich mit seiner Waffe, setzte sich nieder und wartete auf des anderen
Rückkehr.

Jener aber überlegte »Der Schatz wird in zwei Teile geteilt werden.
Ob ich nicht lieber Gift in den Reisbrei mische und den Mann davon
essen lasse, damit er stirbt? Dann würde das Geld mir allein gehören.«
Als das Mahl zubereitet war und er selbst gegessen hatte, mischte er
Gift unter das Übriggebliebene und ging damit zu seinem Gefährten.
Kaum aber hatte er diesem das Mahl vorgesetzt, da schlug ihn der auch
schon in zwei Teile und warf den Leichnam an einen verborgenen Ort.
Dann verzehrte er den vergifteten Reisbrei und starb daran. So stürz-
ten um des Schatzes willen alle ins Verderben.

Nach ein oder zwei Tagen kehrte der Bodhisattva mit dem Lösegeld
zurück. Als er seinen Lehrer dort nicht mehr vorfand, wo er ihn verlassen hatte, dachte er: »Mein Lehrer hat meine Worte gewiß nicht
befolgt und hat Geld regnen lassen. So mußten denn alle ins Verderben
stürzen.« Und er zog auf der Heerstraße weiter. Da sah er seinen
Lehrer auf der Straße liegen, in zwei Stücke geschlagen. Und er dachte: »Mein Lehrer starb, weil er nicht nach meinen Worten handelte.«
Er trug Holz herbei, errichtete einen Scheiterhaufen, verbrannte den
Leichnam und ehrte ihn mit Waldblumen. Dann ging er weiter und
sah die fünfhundert getöteten Räuber. Danach fand er die zweihun-
dertfünfzig und alle anderen Toten. Da dachte er: »Bis auf zwei sind

tausend Mann ins Verderben gestürzt. Es muß doch noch zwei Räuber geben. Sicher konnten auch diese sich nicht beherrschen. Wo mögen sie wohl hingegangen sein?« Schließlich sah er, welchen Weg die beiden letzten Diebe zu dem Gebüsch hin eingeschlagen hatten. Und als er diesen weiterging, gewahrte er den Goldhaufen, in ein Bündel verschnürt, und einen Toten, der eine Schüssel mit Reisbrei weggeworfen hatte. Jetzt erkannte er den ganzen Sachverhalt: »Die werden es gewiß so und so gemacht haben. Doch wo ist der letzte Mann?« Da bemerkte er auch ihn, der an einem verborgenen Ort versteckt lag. Da dachte der Bodhisattva: »Mein Lehrer befolgte meine Worte nicht. So stürzte er selbst ins Unglück und brachte noch tausend andere Männer ins Verderben. Wer mit schlechten, ungeeigneten Mitteln seinen Vorteil sucht, stürzt, wie unser Lehrer, in großes Verderben.« Und er sprach folgenden Vers:

> »Wer mit verkehrten Mitteln nur
> Sich Vorteil sucht, der geht zugrunde.
> Die Cetas töteten Vedabbha,
> Sie alle stürzten ins Verderben.«

Nachdem der Bodhisattva mit diesem Vers die Lehre verkündet hatte, erfüllte er den Wald noch einmal mit seiner laut dröhnenden Stimme: »Wie sich unser Lehrer selbst vernichtete und auch für andere Menschen die Ursache des Verderbens wurde, als er sich mit schlechten Mitteln und zur Unzeit mühte und Geld regnen ließ, so wird auch ein anderer, der mit schlechten Mitteln einen Vorteil erstrebt, nur Mühsal verursachen und ernten. Er wird sich selbst ganz zugrunde richten und auch die anderen ins Verderben stürzen.«

Und während die Gottheiten ihre Zustimmung gaben, nahm er behende den Schatz auf und trug ihn in sein Haus. Zeit seines Lebens tat er gute Werke, spendete Almosen und dergleichen mehr. Am Ende seines Lebens ging er den Weg, der zum Himmel führt.

(Buddhistisch)

Von Myanmar nach Papua-Neuguinea

Prinzessin Manawhari

Im Lande Ottarapyinsala herrschte einst König Adeiksawuntha. Seine tugendhafte Königin Sandadevi fühlte sich glücklich, wenn sie Opfer spenden konnte.

Es war das die Zeit, da der Bodhisattva im Tavatimsa-Himmel starb und seine Wiedergeburt im Leib der Königin Sandadevi nahm. Als das geschah, bebte die Erde, und auch andere Vorzeichen ließen aufmerken. Die Macht des Bodhisattva bewirkte, daß am Tage der Geburt an allen vier Ecken des Palastes ein Topf mit glänzendem Gold erschien.

Als König Adeiksawuntha diese wundersame Erscheinung gewahr wurde, empfand er große Liebe zu seinem Sohn. Prinz Thudanu, so nannte man den Knaben, wuchs zu einem schönen Jüngling heran, der nicht nur im Bogenschießen, sondern in allen achtzehn Künsten, die ein Prinz beherrschen mußte, Meister war. Als er seinem Vater zeigte, was er konnte, freute sich dieser sehr und übergab ihm den Thron. Der Sohn nahm ihn an, überließ ihn aber wieder dem Vater.

Damals lag im Westen des Landes Ottarapyinsala ein See. In diesem See herrschte der König der Nagas, Sabuseitta. Jedes Jahr verehrten die Bewohner des Landes Ottarapyinsala dem König der Nagas viele duftende Blumen. Sie beteten zu ihm und baten um gutes Wetter und Wohlergehen. Der König der Nagas nahm die Spenden entgegen und erfüllte ihre Wünsche, und das Land blühte und gedieh.

Damals regierte in dem Land Mahapyinsala, das im Osten von Ottarapyinsala lag, ein König, dessen Sorge die furchtbare Trockenheit seines Landes war. Es entstand eine Hungersnot, die so unerträglich wurde, daß viele Menschen aus Mahapyinsala nach Ottarapyinsala flohen. So verminderte sich in Mahapyinsala die Bevölkerung, und auch die Zahl des königlichen Gefolges wurde geringer. Auf die Frage des Königs erklärten die Minister, daß die Menschen wegen der Dürre und der Hungersnot das Land verließen. In Ottarapyinsala gäbe es nämlich genug Regen, und die Leute hätten reichlich zu essen, was alles sie dem König der Nagas, Sabuseitta, zu verdanken hätten. Da wurde der König höchst zornig, denn er gönnte dem Lande Ottarapyinsala diesen Wohlstand nicht. Er beschloß, den Nagakönig Sabuseitta, dem sein ganzer Haß galt, weil er jenem Lande so viel Gutes brachte, töten zu lassen. Er fragte seine Minister, wem er diese Aufgabe wohl übergeben könne, und die Minister verwiesen ihn an einen Brahmanen. Der König befahl diesem Brahmanen, den Nagakönig Sabuseitta zu fangen, tot oder lebendig. Wenn ihm das gelinge, solle er Kronprinz werden. Der Brahmane übernahm die Aufgabe und versprach, den König der Nagas lebend auszuliefern, worüber sich der König sehr freute, ihn hoch belohnte und ihn aufforderte, den Nagakönig recht bald lebend herbeizubringen.

Der Brahmane ging zu dem See, in dem der König der Nagas wohnte, stellte sich ans Ufer und nahm sich vor, den Naga am nächsten Morgen zu fangen. Als die Sonne unterging, reinigte er seinen Mund, legte weiße Kleidung an, nahm in die linke Hand einen Blumenkranz streckte die rechte Hand aus und murmelte die Schlangenbeschwörermantras des Galonkönigs. Die Kraft der Mantras bewirkte, daß sich der Körper des Nagakönigs erhitzte und er, weil er das nicht mehr ertragen konnte, vor dem Brahmanen erschien. Mit ihm zusammen stieg Dampf empor, der sich wie eine dunkle Wolke erhob.

Da wußte der Brahmane, daß er die Kraft besaß, den König der Nagas zu beschwören. Er freute sich, beendete seine Zaubersprüche und ging hinweg, um zu schlafen. Am nächsten Morgen begab er sich zeitig in den Wald, um den Baum zu suchen, aus dem er das Mittel gewann, das den Mantras Kraft verlieh.

Auch der König der Nagas verließ sein Reich und gab sich selbst die Gestalt eines Brahmanen. Er wünschte sehnlich, daß zu ihm ein Mensch käme, dem er Gutes getan hatte und der sich dafür dankbar erwiese. Da erschien aus irgendeinem Grunde der Jäger Ponnarika. Als der König der Nagas den Jäger erblickte, freute er sich und rief ihn zu sich.

»Lieber Jäger, wohin gehst du mit deiner Waffe?«

»Ehrwürdiger Brahmane, ich gehe jagen.«

»Geht es euch im Lande Ottarapyinsala gut?«

»Es geht uns gut.«

»Warum?«

»Bei uns herrscht der König der Nagas, Sabuseitta. Weil wir ihn verehren, gedeiht unser Land.«

»Wenn du jemandem begegnest, der dem Nagakönig Übles will, was tust du da?«

»Ich schlage ihm das Haupt ab.«

»Wirklich?«

»Ja, ich spreche die Wahrheit.«

»Lieber Jäger, wenn das so ist, dann will ich dir sagen, daß der König der Nagas kein anderer ist als ich. Wenn du mir nicht hilfst, werde ich sterben müssen.«

»O König der Nagas, wieso denn das?«

Da berichtete der König der Nagas in aller Ausführlichkeit von dem bösen Anschlag des Brahmanen.

»Und was befiehlt mir der Herr zu tun?« fragte der Jäger.

»Lieber Jäger, begib dich in ein Gebüsch und warte dort mit gespanntem Bogen. Bald wird der Brahmane kommen, sich ans Ufer des Sees stellen und seine Mantras murmeln. Wenn aus dem See Schaum aufsteigt, schieße deinen Pfeil auf ihn ab. Dann komm aus dem Gebüsch heraus, pack den Brahmanen am Schopf, halte dein Messer über ihn und sagte: ›O Brahmane, sprich die Löseformel für dein verderbliches Mantra! Tust du das nicht, dann kostet es dich das Leben.‹ Wenn er die Löseformel spricht, wird das Wasser wieder sein wie vorher. Dann kannst du tun, was du möchtest.«

Nach diesen Worten verschwand der König der Nagas wieder in seinem Reich. Der Jäger nahm Pfeil und Bogen und versteckte sich im Gebüsch. Bald darauf erschien der Brahmane. Er stellte sich an das Seeufer, hob die Hände gen Himmel und sprach die Zauberformeln. In diesem Augenblick begann das Wasser zu schäumen und zu brodeln.

Da schoß der Jäger seinen Pfeil auf den Brahmanen ab, welcher sofort zu Boden fiel. Geschwind sprang der Jäger aus seinem Gebüsch heraus, packte den Brahmanen am Haupt, hielt das Messer über ihn und drohte ihm, wie es der Nagakönig befohlen hatte. Der Brahmane hob in seiner Todesangst die Bannsprüche wieder auf, und das Wasser wurde still und glatt.

Obwohl der Brahmane den Jäger immer wieder anflehte, ihn doch nicht zu töten, war der Jäger der Meinung, daß dem König der Nagas auch in Zukunft Gefahr drohe, wenn er den Brahmanen am Leben ließe. Also trennte er seinen Kopf vom Körper und warf ihn an einen anderen Ort.

Aus tiefer Dankbarkeit erschien der König der Nagas dem Jäger Ponnarika in Gestalt eines Jägers, nahm ihn mit in sein Reich und ließ ihm höchste Ehren zukommen. Ehe der Jäger wieder zurückkehrte, beschenkte er ihn mit vielen wertvollen Juwelen und begleitete ihn an die Erdoberfläche. Oben am Seeufer sagte er zu ihm, wenn der Jäger seiner bedürfe, solle er den Nagawächter des Sees beauftragen, ihn zu ihm zu führen. Dann verschwand der König der Nagas, und der Jäger ging seiner Wege.

Geraume Zeit später war der Jäger wieder einmal auf Jagd. Er gelangte in einen großen Wald und näherte sich den Himalayabergen. Dort fand er die Klause eines Eremiten. Der Jäger legte seinen Bogen an einen sicheren Ort und betrat die einsame Klause des Eremiten Kathapa, der darin ganz allein wohnte. Der Eremit begrüßte ihn und fragte, ob etwas Besonderes den Jäger zu ihm geführt habe, doch dieser antwortete, daß er sich gerade auf der Jagd befinde und sonst weiter keine Gründe habe. Er verabschiedete sich und kam in die Mitte des Waldes.

Bald erreichte er einen Park, in dem viele verschiedene Bäume wuchsen. In diesem Park lag ein viereckiger See, an dem nicht nur alle fünf Lotosarten blühten, sondern auch Magnolien und andere herrliche Blumen. Der Jäger wollte nun zu gern wissen, was es mit dem See auf sich habe. Er kehrte zum Eremiten Kathapa zurück und erkundigte sich. Doch der Eremit entgegnete, daß der See kein besonderer See sei. Also ging der Jäger wieder zu dem Wasser zurück und versteckte sich in einem Gebüsch in der Nähe des Ufers.

Nun war gerade die Zeit des vollen Mondes. Da flogen die sieben Töchter des Königs Dumayaza, der auf dem Gipfel des Kelasaberges wohnte, mit tausend Gespielinnen durch die Lüfte und ließen sich am

See nieder. Dort lustwandelten sie, schlugen die Harfe, sangen und tanzten dazu, badeten im See und flogen wieder zum Kelasaberg zurück. So etwas Wunderbares hatte der Jäger noch nie gesehen. Er überlegte, ob es nicht angemessen sei, seinem Herrn, dem Prinzen Thudanu, eine dieser Kenaris zum Geschenk zu machen. Deshalb lief er wieder zu dem Eremiten Kathapa und fragte ihn, wie er es anstellen müsse, um eine der Kenaris zu fangen. Der Eremit gab ihm zur Antwort, daß man das nur mit der Nagaschlinge tun könne, die es im Nagareich gebe. Als der Jäger das hörte, freute er sich sehr, verabschiedete sich von dem Eremiten und eilte zu dem See, in dem er den Nagakönig aufsuchen wollte. Er rief nach dem König der Nagas. Da erschien der Torwächter-Naga und brachte den Jäger zu dem Nagakönig Sabuseitta.

»O Freund, was ist dein Begehr? Ich bin bereit, deine Wünsche zu erfüllen«, sagte der König der Nagas.

»König der Nagas, ich bin gekommen, um von dir eine Nagaschlinge zu erbitten!« sagte der Jäger.

»Warum bittest du um nichts anderes? Muß es denn unbedingt eine Nagaschlinge sein? Das ist für uns eine kostbare Waffe. Wenn uns der Galon ans Leben will und wir halten die Schlinge, dann überfällt ihn die Angst, und er nimmt Reißaus.«

»Edler Freund, rede nicht lang und breit um die Sache herum! Ich möchte weiter nichts von dir haben als eben diese Nagaschlinge.«

Der Jäger bestürmte den König der Nagas so lange mit seiner Bitte, bis dieser nachgab. Der König der Nagas bedachte, daß der Jäger ihm ja das Leben gerettet hatte, und überreichte ihm die gewünschte Waffe. Dann brachte er den Jäger wieder ins Land der Menschen. Dort bat er ihn, ihm doch die Schlinge zurückzugeben, wenn er sie nicht mehr benötige. Danach entließ er ihn. Der Jäger eilte mit seiner Nagaschlinge zur Klause des Eremiten, erwies ihm seine Ehrerbietung und ging wieder in das Gebüsch am See. Und wieder flogen die sieben Töchter des Königs Dumayaza wohlgeschmückt mit ihren Gespielinnen aus den Lüften herab und ließen sich am See nieder. Die Gespielinnen erfreuten die Schwestern mit Harfenspiel und Hörnerklang. Dann entkleideten sich die sieben Prinzessinnen und stiegen zum See hinab, wo sie im Wasser herumtollten. Als sie nach dem Bad wieder ans Ufer stiegen, kam der Jäger aus seinem Versteck hervor und warf seine Schlinge. Sie fiel über die Hand Manawharis, der ältesten Kenariprinzessin. Als die anderen sechs Kenaris den Jäger erblickten, rannten sie in panischem Schrecken davon. Erst als sie bemerkten, daß Manawhari nicht mitgekommen war, schauten sie sich um und sahen sie in der Nagaschlinge gefangen. Da brachen sie in herzzerbrechendes Weinen aus und flohen an einen anderen Ort.

»O Manawhari«, jammerten sie, »wie sollen wir es Vater und Mutter beibringen, daß du nicht mehr bei uns bist? Da wäre es besser, wir erlitten den Tod, als von dir getrennt zu sein.«

Unter Weinen und Klagen legten sie ihre Kleider und ihren Schmuck wieder an, lösten ihr Haar und flogen zum Gipfel des Kelasaberges zurück. Oben berichteten sie Vater und Mutter, daß Manawhari von einem Jäger gefangen worden sei. Als die Mutter das vernahm, wollte ihr schier das Herz zerbrechen. »Lieber will ich sterben, als Manawhari nicht wiedersehen.« Unter Tränen bat sie den König, ihr zu gestatten, auf die Suche zu gehen, und König Dumayaza erlaubte es ihr. Da löste die Mutter ihr Haar, so daß es ihr über den Rücken fiel, und flog mit ihren Begleiterinnen durch die Lüfte.

Kaum hatte der Jäger das Lasso über Manawharis Hand geworfen, stürzte er geschwind zu ihr hin und hielt ihre Hand fest. Da bat ihn Manawhari: »Lieber Jäger, wenn du meine Hand festhältst, muß ich sterben. Lege also deine Schlinge beiseite. Ich werde dir freiwillig an den Ort folgen, zu dem du mich mitnimmst.«

Auf diese Bitte hin entfernte der Jäger die Schlinge. Sodann sagte er zu Manawhari: »Natjungfrau, gib mir jetzt deine Flügelschuhe und den übrigen Schmuck!« Manawhari tat, wie ihr geheißen, dann fiel sie auf die Knie, schaute nach Norden und zollte ihren Eltern Respekt. Sie legte ihren Rubinohrschmuck auf die Erde und flehte zu den Eltern: »O mein Vater, o meine Mutter, jetzt seht ihr eure Tochter zum letzten Mal. Sollte ich euch gegenüber gesündigt haben, dann vergebt mir! Jetzt muß ich dem Jäger folgen. Wenn ihr an mich denkt, dann betrachtet statt meiner diesen glänzenden Rubinohrschmuck. Lieber Vater und liebe Mutter, ein böses Geschick hat mich in die Hand des Feindes getrieben, und ich muß jetzt mit ihm zusammen fortgehen.«

Manawhari folgte dem Jäger bis an die Pforte des Himalaya. Dort wandte Manawhari ihr Antlitz den Bergen zu, legte ihre Hüftschnur aus Rubinen ab und rief den Herrn des Himalaya an: »Wenn meine Mutter mir bis hierher folgt, dann sage ihr, daß das meine Hüftschnur ist, und gib sie ihr!« Dann folgte sie weiter dem Jäger.

Obwohl der Jäger den ganzen Weg mit Manawhari allein war, hatte er nicht im Sinn, sie anzurühren, denn er hielt sich für zu gering, um sich mit einer so hochgeborenen Jungfrau gleichzustellen. Deshalb befiel ihn nie die Lust, sondern er hatte nur den einen Wunsch, die Kenariprinzessin seinem Herrn, dem Prinzen Thudanu, als Braut zuzuführen.

Nachdem Manawhari ihre Hüftschnur abgelegt hatte, flehte sie: »Ach, eilt herbei, Vater und Mutter, um eure Tochter nochmals zu sehen, denn in Zukunft wird es schwer sein. Möge ich nicht immer fern von Mutter und Vater in der Welt der Menschen bleiben!« Dann folgte sie wieder dem Jäger.

Die Königinmutter aber war mit ihren Begleiterinnen auf der Suche nach ihrer Tochter. Sie flogen durch die Lüfte hinab zum See, suchten das Ufer ab und fanden Manawharis Ohrrubine mitten in den Blumen liegen. Bei diesem Anblick brach die Königin zusammen wie eine Marionette, die ihrer Stränge beraubt wird. Sie weinte und rief: »O meine liebe Tochter Manawhari, deine Mutter fand deinen Ohrschmuck inmitten der Blumen. Dein Antlitz, das so schön ist wie der volle Mond und das ich immer küssen möchte, werde ich nun nicht mehr sehen!« Dann erhob sie sich und verfolgte die Spur der Tochter, bis sie die Pforte des Himalaya erreichte. Dort fand sie die rubinbesetzte Hüftschnur, die Manawhari abgelegt hatte. Sie hob sie auf, drückte sie an ihren Busen und vergoß Tränen des Mitleids. Aller Hoffnung bar, kehrte sie wieder zum Gipfel des Kelasaberges zurück. Als sie von König Dumayaza begrüßt und gefragt wurde, ob sie Manawhari gefunden habe, berichtete sie unter Tränen, daß es ihr nicht gelungen sei und sie nur den Ohrschmuck und die Hüftkette gefunden habe. Da umringten die anderen Töchter ihre Mutter und vergossen mit ihr gemeinsam viele, viele Tränen.

Auf schnellem Wege erreichte der Jäger, der Manawhari mit sich führte, die Hauptstadt von Ottarapyinsala. An diesem Tage war Prinz Thudanu auf seinem mit allen guten Zeichen ausgestatteten Elefanten Kumarika in den Park geritten. Da sah er von weitem den Jäger mit Manawhari kommen. Kaum hatte er Manawhari erblickt, empfand er sogleich tiefe Liebe zu ihr, denn beide hatten in der Vergangenheit gemeinsame Verdienste. Prinz Thudanu zögerte nicht lange. Er schickte einen Gefolgsmann zu dem Jäger und ließ ihn mit Manawhari zu sich bringen. Er fragte den Jäger: »Wie heißt du?«

»Ich bin Euer Diener und heiße Ponnarika.«

»Wo kommst du her?«

»Ich komme vom Himalaya.«

»Warum kommst du in diese Stadt?«

»Ich komme, um Euch, verehrter Prinz, Manawhari, die Tochter des großen Zauberers, als Gemahlin zu überbringen.«

Der Prinz freute sich sehr über diese Worte. Sogleich gab er Manawhari einen wertvollen Diamantring, und auch den Jäger belohnte er reichlich. Dann befahl er der Prinzessin, im Park zu verweilen, während er einen Gefolgsmann zu seinem Vater sandte, um ihm das Ereignis mitzuteilen. Der König und seine Gemahlin zeigten sich hocherfreut über diese Nachricht. »Zwar ist unser Sohn nur ein Mensch, doch wegen seines großen Ruhms hat er die schöne Tochter eines Weisen, eines Zauberers, zur Braut erhalten«, riefen sie und schmückten die Hauptstadt wie eine Stadt der Nats. Dann ließen sie in der ganzen Stadt verkünden, daß alle Einwohner ihnen in den Park folgen sollten, um die hochgeborene Tochter zu begrüßen. Da nahmen die Bewohner der Hauptstadt schöne Geschenke mit sich und begaben sich zu dem Park. Prinz Thudanu erhob Manawhari zur Hauptkönigin und lebte mit ihr ein glückliches Leben. Andere Frauen begehrte er seitdem nicht mehr.

Während es Prinz Thudanu mit Manawhari in der Stadt Ottarapyinsala wohl erging, machte dem Prinzen der Brahmane Kuthala seine tägliche Aufwartung. Kuthala, der Sohn des Parawheit-Brahmanen, der dem König diente, war über alle Maßen in der Kunst des Wahrsagens bewandert. Er bat den Prinzen, ihm das Amt des Parawheit zu geben, wenn sein königlicher Vater stürbe. Der Prinz erklärte sich damit einverstanden. Diese Angelegenheit wurde allerdings allmählich bekannt und kam auch dem Parawheit zu Ohren, der dem Prinzen Thudanu Rache schwor.

Also verleumdete er den Prinzen beim König, indem er sagte: »Der Sohn Eurer Majestät, Prinz Thudanu, strebt nach der Königswürde und hat einen Anschlag vor.«

Doch der König schenkte dem Brahmanen keinen Glauben und verhielt sich so, als ob er nichts gehört hätte. Das verdroß den Parawheit, und er fühlte sich unzufrieden.

Zu der Zeit kam es an der Grenze des Reiches Ottarapyinsala zu Unruhen. König Adeiksawuntha bereitete sich vor, mit seinem Heer an die Grenze zu ziehen, um den Aufstand niederzuschlagen. Da sagte der Parawheit: »Großer König, ich halte es nicht für richtig, wenn Eure Majestät selbst gegen Räuber und Diebe zu Felde zieht. Ihr solltet Euren Sohn Thudanu schicken.«

»O Parawheit, mein Sohn ist dazu noch zu jung. Seine Kampferfahrungen sind zu gering.«

»Auch wenn der Sohn Eurer Majestät noch jung ist, so ist er doch geschickt. So einer Gefahr wird er begegnen können. Bleibt Ihr selbst nur ohne Bedenken und in Ruhe in Eurem Palast!«

Daraufhin ließ König Adeiksawuntha seinen Sohn kommen und befahl ihm, das Gesindel, das an den Grenzen des Landes Unruhe stifte, niederzuwerfen. Thudanu erklärte, dem Befehl des Königs Folge leisten zu wollen.

Nachdem der Prinz der Mutter seine Aufwartung gemacht hatte, ging er nach Hause und erstattete Manawhari Bericht. Manawharis Herz wollte in Stücke brechen, als sie die Nachricht vernahm. In tiefer Verzweiflung umfaßte sie die Füße des Prinzen und weinte.

»O Prinz, wenn du nicht hier bist, gibt es keinen, auf den ich mich verlassen kann. Wenn ich in diesem Hause sterbe, wirst du nichts davon erfahren.«

»O Liebste, mach dir keine Sorgen! Ich werde nicht lange bleiben und wieder zu dir zurückkehren, sobald ich die Feinde niedergeschlagen habe.«

Nachdem der Prinz Manawhari derart getröstet und beruhigt hatte, bestieg er seinen Elefanten und verließ mit seinem Gefolge, mit Pferden, Elefanten, Wagen und Fußvolk unter dem weißen Schirm die Stadt.

Die Nats aus allen vier Himmelsrichtungen folgten ihm zum Schutze. Die Soldaten in ihrem Kriegsschmuck hielten die Siegesfahnen hoch. Sie schlugen ihre Trommeln und bliesen auf ihren Hörnern so laut, daß die Erde zu beben schien.

Als sie mit ihrer großen Heeresmacht an die Grenze des Landes kamen, bewirkten Thudanus Ruhm und die Macht der Schutzgeister, daß die Feinde nicht wagten, sich dem Prinzen zu stellen. Es war nichts von ihnen zu sehen, denn sie hatten fluchtartig die Gegend verlassen.

Kurz nachdem Prinz Thudanu in den Krieg gezogen war, hatte König Adeiksawuntha einen Traum: Seine Gedärme verließen seinen Leib, schlangen sich dreimal um die Insel Sabudipa herum und kehrten wieder in seinen Leib zurück.

Nach diesem Traum schreckte der König aus seinem Schlaf hoch und dachte immer wieder über diesen Traum nach.

Als am nächsten Morgen der Parawheit seine Aufwartung machte, erzählte ihm der König den seltsamen Traum und befragte ihn nach dessen Bedeutung. Da freute sich der Parawheit, denn er ahnte, daß seine Rechnung jetzt aufgehen würde und er sich seines Feindes entledigen könnte. Zum König aber sagte er: »Der Traum Eurer Majestät war kein guter Traum.«

»O Parawheit, wird mich durch diesen Traum Glück oder Unglück treffen?«

»Nicht Glück erwartet dich, sondern Verderben wird hereinbrechen.«

»Wie kann das geschehen?«

»Ohne jeden Zweifel werden entweder Eure Majestät selbst, Eure Königin oder das Land von einem Unglück betroffen.«

Als der König die Worte des Brahmanen vernahm, lief ihm, obwohl es früher Morgen war, der Schweiß über den ganzen Körper. Er trocknete ihn ab und fragte: »O Parawheit, was sollen wir tun?«

»Großer König, wir müssen schnellstens dem Nat ein Opfer von Lebewesen bringen.«

»Was für Lebewesen müssen wir opfern?«

»Wir müssen viele Lebewesen opfern.«

Da befahl der König Adeiksawuntha den Ministern, alle Jäger im Thronsaal zu versammeln. Er beauftragte sie: »Geht in die Wälder und fangt für das Natopfer Lebewesen ohne Beine, mit zwei Beinen, mit vier Beinen und mit vielen Beinen und bringt sie hierher!«

Da schwärmten die Jäger aus, wie ihnen befohlen war, und brachten Frauen, Männer, Kinder und Tiere zur Opferstätte. Sie berichteten davon dem König, der darüber sehr glücklich war.

Er ließ den Parawheit rufen und befahl ihm, das Opfer recht schnell zu vollziehen. Der Parawheit begab sich zu der Opferstätte, sah sich die Opfer an und machte dem König wiederum seine Aufwartung und sagte: »Großer König, an dem Opferplatz sind alle Opfer bereit und vollzählig. Nur ein Opfer fehlt noch.«

»Welches?«

»O König, ich brauche noch die Tochter des großen Zauberers.«

»O Parawheit, wo kann man die Tochter eines großen Zauberers herbekommen?«

»Edler Herr, Eure Schwiegertochter ist die Tochter eines großen Zauberers.«

»O Parawheit, sprich nicht so! Manawhari ist die meinem Sohn für das Leben verbundene Gattin. Was hat das ganze Opfer für einen Sinn, wenn Manawhari nicht mehr da ist? Wozu ist es gut, gerade Manawhari zu opfern?«

»O König, fragt nicht, ob es recht ist oder nicht! Ihr solltet an Eure Majestät selbst, an die Königin und an das Land denken.«

»Du bist es, der das Opfer vollzieht. Wie kann ich aber die Frau meines Sohnes so einfach töten lassen?«

»Großer König, gestattet mir zu sagen, daß die gelehrten Männer denjenigen loben, der sich um sich selbst kümmert. Sie rühmen nicht diejenigen, die sich um andere sorgen. Wenn man selbst in Not ist, muß man die eigenen Kinder vergessen können. Warum wollt Ihr andere von Kummer befreien! Sucht das eigene Wohlergehen. Was geht Euch Manawhari an? Denkt an Euch selbst! Ihr müßt jegliches Mittel wählen. Dann handelt Ihr nach dem Gesetz!«

Nachdem der König sich die Rede des Brahmanen angehört hatte, schwieg er, und weil der Parawheit nun auch still war, entnahm er dem Schweigen das Einverständnis des Königs. Er ließ am Opferplatz alles herrichten und ging, um Manawhari zu greifen. Die ganze Stadt befand sich in Aufregung und Schrecken. Einige der Leute rannten zu Manawhari und teilten ihr mit, was vor sich ging.

Als Manawhari die Kunde von dem Opfer vernahm, war es ihr, als müßte ihr Herz brechen. Sie eilte zu Sandadevi, der Mutter des Prinzen Thudanu, warf sich ihr zu Füßen und schüttete ihr Herz aus. »O königliche Mutter, Herrin meiner Dankbarkeit, der König Adeiksawuntha läßt auf Anraten des Parawheit Eure Tochter gefangennehmen und zur Opferstätte bringen. Habt Mitleid mit mir und erwirkt einen Aufschub, bis der Prinz zurückgekehrt ist! Ich möchte ihm noch einmal meinen Respekt erweisen und zu seinen Füßen niederfallen. Dann kann man mich in Stücke reißen.«

Königin Sandadevi empfand tiefes Mitleid mit Manawhari und erklärte sich einverstanden. Sie wollte sich mit ihren Begleiterinnen zum König begeben. Dem aber hatte der Brahmane durch einen Hinweis an seine Anhänger bei Hofe entgegengewirkt. Sie verhinderten daher den Besuch der Königin.

Also mußte die Königin unverrichteter Dinge wieder in ihre Gemächer zurückkehren. Sie weinte heftig, als sie Manawhari umarmte und sprach: »Liebste Tochter Manawhari, ich wollte den König um Gnade anflehen, doch man hat mich nicht vorgelassen. Ich mußte umkehren. Was kann ich nur jetzt noch für dich tun?«

»O Herrin meiner Dankbarkeit, da Ihr keinen Zutritt zum König erhalten habt, werde ich dem Tode nicht entrinnen können. Mein edler Gatte ist nicht hier. Ich habe niemanden, auf den ich mich stützen kann, ich bin ganz allein.«

Während Manawhari so klagte, kam ihr ein Gedanke. Bei der Königin befanden sich ihre Flügelschuhe und ihr Schmuck in Verwahrung. Also bat sie, ihr diese Dinge zu geben. Die Königin händigte Manawhari alles aus, umarmte sie und sprach: »O liebste Tochter, wenn mein Sohn Thudanu aus dem Kampf zurückkehrt und die verlassenen Gemächer sieht, wird er fragen, wohin sich Manawhari begeben hat. Was soll ich ihm dann sagen? Wenn mein Sohn lebt und zurückkehrt, komme auch du wieder nach Ottarapyinsala! Sollte er tot sein, kehre in deine Heimat zurück! Doch komm wenigstens einmal, um uns wiederzusehen!«

Nachdem Manawhari die Empfehlung der Königinmutter vernommen hatte, erwies sie ihr Ehrerbietung, nahm ihren Schmuck und ihre Gewänder, kleidete sich an und sagte zu Sandadevi: »O Herrin meiner Dankbarkeit, wenn Thudanu zurückkehrt, sagt ihm, daß seine Gemahlin, ehe sie zum Kelasaberg zurückgekehrt ist, ihm siebenmal Respekt erwiesen hat. Sollte Manawhari sich irgendwann schuldig gemacht haben, möge er ihr verzeihen!«

Dabei blickte sie in die Richtung, in der sie ihren Gemahl zu wissen glaubte, und sagte: »Es ist das letzte Mal, daß ich dir meinen Respekt bezeuge. In Zukunft wird das schwierig sein. Es liegt in der Natur dieser Welt, daß man sich von denen trennen muß, die man liebt.«

Ein letztes Mal umarmte die Königin Sandadevi Manawhari und weinte bitterlich.

»Geliebte Tochter, in einer deiner früheren Existenzen hast du Liebende getrennt. Das gleiche Schicksal ereilt jetzt dich. Wenn du fort bist, werde auch ich in dieser Stadt so allein sein wie in einem Wald. Die Nats, die Wälder, Berge, Wasser, Erde und Himmel bewachen, mögen meinen Sohn bald heim zu mir führen. Wenn du fort bist, liebe Tochter, werde ich die Stadt sehen wie ein Adlerweibchen ihr leeres Nest. Da möchte ich auch nicht länger leben.«

Während die Königin so klagte, kamen die Häscher bereits die Palaststufen hoch, um Manawhari gefangenzunehmen. Als Manawhari sie erspähte, entbot sie der Mutter ihres geliebten Mannes ein letztes Lebewohl und flog davon. Sie nahm Richtung auf den Himalaya und ließ sich bei der Klause des Eremiten Kathapa nieder.

Manawhari verneigte sich vor dem Eremiten und berichtete ihm alles, was sie erlebt hatte. Für den Prinzen Thudanu hinterließ sie noch folgende Botschaft: »Ehrwürdiger Priester, sollte Prinz Thudanu mir bis hierher folgen, dann übergebt ihm diese Decke und den Diamantring! Laßt ihn aber nicht weitergehen! Sagt ihm, daß eine weitere Reise keine Reise für Menschen ist.«

Dann richtete Manawhari den Blick nach Süden, gedachte des Prinzen, verneigte sich und rief: »Prinz, ich knie hier in tiefer Ehrfurcht. Die Trennung von dir wird mein künftiges Leben traurig machen. In meiner früheren Existenz habe ich nie die Trennung anderer gewünscht, und auch jetzt wünsche ich sie nicht. Aber was habe ich denn in meinen früheren Existenzen getan? Ich weiß nicht, daß ich andere Menschen voneinander getrennt habe. Das Schicksal aber hat mir die Trennung von meinem Liebsten zugedacht.«

An den Eremiten gewandt, fuhr Manawhari fort: »Edler Herr, sollte Prinz Thudanu von hier nicht wieder zurückkehren wollen, dann laßt ihm seinen Willen und erlaubt ihm weiterzugehen! Gebt ihm die Medizin aus sieben Ingredienzien und enthüllt ihm die Mantras! Wenn der Prinz mir weiter folgt und die Welt der Menschen hinter sich gelassen hat, wird er durch ein Grasland, ein Anthurienfeld und einen Bambuswald kommen, die je ein Yusana breit sind. Dann muß er durch Wälder verschiedener Art, von denen jeder dreißig Yusanas mißt.

Wenn er achtzehn Wälder durchdrungen hat, stößt er auf zwei riesige Elefanten, die miteinander kämpfen. Da soll er ein Mantra sprechen, eine Pille schlucken und zwischen ihren Füßen hindurchkriechen. Dann kommt er zu zwei Bergen, die aneinanderstoßen und sich schlagen. Auch dort soll er ein Mantra sprechen, Medizin schlucken und warten, bis die Berge stillstehen, damit er schnell zwischen ihnen hindurchgehen kann.

Wenn ihm das gelungen ist, kommt er an einen Ort, an dem Bilus hausen. Da wird er einem Bilu begegnen, der sieben Palmlängen groß ist. Nachdem er ein Mantra gesprochen und eine Pille geschluckt hat, soll er auch die Spitze seines Speeres mit dem Zaubermittel einreiben und ihn dem Bilu in die Brust stoßen. Wenn der Bilu hingestürzt ist, soll er auf seinen Kopf treten und über ihn hinwegsteigen.

Wenn er dann noch hundert Yusanas weitergegangen ist, kommt er an einen Fluß. Das Wasser des Flusses soll er auf keinen Fall berühren. Wenn er es berührt, stirbt er. Sollte Thudanu das nicht glauben, möge er zur Probe sein Schwert, sein Messer oder irgendeinen anderen Gegenstand hineinwerfen. Dann kann er sehen, wie die Berührung mit diesem Wasser zur sofortigen Zerstörung führt. In diesem Flusse aber ist eine Riesenpython, die sich von einem Ufer zum anderen wie eine Brücke spannen kann. Thudanu soll wieder ein Mantra sprechen, eine Pille essen, die Füße mit der Medizin einreiben und über die Schlange hinweg ans andere Ufer gehen. Um diesen Fluß zu überschreiten, braucht er vom Schwanz bis zum Kopf der Schlange eine Tagesreise. Wenn er am Morgen losgeht, wird er gegen Abend am anderen Ufer eintreffen. Wenn er eine weitere Strecke von ungefähr hundert Yusanas überwunden hat, kommt er an ein Rohrdickicht, das sich ebenfalls über hundert Yusanas erstreckt. Dort findet er kein einziges Loch zum Durchschlüpfen. Es kommen aber Riesenvögel von der Größe eines Hauses, die im voraus wissen, daß er eintrifft, und auf ihn warten.

Der Prinz soll auf einen dieser Vögel steigen, die Felldecke umhängen, sich festbinden und sich zwischen den Federn des Vogels zur Ruhe begeben. Die Vögel erheben sich dann gen Himmel, um Futter zu suchen. Dabei überfliegen sie das Rohrdickicht und bringen ihn zum Silberbergland auf dem Gipfel des Kelasaberges.«

Als Manawhari dem Eremiten alles genau mitgeteilt hatte, erwies sie ihm ihre Ehrerbietung und flog ins Silberbergland, wo ihr Vater und ihre Mutter wohnten.

Als König Dumayaza hörte, daß Manawhari aus dem Menschenland zurückgekehrt sei, sagte er: »Meine Tochter Manawhari hat sehr lange Zeit unter Menschen gelebt. Es ist nicht gut, wenn sie jetzt in den Palast kommt.« Also ließ er ihr an einer geeigneten Stelle einen Palast bauen und gab ihr viele Kenaris zu ihrer Bedienung.

Eines Tages kehrte auch Thudanu mit seinem Gefolge aus der aufrührerischen Gegend wieder nach Ottarapyinsala zurück. Als er sich zu seinem königlichen Vater begeben wollte, um ihm von der Unterwerfung der Feinde zu berichten, sah ihn Königin Sandadevi. Sie rief den Sohn zu sich und umarmte ihn unter vielen Tränen. Als Thudanu sie nach den Gründen fragte, berichtete sie, daß Manawhari nicht mehr in ihren Gemächern lebe, sondern zum Silberberg zurückgekehrt sei, weil der Parawheit ein Menschenopfer hatte durchführen wollen. Da war es Thudanu, als wollte ihm das Herz zerspringen. Er brach in Gegenwart seiner Mutter zusammen und wurde ohnmächtig.

Da bespritzte ihn die Königin mit Duftwasser. Der Prinz erwachte, erhob sich und ging zu den Gemächern seiner verschwundenen Gemahlin. Als er die so traurig dahinwelkenden Blumengewinde sah, ihre prächtige Kleidung und ihre Liegestatt, brannte in ihm das heiße Feuer der Sehnsucht.

»O meine Mutter und Herrin der Dankbarkeit, wohin ist deine Schwiegertochter gegangen? Mir ist, als hätte ein vergifteter Pfeil meine Brust durchbohrt. Nun werde ich Manawharis Antlitz nicht wiedersehen. Doch ohne sie kann ich nicht leben. Gestatte mir, die Liebste zu suchen, wo auch immer ich sie finden kann! Wenn ich Manawhari in den Wäldern des Himalaya wiederfinde, werde ich zu dir zurückkommen, verehrte Mutter! Sollte mir das nicht gelingen, werde ich dort den Tod suchen.«

Da tröstete die Mutter ihren verzweifelten Sohn: »Liebster Sohn, gräme dich nicht! Hör auch auf zu weinen! Ich verschaffe dir eine andere Gemahlin, eine engelgleiche Jungfrau, die dich glücklich macht. Bleib hier in Ottarapyinsala, denke an Thron und Schirm und sei zufrieden!«

Doch Sandadevi vermochte den Sohn nicht zu beruhigen.

»Nur wenn Manawhari bei mir ist, kann ich leben. Wenn ich sie nicht wiederfinde, ist mir der Tod nur angenehm«, erwiderte er mit Bestimmtheit. Da konnte die Königin dem Sohn nichts mehr entgegenhalten. Der Sohn verneigte sich vor der Mutter und verließ ihre Gemächer. Sie aber sah ihn voller Schmerz von sich gehen, folgte ihm ein kleines Stück und rief unter Tränen: »Liebster Sohn, mein einziger, dich werde ich wohl nimmer wiedersehen. Warum löst du dich aus dem Schutze der Mutter?«

Doch Thudanu konnte ihre Worte nicht mehr hören. Er schritt eilig davon und ließ die Mutter in Verzweiflung zurück.

Thudanu verließ die Stadt und begab sich zuerst zu dem Jäger, der ihm einst Manawhari zum Geschenk gemacht hatte. Er fragte ihn nach dem Wege. Doch der Jäger meinte, da müsse der Prinz schon zu Kathapa, dem Einsiedler, gehen, der im Himalaya wohne. Ihn könne er wohl nach dem Wege fragen. Denn Manawhari sei gewiß mit der ihr eigenen Kraft wieder zum Nathimmel in die Stadt des großen Zauberers zurückgekehrt.

Da gürtete der Prinz sein Schwert, nahm seinen Bogen und hieß den Jäger vorausgehen, um den Weg zu suchen. An der Grenze des Landes rief er unerschrocken wie ein Löwe: »Nur mit Manawhari werde ich einst in diese goldene Stadt zurückkehren!« Dann setzte er seinen Weg fort.

Als die beiden Wanderer die Hütte des Eremiten erreicht hatten, schickte Prinz Thudanu den Jäger wieder zurück. Er aber näherte sich allein dem alten Einsiedler, erwies ihm Ehrerbietung und sprach: »Ehrwürden, seht mich knien und sagt mir, ob Ihr meine liebe Gemahlin Manawhari hier gesehen habt!«

»Natürlich, mein Prinz, sie war hier, und sie hat mir aufgetragen, dir etwas zu sagen. Und zwar, du möchtest ihr nicht mehr weiter folgen, denn der Weg, der von hier aus weiterführt, ist für Menschen nicht geeignet.«

Mit diesen Worten gab ihm der Eremit den Diamantring und eine Decke. Als der Prinz diese Dinge sah, glaubte er Manawhari vor sich zu sehen und fing bitterlich an zu weinen.

»Was soll nun werden, mein Prinz? Willst du weitergehen?« fragte der Eremit.

»Ehrwürden, wenn ich Manawhari folge, bedeutet das für mich den Tod. Bleibe ich von ihr getrennt, so ist es, als ob ich ohne Leben wäre. Deshalb möchte ich nicht aufgeben und nicht wieder umkehren.«

Da erkannte der Eremit, wie inniglich der Prinz Manawhari liebte, und erklärte ihm ausführlich, was Manawhari ihm noch weiterhin aufgetragen hatte.

»Da werde ich also entweder Manawhari in die Hauptstadt zurückführen, oder ich werde im Himalaya mein Leben lassen, wenn es mir nicht gelingt, Manawhari wiederzuerlangen. Denn jeder Tod im Walde ist besser als ein Leben ohne Manawhari.«

Dann nahm der Prinz die Zauberpillen, prägte sich die Sprüche gut ein, rief sich einen kleinen Affen als Wegführer, nahm von dem Eremiten Abschied und setzte die Reise fort.

Sieben Jahre, sieben Monate und sieben Tage brauchte Thudanu, um in großer Ausdauer die dichten und gefährlichen Wälder zu durchdringen. Schließlich kam er in einen Wald, in dem die Bilus hausten.

Einer von ihnen war sieben Palmlängen groß, hatte feurige Augen und einen grünbraunen Körper. In der linken Hand hielt er einen Knüppel, in der rechten eine Axt. Prinz Thudanu schluckte ohne Furcht eine Pille, rieb seine Speerspitze mit einem Zaubermittel ein, murmelte ein Mantra und rannte dem Bilu den Speer in die Brust. Der Bilu fiel sofort um. Thudanu trat auf seinen Kopf und setzte seine Wanderung fort. Bald kam er an einen Fluß, den er auf dem Rücken einer Python überquerte. So erreichte er das Rohrdickicht. Er kletterte auf einen Baum und ruhte aus. Die Sonne ging unter, und Thudanu, der von hier aus den Weg nicht mehr weiter wußte, fiel in tiefe Betrübnis. »O Thudanu, einer Frau wegen hast du die Eltern verlassen und bist in diesen Wald geraten. Jetzt mußt du Unbill erleiden. Aber es ist eine Unbill, die du völlig grundlos erduldest.«

In diesem Augenblick flogen ein paar Riesenvögel herbei, die sich auf dem Baume zur Ruhe niederließen. Thudanu verstand aber ihre Unterhaltung: »Liebe Freunde, wo haben wir heute unser Futter gesucht?«

»Hier in diesem Walde.«

»Aber morgen?«

»Morgen fliegen wir zum Gipfel des Kelasaberges. Es ist der siebente Tag, seitdem Prinzessin Manawhari zurückgekehrt ist. Damit ihr kein Menschengeruch mehr anhaftet, wird morgen ein großes Kopfwaschfest sein. Wir werden morgen alle dorthin fliegen, unseren Respekt bezeugen und von den Opferspeisen für die Nats etwas Gutes abbekommen.«

Als Prinz Thudanu diese Worte vernahm, kroch er in das Federkleid eines der Vögel und band sich mit dem Gurt seines Schwertes fest.

Am nächsten Morgen flogen die Vögel frühzeitig davon, überquerten das Rohrdickicht und ließen sich an einem großen See in der Nähe der Stadt Thuwunnanagara nieder. Prinz Thudanu löste seine Verschnürung, kroch aus den Federn und versteckte sich am Ufer des Sees.

Es war gerade die Zeit, als sechzehn Gespielinnen Manawharis zu dem See kamen, um Wasser zu schöpfen.

»Mit diesem Wasser wird sich unsere Herrin Manawhari baden«, erzählten sie sich. Prinz Thudanu, der das vernahm, wußte, daß seine

Mühen ein Ende gefunden hatten. Er war glücklich darüber und überlegte, wie er am besten Manawhari eine Nachricht zukommen lassen
könnte.

»Möge mir doch dafür Lohn werden, daß ich so viele Wälder und
Berge unter unsäglichen Mühen bewältigt habe!« Dann sagte er be-
schwörend: »Wenn es wahr ist, daß ich mit Manawhari wieder
zusammensein soll, dann darf irgendeine der Kenaris ihren Wassertopf
nicht heben können.«

So geschah es auch. Die Kenaris hatten das Wasser geschöpft, hoben
die Wassertöpfe auf ihre Häupter und gingen davon, nur einer, der
letzten, gelang es nicht, den Topf aufzuheben. Sie schaute hilfesuchend
am Ufer entlang und erblickte Prinz Thudanu, der unter einem Baume
saß. Sie näherte sich ihm und bat, ihr doch behilflich zu sein, den
Wassertopf auf ihren Kopf zu heben. Thudanu stand rasch von seinem
Platze auf und fragte die Kenari, für wen sie wohl Wasser geschöpft
habe. Die Kenarijungfrau erzählte es ihm wahrheitsgetreu. Da trat der
Prinz hinter sie, hob ihr den Wassertopf hoch und ließ dabei unbemerkt den Diamantring, den ihm Manawhari hinterlassen hatte, ins
Gefäß fallen.

Die vorausgegangenen Kenaris hatten ihre Gefäße bereits entleert,
da brachte die letzte Kenari ihren Topf und goß das Wasser über das
Haupt der Prinzessin. Mit dem Wasser wurde der Ring hinausgespült
und blieb am Finger der Prinzessin hängen. Als Manawhari den Ring
erblickte, erschrak sie heftig. Sie wußte, daß Prinz Thudanu auf dem
Silberberg eingetroffen war. Doch sie wollte ihr Geheimnis noch wahren. Sie ließ die Kenari herbeirufen, die ihr als letzte das Wasser
gebracht hatte, und fragte sie aus. Die Kenari gab zu, daß ihr ein
Mann, der unter einem Baum gesessen habe, das Wassergefäß auf den
Kopf gehoben habe. Das erfüllte Manawhari mit heller Freude, und sie
rief: »Oh, der Mann, der dir den Topf auf das Haupt hob, war mein
Gemahl, Prinz Thudanu. Doch verrate niemandem etwas davon! Ich
gebe dir jetzt Natkleidung, Duftstoffe und Natschmuck. Das bringst
du an den See und übergibst es dem Prinzen. Erkläre ihm, er solle sich
in dem See baden, sich mit Duftstoffen einreiben, die Natkleidung
anziehen und am See warten, bis ich komme.«

Die junge Kenari nahm all die Dinge, die ihr Manawhari überreichte, und ging zum See zurück, um sie Prinz Thudanu zu geben. Sie berichtete ihm auch, daß Manawhari ihr aufgetragen hatte, ihr nicht zu folgen, sondern am See zu warten. Nachdem die Kenari gegangen war, befolgte Thudanu ihre Worte, badete im See, kleidete sich an und wartete.

Nach diesem Ereignis ging Manawhari zu ihrem königlichen Vater und zu ihrer Mutter und machte ihnen ihre Aufwartung. Da sprach Dumayaza: »O meine Tochter, du hast sehr lange unter den Menschen gelebt. Wer ist eigentlich dein Gemahl gewesen? War er ein König, ein Brahmane, ein Kaufmann oder ein Armer?«

»O edler Vater und Herr meiner Dankbarkeit, der Gemahl deiner Tochter ist kein gewöhnlicher Mensch. Er ist nicht nur der edelste König von ganz Sabu, sondern ein Mann, der über die Kraft von sieben Elefanten verfügt.«

»Wenn das so ist, warum hast du dann deinen Mann verlassen?« Da erzählte Manawhari die ganze Geschichte von Parawheit, dem Brahmanen, seinen betrügerischen Absichten und ihrer Flucht. Da fragte Dumayaza weiter: »Wenn dein Gemahl ein Mann von so großer Stärke ist, warum ist er dir dann nicht gefolgt?«

»Was würdest du denn tun, wenn er mir gefolgt wäre?« fragte da Manawhari zurück.

»Ich würde zunächst seine Stärke prüfen. Wenn ich mich davon überzeugt hätte, würde ich ihn von neuem mit dir verheiraten.«

»O mein Vater, willst du deine Tochter mit diesen Worten nur nekken oder meinst du es, wie du es gesagt hast?«

»Es ist mein voller Ernst.«

»Dann will ich dir sagen, daß mein Prinz hier auf dem Silberberg eingetroffen ist.«

Der König staunte sehr, daß dieser mit wunderbaren Kräften ausgestattete Held zum Silberberg gefunden hatte.

»Wo befindet sich der Prinzgemahl meiner Tochter jetzt?«

»Er ist außerhalb der Stadt.«

»Dann ruft ihn hierher!«

Da gab Manawhari beglückt ihren Gespielinnen den Auftrag, zu Prinz Thudanu zu gehen, um ihn zu begrüßen und herbeizuholen.

Mutig betrat Prinz Thudanu den Palast und verneigte sich tief vor König Dumayaza, der auf seinem mit herrlichsten Edelsteinen geschmückten Löwenthron saß. Er selbst ließ sich auf einem ihm gemäßen Platz nieder. Die im Audienzsaal anwesenden Kenaris konnten sich an dem wunderbaren Prinzen gar nicht satt sehen und starrten ihn mit offenen Mündern unverhohlen an.

Als Prinz Thudanu seine Ehrerbietung erwiesen hatte, empfand König Dumayaza für ihn Liebe wie für einen eigenen Sohn. Er fragte: »Wie lange hast du gebraucht, um all die Berge zu überwinden und Wälder zu durchdringen, bis du hierherkamst?«

»Verehrter König, es hat sieben Jahre, sieben Monate und sieben Tage gedauert, bis ich die gefahrvolle Reise überstanden hatte, den Bilu getötet, auf dem Rücken der Python den Fluß überquert und mich in den Federn des elefantenköpfigen Riesenvogels versteckt hatte, um den Silberberg zu erreichen.«

»Bist du Thudanu?«

»Ja, mein Herr!«

»Meisterst du den Bogen als guter Schütze?«

»Ich verstehe ein wenig vom Bogenschießen.«

»Dann werde ich deine Kunst heute prüfen.«

Daraufhin ließ König Dumayaza sieben Palmen aufpflanzen, dahinter stellte man sieben Bretter aus Feigenbaumholz, dahinter wieder kamen sieben Eisenplatten, sieben Steinsäulen, sieben Kupferplatten, sieben Wagen voll Sand und schließlich sieben feuerradgleiche Gerätschaften.

Dann fragte der König: »Wirst du das alles mit einem Pfeil durchbohren können?«

»Ich denke schon, Majestät!«

Thudanu erhob sich von seinem Platz, nahm ohne Furcht und Zagen Pfeil und Bogen und legte an. Der Pfeil schnellte vom Bogen los, durchbohrte alle Hindernisse, flog hinaus ins All und kehrte dann in Thudanus Hand zurück.

Voll Begeisterung gewahrten die weisen Ratgeber die Rückkehr des Pfeiles und priesen die Heldentat. Auch König Dumayaza stand von seinem Platz auf, schritt auf Thudanu zu, umarmte ihn und rief: »O du edler Mann, das war vortrefflich.«

Dann sprach der König weiter: »Diese braune Steinplatte können nicht einmal tausend Krieger heben.«

»Weshalb nicht?«

»Es fehlt ihnen die Macht und der Ruhm.«

Nachdem er so gesprochen hatte, ging Prinz Thudanu zu der braunen Steinplatte, umschritt sie dreimal von rechts, packte sie dann mit der Rechten und rief: »Wenn es wahr ist, daß ich in Zukunft unter dem Bodhibaum zum Buddha werde, und wenn ich später als Buddha die Selbstsucht der ganzen Welt zu zerstören in der Lage bin, dann möge diese Steinplatte so leicht wie Baumwolle sein!«

Und seine Macht bewirkte, daß die schwere Steinplatte in seiner Hand so leicht wie ein Strohballen wurde. Der Prinz hob sie hoch, legte sie sich auf die Schulter und lief damit hin und her.

König Dumayaza, der so etwas noch nie gesehen hatte, stand wiederum von seinem Sitz auf dem Löwenthron auf, umarmte Thudanu und bat wegen seiner Worte, die Thudanus Größe nicht gerecht wurden, um Verzeihung. Die weisen Männer, die ringsumher standen, warfen jubelnd ihre Kleidungsstücke in die Luft und priesen Thudanu über alle Maßen. Dann sagte König Dumayaza: »Mein lieber Sohn Thudanu, erinnerst du dich an deine Gattin?«

»Aber mein König, natürlich erinnere ich mich.«

Da hieß König Dumayaza seine sieben Töchter sich so kleiden, daß sie einander völlig glichen, und ließ sie sich in einer Reihe hinsetzen.

Dann sagte er: »Mein Sohn Thudanu, nun suche aus meinen sieben Töchtern deine Gattin heraus! Ist sie eigentlich unter ihnen, oder fehlt sie in dem Reigen der Töchter?«

Da es Prinz Thudanu unmöglich war, unter den schönen Töchtern des Königs vom Silberberg seine Gemahlin herauszufinden, sprach er feierlich folgende Worte: »Ich bin ein Mann, der etwas von Treue hält. Ich habe jederzeit die Gesetze, die dem Wohle der Welt dienten, beachtet. Möge auf Grund dieser Treue mein Wunsch in Erfüllung gehen.«

In diesem Augenblick wurde der steinerne Sitz des Thagyamin heiß. Der König der Götter wurde aufmerksam und sah die Nöte des Prinzen Thudanu. Da verwandelte er sich sogleich in eine goldene Fliege, flog in die Nähe des Prinzen und flüsterte: »Ich bin der Thagyamin und habe mich in eine goldene Fliege verwandelt. Ich werde jetzt zu Manawhari hinfliegen und mich auf ihre Hand setzen. Dadurch wirst du wissen, wer deine Gemahlin ist. Nimm sie dann bei der Hand und sage: ›Hier, das ist sie, meine Gemahlin Manawhari.‹«

So geschah es auch. Die goldene Fliege ließ sich auf Manawharis Hand nieder. Der Prinz faßte Manawhari bei der Hand und erklärte, daß nur sie seine Gattin sei. Da verschwand die goldene Fliege von Manawharis Hand und kehrte als Thagyamin in den Tavatimsa-Himmel zurück.

König Dumayaza pries den Prinzen: »Der Mann, der aus meinen sieben Töchtern die richtige als seine Gemahlin erkennt, ist ein ruhmreicher Mann. Es soll unverzüglich in der Audienzhalle ein Hügel aus Edelsteinen aufgehäuft und ein Pavillon für die Hochzeitsweihe aufgestellt werden. Prinz Thudanu und Prinzessin Manawhari sollen sich auf den Edelsteinhügel setzen und mit den fünf Insignien, die zu einer Königsherrschaft gehören, geweiht werden.«

So lebten sie beide auf dem Silberberg in der Stadt Thuwunnanagara, als sich eines Tages Prinz Thudanu seiner Eltern erinnerte und sich anklagte und beschuldigte. »So wie die Erde alle Lebewesen mit den nötigsten Dingen versorgt, so kümmern sich die Eltern um ihre Kinder und helfen ihnen, groß zu werden. Ich aber, der ich die Dankbarkeit kennen müßte, verhalte mich so rücksichtslos, habe meine Stadt verlassen und lebe glücklich in den Tag hinein.« Thudanu lag neben Manawhari auf der Ruhestatt, als er seine Sehnsucht in Worte kleidete.

»Ich lebe hier auf dem Silberberge ganz allein. Wie werde ich je wieder in mein Reich zurückkehren können? Ich weiß nicht, wie ich das machen soll. So wie jetzt kann ich nicht weiterleben«, weinte und klagte er. Davon erwachte Prinzessin Manawhari, und sie fragte Thudanu, was denn geschehen sei. Zweimal gab Thudanu keine Antwort. Erst beim dritten Male gestand er: »Dein Liebster weint aus Sehnsucht nach seiner Mutter. Als ich hierherkam, ließ ich sie in großem Schmerz zurück.«

»Wie kann ich dir helfen?«

»Dein Liebster wird ohne seine Eltern nicht lange leben können. Deshalb möchte ich noch heute zu ihnen zurückkehren.«

»Dann werde ich dich begleiten. Wo du bist, da möchte auch ich sein.«

»Aber es wäre nicht richtig, wenn du mitgingst.«

Doch Manawhari bat den Prinzen so oft, sie mitzunehmen, bis er schließlich einwilligte.

Am Morgen des nächsten Tages machte Prinz Thudanu dem König Dumayaza seine Aufwartung und erklärte, daß er große Sehnsucht nach seiner Mutter habe und zu ihr zurückkehren wolle.

König Dumayaza freute sich, daß Prinz Thudanu, der seinen Thron geringgeschätzt und sein Land wie ein wertloses Stück Dreck zurückgelassen hatte, von seiner Mutter mit Hochachtung sprach, und er war überzeugt, daß er ein Mann sei, der Dankbarkeit kenne. Er erwiderte: »Mein Sohn, was du da vorbringst, ist richtig. Ich selbst werde dich begleiten.«

Da rief König Dumayaza alle seine Ratgeber herbei und machte sich zusammen mit Thudanu, Manawhari und mit viel Gefolge auf die Reise nach Ottarapyinsala. In der Nähe der Hauptstadt bezogen sie einen schnell errichteten Palast. Als König Adeiksawuntha am nächsten Morgen ein Fenster öffnete, hinausschaute und den Palast erblickte, rief er voller Sorge: »Feinde sind gekommen, die mir meine Macht entreißen wollen, weil sie wissen, daß mein Sohn Thudanu nicht in der Stadt ist!«

Da erschien Thudanu mit großem Gefolge in der Stadt. Er ging in den Palast, fiel Vater und Mutter zu Füßen und erklärte ihnen, daß er zurückgekehrt sei. Die Mutter küßte ihren Sohn aufs Haupt und sagte: »Liebster Sohn, seit du uns verlassen hast, habe ich täglich geweint. Erst jetzt kann ich meine Tränen trocknen.«

Daraufhin begab sich König Adeiksawuntha voller Freude mit großem Gefolge vor die Tore der Stadt Ottarapyinsala und ging zu dem neuen Palast. König Dumayaza kam ihm entgegen und begrüßte ihn freudig. Sie hielten sich an den Händen und führten ein freundschaftliches Gespräch. Dann begaben sich die beiden Könige mit ihrem Gefolge in den Palast, ließen sich nieder und veranstalteten ein großes Fest.

Schließlich überreichte König Dumayaza König Adeiksawuntha auserwählte Geschenke, verabschiedete sich und kehrte in sein Reich auf dem Gipfel des Kelasaberges zurück. Manawhari aber blieb bei dem Prinzen in Ottarapyinsala. Als Adeiksawuntha in seine Hauptstadt zurückkehrte, ließ er die ganze Stadt schmücken und einen prächtigen Pavillon bauen. Er erhob seinen Sohn Thudanu in allen Ehren zum König, und Thudanu machte Manawhari zu seiner Hauptkönigin. Er regierte nach Recht und Gerechtigkeit und umsorgte seine Eltern. Er war großzügig beim Verteilen der Opfergaben und führte ein sittenreines Leben, so daß er am Ende seiner Tage in den Tusita-Himmel einging mitsamt seinen Landsleuten, die ebenfalls opferbereit und tugendhaft waren.

(Myanmar)

Brüder und Freunde

Der Vater zweier Brüder war plötzlich gestorben, ohne ein Testament zu hinterlassen. Da bemächtigte sich einer der beiden Söhne, Kim, der gesamten Erbschaft, ohne seinem jüngeren Bruder De auch nur eine Strohhütte zu lassen.

Aber so hart er sich auch gegen seinen jüngeren Bruder zeigte, so dienstbar und freigebig war er seinen zahlreichen Freunden gegenüber. Er empfing sie mit großem Prunk und half ihnen bei allen Schwierigkeiten. Wenn einer von ihnen aus irgendeinem Grunde in Geldverlegenheit war, konnte er sicher sein, nicht vergeblich bei ihm anzuklopfen. Kim gab ihnen sogar mehr, als sie verlangten.

Seine Frau wunderte sich über sein Verhalten dem Bruder gegenüber. Barsch erwiderte er ihr, De sei alt genug, sich selbst ernähren zu können, während seine Freunde bedeutende, ihm tief ergebene Männer seien. Diese fadenscheinige Erklärung befriedigte die Frau freilich nicht. Sie blieb bei ihrer Meinung: »Brüder sind wie Glieder eines einzigen Körpers, während Freunde nichts weiter als liebenswürdige Selbstsüchtige oder schmarotzende Schmeichler sind, solange man sie nicht bei entscheidenden Gelegenheiten geprüft hat.«

De kannte die Gefühle seiner Schwägerin. Er kam auch oft zu seinem Bruder, selbst wenn keine Geburtstage oder Feste seine Besuche erforderten. Niemals zeigte er den geringsten Groll oder die geringste Bitterkeit gegen Kim; denn er wollte seine Schwägerin nicht betrüben. Sie wagte nicht, ihm ihre Hilfe anzubieten oder ihn offen zu verteidigen, aus Angst, seinen Stolz zu verletzen. Doch verzweifelte sie nicht: Eines Tages würde sie ihren Mann auf den richtigen Weg führen. Als Kim eines Abends nach Hause kam, fand er seine Frau weinend. Sie sagte: »Eben hat ein junger Bettler an der Tür um ein Almosen gebeten. Da ich in der Küche beschäftigt war, rief ich ihm zu, er solle warten. Er sah das Haus leer, trat ein und versuchte zu stehlen. Da überraschte ich ihn und schlug auf ihn ein. In meiner Wut stieß ich ihn heftig zurück. Da fiel er gegen den Fuß des Bettes und verletzte sich am Kopf. Er war auf der Stelle tot. Ich wickelte ihn in eine Decke und schleppte ihn in den Garten.«

Kim war noch tiefer erschüttert als seine Frau. Er wußte nicht, was er tun sollte. Immer noch weinend, sprach seine Frau weiter: »Wir haben kein gutes Verhältnis zum Mandarin. Wird er gelten lassen, daß ich es nicht mit Absicht tat? Wer weiß, wie streng er richten wird? Das bedeutet öffentliches Ärgernis und Verderben.«

Kim geriet in immer größere Verwirrung. Da redete sie ihm ein: »Der Bettler ist tot. Unsere Verurteilung kann ihn nicht wieder lebendig machen. Wenn wir ihn in einem Versteck im Wald begraben könnten, würde niemand jemals etwas davon erfahren. Wähle deine treuesten Freunde aus, damit sie dir helfen. Sie schulden dir so viel. Keiner wird sich weigern, dir Dankbarkeit und Ergebenheit zu beweisen.«

Beruhigt und voller Hoffnung ging er zu dem Freund, der am nächsten bei ihm wohnte. Dieser trat an die Tür mit einem breiten Lächeln, das aber gleich erlosch, als er die ernste Miene Kims bemerkte. Kaum hatte Kim seinen Wunsch vorgetragen, da änderte der Freund sein Benehmen. Er drückte sein Bedauern aus: Er sei schon ziemlich alt und schwach und könne keine Last tragen. Er würde ihn nur behindern. Kim möge sich doch an jemanden wenden, der kräftiger sei als er.

Kim eilte zum nächsten Freund. Er wurde herzlich empfangen und eingeladen, eine Tasse Tee zu trinken. Der Gastgeber holte sogar Partner für ein Kartenspiel.

Kim begann zu sprechen, und alsbald beteuerte der Freund, es gehe ihm gar nicht gut. Er erinnerte sich plötzlich, daß seine Schwiegermutter sehr krank sei, und er zu ihr gehen müsse. Sein Unwohlsein habe diesen Besuch hinausgezögert.

Der dritte Freund, zu dem unser Unglücklicher Zuflucht nahm, war betroffen von Kims Miene und sagte ihm, bevor er noch den Mund geöffnet hatte: »Welchen Kummer hast du? Sage es mir! Zwischen Freunden gibt es keine Geheimnisse.«

Kim sah sich schon gerettet. Er floß über vor Freude und Dankbarkeit und vertraute sich dem Freunde an. Aber leider hatte auch dieser einen zwingenden Grund, der es ihm nicht erlaubte, ihn zu begleiten. Das hindere ihn aber nicht, seine Sorgen zu teilen und ihn von ganzem Herzen zu bedauern.

Kim fühlte sich verloren. Beim nächsten Freund merkte er, daß diejenigen, die er zuerst besucht hatte, inzwischen Zeit gefunden hatten, die anderen zu benachrichtigen. Verzweifelt kehrte er nach Hause zurück.

Seine Frau gab ihm neue Hoffnung. Sie erinnerte ihn an das, was sie immer gesagt hatte und ermutigte ihn, an der richtigen Tür anzuklopfen.

»Du mußt zu De gehen! Beeile dich!«

Kim zögerte ein wenig; aber dann gehorchte er ihr willenlos. Er schleppte sich zur Strohhütte seines jüngsten Bruders. Der war überrascht, ihn zu sehen, zumal es schon sehr spät war. Erstaunt fragte er: »Warum bist du so bleich? Was gibt es? Ist meine Schwägerin krank?«

Als er vernommen hatte, worum es sich handelte, zögerte De keine Sekunde und folgte seinem älteren Bruder.

»Meine Schwägerin hat recht«, sagte er. »Um das zu erledigen, braucht man zwei Männer.«

Als sie alles getan hatten, war Mitternacht schon lange vorbei. Kim war völlig erschöpft.

Am nächsten Morgen wurden Kim und seine Frau ersucht, sich sofort zum Mandarin zu begeben.

Dort fand Kim alle, die er in seiner Verwirrung um Hilfe gebeten hatte. In ihrer Gegenwart sagte der Mandarin streng zu dem Ehepaar: »Ihr habt einen Bettler getötet und ihn heimlich begraben. Ihr habt sogar die Kühnheit besessen und versucht, diese ehrenwerten Bürger in eure Schuld hineinzuziehen. Glücklicherweise folgten sie nur der Stimme ihres Gewissens.«

Unterdessen erschien auch De, den man ebenfalls herbeibefohlen hatte. Die beiden Brüder verstanden schnell, daß ihre Denunzianten ihnen am vorigen Abend bis in den Wald gefolgt waren.

»Es ist nutzlos zu leugnen«, fuhr der Mandarin fort. »Wir begeben uns nun zum Tatort, um die Leiche auszugraben.« Man brach unverzüglich auf.

Aber welche Überraschung: Nachdem man das Grabtuch aufgerollt hatte, fand man den Kadaver eines dicken schwarzen Hundes.

Der Mandarin runzelte die Stirn, und die Ankläger konnten ihre Verwirrung nicht verbergen.

Kim und De wußten nicht, was sie von all dem halten sollten, doch ihre Freude über diesen Ausgang war groß. Nun bat die Frau Kims um Erlaubnis, alles erklären zu dürfen: »Schon lange sann ich nach einem Mittel, wie meinem Gatten die Augen über die Welt und über seine Freunde im besonderen geöffnet werden könnten. Vor allem wollte ich ihm zeigen, daß die brüderlichen Bande tief und heilig sind. Der Tod des Hundes während der Abwesenheit Kims gab mir endlich eine Gelegenheit: Ich führte meinen Plan aus, alles war wohlbedacht, und so sind wir nun bis hierher geführt worden.«

Die falschen Freunde erhielten fünfzig Rutenstreiche. Und für Kim war die Lektion nicht vergebens. Er vergaß die Ereignisse, die ihm die Augen geöffnet hatten, nicht so schnell, und die Freude seiner Frau und seines Bruders kann man sich gut vorstellen.

(Vietnam)

Die Zauberkiesel

 $\mathcal{E}$s war einmal ein reicher Mann, den jedermann liebte. Denn er übte Barmherzigkeit gegen seine Mitmenschen. Eines Tages erhielt der Reiche einen Brief von einem Kaufmann aus dem Auslande. Darin stand, daß der Kaufmann eine Tochter habe, und ob der Reiche wohl diesem Mädchen seinen Sohn verloben wolle. Der Reiche antwortete, daß er voll Freude einwillige. Sein Sohn solle der Schwiegersohn des Kaufmanns werden. Aber es werde wohl noch einige Zeit bis zur Hochzeit vergehen: der glückverheißende Tag müsse unbedingt abgewartet werden.

Nicht lange danach trat ein uralter Wandermönch in das Haus des Reichen. Der Mönch war auf einer Pilgerwanderung in die Ferne. Nun war er hier, um Almosen zu erbitten und ein Nachtlager. Der Reiche nahm ihn gerne auf und wies ihm ein Kämmerlein, wo er wohnen sollte. Der Ehrwürdige nahm es dankbar an und freute sich sehr, als der Reiche ihn bat, so lange dazubleiben, wie es ihm gefiele.

Alle Leute im Hause waren dem Pilgermönch zugetan, und der Sohn des Reichen gewann ihn lieb von Herzen. Auch dem Altehrwürdigen gefiel der Jüngling. Die beiden wanderten oft zusammen umher auf den Hügeln hinter dem Haus. Der Jüngling hörte die weisen Reden des Alten und war begierig, von der Erfahrung seines Lehrers zu lernen. Manchmal setzten die beiden sich wohl auch ins Gras am Rande des Gartens und plauderten. Da geschah es, daß der Pilgermönch den Jüngling dazu anhielt, die Kiesel, die dort überall herumlagen, einzusammeln. Im Innern des Hauses sollte er sie unter den Fußbodenkacheln aufbewahren. Es kam dem Jüngling wunderlich vor, daß der Alte ihn solch Kinderspielwerk lehrte. Aus Schüchternheit wagte er jedoch nicht, ihn zu fragen, warum.

Nun sprach der Fromme das Abschiedswort und pilgerte weiter, seinem Gesicht folgend. Jedermann im Hause war traurig darüber, denn alle hatten den Wandermönch liebgewonnen. Noch wußten sie nicht, daß dieser Alte aus seiner Tugendkraft Wunder wirken konnte. Doch sollten sie dereinst erfahren, daß die Kiesel, die er einzusammeln befohlen, Zaubersteinchen waren!

Nicht lange nachdem der Mönch fortgezogen war, traf den Reichen ein Unglück nach dem anderen, und er verarmte. Schließlich war er ganz abgezehrt, denn weder Silber noch Gold waren ihm geblieben. Die Sorgen machten ihn schwermütig, und das Elend, das bittere, setzte seinem Leben ein Ende.

Der Vater war in Armut gestorben. Nun war es die Pflicht des Sohnes, für seine alte Mutter zu sorgen. Silber und Gold hatte er nicht. Da blieb ihnen wohl nichts anderes übrig, als zu verhungern! Als er so dasaß und über sein Schicksal nachgrübelte, dachte er an den reichen Kaufmann, der ihn einst als Schwiegersohn auserkoren hatte. Der Jüngling machte sich daher auf den Weg, um seinen zukünftigen Schwiegervater zu besuchen. Als er jedoch am Hause des Kaufmanns anklopfte, da war der nicht bereit, ihn zu empfangen. Nur ein Diener kam und bedeutete ihm, sein Herr nehme sich keinen Hungerleider zum Schwiegersohn. Der Jüngling hörte das böse Wort und wandte sich traurig ab, um seiner Mutter seinen Kummer zu klagen.

Die Tochter des reichen Kaufmanns jedoch hatte Mitleid mit ihrem Verlobten, als sie erfuhr, wie herzlos ihr Vater ihn von seiner Schwelle gewiesen. Weinend flehte sie ihren Vater an, den Jüngling zurückzurufen, aber der Vater ließ sich nicht erweichen und antwortete in seinem Starrsinn: »In drei Tagen wirst du mit einem der reichsten Männer verheiratet sein – ich habe ihn unter meinen Freunden für dich ausgesucht!«

Am nächsten Tage war die Jungfrau verschwunden. Im Kleid einer Bettlerin hatte sie das Vaterhaus verlassen und wanderte nun barfuß dahin, um ein Almosen bettelnd. Wer sie sah, glaubte ihr, daß sie eine Bettlerin war, so traurig blickten ihre Augen. Nach vielen, vielen Tagen kam sie zum Hause der Mutter ihres Verlobten und bat auch sie um eine milde Gabe. Die Mutter hatte großes Mitleid mit der Bettlerin, und da sie ihr nichts geben konnte, führte sie sie ins Haus und sprach ihr Mut zu. Als sie aber sah, daß der Bettlerin Tränen nicht zu stillen waren, blickte sie ihr tief in die Augen und sagte: »Wer bist du? Denn du bist keine Bettlerin!«

Da erzählte ihr die Jungfrau ihre traurige Geschichte. Seit sie aus dem Haus ihres Vaters geflohen war, hatte sie vielerlei Not bestehen müssen. Denn der Vertrag, den die Eltern für sie gemacht hatten, war ihr heilig!

Als der Jüngling am Abend nach Hause kam, sah er mit Freude seine Herrin, die zu ihm gekommen war. Aber mit Schrecken dachte er daran, wie arm er war, und er wußte nicht, wie er sie ernähren sollte.

Am nächsten Morgen führte er sie in den Garten und bemerkte, daß das Unkraut das Land ganz überwuchert hatte. Da holte er einen Spaten und begann, die Erde umzugraben. Dann nahm er einen Rechen und harkte das Unkraut zusammen. Plötzlich bückte sich die Jungfrau, denn als der Jüngling die Harke durch die Erde zog, leuchtete hier und da und überall etwas auf. Sie sammelte es ein, und es wurde ein ganzer Berg. Das waren die vergessenen Zauberkiesel, und sie hatten sich alle in dicke Silberstücke verwandelt.

Nun war aus dem armen Jüngling ein reicher Mann geworden, und alle Not hatte ein Ende.

So geschah es: Der Pilgermönch hatte seinen Gastgebern Tugend und Barmherzigkeit vergolten.

(Thailand)

Die Entstehung der Sirenen

𝒱or langer, langer Zeit gab es einen großen heiligen Feigenbaum, der hatte viele buschige Äste ausgebildet. Die Leute in der Gegend dort ehrten diesen Baum sehr. Man baute eine Neak-Ta-Hütte und nahm zwei Steinfiguren, einen Mann und eine Frau. Die setzte man auf einen Steinsockel in diese Hütte. Man betete sie an und brachte ihnen für Glück und Wohlergehen Opfergaben dar. Und sie nannten sie die Neak-Tas der Gegend.

Da gab es einen Baumgott, von hohem Alter. Man wußte nicht, wie viele Menschenjahre er zählte, der wohnte auf diesem großen Feigenbaum und war der König der Baumes.

Einmal war da eine Frau, die gebar eine Tochter. Sie waren Bauern, die jenen Baum verehrten.

Als die Tochter ein erwachsenes Mädchen war, zu der Zeit, da man den Neak-Tas der Gegend opferte, nahm sie Reis, Wasser und Kuchen und brachte sie ihren Ahnen als Speise.

Wie der Baumgott das Mädchen sah, faßte er tiefe Zuneigung zu ihr, so als sei er lange Zeit von ihr getrennt gewesen und würde ihr nun wieder begegnen. Immer mußte der Baumgott an jenes Mädchen denken, bis er es nicht mehr ertragen konnte. Da flog er zu Preah En und fragte ihn nach dem Grund.

Preah En dachte nach und erkannte: Jenes Mädchen war in einer früheren Existenz die Gemahlin des Baumgottes. Sie hatten zusammen einen Wunsch gehabt: In welcher Nation und in welchem Land wir auch immer wiedergeboren werden, so möchten wir doch wieder Mann und Frau sein. Im Alter hatte dann jener Baumgott bis zu seinem Tode allein als Eremit gelebt, und nun war er als eben dieser Baumgott wiedergeboren worden. Die Frau wurde wiedergeboren als Göttertochter, aber sie lebte fern von dem Ort, wo der Baumgott, der ihr Gatte gewesen war, wohnte.

Von diesem früheren Schicksal her kam es, daß der Baumgott das Mädchen so sehr liebte. Aber weil jener Baumgott ein solches Schicksal hatte, daß er als Eremit lebte und seine Frau verließ, was Leiden ergab, konnte er ihr in keiner Erscheinungsform mehr begegnen. Auch als Mensch wiedergeboren, trifft er sie doch nicht.

All das sagte Preah En dem Baumgott.

Als der Baumgott alles gehört hatte, verließ er Preah En wieder, und er sagte sich: Mich jetzt dem Preah En zu Füßen zu werfen und ihn anzuflehen, daß ich sterbe und als Mensch wiedergeboren werde, das geht nicht, denn meine Frau ist schon groß, sie ist schon eine Jungfrau, und das Leben der Menschen ist kurz, nicht so wie das der Götter. Er überlegte hin und her und kam zu keinem Ergebnis.

Der Baumgott litt sehr. Da ließ er es darauf ankommen und dachte: Wohlan, ich werde es ihr sagen, damit sie weiß: Ich bin ihr Gatte, bin ihr Ku-Preng und wurde als Baumgott wiedergeboren, sie ist aber nicht wieder meine Braut geworden. Wenn sie erst einmal weiß, daß ich ihr Gatte bin, wird sie in diesem Leben keinen anderen Gatten nehmen.

In der Stille der Nacht verwandelte sich der Baumgott in einen

Python, drang ins Haus und umschlang das Mädchen. Das Mädchen erschrak, aber konnte sich nicht befreien. Da erzählte er ihr alles sanft, aber sie glaubte ihm nicht und sagte: »Wenn du mein Gatte und der Baumgott bist, warum kommst du dann als Schlange?«

Der Baumgott, der ihr Gatte war, sagte: »Wenn du mir nicht glaubst, dann werde ich mich verwandeln, daß du es siehst.«

Und er verwandelte sich sogleich in den Baumgott. Das Mädchen sah ihn und liebte ihn von Herzen, sie glaubte, daß ihr Gatte der Baumgott war, denn einen so schönen Menschen konnte es nicht geben.

Der Baumgott sagte zu dem Mädchen: »Wenn ich mich nicht solcherart in ein Tier verwandeln würde, könnte ich nicht in deine Nähe kommen. Deshalb muß ich mich in ein Tier verwandeln, dann kann ich mit dir zusammen sein.«

So sagte er, dann verwandelte er sich wieder in einen Python. So war der Python mit dem Mädchen zusammen, aber er konnte sich nicht mit ihr vereinigen. Und er verbot seiner Gemahlin: »Sage es nicht den Eltern, den Geschwistern und den Leuten, daß sie wissen, ich bin ein Gott! Sage nur, es ist eine Schlange! Am Tage kann ich nicht mit dir zusammen sein, ich komme zu dir in der Nacht.«

Dann nahm er sogleich die Gestalt des Gottes an, so daß sie ihn sah. Kurz vor Morgengrauen, da sie jemanden reden hörten, kamen Vater und Mutter herein, um nachzusehen. Da erblickten sie eine Pythonschlange, die ringelte sich durch das ganze Gemach. Sie erschraken und schrien auf, der Baumgott verschwand. Die Eltern befragten die Tochter, und diese erzählte ihnen die ganze Geschichte von Anfang bis Ende. Der Vater geriet aus der Fassung, wußte nicht, was tun, atmete tief und fragte das Mädchen: »Wohin ist dieser Pythonschlangengott jetzt verschwunden?«

Das Kind sagte: »Am Tage kommt er nicht, erst in der Nacht kommt er.«

Und das Mädchen sprach zu den Eltern: »Der Gott, der mein Gatte ist, hat mir verboten, jemandem zu sagen, daß er ein Gott ist, ich soll sagen, es ist nur ein Python.«

Als es Nacht geworden war, kam der Baumgott zu seiner Gemahlin.

Er verwandelte sich in einen Gott, daß das Mädchen ihn sehen konnte, wie er es versprochen hatte.

Das Mädchen machte Licht und umarmte den Gatten voller Liebe. Als sie Stimmen hörten, blickten die Eltern heimlich herein, da sahen sie einen schönen Gott und liebten diesen Baumgott von Herzen. Sie fürchteten nur, der Baumgott könne erfahren, daß die Eltern ihn heimlich betrachteten, und sich sofort wieder in eine Pythonschlange zurückverwandeln, so groß, daß sie das ganze Zimmer ausfüllte.

Vor Morgengrauen sagte der Baumgott zu seiner Gemahlin, sie solle mit ihren Eltern in einem Hügel einen Schatz ausgraben, dann hätten sie Gold, Silber, Edelsteine, Trinkbecher, Tische, Platten, Teller und Schüsseln. Damit sollten sie ihr Haus anfüllen, dann wären sie reiche Leute. Mit der Zeit wurde das bekannt, und die Leute kamen lärmend herbei, da sahen sie eine Pythonschlange sich ringeln zusammen mit dem Mädchen.

Sprechen wir von einem Ehepaar, das in einem anderen Dorf eine erwachsene Tochter hatte! Von dem Mädchen, das den Pythonschlangengott zum Gatten hatte, waren sie sehr ergriffen, und sie sagten zueinander: »Was haben jene doch für ein gutes Schicksal. Erst waren sie arm wie alle anderen, jetzt haben sie ein großes, geräumiges und schattiges Haus, sie haben Rinder, Büffel, Elefanten und Pferde, von Dienern wimmelt es bei ihnen. Man sagt, daß sie reiche Leute sind. Das kommt von ihrer Tochter, die eine Pythonschlange als Gatten hat. Der Python hat ihnen einen alten Schatz gegeben.«

Der Mann war ganz verzagt, er seufzte und grübelte Tag und Nacht.

Als die Frau sah, wie ihr Mann so litt, da sagte sie zu ihm: »Ich habe die Alten häufig sagen hören, daß die Pythonschlangen nicht wie die anderen Schlangen alle sind. Es gibt im Wald einen großen Hügel, dort ringeln sich viele Pythonschlangen, und man sagt, sie bewachen einen alten Schatz.«

Der Mann sagte: »Wenn das so ist, dann koche mir morgen frühzeitig Reis, so daß niemand es weiß. Ich gehe dann die Pythonschlangen suchen, die sich auf dem großen Hügel im Walde ringeln. Wenn ich sie sehe, dann werde ich eine ergreifen und unserer Tochter zum Gatten geben.«

Die Frau war damit zufrieden und stimmte zu. Am Morgen kochte sie Reis, wickelte ihn zusammen mit einem Bambusrohr voll Wasser ein und übergab ihn dem Gatten. Der ging die Pythonschlangen suchen.

Der Mann kam in einen großen Wald. Nicht lange, da traf er auf einen großen Hügel in einem Bergwald. Dort gab es klebrige Dornen und Schlingpflanzen, die sich in Haufen übereinander schlängelten. Der Mann bückte sich und betrachtete sie, da sah er eine Pythonschlange sich ringeln auf der Spitze des Hügels.

Die Schlange war vor langer Zeit zu diesem Waldhügel gekommen und seitdem nirgends mehr hingegangen. Obwohl sie Hunger hatte, war sie geduldig immer an diesem Ort geblieben. Ihr Körper war ganz abgemagert und ohne Kraft, sie konnte sich kaum noch bewegen. Der Mann brannte ein Streichholz an, aber auch da bewegte sie sich nicht. Der Mann war sehr froh in seinem Herzen. Er dachte: Diese Pythonschlange besitzt sicherlich einen Schatz, deshalb ist sie so friedlich. Und er riß Lianen ab und schnürte den geringelten Schlangenkörper fest zusammen.

Die Schlange machte sich überhaupt nicht frei, denn sie war sehr mager, weil sie lange nichts gegessen hatte. Der Mann lud sich das Bündel mit Anstrengung auf die Schulter. Weil sie so schwer war, rastete er unterwegs. Als es Abend wurde, kam er zu Hause an.

Er rief von außerhalb der Umzäunung nach Frau und Tochter, daß sie helfen sollten. Frau und Tochter liefen ihm entgegen und sahen den Gatten und Vater ein Bündel Pythonschlange über der Schulter tragen, da freuten sie sich sehr. Als er es oben im Haus abgesetzt hatte, prahlte er vor seiner Frau: »Diese Schlange ist sehr friedlich, sie gefällt mir. Wenn du es nicht glaubst, dann faß sie ruhig an und streichle sie. Sie wird sich nicht bewegen.«

Die Frau streckte die Hand aus und berührte sie, da sah sie, daß sie sich wirklich nicht bewegte. Da streichelte sie sie und lobte: »O Kind, was hat er für eine schöne Farbe, so als hätte man ihn frisch vergoldet. Wenn es auch weh tut, weil er so eng geschnürt ist, so schön ist kein Mensch.«

Der Python, weil er zusammengeschnürt und müde war und lange nichts gegessen hatte, blinzelte nur mit den Augen und leckte mit der Zunge. Vielleicht bereitete er, der Hunger hatte, sich darauf vor, einen Menschen zu verschlingen.

Der Gatte befahl der Frau und der Tochter, Hühner zu schlachten, Reis zu kochen, Essen vorzubereiten, die Ahnen anzurufen und ein Bankett auszurichten, damit das Kind den Python zum Gatten nehmen konnte. Er selbst ging und kaufte Wein.

Die Frau kochte das Essen und trug es auf. Sie rief die Nachbarn herbei, daran teilzunehmen. Dem Kind befahl sie, die Schlafstätte vorzubereiten.

Die Nachbarn, die mehr Klugheit besaßen, schimpften mit dem Mann, er sei verrückt, er sei übergeschnappt. Einige riefen Buddha an, einige, die schon Wein getrunken hatten, waren guter Dinge und freuten sich auf das Fest.

Als man so zusammengekommen war, legte man den Python auf ein weißes Tuch und löste seine Fesseln. Dem Kind befahl man, sich neben ihn zu setzen. Die Schlange verhielt sich noch ruhig, denn sie hatte lange nichts gefressen.

Der Mann befahl, daß man Platten mit gekochtem Reis und Beilagen auftrug, Kerzen und Räucherstäbchen anzündete und betete, die Ahnengeister anrief und als Trankopfer dreimal Wein vergoß. Dann ließ er als Opferspeisen alle Arten von Kuchen, Gemüse, Reis und Kräutern nehmen, alles durcheinander auf einen Teller legen und vor dem Hause ausbreiten. Man rief die Sänftenträger, die kleinen Geister, die die Ahnengeister getragen hatten, zum Essen, denn die Ahnengeister hatten schon gegessen. Schließlich stellte man draußen Tische und Platten auf. Man löschte das Licht und ließ das Mädchen zusammen mit der Pythonschlange im Zimmer.

Vielleicht fürchtete sich das Mädchen vor der Schlange und konnte sie nicht ertragen, wagte aber nicht hinauszugehen, weil sie auch Vater und Mutter fürchtete, die sie zusammen mit dem Python schlafen geschickt hatten – man weiß es nicht. Oder sie freute sich, mit der Schlange zusammen zu sein – man weiß es nicht.

Was Vater und Mutter betrifft, die führten die Verwandten und Freunde nach draußen und aßen Huhn und tranken Wein.

Während die Menschen mit viel Geschrei aßen und tranken, verhielt sich die Schlange noch ruhig und tat, als wäre sie bewußtlos. Als man mit Essen und Trinken fertig war und alles ruhig wurde, vielleicht in der Mitte der Nacht, rollte sich die Schlange rasch auf, aber umschlang das Mädchen nicht, denn sie war groß genug, es auf einmal zu verschlingen. Sie nahm nur den Schwanz und wickelte ihn fest um die Handgelenke des Mädchens. Dann bog sie ihren Kopf nach unten und preßte ihre Füße zusammen. Sie öffnete das Maul und nahm beide Füße des Mädchens auf einmal hinein.

Am Anfang dachte das Mädchen, der Python wollte sich mit ihr vereinigen, deshalb blieb sie ruhig und sagte nichts, denn sie lag schon seit dem Abend mit ihm zusammen, ohne daß etwas geschehen war. Deshalb hatte sie Vertrauen zu der Schlange. Als die Schlange sie dann bis zu den Knien verschlungen hatte, da dämmerte ihr: Dieser Python will mich wahrhaftig verschlingen. Sie wollte aufstehen, konnte es aber nicht, denn der Schlangenschwanz hielt ihre Hände fest. Da fürchtete sich das Mädchen und rief nach ihrer Mutter: »Der Python verschlingt mich.«

Die Mutter hörte sie rufen und rief zurück: »Du Verrückte, dein Gatte spielt nur, er ist verrückt nach dir.«

Der Vater, trunken vom Wein, lag in tiefem Schlaf, der Speichel lief ihm aus dem Mund.

Als die Schlange sie bis zur Hüfte geschlungen hatte, rief das Mädchen nach seiner Mutter: »Mutter, Mutter, hilf deinem Kind, die Schlange hat mich schon bis zur Hüfte verschlungen.«

Die Mutter geriet noch mehr in Wut und rief von draußen: »Was bist du für ein schlechtes Kind! Schämst du dich nicht, die Leute so zu betrügen? Es fehlt nicht mehr viel, und ich komme hinein und schlage dich auf den Kopf.«

Das Mädchen konnte nur schreien: »Mutter! Hilf deinem Kind! Die Schlange nimmt mir den Atem!«

Und wenig später schrie sie: »Sie hat mich bis zum Hals verschlungen!«

Die Mutter hörte das Kind immer wieder rufen, da antwortete sie nicht mehr und blieb still liegen.

Als das Mädchen bis zu den Lippen verschlungen war, rief sie den Eltern zu: »Wenn mir die Eltern nicht helfen, werde ich sterben.«

Die Mutter hörte die erstickte Stimme des Kindes, die schon aus dem Maul der Schlange kam, die es verschlang und ihre Lippen schon bedeckt hatte.

Als der Mund des Kindes verschwunden war, schwante der Mutter etwas, sie machte Licht und sah nach. Das Kind war verschwunden, sie sah nur eine Schlange mit dick angeschwollenem Bauch von unten bis zur Mitte des Körpers.

Da schrie und heulte die Mutter und rief die Leute herbei mitten in der Nacht. Der Vater schreckte aus dem Schlaf und rief die Leute zusammen. Sie umstellten und ergriffen die Schlange und schnürten ihren Hals in ein Netz. Dann nahm der Vater ein großes Messer, schlitzte sie auf und holte das Kind heraus. Es war ohnmächtig und gab keinen Laut von sich, wie tot: sein Körper war vom Schleim der Schlange bedeckt, der ganze Körper vom Kopf bis zu den Füßen, und stank nach Fisch. Man holte Wasser und wusch sie, aber sie wurde nicht sauber. Da nahm man heißes Wasser, aber auch davon wurde sie nicht sauber. Als man sehr heißes Wasser nahm und sie damit wusch, kam sie wieder zu sich.

Da sah das Mädchen seine Geschwister, Onkel und Tanten um sich herumstehen. Und sie sah ihren Körper, der ganz mit Schleim bedeckt war und stank, da schämte sie sich sehr. Sie sprang auf, packte einen Wasserkessel, hielt ihn sich über den Kopf und lief zum Strand. Sie schöpfte Wasser und überschüttete sich damit, aber sie konnte den Schlangenschleim nicht abwaschen. Das Mädchen dachte: Oh, wie sehe ich aus! So bei den Menschen zu bleiben, schäme ich mich sehr. Wenn ich tot wäre, das wäre besser. Sie verhüllte ihren Kopf mit dem Wasserkessel und ging weiter zu einer tiefen Stelle. Sie dachte in ihrem Herzen: Ich springe ins Wasser und töte mich. Das dachte sie, dann sprang sie – platsch. Ihr Körper wurde da sogleich zu einer Sirene.

Sie schwamm dahin, fing Fische und aß sie. Vater und Mutter liefen ihr hinterher, sie kamen ans Ufer, sahen sie aber nicht. Da beweinten sie sie sehr.

Nach Hause zurückgekehrt, zogen sie die Pythonschlange fort und warfen sie in einen Wald, indem sie meinten, die Schlange sei tot, weil man ihr den Bauch aufgeschlitzt hatte. Aber gewöhnlich haben die Pythonschlangen ein zähes Leben. Nur von einem aufgeschlitzten Bauch sterben sie nicht. Erst wenn man sie in zwei oder drei Stücke schneidet, sterben sie.

Nach einiger Zeit genas der Python. Und er beschloß, keine Menschen mehr zu fressen oder Tiere, die keine Haare haben. Daher kommt es, daß die Pythonschlangen keine Menschen fressen und keine Tiere ohne Fell. Das ist so von damals an bis heute.

Die Sirenen gibt es von diesem Mädchen her, das die Gattin einer Pythonschlange war, bis in unsere Tage. Der Kopf der Sirene ist glatt wie ein Wasserkessel, der Körper unterscheidet sich nicht sehr von dem des Menschen. Sie haben Brüste und Schamteile, auch einige andere Körperteile sind fast wie beim Menschen, sie haben nur keine Hände und Füße.

(Kambodscha)

Der Weg in den Himmel

Auf einer Ladang lebte einmal ein recht altes Ehepaar. Sie wohnten in einem kleinen Häuschen, das sich nicht sehr von einer Feldwächterhütte unterschied. Von dem Ertrag ihrer kleinen Ladang konnten sie bescheiden leben. Sie lag ganz einsam in der Nähe des Urwalds, und weit und breit gab es kein Dorf, geschweige denn eine Stadt.

Wegen ihres Alters und ruhigen Lebens keimte in den beiden Alten der Wunsch auf, den Koran lesen zu lernen und ihre Kenntnisse der Religion zu vertiefen, damit sie nach dem Tode in den Himmel gelangen könnten. Sie hatten noch niemals Gelegenheit gefunden, den Koran zu lesen, denn schon seit ihrer Kindheit mußten sie hart für ihren Lebensunterhalt arbeiten. Doch weil sie sich dem offenen Grab immer mehr näherten, dachten sie ständig an das ewige Leben und all die Höllenqualen, wovon sie je andere Menschen hatten erzählen hören. Wenn sie in der Küche am Feuer saßen, sagte der Großvater oft aufseufzend zu seiner Frau: »Ach, wann werden wir wohl die Religionsschule besuchen, um den Koran lesen zu lernen, Mutter?«

Und die Großmutter antwortete, während sie bedächtig Holz nachlegte, um das Feuer im Herd zu verstärken: »Ja, vielleicht bestimmte es uns das Schicksal, daß wir dahinlebten, ohne uns um die Fragen der Religion zu kümmern. Aber wir werden ja immer älter. Es wäre an der Zeit, daß wir den Koran lesen lernten, nicht wahr?«

»Das ist es, woran ich denke. Wann werden wir zur Religionsschule gehen, um den Koran lesen zu lernen?«

»Aber wenn wir dorthin gehen, wer wird sich dann unserer Ladang annehmen? Wenn sie unbearbeitet bleibt, woher sollen wir etwas zu essen bekommen?«

»Das ist wohl wahr«, erwiderte ihr Mann grübelnd. Sein Gesicht sah bekümmert aus, da er daran dachte, daß es für sie unmöglich sei, den Koran lesen zu lernen. Ein Weilchen schwiegen beide und schauten in die züngelnden Flammen, die das darüberstehende Teewasser zum Sieden brachten. Mit einemmal hob der Großvater den Kopf, blickte seiner Frau ins Gesicht und fragte: »Wie wäre es, wenn ich allein ginge, um zu lernen? Du bleibst hier und bestellst die Ladang.«

Die Großmutter sah ihren Mann mit einem mißbilligenden Blick an und erwiderte: »Du bist nicht dumm, wahrhaftig! Du lernst den Koran lesen, damit du in den Himmel kommst und vierzig Himmelsjungfrauen erhältst. Ich aber soll allein hier zurückbleiben, zum Opfer bestimmt für die Hölle. Nein! Nein, ich will nicht zurückbleiben! Laß uns gemeinsam gehen und lernen!«

Der Großvater ließ niedergeschlagen den Kopf wieder vornübersinken.

»Das ist auch wieder richtig!« gab er mit einem Seufzer zu.

»Wenn wir den Koran lesen, bleibt die Ladang brachliegen. Und wenn wir die Ladang bearbeiten, können wir nicht den Koran lesen!«

»Was wäre also am besten?«

»Nun, machen wir es einfach so!« antwortete der Großvater, nachdem er ein Weilchen überlegt hatte. »Da wirst eben du gehen, um den Koran zu lesen. Und wenn du es dann gelernt hast, kommst du zurück und lehrst es mich!«

»Was denn? Ich soll allein gehen? Bringst du es übers Herz, mich fortzuschicken?« fragte die Großmutter, und es klang, als wolle sie weinen.

Da hörte man von draußen Stimmen, die die Grußformel riefen: »Sampurasun!«

»Rampes!« antwortete der Großvater von innen. »Wer ist da? Bitte tretet ein!«

Nach dieser Aufforderung betraten einige Jünglinge das Haus. Es waren Koranschüler, die gerade von der Religionsschule heimkehrten. Die alten Leute begrüßten die Gäste und baten sie, auf der frisch ausgebreiteten Matte Platz zu nehmen. Die Großmutter beeilte sich, Wasser aufzusetzen, um Bataten zu kochen. Die fremden Gäste brachten den Großvater in Verwirrung. Niemals sonst kam Besuch in ihr Haus. Stotternd fragte er sie sogleich: »Oh, oh, wir sind wirklich überrascht über Euren Besuch, Ihr Herren! Wißt, wir leben einsam, selten kommen Gäste! Woher kommt Ihr Herren, daß Ihr zu dieser abgelegenen, baufälligen Hütte gelangt seid?«

Einer der Gäste antwortete: »Wir haben gerade die Religionsschule verlassen, denn unsere Lehrzeit ist zu Ende. Unsere Heimat ist noch fern und unser Mundvorrat aufgezehrt. Zufällig sahen wir Rauch aus diesem Haus aufsteigen, und so kamen wir hierher!«

Der Hausherr freute sich ungemein zu erfahren, daß er ehemalige Koranschüler zu Gast hatte. Er rief nach seiner Frau, die sich in der Küche zu schaffen machte: »Mutter! Gott ist wahrhaftig allbarmherzig! Bring schnell zu essen und zu trinken herein!«

Die Großmutter antwortete aus der Küche: »Hab ein Weilchen Geduld! Warum drängst du denn so? Die Bataten kochen ja noch gar nicht!«

»So bring erst Kaffee, Mutter!« erwiderte der Großvater. »Uns ist eine große Gnade zuteil geworden. Unsere Gäste sind alle Koranschüler. Sie haben gelernt, den Koran zu lesen, und kehren nun heim.«

»Wie? Koranschüler?« rief die Großmutter aus der Küche. Ihrer Stimme hörte man die Herzensfreude an. »Gott sei gelobt! Oh, natürlich haben die Jungen Durst, ja. Wartet nur einen Augenblick, gleich kocht das Wasser!«

Die Koranschüler wunderten sich über die außergewöhnliche Freude der beiden Landleute. Sie blickten einander an. Dann fragte einer von ihnen: »Warum zeigt Ihr so große Freude über unseren Besuch, Pak? Werden wir Euch denn nicht nur lästig fallen?«

Der Großvater lachte.

»Aber nein, Kinder, ganz und gar nicht! Das Wasser kocht schon, und die Bataten haben wir selbst gezogen«, antwortete er. »Und wir freuen uns wirklich, Euch zu Gast zu haben . . .« – »Warum?« – »Weil Ihr Koranschüler seid, die vom Koran-lesen-Lernen heimkehren.«

Die Gäste begriffen noch immer nicht. Einer bat den Hausherrn abermals um eine Erklärung. Lachend bekannte der Großvater: »Wir sind schon alt, aber von den Fragen der Religion wissen wir gar nichts. Wir möchten lernen, den Koran zu lesen! Aber das können wir nicht, weil wir die Ladang bestellen müssen.«

Unterdessen war das Wasser heiß. Die Großmutter bot Kaffee und gekochte Bataten an.

»Bitte, nehmt erst einen Schluck Kaffee, Kinder!« sagte sie, und ihre Stimme klang überaus froh.

Die durstigen und hungrigen Gäste bliesen sogleich gierig auf die noch dampfende Speise. Während sie darauf warteten, daß das Essen abkühlte, erkundigte sich einer der Gäste wiederum: »Wozu wollt Ihr jetzt lernen, den Koran zu lesen, Großvater und Großmutter? Ist es denn nicht zu spät dazu?«

»Das ist es eben, mein Junge!« erwiderte der Großvater. »Wir sind alt. In der Jugend hatten wir niemals Gelegenheit, in der Religionsschule den Koran lesen zu lernen. Nun sind wir alt, und bald werden wir ins Grab sinken . . .«

»Ja, aber warum wollt Ihr den Koran lesen lernen?«

»Wir haben Angst, in die Hölle zu kommen! Wir möchten in den Himmel . . .«

Als sie diese Erklärung vernahmen, lachten die Gäste schallend. Sie spuckten vor Lachen sogar den Kaffee und die Bataten wieder aus, die sie im Mund hatten.

Nachdem sich das Gelächter einigermaßen gelegt hatte, meinte einer der Koranschüler, den seine Kameraden als den größten Tunichtgut kannten: »Wenn es nur das ist, daß Ihr in den Himmel wollt, wozu wollt Ihr noch den Koran lesen lernen, Pak?«

»Wie denn anders, mein Sohn?« antwortete der Großvater, der mit Erstaunen sah, daß seine Gäste lachten, als ob er etwas Komisches gesagt hätte.

Der nichtsnutzige Koranschüler fragte: »Gibt es nicht am Rande der Ladang ein Bambusgebüsch, das sich hoch dem Himmel entgegenstreckt?«

Der Großvater und die Großmutter erwiderten gleichzeitig: »O ja, das ist wahr!«

»Das ist der Weg zum Himmel. Wenn Ihr dorthin wollt, klettert einfach den Bambus hinauf bis zur äußersten Spitze. Sie stößt genau an die Treppe zur Himmelstür!«

Der Großvater rief aus: »Ja, bei Allah! Das habe ich nicht gewußt, das hätte ich nicht gedacht! Vielleicht ist das Bambusgehölz gar kein gewöhnliches Gehölz! Mutter, wir waren einfach blind! Dutzende von Jahren wohnen wir hier und haben es nicht gewußt!«

»Das kommt davon, daß wir ungebildete Leute sind!« stimmte die Großmutter ein.

»Aber jetzt wissen wir es, Mutter! Die Jungen, wenn sie auch noch jung an Jahren sind, haben es uns gezeigt. Sie sind wirklich schlau!« sagte der Großvater. »Wie wäre es, wenn wir uns gleich aufmachten?«

»Ja, alt sind wir, und den Weg zum Himmel kennen wir jetzt auch. Willst du noch warten? Komm!« antwortete seine Frau freudig.

Die beiden kindisch gewordenen Alten verließen, ohne sich noch um irgend etwas zu kümmern, das Haus und strebten dem Bambusdickicht zu, das ihnen ihre Gäste bezeichnet hatten. Der Großvater ging voran, die Großmutter folgte ihm. Hinterher kamen auch alle Gäste, die das Verhalten der beiden Alten beobachten wollten und sich vor Lachen schüttelten. Denn sie freuten sich, daß sie die Landleute so angeführt hatten.

Ohne noch einmal nach rechts oder links zu schauen, kletterten der Großvater und die Großmutter den hohen Bambus hinauf. Nur mit großer Mühe gelang es ihnen schließlich, den glatten Stamm bis ganz oben zu erklimmen. Er schien ihnen immer höher zu werden, je länger sie dazu brauchten. Als sie beinahe die Spitze erreicht hatten, schrien die Koranschüler von unten: »Großvater! Großmutter! Die Vögel fressen Eure Ladang leer!«

Doch die beiden Alten wandten sich nicht um. Nur ihre Antwort drang hinab: »Sollen sie! Sie haben eben Glück!«

Unterdessen kletterten sie immer höher. Unter ihrem Gewicht bog sich die Spitze des Bambusstamms, als wollte sie abbrechen, und schwankte wie bei heftigem Wind. Aber die beiden Alten blieben mutig und fürchteten sich nicht. Endlich gelangten sie bis an die Spitze. Da erhob sich plötzlich ein äußerst starker Wind. Sie wurden hin und her geschaukelt und wären beinahe hinuntergefallen. Als jedoch der Wind sich legte, waren ihre Gestalten spurlos verschwunden. Niemand wußte, wohin.

Die Koranschüler starrten verblüfft in die Höhe, als sie gewahrten, daß der Großvater und die Großmutter nicht heruntergefallen, sondern verschwunden waren. Sie blickten einander bestürzt an.

Der Tunichtgut fand zuerst die Sprache wieder und sagte zu seinen Kameraden: »Seht nur! Vielleicht ist das Bambusgehölz wirklich der Weg zur Himmelstreppe! Sie sind nicht mehr zu sehen. Nun gut, ich folge ihnen dorthin!«

»Wenn wir den Weg zum Himmel schon kennen, wozu sollen wir noch länger auf dieser Welt leben?« meinte einer seiner Gefährten. »Nun, ich folge ihnen auch!«

Die beiden Jünglinge liefen auf das Bambusgebüsch zu, und alle ihre Mitschüler folgten ihnen. Keiner wollte zurückbleiben. Wie um die Wette erklommen sie die Bambusstämme. Als sie schon die Wipfel erreicht hatten, begann der Wind zu wehen. Die Spitzen der Bambusstämme schwankten hin und her. Jeder Koranschüler klammerte sich fest an seinen Stamm. Sie schauten einander an, denn sie hatten Angst hinunterzufallen. Ihnen sank der Mut. Ihre Augen blickten verstört, die Lider flatterten, und ihre Lippen zitterten. Am ganzen Körper wuchs ihnen Fell. Sie schrien, aber nicht mehr mit menschlichen Stimmen. Alle wurden zu Affen, die wieder hinunterkletterten und über die Feldfrüchte auf der Ladang herfielen.

(Indonesien)

Die Frau Pingindraen yeo

*D*iese Geschichte ist von Chalalo. Jetzt leben wir hier. Vor langer Zeit lebte der Häuptling von Chalalo mit seinem Volk hier, und sie wollten Fische in Drover fangen. Nur die Frauen blieben in Chalalo. Sie hatten Hunger. Sie gingen Krabben suchen im Mangrovensumpf. Eine Frau war schwanger. Als sie im Mangrovensumpf umhergingen, gebar die Frau ihr Kind im Mangrovensumpf. Die anderen Frauen verließen sie, sie gingen weg, und sie blieb zurück und gebar ihr Kind. Als das Kind weinte, hörte Pingindraen yeo, wie wir sie nennen, das Schreien des Kindes. Sie kam herbeigelaufen, sie ging auf die beiden zu und fragte: »Wo kommst du her?« Sie antwortete: »Ich bin aus Chalalo. Die Frauen, die mit mir waren, sind fortgegangen, und ich bin hiergeblieben und habe mein Kind geboren.«

Die Frau Pingindraen nahm Mutter und Kind und steckte sie in einen Stein. Sie kümmerte sich um Mutter und Kind. Als die Frauen, die mit der Frau zusammenwaren, die ihr Kind geboren hat, ins Dorf zurückkehrten, fragten sie weiter nach ihr und suchten sie, bis es dunkel wurde. Die Männer kamen vom Fischen zurück. Ihr Mann fragte nach ihr. Die Frauen sagten: »Wir gingen Krabben fangen. Wir haben sie gesucht, aber nicht gefunden.« Sie machten Fackeln aus Kokospalmwedeln, zündeten sie an und suchten bei Nacht. Aber die Frau sei tot, und er ging allein im Haus umher. Pingindraen brachte sie zum Haus zurück, und die beiden waren da. Mutter und Kind. Die sie gesucht hatten, kamen ins Dorf zurück. Sie weinten. Die Frau Pingindraen vom Stein kümmerte sich um das Kind, bis es groß war und fragte dann die Mutter: »Ich bringe euch beide in euer Dorf zurück.« Als sie die beiden zurückbrachte, glaubte ihr Mann, seine Frau sei tot, und er ging allein im Haus umher. Pingindraen brachte sie zum Haus zurück, und die beiden waren da. Mutter und Kind. Als es Zeit war, schlafen zu gehen, kam der Mann zum Haus zurück, und er sah die Frau und bekam Angst. Er hielt sie für einen *tambaran* oder einen Geist. Er rief und alle Leute kamen. Der Alte, der diesen Mann geboren hat, sagte: »Macht nichts. Ich bin alt. Ich gehe ins Haus hinauf und schaue sie mir an.« Er ging ins Haus hinauf und auf die Frau zu und fragte sie: »Wer bist du?« Und die Frau sagte: »Ich bin die Frau deines Sohnes. Ich war vermißt, jetzt bin ich zurückgekommen. Ich bin nicht gestorben, ich habe mein Kind geboren, und die Geisterfrau hat mich in einen Stein gesteckt und hat sich um uns gekümmert. Jetzt hat sie uns zum Haus zurückgebracht.« Der Alte rief und rief alle Bewohner von Chalalo zusammen: »Die Frau meines Sohnes ist zurückgekommen.« Alle kamen und weinten. Alle dachten, sie sei verloren, alle hatten sie gesucht, aber nicht gefunden. Jetzt kamen sie daher und weinten über sie.

Das ist das Ende.

(Papua-Neuguinea)

Australien und Neuseeland

Taipan, die Regenbogenschlange

Einst war Taipan ein Mensch. Er war ein sehr guter Medizinmann. Er heilte Leute, die krank geworden waren, weil sie die Knochen der Warane oder Bandikuts verschluckt hatten. Er knetete und massierte ihren Bauch, dann saugte er den Knochen mit seinem Mund heraus und spie ihn aus, und der Kranke war genesen. Manchmal aber, wenn ein Mann zu krank war, sagte er ihm, daß seine Heilkraft ihm nicht helfen konnte und daß er langsam sterben würde.

Taipan besaß einen Zauberknochen, den er auf seine Feinde deutete, die dann bald darauf starben. Er war sehr klug und weise. Er machte Blitz und Donner. Wenn Unfriede unter seinen Stammesangehörigen herrschte, weil eine junge Frau nicht zu ihrem Ehemann gehen wollte oder weil eine zukünftige Schwiegermutter ihre Tochter nicht hergeben wollte, dann machte Taipan Blitze und Donner, um sie alle einzuschüchtern und den Stammesfrieden herzustellen.

Taipan sprach: »Gebt mir meine versprochene Braut!« Er besaß ein scharfes, blutrotes Flintmesser, das an einer langen, starken Schnur befestigt war. Er schärfte die Spitze seines Messers, dann warf er es aus der Ferne auf einen Baum in der Nähe der Leute. Das Messer traf den Baum mit einem lauten Donnerschlag. Dann zog Taipan das Messer mit der langen Schnur zurück, was den Laut des rollenden Donners verursachte. Das Flintmesser war heiß, nachdem es den Baum getroffen hatte, aber es kühlte bald danach wieder ab.

Taipan verlangte eine Braut. Tuktaiyan, die Sumpfschlange, war die Mutter zweier Töchter. Sie nahm ihre Tochter Uka, die weiße Sandschlange, beim Arm und führte sie zu Taipan. »Ich gebe sie dir zur Frau«, sagte sie. Dann gab sie ihm auch ihre zweite Tochter Mantya, die Todesotter, zur Frau. Sie dachte bei sich: »Ich gebe sie ihm beide, sonst ertränkt er uns alle, wenn er den Regen macht und wenn das Hochwasser kommt.«

Nun hatte Taipan zwei Frauen, Uka und Mantya. Er nahm sie. Er behielt sie. Dann warf Taipan erneut sein Messer, um den Leuten Furcht einzujagen, denn er wollte eine dritte Frau haben. Da ließen sie Tuknämpa, die Wasserschlange, zu ihm gehen, und er empfing sie als seine Frau.

Taipan hatte nur ein Kind, einen Sohn. Taipan, der Sohn, jagte flußabwärts. Er sah Tintauwa, die schwarze Wasserschlange. Tintauwa war die Frau der Blauzungenechse Wala. Tintauwa lag im Schatten und gab vor, Kopfschmerzen zu haben. Sie hatte ihren Kopf fest mit einer langen Schnur umwickelt. Als sie Taipan, den Sohn, sah, dachte sie: ›Oh, da kommt ein feiner Mann. Er soll mein Liebhaber sein, ich werde mit ihm ausreißen.‹ Sie sprang auf und sah Taipan an. Sie sah ihn an und an. Dann machte sie ihm ein Handzeichen, das ›weg vom Lager‹ bedeutete. Taipan antwortete ihr mit einem Handzeichen, daß er einverstanden war.

Tintauwa entfernte sich rasch. Taipan folgte ihrem Weg nach Westen und flußaufwärts. Dann trafen sie sich. »Nun laß uns davonrennen!« Sie rannten davon. Taipan, der Sohn, stahl die Frau des Wala und trug sie davon.

Nun versteckten sie sich in den Sträuchern. Sie fürchteten sich. Sie gehen auf Nahrungssuche, und Taipan erlegt ein Wallaby. Sie brechen einen alten Termitenhügel auf und heizen die Bruchstücke im Feuer in einem Erdloch, dann legen sie das Fleisch auf die heißen Stücke, garen es und essen es. Sie sitzen eine Weile beieinander. Dann legen sie sich schlafen. Der Abend kommt. Die Sonne geht unter. Sie sammeln Feuerholz, machen ein Feuer und legen sich wieder schlafen.

Am folgenden Morgen stehen sie auf. Er hebt seinen Speer auf, und sie zieht ihren Grabstock aus der Erde. »Gehen wir!«

Sie gehen zu einem neuen Lager. Taipan erlegt einen Emu. Sie brechen einen Termitenhügel auf, graben ein Loch in die Erde, zünden darin ein Feuer an, blasen in die Glut, bis das Holz lichterloh brennt, und legen die Stücke des Termitenhügels hinein, um sie zu erhitzen. Die Frau rupft den Emu. Der Mann geht und holt Rindenstücke. Er weidet den Emu aus und entfernt die Leber. Dann legen sie den Vogel in den Erdofen und decken ihn mit Rindenstücken ab. Sie lassen ihn eine Zeitlang garen, »holen wir ihn heraus«. Sie entfernen die Rindenstücke, heben den Emu aus dem Erdofen, schneiden ihn längs und quer auseinander und essen ihn. Taipan sagt: »Das Bein ist für dich, die Brust ist für mich.«

Sie fürchten sich und halten sich im Gebüsch versteckt. Dort machen sie ein Lager und essen ihre Mahlzeit. Dann ziehen sie weiter. Sie erlegen ein Wallaby und garen es in einem Erdofen. Sie verspeisen es und sitzen eine Weile beisammen. Dann legen sie sich schlafen. Der Abend kommt. Die Sonne geht unter. Sie sammeln Holz, machen ein Feuer und legen sich schlafen. Am folgenden Tag erheben sie sich. Er hebt seine Speere auf, sie zieht ihren Grabstock aus der Erde und sammelt ihre Flechttaschen. »Gehen wir!« Sie machen sich auf den Weg. Sie erreichen einen weiteren Lagerplatz. In der Nähe entdecken sie einen Emu.

»Du bleibst hier! Bewege dich nicht! Ich erlege den Emu!« Taipan bricht einen Ast ab und hält ihn zur Tarnung vor seinen Körper. Er pirscht sich an den Emu heran, näher und näher pirscht er sich heran. Er schleudert den Speer, er verfolgt den verwundeten Emu, versetzt ihm den Todeshieb mit seiner Speerschleuder.

Taipan hebt den Emu auf seine Schulter, läßt dessen Beine nach vorn und seinen langen Hals nach hinten herabhängen. »Hier ist eine Wasserstelle, wir werden ihn hier kochen! Du gehst Feuerholz suchen, und ich werde ein Erdloch graben.« Sie läuft und sammelt Rindenstücke, und er rupft den Emu. Er öffnet den Balg, nimmt die großen und kleinen Gedärme heraus, schneidet die Leber heraus und legt sie auf ein Stück Rinde, um sie später im Feuer zu braten.

In der Zwischenzeit hat die Frau Feuerholz gesammelt, um die Wandstücke eines Termitenbaus in dem Erdloch aufzuheizen. Dann machen sie darin eine Vertiefung für den Emu, legen ihn mit dem Kopf nach unten hinein und decken ihn mit den Rindenstücken ab. Nun liegt der Emu mitten in den heißen Wandstücken und kocht.

Sie holen ihn aus dem Erdofen und legen ihn auf Baumrinde. Mit einem Steinmesser zerlegen sie ihn gemeinsam. Sie lösen das Fett ab und legen es auf ein Stück Rinde. Sie lösen das Fleisch von einem Bein und legen es auf ein Rindenstück, dann das Fleisch vom anderen Bein. Sie legen das Fleisch vom Hals auf ein Stück Rinde, dann das Brustfleisch. Dann wickeln sie alles in dünne Baumrinde ein, binden das Ganze in Bündel, und legen sie auf ihren Kopf und tragen sie. Sie gehen weiter, machen ein Lager. Sie sammeln Feuerholz, der Mann macht ein Nachtfeuer, die Frau macht ein Nachtfeuer. Dann schlafen sie.

Am folgenden Morgen essen sie ihr Fleisch, ziehen weiter und nehmen den Rest des gekochten Emus mit. Einige Fleischstücke müssen sie wegwerfen. Dann setzen sie sich an einen schattigen Platz und essen das Fleisch, viel Fleisch. Am Nachmittag machen sie sich wieder auf den Weg. Sie richten sich ein Lager ein.

Sie bleiben jeweils eine Nacht an jeder Lagerstätte, dann ziehen sie weiter. Sie fürchten sich.

Am nächsten Morgen stehen sie auf. Taipan repariert seinen Speerwerfer, dessen Spitze abgebrochen war, als er dem Emu den Todeshieb versetzte.

Wala, der Mann der Frau, war ihnen die ganze Zeit über gefolgt. Er war hinter seiner Frau her. Er war ihrer Spur gefolgt. Er erreicht eine Feuerstelle. Er ißt von dem zurückgebliebenen Fleisch und von den Wurzeln, die die beiden gekocht haben. Er trinkt Wasser, dann verfolgt er ihre Spuren weiter und weiter. Er erreicht den schattigen Platz, an dem sie sich ausgeruht haben. »Hier saßen sie vor kurzem.« Er folgt ihrer Spur. Er sieht den Rauch ihres Feuers. »Dort sind sie, die beiden!« Dort sitzen sie im Gebüsch. Er schleicht sich an sie heran. Er sieht Taipans Kopf. Er hakt seinen Speer in die Speerschleuder und trägt ihn wurfbereit. Er pirscht sich heran, hinter einen Baum in ihrer Nähe. »Ich muß den Speer aus nächster Nähe werfen!«

Er schleudert seinen Speer. Es ist ein Speer aus Milchholz und Hibiskusholz – ein schlechter Speer. Er bricht auf halbem Weg entzwei.

Das Paar springt auf! »Er ist gekommen!« Tintauwa, die Frau, klammert sich an Taipan. Taipan fährt sie an: »Laß los!« Er läßt sie stehen und flieht.

Wala ergreift den Arm seiner Frau. »Lauf nicht weg wie ein Feigling! Wir beide werden die Sache hier an Ort und Stelle regeln. Wir werden sie besprechen, wir werden nicht gegeneinander kämpfen.«

Taipan hat sich herangeschlichen und verwundet Wala mit einem

Speer. Der Speer zerbricht. Taipan versetzt Wala mit dem abgebrochenen Speerstück einen Hieb auf die Stirn. Seither trägt die Blauzungenechse eine Beule auf der Stirn. Die Echse zieht den Speer aus der Stirnwunde. Sie stürzt sich auf Taipan und schlägt ihn mit seiner Speerschleuder. Sie kämpfen.

Wala rannte nach Westen, und Taipan verfolgte und überholte ihn. Er stellte ihn zum Zweikampf. Aus dem Osten sprach Wala: »Nun wirst du mich in den Hals beißen. Dann werde ich dir dasselbe antun!« Wala, die Echse, lag auf dem Rücken, Gesicht nach oben. Taipan stürzte sich auf ihn und biß ihn, versenkte seine Zähne und zog an der zähen Haut der Echse.

»Nun bist du an der Reihe. Leg dich auf deinen Rücken und kehre dein Gesicht nach oben! Leg dich richtig hin und bewege dich nicht!« sprach Wala.

Taipan liegt mit dem Gesicht nach oben. Wala stürzt sich auf ihn und öffnet ihm die Kehle mit seinen Zähnen. Taipan liegt schwer verwundet, und sein Kopf schwimmt. Halbtot wälzt er sich umher. Nun liegt er reglos! Er ist tot! Die Echse reißt seine Brust auf, beißt die Innereien heraus und entfernt das Herz.

Zu Taipan, dem Vater, trägt Wala das Herz des Sohnes. Nach Westen flußabwärts ging Wala. Am Lagerplatz Taipans, des Vaters, langte er an.

»Hier ist Wala. Was trägt er bei sich?«

Vor dem Vater angelangt, wirft Wala es auf ein Pandanusblatt. »Ich habe deinen Sohn getötet! Hier sind sein Blut und sein Herz!« Da ließ er das Blut und das Herz auf dem Pandanusblatt zurück und flüchtete sich voller Furcht mit seiner Speerschleuder. Taipan sprang auf, um Walas Lagerstätte zu verwüsten. Taipan suchte weit und breit nach dieser Stätte, doch fand er keine Spur von ihr. Taipan kehrte zu seiner eigenen Lagerstätte zurück. »Hier kann ich nicht länger bleiben. Mein Sohn ist tot und für immer von uns gegangen!« Er versammelte all seine Nachkommen: Wuka, den Fliegenden Hund und Wutyinang, Kikala, Wutya und Welaiya, die Sumpffische. Auch rief er seine beiden Schwestern. Taipan bemalte alle mit dem Blut seines Sohnes. Das Herz behielt er selbst. Dann sandte er seine Nachkommen zu ihren Totemstätten.

»Ich, euer Vater, und die Schwestern eures Vaters werden uns trennen und in unsere eigenen Totemstätten eingehen.«

Zu seinen beiden Schwestern sprach er: »Etwas von diesem Blut
werde ich euch lassen, meine Schwestern! Den Rest behalte ich. Ihr
beide werdet euer Blut in den Himmel tragen. Das Rot im Regenbogen, euer Menstruationsblut. Ich werde meins hier behalten!«

Taipan tränkte die Erde mit Regen. Dann warf er sein Steinmesser,
Blitze zerschnitten die Luft, und Donner rollte allenthalben. Begleitet
von Blitz und Donner sank Taipan in die Erde.

Taipans Schwestern sanken in die Erde. Doch dann erhoben sie sich
aus der Erde und stiegen als Regenbogen in den Himmel.

In der Trockenzeit halten sie sich in ihrer Totemstätte in der Erde
auf, sie bleiben unter Wasser, die zwei Schwestern. Zu Beginn der
Regenzeit verlassen sie ihre Stätte, sie steigen als Regenbogen zurück
in den Himmel. Sie steigen hinauf, die beiden Taipanfrauen und ihr
älterer Bruder. Taipans Schwestern sind das Rot im Regenbogen, Taipan selbst ist das Blau.

Wenn die Menschen einen Regenbogen sehen, sagen sie: »Taipans
Inneres ist wund, Taipan menstruiert.«

Die Frauen aus der Gegend der Totemstätten Taipans heißen Tip-
meninga oder Ngointyameninga, das heißt »wundes Inneres« als
Andenken an ihre Totemahnen, die Taipanschwestern.

Wenn heute eine Mutter ihre als Braut versprochene Tochter nicht
dem betreffenden Mann geben will und deshalb Streit unter den
Stammesangehörigen ausbricht, dann wirft Taipan sein Messer, Blitze
zucken und Donner erschallt, und die Männer fürchten sich und brechen den Streit ab.

Taipans Totemstätte ist bei Waiyang. Dort steht ein Milchholz-
baum. Niemand wagt es, diesem Baum etwas anzutun, da sonst
unzählige Schlangen aus der Erde hervorkämen und verheerende Re-
genstürme über das Land hereinbrächen.

Das Blut des Sohnes Taipan haftet auf Taipans Nachkommen:
Wuka, der Fliegende Hund, hat ein rotes Fell, und Taipan, die Gift-
schlange, trägt rote Flecken auf ihrer Unterseite.

(Australien)

Der Große Vogel von Rua-Kapana

Pou-rangahua lebte mit seiner Frau Kanioro in Kiri-kino im Turanga-Distrikt. Das Haus, das er dort errichtet hatte, hieß Te Hauo-pohokura.

Eines Tages ging Pou zum Strand, um takuahi, den weichen Scheuerstein, zu suchen. Er wurde jedoch von Rua-mano, einem Taniwha des Meeres davongetragen, und der trug ihn weit übers Meer, bis nach Hawaiki, und dort setzte er Pou wieder an Land. Pou hatte Hawaiki nie zuvor gesehen. Die Leute dieses Landes waren sehr freundlich zu ihm und luden ihn in ihre Häuser ein, und an einem Ort namens Pari-nuite-ra traf er ihren obersten Häuptling Tane. Da Pou aber wieder in seine Heimat zurückkehren wollte, fragte er Tane, wie er wohl den großen Ozean, der zwischen Hawaiki und seiner Heimat Aotearoa lag, überqueren könne. Tane sprach zu ihm: »Geh und nimm dir Tawhaitari, er wird dich nach Hause tragen!« Tawhaitari war der Name eines großen Vogels. Pou folgte Tanes Rat, doch zuerst holte er sich vom Gipfel eines Berges bei Pari-nui-te-ra Kumara für die Reise. Die Kumara füllte er in zwei Körbe namens Hou-takerenuku und Hou-takere-rangi und dann ging er, um dem Vogel die beiden Körbe zusammen mit zwei Spaten namens Manini-tua und Manini-aro, aufzuladen. Sodann bestieg er den Vogel – doch Tawhaitari gelang es nicht, sich in die Lüfte zu schwingen, die Last war zu schwer.

Wieder suchte Pou Tanes Rat, und dieses Mal sprach Tane: »Geh und nimm dir den Großen Vogel von Rua-kapana! Wenn du ihn rücksichtsvoll behandelst und seinen Wünschen folgst, wird er dich sicher nach Hause bringen!

Zwinge ihn nicht, dich an Land abzusetzen! Er wird sich schütteln, wenn ihr euch deiner Heimat nähert, und dann mußt du absteigen und ihm erlauben, kehrtzumachen!« Tanes Ratschläge hatten gute Gründe: Der Vogel mußte nämlich am Berg Hikurangi vorbeifliegen, und dort oben lebte ein Ungeheuer namens Tama-i-waho, das jeden, der an seiner Behausung vorbeizog, vernichtete. Nur wenn die Strahlen der untergehenden Sonne Tamas Augen blendeten, war es möglich, am

Hikurangi vorbeizuziehen. Tane fürchtete mit Recht, daß dem Großen Vogel von Rua-kapana auf seiner Reise zur Heimat von Pou etwas zustoßen könne.

Schließlich bestieg Pou den Großen Vogel, und mit seinem Vorrat an Kumara flogen sie in Richtung Aotearoa.

Als sie sich dem Hikurangi näherten, sahen sie, daß sie dort nicht vorbeifliegen konnten; so warteten sie denn, bis die Sonne langsam unterging und ihre Strahlen Tamas Augen derart blendeten, daß er nichts mehr sah.

Jetzt konnten sie ungehindert über den Berg hinwegfliegen, und als Tama wieder sehen konnte, waren sie längst auf und davon. Wütend schrie Tama ihnen nach: »Wer ist gegen meinen Willen an meinem Berg vorbeigezogen?« Bald darauf kam Pous Heimat Turanga in Sicht, und der Vogel schüttelte sich zum Zeichen für Pou abzusteigen, ganz so, wie Tane es Pou erklärt hatte.

Doch statt Tanes Rat zu befolgen, blieb Pou auf dem Vogel sitzen, rupfte ihm einige Federn aus und warf sie ins Meer. Aus diesen Federn sollten später die Kahika-Bäume wachsen und aus einem Zweig dieser Bäume wuchs der Makauri-Busch in der Hochebene zwischen Gisborne und Ormond an der Ostküste der Nordinsel.

Nun begann sich der Vogel darüber zu beklagen, daß Pou ihn so schlecht behandelte; der aber zwang ihn, die ganze Strecke bis in sein Dorf zu fliegen, und auf dem Weg dorthin rupfte er ihm weitere Federn aus – dieses Mal die feinen Federn, die unter den Flügeln wachsen.

Dabei sprach er: »Pou kehrt nur einmal zurück, und schließt die Tür für immer hinter sich!« und damit meinte er, daß er die Dienste des Vogels in der Zukunft wohl nicht mehr benötigen werde.

Im Dorf fand er sein Haus völlig überwachsen von einer Pflanze, die die Maoris Mawhai nennen, und seine Frau Kanio, die das Haus seit Pous Verschwinden nicht mehr verlassen hatte, war immer noch darin und beklagte das Schicksal ihres Mannes. Als Pou anklopfte, fragte seine Frau: »Wer klopft denn da?« – »Es ist Pou-rangahua, o Kanio!« antwortete Pou. »Pou wurde von Rua-mano hinweggetragen!« sprach Kanioro. »Gib mir von deinen Kostbarkeiten!« sagte Pou da und erklärte ihr, daß er den Großen Vogel von Rua-kapana für dessen Dienste entschädigen wollte. Und so wurden Kanioros Schätze vor dem Vogel ausgebreitet, und Kanioro soll an jenem Tage ihren Namen geändert haben.

Die Kumara aber, die Pou von Hawaiki mitgebracht hatte, pflanzten sie bei Manawa-ru in der Nähe von Turanga.

Tane wartete nämlich derweil ungeduldig auf die Rückkehr des Großen Vogels. Der aber wurde auf seinem Rückflug von Tama, dem Ungeheuer des Berges Hikurangi, getötet und verspeist.

Nach einer Zeit vergeblichen Wartens ahnte Tane, was passiert war, und er schickte Taukata, den Bruder Kanioros los, zu suchen, wer den Vogel vernichtet hatte. Auf einem Taniwha kam Taukata zum Berg Hikurangi.

Er erreichte den Berg bei Einbruch der Nacht und machte sich sodann auf zum Haus von Tama; doch erst als es schon ziemlich dunkel war, betrat er das Haus, in dem sich Tamas Leute auf allerlei Art und Weise amüsierten.

Tane hatte Taukata gesagt, daß er den Mörder des Großen Vogels an seinen unregelmäßigen Zähnen erkennen werde, und so war es Taukata denn daran gelegen, die Leute im Haus zum Lachen zu bringen, auf daß er ihre Zähne sähe: Er sang ein kleines Lied und untermalte es mit allerlei Handbewegungen, und tatsächlich – Tamas Leute lachten über seine Darbietung, und ihre Zähne waren deutlich sichtbar. Auf diese Weise erkannte Taukata Tama an seinen unregelmäßigen Zähnen. Später dann, als alle schliefen, nahm Taukata den großen Korb, den er aus Hawaiki mitgebracht hatte, und steckte Tama, den er mit einem Rotu besonders fest eingeschläfert hatte, da hinein. Mit Tama im Korb trat er die Rückreise nach Hawaiki an. Am nächsten Morgen erreichte er Hawaiki, und dort weckte er Tama wieder auf: »Wach auf, wach auf, und sieh dich um!« rief Taukata, und als Tama erwachte und um sich blickte, wußte er, daß seine letzte Stunde geschlagen hatte. Tama wurde getötet und gegessen, und somit war der Tod des Großen Vogels von Rua-kapana gerächt.

(Neuseeland)

Von Melanesien nach Hawaii

Wie die Fidschi-Leute den Bootsbau erlernten

*A*uf dem Berg Kau wandra steht der Tempel von Dengei, der Großen Schlange. In alten Zeiten fürchteten die Fidschi-Leute den Ort und zollten ihm Verehrung, denn dort wohnte die Große Schlange, die von ihnen angebetet wurde.

Damals war Bau noch nicht das größte Königreich auf Fidschi. Es gab unter uns noch keine Bootsleute; unsere Väter bauten keine Boote, sie wußten nicht, wie sie es machen sollten. Sie lebten sehr einfach und bedürfnislos. Jeder Stamm wohnte gesondert in seinem Gebiet; es gab noch keine Boote, mit denen man von einer Insel zur nächsten fahren konnte. Da bekam die Große Schlange Mitleid mit ihnen; sie erwählte sich einen Stamm, dem sie den Namen »der Bootsbauer« gab, und lehrte ihn die Bootsbaukunst. Sie schenkte ihm auch die Oberherrschaft über ganz Fidschi, das war ein mächtiges, großes Volk, und Bau kam daneben gar nicht in Betracht.

Es war ja auch eine Kleinigkeit für sie, so groß zu werden, denn sie verstanden von allen Leuten auf Fidschi allein den Bootsbau. Die Leute kamen von weither und baten um Aufnahme als Lehrling, damit sie auch lernten, wie man die wunderbaren Fahrzeuge machte, welche die Menschen sicher über das Wasser trugen. So wurden sie im Laufe der Zeit stolz und hochmütig und gehorchten der Großen Schlange nicht; doch sie war nachsichtig, denn sie hatte sie gern.

Die Große Schlange wohnte also auf dem Berge Kau wandra, und alles Land ringsherum schenkte sie dem auserwählten Stamm. Sie bauten sich eine Stadt, die lag hoch oben auf einem Berg; da lebten sie in Sicherheit, denn kein Feind konnte dort hingelangen. Häufig erschien auch der Gott und unterhielt sich mit ihnen; er lehrte sie viele Dinge, so daß sie klüger wurden als die übrigen. Das war eine schöne Zeit; sie lebten in Frieden und Überfluß.

Gegen Abend begab sich die Große Schlange stets in eine Höhle auf dem Kau wandra Berg und legte sich dort zum Schlafen hin. Sobald sie die Augen schloß, wurde es dunkel, dann sagten die Menschen: »Die Nacht ist hereingebrochen«; wenn sie sich im Schlafe umdrehte, erbebte die Erde, und die Menschen sagten: »Erdbeben«; und wenn sie gegen Morgen die Augen aufschlug, dann entfloh die Finsternis, und die Menschen sagten: »Es ist Morgen.«

Nun besaß die Schlange eine wunderschöne schwarze Taube, die mußte, sobald es Tag werden wollte, sie wecken. Sie schlief auf einem »Baka«, einem Feigenbaum, der stand unmittelbar vor dem Eingang zur Höhle der Großen Schlange. Hier ließ sie ihren Ruf erschallen: »Kru, kru, kru, kru« und weckte damit die Schlange, wenn die Nacht verschwinden und der Tag seinen Einzug halten wollte. Dann stand sie auf und rief über das Tal zu den Bootsbauern hinüber: »Kinder, erhebt euch und arbeitet, der Morgen ist da.«

Deshalb haßten der Häuptling der Bootsbauer Rokola und sein Bruder Kausam baria die Taube, sie waren stolz und faul geworden und sagten: »Was sollen wir denn immer, immer und immerfort arbeiten? Sklaven arbeiten, aber wir sind große, mächtige Häuptlinge. Unsere Sklaven mögen arbeiten, wir haben ja genug davon; aber wir wollen uns ausruhen. Komm, wir wollen die Taube töten; und wenn die Große Schlange dann böse wird, dann wird sie eben böse. Wir sind viele und stark, und sie ist allein, wenn sie auch ein Gott ist.«

Und so holten sie Bogen und Pfeil und krochen unter den Feigenbaum, wo die Taube schlief. Rokola sagte zu seinem Bruder: »Ich will zuerst schießen. Wenn ich sie verfehle, dann schieße du.« Sein Bruder antwortete: »Schön, schieß! Ich bin bereit.« Rokola schoß; der Pfeil fuhr der Taube in die Brust, sie fiel tot zu Boden, und die beiden Brüder flohen in die Stadt.

Als die Große Schlange aus dem Schlaf erwachte, wunderte sie sich, nicht die Stimme der Taube vernommen zu haben. Sie kam aus der Höhle heraus, sah am Feigenbaum in die Höhe und sagte: »Du Faulpelz, muß ich dich heute wecken? Wo bist du denn?« Denn sie sah sie nicht im Baum, wo sie sonst stets zu sitzen pflegte.

Da blickte sie auf den Boden und sah die Taube mit dem Pfeil in der Brust. Sie trauerte sehr um die Taube, und ihr Zorn war nicht gering, denn sie erkannte Rokolas Pfeil, und mit fürchterlicher Stimme rief sie über das Tal hinüber: »Wehe dir, Rokola! Weh euch allen! Oh, ihr undankbaren Bootsbauer, ihr habt mir meine Taube getötet. Jetzt werde ich euch das Reich nehmen und es den Leuten von Bau schenken. Und ihr sollt unter die Bewohner von Fidschi verstreut werden und fortan Sklaven sein.«

Doch die Bootsbauer riefen über das Tal zurück: »Große Schlange, wir fürchten dich nicht! Wir sind viele, und du bist allein, wenn du auch ein Gott bist. Komm, wir wollen miteinander kämpfen. So wie es deiner Taube ergangen ist, so wird es auch dir ergehen; wir sind nicht bange, Große Schlange, wenn du auch ein Gott bist«, und sie bauten einen großen, hohen, breiten, starken Kriegswall. Unterdessen saß die Große Schlange auf dem Berge Kau wandra; sie machte sich über die Leute lustig und rief: »Baut euren Wall nur recht stark. Führt ihn bis zum Himmel hinauf, ein Gott ist euer Feind.« Die andern verhöhnten sie weiter, denn sie vertrauten auf ihren Wall und ihre Zahl.

Als sie den Bau beendet hatten, rief Rokola über das Tal hinweg: »Wir sind fertig. Laß uns kämpfen, damit unsere Kinder später erzählen können: unsere Väter haben die Große Schlange verzehrt, das war ein Gott, der oben auf Kau wandra lebte.«

Jetzt kannte die Wut des Gottes keine Grenzen; er schleuderte seine Keule hoch in den Himmel hinein; die Wolken barsten, und eine unheimliche Regenflut ergoß sich über die Erde. Der Regen hielt viele, so viele Tage an – es war kein Regen, wie er heute auf die Erde herabkommt, es goß in wahren Strömen –, auch das Meer stieg und überflutete das Land; oh, es war ein schreckliches Schauspiel. Höher und höher stiegen die Fluten – und endlich wurde auch der Kriegswall der Bootsbauer samt der Stadt und allen Menschen fortgespült. Rokola und viele andere ertranken; doch eine große Menge – es sollen gegen zweitausend Menschen gewesen sein – trieb auf Bäumen, Flößen und Booten fort. Sie schwammen auf den Wassern hierhin und dorthin, schließlich landeten sie, die einen hier und andere da, auf den Bergspitzen, die aus den Fluten herausragten; und bei den Menschen, die vor dem Wasser dorthin geflohen waren, bettelten sie um ihr Leben. Als das Meer wieder zurücktrat, nahm man sie mit in die Täler der verschiedenen Königreiche. Dort wurden sie die Sklaven der Häuptlinge und bauen ihnen bis zum heutigen Tage die Boote.

Der Banianenbaum, auf dem die Taube zu sitzen pflegte, wurde von der großen Flut nach Vatu lele fortgeschwemmt. Vatu lele war damals nur ein Riff wie Nowatu; es besaß keine Erde. Doch an den Wurzeln des Feigenbaumes hing so viel Erde, daß ein Land daraus wurde. Menschen kamen und siedelten sich dort an.

Und so lernten die Fidschi-Leute den Bootsbau.

(Fidschi)

Klubud singal, der sich in einen Vogel verwandelte

Es war einmal eine alte Frau, die hieß Magas und lebte im Dorfe Ngaraberug in der Landschaft a Imelik. Als sie eines Tages in ihrem Tarofeld arbeitete, die Stengel von den Wurzeln schnitt und sie wusch, da erblickte sie plötzlich im Wasser ein Kind. Sie ließ alles liegen, nahm das Kind in die Höhe und trug es nach Hause, wo sie es pflegte, so gut sie es verstand. Der Knabe wuchs rasch, und als er so groß war, daß er allein zum Bach gehen und wieder zurückkommen konnte, da regte sich auch schon in ihm die Tatenlust. Einmal sah er die Leute auf Bambusflößen zum Fischen fahren. Er griff schnell nach einem Tarospieß, steckte ihn auf eine Bambusstange und sprang auf eins der Flöße, um sie zu begleiten. Die Leute gingen auf das Riff; er blieb jedoch auf dem Floß, und als ein Schwarm Papageifische vorüberschwamm, da speerte er den kleinsten und zog ihn auf das Floß hinauf. Die Leute auf dem Riff fingen nur kleines Seezeug. Sie wurden neidisch, und als es heimging, da wollten sie den Fisch des Knaben haben. Doch der gab ihn nicht her und trug ihn seiner Pflegemutter hin, die sich sehr darüber freute und ihn fortan Klubud singal nannte. Die Fischer hatten sich aber über die Undankbarkeit des Knaben geärgert und nahmen ihn nicht wieder mit.

Es dauerte gar nicht lange, da war der Junge stark, selbst ein Floß zu führen. Auf seiner ersten Fahrt nahm er drei Tarospieße mit, und als wiederum ein Schwarm Papageifische vorüberschwamm, tauchte er mit den Spießen hinab und tötete drei Fische, die er nach oben auf das Floß brachte. Die anderen Leute waren ebenfalls wie sonst auf das Riff gezogen und sahen nun mit Erstaunen, was Klubud singal gefunden hatte. Der kümmerte sich nicht weiter um sie, sondern fuhr nach Haus. Und als er an dem Landungsplatz anlegte, schenkte er einen Fisch dem Sohn von Reblued, dem Oberhäuptling von Galegui, den zweiten schnitt er in Stücke und verteilte ihn an die Knaben, die dort gerade auf den Steinen hockten, und den dritten brachte er seiner Pflegemutter. Den Tag darauf begab sich Klubud singal nach Galegui und wollte mit Reblued Freundschaft machen. Er wurde gut aufgenommen, denn der Oberhäuptling fand großen Gefallen an dem Knaben und gedachte, sich seine Geschicklichkeit sehr zunutze zu machen. Er lud ihn ein, bei ihm zu bleiben und versprach ihm seine Tochter zur Frau. Es dauerte auch gar nicht lange, da war Klubud singal zum Schwiegersohn des Reblued geworden, obwohl er noch sehr jung war.

Eines Tages ging er wieder einmal fischen, und weil er zehn Speere mitgenommen hatte, brachte er auch zehn Fische mit herauf. Seine Freunde kamen auf ihren Flößen herbei und bewunderten den kühnen Fischer, mit dem allein sie fortan zum Fang ausziehen wollten, denn das Sammeln von dem Kleinzeug auf dem Riff dünkte ihnen nun zu ärmlich. Die zehn Fische wurden aber dem Reblued ins Haus gesandt, der zwei davon an die Pflegemutter seines Schwiegersohns schickte und die übrigen im Dorfe verteilen ließ. Bald darauf bat Klubud singal seinen Schwiegervater, er solle den jungen Leuten den Auftrag geben, Bambus, Lianen und Bast herbeizubringen, damit er einen Fischkorb machen könne. Das geschah auch, und als alles beisammen war, ging er damit auf seinen Fischgrund; nur seine Frau und sein Freund begleiteten ihn. Er fing viele Fische und sandte sie durch seinen Schwager heim. Aber er selbst tauchte dann mit Bambus, Lianen und Bast im tiefen Wasser unter und fertigte sich dort einen Fischkorb an. Damit fing er viele Fische, während seine Frau oben auf dem Floß wartete. Eine Stunde vor Sonnenuntergang gingen die beiden dann heim.

Und jeden Tag fischten sie in derselben Weise, bald hier, bald da. Einmal fuhren sie auch nach dem großen Riff von Ngaramau. Dort sollte das Unheil geschehen. Denn während Klubud singal unten im Wasser fischte und seine Frau oben auf dem Floß wartete, kamen gerade einige Fischer von der Insel Ngarekeklau vorbei, die im Auftrag ihres Häuptlings, des a Ugelkeklau, Fische für ein bevorstehendes Fest fangen sollten. Als sie die Frau erblickten, fielen sie über sie her und entführten sie nach ihrer Insel; zum Zeichen, daß sie einen guten Fang getan hatten, steckten sie eine Arekablattscheide an eine Bambusstange und richteten sie als Siegeszeichen auf. Die Frau vom Ugelkeklau sah von ihrem Haus aus, das oben auf der Höhe der Insel stand, die Fischer kommen. Als sie das Siegeszeichen bemerkte, rief sie schnell ihren Mann herbei und hieß ihn an den Strand gehen und nachsehen, was für einen Fang die Fischer getan hatten. Ugelkeklau ging also an den Strand; oh, wie war er überrascht, als er die schöne Frau dort im Boote sah! Sie gefiel ihm so, daß er sie sogleich mit nach oben in seine Behausung auf dem Berge nahm. Und als seine Frau ihm entgegeneilte, da rief er ihr zu: »Pack du nur deine Sachen zusammen und zieh in ein anderes Haus. Die Frau ist meine Festbeute und soll allein bei mir bleiben!«

Als Klubud singal wieder an die Oberfläche kam und das Floß leer fand, ging er tief bekümmert zu seiner Pflegemutter und klagte ihr sein Leid. Sie wurde sehr traurig; was würde Reblued nur sagen? Angstvollen Herzens band sie sich, wie die Palaufrauen in solchen Fällen tun, ein Bastband um den Leib und wollte sich zum Oberhäuptling begeben, um ihm die böse Kunde zu bringen. Klubud singal ließ jedoch nicht zu, daß seine alte Pflegemutter hart angelassen würde; und so faßte er sich ein Herz und ging selber zum großen Häuptling und erzählte ihm alles. Der Alte wurde sehr ärgerlich und jagte ihn im Zorn von dannen, und weil er an ein Unglück glaubte, traf er die Vorbereitungen zu einem Leichenfest für seine Tochter.

Klubud singal kehrte zu seiner Pflegemutter zurück, und beide beklagten bitterlich ihr arges Mißgeschick. Sie dachten hin und her, wie sie wohl etwas über Reblueds Tochter erfahren könnten, und schließlich sagte die Alte zu ihrem Sohn: »Geh, schau dich nach einem Gadepsungel-Baum um; wenn du einen findest, dann schlag ihn an und sieh, ob Blut herauskommt. Ist es der Fall, so hau ihn um und schnitze dir aus dem Stammholz einen Vogel.« Klubud singal tat, was die Mutter ihm sagte, aber er suchte vergeblich nach dem Baum. Da sagte die Alte: »Sei nur ruhig! Geh morgen früh hinter das Haus, dort liegt ein Gadepsungel-Stamm, den schlage an!« Der Jüngling tat, wie ihm geheißen, und als er den Stamm anschlug, floß Blut heraus; da schnitzte er sich aus dem Stamm einen Vogel. Es wurde ein Fregattvogel.

Als er ihn fertig hatte, erzählte er es seiner Pflegemutter. Die gab ihm weitere Ratschläge: »Tu den Vogel in einen Korb und bedecke ihn mit Taroblättern. Dann bring ihn hinters Haus auf die Heide und warte dort, und wenn ein Vogel vorüberfliegt, dann mußt du sagen: ›ak ruaol ra busog! Ich lese eine Feder auf.‹« Er folgte dem Rat, und alle vorüberfliegenden Vögel ließen auf den Anruf hin Federn fallen. Die tat er in den Korb und trug ihn nach Haus. Die Mutter wies ihn jetzt an, den Holzvogel mit den Federn zu bestecken und eine Höhlung hineinzumachen, in die er dann kriechen solle. Als das geschehen war, nahm die Alte einen Kokoswedel und schlug damit unter Zauberworten auf den Boden, worauf sich der Vogel in die Lüfte erhob und langsam wieder zur Erde zurückkehrte.

Nun mußte Klubud singal Fische fangen, die geräuchert wurden. Auch Taro wurde gekocht. Als so der Mundvorrat für die Reise fertig war, sagte die Alte: »Nimm das Essen mit in den Vogel hinein, lege ein paar Matten dazu, fliege los und suche deine Frau.« Denn die Alte glaubte, daß die Frau ihres Sohnes nur entführt wurde, aber nicht tot war. Wieder schlug sie den Boden mit dem Kokoswedel; der Vogel erhob sich in die Lüfte und flog über Palau hin davon. Er flog lange hin und her, und nach vielem Suchen gewahrte er endlich auf dem Berge von Ngarekeklau seine Frau. Sie saß neben dem Ugelkeklau, und beide lausten einander. Er richtete seinen Flug hinab in die Nähe des Paares, um sich zu vergewissern, ob sie es auch wirklich wäre. Und sie war es wirklich. Da indessen alle Leute zusammenliefen, um den merkwürdigen Vogel zu sehen, erhob er sich rasch wieder, damit sie ihn nicht mit Steinwürfen herabholten. Dabei hörte er noch gerade, wie ein Mann zum Ugelkeklau sagte, die Fischer wollten einen großen Fang tun, und der darauf erwiderte: »Gut, dann können wir ja morgen mit dem Fest beginnen und die Kokosnuß zerbrechen.«

Klubud singal flog nun dahin, wo die Leute fischten, und ließ sich auf dem Boot des Ältesten der Fischergenossenschaft, des Tegogo aus

Golei, nieder. Der reichte ihm einen Fisch hin, und Klubud singal holte ihn mit der Hand herein, so daß gar niemand merkte, daß der Vogel nur ein nachgebildeter war. Sie fingen viele Fische, und auf der Heimfahrt ließ Tegogo sein Boot von den übrigen schleppen und machte mit seinen Leuten den Vogel fest. Sie hißten auch wie damals, als sie die Frau des Klubad singal entführten, das Siegeszeichen. Als Ugelkeklau es gewahrte, rief er der Frau zu: »Schau, da liegt ein großer Klumpen auf dem Boot, was das wohl sein mag!« Sobald die Fischer am Strand gelandet waren, schickten sie ihm die Botschaft, sie hätten viele Fische gefangen, aber den Rest weggeworfen wegen eines großen schweren Vogels, den sie gefangen und am Boote festgebunden hätten. Was getan werden solle? Ugelkeklau sagte: »Bringt erst einmal alle Fische herbei und dann den Vogel. Den bindet ihr am besten an einem Brotfruchtbaum fest.« So geschah es, und Ugelkeklau konnte ihn mit seiner gestohlenen Frau ruhig betrachten.

Als nun die Fische verteilt wurden, piepte der Vogel oft ein wenig. Da erhielt er viele Fische und schließlich auch süße Speisen. Zur Genugtuung und Freude des Insassen, aber zur Besorgnis des Ugelkeklau, obwohl er den Betrug nicht merkte. Am folgenden Tag wurden die Fischer entlohnt. Alles blieb bis zum Abend beieinander, und erst nach Auszahlung des Geldes begaben sich die Gäste heim. Den Tag darauf wurden die Gehöfte gereinigt und das Dorf gesäubert. Aber erst nachmittags, als Ugelkeklau baden gegangen war, blieb die Frau allein. Klubud singal öffnete nun die Tür im Vogel und winkte. Seine Frau erkannte ihn sogleich. Als sie zu ihm laufen wollte, um ebenfalls in den Vogel hineinzusteigen, da rief er ihr zu, rasch noch den Korb mit dem Geld und etwas süße Speise mitzunehmen. Sie brachte auch alles herbei und begab sich damit in den Vogel hinein.

Klubud singal löste alsdann das Tau, mit dem der Vogel festgebunden war, und wartete auf die Rückkehr der Leute. Es dauerte nicht lange, da kamen sie zurück, und wie Ugelkeklau die Frau nicht fand, dachte er, sie wäre ausgegangen. Er blieb ruhig im Haus sitzen. Bald danach kam ein Trupp junger Leute, die mit Krach und Gepolter eine Last Feuerholz vor dem Haus abwarfen. Der Vogel erschrak vor dem Lärm, und als er sich wiederholte, da flog er plötzlich hoch hinauf in die Lüfte, auf und davon. Erstaunt sahen Ugelkeklau und die übrigen ihm nach; Klubud singal richtete aber den Kurs auf Galegui nach dem Hause von Reblued. Dort war die Totenfeier noch nicht beendet. Das ganze Haus saß noch voll von Menschen. Klubud singal öffnete die Tür, und als alle herbeiströmten, stieg er mit seiner Frau heraus. »Oh, da ist ja Turang, unser Liebling, die Totgeglaubte!« riefen sie alle und sandten nach seiner Pflegemutter. Klubud singal holte noch den Geldkorb, und dann zogen sie vereint ins Haus des Reblued, wo die Trauerversammlung weinend beieinander saß. Als sie die Eintretenden gewahrten, da wandelte sich rasch der Schmerz in helle Freude um, die noch größer wurde, als Klubud singal das Geld des Ugelkeklau unter sie verteilte.

Unterdessen besichtigten die Dorfkinder von Galegui den seltsamen Vogel. Da die Tür durch einen aufgestellten Stock offengehalten wurde, stiegen sie hinein, um ihn aus Neugier auch innen zu betrachten. Plötzlich stieß eins gegen den Stab; die Tür fiel zu, und durch den Lärm hob sich der Vogel in die Lüfte und entschwand nordwärts. Wo heute Ngardmau liegt, ging er nieder. Er verwandelte sich in Land, auf dem die Kinder sich ansiedelten und so das jetzige Ngardmau begründeten.

(Mikronesien)

Die schöne Sina

Es lebten einmal ein Mann und eine Frau, die hießen Tafitofau und Ongafau. Sie hatten zwei Kinder, zwei Knaben, welche Tulifauiawe und Tulau'ena genannt wurden. Sie wuchsen heran und waren sehr schön. Nun lebte auch um die Zeit ein Mädchen, das hieß Sina; und überall, weit und breit redete man von der überirdischen Schönheit dieser Jungfrau. Viele junge Leute bewarben sich um ihre Hand. Und so rüsteten sich eines Tages die beiden Brüder ebenfalls zur Brautfahrt. Sie brieten ein Schwein, zerschnitten es, aßen jedoch nichts davon, sondern überließen alles den Eltern; sie nahmen nur einen kleinen Knöchel mit. Als sie nach dem Hause kamen, wo Sina wohnte, war dies voll von vornehmen jungen Leuten, die alle Söhne von Häuptlingen waren. Jeder wollte das schöne Mädchen heimführen, und um ihr Herz zu gewinnen, hatte jeder ein Geschenk mitgebracht. »Ich schenke dir ein Schwein«, sagte der eine. »Ich schenke dir ein Huhn«, sagte ein anderer, und so wurden viele, viele schöne Sachen ins Haus gebracht. Da sprach Tulau'ena: »Hier, ich habe dir ein Schweinsknöchelchen mitgebracht.« Das Mädchen antwortete: »Das ist aber schön. Komm her, setze dich neben mich, und wir beide wollen dein tauga verzehren.« Jetzt ärgerten sich die übrigen sehr, weil das Mädchen den lumpigen Knöchel all den anderen Geschenken vorzog und sie einfach unbeachtet ließ.

Als es Abend geworden war und die Schlafenszeit herankam, die Zeit, wo man die Schlafmatten verteilt, brachte Sina jedem der Jünglinge eine Matte, dem einen diese, dem andern jene; ihre eigene Matte breitete sie aber für sich und Tulau'ena aus. Und als alle fest schliefen, erhoben sich leise Sina und Tulau'ena, schlüpften aus dem Hause und liefen davon, um fortan miteinander zu leben.

Sie lebten zusammen und gründeten eine Familie. Doch der ältere Bruder Tulifauiawe neidete seinem Bruder die schöne Frau und sann schließlich auf eine List, wie er den Tulau'ena wohl töten könnte.

Eines Tages sprach Tulifauiawe zu Tulau'ena: »Komm mit. Laß uns Bonitos fangen und für die Familie Essen holen.« Sein Bruder willigte ein, doch bevor er aus dem Hause ging, sagte er zu seiner Frau: »Sina, komm her, es ahnt mir, als ob ich sterben müßte. Wenn du siehst, daß sich die Brandung blutrot bricht, dann bin ich tot. Dann verlasse dein Haus, wandere, wandere und suche nach mir, bis du mich gefunden hast. Wenn aber die Brandung wie gewöhnlich weiß bricht, dann lebe ich.«

Darauf sagte er seiner Frau Lebewohl, und die beiden Brüder gingen auf den Bonitofang. Sina folgte ihnen nach einer Weile und setzte sich an den Strand, um die Brandung im Meer zu betrachten, denn die Unterhaltung mit ihrem Mann hatte sie ängstlich gemacht und ihr das Herz mit Sorge erfüllt. Das Boot fuhr sehr weit ins Meer hinaus. Es sprach der Jüngling Tulau'ena: »Warum fährt unser Boot denn so weit, hier ist ja eine Unzahl Bonitos?« Aber sein Bruder antwortete: »Rudere

nur weiter, wir wollen dahin, wo die einäugigen Bonitos sind.«
Schließlich gelangten sie an die Stelle, weit, weit, auf hoher See, und
fingen eine solche Menge Bonitos, daß das Boot beinahe untersank.
Darauf fuhren sie wieder nach Hause, und als sie nahe am Riff waren,
begann Tulifauiawe die Fische in Stücke zu schneiden. Er warf sie dem
Tulau'ena zu und rief: »Hier, paß auf! Fang!« Da fing Tulau'ena die
Stücke auf. Doch einmal warf sein Bruder absichtlich schlecht und das
Stück fiel vorbei, ins Meer hinein. Da rief er ihm zu: »Heda, rasch!
Spring nach und hol das Stück Bonito wieder.« Tulau'ena antwortete:
»Ach was, laß es fahren; es ist ja genug im Boot.« Tulifauiawe ließ
jedoch nicht locker, und alsbald sprang Tulau'ena hinter dem Stück
Bonito her. Er erwischte es und brachte es auch nach oben. Als aber
sein Rücken aus dem Wasser herausschimmerte, nahm Tulifauiawe
seinen Speer und durchbohrte ihn.

So starb Tulau'ena. Tulifauiawe fuhr jedoch unbekümmert an Land
und freute sich, daß er Sina nun zur Frau nehmen konnte.

Als Sina sah, daß die Brandung sich rot färbte, da dachte sie sogleich, daß Tulau'ena tot war. Sie stand auf und wanderte fort, um ihn
zu suchen, wie er es gewünscht hatte. Überall suchte sie ihn, doch war
er nirgends zu finden. Da traf sie endlich eine Taube und klagte:

»Le lupe, 'o le manu a ali'i,
Fa' amolemole a fo'u fesili,
Pe na'ua fau nel lo'u fili?«

»Taube, du herrlicher Vogel, du sollst es mir sagen,
Bitte, erhöre doch meine Fragen,
Kam hier mein Liebster, mein Mann vorbei?«

Die Taube antwortete höhnisch: »Das Schwein ging weg, nachdem es
mit mir hier gesprochen hatte.« Sina sprach: »Weil du so schlecht von
meinem Mann sprichst, will ich dich bestrafen; sieh diesen Stein hier,
den Mattenbeschwerer, den sollst du nun immer auf der Nase tragen.«
Daher stammt die Anschwellung auf der Nase der Taube.

Sina ging weiter und begegnete dem Purpurhuhn. Sie klagte wie
vorher. Da antwortete das Huhn: »Sina, komm nur her, gerade ist dein
Mann hier fortgegangen.« – »Weil du so freundlich gegen mich bist«,
sagte Sina, »will ich dir Federn von meiner Matte schenken und sie dir
auf die Nase setzen.« Sie tat es.

Dann ging sie weiter und traf eine kleine weiße Taube. Sie klagte wie vorher. Da antwortete die kleine weiße Taube: »Ja, er ist schon vorübergegangen.« – »Komm Freund«, sagte Sina, »weil du so gut gegen mich bist, will ich dir meine weiße Matte schenken, und du kannst sie auf deiner Brust tragen.« Und sie tat es.

Sina wanderte weiter und kam zur großen Taube. Sie klagte:

»Du große Taube, du sollst es mir sagen,

Bitte, erhöre doch meine Fragen,

Kam hier mein Liebster, mein Mann vorbei?«

Die Taube antwortete: »Soeben ist er weggegangen.« Da sagte Sina: »Freund! Weil du mit mir so freundlich bist, schenke ich dir hier mein Bündel roter Federn, meine rote Matte für deine Nase und meine weiße Matte für deine Brust.« Und sie tat es. Dann ging Sina weiter und kam zum Papagei. Sie klagte:

»Papagei, du Schöner, du sollst es mir sagen,

Bitte, erhöre doch meine Fragen,

Kam hier mein Liebster, mein Mann vorbei?«

Da sagte der Papagei: »Komm, Mädchen, und ziehe weiter, bis du die Frau Matamolali triffst. Halte sie fest und schlage ihr mit einem Kokoswedel ins Gesicht.« Sina antwortete: »Du bist so freundlich mit mir, dafür schenke ich dir ein Bündel roter Federn für deine Brust, ein Walzahnhalsband für deinen Schnabel und eine braune Matte für deinen Schwanz. Zur Belohnung darfst du von den Nüssen der Kokospalme und den süßen Früchten im Walde essen.«

Sina wanderte nun weiter und kam zur Frau Matamolali. Sina hielt sie fest und schlug ihr mit einem Kokoswedel ins Gesicht. Da schrie die Frau: »Wer ist diese ungezogene Person in Samoa, die mich ins Gesicht schlägt?« Sina antwortete: »Ich möchte dich gern fragen, ob du weißt, wo mein Geliebter ist?« Die Frau erwiderte: »Was heißt das, dein Geliebter?« Sina sprach: »Nun, mein Mann, der gestorben ist.« Da sagte die Frau: »Geh nur ins Haus; ich will mich aufmachen und ihn suchen.«

Matamolali ging fort und öffnete das Lebenswasser, während sie das Todeswasser absperrte. Da kam ein Strom von vornehmen schönen Jünglingen und Mädchen herunter und am Schluß ging der junge

Tulau'ena. Matamolali ging auf ihn zu und sagte: »Gib mir deine
Halskette.« Da näherte sich ihr Tulau'ena, und die Frau griff nach ihm,
um ihn festzuhalten. Sie schlug ihn und tauchte den Jüngling darauf
im Lebenswasser unter. Tulau'ena jammerte und schrie: »Laß mich
leben!« Die Frau antwortete:

>   »Du willst leben?
>   Und wohin gehen die anderen?
>   Nach Westen!
>   Und wohin gehen die anderen?
>   Nach Osten!
>   Und wohin gehen die anderen?
>   Ans Land!
>   Und wohin gehen die anderen?
>   Ans Meer!
>   Und wohin gehen die anderen?
>   Nach oben!
>   Und wohin gehen die anderen?
>   Nach unten!
>   Komm, laß uns gehen!«

Darauf kehrten sie zum Haus von Matamolali zurück.

Als Sina sie nahen hörte, sprang sie auf und versteckte sich. Und
Matamolali sagte: »Mädchen, bring eine neue Kleidmatte für den
Häuptling. Er soll sie anlegen, denn seine ist ganz naß geworden.« Da
griff Sina nach ihrer Matte und warf sie der Frau hin. Als Tulau'ena sie
besah, schnalzte er mit der Zunge. Und die Frau sagte zu ihm: »Was soll
das bedeuten? Warum schnalzt du mit der Zunge?« Tulau'ena antwortete: »Ich liebe die Matte; sie schaut aus wie die von meiner Frau Sina.«
Matamolali erwiderte: »Stimmt das auch? Ist die wirklich so? Dies ist
jedenfalls meine Matte.« Dann sagte die Frau zu Sina: »Bring mir den
Kamm, damit ich das Haar des Häuptlings kämmen kann.« Tulau'ena
betrachtete den Kamm und schnalzte mit der Zunge. Und wieder sagte
die Frau zu ihm: »Was soll das nur bedeuten? Warum schnalzt du mit der
Zunge?« Tulau'ena antwortete: »Der Kamm schaut so aus wie der von
meiner Frau Sina.« Matamolali antwortete: »Stimmt das auch? Sieht
der Kamm wirklich so aus? Dies ist jedenfalls mein Kamm.«

Da schwieg Tulau'ena und redete nicht mehr; er war sehr betrübt, weil alles, was er sah, so ganz den Sachen von Sina glich.

Nun rief Matamolali: »Sina, komm hervor, zeige dich dem Mann, der fast vor Liebe krank wird.« Da sprang Sina aus ihrem Versteck hervor und umschlang seinen Leib. Sie weinten und herzten sich. Und fortan wohnten sie bei der Frau Matamolali. Sina bekam viele Kinder, und Matamolali behandelte sie alle, als ob sie ihre eigenen Kinder wären. So gut war sie gegen Sina, Tulau'ena und ihre Kinder.

Das ist die Geschichte von Sina.

(Tahiti)

Die Prinzessin des Regenbogens

Eine kleine hawaiische Familie wanderte hinüber in das Tal Nualolo an der Napali-Küste. Um das Tal zu erreichen, war es nötig, eine schwankende Strickleiter emporzuklettern, die von einer Klippe herunterhing. Der Vater trug seine kleine Tochter. Als er sich aber auf der schwankenden Leiter drehte, ließ er das Kind fallen. Hilflos sahen die Eltern zu, wie ihr Kind hinabstürzte. Doch sie waren überglücklich, als sie sahen, wie der Gott des Regenbogens das Mädchen auffing, bevor es das Wasser berührte, und sie auf einem Regenbogen sicher über die Berge hinweg in das Waimea-Tal trug.

In diesem Tal bekam das Mädchen seinen Platz in einer Höhle unter dem Wasserfall zugesprochen. Dort lebte es behütet von dem Gott, der stets seinen Regenbogen sandte, der für sie sorgte. So wuchs sie zu einer wunderschönen Frau heran. Jeden Tag saß sie im Sonnenschein auf den Steinen oberhalb der Höhle, mit einem Regenbogen über ihrem Haar.

Eines Tages geschah es, daß sich der Prinz von Waimea in die Prinzessin des Regenbogens, so wurde sie genannt, verliebte. Er ging hinauf zu den Steinen unter dem Regenbogen und machte ihr den Hof. Aber alle seine Versuche blieben erfolglos, stets tauchte sie mit einem fröhlichen Lachen in das Wasser hinein und rief ihm zu: »Wenn du mich bei meinem Namen rufen kannst, werde ich kommen.«

Schließlich, als er vor lauter Verlangen nach der Prinzessin krank wurde, segelte er hinüber nach Maui und Hawaii, um die Kahuna nach dem Namen des Mädchens um Rat zu fragen. Ach, o weh, niemand konnte ihm helfen!

Voller Verzweiflung kehrte er zurück nach Waimea. Er rief seine alte Großmutter herbei, die ihn nach dem Grund seiner tiefen Traurigkeit fragte. Der Prinz antwortete: »Ich liebe die Prinzessin des Regenbogens, die am Wasserfall lebt. Sie lacht mich aber nur aus und sagt, nur wenn ich sie bei ihrem Namen rufen könne, werde sie mich heiraten. Ich habe alle Kahuna um Rat gefragt, keiner konnte mir ihren Namen sagen.«

Mit diesen Worten brachte die Großmutter das Herz des Prinzen zum Jubeln: »Wenn du zu mir gekommen wärst, hätte ich dir gleich ihren Namen sagen können. Geh zum Wasserfall. Wenn die Prinzessin dich auslacht, dann nenne sie ›u-a‹, das bedeutet ›Regen‹.«

Der Prinz eilte zum Wasserfall, und als er sie ›Regen‹ nannte, kam das Mädchen zu ihm. Sie heirateten und lebten viele Jahre glücklich zusammen.

(Hawaii)

Von Feuerland nach Venezuela

Der Süden und der Norden

*D*er Süden wollte schon immer zum Norden gehen. Das hatte zumindest zwei gute Gründe. Einmal war der Norden sehr mächtig, und der Süden wollte sich mit ihm messen, um festzustellen, wer von ihnen der mächtigere sei. Zum anderen hatte der Norden eine schöne Tochter, Waukelnama mit Namen.

In sie war der Süden über die Maßen verliebt und begehrte sie als Frau.

Nun hatten zuvor schon viele versucht, zum Norden vorzudringen, aber alle konnten nur ein Stück auf dem Weg vorwärts gelangen, keiner kam zum Ende.

Alle, die umkehren mußten, sagten: »Es ist unmöglich, an den Norden heranzukommen. Er ist viel zu gewaltig und allzu stark. Den Vordringenden legt er solche Hindernisse in den Weg, die niemand überwinden kann.«

Der letzte, der es versucht hatte, war der Südosten. Auch er war ein Verehrer von Waukelnama und wollte um sie freien. Aber wie sehr er sich auch anstrengte, in das Reich des Nordens einzudringen, er schaffte es nicht. Kehatschon, der Norden, den sie auch Kteit nannten, stemmte sich ihm mit all seiner Macht entgegen und hinderte ihn am Vorwärtskommen.

Zweimal hatte es der Südosten versucht, beide Male vergeblich. Beim letzten Vordringen kam er nur bis zu seinen Lagern vom vorigen Mal. Da kehrte er entkräftet und mutlos mit all seinen Leuten um, zog nach Hause zurück und gab seinen Plan auf. Er erzählte dem Süden, von dessen Vorhaben er erfahren hatte, wie es ihm ergangen war, und riet ihm eindringlich ab, ein Gleiches zu unternehmen.

Dennoch aber bestand Sinu, der Süden, darauf. Er sagte: »Ich bin fest entschlossen, den Weg bis zum Norden hinauf zu gehen. Alle meine Kraft werde ich aufwenden. Es muß mir gelingen!« Er besprach sich mit seinem Vater Taremkelas, der ein großer Chon war, ein berühmter Medizinmann wie er selbst, und im Ruf überlegener Schlauheit stand. Der Vater riet ihm, mit Vorsicht ans Werk zu gehen.

Das tat der Sohn. Er zog nur seine besten Leute, vor allem Akainik und Tasa, ins Vertrauen und verbarg seine Vorbereitungen vor der Öffentlichkeit. Er tat so, als bereite er sich nur auf eine beliebige lange Reise vor. Innerlich aber blieb er nach wie vor entschlossen, Waukelnama zu gewinnen und sie als seine Frau in die Heimat zu bringen.

Als die Vorbereitungen abgeschlossen waren, brach Sinu auf. Zuerst verlief die Fahrt ohne Schwierigkeiten. Aber je weiter sie nach Norden vordrangen, desto mühevoller und anstrengender wurde die Reise. Ermüdet schleppte er sich mit seinen Getreuen vorwärts. Jeder Schritt voran wurde zur Qual. Bald waren die Vorräte aufgezehrt, und die Sandalen an den Füßen so zerschlissen, daß die Männer auf nackten Fußsohlen laufen mußten. Da brach Sinu, der Süden, den Versuch ab und kehrte nach Hause zurück.

Aber sein Mut war ungebrochen. Sich selbst und den Seinen gönnte er eine ausgiebige Frist zur Erholung. Er nützte sie gleichzeitig zu neuen, gründlicheren Vorbereitungen. Den Freunden, die ihn fragten, antwortete er: »Wir müssen unbedingt den Norden erreichen. Ich will mich mit Kteit messen und seine Tochter erringen.«

Dann brachen sie abermals auf, gut ausgeruht und diesmal noch besser ausgerüstet als das erstemal. Zunächst ging es schnell vorwärts, dann aber setzten erneut Not und Schwierigkeiten ein, die jedes weitere Voranschreiten zu einer Strapaze machten. Aber Sinu und die Seinen waren allen Mühsalen gewachsen. Unbeugsam schritten sie ihren Weg dahin und kamen schließlich an eines der alten Lagerfeuer von Kteit.

Damit betraten sie zum erstenmal dessen Heimat. Welch ein andersgeartetes Land tat sich vor ihnen auf! Hier gab es keine Kälte mehr. Die Sonne strahlte hernieder und verbreitete eine angenehme Wärme. Sinus und seiner Freunde bemächtigte sich eine grenzenlose Freude. Sie hatten das schwere Werk geschafft. All dem Sturm, dem Regen und Nebel, die der mächtige Mann des Nordens ihnen entgegengeschickt hatte, hatten sie getrotzt und über alle Mühen und Beschwernisse obgesiegt.

Der Norden hatte mit Murren die Nachricht vernommen, daß der Süden in sein Land eingedrungen sei. Nun aber, da Sinu mit seinen Leuten da war, machte er gute Miene zu dem verlorenen Spiel. Er zog ihnen entgegen und begrüßte sie, der Sitte gemäß, freundlich. Dann legten sie gemeinsam die Regeln fest, nach denen der Wettkampf ablaufen sollte.

Zunächst aber wurde den Gästen eine längere Frist zum Ausruhen bewilligt. Sinu nutzte die Zeit, seine Leute auf den Wettkampf vorzubereiten. Er sagte zu ihnen: »Jetzt strengt euch an! Es muß sich zeigen, daß wir stärker sind als die Leute des Nordens. Wir müssen den Sieg über Kehatschon davontragen.«

Am Wettkampftag stellten sich von beiden Gruppen in gleicher Anzahl die besten Kämpfer in zwei Linien einander gegenüber. Die Steinmesser wurden zur Begrenzung des Kampfplatzes auf dem Boden ausgelegt. Dann rief der Süden hinüber: »Wir sind bereit.« Der Norden antwortete: »Auch wir sind bereit.«

Ein jeder suchte sich aus der Reihe der Gegner seinen Mann aus, mit dem er sich messen wollte. Dabei verfolgten die aus dem Süden genau die Anweisung, die ihnen Sinu gegeben hatte. Erst sollten die Schwächeren miteinander kämpfen, dann die Stärkeren, zum Schluß wollte er selbst in den Kampf eingreifen.

Der Ringkampf begann, Mann für Mann, hart und unbarmherzig, wie es die Sitte war, solange die Männer zwischen den Messern einander gegenüberstanden.

Lange wogte der Kampf mit wechselndem Geschick. Dann aber zeigte es sich, daß die Leute des Nordens wendiger und beweglicher waren als die Leute des Südens. Deren bemächtigte sich eine große Traurigkeit, als sie sahen, daß die Nordleute den Sieg davontrügen. Sogar Akainik und Tasa, die besten Kämpfer des Südens, wurden überwältigt. Akainik wurde im Kampf von seinem Gegner aus dem Norden so weit zurückgebogen, daß er nie wieder grade wurde. Er ist heute der Regenbogen und noch immer so krumm, wie er damals war. Dann griff endlich Sinu in den Kampf ein und forderte Kteit. Ein fürchterliches Ringen hub an, in dem der Süden mit dem Mut der Verzweiflung kämpfte. Lange wogte der Kampf unentschieden auf und ab. Dann gelang es dem Süden, den Norden weit hinter jenes Messer zurückzuwerfen, das das Ende des Kampfplatzes anzeigte. Damit war der Kampf gewonnen. Der Südleute bemächtigte sich ein unbeschreiblicher Jubel. Aber auch die andern, die in den Einzelkämpfen ihren Mann gestanden hatten, gaben ihrer Freude Ausdruck. So wurde ein großes gemeinsames Fest gefeiert, auf dem viel gegessen und getrunken wurde. Auch kamen die Sänger und Erzähler zu Wort und verschönerten mit Liedern und Geschichten die Feier. Währenddessen gedachte Sinu seiner zweiten Aufgabe und überlegte, wie er die schöne Waukelnama gewinnen und entführen könne. Sie nahm zu seinem Ärger nicht an dem Fest teil. Kteit hatte sie angewiesen, die Hütte, aus Stangen errichtet und mit wertvollen Felltüchern bespannt, nicht zu verlassen. Sinu hatte sie wohl erspäht; aber wie sehr er auch auf ihr Erscheinen wartete, sie hielt sich an die Weisung ihres Vaters und kam nicht heraus. Da faßte Sinu einen verwegenen Plan. Am Ende des Festes, als die meisten der Nordleute sich in ihre verstreut liegenden Hütten zurückgezogen hatten, sprang er auf, packte die ganze Hütte mitsamt dem Mädchen und allen Sachen, die darin waren, und schleppte sie weg. Seine Südleute folgten ihm in großer Eile, außer einem, der im Kampf verwundet worden war.

Als der Norden das, leider zu spät, bemerkte, schnob er vor Wut und setzte mit seinen Leuten dem fliehenden Süden nach. Doppelt schwer empfand er die Kränkung wegen der Niederlage im Kampf und wegen der Entführung seiner Tochter. Er schwor Rache. Aber wie schnell die Nordleute auch dahineilten, die des Südens waren schneller.

Der Norden setzte seine Hoffnung auf einen breiten Fluß, der den Weg sperrte und der überquert werden mußte. Aber als er an dessen Ufer anlangte, waren die Südleute schon auf der anderen Seite.

Jetzt ließ der Süden seine Macht spielen. Aus seiner Heimat wuchsen ihm die Kräfte zu, mit denen er den Norden mutlos zu machen versuchte, um ihn zur Rückkehr zu veranlassen. Er sandte ihm schlechtes Wetter und kalte Winde entgegen.

Doch der Norden hielt stand. Den Unbilden trotzend, setzte er seine Reise nach Süden fort und kam dabei Sinu und seinen Männern immer näher.

Da sandte ihm der Süden noch schlechteres Wetter entgegen. Die Winde lagen miteinander im Widerstreit, und es wurde erbärmlich kalt. Aber der Norden ward dadurch nicht mutlos und drang trotz allem weiter in das ihm unbekannte Land ein.

Da stellte sich beiden Gruppen ein steiler Berg in den Weg. Seine Flanken reichten tief hinab, und die Menschen krochen an ihnen nur mit großer Mühe empor. Das Tempo ihres Marsches wurde langsamer.

Als die Südleute den halben Hang erklommen hatten, erwiesen sich die Flächen des Berges glatt von Eis. Da wurden sie selbst kraftlos und müde. Nur unter großen Mühen konnten sie schrittweise emporklimmen. Von schnellem Weiterkommen war nicht mehr die Rede.

Da glitten viele von ihnen aus. Manche konnten sich an Steinen festhalten oder an Zweigen auffangen, die meisten aber rutschten ab und purzelten zwischen die nachdrängenden Nordleute, denen es nicht besser erging. Nur einige von den Südleuten erreichten völlig erschöpft den Gipfel.

Die meisten waren am Hang zurückgeglitten und zum Fuß des Berges hinabgerollt, wo sie liegenblieben. So ausgepumpt und entkräftet waren sie.

Schlimm erging es auch den Nordleuten. Immer wieder versuchten sie, gegen den Berg anzustürmen. Sie glitten dabei aus, stürzten nieder und verletzten sich. Mit großem Kraftaufwand rafften sie sich auf, achteten der Wunden nicht, die sie im Sturz davongetragen hatten, und wagten neue Versuche, den Gipfel zu bezwingen.

Kteit, der mächtige Norden, mitten unter ihnen und einer der heldenhaftesten, sah dies und riet, weiteres Bemühen abzubrechen. »Ich verliere hier alle meine Leute«, sagte er und ordnete an, am Fuße des Berges ein Lager aufzuschlagen.

Das gleiche taten auch die Südleute auf Anraten von Sinu. So lagerten beide Parteien entkräftet nebeneinander, der Norden und der Süden. Lange Zeit verstrich, bis alle sich ausgeruht und erholt hatten.

Dann schlug der Süden vor, Jagden zu veranstalten, und sich im Jagen von Wild miteinander zu messen. Gleichzeitig sandte er einen Boten an seinen Vater Taremkelas, den mächtigen Chon des Südlandes.

Er ließ ihm ausrichten: »Bereite alles gut vor! Rüste dich gründlich! Richte das schlechteste Wetter her, das du machen kannst, großer Medizinmann! Der Norden darf auf keinen Fall unsere Hütten erreichen.«

Als der Bote ihm dies ausrichtete, wußte der Alte bereits Bescheid, denn er hatte in seinen Träumen alles gesehen und schon begonnen, seine Vorbereitungen zu treffen. Dieweil traten am Fuß des Berges beide Gruppen zum Wettkampf im Jagen an.

Zuerst war das Jagdglück beiden hold, und man konnte keinen für den besseren erklären. Dann aber machten die Südleute einen Scherz. Aus einem Wulst von Fellmänteln stellten sie ein Gebilde her, das einem Guanaco ähnlich sah. Das brachten sie an den Waldrand und lehnten es gegen einen Baum. Die Nordleute entdeckten es und hielten es für echt. Sie schlichen sich vorsichtig an und schossen ihre Pfeile ab, die sämtlich das Ziel trafen. Da sprangen die aus dem Süden aus ihren Verstecken und lachten die Nordleute aus.

Wo sich fortan einer von ihnen sehen ließ, wurde er verhöhnt. Da verging ihnen die Lust, sich weiterhin mit den Südleuten im Jagen zu messen.

Zu diesem Zeitpunkt hatte der alte Taremkelas seine Vorbereitungen abgeschlossen. Er versenkte sich in einen tiefen Schlaf, der es ihm ermöglichte, alle seine ungeheuren Kräfte freizusetzen und dem Wetter zu gebieten. So schickte er die bitterste Kälte, die man je erlebt hatte, und unheimliche Schneemassen den Nordleuten entgegen.

Die gerieten ob der Unbilden des schrecklichen Wetters in große Not. Ratlosigkeit breitete sich unter ihnen aus, und die Mutlosigkeit senkte sich tief in das Herz eines jeden. An ein Weiterkommen war unter diesen Umständen nicht mehr zu denken.

Traurig nahm dies der Norden wahr. Lange zögerte er, doch dann gab er den Rat zur Umkehr.

Als sich nach ihrem Abzug das Wetter wieder gebessert hatte, setzte der Süden seine Reise fort und kam, als Held gefeiert, in der Heimat an. Hier lebte er fortan mit seiner Frau Waukelnama zusammen lange Jahre.

Der Norden aber sinnt heute noch immer auf Rache. Zuweilen

versuchte er, abermals zum Süden vorzudringen, aber es ist ihm bisher immer mißlungen.

(Argentinien)

Der Wunderspiegel

*B*eim Wissen und Erzählen
darf nie die Lüge fehlen;
fährt man über einen Teich,
nimmt man ab den Hut zugleich,
läuft man unterm Wasserstrahl,
steckt die Hand man in die Tasche;
ein bißchen Kleie
fürs Paket auf dem Dach,
Horn von Ochs und Horn von Kuh,
dies ist die Mär, wir hören zu.

Es war einmal ein König, der hatte eine Tochter, und die Tochter besaß einen Wunderspiegel, und wohin sie den drehte, da blieb ihr nichts verborgen. Eines Tages sagte der König zu ihr: »Sieh, Kind, du solltest mit den Männern, die deine Hand begehren, einen Vertrag abschließen: Schicke sie dreimal aus, damit sie sich verstecken, und wenn du einen nicht finden kannst, dann heiratest du ihn; die aber, welche du findest, schicken wir in eine andere Stadt und verkaufen sie für hundert Pesos, damit irgendein Metzger Wurst aus ihnen macht.«

Die jungen Leute strömten herbei, um sich bei der Prinzessin zu verpflichten. Von zehn Uhr morgens bis fünf Uhr nachmittags hatten sie Zeit, sich zu verstecken, und am anderen Tage um zehn Uhr mußten sie sich wieder einfinden, und dann sagte sie ihnen, daß sie da und da gewesen seien, und sie antworteten: »Es ist wahr, beste Prinzessin.« Und schon lieferte die Prinzessin die jungen Leute nicht mehr an die Umgebung der Stadt zum Verkauf, sondern an andere Orte.

Eines Tages sagte ein Erdarbeiter über dem Schaufeln zu seinen Gefährten: »Heute höre ich auf zu arbeiten: ich will mich bei der Prinzessin verpflichten, daß ich mich verstecken gehe, und ich denke, ich bringe es noch zum König.«

Einer von den Gefährten sagte: »Ich bin zweiundfünfzig Jahre alt geworden und habe noch nie davon gehört, daß ein Erdarbeiter je König geworden wäre.«

Als er das so sagte, warf der andere Pickel und Schaufel weg und machte sich auf zur Prinzessin.

»Guten Tag, beste Prinzessin, ich komme, um den Vertrag, daß ich mich verstecken will, zu unterschreiben, und wenn Ihr mich nicht findet, würde ich Euch heiraten!«

»Eine Königstochter muß Wort halten; wenn ich dich die drei Male nicht finde, muß ich dich heiraten – ja, wenn ich dich nur einmal nicht finde, wirst du mein Gemahl und König.«

Am anderen Tage lief der zerlumpte Kerl los, um sich zu verbergen, und sagte sich: »Wo könnte ich mich verstecken, damit die Prinzessin mich nicht sieht?«

Er lief und kroch in einen hohlen Baumstamm, sagte sich aber: »Ich glaube, hier wird sie mich sehen.«

Er kroch aus dem Stamm heraus und lief weiter. Da erspähte er einen jungen Adler, der in einer Falle steckte, und er sprach ihn an: »Adlerchen, was machst du da?«

»Mein Leben büße ich hier ein.«

»Sieh, ich will dich retten, es könnte ja sein, daß du mich auch rettest; ich laufe, um mich vor der Prinzessin zu verstecken, und weiß nicht wohin.«

Der junge Adler sagte zu ihm: »Steig auf mich wie auf ein Pferd, ich will dich da verstecken, wo die Prinzessin dich niemals finden wird.«

Er stieg zum Fluge auf, und der zerlumpte Kerl schrie unaufhörlich: »Halte, halte, ich falle herunter!«

»Halte dich nur recht fest«, sagte der Adler.

Und er verbarg ihn hinter der Sonne. Der Zerlumpte sprach: »Ich bin sicher, daß ich die Prinzessin zur Frau bekomme.«

Die Prinzessin nahm an, er hätte sich bereits versteckt, stellte den Spiegel auf und begann nach ihm zu suchen. Sie war des Suchens schon überdrüssig, als sie ihn hinter der Sonne und auf dem Rücken eines Adlers erspähte. Der Vater kam und sagte zu ihr: »Hast du herausgefunden, wo er steckt?«

»Ja, Vater.«

»Meine gute, tüchtige Tochter!«

Am anderen Tage fand sich der zerlumpte Kerl bei der Prinzessin ein.

»Wo, meine beste Prinzessin, war ich verborgen?«

»Du warst auf dem Rücken eines Adlers hinter der Sonne.«

»Das ist die reinste Wahrheit, aber mir bleiben noch die beiden anderen Male.«

Am anderen Tage ging der Zerlumpte von neuem los, sich zu verstecken. Er lief ans Meeresufer und traf dort einen Fisch, der aufs Trockene geraten war und zappelte, um ins Wasser zu gelangen. Der arme Bursche sagte zu ihm: »Du bist ein schöner Fisch, du sollst mir schmecken!«

Der Fisch sprach: »Rette du mich, eines Tages kann ich dich retten.«

»Wärst du imstande, mich so zu verstecken, daß die Prinzessin mich nicht sieht?«

Der Fisch sagte: »Tu mich ins Wasser und setze dich auf mich wie auf ein Pferd, ich verberge dich da, wo die Prinzessin dich niemals findet.«

Und er mühte sich ab, um bis in die Mitte des Meeres zu huschen. Der zerlumpte Kerl kam um vor lauter Geschrei, weil ihm das Wasser in die Nase kam und er Angst hatte, nie mehr herauszukommen. Der Fisch sagte: »Mach dich nur recht krumm, ich bringe dich schon gut hin.«

Er verbarg ihn zwischen zwei schwarzen Klippen. Der Zerlumpte sprach: »Hier wird sie mich niemals sehen.«

Die Prinzessin sagte zur nämlichen Stunde schon: »Er muß sich schon versteckt haben«, und sie begann, ihren Wunderspiegel zu drehen. Schon blieben ihr nur noch einige Minuten von der Frist, in der sie ihn herausfinden mußte, da erspähte sie ihn plötzlich zwischen zwei schwarzen Klippen in der Mitte des Meeres und auf dem Rücken eines Fisches. Der Vater kam und fragte sie: »Hast du ihn erspäht, Kind?«

»Ja, Vater.«

»Meine gute, tüchtige Tochter«, sagte der König.

Am anderen Tage fand sich der zerlumpte Kerl bei der Prinzessin ein.

»Wo, meine beste Prinzessin, bin ich gewesen?«

»Mitten im Meer hast du auf dem Rücken eines Fisches zwischen zwei schwarzen Klippen gesessen.«

»Das ist die reinste Wahrheit, meine beste Prinzessin.«

Und er sagte: »Auf Wiedersehen, meine beste Prinzessin.«

Der Zerlumpte lief aufs neue los, sich zu verstecken, und sagte sich dabei: »Ich weiß wirklich nicht, wo ich mich noch besser verstecken könnte.«

Er zwängte sich zwischen einigen Maqui-Büschen durch. Er schlich und wollte sich in ihnen verbergen, da hörte er eine Füchsin schreien, strengte sich an, um hinzukommen, und fand sie mit dem Bürzel auf einen Maqui-Pfahl aufgespießt.

»Dich erledige ich heute!« sagte er zu ihr.

Die Füchsin sprach: »Rette du mich, auch ich kann dich retten.«

»Ich laufe, um mich vor der Königstochter, welche den Wunderspiegel hat, zu verstecken.«

»Morgen früh um sieben will ich dich so verstecken, daß die Prinzessin dich niemals finden wird.«

Der Zerlumpte bewachte die Füchsin bis zum Morgendämmern und dachte nicht daran, sie von dem Pfahl loszumachen, an dem sie festhing. Am Morgen machte er sie los, und die Füchsin sprach zu ihm: »Setz dich auf meinen Rücken und klammere dich fest an mich.«

Der Zerlumpte setzte sich auf sie wie auf ein Pferd, und die Füchsin rannte zum Schloß. Der Kerl rief ihr zu: »Dahin bringst du mich, damit sie mich noch schneller findet!«

Die Füchsin huschte in das Schloß hinein und schlüpfte unter den Thronsessel, auf dem die Prinzessin zu sitzen pflegte. Später stand die Prinzessin auf und begann, ihren Spiegel zu drehen, sie suchte den Zerlumpten so lange, bis sie es überdrüssig wurde, und doch konnte sie ihn nicht finden. Da kam der König: »Die Stunde ist um.«

Die Prinzessin erwiderte: »Ich bin übel daran, ich habe den besagten zerlumpten Kerl nicht finden können.«

Da kam die Füchsin mit dem Zerlumpten auf dem Rücken hervor, und er fragte die Prinzessin: »Wo war ich verborgen?«

»Ich habe dich nicht erspähen können.«

»Unter dem Sessel auf der Füchsin saß ich, die war die einzige, die mich rettete.«

Die Prinzessin sagte zu ihm: »Daß ich einen Erdarbeiter heiraten soll, ist gräßlich, aber eine Königstochter muß Wort halten. Morgen werde ich mich mit dir vermählen.«

Sie ließ ihm den allerschönsten Anzug machen, bereitete alles für die Hochzeit vor und ließ die Priester holen. Der König übergab dem zerlumpten Kerl die Krone und sprach zu ihm: »Von heute ab bist du König und befiehlst im ganzen Land.«

Der Zerlumpte vermählte sich und regierte, mit seiner Königin auf dem Throne sitzend, das ganze Land.

(Chile)

Die Mondblume

€s lebte einmal – es ist so lang her, daß ich nicht mehr daran denken kann –, es lebte einmal ein großer und mächtiger Häuptling, ein reicher Herr, der viele Herden besaß und dem viel Land gehörte. Er war ein König unter den Häuptlingen, so mächtig und so stark war er.

Dieser Mann hatte drei Söhne. Und als er alt wurde, fragten sie ihn eines Tages: »Du, Vater, sage uns, wer einmal deine Herden, deine Häuser und deinen Landbesitz erben soll. Sag du es uns, Herr, damit es keinen Streit zwischen uns Brüdern gibt.«

Der Vater aber liebte alle seine drei Söhne gleich, und er konnte sich nicht entscheiden, einen zu bevorzugen. Da dachte er lange nach und kam doch zu keinem Entschluß. Da ließ er alle Zauberer seines Landes rufen, und als sie vor seiner Hütte saßen, ging er hinaus und sagte: »Alte und weise Onkel, wie ihr wißt, habe ich drei Söhne: Subu, Boba und Bofa. Nun weiß ich nicht, wem ich alle meine Sachen vererben soll, und ich will aber auch nicht, daß nach meinem Tod ein Streit ausbricht und die Brüder sich gegenseitig umbringen. Was soll ich tun?«

Die Zauberer schwiegen lange, tranken Schnaps und rauchten ihre

Pfeifen. Da tuschelten sie untereinander, und endlich stand einer auf und sagte: »Hoher und weiser Herr. Wir wissen nichts, gar nichts. Aber der Älteste von uns wohnt auf einem Berg. Er ist schon so alt, daß er nicht mehr gehen oder reiten kann. Man muß zu ihm hingehen, wenn man etwas von ihm will. Aber er ist mächtig klug.«

Da sagte der König: »Gut, geht nach Hause! Morgen werden wir uns auf den Weg machen, um den Zauberer-Ältesten zu besuchen.«

Am andern Tag ließ er sich sein Reittier, einen Maulesel, bringen, und Subu mußte ihn führen, während Boba und Bofa die Lebensmittel und die Waffen des Vaters tragen mußten.

So wanderten sie den ganzen Tag durch das Buschland, und am Abend befahl der Vater, zu halten und ein Lager aufzuschlagen. Dann schickte er seine Söhne aus, Holz für das Feuer einzusammeln. Als die drei Brüder durch die Gegend streiften, stießen sie auf eine Fallgrube, in der ein Elefant war. Boba und Bofa kümmerten sich nicht um das Tier, aber Subu hatte Mitleid mit dem Elefanten, und er warf so lange Steine und Erde in die Grube, bis der Elefant heraussteigen konnte. Und als er wieder in Freiheit war, sagte der Elefant zu Subu: »Du hast mir das Leben gerettet, denn morgen wären die Jäger gekommen und hätten mich getötet. Wenn du selbst einmal in Not kommen solltest, so rufe: ›Juijuijuijui‹, und dann werde ich kommen und dir helfen.«

In der Zwischenzeit waren Boba und Bofa zum Lager zurückgegangen und hatten ein Feuer angezündet. Der Vater fragte: »Wo ist denn euer Bruder Subu?« – »Er ist hingegangen, um sich mit einem Elefanten zu vergnügen«, sagten sie.

Als endlich auch Subu mit seinem Holz zum Lager kam, fragte der Vater: »Subu, wo bist du gewesen? Und was hast du getrieben, daß du erst jetzt kommst?« – »Vater, ich habe einen Elefanten befreit, der in eine Fanggrube gefallen war.« Da sagten Boba und Bofa: »Immer muß er sich in die Sachen anderer einmischen. Hättest du doch den Elefanten dort gelassen, wo er war. Morgen werden die Jäger kommen, und wenn sie merken, daß du den Elefanten befreit hast, dann werden sie böse sein und uns verfolgen.«

Der Vater aber sagte nichts.

Am nächsten Tag zog der Häuptling mit seinen drei Söhnen weiter, und am Abend waren sie am Fuße eines hohen Gebirges angekommen. Da befahl der Vater wieder, ein Lager aufzuschlagen und Holz für ein Feuer zu sammeln. Und die drei Brüder gingen weg, jeder in einer eigenen Richtung, denn sie brauchten viel Holz, um das Feuer die ganze Nacht brennen lassen zu können und damit die wilden Tiere abzuschrecken.

Subu war noch nicht weit gegangen, da stieß er auf eine Falle, in der ein Leopard gefangensaß. Er wagte es nicht, sich der Falle zu nähern, aber da sprach ihn der Leopard an und sagte: »Subu, wenn du mich herausläßt, sollst du es nicht bereuen, denn dann werde ich dein Freund sein und dir helfen.« Da ging Subu hin und half dem Leoparden aus seiner Falle heraus.

Auch diesmal kam Subu als letzter mit seinem Holz zum Lager zurück, und der Vater fragte ihn: »Subu, was ist das, daß deine Brüder schon lange da sind, und du kommst erst jetzt?« – »Herr, ich habe eine Falle gefunden, in der ein Leopard gefangensaß, und ich habe ihn befreit.«

Da wollten Boba und Bofa über Subu herfallen und ihn verprügeln, und sie schrien: »Immer läßt er die wilden Tiere laufen! Was nun, wenn der Leopard heute nacht kommt und uns auffrißt. Auch wir haben jeder eine Falle mit einem Leoparden gesehen, aber wir haben uns gehütet, die bösen Tiere herauszulassen, so sehr sie uns auch angefleht haben.«

Aber der Vater sagte: »Laßt Subu in Frieden, kocht lieber das Essen und geht zeitig schlafen. Morgen müssen wir auf den Berg steigen. Das wird sehr mühsam werden.«

Als die Brüder eingeschlafen waren, schlich sich Subu davon, und er suchte, bis er die beiden andern Leoparden gefunden hatte. Und er befreite auch sie aus ihren Fallen, dann kehrte er zum Lager zurück und legte sich schlafen.

Am nächsten Tag war Subu recht müde, denn er hatte nur wenig geschlafen; aber er beklagte sich nicht, und als der Berg so steil wurde, daß der Maulesel nicht mehr gehen konnte, nahm er willig seinen Vater auf die Schultern und stieg weiter den Berg hinauf.

Der Berg hatte keine Spitze, sondern er war oben rund wie ein Topf, und innen hatte er einen großen Krater. In dem wohnte der Zauberer.

Als der Häuptling oben angekommen war, wurde es schon finster, und so konnte man nicht mehr den Weg suchen, der innen hinunterführte. So befahl der Vater wiederum, das Lager aufzuschlagen und ein Feuer zu machen.

Nun war es aber mit dem Feuer schwer, denn es wuchsen keine Bäume oder Büsche mehr oben auf dem Berg. Boba und Bofa begnügten sich daher damit, ein paar Büschel Gras auszurupfen und damit zum Lager zurückzukehren. Subu aber kletterte ein Stück in den Krater hinunter, bis er zu einem Gebüsch kam. In dem Buschwerk aber hatte sich ein Affe in einer Liane verfangen und konnte sich nicht befreien. Subu half ihm heraus, und der Affe sagte: »Subu, du bist jetzt mein Freund, und wenn du meine Hilfe brauchst, dann werde ich dasein.«

Als Subu mit dem Holz zum Lager kam, sagten die Brüder nichts, aber der Vater sprach: »Da seht, ihr Faulen: es gibt doch Holz, und ihr habt nur Gras gebracht.« Boba und Bofa schämten sich, aber auf ihren Bruder hatten sie eine Wut.

Am nächsten Tag suchten sie den Abstieg in den Kessel, und sie fanden eine Schlucht, die in den Krater hinunterführte. Sie kamen unten an und fanden die Hütte des alten Zauberers. Der Vater ließ die Söhne vor der Hütte zurück und ging hinein. Der Zauberer saß am Feuer und rührte in einem Topf um. Der Häuptling verbeugte sich und sagte: »Friede und langes Leben!« – »Setz dich, Häuptling!« sagte der alte Zauberer, ohne aufzusehen. »Ich weiß schon, warum du kommst. Du willst mich wegen der drei Söhne befragen. Ich könnte dir sagen, wer von ihnen der Tüchtigste ist. Aber du sollst sie selbst erproben, sonst glaubst du mir nicht. Darum rate ich dir: schicke sie aus, sie sollen die Mondblume bringen! Wer sie heimbringen kann, der soll dein Erbe und die andern seine Diener sein.«

Der Häuptling kehrte nach Hause zurück, dann schickte er die Söhne um die Mondblume aus. Sie wußten aber nicht, wo sie die Mondblume finden könnten, und so befragten sie die Zauberer, und die alten Onkel sagten: »Da müßt ihr auf das höchste Gebirge gehen, das es gibt. Oben auf dem höchsten Gipfel hat ein Storch sein Nest, und dieser Storch fliegt jeden Monat einmal auf den Mond. Und dort in einem Teich wächst die Mondblume. Da ist jedoch schwer hinzukommen, denn eine große Schlange bewacht den Teich und frißt alle Wesen, die in ihre Nähe kommen.«

Die drei Brüder machten sich also auf den Weg. Sie wanderten und wanderten, bis ihnen die Füße weh taten, und als sie kaum mehr weiterkonnten, da waren sie erst am Fuße eines hohen Gebirges. Da sagte Boba: »Geht ihr weiter, wenn ihr Lust habt! Ich aber bleibe hier, und wenn ich mich ausgeruht habe, dann gehe ich wieder heim. Soll die Herden erben, wer will! Ich kann auch so leben und will mir nicht den Hals brechen.«

Während Boba sich ins Gras legte und schlief, begannen Subu und Bofa auf das Gebirge hinaufzusteigen, und als sie schon meinten, sie seien oben angekommen, da sahen sie eine wüste Ebene, auf der abermals ein hoher Berg stand. Dieser Berg aber war so hoch, daß sein Gipfel in den Wolken verschwand. Die ganze Ebene aber war erfüllt von wilden Tieren.

Da verließ auch den Bofa der Mut, und er sagte zu Subu: »Nein, hier ist nichts zu erben. Sterben aber mag ich nicht. Komm, laß uns umkehren. Mag unser Vater die Herden unter uns aufteilen, oder mag er sie auch behalten. Ich gehe nicht weiter.« – »Versuchen wir es wenigstens!« meinte Subu. Aber Bofa wollte nicht, und so machte sich Subu allein weiter auf den Weg. Er durchquerte die Ebene und kam zu dem Berg, der war so steil wie ein Turm und so glatt wie Glas. Einen ganzen Tag versuchte Subu, auf den Berg hinaufzuklettern, aber wenn er einmal zwei oder drei Meter hoch gekommen war, rutschte er wieder aus und fiel auf den Boden herunter. Er wollte schon aufgeben, denn es wurde finster, und auf den nächsten Tag warten, da kam auf einmal jener Affe, den er befreit hatte, und sagte: »Subu, du und ich sind Freunde. Ich werde dir helfen, denn wenn du auf den Mond willst, mußt du noch heute auf die Spitze des Berges gelangen. Heute nacht ist Vollmond, und dann wird der Storch zum Mond fliegen. Wenn du aber heute nicht hinaufkommst, dann mußt du einen Monat lang warten. Komm, gib mir deine Hand, und ich werde dich hinaufziehen!«

Und er packte Subu bei einer Hand und kletterte den Berg hinauf, indem er Subu hinter sich herzog. Und ganz schnell waren sie oben an der Spitze, über den Wolken. Da sah Subu das Nest des Storches.

Der Affe aber sagte: »Gevatter, tust du mir einen Gefallen?« Der Storch antwortete: »Gevatter, was soll es denn sein?« – »Schau, Gevatter, dies hier ist mein Freund Subu, der mir das Leben gerettet hat. Er möchte auf den Mond hinauf. Kannst du ihn hinfliegen?« – »Was will er denn auf dem Mond?« – »Er will sich eine Mondblume aus dem Teich holen.« – »Soso! Das ist aber gefährlich. Wenn er in der Nacht hingeht, dann findet er die Blume nicht, und wenn er am Tag hingeht, dann frißt ihn die Schlange. Aber wenn er will, dann kann ich ihn hinauffliegen. Wie er wieder herunterkommt, ist dann seine Sache, denn ich muß noch diese Nacht zurückfliegen.«

Damit nahm der Storch Subu auf seinen Rücken und flog zum Mond hinauf. Und dort setzte er ihn ab, aber weit vom Teich weg, und sagte: »Warte, bis es Tag ist! Viel Glück!« Und flog davon.

Subu wartete bis zum nächsten Morgen, dann machte er sich auf den Weg zum Mondteich. Aber als er in die Nähe kam, roch ihn die Schlange, und sie kroch auf ihn zu, um ihn zu fressen. Subu ging zwar mutig mit einem Prügel auf sie zu, aber das hätte ihm nicht geholfen, denn die Schlange war so groß, daß sie hundert Männer hätte fressen können. In der größten Not erschienen jedoch plötzlich die drei Leoparden, die Subu aus ihren Fallen befreit hatte, und sie stürzten sich auf die Riesenschlange.

Es gab einen langen Kampf hin und her, denn die Leoparden konnten die Schlange nicht überwinden, aber auch die Kraft der Schlange reichte nicht aus, die Leoparden zu erwürgen, denn wenn sie einen umschlungen hatte, dann bissen sie die beiden andern so, daß sie ihn wieder loslassen mußte. So rangen sie lange, bis sie alle erschöpft waren. Da kroch einer der Leoparden zu Subu und sagte: »Geh du jetzt schnell zum Teich und hol die Blume. Wir werden inzwischen mit der Schlange weiterkämpfen. Aber beeile dich, denn wir sind schon müde und können der Schlange nicht mehr lange widerstehen.«

Da sprang Subu so schnell er konnte zum Ufer des Teiches. Er riß jedoch nicht eine Blume aus, sondern er grub ihre Wurzeln frei, wickelte sie in ein großes Blatt und lief zurück. Da gaben die Leoparden die Schlange frei und rannten mit Subu so weit, daß die Schlange ihnen nicht mehr folgen konnte. Sie ist nämlich an die Nähe des Teiches gebunden.

Nun saß Subu da auf dem Mond, wo es nichts zu essen und zu trinken gibt, und dachte: »Wenn ich jetzt bis zum nächsten Vollmond warten muß, bis der Storch wieder heraufgeflogen kommt, dann bin ich schon vorher verhungert und verdurstet.« Und er war verzweifelt, weil er meinte, daß alles umsonst gewesen sei.

Aber was taten in der Zwischenzeit die Leoparden? Ja, was taten sie? Sie sprangen auf die Erde herunter und gingen den Elefanten suchen, jenen Elefanten, dem Subu aus der Fallgrube herausgeholfen hatte.

Als sie endlich den Elefanten gefunden hatten, riefen sie: »Onkelchen, unser Freund, der auch dein Freund ist, sitzt auf dem Mond und kann nicht mehr herunter.« – »Soso«, sagte der Elefant, der ein Witzbold war, »wenn er nicht kann, warum ist er dann hinaufgestiegen?« – »Aber Onkelchen, das mußt du doch selbst wissen: er wollte eine Mondblume holen.« – »Hm, hm«, machte der Elefant, »besser die Mondblume hätte sich den Subu geholt. Nun, das wird sie noch tun. Aber ihr versteht das ja nicht. Aber beruhigt euch, ich werde also unserm Freund Subu helfen!«

Damit machte er sich auf zu dem Gebirge, das unterm Mond liegt. Und dort blies er sich auf, daß er dick und groß wie ein Berg wurde. Und dann streckte er seinen Rüssel, der so dick wie der stärkste Baumstamm war. Er reckte und streckte ihn, bis er so dünn wurde wie ein Seil. Aber dabei wurde der Rüssel länger und länger und reichte bis zum Mond hinauf. Und da sagte der Elefant: »Los, Subu, rutsche an meinem Rüssel herunter! Aber schnell, schnell, denn ich kann nicht lange so stehen!«

Da nahm Subu das Blatt mit der Mondblume zwischen die Zähne und rutschte am Rüssel des Elefanten hinunter auf die Erde.

Drei Tage später war Subu bei seinem Vater. »Hier, Herr: da ist die Mondblume.« – »Gut gemacht, Söhnchen. Pflanze sie im Garten ein. Ich werde dir eine Frau suchen, dann sollst du heiraten und mein Nachfolger werden.«

Da ließ der Häuptling alle Mädchen seines Stammes zusammenrufen, und er zeigte sie Subu und sagte: »Hier wähle dir eine Frau aus!«

Aber Subu wollte keine gefallen, oder vielleicht gefielen ihm auch alle, und er wollte keine kränken, ich weiß es nicht. Jedenfalls mußten die Mädchen alle wieder heimgehen, denn Subu konnte sich nicht entscheiden. Und zu seinem Vater sagte er: »Vater, ich bitte dich, laß mir noch ein wenig Zeit, und ich werde schon eine Frau finden.«

Der Vater war damit zufrieden.

Die Mondblume aber war im Garten eingepflanzt und wuchs und gedieh gut. Und in der nächsten Vollmondnacht hörte Subu eine schöne Stimme singen:

>»Mondblume nennt man mich,
>Am Blütenkleid erkennt man mich.
>Wer mich pflückt zur Vollmondnacht,
>Wird von mir glücklich gemacht.«

Da stand er auf und ging der Musik nach, und so kam er in den Garten, und dort sah er, daß die Mondblume aufgeblüht war, und in der Blüte saß ein kleines Mädchen und sang. Er wagte sich nicht zu rühren und schaute die Blume an, bis sie sich am Morgen wieder schloß und das Mädchen damit verschwand.

Als sein Vater aufgewacht war, ging Subu zu ihm und erzählte ihm, was er in der Nacht gehört und gesehen hatte. Sein Vater hörte ihm ruhig zu, und sagte: »Subu, wir müssen aufpassen. Wenn wir jetzt etwas falsch machen, dann werden wir es später bereuen. Es könnte sein, daß das Mädchen stirbt, wenn wir die Blume abreißen. Es ist das beste, du gehst zu dem alten Zauberer, bei dem wir damals waren, und fragst ihn um Rat.«

So machte sich Subu abermals auf und wanderte zu dem alten Zauberer. Der saß immer noch an seinem Feuer und sagte, ohne aufzusehen, zu Subu: »Friede mit dir, Söhnchen! Du hast meinen Kindern geholfen, und meine Kinder haben es wieder an dir gutgemacht, denn der Elefant, der Affe und die Leoparden sind meine Kinder. Nun, du willst wissen, wie du es machen mußt, daß du das Mädchen zur Frau bekommst, die in der Mondblume wohnt. Ich werde es dir sagen: Wenn wiederum Vollmondnacht ist und das Mädchen singt:

›Mondblume nennt man mich,
Am Blütenkleid erkennt man mich.
Wer mich pflückt zur Vollmondnacht,
Wird von mir glücklich gemacht‹,
dann mußt du selbst singen:
›Pflücken möchte ich dich gern:
Schöne wie der Morgenstern,
Doch ich fürchte, weh zu tun.
Sag mir schnell: was mach ich nun?‹
Dann warte ab, und tu das, was das Mädchen sagen wird.«
Subu kehrte nach Hause zurück und erzählte seinem Vater, was ihm
der Zauberer geraten hatte. Und als die nächste Vollmondnacht kam,
gingen sie gar nicht schlafen, sondern sie setzten sich in den Garten
und warteten. Und um Mitternacht öffnete sich die Mondblume, und
das Mädchen erschien und sang:

»Mondblume nennt man mich,
Am Blütenkleid erkennt man mich.
Wer mich pflückt zur Vollmondnacht,
Wird von mir glücklich gemacht.«
Da sang Subu zurück:
»Pflücken möchte ich dich gern:
Schöne wie der Morgenstern,
Doch ich fürchte, weh zu tun.
Sag mir schnell: was mach ich nun?«
Und darauf das Mädchen:
»Liebster, pflücke mich nur gleich,
Trag mich dann zum nächsten Teich,
Laß mich auf dem Wasser treiben,
Dann werd ich dir ewig bleiben.«
Da ging Subu hin, pflückte die Blüte ab und trug das Mädchen in der
Blüte zum Teich, setzte sie aufs Wasser und ließ sie mit der Blüte
dahintreiben. Dabei schlief Subu ein, und als er am nächsten Tag
aufwachte, saß ein sehr, sehr schönes Mädchen neben ihm. Das war
das Mondblumenmädchen. Am gleichen Tag haben sie geheiratet.

»Freunde, was ich hier berichte,
Ist das Ende der Geschichte.
Hat sie jemand nicht gefallen,
Soll er eine Runde zahlen!«

(Brasilien)

Sonne und Mond

$\mathcal{V}$or langer, langer Zeit lebten im Lande der Amuesha zwei Eidechsen, die Yatash und Yachur hießen. ie waren Bruder und Schwester. Sie hatten ihre Hütten im Wald und führten dort ein heiteres und sorgenloses Leben.

Eines Tages, als sie aufs Feld gingen, um sich Früchte zu holen, fanden sie einige Blumen, die waren so schön, daß Yachur einen Strauß pflückte und sich an die Brust steckte.

Aber als sie auf dem Heimweg waren, verfinsterte sich der Himmel ganz plötzlich, und es entstand ein fürchterliches Gewitter mit Blitz und Donner. Und plötzlich fuhr ein Blitz herunter, entriß Yachur die Blumen und schwängerte sie.

Als sich der Himmel wieder aufgeheitert hatte, erschienen die Blumen als ein großer Regenbogen am Himmel.

Als Yachur merkte, daß sie schwanger sei, erzählte sie es voll Furcht ihren Eltern. Die Lebewesen jener Zeit, die aus Jaguaren und Eidechsen bestanden, glaubten jedoch, daß Yatash seine Schwester geschwängert habe.

Yatash bestritt das zwar, aber man glaubte ihm nicht. Man beschloß, ihn zu töten, und rief alle Häuptlinge zusammen.

Alle schoben die Schuld für die Schwängerung von Yachur auf Yatash, nur ein alter Häuptling, der klügste von allen, sagte: »Yatash ist unschuldig; ein Blitz muß Yachur geschwängert haben, und sie wird zwei Kinder gebären: ein männliches, den Mond, und ein weibliches, die Sonne.«

Da waren alle sehr froh, denn damals gab es weder Sonne noch Mond.

Eines Tages ging das Mädchen zu einer Quelle, um Wasser zu holen, und da überfiel sie der alte Jaguar Patonille, der wußte, daß sie schwanger war, und er verschlang sie.

Aus dem Bauch des Mädchens brach ein Strom von Wasser hervor, aus dem sich ein großer Fluß bildete, und in dessen Wasser fanden Sonne und Mond Zuflucht.

Als Yachur nicht nach Hause zurückkehrte, machte man sich auf die Suche nach ihr, und als man sie nicht finden konnte, verdächtigte man den armen Yatash, daß er seine Schwester umgebracht habe.

Da machte sich der arme Yatash auf, um seine Schwester zu suchen, aber er konnte sie nirgends finden. Verzweifelt setzte er sich am Ufer jenes Flusses nieder und weinte fünf Tage lang.

Als er schon jede Hoffnung aufgegeben hatte, schaute er ins Wasser, und da sah er am Grunde des Flusses Sonne und Mond leuchten. Nun versuchte er voll Freude, sie an sich zu ziehen, aber sooft er nach den Kindern tauchte, versteckten sie sich vor ihm.

Nach vielen Versuchen gab es Yatash auf, er kehrte zu seinem Stamm zurück und berichtete, was er gesehen hatte.

Nun versuchten es auch viele andere, Sonne und Mond zu fangen, aber es gelang keinem.

Schließlich rief man alle Alten und alle Häuptlinge zusammen, und man beschloß, die Kinder zu überlisten. Man nahm eine lange Stange und band an ihre Spitze einen kleinen Busch. Dann gingen sie zum Fluß, versteckten sich hinter den Bäumen am Ufer und legten die Stange so aufs Wasser, daß man sie hin und her bewegen konnte. Fünf Tage lang bewegte man sie so, und endlich wurden die Kinder neugierig und wollten wissen, was da auf dem Wasser schwämme. Und in dem Augenblick, in dem die Sonne auftauchte, sprang Yatash schnell hinzu und packte sie, obwohl sie ihn mit ihrer Hitze sehr verbrannte. Und als der Mond auftauchte, um seiner Schwester zu helfen, sprangen die andern Männer herbei und hielten ihn fest.

Und damit Sonne und Mond nicht davonliefen, band man sie an Bäumen fest.

Aber nun erschien der alte Jaguar Patonille und sagte, da er die Mutter der Kinder gefressen habe, käme es nun ihm zu, für Sonne und Mond zu sorgen.

Die beiden Kinder aber waren sehr unruhig und machten dem alten Jaguar viel Mühe, so daß er zuletzt beschloß, sie zu fressen. Er lud alle seine Verwandten ein und stellte einen großen Topf Wasser aufs Feuer, um die Kinder zu kochen. Aber als Patonille sie packen wollte, verbrannte ihn die Sonne so, daß er tot umfiel. Sie warfen ihn in den Kochtopf, und als er gar war, zerrissen sie ihn in Stücke und streuten ihn hierhin und dorthin.

Dann verwandelten sie sich in einen schönen Jüngling und ein schönes Mädchen. Anschließend versteckten sie sich unter dem Dach der Hütte von Patonille, um alles zu beobachten.

Nun kamen alle Verwandten von Patonille an, alle waren Jaguare. Sie waren verwundert, daß sie Patonille nicht finden konnten, und riefen nach ihm. Er aber antwortete aus verschiedenen Richtungen, wohin eben seine Knochen gefallen waren.

Als sie alle Reste von Patonille gefunden hatten, wurde ihnen klar, was sich zugetragen hatte. Da machten sie sich auf die Suche nach Sonne und Mond, um sie zu bestrafen. Und um zu verhindern, daß sie davonlaufen könnten, zündeten sie die Hütte von Patonille an. Aber Sonne und Mond rannten heraus, sprangen zum Fluß hinunter und überquerten ihn.

Da wollten die Jaguare sie verfolgen und bauten in aller Eile eine Brücke. Aber als sie die Brücke fertig hatten und auf ihr den Fluß überqueren wollten, da zerstörten Sonne und Mond sie, ehe auch nur ein einziger Jaguar seinen Fuß aufs andere Ufer hätte setzen können. Fast alle Jaguare fielen ins Wasser und ertranken.

Die wenigen Jaguare aber, die mit dem Leben davonkamen, wurden die Vorfahren der Amuesha.

(Peru)

Die Zauberin

In einem kleinen Dorf im Gebirge lebten einmal zwei Mestizen, die hießen Jenaro und Manuel. Ihre Väter waren Brüder, und die Schwester ihrer Väter lebte auch dort. Sie war mit einem gewissen Tadeo verheiratet und hatte eine Tochter, die Ines hieß, von den Leuten aber meist Luciernaga gerufen wurde.

Sie wuchsen zusammen mit den anderen Burschen und Mädchen jenes Dorfes auf und waren zuerst dicke Freunde. Aber durch irgendeine Geschichte – verlangt von mir nicht, daß ich mich genau daran erinnere! – gab es einen Streit zwischen den Vätern, und seit dem Tag waren auch die Burschen nicht mehr gut aufeinander zu sprechen, um so mehr, als die Eifersucht um ihre Kusine sie gegeneinander aufbrachte.

Um die Zeit, da die Väter ihre Söhne in die nächste Stadt bringen mußten, um sie etwas lernen zu lassen, war es, daß der Vater von Manuel, der reicher war als sein Bruder und sein Schwager, weil ihm der Hauptteil des Erbes zugefallen war, sein Pferd sattelte und Manuel befahl, es mit seinem Pferd genauso zu machen.

Was erzähle ich lang! Sie ritten also los, über das Gebirge und durch die Steinwüste, und am Abend kamen sie hoch in den Bergen zu einer kleinen Steinhütte, in der ein Tambero, ein Wirt, wohnte. Der Vater von Manuel schlug mit der Peitsche an die Tür. »He, hallo, Sohn einer Hure! Schläft man hierzulande schon und kümmert sich nicht um die Reisenden?« Da kam der Wirt heraus und sagte: »Steigt nur ab, ihr Herren, ihr müßt verzeihen, daß ich euch nicht habe kommen hören.«

Brummend stieg der Vater von Manuel ab, und der Sohn tat's ihm nach. Der Wirt versorgte die Pferde in einem Vorraum, bereitete den beiden ein Lager in der Hütte, kochte Tee und brachte ein Glas Pisco.

Die Reisenden aber setzten sich hin und aßen und tranken schweigend, und sooft der Wirt, ein alter Mann, versuchte, ein Gespräch anzufangen, gaben sie ihm keine Antwort.

Nach dem Essen legten sie sich wortlos hin, der Wirt löschte das Licht, und sie schliefen.

Am nächsten Tag befahl Manuels Vater, die Pferde zu satteln, zahlte mürrisch und ohne auf die Klage des Alten zu achten die Hälfte der verlangten Rechnung und ritt mit seinem Sohn davon.

Am Abend des nächsten Tages kamen Jenaro und sein Vater zu der gleichen Hütte. Weil sie keine Pferde hatten, brauchten sie länger für den Weg. Müde und schüchtern klopften sie an. Der Wirt öffnete mißtrauisch die Tür einen Spalt. »Wer ist da?« – »Gibt es hier Herberge?« – »Kommt herein!«

Der Wirt ließ sie ein und bereitete ihnen ein Lager. Jenaros Vater aber packte aus, was sie als Verpflegung für die Reise mitgenommen hatten. »Ach, was habt ihr denn Appetitliches?« fragte der Wirt. »Wollt Ihr es auch versuchen?« fragte Jenaros Vater zurück. »Wir haben ja genug davon. Bedient Euch nur und nehmt, soviel Ihr wollt!«

Der Wirt ließ sich nicht bitten, und als sie zu essen aufhörten, war keine Krume mehr übrig. »Nun, wir werden morgen etwas fasten, Jenaro«, sagte sein Vater, »Fasten hat noch keinem geschadet. Und bis übermorgen werden wir in der Stadt sein.«

Als sie am nächsten Tag zahlen wollten, sagte der Alte: »Nein, ihr braucht nichts zu geben, denn ihr habt schon gegeben. Und weil ihr so freigebig gewesen seid, will ich dem Burschen noch etwas mitgeben, was er im Leben wird gut brauchen können: ein Beutelchen, in dem ist ein Kraut, wenn man daran riecht, nimmt es die Müdigkeit; ein kleines, kleines Fläschchen, wenn man daraus trinkt, dann sieht man im Dunkeln; und ein Halstuch, nun . . . das ist gut, es zu tragen. Warum? Das wird Jenaro schon einmal merken.«

Jenaro und sein Vater bedankten sich, und dann gingen sie auf ihrem Weg weiter, bis sie in die Stadt kamen.

Es fügte sich, daß die beiden Burschen bei dem gleichen Herrn in Dienst traten, und da sie ihre Arbeit gut machten, war ihr Herr mit ihnen zufrieden. So vergingen einige Jahre. Da der Herr, bei dem die Burschen dienten, keine Kinder hatte, sagte er eines Tages: »Manuel und Jenaro, einer von euch soll einmal meinen Palast erben und alles Geld, der andere soll die Hazienda bekommen. Nun weiß ich aber nicht, wem ich was vererben soll. Zieht deshalb aus und wandert durch die Welt, und in einem Jahr sollt ihr wieder hier sein und mir erzählen, was ihr erlebt habt. Und dann werden wir sehen, wer für den Palast geeignet ist und wer für die Hazienda.« Und er schenkte den beiden Burschen Pferde und gab jedem einen Beutel voll Geld und ließ sie fortziehen. Und sie ritten zuerst in ihr Dorf, denn sie wollten ihre Eltern besuchen und dann weiterreiten.

Als sie jedoch daheim ankamen, fand sich, daß sowohl der Vater von

Manuel als auch der Vater von Jenaro sehr krank waren und Fieber hatten. Und man fürchtete, daß sie sterben würden. Da sagte der Vater von Manuel: »Ich habe in meiner Jugend gehört, daß es im Urwald drunten eine Zauberin gibt, die Medizin gegen jede Art Krankheit hat.« – »Ja«, sagte der Vater von Jenaro, »das ist wahr. Aber man sagt auch, daß die Zauberin eine böse Menschenfresserin ist und daß sie nur denjenigen hilft, die ihr Menschenfleisch zu essen bringen.« – »Ach, das ist Geschwätz!« sagte Manuels Vater.

Nun, ich will schnell erzählen – auf die Worte seines Vaters hin entschloß sich Jenaro gleich, am nächsten Tag in den Urwald hinunterzusteigen. Manuel aber dachte bei sich: »Laß den Vetter nur losziehen! Ich kann mich dann an das Mädchen heranmachen, und später werden wir sehen, was wir machen.«

Gesagt, getan. Jenaro stieg hinunter in den Urwald, Manuel aber stellte dem Mädchen nach, und er bedrängte es, doch ihn zu heiraten. Aber Ines sagte: »Nein, mach dir keine Hoffnung! Ich liebe Jenaro, und ich werde entweder ihn heiraten oder niemanden.«

Da wurde Manuel ganz rot vor Wut und Eifersucht, und er dachte: »Ich muß Jenaro töten, dann wird Ines mir gehören, und der Herr wird mir sowohl den Palast als auch die Hazienda vererben.« Und er beschloß, den Jenaro umzubringen.

Jenaro war unterdessen vom Gebirge hinuntergestiegen in die heiße Urwaldzone, und er hatte sich erkundigt, wo die Zauberin wohne.

»Sie wohnt jenseits des großen Flusses«, sagte ein alter Indianer, »aber niemand kann zu ihr gehen, denn sie tötet alle und frißt sie auf.« – »Nun, ich werde einige Hühner kaufen und sie ihr als Geschenk bringen.« – »Nicht tun, nicht tun, Bursche!« riet ihm der Indianer.

Aber Jenaro dachte an seinen kranken Vater, kaufte sich ein Boot und einige Hühner und fuhr über den großen Fluß. Er fand auch die Hütte der Zauberin dort, wo man sie ihm beschrieben hatte, stieg aus, nahm die Hühner und wollte zur Zauberin gehen, als sie ihm schon entgegenkam. »Endlich wieder Menschenfleisch!« rief die Zauberin, zog ihr Messer und wollte sich auf den Burschen stürzen, aber da sah sie sein Halstuch, blieb stehen und sagte: »Kerl, woher hast du das Halstuch?« – »Das Halstuch?« fragte Jenaro. »Das hat mir ein alter

Mann geschenkt, der als Tambero eine kleine Hütte hoch oben in den Anden hat.«

»Bursche, hab keine Angst! Komm herein und erzähl mir deine Geschichte! Dann sehen wir weiter.« – »Nehmt zuerst noch diese Hühner hier, die ich Euch als Geschenk mitgebracht habe.« – »Mir ein Geschenk? Jungfrau Maria! Das ist mir auch noch nicht passiert!« sagte die Zauberin.

So gingen sie in die Hütte. Jenaro wollte zu erzählen beginnen, aber die Zauberin sagte: »Mit hungrigem Magen ist schlecht erzählen und noch schlechter zuhören. Warte etwas, und wenn wir gegessen haben, werden wir deine Geschichte hören. Ist sie gut: gut! Ist sie schlecht: schlecht für dich. Aber wenn ich das Halstuch so sehe, kann sie nur gut sein. Du mußt nämlich wissen, daß der, dem das Halstuch gehörte, mein Bruder ist.« – »Was?« sagte Jenaro. »Der Wirt ist Euer Bruder? Kann das sein?« – »Es kann nicht, es ist!« sagte die Zauberin. »So erlaubt mir, daß ich Euch das Halstuch schenke!« – »Bursche, ich merke, deine Geschichte wird gut sein, sogar sehr gut.«

Damit drehte die Zauberin den Hühnern den Kragen um, warf sie mit allen Federn und ohne sie auszunehmen in einen Kessel, der auf dem Feuer stand, rührte einmal, zweimal, dreimal um: und schon war die Hühnerbrühe fertiggekocht! Alle Federn und aller Unrat aber waren verschwunden.

Als sie gegessen hatten, erzählte Jenaro der Zauberin, wie sie beim Tambero im Gebirge übernachtet und mit ihm ihr Essen geteilt hatten. Und er zeigte ihr auch das Beutelchen mit dem Kraut, das den Schlaf vertreibt, und das Fläschchen, das im Dunkeln sehend macht.

»Bursche«, sagte die Zauberin, »deine Geschichte hat mir gefallen! Schlaf dich aus, und morgen sollst du das Kraut haben, das deinen Vater gesund macht.«

Jenaro schlief die ganze Nacht, und am nächsten Tag weckte ihn die Zauberin, gab ihm einen Beutel mit dem Zauberkraut für den Vater und einen anderen Beutel und sagte: »Bring diesen Beutel da meinem Bruder!«

Jenaro aber fuhr wieder über den Fluß und begann ins Gebirge hinaufzusteigen. Und etwa auf dem halben Wege traf er Manuel. Manuel begrüßte ihn freundlich und fragte: »Hat die Zauberin dich nicht gefressen? Es ist also doch so, wie mein Vater sagte, und dein Vater ist wie immer ein Hasenfuß und ein Lügner.« – »Das ist nicht wahr«, entgegnete Jenaro, »hätte ich nicht der Hexe das Tuch ihres Bruders gezeigt und ihr Hühner geschenkt, wer weiß, sie hätte mich gefressen.« Und er erzählte Manuel die ganze Geschichte. Und als er von dem alten Wirt oben in den Anden sprach, sagte Manuel: »O dieser alte, geizige Gauner! Mir hat er nichts geschenkt, und dabei hat ihn mein Vater gut bezahlt.«

Unterm Erzählen war es aber Abend geworden, und so richteten sich die beiden Burschen für die Nacht ein. Als aber Jenaro eingeschlafen war, zog Manuel sein Messer heraus und erstach seinen Vetter. Und nachdem er ihn umgebracht hatte, schnitt er ihm das Herz aus der Brust und den linken Arm ab und sagte: »So, das werde ich der Hexe bringen! Wie wird sie mich erst beschenken, wenn ich ihr Menschenfleisch zu fressen bringe!«

Als er bei der Hütte der Zauberin ankam, rief er: »He, Alte! Besuch kommt! Ich soll dir von deinem Bruder im Gebirge Menschenfleisch bringen!« – »Bursche«, sagte die Zauberin, »mein Bruder hat mir noch nie Menschenfleisch geschickt. Aber wir werden sehen: erzähle mir gleich deine Geschichte! Ist sie gut: gut! Ist sie schlecht: . . .«

Manuel begann zu lügen, aber die Zauberin erkannte die Wahrheit, und sie merkte, daß das Herz und der Arm dem Jenaro gehörten. Sie zögerte nicht lange, sondern sie sagte zu ihrem Messer: »Messer, schlachte den Schlächter! Töte den Mörder!«

Und das Messer flog durch die Luft und fuhr dem Manuel ins Herz. Die Zauberin aber machte sich auf, flog durch die Luft zu der Leiche Jenaros, setzte ihm das Herz ein, klebte ihm den Arm an, blies ihm ins Gesicht: da wachte er auf.

»Was ist denn das?« fragte Jenaro. »Ach«, sagte die Zauberin, »da ist mir noch etwas eingefallen! Ich werde alt und vergeßlich. Wenn du zu meinem Bruder kommst, dann sag ihm doch:

>Eins ist eins und zwei sind zwei,

tief im Berge liegt ein Ei.‹

Kannst du dir das merken?« – »Ja«, sagte Jenaro, »das ist ja nicht schwer.« – »Gut, so schau, daß du heimkommst! Deinem Vater geht es nicht gut, und dein Onkel ist schon gestorben.«

Da machte sich Jenaro wieder auf den Weg, und er kletterte, so schnell er konnte, und kam glücklich daheim an. Und als sein Vater das Kraut hatte, wurde er wirklich wieder fieberfrei und gesund. Der Vater von Manuel aber war wirklich gestorben.

Als der Vater von Jenaro wieder gesund war, sagte der Sohn: »Väterchen, ich muß hinauf zu jenem Alten, um ihm etwas von seiner Schwester auszurichten.« – »Gut, so geh und tu das.«

Am Abend kam Jenaro oben an. »Wer ist das?« – »Bitte öffnet, ich soll Euch von Eurer Schwester einen Beutel bringen und Euch etwas ausrichten.« Der Wirt öffnete und ließ den Burschen ein. »Setz dich und iß! Heute habe ich etwas anzubieten! Trink auch ein Gläschen Pisco, es wird dir guttun bei der Kälte.« Als sie gegessen und getrunken hatten, begann Jenaro zu erzählen, bis er zu dem Spruch der Zauberin kam:

> Eins ist eins
> und zwei sind zwei,
> tief im Berge
> liegt ein Ei.

»So«, sagte der Alte, »ist es endlich soweit? Du mußt nämlich wissen: Der frühere Herrscher unseres Landes wurde von einem weißen Teufel gefangengenommen. Der Böse hat den König verschleppt, und niemand wußte, wo er hingekommen ist. Man erzählt sich nur, daß er in einer goldenen Kugel eingeschlossen wurde. Die goldene Kugel liegt in einer tiefen, tiefen Höhle, so dunkel, daß keine Fackel sie erhellen kann. Und in der Höhle hat der Teufel ein Feuer angezündet, und wer den Rauch riecht, der schläft auf der Stelle ein. Nun sieh du zu, ob du mir diese goldene Kugel verschaffen kannst!«

Da machte sich am nächsten Tag Jenaro auf, und er stieg noch höher ins Gebirge hinauf, und an einer bestimmten Stelle, die ihm der Alte genau bezeichnet hatte, fand er ein kleines Loch, durch das er sich nur mit Mühe zwängen konnte. Und er fand einen Gang, der war so finster, daß er keine Handbreit weit sehen konnte. Da nahm er das Fläschchen des Alten, trank einen kleinen Schluck, und sogleich ging es wie Licht vor seinen Augen auf. Es war gerade, als wenn seine

Augen zu Laternen geworden wären und vor ihm her leuchteten. Und er ging den Gang entlang, da kam er zu einer holprigen Treppe, die in die Tiefe führte. Mutig ging er die Treppe hinunter, wohl tausend Stufen oder mehr.

Und als er am Fuß der Treppe ankam, da quoll ihm ein Rauch entgegen, der duftete angenehm, aber Jenaro wurde ganz schwindlig davon, und er sank zusammen. Gerade noch konnte er den Beutel mit dem Kraut des Tamberos an die Nase halten, sonst wäre er gleich eingeschlafen. Aber als er eine Weile an dem Kraut gerochen hatte, wurde er hellwach, und er konnte nun weitergehen. Da kam er in einen großen Saal, der war so lang und breit und hoch, daß man die Wände nicht sehen konnte. Und mitten im Saal lag eine glänzende Goldkugel. Jenaro ging dorthin und wollte sie aufheben. Aber sie war so schwer, daß er sie nicht aufheben konnte. Aber eine Stimme in der Kugel rief: »Laß mich noch schlafen! Aber lösche das Feuer und sag dem Alten: Wenn das Gold rot wird, kommt der Herrscher! Aber melde es nur dem Alten und deinem Herrn!«

Da suchte Jenaro das Feuer und löschte es aus. Dann stieg er wieder in die Oberwelt zurück, ging zu dem alten Wirt und erzählte ihm, was er in der Höhle erlebt hatte. »Nun«, sagte der Alte, »so hat sich meine Schwester getäuscht, aber nicht ganz. Nun bleib bei mir über Nacht und zieh morgen zu deinem Herrn!«

Als Jenaro bei seinem Herrn ankam, war gerade ein Jahr vergangen. »Wo ist Manuel?« fragte der Herr. »Ich weiß es nicht«, sagte Jenaro. »Dann laß deine Geschichte hören!«

Jenaro erzählte alles, was er erlebt hatte, und der Herr saß nur schweigend da und nickte mit dem Kopf. Und als Jenaro zu Ende gekommen war, sagte er: »Ja, so ist es! Du hast deine Sache gut gemacht, und du wirst sie noch besser machen, wenn es Zeit ist. Morgen werde ich dich als Sohn annehmen, und du sollst meinen Palast und meine Hazienda erben.«

Was soll ich euch noch erzählen, liebe Brüder? Jenaro heiratete Ines, erbte den Besitz des Herrn, und ob die Geschichte damit zu Ende ist, das weiß ich nicht. Vielleicht aber weiß es jemand von euch? Und wenn er es weiß, so soll er die Geschichte zu Ende erzählen!

(Ekuador)

Isis Geheimnis

*D*ie Alten erzählen, daß im Anfang unserer Zeit am Rio Caiary eine große Menge Weiber erschien, begleitet von altersschwachen Männern, durch die sie keine Kinder bekommen konnten. Sie waren traurig, weil sie voraussahen, daß die Menschheit auf diese Weise aussterben würde.

Eines Tages erschien ein Zauberer bei ihnen und sprach:

»Ihr seid traurig?«

»Ja, wir sind traurig, weil die Männer so altersschwach sind. Sie taugen nichts, obwohl sie Kangeruku getrunken haben.«

»Seid nicht mehr traurig! Ihr werdet noch Nachkommenschaft haben!«

»Wie? Wie?« riefen sie.

Sie wurden fröhlich.

»Ihr werdet es schon erfahren«, antwortete der Zauberer.

»Nehmt zunächst ein Bad!«

Singend eilten sie zum Fluß und begannen zu baden.

Als sie aus dem Wasser stiegen, sprach der Zauberer zu ihnen: »Jetzt werdet ihr Kinder bekommen, denn die große Schlange hat euch schon alle geschwängert.«

Die Monde vergingen, und an ein und demselben Tag erschienen alle Kinder. Die jüngste Frau bekam die schönste Tochter. Das Kind wuchs heran und wurde immer schöner, und alle jungen Männer wollten sie heiraten. Eines Tages ging sie durch den Wald und traf einige Affen, die Uakufrüchte aßen.

»Diese Früchte sind sehr gut zum Essen«, sagte sie.

»Willst du davon haben?« fragte sie der Uaku.

»Ja«, antwortete sie.

Die Affen warfen ihr Früchte zu, und sie kostete eine.

»Das schmeckt gut!«

Sie sammelte eine Menge und aß viele, so daß ihr die Brühe aus dem Mund über die Brust lief, bis sie zu dem »Weg der Kinder« kam.

Die Monde vergingen ohne Zeichen ihrer Jungfräulichkeit, aber ihr

Leib schwoll an. Da fragten sie die Männer: »Mit wem hast du dich eingelassen?«

Sie fragten, weil sie den Vater ihres Kindes töten wollten.

»Du hast uns nicht gewollt, aber jetzt werden wir dich töten, wenn du uns nicht erzählst, wer dich in diesen Zustand gebracht hat!«

Das Mädchen antwortete:

»Ich weiß nicht, wer es war. Ich habe nur Uakufrüchte gegessen.«

»Wirklich? Was machen wir nun?«

Nach einigen Monaten gebar sie einen Sohn.

In einer Nacht, als sie schlief, verschwand ihr Sohn. Sie weinte bitterlich und suchte ihn überall, konnte ihn aber nicht finden. Da kam sie auch zu dem Stamm des Uaku und hörte ein Kind weinen. Sie suchte nach ihm, fand es aber nicht. Sie verbrachte die Nacht schlafend am Stamm des Uaku. Als sie des Morgens erwachte, fand sie ihre Brüste leer. Das Kind hatte die ganze Nacht, während sie schlief, an ihr getrunken.

Jeden Tag hörte sie das Kind weinen, bis die Nacht kam, und jeden Morgen waren ihre Brüste leer, weil das Kind sie ausgetrunken hatte. So ging es Tag für Tag.

Ein Jahr später weinte das Kind nicht mehr, und ihre Brüste trockneten aus. Darauf hörte sie das Kind scherzen, lachen und hin und her laufen, ohne daß sie sah, wer da spielte.

Die Zeit ging dahin.

Eines Tages erschien ihr Sohn, der schon Mann geworden war, und Feuer kam aus seinen Händen und Haaren.

»Mutter, hier bin ich! Laß uns nach Hause gehen!« Alle Leute freuten sich und liefen hin zu ihm, und die Alten kamen, ihn zu sehen.

Die Zauberer kamen, bliesen ihn an und gaben ihm den Namen *Isi*, das bedeutet »du bist aus der Frucht entstanden«. Das Volk sprach: »Dieser soll unser Häuptling sein! Wir wollen ihn als Häuptling haben!«

Er antwortete: »Ich kann euer Häuptling nicht sein, weil ich noch nicht den Stein *Nanacy* habe. Er befindet sich auf dem Gebirge der Mondsichel.«

Man sagt, daß die Sonne ihm ein Säckchen voll Zaubersachen gab.

Sie sagte zu ihm: »Da hast du es, mein Sohn! Alles, was du machen willst, wirst du hier drinnen finden. Wo ich hinkomme, da wirst du auch hinkommen, und alle werden auf dich hören.«

Man erzählt, daß die Weiber nach dem Gebirge gehen wollten, um den Stein des Häuptlings zu suchen. Die Männer wollten es ebenfalls. Da sagten die Zauberer:

»Die Weiber können diesen Stein nicht ergreifen.« Da begannen alle zu streiten.

Isi zog nun aus dem Säckchen einen kleinen Topf und setzte ihn aufs Feuer, um Pech zu sieden. Als es zu kochen begann, kamen aus dem Rauch Fledermäuse hervor. Dann kamen Nachtschwalben, Käuzchen, Eulen und andere Nachtvögel. Darauf kamen heraus andere Vögel, wie Schwälbchen, dann kleine Geier. Als der Königsgeier herauskam, packte ihn Isi und sprach zu ihm: »Bring mich nach dem Gebirge der Mondsichel, und wenn du mich zurückbringst, werde ich dich freilassen.«

Der Geier brachte Isi nach dem Gebirge des Mondes.

Als er auf den Gipfel des Gebirges kam, fand er dort den Mond sitzen. Dieser sprach zu ihm: »Nimm deinen Stein! Empfange deine Würde, mit der du Herrscher deines Volkes sein sollst. Versammle dein Volk und laß es fasten. Ich will dich lehren, wie du dein Volk regieren sollst. Wer auf deine Worte nicht hört, den töte! Jetzt geh weg!«

Isi ging weg, und als er zurückgekommen war, entließ er den Geier.

Man sagt, daß er nach seiner Rückkehr die Alten und die Zauberer zusammenrief und ihnen alles erzählte, was ihm der Mond gesagt hatte, und sie bat, nichts auszuplaudern. Dann verließ er sie.

Die Weiber wollten gern wissen, was Isi gesagt hatte, und suchten die Alten zu verführen. Bei Einbruch der Nacht machten sich die hübschesten Mädchen zu den Alten in die Hängematten und taten ihnen schön, damit sie erzählten.

Die Alten schliefen ermüdet, und als sie des Morgens erwachten, sahen sie niemanden.

»Ich träumte!« sagte einer.

»Ich auch! Ich auch!« riefen die anderen.

Da nun die Weiber alles wußten, was Isi gesagt hatte, gingen sie daran, Häuptlinge zu machen. Die Männer begehrten es ebenfalls. Von den Alten, die geplaudert hatten, verbrannte Isi einen und streute seine Asche in den Wind. Da kamen daraus hervor Skorpione, Tokandyra-Ameisen und andere Sachen, die Schmerz bereiten, auch giftige Pflanzen wie Curare. Einen anderen verwandelte er in eine Kröte, einen anderen in eine Schlange.

Isi erschien wieder, ordnete Fasten an, geißelte Männer und Weiber und lief hinter einer Frau her, die das Geheimnis enthüllte.

Er forderte sie auf, seine Worte nicht weiterzuverbreiten, vereinigte sich mit ihr und tötete sie alsdann.

Darauf veranstaltete er sein großes Fest, versammelte vier Alte und verbot den Weibern, etwas davon zu sehen und zu hören.

Er gab neue Befehle und sagte zu ihnen: »Alle Weiber, die mein Geheimnis zu wissen begehren, werden sterben. Alle Männer, die es ausplaudern, werden sterben. Ihr könnt es den Jünglingen erzählen, aber nicht den Kindern.«

Nachdem er dies gesagt hatte, weinte er.

Die neugierigsten unter den Weibern wünschten das Geheimnis zu erfahren und gingen hin, um zu lauschen.

Als er mit seiner Rede zu Ende war, starben sie alle und verwandelten sich in Steine.

Isi weinte, weil seine Mutter auch gelauscht hatte und gestorben war. Darauf tanzte er, um seine Häuptlingsschaft und seine neue Würde zu feiern. Dann ging er zum Himmel, nachdem er einige Male durch den Wald gewandelt war.

Die Jahre vergingen.

Eines Tages waren einige Jünglinge unter dem Uakubaum, als ein Zauberer kam und zu ihnen sprach: »Jünglinge, ihr sollt fasten! Wenn ihr es nicht tut, fresse ich euch auf!«

Man erzählt, daß sie nicht fasten wollten. Da erschien eines Tages der Zauberer, packte sie und verschlang alle.

Die Eltern der Jünglinge ergrimmten über den Zauberer. Sie ließen Kaschiri bereiten und luden den Zauberer dazu ein. Der Zauberer kam, und sie tranken an diesem Tag. Er betrank sich bis zur Bewußtlosigkeit. Als die Alten ihn betrunken sahen, sagten sie: »Wir wollen Feuer machen und ihn verbrennen, damit wir uns rächen!«

Darauf, so erzählt man, warfen sie den Zauberarzt ins Feuer. Er verbrannte und zerfiel in Asche.

In der Nacht erstand aus seiner Asche die Paschiubapalme, und als sie des Morgens kamen, sahen sie die wiedererstandene Asche, und sie riefen aus: »Wie ist aus der Asche des Zauberers die Paschiuba entstanden?«

Die Palme wuchs, und ihre Blätter berührten den Himmel, und durch ihr Mark stieg die Seele des Zauberers in Gestalt eines Eichhorns empor.

Die Alten, die wußten, daß die Seele des Zauberers an der Paschiuba emporgestiegen war, schlugen den Baum um, und als er zu Boden stürzte, sagten sie: »Jetzt kommt seine Seele nicht mehr!«

(Kolumbien)

Die Zauberrasseln

Eines Tages ging ein Mann mit seiner Frau und seinen zwei Söhnen in das benachbarte Dorf, um an einem Trinkfest teilzunehmen. Ihre beiden Töchter blieben zu Hause und bereiteten Kaschiri. Als sie nun zum Bach hinunterschlenderten, um Wasser zu holen, hörten sie einen eigenartigen Schrei. Es war Siwara, der Waldgeist, der sie absichtlich irreführte, indem er den Schrei eines großen Habichts nachahmte. Sie forderten den Habicht in der üblichen Weise heraus, indem sie riefen: »Schreie nicht, sondern zeige dich oder töte etwas für uns!« Sie sahen nichts und hörten nichts weiter.

Als sie wieder zu Hause waren und sich eine Weile ausgeruht hatten, näherte sich ein junger Mann dem Hause. Er begrüßte sie mit »Guten Tag, Basen!« und trat ein. »Wo sind eure Eltern?« fragte darauf der Fremde. Es war niemand anderes als Siwara, welcher der Aufforderung, sich zu zeigen, gefolgt war. Die Mädchen erzählten ihm, daß die anderen alle fort seien zu einem Trinkfest, und boten ihm Kassawa und Getränk an. Nachdem er davon genommen hatte, sagte ihnen Siwara, sie sollten gehen und das Hokkohuhn hereinholen, das er ihnen mitgebracht hätte. Danach bat er sie, seine Hängematte hereinzubringen, da er die Nacht über dableiben wolle. Sie holten die Hängematte und hingen sie in dem Ende des Hauses auf, das am weitesten von ihrer Schlafstelle entfernt war. Da sagte er: »Fürchtet euch nicht! Ich werde euch nicht stören.« Und er sprach wahr. Die Mädchen schliefen die ganze Nacht hindurch, ohne von ihm gestört zu werden. Früh am nächsten Morgen kehrte Siwara in den Wald zurück, aber bevor er Abschied nahm, verbot er ihnen, ihren Eltern von seinem Besuch zu erzählen.

Nicht lange danach kamen die Eltern zurück. Als sie das geröstete Hokkohuhn sahen, riefen sie aus: »Wie seid ihr denn dazu gekommen?« Die Mädchen logen und sagten: »Wir sahen einen großen Habicht, der es erbeutet hatte, und nahmen es ihm weg.« Nach und nach wurde das Hokkohuhn gekocht und gegessen, und als der alte Vater einen Bissen davon kaute, den er gerade aus dem Topf geholt hatte, biß er auf das Stück eines Blasrohrpfeils. Da wandte er sich an seine Töchter und fragte: »Wenn ein Habicht den Vogel tötete, wie kommt der Pfeil hinein?« Nun mußten sie gestehen, daß ihr Onkel ihnen das Hokkohuhn gebracht hätte. »Warum habt ihr das nicht gleich gesagt?« rief der Alte. »Warum ließt ihr mich nicht wissen, daß er euch besuchte, während wir fort waren? Geht gleich und ruft ihn herein!« Die Mädchen gingen hinaus und riefen: »Daku! Daku!«, »Onkel! Onkel!«, und Siwara hörte sofort auf ihren Ruf. Als er eintrat, hieß ihn der Hausherr willkommen, und er setzte sich nieder auf den Schemel, der ihm angeboten wurde. »Danke, danke!« rief er aus. »Ich war gestern hier und leistete den Mädchen Gesellschaft.«

Nun war der alte Vater, der von dem Trinkfest kam, noch reichlich benebelt und wußte kaum, was er tat. Obgleich er nicht die leiseste Ahnung hatte, wer Siwara eigentlich war, bot er ihm seine älteste Tochter an, vorausgesetzt, daß sie ihm gefiele. Es traf sich, daß sie Siwara sehr gut gefiel, und er wandte sich daher an die Mutter und fragte sie, ob sie ihn als Schwiegersohn haben möchte. Sie sagte: »Ja, sehr gern.« Und so geschah es, daß der Waldgeist eine Frau bekam und mit ihr im Hause seines Schwiegervaters seinen Wohnsitz nahm.

Siwara erwies sich als ein sehr guter Gatte und Schwiegersohn. Von jedem Jagdzug kehrte er beladen mit Wildbret heim. Er machte sich auch die Mühe, den Brüdern seiner Frau zu zeigen, wie man Wildschweine schießt. Früher brachten diese zwei Burschen oft einen Vogel heim und sagten, sie hätten ein Wildschwein gebracht. Sie wußten eben nicht, was ein Wildschwein war. Da nahm er sie eines Tages mit, und als sie einen geeigneten Platz erreicht hatten, schüttelte er seine Rassel, und herbei eilten die Wildschweine, gehorsam seinem Rufe. »Dies sind Schweine! Schießt!« sagte Siwara, aber die beiden Brüder, die nie zuvor ein Wildschwein gesehen hatten, fürchteten sich und kletterten auf einen Baum. Da mußte er selbst drei oder vier töten, und diese nahmen sie dann später mit nach Hause.

Die Zeit verging. Nachdem seine Frau ihm ein Kind geschenkt hatte, wurde Siwara anerkannter Erbe des Besitzes ihrer Familie und brachte auch sein Eigentum, das er bis jetzt im Walde gelassen hatte, in das Haus seines Schwiegervaters. Dieses galt fortan als sein eigenes Heim.

Unter den Sachen, die er in sein neues Heim mitbrachte, befanden sich vier Rasseln, die nur zur Wildschweinjagd gebraucht wurden. Es gibt zwei Arten Schweine, eine harmlosere und eine sehr gefährliche. Für jede Art hatte er ein Paar Rasseln, eine Rassel, um die Tiere herbeizurufen, die andere, um sie fortzutreiben. Nachdem er die Rasseln aufgehängt hatte, warnte er die Verwandten seiner Frau dringend, diese Rasseln während seiner Abwesenheit zu berühren, weil daraus großes Unglück entstehen würde.

Bald darauf ging Siwara fort, um ein Feld zu roden. Während er fort war, kamen seine Schwäger zurück. Sie sahen die schönen, mit Federn verzierten Rasseln alle in einer Reihe hängen und konnten der Versuchung nicht widerstehen, eine herunterzunehmen, um sie genau zu betrachten. In ihre Betrachtung vertieft, vergaß der Schwager ganz das Verbot und begann sie zu schütteln. Aber ach! Es war die falsche Rassel, die für die bösen Wildschweine! Und nun kamen diese wilden Bestien in Scharen von nah und fern herbei und ließen der jungen Mutter, den zwei Brüdern und den alten Leuten kaum Zeit, sich auf die nächsten Bäume zu flüchten. In der Eile und Aufregung hatte die Mutter jedoch ihr Kind vergessen, das die Schweine in Stücke rissen und verschlangen. Als sie sahen, was sich unten ereignete, schrien die

Flüchtlinge und riefen nach Siwara, er solle schnell kommen und all die Tiere vertreiben, damit sie in Sicherheit heruntersteigen könnten. Siwara kam, schüttelte die richtige Rassel und trieb die Tiere fort. Als alle herabgestiegen waren und mit ihm zusammentrafen, suchte er nach seinem Kindchen. Aber er fand es nicht. Da tadelte er sie, daß sie seinem Gebot nicht gefolgt wären, und war so ärgerlich, daß er sie verließ. – Es ist jetzt schwer für sie, Nahrung zu bekommen.

(Venezuela)

Von Honduras nach Grenada

Das Waldmädchen

*D*ie Geschichte ist schon lange her, aber sie könnte genau so erst gestern gewesen sein. Wollen wir es aber dabei lassen, daß sie sich vor vielen, vielen Jahren ereignet hat. Ja? Das ist wahr.

Es lebten am Rande des Waldes ein Mann und eine Frau. Die Frau hatte dreimal ein Mädchen zur Welt gebracht, und das ärgert den Mann. »Mädchen«, sagt er, »Mädchen sind für nichts gut. Du kannst sie nicht roden und im Wald arbeiten lassen, und du mußt nur immer aufpassen, daß sie dir nicht die Ernte verderben und zu früh die Felder betreten, wenn es schadet.«

Und er sagt: »Ja, Söhne! Das ist etwas! So einen Burschen kannst du richtig arbeiten lassen, daß er schwitzt und daß dir wohl dabei wird, wenn du zuschaust.«

Und zu seiner Frau sagt er: »Wenn du noch einmal eine Tochter zur Welt bringst, dann nehme ich sie und setze sie im Wald aus!«

Die Frau wird wieder schwanger. Sie sagt: »Diesmal wird es sicher ein Bursche! Er schlägt schon jetzt in meinem Bauch um sich wie bei einer Rauferei.«

Der Mann sagt nichts.

Die Monate gehen vorbei und die Frau bringt Zwillinge zur Welt: einen Sohn und eine Tochter.

Der Mann sagt: »Den Burschen behalten wir, das Mädchen trag ich fort.«

Die Frau weint und klagt, aber der Mann sagt: »Du hast drei Töchter: das ist genug.«

Die Frau wickelt die Kleine in ein Tuch und einen Zettel dazu: »Noch nicht getauft. Sie soll Juana heißen.« Sie hofft: der Vater wird das Kind vielleicht ins Kloster tragen oder vor die Kirchentüre legen oder wohin, wo Leute vorbeikommen.

Der Vater aber ist hart. Er trägt das Kind in den Wald und legt es in ein Gebüsch.

Nun, weiß der Teufel: so böse er auch ist, ganz wohl ist ihm nicht. Am andern Tag überlegt er es sich; er geht wieder in den Wald, will das Mädchen wieder holen. Aber so sehr er auch sucht: nichts! nichts, nichts, nichts! Er denkt: es wird wohl von einem Tier gefressen sein.

Und er denkt: ich muß eine Wallfahrt machen und meine Sünde büßen.

Nun, daheim fragt die Mutter: »Hat jemand die Kleine angenommen?« – »Ja«, sagt der Mann, »irgendwer hat die Kleine genommen.« – »Gott möge es ihm vergelten!« sagt die Frau.

Aber . . . was ist passiert? Wo ist die Kleine?

Ich werde es erzählen!

In jenem Waldstück dort, wo das Mädchen ausgesetzt worden war, streiten sich kurz danach drei Tiere um eine Beute: ein Silberlöwe, ein Geier und eine Schlange. Wie sie da streiten, wem die Beute gehört, hören sie ein Weinen aus dem Gebüsch.

»Was ist das?« sagt der Geier, »schau doch einmal nach!« – »Gut«, sagt die Schlange, »ich geh, ihr aber laßt die Beute liegen bis ich zurückkomme!« – »Wir rühren nichts an!« sagen der Silberlöwe und der Geier.

Die Schlange kriecht ins Gebüsch und schaut. Dann kriecht sie wieder heraus und sagt: »Ein kleines Mädchen liegt da.«

»Eieiei!« sagt der Silberlöwe, »das muß ich sehen!« – »Ich auch!« sagt der Geier. – »Daß ihr dem Kind nichts tut!« sagt die Schlange. – »Alle Federn soll ich auf der Stelle verlieren!« sagt der Geier. – »Und ich alle Krallen!« der Silberlöwe.

Sie gehen und schauen: »Allerliebst!« sagt der Silberlöwe. »Ui!« sagt der Geier. Ganz, ganz vorsichtig nimmt der Silberlöwe die Kleine und trägt sie heraus aus dem Gebüsch.

»Wißt ihr was?« sagt die Schlange. – »Was?« – »Wir behalten das Kind!« – »Ja«, sagen der Silberlöwe und der Geier, »und gestritten wird in Zukunft nicht mehr, sondern alles redlich in vier Teile geteilt.« – »Einverstanden!« sagt die Schlange.

»Du, Silberlöwe«, sagt der Geier, »da ist ein Zettel. Lies doch einmal, was da steht!« – »Ich«, sagt der Silberlöwe, »kann nicht lesen.« – »Ich auch nicht«, sagt der Geier.

»Gib einmal her!« sagt die Schlange, »denn ich kann's.«

Und sie liest: »Noch nicht getauft ... Sie soll Juana heißen.« – »Aha«, machen die andern beiden.

Nun, sie haben sich schnell eine Hütte gebaut, haben eine Suppe gekocht, und die Schlange hat – ich weiß auch nicht wie – das Kind gefüttert.

Nach ein paar Tagen hat die Schlange gesagt: »Die Kleine müßte jetzt getauft werden!« – »Ja, das müßte sie«, sagen die andern.

»Ich weiß, wo ein Pfarrer wohnt«, sagt der Geier. »Soll ich ihn holen?« – »Nein, warte!« sagt die Schlange, »und was, wenn er uns das Mädchen wegnimmt?« – »Dann freß ich ihn! Das soll er nur probieren!« – »Dummkopf!« sagt die Schlange, »einen Pfarrer fressen? Und das nach der Taufe? Dann gilt die Taufe nicht.« – »Ei verflucht!« sagt der Silberlöwe.

»Hm, ich hätte da so einen Gedanken«, sagt der Geier. – »Nun, so sag ihn!« fordert die Schlange.

»Wir gehen in der Nacht zum Pfarrer. Der Silberlöwe soll einen Hut aufsetzen und die Schlange sich ein Tuch umbinden, ich aber will im Hintergrund bleiben und laut beten. Und dann soll der Silberlöwe sagen: wir müssen eine Wallfahrt machen und deshalb muß das Kind gleich getauft werden.« – »Ja«, sagt die Schlange, »aber wie zahlen wir?« – »Wieso?« sagt der Geier, »kostet denn das bißchen Wasser was?« – »Tölpel«, sagt der Silberlöwe, »eine Taufe kostet was, eine Hochzeit kostet noch mehr, und ein Begräbnis kostet am meisten.«

»Gut«, sagt der Geier, »laßt mich nur machen! Ich weiß, wo ich Gold stehlen kann.« – »Aber nimm genügend mit« sagt die Schlange, »was meint ihr, was ein kleines Mädchen alles braucht?«

Was es doch alles gibt! Nun, ich werde es der Reihe nach erzählen. Der Geier hat einen ganzen Beutel Goldstücke geklaut, der Silberlöwe hat sich einen großen Sombrero besorgt.

Dann – mitten in der Nacht – nimmt der Silberlöwe die Kleine, und sie gehen los.

Beim Pfarrer klopft es. – »Was gibt's? Wer ist da?« – »Drei Paten mit einem Kind für die Taufe.« – »Mitten in der Nacht wird nicht getauft.« – »Wir haben ein Gelübde getan und müssen mit dem Kind eine

Wallfahrt machen.« – »So wartet bis morgen nach der Frühmesse!« sagt der Pfarrer. – »Nein, das geht nicht«, sagt man. Und der Geier schiebt unter der Tür drei große Goldstücke durch.

»Ach ja!« sagt der Pfarrer, »wenn es dringend ist, kann man freilich auch eine Ausnahme machen. Kommt also mit in die Kirche!«

Er steht auf, zieht sich an, nimmt die Laterne und geht zur Kirche. Dort stellt er das Licht auf den Altar, und da kommen die Paten herein. Der das Kind trägt, hat den Hut tief ins Gesicht gezogen. Eigentlich tut man das in der Kirche nicht. Aber nun ja, der Pfarrer denkt sich: »Wenn ich jetzt sage: nimm den Hut herunter, dann läßt er das Kind fallen, man weiß ja, wie dumm sich die Männer anstellen, wenn sie Paten sind.«

Und der dritte Pate – ganz hinten ist er stehen geblieben – murmelt immer: »Bitt für uns, bitt für uns, bitt für uns!«

»Du da hinten«, sagt der Pfarrer, »sei jetzt still! Ich verstehe kein Wort.« – Und zu dem, der das Kind trägt, sagt er: »Wie soll das Kind heißen?« – »Juana.«

Gut, so wird die Kleine getauft.

»Nun müssen wir aber auch wirklich die Wallfahrt machen, sonst trifft das Mädchen vielleicht ein Unheil«, sagt die Schlange. – »Also gut, warum auch nicht? Machen wir eine Wallfahrt.«

Am nächsten Abend kommen sie an. Ich will es euch erzählen. Sie gehen also hin, und der Geier kauft vier Kerzen, zündet sie an und steckt sie auf. Dort wo die Kerzen brennen, kniet ein Mann, und weint und weint und weint.

»Pst!« sagt der Geier, »du da: weine leiser! Du weckst unser Patenmädchen auf! Hast du so schwer dich versündigt?« – »Ja«, sagt der Mann, »sehr schwer.« – »Und was hast du gemacht?« – »Ich«, sagt der Mann, »ich habe meine eigene Tochter im Walde ausgesetzt, und wilde Tiere haben sie gefressen.«

Da hat der Silberlöwe zu knurren angefangen, aber die Schlange hat ihm einen Stoß in die Rippen gegeben und hat gesagt: »Wie hat denn deine Tochter geheißen?« – »Sie sollte Juana heißen, aber sie war noch nicht einmal getauft«, sagt der Mann.

»Wir haben sie gefunden und taufen lassen«, sagt der Geier. »So gebt mir meine Tochter zurück!« sagt der Mann, »und ich danke euch, daß ihr sie gerettet habt. Mir fällt ein Stein vom Herzen.« – »Soll er doch auf deinen Schädel fallen!« sagt der Geier, »das Kind haben wir gefunden, und wir behalten es auch.« – »Nun«, sagt die Schlange, »geh heim und sag deiner Frau: zu Juanitas Hochzeit werdet ihr eingeladen. Vorher aber bekommt ihr das Mädchen nicht zu Gesicht.«

Der Mann geht getröstet heim und sagt zu seiner Frau: »Du: Juana ist bei reichen Paten. Aber sie sind mir sehr böse. Doch haben sie gesagt: wenn Juana einmal heiratet, werden wir eingeladen.«

Auch die drei Tiere sind heimgegangen in den Wald, und sie haben gut für die Kleine gesorgt.

Jahre sind vergangen. Ich werde es erzählen...

Einmal sagt die Schlange: »Juana ist ein heiratsfähiges Mädchen. Wir brauchen einen Bräutigam für sie.« – »Ja, den brauchen wir«, sagt der Silberlöwe, »aber nicht so einen Flegel aus dem Dorf, der die kleinen Mädchen im Wald aussetzt.« – »Nein«, sagt der Geier, »ich weiß etwas Besseres.« – »So, was weißt du denn?« – »Im Gebirge, in einer tiefen Schlucht wohnt eine Hexe. Ich habe gesehen, wie sie einen Prinzen verzaubert hat und bei sich eingesperrt hält. Sie hat eine Tochter, häßlich, sage ich euch, so häßlich ... ihr könnt es euch gar nicht vorstellen.« – »Laß uns mit deiner Häßlichen in Ruhe«, sagt der Silberlöwe, »und erzähle lieber von dem Prinzen! Ist er hübsch?« – »Bildhübsch!« sagt der Geier. – »Und ist er auch gut?« – »Brav ist er und wohltätig. Er hat ein gutes Herz, gibt den Armen ... Aber nun soll er die Tochter der Hexe heiraten, sonst bleibt er ewig in einen Schafbock verwandelt oder wird von der Hexe aufgefressen.« – »Gut, gehen wir ihn befreien!« sagt die Schlange. »Ich weiß schon, wie wir es machen müssen.« – »Und wie?« – »Du, Geier«, sagt die Schlange, »fliegst in den Hühnerhof und jagst die Hühner. Dann wird die Hexe herauskommen, um dich zu verjagen. Und wenn die Hexe im Hühnerhof ist, dann brichst du, Silberlöwe, in den Schafstall ein, packst den Schafbock und verschwindest damit...« – »Wie ein Blitz!« sagt der Silberlöwe. »Und du, Schlange«, fragt der Geier, »was machst du?« – »Ich gehe und suche das Zauberkraut, sonst muß der Prinz ein Hammel bleiben. Kommt ihr allein zurecht?« – »Wir«, sagen die beiden, »wir schaffen es.«

Nun, was muß ich noch erzählen?

Der Geier fliegt in den Hühnerhof, daß die Hühner ängstlich und gackernd herumflattern. Die Hexe rennt hinter ihm her; beinahe hätte sie ihn sogar erwischt.

Der Silberlöwe hat sich auf die Lauer gelegt: er bricht in den Schafpferch ein und packt den Schafbock. »Pst, pst, Prinz«, sagt er, »fürchte dich nicht! Wir sind gekommen, dich zu befreien!«

Der Prinz ist zuerst ganz schön erschrocken. Aber er versteht.

Und er verhält sich ganz still.

Der Silberlöwe trägt ihn aus der Schlucht heraus, während der Geier die Hexe außer Atem bringt und dann davonfliegt.

Daheim wartet schon die Schlange mit dem Zauberkraut: »Hier«, sagt sie, »friß das!«

Der Prinz ißt das Zauberkraut, und da ist er wieder ein Mensch! »Wie kann ich euch danken? Ihr Guten!« fragt der Prinz. – »Heirate unser Patenmädchen! Schau: dort steht es!«

»Ach, ist sie schön!« ruft der Prinz. – »Aber ob sie mich wohl nimmt?« – »Sie wird dich schon wollen«, sagen die drei.

Nun, also, um Schluß zu machen: zur Hochzeit hat der Silberlöwe seinen silbernen Pelz gebürstet und seinen Hut aufgesetzt, der Geier saß wieder ganz hinten in der Kirche und hat »Bitt für uns, bitt für uns, bitt für uns ...« gebetet, und die Schlange hat ihr Tuch umgetan.

Man hat auch die Eltern der Braut geholt, und alles war glücklich und zufrieden.

So ist es gewesen.

(Honduras)

Der Becher aus Jaspis

Ein König, der zur Zeit unserer Vorfahren lebte, hatte drei Kinder: zwei Töchter und einen Sohn.

Als die Mädchen herangewachsen waren, ist die Zeit gekommen, wo sie sich verheiraten wollten, und das eine hat einen Puma und das andere einen Adler zum Mann genommen. Der Bursche aber ist zunächst unverheiratet bei seinem Vater geblieben.

Nach einiger Zeit ist der König krank geworden, sehr, sehr krank. Man hat nach Ärzten und Heilkundigen geschickt, und alle sind gekommen, haben den König untersucht und gemeint, da sei nichts mehr zu machen.

Am Schluß ist ein alter, alter Zauberer gekommen. Auch der hat den König untersucht und hat gesagt: »Da hilft nur eines: der Becher aus Jaspis. Wenn der König aus ihm trinkt, wird er auf der Stelle wieder gesund.«

Der Königssohn hat gesagt: »Und wo finde ich diesen Becher aus Jaspis, der so viel Heilkraft hat?« – »Ja«, sagt der alte Zauberer, »das weiß ich auch nicht genau. Er soll weit, weit im Osten in einem Gebirge sein. Dort wohnt ein Riese mit dem Kopf einer Schlange, und der besitzt den Becher.«

Da hat sich der Prinz aufgemacht und ist nach Osten davongeritten. Er reitet neun Tage, und am Abend kommt er in eine wüste Gegend, und wie er überlegt, wo er da übernachten kann, sieht er ein Licht. Dort muß ein Haus sein. Und so geht er auf das Licht zu.

Wie er hinkommt und in den Hof geht, da kommen von allen Seiten wilde Tiere, Pumas, knurrend und grollend angeschlichen. Der Prinz zieht sein Schwert, um sich zu verteidigen, aber da geht im Haus ein Fenster auf, und eine Frau schaut heraus.

Der Prinz erkennt in der Frau seine ältere Schwester.

»Wer ist da draußen?« fragt die Frau. – »Dein Bruder!« sagt der Prinz.

»Ihr da«, sagt die Frau, »seid still! Es ist mein Bruder! Schscht!« Da haben sich die Tiere alle friedlich hingelegt; die Frau aber hat ihren Bruder ins Haus geholt.

Nach einer Weile ist der Puma-Mann heimgekommen. Der freut sich sehr, daß sein Schwager zu Besuch gekommen ist und fragt ihn: »Was tust du in dieser wilden Gegend?« – »Ach«, sagt der Prinz, »der Vater ist sehr, sehr krank geworden, und nichts kann ihm helfen außer dem Becher aus Jaspis. Aber wo finde ich den?«

Der Puma-Mann bedenkt sich eine Weile, dann sagt er: »Ja, das weiß ich auch nicht. Aber es trifft sich gut, sehr gut sogar, daß du heute gekommen bist. Morgen erwarten wir unsern Schwager, den Adler, zu

Besuch. Und der kommt viel herum in der Welt. Wenn irgendwer etwas gesehen haben könnte, dann ist es der Adler.«

Am nächsten Tag kommt richtig der Adler-Mann. Auch der freut sich sehr, seinen Menschen-Schwager zu treffen, und der erzählt ihm, warum er in dieser Gegend ist.

Der Adler-Mann sagt: »Stimmt! Ich weiß, wo der Becher aus Jaspis ist! Ein Riese hat ihn in seinem Haus verborgen. Aber nur seine Tochter kennt das Versteck. Es ist schwierig, sehr schwierig. Wir wollen uns gleich auf den Weg machen!«

Nun, die drei gehen und gehen ins Gebirge hinein. Endlich bleibt der Adler auf einem Baumstumpf sitzen und sagt: »Nicht weiter! Dort drüben ist die Höhle des Riesen mit dem Schlangenkopf. Wir müssen sehen, daß wir ihn aus seiner Höhle hervorlocken. Bruder Puma, das ist deine Sache!«

Der Puma-Mann hat sich nun so lange in der Nähe der Höhle herumgetrieben, bis ihn der Riese mit dem Schlangenkopf gesehen hat. Der Riese schnellt aus dem Haus heraus, aber der Puma ist auf der Hut und rennt davon. Der Riese ist wütend, daß sich ein Puma in seinem Revier herumtreibt, und er verfolgt das Tier. Aber so oft er meint: »Jetzt hab ich es!« entwischt ihm der Puma wieder.

Inzwischen gehen der Adler-Mann und der Prinz zur Höhle. Dort ist zwar noch die Tochter des Riesen, aber sie ist eine hübsche Kleine, und gut, gut. Sie tut keinem etwas zuleide.

Das Mädchen fragt also: »Was sucht ihr beiden hier? Wißt ihr nicht, daß euch mein Vater umbringt, wenn er euch hier erwischt?« – »Ja«, sagt der Prinz, »uns treibt die Not hierher. Mein Vater ist krank, sehr krank. Und nichts kann ihn retten, als der Becher aus Jaspis.« – »Hm«, sagt die Kleine, »der Becher ist das seltenste Ding auf der Welt: wer daraus trinkt, der hat weder Hunger noch Durst, und wenn er krank ist, wird er gesund, und wenn er tot ist wird er lebendig. – Aber sagt: wie ist euer Vater? Ist er auch so grausam und grob wie der meine?« – »Nein«, sagt der Prinz, »mein Vater ist gut, sehr gut.«

Die Kleine bedenkt sich nicht lang. Sie sagt: »Ich werde euch den Becher bringen. Aber dann muß auch ich mit euch fliehen, denn wenn mein Vater merkt, daß der Becher nicht mehr da ist, aus dem er jeden Tag trinkt, dann wird er mich umbringen.«

Sie holt also den Becher aus Jaspis, der ist schön anzuschauen: schön und leuchtend wie Mond und Sterne. Dann sagt sie: »Ich fürchte, mein Vater wird uns verfolgen! Was werden wir machen?«

Da sagt der Adler-Mann: »Das ist meine Sache. Lauft ihr beiden los, so schnell ihr könnt!«

Und die beiden rennen mit dem Becher davon, der Adler aber bleibt in der Nähe der Höhle sitzen.

Am Abend kommt der Riese zurück, müde und wütend, weil er den verdammten Puma den ganzen Tag verfolgt und nicht erwischt hat. Wie er den Adler sieht, schreit er: »Scher dich weg da! Hier ist mein Revier und niemand hat da etwas zu suchen!«

»Hoho, mein Freund!« sagt der Adler, »sei nicht so grob, wo ich gekommen bin, um dir zu helfen.«

»Ich brauche von keinem eine Hilfe!« schreit der Riese mit dem Schlangenkopf. »Ich kann mir selber helfen!«

»Gut, gut«, sagt der Adler, »dann brauche ich dir ja auch gar nicht zu sagen, wohin deine Tochter mit dem Becher aus Jaspis geflohen ist, der Hunger und Durst stillt, Kranke gesund und Tote lebendig macht.« Und er stellt sich, als ob er wegfliegen wolle.

»Halt, halt!« schreit der Riese, »das ist etwas ganz anderes, lieber Freund. Du sollst mir immer willkommen sein, wenn du mir zu dem Becher verhilfst. – Aber schau: es wird schon finster! Wie soll ich da den Weg finden?«

Der Adler sagt: »Paß auf! Hast du Feuer in der Höhle?« – »Ja«, sagt der Riese, »Feuer gibt's da.« – »Gut, gut«, sagt der Adler, »so bring einen großen brennenden Ast! Ich werde ihn tragen und damit vorausfliegen.« – »Du bist so weise wie Gott!« sagt der Riese, »so werden wir es machen.«

Und er geht in die Höhle und kommt mit einem großen Ast, der brennt am einen Ende und am andern noch nicht.

»Hier, nimm!« sagt der Riese.

Der Adler-Mann nimmt den brennenden Ast und fliegt voraus.

Der Riese ruft ihm zu: »Fliege höher! Wenn du so zwischen den Bäumen fliegst, sehe ich dich schlecht.«

»Gut, gut«, sagt der Adler, »wie du willst.« Und er fliegt höher, viel höher. Der Riese muß steil hinaufschauen.

Der Adler aber fliegt über den Rand einer Schlucht hinweg. Der Riese schaut hinauf und nicht auf den Weg, und – krrch – da stürzt er in die Schlucht und zerschlägt sich alle Knochen.

»Hoffentlich ist er krepiert!« sagt der Adler, und er fliegt an den Rand der Schlucht und späht hinunter. Aber der Riese rührt sich nicht mehr.

Inzwischen sind der Prinz und die Kleine zum Haus des Puma gekommen. Dort trifft auch der Puma ein: »Dieser verdammte Kerl von einem Riesen«, sagt er, »hat mich den ganzen Tag herumgejagt. Möge er sich doch alle Knochen brechen!« – »Schon gebrochen!« sagt der Adler-Mann, der im gleichen Augenblick ankommt.

Am nächsten Tag sind alle weitergezogen zur Stadt, wo der König wohnt. Aber als sie dort ankommen, hören sie ein großes Weinen und Wehklagen: der König ist gestern gestorben!

Jetzt wenn man den Becher aus Jaspis nicht gehabt hätte! Man füllt ihn mit Wasser und der Prinz schüttet daraus dem toten Vater in den Mund.

Da setzt sich der König auf und sagt: »Wie und wo kommt ihr denn alle her?«

Der Prinz hat die Geschichte erzählt, und er hat dem Vater die Kleine, die Tochter des Riesen mit dem Schlangenkopf, gezeigt und gefragt: »Vater, bist du einverstanden, daß ich dieses Mädchen hier heirate?« – »Aber ja«, sagt der König, »sie hat ja den Becher aus Jaspis gebracht, und ohne ihn wäre ich verloren.«

Dann hat sich der König bei allen bedankt, und man hat drei Tage gefeiert: am ersten Tag hat man gefeiert, daß der König wieder gesund ist; am zweiten Tag hat man gefeiert, daß alle seine Kinder und Schwiegersöhne zu Besuch da sind; und am dritten Tag hat man die Hochzeit des Königssohns gefeiert.

Sie hätten alle nur aus dem Becher zu trinken brauchen, um satt zu werden und ihren Durst zu löschen. Aber sie haben lieber Fleischpasteten gegessen und Schnaps getrunken.

Ich auch.

(Guatemala)

Die Blume Calboleal

$\mathcal{E}$s waren einmal ein König und eine Königin, die hatten drei Söhne. Als der König älter wurde, ist er erblindet. Man hat alle Ärzte und Weisen des Landes zusammengerufen, um die Augen zu untersuchen.

Die Ärzte und Weisen kamen zu der Erkenntnis, daß nur die Blume Calboleal oder Ojueloleal (Äugleintreu) helfen könne. Aber keiner wußte, wo diese Wunderblume wüchse.

Der König aber hat gesagt: »Wer mir die Blume Calboleal bringt, der soll meine Krone erben.«

Da machte sich der älteste von den drei Burschen reisefertig, und seine Mutter hat ihn gefragt: »Was willst du: meinen Segen oder einen Reisesack voll Essen und Trinken?« – Und er hat geantwortet: »Den Sack.«

Da hat die Königin ihm den Sack gegeben, und er hat sich auf den Weg gemacht. Nach neun Tagen ist er zu einem Haus gekommen, in dem eine Hexe gewohnt hat. Dort hat er angeklopft und gefragt, ob er da übernachten könne. Das könne er, hat die Hexe gesagt.

Er ist hineingegangen, hat sich hingesetzt, seinen Sack aufgemacht und zu essen und trinken begonnen. Die Hexe hat gefragt: »Kannst du mir nicht auch etwas von deinen guten Sachen geben?« – »Nein«, hat der Bursche geantwortet, »das brauche ich alles selber.«

Später, als er eingeschlafen war, hat die Hexe ihn mit einem Zauberbesen berührt und ihn in Stein verwandelt.

Als der große Bruder nicht heimgekommen ist, hat der Zweite gesagt: »Jetzt geh' ich.«

Seine Mutter hat ihn gefragt: »Kind, was willst du: meinen Segen oder einen Reisesack mit Essen und Trinken?«

»Den Sack.«

Da hat ihm die Königin den Sack gegeben, und er hat sich auf den Weg gemacht und ist neun Tage geritten, bis er zum Haus der Hexe gekommen ist. Dort hat er angeklopft und gefragt, ob er übernachten könne. Ja, das könne er, hat die Hexe geantwortet.

Er ist in das Haus hineingegangen, hat sich hingesetzt, seinen Sack aufgemacht und angefangen zu essen und zu trinken. Da hat die Hexe gefragt: »Kannst du mir nicht auch etwas abgeben?« – »Nein«, hat er gesagt, »das brauche ich alles selber.«

Später, als er eingeschlafen war, hat die Hexe ihn wieder mit ihrem Zauberbesen berührt, ihn in Stein verwandelt und dorthin gelegt, wo schon sein Bruder gewesen ist.

Als auch der zweite Bruder nicht heimgekommen ist, hat der Jüngste gesagt: »Nun ist die Reihe an mir.«

Da hat ihn seine Mutter gefragt: »Kind, was willst du: meinen Segen oder einen Reisesack mit Essen und Trinken?« – »Ich will deinen Segen haben, Mutter.«

Da hat ihm die Königin ihren Segen und auch den Reisesack gegeben, und der Bursche hat sich auf den Weg gemacht. Nach neun Tagen ist er zu dem Haus der Hexe gekommen. Er hat angeklopft und gefragt, ob er dort übernachten könne. Ja, das könne er, hat die Hexe gesagt.

Er ist in das Haus hineingegangen, hat höflich gefragt, ob er sich setzen dürfe. – »Nur zu, Söhnchen«, hat die Hexe geantwortet, »setz dich nur an den Tisch!« – »Willst du mir den Gefallen tun und mit mir essen, Mütterchen?« hat der Bursche gefragt, »es reicht leicht für uns beide.« – »Aber gern!« hat die Hexe erwidert.

»Was suchst du eigentlich in dieser abgelegenen Gegend?« hat die Hexe gefragt. – »Ich suche die Blume Calboleal oder Ojueloleal, denn mein Vater ist erblindet«, hat der Bursche geantwortet. – »Gut«, sagte die Hexe, »weil der Segen deiner Mutter auf dir ruht, will ich dir morgen zeigen, wo die Blume wächst.«

Am andern Tag hat sie ihm die Stelle gezeigt, und er hat davon gepflückt.

Dann sind sie ins Haus zurückgegangen und die Hexe hat gesagt: »Weil du mich mit Essen und Trinken bewirtet hast, will auch ich dir ein Geschenk machen: willst du, daß ich deine Brüder wieder lebendig mache oder willst du einen Beutel voll Geld?« – »Die Brüder lebendig.«

Die Hexe hat also die beiden Brüder wieder belebt, und die drei haben sich auf den Heimweg gemacht.

Aber die beiden älteren Brüder waren auf den Jüngsten neidisch, und gleich während der ersten Nacht haben sie ihn umgebracht, ihm die Blume Calboleal abgenommen und ihn an einer sumpfigen Stelle verscharrt.

Dann sind sie heimgegangen und haben ihren Vater wieder sehend gemacht, und der hat ihnen versprochen, das Reich unter sie beide aufzuteilen.

Die Mutter aber hat gefragt: »Habt ihr meinen Jüngsten nicht gesehen?« – »Nein«, sagten sie.

Aus dem Leib des erschlagenen Bruders ist aber eine Bambusstaude gewachsen. Und die Hexe, die alles wußte, hat davon ein Rohr abgeschnitten und daraus eine Schalmei oder einen Dudelsack gemacht.

Dann ist sie in die Stadt gegangen und hat vor dem Palast des Königs gespielt. Der König hat gefragt: »Wer macht denn da so eine hübsche Musik?« Man hat zum Fenster hinausgeschaut und erwidert: »Eine Alte mit einem Dudelsack.« – »Wie? Eine Alte mit einem Dudelsack?« hat der König gesagt, »man soll sie heraufführen!«

Man hat die Alte gerufen und in den Saal geführt. Der König hat gemeint: »Du kannst eine so schöne Musik machen. Willst du nicht uns hier etwas vorspielen?«

»Ach, König«, hat die Alte gesagt, »auf diesem Dudelsack kann jeder spielen. Versuche es doch einmal selber!« Da hat der König den Dudelsack genommen, und wie er gespielt hat, hat der Dudelsack gesungen: »Papasito, Papasito, no me deje de tocal! Que mis hermanos me han matao po la flor Calboleal.« (Väterchen, Väterchen, spiele nicht auf mir! Denn meine Brüder haben mich umgebracht wegen der Blume Calboleal.)

Da hat der König gesagt: »Was ist das für ein seltsames Lied!« – »Spiel doch du einmal!« hat er zu seinem Ältesten gesagt. Aber der hat nicht spielen wollen und sein Bruder auch nicht. Da hat der König es ihnen unter Androhung einer Strafe befohlen, und der Älteste hat gespielt. Der Dudelsack aber hat so gesungen: »Hermanito, Hermanito, no me dejen de tocal, que ustedes me han matado po la flor Calboleal!« (Brüderchen, Brüderchen, spiele nicht auf mir! Denn ihr habt mich umgebracht wegen der Blume Calboleal.)

Da wurde der König von großem Zorn ergriffen, und er hat die beiden Übeltäter sogleich in die finsterste Kammer des Gefängnisses werfen lassen. Zu der Alten aber hat er gesagt: »Weißt du, wo mein Jüngster begraben ist?«

»Ja, ich weiß es und werde dich hinführen. Du aber nimm die Blume Calboleal mit!«

Und die Hexe hat ihn hingeführt, sie haben die Gebeine ausgegraben und zusammengefügt. Dann hat die Alte sie mit der Blume Calboleal berührt, und da ist der Jüngste wieder lebendig geworden.

Dann sind sie nach Hause zurückgekehrt, und der Jüngste hat für seine Brüder gebeten!

»Nein!« hat der König gesagt, »sie sollen so lange im Finstern sitzen, bis sie selbst blind geworden sind! Dann kann man sie meinetwegen herauslassen.«

Und so ist es geschehen. Der König und die Königin aber lebten glücklich mit ihrem jüngsten Sohn.

Das ist alles.

(Kuba)

Der Zauberfisch

*V*or vielen, vielen Jahren lebte einmal ein Mann, dem war seine Frau gestorben, und aus der Ehe war ihm nur eine Tochter geblieben. Da der Mann noch nicht alt war, gedachte er nochmals zu heiraten, und sein Blick fiel auf eine stolze Frau, die ihm schön vorkam. Diese Frau war jedoch eine Hexe, aber das wußte niemand.

Der Mann hat also geheiratet, und die zweite Frau ist von Anfang an eifersüchtig auf die Stieftochter gewesen. Die Kleine hat jedoch nicht gemerkt, daß ihre Stiefmutter ihr nicht wohlgesonnen war, sondern sie ist immer sehr freundlich und vertrauensselig dazu gewesen.

Am Sonntag ist das Mädchen immer fortgegangen, um ihre Großmutter zu besuchen, die in einem Häuslein am Ufer des Meeres gewohnt hat, das war die Mutter ihrer verstorbenen Mutter.

Die Hexe aber hat bald herausgebracht, daß die Kleine jeden Sonn-

tag zu ihrer Großmutter ging, und sie hat beschlossen, das Kind zu
verderben. Da sie zauberische Kräfte besessen hat, ist sie an den Strand
gegangen und hat über dem Wasser gesagt:

> »Erhebe dich in der Tiefe
> Langfüßiger Bruder Pai!
> Zur Hütte geh, die schiefe,
> Denn Beute schick' ich dir gleich.«

Dann ist sie wieder heimgegangen und hat zu sich gesagt: »Die Kleine
bin ich los!« Das Mädchen aber hat sich nach der Kirche auf den Weg
gemacht, um seine Großmutter zu besuchen. Und wie sie so den
Strand des Meeres entlanggegangen ist, kommt ihr ein hübscher junger Mann entgegen: »Gruß, Kleine! Wo gehst du hin?« – »So Gott
will«, sagt das Kind, »geh ich zu meiner Großmutter.« – »Sei vorsichtig, Kind!« sagt der junge Mann, »denn in der Hütte der Großmutter
lauert ein böser Meergeist, der deine Großmutter umgebracht hat.« –
»Was soll ich tun?« hat die Kleine gefragt. – »Ich werde dich begleiten
und dir sagen, was du sprechen sollst. Vor allem aber darfst du das
Häuschen nicht betreten, sondern du darfst nur zum Fenster hinein-
schauen.«

So sind sie zum Häuschen gegangen, das ganz einsam am Ufer des
Meeres lag.

In dieses Haus hatte sich vorher ein Riesenkrake geschlichen und
die Großmutter erwürgt. Dann hat er sich unter dem Bett der Großmutter versteckt, um das Mädchen, wenn es das Haus beträte, zu
packen und aufzufressen.

Indessen sind das Mädchen und der Bursche zum Häuslein der
Großmutter gekommen. Die Kleine hat alles so gemacht, wie es ihr
Begleiter ihr geraten hatte, und sie ist ans Fenster gegangen und hat
hineingeschaut: da lag die Großmutter im Bett, aber als das Mädchen
sie angerufen hat, hat sie sich nicht aufgesetzt, wie sonst, und die
Stimme, mit der sie geantwortet hat, klingt ganz anders, ganz fremd:

> »Großmütterchen, wie geht es Dir?« –
> »Sieh und komm herein zu mir!« –
> »Warte noch ein wenig dort,
> Denn ich muß auf den Abort!« –

»Gut, so mach und dann geschwind
Lauf zu mir herein, mein Kind!«

Da führte der junge Mann das Mädchen zu einem Baum, der da am Strand steht und sagt zu ihr: »Steig schnell hinauf und fürchte dich nicht! Dort oben bist du geschützt. Es wird gleich finster, und ich muß zum Meer, denn ich bin verzaubert und kann nur am Tag als Mensch herumlaufen, nachts aber bin ich ein Fisch und muß im Meer schwimmen.« – »Und kann nichts den Zauber brechen?« fragt die Kleine. – »Doch: nimm hier diese Muschelschale! Wenn du siehst oder hörst, daß deine Stiefmutter kommt und in das Häuschen gegangen ist, dann lege diese Muschel auf die Türschwelle! Traust du dich, das zu tun?« – »Ja«, sagt die Kleine, »ich werde es genau so machen.«

Und damit steigt sie auf den Baum hinauf und sieht im letzten Licht des Tages, wie der Jüngling ans Ufer läuft, und – kaum hat er das Wasser berührt – sich in einen Fisch verwandelt, und davontaucht.

Die Hexe aber hat sich gedacht: »Ich muß doch sehen, ob der Krake das Mädchen gefressen hat.« Und sie ist zu jenem Häuschen gegangen. Der Krake aber war schon sehr hungrig und ungeduldig, weil das Mädchen nicht vom Abort hereingekommen ist. Und er wollte gerade dorthin gehen, als er Schritte gehört hat. Er hat nicht gemerkt, daß es die Hexe war, und als sie durch die Türe hineingeht, hat er sie gleich gepackt. Die Hexe aber ist sehr überrascht, daß der Krake da ist, und mit einem Messer schneidet sie ihm den Fuß ab und will davonlaufen. Aber sie kann nicht zur Türe hinaus, weil das Mädchen die Muschel auf die Schwelle gelegt hat. Schnell will sie einen Zauberspruch aufsagen, aber sie ist nicht mehr dazu gekommen, denn der Krake hat sie bei der Kehle gepackt und erwürgt und dann aufgefressen.

Indessen hört das Mädchen eine Stimme aus dem Meer: »Kleine, komm hierher!« Sie läuft ans Ufer, da streckt der Fisch seinen Kopf aus dem Wasser und sagt: »Hier nimm diesen Ring, lauf ans Fenster und sprich den Spruch, den ich dir sage: . . .!«

Das Mädchen nimmt den Ring, steckt ihn an seine Hand, läuft zum Fenster und spricht hinein:

»In die Tiefe bann' ich dich,
Dort sollst ewig bleiben du!

Sei verzaubert nun durch mich,
Daß die Menschen haben Ruh!«

Im gleichen Augenblick, in dem der Krake ins Meer steigt, kommt der
Fisch aus dem Wasser heraus und hat wieder die Gestalt eines Menschen, obwohl es noch Nacht ist und nicht Tag.

Er geht zu dem Mädchen und sagt: »Liebe Kleine, du hast mich
erlöst. Nun wollen wir in das Häuschen gehen und auch deine Großmutter wieder lebendig machen. Schau: ich habe vom Kraut des
Lebens mitgebracht, das auf dem Grunde des Meeres wächst.«

Und sie sind in das Häuslein hineingegangen und haben die Großmutter mit dem Kraut eingerieben. Da hat die Alte ihre Augen
aufgeschlagen und gesagt: »Kinder, bin ich froh, daß ihr mich aufge-
weckt habt! Ich hatte einen fürchterlichen Traum von einem Untier,
das mich erwürgen wollte. – Aber sag, Mädchen, was hast du heute für
einen Begleiter dabei?« – »Das ist mein Bräutigam, Großmutter.« –
»Ein hübscher Bursche! Na, da freue ich mich schon auf die Hochzeit!«

Was soll ich noch erzählen? Bald danach haben sie geheiratet, und
der junge Mann hat sich als ein sehr erfolgreicher Fischer gezeigt, den
alle andern Fischer um seine reiche Beute beneidet haben. Sie haben
ihn aber auch geschätzt, weil er sie oft vor Stürmen gewarnt hat, und
sie durch ihn vor Schaden verschont geblieben sind.

Die jungen Leute aber haben sich ein stattliches Haus gekauft und
dort mit der Großmutter lustig und zufrieden gelebt.

Nun ist die Geschichte ganz, und mir blieb nur vom Fisch der
Schwanz.

(Jamaika)

Der Kater, der eigentlich ein Schutzengel war

*E*s war einmal ein Bub ohne Vater und Mutter, der allein im Wald
lebte. Wovon hat er gelebt, werdet ihr fragen. Nun das ist eine Geschichte.

Als der Vater und die Mutter gestorben waren, konnte der kleine

Juan gerade laufen, aber er hätte sich noch nicht die Hose zumachen können. Doch hat sich da ganz plötzlich ein Kater eingefunden, der den kleinen Burschen wie einen Herrn bedient hat. Er hat für ihn gekocht, hat für ihn Kleider genäht, kurz: alles besorgt, was sein Herr und das Haus gebraucht haben.

Als der Bursche größer geworden war, hat der Kater ihn auch belehrt, und er hat ihm nicht nur gezeigt, wie man den Garten bestellt und wie man Wild fängt, sondern er hat ihm sogar Lesen und ein wenig Schreiben beigebracht.

Nun lebten in jener Gegend Räuber, welche reiche Kaufleute entweder überfallen oder von ihnen einen Schutzzoll kassiert haben. Die Räuber lebten in einer Höhle, die gut verschlossen war. Aber der Kater war schlau, er lauerte den Räubern auf und achtete darauf, wo sie den Schlüssel hingelegt haben, wenn sie ihre Höhle verließen. Und als die Räuber weggegangen waren, hat er den Schlüssel genommen, die Höhle aufgesperrt und ist hineingegangen. Und unter den vielen Schätzen, welche die Räuber aufgehäuft hatten, ist ihm eine goldene Halskette besonders aufgefallen. Da hat der Kater die Kette schnell genommen, ist aus der Höhle wieder hinaus und hat sie zugesperrt und den Schlüssel dort versteckt, wo ihn die Räuber immer hingelegt haben.

Bei Juan angekommen, hat er gesagt: »Schau einmal: was für eine schöne goldene Kette!« – »Wo hast du sie her?« hat sein Herr ihn gefragt. – »Ich habe sie auf dem Weg gefunden.« – »Die dürfen wir aber nicht behalten«, hat Juan gesagt, »weil sie uns nicht gehört.« – »Ja, aber«, hat der Kater gesagt, »wie sollen wir denn wissen, wer der rechtmäßige Besitzer ist? Was man auf dem Weg findet, fällt an den Finder.« – »Nein«, hat Juan gesagt, »wir wollen das dem König bringen, dem unser Land gehört.« – »Gut, wenn du meinst.«

Der Kater aber, was macht er? Er läuft zum König und sagt: »Mein Herr, der Graf Juan, erlaubt sich, euch diese goldene Kette zum Geschenk zu senden!«

Der König war ebenso erfreut wie erstaunt über dieses kostbare Geschenk, und er hat den Kater mit der Weisung entlassen, er danke dem Grafen vielmals für seine Freigebigkeit.

Der Kater aber ist wieder zu der Räuberhöhle gelaufen und hat gewartet, bis die ganze Bande zu einem Raubzug ausgezogen ist. Dann hat er den Schlüssel aus dem Versteck geholt, die Höhle aufgesperrt und ist hineingegangen. Und unter den vielen Schätzen hat ihm vor allem ein Ring mit einem Smaragd gefallen. Den hat er genommen, die Höhle zugesperrt und den Schlüssel wieder versteckt.

Daheim hat er zu seinem Herrn gesagt: »Schau einmal, was für ein schöner Ring!« – »Wo hast du ihn her?« hat Juan gefragt. »Ich habe ihn auf dem Wege gefunden«, hat der Kater geantwortet. »Dann nimm ihn«, sagt Juan, »und trage auch den Ring zum König, denn er gehört uns nicht und wir werden kaum in Erfahrung bringen, wem er gehört hat!«

Der Kater hat also den Ring mit dem Smaragd wieder zum König gebracht und gesagt: »Mein Herr, der Graf Juan, erlaubt sich, euch diesen Smaragd-Ring zum Geschenk zu machen.« – »Sag einmal«, meint der König, »dein Herr ist wohl sehr reich?« Der Kater hat sich hinter den Ohren gekratzt und hat gemeint: »Man bräuchte wohl ein halbes Jahr, um alles Geld zu zählen.« – »Caramba!« ruft der König, »ich hätte nicht gedacht, daß es in unserer Gegend so reiche Leute gibt, die sich solche Geschenke erlauben können! Ich könnte das nicht.« Das Katerchen aber hat sich verabschiedet und ist wieder heimgelaufen.

An einem andern Tag hat sich der Kater wieder vor der Höhle auf die Lauer gelegt, hat gewartet, bis die Bande ausgezogen war. Dann hat er wieder den Schlüssel aus dem Versteck geholt, die Höhle aufgesperrt und ist hineingegangen. Da hat er einen goldenen und mit Juwelen verzierten Becher gesehen. Den hat er genommen, hat die Höhle wieder zugesperrt, den Schlüssel versteckt und ist heimgelaufen.

Daheim hat er seinem Herrn gesagt: »Schau einmal: was für ein schöner Becher!« – »Wo hast du den wieder her?« hat Juan gefragt. – »Ich habe ihn auf dem Weg gefunden.« – »Du hast aber ein großes Glück! Das ist wirklich ein schöner Becher!« – »Du könntest daraus trinken«, hat der Kater gemeint. – »Nein«, sagt der Bursche, »er gehört mir nicht. Geh und bring ihn dem König!« – »Wie du willst«, sagt der Kater.

Er hat also den goldenen Becher genommen, ist zum König gegangen und hat gesagt: »Mein Herr, der Graf Juan, erlaubt sich, Euch diesen Becher zum Geschenk zu machen.« – »Ei verflucht!« hat der König ausgerufen, »das ist ein kostbares Stück. Was muß dein Herr für ein Reicher sein, daß er es sich leisten kann, solche Geschenke zu machen!« – »Nun ja«, erwidert das Katerchen, »wem der Himmel beisteht, dem wachsen auf den Bäumen goldene Früchte.« – »Du da«, sagt der König, »sag einmal: ist dein Graf verheiratet? Hat er Kinder? Wie steht's?« – »Nein, mein Herr ist ein junges, hübsches Herrchen, noch ledig.« – »Hm hm«, meint der König, »ich hätte da eine junge und schöne Tochter. Was meinst du, ob da nichts zu machen wäre?« – »Gern«, sagt der Kater, »will ich da einmal mit meinem Herrn reden. Wo fände er auch gleich eine passende Frau?«

Der Kater ist also zu seinem Herrn heimgelaufen: »Du, der König läßt dich fragen, ob du nicht seine Tochter heiraten willst? Sie ist jung und hübsch! Ich habe sie selber gesehen.« Juan hat gesagt: »Du bist ja närrisch! Wie soll ich armer Tropf die Tochter des Königs heiraten? Wovon sollen wir denn überhaupt leben?« – »Da laß nur mich machen!« hat der Kater erwidert, »wem der Himmel wohl will, dem regnet es Dukaten in den Suppentopf.«

Nun aber waren die Räuber wieder einmal von einem Raubzug heimgekehrt, und wie sie gemustert haben, was sie alles erbeutet hatten, und wie sie ihr gestohlenes Gut zu dem andern legen wollten, haben sie bemerkt, daß die kostbare Halskette, der Ring mit dem Smaragd und der Becher gefehlt haben. Da hat ihr Kapitän gesagt: »Brüder, einer von uns ist ein Dieb und bestiehlt uns heimlich. Der Lump soll ein Loch in den Leib bekommen, wo es ihm die Natur nicht gegeben hat!« Da hat einer von den Räubern, der seinen Hauptmann noch nie hat leiden können, gesagt: »Brüder, ich frage euch: wer ist neulich noch einmal in die Höhle zurückgekehrt, als wir schon unterwegs waren? War das nicht der Kapitän?« – »Du Hund!« hat der Hauptmann geschrien, »dir werde ich gleich zeigen, wer andere verdächtigen kann.«

Kurz und gut, es ist ein Streit ausgebrochen, und die Räuber haben aufeinander eingestochen, eingehauen und geschossen, bis auch der letzte als Toter dort lag.

Da ist das Katerchen hingegangen, hat von dem Gold soviel genommen, wie er gebraucht hat, und hat damit in einer andern Gegend ein Schloß gekauft, dessen Besitzer gerade gestorben war.

In dieses Schloß hat er auch den Rest des Räuberschatzes gebracht. Dann hat er seinen Herrn gerufen und hat gesagt: »Wie ich herausgebracht habe, ist ein alter Onkel von dir gestorben. Du bist der einzige Erbe und kannst nun in seinem Schloß wohnen!« – »Ist das auch wahr?« hat Juan gefragt. – »Komm mit und schau es dir an!«

Als Juan in das Schloß umgezogen war, hat der Kater gemeint: »Nun, ist die Sache nicht jetzt ganz anders? Was sagst du: möchtest du nicht doch die Tochter des Königs heiraten?« – »Ja, wenn du es für gut hältst, will ich mich auf dich verlassen«, hat Juan gesagt.

Der Kater ist zum König gelaufen, und hat gesagt: »Mein Herr, der Graf Juan, lädt Euch und Eure Tochter auf sein Schloß ein. Und wenn es allen recht ist, wird er gern Eure Tochter heiraten.«

Da war der König sehr vergnügt, und er ist am andern Tag mit seiner Tochter auf das Schloß gefahren, wo Juan gewohnt hat. Der Königstochter hat der hübsche Bursche sehr gefallen und dem Juan die Prinzessin. Und so hat man die Hochzeit vorbereitet und drei Tage lang große Feste gefeiert.

Am Abend des dritten Tages aber hat der Kater seinen Herrn gerufen und hat gesagt: »Mein Juan, ich bin dein Schutzengel, der dich liebt, und der dich armen Waisenbuben hat glücklich machen wollen. Bis hierher habe ich dich begleitet. Nun auf Wiedersehen im Himmel!«

Juan war erst recht traurig, aber dann hat er sich mit seiner Braut getröstet.

Sie waren glücklich und vergnügt! Ich aber hab nichts abgekriegt.

(Haiti)

Der Pfefferbaum

ℰs war einmal eine Frau, die hatte eine Tochter, und sie hing ein
Bündel Feigen zum Trocknen auf. Sie sagte zu dem kleinen Mädchen,
daß sie nun fortgehe, und wenn es einen schwarzen Vogel sehe, der zu
den Feigen komme, um daran zu picken, so dürfe es dies nicht zulassen, sondern müsse ihn wegjagen. Sollte aber der Vogel die Feigen
fressen, würde sie es töten, sobald sie zurückkäme.

Die Mutter ging fort und verwandelte sich in einen Vogel, und sie
begann, die Feigen zu fressen. So sehr das kleine Mädchen auch den
Vogel zu verjagen suchte, er flog nicht weg. Da begann es zu singen:

>»Bitte, schwarzer Vogel, bitte,
>Friß doch die Feigen nicht!
>Meine Mutter sagte mir,
>Um der Feigen willen
>Werde sie mich lebendig begraben.«

Aber erst nachdem er alle Feigen aufgefressen hatte, flog der Vogel
davon. Die Mutter kam und fragte das kleine Mädchen, warum es dem
Vogel erlaubt habe, die Feigen zu fressen. Es erzählte der Mutter, daß
der Vogel nicht wegfliegen wollte, so sehr sie auch versucht habe, ihn
zu vertreiben. Und die Mutter hob ein Loch aus und begrub es lebendig. Sie pflanzte einen Pfefferbaum auf dem Grab, in dem das kleine
Mädchen lag. Sie sagte den Leuten, sie wisse nicht, wo es sei. Sie hatte
auch einen Sohn. Er ging, um Pfeffer von dem Baum zu pflücken. Da
begann dieser zu singen:

>»Bitte, Bruder, bitte,
>Pflück doch den Pfeffer nicht!
>Meine Mutter sagte mir,
>Um der Feigen willen
>Werde sie mich lebendig begraben.«

Und er hörte auf, den Pfeffer zu pflücken. Er ging zu seinem Vater und
erzählte es ihm. Und der Vater kam, um den Pfeffer zu pflücken. Da
sang der Baum abermals:

»Bitte, Papa, bitte,
Pflück doch den Pfeffer nicht!
Meine Mutter sagte mir,
Um der Feigen willen
Werde sie mich lebendig begraben.«

Der Vater grub das Kind aus der Erde und ging mit ihm nach Hause.
Er nahm die Mutter und begrub sie lebendig.

(Grenada)

Von Mexiko nach Kanada

Eine Zauberei des Titlacauan

*T*itlacauan hat einmal eine Zauberei vollbracht: er hat sich in einen fremden Indianer, der Toueyo hieß, verwandelt. Dieser ging nackt herum, wie es unter seinem Volk gebräuchlich war. Er verkaufte grünen spanischen Pfeffer. Eines Tages saß er am Markt vor dem Palast des Uemac, der der wahre Herr der Toltechen war, denn Quetzalcoatl war der Oberpriester. Uemac hatte keinen Sohn, sondern eine sehr schöne Tochter, die deswegen von den Toltechen als Frau begehrt wurde; aber er hat sie ihnen nie geben wollen. Dieses Mädchen hat, als sie den Markt beobachtete, Toueyo ohne Bekleidung entdeckt, und sie hat seinen nackten Körper gesehen. Plötzlich ist sie von dem Wunsch überfallen worden, das zu besitzen, was sie gesehen hatte. Sie ging in den Palast hinein und ist krank geworden, und ihr ganzer Körper ist geschwollen.

Als Uemac erfahren hat, daß seine Tochter krank sei, hat er die Frauen, die sie bewachten, gefragt: »Was für ein Leiden hat meine Tochter? Welche Krankheit läßt den ganzen Körper so schwellen?« Und die Frauen antworteten: »Herr, die Ursache von allem ist der Indianer Toueyo, der nackt herumging. Eure Tochter hat ihn gesehen, und sie ist aus Liebe krank geworden.« Als Uemac dies hörte, befahl er den Toltechen: »Sucht diesen Toueyo, der grünen spanischen Pfeffer verkauft.« Aber obwohl sie ihn überall suchten, gelang es ihnen nicht, ihn zu finden. Ein öffentlicher Ausrufer ist auf den Berg Tzatzitepetl gestiegen und hat gerufen: »Toltechen! Wenn ihr den Indianer Toueyo, der grünen spanischen Pfeffer verkauft, trefft, führt ihn zu dem Herrn Uemac!«

Da es ihnen nicht gelang, ihn zu treffen, gingen sie alle zu Uemac und sagten ihm, Toueyo sei verschwunden. Plötzlich haben sie ihn am Markt auf dem gewöhnlichen Platz sitzen sehen. Dies ist sofort dem Uemac erzählt worden und dieser sagte: »Bringt ihn sofort zu mir!« Als Toueyo bei ihm war, fragte Uemac: »Woher kommst du?« – »Ich bin fremd, Herr«, antwortete Toueyo, »und ich komme hierher, um grünen spanischen Pfeffer zu verkaufen.« Und Uemac sagte zu ihm: »Warum bedeckst du dich nicht mit einem Tuch oder mit einem Mantel?« Toueyo antwortete: »So ist der Brauch unseres Landes.« – »Du hast meiner Tochter einen Wunsch verursacht«, sagte Uemac dann, »und nun mußt du sie heilen.« – »Herr«, antwortete Toueyo, »töte mich, wenn du willst, aber ich bin unschuldig, denn ich bin nur hergekommen, um grünen Pfeffer zu verkaufen.« Aber Uemac sagte: »Heile meine Tochter und fürchte nichts!«

Toueyo ist gefangen und gewaschen worden, und seine Haare sind abgeschnitten worden. Sein Körper ist bemalt und mit einem Tuch und einem Mantel bedeckt worden. Dann sagte Uemac zu ihm: »Geh nun zu meiner Tochter!« So hat Toueyo mit der Tochter des Uemac geschlafen, und sie war sofort wieder gesund. Und er ist des Königs Schwiegersohn geworden.

(Mexiko)

Der-den-Bison-ruft

Vor langer Zeit geschah es, daß eine Gruppe von Pawnee-Indianern auf der Winterjagd war. Den größten Teil des Jahres brachten sie am großen Fluß in ihren Dörfern zu, dort, wo die Erdhütten hinter festen Palisaden standen und wo die Maisfelder jedes Jahr reichlich Frucht trugen. Erst wenn die Ernte geborgen war, zogen die Männer und Frauen hinaus in die Prärie, um auf die Bisonjagd zu gehen. Aber sosehr sie sich auch mühten und sich fast die Augen aus dem Kopfe sahen, in diesem Jahre blieben die Bisonherden verschwunden, und selbst die ausgesandten Späher kamen unverrichteter Dinge zurück.

Das war eine harte Zeit für die Menschen; Kinder und Frauen hungerten, und die Männer blickten besorgt drein, denn ohne die Herden würde niemand den Winter überstehen. Von Mais allein konnte man das Dorf nicht ernähren. Auch der große Büffeltanz, den die Medizinmänner durchführten, brachte nicht den ersehnten Erfolg, und nächtelang sangen die Krieger ihre Beschwörungsformeln, klangen die Medizinrasseln und ertönte die Trommel.

Schließlich erschien ein Mann, den noch niemand im Lager gesehen hatte, und sprach: »Sagt den Sippen- und Kriegshäuptlingen, daß ich mit den Frauen und Kindern Mitleid habe. Daher will ich versuchen, euch zu helfen. Aber jeder im Lager muß meine Anordnungen befolgen, sonst werdet ihr alle verhungern.« Dann befahl er, außerhalb des Lagerkreises ein Tipi aus Bisonhaut aufzustellen, das den Männern fortan als Beratungszelt dienen sollte. Dorthin ließ er alle Männer zusammenrufen, um mit ihnen zu sprechen.

Während die Männer dabei waren, das Tipi zu errichten, blieb der Fremde verschwunden, und erst am Morgen kehrte er ins Lager zurück. Den ganzen Tag über saß er in einem Zelt, und wenn er jemanden sah, der vor Hunger kaum noch laufen konnte, gab er ihm ein kleines Stück Büffelfleisch und sagte dazu: »Hier, nimm und iß. Aber hebe den Rest gut auf und gib ihn einem, der hungriger ist als du.« Der so Beschenkte wunderte sich zwar, wie von dem kleinen Stück Fleisch auch noch etwas übrigbleiben sollte, aber nachdem er sich satt gegessen hatte, schien immer der gleiche Brocken im Topf zu bleiben; und dem nächsten Esser ging es genauso.

Jeden Tag ritt der Häuptling durchs Lager und sah nach dem Rechten. Geduldig hörte er sich die Klagen der Hungrigen an, gab gute Ratschläge und ermahnte die Sippenhäuptlinge, Geduld zu haben, denn der Fremde würde bestimmt helfen. Aber noch immer waren die großen Büffelherden, die sonst immer um diese Jahreszeit die Prärie durchzogen, nicht aufgetaucht. Trotz aller Geschenke, die man dem Fremden gemacht hatte, trotz aller Adlerfedern, Otterfelle, Hermelinbälge und ähnlicher Zaubermittel hatte er bisher ihr Los nicht ändern können. Der Fremde hatte jene Geschenke angenommen und gesagt: »Ich werde all dies dem opfern, der mir die Kraft gibt, euch zu helfen. In vier Tagen werden die Herden hier sein.«

Die Bewohner hatten wohl Vertrauen zu dem seltsamen Fremden, der so fest davon überzeugt zu sein schien, daß sich alles zum Guten wenden werde, aber sie wunderten sich doch insgeheim, warum er wohl in jeder Nacht aus dem Lager verschwunden war. Am Morgen kam er stets zurück, und man sah es ihm an, daß er weit fortgewesen sein mußte, denn er war völlig erschöpft. Er selbst aber nannte Gegenden beim Namen, die Tagereisen weit entfernt lagen.

In der vierten Nacht nach seinem Erscheinen bei den Pawnees weckte der Fremde mit einem Male das ganze Lager und sprach: »Morgen kommen die Herden. Seid alle bereit, damit niemand zu hungern braucht.« Nach diesen Worten begab er sich auf eine Anhöhe in der Nähe des Lagers, opferte hier Adlerfedern, Steinperlen und etwas Tabak und kehrte sodann ins Lager zurück. Den Männern im Beratungszelt aber sagte er: »Wenn der Geist am Opferplatz erscheint, so stört ihn nicht. Laßt ihn ziehen, wohin er will. Seid alle auf der Hut, denn es ist Zeit.«

Am nächsten Morgen starrte alles auf den Hügel, dort, wo der Fremde gestern die Opfergaben niedergelegt hatte. Plötzlich erschien auf der Anhöhe ein riesiger Bisonbulle. Wuchtig und voller Leben stand er dort und sicherte lange Zeit, dann setzte er sich wieder in Bewegung und raste in vollem Galopp am Lager vorbei! Als der Fremde dies sah, rief er: »Seht, die Zeit ist gekommen, denn die Herden sind da!«

Vier junge Krieger wurden vom Männertipi ausgesandt, um das Gelände jenseits der Anhöhe auszukundschaften. Kaum aber standen die Späher auf der Kuppe, als sie sich umdrehten und so schnell sie konnten auf das Lager zuliefen. »Sie kommen! Sie kommen!« riefen sie schon von weitem. Und dann standen sie vor dem Häuptling und berichteten aufgeregt von der riesigen Herde, die geradenwegs auf das Lager zu ziehe. Die erfahrenen Krieger standen gelassen dabei und prüften die Spitzen ihrer Büffellanzen.

Der Häuptling gab das Zeichen zur Jagd und wartete, bis die Männer sich um ihn versammelt hatten. Dann aber warnte er sie: »Der Fremde hat befohlen, daß auch nicht ein Stück der Beute umkommen soll. Laßt daher nichts zurück, sondern nehmt zuerst die besten Stücke und bringt sie zum Beratungszelt, denn heute abend soll der Festschmaus zu Ehren des Büffelgeistes stattfinden. Bringt nicht nur alles Fleisch und die Häute ins Lager, sondern vergeßt auch die Knochen nicht.«

Während der Häuptling seine Krieger ermahnte, erschienen die ersten Büffel auf der Hügelkuppe. Wie der Wind fegten die Jäger auf ihren flinken Mustangs aus dem Lager; in weitem Halbkreis flogen sie der Herde entgegen; Lanzen blitzten in der Sonne, unter den Hufen der Pferde entstanden kleine Staubwolken, und über allem lag der helle Schrei der beutewitternden Krieger, die nach wochenlanger Untätigkeit endlich zeigen konnten, daß sie noch Jäger waren. Bald darauf hatten sie unter der Führung ihres Häuptlings einen Teil der Herde abgezweigt und eingekesselt.

Am Abend aber, als die Männer im Tipi saßen und den beutereichen Tag gebührend feierten, ihre Jagderlebnisse austauschten, lachten und sangen, sagte der Fremde plötzlich: »In vier Tagen wird eine zweite Herde erscheinen, und wieder wird es Fleisch im Lager geben. Die Frauen werden Tag und Nacht zu tun haben, um die Wintervorräte zu trocknen. Viermal werden die Männer ausreiten und Fleisch machen, danach wird es in diesem Jahre keine Herden mehr geben. Laßt nichts umkommen, denn wenn auch nur einer von euch einen Teil der Beute zurückläßt, ist es vorbei mit dem Jagdglück. Ti-ra-wa, der Große Geist, der in allem ist, will es nicht, daß die Menschen seine Geschenke verschwenden. Werft daher nichts fort, sondern seid dankbar für seine Gaben.«

Drei Tage lang wurde im Lager gearbeitet, um das Fleisch der Beute für den Winter haltbar zu machen. Als der vierte Tag zur Neige ging und die Sonne blutigrot im Westen versank, trat der Fremde unter die Krieger und redete sie an: »Morgen ist es Zeit. Eure Lanzen werden rot sein wie der Himmel im Westen, denn morgen kommt die zweite große Herde. Doch seid vorsichtig, denn es wird ein gelbes Bisonkalb dabei sein. Paßt auf, daß ihm und seiner Mutter kein Leid geschieht.« Die Krieger machten große Augen, denn Bisonkälber gab es sonst nur im Frühjahr, nicht im Spätherbst, aber sie beschlossen, der Weisung des Fremden zu folgen.

Wieder gab es große Beute, und die Vorratsbeutel füllten sich mit Trockenfleisch und Büffeltalg. Beim dritten Ausritt gelang es den Männern, einen großen Teil der Herde einzukesseln. Vor den Zelten häuften sich die Vorräte, und die Männer wußten nun, daß sie den Winter über nicht hungern würden. Wieder sprach der Fremde: »Noch einmal wird es Fleisch geben, dann ist es genug für dieses Jahr. Ihr sollt die Gelegenheit nutzen, denn es ist die letzte. Wenn der Winter kommt, soll niemand Hunger leiden.«

Groß war die Beute dieses Jagdzuges, und als die Pawnees schließlich in ihr Dorf am Fluß zurückkehrten, mußten sie den Weg zweimal zurücklegen, denn es war unmöglich, alles auf einmal fortzubringen. Der Fremde aber, der die Herden gerufen hatte, blieb verschwunden. Nur viele Jahre später ließ er sich noch einmal blicken; wieder herrschte der Hunger im Lager der Pawnees, und wieder rief der Fremde die Herden der lebenspendenden Büffel. Stets folgten die Menschen seinem Rat und verschwendeten nichts. So gab es genügend Fleisch für die langen Wintermonate. Den jungen Männern aber, die zum ersten Male hinauszogen auf die Jagd, schärfte der Häuptling ein: »Ti-ra-wa, der Große Geist, der in allem ist, will es nicht, daß die Menschen seine Gaben verschwenden; seid auf der Hut und laßt nichts liegen.«

Lange Zeit richteten sich die Pawnees danach, aber schließlich übertraten sie das Verbot und schossen die Bisons nur der Häute wegen, die sie an weiße Händler verkauften. Eines Tages aber waren die Herden verschwunden, und auch der Fremde kam nicht wieder, um sie zurückzurufen. Da wußten die Pawnees, daß der Große Geist sie verlassen hatte.

(Vereinigte Staaten von Amerika)

Das Schlangenmärchen

Vor langen, langen Jahren lebten die Hopis noch nicht in ihrer heutigen Wüstenheimat, sondern nördlich des Grand Canyons, in einer Gegend, die fruchtbarer war, als das Hopiland heute ist. Da geschah es, daß ein Häuptlingssohn sich darüber Gedanken machte, wo wohl das Wasser des Flusses bleiben mochte, das am Dorfe vorüberfloß. Stundenlang stand er am Flußufer und sah der Strömung zu, die gleichmäßig und ohne Unterbrechung dahinglitt. Mit den Augen verfolgte er das Wasser, das geheimnisvoll in der großen Schlucht verschwand. »Irgendwo muß es doch wohl hinfließen!« dachte er bei sich. »Und wenn alles an eine Stelle fließt, muß es dort eine riesige Menge Wasser geben.«

Der Vater wußte keine Antwort auf seine Fragen, und vom Medi-

zinmann konnte er nur erfahren, daß weit im Westen ein großes
Wasser war, in dem Huruing Wuchti wohnte und über alle Muscheln,
Perlen, Türkise und Edelsteine herrschte. Da baute sich der Junge ein
Boot, nahm eine lange Stange und ließ sich eines Morgens von der
Strömung davontreiben. Nach langer Fahrt auf dem Fluß kam er
schließlich an ein großes Wasser, wo sein Boot an einer Insel auf den
Strand trieb. Hier lebte ganz allein in einer Hütte die Spinnenfrau.
Diese lud den Jungen ein in ihr Haus, aber erst, als der Häuptlingssohn
den Eingang größer gemacht hatte, konnte er eintreten.

Die Spinnenfrau wunderte sich gar sehr über solchen Besuch, denn
nur selten verirrte sich ein Mensch bis zu ihrer Hütte. Der junge
Häuptlingssohn berichtete von seinen bisherigen Abenteuern und
sagte, daß er gekommen sei, um Muscheln und Perlen zu erwerben,
von denen ihm der Medizinmann erzählt habe. Denn der Überlieferung nach müßten diese Dinge aus dem großen Wasser kommen. Die
Spinnenfrau deutete über das Wasser hin und sprach: »Dort wirst du
finden, was du suchst. Die Hütte ist ringsum von Wasser umgeben und
wird von wilden Tieren bewacht, und es ist nicht einfach, nach dort zu
kommen. Hättest du mir nicht von deinen Plänen erzählt, so hätte ich
dir nicht raten können. Nun aber will ich mit dir gehen und dir helfen,
so gut ich es vermag.« Darauf gab sie dem Häuptlingssohn ein Zaubermittel, verwandelte sich in eine Spinne und versteckte sich hinter
dem Ohr des Jungen. »Streue das Zaubermittel aufs Wasser!« flüsterte
sie ihm zu, und als er das tat, erschien sogleich ein Regenbogen, der
wie eine Brücke zum Hause im Wasser reichte. Mühelos erreichte er
die Hütte. Dort traf er einen Panther, der ihn böse anfauchte. »Das
Zaubermittel!« hörte er die Spinnenfrau hinter seinem Ohre flüstern.
Da streute der Junge von dem Mittel auf den Panther, der sogleich
ruhig wurde. Auch einen Bären und eine Wildkatze besänftigte er auf
diese Weise; als er danach einen Grauwolf traf, der zusammen mit
einer großen Klapperschlange den Eingang bewachte, griff er wiederum zu seinem Zaubermittel und durfte passieren.

Zögernd betrat er die Hütte und fand sich plötzlich unter einer
Schar von Männern, die schweigend im Kreise saßen. Alle trugen
blaue Tücher um die Hüften, große, schwere Ketten aus Türkis um den

Hals, und alle hatten sich das Gesicht mit Rötel gefärbt. Niemand sprach ein Wort, als der Junge eintrat. Mit einem Male stand ein Häuptling auf, stopfte eine große Pfeife mit Tabak und reichte sie dem Gast.

»Du mußt den Rauch hinunterschlucken«, flüsterte es hinter seinem Ohr, »dies ist die erste Probe. Wenn du schwindlig wirst, hast du verloren.« Mit Hilfe der Spinnenfrau überstand der junge Häuptlingssohn die Tabaksprobe. Die Männer im Kreise sahen ihn jetzt bewundernd an und murmelten: »Er ist einer von uns, unser Sohn, denn er hat die Probe bestanden!« Dabei nickten sie mit den Köpfen, daß die Federn in ihren Haaren wippten.

Darauf verteilte der Junge von den Geschenken, die er mitgebracht hatte zum Zeichen, daß er in freundlicher Absicht gekommen sei. Doch kurz darauf sprach der Häuptling, der ihm die Pfeife gegeben hatte: »Wende dein Gesicht zur Wand! Wir müssen uns zum Tanz anziehen, und niemand darf uns dabei beobachten!«

Als sich der Junge wieder umdrehen durfte, sah er, daß alle Männer sich in Schlangen verwandelt hatten! Da gab es Klapperschlangen, Nattern, Grasschlangen, kurzum, alle Arten waren vertreten. Die Spinnenfrau aber flüsterte dem erstaunten Jungen zu: »Sei unbesorgt, dies ist eine weitere Probe. Die Schlangenmänner werden dir nichts zuleide tun, solange du keine Furcht zeigst.« Während sich der Junge noch kaum von seinem Schrecken erholt hatte, kamen bereits weitere Schlagen von draußen hereingekrochen, unter ihnen eine besonders bunte und zierliche Natter. Nur der Häuptling hatte sich nicht verwandelt, er saß dicht am Feuer und wandte sich nun an den Jungen: »Geh und such dir eine Schlange aus! Nimm sie in die Hand und bring sie mir.«

Einen Augenblick zögerte der Junge, doch die Stimme hinter seinem Ohr rief: »Nimm die bunte Natter, die dort in der Ecke liegt. Beruhige sie mit deinem Zaubermittel, aber laß den Häuptling nichts davon merken.« Da ging der Junge entschlossen auf die Natter zu, die sich zischend aufrichtete. Ohne daß der Häuptling es sah, streute er von seinem Zaubermittel auf die Schlange, die sich nun willig in die Hand nehmen ließ. Dann brachte er sie zum Häuptling, der sich nicht genug wundern konnte über den Mut, denn bisher hatte noch keiner diese Probe bestanden.

Wieder mußte der Junge sich umdrehen, und als er wieder zum Feuer sehen durfte, hatten alle menschliche Gestalt angenommen, und von den Schlangen war keine Spur mehr zu sehen. Die Männer waren aber nicht mehr allein, denn eine Anzahl von Mädchen war jetzt in der Hütte, die vorher als Schlangen hereingekrochen sein mußten. Der Gast wurde freundlich bewirtet, und jenes Mädchen, das er als bunte Natter aufgehoben hatte, gab acht, daß er reichlich zu essen hatte. Verstohlen steckte der Junge der Spinnenfrau hinterm Ohr von den Speisen zu. Nach dem Essen begann der Häuptling zu sprechen: »Du bist ein tapferer Mann, denn du hast alle Proben bestanden. Nun sage uns, warum du gekommen bist, damit wir dir deine Wünsche erfüllen können, denn nicht umsonst bist du bis ans Ende der Welt gewandert.«

Der Häuptlingssohn erzählte von seiner Suche nach Muscheln und Perlen, Türkisen und anderen Edelsteinen, die aus dem großen Wasser kommen sollten, und er vergaß auch nicht, Huruing Wuchti zu erwähnen, jene Frau, die alle harten Gegenstände beherrscht und die nach dem Glauben der Medizinmänner im großen Wasser wohnte. »Zu ihr will ich«, so schloß er seinen Bericht, »um Muscheln und Perlen zu erwerben.«

Die Schlangenmänner bedeuteten ihm, bei ihnen zu bleiben, denn dann werde er zu dem Gewünschten kommen. Aber zuvor solle er von ihnen die Geheimnisse des Schlangenkultes erfahren, denn nur einem Eingeweihten würden sie helfen. Die Spinnenfrau aber wollte unbedingt zurück zu ihrer Hütte. So entschuldigte sich der Junge mit einem Vorwand, eilte zum Hause der Spinnenfrau und betrat kurz darauf die Hütte der Schlangenmänner zum zweiten Male, bereit, sich in die Geheimnisse dieser Wesen einweihen zu lassen. Die ganze Nacht hindurch lauschte er den Worten des Häuptlings, der ihm einschärfte, alle Einzelheiten in seinem Gedächtnis aufzubewahren, damit er bei seiner Rückkehr den Schlangenkult bei seinem Stamme einführen könne.

Am Morgen schlich sich der Junge zurück und holte die Spinnenfrau, die sich wie am Vortage hinter seinem Ohr versteckte. Vom

Hause der Schlangenmänner erreichte er auf einem Regenbogen den Fuß einer hohen Klippe. Dort oben, so hatte ihm der Häuptling versichert, lebte jene Frau, um derentwillen er gekommen war, Huruing Wuchti, die Herrin aller harten Gegenstände. Mühsam erklomm er den Felsen und fand sich mit einem Male vor einer Hütte. Als er eintrat und sich umsah, bemerkte er in einer Ecke ein altes zahnloses Weib, das mindestens hundert Jahre alt sein mußte. Die Wände der Hütte aber waren über und über bedeckt mit Perlen, Türkisen, Muscheln, edlen Steinen und anderem Schmuck, der strahlte und funkelte, daß man glauben konnte, der Mond selbst wohne in dieser Hütte! Die alte Frau starrte schweigend auf den Eindringling und tat nach einer Weile, als ob dieser einfach nicht vorhanden wäre. Auch als er ihr ein Geschenk gab, brachte sie kaum ein »Danke« zwischen ihren zahnlosen Kiefern hervor. Den Rest des Tages blieb sie wortlos in ihrer Ecke, starrte vor sich hin, und fast kam es dem Jungen so vor, als wäre er allein in der Hütte.

Als es zu dämmern begann, stand die Alte langsam auf und schlurfte in einen Nebenraum. Nach ein paar Augenblicken kehrte sie als schönes junges Mädchen zurück! Jetzt war sie nicht mehr in Lumpen gekleidet, sondern trug ein Gewand, mit Perlen und Türkisen verziert. Über dem Arm hatte sie eine Decke aus Bälgen der Wildkatze und einige Büffelfelle. Daraus bereitete sie ein Lager beim Feuer, setzte sich und sprach: »Halt Hochzeit mit mir, und alle Edelsteine der Welt sollen dir gehören.« Damit lud sie den Häuptlingssohn zum Niedersetzen ein. Dieser lauschte auf die Stimme hinter seinem Ohr, die wisperte: »Tue, was sie dir sagt, sonst kommst du nie zum Ziel.«

Am nächsten Morgen wunderte sich der Häuptlingssohn sehr, denn aus der hübschen Braut vom Abend war wieder ein zahnloses altes Hutzelweib geworden! Den ganzen Tag über saß sie am Feuer, stumm wie ein Fisch, und starrte vor sich hin, beinahe als ob sie gestorben sei. Am Abend ging sie in die Nebenkammer und wurde wieder zu einem jungen Mädchen. Vier Tage und vier Nächte verbrachte der junge Häuptlingssohn bei Huruing Wuchti, der Herrin aller harten Gegenstände. Am Morgen des fünften Tages aber gab sie ihm Muscheln, Türkise, Edelsteine und Perlen, soviel er nur tragen konnte, tat alles in einen Lederbeutel und sprach: »Nimm dich in acht und öffne den Beutel nicht eher, als bis du daheim bist. Wenn du mir nicht gehorchst, werden alle deine Schätze wieder zu nichts werden.« Damit war er entlassen und machte sich auf den Weg zurück zu den Schlangenmännern.

Hier gab der Häuptling ihm Kleidung und Wegzehrung und sprach: »Das Mädchen, das du als Schlange gefangen hast, ist von nun an deine Frau. Nimm sie mit dir in dein Dorf am Fluß und vollführe die Zeremonien, die du bei uns gelernt hast. Bis du daheim bist, sollst du nicht mit ihr sprechen und sie nicht ansehen, denn sonst muß sie zurückkehren zu uns. Folge meinem Rate und sei nicht ungeduldig, sonst wirst du alles verlieren.«

Als er beim Hause der Spinnenfrau anlangte, ließ er diese heimlich ins Haus schlüpfen und trat dann selber ein. »Du hast gehört, was man dir gesagt hat«, begrüßte diese ihn, »sei nicht ungeduldig, sonst wirst du alles verlieren. Und nun gehe zu den Deinen.« Da machte sich der junge Häuptlingssohn auf den Heimweg, fest entschlossen, alle Verbote zu beachten.

Unterwegs wurde der Beutel mit den Steinen immer schwerer, und es hatte den Anschein, als ob alle Edelsteine der Welt in diesem einen Beutel beisammen wären. Eines Abends konnte der Junge seine Ungeduld nicht länger bezähmen; er öffnete den Beutel, staunte über die Ketten und glitzernden Steine, schmückte sich damit und konnte sich kaum lassen vor Freude. Seine Begleiterin aber saß stumm und traurig dabei und starrte ihn an.

Am Morgen waren alle Schätze verschwunden, und erst nachdem er im heimatlichen Dorf angekommen war und den leeren Beutel besah, fielen ein paar Türkise heraus, die er an jenem Abend übersehen hatte. So kommt es, daß die Hopis bis zum heutigen Tage wenig Schmuck besitzen und sich mit Halsketten aus bunten Samen zufriedengeben müssen.

Glücklich lebte der Häuptlingssohn mit seiner Frau im heimatlichen Dorfe, doch als seine Frau, statt Söhne zu gebären, nichts als Klapperschlangen zur Welt brachte, wurden sie bald von allen anderen Hopis gemieden. So beschlossen sie eines Tages, ihre Kinder zurückzubringen zu den Schlangenmännern. Dort würde man sie aufnehmen und für sie sorgen. Daher sammelte der Vater all seine Klapperschlangen-Kinder in eine Decke und verließ das Dorf in Richtung Westen, ganz so, wie es heute noch die Schlangenpriester nach der Schlangenzeremonie machen.

Später, so erzählt man sich, sollen der Häuptlingssohn und das Schlangenmädchen im Dorfe Walpi aufgenommen worden sein. Seit dieser Zeit hat die Frau Menschenkinder geboren, und die Hopis verehren sie als die Stammesmutter des Schlangen-Clans in Walpi. Der Schlangenzauber, den der Mann von den Schlangenmännern gelernt hatte, wird auch heute noch in Walpi ausgeübt. Und da die Mitglieder des Schlangen-Clans ja die leiblichen Brüder der Klapperschlangen sind, werden sie bei diesen Feiern nie gebissen, obgleich das Wissen um das Zaubermittel der Spinnenfrau mittlerweile abhanden gekommen ist.

(Vereinigte Staaten von Amerika)

Das Zweigesicht

Einst lebten in einem Lager vier Brüder beisammen, von denen der jüngste so klein war, daß er noch nicht als Krieger zählte. Daher sprachen die übrigen Bewohner meist von den drei Brüdern, obwohl es eigentlich doch vier waren. Wenn die drei auf die Jagd zogen, blieb der jüngste Bruder im Lager zurück. Stets kehrten die Jäger mit Fleisch beladen zurück, während der jüngste Bruder ihnen jedesmal alle Neuigkeiten berichtete, die sich im Lager zugetragen. Er wußte alles, sah alles und berichtete seinen Brüdern stets ausführlich von seinen Erlebnissen. So lebten die vier Brüder freundschaftlich zusammen, ohne daß einer von ihnen je daran gedacht hätte, die anderen drei zu verlassen. Das war auch der Grund, warum keiner von den älteren verheiratet war, obwohl sich manches Mädchen nichts sehnlicher gewünscht hätte, als einen von ihnen zum Manne zu haben.

Eines Abends, als sie alle gemeinsam beim Mahle saßen, bemerkte der Älteste, daß vor dem Tipi ein Mädchen stand. Daher sagte er zum jüngsten Bruder: »Hakela, hör zu. Geh hinaus und bitte das Mädchen einzutreten, denn es gehört sich nicht, daß die Gäste von draußen bei der Mahlzeit zuschauen.« Hakela ging sogleich hinaus und führte das fremde Mädchen ins Tipi. Ohne auch nur ein Wort zu sagen, nahm diese von der angebotenen Speise und begann schweigend zu essen. Da wunderten sich die Brüder über solche Unhöflichkeit, denn bei den Sioux war es stets Sitte gewesen, daß man den Gastgeber begrüßt, sich zu erkennen gibt und für das vorgesetzte Essen dankt. Selbst Hakela wußte besser, wie man sich zu benehmen hatte. »Aber«, so dachte er, »vielleicht ist sie zu schüchtern, um den Mund aufzumachen.« Denn es war schon häufiger vorgekommen, daß ein Mädchen bei ihnen im Tipi erschienen war, weil sie einen seiner Brüder heiraten wollte.

Je länger das schweigsame Mädchen bei ihnen blieb, desto deutlicher wurde es, daß sie nicht gekommen war, um einen der Brüder zu heiraten. Schließlich wunderte sich Hakela, warum die Fremde wohl bei ihnen erschienen sein mochte. »Vielleicht will sie uns alle umbringen«, überlegte er, »oder uns verzaubern.« Doch trotz allen Nachdenkens fand er keinen Grund für solch eine Vermutung. So beschloß er, abzuwarten und die Augen offenzuhalten.

Als die Brüder am Morgen wiederum zur Jagd zogen, sprachen sie zu Hakela: »Hör zu, Bruder Hakela, der du nur ein Junge bist. Bleib daheim und paß auf, was unser Gast anstellt. Klettere auf die Lederbespannung des Tipis, dann kannst du unbemerkt durch das Rauchloch sehen. Sei aber vorsichtig, daß du stets auf einer der Zeltstangen bleibst, denn sonst könntest du mit einem Male ins Tipi fallen. Wenn du etwas Auffälliges bemerkst, erzähle es uns heimlich, wenn wir zurückkommen.« Hakela versprach, sein Bestes zu tun, und tat so, als ob er mit den Brüdern aus dem Lager ginge. Dann aber schlich er sich rasch zurück, bezog seinen Beobachtungsposten auf einer der Zeltstangen und beobachtete die Fremde im Tipi, ohne selbst gesehen zu werden.

Als das Mädchen sich allein glaubte, nahm sie plötzlich ein Gewand hervor und murmelte vor sich hin: »Es fehlt da noch ein Teil der Kante, aber bald ist alles fertig.« Da sah Hakela, daß das Gewand überall mit Menschenhaar verziert war! Doch sogleich fing das Mädchen wieder an zu reden: »Ich glaube, ich werde Hakelas Haar dazu nehmen, wenn es auch nicht so gut ist wie das seiner Brüder.«

Sobald die Brüder zurückkehrten, nahm Hakela sie beiseite und berichtete, was er gehört und gesehen hatte. Da sprach der Älteste: »Wenn das kein Mensch ist, dann kann es nur Zweigesicht sein. Doch wir wollen uns nichts merken lassen, denn sonst sind wir verloren. Die erste Gelegenheit werden wir benutzen, um uns aus dem Staube zu machen.«

Auch am nächsten Tage paßte Hakela scharf auf und beobachtete, was im Tipi vor sich ging. Da sah er, wie das Mädchen einen Beutel hervorsuchte, aus dem sie rundliche, vertrocknete Gegenstände nahm und in den Kochtopf warf. Anschließend aß sie das Gericht, und der Junge sah zu seinem Entsetzen, daß es menschliche Ohren waren, die da verspeist wurden! Dabei schien die Fremde an dieser Mahlzeit noch großen Gefallen zu finden.

Als er seinen Brüdern von diesem Erlebnis berichtete, beschlossen sie, das Lager möglichst bald zu verlassen, denn die Besucherin konnte niemand anders als Zweigesicht sein, von dem man berichtete, daß er menschliche Ohren aß. Zweigesicht, der böse Geist des Waldes, war stärker als alle Menschen. Selbst fortlaufen konnte man nicht vor ihm, denn er war so schnell wie der Wind, so ausdauernd wie der Herbstregen und so schlau wie der Coyote. Um dennoch aus dem Lager unbemerkt fortzukommen, verfiel der älteste Bruder auf eine List.

Als das Mädchen nicht im Tipi war, nahm er eine dicke Lederschnur, wie sie zu allen möglichen Zwecken stets in großen Mengen bei der Hand war, und tat diese in einen Kochtopf. Danach begann er, das Leder zu kochen. Als die Schnur nach einer Weile vollständig gar und daher sehr mürbe war, nahm er sie heraus und hängte sie in die Sonne zum Trocknen. Nun war sie von anderen Schnüren nicht mehr zu unterscheiden. Als das Mädchen mit den übrigen Frauen des Lagers zum Holzsammeln gehen wollte, sagte der älteste Bruder: »Hier, nimm die Schnur und gehe hinunter an den Fluß. Nicht weit von der Furt habe ich heute morgen einen schönen Fichtenstamm gesehen, der voller Harz steckt. Das wird ein gutes Feuer geben. Nimm das Beil mit, dann hast du es leichter. Aber bringe nur die harzigsten Stücke und laß das morsche Holz liegen. Das wird zwar etwas länger dauern, aber dafür haben wir dann für mehrere Tage Vorrat.«

Kaum war das Zweigesicht aus dem Lager, als die vier Brüder das bereits gepackte Bündel ergriffen und sich aus dem Staube machten. Das Mädchen aber mühte sich lange mit dem zähen Fichtenstamm, der vom Sturm zerbrochen und verdreht war, legte eine tüchtige Ladung Holz zurecht und wollte gerade beginnen, diese zusammenzubinden, als die Leine riß. Immer wieder mußte sie anhalten und knoten, denn jedesmal, wenn sie ein paar Schritte getan hatte, gab das brüchige Leder nach. Schließlich kam sie aber doch im Lager an. Da sah sie, daß die vier Brüder nicht mehr im Tipi waren. »Das hätte ich mir denken können!« murmelte sie zornig, warf ihre Last zu Boden und begann den Brüdern zu folgen. »Nur gut, daß mein Vorrat an Ohren sowieso alle ist. Entkommen können sie mir nicht, denn keiner ist so schnell wie ich.«

Als der älteste Bruder sich umblickte, sah er in der Ferne das Mädchen kommen. Da trieb er seine Brüder zur Eile an, denn sie mußten möglichst bald den Fluß erreichen. Aber sosehr sie sich auch anstrengten, das Mädchen kam immer näher. Schließlich nahm der älteste Bruder aus seinem Medizinbeutel vier Adlerkrallen, warf diese hinter sich und rief: »Helft uns in unserer Not!« Und sogleich entstand dort, wo die Krallen zur Erde gefallen waren, ein dichter Wald aus Dornsträuchern. Das Mädchen hatte große Mühe, sich durch das dichte Buschwerk zu zwängen, und blieb daher weit zurück. Nach einer Weile jedoch hatte sie die vier beinahe eingeholt. Da griff der zweite Bruder in seinen Medizinbeutel, zog vier Bärenklauen hervor und rief: »Helft uns, das Zweigesicht aufzuhalten!« Sogleich verwandelten sich die Klauen in vier riesige Bären, die der Verfolgerin den Weg verlegten.

Aber auch dies Mittel half nur vorübergehend, denn nach einer Weile sahen sie das Mädchen wieder hinter sich. Nur hatte sie ihre schöne Kleidung eingebüßt, und es war deutlich zu sehen, daß sie zwei Gesichter hatte, denn ihr Haar war wild zerzaust und verdeckte nun nicht länger das zweite Gesicht hinten am Kopfe. Da nahm der dritte Bruder seinen Medizinbeutel, warf ihn hinter sich und sprach: »Hilf uns, das Zweigesicht aufzuhalten!« Dort aber, wo der Beutel zur Erde fiel, tat sich sogleich eine tiefe Schlucht auf, die Zweigesicht am Weiterkommen hinderte.

Als die vier Brüder an den Fluß kamen und diesen zu durchwaten begannen, sahen sie Zweigesicht wieder dicht hinter sich angelaufen kommen. Zugleich erschien am Ufer eine alte Frau und bat die Brüder, sie doch ans andere Ufer zu tragen. Hakela, der mit der Alten Mitleid hatte, überredete seine Brüder, die alte Frau doch nicht mit Zweigesicht allein am gleichen Ufer zu lassen. So trugen die Brüder die Alte gemeinsam über den Fluß.

Als sie sie am anderen Ufer niedersetzten, sagte die Alte: »Ich bin gekommen, um euch zu helfen. Aber erst wollte ich sehen, ob ihr meine Hilfe auch verdient. Hättet ihr mich nicht mitgenommen, wäret ihr alle in die Hände von Zweigesicht gefallen. Denn das Mädchen dort ist Zweigesicht, der böse Geist des Waldes.« Dann wandte sich die Frau zum Fluß, wo Zweigesicht inzwischen bis zur Mitte angelangt war. Als die Alte die Arme hob, stieg das Wasser, und Zweigesicht wurde von der Gewalt der Fluten mitgerissen. Halb ertrunken kroch der böse Geist des Waldes weit unterhalb der Furt ans Ufer und schlug sich in den Wald. Die Brüder aber kehrten mit der Alten ins Lager zurück. In der nächsten Nacht jedoch war die alte Frau mit einem Male verschwunden, und an ihrer Stelle lag nichts weiter als eine Hirschdecke.

(Vereinigte Staaten von Amerika)

Die Zauberkeule

In einem Tale standen vor langer Zeit zwei Dörfer. Der Fluß trennte sie, so daß jemand, der von einem Dorfe in das andere wollte, jedesmal übersetzen mußte. Doch dies kam sehr selten vor, denn die beiden Dörfer lebten in dauernder Feindschaft miteinander. Nur gelegentlich halfen sie sich gegenseitig. Meist aber bestand zwischen ihnen eine Art von Abneigung, wie sie manchmal zwischen Nachbarn auftritt.

In einem dieser beiden Dörfer lebten vier Brüder, die stets gemeinsam zur Jagd zogen, zum Fischfang gingen und in all ihren Taten unzertrennlich waren. Eines Tages geschah es, daß die vier wiederum auszogen, diesmal, um Biber zu fangen. Bei diesem Vorhaben wurde der älteste Bruder von einem Baumstamm erschlagen, während er dabei war, den Biberdamm einzureißen, um desto leichtere Beute zu machen. Die übrigen Brüder waren sehr betrübt über diesen Verlust und fragten einander, warum ihr Bruder wohl heute solches Unglück haben mußte. Denn Unglück auf der Jagd hatte immer einen guten Grund. Das konnte doch nur daher kommen, daß seine Frau ihn während seiner Abwesenheit betrogen hatte. Sie wußten nur zu gut, daß Jagdpech stets durch eheliche Untreue hervorgerufen wird. Daher machten sich die Brüder auf den Weg ins Dorf, um den Übeltäter nach Möglichkeit zu ertappen. Mit Fackeln bewaffnet, versteckten sie sich hinter der Hütte ihres Bruders und warteten ab, was während der Nacht geschehen würde.

Als es im Dorfe still geworden war und selbst die Hunde zu schlafen schienen, sahen die drei Brüder plötzlich eine Gestalt vom Flusse her auf die Hütte zuschleichen. Bevor sie den nächtlichen Besucher erkennen konnten, war dieser in der Hütte verschwunden, und als die Brüder dort eindrangen, sahen sie den Häuptlingssohn vom Nachbardorf neben der Frau ihres Bruders sitzen. Voller Zorn fielen sie über ihn her und schnitten ihm den Kopf ab, den sie als Zeichen ihrer vollzogenen Rache über den Hütteneingang hängten.

Am nächsten Morgen wurde im Nachbardorf der Sohn des Häuptlings vermißt, und niemand konnte sich denken, wohin er wohl geraten sein mochte. Der Häuptling sandte alle Krieger an den Fluß und in die Wälder, um nach dem Verlorenen Ausschau zu halten. Aber selbst die erfahrenen Jäger fanden keine Spur und mußten unverrichteterdinge ins Dorf zurückkehren. Darauf schickte der Häuptling ein junges Mädchen, das als Gefangene im Dorfe lebte und daher von allen gemieden wurde, ins Nachbardorf mit dem Auftrage, von dort Feuer zu entleihen. In Wirklichkeit sollte sie auskundschaften, ob der Vermißte vielleicht dort gefangengehalten wurde. Aufgeregt kam das Mädchen nach einer Weile zurück und berichtete voller Schrecken von dem blutigen Haupte, das dort im Dorfe über einem Hütteneingang hing. Den Häuptlingssohn hatte sie bestimmt an seinen Ohrgehängen erkannt!

Wütend nach Rache schreiend befahl der Häuptling seinen Kriegern, sich zum Kriegszug gegen das Nachbardorf zu rüsten. Überall herrschte große Geschäftigkeit; Pfeile wurden geordnet und nachgesehen, Bogensehnen geprüft, Lederpanzer hervorgesucht, und der Medizinmann des Dorfes beschwor die Geister, damit sie dem Unternehmen Erfolg bescheren sollten. Dann schlichen die Männer hinunter zum Fluß, um das Nachbardorf zu überfallen.

Mittlerweile hatte die Frau des verstorbenen Bruders aus Angst unter ihrer Lagerstatt eine Grube ausgehoben, denn sie wußte wohl, daß der Tod des nächtlichen Besuchers nicht ungerächt bleiben werde. Dort wollte sie sich verstecken, wenn der Feind anrückte. Sobald die ausgestellten Wachen Alarm schlugen, flüchtete sie mit ihrer Tochter in das vorbereitete Versteck, während draußen der Kampf begann.

Die erbosten Angreifer überrannten die Verteidiger und machten alles nieder, was sich ihnen entgegenstellte. Dann plünderten sie das Dorf und steckten es schließlich in Brand. Weithin leuchtete der Feuerschein.

Nachdem es ruhig geworden war, krochen die Frau und das Mädchen aus ihrem Versteck hervor und starrten auf die schwelenden Reste. Bald wußten sie, daß außer ihnen niemand die Zerstörung überlebt hatte. Verstört wanderten die beiden zum Dorfe hinaus, setzten sich am Waldrande nieder und überdachten ihr Schicksal. Immer wieder murmelte die Frau vor sich hin: »Wer soll nun meine Tochter heiraten? Wer soll uns fortan ernähren?«

Plötzlich stand das Waldhuhn in Gestalt eines jungen Mannes vor ihr und bot sich an, das Mädchen zu heiraten. Die Mutter aber lehnte den Freier ab, und auch dem Eichhörnchen erging es nicht anders. Als der Hase mit dem gleichen Angebot kam, fragte die Frau: »Was kannst du denn gegen unsere Feinde ausrichten?« Und als der Hase darauf keine Antwort wußte, wurde er ebenfalls fortgeschickt. Auch die Eule hatte kein Glück, obgleich sie von sich behauptete, daß ihr Aussehen allein genüge, den Menschen Schrecken einzujagen. Der Schwarzbär gar versuchte ein paar Bäume auszureißen, um seine Stärke zu beweisen, aber auch er wurde als unbrauchbar abgelehnt. Die Mutter suchte nämlich einen Freier, der ihr in ihrer Rache helfen konnte.

Der Grizzlybär wäre beinahe angenommen worden, aber im letzten Augenblick kamen der Frau doch wieder Bedenken. Da zuckte mit einem Male ein Blitz aus den Wolken, und der Donner rollte dröhnend durchs Tal; als die Mutter sich von ihrem Schrecken erholt hatte, stand vor ihr ein junger Krieger. Um die Schultern trug er eine weiße Büffelhaut, und in der Hand hielt er eine Kriegskeule aus Walroßzahn. Wieder fragte die Frau: »Sag, was kannst du tun, um mir zu helfen?« Da hob der Mann die Keule, drehte diese in der Hand, und Mutter und Tochter befanden sich mit einem Male unter der Erde, begraben von Sand, Steinen und Lehm! Und gleich darauf waren sie wieder am Waldrande, und vor ihnen stand der junge Krieger, sah beide lächelnd an und sprach: »Ich habe den Untergang des Dorfes gesehen und bin gekommen, deine Tochter zu heiraten.«

Die Mutter willigte ein, und der Krieger nahm beide bei der Hand und sprach: »Haltet eure Augen geschlossen, sonst kann ich euch nicht mitnehmen.« Darauf stieg er mit ihnen zu den Wolken empor.

Unterwegs ertönte gewaltiger Lärm, und die Mutter konnte sich nicht beherrschen, sondern öffnete die Augen, um zu sehen, was dort vorging. Sogleich fielen alle zurück zur Erde und landeten an der gleichen Stelle am Waldrande. Wiederum warnte der Krieger die beiden und versuchte es ein zweites Mal, aber die Frau konnte ihre Augen nicht geschlossen halten. Da nahm der junge Krieger einen Zweig aus einem Baumstamm, steckte die Frau in die so entstandene Öffnung und sprach: »Fortan sollst du in den Bäumen wohnen, und nur wenn der Wind durch die Zweige streicht, darfst du weinen über dein Schicksal.« Dann verschwand er mit seiner Braut in den Wolken.

Lange Zeit lebte das Mädchen dort oben als Frau des Donnerers, der der Herr des Himmels ist. Drei Söhne und zwei Töchter hatte sie, die alle in schönen Häusern wohnten. Bunt und seltsam waren die Zeichen, die die Giebel schmückten, und stolze Totempfähle standen vor den Eingängen. Jeden Tag übten sich die Söhne im Bogenschießen und im Zweikampf, und wenn sie sich gegenseitig verwundeten, so schlossen sich die Wunden, sobald nur der Pfeil herausgezogen. So wuchsen die Söhne zu mächtigen Kriegern heran.

Eines Tages gab ihnen der Donnerer die Zauberkeule und sprach:

»Von nun an seid ihr stark genug und braucht niemanden zu fürchten. Daher sollt ihr fortan auf der Erde wohnen.« Im selben Augenblick befanden sich die fünf Geschwister an genau der gleichen Stelle am Fluß, wo einst das Dorf ihrer Mutter gestanden hatte. Auch die schönen Häuser aus Zedernholz mit den bunten Stirnseiten waren auf die Erde versetzt worden. Voller Erstaunen riefen sich die Brüder ihre Beobachtungen zu, sangen und scherzten und zündeten schließlich ein großes Feuer an, um besser sehen zu können.

Am anderen Ufer hatten sich die Leute sehr gewundert, als plötzlich eine Nebelbank über dem Fluß erschien und kurz danach aus der Gegend des ehemaligen Nachbardorfes Singen und Rufen zu hören war. Ein alter Mann, der zufällig am Flußufer war, kam verstört zum Häuptling gelaufen und berichtete, daß am anderen Ufer Leute sein müßten. Man höre von dort Stimmen und könne sogar den Schein eines Feuers sehen. Doch der Häuptling lachte nur und erwiderte: »Was du gesehen hast, sind die Geister der Toten, die dort wohnen. Wir alle wissen, daß dort keine Hütte mehr steht und keine Menschen leben, denn seit Jahren liegt der Ort verlassen.«

Wie erstaunt aber war der Häuptling, als er am nächsten Morgen die großen Häuser der fünf Geschwister sah! Sogleich befahl er einen Angriff, und wieder setzten die Krieger in ihren Kriegskanus über den Fluß. Aber alle Bemühungen waren vergeblich, denn die drei Brüder waren unbesiegbar. Jedesmal, wenn ein Pfeilschuß einen von ihnen traf, zog der Getroffene den Pfeil aus der Wunde, die sich sogleich wieder schloß. Schließlich rief der älteste Bruder: »Geht zurück in euer Dorf, sonst werden wir euch alle vernichten!« Und zum Zeichen seiner Macht hob er drohend die Zauberkeule. Die Angreifer jedoch wollten den Kampf nicht aufgeben, denn sie sahen nur drei Gegner, die sich zwar verbissen wehrten, aber doch wohl zu besiegen sein mußten. Da drehte der älteste Bruder seine Keule in der Hand, und mit einem Male waren alle Krieger und das Dorf jenseits des Flusses unter der Erde verschwunden. Wieder drehte er die Keule, und sogleich stand alles wieder an seinem alten Platz. Doch auch jetzt wollte der Häuptling nicht aufgeben, und ein zweites Mal verschwand alles unter der Erde, diesmal, um für immer begraben zu bleiben. Heute erinnert auch nicht ein Knochen an die alte Dorfstelle, alles ist in der Erde versunken.

Von nun an fühlten sich die Brüder als Herren der Erde. Jeden Tag zogen sie aus, führten Krieg gegen die umliegenden Stämme und vernichteten, was Widerstand leistete, indem sie es unter den Erdboden verschwinden ließen. Viele Dörfer sind damals verschwunden, und niemand kennt ihre Namen. Eines Tages vergaßen die Brüder ihre Zauberkeule, und der Donnerer kam herab, um sich sein Eigentum zurückzuholen, denn er war erzürnt über den Mißbrauch seiner Gabe.

Seitdem konnten die Brüder keine Nachbarn mehr überfallen, sondern mußten sich mit dem begnügen, was sie selbst erjagen konnten. Die Stelle jedoch, an der sie von ihrem Vater auf die Erde gesetzt wurden, blieb auch weiterhin ihre Heimat, und die Nachkommen der fünf Geschwister leben noch heute dort. Zur Erinnerung an ihre Ahnen bemalen sie noch immer die Wände ihrer Häuser mit jenen bunten Zeichen, die einst mit ihren Vorfahren vom Himmel gekommen waren.

(Vereinigte Staaten von Amerika)

Der Zauberer vom Huron-See

Vor vielen Jahren, als der Stamm der Ottawa noch auf den zahlreichen Inseln im Huron-See wohnte, die heute Manitulin-Inseln genannt werden, lebte in einem der Dörfer ein großer Zauberer mit Namen Massawaweinini. Massawaweinini war überall hoch angesehen und gefürchtet, denn man erzählte sich Wunderdinge von seiner Kunst. Sein Name, der Lebendige Statue bedeutete, flößte jedem Ehrfurcht ein, denn man ersah daraus, daß er selbst geschnitzte Figuren zum Leben erwecken konnte, wenn er wollte.

Eines Tages nun geschah es, daß die Dörfer der Ottawa von den räuberischen Irokesen überfallen wurden. Den ganzen Sommer dauerte der Krieg, und als es Winter wurde, war der größte Teil der Dörfer zerstört. Mühsam erhielten sich die Menschen den Winter über am Leben. Im Frühjahr jedoch beschlossen die Häuptlinge, sich zurückzuziehen, und die Ottawa verließen ihre alte Heimat. Nur Massawa-weinini, der alte Zauberer, blieb auf der größten Insel zurück, denn hier wohnten die Manitoulin, die Geister, denen er bisher gedient hatte und die er nicht verlassen wollte. Zwei junge Krieger wurden ebenfalls zurückgelassen; sie sollten als Kundschafter dienen und den Häuptlingen die Bewegungen des verhaßten Feindes melden.

Tagelang verbargen sich die drei Indianer in den zahlreichen Buchten und Schilfständen der Inseln. Nachts zogen sie ihr Rindenkanu ans Ufer, versteckten es in einem dichten Gebüsch und achteten darauf, keine Spuren zu hinterlassen. Eines Morgens erwachte der Zauberer sehr früh, ließ die schlafenden Begleiter zurück und begab sich auf die Jagd. Vorsichtig hielt er sich innerhalb des Waldrandes, aber nach einer Weile mußte er eine Lichtung überqueren. Mit schnellen Schritten eilte er durchs Gras, als er mitten auf der Waldlichtung einen kleinen Mann traf, der aus der Erde gekommen zu sein schien. Das Männlein trug eine rostrote Feder im Haar und tat ganz so, als ob der Zauberer ein guter Bekannter sei. »He, wohin denn so früh?« Bei diesen Worten nahm er eine Pfeife vom Halse und stopfte sie mit Tabak. Nachdem er ein paar Züge getan hatte, bot er sie dem Zauberer an, der ganz ver-dutzt dabeistand und sich den ganzen Vorgang nicht erklären konnte. »Du scheinst sehr stark und mächtig zu sein«, sagte der kleine Mann mit der rostroten Feder, »komm, laß uns sehen, wer stärker ist. Wenn du mich auf die Erde zwingen kannst, so rufe ›Wa-ga-ma-na‹, ›Ich habe dich bezwungen)‹.«

Der Zauberer war einverstanden, rief seine Schutzgeister zu Hilfe und legte seine Waffen ins Gras. Dann begannen beide, schweigend miteinander zu ringen. Lange Zeit ging der Kampf hin und her; der kleine Mann mit der rostroten Feder im Haar schien außergewöhnlich stark und behende zu sein, und der Zauberer hatte alle Mühe, sich auf den Beinen zu halten. Am Ende aber gelang es ihm durch einen überraschenden Vorstoß, den Gegner zu Boden zu werfen. »Waga-ma-na! Wa-ga-ma-na«, rief er aus, und im gleichen Augenblick war das Männlein verschwunden!

Als der Zauberer sich verblüfft umsah, wohin denn sein Gegner so plötzlich geraten sein konnte, fand er an der Stelle, wo er den seltsamen Burschen ins Gras geworfen hatte, einen kleinen Kolben Mais, an dessen Ende ein Büschel rostroter Fasern saß. Kopfschüttelnd betrachtete er das unscheinbare Ding, als der Maiskolben mit einem Male zu sprechen anhub: »Zieh mich aus, zieh mich aus!« bat er immer wieder. Der Zauberer tat ihm den Gefallen und befreite den Kolben von der gelben Maisstrohhülle. Da sah er lauter kleine gelbe Körner, in wunderbarer Ordnung aufgereiht. Der Kolben aber ließ sich wiederum vernehmen: »Du mußt mich auseinanderbrechen! Nimm die Körner von meinem Rücken und wirf sie überallhin auf die Lichtung. Komm nach einem Monat wieder hierher.«

Der Zauberer verstreute die gelben Körner über die Lichtung, bis er am Ende nur noch den leeren Kolben in der Hand hatte; den aber warf er achtlos am Waldrande fort. Als er zu den Wachen zurückkam, war er immer noch verwundert über sein Erlebnis, sagte den beiden aber nichts. Denn schließlich verstanden sie ja sehr wenig von solchen Dingen, und Geister waren ihm weit mehr vertraut.

Nach einem Monat schlich er sich eines Morgens zurück auf die Lichtung; von dem Männlein mit der rostroten Feder war weit und breit nichts zu sehen, und auch die gelben Körner waren verschwunden. Statt dessen wuchs überall ein seltsames Gras, das er vorher noch nie gesehen hatte. An jener Stelle aber, an der er den körnerlosen Kolben fortgeworfen hatte, war der Boden bedeckt mit langen Ranken, und an den Enden der Ranken waren kleine Früchte zu erkennen. Kopfschüttelnd ging der Zauberer zum Lager zurück.

Den Sommer über beobachteten die drei Zurückgebliebenen die Irokesen, deren Kriegshaufen in schnellen Kanus die Küsten des Sees abstreiften, immer auf der Suche nach Beute. Dann aber war es Herbst, und die Blätter des Zuckerahorns leuchteten wie gelbes Feuer. Wieder ging der Zauberer eines Morgens an die Stelle, an der er mit dem Geist gerungen hatte. Die ganze Lichtung hatte sich verändert! Überall stand die seltsame Pflanze, die mittlerweile sehr gewachsen war. An den Stauden aber saßen schwere Kolben, und jeder von ihnen trug einen rostroten Schopf! Auch die Früchte an den Ranken waren zu mächtigen Kugeln geschwollen, so daß der Zauberer Mühe hatte, sie aufzuheben. Voll und gelb leuchteten die Kürbisse zwischen den dunklen Blättern hervor. Als der erstaunte Mann einen Maiskolben abbrach, um zu sehen, ob darin auch etwa jene gelben Körner seien, hörte er mit einem Male eine bekannte Stimme: »Du hast mich besiegt, von nun an gehöre ich dir. Jedesmal, wenn der Frühling kommt, sollst du mich nehmen, auseinanderbrechen und die gelben Körner über das Land streuen. Folgst du meinem Rat, so wird es nie Hunger geben bei den Menschen.«

Massawaweinini, der Zauberer, sah sich erstaunt um und fragte schließlich: »Wer bist du? Ich kenne nicht einmal deinen Namen! Sage mir, wer du bist, damit wir wissen, wie wir unseren Wohltäter anreden sollen.« Noch einmal ertönte die Stimme jenes kleinen Mannes mit der rostroten Feder aus dem Maiskolben, den der Zauberer in der Hand hielt: »Ich bin Mon-da-min, der Geist des Maises.« Dann blieb es still, und nur das Rascheln der Maisblätter im Winde war zu hören.

Der Zauberer kehrte bald darauf zurück zu seinem Stamme und brachte den Ottawa das Geschenk des kleinen Mannes mit der rostroten Feder. Aus Dankbarkeit nennen die Ottawa den Mais noch heute Mon-da-min und veranstalten in jedem Jahre ein besonderes Fest zu Ehren ihres Wohltäters.

(Kanada)

Von Alaska nach Grönland

Die Wolfsbraut

*V*or vielen Jahren lebten einmal ein Mann und eine Frau an der Küste des Eismeeres. Sie hatten eine Tochter, die ganz allein mit ihren Eltern aufwuchs und außer diesen nie einen Menschen gesehen hatte. Eines Morgens, als das Mädchen vor dem Hütteneingang stand und über die schneebedeckte Weite schaute, sah sie plötzlich einen dunklen Fleck, den sie sich nicht erklären konnte. Lange starrte sie auf die Stelle, aber da sich der Punkt nicht bewegte, wanderte sie schließlich hinaus, um sich den unerklärlichen Gegenstand aus der Nähe zu besehen. Wie erstaunt aber war sie, als sie beim Näherkommen entdeckte, daß dort ein frisch erlegter Karibu lag!

Rasch eilte sie nach Hause und berichtete ihren Eltern von dem seltsamen Fund. Da ging der Vater hinaus, um die willkommene Beute nach Hause zu schaffen, wo die Frau mit dem Zerwirken begann. Am Abend schmausten die drei einsamen Menschen, wie sie schon seit Monaten nicht mehr gegessen hatten, denn das Wild war damals knapp, und der Mann hatte alle Mühe, seine Familie am Leben zu erhalten. Gesättigt begab sich bald darauf alles auf die Schlafplätze.

Mitten in der Nacht wachte das Mädchen mit einem Male auf; ihr Herz klopfte bis zum Halse, und ganz deutlich glaubte sie eine Wolfsrute zu sehen. Im nächsten Augenblick jedoch war die Erscheinung verschwunden. Lange lag das Mädchen wach, aber schließlich schlief sie wieder ein. Am Morgen kam es ihr vor, als ob sie das alles lediglich geträumt habe.

Der nächste Tag verlief genauso gleichförmig wie tausend andere vorher, die Frauen taten ihre gewohnte Arbeit, während der Mann am Rande des Packeises auf Robben lauerte. In der folgenden Nacht jedoch wiederholte sich der Vorgang; wieder erwachte das Mädchen und glaubte einen Wolf aus dem Eingang entwischen zu sehen. Am nächsten Morgen ging sie hinaus vor die Hütte und suchte den Boden nach Spuren ab. Sosehr sie auch suchte, auf dem Schnee war keine Wolfsfährte zu sehen; nur die Eindrücke der Pelzschuhe des Vaters standen überall im Schnee, und vom leeren Vorratsspeicher zur Hütte lief ein regelrechter Pfad, der tief in den Schnee getreten war.

Als das Mädchen wiederum über die Weite des winterlichen Küstenstreifens schaute, sah sie auf dem Packeis einen Gegenstand, der wie eine Robbe ausschaute. Da die Robben bei diesem Wetter jedoch nicht so weit aufs Eis kamen, sich der Fleck auch nicht bewegte, lief das Mädchen rasch hinaus, um den Fund zu bergen. Der Vater war recht erstaunt, als er herausgerufen wurde, um die Robbe ins Vorratslager zu schaffen. Wieder gab es am Abend einen Schmaus für die drei Menschen, die sich wunderten, woher diese seltenen Gaben kommen mochten, denn bisher war es nie vorgekommen, daß Jagdbeute direkt vor der Tür gefunden wurde. Die Mutter allein erinnerte sich an die Zeit, da sie noch im Dorfe gewohnt; damals hatten die Burschen stets Wildbret vor die Hütten ihrer Erwählten getragen als Zeichen der Brautwerbung. Aber sie schwieg, denn sie wußte, daß meilenweit kein Mensch an der Küste wohnte, und auch bei den sommerlichen Jagdzügen war der Mann nie auf Menschen gestoßen.

Noch einmal wiederholte sich das nächtliche Erlebnis des Mädchens, diesmal sah sie ganz deutlich, daß etwas in der Hütte war. Als der nächtliche Besucher jedoch entwischen wollte, wurde das Mädchen gewahr, daß er einen Schwanz wie ein Vielfraß hatte. Um sicher zu sein, stand das Mädchen auf, zündete die zweite Tranlampe an und schlich leise vor die Hütte. Hell stand der Mond am Himmel, doch alles war still. Wer der nächtliche Besucher auch gewesen sein mochte, im Schnee hatte er keine Spuren hinterlassen, und auch auf der weiten, mondbeschienenen Fläche war nichts zu sehen. Fröstelnd begab sich das Mädchen zurück in die Hütte und wunderte sich insgeheim, ob die Vorgänge der letzten Tage nicht doch eine besondere Bedeutung haben mochten. Aber sosehr sie auch grübelte, sie fand keine Antwort und schlief schließlich wieder ein.

Am nächsten Abend, kaum daß die Mahlzeit beendet war, hörten die drei Bewohner plötzlich jemanden vor der Hütte durch den Schnee stapfen. Bald darauf hörten sie ihn durch den Windfang kommen, der direkt in den Eingang mündete. Das Fell wurde zurückgeschlagen, und ein junger Mann trat ein. Er trug die übliche Fellkleidung, und die Kapuze seiner Jacke war mit einem Kranz von Wolfshaaren verziert.

»Ich komme, weil mein Vater es so will«, sagte er, nachdem er sich dem Mädchen gegenüber niedergesetzt hatte. Kaum aber hatte er dies gesagt, als sich draußen wiederum Schritte vernehmen ließen! Knirschend kam der zweite Besucher näher, und der Schnee ächzte unter seinen Schritten, denn es war bitterkalt. Ein zweiter Mann trat ein, dessen Pelzjacke über und über mit dem Fell des Vielfraßes verbrämt war. Er setzte sich neben den ersten Gast und sprach: »Wohl bist du mir zuvorgekommen, aber dennoch werde ich das Mädchen heiraten.«

Hin und her stritten sich die beiden, ohne zu einer Einigung zu kommen. Schließlich sagte der Vater, der seine Gäste zwar nicht mit einer Beleidigung fortweisen, aber auch keinen Streit in der Hütte haben wollte: »Wenn ihr gekommen seid, um zu streiten, so macht das draußen ab.« Sogleich erhoben sich die beiden Besucher und verließen wortlos die Hütte. Lange Zeit hörten die Bewohner, wie sich die beiden im Schnee balgten, doch nach einer Weile wurde es still.

Als das Mädchen am nächsten Morgen vor die Hütte trat, sah sie zwei Fährten im Schnee; Wolf und Vielfraß mußten sich hier über Nacht ein Stelldichein gegeben haben. Dabei war es augenscheinlich wild hergegangen, denn beide Fährten standen rot im weißen Licht des Morgens. Schritt für Schritt folgte das Mädchen den Spuren im Schnee, bis sie vor einem toten Vielfraß stand. Da eilte sie rasch nach Hause, denn der Vater hatte sie gewarnt, nicht zu weit fortzugehen, da es draußen nicht geheuer sei.

Am Abend hörten die Bewohner wiederum Schritte im Schnee, die auf die Hütte zukamen, plötzlich anhielten, um gleich darauf wieder hörbar zu werden. Dann trat ein älterer Mann ein, der wie ein Jäger gekleidet war, der die Nacht über im Hundeschlitten zu reisen gedenkt. Dicke Handschuhe verbargen seine Hände, und die Füße staken in doppelten Fellstiefeln. Seine Kleidung war reich mit Wolfsfell verziert. Schon beim Eintreten redete er die drei an: »Mein Sohn ist todkrank, daher komme ich, eure Tochter zu holen. Eile tut not, daher laßt uns nicht viel Worte machen. Vielleicht ist er inzwischen schon tot oder liegt gar im Sterben, während ich hier rede.« Die Eltern jedoch waren zu alt, um sich bei solchem Wetter auf die Reise zu begeben, und erst nach vielem Zureden willigte der Vater ein, daß die Tochter den Fremden begleiten solle. Auch hatte der Besucher versprechen müssen, sie nicht zu lange durch den Schnee stapfen zu lassen. Darauf nahm er das Mädchen bei der Hand und wanderte mit ihr landeinwärts in die Nacht hinaus.

Sobald sie weit genug von der Hütte entfernt waren und nicht mehr gesehen werden konnten, blieb der Mann mit einem Male stehen und sprach: »Steige auf meinen Rücken und mache die Augen fest zu. Wenn du versuchst, mein Verbot zu übertreten und zu sehen, wohin die Reise geht, wirst du nie ankommen.« Das Mädchen folgte dem Befehl und merkte bald, wie der Mann immer schneller lief. Sie getraute sich jedoch nicht die Augen aufzumachen, weil sie Angst hatte, sonst mitten in der Nacht allein gelassen zu werden.

In sausender Fahrt ging die Reise über die verschneite Tundra, und erst als die Sonne wieder erschien, fühlte das Mädchen, wie sie plötzlich zu Boden gesetzt wurde. Als sie sich umsah, fand sie sich neben einer Hütte. Der Mann nahm sie bei der Hand und eilte mit ihr hinein, wo eine Frau die beiden in Empfang nahm. Im Hintergrunde aber lag der junge Mann, der die Hütte ihrer Eltern so plötzlich verlassen hatte. Als er das Mädchen sah, lächelte er schwach. Die Frau, die sich bisher an der Tranlampe zu schaffen gemacht hatte, sagte: »Die Braut soll für ihren zukünftigen Mann sorgen.« Darauf brachte sie neue Kleider, die ebenfalls mit Wolfsfell verziert waren, hieß das Mädchen sich umkleiden und verschwand anschließend mit den alten Sachen.

Wochenlang pflegte das Mädchen den jungen Mann, der, vom Blutverlust geschwächt, teilnahmslos auf seinem Lager dahindämmerte. Schließlich aber war er soweit hergestellt, daß er vor der Hütte in der Sonne sitzen konnte. Langsam kehrten die Kräfte zurück, und kaum einen Mond später ging er wieder auf die Karibujagd, als ob nie etwas geschehen wäre. Da ermahnte ihn sein Vater, daß nun die Zeit gekommen sei, die Braut zu ihren Eltern zurückzubringen, denn sicherlich sorgten sich diese um ihre Tochter. Der Sohn belud den Schlitten mit Wildbret, legte darüber eine Ladung warme Felle, setzte schließlich das Mädchen darauf und wickelte sie so warm ein, daß ihr

Gesicht kaum mehr zu sehen war. Dann warnte er sie, auf der Reise unter keinen Umständen die Augen zu öffnen, und ehe das Mädchen sich versah, hielt der Schlitten vor der Hütte ihrer Eltern.

Täglich wanderte der junge Mann nun hinaus auf die Jagd. Stets brachte er Beute zurück, und bald waren die Vorratslager gefüllt. So geschickt war er, daß ein Teil der Beute auf dem Hüttendach verstaut werden mußte, weil die Vorratsgestelle voll waren. Aber sooft er hinausging, um Robben zu jagen, kam er mit leeren Händen zurück. Auch als der Vater des Mädchens ihm seine eigene Harpune gab, hatte er kein Glück, obgleich diese Waffe ihren Blutdurst bei so mancher Jagd bewiesen hatte. Der Vater jedoch meinte: »Der junge Mann stammt eben aus dem Inneren und nicht von der Küste, wie sollte er sich da auf die Robbenjagd verstehen.« Mit solchen und ähnlichen Überlegungen erklärte er sich das Jagdpech seines Besuchers. Niemand hatte eine Ahnung, wie der junge Mann zu seiner Beute kam, denn jedesmal, wenn der Jäger die Hütte verließ, schärfte er den Zurückgebliebenen ein, unter keinen Umständen vor die Hütte zu gehen, bis er wieder zurück sei. Zwar wunderte sich der Vater darüber, aber da ja jeder Jäger seine persönlichen Jagdtabus und geheimen Riten hatte, die ihm den Erfolg bescherten, nahm er an, daß gerade von der Einhaltung dieser Vorschrift der Erfolg der Jagd abhänge. So sah er streng darauf, daß niemand die Hütte verließ. Die Tiere aber sahen nur einen Wolf, der täglich durch die Gegend strich.

Bald waren die Eltern des Mädchens für lange Zeit mit Vorräten versorgt; auf den Speichergestellen und auf dem Hüttendach häuften sich die erlegten Karibus, die, steif gefroren, ihre Beine grotesk in die Luft streckten. Da schlug der junge Jäger vor, zu den Seinen zurückzukehren. Eines Morgens belud er den Schlitten mit Tran und Robbenfellen, und als es zu dunkeln begann, setzte er seine Braut obenauf, wickelte sie wiederum in warme Felle und machte sich auf den Weg. Doch der Schlitten war zu schwer, und als die Sonne wieder über dem Horizont erschien, waren die beiden noch weit entfernt von ihrem Ziel. So lagerten sie in der Einsamkeit, suchten Windschutz hinter ein paar Felsbrocken und wärmten sich an einem kleinen Reisigfeuer. Am Abend ging die Fahrt weiter, tief schnitt der beladene

Schlitten in den Schnee, doch schließlich erreichten sie die Eltern des Jägers.

Das Mädchen wunderte sich manchmal über die Familie, in die sie heiraten sollte, denn trotz aller Freundlichkeit schienen diese Menschen ein tiefes Geheimnis zu haben. Nicht einmal den Namen ihres Verlobten hatte man ihr gesagt. Sie aber wußte gut genug, daß man niemanden nach seinem Namen fragen durfte, ohne den so Beleidigten zu zwingen, sich einen neuen Namen zu suchen.

Eines Tages nun erschienen einige Jäger aus einer entfernten Siedlung, um den jungen Mann zu einer Tanzfeier einzuladen. »Wolfsbruder, du darfst bei diesem Fest nicht fehlen! Wir alle wissen, daß du der beste Tänzer weit und breit bist; keiner ist so ausdauernd wie du.«

Doch der junge Jäger, dessen Namen das Mädchen soeben erfahren hatte, hörte auch seinen Vater warnen: »Nimm das Mädchen nicht mit, denn sie würde nicht lebend zurückkommen.«

Wolfsbruder aber bedachte sich nicht lange, sondern lud seinen Schlitten voll mit Geschenken für die Gastgeber und setzte das Mädchen wohlverpackt auf den vollen Schlitten. Nach vielen Mühen erreichten sie das Dorf, in dem der Tanz abgehalten werden sollte. Hier verteilte Wolfsbruder seine Geschenke an die Gastgeber, die erstaunt waren über den Reichtum, der sich durch solche Gaben kundtat. Wie alle Bewohner des Binnenlandes, die sich aus der Tundra ernähren müssen und kein Robbenfett kannten, waren sie keine reichen Leute, sondern hielten sich recht und schlecht am Leben, oft sogar, ohne ihre Hütten heizen zu können.

Am Abend, als der junge Jäger sich zur Ruhe begeben wollte, merkte er mit einem Male, daß seine Braut verschwunden war. Alles Suchen blieb erfolglos, und niemand wußte, wohin sie gekommen war. Keiner der Anwesenden hatte bemerkt, daß sie vor den Eingang getreten war, um das Nordlicht zu bewundern. Dort hatte ein Kind sie angesprochen und aufgefordert, zur Großmutter mitzukommen. Zuerst hatte das Mädchen gezögert, aber dann war sie halb aus Neugierde, halb aus Hilfsbereitschaft doch mitgegangen. Die beiden waren in Richtung auf das Flußufer verschwunden, ohne daß sie einem einzigen Menschen begegnet wären. Dort am Ufer hatte das Mädchen sie plötzlich in eine Höhle geführt, in der eine alte Frau am Feuer saß und in einem Topf rührte. Der ganze Raum roch seltsam nach Blut, und das Gebräu über dem Feuer schien tatsächlich Blut zu sein. Die alte Frau befahl der Besucherin, ihre Kleidung abzulegen, damit sie sich waschen könne. Willenlos gehorchte das Mädchen. Darauf begann die Alte die Braut und das Mädchen, das sie hierhergeführt hatte, zu waschen. Doch kaum war dies geschehen, da trug sie dem Kind auf, das Wasser im Flusse auszugießen. Das kleine Mädchen aber schüttete wie auf Verabredung das Wasser über die Besucherin, die sogleich zu schrumpfen begann und im Nu die Größe des Kindes hatte. Währenddessen jedoch war das Kind gewachsen und hatte die Gestalt der Braut angenommen. Rasch fuhr die falsche Braut in die Kleider der Besucherin und stand gleich darauf als deren Ebenbild da. Die wahre Braut aber mußte sich mit den zerrissenen Kleidern des Kindes zufriedengeben, und als sie aufbegehren wollte, merkte sie, daß ihre Stimme sich vollkommen verändert hatte.

Die falsche Braut war unterdessen zu Wolfsbruder zurückgekehrt. Am nächsten Morgen jedoch erschien in der gleichen Hütte ein kleines Mädchen in Lumpen und versuchte, allerdings vergeblich, mit Wolfsbruder zu reden. Dieser bedeutete dem Kinde, die Hütte zu verlassen, da hier in Kürze Hochzeit gefeiert werden sollte. Den ganzen Tag tanzten die Männer des Dorfes zu Ehren von Wolfsbruder und dessen Braut. Das kleine Mädchen jedoch, das niemand anders als die wirkliche Braut war, wurde überall fortgewiesen.

In der nächsten Nacht, die die verwandelte Braut zusammengekauert im Freien verbrachte, erschien mit einem Male ein Kind, schüttelte die Halberfrorene und bat diese, zu ihrer Großmutter zu kommen. Dort angekommen, trug die alte Frau ihr auf, sich zum Bade bereitzumachen. Kaum aber fühlte sie das Wasser auf ihrer Haut, als sie wieder ihre ursprüngliche Gestalt annahm. Bald stand sie als die Braut von Wolfsbruder da, die allerdings nun nicht länger in die Kinderkleider passen wollte. Nur mit einem Fell bedeckt, den Topf mit Wasser in der Hand, so eilte sie zurück zu der Hütte, in der sie Wolfsbruder mit seiner jungen Frau wußte, jenem Mädchen, das in Wirklichkeit ein Zauberwesen war.

Barfuß und fast nackend lief sie durch den Schnee, immer darauf bedacht, nichts von dem Wasser zu verschütten. So gelangte sie am Ende in die Hütte. Bisher war alles so abgelaufen, wie es die Großmutter jenes Mädchens prophezeit hatte; als nächstes sollte sie der falschen Braut von dem Wasser ins Ohr gießen. Sobald das Wasser diese auch nur berührte, begann sie zu schrumpfen, wurde immer kleiner und hatte bald ihre frühere Gestalt wieder angenommen. Aus der Ecke, wo sie sich niedergekauert hatte, sah die richtige Braut, wie dort plötzlich ein schmutziges kleines Mädchen neben Wolfsbruder auf der Schlafstelle lag. Da warf sie den Wassertopf und den Fellschurz hinaus in den Gang, der die Bewohner vor dem Wind schützte, und sprach: »Kehrt zurück zu dem, der euch sein eigen nennt, und sagt meinen Dank«, worauf Fell und Topf in der Nacht verschwanden. Wolfsbruder, der mittlerweile erwacht war, sprang auf, ergriff das Kind, das neben ihm lag, bei den Haaren und warf es zur Hütte hinaus. Dann berichtete die wirkliche Braut von ihrem Erlebnis, und Wolfsbruder beschloß, noch am nächsten Morgen das Dorf zu verlassen.

Lange Zeit nach diesem Ereignis, als Wolfsbruder und seine Frau wieder einmal bei den Eltern des Mädchens lebten, fragte der alte Vater den jungen Jäger nach seiner Familie. Da sprach Wolfsbruder: »Du hättest deine Neugierde bezähmen sollen, denn was habe ich dir getan, daß du mich fragst! Nun aber werden wir beide, deine Tochter und ich, für immer Abschied nehmen.« Bei diesen Worten verwandelten sich die beiden in Wölfe und verschwanden in der Nacht, denn der junge Jäger war einer der Wolfsleute gewesen, der menschliche Gestalt angenommen hatte. Noch oft hörten die Eltern den Jagdruf des Wolfes um die Hütte, aber ihre Tochter haben sie nie wiedergesehen.

                                                                    (Alaska)

Wie der Rabe das Licht brachte

*I*n den ersten Tagen spendeten, wie jetzt, Sonne und Mond das Licht. Dann aber wurden Sonne und Mond weggenommen, und die Menschen blieben auf Erden lange Zeit ohne jedes andere Licht als den Schimmer der Sterne. Ohne jeden Erfolg machten die Zauberer ihre größten Kunststücke, doch die Finsternis hielt an.

In einem Dorf am unteren Yukon lebte ein Waisenknabe, der immer mit den Dienstleuten auf der Bank beim Hauseingang saß. Die anderen Leute hielten ihn für närrisch, und jedermann verachtete und mißhandelte ihn. Nachdem sich die Zauberer furchtbar, aber ohne Erfolg, angestrengt hatten, Sonne und Mond zurückzuschaffen, verspottete sie der Knabe und sagte: »Was für feine Zauberer müßt ihr doch sein, da ihr nicht einmal imstande seid, das Licht wieder herbeizuschaffen, wenn sogar ich das tun kann.«

Darauf wurden die Zauberer sehr ärgerlich, prügelten ihn und warfen ihn aus dem Haus heraus. Der arme Waisenknabe war wie jeder andere Knabe, aber wenn er ein schwarzes Kleid, das er hatte, anzog, wurde er in einen Raben verwandelt und blieb ein solcher, bis er das Kleid wieder auszog.

Nachdem die Zauberer den Knaben aus dem Haus geworfen hatten, ging er im selben Dorf ins Haus seiner Tante und erzählte ihr, was er ihnen gesagt und wie sie ihn geschlagen und hinausgeworfen. Dann bat er sie, ihm doch zu sagen, wo die Sonne und der Mond hingekommen seien, denn er wolle ihnen nachgehen.

Sie behauptete, nicht zu wissen, wo sie versteckt wären, aber der Knabe sagte: »Nach deinem feingenähten Kleid zu schließen, weißt du sicher, wo sie sind, denn du hättest nie genug sehen können, es so zu nähen, wenn du nicht wüßtest, wo das Licht ist.« Nach langem überredete er endlich seine Tante, und sie sagte ihm: »Gut, wenn du das Licht finden willst, mußt du deine Schneeschuhe nehmen und weit nach Süden gehen zu einem Platz, den du schon erkennen wirst, wenn du dort bist.«

Der Rabenknabe nahm sofort seine Schneeschuhe und brach nach

Süden auf. Viele Tage wanderte er, und die Finsternis blieb immer gleich. Nachdem er schon einen weiten Weg zurückgelegt hatte, sah er weit vor sich einen Lichtblitz, was ihn sehr ermutigte. Als er weiter-eilte, leuchtete das Licht wieder heller auf als vorher, und dann verschwand und erschien es abwechselnd. Schließlich kam er an einen großen Hügel, dessen eine Seite in vollem Licht stand, während die andere in finstere Nacht getaucht schien. Vor sich, hart am Hügel, bemerkte der Knabe eine Hütte und in ihrer Nähe einen Mann, der von ihrer Vorderseite Schnee wegschaufelte.

Der Mann warf den Schnee hoch in die Luft, und sooft er das tat, verdunkelte sich das Licht, so entstand der Wechsel von Licht und Dunkelheit, den der Knabe beim Herannahen gesehen hatte. Dicht hinter dem Haus sah er das Licht, das zu suchen er ausgegangen war, wie einen großen Feuerball. Da blieb der Knabe stehen und überlegte, wie er das Licht und des Mannes Schaufel erlangen könnte.

Nach einiger Zeit ging er dann zu dem Mann hin und sagte: »War-um wirfst du den Schnee in die Luft und nimmst unserem Dorf das Licht?« Der Mann hielt inne, sah auf und sagte: »Ich räume nur den Schnee vor meiner Türe weg, ich entziehe kein Licht. Aber wer bist du und von wo kommst du?« – »Es ist so finster in unserem Dorf, daß ich dort nicht leben will, und so bin ich gekommen, um bei dir zu bleiben«, sagte der Knabe. »Was? Für immer?« fragte der Mann. »Ja!« antwortete der Knabe. Darauf der Mann: »Also gut; komme mit mir ins Haus.« Und er steckte die Schaufel in den Boden, und gebückt ging er durch den unterirdischen Eingang voran ins Haus und ließ, nachdem er hindurchgegangen war, in der Meinung, der Knabe sei hinter ihm, den Vorhang vor der Tür herunterfallen.

Im Augenblick, als hinter dem Mann, der eingetreten war, die Tür-klappe herunterfiel, packte der Knabe den Feuerball und steckte ihn in die Außenfalte seines Pelzes; dann nahm er noch die Schaufel in die Hand und lief nach Norden weg und rannte so lange, bis seine Füße müde waren. Dann erinnerte er sich seines Zaubergewandes, verwan-delte sich in einen Raben und flog, so rasch ihn seine Flügel nur trugen, davon. Hinter sich hörte er das entsetzliche Gekeif und Geschrei des Mannes, der ihm rasch folgte. Als der alte Mann merkte, daß er den

Raben nicht einholen konnte, schrie er: »Zum Donnerwetter! behalte meinetwegen das Licht, aber gib mir meine Schaufel wieder!«

Darauf antwortete der Knabe: »Nein, du hast unser Dorf ganz verfinstert und sollst daher auch deine Schaufel nicht haben.« Und der Rabe flog weiter und ließ ihn zurück. Auf seinem Heimweg brach der Rabe ein Stück vom Licht ab und warf es aus, und so wurde es wieder Tag. Dann zog er wieder lange Zeit im Dunkeln weiter, warf dann wieder ein Stück Licht weg, es wurde wieder Tag. So tat er abwechselnd, bis er in seinem Heimatdorf vor dem Haus anlangte, wo er das letzte Stück wegwarf. Dann betrat er das Haus und sagte: »Also, ihr unnützen Zauberer, ihr seht jetzt, daß ich das Licht zurückgebracht habe, und es wird von nun an hell sein und dann wieder dunkel: Tag und Nacht.« Und die Zauberer konnten ihm nichts antworten.

Daraufhin ging er aufs Eis, denn sein Haus lag an der Küste, und ein großer Wind kam auf und trieb ihn mit dem Eis über die See zum Land an der jenseitigen Küste. Dort fand er ein Dorf, nahm aus seiner Bewohnerschaft eine Frau und lebte mit ihren Leuten, bis er drei Töchter und vier Söhne hatte. Mit der Zeit wurde er sehr alt und erzählte seinen Kindern, wie er ins Land gekommen und, nachdem er ihnen aufgetragen, wieder in jenes Land zu ziehen, woher er gekommen, starb er.

Die Kinder des Raben zogen dann fort, wie er ihnen aufgetragen und gelangten schließlich in ihres Vaters Land. Dort wurden sie in Raben verwandelt, und ihre Nachkömmlinge verlernten, wie sie sich in Menschen verwandeln könnten, und so gibt es bis zum heutigen Tag Raben.

Im Dorf des Raben folgen Tag und Nacht einander, wie er gesagt hatte, daß es geschehen werde, und die Länge der einzelnen blieb ungleich, da der Rabe manchmal lange Zeit ohne Licht auszuwerfen gewandert war, und dann wieder in kürzeren Zwischenräumen das Licht ausgeworfen hatte, so daß die Nächte sehr kurz waren, und dementsprechend ist es auch geblieben.

(Grönland)

Der Mann, der zum Mond kam

Es war einmal ein Mann, der aus Zorn darüber, daß sein älterer Bruder ihm sein Paddel versteckt hatte, in die Einöde ging. Das schien ihm die einzige Möglichkeit zu sein, darüber hinwegzukommen, daß er nun nicht mit seinem Kajak hinausfahren konnte. Wie er nun so allein wanderte, hörte er plötzlich Zaubergesänge. Und als er sich dorthin begab, von wo diese Gesänge kamen, fühlte er, wie er von der Erde emporgehoben wurde und nun den Weg der Verstorbenen ging. Dieser war recht eng, und er sank dort bis zu den Schultern in den Boden. Als er sich aber wieder nach oben gearbeitet hatte, erblickte er einen fürchterlichen Hund. Er begann sofort zu flüchten, als er sich aber dabei umschaute, verfolgte ihn eine Flamme, die nach allen Seiten flackerte.

Dieser Anblick raubte ihm das Bewußtsein, und er fiel wie tot um. Aber da zeigte sich ihm seine verstorbene Großmutter und streichelte ihn, und eine andere Stimme sagte: »Er ist nicht tot, leg ihn dorthin.« Da erwachte er wieder und sah einen Inlandsee, auf dessen anderer Seite ein Haus stand. In diesem Haus wohnte der Mondgeist. Als der Mann nun nicht in das Haus zu gehen wagte, weil er vor dem fürchterlichen Hund eine solche Angst hatte, ertönte eine Stimme aus dem Inneren des Hauses: »Der tut dir nichts, komm nur herein!« Der Mondgeist half ihm nun durch den Hauseingang hinein, und dabei sagte er: »Ich habe Schmerzen, puste mich an.« Der Mann pustete ihn an, und die Schmerzen waren weg. Da sagte der Mondgeist: »Auf diesem Weg kommt niemand mehr zurück, aber du sollst jenen Weg benutzen.« Und er zeigte auf den Fußboden und öffnete eine Luke. Nun sagte der Mondgeist: »Wir wollen unseren Gast bewirten.«

Da erschien eine Frau, die aus einer Höhle kam, setzte schnell Essen auf den Fußboden und verschwand wieder. Als sie sich aber umdrehte, sah der Mann, daß ihr Rücken ein Gerippe war. Als er darüber erschrak, sagte der Mondgeist: »Das bedeutet nichts, aber bald kommt die Eingeweidefresserin. Sie wird es sich nicht nehmen lassen, hierherzukommen, hüte dich davor, zu lachen; denn sobald du lachst, wird sie dir die Eingeweide herausholen, deshalb mußt du, wenn du nahe am Lachen bist, dich mit dem Nagel deines kleinen Fingers unterm Knie kratzen.«

Gleich darauf kam ihr Faß ganz allein hereingehüpft und stellte sich auf den Fußboden. Das war das Faß, in das sie die Eingeweide des Mannes hineinpacken wollte. Und dann erschien sie selbst, tanzend und singend. Wenn sie den Rücken zeigte, machte sie einen großen Schritt, wenn sie aber sich von der Seite zeigte, wurde ihr Mund ganz schief und ihr Gesicht ganz langgezogen.

Wenn sie sich bückte, berührte und leckte sie ihr Hinterteil, und wenn sie seitwärts nach unten sich drehte, schlug sie mit der Wange gegen die Hüfte, daß es nur so klatschte. Schließlich begann er schon innerlich zu lachen. Und da kam vom Fenster eine Stimme: »Er lacht!« Und sofort kam sie auf ihn zu, aber da kratzte er sich mit dem Fingernagel unterm Knie, und als sie darüber stutzig wurde, warf der Mondgeist sie hinaus. Etwas später konnte man jemand heulen hören: »Ich soll ihr Faß und ihr Messer holen.« Der Mondgeist sagte: »Das soll sie sich selbst holen.«

Aber etwas später war wieder dieselbe Stimme zu hören: »Ich soll ihr Messer und ihr Faß holen, wenn ich das nicht bekomme, will sie die Stützpfähle des Himmelsgewölbes umstürzen.« Da nahm der Mondgeist ihr Messer, machte es stumpf und warf es zusammen mit dem Faß durch den Hauseingang nach draußen. Dann öffnete er eine Luke, die sich neben dem Fenster befand. Er ließ nun seinen Gast hinunterschauen. Der sah unten die zahlreichen Winterplätze der Menschen dicht beieinander auf der Erde liegen. Der Mondgeist nahm nun ein Rohr und blies dadurch etwas nach unten. Und bald waren alle Häuser mit Schnee zugedeckt. Wieder bat der Mondgeist seinen Gast, nach unten zu sehen. Und da entdeckte er eine Pritsche, auf der ein Mädchen schlief.

Der Mondgeist nahm nun eine Feder, tauchte sie in Blut und ließ es hinuntertropfen. Plötzlich krümmte sich das Mädchen, sprach im Schlaf, fühlte an sich herum und merkte, daß es blutete. Schließlich sagte der Mondgeist zu seinem Gast: »Nun mußt du von hier fort. Wenn du aber Angst hast, kommst du niemals mehr nach Hause.«

Dann öffnete er die Falltür im Fußboden und stieß ihn hinunter, und er verlor das Bewußtsein. Als er aber wieder zu sich kam, war seine Großmutter bei ihm, und er befand sich in der Nähe der Erde. Er stand auf und ging nach Hause und wurde ein großer Angakok.

(Kanadische Arktis)

Anhang

Märchen – eine unendliche Geschichte

An allen Orten der Welt wurden und werden Märchen erzählt und gehört, geschrieben und gelesen. Die Geschichte des Märchens, die früh begann, ist noch lange nicht zu Ende. Das gilt für alle Länder, ob sie ihre Märchen nun ›fairy tale‹, ›conte‹, ›cuento‹, ›fiaba‹ oder anders nennen. Das deutsche Wort ›Märchen‹ ist eine Verkleinerungsform zu ›Mär‹, althochdeutsch mâri, mittelhochdeutsch diu mære: Kunde, Bericht, Erzählung – und bezeichnet eine (meist) kürzere phantastische Erzählung, in der die Gesetze, die Bedingungen der Wirklichkeit aufgehoben sind.

Die Eigenschaften der literarischen Gattung ›Märchen‹ finden sich fast überall relativ gleichmäßig ausgeprägt: Einsträngigkeit der Handlung, Episodentrennung, Dreigliedrigkeit, Flächen- und Typenhaftigkeit der Figuren, die Konzentration auf den Helden, eindeutige Darstellung, wiederkehrende Geschehnisabläufe, die Vorliebe für Formelhaftes, für wörtliche Reden und Dialoge, für Parataxe, für Verse, die als Beschwörungsformeln und zur Kennzeichnung der ›Nahtstellen‹ zwischen Diesseits und Jenseits eingeschaltet werden; die Bevorzugung kräftiger Farben und greller Kontraste, bestimmter Motive, Zahlen, vor allem der Drei, Sieben und Neun. Besondere Bedeutung haben die Eingangs- und Schlußformeln »Es war einmal . . .«, »Und wenn sie nicht gestorben sind . . .«, »Die Geschichte ist aus.« Der Eingangssatz zieht den Hörer in eine andere Welt hinein; die Schlußsätze sollen die Grenze zwischen magischer Welt und Alltagswelt wieder ziehen und den Zuhörer seiner Gegenwart ›zurückgeben‹.

Eigenschaften, Gefühle, Gedanken und Beziehungen, alles wird in den Märchen in Handlung umgesetzt, wird vergegenständlicht, und die Attribute eines Menschen erscheinen als eigenständige Figuren. Entscheidend sind die Taten des Helden, anders als in der Sage greift nicht ein Göttliches mäßigend oder strafend ein, allein durch die Tätigkeit des Helden selbst wird das Wunder vollbracht, oft freilich mit Unterstützung durch gute Helfer.

Märchen gehören zu den sogenannten ›einfachen‹ literarischen Formen, dies auch hinsichtlich ihrer Struktur und Aussage: Die Moral des Märchens ist eindeutig; seine Welt ist gerecht: Gut und Böse, Klugheit und Dummheit, Treue und Verrat sind klar zu unterscheiden.

Doch so einfach, wie es scheint und wie die Literaturwissenschaft das Märchen definiert, geht es in den Märchen nicht oder nicht immer zu. Hinter all seinen holzschnittartigen Szenen ist stets der ernsthafte Versuch erkennbar, das Leben in seiner Komplexität zu bewältigen.

Ein Erklärungsmuster für die Entstehung und Verbreitung der Märchen ist die Vorstellung einer sogenannten Monogenese: Ein Märchen wird an einem bestimmten Ort erfunden, formuliert und tritt seine ›Wanderung‹ an, um an verschiedenen Orten in unterschiedlichen Varianten wiedererzählt zu werden (so findet sich beispielsweise in dem karibischen Märchen *Der Zauberfisch* das Rotkäppchen-Motiv wieder). Die Theorie der Polygenese dagegen spricht von mehrmaligen, voneinander unabhängigen ›Erfindungen‹, die bestimmte Entwicklungsstufen der jeweiligen Erzählgemeinschaften widerspiegeln. Eine weitere Theorie betont die Archetypik des Märchens, das menschliche Grundbefindlichkeiten in der Form jeweils bereitliegender ›Heldenmuster‹ formuliert.

Daß sich die Märchen aufgrund von Wanderungsbewegungen, der Völker und Einzelner, ausgebreitet haben, ist allgemein anerkannt. Dies schließt allerdings die gleichzeitige oder zeitlich versetzte, aber unabhängige Entstehung bestimmter Erzählstoffe und -motive keineswegs aus. Auch ein soziologischer Aspekt ist nicht zu übersehen: Das Märchen wandert vielleicht weniger in breiter Front über die Kultur- und Sprachgrenzen von einem ethnischen Bereich in den anderen, sondern eher sporadisch, gelegentlich. Nicht nur die Grenzlandbevölkerungen insgesamt transportieren Erzählstoffe, sondern auch einzelne Menschen: erzählbegabte Kaufleute und Vaganten, Seeleute und Soldaten.

Selbstverständlich ist, daß bestimmte Märchentypen und -motive in bestimmten Regionen besonders bevorzugt wurden und werden (Trolle und ›Weißbären‹ in Skandinavien, buddhistische Wiedergeburtsgeschichten in Südostasien, wie z. B. in der *Geschichte vom Zauberspruch »Vedabbha«*). Länderübergreifend wirken sich Religionsgemeinschaften aus, so der Islam im persisch-arabisch-nordafrikanischen Raum. Manche Märchen aus Südamerika erscheinen den europäischen eng verwandt; bestimmte Motive sind mit der Kolonisation und im Zuge der Adaption des Spanischen und Portugiesischen ›mitgewandert‹. Dagegen sind einige der originären ozeanischen Märchen, die auf Mythen und Sagen der Region zurückgreifen, dem europäischen Verständnis außerordentlich fremd.

Die Geschichte des Märchens ist Teil der allgemeinen Literaturgeschichte. Neben der Überlieferung vollständiger Märchen innerhalb anderer literarischer Werke oder in eigens bearbeiteten Märchensammlungen finden sich Märchenmotive in vielen literarischen Zeugnissen. Bereits das babylonische Gilgamesch-Epos (2000 v. Chr.) enthält märchenhafte Züge (das Kraut des ewigen Lebens, die Jenseitsfahrt), und auch das Alte Testament führt eine Reihe märchenhafter Motive mit. Salomo ist noch heute der Märchenkönig des Vorderen Orients, und manche Geschichten der Bibel werden noch in den Märchen heutiger Völker erzählt: die Aussetzung des Moses im Kästchen, die Geschichten um Joseph (vgl. das tadschikische Märchen *Ysyf und Suleika*, das von Ägypten erzählt; auch hier zeigt sich wieder die Einheit eines größeren Kulturraums) und vieles andere.

Die ältesten erhaltenen Märchen sind die altägyptischen, die bis an den Anfang des 2. Jahrtausends vor Christus zurückreichen (am bekanntesten und wohl das älteste das *Brüdermärchen*, das die Geschichte von Potiphars Weib variiert). Ebenfalls dem 2. Jahrtausend v. Chr. entstammen auch die ältesten Märchen Chinas (das wohl älteste: *Der Rinderhirt bekommt eine Frau*).

Es folgen die großen Sammlungen Indiens, vom ›Mahâbhârata‹ (500 v. Chr.) bis zum ›Ozean der Märchenströme‹ (11. Jh.). Das ›Pantschatantra‹ (300 v. Chr.), die weitaus bedeutendste Sammlung, wurde ins Persische und Arabische übersetzt; um 1480 erstmals ins Deutsche. Die arabische Sammlung von ›Tausend und einer Nacht‹, etwa seit 1200 abgeschlossen und 1704 durch Antoine Gallands französische

Übersetzung in Europa eingeführt, war vorher ein persisches Ge-
schichtenbuch und stammt letztlich ebenfalls aus Indien. (Aus den
großen Sammlungen, da sie immer wieder literarisch überformt worden sind, wurden in die vorliegende Anthologie von Volksmärchen nur
einige wenige Beispiele aufgenommen; aus ›Tausend und einer Nacht‹
Die Geschichte eines Sufis von Bagdad.)

Auch aus der griechisch-römischen Antike sind Märchenmotive in
der Literatur überliefert, z. B. bei Homer und – mit der Wiedergabe
ganzer Märchen – bei Herodot. (Auf die Aufnahme antiker Märchen,
auch des berühmtesten, des Märchens ›Amor und Psyche‹ von Apu-
lejus, wurde verzichtet, weil sie in noch weitergehender künstlerischer
Bearbeitung als die Texte der erwähnten Sammlungen überliefert
sind.)

In Mittelalter und früher Neuzeit ist die Überlieferungslage ähnlich.
Da ist einmal die Heldenepik mit ihren Märchen-Anklängen (Kämpfe
mit Drachen, Riesen und Zwergen); zum anderen sind da die mär-
chenhaften Geschichten in Sammlungen wie den ›Gesta Romanorum‹
oder der ›Legenda aurea‹.

Seit dem 16. Jahrhundert begegnet das Märchen als Prosaerzählung.
Ein barockes Zeugnis für das Märchen in Deutschland ist die Erzählung vom ›Bärenhäuter‹, die Grimmelshausen in seinen ›Simplizia-
nischen Schriften‹ wiedergibt. Frühe europäische Märchensammlungen
in den Volkssprachen sind in Italien die von Gianfrancesco Straparola
(1550 ff.) und Giambattista Basile (›Pentamerone‹, 1634). Ende des
17. Jahrhunderts werden in Frankreich Märchen gesammelt und literarisch bearbeitet, von Charles Perrault in seinen ›Contes de ma mère
foye‹ und in den ›Contes de fées‹ der Madame d'Aulnoy.

Johann Karl August Musäus stellt Ende des 18. Jahrhunderts (1782)
die erste deutsche Sammlung zusammen. Auch er greift auf die mündliche Überlieferung zurück, die er erheblich verändert. Überdies wird,
wie in den französischen Märchen, bei Musäus das Märchenwunder
rationalisiert und psychologisch reflektiert.

Die ›Kinder- und Hausmärchen‹ (1812-1814) der Brüder Grimm ent-
halten fast alle wichtigen Typen europäischer Märchen; sie wurden
zum Volksbuch. Die Forschung hat jedoch gezeigt, daß sowohl Wil-

helm als auch Jacob Grimm die Märchen mehr oder weniger stark bearbeitet haben. Ihre eigene Forderung mundartgetreuer Aufzeichnung haben die Brüder Grimm selbst nicht verwirklicht. Darüber hinaus haben sie sogar namentlich gekennzeichnete Texte zu ›Volksmärchen‹ umgearbeitet.

Die auf die Grimmsche Sammlung folgenden Märchenbücher Ludwig Bechsteins (seit 1845) und Wilhelm Hauffs (seit 1826) sind eher den Kunstmärchen als den Volksmärchen zuzurechnen. Neben diesen Mischformen gibt es allerdings durchaus eine Tradition echter Volksmärchen in Deutschland, die sich vor allem regional ausgeprägt hat (als Beispiel hier das friesische Märchen *Die drei Hexen*).

Unterhaltende Erzählung für Kinder ist das Märchen erst sekundär geworden; primär ist es Erwachsenen- bzw. Unterweisungsliteratur, ähnlich den sogenannten Fürstenspiegeln, die der Erziehung der Prinzen galten. Erst durch die Brüder Grimm wurden die Märchen als Kinderlektüre in Europa festgeschrieben. Dagegen sind in anderen Kulturkreisen Märchen noch immer Erwachsenenlektüre, sie dienen nach wie vor der Vermittlung von Wissen, vor allem in Regionen, die noch eine starke mündliche Erzähltradition aufweisen.

Die Gattung ›Märchen‹ ist vielschichtig; man unterscheidet nach dem charakteristischen Inhalt neben den ›eigentlichen‹ Märchen, den Wunder- und Zaubermärchen (auch Wunschmärchen genannt), die sogenannten Novellen-Märchen, kunstvollere Erzählungen, deren Inhalt nah an der Realität bleibt. Ferner spricht man von legendenartigen Märchen (mit christlichen Zügen als Beispiel das äthiopische Märchen *Das Wunderkind*), von Schwank-Märchen, Lügenmärchen und Rätselmärchen (hier als Beispiele das bengalische Märchen *Das Lügenland* und das afrikanische *Der kluge Arzt oder Die Todesfurcht als Heilmittel*).

Eine besondere Gruppe bilden die sogenannten ätiologischen Märchen, die vom – vermeintlichen – Ursprung bestimmter Phänomene der Natur, der Gesellschaft erzählen und an der Grenze zur Sage stehen (hier das südafrikanische Märchen *Wie der Tod in die Welt kam*, das südamerikanische kosmogonische Indianermärchen von *Sonne und*

Mond, das australische Beispiel *Taipan, die Regenbogenschlange*; aus Neuseeland *Der Große Vogel von Rua-Kapana*, aus der Südsee *Wie die Fidschi-Leute den Bootsbau erlernten* und *Klubud singal, der sich in einen Vogel verwandelte*, aus Nordamerika das *Schlangenmärchen* der Hopi-Indianer oder das kanadische *Der Zauberer vom Huron-See*). Auch mythisch-historische Prozesse oder solche der Religion werden in diesen Märchen geschildert, so die Befreiung von magischem und animistischem Denken (wie in der südamerikanischen Erzählung von *Isis Geheimnis*).

Man unterscheidet ferner je nach den Hauptfiguren Tier-, Riesen- und Teufelsmärchen (dazu bietet die Anthologie eine Fülle von Beispielen), nach formalen Gesichtspunkten Ketten- oder Rundmärchen (aus Namibia ein Märchen, welches das Hans-im-Glück-Motiv abwandelt: *Das Mädchen, das nichts behalten konnte*) oder nach der Funktion Predigt-, Warn-, Ammenmärchen.

Zentral aber sind, wie gesagt, die sogenannten Wunder- und Zaubermärchen. Ihr Verlauf folgt einem festen Muster, die Handlung hat eine klare Abfolge. Zuerst wird von einem Unglück, einem Schaden, einem Mangel berichtet – zum Beispiel ist eine Prinzessin von einem Dämon, einer Hexe, einem Zauberer, einem Troll geraubt worden (wie in dem schwedischen Märchen *Die drei Schwerter*). Danach wird der Held oder die Heldin mit Hilfsmitteln ausgerüstet, mit einem Zaubertrank, der unbesiegbar macht, oder mit anderen Zaubergegenständen, einer Tarnkappe oder den berühmten Siebenmeilenstiefeln, mit denen man die Welt durcheilen kann. Anschließend begegnet der Held der Prinzessin oder die Heldin dem Prinzen. Es kommt jedoch zu Komplikationen, die wiederum dazu führen, daß die beiden einander vorläufig noch nicht bekommen können. Schließlich aber meistert die Hauptperson alle Schwierigkeiten und gelangt ans ersehnte Ziel.

Viele Zaubermärchen handeln von Verwandlungen: Menschen werden in Tiere oder andere Geschöpfe verwandelt (so im norwegischen Märchen *Östlich der Sonne und westlich des Mondes*, in der karibischen Erzählung *Der Pfefferbaum*, mit der Verwandlung in einen Baum – ein häufiges Motiv; ferner im Märchen aus dem Tschad *Jintalmas Verwandlung* oder in dem Eskimomärchen *Die Wolfsbraut*).

Zum Figurenkomplex des Tieres im Märchen gehören die zahlreichen Erzählungen von einem Tierbräutigam, einem verzauberten Mann, der seine Bestrafung aufheben und zur Menschengestalt zurückfinden kann, wenn es ihm gelingt, eine Frau zu finden, die ihn erlöst. Das weibliche Gegenstück zum Tiermann stellt die Tierfrau dar: eine verwunschene Prinzessin in Schlangen- oder Krötengestalt, welche einen Mann empfängt, um sich erlösen zu lassen, durch einen Kuß oder eine Umarmung (als Beispiel das estnische Märchen *Das Glücksei*).

In diesen und anderen Märchen (so in dem afrikanischen Märchen *Kholomodumo und das Ungeheuer*) ist die totemistische Vorstellung von der Wiedergeburt erhalten geblieben, aber auch der matriarchal-mythologische Hintergrund vieler Märchen noch deutlich sichtbar.

Ein besonders großer Teil aller Märchen sind nach ihrem Hauptinhalt Brautwerber-Märchen. In ihnen geht es um eine Brautwerbung, es werden den Helden manchmal schwere, ja unmögliche Aufgaben oder Rätsel gestellt. Regelmäßig haben schon viele vor ihnen versucht, die Aufgaben zu lösen – und sind in ihren Tod, bestenfalls in eine Verzauberung gegangen. Oft löst der Held die Aufgaben mit Hilfe von Dienern (Dämonen, Menschen oder Tieren).

In den Märchen dieses Typs sind die Frauen außerordentlich stark und unabhängig. Die Frauen stellen die Fragen, und die Helden und ihre Helfer gewinnen den Wettstreit durch richtige Antworten oder das Lösen von Aufgaben, die ihnen gestellt wurden. (Aus dem Bereich ›Märchen von klugen Frauen‹ wurden einige – in ihrer Art ganz unterschiedliche – Beispiele aufgenommen, neben anderen aus Malta *Der Prinz, das Mädchen, das Basilikum und die Sterne*, aus Italien/Sizilien *Die kluge Catarina*, eine Geschichte, die sich auch im ›Pentamerone‹ wiederfindet; im weiteren gehört dazu auch das Schwanenjungfrau-Motiv (abgewandelt in dem burmesischen Märchen von der *Prinzessin Manawhari*, das daneben eine Fülle wichtiger anderer Märchenmotive aufweist).

Die Märchen, insbesondere die Zaubermärchen, sind von festen Topoi bestimmt: Einzelne Figuren, Motive, Formeln, Bilder, Szenarien kehren immer wieder, vor allem naturgemäß magische Gestalten und Gegenstände: der Zauberer, das Zauberbuch, der Zauberbaum (so im Berber-Märchen von der *Prinzessin Sumischa*), der Zaubervogel (wie in dem persischen Märchen *Der Vogel Blumentriller*), der Zauberleuchter (in dem gleichnamigen armenischen Märchen), die Tarnkappe (im tibetischen Märchen *Der Goldspeier und der Türkisenspeier*).

Ein außerordentlich wichtiges Symbol nicht nur der europäischen Volksmärchen ist der rätselhafte Glasberg, ein steiler, hoher, glatter Berg (als Beispiele neben anderen aus Feuerland *Der Süden und der Norden*, aus Brasilien *Die Mondblume*). Der Berg ist also kaum zu bezwingen, und doch ist es die Aufgabe des Märchenhelden, ihn zu ersteigen. Das gelingt ihm auch: zu Fuß oder zu Pferd, mit Hilfe einer besonderen Leiter, oder indem er sich in einen Vogel verwandelt und hinauffliegt oder aber von einem Vogel hinaufgetragen wird.

Außer dem Glasberg kennt vor allem das europäische Volksmärchen noch andere gläserne Gebilde, in erster Linie den gläsernen Sarg (hier das entprechende Märchen aus der Sammlung der Brüder Grimm). Der Glasberg wird gelegentlich auch durch eine riesige, glatte Statue vertreten, die es zu stürzen gilt (so in der arabischen *Geschichte vom Zauberberg und von dem, was bei ihm an Wunderbarem geschah*).

Der Vogel als Motiv findet sich in zahlreichen Märchen und in vielen Kulturkreisen. Er ist eine Allegorie der Seele, der Geleiter der Seele, eine Art Hermes psychopompos. Im speziellen der Papagei soll den Menschen beraten, ein weiser Führer durchs Leben sein (so fungiert auch in manchen Märchen ein Papagei als Erzähler).

Ein weiteres bedeutendes Motiv ist die Puppe. Sie ist aus Ton oder auch aus Holz, dient, indem sie stellvertretend eingesetzt wird, dem Schutz der Helden oder wird zu tatsächlichem Leben erweckt (wie in der mongolischen *Geschichte von der hölzernen Frau*).

In vielen Märchen werden goldene Gegenstände erworben. Gold ist die Farbe der Sonne, die Farbe der Ewigkeit. (Furcht vor dem Verlust des Lichts schildert das Eskimomärchen *Wie der Rabe das Licht brachte*.) Mit Licht und Sonne ist ein weiterer Motiv- und Themenbereich verbunden: das Jenseits und die Sehnsucht nach Dauer und Unsterblichkeit. In den Märchen spiegelt der Wunsch nach goldenen Wunderdingen den Wunsch nach langem Leben und Unsterblichkeit wider. Wer die goldenen Dinge gewinnt, hat teil am ›ewigen Leben‹.

Tod und Auferstehung, Sterben und Wiedergeborenwerden sind im Märchen zentrale Motive (als Beispiele unterschiedlicher Herkunft das Märchen aus dem Pandschab *Vom Hirten, der die Liebe lernen wollte* und das Südsee-Märchen *Die schöne Sina.*)

Das Begrabenwerden wird oft in der Form des Hinabsteigens in eine Höhle dargestellt, des Abstiegs in einen Brunnen (vgl. das kaukasische Märchen *Die Tochter des Schahs Anuschirwan* und aus Israel *Die zwei Teiche*). Verbunden damit ist die Vorstellung vom verwunschenen Schloß als Todesort oder auch vom Wald, der nicht betreten werden darf.

Verbote und Verfehlungen, mit denen ein erreichtes Glück verspielt und ein – guter - Zauber aufgehoben wird, sind ein wesentlicher Motivkomplex der Märchen (wie in der Pawnee-Erzählung *Der-den-Bison-ruft* und in vielen anderen Texten). Das Verbot (den Wald nicht zu betreten, Orte, Länder, die Unglück bringen, nicht aufzusuchen) und das Übertreten des Verbots als Verfehlung sind ein entscheidendes Strukturelement des Märchens.

Eine besondere Stellung nimmt in diesem Zusammenhang das Motiv der verbotenen Kammer ein, denn es zeigt zugleich die Ambivalenz des Verbots. Die verbotene Kammer ist ein Bild für den inneren Seelenraum, in den man eintreten muß, auch gegen Widerstände, um zu sich selbst, zur Erkenntnis einer Situation zu finden (vgl. das zyprische Märchen *Der Dreiäugige*).

Verbote erstrecken sich auch auf das Essen; nicht selten darf eine bestimmte Speise nicht gegessen werden. Das Brothäuschen der Hexe in ›Hänsel und Gretel‹ ist der wohl bekannteste Ausdruck dieser Vorstellung. In ihm symbolisiert sich die Totenspeise. Sie zu essen ist äußerst gefährlich, denn sie bindet an die Unterwelt. Andererseits zeigt der Verlauf der Märchen, daß die durch den Verzehr der Speisen hergestellte Gemeinschaft mit den Jenseitswesen auch den Zugang zu jenseitigen Erlösungsmitteln ermöglicht (vgl. das bulgarische Märchen *Der wundersame Vogel*).

Neben der Bedeutung des Essens bestimmter Speisen findet sich auch das Motiv des Verschlungenwerdens (am bekanntesten im Märchen vom Rotkäppchen, aber auch in den sogenannten Menschenfressermärchen aus Ostafrika, z. B. *Die Geschichte von dem menschenfressenden Ungeheuer und dem Kinde*).

Auch das Motiv der Verstümmelung ist hier zu nennen. In manchen Märchen muß sich der Held aus seinem eigenen Körper ein Stück Fleisch herausschneiden, um beispielsweise den Vogel, der ihn trägt und rettet, zu füttern (wie in der schottischen Erzählung *Die drei Töchter des Königs von Lochlin*). Damit gerät ein Stück des Helden in die Jenseitswelt, die Verbindung von Diesseits und Jenseits wird hergestellt. Auch der Kleidertausch spielt hier eine Rolle; er steht für den inneren Gestaltwechsel, für den Übergang von einem Zustand in den anderen.

Zum Bereich der Verbote gehört auch das Geheimhalten eines Traums, einer Prophezeiung, überhaupt das Bewahren eines Geheimnisses. Wird es aufgedeckt, verschwindet das Glück (wie im japanischen Märchen von der *Kranichfrau*, in vielen skandinavischen Märchen sowie in dem isländischen *Hildur, die Königin der Elben*). Nicht zuletzt aber wird das Inzest-Verbot in Märchen thematisiert (wie in dem serbischen Märchen mit dem Aschenputtel-Motiv *Vom Kaiser, der seine eigene Tochter heiraten wollte*).

All diese Motive – die Verstümmelung, das Verschlungenwerden, das Schweigegebot, die Verbote zu lachen, zu essen, die Bewahrung eines Geheimnisses – sind ethnologisch aus den sogenannten Übergangsriten (rites de passage) bekannt. Übergangsriten sind über die ganze Welt verbreitet, ihre Ausgestaltung ist sehr verschieden, die Strukturelemente der Rituale aber sind im wesentlichen gleich: Da ist erstens die Absonderung vom bisherigen Lebensbereich – das entspricht im Märchen dem Auszug oder der Verstoßung der Helden; zweitens die Einweihung in einen neuen Lebensabschnitt – das entspricht im Märchen der Auseinandersetzung mit dem Problem, der Suche nach einer Lösung; und drittens die Übernahme der neuen Aufgabe – das entspricht im Märchen der gefundenen Lösung und dem damit verbundenen Lohn.

Die Riten greifen, ebenso wie die Märchen, elementare Situationen des menschlichen Lebens auf und führen symbolisch, oft sehr drastisch, in eine Krise hinein – und aus ihr heraus. Der Aufbau der Märchen entspricht im wesentlichen den Ritualen, mit denen wichtige Übergänge innerhalb des Lebens besetzt werden (Geburt, Namensgebung/Taufe, Hochzeit, Tod und Beerdigung).

Märchen zeichnen allgemeine menschliche Grundmuster, aber auch solche der jeweiligen Gesellschaften auf, in denen sie entstanden sind und erzählt werden. Vor allem in den Rechtsvorstellungen hat das Märchen Altertümliches bewahrt, z. B. mutterrechtliche Züge der Erbfolge, brutale Strafen als Reste historischer Justizmaßnahmen (Zerteilen und Verbrennen, wie in *Fitchers Vogel* aus der Sammlung der Brüder Grimm), Menschenopfer, Kindesaussetzung, Kannibalismus, Zeugungsweihe (Übereignung eines noch ungeborenen Kindes an ein jenseitiges Wesen). Daher wirken Märchen oft grausam.

Obwohl Anschauungen ganz verschiedenen kulturgeschichtlichen Alters in den Märchen oft nebeneinander stehen, ist eine frühe animistische Weltsicht in vielen Texten dominant geblieben, in den Vorstellungen von Leben und Tod (das Wasser des Lebens, Essen als Teilhabe, der Reisekamerad, der dankbare Tote – wie in dem kroatischen Märchen *Er bezahlte die Schulden des Toten*), in der unmittelbaren, manchmal aber auch durch Helfer hergestellten Verbindung von Diesseits und Jenseits (wie in dem Bantu-Märchen *Der Sohn des Kimanaueze und die Tochter von Sonne und Mond*), im Auftreten dämonischer Gestalten (Riesen, Zwerge, Feen, Hexen, Zauberer, Drachen und Trolle), des Teufels (wie im finnischen Märchen vom *Schrein ohne Schlüssel*), in der magischen Partizipation an der Anderswelt durch Blut und Haare (vgl. das kasachische Märchen *Der Freigebige und der Geizige*, in dem der Held auch die Tiersprache versteht; im japanischen Märchen *Die Zauberkapuze*).

Im Märchen herrscht ein archaischer Namenglaube (am bekanntesten in ›Rumpelstilzchen‹), die Vorstellung von der Erlösung durch das rechte Wort, den richtigen Namen (so auch in dem hawaiianischen Märchen *Die Prinzessin des Regenbogens*). Aufschlußreiche Varianten bieten das Märchen aus Sri Lanka (*Des Dichters Fluch*), in dem das

Wort Leben nehmen und Leben schenken kann, sowie in der marok-
kanischen Erzählung von der Bedeutung der Schrift im Islam (*Sidi
Moh'ammed el Adjeli und der Ungläubige*).

Märchen zeigen totemistisches Gedankengut früher Jagdkulturen,
wie die dankbare Hilfe des nicht erlegten Tieres (interessant auch die
komplementäre Variante in dem chinesischen Märchen *Drachenaugen*,
in dem das Tier den undankbaren Helden tötet), Tötung und Wie-
derbelebung aus den Knochen, schamanistische Jenseitsreisen und
anderes. Dabei ›modernisiert‹ sich das Märchen ständig und ersetzt
ältere Kulturerscheinungen durch jüngere (wie z. B. in dem bereits
erwähnten südamerikanischen Indianermärchen *Isis Geheimnis* oder in
Die Zauberrasseln); übernatürliche Figuren werden zu menschlichen
(z. B. der Riese zum Räuber, die Hexe zur Stiefmutter).

Eine alte Vorstellungsschicht reflektieren auch die Erzählungen von
einer Tiergeburt. Hier wünscht sich eine Frau sehnlichst ein Kind,
auch wenn es nur irgendein Tier wäre. Ihr Wunsch geht in Erfüllung,
und sie gebiert ein Tierkind mit allen Eigenschaften eines menschlichen Wesens. Oft hat das Kind besondere Fähigkeiten (vgl. das
nubische Märchen *Die Tochter des Engels*).

Daß Tiere sprechen können, ja die ganze Natur sprachfähig ist,
erscheint im Märchen als eine unhinterfragte Selbstverständlichkeit.
Das Tier ist dem Menschen vielfach in Freundschaft verbunden, es ist
Helfer und Schützer – doch nur dann, wenn der Mensch sich ihm
gütig nähert –, und es kennt die Zauberdinge, ohne welche die Heldin
oder der Held ihren Weg nicht beschreiten könnten. Das Tier ist dem
Menschen gleichgestellt oder sogar überlegen, von seinem Überleben
hängt das Wohl und Wehe der Menschen ab (wie in dem afrikanischen
Märchen *Der Tausendkünstler der Ebene*). Die Natur wird in den gesellschaftlichen Ablauf miteinbezogen.

Doch die endliche Harmonie des Märchens ist mühsam erstritten,
Konflikte müssen ausgetragen werden. Grundsätzlich ist der Genera-
tionenkonflikt Ausgangspunkt der Handlung. Im besonderen bildet
der Vater-Sohn-Konflikt eine Grundkonstellation des Märchens. Der
›Vater‹ erscheint mal als zerstörender Dämon, als Zauberer, als Teufel,
dann aber auch als Weisheitslehrer. Er symbolisiert einen früheren

Bewußtseinszustand und die Abhängigkeit von einer bestimmten, vorgefundenen Lebensform. Der Sohn dagegen verkörpert das Urbild eines freieren menschlichen Bewußtseins, das gelegentlich auch von sogenannten Trickster-Figuren personifiziert wird, die mit Geschick, manchmal auch mit unlauteren Mitteln ihr Glück machen (vgl. das französische Märchen *Der Mann in allen Farben*). Jede Aufgabe, die dieser Figur gestellt wird, bewirkt nur ihre Stärkung.

Philosophisch-weltanschauliche Grundlage aller Märchen ist die Vorstellung der *Allverbundenheit*: die Möglichkeit, daß etwas aus nichts entstehen kann und daß alles und jedes zueinander in Beziehung tritt, Belebtes und Unbelebtes, Diesseits und Jenseits.

Worauf aber kommt es in den Märchen letztlich an? Sie entwerfen Identifikationsmuster und Lösungsmodelle für die elementaren menschlichen Probleme. Märchen sind vor allem Reifungsgeschichten (vgl. das indische Märchen *Wie der Prinz Wissen erlangte*). Märchen ermutigen zu Aufbrüchen aus einer unverschuldeten Situation, das Neue zu wagen (»Jedem Anfang wohnt ein Zauber inne«), um wenn auch erst nach großen Schwierigkeiten zum Eigenen, zu sich selbst zu kommen. Es geht in den Märchen, wie in den Übergangsriten, darum, die Schwellen des Lebens zu überschreiten. Sie zeigen nicht den unverletzlichen Helden, der keine Angst hat – die Angst ist oft berechtigt und wird weder in Riten noch in Märchen geleugnet – oder keine Fehler macht – Märchenhelden dürfen viele Fehler machen. Es geht um das Vertrauen, daß, gegen allen Anschein und gegen alle ›vernünftige‹ Überlegung, der Weg ans Ziel führt. Das Vertrauen darauf soll gestärkt werden, daß sich in Krisen unverhofft Hilfen, Fähigkeiten und Erkenntnisse einstellen, die ›wunderbar‹ und wie ein Geschenk erscheinen.

Märchen fordern aber nicht dazu auf, die Schwellen mutwillig zu überschreiten. Nur wenn es das Leben verlangt, dann soll der Weg gewagt werden. Blinder Aktionismus und ein unbedingter Wille allein würden den Helden nicht zum Erfolg führen; immer hat er auch das Leid zu erfahren (vgl. das Märchen aus Madagaskar *Der Thronfolger Imilasotry* und viele andere).

Darin und in seiner vermeintlichen Einfalt und Güte erscheint der Held des Märchens wie der »tumbe tor«, und so wie er muß er die entscheidende Frage stellen, die zur Erlösung führt. Die Parzival-Frage des Mitleids ist auch für den guten Ausgang des Märchens von Bedeutung (als Beispiele das erwähnte Märchen von der Elbenkönigin Hildur oder das Balearen-Märchen *Das Licht der Welt*).

Der Vielfalt des Phänomens ›Märchen‹ entsprechen die zahlreichen Forschungsmethoden. Unterschiedliche psychologische Deutungen (Sigmund Freud, C. G. Jung) stehen neben anthroposophischen Interpretationen (Rudolf Steiner). Die Volkskunde hat sich seit den Grimms mit dem Märchen befaßt, die Anthropologie und Völkerpsychologie (Wilhelm Wundt) betreibt vergleichende Märchenforschung. Die historisch-geographische Methode versucht für jedes einzelne Märchen Urform, Herkunft und Wanderweg zu erschließen. Der finnische Forscher Antti Aarne und der Engländer Stith Thompson haben die Märchen in Kategorien eingeteilt und die Typen numeriert, damit ein internationaler Vergleich möglich wird und jedes bekannte Märchen einem bestimmten Typus zugeordnet werden kann. Auf diese Weise werden auch Motivgleichheiten zwischen den Märchen verschiedener Kulturkreise erkennbar.

Ganz anders verfährt die strukturalistische Schule, die auf die Untersuchungen des russischen Forschers Wladimir Propp zurückgeht. Er versuchte vielfältige Märchenformen als strukturelle Einheit zu präsentieren und zu zeigen, daß bestimmte Funktionen im Märchen unendlich häufig wieder vorkommen.

Das Märchen ist in den letzten Jahrzehnten des 20. Jahrhunderts heftig kritisiert worden, vor allem von einer progressiv-modernen Pädagogik. Ihr zufolge sei das Märchen unwahr; durch die in ihm geschilderten Grausamkeiten und Ungerechtigkeiten errege es besonders beim kindlichen Hörer Angst. Das Märchen sei weltfern und anachronistisch; es befestige autoritäre und patriarchalische Verhältnisse. Märchen als Kinderlektüre böten mehr autoritäre Repression als wirkliche Erziehungshilfe; mit dem Märchen werde gedroht, es diszipliniere die Kinder. Die gesellschaftlichen Grundlagen der Märchen stammten aus der Feudalzeit; Märchen seien ein überflüssiger und schädlicher Kulturballast.

Gegenüber diesen Angriffen zeichnet sich seit einigen Jahren eine Neubewertung des Märchens ab, die geradezu mit einer Märchen-Renaissance einhergeht: Das Märchen breche überholte gesellschaftliche Strukturen auf, es sei gesellschaftskritisch; der Arme wird König, der König wird gestürzt, und zwar durch den sozial Schwachen. Das Märchen beschreibe den Weg der Emanzipation: Die Helden verlassen das Elternhaus, machen sich selbständig und ziehen in die weite Welt hinaus. Damit haben Märchen aufbauenden Modellcharakter für Kinder. Das Märchen zeige, daß Resignation falsch und Handeln möglich sei, auch gegen Widerstände. Märchen erzählen von der Auseinandersetzung des Helden (und damit des kindlichen Zuhörers) mit sich selbst, sie fördern die Phantasie und helfen Aggressionen abzubauen, Vertrauen in die Welt zu haben; sie bilden Ängste konkret ab und leisten einen wichtigen Beitrag zu deren Bewältigung.

Nicht ohne Grund haben auch die Dichter aller Zeiten Märchenstoffe und -formen adaptiert, sich anverwandelt: von Wieland bis Goethe, von Novalis und Tieck bis E.T.A. Hoffmann und Chamisso, von Wackenroder bis Achim von Arnim, von Justinus Kerner und Clemens Brentano bis Wilhelm Hauff, Eduard Mörike und Gottfried Keller, von George Sand, Hans Christian Andersen und Oscar Wilde bis zu Italo Calvino, von Hugo von Hofmannsthal und Hermann Hesse über Georg Heym und Alfred Döblin bis zu Bertolt Brecht, Johannes Bobrowski und vielen anderen. Das Menschenbild des Märchens ist von überzeitlicher Gültigkeit. Gerade deshalb, weil die Figuren des Märchens nicht individuelle und historische Personen sind, »leben sie noch heute«.

Danksagung

Für das Nachwort habe ich u. a. die Forschungen von Hedwig von Beit, Kurt Derung, Mircea Eliade, Angelika-Benedicta Hirsch, Otto Huth, Friedrich von der Leyen, Max Lüthi, Kurt Ranke, Heinz Rölleke, Lutz Röhrich dankbar benutzt. – Für wertvolle Hinweise danke ich Jan Assmann, Michael Schlottner, Helwig Schmidt-Glintzer und Valeria Wal. – Meiner Frau danke ich für die anhaltende Unterstützung bei der Auswahl der Märchen und für entscheidende Anregungen.

H.-J. S.

Quellen, Nachweise und Anmerkungen

Afghanistan: *Der Lebensbaum* – Afghanische Märchen, übers. v. Helmut T. Heinrich, hg. v. Manfred Lorenz, Frankfurt am Main und Leipzig 1990: Insel (insel taschenbuch 1270), S. 143-145 – © Gustav Kiepenheuer Verlag Leipzig und Weimar 1985.
Padischah: König, Großherrscher.
Ägypten: *Das Brüdermärchen* – Altägyptische Märchen, hg. und übers. v. Emma Brunner-Traut – © Eugen Diederichs Verlag 1963, S. 60-73.
Der Text des Papyrus d'Orbiney stammt aus dem Ende der 19. Dynastie (um 1200 v. Chr.), geschrieben von dem bekannten Schreiber Enene. Das Brüdermärchen ist das reichste und früheste Märchen Ägyptens und ist auch sein berühmtestes geworden. Die Brüder, die getrennt werden und doch unverlierbar zusammengehören, die Rolle der verräterischen Frau, die Verwandlung von Mensch in Tier und Baum, die zeugende Kraft des Blutes, Schwängerung durch den Mund, die Macht der Haarlocke oder auch die Warnzeichen der Lebensgefahr – dies und mehr sind urhafte Märchenmotive, die in altem Glauben wurzeln und in aller Welt ähnlich auftauchen. Das Grimmsche Märchen von den beiden Brüdern, eins der ältesten und wohl auch das reichste dieser Sammlung, ist unverkennbar mit diesem verwandt. Im übrigen weisen die Parallelen nach Ungarn, Rußland und bis Melanesien, im Norden bis Schweden, im Süden bis Abessinien. Die Verfolgung des nach seinem Tode in verschiedenen Gestalten immer neu Erstehenden findet sich auch in Zigeunermärchen. Das Brüdermärchen hat als volkstümliche Erzählung den zugrundeliegenden Mythos verändert und ihn offensichtlich kombiniert mit Motiven anderer Göttergeschichten. Andererseits ist das Märchen rund 1000 Jahre früher aufgeschrieben als der Mythos, der dem ptolemäischen Schreiber hauptsächlich als Wort- und Sacherklärung von Belang war. – Dieses spannungs- und motivreiche Märchen hat zum Hauptgegenstand den Mythos vom sterbenden und wieder auferstehenden Gott der Fruchtbarkeit, der sich immer neu inkarniert; der Mensch, Tier und Pflanze mit seiner göttlichen Zeugungskraft durchwaltet. Kein Opfertod kann diese Kraft zerstören, sie bleibt bestehen durch alle Metamorphosen hindurch und auch über die Generationen hinweg (nach Brunner-Traut).
Anubis: altägyptischer Totengott. – *Frühjahrsbestellung:* Die alten Ägypter hatten nur drei Jahreszeiten: Überschwemmung, Saat und Ernte; die Zeit der Saat fällt in die Monate Oktober bis Januar, entspricht also jahreszeitlich nicht unserem Frühjahr. – *Emmer:* Getreidesorte. – *Tal der Schirmpinie:* Gemeint ist ein Tal an der Küste des Libanon. – *Blüte der Schirmpinie:* Die Frucht der Pinie hat Farbe, Gestalt und Größe

eines menschlichen Herzens; deshalb hat Anubis das Herz seines Bruders bei seiner Suche auch so lange nicht gefunden, denn er sah in ihm nichts als eine Frucht. Die Form der Frucht hat andererseits den Gedanken eingegeben, das Herz sozusagen an die Stelle der Frucht zu legen. – *Bata, Stier der Götterneunheit:* Die Götterneunheit ist ein systematisch zusammengefaßter Kreis ägyptischer Götter. An der Spitze steht der Gott Atum (das All); weitere Götterpaare sind: Schu und Tefnut, Geb und Nut, Osiris und Seth, Osiris und Nephthys. – *Hathor:* Schicksalsgöttin. – *Re-Harachte:* Harachte: Horus vom Horizont. Erscheinungsform des Sonnengottes Re. Re-Harachte war Staatsgott im Neuen Reich. – *ein großer Stier:* Der Stier ist in der ägyptischen Religion das Bild der Zeugungskraft. Das göttliche Tier ist ausgewiesen durch besondere Farben und Musterung. – *Perseabäume:* Avocadobäume. – *Erker aus Lapislazuli:* Das »Erscheinungsfenster« ist eine Art Loggia des Palastgebäudes, in welcher der König offiziell erscheint, um sich aus verschiedenen Anlässen zu zeigen, sei es, um Turnieren beizuwohnen, Tribute zu empfangen oder Lobpreise zu verteilen. – *auf den Schoß:* Die Gebärde, das Kind auf den Schoß zu nehmen, gehört zum Akt der Anerkennung, dem die offizielle Ernennung zum König folgt. – *Urteil:* Bata führt seine Frau den Richtern vor, diese richten, und er bestätigt nur das Urteil. – *Thoth:* Ägyptischer Mondgott, Erfinder der Schreib- und Rechenkunst.

Alaska: *Die Wolfsbraut* – Märchen der nordamerikanischen Indianer, hg. und übers. v. Gustav A. Konitzky – © Eugen Diederichs Verlag 1982, S. 276-285.
Märchen der Eskimos am Kap Prince of Wales (Nordwestküste Alaskas)
Karibu: Rentier. – *Vielfraß:* Zur Gattung der Marder gehörig.

Albanien: *Unglücklich der, der sein Glück nicht erkennt* – Albanische Märchen, hg. und übers. v. Martin Camaj und Uta Schier-Oberdorffer, Düsseldorf-Köln: © Eugen Diederichs Verlag 1974, S. 121-126.
Aus Nordalbanien.

Algerien: *Das Märchen von der Prinzessin Sumischa* – Der Gewittervogel. Märchen der Berber Algeriens, gesammelt v. Mohamed Grim, übers. v. Cornelie Bakshi-Braun, Berlin: Verlag Edition Orient 1983, S. 49-65.
Kuskus: nordafrikanisches Gericht aus Weizen-, Hirse- oder Gerstenmehl, Hammelfleisch, verschiedenen Gemüsen und Kichererbsen. – *rote Schuhe an die Armen:* Rote Schuhe sind das traditionelle Symbol für Magie und auch für Tod.

Angola: *Der Sohn des Kimanaueze und die Tochter von Sonne und Mond* – Afrikanische Märchen, hg. und übers. v. Carl Meinhof, München: © Eugen Diederichs Verlag 1991, S. 189-199.
Mythisches Märchen der Mbundu (westafrikanische Bantu).

Arabien: *Die Geschichte vom Zauberberg und von dem, was bei ihm an Wunderbarem geschah* – Arabische Märchen, Band 1, hg. und übers. v. Max Weisweiler, Düsseldorf-Köln: © Eugen Diederichs Verlag 1965, S. 209-236.
Als Ausgangs- und Endgebiet der Handlung gibt der Erzähler das alte Iran an, während die Personen mit Ausnahme des Knechtes, dessen Name jedoch unsicher ist,

anonym sind. Das Märchen ist iranischen Ursprungs. Trotz der Verlegung in die vorislamische Zeit trägt es deutlich islamische Züge. Da es mehr unterhalten als belehren oder erbauen will, endet es zwar mit dem Glück des Guten, läßt diesen aber nicht durch unmittelbares göttliches Eingreifen, sondern durch magische Kräfte obsiegen. – In literarhistorischer Hinsicht gibt dieses Märchen einen wichtigen Aufschluß. Während sich dienstbare Geister bereits in den älteren, vorägyptischen Schichten von Tausendundeiner Nacht und in anderen Märchen finden, hat man das Motiv der Geister, die dem Besitzer eines bestimmten magischen Gegenstandes dienstbar sind, wie beispielsweise in dem Märchen von Aladdin und der Wunderlampe, als eine Besonderheit spätmittelalterlicher (oder noch späterer) ägyptischer Märchen betrachtet. Hier begegnet nun zum ersten Mal in den dem Besitzer der Zauberperle verpflichteten Geistern das gleiche Motiv in einem Märchen iranischen Ursprungs, das viel älter ist als die in Frage kommenden Stücke aus Tausendundeiner Nacht (nach Weisweiler).

Leibesfrucht an eine sichere Stätte legte: Vgl. Koran 77, 20 f. – *Berg Kaf:* Gebirge am Ende der Welt, mythischer Berg (auch: Qaf). – *Kirat:* Maßeinheit für Gold und Edelsteine (›Karat‹), 0,24 Gramm. – *Kalif Ali ibn abi Talib:* Cousin und Schwiegersohn des Propheten Mohammed. – *Dirhem:* Münze, 14 Kirat.

Argentinien: *Der Süden und der Norden* – Der Wind weht über Feuerland. Legenden, Mythen und Sagen der Feuerlandindianer, nacherzählt v. Kurt Kauter, Berlin: © Alfred Holz Verlag 1970, S. 15-25.

Feuerland-Märchen.

Chon: hier: Zauberer, Weiser. – *Guanaco:* Zur Gattung der Kamele gehörig, im westlichen und südlichen Südamerika beheimatet.

Armenien: *Der Zauberleuchter* – Armenische Märchen und Volkserzählungen, gesammelt u. hg. v. Leon Surmelian, übers. v. Zora Shaked, Frankfurt am Main und Leipzig: © Insel Verlag (insel taschenbuch 876) 1991, S. 56-62.

Die »Araber« in diesem Märchen sind Dschinn – oder übernatürliche Wesen –, offenkundig ein islamischer Einfluß. Bisweilen werden sie auch als »schwarze Araber« bezeichnet.

Huri-Peri: Huri: Paradiesjungfrau; Peri: Feenhaftes Wesen der altpersischen Mythologie. ›Hour‹ bedeutet auf armenisch Feuer, die Huri-Peris sind feurige Jungfrauen, übernatürliche Wesen von wunderbarer Schönheit. Die heidnischen Armenier waren vor Einführung des Christentums als Staatsreligion im 4. Jh. Sonnen- und Feueranbeter, daher haben Sonne und Feuer die Bedeutung übernatürlichen Lebens und göttlicher Schönheit.

Aserbaidschan: *Die Tochter des Schahs Anuschirwan* – Kaukasische Märchen: Grusinien, Armenien und Aserbaidschan, übers. v. Jan Vápeník, nacherzählt v. Zuzana Nováková, Prag: Verlag Artia 1978, S. 158-173.

Äthiopien: *Das Wunderkind* – Märchen aus Äthiopien, hg. v. C. Detlef G. Müller, München: © Eugen Diederichs Verlag 1992, S. 154-165.

Übersetzer nicht genannt. Diese Erzählung bietet eine Auswahl aus der Volkstradition über den großen Heiligen (Täklä Haymanot = Pflanze des Lichts, gest. 1313). Das Fest des Erzengels Michael findet am 12. Teqemt statt. Nach dem Julianischen Kalender entspricht dieser Tag dem 9. oder 10. Oktober. In der gregorianischen Rechnung ist es der 22. bzw. 23. Oktober. Die geschilderte Verrücktheit des Königs geht sicher auf ein Motiv zurück, das sich mit Nebukadnezar von Babylonien (604-562 v. Chr.), der 597 Jerusalem eroberte, verbindet. Auch dieser hochmütige König, der sich von der ganzen Welt wie ein Gott anbeten läßt, wird zur Strafe zum wilden Tier. Daniels Fürbitte und die eigene Buße retten den König schließlich (vgl. Jesaja 47, 10 und Daniel 4, 30). Das Kloster Däbrä Dama liegt in Tegre. Als sein Gründer gilt Äbba Zä-Mika'el Ärägawi, dessen Heimat Rom sein soll und der der erste der Neun römischen Heiligen und der Träger der »Zweiten Evangelisation« des Landes ist (nach Müller).

Flinsen: Pfannkuchen aus Mehl und Kartoffelpuffer.

Australien: *Taipan, die Regenbogenschlange* – Märchen aus Australien. Traumzeiten der Aborigines, hg. v. Anneliese Löffler, München: © Eugen Diederichs Verlag 1981 (4. Aufl. 1996), S. 77-83.

Übersetzer nicht genannt. Erzählung der Wik-Kalkan (Nordküste von Queensland): Thema ist die Erschaffung der Welt. Der mächtige Taipan ist Herr über Donner und Blitz, mit denen er seinen Willen durchsetzt. Nachdem sein Sohn im Zweikampf getötet wurde, verwandelt Taipan seine Angehörigen in Totemtiere, hinterläßt jedem etwas von dem Blut des Sohnes und geht alsdann mit seinen Schwestern in die Erde ein. – Das Rot im Regenbogen ist das Menstruationsblut der Schwestern und gilt als Symbol der Fruchtbarkeit und der jahreszeitlichen Erneuerung der Natur. – Taipan, der Urvater, ist in der sehr giftigen Kupferkopfschlange verkörpert; das Totemtier der Schwestern ist die große Taipan-Schlange, die giftigste Schlangenart Australiens (nach Löffler).

Warane: Echsenart in Afrika, Südasien und Australien. – *Bandikut:* Nachtwanderndes, insektenfressendes Beuteltier mit langer, spitzer Schnauze, kurzen Vorderbeinen und langen Hinterbeinen. – *Wallaby:* Kleine Känguruh-Art. – *Pandanus:* Schraubenbaum, Schraubenpalme. – *Totemstätten:* Kultische Stätten zur Verehrung von Toten, Ahnen, Göttern. – *Waiyang:* Wayang: Geist, Schatten, Ahne.

Balearen: *Das Licht der Welt* – Inselmärchen des Mittelmeeres, hg. und übers. v. Felix Karlinger, Düsseldorf-Köln: © Eugen Diederichs Verlag, S. 270-271.

Bangladesch: *Das Lügenland* – Bengalische Märchen, übers. v. Heinz Mode, hg. v. Heinz Mode und Arun Ray, Frankfurt am Main und Leipzig: Insel Verlag 1992 © Insel-Verlag Anton Kippenberg, Leipzig 1967, S. 357-363.

Aus Ostbengalen. Die Landschaft dieses Lügenmärchens ist für Bengalen typisch. Der Kaufmann unternimmt eine Schiffsreise, aber offensichtlich nicht auf offener See, sondern auf Flüssen. Derartige Handelsreisen sind für die Deltalandschaft Bengalens charakteristisch und durch zahlreiche Literaturhinweise zu belegen.

Anna: kleine Münze (16 Anna = 1 Rupie). – *Banyanbaum:* schattenspendender indischer Feigenbaum (Ficus indica).

Bosnien: *Wie Dschandschika auszog, um einen Mann zu freien* – Der Märchenpalast. Die schönsten Märchen Europas aus 52 Sprachen erzählt für 365 Tage und eine Nacht, hg. v. Ulf Diederichs – © 1992 Droemer Knaur Verlag, München. Buch 2, S. 303-305 (Tausend Märchen und Sagen der Südslaven, gesammelt und verdeutscht v. Friedrich Salomo Krauss, Band 1, Leipzig 1914, Nr. 1).

Zagel: Schwanz.

Botswana: *Kholomodumo [und das Ungeheuer]* – Afrikanische Märchen, hg. und übers. v. Carl Meinhof, München: © Eugen Diederichs Verlag, S. 148-150.

Märchen der Sotho (Südbantu).

Brasilien: *Die Mondblume* – Brasilianische Märchen, hg. und übers. v. Felix Karlinger und Geraldo de Freitas, Düsseldorf-Köln: © Eugen Diederichs Verlag 1972, S. 171-180.

Übers. v. Felix Karlinger.

Buddhistisch: *Die Geschichte vom Zauberspruch »Vedabbha«*, Buddhistische Märchen, hg. und übers. v. Johannes Mehlig, Frankfurt am Main und Leipzig: Insel Verlag 1992, S. 359-364 – © Insel-Verlag Anton Kippenberg, Leipzig 1982.

Vedabbha: Zauberspruch. – *Benares:* Stadt am Ganges mit heiligem Ufer. – *Bodhisattva:* ›Erleuchtungswesen‹, das einst zu einem Buddha wird. – *Cetiya:* Heiligtum, Schrein; hier: Mythisches Land. – *Cetas:* Bewohner des mythischen Landes.

Bulgarien: *Der wundersame Vogel* – Bulgarische Märchen, hg. v. Elena Ognjanowa, Frankfurt am Main und Leipzig: Insel Verlag 1992 © Insel-Verlag Anton Kippenberg, Leipzig 1987, S. 226-230

Übers. v. Gabriele Walter. – Aus Panygjurište. Dieser Märchentyp von dem unglücklich gefundenen und später verlorengegangenen Zaubergegenstand wird allgemein mit dem Grundtypus aus ›1001 Nacht‹ (›Aladdin und die Wunderlampe‹) in Verbindung gebracht.

Chile: *Der Wunderspiegel* – Chilenische Volksmärchen, gesammelt und hg. v. Yolanda Pino-Saavedra, übers. v. Ingeborg Wilcke-Brubacher, Düsseldorf-Köln: © Eugen Diederichs Verlag 1964, S. 54-59.

Aus Vivanco in der Provinz Valdivia.

Maqui: Ingwer-Art.

China: *Der Rinderhirt bekommt eine Frau* – Chinesische Märchen. Märchen der Han, hg. und übers. v. Rainer Schwarz, Frankfurt am Main und Leipzig: Insel Verlag 1991, S. 172-183 – © Insel-Verlag Anton Kippenberg, Leipzig 1981.

Wohl das älteste chinesische Märchen. Die in China verbreitetste Fassung des Märchentyps ist eine Vereinigung des Schwanenjungfraumotivs mit einer Astralmythe. Diese ist auch separat erhalten. Im ›Jingchu suishi ji‹, einem Werk des Zong Lin aus dem 6. Jh., lautet sie so: ›Östlich des Himmelsflusses gibt es die Weberin. Sie ist eine Tochter des Himmelskaisers. Jahr für Jahr leistet sie am Webstuhl Fronarbeit und webt die Himmelskleider aus Wolkenbrokat. Der Himmelskaiser erbarmte sich ihrer Einsamkeit und erlaubte ihr, den Rinderhirten im Westen des Himmelsflusses zu heiraten. Nach der Hochzeit vernachlässigte sie die Webarbeit. Der Himmelskaiser erzürnte und befahl ihr, nach östlich des Flusses zurückzukehren. Er läßt sie einmal im Jahr hinübergehen, damit sie sich treffen können.‹ Der Stern ›Weberin‹ ist die Wega, Alpha Lyrae, der Rinderhirt der Atair, Alpha Aquilae, mit Himmelsfluß bezeichnen die Chinesen die Milchstraße. – Als frühester Ansatz zu diesem Märchen wird eine Stelle im Shijing (›Buch der Lieder‹) interpretiert, wo von den beiden Sternen gemeinsam die Rede ist, aber in anderem Zusammenhang. – Dem Motiv des hilfreichen Tieres und dem Schwanenjungfraumotiv ist in der vorliegenden Fassung noch das Motiv der Erbteilung zwischen Brüdern vorangestellt, das im chinesischen Märchen häufig vorkommt. Das Motiv des Erkennens der Feenfrau im Himmel ist insofern variiert, als das Kind zur Mutterbrust findet – Die erste Aufgabe, die dem Helden durch seinen grausamen Schwiegervater auferlegt wird und die er mit Hilfe seiner Frau doch bewältigt, ist ein als Märchenmotiv weltweit verbreiteter Verwandlungswettkampf (nach Schwarz).

Schëng: Maßeinheit.

China: *Drachenaugen* – Chinesische Märchen. Märchen der Han, hg. und übers. v. Rainer Schwarz, Frankfurt am Main und Leipzig: Insel Verlag 1991, S. 345-347 – © Insel-Verlag Anton Kippenberg, Leipzig 1981.

Aus der Provinz Shandong, Kreis Changyi.

Dänemark: *Das Herz des Trolls* – Dänische Märchen, hg. und übers. v. Heinz Barüske, Frankfurt am Main und Leipzig: © Insel Verlag 1993, S. 355-361.

Aus Furreby.

Deutschland: *Die drei Hexen* – Albrecht Janssen: Störtbekers Schatz. Friesische Märchen, Leer: © Verlag Schuster 1986, S. 85-93.

Wieken: Kanäle. – *Fehne:* Sumpfiges, mooriges Gelände. – *Fehntjer:* Bewohner einer Moorkolonie. – *Spökenhuus:* Spukhaus. – *Meisje:* Mädchen (niederländisch). – *hillig:* Heilig. – *Psalmbook:* Gesangbuch. – *Gaffel:* ›Gabel‹. Am oberen Teil eines Schiffsmasts angebrachtes, schräg nach hinten aufwärts ragendes Holz, zur Befestigung des Segels. – *Moderke:* Mütterchen. – *Kombüse:* Schiffsküche. – *Kalverstraat:* ›Kälberstraße‹, Hauptgeschäftsstraße in Amsterdam. – *Beischlag:* Terrassenartiger, von der Straße her über eine Treppe zugänglicher Vorbau. – *Kuff:* Schiffstyp: Brigg, Brigantine. – *Klüver:* Dreieckiges Vorsegel. – *Bugspriet:* Schräg den Bug überragendes Rundholz bei Segelschiffen. – *Plaatse:* Platte. – *Speigatt:* Loch in der Bordwand zum Ablaufen des Wassers. – *Doomdi:* Dominee, reformierter oder mennonitischer Prediger. – *Quaden:* Die Bösen.

Deutschland: *Fitchers Vogel* – Kinder- und Hausmärchen gesammelt durch die Brüder Grimm. Vollständige Ausgabe auf der Grundlage der dritten Auflage (1837), hg. v. Heinz Rölleke, Frankfurt am Main: Deutsche Klassiker Verlag 1985, S. 205-208 (Nr. 46).

Kötze: Rückenkorb mit Tragbändern. – *Bodenloch:* Speicherfenster.

Deutschland: *Der gläserne Sarg* – Kinder- und Hausmärchen gesammelt durch die

Brüder Grimm. Vollständige Ausgabe auf der Grundlage der dritten Auflage (1837), hg. v. Heinz Rölleke, Frankfurt am Main: © Deutscher Klassiker Verlag 1985, S. DKV, Grimm, 606-612 (Nr. 163).

Dschibuti: *Zwei Freunde* – Afrikanische Märchen, hg. und übers. v. Carl Meinhof, München: © Eugen Diederichs Verlag 1991, S. 367-370.

Märchen der Afar (Danakil), eines ostkuschitischsprachigen Volkes mit ca. 300 000 Menschen im Osten Äthiopiens und in Dschibuti (Djibuti).

Ekuador: *Die Zauberin* – Südamerikanische Indianermärchen, hg. und übers. v. Felix Karlinger und Elisabeth Zacherl, München: © Eugen Diederichs Verlag 1976 (4. Aufl. 1992), S. 235-243.

Märchen der Inka (in der Quichua-Sprache, einer in Ekuador geläufigen Ausprägung der Inka-Sprache Quechua). Ob in diesem Märchen noch alte Sagenreste aus der Zeit der Zerstörung des Inka-Reiches lebendig sind, ist zweifelhaft. Unter Umständen stecken – wie in manchen anderen Quichua-Märchen – auch in diesem Text europäische Einwirkungen, obwohl sonst der Charakter des Ekuadorialen und Peruanischen gut erhalten ist. – Der Doppelcharakter dämonischer Wesen ist wie die Zwiespältigkeit von Gottheiten der Inka-Kultur typisch. Der Schluß wurde gekürzt, da im Originaltext alles nochmals in breiter Ausführlichkeit erzählt wurde (nach Karlinger-Zacherl).

Mestizen: Mischlinge zwischen Weißen und Indianern. – *Glas Pisco:* Südamerikanischer Branntwein. – *Tambero:* Gastwirt.

England: *Jack und die Bohnenranke* – Englische Märchen, hg. v. Katharine Briggs und Ruth Michaelis-Jena, übers. v. Uta Schier, München: © Eugen Diederichs Verlag 1970, S. 59-67.

Wurde um 1860 in Australien zum erstenmal erzählt. Jack heißt in der englischen Volkserzählung meist der etwas bäurische Held, er kommt im allgemeinen immer gut davon, wenn er auch manchmal etwas töricht erscheint. Auch in der nordamerikanischen Überlieferung gibt es vielfältige ›Jack tales‹, die aus dieser Tradition kommen.

bevor man »Jack Robinson« sagen kann: Redewendung.

Estland: *Das Glücksei* – Estnische Märchen, hg. v. Heinz Barüske, Frankfurt am Main und Leipzig: © Insel Verlag 1995, S. 194-202.

Fidschi (Melanesien): *Wie die Fidschi-Leute den Bootsbau erlernten* – Südsee-Märchen, gesammelt und hg. v. Paul Hambruch, München: © Eugen Diederichs Verlag, S. 48-51.

Übersetzer nicht genannt. Aus Naiau, Fidschi. – Sintflutsage.

Bau: Königreich auf Fidschi. – *Banianenbaum:* Heiliger Baum. – *Vatu lele:* Ortschaft. – *Nowatu:* Riff.

Finnland: *Der Schrein ohne Schlüssel* – Finnische Märchen, ausgewählt und nacherzählt v. Heinz Goldberg, Berlin: © Altberliner Verlag Lucie Groszer 1980, S. 149-159.

Schiefrad: Name für ›Teufel‹.

Frankreich: *Der Mann in allen Farben* – Französische Märchen. Volksmärchen des 19.

und 20. Jahrhunderts, hg. v. R Soupault, München: © Eugen Diederichs Verlag, S. 28-40.

Übers. v. Ernst Tegethoff.

Georgien: *Irmisa [und die Ungeheuer]* – Georgische Märchen, hg. und übers. v. Heinz Fähnrich, Frankfurt am Main und Leipzig: Insel Verlag 1991, S. 186-198 – © Insel-Verlag Anton Kippenberg, Leipzig 1980.

Originaltitel: »Irmisa«.

Grenada: *Der Pfefferbaum* – Märchen aus der Karibik, hg. und übers. v. Felix Karlinger und Johannes Pögl, Köln: © Eugen Diederichs Verlag 1983, S. 76-77.

Griechenland: *Der Erbsenmillionär* – Inselmärchen des Mittelmeeres, hg. und übers. v. Felix Karlinger, Düsseldorf-Köln: © Eugen Diederichs Verlag, S. 59-62.

Aus Thera. – *Pendara:* Währungseinheit, Münze.

Grönland: *Wie der Rabe das Licht brachte* – Eskimomärchen, hg. und übers. v. Paul Sock, Frankfurt am Main: © Insel Verlag (insel taschenbuch 795) 1984, S. 59-63.

Yukon: Fluß in Nordwestkanada und Alaska.

Guatemala: *Der Becher aus Jaspis* – Märchen aus der Karibik, hg. und übers. v. Felix Karlinger und Johannes Pögl, Köln: © Eugen Diederichs Verlag 1983, S. 195-199.

Haiti: *Der Kater, der eigentlich ein Schutzengel war* – Märchen aus der Karibik, hg. und übers. v. Felix Karlinger und Johannes Pögl, Köln: © Eugen Diederichs Verlag 1983, S. 27-31.

Dieser Text schließt sich enger an Straparola und Basile als an Perrault an. Es fehlen die Stiefel und der Riese und ebenso die »Moral«. Es ist dabei nicht auszuschließen, daß eine vorperraultsche volkstümliche französische Version in Haiti der Ausgangspunkt für dieses verbreitete Motiv war.

Hawaii: *Die Prinzessin des Regenbogens* – Märchen aus Hawaii, hg. und übers. v. Gabriele Hartinger-Irek und Roland Irek, München: © Eugen Diederichs Verlag 1997, S. 252-253.

Die romantische Heldengeschichte spiegelt das Motiv Heirat und Partnersuche auf eher ungewöhnliche Art. Üblicherweise heirateten adlige Hawaiianer Bruder, Schwester, Nichte oder Onkel, um so die Blutlinie der Urahnen fortzusetzen. Die Partnerwahl über einen unsichtbaren Weg ist unüblich, sie erfolgt normalerweise über sportliche Wettkämpfe u.ä. Das Motiv des Regenbogens ist in den Erzählungen sehr häufig. Diese Naturerscheinung ist ein Zeichen dafür, daß der Held der Kaste der Alii angehört (nach Harlinger-Irak).

Napali-Küste: Küste auf Maui. – *Maui:* Insel der hawaiianischen Gruppe. – *Kahuna:* Weiser, Guru (hier Plural gemeint).

Honduras: *Das Waldmädchen* – Märchen aus der Karibik, hg. und übers. v. Felix Karlinger und Johannes Pögl, Köln: © Eugen Diederichs Verlag 1983, S. 185-191.

Tiere als Paten sind speziell in Mittelamerika beliebt, wo auch der Puma meist menschenfreundlich gezeichnet ist. In diesem Märchen treten die Tiere jedoch spontan wie Schutzgeister des ausgesetzten Mädchens auf.

Indien: *Wie der Prinz Wissen erlangte* – Indische Märchen aus dem Hindi, hg. und übers. v. Margot Gatzlaff, Frankfurt am Main und Leipzig: © Insel Verlag 1991, S. 438-445. *Radscha:* Herrscher, König oder Fürst. – *Sadhu:* ›Frommer Mann‹, Bezeichnung für hinduistische Einsiedler, Bettelmönche oder Mitglieder eines religiösen Ordens, also für Männer, die der irdischen Welt und ihren Genüssen entsagt haben und ein asketisches, Gott geweihtes Leben führen. Man glaubt, daß sie sich durch allerlei Bußübungen große Macht und sogar übernatürliche Fähigkeiten verschaffen können. Die Sadhus tragen safrangelbe, rote oder weiße Gewänder, manchmal auch nur einen Lendenschurz. Manche von ihnen gehen völlig nackt. Sie bestreichen ihren Körper mit Asche oder Erde zum Schutz gegen die Sonne, Insekten und böse Geister. Ihr Kopf ist entweder kahl geschoren, oder ihr Haar fällt wirr herab. Einige tragen es sorgfältig in kleine Zöpfe geflochten. Die Sadhus wandern zwischen den verschiedenen Wallfahrtsorten umher, übernachten im Freien unter Bäumen, in Tempeln, kleinen Hütten oder in Höhlen und leben von Almosen, die ihnen die gläubigen Hindus gern geben. – *Aschram:* Wohnort und Kultstätte hinduistischer Asketen und anderer Heiliger. – *Kos:* indisches Längenmaß, ca. 3200 m.

Indien: *Sura und die Hexen* – Indische Märchen, hg. und übers. v. Johannes Hertel – © Eugen Diederichs Verlag 1963, S. 130-148.

Märchen der Dschaina (Schwetambara). Aus dem Dharmakalpadruma (Wunschbaum der Religion) – Der Dharmakalpadruma ist ein umfangreiches Erzählungswerk in Sanskritstrophen, von einem Schüler des Udajadharma aus der Schwetambara-Sekte der Agamika, die im Jahre 1193/94 begründet wurde. Im Typus der Märchenromane spendet am Ende ein durch sein asketisches Leben allwissend gewordener Mönch (Kewalin) die Aufklärung über die Schicksale der Helden. Seit vielen Jahrhunderten ist Gudscharat der Hauptsitz der Dschaina. Ihre Literatur, und insbesondere die der Konfession der Schwetambara (»Weißgekleidete«, nach der Farbe der Mönchsgewänder), die wieder in eine Menge von Sekten zerfällt, enthält die bedeutendste und umfangreichste Märchenliteratur der Inder (nach Hertel).

Sura: Dialektale Form für Schura (Held). – *Alaka:* Die auf einem Gipfel des Himalayas gedachte Hauptstadt Kuberas, des Gottes des reichtums und der Schätze. – *Gawjuta:* Längenmaß. – *Bharataka:* Name Schiwas, ebenso »bezopfte« oder »Zopfträger«, da diese Mönche mehrere sehr lange, dünne Zöpfe tragen. – *Handtrommel:* Damara; eine kleine Trommel mit der Form einer Sanduhr. Sie gehört zu den Attributen des Gottes Schiwa. – *hatte große Angst:* Als Hexe ist sie eine Verehrerin Schiwas und glaubt an die übernatürliche Macht der schiwaitischen Mönche. – *Kuhmist:* Die Kuh und alles, was von ihr kommt, ist den brahmanischen Indern heilig. – *Guggala:* Duftendes Harz. – *Takschaka:* Bekannter Schlangendämon. – *Wischnus Leibe:* Nach einer sage des Mahabharata irrte der weise Markandeja nach einem Weltuntergang auf dem Meer umher, fand eine auf einem Zweig ruhendes Knäblein und wurde von diesem aufgefordert, in ihm auszuruhen. Marakndeja trat durch den geöffneten Mund ein und sah in ihm die ganze Welt, die er selbst in hundert Jahren nicht zu durchwandern vermochte. Das

Knäblein gab sich hinterher als Wischnu zu erkennen. – *Wedika:* Erhöhte Stelle des Erdbodens als Sitz bei heiligen Handlungen (Altar). – *Schlangen zerrissen:* Die Pfauen sind in Indien als Feinde der Schlangen bekannt. – *eine gegen zwei:* Die Inder hegen noch heute wie in wedischer Zeit den Glauben an die Zauberwirkung des menschlichen Wortes. – *ganz unbefangen:* Eigentlich verstieß so vertrauter Umgang namentlich in Abwesenheit des Ehemannes gegen die guten Sitten. – *Mutter:* Anrede an eine verheiratete Frau. – *Loch . . . gebohrt:* Durch dieses Loch war das Leitseil gezogen. – *Schikotari:* Niedere Art von Dämonen. – *Asket Markandeja:* Siehe oben. – *goldene Krüge:* Auf den Kuppeln indischer Tempel und Päläste sind krugförmige Spitzen angebracht, da Krüge eine glückverheißende Vorbedeutung haben. – *Kailasaberg:* Berg auf dem Himalaya, auf dem nach der Vorstellung der Hindus Schiwa residiert. – *Jama:* Zwilling (Jami: das erste Menschenpaar). – *Rakschasi:* Dämonen. – *Waitadhja-Gebirge:* Gebirge, das sich von Meer zu Meer mitten durch Indien zieht. – *Apsarasen:* Götterhetären. – *Bitte zu gewähren:* Die Aufnahme unter die Himmelshetären. – *recht langer Sieg:* Segensspruch, der Königtum verheißt. – *Zauberwissen:* Indem sie die Toten wiederbelebte. – *Arhat:* Vergöttlichte Propheten. – *Rohana-Berg:* Berühmt wegen seines Juwelenreichtums. – *Sänger:* Unterstützen die Beschwörungen durch Zaubergesänge. – *belehrt:* Wie die Dschaina-Lehre die Schädigung aller anderen Wesen verbietet, so auch die Verfolgung der Hexen.

Indonesien: *Der Weg in den Himmel* – Indonesische Märchen, hg. und übers. v. Renate und Hansheinrich Lödel, © Frankfurt am Main und Leipzig: Insel Verlag 1992, S. 193-199

Aus West-Java.

Ladang: Durch Brandrodung geschaffenes Feld für Bergreis. – *Sampurasan:* Begrüßungsformel. – *Bataten:* Süßkartoffeln.

Irak: *Die Geschichte eines Sufis von Bagdad* – Erzählungen aus Tausendundein Tag, hg. v. Paul Ernst, übers. v. Paul Hansmann, Frankfurt am Main: © Insel Verlag (insel taschenbuch 1001) 1987, Band 2, S. 31-37.

Sufismus, islamische Mystik, die in Anknüpfung an hellenistische Vorbilder neben der Gesetzesreligion entstand mit dem Ziel, die Kluft zwischen Mensch und Gott zu überwinden. Der Sufi will durch mystische Selbstentäußerung bis hin zur Ekstase alles überwinden, was ihn von Gott trennt.

Sufi: Vertreter der islamischen Mystik. – *Harun al-Raschid:* (766-805), abassidischer Kalif, unter ihm die größte Machtentfaltung des Kalifats von Bagdad.

Irland: *Der Königssohn in Erin und der König der Grünen Insel* – Der Märchenpalast. Die schönsten Märchen Europas aus 52 Sprachen erzählt für 365 Tage und eine Nacht, hg. v. Ulf Diederichs – © 1992 Droemer Knaur Verlag, München. Buch 1, S. 231-240 (Übers. v. Ursula Clemen, aus: Irische Märchen, München: © Artemis & Winkler Verlag).

Erin: Keltischer Name für Irland. – *Hurley-Schläger:* Hurley, eines der ältesten Mannschaftsspiele, Vorform des Hockey.

Island: *Hildur, die Königin der Elben* – Isländische Märchen, hg. und übers. v. Heinz Barüske, © Frankfurt am Main und Leipzig: Insel Verlag 1994, S. 108-116.

Israel: *Die zwei Teiche* – Märchen aus Israel, hg. v. Heda Jason, übers. v. Schoschana Gassmann, München: © Eugen Diederichs Verlag 1976, S. 192-198.

Die Teiche und der Baum befinden sich in einem Gebiet, das zwischen dieser und der jenseitigen Welt liegt und märchenhafte Züge hat (das Gebiet liegt in »unbekannter Richtung«; um dahinzugelangen, muß man eine Wüstenbarriere bewältigen); der »Alte«, der die Fragen löst, ist Elijahu, der Prophet.

Italien: *Die kluge Catarina* – Märchen aus Sizilien, gesammelt v. Giuseppe Pitr, hg. und übers. v. Rudolf Schenda und Doris Senn, München: © Eugen Diederichs Verlag 1991, S. 55-63.

Es existieren mehrere sizilianische Varianten sowie die Version in Basile V, 6: Sapia. Die Grund-Geschichte findet sich auch in Boccaccios Decamerone, III, 9: Von ihrem Mann verstoßen, schläft Giletta di Nerbona unerkannt mit ihrem Mann und gebiert ihm zwei Kinder.

Jamaika: *Der Zauberfisch* – Märchen aus der Karibik, hg. und übers. v. Felix Karlinger und Johannes Pögl, Köln: © Eugen Diederichs Verlag 1983, S. 23-26.

Das Märchen verbindet Züge aus »Hänsel und Gretel« mit Elementen afrikanischer Zaubermärchen von dämonischen Meereswesen. Von Afrika her ist auch der Kampf der Zauberer (Ägypten) bekannt, von denen manchmal einer den anderen auffrißt.

Japan: *Die Zauberkapuze* – Japanische Märchen, hg. und übers. v. Yasuko Asaoka, Frankfurt am Main und Leipzig: © Insel Verlag 1991, S. 78-80.

Koppori: Entspricht der europäischen Märchenabschlußformel »Und wenn sie nicht gestorben sind . . .«

Japan: *Die Kranichfrau* – Japanische Märchen, hg. und übers. v. Yasuko Asaoka, Frankfurt am Main und Leipzig: © Insel Verlag 1991, S. 42-43.

Jemen: *Das Vermächtnis des Nizar* – Märchen aus dem Land der Königin von Saba, hg. v. Inge Diederichs, Köln: © Eugen Diederichs Verlag 1987, S. 131-134.

Dirhem: Münze, 14 Kirat (Karat). – *Nadschran:* Oase an der Grenze zum Jemen.

Kambodscha: *Die Entstehung der Sirenen* – Kambodschanische Volksmärchen, hg. und übers. v. Rüdiger Gaudes, Berlin: © Akademie-Verlag 1987, S. 113-121.

Aus dem Kreis Chrey Vien, Bezirk Prey Chho, Provinz Kompong Cham.

Neak-Ta-Hütte: Gebäude mit Sockel in der Art gewundener Schlangen. – *Preah En:* Zentrale Gottheit des kambodschianischen Buddhismus. – *Ku-Preng:* Gemahl. – *Heiliger Feigenbaum:* Ficus religiosa – unter einem solchen Baum erlangte der historische Buddha die Erleuchtung. – Die *Boa* gehört zu den lebendgebärenden Schlangen und ist im wesentlichen auf den amerikanischen Kontinent beschränkt, während in Südostasien der (eierlegende) Python lebt.

Kanada: *Der Zauberer vom Huron-See* – Märchen der nordamerikanischen Indianer, hg. und übers. v. Gustav A. Konitzky – © Eugen Diederichs Verlag 1982, S. 71-74.

Ottawa: Der Name bedeutet soviel wie »Händler«, denn die Ottawa waren bekannt als Zwischenhändler. Sie gehören zur Sprachfamilie der Algonquin, und ihre nächsten Verwandten sind die Chippewa und Potawatomi. Die Manitulin-Inseln gelten als die Urheimat der Ottawa, erst später siedeln sie in Michigan. Die Ottawa waren treue Verbündete der Franzosen und geschätzt als Hilfstruppen. Pontiac war der berühmteste Häuptling der Ottawa. Rund 2000 Ottawa leben heute in den USA und etwa 1500 in Kanada.

Huron-See: Zweitgrößter der Großen Seen Nordamerikas.

Kanadische Arktis: *Der Mann, der zum Mond kam* – Eskimo-Märchen, hg. und übers. v. Heinz Barüske, Düsseldorf-Köln: © Eugen Diederichs Verlag 1969, S. 42-44.

Märchen der kanadischen Kupfer-Eskimos. Ursprung vermutlich in Godthab (Nuuk), Hauptstadt von Grönland.

Angakok: Schamane.

Kasachstan: *Der Freigebige und der Geizige* – Der fliegende Teppich. Märchen aus Kasachstan und Usbekistan, erzählt v. Jaroslav Tichý, übers. v. Inge Lannerová, Prag: Verlag Artia 1968, S. 38-45.

Padischah: König, Großherrscher.

Kenia: *Die Geschichte von dem menschenfressenden Ungeheuer und dem Kinde* – Afrikanische Märchen, hg. und übers. v. Carl Meinhof, München: © Eugen Diederichs Verlag 1991, S. 394-398.

Märchen der Massaï.

Kolumbien: *Isi[s Geheimnis]* – Südamerikanische Indianermärchen, hg. und übers. v. Felix Karlinger und Elisabeth Zacherl, München: © Eugen Diederichs Verlag 1976 (4. Aufl. 1992), S. 107-112. (übers. v. Theodor Koch-Grünberg)

Originaltitel: »Isi«. Märchen der Tariana und Tukano. Es geht in diesem Märchen nicht nur um die mythologische Herkunft des Stammes-Heroen, sondern auch um die religiöse Begründung des Männerbundes gegenüber den Frauen. Aus dem Holz der Paschiuba-Palme werden noch heute die großen Flöten verfertigt, die bei den Festen dieses Männerbundes geblasen werden.

Rio Caiary: Fluß in Brasilien und Kolumbien. – *Kangeruku:* Getränk. – *Kaschiri:* Alkoholhaltiges Getränk aus der Maniokwurzel.

Kordofan (Sudan): *Der Faris* – Märchen aus Kordofan, hg. v. Leo Frobenius, Jena: Eugen Diederichs Verlag 1923, S. 179-192.

Faris: kordofanische Bezeichnung für einen starken Reiter, der mit der körperlichen Kraft von sieben bis neun Männerstärken eine große Entschlossenheit, Kühnheit und auch eine gewisse Ritterlichkeit verbindet.

Gasr: Schloß. – *Angareb:* Ruhebett. – *Aldjann:* unbesiegbarer Mensch. – *Harami:* Herrscher. – *Kursi:* Sessel. – *Schech:* Scheich. – *Sarad:* Panzerhemd. – *Harba:* Speer. – *Ssaif:* Schwert. – *Djauwad:* gerüstetes Pferd.

Korea: *Wie die Schildkröte eine Schuld abtrug* – Märchen aus Korea, hg. und übers. v. Hans-Jürgen Zaborowski, Düsseldorf-Köln: © Eugen Diederichs Verlag 1975, S. 131-134.

Kroatien: *Er bezahlte die Schulden des Toten* – Kroatische Volksmärchen, hg. v. Maja Bošković-Stulli, übers. v. Wolfgang Eschker und Vladimir Milak, Köln-Düsseldorf: © Eugen Diederichs Verlag 1975, S. 65-70.

Kuba: *Die Blume Calboleal* – Märchen aus der Karibik, hg. und übers. v. Felix Karlinger und Johannes Pögl, Köln: © Eugen Diederichs Verlag 1983, S. 13-17.
Das Motiv vom »singenden Knochen« ist im iberischen Raum besonders verbreitet. Anklänge finden sich im Namen der Blume, die im katalanischen Märchen »Romanial« oder »Revenial« heißt. Varianten begegnen auch auf Haiti und Puerto Rico.

Kurdistan: *Mein Traum* – Kurdische Märchen, gesammelt und aufgeschrieben v. Ordichane und Celile Celil, übers. v. Ulrike Seifert, Frankfurt am Main und Leipzig: Insel Verlag 1993, S. 175-178.

Madagaskar: *[Der Thronfolger] Imilasotry* – Märchen aus Madagaskar, hg. und übers. v. Moks Nasoloarisoa Razafindramiandra, München: © Eugen Diederichs Verlag 1988, S. 40-51.
Originaltitel: »Imilasotry«. Aus Fianaxantsoa, der Hauptstadt der Betsileo. Dieses Märchen wird, wenn auch unter verschiedenen Titeln, im Süden wie im Norden Madagaskars erzählt. Die Betsileo-Fassung ist besonders ausführlich.
Andriamitoemanana, der reiche Adlige, ist ein Andriambahoaka, ein König des Volkes. – *Ratsarafanahy:* Der Gütige, der Selige. – Die jüngste Tochter heißt Faravavy, abgekürzt *Fara*, bedeutet die Letzte, ein Vorname der heute noch populär ist. – Das *Orange-Werfen* ist als Orakel beliebt. – *Lamba:* Kleidungsstück. – *Vatolahy:* Hinkel- oder Hünenstein, ein Gedenkstein, den man heute noch besonders bei den Betsileo findet. – Die Madagassen flechten in ihre Märchen gern Sprichwörter ein.

Makedonien: *Die goldene Zlata* – Mazedonische Volksmärchen, hg. und übers. v. Wolfgang Eschker, München: © Eugen Diederichs Verlag 1972 (2. Aufl. 1989), S. 137-146.
Scherbett: Süßes Getränk aus Fruchtsaft, -sirup oder -honig. – *Apfelwerfen:* Das Apfelwerfen spielte im Liebesbrauchtum eine große Rolle.

Malta: *Der Prinz, das Mädchen, das Basilikum und die Sterne* – Insel-Märchen des Mittelmeeres, hg. v. Felix Karlinger, Düsseldorf-Köln: © Eugen Diederichs Verlag, S. 96-98.
Übersetzer nicht genannt.

Marokko: *Sidi Moh'ammed el Adjeli und der Ungläubige* – Harry von Graffenried: Der Räuber und die Liebe. Märchen und Fabeln aus Marokko, Zürich: © Flamberg Verlag 1967, S. 11-13.

Mexiko: *Eine Zauberei des Titlacauan* – Märchen aus Mexiko, hg. und übers. v. Felix Karlinger und Maria Antonia Espadinha, München: © Eugen Diederichs Verlag 1978 (4. Aufl. 1992), S. 31-32.
Aztekisches Märchen. Titlacauan ist einer der drei Zauberer, die in der Stadt Tulln ihre magischen Praktiken ausgeübt haben. In einer anderen Geschichte hat Titlacauan den Quetzalcóatl betrogen. Er hat ihn ein berauschendes Getränk unter dem

Vorwand kosten lassen, ihn heilen zu wollen. Quetzalcóatl aber hat zuviel getrunken und ist dadurch betrunken geworden (nach Karlinger-Espadinha).

Toltechen: Tolteken: Prähistorisches Volk in Zentralmexiko. – *Quetzalcoatl:* Religiös bedeutendste Gestalt des vorkolumbianischen Mexiko, ein in aztekischer Zeit vergöttlichter Herrscher des Toltekenreiches, der im 10. Jh. in Tollan (Tula de Allende) residierte.

Mikronesien: *Klubud singal[, der sich in einen Vogel verwandelte]* – Südsee-Märchen, gesammelt und hg. v. Paul Hambruch, München: © Eugen Diederichs Verlag, S. 100-105.

Übersetzer nicht genannt. Märchen der Palau-Inseln. Ein Tarospieß ist ein spitzer Stab aus hartem Holz, mit dem die gekochten Taro-Knollen auf ihr Garsein geprüft werden. – Die Ortschaften Ngesebei, Ngaragedag, Ngartukou u. a. in Ngardmau wandten sich an Galegui mit der Bitte, doch ihre Kinder bei ihnen zu lassen. Dafür erhielten die Leute von Galegui das Recht, unvollendete Boote in Ngardmau nach ihrem Belieben wegzunehmen, ein Recht, das heute noch besteht. Wenn ferner in Ngardmau eine Tarokrankheit oder sonst ein Übel herrscht, machen die Leute dort noch heute einen Kedam l'bekl, ›einen Drachen für ein Paar‹, so groß wie einen Hausgiebel. Ein Klub macht die Leine dazu. Dann bringt man ihn hinaus auf die Heide und läßt ihn 5-7 Tage in die Höhe fliegen, während die Bewohner draußen fasten und speisen zur Erinnerung an den Vogel des Klubud singal (nach Hambruch). *Imelik:* Eine Landschaft. – *Taro:* Stärkehaltige Wurzel. – *Areka:* Palmenart. – *Palaufrauen:* Palau: Westliche Inselgruppe Mikronesiens (heute eigenständige Republik Palau). – Der *Gadepsungel-Baum* ist eine Crataeva-Art. Er hat hartes und dabei doch sehr leichtes Holz. – *Fregattvogel:* Ruderfüßer, ausgezeichnete Segler, leben v. a. an den Küsten und auf den Inseln tropischer und subtropischer Meere; Flügelspannweite bis 2,3 m. – *die Kokosnuß zerbrechen:* Ein Ritual und Sprichwort. – *Golei:* Ortschaft. – *Ngardmau:* Größter Wasserfall Mikronesiens und ein Distrikt Palaus.

Mongolei: *Die Geschichte der hölzernen Frau und eine weitere Frage* – Siddhi-Kür. Mongolische Märchen-Sammlung, hg. und über. v. Bernhard Jülg, Innsbruck 1868, Nachdruck Hildesheim: Georg Olms 1973, S. 235-236.

Schimnus: Hexe, weiblicher Dämon. – *Volk Tai-tsing:* Heute Name eines Klosters.

Mosambik: *Der Tausendkünstler der Ebene* – Afrikanische Märchen, hg. und übers. v. Carl Meinhof, München: © Eugen Diederichs Verlag 1991, S. 121-131.

Märchen der Ronga, eines Bantustammes an der Delagoa-Bay, die sprachlich zur Tsongagruppe (Südbantu), mit etwa zwei Millionen Sprechern von Nord-Zululand über Süd-Mosambik und Ost-Transvaal bis nach Zimbabwe reichend, gerechnet werden.

Myanmar (Burma): *Prinzessin Manawhari* – Burmesische Märchen, hg. und übers. v. Annemarie Esche, Frankfurt am Main und Leipzig: Insel Verlag 1993, S. 435-462 – © Insel-Verlag Anton Kippenberg, Leipzig 1976.

Märchen der Kayah. Im Osten Burmas liegt der nur 11670 Quadratkilometer große

Kayah-Staat mit einer Bevölkerung von über 70 000 Menschen. Unter ihnen stellen die Kayah, die früher auch unter dem Namen Karenni bekannt waren, mit mehr als 30 000 Menschen die stärkste Volksgruppe dieses Gebietes. *Prinzessin Manawhari* ist das längste und wohl auch interessanteste der Märchen der Sammlung. Es gehört zum Schwanenjungfrautyp und ist mit der Erzählung von ›Hassan von Basra‹ aus ›Tausendundeine Nacht‹ vergleichbar. Der Flug mit Hilfe eines Vogels in das Reich des Vaters der Schwanenjungfrau-Gemahlin gilt als ein alter und äußerst wichtiger Zug, der nicht in allen Fassungen zu finden, in dieser Vorlage aber gut ausgebildet ist. Wenn die Kayah der Kenariprinzessin auch eine geographisch festumrissene Heimat gaben, so ist der Stoff dieses Märchens nicht nur in anderen Teilen der Union bekannt, sondern z. B. auch auf den indonesischen Inseln, in Kampuchea und in Thailand. So wie die Jatakas ursprünglich volkstümliche Erzählungen aus verschiedenen Gegenden Indiens waren, die in den Klöstern eine Heimstatt fanden, mit der Gestalt Buddhas verknüpft zu Wiedergeburtsgeschichten (Jatakas) wurden und schließlich Aufnahme im buddhistischen Kanon fanden, ist auch die Geschichte von Prinzessin Manawhari Volksdichtung, allerdings mit dem Unterschied, daß ihr wie ähnlichen Erzählungen die Aufnahme in den Kanon verwehrt wurde, obwohl sie ein starkes buddhistisches Kolorit trägt. Von burmesischen Forschern wird als die Urheimat des Manawhari-Stoffes Indien angesehen. In schriftlicher Form kam das Märchen als Palitext auf Palmblättern nach Burma (nach Esche).

Bodhisattva: Erleuchtungswesen, das einst zu einem Buddha wird. – *Tavatimsa-Himmel:* Das Traiphum Phra Ruang oder »Die Drei Welten nach König Ruang« ist eine minutiöse Darstellung unseres Universums, der verschiedenen Welten, seiner Bewohner und Geschöpfe. Die drei Welten, das sind Die Welt der Sinnlichkeit (Kamaphum), Die Welt der reinen Form (Rupaphum) und Die Welt der Nicht-Form (Arupaphum). Es ist gleichzeitig eine Beschreibung des Konzepts der Wiedergeburt: Drei aufeinander aufbauenden Hauptebenen, bestehend aus insgesamt 31 Regionen der Existenz. Die Achse in der Mitte ist der Berg Meru. In der ersten Welt befinden sich die drei Höllen, darüber die Region der Tiere, der Hungrigen Geister, der Asura-Dämonen, die Region der Menschen und zuoberst die 6 unteren Himmel der Devata. Hier gibt es zuunterst die Welt der 4 Wächter-Könige, darüber liegt »Indras Himmel«, auch Tavatimsa-Himmel oder sogar »Welt der 33 Götter« genannt. Die zweite Welt besteht aus 16 nach oben hin immer erhabeneren metaphysischen Ebenen, hier leben begierdelose Gottheiten in feinstofflichen Körpern. Die dritte Welt schließlich hat vier Regionen, deren Bewohner keinerlei äußerer materieller Form unterliegen und jahrtausendelang in Meditation versunken sind. Jenseits dieser Zonen liegt das Nirvana, das nicht beschrieben werden kann, da es sich dem menschlichen Begriffsvermögen entzieht. – *achtzehn Künste:* Die Trainingsschwerpunkte und Fertigkeiten der Ninjas. – *Naga:* Mythische Schlange. – *Mantras:* »Sprüche«, mystische Silben, die 1. als die lautliche Realisation von Gottheiten angesehen werden u. durch die Wandlung heilswidriger Verdunkelungen der Harmonisierung von

Körper u. Geist dienen sollen, 2. im volksreligiösen Bereich die Austreibung von Krankheiten, Besänftigung von Dämonen oder Erfüllung persönlicher Bedürfnisse bewirken sollen. – *Kelasaberg:* Der Silberberg des Landes wird als der Berg Kailasch im Himalaya gedeutet. – *Kenari:* Weibliche Gestalt, halb Vogel, halb Mensch. – *Galonkönig:* Galon, Märchenvogel, Feind des Naga. – *Nats:* Gute oder auch bösartige Geister, die in Myanmar noch heute verehrt werden. – *Anthurienfeld:* Anthurien: Gatt. der Aronstabgewächse mit über 500 Arten im tropischen Amerika; mit kolbenförmigen, von einer offenen, oft lebhaft gefärbten Blütenhülle umhüllten Blütenständen und langgestielten, herzförmigen Blättern. – *Yusana:* Längenmaß von etwa acht 15 Kilometern. – *Bilu:* Menschenfresser, Gestalt des Volksglaubens. – *Thagyamin:* König der Nats. – *Tusita-Himmel:* Himmel der Buddhas, der Himmel der Wiedergeburten.

Namibia: *Das Mädchen, das nichts behalten konnte* – Märchen aus Namibia. Volkserzählungen der Nama und Dama, hg. und übers. v. Sigrid Schmidt, Düsseldorf-Köln: © Eugen Diederichs Verlag 1980, S. 199-202.

Dama-Mädchen: Dama: Volksstamm aus Nord-Namibia. – *Veld:* Subtropisches, sommerfeuchtes Grasland im inneren Hochland Südafrikas. – *Werft:* hier: Siedlung. – *Ahle:* Pfriem. Werkzeug zum Stechen von Löchern in Leder oder Pappe. – *Kalebasse:* Gefäß aus den Früchten des Flaschenkürbisses oder des Kalebassabaums.

Nepal: *Der Stupa der Gänsehirtin* – Märchen aus Tibet, hg. und übers. v. Helmut Hoffmann, München: © Eugen Diederichs Verlag 1965 (spätere Aufl. 1988), S. 42-46.

Stupa: buddhistischer Sakralbau, besteht aus einer vom Grabhügel abgeleiteten massiven Halbkugel mit Reliquienkammer, die von einer Balustrade mit zentralem Mast und mehreren übereinanderliegenden Ehrenschirmen bekrönt wird. Ein Zaun mit vier Toren nach den vier Himmelsrichtungen umschließt das auf einer Terrasse liegende Heiligtum. Mit dem Buddhismus kam der Stupa-Bau frühzeitig von Indien nach Ceylon (hier als *Dagoba* bezeichnet), dann nach Südostasien und Zentralasien (Nepal, Tibet *[Tschörten]*). – *tat . . . das Wunschgebilde:* hatte den Wunsch. – *Bodhisattva-Mahasattva Avalokiteshvara:* Avalokitesvara (Sanskrit), von den Tibetern Chenresi genannt, gilt als die Verkörperung universellen Mitleids, das in seiner im lamaistischen Kulturraum populären tausendarmigen, elfgesichtigen Form durch 993 sich allen Lebewesen hilfreich entgegenstreckende Arme zum Ausdruck kommt, unter seinen vielfältigen Erscheinungsformen ist der Lotus und Rosenkranz in Händen haltende Vierarmige Avalokithvara seine bekannteste Form. Er gilt als die Nationalgottheit Tibets sowie als Emanator des Padmasambhava, des tibetischen Königs Songtsen Gampo, der Dalai Lamas und Karmapas. Als seine zornvolle Erscheinungsformen werden Mahakala oder Hayagriva angesehen. – *Buddha Amitabha:* Amitabha (Sanskrit). »Unermeßliches Licht«, neben Amitayus Sanskrit-Name für den Dhyani-Buddha Amida (jap.). Die Lichtsymbolik bezeichnet zumeist die transzendente Weisheit. – *Sansara:* auch: Samsara (Sanskrit »Wanderung durch die Wiedergeburten«), die Hindus, Buddhisten und Dschainas gemeinsame Lehre, nach der alle Wesen dem ewigen Kreislauf der Wiedergeburt unterworfen sind. – *Bodensatz eines starken Bieres:* Die Tibeter gießen auf die vergorenen Getreidekörner immer erneut warmes Wasser, um mehr Tsdhang (Bier) zu gewinnen. – *Indra:* Hinduistischer Götterkönig. – *Yashti:* Der hölzerne Pfahl, der symbolische »Lebensbaum« (srog-shing), welcher die Aufbauten des Stupa trägt. – *Kashyapa:* Nach der buddhistischen Lehre der (mythische) Vorgänger des (historischen) Buddha Shakyamuni. – *fünf Buddhas:* Vairocana, Akshobhya, Ratnasambhava, Amitabha und Amoghasiddhi, nach der spätbuddhistischen Lehre die fünf Aspekte des Urbuddha (Adibuddha). – *Potala:* Die 1645-94 auf dem Berge Marpori im tibetischen Lhasa erbaute Winterresidenz des Dalai Lama. Hinter ihrer 360 m breiten, 110 m hohen Fassade enthält sie 1000 Räume. Berühmt ist der Potala für seine bis zu 15 m hohen Reliquien-Stupas der Dalai Lamas. – *Tschörte:* siehe oben zu Stupa. – *Damtshig Iha-mo:* Göttin auf Grund ihres Gelübdes. – *Drona:* hier. Geldschein. – *Magadha-Reliquien:* Magadha, indisches Königreich im 6./5. Jh. v. Chr. im Gebiet des heutigen Süd-Bihar mit der Hauptstadt Rajagrha, später Pataliputra. Aus dem Reich Magadha entstand unter der Maurya-Dynastie im 3. Jh. v. Chr. ein indisches Großreich. – *Buddha Kashyapa:* Kassapa gehörte mit Sariputta u. Moggallana zu den Hauptschülern des Buddha. – *Arhat:* wörtlich: »Würdiger« im Sinne von Vollendeter, »Heiliger« als Bezeichnung für einen, der die Erlösung (nirvana) erlangt hat, allerdings nicht aus sich selbst wie ein Buddha, sondern in der Nachfolge der verkündeten Lehre eines Buddha. Im älteren Buddhismus galt diese Stufe vermutlich nur dem Mönch erreichbar. In späterer Zeit u. besonders auch bei nördlichen buddhistischen Schulen rechnete man mit Laien-Arhats. Das 3. Konzil von Pataliputra präzisiert die Arhat-Qualifikation durch 5 Thesen, was allerdings die erlangte Erlösung als Kriterium der Arhatschaft relativierte. Damit beginnt das mönchisch-elitäre Heilsziel des sogenannten Hinayana umzuschlagen in die Berücksichtigung der Heilsbedürfnisse der »Vielen«. Im Verlauf der weiteren Entwicklung zum Mahayana wird dieses Ideal durch das des Bodhisattva abgelöst.

Neuseeland: *Der Große Vogel von Rua-Kapana* – Märchen aus Neuseeland. Überlieferungen der Maori, hg. und übers. v. Erika Jakubassa, Köln: © Eugen Diederichs Verlag 1985, S. 170-174.

Diese Tuhoe-Version der Geschichte vom Großen Vogel von Rua-Kapana ist eine der wenigen Erzählungen, die sowohl in Hawaiki als auch in Aotearoa spielen, und Beispiel für eine ganze Gruppe, deren Hauptfigur ein Vogel bzw. Riesenvogel ist. Diese Erzählungen entstanden interessanterweise in einem Land, dessen größter und wichtigster Vogel, der Moa (wie auch der Kiwi) nicht fliegen kann. Die Geschichte enthält einige ungeklärte Punkte: So ist z. B. unverständlich, warum Kanioro in Aotearoa und ihr Bruder Taukata in Hawaiki lebt, und auch die geographische Lage des Berges Hikurangi ist unklar. Aller Wahrscheinlichkeit nach handelt es sich nicht um den Berg Hikurangi an der Ostküste der Nordinsel, sondern eher um einen Berg nahe der mythischen Heimat der Maoris, der als Aufenthaltsort der Sonne (Tama) galt. Kanioro, die Frau von Pou, wird an anderer Stelle als Hüterin von Pounamu, der neuseeländischen Jade, beschrieben (Kanioro breitet ihre Schätze vor dem Großen Vogel aus) (nach Jakubassa).

Turanga-Distrikt: Gebiet um Tauranga, einer Stadt der Nordinsel Neuseelands. – *Taniwha:* Mythisches Tier, Wasserungeheuer (wird noch heute von den Maoris besungen). – *Hawaiki:* Hawaii. – *Aoteoroa:* Maori-Name für Neuseeland. – *Kumara:* Kartoffelart. – *Berg Hikurangi:* Berg an der Küste nördlich von Gisborne. – *Rotu:* Ein Schlafmittel. – *in der Nähe von Turanga:* Version der Sage von Pou und dem Großen Vogel von Rua-kapana endet hier, eine andere Version jedoch erzählt, wie es mit dem Großen Vogel weiterging.

Niederlande: *Wie ein Hütejunge König von Indien wurde* – Der Märchenpalast. Die schönsten Märchen Europas aus 52 Sprachen erzählt für 365 Tage und eine Nacht, hg. v. Ulf Diederichs, München: © Droemersche Verlagsanstalt Th. Knaur Nachf. 1992, Buch 3, S. 372-375 (Übers. v. A. M. A. Cox-Leick und H. L. Cox, aus: Märchen der Niederlande, hg. v. A. M. A. Cox-Leick und H. L. Cox, Düsseldorf-Köln: © Eugen Diederichs Verlag 1977, Nr. 45).

Nigeria: *Oni und der große Vogel* – Osanyin überlistet die Schildkröte. Märchen aus Nigeria, hg. und übers. v. Irmtraut Herms, Leipzig und Weimar: Gustav Kiepenheuer Verlag 1984, S. 187-193.

Märchen der Yoruba, Stamm im Westen Nigerias.

Juju: Eine Art Talisman.

Norwegen: *Östlich der Sonne und westlich des Mondes* – Norwegische Märchen, hg. v. Hans-Jürgen Hube, übers. v. Hans-Jürgen Hube und Friedrich Bresemann, Frankfurt am Main und Leipzig: © Insel Verlag 1992, S. 87-97.

Österreich: *Das nackentige Dirndl* – Der Märchenpalast. Die schönsten Märchen Europas aus 52 Sprachen erzählt für 365 Tage und eine Nacht, hg. v. Ulf Diederichs – © 1992 Droemer Knaur Verlag, München. Buch 3, S. 321-324 (Aus der Dialektfassung übertragen v. Johann Reinhard Bünker, aus: Deutsche Märchen aus dem Donaulande, hg. v. Paul Zaunert, Jena: © Eugen Diederichs Verlag 1926, S. 136-141).

Freithof: Friedhof. – *Fuchz'g:* Fünfzig. – *Wasenmeister:* Abdecker. – *Pfoat:* Hemd. – *ös enka'n:* Ihr euren. – *gleim:* Dicht.

Pakistan: *Vom Hirten, der die Liebe lernen wollte* – Märchen aus dem Pandschab, hg. und übers. v. Helmtraut Sheikh-Dilthey, Düsseldorf-Köln: © Eugen Diederichs Verlag 1976, S. 165-167.

Papua-Neuguinea: *[Die Frau] Pingindraen yeo* – Märchen aus Papua-Neuguinea, hg. und übers. v. Ulla Schild, Düsseldorf-Köln: © Eugen Diederichs Verlag 1977, S. 163-165. Originaltitel: »Pingindraen yeo«. Märchen der Manus (Inselgruppe der zu Papua-Neuguinea gehörenden Bismarck-Inseln). Aus dem Dorf Peri auf Chalalo auf Pidgin.

Chalalo: Ortschaft auf Papua-Neuguinea. – *Drover:* Ortschaft auf Papua-Neuguinea. – *Pingindraen yeo:* Der weibliche Oger von Peri. – *tambaran:* Bezeichnung für einen Geist. – *Der Alte, der diesen Mann geboren hat:* Der Vater des Mannes.

Persien (Iran): *Der Vogel Blumentriller* – Persische Märchen, hg. und übers. v. Arthur Christensens, Düsseldorf-Köln: © Eugen Diederichs Verlag 1958, S. 20-35.
Ali: Schwiegersohn des Propheten Mohammed. – *Gulabetun:* Fabelhaftes Land. – *Qaf:* Gebirge am Ende der Welt, mythischer Berg (auch Kaf). – *Peri:* Feenhaftes Wesen der altpersischen Mythologie. – *Diwe:* Geister, Dschinns. – *ihn damit herbeirufen könne:* Dieser Zug ist im Gesamtrahmen der Erzählung überflüssig; die Haare finden keine Verwendung. Wahrscheinlich ist eine Episode, in der sie gebraucht werden, ausgefallen.

Peru: *Sonne und Mond* – Südamerikanische Indianermärchen, hg. und übers. v. Felix Karlinger und Elisabeth Zacherl, München: © Eugen Diederichs Verlag 1976 (4. Aufl. 1992), S. 244-246.
Märchen der Amuesha. Die Amuesha sind ein kleiner, im Aussterben begriffener Stamm in der Gegend von Oxapampa (Peru). Schwängerung durch einen Blitz taucht in manchen südamerikanische Mythen (wie auch in europäischen Mythen) auf.

Polen: *Der goldene Ballon* – Polnische Volksmärchen, hg. v. Ewa Bukowska-Grosse und Erwin Koschmieder, Düsseldorf-Köln: © Eugen Diederichs Verlag 1967 (spätere Aufl. 1991), S. 34-36.
Übersetzer nicht genannt.

Polen: *Die Schwalbe und der Goldtaler* – Ostjüdische Märchen, hg. und übers. v. Claus Stephani, München: © Eugen Diederichs Verlag 1998, S. 134-136.

Portugal: *Die drei Feen* – Spanische und Portugiesische Märchen, hg. und übers. v. Harri Meier, Jena: © Eugen Diederichs Verlag 1940, S. 248-251.

Rumänien: *Das Märchen vom weißen Mohren [Der weiße Mohr]* – Ion Creanga, Märchen, übers. v. Harald Krasser, Bukarest: © Ion Creanga Verlag o. J., S. 5-80. – Ion Creanga (1837-1889) gilt als größter rumän. Erzähler, von keiner literarischen Strömung beeinflußt. Vor allem seine teils nacherzählten, teils erfundenen Märchen zeigen einen einfachen Volkston.
Pallasch: Lange schwere, säbelähnliche Hiebwaffe mit nur leicht gekrümmter, meist gerader Klinge. – *Attich:* Holunder. – *Mahd:* Abschnitt beim Mähen eines Feldes. – *Pflugreitel:* Pfluggeschirr. – *Lei:* Rumänische Währungseinheit.

Rußland: *Der Feuervogel und Wassilissa die Zarentochter* – Russische Volksmärchen, von Alexander N. Afanasjew, übers. v. Werner von Grimm, hg. v. Imogen Delisle-Kupffer, Frankfurt am Main: © Insel Verlag 1990, S. 145-149.

Sardinien: *Der blaue Drache* – Der Märchenpalast. Die schönsten Märchen Europas aus 52 Sprachen erzählt für 365 Tage und eine Nacht, hg. v. Ulf Diederichs – © 1992 Droemer Knaur Verlag, München. Buch 2, 143-150. (Übers. v. Felix Karlinger. Aus: Das Feigenkörbchen. Volksmärchen aus Sardinien, hg. v. Felix Karlinger, Kassel 1973 © Erich Röth Verlag, Regensburg).
Nuorese, bei Burgos: Sardische Region.

Schottland: *Die drei Töchter des Königs von Lochlin* – Schottische Volksmärchen, hg. und übers. v. Christiane Agricola, Frankfurt am Main und Leipzig: © Insel Verlag 1991, S. 399-405.

Aus der Gegend von Inverary. Spezifisch keltisch.

Uruisg: Sagenwesen, hier weiblich.

Schweden: *Die drei Schwerter* – Schwedische Märchen, hg. und übers. v. Hans-Jürgen Hube, Frankfurt am Main und Leipzig: Insel Verlag 1992 © Verlag Philipp Reclam jun. Leipzig 1974, S. 68-81.

Das Drachentötermotiv findet sich auch in der Siegfriedsage und in der Georgslegende. Der ältere Typ des Märchens gehört der hellenistisch-römischen Epoche (300 v. – 300 n. Chr.) an; auch ägyptische und babylonische Vorstellungen wirken ein. Diese Versionen sind allmählich über süd- und westslawisches Gebiet nach Norden bis zur Ostsee vorgedrungen. Was die spezifisch schwedische Seite des Drachentöter-Märchens betrifft, so sind dort – wie in Osteuropa – drei Meerungeheuer und drei Prinzessinnen recht häufig. In der vorliegenden Fassung von Hyltn-Cavallius und Stephens erscheint das Märchen ausgeschmückt und in ein kunstvoll erzähltes Gewand gehüllt (nach Hube).

Schweiz: *Der Vogel Strauß* – Schweizer Volksmärchen, hg. v. Robert Wildhaber und Leza Uffer, München: © Eugen Diederichs Verlag, S. 61-64.

Aus Ems im Turtmanntal im Kanton Wallis (deutsche Schweiz).

Baltschiedertal: Seitental des Oberwallis. – *Straffel:* Magere, dürre Gestalt, armer Mensch.

Serbien: *Vom Kaiser, der seine eigene Tochter heiraten wollte* – Der Märchenpalast. Die schönsten Märchen Europas aus 52 Sprachen erzählt für 365 Tage und eine Nacht, hg. v. Ulf Diederichs – © 1992 Droemer Knaur Verlag, München. Buch 2, 297-301. (Übers. v. Friedrich Salomo Krauss, aus: Sagen und Märchen der Südslaven, Band 2, Leipzig 1994, Nr. 138).

Sibirien: *Eine Wundergeschichte* – Sibirische Märchen, Band 1, hg. v. János Gulya, übers. v. Ruth Futaky, Düsseldorf-Köln: © Eugen Diederichs Verlag 1968, S. 238-242. Märchen der Wogulen (Volk in West- und Mittelsibirien).

Gott Torem: Himmelsvater, aus Animismus und Christentum gebildete Gottesvorstellung.

Slowakei: *Der Schafhirte und der Drache* – Der Märchenpalast. Die schönsten Märchen Europas aus 52 Sprachen erzählt für 365 Tage und eine Nacht, hg. v. Ulf Diederichs – © 1992 Droemer Knaur Verlag, München. Buch 3, 50-54 (Übers. nach Joseph Wenzig, aus: Westslawischer Märchenschatz, hg. v. Joseph Wenzig, Leipzig 1857, S. 116-121).

Kotze: Umhang.

Somalia: *Der kluge Arzt oder Die Todesfurcht als Heilmittel* – Afrikanische Märchen, hg. und übers. v. Carl Meinhof, München: © Eugen Diederichs Verlag, S. 53-54. Suahelimärchen arabischen Ursprungs.

Spanien: *Der weiße Papagei* – Spanische Märchen, hg. und übers. v. Harri Meier und Felix Karlinger, München: © Eugen Diederichs Verlag, S. 137-146.

Sri Lanka: *Des Dichters Fluch* – Märchen aus Sri Lanka. Text von Elena Chmelov, übers. v. Anna Fialov, Bratislava: © Verlag Slovart 1085, S. 138-140.

Mahipati: Anrede des Maharadscha.

Südafrika: *Wie der Tod in die Welt kam* – Märchen und Sagen der afrikanischen Neger, gesammelt v. T. von Held, Jena: H. W. Schmidt's Verlagsbuchhandlung (Gustav Tauscher) 1904, S. 12-13.

Zulu-Märchen.

Sudan: *Die Tochter des Engels* – Wundersame Geschichten von Engeln, gesammelt und übers. v. Felix Karlinger, Frankfurt am Main: © Insel Verlag (insel taschenbuch 1226) 1989, S. 112-118 (nach: Nubische Märchen, hg. v. Andreas und Waltraud Kronenberg, Köln 1978, S. 132).

Märchen aus Nubien.

Syrien: *Die wunderbare Heilung* – Aramäische Märchen, gesammelt, hg. und übers. v. Werner Arnold, München: © Eugen Diederichs Verlag 1994, S. 189-191.

Lukman: Lukmun, Luqman, ist ein alter Weiser und Fabeldichter. Nach ihm heißt die 31. Sure des Korans »Luqman«. – Die Vorstellung, daß bestimmte Schlangen tausend Jahre alt werden, ist weit verbreitet; gehörnte Schlangen finden sich schon in babylonischer Zeit.

Tadschikistan: *Ysyf und Suleika* – Märchen vom Dach der Welt. Überlieferungen der Pamir-Völker, hg. v. Isidor Levin, übers. v. Gisela Schenkowitz, München: © Eugen Diederichs Verlag 1986, S. 155-168.

Aus dem Dorf Baldir, Chinesisch-Pamir, sarykolisch (Gebiet im südlichen Pamir-Gebirge).

Vgl. den biblischen Josephroman, s. 1. Mose 37 und 39-50; Koran, Sure 12. Belegt im hebräischen Volksbuch *Sefer hajjašar*. Gut bekannt ist in Mittelasien der Versroman »Jussuf wa-Suleika«; wird mit gewisser Wahrscheinlichkeit Firdousi zugeschrieben, geht aber auf eine ältere arabische Tradition zurück. Danach kriegen sich endlich Joseph und Suleika, die auch in tadschikischen Hochzeitsliedern als *das* glückliche Liebespaar gefeiert werden. Schon in der jüdischen – nachbiblischen – Legende begehrt auch Joseph die schöne Suleika, übt aber, durch die Vision des Vaters dazu gebracht, volle Enthaltsamkeit. Suleikas prekäre Situation wird erst verständlich, wenn man die jüdisch-arabische Tradition berücksichtigt, wonach Potiphar ein beschnittener Schatzmeister bzw. Eunuch war (nach Schenkowitz).

Padischah: König, Großherrscher. – *Osch:* Zentralasiatisches Gericht.

Tahiti: *[Die schöne] Sina* – Südsee-Märchen, gesammelt und hg. v. Paul Hambruch, München: © Eugen Diederichs Verlag, S. 174-178.

Originaltitel: »Sina«. Übersetzer nicht genannt.

tauga: Speise. – *Bonitos:* Mit dem Thunfisch verwandte Fischart.

Thailand: *Der Zauberkiesel* – Märchen aus Thailand, hg. und übers. v. Christian Velder, Düsseldorf-Köln: © Eugen Diederichs Verlag 1968 (spätere Ausgabe 1979), S. 70-73.

Tibet: *Der Goldspeier und der Türkisenspeier* – Märchen aus Tibet, hg. und übers. v.

Helmut Hoffmann, München: © Eugen Diederichs Verlag 1965 (spätere Aufl. 1988), S. 55-63.

Nagavogel: Märchenvogel, Feind des Naga.

Tschad: *Jintalma[s Verwandlung]* – Märchen aus dem Tschad, hg. und übers. v. Herrmann Jungraithmayr, Düsseldorf-Köln: © Eugen Diederichs Verlag 1981, S. 93-97. Originaltitel: »Jintalma«. Mokilko-Märchen, aus N'Djamena.

Soriyo: Getreideart. – *Margai:* Dorfältester.

Tschechien: *Der starke Jura* – Tschechische Volksmärchen, hg. v. Oldřich Sirovátka, übers. v. Gertrud Oberdorffer, Düsseldorf-Köln: © Eugen Diederichs Verlag 1969, S. 50-58.

Aus Tylovice bei Val. Meziricl (Walach. Meseritsch) in der Mährischen Walachei (Ostmähren). – Das Märchen von den Prinzessinnen in der Unterwelt, das die Grundlage für diese Fassung bildet, ist vielleicht der am allermeisten verbreitete Typus in der tschechischen Überlieferung. Wie zahlreiche andere Versionen hält auch die hier abgedruckte Fassung das Geschehen auf humorvoller, beinahe realistischer Ebene fest. Auch der Name des Helden, »Jura«, ist in der ostmährischen Märchentradition am häufigsten den komischen Gestalten vorbehalten (nach Sirovátka).

Kopfstücke: ›Kopfnuß‹. – *Herrenrobot:* Arbeit für den Herren. – *Metzen:* Behälter. – *Ahle:* Pfriem. Werkzeug zum Stechen von Löchern in Leder oder Pappe.

Tunesien: *Die Verwandlung* – Dschuhas Abenteuer. Tunesische Volkserzählungen und Märchen, hg. und übers. v. Wilfried M. Bonsack, Leipzig und Weimar: © Gustav Kiepenheuer Verlag 1979, S. 181-188.

Harun al-Raschid: (766-805), abassidischer Kalif, unter ihm die größte Machentfaltung des Kalifats von Bagdad.

Türkei: *Die drei Zitronenmädchen* – Türkische Märchen, hg. und übers. v. Otto Spies, München: © Eugen Diederichs Verlag, S. 112-119.

Padischah: König, Großherrscher. – *Derwisch:* Angehöriger eines religiösen islamischen Ordens (Derwischorden; seit dem 12. Jh.). Die Derwische suchen durch geistige Versenkung, asketische Übungen und andere Exerzitien die mystische Vereinigung mit Gott. Eine bedeutende Rolle spielen auch die gemeinsamen, in den einzelnen Orten unterschiedlichen Riten, die oft mit Musik und Tanz verbunden sind. Die Derwische sind heute wegen ihres Widerstands gegen politisch-soziale Reformen fast in allen arabischen Ländern und in der Türkei verboten. – *Dew:* (indisch: Deva, Devi) Persische Bezeichnung für »Dschinn«; (vor)islamische Dämonen, die Besessenheit verursachen. – *Peri-Mädchen:* Peri: feenhaftes Wesen der altpersischen Mythologie.

Ukraine: *Der Goldvogel und die Meerjungfrau* – Der Märchenpalast. Die schönsten Märchen Europas aus 52 Sprachen erzählt für 365 Tage und eine Nacht, hg. v. Ulf Diederichs – © 1992 Droemer Knaur Verlag, München. Buch 3, S. 200-206 (Übers. v. Hans Joachim Grimm, aus: Ukrainische Volksmärchen, hg. v. P. V. Lintur, Berlin: © Akademie Verlag 1972, Nr. 57).

Ungarn: *Der Tod und die Alte* – Der Märchenpalast. Die schönsten Märchen Europas aus 52 Sprachen erzählt für 365 Tage und eine Nacht, hg. v. Ulf Diederichs – © 1992 Droemer Knaur Verlag, München. Buch 3, S. 290-292 (Übers. nach Elisabeth [Rna-] Sklarek, aus: Ungarische Volksmärchen, hg. v. E. Sklarek, Leipzig 1901, Nr. 26).
operenzianisches Meer: Phantasiename.

Usbekistan: *Kamak und Michtar* – Der fliegende Teppich. Märchen aus Kasachstan und Usbekistan, erzählt v. Jaroslav Tich, übers. v. Inge Lannerová, Prag: Verlag Artia 1968, S. 143-154.

Venezuela: *Die Zauberrasseln* – Südamerikanische Indianermärchen, hg. und übers. v. Felix Karlinger und Elisabeth Zacherl, München: © Eugen Diederichs Verlag 1976 (4. Aufl. 1992), S. 34-37.

Märchen der Warrau. Magische Jagdwaffen finden sich bei den Indianern häufig; der Übergang von Instrumenten, die durch ihre Laute Tiere anlocken können, und Zauberinstrumenten ist freilich fließend. Die Indianer sprechen jedes jüngere Mädchen ihres Stammes mit »Schwester« oder »Kusine« an, ältere Männer mit »Onkel«. – Über das Eherecht und das Verhältnis des Schwiegersohnes zu den Schwiegereltern gibt das Märchen interessante Aufschlüsse: der Schwiegersohn zieht mit seiner ganzen Habe in das Haus seiner Schwiegereltern. Von dem Augenblick der Geburt des ersten Kindes an, womit seine Ehe erst gültig wird, gehört er als vollberechtigtes Glied der Familie seiner Frau an (nach Karlinger-Zacherl).
Kaschiri: Alkoholhaltiges Getränk aus der Maniokwurzel. – *Kassawa:* Speise aus der Maniokwurzel. – *Hokkohuhn:* Seltene Art, fast ausgestorben (Crax Blumenbachii).

Vereinigte Staaten von Amerika: *Der-den-Bison-ruft* – Märchen der nordamerikanischen Indianer, hg. und übers. v. Gustav A. Konitzky – © Eugen Diederichs Verlag 1982, S. 146-151.

Märchen der Pawnee: Einer der Hauptstämme der Caddo-Sprachfamilie, die Arikara trennten sich erst spät von den Pawnee. Stets freundlich gegenüber den Weißen, stellten die Pawnee den größten Teil der Pfadfinder in den Indianerkriegen. Dennoch wurde der Stamm nach Oklahoma umgesiedelt, um Platz zu machen für weiße Siedler. Die Pawnee sind bekannt wegen ihrer Feindschaft gegen die Sioux, ihrer halblandwirtschaftlichen Kultur und ihrer Zahl. Ursprünglich etwa 12 000 bis 13 000 Menschen stark, verloren sie durch Seuchen den größten Teil ihrer Bevölkerung. Heute leben noch etwa 1000 Pawnee in Oklahoma.
Tipi: Indianisches Zelt. – *Ti-ra-wa:* Der Große Geist, Schöpfergott.

Vereinigte Staaten von Amerika: *Das Schlangenmärchen* – Märchen der nordamerikanischen Indianer, hg. und übers. v. Gustav A. Konitzky – © Eugen Diederichs Verlag 1982, S. 52-58.

Märchen der Hopi: Eine Abweichung des eigentlichen Stammesnamens »Hopitu«, die Friedfertigen. Die Hopis bilden eine eigene Untergruppe der Uto-Aztekischen Sprachfamilie und sind den Schoschonen verwandt. Kulturell gehören die Hopis zu den Pueblo-Indianern. Seit dem 16. Jahrhundert in Kontakt mit Europäern, haben die

Hopis ihre eigene Kultur überraschend gut bewahrt. Heute existieren rund 3000 Mitglieder dieses Stammes.

Huruing Wuchti: Meeresgott.

Vereinigte Staaten von Amerika: *Das Zweigesicht* – Märchen der nordamerikanischen Indianer, hg. und übers. v. Gustav A. Konitzky – © Eugen Diederichs Verlag 1982, S. 157-161.

Märchen der Sioux: Eigentlich Dakota, d. h. »Verbündete«, haben diese Indianer einer Sprachfamilie ihren Namen gegeben, zu der außer den Plains-Dakota auch noch eine Reihe weiterer Stämme gehören. Ursprünglich in Wisconsin und Minnesota ansässig, wurden sie in geschichtlicher Zeit in die Plains gedrängt, wo sie rasch zu typischen Bisonjägern wurden. Diese Verdrängung geht wahrscheinlich auf die Chippewa zurück. Die Dakota gehören zu den »klassischen Indianern«, nicht zuletzt durch ihren hartnäckigen Widerstand gegen die weißen Siedler. Gewöhnlich teilt man die Dakota in folgende Gruppen ein: Mdewkanton, Wahpeton, Wahpekute, Sisseton, Yankton, Yanktonai und Teton. Gegenwärtig zählen die Dakota rund 33 000 Mitglieder.

Tipi: Indianisches Zelt.

Vereinigte Staaten von Amerika: *Die Zauberkeule* – Märchen der nordamerikanischen Indianer, hg. und übers. v. Gustav A. Konitzky – © Eugen Diederichs Verlag 1982, S. 203-208.

Märchen der Tsimshian: Der Kultur der Nordwestküste zugehöriger Stamm von Fischern an der Mündung des Skeena-Flusses. Sprachlich gesehen sind die Tsimshian Mitglieder der Chimmesyan-Sprachfamilie. Die Tsimshian sind besonders durch ihre Schnitzkunst berühmt, die nur noch von den Haida übertroffen wurde. Zusammen mit diesen bildeten sie den Kern der Fischereikultur dieses Gebietes. Es ist anzunehmen, daß die Tsimshian erst verhältnismäßig spät aus dem Innern an die Küste vorgestoßen sind, wo sie vermutlich Teile der Tlingit verdrängten. Heute zählt der Stamm rund 1800 Mitglieder.

Vietnam: *Brüder und Freunde* – Märchen von starken Frauen, hg. v. Monika Kühn, München: © Deutscher Taschenbuch Verlag 1991, S. 227-231 (nach: Vietnamesische Märchen, hg. v. Pham Duy Khiom, übers. v. Lothar Römbell, Frankfurt am Main: Fischer Taschenbuch Verlag 1968).

Mandarin: europ. Bezeichnung für die chinesischen Staatsbeamten, die die politischen und soziale Führungsschicht des traditionellen China bildeten.

Weißrußland: *Der weissagende Traum* – Russische Volksmärchen, von Alexander N. Afanasjew, übers. v. Werner von Grimm, hg. v. Imogen Delisle-Kupffer, Frankfurt am Main: © Insel Verlag 1990, S. 249-258.

Zypern: *Der Dreiäugige* – Der Märchenpalast. Die schönsten Märchen Europas aus 52 Sprachen erzählt für 365 Tage und eine Nacht, hg. v. Ulf Diederichs – © 1992 Droemer Knaur Verlag, München. Buch 2, S. 394-400 (Übers. nach Felix Liebrecht, aus: Jahrbuch für romanische und englische Literatur, Band 11, Leipzig 1870, S. 345-354).

Sämtliche Ausgaben mit der Verlagsbezeichnung »Eugen Diederichs« sind erschienen in der Reihe ›Die Märchen der Weltliteratur‹ bei Diederichs im Heinrich Hugendubel Verlag Kreuzlingen/München.

Alphabetisches Verzeichnis der Märchentitel

Inhaltsverzeichnis

Von Indien nach Afghanistan

Von Persien nach Arabien

Von Ägypten nach Somalia

Von Kenia nach Botswana

Von Namibia zum Tschad

Von Nigeria nach Tunesien

Von Malta nach Spanien

Von Frankreich nach Irland

Von Island nach Dänemark

Von Deutschland nach Österreich

Von Tschechien nach Estland

Von Rußland nach Rumänien

Von Bulgarien zur Türkei

Von Kurdistan nach Aserbaidschan

Von Kasachstan nach Tibet

Von China nach Korea

Von Myanmar nach Papua-Neuguinea

Australien und Neuseeland

Von Melanesien nach Hawaii

Von Feuerland nach Venezuela

Von Honduras nach Grenada

Von Mexiko nach Kanada

Von Alaska nach Grönland